大清丝商

【第二部】·上

漫漫长路

城君◎著

新世界出版社
NEW WORLD PRESS

漫漫长路

目录

故事梗概 / 001
第七十二章　再掌门户 / 002
第七十三章　是非之地 / 008
第七十四章　诰命夫人 / 015
第七十五章　兰蕙扬芳 / 021
第七十六章　四喜临门 / 027
第七十七章　扒皮抽骨 / 033
第七十八章　罪恶昭彰 / 040
第七十九章　江湖险恶 / 047
第八十章　隔墙有耳 / 053
第八十一章　左右为难 / 060
第八十二章　节外生枝 / 067
第八十三章　姐妹迷局 / 074
第八十四章　不速之客 / 081
第八十五章　来者不善 / 088
第八十六章　尼师解难 / 095
第八十七章　一箭五雕 / 102
第八十八章　从轻发落 / 108
第八十九章　刮目相看 / 114

第 九 十 章　心机重重　/ 120
第九十一章　美酒佳肴　/ 126
第九十二章　千钧一发　/ 132
第九十三章　近墨者黑　/ 139
第九十四章　避重就轻　/ 146
第九十五章　神秘人物　/ 153
第九十六章　巧舌如簧　/ 160
第九十七章　可怜之人　/ 167
第九十八章　绣娘技艺　/ 174
第九十九章　善后难善　/ 181
第 一 百 章　凤凰再现　/ 188
第一百零一章　参重人美　/ 195
第一百零二章　天子南库　/ 202
第一百零三章　同病相怜　/ 208
第一百零四章　嫣然一笑　/ 215
第一百零五章　齐聚广州　/ 222
第一百零六章　谢家女儿　/ 230
第一百零七章　尘封往事　/ 237
第一百零八章　登府拜帅　/ 244

碧水金山

目录

故事梗概 / 251

第一百零九章 多事之秋 / 252

第一百一十章 饮鸩止渴 / 258

第一百一十一章 准入“公行” / 265

第一百一十二章 芳踪留迹 / 272

第一百一十三章 绣娘作妖 / 279

第一百一十四章 落荒而逃 / 286

第一百一十五章 心腹之患 / 293

第一百一十六章 斤斤计较 / 299

第一百一十七章 再踏征程 / 306

第一百一十八章 惊天骗局 / 313

第一百一十九章 引蛇出洞 / 319

第一百二十章 强留洋商 / 326

第一百二十一章 夫人心机 / 333

第一百二十二章 纯如接父 / 340

第一百二十三章 屏风背后 / 347

第一百二十四章 上门讨债 / 354

第一百二十五章 鹬蚌之争 / 362

第一百二十六章 嫣然报信 / 369

第一百二十七章 难言之隐 / 376

第一百二十八章　纯如借债　/　383
第一百二十九章　绎如失踪　/　390
第 一 百 三 十 章　兴师问罪　/　396
第一百三十一章　人在暗处　/　403
第一百三十二章　断臂之殇　/　410
第一百三十三章　人心叵测　/　417
第一百三十四章　天要亮了　/　424
第一百三十五章　珠江之畔　/　431
第一百三十六章　困厄之时　/　438
第一百三十七章　顾此失彼　/　445
第一百三十八章　不容做大　/　452
第一百三十九章　总商登门　/　458
第 一 百 四 十 章　大器晚成　/　464
第一百四十一章　门庭冷落　/　471
第一百四十二章　二处碰壁　/　478
第一百四十三章　讨教总商　/　485
第一百四十四章　捷径窘步　/　492
第一百四十五章　独撑舟帆　/　499
第一百四十六章　在商言商　/　505
第一百四十七章　七里长丝　/　512

故事梗概

纯如从京城回来后再次接任“广客隆”的掌门人，通过和珅的力量救出周玉父子及父亲杨梓传，并最终成立了“江浙丝绸商会”；高尚制造假“七里丝”，经楚秋之手诬陷纯如，致使纯如早产，九死一生之际尼师解难；高尚的百善堂被人发现贩卖人口；杨梓传去福建劝说楚秋为纯如洗脱罪名，高尚设计杀害杨梓传和楚秋，却被不知名人救下；高尚在湖州无立足之地，只能远遁广州；绎如再次出现；纯如带领江浙丝商远赴广州；楚秋也来到广州，并娶了谢姓行商的女儿以谋发展，没想到却被绎如盯上，在李侍尧面前进言准备让他一败涂地……

第七十二章　再掌门户

又经过一个月的奔波，纯如才回到了湖州。

这一路上顺风顺水，没遇到什么波折，只是偶尔感觉吃不下东西，有呕吐之感。毕竟旅途颠簸，舟车劳顿，在船上时间长了，休息不好，没有胃口，晕船厌水，都是时有发生的事，也实属正常。

纯如先回到了周家，她要先看看家里的情况，顺便打听一下公爹和周冰羽怎么样了，然后再去湖州知府衙门，这样好做到心里有数。再有，自己离开的这两个多月里，柜上的生意也让她十分忧心，毕竟周家没有一个主事的人。而此时，正是一年的紧要关头，是一点儿也马虎不得的。

纯如得知公爹周玉已经从衙门放出来有半个月左右的光景了，看来对于牵扯到自己身上的事情，和大人还是最为上心的。这速度不是八百里加急，也要算得上是六百里特快了。周玉能顺利地从大牢里出来，这让纯如感到十分高兴。

不过，经过这次的苦难周玉看起来憔悴了很多，头发像染了白霜似的，满头都找不到一丝黑发。虽然经过了十几天的调养，但眼窝、两颊都还是深陷的，整个人的精神状态也不是很好，有些萎靡不振的样子。周玉知道了自他入狱以来发生的所有事情，也从旁人处得知是纯如去京城里找的关系，才将他从湖州知府衙门大牢里给捞了出来。

见到纯如，周玉十分兴奋，就像找到了主心骨一样，这次他被关进牢里这么多天，自己曾有的信心和豪情已然被打击得无影无踪了。自己入狱后纯如的所作所为，也让他终于想明白了一个道理，纯如才是周家未来最可靠、最得力的接班人和当家人。周冰羽和纯如比起来，能力差得不是一星半点儿，而是一个地下一个天上的差距。他现在也知道纯如对周家没有二心，实心实意地为周家着想，就是对她自己的父亲杨梓传也比不上对他周玉好。至少，纯如先将自己救了出来，而杨梓传还在牢里受罪呢！

“纯如，我决定了，周家的主儿，从今天起还得你来做，‘广客隆’的东家也是非你莫属。就是冰羽日后出来，也不要他再掺和进来了！我呢，没事就和你九信叔去看管一下织染的事，绝不会再决定其他任何事情了。”

周玉见到纯如，没等纯如开腔说话，就将他自己早已想好的安排和盘托出。

“爹，这都不是太着急的事，等冰羽从牢里出来再说吧。我现在关心的是湖州知府衙门何时能将冰羽和我父亲给放出来，再有，家里这边织房和染坊何时才能正常运转起来，真正把东西给生产出来。”

“织房和染坊这边，你不用担心，我和九信已经商量好了，虽然这些时日耽搁了很多事情，但要在端午节出来成品应该没有问题。还有，你回来得正好，有一件大事迫在眉睫，正等着你料理呢！”

“大事？什么大事？还如此急迫？”纯如这一段时间，已经紧张得有些神经兮兮了，她最怕听到“大事”二字了。

“是这样，你们上次不是组织召开商会的筹备会议嘛，冰羽、你还有你父亲都被抓走之后，我听说过了十几天的光景，高尚就草拟了一份成立商会的申请书，交予了湖州知府衙门备案。出奇的是，知府李大人竟然不顾有人因为此事还在大牢里蹲着，就爽快地答应了高尚的请求。他还以知府衙门的名义给各个商家下达了告示，里面明确写了知府衙门已通过了‘德胜行’关于建立‘江浙丝绸商会’的请求，要求各个商家务必要在四月十八这一天赶到知府衙门里议事，议事的主题就是关于筹备商会的各项事宜及选出商会的会长来。”周玉带着既气愤又有几许担忧的语气讲给纯如听。

令人气愤的是，他听说李靖当初抓周冰羽和杨梓传时，振振有词地将“对抗朝廷”的大帽子扣在了周冰羽和杨梓传头上。反过来，没过几天的光景，就又毫不含糊地答应了高尚的请求。这翻手为云覆手为雨的手段，明显就是想只手遮天、蛮横弄权的做派。可又有哪个平民百姓能抵挡得了他的这种手段呢？

“四月十八？明天不就是四月十八了吗？”纯如急切地说。

“是啊！我就想听听这件事情你如何定夺呢。”周玉说。

“爹，李靖和高尚等人的意图很明显，就是要趁着周家和杨家的人都还在大牢里，先人一步把商会的事情定下来。准确地说，就是要神不知鬼不觉地把商会会长的位置收入自己的囊中。这次去京城时，我听曹叔说，您这次被举报就是高尚在背后搞的鬼，上次筹备会议的事背后也是他在作祟。所以这次咱一定要去和他争一个长短，不能让他的阴谋得逞，以免日后贻害各位商家。我曾经只知道他为人不是太端正，并不晓得此人如此阴险毒辣，既然他骨子里坏到如此程度，我们就容不得他再祸害太多人了。”纯如带着气愤的口吻说。周家的人和父亲因为高尚坐牢，不仅如此，就是自己此番来往京城也被折腾得很苦。

“好。爹刚才说了，你是周家的当家人，也是咱‘广客隆’的东家，只要你下定决心干的事情，爹一定鼎力支持。只是你要做好充分的准备，如果高尚知道你回来要和他争抢商会会长的位置，不知又要弄出什么幺蛾子来，你可得小心从事啊！”周玉不免有些担心，对纯如谆谆告诫。

“爹，你放心吧。这次李靖找不到咱们什么毛病了，咱是商家正常去竞争，想挑咱们的刺儿，他也是干瞪眼睛。咱们凭本事说话，高尚他想坐会长的位置，也得先过了咱们这一关才行。”纯如已经下定了最后的决心。

“道理是这个道理，可他是小人，诡计多端。会钻营不说，借题发挥也是他的看家本事，你还是要多加留意，以免入了他的圈套，咱家现在真不能再受半点儿折腾了。”

“好，我会注意的。”

纯如和周玉告退出来之后，又来到柜上，仔细向马掌柜询问了年后的经营状况。

马掌柜回答说：“大少奶奶，年后这两个月，收入并不如人意啊。我大概算了算，虽说这刚过了年，是淡季，但和前两年同期相比较，至少下降了两成。”

“那你分析了吗，到底是什么原因，收入少了这么多？”纯如问。

“去年，棉花每斤二十五文，帛一尺二十文，红绢一尺六十文，潞绸一尺一百四十文，可今年刚过完年，价格一下子就飞涨了起来，差不多在一个月之内就涨了有四成多，这是令人难以想象的。打个比方，按一尺八的幅面来算，做一身长袍至少需要二十一尺，如果用最便宜的帛来做，去年需要四百二十文，而现在，就得需要五百八十八文，这都还没算上手工钱。少奶奶，你算算，这涨了多少钱？这是用帛做例子，如果将它换成潞绸，这差距看着就更明显了。”马掌柜给纯如算上了经济账，这也是他最擅长的方面。

“那你的意思是，材料涨价了，销路就不好了？”纯如问。

“少奶奶，今年不单纯是材料涨价了，这过了年人工也是噌噌地往上蹿。就拿咱家的前台伙计说，去年，短工每日薪银是八十文，长工月薪是一千五百文。但看看今年这价码，短工每日给一百二十文，还没人愿意干，就是长工的月薪也都已经涨到了两千二百文。这人工钱积少成多，仔细算下来也不是小数目，如果不考虑进去的话，利润也会无形中少很多。还有，今年商铺的租金也是一路突飞猛进。我也真奇怪了，年前年后就这么几天，无论什么突然之间都飞速地涨了起来，这涨的速度都有些快得惊人。我干这行也有二十多年的光景了，还从来没见过这么短时间内涨幅变化如此之大的情况！”

纯如听了马掌柜的话后，微微地点了点头，说：“看来这水涨船高的事也是难免的，只是苦了百姓，用度花销要大了许多。我听你说的这个意思是咱家此时的盈利不好，是因为各种原材料、人工、商铺租赁都有了涨幅，导致价格大涨，才有了销售情况不好的局面，起了连锁的反应，那你打听过没有，别人家都是个什么情形？”

“别人家不说，我听说‘德胜行’高家、‘银鹊’赵家、‘宝胜行’李家，几家私下联合起来，不知何故，竟然齐刷刷地把价格都降了下来，就是上等的‘七里丝’，现在每包价格不过二百七十两银子，而咱家的价格现在都涨到了三百六十两，就是咱家卖这个价码，也是没多少利润可赚的。”

“他们的价格怎么这么低？”纯如自言自语地说。

“我也不十分清楚里面的缘由，只是他们的价格这么低，我们的销路自然就收紧，现在咱家靠的就是几个忠诚的老客户在支撑着，否则，被他们打压得市场空间就更小了。但这也不是长事儿，再怎么对咱家忠诚，毕竟客户不能长久和银子过不去，这时间久了，我担心他们也会起变化。”马掌柜十分忧虑地说。

“嗯，你说得有道理。可高尚他们这么做是为了什么？又是如何做到的呢？”

纯如带着十分不理解的态度问马掌柜。算起来，高尚他们是赔着本钱在做生意。纯如有些想不明白，也想不通，难道他们只是为了赚几声吆喝？

“少奶奶，我还听说，他们卖的这些蚕丝，名义上打着咱地方上‘七里丝’的名号，实际上暗地里掺杂了从福建当地购来的一些非常便宜的生丝在里面，只是那些掺杂的生丝用了洋人的药水浸泡过，只要泡过后，这生丝不单白得发亮，还特别坚挺有韧性儿，从外表看起来与咱正宗‘七里丝’的上等品‘合罗’并无二致，别说是外行看不出来，就是像咱这经营几十年的内行人，也是不好分辨的。”

原来如此，纯如听了马掌柜所说，心中已明白了其中的道理。她再联想起马掌柜所说的当地的原材料、人工及房租等情况，看来，高尚他们在以次充好，打压同行，用低价格扰乱这个市场。他们还在背后给包括自家在内的江浙丝绸商户摆下了一局天大的生死棋！

第七十三章　是非之地

四月十八，湖州知府衙门的院子里，坐满了人。

每人的脸上都带着十二分严肃谨慎的神情，场面上没有一丝混乱。因为，此时他们知道自己是在知府衙门的地盘上坐着。有了上次纯如、周冰羽还有杨梓传被带走的前车之鉴，大家都非常默契地保持着沉默。就是平常烟瘾特别大的一些人，也只是偷偷地把烟袋装上了烟丝，放在嘴里咂摸着，不敢点着火，怕升起了烟雾，引来知府李大人的注意。

李靖坐在临时搭起的台子上，神态自若，一副悠然自得的样子。

“德胜行”的东家高尚和“万和行”的东家吕直，坐在李靖的一左一右，和台下的人一样，神情庄重。

随着会议主持人一声铿锵的高喊“下面请湖州知府李大人训话”，台子下面响起了热烈的掌声，李靖站起身，朝下面拱了拱手，朗声说道：

“各位丝绸业界的东家，这次会议是‘德胜行’的高东家之前在我知府衙门申请备案，经我们衙门商议后同意才召开的。高东家的申请里面，把你们要筹建‘江浙丝绸商会’的纲领和目的写得很明确，也很清晰明了，为的就是要用商会这个平台，让你们的生意更红火、更壮大，我们看了也是十分感动。所以说，这次的会议不同于上次，上次的那几个人目的不纯，想的就是拉你们下水，对抗朝廷。再说没经过我知府衙门的批准，那也是名不正言不顺，就是那天你们成立了，以后也难成大事。这回好了，你们以后不但不是孤军作战，而且背后还有我湖州知府衙门为你们撑腰，你们说，好不好啊？”

“好！”

“好！”

“李大人英明！”

高呼声在院子里四处充斥开来，惊飞了停落在树上的燕雀，一只只燕雀连忙展翅向空中飞去，唯恐避之不及。

李靖不愧是久居高位之人，这番话说得下面的人一个个热血沸腾，群情高昂，刚才院子里紧张、压抑的气氛也随之一扫而空。

李靖见自己的讲话反响如此热烈，不免激动，越发得意起来。他一手叉腰，一手高高举过头顶，在台上左右走动，等大家的呼声慢慢停了下来，他接着说：“没有规矩，不成方圆，本大人从来都是讲规矩办事的人，我知道你们的时间都很宝贵，光景里面就有着金山银山，你们说是不是？我呢，今天就在这里提议，现在呢，就把这‘江浙丝绸商会’的会长人选定下来。其实呢，这会长的位置吧，说起来重要，可是实际呢，就是一个给大家鞍前马后服务的人，和酒馆里的小二干的活没差到哪里去。说起来这人选，我倒是想在此举荐一人，你们合计合计，看看我举荐的人合不合适，是不是你们心目中想推举的人选。”

“好，好！”

“李大人英明，这个事就李大人来给我们定！”

“我们听李大人的！”

台下的人听见李靖想推荐人选，哪有敢说不同意的。当然，也有一部分人，事不关己，就是在台下跟着嚷嚷，在那里瞎起哄。

“好，那本大人就举荐一人，此人年轻有为，成熟睿智，经验丰富，又有一副天生的热心肠，在你们业界德高望重，有着极高声誉和影响力。此人怕你们也已是早有了解，他就是‘德胜行’的东家高尚。”李靖几乎搜肠刮肚，将所有溢美之词都想了一个遍，一股脑儿都用在了高尚身上。

高尚听到李靖说到了他，连忙站起身来，朝大家拱手作揖，嘴里说着自己“才疏学浅”“不堪重任”等自谦推辞的话语，但脸上却是一副这事情来得太突然，自己没有任何心理准备的样子。

台下的人心里面明白，这哪是李靖在举荐高尚啊，这分明就是一份人事任命书，从他嘴里给大家念了出来，并且大家连反驳的机会都没有。这些人知道，在这个场合，自己说什么都没有用，还不如顺水推舟，做个顺水人情好了，所以也就在高尚私下结交的那些人的带领下，高喊着：

“我们没意见。”

“正合我意！”

“众望所归，千万不要推辞！”

……

“好，那咱们就这么定下来了，我宣布：‘江浙丝绸商会’的首任会长由‘德胜行’的东家高……”

“李大人，且慢，我不同意！”还没等李靖宣布完，一个反对的声音便从人群中传来，说话者正是纯如。

台下的人，看见是纯如，不免万分惊讶，她什么时候从牢里出来的?

纯如走到台上，对李靖说："李大人，为什么宣布得如此急躁呢？要知道，我们'广客隆'的东家周冰羽，还有'兴昌隆'的东家杨梓传，还在您知府衙门的大牢里没有被放出来呢！"

"呵呵，是你啊！我告诉你，要不是你越狱逃跑，又去京城里钻营，让刑部特赦了你，你此时也还在我大牢里待着呢！你说的那两个人，本大人早已经和你说明白了，没有按知府衙门的规矩办事，要在我知府衙门的大牢里待上一阵子的！"李靖见到纯如，恨得牙根直痒痒，说起话来也带着杀气。

"不知道李大人哪门子的道理，让大家评评这个理，今天的所作所为和那日的筹备会议有什么区别吗？"

没等纯如说完，台下的一些人小声起了嘀咕。

"是啊，真没有什么区别。"

"嗯，走的程序都是一样的。"

"对啊，可不就是那么回事！"

……

"李大人，为什么我们这么组织筹建商会就是犯法，您李大人就合法了呢？说起来，这大清国的'法'不是您定的啊！这是我们不懂法，还是您现在知法犯法呢？"纯如继续逼问李靖。

"是啊！"

"别说，还真是这么个道理。"

"这还真得让李大人给个合理的解释！"

……

台下的人们听了纯如说的话，都感觉说得有道理，声音忍不住都大了起来。

李靖被问得哑口无言，面红耳赤，继而一副恼羞成怒，马上要发作的样子。

这时候，高尚站了起来，起身对纯如说道："周家的少奶奶，请问你来这里是何意呢？是想直接搅黄了这个局面？还是想代表周、杨两家，要和我竞争这个商会的会长位置呢？"

"呵呵，高东家，你终于还是站出来说话了！好，那我就告诉你，我还真就是想和你争一争这会长的位置，也好让大家好好认清一下，高东家到底是怎样的一个人。"纯如带着嘲讽的微笑，对高尚说。

"这样不好吧？你一是女人家，二是没有任何和我竞争的资本，你和我争什么？你无非就是因为你父亲和丈夫还关在大牢里，对大家有意见，挟私裹恨地到这里来撒泼打横儿，你想，各位东家能选你吗？"高尚同样带着轻蔑的口气对纯如说。

"我有没有资本，自然不是你说了算数，凭着三寸不烂之舌，就想搬弄是非，那都是痴心妄想。要说这资本，让台下的老少东家说一说，我周家和杨家两家联合起来的资本怎么样？比不上你高东家吗？听高东家话里话外的意思是瞧不起我是女人家，资历经验比你浅薄。可会长之位，并不是要排资论辈，也并不是非男人不可，而是首先要有好德行，要有公心，才能带大家奔上好前程，我想就这几点，高东家，你是不是欠缺点儿了呢？"

台下的人，在上次开会时候，对纯如的所作所为印象深刻，都对纯如有着敬佩之心和极高的评价。现在看纯如在台上镇定自若、睿智聪敏的表现，更是多添了几分好感，很多人在暗下里都为纯如叫好喝彩。

“周家的少奶奶何时变得伶牙俐齿了，也学会了无理辩三分的本领，我往日还真是小瞧了你！那好，话既然说到这个份儿上，也没什么可掖着藏着的了，看来你是不见棺材不落泪。这样，当着众人的面，你把你腰间佩戴的那个锦囊解下来，给大家瞧上一瞧。”高尚恶狠狠地说。

“哈哈，锦囊？一个女人家随身佩戴的锦囊，难道高东家也对它有了兴趣不成？那改天我差人到街面上买几个送你就是了。”

台下的人听见纯如如此回答，都忍不住捧腹大笑起来。

“怕没有你说的那么简单吧？”高尚一个箭步冲到纯如的面前，伸手朝纯如的腰间抓去，把纯如佩戴的那个锦囊硬生生给扯拽了下来。

他把锦囊拿在手上，对着李靖和台下众人说：“说起来这个锦囊可来路不小，这是漕帮弟子的往来信物和凭证！我知道这可是周家少奶奶的心爱之物，一直不离左右，已经佩戴很久了，这说明什么？这说明，她和漕帮往来甚密，怕不是偷偷私下早已成了漕帮的弟子也是说不定的事。我们是正儿八经的生意人，从不想掺和到江湖帮派中去，不想走那些打打杀杀的邪门歪道，所以，你们说，她有资格当我们这个商会的会长吗？”

李靖听见了高尚的话，长长地舒了一口气，也从刚才的尴尬和恼怒中解脱了出来，随声附和道：“高东家说得对，你们是正儿八经的生意人，绝不能受帮派人的蛊惑，到时候，要是吃了哑巴亏，你也无处可诉冤情，只能是自认倒霉。要是被她引领着去做什么错事、坏事、违法的事，到时候，你们想回头都难！”

纯如没有任何心理准备，被高尚的这一突然举动吓得有些发蒙。

台下的人对高尚的这种举动，颇为嗤之以鼻，不管这个锦囊对大家意义如何，你对一个年纪轻轻的女人家做出如此下流无耻的举动，太有失一个东家的身份和教养。但他们也不得不掂量一下，高尚和李靖所言话里话外的分量，这牵扯到漕帮之事，也确实是一个棘手麻烦的问题，他们都想听听纯如如何将此事解释清楚。

第七十四章　诰命夫人

纯如对高尚的举动猝不及防，更对高尚言说她和漕帮之事没有做任何的心理准备。

但此时，她知道，她一定要镇定再镇定，绝不能露出丝毫的慌乱来，否则，怕真说不清楚了。

纯如在脑海中飞速地回忆着，高尚是如何知道她佩戴钱春娇给她的这个锦囊的呢？这个锦囊平时都是藏掖在衣服里面，外人正常是看不到首尾的，自己和高尚也就有那么三四次接触的机会，况且都是在自己穿戴整齐的情况下，按理说高尚不可能得知自己有这么个锦囊啊，并且他还对锦囊的出处了解得如此透彻明白。

哦，纯如想起来了，莫不是自己年前去高尚家拜访他，告辞起身离座之际，不小心将锦囊暴露了出来，让高尚给看了去？看来自己当时虽然极力遮掩，还是被高尚将这一微小细节捕捉了过去，并成了今天高尚反戈一击的把柄和利器。

“高东家，你说的这些，我真是听不懂。什么漕帮不漕帮的，我只是看着它好看，就在市面上买来随身戴着了。这到了高东家的嘴里怎么就成了漕帮的信物了呢？高东家对漕帮之内的事情了解得如此清透明白，这样说来，怕不是贼喊捉贼，高东家才真正是漕帮的人吧？”纯如笑呵呵的，十分轻松地对高尚和台下众人说。

“你，你！”高尚没想到纯如如此不急不躁，三言两语就将他扔出去的皮球给踢了回来。这个问题同样也让他难以解释，一时间，他也不知道如何回答是好。

“还有，李大人，您今天是不是有些偏私和有失公允呢？贵为知府大人，为何没有经过查证，也就随着高东家的话，一口断定我和漕帮有什么关系呢？日后让我们这些商户如何再对您说的话信服呢？”纯如不想让李靖再嚼出什么话头来，主动出击质问一下李靖，但态度是极为轻松的，她也不想太招惹李靖，以免引来不必要的麻烦。

李靖见高尚被问得哑口无言，自己也反受其害，心里十分气恼，忍不住狠狠地瞪了高尚一眼。但李靖知道，今天如果真让纯如占了上风，坐了这商会会长之位，那他日后就会真的颜面扫地，别说在台下的众多人中，就是今日之事，传扬出去，恐怕在同行之中也都抬不起头来。

“你问得正好，这还真需要仔细查上一查，可惜这里不是盘查的所在，看来只能请你到我这衙门后院的那间空房里待上几天了，等查清楚、查明白了，再出来和本大人这般说话不迟！”李靖这话说得很明白，他要将纯如软禁起来。

台下的众人听了，不免替纯如一阵紧张。这些人当中也有些替纯如打抱不平的，凭什么把人说关就关，说抓就抓，这还有没有王法了？但李靖并不管这些，对旁边的人一挥手，立时，就有人跑上台来，要将纯如架走。

就在此时，忽听得知府衙门外金锣开道之声，然后随着一声“圣旨到，闲人闪避”的喊声，知府衙门的大门四敞大开。随后，进来了三位太监，前面那位手里恭敬地捧着两道圣旨。

李靖见状，顾不得许多，连忙跳下台来。

其他人也都紧跟着下了台，台下的很多人都从没有见过这阵势，有些不知所措，心里有些兴奋，都想看看热闹。一时间，院子里出现了鸡飞狗跳般的混乱场面。

“湖州知府李靖接旨！”领头的太监高声喊道。

李靖连忙跑到近前，跪了下来，头触地，高声回应道：“臣李靖接旨。”

在场的所有人也都齐刷刷地跟着跪了下来，有些胆子小的，竟然连大气都不敢出。

“奉天承运皇帝制曰：朕闻户部奏报，尔捏造是非，无端生事，滋扰江浙丝绸商户自立商会，又捕与会倡议发起之人，破朝廷的严明法度，坏商贾的生业源泉，弥失朕爱民如子之心。兹命你接旨之日，立即放人，商会之事，只可旁观，不可近预。朕念你一时糊涂，尚且初犯，罚俸一年，以观后效。尔当自省自问，以图长进！钦此！”

太监念完了这道圣旨，将圣旨递给了李靖。而此时李靖早已不是刚才台上那般盛气骄横的模样，听到皇上在圣旨里对他的严词批评，已是汗流浃背，战战兢兢，慌忙间接过圣旨，两只手也在不停地颤抖。

那个首领太监接着又喊道：“湖州丝业商户‘广客隆’的东家杨纯如可在此处？”

众人齐刷刷地把眼睛看向了纯如。

纯如知道这道圣旨是和大人那里起的作用而来的，看来和大人还真是说到做到了。只是纯如后面听见还有自己家的事，十分惊讶和意外，莫不成皇上对自家也有圣旨？自家只是一介平民，皇上怎么会对自家专门下一道圣旨呢？但此时，容不得她多想，她也是连忙跑到那个太监近前，小声说道："民女就是。"

"民女杨纯如跪下接旨！"

太监顿了一下喊道："奉天承运皇帝制曰：湖州商家'广客隆'，在朕及太后寿诞前后，供巨量上品生丝与江宁织造，且物美价廉、质量上乘，为朝廷挣得颜面，太后身心亦悦。为彰尔户对朝廷的赤诚忠厚之心，又闻尔东家，鸾书光赉，淑范扬徽，象服增崇，端内持身，兹破例敕封尔东家杨纯如为七品诰命夫人，年俸银三十两、禄米二十斛。赏'兰蕙扬芳'匾额一方。并钦命其为'江浙丝绸商会'会长一职，望不知劳苦，为朝廷财税出力！钦此！"

"民女纯如，谢主隆恩！吾皇万岁万万岁！"

纯如怀着无比激动的心情，双手捧着接过了圣旨，快速地扫了那圣旨两眼，只见这圣旨上书写的汉满两种文字，汉字行款从右向左，满文书写从左向右，两种文字均向圣旨中间延伸。待仔细观瞧，圣旨以上等的"七里丝"为材料，由江宁织造用提花织缎的技法织造而成，由右至左被分为长度相等的青、红、黄、白、紫五种颜色段，在黄色缎面上盖有皇帝"制诰之宝"的玉玺。

"吾皇万岁万万岁！"

一时间，在场的所有人，也一同山呼万岁，这震天的呼声响彻云霄，在湖州知府衙门的空旷院子里，久久回响。

难道这是在场人除了李靖和高尚一些人之外，所有人的心声吗？否则，为何呼喊声显得如此的透亮和清澈呢！

纯如明白，这道皇上给李靖的圣旨，来得如此及时，拟写的内容如此贴切稳妥，一定是和珅和大人在后面的能量。看来，和大人真是人精，既顺了圣心民意，又从中中饱了私囊，真是个左右逢源、八面玲珑之人。

纯如想到在自家危急时刻自己求和大人帮助时，他带着的那股敲诈勒索的味道，想来和知府衙门安捕头的嘴脸并没有什么两样。两人虽说都是食朝廷俸禄之人，却有着天壤之别，说是一个在天上，一个在地下，一点儿也不为过分。要说两人的共同点，也还真有一个，那就是得到了钱财和好处，都还将自己的事情给办了。和大人这手眼通天的本事，确实比安捕头大了太多，当然，纯如也为此付出了更高的代价！

待来宣旨的太监走后，李靖还怔怔地站在原地未动。

他真不敢相信自己刚才到底经历了什么，不知道眼前发生的事是不是在梦境里。他好像忽然间想起来，自己接过圣旨时，把对皇上谢恩的正常礼节程序都给忘了，这要是传到皇上耳朵里，可是属于大逆不道的罪过。

可这还不是让他云里雾里的主要缘故，他弄不明白，这两道圣旨是从何而来的？皇上措辞严厉，将他批得体无完肤，一点儿情面都没有留。而另一道圣旨却对周家大加褒扬，好像做了什么丰功伟绩一般。还有皇上竟然对周家的少奶奶，大书特书溢美之词，还破例封了一个草民女子为“诰命夫人”，要知道，这是大清朝开国以来还从没有发生过的事情！难不成，是皇上上了些岁数，有些糊涂了？皇上日理万机，又哪有工夫听户部给他介绍一个民间女子如何如何呢！

他知道，此时大局已被皇上在千里之外的京城给定了乾坤，谅给他李靖熊心豹子胆，也不敢改弦更张，不敢不按照皇上在圣旨里写的去少做半分半毫的。至于如何给高尚交代，他现在也没有办法，只能在尽量不违背皇上意思的前提下，给高尚争取一些利益，日后再做其他的打算。你家哥哥贵为两江总督又如何？是我的顶头上司又如何？你给我再多银两又如何？总归说来，还不都是皇上的奴才，都是皇上豢养的一条狗而已？就是皇上叫你跪着爬，不也还得是面带笑容谢主隆恩，不敢怠慢了半步。

他怔了好一会儿，才回过神来，众人都在那里看着他呢！失态丢人也总不能丢在自家的知府衙门里，况且圣旨里，皇上只是批评了他要少管些商会的闲事，还有罚了他一年的俸禄，并未将他革职查办，他李靖还是湖州知府衙门的掌门人，想到此处，不免又镇定自如了许多。

他重新走上台去，看了一眼还在台下带着呆痴状的高尚，说：“各位东家，刚才皇上下的圣旨的大概情形，大家也都听清楚了，想来，皇上睿智天成，英明神武，教诲得极是。只怪我目光短浅，求湖州一方百姓富康心切，没有将事情办得妥当。还好，皇上教训归教训，我还是你们的父母官，我日后一定改变我处事的方式，为了在座各位的大计做好后勤！现在，我就宣布‘江浙丝绸商会’会长一职，当然了，这是皇上在圣旨里提到的啊，由‘广客隆’的东家杨纯如担任！”

听李靖说完之后，台下响起了一片热烈的掌声。

“广客隆”周家是江浙丝绸业界的“四象”之一，老东家周玉也是业界人人钦佩的有德行之人。大家虽然以前对纯如不是很了解，但通过这一段时间里对所发生事情的观察和纯如的所作所为来看，纯如当上这个会长不说是万众期待，也算是实至名归。

他们需要一个纯如这样敢做敢当，又聪明机敏、老练成熟的当家人，引领他们奔向如花似锦的大好前程！

第七十五章　兰蕙扬芳

“再有，我提议，我只是提议啊，这会长有了，怎么也得有位副会长吧，我看这副会长之位就由‘德胜行’的高东家来当吧。”

李靖虽然被皇上在圣旨里严词申斥，当着众人的面很是丢人，但他想尽力把颜面找回来，再有对高尚也好有个交代。但他不敢如从前一样飞扬跋扈，他要改变一下口气，让大家挑不出什么毛病，毕竟圣旨里明白告诉他不可再掺和商会里面的事。

而台下的众人也并没有任何人跳出来反对李靖的提议，因为李靖还是此地的父母官，是他们心目中的“土皇帝”。谁也犯不着招惹他，以免日后给自己带来烦恼和晦气，所以高尚成为这商会副会长的提议，就在大家的默不作声中顺利通过了。

“李大人，您是不是忘了一件事情，本应该是先急着去办的？”纯如在台下走向台前来说。

“你和本大人说话能不能客气点儿？不要因为皇上给你下了表彰的圣旨，就得意忘形，忘了自己是谁。就是你那七品‘诰命夫人’也是有俸禄而无职权的，日后有事情犯到本大人手里，照样让你有好果子吃。”李靖忍不住自己心中的恼火，恶狠狠地对纯如说。

“大人，我是既没有得意，也没有忘形，要说有，也是大人硬生生给我扣上的帽子。我只是在好意提醒大人不要抗旨不遵，那可是死罪！”纯如淡淡地说。

“我抗旨不遵？我什么时候抗旨了？”李靖也有些莫名其妙。

“对啊，皇上的圣旨里写得明明白白的，您接了圣旨，应该是立即放人的，可这都快过了有半个时辰了，您还没去放，这不是在抗旨吗？”

听着纯如的话，台下的众人纷纷点头，表示同意纯如的说法。

“是啊，确实该把人家放了啊！”

有的也在轻轻地摇头，表示对李靖的做法不理解，窃窃私语：“朝廷命官，难道把朝廷的规矩都给忘了？”

“唉，该去干的不干，不该干的，扯淡没够！”

李靖听了纯如的话，恨得牙根痒痒，但却没有任何办法，只好讪讪地下了台，进了衙门公堂下令放人。确实，纯如说的话一点儿毛病也没有，只是，他刚才一心想要找回自己的面子，也要再给高尚在这里站一会儿台，为高尚摇旗呐喊上一阵子，所以把放人这一茬儿给忘了。说句实在的，接了圣旨，就急慌慌地去放人，也是打脸的事，毕竟，这人是自己抓来的，现在却无罪释放，自己还要亲自下令把人家放出去，想来很让人窝火。

高尚见李靖走了，把自己撂在了这里，想想左右为难，不知进退。自己一走了之，怕别人说他肚量小，耍小孩脾气。可要是不走呢，待在这里，看着纯如志得意满的样子，又生气，又憋屈，徒被人在这里指指点点，戳着脊梁骨笑话。

“高东家，这些时日里，这上上下下的，你辛苦了！”纯如走过来笑呵呵地和他说，好像之前什么事情都没有发生过一样。

高尚听着心里不是滋味，纯如的话明显是在挤对自己，却没法挑明了去说，只是讪讪地点着头，说：“不辛苦，不辛苦。”

“我看大家也都累了，今天的会不如就开到这里吧，三日后，我们再商谈如何？”纯如说。

“好，好，那就照纯如会长的意思办。”高尚忙不迭地说。

高尚见纯如在向自己征求意见，心里不免有几分得意。这明显是在众人面前胆怯的表现，不敢有自己的主张。是啊，纯如毕竟是女流之辈啊，胸无大志，善良、天真，真是到了要拿主意的时候，不还是得找我高尚商量？这样想来，自己日后在这个商会里面，还是会有一番大作为的。到时候，我再折腾个天翻地覆，见机行事，取而代之，也是指日可待之事！

众人散了会，一时间如鸟兽般散去。只剩下纯如在衙门的大院子里，孤零零地等着自己的父亲和周冰羽从牢里出来。

想起刚才所发生的一切，纯如心里充满了慨叹。

朝廷对自家下的圣旨，是和珅和大人在皇上面前给自家说好话而来，还是和大人给皇上奏禀商会之事时，皇上忽然想起了那次蚕丝采购评议之事而龙心大悦，临时起意而来，现在还不得而知。但终归皇上还记得周家给他和太后的大寿做过的贡献，没有忘了周家的微薄之力。虽然周家也是赚了朝廷的一点儿银子，自己也知道公爹周玉在评议之时，在后面运作了人脉关系，但毕竟供给的生丝品质上乘，交货也及时，没有误了皇上的好事。

看来皇恩浩荡，只要忠心耿耿对待朝廷，肯给朝廷出力卖力，总是没有错的。哪怕是自己忘了的好事，哪怕只是自己做的微不足道的小事，朝廷也不会忘。

纯如一手握着“诰命夫人”的敕命金册，一手端着“兰蕙扬芳”的钦赐匾额，心潮澎湃，不能自已。

她曾听自己的母亲陈氏说起过这“诰命夫人”之事，只是自己当时并没有十分留意，因为感觉于母亲也好，于自己也罢，都是不着一点儿边际的事情。可现在，这个名号实实在在地戴在了自己头上，握在了自己的手中，纯如感觉到这份荣耀沉甸甸的！她下定决心，任何时候，自己都绝不能辜负朝廷的嘉奖与信任！

但她也知道，摆在自己面前的道路并不平坦，甚至可以用坎坷来形容。商会初建，各种章程和规矩都还没有建立起来，宗旨和目标也都不是十分清晰，现在说来只能是一个刚刚搭建起来的草台班子。人心浮动，人浮于事，这是眼前商会给人的第一印象。可以看得出来，各位参会的东家都是瞻前顾后，至少现在还没有团结起来，没有一心想要成大事的信心。大家目前都只是在观望着商会下一步的风向，然后再见机行事，这都和商会建立的初衷相去甚远，更不必说现在要带领大家挺进广州了！军心涣散的队伍，人再多，都是乌合之众！

还有日后在商会里如何和高尚相处也是一个非常棘手的问题，现在应该是大家团结一致的时候，何况高尚又是“四象”之一，是非常有实力的东家。不能搞对立和对抗，又要对他小心戒备，这个尺度把握起来是很难的。再有，就是那日在和马掌柜的攀谈中，纯如感觉到高尚在众人的背后设计了一个天大的阴谋，至于这个阴谋到底有多大，纯如还没有掌握得十分确切，现在很难说日后能和高尚走到哪步去。

她还有一个心腹之患、难言之隐，那就是她答应给和大人每年的那五十万银两该去怎么兑现？日后要商会出这笔钱？自己如何向众人解释？商会又从何而出？要摊派到每个会员头上，谁又能心甘情愿？

闹不好，商会初建不久，尚未建功立业，就会中途夭折，成为众人口中的一个笑柄。难道这笔钱由自家来出？自家怎么能拿出这么多银两来？即使勒紧腰带，一年能拿得出来，那下一年又该如何筹措呢？何况自己和公爹、周冰羽都还没有商量，这毕竟是伤筋动骨的事，甚至还有可能让周家失了元气，从此一蹶不振，这等关乎周家命运的大事情，自己无论如何都是做不了主的。

纯如正在浮想联翩的时候，听得衙门的大门外有人叫她，她回过神来后，见杨梓传、周冰羽已经站在那里了，两人都是蓬头垢面，胡子缠结儿，一副邋遢的模样，想来是在大牢里没少遭罪。

是曹叔去大牢门口将他们二位接了过来的，想必是曹叔早已将纯如的一些情况说给了他们听，杨梓传见女儿跑过来，连忙高声喊："纯如，恭喜你啊！"

而周冰羽则是一副很茫然又无所谓的样子呆立在那里，并没有作声，手脚无措，好像还很紧张的样子，身体微微地有些颤抖。

看见面容枯槁的父亲和茫然无措的丈夫，纯如也是泪光闪闪。二人不管遭了多少罪，好在终归人没什么事，都平安地从那不是人待的牢笼里出来了。

杨梓传接过纯如递过来的圣旨、金册和那块匾额，左瞧瞧右看看，爱不释手，一副喜不自禁的样子。

纯如走到周冰羽的近前，伸出自己的手来拉起周冰羽垂着的手，柔声说道："吃了很多苦头吧？这回好了，咱再也不用遭那份罪了。"

周冰羽摇了摇头，并没有答话，然后把脸扭向了另外一侧。显然，周冰羽是在故意冷落纯如，不想搭理纯如。

看见周冰羽对待自己的样子，纯如很失落、很委屈。

自己千辛万苦做这些，是为了什么啊？还不是能让你尽快从牢里出来，一家人好好团聚在一起？纯如认为自己并没有做错什么，可为什么刚从牢里出来，你就如此冷若冰霜地对待我呢？不需要你感激我什么，就是你和我说说话也好，毕竟夫妻二人有两个多月都没有见面了。人们常说“小别胜新婚”，何况经历了如此苦痛的牢狱之灾之后，重逢时的悲喜交加，想来也应该是人之常情吧？而眼前的周冰羽，却是待自己如此冷漠无情！

曹叔是精明之人，看出纯如有些尴尬，忙过来解围：“哎呀呀，你们小两口怎么一段时日不见，还扭捏起来了呢？我看啊，时候不早了，咱们也得赶路了。有什么事啊，咱们回去再说。”

当着父亲和曹叔的面，纯如也不好再问周冰羽什么，只好强带着笑颜，坐上了回家的马车。

而杨梓传却没有注意到女儿心情不畅快，他一路上还是紧紧地抱着圣旨、金册那些物件不撒手，仿佛那是朝廷颁发给他的一样。嘴里还不停地说着：“好啊！真好啊！我得拿回去给你娘看看，你娘得稀罕死！前年朝廷蚕丝评议的时候，我就和她说过会有这码子事，害得她一宿都没睡着觉！”

第七十六章　四喜临门

纯如一行几人，各怀着复杂的心情回到了周宅。

周玉早一些时候就得到了好消息，已经安排后厨做了丰盛的酒食在等他们回来。不知是因为杨梓传看着那圣旨、金册和匾额那些稀奇的物件入了迷而忘记回自己家，还是故意拖延下来，想到女儿家来蹭上一顿吃喝，总之，他也和纯如一起入了周宅。

晚宴开始之前，周玉吩咐人将那块钦赐的“兰蕙扬芳”匾额，挂在了厅堂之中最显眼的位置，又命人摆上香案，视若神明般地将圣旨和金册供了起来。

这样天大的几件喜事临了门，周玉高兴得合不拢嘴，也让周家上下的所有人跟着高兴，忙得自然不亦乐乎。

“今天这酒啊，咱们一定要喝个尽兴！一来庆祝梓传兄弟和冰羽出了冤狱；二来庆贺纯如被朝廷破例册封做了‘诰命夫人’，又被皇上钦命成了咱们‘江浙丝绸商会’的会长。说来，这是三喜临门啊！”

“老爷，还有第四喜呢！”周冰羽的母亲姜氏走了进来，非常兴奋地对众人说道。

虽然杨梓传偷窥姜氏洗澡的事情已过去了好多年，有些时候连自己都想不起来这回事了，可他此时再见到姜氏时，还是感觉十分尴尬和狼狈。好在此时大家都想听姜氏口中所说的“第四喜”，并没有人太注意到他的不自在。

“快说说，你口中的第四喜在哪呢？”周玉听到还有喜事，早已按捺不住激动的心情，连忙问道。

“咱儿媳妇有喜了，还害喜得厉害呢！”姜氏一边说着，一边慢慢拉过在她身边站着的纯如，继续说道，“这也怪我，那日她从京城回来，我就看她总是干呕，我就以为是舟车劳顿没有休息好，哪承想啊，是有身孕了。哈哈，你们说，那天我怎么就没往这上面想呢！哈哈。”

姜氏高兴得手舞足蹈，纯如在旁边听得是面红耳赤，当然内心也十分甜蜜，再过几个月，自己就要做母亲了！不知道的时候，也就那么回事，此时突然知晓了，一下子就感觉到做母亲其实是一件非常幸福的事情！

周玉更别提了，想着自己就要抱上孙子，升格当上爷爷，嘴里连声说着“好啊”“太好了”！说完之后，竟然不顾众人，自己独自干了一杯酒，喝完之后，还是显得意犹未尽，又对着杨梓传说：“兄弟，我这要当爷爷了，你也跟着要当外公了，现在真是年轻人的天下喽！”

杨梓传当然也替自己女儿高兴，女儿在这商会成立前后的所作所为，已让他心悦诚服。要不是纯如，此时他还在知府衙门的大狱里吃牢饭呢，想有出头之日，那都是猴年马月的奢望！现在女儿有了身孕，更是争气的事，毕竟纯如和周冰羽结婚几年来，还一直没有怀孕，这放在哪家来说都不是太光彩的事。作为纯如父亲的他，在众人提及孩子的问题时也很抬不起头。可现在不一样了，想想日后，有个小孩跟在自己身后甜甜地叫着“外公”，那是多么美的一件事啊！

曹叔看着杨梓传的情形，也连忙站起来，对着周玉说道：“确实这四件大喜事，都是可喜可贺啊！真可谓‘否极泰来’啊！我敬周老东家一杯！”说完之后，同周玉撞了一下杯子后，一饮而尽。

可桌子上的周冰羽却是一直没有作声，甚至脸上连一丝笑意都没有。

要知道，无论是纯如被册封也好，还是他自己出狱也好，都是自家的大喜事。还有纯如怀孕这么大的喜事，这意味着不久之后他就将有自己的孩子了，他是要成为做父亲的人了，可他为什么却一直是表情冷漠，对这些喜事无动于衷呢？

周冰羽有自己的想法，他从牢里被放出时，就从曹叔的嘴里得知了纯如这两个月来在外面的大概情形。

在他看来，纯如弄出的动静简直都是惊天地泣鬼神。朝廷给予纯如的封赏，更是让他看起来那么扎眼和不可思议，至少他周冰羽弄上多少个来回也是做不来的，可纯如一个小女子，凭什么做得到呢？

纯如怎么从湖州知府衙门的大牢里从容越狱而出？又怎么在千里迢迢的沿路通缉和盘查中自保其身、安然无恙？怎么就能轻轻松松见得了和珅和大人？又怎么能说动了和大人搬得了救兵，先是将父亲救了出来，又将自己和杨梓传从大牢里捞了出来？

纯如被破例册封了“诰命夫人”，被皇上赏了那一块高悬在自家厅堂之上的钦赐的匾额，又被钦命为商会的会长，这一切都如同从天上平白无故地就掉下来的馅饼，又独独被纯如一个人吃了，她的命怎么就这么好呢？为什么所有的好事都让她摊上了呢？凭什么纯如做到这些就如探囊取物一般自在呢？到底凭什么？

自周冰羽从牢里出来，听曹叔给他说了大概情况之后，这些问题就一直萦绕在他的脑海里，并且不停地困扰着他，让他变得神经兮兮。

想来想去，周冰羽认为，既然纯如没有在外面大把地去撒银两，托人找关系，那一定就是纯如在自己入狱后背叛了自己！要仔细深究起来，还不是凭着她的一副漂亮脸蛋，凭着她女人天生的资本，去京城里做了一场交易而来的？就是她心甘情愿地爬到人家床上也说不定呢！

还有这怀孕之事，想来，纯如这往来京城，到了现在这个时日，差不多有三个月了，不也应该到了害喜的日子了吗？这不就更加佐证了自己的想法和猜测吗？

他对自己的岳父杨梓传心怀不满和怨恨：初次筹备会议上，在台上和暗地里与我争会长之位争得死去活来的，怎么着，一同被关进了大牢里，你倒是变老实了。这从牢里出来之后，看着你女儿行了，当了“诰命夫人”了，此时，开始赖皮赖脸，大言不惭地在我家喝酒了？

就是你女儿得来的那些东西，不论她使了什么手段，说来要不是我周家真给朝廷出了力，纯如就是有天大的本事，也落不到她的头上！要不是我进了牢里，这些东西本就是我应得的，你在这里骄傲个什么劲儿！真是上梁不正下梁歪，杨家没一个好人！

他越想越生气，可当着父亲和众人的面也不好发作，自顾自在那里喝起了闷酒。只是别人都在忙着贺喜，一时之间还顾不上看他如何如何。

杨梓传今日来周家其实是有自己的盘算的，在从大牢里出来之时，曹叔就悄悄地建议他应该借此机会来周家一趟，目的就是和周玉及周冰羽缓和一下关系。杨梓传认为十分有必要这么做，当下两人一拍即合。何况自己的女儿纯如做了商会的会长，那是钦命的，又是皇上特封的七品“诰命夫人”，自己不能再和女儿或者说周家争个你长我短，说句实在的，自己也没有那个资本了。还有，他也打心眼里佩服自己女儿的能力，女儿做的这些，他是做不到的。再说，女儿有了这等荣耀，也是往自己的脸上贴金添彩，做父亲的，是绝不能再给女儿挡路添堵了！

“大哥，这些年说来，咱们之间的交情淡了许多，也就是大哥这么多年还包容着兄弟。就说正月初五那天你去我那里，我慢待了大哥，说来惭愧啊，千错万错，说来都是兄弟小肚鸡肠、心胸狭窄。今天借着这杯酒，兄弟和你道个歉，企望能得到大哥的原谅！”

杨梓传看菜过了五味，酒过了三巡，知道到了借着酒话，表达自己心迹的时候了。要不，这话平日里想要从自己嘴里说出来，还真是挺难的，他杨梓传迄今为止，真还没有和任何人道过歉呢！

周玉也端起酒杯来，满怀真诚地说：“兄弟，还道什么歉啊？没听刚才说，我们都是要当爷爷辈的人了吗？一切都过去了，怎么吵，怎么闹，总归那时候是我们年轻气盛。我们是一个头磕在地上的拜把子兄弟，更何况纯如和冰羽两个孩子坐在这里，这亲戚的关系也是不能改变的，要是再有了孙子，走动得也就更加勤快了，我的孙子也是你的孙子，咱们上了岁数，最大的盼望也就是他们那一代人了。”

看到周玉真是动了真情，杨梓传也倍感惭愧，接着说：“大哥，这些年，我是当兄弟的没有个兄弟样儿，当长辈的没有个当长辈的样子。就是对冰羽，我的这个大姑爷儿，我这个当岳父的也没有做到位。说句实在话，有时候也是被名利冲昏了头脑，撞了几次南墙之后，才幡然醒悟，好在现在一切都还来得及。冰羽啊，来，爹敬你一杯！”

周冰羽听着杨梓传的话，他不知道杨梓传说的是真话还是假话，不情愿地端起了杯子，一饮而尽，却没有表什么态。

“是啊，是啊，这世上的事情就是这么个道理，说来朋友也好，亲戚也罢，还得是常走动，互相理解才不会变生分。有了误会，说开了，也就没什么事了，怕的就是掖着藏着，天长日久，疙瘩也就不好解开了。真要是出了什么事情的时候，还得是自己窝里这帮人尽心尽力，别人看的都是笑话，牙没有碰不到腮的时候，但缺了哪样也是万万不行的！来，冰羽，曹叔也敬你一杯！”

周冰羽拿起了酒杯，却并没有喝，而是转身离席而去，他还记得那天去杨梓传宅子的时候，曹叔曾当着自己和父亲的面羞辱了自己。

看着曹叔有些尴尬的神情，周玉忙站起身来替儿子打圆场：“唉，这孩子怕是在牢里被弄得憋屈了，这冷不丁地回到家里来，还不是太适应，刚才他也喝得有点多了，由他去吧，曹叔，你莫要怪他。”

“周老东家说的哪里话，我怎么能怪冰羽呢，刚从牢里接出来的时候，我就看他有些无精打采，想来，也应该是累了。来，且不管他，咱们喝！”曹叔马上接过了周玉的话算是回应，也算是给自己一个台阶下。

“好，好，干，干！”杨梓传也在一旁说着。

第七十七章　扒皮抽骨

今日周冰羽出狱时看见纯如是满脸冷漠，回到家来，又是不理不睬的，就是听到了纯如怀孕那么令人惊喜的消息，也一副无动于衷的样子，这让纯如感到非常失望。还有刚才在酒桌之上，他对长辈的那些傲慢无礼的做派，纯如也都看在眼里，恼火在心间。

见周冰羽朝卧房走去，纯如尾随而来。她要向周冰羽当面问个明白，为何刚出了大牢，他就和自己、和众人要起了小性子，这是从哪里招惹来的邪火，让他就像一个不懂事的小孩子，在一直耍着让人耻笑的荒唐脾气。

“你进来干什么，你不去前面做你的‘诰命夫人’，与我来厮混什么？”

这是周冰羽今天说的第一句话，但不管怎样，总归是开了金口。

“说说吧，到底是为了什么？为何与众人一言不语，对我也是不理不睬，我父亲再不济也是你的岳父，自我婚配以来，这也算是第一次登上我的家门。而曹叔说来还是一个外人，咱爷爷辈分的人，他们二人敬你酒，喝与不喝不说，你那是个什么态度？亏了你是饱读诗书之人，难道把做人的基本道理也忘了吗？”

纯如见周冰羽此时还是这个阴阳怪气的样子，任凭她是怎样一个贤良淑德的女子，也不免压不住心头的火气。

从周冰羽那一次大病之后，她就一直退让，她心疼周冰羽，避免自己哪里做得不好刺激到他什么，但她却没有见到周冰羽有多大的进步。听了一点逆耳之言，或看到别人做了不顺他心思的事，不是要背起包袱来离家远游，就是要剃度出家去做和尚，再不就是窝在家里生闷气，让人不免为他担惊受怕。每次，总要经一番好言哄劝，才会好上几天，可过了一阵子，还是一副老样子。就像那些疑难杂症终究没医好，没去了病根儿，遇到阴天下雨就要反复发作。如果再长期这样下去，周冰羽没什么事，纯如也会憋屈出病来。

纯如今天抱定“说破无毒”的想法，不管言辞是否扎刺到周冰羽那脆弱而敏感的神经，也要将今天的事情说个明白。否则，这天长地日的，总是由着周冰羽的性子闹下去，也真不是一个办法。

“呵呵，”周冰羽冷笑了一声，然后说道，“他是我岳父？他在我眼里就是一条疯狗，一条见谁咬谁的疯狗！那我问你，他和我争会长的位子争得死去活来的时候，他怎么不认我当他的姑爷儿？还有那个老不死的曹老头，和你爹狼狈为奸地与我家作对，凭什么让我对他客气？我见到他，不抽上他一巴掌，算是对他客气了！你还在这里挑上我的毛病了？你是不是出了大风头，美得你忘乎所以，不知道自己姓什么了？”

“周冰羽，你能耐了啊！六亲不认不说，还如此歹毒地学会了骂人！我爹是疯狗，那我是什么？你又是什么？你那些年喝的墨汁难道是喝到狗肚子里去了？我爹也是做生意的人，他也要养家糊口，他也要把祖宗留给他的基业发扬光大，竞争会长之事，任凭谁怎样去想，那也都是正常不过的事，都是凭自己的本事做事，难道他让给了你，你的脸上就有光彩了吗？”

纯如稍稍停顿了一下，继续说道：“我父亲是做过很多错事，但他也在慢慢地改变自己，今天他能来，又往前迈了一大步，知错改错，我们就应该给他机会和时间。再说曹叔，他怎么着你了？无非就是竞争会长前后，他为我爹出谋划策，但那又怎么了？我爹待见他，他吃我爹的饭，士为知己者死，冲锋陷阵，忠心耿耿，又有何错误？为何到了你嘴里，就成了狼狈为奸？”

纯如说话间，因为激动脸涨得通红，她用一只手捂住自己的胸口，继续说道：“有人在，有利在，就有竞争。你实力不济还要去竞争，我佩服你，那是你的勇气！可无论什么人用了什么手段，你竞争不过人家，也要心服口服，检讨自己的过失，以图未来！而你呢？只听得了别人的好话，对别人的奉承吹捧不管好坏，一概照单全收，可一旦对你有一些反对的声音，你不是暴跳如雷，就是冷言相对，从来听不进别人的劝告。就如上次竞选会长之时，高尚在背后对你如何吹捧，你都信以为真，不加任何思虑辨别，他那么做，就是让你和我爹鹬蚌相争，他好渔翁得利！我明知道他没安好心，但我为什么没去劝你，因为我知道，劝了也是白劝，你不会听我的，还会引来你的无端猜忌和指责，我以为你进了牢里，有了大把的时间，冷静下来之后，早已经把这事想明白了，但现在看来，你比以前更糊涂！”

周冰羽本来喝了不少酒，满脸就是紫红色的，此时，又加上纯如这一阵秋风扫落叶般的质问和奚落，都已经变成了茄子皮色了。

纯如说的这番话，在情在理，要说对他没有任何触动是不可能的，周冰羽也确实认可纯如说自己身上的那些问题，只是他平时不愿意，也不敢正视自己罢了。

可他惊讶的是纯如的变化，从前，纯如生起气来是沉默不语，绝对不会如今日这般动这么大的肝火，更不会伶牙俐齿地说他的不是，最多也就是两人互不搭理。特别是这两年以来，纯如更是很少和周冰羽主动闹什么情绪，反倒都是见他有了闷气，纯如温柔主动、甜言蜜语地来哄他。

今天这是怎么了？官升脾气大了？还是她心里有鬼，要用这般样子来遮掩，造成一个先声夺人的假象来蒙蔽他？还是对他心有愧疚，色厉内荏，装腔作势？

想到这里，冰羽冷笑了一声："呵呵，当了'诰命夫人'，又当了会长，你还真是能作闹起来了，还学会了虚张声势的本领了！可谁又知道给你的那道圣旨是什么来路？你怎么就能突然间长了天大的本事？见这个大人，见那个大人，还莫名其妙地给我揣了个野种回来！"

"周冰羽，你终于说到正题了！我告诉你，那圣旨是皇上给下的，真假可辨，怎么着就来路不明了？呵呵，我终于听出来了，你是在怀疑这些都是我用身子换来的是不是？周冰羽，亏你想得出来，你不可理喻，也龌龊阴暗！凭什么你周冰羽做不来的事情，我杨纯如就一定争取不来？那我今天就把话放在这里，以后，我还要做比这些更难、更大气的事情，但无论做什么，都是凭我的真本事去做，绝不会如你想的那般猥琐不堪！"

纯如被周冰羽的话伤透了，委屈地流下了大滴大滴的眼泪。她呜咽着继续说道："我被漕帮的人从大牢里解救出来，往返京城两个多月的光景里，千里迢迢，吃了多少苦？遭了多少罪？又受了多少委屈？你能想象得到吗？我做的这些又都是为了什么？还不是为了周家，为了公爹、你，当然也包括我父亲，我才会无怨无悔地那么做！

但我做的那些都问心无愧，你对我不知冷，不知热，不知疼，也就罢了，可你为什么又要这般羞辱我？要说起我怀的孩子，只是我一时粗心大意，没有及早发现罢了，要早一些知道这个情况，我都不可能奔波往返京城，那么遥远的路途啊，好在现在看来，这孩子经过这番折腾，还没什么事，也算是他福大命大。呵呵，至于你说的野种，你爱怎么想，就怎么想吧，这个我和你没法解释，你这人，我也懒得和你浪费口舌。”

“你把我说得那般不堪，又将自己比得那般清高，那索性就把这些事都给解释明白了啊！”周冰羽扬起头，带着轻蔑的冷笑说。

“好。既然你真想听，我就和你勉强再说上几句，我能见到和大人，并能和他说上话，是因为苏州‘念都庵’的住持给了我一幅画像。我能求得和大人的帮忙，包括刑部那里，两江总督高晋高大人那里，还有我今天所经历的关于圣旨这些事，都是因为我答应以商会的名义，每年给他送去五十万两银子，这就是这些事情的来龙去脉。至于我身上怀的这个孩子，你想想大年三十那天晚上，你是不是在我身上快活了，你再算算至今，又过去了多少时日，也就能得知你口中的‘野种’他爹是谁了！”

纯如说完这些，终于忍不住满腹的委屈和辛酸，号啕大哭了起来。

周冰羽听到这里，算是把心中的疑惑全部找到了答案，看来是他错怪了纯如，但他的脾气秉性就是这样，他不会主动认错的，即使知道自己错了，他还是会强词夺理的。还有，今天，这是生平第一次被纯如骂得狗血喷头，让他感觉丢了很大的面子。

“五十万两银子？你胆子也真是不小，张开嘴就敢给人家答应出去？你日后如何凑得出来？我可把话撂到这里，甭想从家里拿一两银子去给你补亏空！”

周冰羽想把话题转移开，但他也确实感觉纯如答应和珅的数目如此巨大，恐日后要成周家的祸患。

“周冰羽，我答应和大人之时，就没指望你为我做什么，所以这事不用你操心，我自有安排。还有，你也捅破了你这层酸溜溜的窗户纸，你是看爹让我重新做了‘广客隆’的东家，我还坐上了商会会长的位置，又受到了朝廷那么多封赏，让你不单有了失落，还让你有了忌讳，这要是换到平常，你既然已经从牢里出来了，我该还你的都会给你。但是，从今日你的所作所为，我不能那么去做，为什么？你的德行不够，不足以担当大任！”纯如说这些话时，收住了哭声，也不再啜泣，她只是带着非常冷淡，甚至刻薄的语调，对周冰羽表明了自己的态度。

周冰羽这一次是彻底蔫了，纯如刚才的这番话，也正是他的难言之隐，自己不好往出说，不说又憋得慌。

今天被纯如这顿臭骂也真是痛快，虽然没带一个脏字，却让他感觉字字都带着针，扎得他体无完肤，特别是这最后一针，将他扎得鲜血淋淋，这让他感觉清醒了许多。

纯如看周冰羽那惭愧得无地自容的样子，知道是自己的话在他那里起到了作用。

她今天的这些话是狠下心来才说出来的，虽然有几次犹豫，真怕周冰羽受不了，但她知道自己在态度和言语上要是软一软的话，周冰羽就有可能得寸进尺，继续胡搅蛮缠起来。想来，今日他们夫妻间通过这场难得的“热战”，纯如毫无保留、一针见血地表达了自己的立场和看法。

好在，她坚持了下来！

周冰羽是一个性格非常复杂的人，既懦弱卑微，又想被别人视作威风强势，明明有些酸腐清高，却又好大喜功，自命不凡。他不但猜疑心很重，而且还是一个遇弱则强、遇强则弱的人，有些事不和他说明白、说彻底是不行的。如果总是哄让着他，他更会无休止地耍闹下去，用那样一种方式来引起别人对他的注意和关心，但这样下去，终归不是一个长久的办法啊！

见周冰羽彻底地灭了火，在那里讪讪地坐着不吭声没了一点儿动静，纯如知道，这是周冰羽在向她认错呢。否则的话，他要还是在窝火，早该是摔门而去了。

“过来，我累了，给我揉揉肩！”纯如非常霸道地对周冰羽说。

“我不给你揉，要揉你找别人去！”周冰羽气哼哼地答道。

“快点，你儿子累了，他让你揉的。”纯如还是非常认真地说。

“好吧！”周冰羽装作不情愿地答道。

“今晚儿上行吗？”周冰羽一边给纯如揉着肩，一边轻轻地在纯如耳边问。

“不行。”

“我轻点儿！”

“儿子不让！”

第七十八章　罪恶昭彰

三天后，“江浙丝绸商会”的第一次正式会议召开。在这次会议上，根据纯如的提议，除了高尚之外，又增补了两名副会长，他们分别是“兴昌隆”的东家杨梓传与“万和行”的东家吕直。位居“八牛”的八位东家和从“七十二金狗”中推举出的十三位东家，再加上会长和三位副会长，共计二十五个人组成了议事会成员。

会议最终决定，商会内部的成员要在大是大非面前步调一致、协调统一，不能互相倾轧，不能恶意竞争，不能囤积居奇，不能损害商会名誉和利益。商会全部会员共计五百六十一名，每个会员拿出八千两股银做基本金，这么做的目的是要照顾到大多数人的情况，有些小门小户，让他拿多了，他也拿不出，但这么做的好处也是聚少成多，门槛稍低一些，尽量让更多的人参与进来。

然后，“七十二金狗”每家再拿出一万两，“八牛”每家拿出一万五千两，“四象”每家再拿出两万两，这样凑上共计五百四十万八千两银子作为商会的总资本，商会按这个资本去外埠经营运作，以后各家按出资比例分得利益。平日里各家原有的生意该怎么做还是怎么做，只是作为商会的会员，在对其要求上比原来严格了许多。例如前面所说的那些，不能做有损于江浙丝绸商人形象和损害商会利益的事情。这么做的好处就是，有合有分，充分调动大家的积极性。

待众人散去，纯如、杨梓传和曹叔三人坐下来继续商议事情。

"曹叔，我听我们家的马掌柜说，'德胜行'高家、'银鹊行'赵家、'宝胜行'李家，他们三家私下联合起来出售的上品'合罗'，每包的价格比咱们便宜了九十两银子。还有，他们名义上打着咱地方上'七里丝'的名号，实际上以次充好，在里面掺杂用了洋人的药水浸泡过的生丝，别人并不好分辨出来。他们这么做，已经有一段时间了，弄得我们应付不来不说，也着实损害了咱'七里丝'几百年来积累起来的好名声。"

"我也私下里听说了有这么一码子事，只是现在还没有抓到什么实质的证据，再有，就是证据确凿又有什么用？民不举，官不究，就是其中一些客户有时候也是心知肚明，知假买假，图的就是一个便宜。如果这个事情现在拿到商会的这个台面上来，怕也是不好说，商会初建，人心不稳，弄不好这件事情深究起来，大家貌合神离，商会也会立马分崩离析，成为一盘散沙，想来，也真是不好办啊！"曹叔答道。

"难道就让高尚他们这么逍遥法外，任由他们败坏我们的名声去？"杨梓传非常气愤地说。

"从长远看，是绝对不能容忍他们这么胡作非为下去的，夜长梦多，恐留后患。为什么？现在不比从前，正因为有了商会，现在他们做的'病瘤子'，日后一旦犯了病，冒出了脓水，就自然会有人来找商会算这一笔账，自然也就会算在我们大家的头上。结果就是，这几条鱼腥了一锅汤。何况他们做这么大动静，就不只是几条鱼和一锅汤的问题，到时候他们就会变成我们江浙丝绸商人里的害群之马！还有重要的一点，今年开春以来，有关丝绸、棉花、布匹的价格及与之相关的人工、商铺价格一路高涨，背后也都有这几位的影子。如果高尚他们布局再深一点儿的话，我们和其他商家都会被他们挤对破产，这本来就是事关我们生死存亡的一场棋局，我们一定要多加防备啊！”纯如说。

“是啊，其他的人还只是蒙在鼓里呢，未必有你看得这么明白透彻。高尚做的坏事，还不止这些呢！”曹叔说。

“你怎么知道？”杨梓传惊讶地问道。

“高家多年前初来镇里的时候，不是在本地建了一个‘百善堂’吗？东家，这事情你应该了解，这个‘百善堂’收留鳏寡孤独、流离失所的一些人，这给高尚带来了很多的好名声。他不但获得了百姓的交口称赞，也让他很快在此地立了足，他的很多客户就是冲着他这样的善举才来和他做生意的。”曹叔不紧不慢地说。

“曹叔，他表面上是这样，那暗地里还有什么事吗？”纯如急着问。

“是啊，高尚他暗地里却是个人贩子，做的也是泯灭良心、草菅人命、不可告人的勾当！”

“啊？能有这回事！？”纯如和杨梓传两人异口同声地感到惊愕了。

这到底是怎么一回事？要知道，这“百善堂”建立了这么多年，到了现在，一直被人津津乐道和交口称赞，都说“德胜行”的东家是菩萨转世而来的大善人，扶危济困，救人于水火。很多受了他恩惠的穷苦人家，还在家里供了他的泥土塑像，初一十五，不忘给点上一炷香，给他谢恩祈福。怎么从曹叔嘴里说出来，这“百善堂”转眼之间就成人间地狱了呢?

“既然那天我已和纯如交代了我的身份，我也就不和东家隐瞒什么了。我是漕帮的人，消息不但灵通，就是高尚‘百善堂’里贩卖人口、戕害人命的一些事，帮内一些不受约束的不肖子孙也时有参与。他们中有些悔罪之后和我说，高尚收留的这些人里面，有一半是穷苦人家的孩子，或者是被故意遗弃的，或者是养不起的，或者身体有残疾的，总归放到了‘百善堂’之后，也就放了心，鲜有再回来找的。高尚就是抓住了这些人的想法，这些孩子到了他这里之后，他先是挑着那些身子骨健康的女孩好吃好用地养起来，到养够岁数，长相一般的就卖给富人家做了丫鬟，但凡有一些姿色的就高价卖给了妓院做了青楼女子，从此过上了惨无人道的生活。还有那些男孩子，包括有一些蔫傻的、流浪的、上了岁数的成人，只要是有些力气的，不管什么样的，都卖到山西那边的煤矿里去做苦力，几年下来，连日头儿都见不到，暗无天日地活受罪。”

“那家人日后找上门来讨人怎么办？”纯如问。

“来讨人的，毕竟都是少数，即使见着了人，你若想领走，也得付一大笔银子才行。那些被卖掉的，或者被说成是生病死掉了，或者说年龄大了一些偷着跑掉了，总归有一大堆冠冕堂皇的说辞等着你呢。来讨人的，听了理由之后，还得向高尚千恩万谢一番才会离去。就是那些失去了劳动能力的孤苦老人去了‘百善堂’，他们以为余生会在此地安心度过，他们哪里能想得到，高尚也只会将他们养个一年半载的，然后想了法子，让他们莫名其妙地陆续死掉了。因为他这个‘百善堂’名头响亮，来来往往的人特别多，所以每天有那么几个人突然没了，并不会引起人们的注意和怀疑。”

“那听曹叔说来，这高尚真是猪狗不如，简直是天诛地灭的畜生啊！”杨梓传也忍不住骂了一句。

杨梓传刚才听到曹叔说有人到高尚这里讨人，高尚要朝对方要一大笔银两，他突然想起自己对楚秋父母的所作所为，心里顿时感觉一阵惭愧和懊悔，自己当时的做法不也和高尚一样的吗？只是值得庆幸的是，自己并没有为了几个银两，把楚秋给卖掉，还把他养大成人，想来，自己在做人上比高尚还是好得多的。还有，他对曹叔漕帮的身份也暗自惊讶了一番，曹叔到他这里来有一段时间了，他只知道曹叔是江宁织造曹氏的后人，没想到这老爷子还是漕帮的人。其实也无所谓，什么门什么派，都有坏人也有好人。

“那曹叔您说这些，是不是有了什么其他的主意了？”纯如试探着问。

“帮内的有些杂碎助纣为虐，很是让人痛心。但有一点，他们不做，高尚还是会找到其他人的，我绝不能眼睁睁地看着高尚这小子这么继续祸害人，所以你公爹在知府衙门大堂受审那日，我找到了周璞。”

“您找到他又有何用？”纯如听着曹叔说的，有些糊涂。

“高尚利用周璞举报的你公爹，自然要多和周璞亲近，所以我想让周璞帮我把高尚藏在隐蔽处的一大本子花名册想办法给弄出来。这花名册上记录着高尚自建起‘百善堂’之日起，所有他贩卖人口的细节，不仅如此，这里面还包括被他草菅的那些人命，这本花名册简直就是记录高尚罪恶的一本账簿，高尚的罪恶令人发指，罄竹难书！”

“那周璞可弄到了那本花名册？”杨梓传也听得入神，这简直像听天书一般，谁能想到高尚会做出如此伤天害理的卑劣勾当来啊！

“可惜啊，高尚知道了周老东家从大牢里放了出来，周璞也就在他那里失去了利用的价值，还没等周璞拿到那本花名册，高尚就寻个由头将周璞从高家赶了出来，周璞现在的生活很是凄凉啊，因为举报周老东家的事，业内也没人敢再用他，现在只能吃那些年攒的老本，无异于坐吃山空。”曹叔说着周璞的事，不免一阵感慨。

“那这事就这么完了？”纯如有些失望地问道。

“那怎么可能呢！我就是拼了这条老命也不能任由他这么恶劣下去。前几日，我找到了帮内昔日的几个心腹兄弟商量了一番，让他们找到两个年轻貌美的女孩子乔装打扮一番，扮成穷苦人家的，进‘百善堂’里面摸清情况，再尽力施展本领靠近高尚在‘百善堂’里的心腹之人，乘机拿到那本花名册。不入虎穴焉得虎子，这样里应外合，应该是算无遗策。待那时，也将是高尚身败名裂之时，永世翻不了身！”

“曹叔，我记起来了，是不是我从牢里被腊梅救出的那个晚上，你和我说的就是这件事？”纯如问。

“是啊，当初记得你还劝解我‘得饶人处且饶人，不要将人逼向绝路’，你现在看来，你说老朽做得过分吗？”

“一点儿也不过分！就是把他打入十八层地狱，烧上他几个来回也不多。”杨梓传连忙接过曹叔的话恶狠狠地说道。他实在太恨高尚了。

“这个嘛，等咱真正拿到了他所作所为的真凭实据再说也不迟。只是刚开头我们所说的，高尚和那几家以次充好、低价乱市的情形，又该怎么办？”纯如说。

“我倒是有一个主意，只是此时感觉不是太合适。”曹叔沉吟着说道。

“什么合适不合适的，您快说。”纯如急切地说道。

“这个需要你走一趟福建和广州，摸清高尚那些丝物的来龙去脉，和你所说的那个洋药水到底是个什么物件，等摸清了其中的所有猫腻，到时候，他的问题也就有了解决的方法。只是昨日听说你已怀有身孕，唯恐你这身体吃不消啊，行走起来也不方便。我和你父亲也忙着筹划在广州置地兴业之事，一时半会儿抽不开身来替你去办，别人去办，又怕露出马脚来打草惊蛇，那日后就更难办了。”

“曹叔，您就放心吧。我是这商会的会长，分内的事，理应由我去办。我也想春娇姐了，正好借此机会去广州那里见见她。”

“还有，曹叔，您给我周璞叔捎个话，就说是我说的，让他明天回‘广客隆’做事，薪水还按照他原来做掌柜的时候算。”

纯如临走时，不忘将这件事情交代给曹叔。

第七十九章　江湖险恶

“妹妹，你怎么来了？怎么事先也不和我打声招呼，我好准备一下迎接你！”

“姐姐，本来我准备到了福建就要落脚的，但十分想念姐姐了，就直接来到广州先见你和武哥。”

这是纯如和钱春娇自年前那次依依惜别之后，两人在广州的再次重逢，彼此之间自然都是分外欢喜，特别是钱春娇，激动得眼泪都流了下来。

“妹妹，你这怀了几个月的身孕，还不远千里跋涉至此，怕不是有什么大事急着要办吧？”钱春娇十分关心地问。

“让姐姐说中了。‘德胜行’的东家高尚在广州购买了一种洋药水，无论把多么残次的蚕丝放在它里面浸泡几个时辰，再拿出来之后就能变得和咱们的‘七里丝’上品‘合罗’一模一样，行里人也很难辨别。高尚和其他几个商户用这种手段，以次充好，低价大肆倾销，弄得咱家和正经做生意的商户苦不堪言。弄不好，我们日后吃饭的碗也怕是要被他们砸了，他们这么做，实在是太祸害人了，我不得不去阻止他这么做啊！但现在苦于没有真凭实据，难以让他人信服。我来广州，就是想亲眼见识一下这种药水，带回商会去，召集所有东家来看，也好当面揭穿高尚的把戏。”

“妹妹的话，我听明白了。你说的这种药水，我也有所耳闻。但想亲眼见到这种药水，可是难上加难了。”钱春娇有所顾虑地说。

“姐姐说得有如此难见，让妹妹更是感觉十分好奇了，见到它，到底难在何处呢？”纯如问。

“妹妹有所不知，我听人说，这种药水只有英吉利人才有，是从万里之地漂洋过海才到了咱们这地界的。这药水里的成分和咱们生病时喝的草药差不多，都是多种东西掺杂在一起熬制而成的。可不同的是，咱们的草药无论什么陈皮、人参、杏仁的，都可以在市面上找得到。而熬成洋药水的各种材料，据说都是这个世上从来就没有的，也不存在的。至少我们国人是无法熬制出来的，不知道是洋人施了什么法术变出来的，所以金贵得不得了。”

钱春娇接着说：“我还听说，这个洋药水有一个致命的弱点，那就是用它浸泡过后，这丝物穿戴不上两年，就会变脆变硬，失去了原有的韧性，还会在薄弱处出现窟窿，自然而然也就不能再穿戴了。他们这么做和高尚的想法一样，就是为了赚取高额的黑心钱，只是他们不把这些残次品运回本国，而是将它们运到高丽、暹罗、南掌、苏禄等这些小国，赚取暴利。当然，这也损害了我们大清丝绸的声誉，这些猫腻一旦被那些国家发现，这些洋商就会把责任推到我们身上，让我们大清丝绸商人在这些国家背上见利忘义、诈骗坑人的黑锅。”

“姐姐说这个药水如此难得，那高尚是从哪里得到的呢？”

“这个我也不好说。但我敢肯定一点，他不是从广州直接得到的。因为漕帮在广州的眼线，还没有发现高尚频繁往来广州的迹象，就是他手底下的人在本地也鲜有什么动作，至于在什么地方得到的，那就不好说了。”钱春娇也十分不解地说。

“姐姐，我想起来了，也就是我刚才说要先落脚到福建的道理，听家里陈掌柜说，高尚的这些丝物都来自福建，莫不是洋人将这药水给了福建某个商家，高尚又从福建这个商家处，或得到浸泡过的织物，或拿到了洋药水来直接加工？”纯如也好似在自言自语地分析着其中的原委。

“妹妹，我感觉高尚直接拿到那药水的可能性不大，因为他要是能直接拿到，就犯不着去福建的商户那里拉蚕丝了。福建的那个商家也不会将药水直接给他，那样岂不少赚了高尚许多生丝上的银两？至于那福建商家的药水又是从何而来，这也十分蹊跷。”说来说去，钱春娇也自感十分糊涂。

“那现在看来，我们还得从下往上来捋上一捋，顺藤摸瓜了，然后再作打算。”纯如说。

“怎么个顺藤摸瓜法？”

“我还得去福建找到那个卖给高尚丝物的商家，然后探得底细，才好做下一步的打算。有可能福建那里还不是最终的根底，还得再往上摸到广州，总归最后一定会找到来由的。”纯如显得十分有信心。

“妹妹说得有道理，还是妹妹聪明，真是让姐姐佩服！只是姐姐告诉妹妹要有个心理准备，这个事情做起来不会一帆风顺，因为这是一个见不得人的勾当，让朝廷发现了，那就是死罪，这些不法商家当然会像护命根子一样保守着这其中的奥妙和诡计，想得来怕不是那么容易和轻松的。”

“嗯，姐姐说的这些，我来之时就已想到了几分，经姐姐这么一提醒，更深感这其中的曲折。但没有办法，明知山有虎，也要偏向虎山行，别人且不说，就单高尚祸害江浙丝商之事一日不除，妹妹就一日寝食难安！还会在洋人那里败坏国人的名声和信誉，实在是可恶。他们这么做早晚也会成为我大清国的祸患，我们也要早想些法子出来，灭一灭他们的嚣张气焰才对。”

“妹妹的凌云壮志和拳拳的报国之心，姐姐是理解的，但不可操之过急，引火烧身。高尚这里还是好对付一些的，但洋人那里切要小心行事，要知道朝廷以天朝上国自居，认为洋人来这里，都是因为仰慕而来，且都是不通王化、不谙礼节的蛮夷小邦之民。乾隆爷给广东巡抚衙门的圣旨里曾提到‘天朝物产丰盈，无所不有，原不藉外夷货物以通有无’，所以地方上也都处处让着他们的，以显示出咱们大清礼仪之邦和天朝的富有。”

钱春娇说话间，向外面指了指，继续说：“就如在这‘公行’里，洋人运来的物件，‘公行’都得是出现成的银子购买的，而洋人购买‘公行’的茶叶、丝绸、瓷器等却时有赊欠的。乾隆爷曾在另一道圣旨里说，‘浙民习俗易嚣，洋商杂处，必致滋事’，这地方上的衙门就理解为，如果我们和洋人一旦出现什么纠葛，都是我们的错，不管事非曲直，这地方上的衙门都先要站在洋人那一边，和我们理论一番，这明显就是偏袒他们的。”

“姐姐，看来我先到你这里是来对了。没想到广州这里是这个情形，以前只是听说这里是金山银水，哪承想，这里面峰峦叠嶂，暗流涌动，远比我想象的要复杂得多。也真是亏了姐姐提醒，看来我们真要从长计议，小心从事才对！”

纯如听了钱春娇的这一番话，不免倒吸一口凉气，看来自己确实是把广州这方地界和洋商那里的情况想得过于简单了。

“这不还是妹妹的深谋远虑嘛！你不记得我和武哥要来广州之

时，你千叮咛万嘱咐要和这地方上的衙门打好交道，我也真听了妹妹的话。现在我们‘广客隆’和广东巡抚钟音钟大人的关系处得很是不错，很多消息也都是从他那里得来的。”

“姐姐才识过人，美貌端庄，沟通法子又多又得当，哪有你拿捏不下来的什么人啊！哈哈。”纯如忍不住戏谑钱春娇。

钱春娇听到纯如这么说，脸上一红，显得十分不好意思，说：“妹妹你真是说笑了，我还不都是在按照你的主张来办吗？说了这么多，妹妹下一步要作何打算？”

“姐姐，看来我们还是先要把自家分号经营好，把身板养得结实了才有做大事的资本，我们还是要在这里探摸经验，为日后商会进驻这里扫清屏障。当务之急，我要先去福建，把高尚用洋药水造假的这件事情调查清楚，尽快把这件事情化解开。”

“好吧，姐姐也陪你一起去，互相之间好有个照应。”

“那当然最好不过了。只是武哥那里能同意吗？这一来二去的就得个把月，他不得想死你这个美人啊？”

“他啊？哈哈，你武哥可不比从前了，这一天天的除了分号的公事之外，没事就被他那些徒子徒孙拉去喝酒，他哪里还能想我啊？”

“这里漕帮的人也很多？”

“以前是少的，因为这里是‘天地会’的天下，可因为这几年内地的日子不好过，有一些帮内弟子就来这里讨生活。慢慢地互相介绍，也就越积越多，索性总舵主就在这里设立了分帮，命萧武来当这个帮主。”

“那妹妹要恭喜武哥喽！”纯如很高兴地说。

“妹妹有所不知，我是一百个不同意他来做这个帮主的，我们漕帮的地盘和势力都分布在京杭大运河的沿线，在这里的实力是无法和盘踞在这里几十年的其他帮派比的，再说，这强龙还是难压地头蛇的。广州不同于内陆，这里的各种江湖关系要复杂得多，不说各门各派大多在这里有落脚的地方，就是各类人等也都是来自天南海北，这些人里有的是惹了官司亡命天涯于此地的，有的是赔了家底来到这里躲债的，有的是揣着发财梦来这里淘金的。总之，一时之间很难摸清他们的门路和套路。”

钱春娇看了看纯如有些惊恐的脸色，继续说：“再加上各国的洋人为了利益，也和这些人存在着若明若暗的关系，让这里的江湖变得更加险恶，随便哪个街头，到了晚上都会有为了争地盘而发生的谋杀和火并。衙门也管不过来，后来也见怪不怪了，索性也就睁一只眼闭一只眼。可越是这样，那些人也就越来越肆无忌惮，这世面上越来越乱了。妹妹，你说这种情况下，我能不为武哥担惊受怕吗？我恨不得让他赶快从这个位置上来，我们把分号经营好，过几天安稳日子。我劝过他几次，可是他不听，嫌我唠叨，正好妹妹来了，你是东家，你和他好好说一说，或许他能听你的。”

纯如听到钱春娇的介绍，心里一阵打鼓，这里表面上是繁花似锦、兴隆昌盛之地，暗地里的江湖却是每天都有人为了利益暴尸街头、死不瞑目！想想这些都会让人不寒而栗！而自己却要执意带领江浙丝绸商人踏入这看似金山银山实则龙潭虎穴之地！

第八十章　隔墙有耳

纯如和钱春娇从广州来到了福建的漳州府。

为什么落脚在这里？福建对纯如和钱春娇来说都是人生地不熟，在偌大个福建去盲目寻找那个出售假货给高尚的商家，无异于大海捞针。

纯如曾听楚秋和她说过，他的亲生父母在这里从事丝绸生意，而且生意做得还非常大。她想，先到这里来，或许能打探得到一些自己想要的准确消息，二来顺便拜望楚秋的父母，也打听一下楚秋近来是个什么情况。自己离开京城之时，楚秋被和大人关进了牢里，和大人说过几天就会放他出来，如果真如和大人所说，楚秋也一定早就放了出来，说不定早已回到了漳州府的家里。

纯如和钱春娇两人在漳州府挑了一个最豪华的客栈入住，一切安排妥当之后，都感觉有些饿了，恰好附近有家看起来非常上档次的酒楼，抬头一看高悬的匾额上写着三个烫金的大字：楚如轩。钱春娇和旁边的当地人一打听，才知道这是当地最好的馆子了。里面装修豪华，环境清幽，当地美食美酒应有尽有，只要是第一次来到漳州府的，没有不到这里饱食一顿的。

两人进了这家酒楼，选了一个清静的雅间坐了下来。

店小二上来推荐了闽南春卷、杜浔酥糖、闽南糍团、云霄水圆仔、绿豆粉粿、海澄双糕润、猫仔粥、鼎边趖等漳州当地最有名的小吃，听完小二报的菜名，纯如让小二各自都给上来半份，她和钱春娇都要尝一尝。

“妹妹，看来真是有缘啊？”

“怎么了？”纯如奇怪地问。

“你看，我们刚来到此地，第一次吃饭的地儿，这‘楚如轩’的三个字里，中间的那个字就是妹妹的名字，这不是有缘吗？”钱春娇笑嘻嘻地对纯如说。

“原来这么个有缘啊，我还以为什么呢。这其实都不奇怪，你没看那秦淮河那里，这个‘春’，那个‘娇’的，是不是和姐姐也都有缘啊！哈哈。”

因为纯如和钱春娇处得时间久了，彼此之间早已不再那么陌生和客气，现在就如同打小儿起的闺蜜那般亲近，所以说起玩笑话来也没那么多的遮挡，倒是更显得彼此感情深厚了。

“妹妹，真不是姐姐和你说笑的，你没看那三个字里面，还有排在前面的第一个‘楚’字吗？我听人说，你还有个哥哥叫‘楚秋’的，你们两个的名字合起来，这馆子不就是咱家开的了吗？哈哈，我说的是这么个缘分。”

“哈哈，妹妹真是佩服姐姐心细如发，更佩服姐姐能将风马牛不相及的东西都联系到一起的本事，可是，这和咱家好像确实没什么联系啊。”

纯如听到钱春娇牵强附会的解释，虽然明知她是无心之语，却不免心里也是一动，听起来确实是有那么点儿意思。但纯如转念又一想，这都是纯属巧合的事，世上的事情哪有那么巧，偏偏自己刚来到漳州，第一次就选了楚秋开办的酒楼里坐下来吃饭？

“高东家，真是对不起啊！您来得真不巧，我们少东家前几日有事情去广州了，他约莫着您这几日要来的，临走时特地交代我，等您来了，一定要好好招待，不要慢待了您。”

正在纯如和钱春娇两人说笑间，突然听到隔壁的雅间进来了人，两人之间应该还不算是太熟悉，彼此见了面还在客气寒暄着。

“哦，也怪我路上耽搁了几日，就晚到了几天，李管家，不碍事，他说什么时候回来了吗？”那个被称为“高东家”的人回答道。

纯如和钱春娇听到这个声音，都大惊失色，这个声音太熟悉了，这不是高尚的声音吗？

两个人不约而同地用手指在嘴边各做了一个“嘘”状，屏息倾听隔壁还会再说什么。

“高东家，我们少东家说，早则四五日，晚则七八日就会回来的，就不知道您的时间是怎么安排的，您要是实在等得着急，看看有没有什么我能去办的，以免误了您别的事儿。”

“其实呢，还是上次我和少东家说的那个事儿，当时你也在场的，就是能不能把那个洋药水直接卖给我，出什么价钱你们说了算，我绝不讨价还价！李管家，你说，我总是这么舍近求远地从福建往湖州拉蚕丝，实在是逢人不好解释。还有，这运费、人工算下来也不是个小数目，况且人多嘴杂，弄不好被戳穿了把戏，这可就得不偿失了。”

“高东家，理儿是这么个理儿，这个谁都明白，拉回一马车的洋药水够您用一年的，够处理上千车的蚕丝了，还特别地省时省力。可恕我直言，谁又会那么做呢？我们少东家人不傻，他不单把这生丝里的药水钱早给您加上了，他还把那些本该扔掉的劣质蚕丝卖给了您，一举两得，有这样长久的一个好买卖，您想他能舍得单独将药水卖给您吗？”

“谢谢李管家提醒，我也琢磨得出这个道理，可是我刚才也和你说过，这么众目睽睽之下，总这么大批往湖州拉货，不是长久之计啊。我也听说，我们当地的有些商户已经看出了一些苗头，只是他们不明就里，暂时还没有看出这其中的奥妙来，如果等他们知道了我倾销的是这种蚕丝，我也就没法在当地待了！”

“那高东家就没有想想其他的门路吗？”

“我哪里有什么别的门路可走？当初我还没有听说过什么药水的时候，是你们少东家亲自找到我，要我购进他的这种生丝，我看着有利可图，是桩好生意，也就答应了合作。想来，这里的门路，我也只是和你们少东家熟识，但凡有其他门路，我也不至于如此三番两次来求他。但我听李管家的意思，莫不是你这里有其他门路可走？”

“高东家真是聪明人！通过咱们这几次的私下接触，我看高东家不但实力雄厚、头脑灵活，而且做人大方实在，特别是咱俩第一次私下见面，您就给了我五百两银子做见面礼，让我印象深刻啊！实不相瞒，我确有这洋药水的来路。”

“那真是太好了！可李管家就因为我这‘大方实在’就要帮我？”

“唉，看来高东家有些信不过我啊？好吧，那我就说一说这其中的道理。说来话长，我在这‘飞鸿行’的号子里已经干了三十多年了。想当年，老东家在的时候，待我如上宾一样，事事都倚重我，就是在薪水上也不曾亏待过我一文，只会多给，不会少给。后来老东家的儿子早殇，他就和我说，我跟着他干了一辈子，等他百年之后，就将这基业传于我，我听了，当然是十分兴奋，在以后的日子里，干起活来也更加地卖力气。”

那位李管家停顿了一下，咳嗽了一声，继续说道：“可哪承想，老东家忽然之间就死了，我那几日正在外地，被逃荒过来讨饭的小人钻了空子，家产全部被他霸占了下来！因为我知道事情的里里外外，自然而然，就成了他们的眼中钉、肉中刺，我眼前的这个东家早已想将我扫地出门，但奈何我四下隐忍退让，这些年来，他们并没有找到我什么由头，我也就一直苟且地在这里待了下来。但前年，我现在的东家，不知是何种机缘，竟然在京城里将自己的亲生儿子给找了回来，也就是我们的少东家。他来了之后，我这日子更难过了，原本我经手的一些事务，都被他一手揽了过去，我也就成了可有可无之人。但我也没有露出半点儿不悦之色，相反更加对他俯首帖耳，以取得他更大的信任。我这么做，就是寻找机会将老东家本要给我的东西连本带利拿回来！”

“李管家，我听明白了这事中的原委，可你不怕我去少东家那里给你捅出去吗？”

“呵呵，我也是久走江湖之人，经过几次观察，我能看得出你和我们少东家往日里并无深情厚谊，只是曾经认识罢了，这几次你们能走到一起来，也无非就是‘利益’二字。你们彼此之间是如此情况，为什么我和高东家就不能因为这二字也捆绑到一起呢？高东家，你说是不是这个道理？如果我少东家舍不得给高东家的，我却能给，高东家何苦要陷害于我呢？”

“哈哈，李管家真不愧是人中之杰，这话说得透彻在理儿。那好，既然李管家如此直来直去，我也不绕弯子，你想从中得到什么好处呢？”

“当着真人我自然不敢说假话，如果我帮高东家拿到药水，我想让高东家帮我把这‘飞鸿行’商号给夺回来，一旦将这本来就属于我的东西夺了回来，我愿将这一半的家财分给你，不知高东家意下如何？”

“这个，这个，你们‘飞鸿行’家大业大，财大气粗，在福建丝绸业界如日中天，我怕我没有能力帮得上你啊？”

“蛇有七寸，人有软肋，我在他们身边，他们哪里不堪一击，我当然是最明了不过的。只要我们里应外合，做起来事情是不费吹灰之力的。”

“那李管家，我想问问，那洋药水到底是从何而来？”

“不瞒高东家说，我在这里干得不快活，私下里也在接触下家。但我找下家，有个原则，就是一定要比‘飞鸿行’的号子还要大，福建本地是没有的，我就去广州找。广州城里近两年来出了一位神秘的人物，这位东家的生意做得不但大，而且手眼通天，无论和洋人，还是和‘公行’、官府关系都十分密切。为人非常低调，都只是听说，谁也没有见他现身过。传说是一个少奶奶的模样，但也都是猜测罢了。我通过关系，找到了一个能联系到那位东家的中间人，那人告诉我，像我这样陌生的人，纵有多大能量，人家也是不要的。听他这么说，我也是十分失落，但中间人告诉我，他可以从那位东家手里拿到一种洋药水，是一个一本万利的买卖，当时我也没有太在意，也就婉言谢绝了。后来我们少东家干起了这行当，我才知道那洋药水有如此大的能量，但是现在也不晚，我还是可以找得到他的。”

“那你们少东家也是从他那里拿到的药水？”

“是啊，怕是咱大清国的所有国人里，也只有那位东家才能从洋人手里拿到货。我现在只是不知道我们少东家是从何种渠道得来的，但你放心，我和少东家走的不是同一个门路。我也知道，我们少东家应该也不认得那位神秘的东家，因为他每个月都要从账房里支取数额很大的银两，去广州那里打点给他中间联系取货的人。”

“嗯，李管家，咱俩今儿说的也都是推心置腹的话，你刚才说的，我决定咱们一起做，可是你有没有具体的实施计划？”

“快刀斩乱麻，不留后患。高东家，这里不是长久说话的所在，今天晚上我们找一个合适的地方，我与你详谈。”

第八十一章　左右为难

听得隔壁的两个人从雅间走了之后，纯如和钱春娇都是长长出了一口气，因为刚才两人听得都十分仔细，各自的脸上都带着些许僵硬的表情，耳鬓之际也都流下了冷汗。两人刚从高度紧张之中缓过神来，不免面面相觑，半天谁也没有说出话来。

纯如和钱春娇都听得很明白，高尚之前卖的低价伪劣的蚕丝来自此地，看来已是确认无疑。他此番来漳州的目的也是要来买那洋药水，来掩盖自己的所作所为，隐匿行踪，妄想从此一劳永逸。

可李管家的东家是谁？李管家和高尚口中的“少东家”又是谁？李管家口中的那位“神秘东家”又是谁？那位“神秘东家”为何又有那般大的能量？这几个关键的问题都在两人的心里留下了几个大大的疑问。

“妹妹，咱们的命可真好，踏破铁鞋无觅处，得来全不费工夫，这顿饭的花销值了！”钱春娇乐呵呵地说，打破了两个人间的沉默。她就是这样一个乐观豁达的人，总在用一种快乐的情绪去感染别人。

“姐姐，话是这么说，可这里面还有好多事情没有厘清。我们下一步该怎么做呢？”

“妹妹，你还没听明白吗？这里面说来说去，没有一个好人，那个‘神秘东家’通过中间人将药水卖给了他们口中的‘少东家’，这位‘少东家’主动联系了高尚，将浸泡过药水的蚕丝卖给了高尚，高尚不甘只是从‘少东家’这里买丝，和这位李姓的管家私下勾搭要最终得到药水，这个李管家想要借助高尚的力量，里应外合阴谋夺取他东家的财产，李、高二人之间也是一拍即合。我们下一步要做的就是先和李管家的东家见上一面，打探一下虚实。”

钱春娇将刚才听来的事情枝节串联在一起，虽然说起来有些拗口，但纯如听得明白。

“姐姐，说来这事也真是蹊跷，我怎么感觉他们口中的‘少东家’和我的哥哥楚秋经历颇有几分相似呢？”

“和你哥哥？你说来听听，我帮你分析一下。”

“听我秋哥和我说过，他的亲生父母逃荒至此，然后讨饭时偶遇富甲一方的亲人，自此便安顿了下来，待那亲人死去，继承了家业。李管家嘴里说的，和秋哥说的如出一辙，基本内容都是吻合的。”

“那你这哥哥不是你的亲哥哥？”

“是的，他是我父亲的养子。但我秋哥一直是仗义之人，他又怎么会去主动找高尚，做起这狼狈为奸的勾当来呢！”

“妹妹，怕是你和这秋哥有一些日子没见着了吧？俗话说，‘三日不见，当刮目相看’，这如果一年半载的见不着，这人的变化还真是不好说的。再说，‘人不为己，天诛地灭’，这里面有这么大的利益，就是他主动去找高尚，也是在情理之中的。你没听见，那李管家和高尚也要私下密谋夺他东家的财产吗？还不知道高尚到那时，会使出什么下三烂的手段来对付那个少东家呢！”

纯如听钱春娇说得不无道理，人要是变化起来真是太快了，有时候就像变了一个人似的，好像你从来就不曾认识过他一样。

上一次在京城里，她万万不曾想到，她最信任的秋哥能偷拿她的那幅画啊！这样想来，也完全有理由认定楚秋为了自家利益和高尚联合起来作假。可无论为了何种目的，楚秋和高尚混在一起，还是让纯如心里接受不了。

“是啊，姐姐，如果这位‘少东家’真就是我的秋哥，我该怎么办？还有李管家和高尚的阴谋，我要不要戳穿了说给他听？这些我都还没考虑明白。”

“怎么说呢，如果此人不是你的秋哥，我们应该趁此机会，坐山观虎斗，等他们两败俱伤之时，再作打算。可是，现在面临这么个难题，楚秋是高尚的上家，不断了楚秋的这条路，高尚有可能继续祸害江浙丝绸商户的名声和利益。现在高尚要主动断了你秋哥的这条路，转而与李管家密谋去夺你秋哥的家产，这要是单纯夺了家产还是好的，我怕他们为了掩藏罪恶，害了楚秋一家人的命，毁尸灭迹啊！”

“姐姐的话言之有理，这里面有大局、有私情，也正是我的为难之处。高尚诡计多端，李管家一心夺财也是红了眼，他们里应外合，我想秋哥是凶多吉少！”

“我看妹妹想来想去，都是为你这异姓的秋哥性命考虑啊，哈哈，人之常情，可以理解。”

“姐姐想到哪里去了？再说这个时候，你怎么还有这般心思取笑我？我现在只是想，能不能有个两全其美的对策，既能让高尚与李管家合伙谋财害命的阴谋败露，保全秋哥一家性命，又能挫败高尚谋取那药水再次祸害江浙地方丝业的阴谋。”

“这个我一时间也没有什么好办法，有些思路也很是矛盾。”钱春娇说。

“姐姐快说来听听。”

“我们先要找到楚秋，劝他必须从此和高尚一刀两断，不要继续助纣为虐，他自己以后也不要再干这样损人利己的龌龊事。如果他答应了我们的要求，那就是最好的了，我们就将李管家和高尚的阴谋告诉他，让他及早有个防备，或者立即做个了断。可我怕的就是他被银两冲昏了头脑，不肯相信我们说的话，更不想放弃那个让他日进斗金的买卖。如果他不为我们的金玉良言所动，我们不但就此打草惊蛇，而且现在所做的也都会前功尽弃，并且从此我们也就暴露在了对手的面前，到那时候我们再如何对付你的秋哥，都相当棘手和麻烦了。”

“那如果他不听我们的劝说，难道我们就不和他说了吗？不管结果如何，毕竟是人命关天，我们总不能让高尚和李管家的阴谋得逞吧？”纯如问。

“我看这样，高尚和李管家还没有商量透彻，一时半会儿还不会对楚秋下手，他们刚才说要晚上继续碰头，我先派人跟踪他们下一步的动向，之后再作打算。”

“好，就按姐姐说的办。最好每日都能留意他们的动向，以免他们夺财心切一时之间就对秋哥一家动了杀机。那时候我们就是想给秋哥报信，怕也是晚了。”

“唉，想来妹妹也是多情的种儿啊！这一声声‘秋哥’叫得这个亲切劲儿，让我都有些酥软了。可我也得提醒妹妹，你们曾是兄妹，做起什么来我都是理解的。可现在人家毕竟已经是找到了亲生父母，你再交往起来，就得换一换身份了。我不知道你们之间有没有互生情愫的往事，但今天我听起妹妹的话来，感觉对你这位秋哥带着一种别样的牵挂。想来这都很正常，但也很危险。这男人啊，一旦反了性儿，还是比咱女人家下得了狠心的，手段也更毒辣。当断不断反受其害的道理妹妹应该是懂的，真是到了那时候，发现对方对自己已是没有半点儿情分可讲，自己受了伤害，想后悔也是来不及了。”

“呵呵，哪有姐姐说的这般玄幻？妹妹是有夫之妇，更是忠贞之人，哪有像你所言之事！只是对楚秋的担心还是有的，毕竟我们在一起生活了那么多年，吃着一锅饭长大的，亲情难舍。好了，就按照姐姐的安排去做，时辰也不早了，我们也该走了。我还真想见见‘飞鸿行’的少东家到底是个什么样子，毕竟现在我们对所谈的这些都是基于对那位少东家的猜测，还不能完全断定他就是我的秋哥，如果不是的话，那可就闹了一个天大的笑话。”

两个人离开了“楚如轩”，一路打听，找到了“飞鸿行”的总商号。

“飞鸿行”不愧是福建地界最大的丝绸商号，就是那前面的店铺都建得非常的别致和气派，古朴中影射着奢华，典雅中点缀着几许洋气，一眼就可看得出实力和气魄来。

纯如叩打门环，门房里走出了一人，纯如和他说明了来意之后，那人转身进去通禀。不一会儿的光景，那人折返回来，领她们二人进了里面。

二人被领到了一个偌大的会客厅，见到一对五十岁上下的老夫妇坐在那里。他们见到纯如和钱春娇进来，先行主动地站了起来欢迎她们，并热情安排她们坐下。

“不知二位小姐光临寒舍有何贵干？”男主人开口问道。

“噢，我们只是偶然路过此地，听说楚秋在这里，就想着来看他一眼。”钱春娇抢先答道。

“真是不凑巧，犬子前几日出门去了，还需要几日才能回来。我听你的口音不是本地人，你们是从湖州那里来的吗？”

纯如听见男主人这么说，知道自己的猜测没有错，楚秋果然就是李管家嘴里所说的“少东家”，心里不免一紧，当她听到楚秋的父亲这么突然间的一问，心里又是一惊，但瞬时镇定下来，从容地答道：“叔父真是好耳力，我们正是湖州来的。楚秋是我们小时候的玩伴，那时候关系就很好，前两年他忽然不见了，我们也是多方打听，才知道他现居此处的。”

“哈哈，想不到我儿还有两位如此聪慧、漂亮的朋友，我还一直以为他只长了个木鱼脑袋呢！”楚秋的母亲很高兴地说。

听了纯如的回答，楚秋的父亲脸上并没有显示出什么表情来，而是继续问道：“看两位不是普通人家的小姐，家业上可是做丝绸买卖的？”

“回叔父的话，祖上并没有做丝绸买卖，我们姐妹的父亲都在官府里做事，虽然没有什么高官厚禄，但家境还算说得过去。”钱春娇不慌不忙地答道。

“那你们可曾听说当地有个丝业大户叫杨梓传的？他有一间商铺名号为‘兴昌隆’。”楚秋的父亲继续问道。

“知道的，小时候我们经常去他家找楚秋玩耍。”钱春娇连忙回答道。

纯如心里暗暗后怕，她差一点儿就说不认识了，因为她一门心思想要撇开这层关系，她们被男主人这么绕来绕去地探问，很容易说得前后矛盾，看来钱春娇遇事还是比自己淡定得多。还有，男主人这么迂回地问话，也能听得出他是一个非常多疑且小心谨慎的人，他是不是猜疑纯如二人来是寻找楚秋回去的呢？

“呵呵，既然你们和楚秋如此熟识，想必你们也知道楚秋的底细，我也不瞒你们什么，那个杨梓传也真不是个什么人物，我儿子楚秋离开他杨家也有二三年的光景了，可从来没听说过杨梓传他四处寻找过，不是亲骨肉也不能不顾生死啊，想来也真是叫人寒心啊！”

“是啊，是啊，那时候我们也替楚秋十分担心。这回好了，楚秋没什么事，还找到了自己的亲生爹娘，也算找到了归宿，作为朋友，我们也真为他感到高兴！”纯如答道。

“老爷，你看两个姑娘说得多好啊！既然是楚秋的朋友，虽说儿子没有在家，我们也要尽地主之谊，这样，我告诉李管家准备好饭食，晚上你们就在这里吃晚饭吧。”

“不麻烦您二老了，既然楚秋不在家，我们也就继续赶路了。”钱春娇听着楚秋的母亲要找来李管家，忙拉着纯如告辞出来，她怕李管家见到她们会起疑心，更会节外生枝。

第八十二章　节外生枝

从楚秋父母那里出来之后，钱春娇带着纯如去了漕帮在漳州府的一个不为人知的分舵。在那里，钱春娇将高尚和李管家的大概情形交代给了帮里的兄弟们，让他们帮忙秘密跟踪调查这两个人的行踪，发现有不对的苗头或是重要的信息，马上来客栈告诉她。

待两个人回到客栈，已经很晚了。

两人也都感到有些困乏，进到房间里，洗漱一番，也就各自钻进被窝里躺下了。

熄了火烛，或许是因为劳累过度，或许也是因为怀有身孕，总之，纯如翻来覆去睡不着，浑身感觉不舒服。

“妹妹，你是不是还在想你的秋哥哥？”

“没有啊，只是累得过了头，有些睡不着了。”

“不要再骗我了，姐姐是经历过事的人，自从我们在酒楼里出来之后，就没见你开心过。”

“姐姐，我能问你两个问题吗？你要如实回答。”

“问吧。咱俩是情同手足的姐妹，有什么问题，尽管问就是，我是不会藏着掖着的。”

“那好。我问你，武哥是你心目中的理想男人吗？”

“怎么说呢？不算吧。我行走江湖多年，碰见的男人比女人还要多，白净帅气的，博学多才的，富甲一方的，魁梧彪悍的，都是见过的，现实之中的，总是和理想之中的差距甚远。”

“姐姐说说，武哥又和你理想之中的差在哪里？”

“他为人木讷，不懂风情，也不了解咱们女人的心思。”

虽然没有灯火，纯如看不清钱春娇此时说话的表情，但从话语里可以听出钱春娇回答得很认真，不像是戏谑之言。

“那姐姐说与我听听，武哥到底是个怎样的‘不懂风情’之人？”纯如虽然有些不好意思问这个问题，但她还是未免很好奇。

“妹妹还不知道，那日在你周宅完婚的当晚，他连红盖头都不好意思过来给我揭开，害得我半宿都是直挺挺地坐在那里，后来是我实在熬不过，自己揭了下来。我看他还是那木讷的样子，也只能半羞半臊地主动去给他脱衣服，就是熄了蜡烛，两个人进了被子里，他也是不敢碰我一下，又是我主动钻进了他的怀里，把他的一只手放在了我的胸上，摆弄着他另一只手绕在我的腰上，我都这样了，你猜猜他是如何反应？”

“那我哪里能知道。”

“他愣是保持了这个姿势足有小半个时辰，没敢动一下，我的身体都僵硬了，都恹恹欲睡了。最后真是没有办法了，我也只能是主动到底，最后翻身骑在了他的身上……最后总算是让他起了意，我这也才放下心来，差一点儿我就认为他是个不举之人呢，呵呵。”

“现在还是那样吗？”

“现在倒不是那般腼腆了，可也走了极端了，他想了，不管你愿不愿意，霸王硬上弓，完事了也就算是完事了，一点儿情趣也不讲。可当你想要的时候，他却偏偏早早地打起了呼噜，和头死猪一样，想弄也弄不醒他。”

“我是你和武哥的媒人，那听现在说起的这情形，姐姐可是后悔了吗？”

“哎，后悔什么，后悔了又能怎样？虽然武哥离我心目中的理想男人相差甚远，不与风流倜傥搭边，更是缺少浓情浪漫，是个如同木鱼般不懂女人心思的人，但我图他的无非也就是‘老实忠厚’几字，女人家还能图男人什么呢？”

忽然间，钱春娇又接着说道：“哎呀，妹妹，你这已经问了我不止两个问题了吧？”

“姐姐，没呢！我这就问你第二个问题，你是如何看待冰羽这个人呢？”纯如撒娇地问钱春娇。

纯如提出的这个问题实在是太难让钱春娇回答了。

她不知道纯如问这个问题的目的是什么，自己和周冰羽有过一夜之情，这让她无法回答，也不知如何回答是好。

听钱春娇没有作声，纯如继续鼓励着她说：“姐姐，你放心吧，你们之间的过往我都是知道的，就是你们之间有过肌肤之亲，我也是了解的。那些都是过往之事，不必去纠结，而你我早已是情同手足的姐妹，我就是想知道你作为旁观者是如何看待他的，毕竟你们之间有过接触，我想听听你的看法。”

“唉，既然妹妹如此开诚布公，那姐姐也就敞开心扉了，说破无毒嘛！周冰羽这人就是太自卑了，特别想得到别人对他的认可，这种性格脾气在女人面前更容易吃亏，不用什么美貌身材，只需对他大加赞赏，就能勾引到他，所以我奉劝妹妹不要在他面前过于强势，他一时之间对你低了头，日后但凡有对了他脾气的魅惑之人，他还是会背叛你的。”

“姐姐说的都是肺腑之言，妹妹记下了。我也是有此担心才想问问你的看法，姐姐千万不要多心。”

“妹妹的大度也让姐姐宽心了！当时都是因为答应了高尚骗取你家的蚕丝，一时之间才出此下策的，事后我也是非常懊悔。我对武哥也坦白了此事，刚开始他有些接受不了，到最后他也想通了，并没有为难我什么，想来这点，我在心里也念着他的好。”

“姐姐千万不要再为此事懊悔，事情都已经过去那么长时间了，还算那些旧账做什么。哈哈，今天我们姐妹也算是难得静下心来，推心置腹地聊聊天。”

“嗯，妹妹，你也快睡觉吧，毕竟有了身孕，听你说起来，也差不多有五个多月了吧，这个时候也是你需要多休息的时候。”

钱春娇像哄一个孩子似的，用手轻轻拍打着纯如，直至她进入了梦乡。

第二天一早，二人刚起床不久，一个漕帮弟子就来给钱春娇报信，说是昨晚已探得高尚和李管家密谋的具体内容。

高尚佯装要继续在楚秋这里进货，说是自己在漳州府等楚秋回来，迷惑住楚秋并骗他尽快从广州动身回来。高尚出资一万两银子，雇用十几个绿林中的高手，趁着楚秋从广州回来之机，派人在半路上截杀，力求万无一失，而后再焚尸灭迹。事成之后，高尚会派人将消息传递给李管家，待李管家得到楚秋已死的确切消息后，他在家里这边，亲自在后厨往东家的伙食里面撒上砒霜，毒杀楚秋的父母。事成之后，李管家和高尚各分得东家财产的一半，李管家将高尚介绍给直接能拿到洋药水的中间人。

纯如和钱春娇听完，都不禁倒吸了一口凉气。看来，高尚和李管家二人为了各自不可告人的目的都已经急不可耐、狗急跳墙了。这比她们两个人想象的进展程度都要快了许多，她们本以为高、李二人会慢慢来实施自己的计划，等待时机成熟之后再行动的。哪承想他们在如此短的时间内，就要用如此卑劣的手段，强取豪夺人家的万贯家财。觊觎钱财也就算了，可为什么又要大开杀戒，夺人性命呢？真是丧心病狂，不可救药！

“妹妹，你看现在这个情形，我们作何打算？”钱春娇看着有些呆愣的纯如说道。

“姐姐，我看我们要改变一下计划了，不管怎样，救人要紧，我们应该赶快返回广州去，尽快找到楚秋向他说明情况，我怕再迟一些，他的性命堪忧啊！”

“妹妹所虑极是。只是还如昨日我与你言说的，不知道楚秋能否相信我们说的话？如果此番我们打草惊蛇，高尚也有可能就此罢手，一时间我们就抓不到他贩卖劣丝坑害江浙丝商的狐狸尾巴了。”

“人命关天，迫在眉睫，也容不得我们考虑那么多了。”

“好吧，但愿楚秋能听得进去我们的话，他自己也能够悬崖勒马，弃恶从善。”

“但愿吧！我会极力劝说他的。”

就在两人收拾妥当，准备赶回广州的时候，另有一位漕帮内的兄弟气喘吁吁地赶了过来。

来人说：“钱帮主，你让我盯着叫‘高东家’的那个人半个时辰之前，急匆匆地骑马出了漳州城北门，我派人远远地跟了一段路，确认他是往浙江方向去了。我知道你这里着急等消息，所以赶紧过来告诉你一声。”

“咦，不对啊，刚才我听兄弟们说，高尚和李管家密谋，高尚不是要在此处钓鱼似的等楚秋回来吗？怎么此时他急慌慌地跑了呢？”钱春娇似乎在自言自语地说。

“姐姐，看他走的方向是回湖州的，走得如此突然，是不是他家里出了什么大事了？否则，他和李管家已经密谋好的事情，眼看着就要付诸实施，他不可能就这么轻易弃之不顾的。如果真是这样，这也真是天助我也，至少给了我们充分的时间，重新仔细谋划一番下一步的打算！”

“如果真如妹妹所说，高尚此时不在，那么李管家这里就不会轻举妄动，他得等高尚再来之时，才会对楚秋的父母下手，这样，我们确实是争取到了一些时间。可是，妹妹你能否猜得到，高尚家里那边发生什么样的事情了呢？”

“按理说，高尚的丝业营生都已成形，就是一些生意上的大事，他手底下的掌柜也会按部就班处理得很好，根本不用作为东家的高尚这般匆忙回去亲自办理。这倒让我联想起一件事情来，我临来之时，曹叔和我说过，高尚多年前开设的‘百善堂’面儿上是扶危济困的地方，内里实际上做的却是贩卖人口的黑了心肠的勾当。曹叔第一次买通的高尚身边的人还没得手，就被高尚撵了出去。这之后，曹叔又派你们帮内的两个得力姐妹，乔装打扮被送进了‘百善堂’，为的就是能得到那一本高尚这么多年贩卖人口的花名册，这本花名册就是他罪大恶极的铁证。我猜想，是不是此时那两个姐妹已经得了手，高尚刚刚知道此事，所以才这么急慌慌地往家里赶呢？”

“高尚还有这等丧尽天良之事？如果真如你所说，那也真是‘天作孽犹可恕，人作孽不可活’。你说他年纪轻轻，放着大好前程不走，偏偏要走歪门邪道，他到底怎么想的呢？”

钱春娇本来和高尚很熟识，高尚当时骗取周家的巨额生丝，也是请她来做的。可近几日知晓了高尚背后还有这么多不为人知的下作行径后，钱春娇内心里除了愤恨之外，也真是为高尚感到有些可惜。

“他能怎么想，无非就是什么生意赚钱就做什么，哪条道儿赚钱容易就要走哪条道儿。姐姐，咱们不管他了，我想我现在也要尽快赶回湖州去，看看高尚到底发生了什么事情。我担心他兔子急了咬大家的手，到时候，再弄出什么别的动静来，我们不得不防着他点儿。”

“好吧，妹妹一路小心。福建这边我还是让兄弟们留意着李管家的行踪，他有了什么动静，给你我传递消息是来不及了，也只能是看管着李管家不让他害人也就是了。”

“姐姐，广州那边，你也得让武哥多给我探查一下那位‘神秘东家’到底是个什么人物。还有，朝廷一直有要裁撤‘公行’的动静，到底是个什么章程，你和武哥也要尽快摸清楚。”

“放心吧，妹妹，你交代的这些我都记在心里了！”

第八十三章　姐妹迷局

不出纯如所料，高尚正是为了那本“百善堂”的花名册而匆忙赶回湖州的。

高尚在漳州府接到了自家“百善堂”乌堂主给他的私信，信里的文字虽然只有只言片语，但让他看后大惊失色、魂飞魄散，他私藏在“百善堂”里一处非常僻静之处的花名册不翼而飞！

而这本花名册的存在，平日里只有他和乌堂主两个人知晓，连第三个人都不知道，怎么会突然间不见了踪影？这让他感到十分蹊跷。而高尚更为担心的是这花名册最终落到了谁的手上。因为他清楚地知道，这本册子一旦被对手或仇家握到手里，自己头上的这根辫子就如同一个缰绳一样，被人想怎么玩就怎么玩，根本用不着半点儿客气。上面的内容一旦泄露出去，会给他高尚带来什么样的结果，他很清楚，他自己都不敢往深处去想。

回到湖州后，高尚立即来到了“百善堂”，找到了平日负责管理事务的乌堂主——他平日里非常信赖的心腹之人。

乌堂主看上去有五十多岁的模样，之前曾在玄龙观里做道士，后来受高尚盛情相邀，加之他自己也耐不住做道士的清苦生活，也就下山来到“百善堂”坐了堂主之位。

乌堂主在这里好吃好喝地被高尚供养着，他自己也感觉在“百善堂”里的生活才是自己曾经一心追求过的神仙日子，看来他命中注定还是脱离不了这滚滚红尘的。想想从前那般在观里为难自己又何必呢？修行得道成仙也是为了能过上舒坦日子，此时不用那么清苦地守着道家的清规戒律不也同样活得逍遥自在！

这么一想来，乌堂主早已把自己曾经的道长身份抛到了九霄云外，转而助纣为虐，十分卖力地辅佐高尚做起了贩卖人口的黑心生意。当然，高尚也没有亏待他，暗地里帮他娶了妻、生了子，出门更是配人配轿，前呼后拥，堂主派头十足。让昔日里同在山上一起修行的几个道友好不艳羡，心生嫉恨。

但此时被高尚找来，乌堂主却显得有些畏缩不前，慌里慌张的，心里面更是对高尚有些打怵。高尚不在家的日子里，他竟然让“百善堂”里的最高机密在自己眼皮子底下丢了，这是他担待不起的。

“乌堂主，这到底是怎么回事？怎么把花名册这么重要的物件弄丢了呢？这当中到底有什么蹊跷？”

高尚平时对这位乌堂主以“大哥”相称，他觉得这样叫起来显得十分亲切，足以显示关系的亲密程度。但这次，他是强压住心中的火气来质问乌堂主的，早已把昔日张嘴闭嘴就热络叫着的“大哥”的称呼忘到了脑后。

乌堂主听见高尚对自己已经改了称呼，心下明白高尚这是对自己十分恼火的直接表现，当然也不敢再对高尚用往日的“兄弟”相称。

“东家，我也没想到，两个丫头片子能作起这么大的妖风来，这事怪我，怪我，我甘愿受罚。”乌堂主连忙答道。

“什么丫头片子？这时候哪是你讨罪过的时候，我着急要听这事情的来龙去脉，你要仔仔细细地说给我听，不能遗漏任何细节，你听清楚没有？”高尚气急败坏地说。

“东家，我明白，明白，我这就说。只是……唉，都是怨我啊！没承想给别人算了一辈子的卦，看了一辈子的面相，到头来却被两个小小年纪的丫头给耍了。自己看走了眼不说，还坏了这么大个事儿，想来，真是窝囊啊！”

乌堂主有些呜咽起来，但他抬起头来看着暴跳如雷、怒目圆睁的高尚，也不敢再耽搁下去，只能清了清嗓子继续说下去。

“十几日前，堂里忽然有一个老头送来了两个双胞胎的姐妹，说是姐妹二人自小就失去了双亲，是被他这个爷爷一手拉扯大的。这个老头虽然不是多么富有，但也算是小康之家，把两个孙女教养得琴棋书画样样精通不说，就是行起事来也是十分乖巧懂事，非常讨人喜欢。但这老头生性好赌，在前几个月的一次赌局中，不但赔上了自己的全部家当，还欠了赌场里的人二百多两银子，老头怕赌场里的人掳去他的两个孙女去还债，思来想去之后就将她们放到了咱们这里，自己独自躲债亡命天涯去了。”

“之后又如何呢？”高尚也被乌堂主说得玄玄乎乎，忍不住发问道。

乌堂主看高尚对自己的述说有了兴趣，也就更加放得开了一些，说起话来也有些眉飞色舞起来。

“这两个丫头都是十四五岁的年纪，虽说年龄尚小，但都已经出落为标致的小美人了，特别是将她们那套来时穿的破烂衣服换去后，看上去越发清纯动人，何况姐妹两个并不是穷苦人家的孩子底子，都是见识过一些世面的，又都十分乖巧伶俐，我就寻思着日后把她们两个卖到‘翠芳楼’，那一定能卖个好价钱。哪承想啊，这两个丫头片子进来了之后，不单勤快麻利，在堂里专挑累的脏的活干，对我也是大献殷勤。前几日的一天晚上，两个姐妹不知道怎么就摸进了我的卧房，一人手里还端着一个洗脚盆，进得房来，将洗脚盆放在了地上，就将我从床上拉了起来，把我的双脚放进一边一个的盆子里，就开始给我揉搓洗脚，洗得仔细不说，也让人享受起来舒服无比。给我洗完了脚，两个人又爬上床来，给我揉肩捶背，同样熟练精巧，捶打得恰到好处。”

乌堂主尽量将细节说得翔实投入，说到此时，回想起当时的情景，他还忍不住咽了几口口水。

高尚听得也是异常仔细，他见乌堂主欲言又止，就接着问：“那后来呢？”

“敲打过后，两个姐妹不声不响地就走了。弄得我是莫名其妙，我也想了，这两个丫头不单聪明伶俐，还这般会伺候人，我要等东家回来，送到你的上房去，要是合了你的意，就先好好伺候你一段时间，是留是卖，以后看你的主意再说。让我没想到的是，接下来的第二天、第三天，天天如此，洗完脚，捶完背，按时而来，再按时而去，怪我也是老糊涂了，到了第四天晚上的时候，我竟然像丢了魂似的，早早在床上等着她们来。”

“她们可曾再来？”

“来了，不单来了，这次还拿了两盘小菜和一壶老酒来，让我一边吃喝，一边享受她们的按摩。不知不觉间对她们两个也放松了警惕，任由她们揉搓了，也许是那酒太冲了些，喝了几盅之后，竟然有些支撑不住了。蒙眬间，就看见姐妹二人走到我的前面，一人帮我宽衣解带，一人在我耳边呢喃般地问着什么。”

“问了你什么？”

“当时具体情形实在是记不起来了，只是我记得被她们拨弄得实在是太难受，后来索性就完全按照她们的意思办了，好像记得她们先是问我堂里可有什么私密之处，说要让我领她们去那里才更畅快，我好像是鬼迷了心窍一般地答应了，然后她们两个一边继续搓弄我，一边将我架了出去，再到后来我就什么印象也没有了。醒来时，我躺在那装有花名册的密室里，待我起来翻找，花名册连同那两个丫头都已经杳无踪迹。我这才知道是遭了算计，连忙派人去漳州请东家回来商量对策。我真是该死啊，东家的东西都没看住，自己的这一世英名，哪承想败在了两个丫头的手里！”说到最后，乌堂主忍不住带了哭腔。

“你栽在了两个丫头手里还是小事，就是你口中的‘一世英名’也不值几个银两，你可曾替我想想，我会栽倒在谁的手上？我栽倒了之后，会带来多么大的苦果子让我去吞咽？我告诉你，这本花名册一旦真被仇家骗了去，不单我这苦心经营十几年的‘百善堂’要玩完，就连带着我那‘德胜行’也要跟着遭殃。城门失火，殃及池鱼，我个人也会随之身败名裂，倾家荡产，弄不好还会吃上官司，丢了性命！”

高尚越说越激动，脸上也不经意间流露出了可怖的神情，使乌堂主也跟着有了惊恐之色。

这个结果，不单是高尚万万不能接受的，就是乌堂主自己也接受不了。这神仙日子还没有过到头，就眼看着要灰飞烟灭了，他也不可能拖妻带崽地再回到那玄龙观里了啊！高尚这几年除了锦衣玉食地养着他外，并没有给他太多银两，他攒下的那几个小钱，都是平日里卖那些老弱病残不值几个银两的人口时候偷偷地背着高尚私下截留下来的。这要是没了“百善堂”这个靠山，乌堂主真不知道他往后的日子靠什么过活。

“哼，领那两个丫头来的老头说是被设了局，赌输了家财，那是假的，是给你演的苦情戏！人家给你演的‘仙人跳’，给你下的套，那才是真的！”

“东家，我们下一步该怎么办？”

“还能怎么办，我试试动用一下衙门的力量，秘密搜捕你说的那个老头和那两个丫头，如果能抓到当然最好，抓不到，我也要事先和知府衙门的李大人先通个气，免得有人拿这个花名册去衙门里告官时，他事先连个心理准备也没有。这些年，他在我们这‘百善堂’的人头上也没少抽油水，不能出了事他两手一抹嘴就将自己撇得干干净净。”

高尚沉吟了片刻，接着说：“你呢，赶快将花名册上的人尽可能往回找一找，就是花大价钱只要能赎回的尽量赎回来，找回来之后一定要好生安抚，就是日后别人调查起来，这样做也能封住他们的口，不要说出咱们半个不好来。那些痴傻的，就不好弄回来了，他们是管不住自己的嘴的，把他们弄回来无异于搬起石头砸自己的脚。再说，这么大个‘百善堂’里，生老病死也都是很正常的。我们这么做，只是将这个事情的破坏程度尽可能降下来，要说都掩了别人的耳目，把外人的心智都给糊弄过去，那是不可能的，至于最后能到哪步田地，我现在也说不清楚。”

“还是东家谋略过人，佩服，佩服！”

听到高尚已经有了应付的策略，乌堂主忍不住露出了笑模样，紧张的心情也随之稍稍放松了下来。

哼哼，你个糊涂虫、老色鬼，要不是你对那两个丫头起了歹意，何至于害我到这般地步？你真是坏了我大事的一个“绊脚石”，我暂且先不动你，先让你在我脚下踩上一段日子，做上一阵子我的“垫脚石”再说，到最后，实在没了办法，我也只能将你生生地砸碎了事！

高尚这么想着，随之露出了一丝不易被察觉的狰狞表情。

第八十四章　不速之客

“纯如，你回来得正好，我们现在已经拿到了高尚‘百善堂’里的花名册，想和你商量一下，听听你的意见，对这本册子如何处理？”曹叔说。

在周家的客厅里，纯如、周玉、杨梓传、周冰羽和曹叔几人坐在一起正在讨论这件事情。

“还要有什么意见啊？我们一会儿就将这本册子拿去知府衙门，将他直接告了官不也就了事了嘛！”周冰羽抢先答道。

“我看此时还不是时候，单纯凭一本册子，还不足以将他高尚告倒，他完全可以说这本册子不是他的，是别有用心之人编造的。到时候，弄不好咱们还要背上‘诬告构陷’的罪名，你们也知道，知府李大人平日里就和高尚穿一条裤子，但凡有一点儿能偏向高尚的地方，他都不会错过。”纯如说。

“是啊，物证有了，当然是有人证最好，可真要备置齐全了，那需要些时日啊！再到那时，有可能高尚早已做好了应对的万全之策，我们说什么也都晚了。”杨梓传接过女儿的话茬说。

“我前几日派人按照花名册上的名字，就近寻找了一番，可奇怪的是，找到这些人被卖掉的去处时，这些人都提前几天没了人影儿。”曹叔有些失落地说。

“看来是高尚知道了花名册被盗之后，提早做了准备，将这些人再次隐匿了起来或者再次出手给卖到了更远的地方。有些地界就是花上一年半载怕也不好找到，他为了遮人耳目再次将人给买了回来也不好说。甚至为了掩盖真相，杀了人灭了口也说不定的。”周玉有些忧虑地说。

“那听你们这么一说，就任凭他这么逍遥法外了？这小子不但当面哄骗了我，暗地里还把我送进了大牢里，这个仇我还没报呢！我就不信治不了他！”周冰羽对高尚在商会会长这件事情上耍弄他，一直记恨在心，恨不得马上就将这高尚带给他的耻辱给洗刷干净。

“不是不报，时候未到，冰羽你能听明白我的意思吗？我们缺乏足够的证据，这里面必须是物证、人证俱在，才可以去快意恩仇的，我们现在急着去告官，只能是虎头蛇尾，还可能惹来不必要的麻烦。”纯如劝解着周冰羽。

“纯如说得有道理，‘天网恢恢，疏而不漏’，他高尚总会再露出马脚来的。再有，我继续派人打探那些被贩卖了的人的行踪，一旦找到那么两三个，我看咱们就可以采取下一步行动了。”曹叔也没有料到这个事情会这么复杂，早前他一门心思想弄到这个花名册，本以为可一招制敌，将高尚从此打得落花流水再没有起来挣扎的余地，现在经纯如这么一说，自己想得还是太简单了，不如纯如想得缜密周全。

“还有，我们盯着‘百善堂’花名册这件事，无非就是路见不平拔刀相助，不要让高尚继续去坑害更多的人，践踏那些无辜的性命。

这件事情其实说来与我们生意上和高尚发生的冲突是不相干的，所以即使最后告官，我们哪一个都不能出面。否则，会让人以商业上的竞争为由，对我们产生挟私报复的联想，对我们商会的团结也会产生不利的影响。”纯如继续说道。

“纯如，不是父亲说你，你也不要想得那么多，想太多就会畏首畏尾，反倒什么事情都做不好。高尚不但做贩卖人口的不法勾当，就是那卖药水浸泡过的假‘七里丝’，他做得也是热火朝天，他已经严重损害了我们的利益，也无形中威胁到了整个商会的利益。我们就应该趁他在花名册这件事情上还没站稳脚跟的时候，出其不意，攻其不备，打他个措手不及，让他首尾不能相顾。自然而然，他摆弄那些假蚕丝的勾当就会消停下来了。”杨梓传说。

“父亲，高尚他不会像你说的就那么容易消停下来的，他背后还有更大的阴谋，只是因为花名册这件事暂时搁置了下来，否则这几天还不知道会出什么样的大事情来呢！他现在恨不得这边的事情早有个定论，好脱开身去漳州府那里实施他那罪大恶极的计划呢！”

“他还有什么阴谋？”

“他还有什么阴谋？”

周玉和杨梓传二人忍不住异口同声地对着纯如发问。他们都领教过高尚的阴谋诡计，高尚行事计划周密，行动迅速，他们也都因为高尚的背后算计，蹲过知府衙门的大牢。

“他和楚秋的管家密谋要害死楚秋及其双亲，夺其家财，并继续用那洋药水祸害我江浙丝业，击垮我江浙丝业商户。”纯如带着焦虑的声音说道。

“楚秋？你有了楚秋的下落？”杨梓传连忙问道。

“嗯，我上次去京城的时候碰到的，回来忘跟你们说了。他现在找到了亲生父母，他父母现在已是大富大贵之人，也做丝绸生意，是福建最大的丝绸商家。”

杨梓传的脸上现出了尴尬的颜色，楚秋刚开始下落不明的时候，他并没有特意出去寻找过，此时得知楚秋还活着，而且活得这么好，他感到有些惭愧和懊悔。楚秋一直没有回来看他，甚至和他连个最后告别都没有，说明楚秋在心里和他已经生分了，或许也已积蓄了好多的怨气。

“你不但没有对岳父说，对我也隐瞒了这一段故事，我也是刚刚知道。我说呢，你这横挡竖拦着不让去告官，原来是为了给救楚秋争取时间啊！这次你去广州和福建，是不是就为了和楚秋再见上一面啊？”周冰羽对着纯如和众人吵嚷着说。

“你不要任性胡闹，大家都在这里一起商量事情，你发什么羊角风？”周玉训斥着周冰羽说道。

“冰羽说得没错，我真就是想和楚秋再见上一面，因为他和高尚联合在了一处，高尚所卖的假蚕丝就是从楚秋那里得来的。”纯如淡定地说。

“啊？！”

屋里面所有人听到了纯如的话，都如五雷轰顶一般，这里面除了曹叔对楚秋不是太了解之外，其他人都熟知楚秋这个人，让人怎么也想不到，楚秋是能和高尚混到一处的人啊！

“楚秋这孩子变了？”杨梓传茫然地问道。

没人提到楚秋的时候，杨梓传真想不起楚秋来，可真是有人提到了，他也倒真有些想楚秋了。毕竟从那几岁的娃娃开始，自己亲手给养成了大小伙子，说没有感情那是假的。但杨梓传听到纯如说楚秋此时变成了这个样子，他很不理解，有些不相信自己的耳朵，还带着那么一点点的心痛。

“是狗改不了吃屎！他从前在你面前都有可能是装的，现在得了势，必然会露出本来的面目去咬人，这不很正常吗？”周冰羽气哼哼地说。

“冰羽，楚秋没得罪过你什么吧？你怎么这么说他？有些事情纯如去那么几天也未必打探得明白，不能早下这些没头没脑的结论。”杨梓传听见周冰羽说起楚秋来，嘴里面这么不干净，忍不住有些生气地教训了周冰羽这么几句。打狗还得看主人，楚秋毕竟是自己的养子，楚秋变了怎么样，他可以说，别人要是说不中听的，他还是会不高兴的。

“好，我说什么都不对，是吧？有我没我都一样，那你们商量吧！”周冰羽说完起身离座，摔门而去，弄得在场的人都很尴尬。

“纯如，要不这样，我和曹叔去福建走一趟，先去找楚秋谈谈，劝劝他不要再和高尚往来。”杨梓传说。

“兄弟，不是你劝不劝说的事，现在高尚要图他的财害他的命。”周玉对杨梓传说。

“大哥，那我也可以把这件事直接和他说了啊，也让他早作打算。”杨梓传对周玉说。

“父亲，你现在把这事和楚秋说了，楚秋能相信吗？我们没有抓住任何高尚要做这事的真凭实据，他会认为你是生硬地想破坏他们的关系。况且我们现在还要抓住高尚操作假‘七里丝’的证据，如果楚秋再和高尚通了气，岂不打草惊蛇了吗？”纯如因为和钱春娇已经将此事分析透彻了，所以再次说起来显得也是底气十足。

“是啊，纯如说得对，看来这事情怎么做起来，都让人左右为难。我看这样吧，我们分头行动，我和东家还是去漳州走一趟，秘密地和楚秋见上一面，听听他到底有什么想法再作打算，这边我再派人去继续找证人。纯如和周老东家你们这边将高尚盯紧了，防备他狗急跳墙，有什么急事就派人去漳州府找我们，我们也会尽快赶回来的。”曹叔看这么研究来研究去总归不是办法，只能将自己的意见提出来。

“我看曹叔说的可行，眼前也没有什么别的好办法，就先按曹叔说的办吧。”周玉率先表示了同意。

纯如和杨梓传也点头，一致表示同意曹叔的意见。

就在大家要散去时，忽然听得厅门外吵吵嚷嚷，约莫着也要有十几号人的样子，纯如连忙出了厅门查看情况。

“会长，我们要退出这‘江浙丝绸商会’，今天我们来是朝你要我们当初入会的银两的。”

纯如仔细一看这些人，却都是认识的，这些人都是商会里的人。带头说话的是“银鹊行”赵家的东家，站在他旁边附和着说的人是“宝胜行”李家的东家。

“各位东家，对不起了，这厅里实在是狭小，只能站着请大家在此说话了，大家不要见怪。刚才赵东家所言，恕我听得不是太明白，大家为何要退出商会啊？”纯如很惊讶但也很客气地对众人说。

“我们听说，我们商会里有些东家几次从福建购得了大批冒充的假‘七里丝’，低价倾销到我江浙来，你作为商会会长不但不加以阻止，还知情不报，姑息养奸，刻意隐瞒我们，这是何道理？”

“是啊，拿我们当傻子耍吗？”

“是不是会长在这里面也有什么利益可分啊？”

众人也随着赵东家的话，七嘴八舌地吵嚷了起来。一时间，周家的院子变得闹哄哄的。

“大家静一静，大家既然是来解决事情的，就暂且听听我们的会长怎么说。”周玉站出来喊了这么一嗓子，周玉平时在大家心目中的威望还是有的，听他出来说话，大家也就慢慢安静了下来。

第八十五章　来者不善

其实，就在大家吵闹之时，纯如的脑子也在快速地运转着。

她清楚记得那日她和自家马掌柜攀谈时，马掌柜亲口和她说，贩卖用洋药水浸泡过的假“七里丝”，除了高尚是带头儿的之外，还有这“银鹊行”赵家、“宝胜行”李家都参与其中。怎么着，这事情还没有水落石出，还没来得及拿到台面上来说的时候，这两位就要“恶人先告状”，先将这事情抖搂出来了呢？难道他们是和高尚因为什么事情闹掰了？还是他们两个发现了什么苗头不对，要让高尚出来做他们的替死鬼？这确实让纯如非常糊涂，但也不能在脸上让他们看出来，听话听音，看他们如何自圆其说吧。

“赵东家，李东家，你们口中所说有人贩卖假‘七里丝’之事，我也有所耳闻，只是苦于没有真凭实据，我也不好在商会里说什么，难道你们二位发现了什么苗头？且说来与大家一起听听，我也好弄个明白。”纯如听见周玉喝止了大家吵闹，让她出来说话，她不慌不忙走到赵、李二人的近前来，非常镇定地说。

“会长，你是假糊涂还是真不明白呢？这么绕弯子有意思吗？

你分明就是这件事情的幕后主谋，事到临头，何苦要这般遮遮掩掩呢？”

“啊？我是主谋？”

纯如听到赵东家的话，不免心里一惊，这是怎么一回事，刚说到有人贩卖假丝，怎么突然间他们话锋一转，就都推脱到了自己身上，这其中是什么道理？但她在内心里告诉自己，千万别慌张，一慌张口不择言，弄巧成拙，到时候自己可就百口莫辩，这黑锅也就硬生生地扣在了自己身上，自己就是跳到黄河里也洗不清。

纯如定了定神，继续说道：“不知赵东家此话怎讲？”

“呵呵，看来不和会长说个明明白白，会长是不会轻易低头的。也好，把事情挑明白了说，对大家都有好处，免得有人‘不见棺材不落泪’‘不撞南墙不回头’，到时候落个身败名裂的下场。会长，我且问你，你和楚秋什么关系？”

赵东家说到最后话锋一转，冷不丁抛出了一个让纯如十分惊诧的问题。

“楚秋是我哥哥啊！”

纯如知道来者不善，但也只能是如实回答，况且这么多年，这层关系大家也都是知道的，没什么可隐瞒的。只是在这个情况极为特殊的时候，他们提出楚秋来让纯如十分惊讶，这提楚秋又是为了何事？

“好，这次会长回答得倒是爽快。那我再问你，你可知倾销到我江浙的那些劣丝是从哪里来的吗？”这次是“宝胜行”的李东家在问纯如。

纯如这回明白了赵东家为什么问她和楚秋关系的问题，看来眼前这些人已经知道了是楚秋将那些劣丝卖给高尚的。楚秋是高尚的上家，然而楚秋又是自己的哥哥，是自己的家人，转了一圈，合计着里外要将自己牵扯进来。

现在纯如是肯定地回答“知道”呢，还是否定地回答“不知道”呢？周玉、杨梓传和曹叔也是听明白了对方问话里的猫腻，他们也都不自觉地替纯如紧张了起来。

“我刚才开头和大家说过了，我只是听说过，没有抓到这事情里面的任何凭据，我只能告诉李东家，我不知道那些东家贩卖的劣丝是从哪里来的！”纯如镇定地说。

“那好，会长的这张嘴真是硬得不得了！那我告诉你，那些东家的劣丝是从你哥哥楚秋处购来的！难道会长会不了解此事？杨东家也站在你的身后，合着你们一家里应外合坑害我们江浙丝业和商户，真是让人痛心疾首，你们一家也真罪大恶极！我们还入你这商会干什么？这商会分明就是保护你们干黑心勾当的一个合法外衣，也是凭着我们众人给你们撑起的保护伞，只是我们这些人傻子似的，被卖了还在替你们这些人数银票，被你们耍着玩，我们还当驴似的在给你们拉商会这盘磨！今天，你必须给大家个说法，给我们说个明白，你何苦为了几两银子要这样坑害我们？”

“我只能告诉大家，我还没有掌握这事情的出处和原委，我也是在调查之中，事情弄清楚了，自然会给大家一个交代。至于你们说商会之事，我告诉大家，建立商会的最初目的就是为了给大家谋福利的，我在里面没有一点儿私心杂念，更不可能拿商会为个人私物玩弄于个人股掌之中为自己谋私利，更不要提大家口中这种下三烂的勾当了。”

“你说得真是轻巧，说得好听，不愧是当会长的好材料。可惜了，你背后做的鬼事，我们都已经了解得一清二楚了，否则也不会贸然来找你。你是不是刚去了福建的漳州府？你去了那里是不是又和楚秋商量了下一步行事的诡计？”

赵东家又如定时炸弹爆炸了一般，突然间又抛出了这么个问题。

这又让纯如很难回答！说没去过？断然是不行的，既然人家问到了，一定是知晓了你行踪的，否认只能是被继续穷追猛打，到时候自己更是百谎难圆。如果说去过了，那也就算默认了赵东家提出的第二个问题，去和楚秋“商量下一步行事的诡计”了，因为自己此时去的时机太敏感，你去漳州府，去了楚秋的家，去干什么？不用说，就很容易让人联想到赵东家所说的“商量诡计”了。

可自己和钱春娇去楚秋家里的行踪，没有人知道啊！就是楚秋的李管家知道了，他也无非就是告诉了高尚，可这些人又是来找她告高尚状的，高尚怎么又可能将此事告诉他们呢？这些问题一个一个从纯如的脑海中掠过，让她的头都有些大，这么多不合常理的事情都发生在了她的眼前，她百思不得其解，还要疲于应对。

“我是去了漳州府，但是我只是去探望一下我家哥哥，一来我并不知道他和高尚往来之事，二来我在漳州并没有见到楚秋，何谈我和他密谋了什么诡计呢？赵东家，这些空穴来风、血口喷人的话还是少说为好。”纯如知道，再也不能对眼前这些人太客气，否则他们蹬鼻子上脸，气焰会更加嚣张。

“好吧，不拿出来真东西，看来你纯如真是铁嘴铜牙啊！”说完，“宝胜行”的李东家从怀里掏出了一张一尺见方的纸条。

所有人都不知道李东家拿出那纸条是为了证明什么，更不知道那纸条上写了什么。

李东家继续阴阳怪气地说：“这个真凭实据你当大家的面自己念上一念，我怕你拿着惊吓到了自己，不小心将它吞咽到了你肚子里。这样，我给你拿着，你念给大家听，正好这杨东家、周老东家也在，就有劳你们二位再帮着纯如仔细辨认一下，这上面的字迹是否是楚秋本人亲笔所写。”

纯如走到那张纸的近前，一看这上面的字体，这还哪用旁人帮助自己辨认，这正是楚秋的字迹，分毫不差，这楚秋是写给谁的？和自己又有什么关系？他们是从哪里弄来的？这一串的问题又跳跃出来，弄得纯如有些眼花缭乱，心神不定。

“还呆愣着做什么？你倒是念啊？”赵东家在一旁催促道。

“妹纯如，此番你走得匆忙，有些未尽事宜，兄在此信中再加嘱托，商会里某东家购蚕丝之事，一定要多加保密，切不可外泄。如若有人已窥探几分其中曲直，也应以‘商会行事’为其遮掩，日后，待风平浪静之时，定当厚礼回报！并叩问父母双亲万福金安！”

纯如用带着些许颤抖的声音读完了这封书信，她难以置信这真是楚秋亲笔为她所书！自己这次去福建连楚秋的面都没有见过，也不曾与楚秋商议过任何关于“德胜行”购假“七里丝”的事情，这信里所言的“未尽事宜”更是不知从何谈起。这封信难道是有人仿照楚秋的笔迹写的，为的就是来坑害她？可那白纸黑字，楚秋那再熟悉不过的字迹又让她无可辩驳。如果真是楚秋亲笔所书，楚秋受了谁人的蛊惑，能将这般罪过推诿到她身上？又为何要这般苦心经营谋害她呢？

杨梓传看见女儿紧皱着眉头有些慌乱的样子，也连忙凑上前来，仔细瞧看核对那纸上的内容和字迹，看后也不禁连连摇头。

“怎么样？看明白了吗？看清楚了吗？铁证如山，就摆在面前，这别人的笔迹可以轻巧地说不认得，这哥哥的笔迹要是说不认得可是说不过去啊！我不是强人所难的人，也不是得理不饶人的人，且还有杨老东家和周老东家在这里，我更是不想拿出这物件来让你瞧看，怕的就是你看完之后下不了这台面，弄得大家都狼狈尴尬，可你的嘴实在是太硬了，逼得我实在是没有办法，不得已而为之。我把大家都给折腾来了，我也得给各位在场的东家一个交代！”李东家看见纯如失神的样子，心里已经有了十足的把握，但毕竟杨梓传和周玉都在现场，平日里都是十几年的交情，大家都是低头不见抬头见，也要把话说得圆滑些，免得日后不好再见面说话。

“这确实是楚秋的笔迹，我不否认，可是这事真和我一点儿关系都没有！至于楚秋为什么这么写，我也不知道他出于什么目的。”纯如一脸茫然，不知所措地答道。

“那听你这么说来，你是被冤枉的喽？是你家哥哥故意写这封信来陷害你喽？你喊破了老天，也没有人相信啊！谁家哥哥会这般作践自己的妹妹，愣往自己家人身上泼脏水呢？好吧，既然你这般狡辩抵赖，我也无话可说，今天你把我们投在商会里的银子都给我们吐出来，我们不和你胡搅在一起还不行吗？我们都怕日后这商会犯了什么事情，连带着我们这些傻子跟着吃瓜落儿，以后各走各的路，自己想干什么勾当，谁也不会拦着你了。怎么样？我们的要求不过分吧？”赵东家说。

纯如又急又气，可是又百口莫辩，不知如何是好。这么棘手的问题，她平生第一次遇到。说，说不明白；解，又解不开。

“我说各位东家，单凭一封楚秋给纯如会长的信，还不能完全说明白什么问题。现在大家也都是‘公说公有理，婆说婆有理’，这样僵持下去，也解决不了什么问题。老朽倒有个建议，黑的白不了，白的黑不了，大家宽限几日，让纯如会长把这件事情调查个清楚，到时候有了结果，咱们再碰头辩个是非如何？”曹叔此时站出来和众人说。

“好。我也相信，就是过它多少个时辰，黑白都是颠倒不了的。

这样，我给你二十天的时间，过期不候，二十天后你当着全体商会会员将此事说个明白，如果还不能自圆其说，我们可真就对你不客气了！”李东家愤然地说。

第八十六章　尼师解难

目送着众人出了周家的大门四散而去，纯如刚刚转身要进屋里，突然，绿豆大小的冷汗珠子像断了线似的噼里啪啦地从脸上掉落下来。她感觉肚子一阵剧痛，随之身体好像没有了一点儿力气，瞬间感觉眼前一黑，像一团泥一样瘫软在了地上。

“纯如，纯如，你怎么了？”杨梓传和周玉见状，连忙跑过来查看情况。

姜氏和两个丫鬟婆子也闻声赶过来，只听那个丫鬟尖叫着喊道：“大少奶奶身下流血了！”

姜氏忙对着那个婆子说道：“纯如是不是要生了？快，快去叫接生婆来！”

那个婆子听见了姜氏的吩咐，连忙小跑着找人去了。

大家七手八脚地将纯如抬进了内室，人还昏迷着，下身的血在不停地流着，将床上的被褥都染成了大片的暗红色。周冰羽闻讯赶了过来，他看到纯如这样，急得直跺脚，嘴里还不停地骂着丫鬟们什么。

不大会儿的工夫，接生婆跑了进来，掀开纯如的衣服，吃惊地对姜氏说道："看来还没有足月，大少奶奶这是要早产啊？"

"是啊，要说算来怎么着也得等到冬月才到正日子，现在算也就是将近七个月的光景。张家的，你看现在到底是个什么情形？"姜氏急慌慌地问道。

"俗话说，'七活八不活'，如果这孩子能顺利产下来，只要精心喂养，活下来应该是没有问题的。只是现在大少奶奶昏迷不醒，她使不上力气，孩子出不来啊，就怕这时间长了，孩子受不了，还有这么大量流血，大人怕也是保不住啊！"那个被姜氏称作"张家的"接生婆十分忧虑地说。

"张家的，你经历得多，快想出个法子来啊？孩子要保住，当然大人也得给我保住啊！"姜氏急得脸上淌下了冷汗。

"看少奶奶眼前这情况，脉搏跳得这般慌乱，脸色也是青紫的，怕是刚才受了内火外邪忤逆所致，气血虚弱无所依靠，还是快把大少爷叫进屋来吧，让他来唤一唤少奶奶，阳气冲一冲，如果再不行，也只能是听天由命了。"

姜氏连忙跑到门口，喊来了正在院子里徘徊不定的周冰羽。

周冰羽按照接生婆的指令，抬起纯如的头来，放进自己的怀里，把嘴凑在纯如的耳边轻轻地呼唤起她的名字来。周冰羽其实是又惊又怕，他心里已然没有了任何主张，说起话来紧张得磕磕巴巴的。

姜氏帮着接生婆揉捏着纯如的胳膊和腿，又不停地掐着纯如的人中，大家都手忙脚乱。

可无论众人怎么忙乎，都不见纯如醒来，这让众人的心都提到了嗓子眼，姜氏急得更是眼泪都掉了下来。

忽然，一个丫鬟跑进来对着姜氏说："太太，外面有一个老尼姑，她说能救醒少奶奶！"

“那还愣着干什么啊？快请进来啊！”姜氏听见丫鬟这么说，好似找到了救星一般。

丫鬟将一个尼姑模样的人带进了屋里，大家都连忙闪开身来，让尼姑坐到了纯如的近前来。老尼姑将周冰羽撵了出去，又吩咐丫鬟将紧闭着的窗户全部打开，她抬起纯如的头来，又从腰间的一个小瓶子里倒出三粒小药丸，然后用力掰开纯如的嘴，将药丸塞进了纯如的嘴里。

姜氏有些害怕，眼前的这个老尼姑不认不识的，只是凭着老尼姑一张口就说能救纯如的命，就把纯如交由她摆布，会不会出什么岔子啊？这孩子还没生出来，就往大人嘴里给药，日后会不会对孩子有什么影响啊？可姜氏自认为也没别的救命稻草可抓，接生婆说的那一套还行不通，也只能勉强地相信眼前这个尼姑了。

过了不到一刻钟的光景，纯如还真缓缓地醒了过来，她慢慢地睁开眼睛，看着老尼姑，说了一声：“姐姐，你怎么在这里？”

纯如一边说着，一边要挣扎着起来。

老尼姑忙用手将纯如按下，说：“阿弥陀佛，佛祖保佑！此时不是你说话的时候，孩子还在你的腹中，快让接生的婆子帮你产下后再说。”

纯如听了老尼姑的话，轻轻地点了点头。

姜氏看纯如醒了过来，大喜过望，一边对着老尼姑连声道谢，一边催着接生婆快去帮助纯如接生。她听见纯如称呼眼前的老尼姑为“姐姐”，却从来没有听纯如说过有个做尼姑的姐姐啊，再说这年龄上还差着这么一大截儿？虽然心里面充满了迷惑，但此时光景也由不得她想太多，把孩子平安地生下来才是最打紧的事情。

“老爷，少爷，大少奶奶生了！大少奶奶生了！”一个丫鬟飞奔进会客厅里。

“男孩女孩？”周玉高兴得从椅子上站了起来，问丫鬟。

杨梓传也是连忙跑到丫鬟的近前，急切地问：“你家少奶奶人怎么样？是否母子都平安？”

丫鬟看着二人，不知道先回答谁的问话好，只能一个劲儿地点头，口里说着：“回老爷的话，男孩，都好，都好！”

听到这样的好消息，周玉和杨梓传二人都恨不得跳起八丈高，他们二人此时都是升格当了爷爷、外公的人了！这可是见着隔代的人了，何况在周玉和杨梓传听来还是个男孩，更是让二人大喜过望，激动之际，已将那时赵东家和李东家领众人来逼问纯如之事抛在了脑后。

周冰羽听到了丫鬟所报的消息，早已经飞奔出门外，去探看纯如母子的情况。

“孩子虽然瘦小了一些，但都是不足月的缘故，只要孩子没什么毛病，几个月就可以长起来了，夫人大可以放心！”接生婆子在对姜氏说。

“少奶奶现在内火虚旺，又是早产，怕没什么奶水，我这里有宫里的秘方，到时候按照这上面所说的将养，母子几日就会都好起来的。”看纯如因为生产的辛苦已沉沉睡去了，老尼姑叮嘱了丫鬟一番，然后走出了房门。

“纯如母子大难已过，已没什么问题了。”老尼姑对着站在院子里的曹叔说。

“灵玉尼师，你是云游至此，还是特意赶来了周家？”曹叔问。

“我是特意赶来的，我有重要的事要和纯如说，哪承想，来得也真是巧了，正好碰见了纯如要生孩子这档子打紧的事。”

“亏你来得巧，要不他们母子性命堪忧啊！你刚才说有重要的事要和纯如说，到底是什么事？说来听听。”

“是这样，我有个同乡前日去我庵里，求我用漕帮的关系来救他的命。他比我长上几岁，姓乌，后来去玄龙观做了道士……”灵玉尼师说道。

“你说的乌道长，可是后来被高家请去‘百善堂’做了堂主的那位？”曹叔抢着打断了灵玉尼师的话，急切地说道。

“是的，没错，正是此人。怎么，你认识他？”灵玉尼师也很奇怪。

“那他为了何事，去求你救他的性命？”曹叔追问道。

“是这样，他自称弄丢了‘百善堂’一本至关重要的花名册。我问他那册子上是何内容，他说得不是太明白，只是说那册子上记的都是人名。这件事情出了之后，他及时将此事报告给了他的东家，并积极行动起来弥补他犯的过失，将那册子上能找的人都尽量找了回来。他以为此事也就这么过去了，终归没给他的东家造了什么祸端，哪承想，他偶然一次路过他东家的书房门口，听到了一个让他五雷轰顶的消息。”

“什么样的消息，至于说成是‘五雷轰顶’这么严重？”

“他听到他的东家和另外一个人正在密谋，说的也正是那本花名册的事。当时他听到他的东家说，如果那事儿败露了，官府或他人追究起来的时候，就要将那事儿的全部责任推到他姓乌的头上。自己装作全然不知是怎么回事的样子，都是他姓乌的背着他干的勾当，让我这个同乡给他做替罪羊。还有，他的东家认为，我这个同乡知道得太多，恐有一天会成为后患。我这个同乡如果不想替他吃这个官司或背这个黑锅，就想着到了实在遮掩不住那事的时候，就派人将我那同乡杀了灭口。对官府和外人就宣称，是我那乌姓的同乡背着他的东家做了伤天害理之事，现在被人发现，自己畏罪自杀了！”灵玉尼师说道。

“真是狠毒啊！”曹叔紧皱着眉头，接着问道，“你这乌姓的同乡，现在何处？”

“我那里是庵子，他住在我那里是不合适的，我就近把他安排住在我附近的一个香客家里住下了，让他暂避一下风头。他的东家知道他逃了出来，一定会派人四处找他的。”

“嗯，一会儿我就随你去见见他。灵玉尼师，你刚才说有重要的事情和纯如说，你怎么知道这件事情对于纯如很重要呢？你那乌姓的同乡可曾和你说过这件事情对纯如很重要？”曹叔继续追问道。

“我那同乡并不曾说过此事和纯如有什么干系。只是他那日偷听的时候，得到了另外一些消息是与纯如相关的。这也是因我一时有些想念纯如，又忽然间想起我那同乡应和纯如相距不远，我是在向他打听纯如的情况时，才偶然间谈起了这些事情的。”灵玉尼师答道。

“你那同乡都偷听到了一些和纯如有关的什么事情？”曹叔有些激动地问道。

“我那同乡听到他的东家说要‘舍得孩子去套狼’，并且要‘一箭五雕’。”

“怎么个‘一箭五雕’法？”

“好像是他的东家还有另外一件事情，虽说在表面上没有败露，但已经被人给盯上了。被人捅破出来，也是早晚的事儿。”

“那听说了是什么事情没有？”

“好像他听说是贩卖什么假的蚕丝，他当时也没有听得十分明白。”

“嗯，尼师你继续说。”

“那日，他的东家说他要自曝家丑，先发制人，总归要比别人站出来把他指认出来要好得多，我想这就应该是他口中所谓的舍得孩子去套狼吧。至于那‘一箭五雕’，我猜也就是这么做能达到什么样的目的吧。我那同乡继续听到他的东家是这么说的，这么做一是有了‘百善堂’花名册被偷之事，怕敌家早晚将那花名册所记载之事抖搂出去。即使他将我那乌姓同乡灭了口，也只是遮掩了人的耳目，逃脱了罪责而已。但对于那些对他表示怀疑的风言风语，他是遮不住那些人的口的，他在此地也就是待不下去了。”

灵玉尼师清了清嗓子，继续说道：“索性，既然不想在此地待了，坏人就一起都让他自己做了。他此举不仅保护了与他一起做这件事情的同伙，避免了他们被暴露出来之后被人唾弃、背井离乡的凄惨下场，那几家同伙一定得买他的这么大个人情账的，日后，他东家对那几家有什么要求，那几家因为有这么大个人情在这里摆着，一定是有求必应的。并且通过假丝之事，还能转移开大家死盯住‘百善堂’那件事的注意力。”

“那他东家所说的那第二‘雕’呢？”曹叔继续问道。

第八十七章　一箭五雕

“说起来这第二‘雕’，也和刚才所说有关联。我同乡的东家在此地待不下去了，要远走他乡，但他是不肯轻易放弃这里的利益的，他要继续利用对那几家的大人情，在外地掌控他们做这里的生意，成为他在这里的眼线。说来，和他在此地经营也没差到哪里去。”

“嗯，此人心机真的很深啊，轻易不会做赔本买卖！”曹叔接着灵玉尼师的话茬说道。

“这还不算什么，我听我那同乡说，他的东家还要将他‘自曝家丑’之事的文章做得更大，让更多的人、更多的事牵连进来，这也就是第三、第四、第五之‘雕’。这几个我听起来都和纯如有关联，这也是我急着来找纯如的原因。”灵玉尼师继续说道。

“灵玉尼师，你快说。”

“同乡的东家要让福建的上线，一个叫楚秋的人写一封亲笔信给纯如。但是这信的内容都是他的东家事先拟好的，也不准备真正交给纯如的，而是写好后直接交到他的东家手上，然后他再吩咐人去做下一步的事情。这封信可以起到三个作用。一是将那上线叫楚秋的人同时拉进这浑水里，不但搞臭了楚秋在此地的名声，断了楚秋的所有后路，同时也借机将楚秋和纯如的亲情关系分裂开来，让他们之间反目成仇、分道扬镳。二是利用此封信，让纯如也背上‘背后主谋’的黑锅，让纯如有了‘跳进黄河也洗不清’的罪名。自然而然，纯如或者说是周家和纯如的娘家杨家，日后在此地都没有颜面立足，都要和他那个东家一样背井离乡。最后，纯如一旦背上罪名以后，他自然要对纯如发难，不但要剥夺纯如会长的职权，还要将已成立的‘江浙丝绸商会’搞散，最终弄到不可收拾的地步，这才是他东家最终希望看到的结果。”

“你说的这最后三‘雕’，真是招招见血，招招要命啊！”

曹叔听完了灵玉尼师的讲述后，深吸了一口凉气，这也解开了刚才“银鹊行”赵东家、“宝胜行”李东家来这里前前后后的缘由因果。

“灵玉尼师，你且在这里等我一下，待我和东家将这些事情说一下，我再回来找你。”说完曹叔转身离去。

曹叔见到周玉和杨梓传，将灵玉尼师对他说的话原原本本又复述了一遍给他们二位听。

周玉和杨梓传听后也都大感高尚这阴谋真是十分歹毒，并且这阴谋环环相扣，想破解起来十分不容易，如若得逞，后果更是不堪设想!

“东家，这里面还有一点，是那个乌道长没有探听明白的，高尚也不会言说的，那就是高尚不单想把咱家楚秋在此地的名声搞臭了那么简单，我想这里还有更深层次的用意。”曹叔说。

“还有更深的用意？曹叔，你快说来。”杨梓传又是一惊说道。

“东家，你想想，高尚搞臭了楚秋的名声之后，再派人杀起楚秋来，是不是也就没那么多人再替楚秋喊冤、打抱不平了，说不定还会有大批人拍手称快，说哪个绿林好汉做了好事，除了一大祸害呢！你说，是不是会有这么个结果？”

“曹叔所虑极是啊！看似高尚要远走高飞，可实际上是以退为进、杀机重重啊！这么看起来，高尚已经自揭伤疤，那么自然也会加快对楚秋一家动手的速度，楚秋的处境会越来越危险的。”周玉说。

“东家，现在看来，我们只有分头行动了，你去福建找楚秋，务必要将高尚的阴谋揭发给他，好让他早做准备。我要随灵玉尼师去见那乌道长，尽快将高尚的‘百善堂’的真实面目大白于天下，以其人之道还治其人之身，让人人得而诛之，断了他所有的退路。”曹叔对杨梓传说。

“好吧，我们答应了赵东家和李东家，二十天的时间里，纯如要给大家一个最终的交代，时间紧迫，看来现在也只能这样办了。”杨梓传自言自语道。

“曹叔，看来灵玉尼师是得道高人，她不但救了纯如母子之命，又和纯如如此交好，不辞辛苦送来消息，更是救大家于水火。我想，你去求她一下，给我孙子起个名如何？”虽然此刻大家都心烦意乱，可周玉还是没有忘记孩子这码事。

“周老东家，这样，咱们一起去请灵玉尼师如何？”曹叔建议道。

“好！”

三人来到了纯如产房外的庭院之中，曹叔将周玉和杨梓传介绍给灵玉尼师。大家见了礼后，曹叔向灵玉尼师说出了周玉的请求。

“呵呵，既然周老东家这么信得过贫尼，那就勉为其难了。老东家的名字是两个字，他父亲的名字是三个字，那么这孩子的名字应该还是两个字。他父亲的名字‘冰羽’二字，虽然看似高雅大气，但实则太是单薄，羽翼冰封，何来展翅高飞啊？我看孩子的名字就叫‘周展’吧，将他父亲的名字破开，对他自己，对周家日后会大有裨益的，不知周老东家意下如何？”

“好，好，就按照尼师所定的来，哈哈。”周玉听了灵玉尼师毫不客气地破解周冰羽名字的话语，脸上感到十分的不好意思。想来，这灵玉尼师所说的还真是那么回事。这下好了，听灵玉尼师的意思，有了孙子周展，也会给儿子周冰羽和周家带来好运气。周玉听了，更是高兴得不得了。

正在曹叔和灵玉尼师要和大家告辞返回念都庵之时，纯如被两个丫鬟给扶了出来，吓得众人大惊失色，这刚刚生完孩子，人怎么能出来？要是日后落下毛病怎么办？别的妇人家，不关窗关门坐上满三十天的“月子”是不会出门的，就是即使孩子满了月，那也是冷热寒暖都得十分注意的。

“姐姐，你这是就要走了吗？”纯如有些虚弱地问灵玉尼师。

“妹妹，你怎么出来了，快进去，这外面的风大，你刚生完孩子，小心伤了身子！”灵玉尼师连忙跑到纯如近前，将纯如轻轻地往屋里推。

“姐姐，你和曹叔刚才所言之事，我听了个大概，也算是听明白了。我想，你们此番行事，还是要小心，再有，对那高尚也不可大开杀戒，得饶人处且饶人，能留条活路也不要太为难他。”

“女儿，高尚把你都逼到什么份儿上了，你怎么还替他说这般好话？我现在就是将他五马分尸都是不解气的。”杨梓传带着不解和气恼的口气对纯如说。

周玉则对纯如和灵玉尼师之间的称呼和关系大为惊奇，纯如真是一个奇女子，她怎么和什么人都能相交得如此亲热，彼此相处的感情又都是如此的真挚感人！想来，这不是人人都有的一种天赋魅力。

“妹妹真是一副菩萨心肠，善莫大焉！妹妹的话，贫尼记到心上了，你就放心把，好好将养着身子，等我们各自的好消息！”

然后，曹叔和灵玉尼师与众人再次告辞，转身匆匆而去。

在纯如的产房里，周冰羽目不转睛看着襁褓里自己的儿子，眼里充满一个父亲对儿子的慈爱之意。

“怎么着，看儿子像你不？”纯如轻声地问周冰羽。

“像，真像，一搭眼儿，就能知道是我儿子。”周冰羽喜滋滋地压低了声音说，他怕惊醒了正在熟睡中的孩子。

“我想啊，等眼前这些烦心事都过去了，这家里的主儿还是你来做，连并着咱家那‘广客隆’的东家都让给你，就是那商会的会长，你和他们再去竞选，选上了，我也支持你去做。我只管看好、带好咱的儿子也就行了。”纯如对着周冰羽说。

“纯如，今天赵东家和李东家带着那些人上咱家来找你逼宫之事，我都看见了，也都听见了，想来你真是不容易啊，我也真正从内心里开始服了你。我也想好了，你做的那摊子事我还确实做不来，以后家里的大事小情，我一概不参与，都听你的。我腹中的万卷诗书不能白白浪费了，我都要教给儿子，等他成人了，也算是我没有枉活一场。”周冰羽动情地说。

“灵玉姐姐给咱儿子的名起了叫‘周展’，说这也能给你带来好运气。她说你那‘羽’字被‘冰’给封住了，飞不起来，而儿子的‘展’字却可以带着你飞腾起来，你何不乘此机会，在生意事业上大显身手一番？”纯如笑呵呵地说。

“纯如，灵玉尼师说得没错，儿子确实会给我带来转机，也让我自由地飞翔起来，但是，不是你说的这些名利之事。我想，眼前的事情，就已经告诉我了。看了你们母子在那里与死神苦苦挣扎，又看到灵玉尼师妙手回春让你们母子平安，这世间的生死就是转瞬之间的事。也让我想明白了，我一直故步自封，真就如一只鸟被那寒冰桎梏起来，找不到自己的方向和位置。现在我终于明白了，我就要尽我所能，去做我该做的事，来爱你们母子两个。我想这才是灵玉尼师给儿子起个‘展’字的深层含义。确实有了这儿子之后，忽然之间也就找到了我自己那一片广阔的天空。”

看到周冰羽突然之间大彻大悟的样子，说起话来真实质朴，感觉像换了一个人似的，纯如既十分惊讶，又大喜过望。这些年来，周冰羽终于和她推心置腹地谈起了他自己，也找到了真正的自己，真是可喜可贺的事情。

“那你就好好把儿子的诗书教好，让他以后考取功名，光宗耀祖，做个为民做主的大清官儿。”纯如畅想着未来和周冰羽说。

“不，我不勉强他，他若真想走科考那条道儿，我当然支持他，若能考上，也了了我的心愿和遗憾。但他若是厌烦功名之事，那我就多教他做人的道理，以后做咱‘广客隆’的东家也是令人欣慰之事。”周冰羽好似自言自语地说，眼睛里还闪烁着初为人父慈爱的光芒，纯如分明看见了周冰羽往日不曾有过的、对未来充满希望和自信的神色。

“儿子也一定庆幸有你这般明理的好父亲，我相信，他也一定不会辜负你的殷殷期望！”纯如非常自信，也非常自豪地说。

第八十八章　从轻发落

曹叔随着灵玉尼师来到了杭州外的“念都庵”，他在这里见到了灵玉尼师口中的乌姓同乡。

“呵呵，我是称呼您乌道长呢，还是尊敬地叫上您一声乌堂主呢？”曹叔开门见山，不客气地打了招呼，话语间也带着几分厌恶和戏谑。

“曹叔，您还是唤我为小乌吧。唉，其实想来唤作什么都是丢人现眼的。老了老了，临了还做了这些个糊涂事，让您见笑了。”

乌道长其实并没有比曹叔小几岁，可是他现在有求于曹叔，所以面对着曹叔自然要显出一副卑躬的样子，脸上也现出十分不好意思的神情。毕竟他曾有过“道长”的身份，又做出了那些龌龊事，和一般人做了坏事稍有不同，他更感觉颜面尽失，更多了几分负罪感。

“乌道长，你可曾知道，你们‘百善堂’的那本花名册被谁人盗走了？”

“说来惭愧，是被两个十几岁的双胞胎丫头片子偷走的，她们背后一定还有主谋的，只是至于到底有什么背景，一时之间没有摸清。”乌道长假装咳嗽了两声，然后讪讪地说。

“那你可曾知晓那花名册最后的下落？”

“我的东家高尚猜测，这两个丫头是被‘广客隆’的周家所收买的，现在花名册可能落到了‘广客隆’的东家纯如的手上了，但具体真相如何，也还没有最终的定论。”

“呵呵，那我告诉你，那本花名册此时在我的手上，就是你口中的那两个丫头片子也是我的两个徒孙，当然，这件事背后的主谋也就是我！你们错怪周家了！”曹叔一本正经地对乌道长说。

“啊？曹叔你，你是主谋？你我往日无怨近日无仇，何苦要这般害我？”乌道长看曹叔的样子不像是在说笑，他听后大为吃惊。

“害你？看来乌道长还是没有幡然醒悟，也没有悔罪之心啊！我那么做哪是害你？分明是救了你，你也曾是潜心修行之人，虽然说未曾走了正途，得了真‘道’，可那也是咎由自取！你可曾想过，你助纣为虐，和高尚沆瀣一气害了多少人？让多少人坠入了深渊，又让多少人进了狼窝？又让多少人平白无故生生地就丢了性命？你现在怕高尚派人四处追杀你了？要我说，你做的这些伤天害理之事，给你打入十八层地狱，让你永世不得翻身也一点都不为过！”曹叔忽然之间改变了脸色，满脸带着愤怒，义正辞严地痛斥了乌道长。

“曹叔，此时我知道错了，我确实追悔莫及，没有半点儿怪您的意思，也没有为自己开脱罪责的想法。只是现在性命堪忧，还望曹叔您大人大量救我一命，我感恩不尽，日后定当好好做人以示报答。”乌道长带着哭腔，可怜兮兮地哀求着。

“想来这老话‘可怜之人必有可恨之处’说得的确有道理。你作恶多端没人想救你，也没人能救得了你，我来帮你也不是图你的什么回报，只是想让你立功赎罪，减轻你自己身上的深重罪孽而已。我说的这些你可听得明白？”

“听得明白，听得明白，只要能保住我这条老命，日后还能自由生活，我愿意按照曹叔您吩咐的去办。立功赎罪，立功赎罪……”乌道长听明白了曹叔话里的意思，忙不迭地答应着。

“好，那就好。我只需要你办两件事。这两件事你办好了，我一定保你日后性命无忧，也让你在江湖上行走没人再敢找你的麻烦，让你自在做人。”曹叔此时的语气明显较刚才缓和了一些。

“您就吩咐吧，我一定照做就是了。”听到曹叔的话，乌道长心下满心欢喜，可脸上还是装出一副可怜兮兮的样子。

“第一件事，要配合我们，去解救更多被你们卖出去的那些人。”

“您放心，我一定照办。”

“第二，待将他们找了回来，你带着他们去湖州知府衙门状告高尚，列举他买卖人口、作奸犯科、草菅人命的罪状。”

“啊？曹叔，这可万万使不得，我躲还躲不过来，这么做不属于自投罗网了吗？我不但确实参与了这件事，高尚现在又四处散布谣言，说他根本就不知情，都是我私下干的，我现在已经辩驳不清了，人人都认为我是这件事情的罪魁祸首，就是官府衙门那儿，我也是被通缉的要犯。我只要一到了知府衙门，怕就会立即被关进死牢。您可能也知道，高尚和知府李大人私下的关系十分密切，有可能这些年来，李大人在买卖人口中也得到了很多好处。李大人找到个由头，就会将我戕害在大牢之中，到头来我还要落个‘畏罪自杀’的下场。曹叔，如果这么做，我还不如直接去知府衙门自首去了，或许替高尚背了这黑锅还能落得个‘从轻发落’的结局。”乌道长听了曹叔的话，又是一阵惶恐不安的样子，连忙将心中的顾虑和恐惧说给曹叔听。

“从轻发落？他们能从轻发落你吗？到最后还是会如你所说，你会莫名其妙地就死在牢里，就和你当初在‘百善堂’里杀那些手无缚鸡之力的人一样。我让你去知府衙门检举揭发，自有让你去的道理，并且会保你从衙门那里平安出来。”

“曹叔，还是烦请您和我透露一二这其中的道理。否则，我真是放不下心来。”乌道长死乞白赖地说。

“首先，我是不会让你进去大牢里边的，我现在只是用你去揭发高尚的机会造势，下一步我还需要你在十几天之后的商会会议上，去揭露高尚的丑恶嘴脸和下作行径。其次，你也知道湖州知府衙门的李大人和高尚狼狈为奸，私底下有不可告人的利益输送，那么李大人也一定会竭力替高尚开脱的，如果想替高尚开脱干净，此事必然就不能再深究下去，有了这个基调垫底，你自然也就不会有太大的麻烦。最后，高尚在李大人那里想让你当那个‘替罪羊’，背上这个黑锅，把所有的事情都一股脑儿地推到你身上，他想的也是枉然，在你带领众人去知府衙门前，我先派人给李大人送去书信一封，先把这个事实说清楚，如果他胆敢包庇纵容高尚，那就继续往上找衙门，连他李大人一起去告。”

“曹叔，那我就不明白了，您既然知道李大人不能把高尚怎么样，又不让我替他背这个黑锅，不让李大人包庇纵容他，这话听起来是不是太矛盾了啊？难道让我出头告这个状，只是像您说的‘造势’那么简单？”乌道长听着曹叔的话，十分糊涂，心想：怕不是先把我糊弄去，然后就弃我于不顾了吧？

“乌道长，你也是聪明人。灵玉尼师找到了我，说要我帮忙救你，以我和她之间的关系，我不可能不答应她。可这也注定了我不能就此事彻底将高尚扳倒，因为想要让他彻底倒下，你必须先倒下才行，而现在的情形是我还要保护你，这本身就是无解的矛盾。怎么办？折中的办法就是在衙门那里走一下过场，既让人人都知道了高尚那‘百善堂’的黑幕，又抓住李大人不想再深究此事的心理，通过走这一个官家的过场，让知府衙门日后不再四处缉捕你。高尚看此事已经大事化小小事化了，他也不可能一味地将罪过往你身上推，怕你这只兔子急了真把他咬了。可惜啊，我这么做，不但便宜了你们二位，罪恶没有得到昭彰，正义没有得到伸张，也愧对那些被你们坑害了的人。”

“曹叔，我该死，让您说得我真是无地自容了，恨不得找个地缝钻进去。曹叔，我还有个疑问，您认为李知府最后会如何定夺这个案子呢？”

“你举报高尚，高尚自然会说不知情，反过来说你是私下行事，你们之间就会扯皮。而你带去的那些证人，根本就分不清你们谁是主谋，只知道自己是被卖掉了，加上那本花名册，这加起来也就是证明你们有这个勾当，最后到底谁是主谋还是分不清。但高尚是东家，你又是堂主，都脱离不了这其中的干系，为了让外人觉得公平起见，李大人只能将你们各打五十大板，但也是只能高高举起，轻轻放下，他不是爱惜你，他是怕伤着高尚。我想，李大人会给出一个‘百善堂’贩卖人口的事，时间久远已无法追查，那私下逃走的和自然死亡的，更是无法定论。主谋亦无法判断，你们二人均有失职失察的责任，念你们互相检举揭发，事后又积极找寻那些被贩卖的人员，也就是训诫一番了事。”

“那曹叔，如果您不照顾我这方面，您还会怎么做？”乌道长继续问道。

乌道长听了最后将是这样一个结果，着实把心放到了肚子里，此时他又看见曹叔的态度已经平和了许多，胆子自然也壮了一些。

“哪里还用你去衙门里举报，现在我只是缺几个证人而已，但是我找到他们也只是时间问题，然后我就会派人带着花名册和证人去知府衙门状告你和高尚两个，让你们两个在那里互相咬，即使你们互相都不承认自己所为，谅他李大人也不敢就轻易将你两人放掉，最后都得进牢里，只是高尚会比你待遇好些，也有可能你进了牢里没几天，就突然死掉了，然后被李大人定性为‘畏罪自杀’，但事情没有定论，李大人也断然不敢轻易将高尚放掉。只是现在说起来已经不可能了，我帮了你，也就是无形中帮了高尚，我也成为和你们同流合污之人了。想来，我也是一个罪人！”

曹叔说完这些，长叹一声。人在江湖，身不由己，自己亲口答应了灵玉尼师不说，还有一件事情，让曹叔改变了最初将高尚置于死地的决定。那就是赵、李二位东家那里只有二十天的宽限日子，他必须赶在这二十天里将“百善堂”这件事情尽快抖搂出来，让大家认清高尚的真面目。

即使官府到时候没定下他什么罪，大家也会心知肚明是怎么回事，他如此丧心病狂和丧尽天良，贩卖、谋杀，做的都是冒天下之大不韪的罪恶，怕也没人敢和他再来往了。自然他以后想在别处暗中再操纵湖州这边的人替他做坏事也不太可能实现了。

曹叔自己也清楚，如果不按照自己最后对乌道长所言说的行事，不管乌道长如何如何，而是完全按照他自己最初的计划去做，时间上一定是来不及的，这也是他答应灵玉尼师救乌道长的主要原因。还有，他也答应了纯如，不要将高尚赶尽杀绝，要给他留一条后路的。

第八十九章　刮目相看

杨梓传昼夜兼程经历一番奔波来到了漳州府，一路逢人打探，终于找到了“飞鸿行”商号。

站在楚秋家的大门前，杨梓传却又有些犹豫了，他要是见到了楚秋的亲生父母，该如何面对呢？想当年，楚秋的父母去自家要认领楚秋，自己曾是勒卡过楚秋父母银两的，也因为自己要的数目过大，最后楚秋的父母悲愤而归。自己此时到了人家的门头上来，又会如何呢？

正在杨梓传前后逡巡拿不定主意的时候，突然在他背后传来了一声呼唤：“爹，是你吗？你怎么找到这里来了？”

杨梓传听着这声音耳熟，转回身一看，是楚秋！这令杨梓传真是大喜过望：“啊，啊，楚秋，是我，我来找你来了！”

楚秋忙一把手将杨梓传拉住，并关切地说：“爹，快随我进来，这一路风尘仆仆，身体吃得消吗？”

杨梓传在来漳州府的这一路上，其实已经做好了见到楚秋要颇费一番周折的心理准备，也是无数次设想他和楚秋见面之时会是怎样一个情形。他不曾想到，他人刚一到“飞鸿行”商号的门口，就能这么凑巧遇见楚秋。如果楚秋的亲生父母知道了自己是来找楚秋的，不管自己是出于什么目的，楚秋的亲生父母一定会百般为难自己的，不可能让他就这么轻易见到楚秋。

楚秋一定也知道了过往自己是如何刁难他的亲生父母的，那怎么说来也都是自己对楚秋的一种亏欠。楚秋没有失踪之前，自己对待楚秋十分地冷淡，在一些重大事情上对楚秋有一定的戒备。包括在楚秋和纯如、绎如之间的关系上，自己做得有很多不妥的地方，楚秋也一定能感觉得到的。在得知楚秋失踪之后，自己不闻不问的态度，想必也会让楚秋知晓后寒了心，天下父母哪有儿子丢了不心急如焚，派人长年累月四处寻觅的道理呢？虽说是养子，但就是平日里丢了只小猫小狗，也会四下寻找几日才肯罢休的啊！

杨梓传以为，楚秋不但找到了自己的亲生父母，又是家大业大的“飞鸿行”少东家，此时看到自己的到来，必然会令他想起曾经寄人篱下每日小心翼翼的无奈生活，以及自己逼迫他去高家大库放火，放火不成后又怕自己对其责备怪罪以致流落他乡等过往，楚秋一定会对自己非常冷淡。杨梓传没有想到楚秋再次见到他时，还能如此亲切热情，还能热乎乎地叫上一声“爹”，这让杨梓传听来十分感动，内心里感慨万千。

楚秋带领着杨梓传并没有从大门进入，而是绕到了自家后院，从一个小侧门辗转进了他的书房。楚秋亲自将漳州本地特产的“黄芽奇兰”茶叶冲泡好，恭敬地送到了杨梓传的面前让他来品尝。

“楚秋，我已从纯如口中知道了你这两年来的情况，想来我真惭愧啊！我这做养父的没有尽到什么责任，真的愧对你了。”杨梓传首先自己检讨了一番，他知道，无论楚秋如何热情对待自己，楚秋现今儿都是找到亲生父母的人了，而自己则是外人的身份了。他将自己认为彼此会感到尴尬的事情隐晦一点说破，这样两人再接下来的谈话才能变得更轻松一些。

“爹，您这说的是哪里话，您把我一手拉扯大实属不易，这养育之恩更是千金也换不来的。过去的事情您还提它做什么呢？我心里感激还来不及呢！要不是上次在中途偶然间碰见了纯如，我怕纯如孤单又陪她返回了京城，我也早回湖州去看望您了。这么长时间，咱爷俩儿没见面都是我不懂事，希望您不要怪罪我。”

杨梓传见楚秋说得如此真诚和动情，更让自己感觉有一些对不住楚秋：“楚秋，看到眼前你生活如意，过得快活，我也就放心了，还能怪罪你什么，替你高兴还来不及呢。”

“爹，是不是纯如一个月前也来过这里？”楚秋问。

杨梓传知道瞒楚秋不过，只好如实说道：“嗯，纯如确实来过这里找你，只是她听你家人说你去了广州，她也就又返回了湖州。”

“爹，您这次来，怕不是只为了看我而来，是不是听了关于我的什么事情才来找我的？”楚秋十分淡定地继续问杨梓传。

杨梓传听到楚秋这么问，不免又显得有些尴尬，说：“是啊，你没说错，我确实是听到了你的一些事，也就赶过来找你核实一下到底是个怎样的情形。毕竟，我听到的都是一些风言风语，不见到你的面很难说清楚，我也想你了，正好借这个机会来看看你。”

“爹，您说，我也想听听到底是哪般的风言风语？”

“楚秋，‘德胜行’的东家高尚在咱们那地界，用浸泡过洋药水的伪劣假货冒充我们‘七里丝’的上品‘合罗’，不但大肆低价贩卖扰乱了市场，还坏了‘七里丝’的大好名声，你知道这件事吗？”

“我知道。”

"那我听说，他的货源是从你这里得来的，不知是否属实？"

"爹，您说得没错，他那些丝确实是从我这里购买的。"

楚秋的回答让杨梓传大感意外，他没有想到楚秋的回答如此爽快。他认为在这个问题上，楚秋一定会尽力遮掩或搪塞的。而眼前的楚秋如此镇定自若，一副侃侃而谈的样子，就像事不关己，自己嘴里说的都是旁人所为的事情一样，不能不让杨梓传感到惊讶，当然也感觉很迷惑。杨梓传感觉得到，现在楚秋除了对自己的尊重一如从前没有太大的变化之外，在行事等其他方面已和两年前有着很大的不同。

"楚秋，能和我说说为什么要这么做吗？你是知道高尚的一贯为人的，我怎么也想不到你会和他合作。再说，贩卖倾销假的'七里丝'害人不浅啊，这不但损害了'七里丝'几百年积累下来的好名声，也损坏了江浙丝商来之不易沉淀下来的好信誉，弄不好，还会将做正经生意的人家逼到绝境倾家荡产的。"

"爹，我和高尚合作就是为了利益，我不管他的为人如何，想当初爹您不也是为了朝廷的评议之事与他合作过吗？只是你们后来出现了利益分歧，才分道扬镳。至于您说高尚贩卖假丝害人之事，想来这件事情和我一点儿关系都没有，为什么这么说呢？爹您想想，我卖给他的那些蚕丝包装上面并没有标记'七里丝'或'合罗'的字样，他高尚从我这里买了回去，硬是要当成真的'七里丝'去卖，我也是一点儿办法也没有的。因为他怎么去卖，那都是他自己的主张，我无权阻拦和干涉，您说，是不是这个道理？"

"这个，这个……"

杨梓传万万没有想到，楚秋说的这些竟然会让自己无言以对。他原本以为自己至少是站在道德和正义的制高点上来质问楚秋，楚秋应该是面红耳赤的样子，继而无话可说才对。可实际的情况却是，楚秋不但将他过往的短处就势给揭开了，还将自己出售假丝的事情推得干干净净，理由听起来也是十分充分。确实，蚕丝上是不可能刻印上“七里丝”字样的，至于高尚把这些蚕丝当作什么去贩卖，和楚秋确实是没有任何关系的。

“楚秋，话虽是这样说，可是如果他从你这里拿不到这些货，高尚他也兴不起风浪来。你以后还是不要与他来往下去了，我怕你日后也会吃了他的亏上了他的当啊！”杨梓传对楚秋劝说道。

“爹，您也知道，我们家做的就是这个蚕丝和丝绸的行当，不往出卖货怎么可能存活得下去呢？至于货品是否优良，都是一个愿打一个愿挨，一个巴掌拍不响的道理。我与高尚就是生意上往来的客户关系，连生意伙伴都算不上，我卖给他丝，他得拿现成的银两与我交易。您放心，他想骗我是没有任何机会的。”

“楚秋，有一封写给纯如的信，真的是你亲笔所书吗？”

“是的。爹，看来您老这是向我兴师问罪来了。也难怪，这件事情我做得确实龌龊了些，但我也是不得已而为之，实属无奈之举。”楚秋听杨梓传说到这里，脸上才现出了不好意思的神情来，但言语中一点儿懊悔的意思也没有，还在为自己辩解着。

“那你那么做，又是什么目的？你有什么难言之隐吗？”杨梓传问道。

“我和您实话实说，高尚知道他贩卖假蚕丝被人发现露了马脚之后很慌张。纯如找上我家门来，我也知道这张纸是包不住火了，想必大家也都知道高尚的货是从我楚秋这里而来的。高尚和我说，莫不如反其道而行之，既然别人已经知道了这事中的曲直，索性不再努力地遮掩，主动将其揭开为好。后来他就和我说了写那封信的事，我当初也是一百个不愿意去那么做。爹，您也知道我和纯如是什么样的感情，从内心里来讲，我是绝不想将此事嫁祸给纯如的。可是高尚和我说，纯如那次前来就是摸我的底细来了，准备在我们湖州府、漳州府和广州府三地将我告上衙门说我制假贩假，到时候我就完全有可能在大牢里待上一辈子，就是全部家财被罚没查抄了去也是说不定的事。他和我说如果将纯如牵扯进来的话，纯如百口莫辩自身难保，她也就不会再去那些衙门里告我了。”

楚秋轻轻咳嗽了一声，继续说道：“还有，高尚说，纯如组织领导的‘江浙丝绸商会’也正在厉兵秣马，气势汹汹地准备未来要到广州去发展，谋得裁撤‘公行’后的丝绸业界的领袖位置，将来怕是我‘飞鸿行’的大敌。如果趁‘江浙丝绸商会’立足未稳、羽翼未丰之时，将纯如从那会长位置上设计拉扯下来，也就没了后顾之忧！爹，我真心不想去加害纯如，但听到高尚和我说的这些，每件事情都和我切身的利益息息相关，我也就动摇了。再说，我也不想和纯如日后在商场竞争中水火不容似的兵戎相见，所以也就照了高尚所说的那么去做了，假借写给纯如一封书信，然后将纯如牵扯到这件事情上来。”

第九十章　心机重重

“我此番来，除了想探问一些事情的缘由，我还了解到了一些高尚在你背后作祟的事情，也是急着要说给你听，要你做好准备以防突变。”

杨梓传明白，楚秋从自家利益出发，加之高尚在暗地里捣鬼危言耸听，最终写了那封信陷害纯如。

但不管出于什么原因，楚秋都没有理由也不应该这样对待纯如！楚秋已然这么做了，也只能说明这两年来楚秋切切实实变了，已经越来越难以分辨出本来的模样了。

看来他不亮出底牌，楚秋会不为所动的。

楚秋听了杨梓传的话，呵呵一笑，脸上刚才还有些尴尬的模样也渐渐褪去，说道：“您难道又听到了什么风吹草动的消息？”

“高尚要在你背后下手，谋害你，还要加害你的父母！”杨梓传几乎是一字一句说给楚秋听的，为的就是让楚秋听得真切明白。

“哈哈，爹，您真是说笑了，这是哪里听来的消息？他高尚想谋害我们一家，谅他也没那个胆子，强龙难压地头蛇，此地他人生地不熟不说，想害我们一家好比登天，他日后还要靠我才能发财赚钱的，害了我岂不是自断财路？再说我和他利益上没有任何冲突，他干他的，我做我的，两不相干，他根本没有害我的道理啊！”楚秋一脸毫不在意的样子，说起他的理由来也是胸有成竹，自信满满。

“楚秋，你我做父子多年，我的话你还不相信吗？我从小将你养大，虽然不是亲生的，感情终归是有的。此番要是换作别人，我也不会特意找来将这事情告诉他的。坐山观虎斗，等两败俱伤之时坐享其成的事情，我也是会做的。”

“爹，多谢您的好意，我心领了。但是我和高尚是绑在一条绳上的蚂蚱，有着共同的利益在里面，彼此都不会轻易将对方放弃的。我想您听到的一些令人惊悚的谣言，无非就是想离间我和高尚之间的关系而已，不可相信，也不足为道。”

“不，楚秋，此事消息来源非常可靠，纯如上次来这里的时候，在‘楚如轩’里亲耳听到的，高尚和你们家的李管家密谋，要里应外合害死你们全家，只是后来高尚家里突然出了一个大事，才将这件事情暂时搁置了下来，但现在高尚将家里的那件事情料理得已经差不多了，我想他对你的计划也将马上付诸实施，你可马虎不得啊！”

“爹，您不是听错了吧？哈哈，高尚要和我的李管家合谋害我？您是不是听错了啊？李管家二十日前突然得了急症，暴毙而亡，您现在和我说高尚与一个死人合谋要加害我们一家，这消息本身听起来就不可信。”

“你说李管家已经死了？”杨梓传听到这个消息十分惊讶。

“是啊，李管家确实已经死了，当时还很痛快，也没遭什么罪。爹，我想这件事是纯如听岔了，李管家他怎么敢在我开的‘楚如轩’里和高尚背后商量如此机密大事呢？就说当时我身在广州，可那毕竟是在我的地盘上，他就不害怕一个不留神，让跑堂的小二听了去？李管家也知道平日里我对待小二都是不错的，小二也都对我感恩戴德。李管家是聪明人，他万万不可能在‘楚如轩’里做出这样的事情。”

“哎，还有他人偶然间也偷听到高尚这样密谋过。此人姓乌，是高家‘百善堂’的堂主，这个消息绝对可靠。虽然李管家已死，他没有了内应，但高尚你是知道的，诡计多端、狡诈异常。楚秋，既然你还认我这个爹，就听我一句劝，赶快和高尚一刀两断撇清关系，做好万全之策，以防有变。”杨梓传看自己无论如何言说，楚秋都不为所动，真有些急了。

“爹，我楚秋自认为不是忘恩负义之人，这一辈子我都会叫您这一声‘爹’的，到何时都不会改变，可是这只是咱们爷俩儿之间的缘分和感情，与生意上的事情无关。您如此劝我和高尚撇清关系，我不能说爹您在这当中图什么，怕不是也有其他的念想吧？您和我说说，如果楚秋能做得到，我绝不含糊。”楚秋认真地对杨梓传说。

“楚秋，我和你说的没有半句虚言，只是你不相信我罢了，也好，我也就不再劝了，否则越劝越让你对爹有想法。要说企图和念想我是有，那就是你料理一下家里的事情后，得跟我回一趟湖州。”

“您让我回湖州做什么？”楚秋有些不解地问。

“‘银鹊行’的赵东家和‘宝胜行’李东家带领众人，拿着你写的那封信逼迫纯如解释这件事。因为你是纯如的哥哥，那封信又是你亲笔所书，言辞上又让人真假莫辨，这让纯如白在众人前百口莫辩，将她逼得山穷水尽没有任何退路。我和纯如的公爹周玉跟那些人好说歹说，才给纯如争取到了二十天的时间来解释清楚这件事情……”

“爹您是来当说客，让我回湖州到众人前和他们说清真相，然后低头认错的？”

“是啊，你不出面，谁也解释不清楚啊！”

“爹，什么事您和我说我都能答应您，可唯独这件事情得让您失望了。因为做这件事情之时，我已经预见到了这个后果，或者说我写这封信的最终目的就是逼迫纯如下台，然后让‘江浙丝绸商会’人心涣散成为一盘散沙，到最后自生自灭。既然这件事情我已经做了，坏人我也已经当了，眼前事情还没有个结果呢，我怎能自己又反过来自食其果呢？再说，我跟高尚也没法交代的。爹，纯如只要不做那会长，或者商会自行解散，单凭那封信那些人是不会将纯如怎样的。等过上两年，我再找个机会把这件事和她说清楚吧，现在也只能是这样了。”

“楚秋，你怎么变得如此歹毒？难道真对纯如见死不救？真是亏了她还念念不忘你的好处，为你整日担惊受怕不说，就是对付起高尚来也是首先考虑你是不是会受到牵连。可你呢，一味地打自己的如意算盘，变得如此自私自利，罔顾是非，不辨敌友，将亲情置之脑后，视真情如粪土，我真是看错你了！”杨梓传变得愤怒起来，甚至是咆哮着将这番话说完的。

他实在压不住自己的火气了，说到现在，他已经完全找不出楚秋从前的半点儿模样。楚秋有今天这样的变化，让他既惊讶，又失望，还有些惶恐不安。

“爹，您说完了吗？如果说完了，我再和您老说两句，知道我为什么变得这样吗？今天在这里我就和您说个明白，我要报复：报复周家强娶纯如，这是其一；其二，我也要报复高尚。不知您是否还记得，当初他在您面前反客为主，视我如猪狗般，我任由他赶出了客厅，这个仇我怎能不报？”楚秋恨恨地说。

“不是，楚秋，你对周家要报复的缘由我听得明白，可你说要报复高尚，我怎么听得糊涂？我刚才听你的那些话里，明明都是和他有共同利益的说法，怎么又说是报复了呢？”此时的杨梓传听得是云里雾里，不知楚秋说的话里有何深意，也顾不上刚才对楚秋的愤怒之情了。

“利益当然是有的，和高尚这样的人打交道怎么可能没有利益呢？利益，就是引他上钩的鱼饵，无非我放的是长线，要活活撑死他这条大鱼而已。爹，您想，我出售他劣丝，他再往出贩卖，被人发现那是早晚的事，如果他犯了事，必然会被众人唾弃，那他的生意还怎么做得下去呢？他最后落下的下场也只能是远走他乡，到一个没有人认识他的地方去生活。他知道贩卖假丝的利润丰厚，即使到了别处也会继续来我这里购货，我也还继续供给他。要是他一时半会儿不被发现的话，我就找个当地人再给他抖搂出来，让他在当地还是混不下去。这样再有几个回合下来，高尚就会成为人人喊打的过街老鼠，根本就没有立锥之地，到那时，他就会成为丧家之犬，变得惶惶不可终日。您刚才说我歹毒，没错，我对高尚这样的人，下手就是狠，不留一点儿念想。现在我和他合作，只是我还没有达到我最终的目的，还没有让高尚实打实地尝到苦头，我此刻怎能轻易收网，这么便宜地就放了他呢？爹，本来这些话我不想对您说，可话说到这个份儿上也不得不说。否则，咱爷俩儿的误会会越来越深，这一辈子都有可能解不开了。”

杨梓传听完楚秋的解释，身上冷不丁地哆嗦了一下，楚秋的这番话让他听起来有些可怕，都说事情计划起来没有变化快，可是谁人又知晓楚秋行起事情来，计划得如此之周密深远呢！这样的心机让人防不胜防，处处都在用利益牵扯着你，让你沉迷其中无法自拔，就是最后恍然大悟之时，怕也早已无力回天悔之晚矣了。

可是，当时楚秋在自己家里，他怎么就没有发现楚秋有如此的能力和潜质呢？是自己对楚秋过于忽略而没有发现，还是楚秋刻意掩饰遮住了自己的眼睛？像楚秋这种心机，不是人有了变化就会随之而来的。这是一种天赋，用在了正地方，会让他彪炳千秋；用错了地方，则会让他成为千古罪人！

“楚秋，我理解了你的想法，对高尚的计划绝对是天衣无缝，用得也恰到好处，可谓算无遗策，这点我很佩服你，你的长进，真让我刮目相看！可是，对于周家，我知道你的想法，你是冲着周玉和冰羽去的，可是他们现在有了很大的改变。不说是他们，就是我自己没事的时候，也在挑自己身上的毛病，人贵在知错能改，善莫大焉！现在我和周家也和好了，你也就不要再说什么‘报复’他们之类的话了。还有，多好的计划都有两面性，顾此就会失彼，只是孰轻孰重的问题，很难找到那个所谓的平衡点。就如你贩卖给高尚假丝，最后有可能遂了你的心愿，让他无立锥之地。可是你想没想到，在这个过程中，会让多少人倾家荡产、妻离子散啊？甚至还有可能让江浙丝商的老祖宗苦心经营几辈子才得来的‘七里丝’的好名声和好信誉，在几年的光景里就灰飞烟灭，荡然无存！”

第九十一章　美酒佳肴

“东家，‘兴昌隆’的东家杨梓传刚刚从楚秋家里出来，楚秋给寻了个客栈，让他先住下了，下一步我们该怎么办？”

“果然不出我所料，我猜想赵、李二位东家去了周家之后，杨梓传就一定会来此地找楚秋的。他想要带楚秋回去将实际情况给大家说清楚，好洗清纯如身上的罪名。但此刻楚秋没有跟他走，说明事情并没有谈拢，杨梓传又暂时住了下来，说明他还想要继续争取说服楚秋。唉，要不是咱家‘百善堂’那里的事情一直拖着我，也许我早来一步，怕是杨梓传也就没有机会见到楚秋了。”高尚很无奈地说。

“那东家说的意思是，你要是早来几天的话，是不是就将楚秋做掉了？”

“不，这回我要将他们一网打尽，一并诛之，谁让他杨梓传来得这么巧呢，既来之则安之，就让他陪着楚秋一块儿去见阎王爷吧。”

“那东家的意思是，连那‘兴昌隆’的东家一起做掉？”

“没有办法，他是硬生生撞进来的，不把他一起做掉，怕会坏了我们的大事。一个也是做，两个也是杀，一不做二不休，将他们一勺烩了！”

“这是不是有点儿……有点儿下手太狠了些？何况两个人一起做，也是有难度的。”

“杨梓传老谋深算，他在这里，就像我们要煲的那锅好汤里冷不丁跳进来的一条臭鱼，会将我们先前的计划全部惹上腥臊。让我们前功尽弃不说，就连我们日后退守到漳州的想法也可能会全部落空。到那时候，我们可真就成了孤家寡人，无立锥之地了。”高尚恶狠狠地说。

“那他们必须在一起，才能将他们一网打尽啊？如果李管家没有早死，里应外合起来，这事情就会好办得多了。”

“没办法，他必须死，这是他的命。要不是‘百善堂’突然出了事我急着赶回去，怕楚秋一家早已成了鬼魂。可天不遂人愿，楚秋稀里糊涂先逃过一劫，李管家就成了危险的人物。万一哪一天他说漏了嘴，或被楚秋发觉了什么苗头出来，将他再收买过去，我的处境就会岌岌可危。你说，在这种情况下，李管家怎能不先死一步呢？还有一点，留着他是要与他把酒言欢庆祝得手胜利，等着他和我分楚秋一家的那一半财产吗？”高尚说。

“可东家，李管家这一死，那洋药水的路子不也就随之断了吗？”

“哈哈，潘哥，你还是心机短浅了些，我要那洋药水干吗？那洋药水只能说是我诱惑他背叛楚秋，拉他入伙的一个‘药引子’而已。再说，我要是真要那洋药水，我去广州找洋人直接要去，也不能走他这个死鬼的路子啊！经过他的手和门路，我还不是要花大价钱去买？我也不可能做这样的买卖啊！”

高尚清了清干哑的嗓子，继续说道：“呵呵，说来就是从楚秋这里购这些假丝是为了赚得银两不假，但我更想把楚秋拖入这浑水里面来，让他也是人不人鬼不鬼的。然后，我再利用楚秋来打击杨梓传和纯如父女二人，这种感情上的打击可比真刀子还要锋利得多啊！虽然不见血，但刀刀是往他们心窝子上扎，我要的也就是让他们欲哭无泪、痛不欲生的结果。自从竞选商会的会长失败了以后，也就是从纯如当上会长的那一天开始，我就知道我以后在江浙不会有什么作为了，也就萌生了离开湖州的想法。即便不出‘百善堂’这个事我也是要走的，外面天地广阔，我何必在那里被他们欺负死！”

“东家就是东家，用心良苦不是我等之辈可比的，佩服，佩服！下一步该怎么做，东家您吩咐，我照做就是了。”

“我在‘楚如轩’里又买通了个店小二，你去找他，让他晚上去客栈里给杨梓传送酒食，就说是楚秋没有时间，让他代劳送过去的，杨梓传听了必然没什么可怀疑的。事先，我们在酒食里放上砒霜，杨梓传即使浅尝几口，也会顷刻间一命呜呼的。”

“那楚秋那里怎么办？咱不是要将他们一起做了吗？”

“等杨梓传死了之后，再派那个店小二去找楚秋，就说杨梓传到‘楚如轩’吃饭了，喝醉了酒，指名道姓要找他。楚秋听了一定会着急赶到‘楚如轩’来寻杨梓传的，为什么？因为他怕他的亲生父母知道杨梓传来找他，如果他不忌讳这些，也不会在杨梓传刚来之时，从他家后院的小侧门将杨梓传带入。楚秋到了‘楚如轩’之后寻不到杨梓传，定然是要再去到客栈里找的，咱们事先埋伏好杀手，等他进了房间里的时候，趁着没有光亮，他也没有防备，直接一刀将他结果了事。然后将此事嫁祸给杨梓传，把刀塞进杨梓传的手里，让外人看来是杨梓传将楚秋杀了，然后自己又服毒畏罪自杀的模样。”

“东家的计策真是绝妙！这样说来，他们此番真要插翅难逃了啊！”

“不！还有，等楚秋死后，再让那店小二将掺有砒霜的酒食再送到楚秋家里，就说是楚秋在‘楚如轩’里让后厨做的，为的是孝敬爹娘的。他的爹娘看儿子如此孝顺，也必然会无所顾忌地尝上几口，自然也会一命呜呼的。今天杨梓传去过楚秋家，那楚秋父母中毒之后的症状与杨梓传一样，同样也会被外人理解成是杨梓传给下的毒。到那时，我们假装是他们安徽的家人，将他们家全部接管过来，这才达到了我们最终的目的。快去按照我的布置行事吧！一定要办事利索，不能露出什么马脚，也不要做得拖泥带水，事成之后，我答应潘哥的事情一件也不会少。”高尚眯缝着他的小眼睛，重重杀机在他的眼神里若隐若现。

“好嘞，东家，就按你的计划行事，我这就下去安排。”

说完之后，那个高尚口中所谓的“潘哥”转身离去。

暗流涌动之时，表面看来都是风平浪静；危机四伏之时，只能看谁能先人一步。

不出高尚所料，任凭杨梓传如何劝说，就算是磨破了嘴皮子，楚秋最后还是没有答应和杨梓传回湖州当着众人面将他给纯如的亲笔信说个明白。

杨梓传没有办法，明知道楚秋是错的，可在有些道理上楚秋又是振振有辞，让他也不好去辩解什么。楚秋确实是变了，但对他杨梓传还是如从前一样的尊重，至少没有将他这个养父完全忘掉，这说明楚秋是有良心的。只是现在这孩子的心机突然间变得深不可测，对待利益之事看得也是重于泰山一般，甚至为此执拗得九头牛也拉不动，听不进去任何人的意见，这让杨梓传很不放心。

杨梓传回到了客栈，茶不思饭不想，倒头躺在了床上。

事情紧迫，自己也就只有两天时间可以在此地停留了，到时候如果楚秋再不为所动的话，恐怕什么都来不及了，因为赵东家等人给的时限就只有二十天，这转眼的光景也就到了。

正在杨梓传胡思乱想的时候，闻听有敲门之声。

杨梓传走到门口，小心问道：“是楚秋吗？”因为在漳州这个地方，他并不认识其他人。

“不，老爷，我是‘楚如轩’的店小二，少东家让我给您送酒食来了。”门外的人答道。

“你们少东家是谁？”杨梓传没敢给开门，他怕别人冒充楚秋的人而来。

“老爷，我们少东家的名字叫楚秋，他怕您吃不惯我们当地的饭菜，特意安排后灶做上您湖州家乡的酒食，为的就是好好孝敬您老人家的。”

杨梓传听见来人的话，说得一点儿毛病都没有，也就放心将门打开，让那位自称店小二的人进了房间。

小二满面堆笑，轻手轻脚地进了屋子，将一个竹子编的食盒小心地放在桌子上，然后将盒子里面的酒食一一拿了出来摆放在桌子上。

杨梓传上前仔细一看，都是自己平时爱吃的湖州家乡菜，有“洗沙羊尾”“双林子孙糕”“张一品酱牛肉”“湖州雪饺”等十几样吃食，另外还有一壶酒，那味道闻起来也十分熟悉，正是自己平时最爱喝的上等“程林酒”。

“老爷，您快就酒食都热乎着用了它们吧，一会儿凉了就都没有什么滋味了，也枉费了少东家对您的一片心意。”

小二殷勤地将酒倒满酒盅，又连同碗筷等物件一同摆放到杨梓传的面前，然后肃立在一旁。

“我暂且还没有什么胃口，一会儿再吃，你回去告诉你们少东家，如果他没有什么事情的话，让他到我这儿来，我还有些话和他说。”

杨梓传此时确实什么也吃不下去，自己要办的事情没有一点儿着落，怎么有心在这里大吃大喝呢？还有，他想趁着这有菜有酒的光景和楚秋喝上几杯，在酒酣耳热之时，再对楚秋做一番努力劝说，说不定楚秋就会回心转意，答应跟自己回去的。

“老爷，少东家在我来之时就特地吩咐过小的，一定要看着您吃下去才能走，就是您没有什么胃口，不将美食吃光，每样菜尝上那么几口总归是可以吧？您再比画着喝上那么两盅，我也就好回去当着少东家的面把这个差事交了。否则，这事情我办得不到位，少不了挨少东家的骂不说，就是这半个月的薪水也怕会泡汤的，您老就可怜可怜小的吧，我这当下人的实在是不容易。”小二可怜巴巴地劝说着杨梓传。

杨梓传本来有些心烦意乱，小二又在这里忙前忙后喋喋不休，让他更加烦躁。但这事情难得楚秋的一片孝敬之心，再说也不能让小二回去太为难，何况自己现在这个苦闷样子，也会让楚秋小看了自己这个做养父的。

杨梓传想到此处，索性拿起筷子来，随口说道：“好吧，那我就浅尝几口，酒也喝上一盅，你就快回去交差去吧。别忘了我让你给少东家带的话，就说我在这里等他一起喝酒。”

“好嘞，小二我先谢谢您嘞！您这老爷就是体谅人啊！”

第九十二章　千钧一发

正待杨梓传右手拿起筷子夹菜，左手端起酒盅要喝酒时，门外突然闯进一个人来，大喝一声："小二，酒楼里的人手本来就不够，活计忙活不过来，你怎么还这般慢腾腾地在这里偷懒耍滑，还不赶快给我回去！"

杨梓传见状，把手中的筷子和酒盅也放了下来，非常不好意思地对那店小二说："小二，刚才我也劝你回去你就是不听，现在赶快回去吧，你和少东家说一声，我一会儿将酒食吃了也就是了。"

那店小二傻愣愣地看着来人，仔细地打量了一下，然后吵嚷道："你谁啊？我怎么不认识你呢？你算哪根葱，和我穷叫嚷什么啊？没看见我正服侍我们老爷吃酒食呢吗？"

"你个不要脸的泼皮，大爷我是需要你来认识的吗？少东家在'楚如轩'里等你等得不耐烦了，我好心告诉你，你却这般挺尸似的与大爷说话，你真是敬酒不吃吃罚酒，大爷我当年走江湖的时候，你还光屁股呢！"

那人说完，一个拳头朝小二头上砸去，小二被打得一个趔趄没站稳，扑倒在桌子上，一时间，满桌子的酒食全部撒在了地上，弄得满地狼藉。

杨梓传看着眼前的情景，真是气恼异常，对着来人喊道："你这人怎么这般不讲道理，好说好商量也就是了，怎么能动起手来，还将人打得这般狼狈？"

"老爷，这都是便宜他的，我本应一拳打死他才对！"

那人说话间又伸出手来，将那小二从地上抓了起来，朝他脸上啐了一口唾沫，口里骂着："大爷今天我心情好，看你也是个孬种，不和你一般计较，你还不快滚，去向你主子交差去？"

"你这说的都是什么？和你吵两句嘴至于这般无礼粗暴吗？他的主子是我的儿子，小二纵有怠慢之处，也轮不到你来这般管教。"杨梓传很是诧异，对来人的霸道蛮横很气愤。

"老爷，他是来害你的！"那人压低声音说道。

"害我的？如何害我？"杨梓传惊讶地问道。

"他在酒食里都下了剧毒砒霜，要毒害你。"那人答道。

那小二听得来人说的话，连忙不顾一切地往门外跑去，慌不择路中碰到了门框上，"唉哟"一声过后，屁滚尿流地朝客栈外的大门狂奔而去。

"这到底是怎么回事儿，他何故要害我？"杨梓传见到小二刚才的情形，确认眼前的来人没有说谎，否则小二不能听了来人说的话，就惊慌失措地逃走了。

"老爷，这里面的事情实在太复杂，我一时半会儿和你说不清楚。我只能告诉你，有人要加害你，不单要害你，他们还要合谋害死楚秋一家。"

"楚秋那里情形如何？"杨梓传惊恐之余，急切地问道。

“我们东家分兵两路，我这是一路，那一路也应该早到了‘飞鸿行’。我想此时，少东家也应该得到消息了。”

“你们的东家？你不是楚秋的人？那你的东家又是谁？”

“老爷，恕我无可奉告，但我可以明确告诉你，我不是楚秋的人。我的任务已经完成了，告辞！对了，我的东家还让我捎话给你，劝你还是早日回湖州去，这里太危险，并让你多多保重身体！”

说完之后，那人一转身跑出了门，待杨梓传推门往外张望时，早已不见了踪影。

此刻，屋里面只剩下了杨梓传，他看着满地的破杯碎盘，脑海中回想着刚刚发生的一幕，心里不免后怕起来。

真亏那人来得及时，否则自己此时已是七窍流血不明不白地去地府报到，做了冤死鬼了。

想到这里，杨梓传后背一阵发凉，身上起了鸡皮疙瘩儿，冷汗珠子也禁不住从脸上淌了下来。

到底谁要谋害我？并且还要谋害楚秋一家？可惜来人并未给他答案。

指派人来救自己的，来人口中的东家又是谁，来人不但没有说，而且还显得那般神秘莫测、讳莫如深。这到底是怎么回事儿？

杨梓传猜想，这人口中的东家一定既认识自己，又认识楚秋。否则的话，不可能派人两路相救。可自己在当地除了认识楚秋之外，并不再认识任何人。还有，这个所谓的东家为什么要派人出手救自己与楚秋呢？

信息不但灵通，来得又如此及时，想必那位东家也是个能量极大的人物。可救了自己之后，看那人的口气并不想图什么回报，甚至连个名字都不告诉自己，这不能不让杨梓传在惊吓恐惧之余又有着满腹的疑惑。

此番没有将自己害死，对方还会不会再派人来谋害自己？这个客栈是不能待下去了，他要去找楚秋，要看看楚秋那里的情况又是如何。

想到这里，杨梓传连忙收拾了一下包裹行李准备出门。

可是一脚门里一脚门外的时候，他看见楚秋飞奔而来，脸上流着热汗。看见了杨梓传，上气不接下气地说道："爹，您没事吧？"

"我没事。快，快坐下歇息一下。"杨梓传忙将楚秋让进了屋子里。

楚秋看见满屋狼藉的样子，瞬间就全明白了刚才这里都发生了什么。

"楚秋，你父母他们那里没事吧？"杨梓传心里再怎么慌乱，也还没有忘记问一下楚秋父母的情况。

"没事了。好在消息及时，否则后果真是不堪设想！"楚秋现在稍稍平静了下来，但还是免不了心有余悸。

"你弄明白没有，到底是什么人要害我们？"杨梓传见楚秋坐在那里有些茫然的样子，忙问道。

"高尚！是高尚要害我们！白天的时候您还在和我说这件事情，我并没有完全相信，没想到几个时辰的光景他真的就下手了。"

"你怎么知道的？"

杨梓传脑中一瞬间也曾想到过是高尚做的，但他又将高尚给否定了。他没想到高尚那边"百善堂"的棘手事情还没有个结果，就在这边迫不及待地下手了。他也没想到高尚能将自己也列入了谋杀的名单里，自己与高尚有些嫌隙不假，但也不至于到了要将自己置于死地的地步啊！这简直让人难以想象，真是丧心病狂！

但杨梓传现在不想对楚秋说太多，他怕楚秋心里难受，一时间接受不了这个现实，既然他已经知道了，就让他自己慢慢消化吧。自己上午刚和楚秋说高尚要害他，要他多防备高尚，而当时楚秋根本不相信会有这样的事情发生，甚至有些怀疑杨梓传是故意危言耸听离间他和高尚的关系，以达到杨梓传将他带回湖州帮助纯如的目的。可现在无需再说什么了，事实都已经摆在了楚秋的面前。

楚秋急促地说道："刚才我去了'楚如轩'，知晓高尚买通了我店里的小二。现在想来，李管家的死怕也和高尚脱离不了干系，只是李管家已死，现在连棺材里的尸首也莫名其妙地不翼而飞，想找寻死因也是不可能的了！我不知道在'楚如轩'和'飞鸿行'里还有没有被他收买或安插的人，想来真让人后怕啊！"

说话间，楚秋的脸色由紫青变为惨白，继而又凝重得如一汪不流动的水儿，黑乌乌的。

"是啊，道高一尺魔高一丈，与狼共食一盘肉，你不知道什么时候就会被狼给咬了，好在咱们今天没有被他咬死，这已是万幸了。"

杨梓传尽量在用一些含蓄的话语安慰着楚秋，他知道楚秋此时的心情一定非常复杂，高尚这样的动作让楚秋始料未及，对楚秋的自信也是一个很大的打击。在这种情况下，他不能用太直白的话语刺激楚秋。

"爹，高尚想谋害您及我全家，此仇不共戴天，我不报此仇，誓不为人！"楚秋"嚯"地站了起来，用拳头猛击了一下墙壁。

"楚秋，我这次来发现你有了很大的长进，这是你亲生父母的栽培，也是你个人的悟性所得。但对于高尚这样的人，切不可用蛮力，更不可被他激怒而丧失了理智，如果那样的话，我们就是先输了一局。"

“那就这么便宜他了？刚才我派人去高尚所住的客栈擒他，他已经逃之夭夭了。真要是被我抓住了，此时，怕他已在黄泉路上了！”

“仇，是要报的，一个是周密计划，一个是恰当时机，此时这两点我们都是不具备的。所以，楚秋啊，你年轻气盛，此时又在气头上，正是头脑容易冲动的时候，千万不要在此时轻举妄动，连那念想也不要有。否则，可能会被反咬一口，报仇不成而反受其害！”杨梓传怕楚秋做出什么傻事来，谆谆告诫着。

杨梓传知道楚秋现在的性情和两年前发生了很大的变化，从前楚秋是个低沉的人，凡事不轻易表态，会隐忍退让，听人劝解。但现在楚秋在亲生父母身边，自家又是家大业大，在这漳州府当地，乃至整个福建都有一定势力和影响。楚秋自然有些心高气傲，甚至有些目空一切，还能隐约看出他有几丝恣意妄为的念头，只是在自己这个养父面前，他极力掩饰和隐藏了起来。

“爹，现在仔细回想起来，我前一些时日在几件事情上做得确实过分了，也做错了。等您回去，替我给纯如捎上几句话，就说我楚秋对不起她，我向她道歉，我不求得她的原谅，就让她忘了有我这么个人吧。”楚秋看似在对杨梓传说，也好似在痛苦地自言自语。

“楚秋啊，爹不是当着你的面就说纯如的好，纯如对你与高尚私底下的有些作为是早有了解的。可是她担心你这，担心你那，总是怕狼怕虎地为你着想的，所以她也就一直没有主动地将生丝之事公布于众，或对高尚有什么动作。就是出了你写那封信的事情，她被逼得没有了退路的时候，还是首先想着你的安危的，她身子不方便，连忙让我来给你通风报信。你知道纯如是个善良的人，她看不了别人招灾有难，何况你们还是打小儿一起长大的兄妹呢？你们都是吃着一锅饭长大的孩子，你不要多想，只要跟我一起回到湖州去，当着纯如和众人的面儿，把那封信的事情说清楚也就是了，自家人还用道什么歉啊！”

“爹，我是坚决不会回去的！”楚秋很坚定地答道。

第九十三章　近墨者黑

杨梓传听了楚秋的话，又有些着急起来："楚秋啊，你果真不想随我一起回去？"

"爹，您放心，虽然我不回去，但我会派一个得力的人手和您一起走，一是有他一路照应您我也好放心，二是让他再带着我写的一封亲笔信，信上我也会将上次的事情写明白，到时候当场再念给那些人听，让纯如从上次那封信的尴尬窘境里脱离出来。如果当地人有什么怀疑和误解，我派去的这人也好代我解释清楚。"

楚秋说完之后，眼含泪花，抬起头来，迷离婆娑地望着天棚，沉默了好一会儿，继续说道："我是没有脸再回湖州去了，也没脸再见到当地的任何人，更不要提纯如了。"

杨梓传闻听楚秋说得这般凄凉，也是一阵酸楚涌上心头，不能自已。

他养了楚秋二十多年，从那么一个不大点儿的孩子，一转眼的光景，就长成了现今的大小伙子。无论自己从前对楚秋做了什么，也无论楚秋现今发生了多么大的变化，但从他来到漳州府见到楚秋那一刻起，杨梓传认为他没有白养楚秋一场，楚秋还是个有孝心的孩子！

谁都有做错事的时候，知错能改，回头是岸。可如果人的良心坏了，那就无药可救了。

现在杨梓传认为楚秋还是有良心的人。

“好吧，既然你这么说，我也就不勉强你什么了，你有你自己的主张和见识。你大了，不管我理解不理解，至少我得尊重你个人的意见和想法。”杨梓传有些无奈，又有些爱怜地对楚秋说。

“爹，我想问您个事？”楚秋用手擦了擦眼眶里的泪水。

“什么事，你问吧。”杨梓传正了正身子，认真地说道。

“您知道此番是谁救了我们吗？”楚秋的脸上充满了疑惑的神情。

“不是你的朋友吗？我听见来救我的那人口称‘我的东家’，我以为是你当地的朋友闻听了此事，又知晓我和你的关系，分别来救你我的呢！我初来此地，在此地没有一个朋友亲属。难道你也不知道救我们之人的来路？”

楚秋点了点头，自言自语道：“这能是谁呢？”

杨梓传捻着胡须说道：“既然口称‘东家’，怕也是从商之人，如果大胆再猜测一下，其一，有可能也是做丝绸生意的。其二，这人一定是既认识你又认识我，并且很可能不单只是认识这么简单，否则不可能在危机时刻出手相救。其三，救了我们之后，并不求任何回报，连个名字都没有留下。或是有难言之隐不想见我们，或是暂时不想暴露自己的身份。”

“这人行事上还有其他什么特点吗？”楚秋追问道。

“其四，来人将要毒害我的那个小二虚张声势地吓跑了，说是‘吓’莫不如说是‘放’，好像不想对那小二多加为难或深究不放。

既然是故意放跑凶手，看来是不想将背后的主谋高尚揪扯出来，也就是说这个东家和高尚同样也有交情。其五，我猜想这个东家的能量也一定是极大的，他前后将这件事情处理得如此妥帖，这不是一般人物能做得到的。”

不得不说姜还是老的辣，杨梓传分析起事情来思路清晰而有条理，对细节的抓取和考量细致入微，擅于从细节上分析总结事物的基本特征和性质，这不是一般人所能具备的能力，楚秋听后顿感自愧不如。

“爹，这几个条件综合起来全部具备的话，这人会是谁呢？”楚秋问道。

杨梓传摇了摇头，叹了一口气说道：“想不出来啊。”

虽说杨梓传已分析到了如此精细的境界，差一点儿就能画出面貌长相来，但任凭他苦思冥想，将自己身边的朋友亲属都在脑海之中过了一遍筛子，也没有一个人能全部满足这五个条件。

“爹，既然想不出来，我们也就不想他了，他救我们也好，不留姓名也罢，总归有他自己的用意。来日方长，总有一天我们会将这些事情弄明白的。”楚秋无奈地说。

“也好。爹想明日一早就出发，我走之后，你们一家人要处处多加留意，高尚这次失了手，不代表就不会卷土重来，他这人做起事情来心狠手辣，让人防不胜防。”

“爹，我会留意的。您回去这一路上多保重身体，到了家里，也代我向我娘问声好。”楚秋有些伤感地说。

“嗯，你放心，这话我会给你娘带到的。就是不知你我父子在此一别，何年何月才能再相见啊？！”杨梓传想到自己即将要离开楚秋，心里十分不舍，可想带他走也是不可能的，不免悲凉之情从心底油然而生。

“爹，想见的时候自然能见到，您身体如此硬朗，湖州与漳州之间的路途算起来并不遥远，等您有了闲暇时光，想来我这里小住几日，您尽管来。这次没有将您引见给我父母，是考虑到事发突然，他们不知道您来的目的，我怕他们心生疑讳，继而为难您，所以也就没有惊动他们，也没有让您在家里住下，这些还望爹您能够多担待和体谅。”

“爹活这么大岁数了，还有什么事情想不明白的？楚秋，你考虑的是对的，你好不容易回到他们身边，我这又突然间造访，放在谁身上都会担心再把你抢走。再说，爹往日也对你父母做了一些龌龊事，就是他们原谅了我，我也没有什么脸面去见他们。”

“爹，我还有一件事，想和您老当面说个明白，只是怕说出来您多心，也怕影响了我们父子之间日后的感情。”楚秋很为难地说。

“你说吧，我已经说了，你做什么事情我都能理解的。”杨梓传见楚秋说得如此认真，心里不免掠过一丝担心，却不能表现出来。

“爹，想来纯如和您都是江浙商会的人，代表的是江浙商人的利益，而我的父母又代表着福建商人的利益，殊途同归，利益上互有抵触是必然的事情。我也和您说过我的担心，我只是在这里再重复一遍，我知道纯如想在未来带领江浙商会有一番大作为，可我们福建商人同样也是雄心勃勃严阵以待，日后一旦在利益的争夺上起了摩擦或者争端，必然是两虎相争之势，其中有一伤是难免的，甚至两败俱伤也是有可能的！”

楚秋看杨梓传很认真地听着自己说话，就继续说道：“想想到那时就有可能会出现你我父子之间，我与纯如兄妹之间同室操戈、兵戎相见的场景。爹，那场景真不是我想见到的，到那时不但父亲会对我冷眼看待让我寒心，就是我也于心不忍。但没有办法，爹，现在生意不好做，商道人情艰辛冷酷，又都是各为其主，都肩负着一方父老之生计，到时候楚秋做出什么让您为难的事，也是不得已而为之的，万望您不要怪罪于我。”

杨梓传心里掂量着楚秋的话，明白了他所说的其中道理，这是楚秋让自己这个做养父的事先有一个心理准备，避免日后彼此有了利益冲突，大家都甩下脸来不认人的时候，黑脸红脸的太难堪。看来，楚秋的想法是极为现实的。感情归感情，生意归生意，他是将利益放在所有事情的第一位来考量的。

楚秋答应再写一封信，派人与自己一起回湖州，怕是因为高尚做得实在太出格、太毒辣，逼得楚秋没办法才这么做的。还有，或许楚秋也是因为感激自己远道而来给他通风报信，并且事情果真发生了，楚秋感念于此，自然投桃报李要将纯如解脱出来。

但这些话也就是从楚秋口里说出来，如果换作第二个人，他也会认为对方这是在威胁他、恐吓他、挑衅他，是在给自己下战书，分明是让他考虑清楚后果，然后知难而退！

可这话是楚秋说的，一个恭恭敬敬朝着自己叫着“爹”的养子说的，他能说什么？他什么也说不出来，他只是感到身上一阵接着一阵发冷，也想尽快离开漳州这个地方。

“楚秋，爹知道利益之争是难免的，何况你口中的‘利益’，我听得出来是江浙和福建商人之间的集团利益之争，对我们父子之间的感情是不碍事的。但纵使是集团利益，也并非刀刀见血才能争得的，也可通过大家一起合作，彼此商量，互惠共赢得来。楚秋，无论个人利益还是集团利益，真要是有了那么一天，我和你站在了对立面，用刀尖互相顶在彼此心口窝的那一刻，你要相信，爹一定是首先把手中的刀扔在地上的那个人。”

楚秋被杨梓传说得面红耳赤，他为自己刚才对杨梓传的话说得太直白有些懊悔，但那都是他心里想对养父说的真心话，为的就是先小人后君子，先把话当面说清楚。但他从养父的话里也听出了杨梓传的弦外之音，那是在含蓄地批评他见识还是有些短浅，也隐晦地告诫他凡事不要轻举妄动，日后真是发生了什么事情，养父一定会让着他，不会和他一般计较。

“爹，刚才我说得有些唐突了，思虑不周，您别见怪。时间也不早了，您也该休息了。看来今晚这里是没法住了，我们再另寻一处客栈，让我的下人陪着您住一晚，确保安全。明天是我父亲的六十大寿，一早上就得迎来送往，我怕是抽不开身送您了，今晚就算给您饯行了。”

“一会儿告诉这里的小二一声，让他们收拾食物时注意些，这里面有毒。”杨梓传说道。

楚秋和杨梓传一前一后走出了客栈，只留下满地的杯盘狼藉……

杨梓传躺在新寻的客栈的床上，却翻来覆去睡不着。

自己此番来，任务算是完成了大半，想来还是挺让人满意的，只是不知道其间会突然杀出个高尚来，此时劫后余生只能暗自庆幸。而楚秋呢，虽然不是自己的亲骨肉，但他也从楚秋现在的思想和作为之中看到了自己当年的影子。

只能说楚秋的变化真是大啊，就是到了此时，杨梓传也感觉没有将楚秋完全琢磨透。都说“近朱者赤，近墨者黑”，自己将楚秋一手拉扯大，难道是自己把楚秋带坏了吗？如果真是如此，那从前自己怎么就一点儿苗头也没有发现呢？楚秋已经给自己先打了“预防针”，可真到了楚秋说的为了利益要头破血流那一天，自己真的会首先放下手中的刀吗？

杨梓传自己此时也找寻不到答案。

第九十四章　避重就轻

高尚那天刚刚布置完谋害杨梓传父子之事，就接到了湖州知府衙门李靖差人送来的信件，信里面要求他见信之后不能耽搁，立即随衙门的人返回湖州，有要事相商。

虽然李靖在信里并没有说是何事，但高尚也猜出个大概，那就是“百善堂”鼓出的那个脓包或许已经冒了水，偷走花名册之人将文章做到了知府衙门，所以李靖才会这样火急火燎地让他回去商量对策。

高尚知道，终归会有这么一天。也罢，脓水一旦出来了，也就预示着这件事快要出头了，否则这偷花名册之人一天没有个动静，他这心一天不得安生。高尚心下自忖其实也没什么可害怕的，衙门那里有李大人坐着，难为不了他什么。

但前往杨梓传住处的那个小二刚刚被潘福派出去，还不知道结果如何，高尚和知府李大人派来的人硬耗着，没立马就跟着走。

过了有两刻钟的光景，在那客栈外面望风的人回来向他汇报，那个店小二豕突狼奔地跑出了客栈，后面还好像有人在吵嚷骂着他。高尚大呼一声不好，知道是坏了事，连忙派潘福将要去楚秋家的那个人撤了回来，拿着银两让小二他们几个尽快各自分开跑路。

急三火四地安排妥当之后，高尚也来不及多想，连同李靖派来的人一起赶回湖州。

回到湖州，高尚马不停蹄赶到了知府衙门。

“高老弟，不是我说你，你有这么个天大的事情，怎么突然间又没了人影跑到漳州府去了？你这都要火烧眉毛了，难道一点儿都不着急？”李靖沉着脸，话语里带着责备的口气。

“李大人，真的没有办法，漳州府那里有一桩生意急着去打理，刚好处理完，就是您不派人去，我也急着要回来的。”

“你那‘百善堂’乌姓的堂主拿着你说被盗的那本花名册来我的官衙告发你，说你贩卖人口，草菅人命。”

“啊？他来告发我？还带着花名册？这个老王八蛋，我真是看走了眼，原来是他在背后搞事！”高尚惊愕地喊道。

高尚听到李靖的话，是一点儿心理准备也没有，他怎么想也不会是乌道长来告发他。

“他来告发你怎么了？不也很正常吗？还是你哪里得罪过他吧，他衔恨在心，逮着机会想咬你一口。这事，你当初就办错了，不应该早早就让那姓乌之人发现你要整治他，你应该尽力拉拢他才对，你把他吓得鸡飞狗跳了，他才不得已反退为进来告发你。”

“李大人，这事情确实是我操之过急了，但当时也是与您商量过的，我想您这衙门的人想抓住他还不是易如反掌之事，到时候私底下过一下大堂，让他招了供也就了事了。之后在牢里让他再不明不白地暴毙而亡，在他身上贴上一个‘畏罪自杀’的罪名，此事也就了结了。哪承想，您这衙门的人一直没有找到他的踪影啊。”

高尚见李靖一直对自己不冷不热，还要把所有的责任一股脑儿都往自己身上推，满心不舒服。

“想来，现在说这些都是没有用的，于事无补，没有任何益处。他大张旗鼓主动找上咱们来了，这事就得好好分析分析。现在有一个疑点，是他私藏了那本花名册单纯就为了报复你，还是别人盗得那本花名册又找到了他，让他来出这个头呢？”

“我和他平日里并没有矛盾，私藏花名册报复我之说，我想并不成立，看来应该是大人说的后一种情形。李大人，不管他乌道长如何作妖，他既然主动来到你的堂上，你直接拿他不就是了，何必让他大放厥词，闹出了太大的动静，日后恐害了你我啊！”高尚在隐晦地埋怨着李靖，也在暗示李靖这件事大家都有份。

“高老弟，你说得真是轻巧，我这里是官府衙门，不是私堂会所，更不是江湖门派，哪有说拿就拿说逮就逮的道理？你想得太简单了，人家既然主动上门，就是做好了万全之策。并且在他来之前，还有人送给我一封匿名信，大意就是此事若不能秉公办理，私设公堂，还有人继续往上捅，说不定还可能捅到京城去呢。”

李靖瞅了高尚一眼，继续说道：“还有，高老弟，我在这知府衙门任职多年，得罪的人多了去了，想害我的人自然不会少，我见过的大风大浪多了，但也并不曾将我怎样。可你就不同了，弄不好一个石头将你绊倒，就会让你头破血流，趴在地上爬不起来啊，你要好自为之啊！”

以李靖的阅历和头脑，他怎能听不出高尚的话外之音呢，想牵着我李靖的鼻子走，你高尚还是嫩了点儿。

高尚同样也听出了李靖话里的意思，这件事看来，分明是必须要走过场了。虽然李靖这几年不少从中拿银两，但李靖现在已经明白告诉他，不要拿这个与他说事，不好使！

高尚暗自后悔，李靖是何等聪明之人，他其实没有必要暗里提醒李靖，李靖也会尽力帮他周旋的。自己这样一来反遭李靖的忌讳和厌恶，再说李靖收了这当中多少银两，他也不能承认啊，白白惹这腥臊一点儿意义都没有。

“我这也是一时慌张，乱了方寸，口不择言，大人千万不要与我一般见识。您这久历官场民情，我还得求您的主张。”高尚忙向李靖自讨过错。

听了高尚的话，李靖的脸色稍微好看了一些，继而徐徐说道：“高老弟，虽然那乌姓人来势汹汹，但依我瞧着，也无非是虚张声势。那花名册我看了，并无你的任何笔迹，你尽可以不承认它是真的。再有，被你贩卖的那些人你已找回了一些，只要我不再深究，也就可以掩人耳目蒙混过关了。我想，那乌姓人此举，无非是不想再过官府私下追击东躲西藏的日子，怕你暗害他，所以才将这件事情放在了明面上说。”

“大人，他主动来告发我，我如果矢口否认，最终这案子会是个什么结果？”

“还能怎样，你没有证据是那乌姓人所为，何况还是他主动来告发你的，你就是指认是他干的，他也会说你反咬一口。况且，我还不能治他诬告你之罪，你把他惹毛了，还不知道会再惹出什么乱子来呢。再说，我也不想让此事纠缠不休，最后这案子只能以‘事实不清’让它不了了之。想来，也算你走运，如果告状之人不是乌姓人，要是换作其他人对你不依不饶，那可就真难办了，我也没办法替你搪塞了。”

高尚听到李靖这么说，松了一口气：“大人，这件事情真让您为难了，我一定厚报大人。还有，大人，我有个请求不知当讲不当讲。”

“你说。”

“我想，等我上大堂之时，大人能不能不要让外人知晓。特别是我们同行之人，我毕竟是‘江浙丝绸商会’的副会长。这上了衙门大堂为自家事与人对质，好说不好听啊，日后也让我恐难见人。”高尚恳求着对李靖说，这是他一直以来心里的隐忧。

“这个不是什么问题，到时候也就你们二人在堂上，除了我的衙役不会有外人，在我这里是不会传出任何口风的。只是我怕……”

“大人还怕什么？”高尚急切地问。

“我怕乌姓人背后另有高人在指点捣鬼，即使衙门没有治你什么罪过，但到时候用你这事做起花样文章来，你还是要小心为妙。”

高尚听完，低头不语。

看来官府也不能一手遮天啊！有些事情，还得自己的梦自己来圆，不能全仰仗衙门来替自己平事。但他还是很感激李靖，没有李靖这样左右斡旋，自己怕是难逃这一劫了。也罢，这一阵子也真是倒霉透了，一件事情接着一件事情地出，没有一件是顺利的，也没有一件是称心的，走一步算一步吧。

高尚从知府衙门垂头丧气地出来，他还要急着去弄明白另外一件事情。

高尚知道谋害杨梓传和楚秋的事情没有成功，但他并不知道自己的行迹已经败露。因为店小二被发现之后，安全地跑了出来，并没有发生严刑拷打逼问的事情。

但让他气恼并百思不得其解的是，他计划得如此周密，行事如此机密，怎么会被人抢先一步发现并及时破坏了呢？莫不是出了内鬼？

可那天计划之时，只有自己和潘福在场，并没有第三人，要说出问题，应该是出在潘福身上。

潘福是个地地道道的广州人。他比高尚大七八岁，在广州的牙行里做事，人聪明机灵，行事果断，成熟老练，心狠手辣。这符合高尚用人的标准，所以在两年前，他通过熟人认识了潘福之后，就重金将潘福挖到自己的帐下，做了自己的心腹之人。

“袖里吞金妙如仙，灵指一动数目全，无价之宝学到手，不遇知音不与传。”这说的就是牙行里的人，俗称“牙子”。但究其实质就是一手托两家，也就是先找“上家”，再找“下家”，然后抽取佣金。“牙子”大都能说会道，因其伶牙俐齿而得名。

那什么是牙行呢?

据《清会典》记载，清代“凡城庙衢市，山场镇集，舟车所凑，货财所聚，择民之良者，授之帖以为‘牙侩’，使之辨物平价，以通贸易”。

《大清律例》规定，开设牙行之前，须由地方官查明是否“身家殷实”，再由同行一人担保，证明其为殷实良民的“甘结”，然后上报布政司，由布政司发放牙帖，才能开张营业。牙行领取牙帖时，须向官府缴纳帖费。这种由官府允许开设，并领有牙帖的牙行，称“领帖牙行”或“官牙”。领帖牙行有官给印信凭簿，每月将客商、船户的籍贯、姓名、路引、字号、货物、数目登簿，送官府查照，并且帮助官府检查商人纳税与否，有时还替官府采办货物，征收商税。

领帖牙行每年要向官府按税则缴纳牙税，牙税税率因地区而异，如江西牙税分上、中、下三则，每年上则纳银三两，中则二两，下则一两；湖北牙税上则纳银二两，中则一两，下则五钱；其余僻邑村镇，上则纳银一两，中则五钱，下则三钱。

雍正十一年，鉴于牙行太多，影响商品流通，改行额定牙帖制度，经各省确定全国牙帖总数约十八万张，并规定以后只能“退帖顶补”。但未能杜绝州县滥发，反而使有帖之家视牙帖为奇货，父子相传，或一人领帖，多人经营，称“朋比”。

牙行除了有其积极的作用之外，在经营活动中，也利用其居间地位和官府给予的特权，甚至采取贿赂的手段，与官吏相勾结，垄断市场，操纵物价，对买卖双方敲诈勒索。他们诓骗商人，吞噬客货，侵吞客商资本，与商人争夺商业利润。有时还勾结地方上的流氓势力，参与恶性竞争。乾隆年间，广东、山西商人在北京组织的会馆也是力图摆脱牙行的干预，但最后都以失败告终。

而潘福就是高尚从广州丝绸行当的牙行里淘来的这么一个宝贝。潘福有着在牙行里摸爬滚打多年的背景，生意头脑灵活，能言善辩，见多识广。他与洋人也广有结交，特别是与洋人说起话来一点儿障碍都没有，就像邻居聊天一样顺畅。这让高尚好生羡慕，并认定潘福绝对是他日后在广州发展的不二人选。

第九十五章　神秘人物

是潘福背叛了自己？

高尚从知道谋害杨梓传、楚秋事情失败的那一刻起，就有了这样的怀疑，但从漳州回到湖州的这一路上，并没有发现潘福有什么异样。再说，潘福似乎也没有给杨梓传父子通风报信的动机，但即便如此，高尚是个眼睛里不揉沙子的人，虽然没有任何可怀疑潘福的证据，他也要当面问个明白。

“潘哥，你说这次我们的计划可谓是天衣无缝，它怎么就这平白无故地失手了呢？”高尚斜靠在椅子上，一副懒洋洋的样子，眼睛望着窗外的风景，不咸不淡地问潘福。

“东家，这几天我和你回湖州来的一路上，也一直在想这个问题，但也没有想出个所以然来。按理说，不能啊！”潘福回答道。

“你的表弟现在可好？”高尚话锋一转，扬眉问道。

“哦，你说‘楚如轩’的那个店小二？嗯，他自从那日没有得手之后，吓得一溜烟就跑回了广州，他既怕楚秋事后拿他问罪，又怕你怪罪，听说回家就躲了起来。”

“去救杨梓传那人，明知道你家表弟去行凶，却没有将他怎样，只是吓唬了他一下，放他跑了，想来也真是让人奇怪啊！”高尚拾起桌子上的一个牙签挑着牙花子，不阴不阳、慢条斯理地说。

“看来东家觉得此事蹊跷，是不是对谁有所怀疑？你不妨说来让我听听，我也好帮你分析一下。”潘福似乎听出了高尚问话的用意，但他又不便直接问高尚是不是在怀疑自己，那样就容易越描越黑，反倒说不清了。

“那倒没有，我只是觉得此事真是奇怪。对方放了你表弟，明摆着就是不想难为他，也证明救杨梓传之人并不想深究此事，难道救杨梓传之人和你表弟有什么交情？还是和我高某人有什么交情？”

“东家，对方和我表弟、和你有没有交情，我并不清楚，但蹊跷的是，他们救了杨梓传，却不告诉杨梓传这件事情的根底，这就很奇怪了，这也说明他们和杨梓传与楚秋的关系也并不是十分亲近。如果说和你或者说与我表弟有什么要好关系的话，但他们又实实在在地破坏了我们这次的整个行动。东家，你说这让不让人匪夷所思呢？”潘福说话间，好像是绞尽脑汁想把这件事情弄清楚了。

窗外高大的梧桐树，枝叶繁茂，随风而动，在风中也发出了沙沙的声响。几只羽毛颜色艳丽的小鸟在那枝丫上上蹿下跳，不停叽叽喳喳地叫着。

高尚转过头来，对潘福说：“这样说来，这个背后救杨梓传或者说背后破坏我们计划之人，是个两面派？”

到目前为止，高尚并没有发现潘福泄露这件事情的蛛丝马迹，他觉得潘福分析得有一定的道理。

“是不是两面派，我们同样不清楚，我想，倒是有一种可能性可以解释那背后之人的用意。”

“什么样的可能性？”

“坐山观虎斗，鹬蚌相争，以得渔翁之利！”

高尚听了潘福的话，眨了眨眼睛，他在回味着潘福说的这句话。“潘哥，按你这么说，这人心肠很是狠毒啊，让我们两方都在争斗，却也不让谁倒下去死，这不明摆着是要放长线，让我们彼此去打一场消耗战，他在旁边等着看笑话呢吗？你说是不是这个意思？”

“东家说得没错，我看着这里面就掩藏着这个深意。”潘福看高尚好像听明白了这其中的道理，长长地出了口气，看来自己在高尚这里的嫌疑应该是解脱开了。

高尚站了起来，伸了伸懒腰，走到窗子的近前将窗子打开，一股清爽的风吹了进来，潘福顿感身上一阵轻松。

“潘哥，你说，乌道长这个老王八蛋被两个丫头给迷惑而丢了花名册，那天我与你在书房里密商如何对付乌道长，又被乌道长偷听了去，现在又出了漳州府的这档子事，你说咱两个商议完就那屁大的工夫，就让那神秘人物得去了消息，难道他是顺风耳？是神仙？我这一阵子也真是倒霉透了！”虽说高尚此时已经没有了对潘福本人的怀疑，但对于走漏风声之事还是感觉不可思议。

“对方既然不是一般人物，想来安插一些人在我们的左右也是轻而易举之事，或是隔墙有耳，或是客栈里跑堂打杂之人门外偷听，总之，我们的一切踪迹都被人家在暗地里掌控了。”

“这件事情到底是谁干的呢？这个杂碎为何行事如此鬼祟神秘，好像故意和老子躲猫猫一样。”高尚越分析越不明白，气得咬牙切齿地说。

“东家，这人行事的手段，倒让我想起和一个人惯用的手法差不多。”潘福沉吟片刻说道。

“快说说看。”高尚有些急不可耐了。

“广州城近两年，突然冒出来一个颇为低调神秘的人物，在‘公行’、衙门、洋人与大小商贾之间手眼通天，如鱼得水，来去自如，生意做得更是风生水起，有声有色！更在短短的一年间里，吞并广州大大小小二十几家老商号，一时间声名鹊起，叱咤风云，让一些商户闻之色变。就是我们这些牙行里的人，也怕哪一天不小心就莫名其妙丢了饭碗。”

“你所说之人，那日在‘楚如轩’里，我好像听那个死鬼李管家和我说过那么一嘴，但当时注意力根本就没在那儿。今天听你说来，是确有其人啊！只是你把他说得这般神通广大，不知道潘哥你可曾见过这位人物？”

“我也只是听说，根本就没有见过。听说这人性格十分孤僻，旁人很难接近，加之为人低调从不抛头露面，外人想见到他更是难上加难了。”

“能在短短的两年时间之内，做出这么多的声响来，他到底是何背景呢？”

“有人说他是皇亲国戚，也有人说是和珅和大人的亲属，也有人说是忽然得了一车狗头金的暴发户，还有的说是从哪里继承了一大笔遗产。总之，众说纷纭，但没有一个说法是得到印证的，就是我刚才说的这些猜测有可能也是子虚乌有，此人用障眼法将自己隐藏得实在太深。”

“那听潘哥说来，此人已经注意到了杨梓传、楚秋和咱家了？”高尚说话的声音里带着一丝怯意，话语中也夹杂了颤音。

“按照我对他这次行动的手法推测，我想应该是此人所为。”潘福有些自信地说。

“如果照你所说，这个神秘人物应该是在广州本地捞足了资本，又开始琢磨起福建和江浙这边的商户了。他是不是在坐山观虎斗我现在不清楚，但依我看来，我对他是有可利用价值的。”

“那东家的意思是？”

“潘哥，你说我是不是应该找个机会去见一见他，我感觉我们两个人见了面应该会很投脾气，就是日后和他合作也是有可能的。再说，这次行动失败，楚秋那里一定会有所戒备，一时半会儿很难再下手，莫不如乘此机会我们直接到广州那里站稳脚跟。”高尚说着说着，好像突然间又发现了一条门路，有些兴奋起来。

“主意倒是个好主意，但就如我刚才所言，他行踪不定，不肯轻易见人，我们无处下手，怕是没有机会与他相见啊！”潘福很佩服高尚这种擅于钻营的脑力，可想起自己所说的那个人来却显得有些沮丧。

“潘哥，你们这些人把他说得太邪乎了，把他捧得有点儿神乎其神了。要知道，他也是人，是人就要吃喝拉撒，是人就要为人处世，他总不能一直都待在地窖里摆弄他这么一大摊子事吧，你说是不是这个道理？我自认为不比谁差，只是这阵子运气不遂人意罢了。”高尚说着，又联想起自身目前的处境，有些气恼地说。

“东家，道理当然是这个道理，但我想也不能抱太大的希望。和我们有相同想法的人并不在少数，可最后都以失败告终了。”潘福怕高尚抱的希望太大，失望也会更大，自己有责任提醒他一下。

“我给你讲个故事，你就明白了，世上没有铁桶一般进不去的门户。”高尚恼火归恼火，但不得不承认他有一种苦中作乐的生存本领，就在这时候，竟然给潘福讲起故事来。

“康熙四十五年，一个河南开封府人，因为妻儿相继离世，悲痛欲绝最后剃度出家，法号了尘。有一次他参拜少林寺之后，忽然灵光一现，想让皇帝把他封为少林寺的住持。去了京城以后，想乘机入宫，但是奈何紫禁城守卫森严，几次都以失败告终。但就在腊月二十四这天，他在景山东门外蹲守到了深夜，忽然看见有人拿着食盒要入宫，他便悄悄地跟在了这些人身后，就这样神不知鬼不觉地入了神武门，进了紫禁城。”

“那之后怎么样了？”潘福听得入了迷，忍不住发问。

“入宫后的了尘既紧张又兴奋，无奈皇宫实在太大了，一时间他迷了路，像无头苍蝇一样在紫禁城内乱转，被巡查的禁军拿获了。康熙爷知道此事，龙颜大怒，勒令了尘还俗，并杖责一百，流放蛮荒之地去了。”

“东家，即使此事是真的，那也纯粹是侥幸发生的，大户人家都难得进去，皇宫哪能那么好进去啊？”听高尚讲完了这个故事，潘福既觉得好笑，又觉得这是高尚在编故事自欺欺人。

高尚接着潘福的话说道：“偶然？我再给你说一个，就发生在咱这乾隆朝里的真事，是我堂哥私下和我说的。”

高尚看潘福听得这般认真，更是来了讲故事的兴致，根本没发现已经离他与潘福谈话的主题越来越远了。

“在乾隆十二年四月的这么一天，养心殿附近，一个挎着篮子的小贩子正在向太监宫女们卖花卷，结果可想而知，被当场拿获。要知道养心殿那可是皇上日常起居的地方，在皇上睡觉的地方旁边有人卖花卷，这个玩笑可是开大了。后来经过三司衙门联合审讯，得知这个小贩名叫李阿大，是一个靠做小买卖过活的寻常百姓。一年前，李阿大在神武门捡到一块宫中的腰牌，腰牌背面标明了持牌人的相貌特征，李阿大一看那上面描述的和自己实在是太像了，他就回家换了一身衣服，又到了神武门那里，也不说话，朝禁军扬了扬手中的腰牌，就大摇大摆地那么进了宫。”

“啊？这就进去了？”潘福被高尚说得目瞪口呆。

“是啊！他不但进去了，后来一来二去，他得知宫内很多太监、宫女都经常吃不饱，他就让自己的媳妇蒸了一大篮子花卷，自己拿到宫里去卖。没有想到，他这生意极受欢迎，于是在此后的一年内，他通过卖花卷，还有其他一些杂七杂八的物件，竟然赚了三百多两银子。李阿大从此尝到了甜头，天天早上等宫门开了就进，晚上等宫门要关时候再出来，后来就是禁军见到他了，都也主动和他打招呼。哪知道，他在宫里转悠了有一年的光景，还是没有把紫禁城转悠明白，竟然最后转悠到了皇上的眼皮子底下卖花卷，直到这时候，李阿大的身份才最终败露了。虽然最后被处死了，但想来他这一辈子也真没白活，普通的百姓一辈子也没有他这个福气能入宫去见皇上啊！哈哈！”

第九十六章　巧舌如簧

“江浙丝绸商会”正式成立以后，纯如就将自家一处闲置的场院拿了出来，作为商会平时议事的地方。

这一天正是“银鹊行”赵东家、“宝胜行”李东家和纯如约定再见面的日子，内容当然是要纯如当着众人的面说明白楚秋那封信的问题。

纯如抱着襁褓中的孩子，因为还没有出“月子”，纯如的婆婆姜氏，特意在她头上缠了一层丝绸做的围巾来帮纯如遮挡邪风。怕风入了身子骨里面，日后落下什么顽疾。

高尚作为商会的副会长也来旁听，“百善堂”的那件事情已经落了地，结果无非是经过一番询问和辩驳，知府李靖最终以“事实不清、证据不足”为由，当堂驳回了乌道长的状子。一件天大的人口买卖、草菅人命的案子，就这样在知府衙门里被高高举起而后又被轻轻放下，最后不了了之了。

今天高尚特地打扮了一番，穿了一身“张锦记”刚裁缝好的绛紫色的长袍，雪白的袖子衬里外翻在外，脚穿一双千层底的黑色布鞋，短鞋口、双梁，配以刺绣的云纹。虽然高尚是个五短的身材，但配上了这么一套行头竟显得比往常修长了许多，有一副儒雅沉稳的风度，站在众人之中，很是惹眼和气派。

杨梓传和楚秋派来的人日夜兼程，一路上没怎么耽搁，昨天才赶了回来。到了家之后，杨梓传长长地喘了口气——谢天谢地，总归没有误了事儿。

商会之中的大半会员都赶来了，有的是被赵、李两位东家鼓动来看热闹的，有的是自己主动来一探究竟的，还有的是怕这商会一旦突然间散了伙，他们要在这里等着将自己入股的银子当场拿走的。

这些人确实都很关心近一段时间假“七里丝”横行之事，更是想知道这件事情的真相是否真如赵、李二位所言，乃楚秋与纯如兄妹里应外合、沆瀣一气，在幕后操纵着一切。如果真相的确如此，他们今天是绝不会善罢甘休的！

“纯如会长，我们想知道，过去了这么多天，你是否找到了能为自己开脱罪责的有力证据？”这次还是赵东家首先开了口。

“找到了！”纯如镇定自若地答道。

“在哪里？”李东家紧接着问。

“楚秋派来的人也同样带了一封信来，只是信还没有拆过封套，我也不知道里面具体写了些什么，但一定和上一封信有关。你们二位一起来开启这封信如何？也把你们上次给我看的信再拿出来，也好做个笔迹上的对照。”纯如胸有成竹地说。

赵、李两位东家听了，面面相觑，有些不可思议的样子，他们又不经意间扫了一眼坐在不远处的高尚。

高尚不是告诉他们杨梓传去找楚秋，两人并没有谈拢，楚秋没有答应做任何事情吗？怎么此时楚秋又派人送信来了呢？高尚这是把他们当小丑在众人面前耍着玩吗？可事情已经到了这个地步，怎么着也必须将这个事情进行下去，何况还没有辨别纯如手中这封信的真假，也不知道信里面写了什么内容。

楚秋派来的人拿着那封信走到了赵、李的近前，将信交予他们，口中说道："这是我们少东家亲笔所书，请二位东家仔细查看一下。"

"我想大家也都好奇这信上到底写了什么，我看就劳烦二位东家当着众人的面念上一念吧。"纯如说。

赵东家将信件上下左右看了个遍，确信没有动过手脚的痕迹，也就随即拆开，仔细地端瞧了一会儿纸上所写的内容，然后面露尴尬之色。

他又拿出之前的那封信来，对比了一下笔迹，然后摇了摇头，颇为无奈地将信递给了李东家，口里说道："李东家，还是你来念吧。"

江浙丝绸业界各位东家，本人楚秋为利所惑，听信奸佞之言，用小人之行径，假借写信之机，栽赃陷害吾妹纯如。事后，秋醒悟，悔之晚矣，亦无颜再见各位父老，特再书信一封，以正视听。楚秋顿首。

李东家小声地将信念完，也如霜打的茄子一般，有些发蔫，呆立在那里。

"各位东家可听清楚了？"杨梓传听见李东家将书信念完，站了起来，高声喊道。

"听清楚了！"

"信写得很明白。"

"看来那事确与会长无关。"

“楚秋他不是承认了吗？他是故意要陷害我们会长的！”

赵、李两位东家听见了众人的议论，面上显得更不自然了，都是站在那里讪讪的，有些手足无措的样子。

纯如怀中的小周展在睡梦中被这些吵闹声惊醒，吓得哇哇大哭了起来。

“不怕，不怕，不哭，不哭。”纯如连忙隔着小被子用手轻轻拍打抚慰儿子。

高尚这时的脸色也阴暗了下来。

他知道，这事情被自己弄巧成拙了。从漳州回来之后，他是这样告诉赵、李二位的，杨梓传白去了漳州府一趟，连楚秋的影子都没有见到，没有谈拢任何事，最后无功而返。而现在的情形，他们二位面对这突发的情况，呆若木鸡一般，没有了任何主张。整个会场的局面也要失控，自己此时必须要站出来说话了。否则，事后赵、李两位东家朝他吐的唾沫都得把他淹死，他再不出头替他们说话，好不容易拉拢到的这二位颇有实力的盟友怕是要和他拔刀相向了。

“哈哈，你们一家人演的这是哪一出？楚秋前后写了两封信，既然都是真的，这是故意来逗大家玩的吗？不管怎么说，楚秋卖假蚕丝是板上钉钉的事实，而楚秋又是你们杨家的人，怎么着你杨梓传和杨纯如父女都脱离不了干系！至于你们这一家人这些天里是如何盘算的，我们并不清楚其中的内情。”

高尚顿了顿，看大家听得很认真，又慷慨激昂地说道：“各位东家你们想想，这楚秋前后二十几天的光景里，反复无常，自相矛盾，颠倒黑白，哪句是真，哪句是假？我们哪里能弄明白他们这其中的缘由？你们说是不是？但有一点可以确定，也是现在明面摆着的结果，就是你们一家人把我们这些人全当傻子般看待，想怎么玩就怎么玩，想怎么折腾就怎么折腾，拿着商会当你们家的大戏台了，想来哪出就来哪出，一个个生旦净末丑粉墨登场，就是哄着我们这些人出钱看你们家人演戏。今天，我高某人不陪着玩了，我要退会，这副会长我也不稀得当了，我要拿回我的入股银两！”

高尚这一席话，众人仔细咂摸了一下，好像真有些道理。楚秋前后的行为反差巨大，不得不让人感到怀疑。莫不是楚秋的上一封信在众人面前露了马脚，纯如让楚秋又写了这封信将自己从那浑水中撇清？丢卒保帅，让楚秋一人独自将那黑锅背下来，保得纯如自己的平安？楚秋和纯如毕竟是兄妹，关起门来是一家人，自然是想怎么盘算就怎么盘算，高尚说得不无道理。

纯如也没想到高尚的反应是如此之快，能从别人根本想不到的地方叼住歪理不撒嘴，并且说得是抑扬顿挫，有理有据，极具煽动性，让人无法辩驳。纯如一时间不知道如何回答高尚的质问，因为她根本没在这方面做任何的心理准备。

杨梓传见纯如没有吱声，对高尚说道：“高东家，我听楚秋说，他的丝都是你买来了，然后低价倾销到我江浙来的。”

高尚听了杨梓传的话，连忙跳了起来，怒不可遏地大声喊道：“你家楚秋真是‘狗嘴里吐不出象牙来’，谁从他那里拿到过丝？谁又从他手里购得过丝？我问你杨梓传，你现在手头可有证据？没有的话，就是你们一家人‘蛇鼠一窝’来栽赃陷害我！”

杨梓传听完高尚的质问也是一愣，自己手头上确实拿不出什么证据！想来自己和纯如的思维都走入了一个怪圈，就认为此事是高尚干的已经确认无疑，高尚是抵赖不了的，可现在让高尚这么反咬一口，自己倒极为被动。

“赵东家，李东家，你们那日到我家，说听闻了有人从楚秋处购得假丝冒充‘七里丝’的上品‘合罗’来卖，你们可知是谁家吗？”纯如连忙说话，为父亲解围。

赵、李二位东家见高尚又占了上风，不觉间又有些神气了起来。

赵东家仰着脖子说：“不好意思，我们也只是听说，但并不知道到底是谁贩卖了楚秋的假丝，我想，此事还是纯如你最了解，何必要故意问我们呢？”

楚秋派来的人见此情形，出来说道：“各位东家，杨东家说得没错，就是这位高东家从我们少东家那里进的货，每次交货时我都在场，只怕是这位东家没留意我罢了，但高东家我却是印象深刻的。并且，我还要代我们少东家重申一下，高东家从我们这拿货不假，但我们并没有说我们的货就是‘七里丝’，给他的价格也是相当便宜的，毕竟是一分钱一分货，至于高东家是否打着‘七里丝’的旗号到市场上贩卖，我们管不着，也管不了。但明确一点，这事和我们少东家一点儿关系都没有。”

“真是一派胡言，从哪里蹦出你这么个跳梁小丑？我看你分明就是他们父女从哪里用二两银子雇来到这里充大个儿故意糟蹋我来的！你什么时候见过我？你今天此时见到我倒是真的，我根本就不认识你。我高某人能任你等下作之人在这里信口雌黄、颠倒黑白、毁我清白名誉吗？你再在这里疯言乱语，小心我让你在这湖州地界里活不下去，你信不？”高尚说话间气急败坏，暴跳如雷，已经顾不上什么儒雅风度了。

楚秋派来的人也被高尚反问得语塞，没了什么话说。

听到高尚巧舌如簧，赵、李二位东家的心里突然间莫名产生了危机感。

高尚的这张嘴也实在是太厉害了，在这里舌战群雄，却没有落下风的样子，上嘴唇一碰下嘴唇，净往对自己有利的地方说，没理也能辩出三分来，撒谎都不带眨眼睛的，指鹿为马，他想说成什么就是什么!

想想就自己的这三分能耐，与高尚比起来差得不是一星半点儿。如果日后和高尚要是起了什么纠葛，看今天的这个情形，自己即使有理有据，也可能被高尚三言两语就说成了罪人，想在高尚这里占上一丝便宜，绝对是痴心妄想!

“哈哈，谁说没有证据？物证不但有，我还有人证呢！不是不报，时候未到！”

众人听见此话都向大门望去，只见门外进来三个人。

“曹叔！”纯如高兴地喊道。

第九十七章　可怜之人

高尚听见有人对他高声喊喝，转过头来看时也是一愣，他对曹叔这个人看着有些脸熟，努力地在脑海里回忆了一番，好像平日里不曾打过交道，就连一句话也不曾说过。

但高尚再往曹叔身后看那随行的两个人，却惊得目瞪口呆了，嘴角忍不住抽搐了几下。

那两个人他都认得，还都曾是他手下的人，也都曾做过他的心腹之人。两人一个是乌道长，另一个是周璞。

“呵呵，高东家，这两位你应该是再熟悉不过了，不用我再给你做什么介绍了吧！”曹叔拨开人群，来到了高尚的面前，一脸轻松地说道。

“我认识他们怎么了？都是些吃里扒外的小人，也因为如此，都是被我轰出去的人，你带他们来有何意义？这里有他们说话的份儿吗？你问他们哪一个不是在衣食没有着落之时，我好心收留的？哪一个不是在家里外面惹了腥臊，让我去给他们擦屁股的？周璞是贪污周家在奉天分号的公款被撵出了周家的，我看他可怜好心收留了他。

哪承想，他在我这里得了温饱之后，反过来就撕咬他过去的东家周玉，我磨破了嘴皮子也没劝住，他在大堂之上不但提供了所谓的物证，还自己亲自做人证，最后让周东家白白在牢里吃了那么多苦头。我看他这样没有良心，又如此恶毒，实在没了办法，只得将他赶了出去。可我看现在这情形，又是要来咬我一口，这种忘恩负义、出尔反尔的小人，你领来做什么，又能证明我什么？我看见他，都觉得丢人现眼！”

高尚慷慨陈词，先入为主地将周璞痛斥了一番，他先要让大家对周璞落下一个“小人”的印象，这种标签一旦打在了周璞的身上，周璞接下来再说什么，有可能就没人相信了。

“你血口喷人！”听着高尚的话，周璞气得脸色煞白，身上直哆嗦，几次想与高尚争辩什么但都被曹叔制止了。

“老朽听得高东家说得慷慨激昂，那你对这位又有什么评价呢？”曹叔不慌不忙地说。

“他？哼，更不是一个东西！在我‘百善堂’里尽做些偷鸡摸狗之事，后来被我发现了，竟然来个恶人先告状，可那又怎样？跳来跳去，我还不是好好的，知府李大人还不是还了我的清白。”高尚不想把“百善堂”的事说得太清楚，那样的话怎么说起来都是好说不好听，所以他对乌道长的评论根本没有什么底气可言。

“好，高东家真是个爽快人，你这说完了，也该轮到我们说说了。周掌柜，你先来说说吧。”曹叔对着周璞说。

“是高尚暗地里让我去知府衙门举发我哥哥周玉的，说来是我做得不对，当时被他的花言巧语弄昏了头脑。后来，他看我没有了什么用处，就将我一脚踢开了。可在我给他当掌柜的那段时间里，他做的一些事情我是了解的，就是从楚秋那里进来劣丝，然后当‘七里丝’

上品‘合罗’出售，在他手下做事的时候，无论是进货，还是出货，我都是经手人。”

周璞已然被高尚骂他的话激怒了，就是昨晚曹叔去找他，让他今天来这个当场，他还是犹豫不定的，毕竟走一处败一处，都是和自己曾经的东家当面对质，无论结果如何，自己都是脸上无光的，也让人瞧不起。只有纯如不计前嫌，又将自己找了回去做事，银子也一两都没少给，自己将周家弄得底朝天，纯如最后竟然还是如此厚待自己，确实让他意想不到，也感激涕零。现在看来，今天还真是来对了，对高尚这样的人如果真是手下留了情，日后要是在什么场合再提起来，指不定将自己糟蹋成个什么样子呢！

“你个老匹夫，作践东家是你的看家本领吗？你本族哥哥周玉被你折腾惨了，难道又要来与我撕扯是非吗？”

“高东家，你激动什么？周掌柜有个好习惯，你难道忘了吗？如果你忘了的话，我来告诉你，周掌柜有爱记账的习惯！”曹叔笑呵呵地对高尚说。

曹叔接着对周璞说：“周掌柜，你给大家念一念你这账本上的内容吧，我想这上面记的，不单是高东家想听，就是在座的一些东家也很想听上一听！”

赵、李两位东家听了曹叔这话，都忍不住向后倒退了几步，用手抹了抹额头上的汗水，嘴里也自顾自地在嘟囔着什么，但并没有人在意他们说了什么。

“正月初七寅时，从福建‘飞鸿行’商号楚秋处购入生丝五百包入库，付款白银九万两。正月初八丑时，‘银鹊行’赵家取货出库一百八十包，收款白银三万九千六百两；当日亥时，‘宝胜行’李家取货出库二百四十包，收款白银五万零四百两；当日子时，出库八十包运往苏州府王家，收款白银二万零八百两。正月初八当日共计出货五百包，入库白银十一万零八百两，净赚差价二万零八百两。”

周璞清了清嗓子，又继续念道：“正月十六日，从福建‘飞鸿行’商号楚秋处购入生丝八百包入库，付款白银十四万四千两。正月十八日丑时，‘银鹊行’赵家取货出库……”

周璞在那里继续念着，足足有半个时辰之久，最后念得口干舌燥，嗓子都变得有些沙哑了。

再到后来，已经没有多少人能耐住性子听下去了，很多人先是交头接耳，接下来就是高声地议论了起来。

“这几天的光景，一转手就有两万多两银子进账，这比抢银庄都来劲儿啊！”

“你没看那时辰吗？不是大半夜，就是天没亮，做亏心事都不敢在天亮的时候干，也不怕鬼上了他们的身！”

“他们这么干，多损啊，他们一车车地来往倒腾，大把的银子赚着，挤兑得咱们什么货都卖不出去，薪水都发不出来，锅也快揭不开了。”

“幸亏纯如会长发现得及时，要不啊，咱们都得让他们弄破产喽！”

“还说呢，就咱这顶呱呱的‘七里丝’信誉让他们几个糟践得都差不多了，可惜了老祖宗给我们留下的那么好的传家宝贝了。”

“他们这赚的都是昧良心的钱，损人利已，干这些不积德的阴损之事。”

……

高尚努力地想在人群中蹿起来，竭力想要再争辩什么。

可是已经没有人再听他说什么了。

赵、李两位东家面如死灰，已经躲到了犄角旮旯蜷缩着身子，生怕众人的唾沫把他们淹死。

“大家静一静，静一静，想必大家都已经听明白了周掌柜记的账，那么下面再让乌堂主说说高东家开设‘百善堂’的事。虽说这事和咱们丝绸没有什么关系，可是咱们也再看看高东家另辟蹊径走的另外一条生财之道。大家也都好长长见识，也再重新认识一下我们高东家的为人，如何？”曹叔喊道。

众人听说高尚的“百善堂”还有故事，都拍手叫好，也都更多了几分听下去的兴致。

高尚知道，自己在这里是待不下去了，不要说乌道长再说些什么难听的，就是刚才周璞的那番话都已经让自己丢尽了颜面，自己现在已然是千夫所指的害群之马了，他不但在这个商会里待不下去了，就是出了这个门，以后在湖州、在江浙也待不下去了。

高尚想趁人不注意的时候开溜，但众人怎么能放他走呢，有十几双手在后面扯住他新做的褂子，差一点儿就将衣服撕扯碎了，他被众人生拉硬拽地给抓了回来。

乌道长就将高尚指使他在“百善堂”这些年贩卖人口、戕害人命的事情，以及他后来去知府衙门状告高尚之事都原原本本地说给了众人听。说到最后也是声泪俱下，自感罪孽深重，扑通一声跪在地上，朝众人磕了头以求饶恕。

众人包括赵、李二位东家都听傻了眼，这般伤天害理之事，高尚都能做得出来？

大家愤怒了！就是赵、李两位东家都将自己被抖搂出与高尚狼狈为奸的尴尬之事暂时忘在了脑后，也踮起脚来大骂起高尚。

“姓乌的，你撒谎，你血口喷人，你分明是被这些人买通了来诬陷我，我要是有罪，知府衙门为什么把我放了？”高尚拼命地喊着，眼睛都已经红了，上蹿下跳，像疯了似的。

高尚那日原本已经埋伏好了杀手，就等乌道长和他对质完之后从知府衙门出来，找一僻静处结果了他的性命。可是乌道长从衙门出来之后，身边一直有十几人保护着，高尚找的那几个人根本就没有下手的机会，最后只能作罢。没想到，今日乌道长在众人面前的一席话，成为继周璞之后压倒他的最后一根稻草，并将他打入了十八层地狱，至少日后在江浙，他将永无翻身的机会了。

可任凭高尚喊破了嗓子，已经没有任何人再理会他了！众人明白，乌堂主再怎么被人收买，可他能舍得将自己一辈子的名声都搭进这么大个坏事里吗？乌堂主一点儿证据都没有，他能去知府衙门状告你高尚吗？

此时，有的人都已经在高尚的后面开始对他拳打脚踢起来。

纯如看着眼前的情景，既长长出了口气，也有些莫名的心痛。她把孩子交给了刚刚赶来的婆婆姜氏，走到众人的前面，轻轻地说：“大家都静下来吧，也不要打高东家了。”

纯如又叹了口气，接着说道：“都说‘天作孽犹可恕，人作孽不可活’，说的就是高东家眼前的这个情景。高东家年纪轻轻，自身财力雄厚，为什么偏偏要投机取巧走这些歪门邪道呢？害人害已，到最后逼得自己走投无路，何苦呢？我们商会初建，本想精诚团结去干一番大事业，可偏偏在此时，高东家又带一批人来此吵闹，要将这商会扼杀于摇篮之中，我不理解，也弄不明白这其中的缘由。此时，即便我有心将你勉强留于这商会之中，怕是众人也不肯答应的，就是你自己怕也没脸再面对大家。但我想，高东家往日里也曾给我江浙丝绸业界做过贡献，今天我们就不要过多为难他了。也不要因为他以次充好打着‘七里丝’的名号去贩卖劣丝之事再去告官，更不要再去提他那‘百善堂’之事，这事知府衙门已经有了处置，我们也不方便再去评论。总之，放高东家一条生路吧，让他拿着当初入股的银子，走吧！”

纯如顿了顿，接着说道：“至于赵、李两位东家，这二位是高东家的从属之人，应属一时糊涂，况且危害甚微，来去就自己决断吧。还想在商会里有所作为，就应反省思过，改头换面，重新做人；如果不想留在这个商会里，我也不强人所难，也可以拿了银两一走了之。”

“会长，我们知错了，我们一定改，一定改！我们还要留在商会里，洗心革面，痛改前非，立功赎罪，重新做人！”赵、李两位东家连忙非常感激地表明了态度。

第九十八章　绣娘技艺

一场风波过去，烟消云散，好似一丝痕迹都没有留下来。湛蓝的天空一碧万顷。

周家的染坊和织房按照计划都已开了工，纯如也更加忙碌了。

“程叔，这些时日真是辛苦你了，看你又清瘦了许多，您得多注意身体啊！能让伙计们做的尽量让他们做就是了，空出些时日来多休息休息，不能操劳过度，我们可都指望着您做大事呢！”纯如笑呵呵地对程九信说，话语间充满了关切之意。

“东家，不碍事，再说都是自家的事，什么辛苦不辛苦的，能干出漂亮活儿来才是根本。你公爹知道我是什么样的人，我闲不住，手头没有了活计，心里面就变得空落落的，这一忙起来，人就感觉踏实了许多。你是做大事的人，你的那些事情程叔帮不上什么忙，但在我的这一块绝不能拖后腿。”程九信来到周家后，对纯如的为人和做事颇为佩服，也因为纯如对自己的尊重和照顾很感动。

“程叔，您这手艺真是精湛啊，您看看咱家的丝绸都浸染得这般鲜亮和透彻！还有这织绣的花样繁多、匀称齐整，我看就是和那三大织造供给宫里的那丝物比起来也是有过之而无不及的。”纯如赞叹道。

程九信听了纯如的夸赞，心里十分高兴，这是对他辛劳最大的肯定，说起话来，也透了一股神清气爽：“哈哈，东家过奖了！因为我们的一些条件限制，我们弄出来的物件还是和三大织造里出来的有一定差距的，但差距归差距，不说这浸染，就说这织绣，完全遵循了我们苏绣的‘平、光、齐、匀、和、顺、细、密’八个特点，你看就这针法上，是齐针、抢针、套针、网绣、纱绣等十几种针法互相结合而来。苏绣素以精细雅洁著称，图案秀丽，色泽文静，针法灵活，绣工细致，我们织房里绣娘的技艺手法，都已经达到这些要求和火候，就是不知道到了市场上有没有行情。”

“程叔，您放心吧，做生意就是这样，只要是好东西，虽然价格比寻常的高一些，但时间长了，人们自然就会琢磨出它的好处来。人比人得死，货比货得扔，我们要做的就是从生产出来的精品中拿出哪一件来，都让客户挑不出瑕疵，好名声传出去了，不愁市场上的行情不好。”纯如非常自信地说。

“东家的这想法我赞成，也正合我的心思，你要说让我弄那些下三烂的物件，我不想弄不说，我也真是弄不来。”程九信听纯如如此的经营思路，更是高兴得不得了，这是手艺人遇到了懂行知音的那一种惺惺相惜的感觉。

纯如重新泡上了一壶“碧螺春”，给程九信的杯子里面倒满，然后语重心长地说道：“如何能一直长期坚持住这个品质是关键所在，有的人家生意一旦好了，就开始做上‘萝卜快了不洗泥’的生意了，我们是坚决不能那样去做的，偷奸耍滑一时半会儿不会被发现，可时间长了总会露出马脚的。我们做生意的人，得把信誉当作命根子来看待，是一点一点积沙成塔慢慢积累起来的，可想坏了那来之不易的好名声却只是瞬间的光景。”

程九信理解纯如的担心，她追求的是长久买卖，对货品的品质要求的就是一个长久的坚持，不能只凭一时热血。

“东家，你放心吧，要说别的我做不到，你说的这个坚持做好东西的想法我是一百个赞成的，我也会替东家把好货品出库房那一道关卡的。只是……”

“程叔，您接着说。”纯如见程九信说话间变得吞吐了起来，连忙鼓励他说下去。

程九信皱了皱眉，有些忧虑地说道：“冰羽那里的想法和你有些相悖，他总是嫌我们这般精工细做成本太高，跟我说了多次要把这品质和生产成本降下来。这一分钱一分货，一分钱也是一分活的道理大家都是懂的，原材料差了出不来好东西，同样你短了长工短工的工钱，人家也不给你好好干活。东家什么时候闲下来，就这件事情和冰羽谈一谈，我这里日后行事也好有个章程。”

纯如听了程九信的话，知道是周冰羽又来程九信这里指手画脚来了，暗道：这都是什么事啊？既然请程九信来周家主管织染这套业务，旁人就要少掺和进来插言才是。特别是自家人，你说的每句话程九信都得往心里去，这样就会造成程九信做起事情来畏首畏尾、瞻前顾后，这样做得不偿失，只会坏了大事。再说，程九信之前是江宁织造的七品都事，能辞官不做来到周家是冲着和公爹周玉的情分。还有，内行人最烦也最忌讳外行人冒傻充愣、不懂装懂地指指点点。

纯如想到这里，连忙诚恳地对程九信说道：“对不起啊，程叔，我记得您上次就和我说了这么一回事，那时候我身上的事情太多太繁杂，也就没来得及提醒他什么，但程叔您放心，我不会再让冰羽上您这边来掺和生产之事了。这一阵子冰羽的变化其实也是蛮大的，自从有了孩子之后，他自己表态说日后要好好教导孩子，不再过问生意上的事情了。”

“冰羽是周玉大哥的独子，按辈分说是我的侄子，我不应该背后对他说三道四，但在我看来，他确实不适合做生意。如果真如东家所说，他日后要是不过问生意上的事情也不失为一件好事，只是，你还是要多留意一下冰羽……”程九信此时说话变得有些吞吞吐吐、欲言又止的样子。

“程叔，您是听说他有什么事了吗？我近一段时间都把心思用到孩子和生意上了，一直没有太留意他，您和我说说他有什么不对的苗头？”纯如听程九信这般说法，就知道一定是周冰羽又哪里出了问题，只是程九信有些话说不出口而已。

“大事倒是没什么，只是一些看似捕风捉影之事。作为长辈，我这么大岁数的人了，不能听风就是雨搬弄是非，让你们小夫妻二人闹生分，不说也罢。”程九信为难地对纯如说。

“哈哈，程叔，没事，咱都是自家人，您就说说吧，我就当一个笑话听听，总比我回去胡思乱想要好。您说出来了，我也痛快了，对我和冰羽也都是有益处的。”纯如一副并不在意的样子说。

其实，程九信越这样说，纯如越想知道里面的情形，她知道程九信是实诚人，不会对她刻意隐瞒什么，但纯如了解程九信的为人，她也不能逼得程九信太紧，要尽量让程九信感觉这是一个轻松的话题，他才会更容易将心里的话说出来。

“好吧，但我说这话也就没当你是东家，就当你是周家的大少奶奶，当我的侄媳妇儿说的。”程九信有些后悔自己刚才口不择言说了那番话，到头来引得纯如无端地猜测和追问，但纯如既然已经说到这个份儿上了，也没有不继续说下去的道理。

程九信叹了口气，接着说道："咱们这里前几日新招来了几个绣娘，其中一个不但活计做得出众，人也长得眉清目秀，颇有几分姿色。织房里的主管王婆子和我说，自从这个小妇人来了咱家后，冰羽有事没事总是往织房这边跑，寻上这个女子有一搭没一搭说上一些小笑话之类的，说的虽然都是无关痛痒的话，可有时候也会引来那小妇人的一阵私下掩口窃笑，旁人从中也看得出两人有些眉来眼去的。近几日，冰羽走动得更加频繁了，做派也比前几日放开了许多，他们二人有时候竟然凑在一起说起了悄悄话，让旁边的绣娘看起来都有些脸红，织房里竟然也私下传出了冰羽要将她纳为小妾的风言风语。"

纯如听了程九信的话，摇了摇头，并没有说什么。

"我想，这话要是传扬出去，不但会影响咱们织房的活计，而且对周家的名声也不好，更对你不公平。可反过来，这些话我还不好对周大哥说，怕他脸上挂不住，再对冰羽做出什么严厉举动来，我怕我这没头没脑地一吹风，让你们一家都跟着鸡飞狗跳的，我可是收不了那个场的。再说我这无凭无据地瞎说，会让冰羽怎么想？我这不成了为老不尊了吗？所以好几次想说，最后也都忍住了。"

纯如知道程九信的话绝不会是无中生有，更不会是织房里的人凭空捏造的，应该是确有其事甚或比程九信说的还要严重。可她转念再一想，那一日自己刚生完孩子之时，冰羽言辞恳切地和自己说得好好的啊，怎么这还没到一个月的光景，又出了这么一档子事呢？他是没事闲得拿那个绣娘逗闷子寻开心，还真是一时起了意，真动了要将那绣娘娶回家来做小妾的心思呢？

"程叔，我想冰羽也是一时无事可做，去和那个绣娘闲聊，等过一阵子他自己觉得腻歪了，也就不会这么黏糊到一起了。放心吧，我会处理好这件事情的，也谢谢您对我的提醒和关心。”纯如漫不经心地对程九信说。

“用不用我让王婆子将那小妇人从织房里撵出去，以免时日长了弄出什么是非来？”程九信看纯如并没有将这件事情怎么挂在心上，心里不免又替纯如着急起来。他知道纯如是善良宽厚之人，可眼前周冰羽做得已经很出格了，再这样下去，恐怕最后的结果会让纯如难以收拾。

“不用。那绣娘并没有什么过错，她来咱这里做活是为了安身立命养家糊口，将她撵了出去，让人家如何活下去？再说，冰羽是周家的少爷，他去主动聊扯那妇人，人家敢不和他搭腔吗？谄媚还来不及，又怎能拒绝他呢？现在我手头上也没什么真凭实据，人家在咱这里做得好好的，就没头没脑地将她撵了出去，恐也寒了其他织娘的心，朝不保夕的活计谁也不想干的。更重要的是，这事传扬出去大家脸上都没有光彩。冰羽脸上无光，可能更不会服气，再要扯闹起来，大家都会不舒服的。”纯如的态度还是平静如水，淡淡地说，就像是劝解别人家的事情一样。

“好，既然东家你想得如此周全，那我也就放心了。”程九信对纯如淡定的表现很出乎意料，但他也知道纯如不是平庸之辈，想必她心下已经有了自己的主张。

纯如和程九信谈完话，回到了后院，心情很失落，但在众人面前却极力掩饰着。

婆婆姜氏看见了纯如，连忙说道：“纯如，你的脸色这么难看，是不是有些累了？你得多休息，奶水才能足，奶水足了，孩子才能吃得饱、长得壮。”

“嗯，我知道了。”纯如一边答应着，一边走到了小摇篮的跟前。孩子虽然还小，但已然认识了自己的母亲，意识到母亲来到了自己的身边，脸上立马现出了天真无邪的笑容，本能地挥舞起了小拳头，那双小脚也在乱蹬着，小舌头吐在外面好像饿了要喝奶水的样子，一副甚是可爱的模样。

“小展，你要快快长大，等你长大了，为娘就可以享清福了，到那时候，没有了钱粮，你要替娘出去筹措，有什么难事，你要替为娘挺身而出，你是男子汉，未来周家的担子你得去挑，你不要辜负为娘的盼望……”

纯如面对着襁褓中的儿子，自言自语，充满了怜爱，也充满了希望。说到最后，竟然有些哽咽了起来，也忍不住流下了辛酸的泪水。

第九十九章　善后难善

第二天早上，纯如感觉自己身子很沉，头昏脑涨得厉害，眼睛想睁也睁不开，脸不用去摸也能感觉十分滚烫，身上像散了架子似的没有一丝力气，盖了厚厚的一床被子还感觉有些冷。

小周展还在熟睡中，嘴角上扬着，浅浅的酒窝里带着一丝笑意，好像正在做什么美梦的样子。

再用手摸索另一边，周冰羽的被子上已没有了什么热乎气，看来他已经起床有一阵子了。

纯如穿好衣服，努力地扶着床沿支撑着起来，她有些口渴，要倒一杯水来喝。

她知道自己病了，但也必须爬起来。因为事先已经定好，今天要和商会里的会员代表们商议事情。

她在心里告诉自己一定要坚强和振作起来，不能以一副病怏怏的样子出现在众人的面前。可无论如何给自己鼓劲儿，腿还是像灌了铅似的，每挪一小步都感觉很吃力，牵着胸口都有些隐隐作痛。

纯如没有胃口，也就没有吃早饭。勉强地来到了商会会场时，有三十几位代表已经在等她了。

杨梓传看见女儿这副样子很是心疼和担心，忙走过来询问纯如的情况，其他几位东家见状，也都上前来关心地嘘寒问暖。但纯如对他们摆摆手，示意自己没什么问题，可以扛得住。

“各位东家，我们商会现在应立即着手做的一件事情就是，咳，咳，肃清高尚贩卖假丝冒充‘七里丝’的流毒，赵东家、李东家也在这儿，你们应该配合各位同仁尽快将散发在各地的那些假丝收回来。”纯如有些吃力地说。

“收回来？收回来怎么办？”一位东家问。

“我们不能让这假货流转开去，已织染了的，还有那做成了成衣的，当然是想追也追不回来了。但尚在买家库房里的、商铺里的，有一包算一包，我们都要尽量将这些货品追回来。这么做的目的就是要将假丝造成的恶劣影响降到最低，尽全力挽回和维护我们‘七里丝’的好名声。我们拿出最大的诚意来，相信客户会理解的，最终也会再次得到他们的信任。至于收回来怎么办，我的主张是就地销毁，一包也不留！”

纯如说完，下面立刻起了议论之声。

“追回假丝是好事，就应该将这些假丝给它一把火点着了！”

“追回那可是需要银子的啊，可现在恐怕连高尚的影子也找不到了。”

“纯如会长，你说得都没错。可是如你所说，真要是收回来全部销毁，那这里面的损失可真是太大了，这个损失谁来承担啊？总不能几家几户造成的损失，你让商会里的其他人都跟着背上吧？”

“是啊，这个损失我们可不能替他们来扛，这平白无故给他们擦屁股的事我们可不能干。”

杨梓传听了纯如的话也是连连摇头，可以看得出他也不同意纯如的提议，只是碍于是纯如说的话他才没有表现得那么明显。如果换作是别人，或许他早就站起来发上一通脾气了。

“银鹊行”和“宝胜行”的赵、李两位东家，更是一百个不情愿那么去做。那假丝是自己卖出去的不假，可也都是从高尚那里进来的货，高尚人现在已经都找不到了，现在要让自己再收回来那损失可就大了。别说要销毁生丝会将本钱全部烧掉，就是那装卸的人工和来往的运输费用就是一笔数目不菲的银子，再要是碰见那搅牙的客户，还不得朝自己要上一笔不小的银两做补偿啊？！

赵东家合计着自己和这件事情怎么着也脱不了干系，但闷着头不说话也不是一个办法，所以站了起来说：“会长，那些生丝既然都已卖了出去，该收的银子也已经收了，就如会长所说，那些生丝有可能都已经做了成衣，再寻找下去有可能也不知所踪了，只能是画蛇添足、反倒会弄巧成拙。还有，如果有一些客户，想在里面再有些动作，把不是我们卖给他们的那些劣丝也算在我们的头上，那损失就更大了。会长，我看这件事情就不了了之算了吧，免得越描越黑，到时候更会让咱商会难堪。”

李东家此时的心情也异常复杂，他和赵东家是同病相怜，这里面牵扯他和赵东家两个人的切身利益，他见赵东家起身说话，也不能在这里装糊涂了。虽然他感激纯如当初没有将他们赶出商会，但回收假丝将损失这么巨大的利益，他也要坚决推托不能做任何让步的！还有，纯如此时要追回那些劣丝，他又怀疑当初纯如留下他们的目的不纯，是否就是为了今日之事设下陷阱，为了让他们追回那些劣丝才将他和赵东家留在商会里面了呢？并让他们承担这事的后果和责任？如果真是这样，那还不如当初就如高尚一样退出这个商会呢！

想到这些，李东家也站了起来，带着十分无可奈何的语气说："这里面有我的事不假，但让我再收回来是万万做不到的。为什么？因为我和赵东家的货也是从高尚那里拿来的，客户那里的货让我们收回来，是不是我们回收的货也要再让高尚给收回去呢？可我们知道，那是不可能的了，因为高尚已经退了商会，就说明他不会再受商会的约束了，就是入会时的股银纯如会长也当场还给了他，你现在再想从他嘴里刨食，谈何容易呢？何况，他被会长放走之后，一副远走高飞的架势，日后我们上哪里找他去？"

李东家停顿了一下，非常正色地接着说道："我在这里声明一下，那日当场，纯如会长和众位东家没有将我赶出商会，我心里是一万个感激，但是现在如果让我回收那些劣丝然后销毁并承担那其中全部的损失，那我也只能选择主动退会了！如果我因为此事弄得倾家荡产了，那还在这商会里有什么意思？我宁可一辈子被唾弃，也不能让我的家人喝西北风啊！"

"李东家你这话说得就不对了，你不担着谁担着？"

"事是你做的，银子是你赚的，赔了买卖你不认账，你这是什么人呢？"

……

下面响起了一片对李东家的指责声。

纯如听明白了大家的想法，对回收销毁假丝都是没有什么意见的，但归根结底是大家都不想承担这其中的损失。

纯如虚弱地站了起来，但说起话来却铿锵有力："我明白大家的心情，销毁假丝的损失必然是有的。何况这里面的损失，追根溯源，都是高尚给我们造成的，现在我们却要为高尚买单，大家不情愿或有抵触心理都是很正常的，也是完全可以理解的。但大家一定要想到，

‘七里丝’这个品牌，过去曾经给我们带来了多少好处，未来还会给我们带来多少的利益，这是个无形的，也是个无价的宝贝，不是多少银子所能比的，也不是多少银子能换来的！我们岂能眼睁睁看着这个金饭碗砸在我们的手里坐视不管？我想，我们大家的答案都是不能！可不能的话，需要我们怎么办？现在这个金饭碗出了问题，需要我们短时间内忍痛割爱，用银子、用良心再把它修补好，再让它恢复原状，再让它恢复光彩！只有这么做了，它才能继续发光发热，为我们江浙丝绸商人谋得更多和更长时间的利益！”

纯如说完这番话，脸上渗出了细密的汗，她真的有些支撑不住了。大家知道她的话说得实在，入情入理，没有任何夸大其词的成分，想的都是长远的事。可道理归道理，无论短痛还是长痛，眼前最打紧的事情却是一旦这么决定了，那损失的银子谁来拿，这是最关键的问题。

让众人均摊，众人都觉得冤枉，何况假丝之事大家都是受害者，凭什么受害者还要出钱去替做坏事的人买单？

让赵、李二位东家出？可以讲得通，但事情并不都是他们做的，他们只是从高尚那里取货贩卖了一部分。何况听李东家话里的意思，让他出，他出不起不说，最后逼急了他就退出商会，撒手不管了。

让高尚出？现在怕是连高尚的影子都找不到了。

纯如为何那天没有当场就让高尚全部承担下来呢？纯如怕出人命，因为她知道，就是没有这事儿，高尚都红了眼，你再在这件事情上逼他，让他倾家荡产，高尚必然狗急跳墙，纯如不想看到那么悲惨的场景出现。

杨梓传看大家的表情，明白他们在想什么，大家都在沉默，表示大家也没有什么好主意。纯如说完没有人再接话，这分明是冷了场，他必须站出来为女儿说几句话，否则一直拿不出一个统一的意见来，这会议也无法再进行下去了。

“纯如是我的女儿，但我也是这商会的副会长，我来说两句，不过绝对是出自公心，关于这件事情其中的利害，道理大家都懂得，我也不再赘述。我有个提议，就是这最后的结果如何承担的问题，我想能不能这样，商会就此事成立一个‘善后基金’，虽然让大家按比例摊了这笔损失，但日后也能通过这个基金，把现在拿出的银子再赚回来，这么做，大家的压力也不会太大。”

杨梓传环视了一下众人，看还是没有人吭声，就继续说：“还有，刚才会长说，要把找回来的那些劣丝付之一炬全部销毁，我认为做得也极端了些，莫不如我们拿这些丝去送给那些贫困人家，他们当中的人可能一辈子都还没穿过丝绸，我们何不去送给他们做个顺水人情呢？和他们说明白这丝绸是怎么回事，到时候按大家所出银两的多寡，排出一个顺序来，写在红册子上，连同丝绸一起分发给那些人家，我想那些人一辈子都会记着每人的好，大家看这样如何？”

听杨梓传说到这里，一些人点头表示很赞同他的说法。

杨梓传的提议里分明是告诉大家，一是这银子可以通过基金的方式再赚回来，每人并没有实际的太大损失。再有，做了善事，可以给各自留下一个好名声。

再看憔悴异常的纯如，众人心里也有些过意不去，纯如纯粹是为了这个商会好，为了大家好，才和他们商量这个事情的。否则，周家也好，杨家也罢，都是家大业大的主儿，就是没有这商会，瘦死的骆驼比马大，照样生意兴隆活得滋润。纯如要不是为了大家着想，何苦要抱病来这里和大家苦苦解释呢！

“至于赵东家、李东家，毕竟这里面是有过错的，也是从中赚过银两的，我想无论是公平起见还是平心而论，都应比别人家多拿出一份银两来放到这基金里，供商会日后公共使用。说是比旁人多拿出一份，其实算来也并没有多少的，两位东家应该没有什么意见吧？”杨梓传看大家都好像被他的话语打动了，也就顺势说了下来。

赵东家和李东家听了杨梓传的话，如蒙大赦，哪还有不同意的道理啊，都是连声说：“没意见，没意见，就依杨副会长的主意办！”

众人也都纷纷点头，表示同意杨梓传的意见和想法。

“这样吧，我和我父亲，也就是‘广客隆’和‘兴昌隆’再各多拿出一份来，随同赵、李两位东家的一起都放进那基金里。”

第一百章　凤凰再现

“夫人，江浙那边传来了动静。”

“你且说来听听。”

“是，夫人。‘德胜行’的高尚贩卖假丝之事被人当众戳穿，他的那个‘百善堂’堂口做了龌龊事也东窗事发，在当地已无立锥之地，有可能要变卖家财离开湖州，按我们的人瞧见的动向，有可能要来广州立足。”

“其他人家情形如何？”

“‘广客隆’的东家纯如，哦，也就是那个‘江浙丝绸商会’的会长，并没有因为高尚的这一些动作影响到她什么，反而地位愈加巩固了，声望也与日俱增。他们的那个商会现在人心凝聚，大有蒸蒸日上之势。‘兴昌隆’的东家和周家的关系日益密切，有事没事总是往周家跑，有可能是因为有了外孙的缘故。”

“他那么大岁数了，见了隔代人一定心疼得要命。再说，在他眼前也没什么太亲近的人了，就那么一个女儿在身边，他不去那里还能去哪里？”

“夫人，虽然你在广州从不出门，但我感觉你对千里之外的杨家特别了解。”

“做大事情就要眼观六路耳听八方，这没什么好奇怪的。”

这位被称作夫人的一笑而过，接着问道：“芙蓉，‘兴昌隆’的杨家派人来广州买了很多繁华地段的地皮？”

“是的，夫人。杨家确实在城西门的外西关购置了许多闲置的土地，还准备把附近的一些临街老旧房屋也买下来。”芙蓉答道。

“福建的‘飞鸿行’那里近期有没有什么消息？”夫人问。

“自从他们的少东家楚秋知道高尚要谋害他之后，并没有什么太大的动作，可以看出他好像在有意遮掩这件事情。”

“你认为他这么做的目的是什么？”

“我认为，他在蒙混高尚，他在装作不知道那件事情和高尚有什么关联，为的就是继续利用高尚来赚取利益。可我有些不解，高尚既然已经要离开江浙了，那高尚也就在楚秋那里失去了利用的价值，楚秋又为何不与高尚撕破脸皮呢？”芙蓉很是奇怪地问道。

“这种逐利之人真是不可救药，宁可不要性命也还在想着赚银子的事。呵呵，我们暂且不管他了，静观其变也就是了。”夫人淡淡地说道。

“是，夫人。还有我听说楚秋也在重新物色在江浙的渠道和人物，高尚不在那里了，他还是不想断了那里的财路。”

“呵呵，让他弄吧，总归那药水，他得从我们这里买去，他那里赚了一两银子，就有给咱的三百文，怕什么？他卖得越多，咱赚得也越多。只是没想到高尚那么没用，不堪一击，明明已经高高搬起了石头，最后却将自己的脚砸了，也枉费了我暗地里还拉扯了他一把。”

夫人的态度还是平静得和一池子水似的，听不出有任何的风声，也看不出有一点儿的波澜来，说起这生意上的事情，就像平常聊起的家常话那般简单和轻松。

“夫人，经过这几件事情后，您已经引起了他们的注意，那些人在背后都在猜测您是个什么样的人物呢？”

“他们都怎么说？”

“他们已经把您给传得神乎其神了，有人说您是皇亲国戚，闲着没事感觉生意好玩才来摆弄的；也有人说您是和珅和大人的直系亲属，户部、吏部、刑部都吃得开，权势熏天，可以翻手为云覆手为雨；也有的说您是已经六十开外的老头子，偶然间拾得了一车狗头金，发了横财之后为了圆年少时的一个梦想。到了后来，有的人实在是猜不出来了，就将您称为‘神秘人物’，一言概括了。呵呵，夫人，我认为他们有的猜测您是一位大户人家的少奶奶，还算是最靠谱的。”

“呵呵，要不是那位杨东家和那位少东家楚秋命悬一线，我也不会引起他们那么多注意的，想来也是没有办法的事。对了，快到老爷去世两周年忌日了，明天你陪我去他坟上烧一些纸钱，祭奠一下他。”夫人说到最后，显得有些落寞。

“是，夫人。”芙蓉答道。

虽然感觉自己和夫人无话不谈，好似姐妹，很是亲近，但芙蓉在某些时刻，还是保存着对夫人十二分的敬畏，不敢有些许的逾越和造次。

“对了，那个‘广客隆’在此地的分号最近有没有什么作为？”夫人问。

“夫人，他们这里的分号掌柜钱春娇有事没事总是往广州将军特克慎和广东巡抚钟音那里跑，好像是特别熟络的样子，至于在‘公行’里嘛，还没有什么大的举动，看不出有什么作为来。”

“呵呵，不可小看了周家的这个掌柜，这可是‘广客隆’的东家千挑万选的人物，人精明干练，又长得貌美如花，招蜂引蝶起来自有一套路数。只可惜啊，特将军和钟巡抚不像周冰羽那般轻贱，钱春娇已半老徐娘了且不说，就是两位大人在这广州的花花地界，什么俊俏妩媚的女子找不到？就是那‘红毛国’‘双鹰国’的女子不更新鲜？所以说，纯如错打了她的算盘，她以为只靠钱春娇一副漂亮的脸蛋、一对高耸诱人的胸脯就想轻而易举地打开我们广州市场的大门，那只能是一厢情愿罢了。”

“夫人，他们为什么盯住这两位大人不放？”芙蓉非常好奇地问。

“她自然知道‘县官不如现管’的道理，毕竟钟巡抚和特将军是咱广州这地界的父母官。一文一武，文武兼备了，她们认为也就可以了吧，呵呵。”夫人有些不屑一顾地说。

没等芙蓉再说什么，夫人站起来，轻轻扭了扭腰肢，活动了一下，接着说：“芙蓉，钱春娇虽说来广州有大半年的光景了，但说来也算是初来乍到，她不可能处处摸得门清，就说这粤海关她至少是没放在心上的。只是钱春娇没注意到的事，不代表日后纯如来了就不重视，这朝廷将裁撤‘公行’之事往后延迟了一年，对于我们不是什么好事，这至少给了纯如和江浙商会一个喘息和观望的时机，所以我们在接下来的这一年里不能有丝毫的懈怠。”

“我知道您对粤海关这里的关系一贯非常重视，可‘海关监督’的品轶听起来好像不是多大个官儿。夫人，您在这里面铺垫道路，能不能和我说说其中的道理呢？”芙蓉有些不好意思地问。

“康熙爷二十三年，朝廷开放海禁，设粤（广州）、闽（厦门）、江（云台山，今连云港附近）、浙（宁波）四个海关。在我们广东省内设立六个总口，分别是广州、乌坎、庵埠、梅州、海安和海口。粤海关辖属大小五十五个关口，其中庵埠总口共十六个分口，分别是双溪、溪东、汕头、潮阳、后溪、海门、达濠、澄海、卡路、南洋、府馆、东陇、樟林、黄岗、乌塘、北炮台。到了乾隆二十一年，朝廷在放鸡山（今妈屿）设立常关，由两广总督派员在此征收南北商运的常关税，常关又于沙汕头设收税站。”

夫人一边挪着小步，一边继续说：“乾隆二十二年，朝廷关闭了闽、江、浙三个海关，仅留广州一口对外贸易，广州的粤海关遂居重要地位。万岁爷派遣‘监督’管理粤海关事务，以满族亲贵充任，粤海关虽然不直接管理来粤做贸易的洋人，但却通过特许‘公行’来进行间接管理，是一个影子衙门，所以很少引人注意，但能量却绝对不容小觑。我听说，‘公行’裁撤之后，朝廷要重新启用‘广州十三行’的名号，总之无论叫什么，它都是脱离不开粤海关的管理范畴的，所以我们千万不要小看了它。”

“夫人，听您这么一说，我才知道粤海关如此重要，我也理解了为什么您会在那海关监督满春豪大人那里下了那么大的本钱。”芙蓉跟在夫人的身后，心悦诚服地说。

夫人并没有就芙蓉的话头说下去什么，而是话锋一转说道：“芙蓉，你和两广总督李侍尧李大人认识有多少个年头了？”

听到夫人突然间问到这个问题，芙蓉脸上一片绯红，娇羞地说道：“夫人，乾隆二十九年，李侍尧刚刚调任为两广总督时，我就认识了他，经过几个回合，也就遂了他的心，把身子和人都给了他。后来右江镇总兵李星垣因贪污获罪，朝廷命他按律将李星垣羁押拟罪处刑，可他袒护了李星垣。因为李星垣是他所举荐的，如今又对其处罚过轻，于是万岁爷将他责备并降了职，回京署理了工部尚书，那时，我也是不离不弃跟着他去了京城。乾隆三十二年，他又回到了两广总督任上，袭二等昭信伯，他没把我扔下，我又跟着他回到了这广东，想来至今和他也有十七八年的情分了。”

“我看你们的感情一直都不错，他也很疼你。”夫人停住了脚步，很认真地对芙蓉说。

“他现在对我早已少了当初那股子热乎劲儿，但话说回来，毕竟有这么多年的情分在，彼此也攒下了如同家人的亲情，至于疼不疼、爱不爱的，虽然我没有什么名分，他不嫌我人老珠黄，我也就知足了。”说到最后，芙蓉竟然莫名有了一丝伤感。

“芙蓉，想来你与李大人，也算得上是他这辈子的红颜知己了，这也让人好生羡慕。”

“夫人，想起前年的那日，我走在街上被他的正妻尾随，又带领众人将我打伤在地上，路人无一人敢到近前，就在我只剩了一口气的时候，是夫人救了我，这救命之恩远比做他的红颜知己不知要厚重多少倍呢！您不但救了我的命，又花了那么多银子给我安置了那么好的住处，让我这么多年终于有了娘家人一般的依靠。”芙蓉回忆起往事有些伤感。

接着她又说道：“常伴在您左右，我真是受益匪浅，就是从您这里学来的经商理财待人接物之道，也给了我莫大的自信。有了您给我做的这份营生，我也就不再那么天天盼着见他、缠着他了。我感觉自己不是那笼中的鸟儿了，现在感觉很自由。就是每次和李侍尧见面，他对我的改观也是赞不绝口。他对您也很佩服，和我说了几次想邀您去总督府衙门呢。”芙蓉说着，竟然把自己感动得落了泪。

“芙蓉，说这些做什么，想来，有些事情都是命中注定的，就是我不救你，也会有别人去救你的，没什么可感激的，都是冥冥之中的缘分所定。我这里有几盒刚刚到广州的上等西洋参，你拿去送给李大人，就说是绎如孝敬他的！”

没错，夫人正是杨绎如。

第一百零一章　参重人美

纯如将家里和商会的事情都安排妥当之后，带着刚出生几个月的儿子周展来到了广州，因为她知道此行一时半会儿回不来。她这次准备在广州常住下来，帮助钱春娇尽快打开广州分号的局面，为下一步整个商会进军广州探好路子，做好前期准备和铺垫工作。

话说钱春娇和萧武来到广州已经有大半年的光景了，但分号的生意上并没有多大起色，纯如对于这种情况非常理解，广州是全国各大客商云集之处，往日在他乡称霸一方的诸侯，到了这里也显不出你的什么威风来。还有，这里的市场牢牢地被“公行”和各等牙行把持着，别说初来乍到之人，就是在这里混上几年的，也不一定能摸得清这里面的门道，看不明白这里面的诸多弯弯绕。

上一次纯如来广州，钱春娇并没有将生意上的诸多不顺说给纯如听，这里面是有原因的。一来，姐妹二人在一起时间短来不及说那么多生意上的话，那次主要是谈论楚秋和高尚的事了。二来，钱春娇自己感觉辜负了纯如一片重托，有些不好意思和她说这里的窘迫情况。所以，她与纯如那次在福建分手之后回来，就一门心思想尽快地扭转这种颓势，开辟出自己的天地来，等下次纯如再来的时候也好有个交代。

纯如和钱春娇再次见面，彼此还都是欢喜得不得了的样子。特别是钱春娇见了周展，更是抱在怀里爱不释手，小周展对钱春娇也好似天生就有一份亲近感，一点儿也不认生，很是开心地任由钱春娇哄逗着。

姐妹两个说了一些热络话之后，商量要去广东巡抚钟音钟大人的府邸走一趟，她们此行的目的主要是探听一下“公行”裁撤的消息。

钱春娇现在处于两难境地，此时要是拿出精力和银子一头扎进“公行”这里，就怕忽然不知哪一天这“公行”就没头没脑地被裁撤了，她所做的一切努力也就打了水漂，前功尽弃。但如果这“公行”一天不撤，她再不往里使什么劲儿的话，只能是眼看着分号没有任何起色，干着急而毫无作为。

钟大人知道是钱春娇来了，很高兴，他知道钱春娇每次都不会空着手来，而且他每次和钱春娇攀谈一阵子，心里都会莫名地感觉舒服和畅快。

“你看看，春娇啊，我不是说你，你没事到我这衙门走动走动，在我公务闲暇之余咱们聊聊天也就可以了，为什么每次还拿这么多东西来，很麻烦的。”

钟大人一边将钱春娇引到自己身边坐下，一边接过了钱春娇递来的足有一斤重的野山参，嘴上不停地客气着。

钟音今年看起来有五十五六的年纪，虽然头上有些谢了顶，但面色红润细腻，满头连一根白发都找不到，一条又粗又长的油亮大辫子垂在脑后，一看就是平时特别注意保养之人，说起话来声音洪亮，平添了许多成熟老男人的魅力。

“这野山参啊，是‘七两为参八两为宝’，我知道贵重着呢，这物件药劲儿非常大，是男人壮阳的好东西，可我还真用不着这些东西，别看我这个岁数，也不比那些二十多岁的毛头小伙子差到哪里去，哈哈。”钟音自顾自地说着。

钟音只要看见了钱春娇就有一种莫名的兴奋，说起话来也好似没有了把门的。这与他二品地方大员的身份有些不符，但他自己很享受这种与钱春娇说话的态度，他认为钱春娇也一定很喜欢和仰慕他的这种派头。

“哈哈，我这哪里是给钟大人来补身子用的啊，您这身体这么强壮，再吃这个会流鼻血的，别人还不以为我要谋害大人您呢。您是封疆大吏，我可担待不起那么大的罪过。大人，长白山是咱大清的龙兴之地，朝廷早已经下令圈禁起来几十年了，方圆几百里别说人想进去找人参了，就是圈子外面的一只兔子想钻进去都是难的。再就是这么大个儿的人参，没有几百年是长不来的，用不上几年光景也是找不到的，并且也一直是作为御用贡品进献给皇上和宫里的。或许这就是缘分，这棵参是我们东家偶然之间看到花了重金才得来的，嘱咐我一定要小心送到钟大人手里。唉哟，看我这光顾着和您说话了，钟大人，我给您介绍一下，这位就是我的东家纯如。”

纯如听着钱春娇和钟大人的对话，彼此都没有任何拘束，特别是看到钟大人对钱春娇那股出奇的热情劲儿，心下暗自佩服钱春娇，人脉沟通的手腕竟然如此灵活自如。

听到钱春娇已将自己介绍给了钟大人，纯如马上屈膝给钟大人道了一声“大人，万福金安”，算是见过了礼。

钟音一直只顾着和钱春娇说话了，听到钱春娇的介绍提醒，这时候才注意起纯如来，他抬起头仔细打量了一下纯如，见纯如体态丰盈，面红肌润，忍不住说了一声：“你们‘广客隆’真是人才济济、美人如云啊！”

忽而，钟音感觉自己说得不是十分得体，毕竟和纯如是初次见面。纯如是钱春娇的东家，他把话说得如此直白，有失自己的体面和尊严，所以又连忙接着说：“好啊！我广州本来就是人杰地灵的宝地，再加上你们来锦上添花又算是一块福地了，你们来这里开号兴业，财源滚滚之余，也算是对我地方上的支持和维护，我作为这地方官是十分欢迎你们来的！纯如东家，请坐下说话。”

钟音说完，自己也端正地坐在了椅子上，面上虽然还是和颜悦色，却看不出有初见钱春娇时那般随意任性的态度了。

“纯如在这里感谢大人的抬爱了！我们初来乍到，人生地不熟，两眼一抹黑，没有大人的提携和关照，定然是寸步难行的。没有大人您的扶持，就是纵有雄心壮志，也怕是壮志未酬之时已如昙花一现七零八落了。所以，这往后的日子里，少不了来大人您这儿讨主意，可想想又有些心生惧意，怕大人公务繁忙，到时候一个不留神，正好碰在大人的火气上，怕是会被大人骂的。”

纯如虽然初见钟音，但她已从钟音和钱春娇的对话语气里隐约猜出他的几分脾气秉性来了，所以纯如此时和钟音说起话来，并没有刻意地按照拜望衙门大人的那种僵化刻板的语气来说，也是如钱春娇一般轻松随意。

钟音听了纯如轻柔飘逸的话语，感觉很舒服，明知道这里面有浮捧之嫌，但听来却没有一丝刻意造作的痕迹。想来，这就是天生本事！不是谁想学就能学来的。

再看看眼前这两位俏丽的少妇，一个妩媚妖娆，一个清纯如玉，说起话来，一个风韵酣畅，一个婉转低吟，想来这“广客隆”的掌柜和东家配合起来真是天造地设，相得益彰。钱春娇几番来访，虽说是秋波流转、千娇百媚，但任凭自己如何明里暗里挑逗，却是顾左右而言他，如一个滑溜的泥鳅，看似能抓得住，却又四两拨千斤，不肯轻易入自己的网兜。不知这位纯如东家又是一个什么性情的女子，看似比钱春娇单纯许多，或许这是一个更好的选择。

“纯如东家，你说这话就见外了，虽说你我初次见面，但我和春娇已经打过几次交道了，对你家的印象是极为深刻的，也是非常好的。我这巡抚衙门的大门永远朝你们姐妹敞开着，有什么为难之事尽可以来找我，大可不必客气。再说，你们是给当地百姓谋福利来了，我又是这一亩三分地上的父母官，商场上的大事小情也都是本官的分内之事，岂有不帮你们的道理啊？”钟音刚才说话还显得有些正色，可现在又有些眉飞色舞了，话里也尽显着真诚和热情。

“是啊，钟大人这样一心为民谋福的父母官，我们大清朝里怕也是找不出几个来的，想来您让我们姐妹碰见了，真是我们几辈子都修不来的福气。”钱春娇在一旁见缝插针地说。

“大人，您的教诲我们都记在心间了，您日后的关照，我们更是不敢忘怀，我会让我们春娇掌柜多来孝敬您的。”纯如马上附和着钱春娇说。

“要说福气，我想你们一定会享受到的。要说孝敬，就不要提它了，一说起这两个字来都把我说老了，我的身体和心态还是非常年轻的，哈哈。”钟音挑着两人说话的重点，特别强调了一下。

“嗯，不提‘孝敬’那词了，确实不好听，东家，我看改成‘亲近’如何？”钱春娇笑嘻嘻地说。

纯如脸上微笑着，并没有搭话。

“好，这个词中听，对，多走动，多亲近，但可丑话说在前头，不可再拿什么财物来，我不缺这个，你们常来我就很高兴了！”钟音对于钱春娇的这般机敏很是欣赏，面上显得更高兴了。

“钟大人，这次来叨扰您，我是想打探一下‘公行’上的事，不知道您方不方便透露一二？”纯如看眼前的情景，已然到了说正事的火候了。

“其实你们的来意，我早已猜出了个大概，这能算个什么事，这“公行”的前世今生我是了如指掌的，对你们姐妹，我自然是知无不言、言无不尽的。”钟音知道，自己卖弄才学文章的时候到了。

他清了清嗓子，郑重其事地继续说道：“康熙二十四年，也就是粤海关设立通商的当年，广州商人经营华洋贸易二者不分，开放海禁之处并没有设置专营外贸的商行。次年四月间，两广总督吴兴祚、广东巡抚李士祯和粤海关监督宜尔格图共同商议，将国内商税和海关贸易货税分为‘住税’和‘行税’两类。‘住税’征收对象是本省内陆交易一切落地货物，由税课司征收；‘行税’征收对象是外洋贩来货物及出海贸易货物，由粤海关征收。为此，建立相应的两类商行，分别经理贸易税饷，前者称‘金丝行’，后者称‘洋货行’或‘十三行’，说是‘十三’，其实并无定数。而说起‘公行’，只能算是朝廷对外贸易的一种制度，确立于康熙四十二年，最初经由官方指定一人为外贸经手人，此人纳银四万两入官，包揽了对外贸易大权。后来，各行商从自身利益出发，共同组织起来成立一个行会团体，即所谓的‘公行’。在康熙五十九年冬月二十六日这天，‘公行’众商歃血盟誓，并订下行规十三条。”

“大人，这十三条具体是些什么内容呢？”纯如好奇地问。因为她知道了解这些内容也是十分必要的。

钟音口中所说的这十三条行规如下：

第一条：华夷商民，同属食毛践土，应一体仰戴皇仁，誓图报称。

第二条：为使公私利益界划清楚起见，爰立行规，共相遵守。

第三条：华夷商民一视同仁，倘夷商得买贱卖贵，则行商必致亏折，且恐发生鱼目混珠之弊，故各行商与夷商相聚一堂，共同议价货价，其有单独行为者应受处罚。

第四条：他处或他省商人来省与夷商交易时，本行应与之协订货价，俾得卖价公道，有自行订定货价或暗中购入货物者罚。

第五条：货价即经协议商议妥贴之后，货物应力求道地，有以劣货欺瞒夷商者，应受处罚。

第六条：为防止私贩起见，凡落货夷船时均须填册，有故意规避或手续不清者应受惩罚。

第七条：手工业品如扇、漆器、刺绣、国画之类，得由普通商家任意经营贩卖之。

第八条：瓷器有待特别鉴定者（指古瓷），任何人不得自行贩卖，但卖者无论赢亏，均须以卖价百分之三十纳交本行。

第九条：绿茶净量应从实呈报，违者处罚。

第十条：自夷船卸货及缔订装货合同时，均须先期交款，以后须将余款交清，违者处罚。

第十一条：夷船欲专择某商交易时，该商得承受此船货物之一半，但其他一半须归本行同仁摊分之，有独揽全船货物者处罚。

第十二条：行商中对于“公行”负责最重及担任经费最大者，许其在外洋贸易占一全股，次者占半股，其余则占一股之四分之一。

第十三条：头等行，即占一全股者，凡五；二等者五；三等者六；新入“公行”者，应纳银一千两作为公共开支经费，并列入三等行内。

第一百零二章　天子南库

钟音见纯如和钱春娇听得如此入迷和仔细，就如同听机密天书一般，心下自然十分地得意和骄傲，说起话来不免更加神采风扬起来。

他轻轻抿了一口茶，接着说道："'公行'虽然是成立了，但遭到外夷商人的强烈反对，次年被两广总督废止，这期间'公行'没有法定的共同领袖，也没有取得完全统一的部署，组织相当松散，时散时复。这种情况一直持续到乾隆二十五年，商人潘启等九家向粤海关再次请求成立'公行'，这次'公行'兼具亦官亦商的职能，得到了大多数人的认可。'公行'每年为朝廷提供了大量的珍奇洋货，特别是限定广东一口通商之后，这边每年为宫廷输送的紫檀木、象牙、珐琅、鼻烟、钟表、仪器、玻璃器、金银器、毛织品及宠物等数以千计。'十三行'的行商们根据朝廷的具体要求，按照内廷出具的式样，逐件从洋船上采买。万岁爷曾在谕旨中要求'买办洋钟表、西洋金珠、奇异陈设或新样器物皆可不必惜费'，自此'广州十三行'也就有了'天子南库'的美誉。"

"那听大人这么说来，'公行'是没少从夷商那里购进物件，那么我们卖给夷商的又是些什么东西呢？”纯如见缝插针地问了一嘴。

“因为潘启出面促成了朝廷取消约束外商的‘生丝出口禁令’，英国人的大班十分赏识潘启的作为，东印度公司也就与潘氏家族保持最大的交易额。行商卢家甚至为了与英国人建立长期合作的利益关系，不惜违反朝廷的禁令帮助其偷运白银，卢家由此独占了东印度公司的棉花交易。”

“大人，看来一旦与洋商建立了联系，就是一本万利的买卖了。”钱春娇忍不住地说。

“有利益那是一定的，但可不像你想象的那么简单。为了获得巨大利益，行商千方百计地笼络这些外夷商人，行商和夷商利益一致时就互相勾结，利益矛盾时，就互相欺骗敲诈，造成种种纠纷。有的行商在‘公行’和外商之间投机取巧，获利致富，但赔得倾家荡产的也不在少数，在行商之间及行商和散商之间，又为争夺商业利润互相倾轧，夷商在进出口货价和交易量上乘机利用矛盾，遂造成‘公行’的亏损和债务，行商因对所欠债务负有连带责任，故不断出现倒闭。”

钟音见纯如和钱春娇听得越来越认真，也越发说得详细生动起来。

“啊？做洋商的生意还能破产啊？”钱春娇忍不住惊讶地问。

“哈哈，有首童谣唱得好，‘洋船争出是官商，十字门开向二洋，五丝八丝广缎好，银钱堆满‘十三行’’。行商做得好的，能富可敌国，但要是做得不好，别说破产，还有吃官司的呢！乾隆十五年，寓居‘十三行’的洋人有传播邪教的，朝廷指责‘十三行’的商人稽查不严，行商首领潘启不得不缴银十二万两赎罪。乾隆二十年，商馆内英法水手械斗，朝廷责成行商蔡廷助必须支持平息这场混乱，否则将全家获罪不赦。乾隆二十四年，东印度公司派通晓汉语的‘红毛鬼’洪任辉北上京师，向朝廷控告粤海关腐败勒索和广州洋行垄断贸易，万岁爷震怒，令人追查是何人为洪任辉起草的状文，追查遍及浙、闽、粤三省，最后查出为刘亚匾所为，最后朝廷以‘始则教授夷人读书，图骗财物，继则主谋唆讼，代行控词’的罪名，将刘斩首示众。”

纯如和钱春娇听钟音讲到此处，手心里都不禁紧张得沁出了汗水，行商做好自己的生意也就是了，怎么还要担上这么多生意之外的责任呢？

“远的不说，就今年年初有三家行商欠了夷商五十万两银子，但时日长了，加上利息又高得离谱，最后连本带利变成一百八十万两。朝廷知道了此事，很让万岁爷没有颜面，堂堂天朝上国怎能欠外夷人钱两？龙颜大怒之余给我降来旨意，不是这三家欠夷商一百八十万两吗？好，这次还给人家三百六十万两，加倍地还，因为你借夷人的钱原本就是不对，是在给朝廷丢脸！同时，这三家行商全部抄家，充军伊犁。现在，朝廷在债务问题上说得特别清楚，若是洋商欠行商的债务，衙门可坐视不管；若是行商欠洋商的债务，衙门可首先对行商抄家入官，用来还外债，倘若资不抵债，则要‘公行’全体成员负担债务，以维持天朝的体面。”

纯如听到此处，心里不免有些空落落的。对于钟音口中所说的这些事，纯如从不曾听说过，真好似听了传奇一般。这些“公行”里发生的故事，有的让人好生恨自己来得迟了，有的让人听了不寒而栗、毛骨悚然，为自己还没有进入这是非之地暗自庆幸。

纯如心里想，看来不到京城不知道什么是高官厚禄，不来广州不知道什么叫天高地厚。以往只是听自己的父亲和公爹将广州的“公行”时常挂在嘴边，说起来总是一副踌躇满志、异常向往的样子，自己也就一门心思想带领江浙丝绸商人来此，既为淘金赚得银两，也是为实现老一辈的梦想。如果能在“公行”里谋一片天地，江浙丝绸业可以得到长足的发展和壮大，江浙商人也可以在广州的丝绸商界有一席之地、占得举足轻重的地位。

可自己哪里能想得到“公行”的渊源如此蜿蜒曲折，里面的关系更是庞大复杂。如果说广州“公行”这里是乌烟瘴气的大染缸，是尘嚣泛起的英雄跑马之地，老家江浙那里的生意氛围真可算是商人的一方净土了！看来，就自己的这些经历和经验，别说要有什么大的发展和进步，就是想站稳脚跟生存下来都是很难的，比起自己未来要面对的挑战和困难，以往所经历的只能算是九牛一毛了！

钟音见纯如精神有些恍惚的样子，知道怕是自己方才所说的吓坏了眼前这位美少妇东家，连忙安慰道：“话虽这么说，但金山银山就在这明摆着呢，谁有能力谁就能搬得走，并且这金山银山还在年年长高。就比如说乾隆十九年，洋船到港二十七艘，税银仅五十二万两，而今年，洋船已增至八十三艘，税银达到一百一十万两，洋行的数目达到二十六家。‘十三行’的行商可以与两淮盐商、山西及陕西商人一同被称为我大清商业并驾齐驱的三驾马车。我大清的丝织品以色泽艳丽、手感滑润、华贵高雅而成为洋夷上流贵族的服饰之荣，听说各个见着了都是争先恐后，趋之若鹜，唯恐买不到手。”

他轻轻地咳嗽了一声，又故作神秘地说道：“乾隆二十七年，万岁爷特许和‘十三行’有贸易的外国商船各夹带两千斤丝织品出口，洋行货栈的外商不禁对万岁爷和朝廷高呼‘万岁’，个个欢呼雀跃，相当地激动兴奋。再说这‘十三行’的潘、伍、卢、叶四大行商，其家产总和比朝廷的国库收入还要多，是货真价实的富可敌国。‘十三行’的行商，除了本地人，很多都是从福建移居来的，他们在家乡不过是碌碌无为的平庸之辈，但一到广州这地界便如飞龙腾渊、鲤鱼跃龙门一般，成就了一番轰轰烈烈的事业。”

纯如非常感激地冲钟音一笑，她知道钟音看出了她的心思，刚才他说的这番话是给自己鼓劲打气的。虽然钟音看起来对她和钱春娇有些色色的样子，但行为举止还是很规矩的，并没有什么太出格的动作，这或许也是男人的本性，见了女人总是要出奇地热情一些的。

钟音今天所说的，她认为太重要了，这比自己瞎琢磨不知要好上多少倍，何况自己在那里胡猜乱想也未必能如钟音今天说的这般清楚透彻，任凭自己在那里如何猜想，也不会知道“公行”里面有这么多花样。

纯如见钟音大人正说在兴头上，又连忙趁热打铁问道：“大人，听说明年朝廷有裁撤‘公行’之意，不知您能否再指点一下迷津？”

“这个嘛，现在还不好说，朝廷想怎么做，具体的章程还没有拿出来，但闻听还要重新用起‘广州十三行’的名号来，每个行业各选出一名领袖，再由一名总商来统一领导，任期两年，任期满后换届再选，我现在所了解的也就是这些了。”

“钟大人，今天你给我们的教诲，真是胜读十年圣贤书，您这博闻强识的天赋想学都是学不来的，专于职守，精于百业，您将‘公行’之事了然于心，说出来更是让我们大开眼界，心下除了对您的敬佩，更多的是拨云见日的清爽，真是太感谢您了！”虽然纯如知道自己说得过于夸张了些，但她确实是带着十分的真诚说此番话的。

“什么谢不谢的，我和春娇掌柜已经算是熟人了，今天得见纯如东家的芳容也算是一件幸事。我这为政一时，理应是造福一方，不下些功夫是不成的，哈哈！这样，时候不早了，我吩咐人去后灶上弄两样小菜来，我请二位吃两杯酒，咱们边吃边谈如何？”

“感谢大人的美意，今天还有些杂事在身，不能陪大人尽兴了，改日待得闲时，一定再来拜会大人。”

纯如听见钟音要留下她们喝酒，马上找了一个理由委婉地推辞了。

钟音无奈，只好作罢：“好吧，那就改日，我这里随时欢迎你们来！”

纯如和钱春娇二人从巡抚衙门出来后，钱春娇看着纯如有些严峻的表情，忍不住和她开玩笑道：“妹妹，我看钟大人好像是看上你了，哈哈！”

纯如在回想着钟音说话里的每个细节，冷不丁被钱春娇逗得莞尔一笑：“他不也看上姐姐了？你没介绍我之时，他都忘了身边有我这个人了。”

纯如说完，又换了一脸正色，说道：“姐姐，我们回去要把钟大人说的这些回忆起来，用笔记在纸上，日后备忘备查，他说的这些对我们至关重要，为我们尽快打开‘公行’这里的缺口和壁垒有着很关键的作用。”

“妹妹，说来惭愧，姐姐比妹妹的天资差了那么一大截。我每次来，钟大人都是和我插科打诨没什么正经事谈的，我也就没有拿到如今天这般重要的信息。可妹妹今天一来，钟大人如竹筒倒豆子，说得这般爽快利落，想来，要和妹妹学习的地方实在是太多了。”钱春娇有些不好意思，毕竟她来这里有一段时间了，她今天才知道，“公行”这里的情形她并没有摸得很透彻。

“姐姐说的哪里话，没有你前面的多次往返铺垫，哪能有今日这般坦途可走，你千万不要自责，你做的那些都是前人栽树后人乘凉之事，我们姐妹间没有那么多的道理可讲。我想，等我们一会儿回去之后找来武哥，一起好好谋划一下这件事。”

第一百零三章　同病相怜

“秋兄，你害得我好苦啊！”

“高兄，何出此言？真是让我莫名其妙。”

“贩卖你那假丝，害得我声名狼藉！你出尔反尔，又写了那一封信，害得我背井离乡，还能说是‘莫名其妙’吗？”

“呵呵，高兄，我那丝怎么能说得上是假丝呢？那也是蚕丝啊，只是你假冒真的‘七里丝’再往下家出售，就是你的不对了，我可是从来没说我卖给你的是‘七里丝’！至于你说我再写的那封信，唉，那绝非是出自于我的本意，高兄，我那么做无异于自毁名誉，你说我能愿意那么去做吗？”

“呵呵，看来秋兄将我出卖，还有难言的苦衷？”

“我的养父杨梓传为了第一封信之事亲自来福建找我，对我动之以情晓之以理地劝解，我也没有动心。但不知哪个杂碎要害我，他在危急关头救了我一命。哎，到了那个时候我要是再不有所举动就真的说不过去了，也就无奈地写了第二封信。但你也知道，我写的那信里，可是没有提及高兄你半个字的，黑锅也都是我一个人背下来的，私下自忖，我还是对高兄你够义气的。至于高兄手下曾使用过的得力干将让你于众人面前丢丑，那是高兄你自己的事喽。”

艳阳高照。

高尚和楚秋在广州一座豪华的茶楼里喝茶。两人一边喝着茶，一边聊着天，虽然说的都是旁人听来咋舌的大是大非的问题，但从两人的谈话表情来看，却是很轻松的样子，并没有话语中所表现出来的那般剑拔弩张的氛围。

“秋兄，杨梓传救了你一命？到底发生了什么事情？”高尚很惊诧地问。

“难道高兄还不知道这件事？出了那件事情之后，再也没有见到你高兄的面，我曾一度怀疑是你在背后下的黑手呢！”楚秋带着几分认真对高尚说。

“秋兄，这话玩笑归玩笑，可不能瞎说啊，我害你做什么？你想想是一点儿理由没有的，我还指望着与你发财呢！那你最后可知道是谁干的了吗？”高尚的脸色不红不白，很坦然地继续问道。

“后来经过一番调查才知道，是我那个死鬼李管家使的阴谋，目的就是为了图财害命。他早已有了谋害我之意，并且也早已经安排好了人手，只是一直没有找到合适的机会。高兄，害人之心不可有啊，他后来遭了天谴反倒死到了前头。但他找的那些人并没有因李管家死了而就此罢手，也就随后出了那一码子事。唉，这身边人可得看紧了，说不定什么时候就对你动了心思起了杀机，防不胜防啊！”楚秋将事情的前后经过简要地和高尚说了一说，显得既十分气愤也颇为无奈。

“人没事就好，天不欺人，那是你秋兄福大命大造化大，看来秋兄日后更会成为发达富贵之人。再想想我自己，现在很是落魄啊，我也就等着攀攀秋兄你这个高枝儿，试着再飞上一飞了。”高尚带着几分忧伤的腔调说。

“什么攀不攀的，都是患难兄弟，彼此携手一起发展就是了。只是不知高兄来到广州，下一步有何打算？”楚秋很认真地说。

“还能有什么打算，先在广州找一个能安身立命的所在，暂且安顿下来再图他计。秋兄，广州这里你比我要熟，有没有什么富贵之人能介绍给我？或者是你有没有什么更赚钱的生意能分享一些给我？我这是到了山穷水尽的地步，自感也有些饥不择食了。”高尚带着哀求的口气说。

楚秋挥手将跑堂的叫过来，让他又重新换上了一壶新茶。然后端起茶碗来，轻轻地用茶盖抹去茶水中的琐碎叶子，慢条斯理地说：“高兄怎么说得这般凄凉不堪呢？富贵之人哪里轮得到我介绍，你家堂哥高晋高大人与两广总督李侍尧同为天下九督，位极人臣同朝为官，高大人一纸书信就能将你带到李大人的面前，这是何等宽绰的门路，高兄为什么不试着去走走呢？你要知道，两广地界上谁还能比李大人更富贵呢？至于高兄说的赚钱买卖嘛，你别说，我还真想到了一个，只是怕高兄胆子小不敢做啊！”

高尚听了楚秋的话一拍大腿，是啊，怎么匆忙间把自家大哥这茬儿给忘了呢！论大哥的资历，不单应该只是在两江之内有人脉关系，想来他也一定能和李侍尧说得上话的，亏得楚秋的提醒，不然自己真就会在找门路上走一些弯路的。高尚心里不免又有些得意了起来。

“哈哈，秋兄真是明察秋毫，你的这一番言语也真是让我茅塞顿开，我一会儿回去就给我家哥哥写信，求他帮我打开李大人这道大门，一旦这条门路打开了，秋兄如果瞧得起，我们一起走。”

楚秋听了高尚的话也十分感激，拱手对高尚说道：“能和高兄一起走李大人的门路真是求之不得啊，我在这里先谢谢高兄的提携了。”

“但秋兄你说的这个赚钱门路，我没有听明白，有什么样的买卖是我高某人不敢做的？”高尚有些疑惑地问道。

楚秋听了高尚的话，脸上随之微微一笑，用手指蘸了一些茶水，在桌子上快速写了“烟土”两个字，然后立刻擦得干干净净。

但高尚看得是真真切切，不禁一愣，直着眼睛看着楚秋说：“秋兄，这玩意儿利润到底能有多大？”

“比生丝的利润大上几十倍都不止。”

“但这玩意儿是犯王法的事啊，恐怕一旦犯了事，吃罪不起啊。”高尚担心地说道。

“这个生意呢，绝对是一本万利的买卖，我之所以和高兄说，也是有原因的，如果前面不提到高大人能将你介绍给两广总督李大人认识，这种生财之道我是万万不能和高兄说的，就是高兄想那么去做，我也会阻拦你的。谁都知道这是犯王法的事，可是‘富贵险中求’的道理，想必高兄是懂的。就如那图财害命、杀人越货之事都知道是杀头的死罪，可不还是有人前赴后继去做吗？何况高兄若是真的攀上了李总督这个高枝，有他在后面庇护你，你还怕什么呢？”

高尚听了楚秋的话，眼珠子左右转了那么几转，感觉楚秋说得有几分道理，还有楚秋口中所说的烟土的赚头儿那般巨大，也着实让他动了心。

“秋兄，你可有货源？”

楚秋知道高尚在这上面认了真，也就端正地说道：“有是有的，但你也知道这事情是拿不到台面上来的，这条路上的人也都小心谨慎惯了，不是熟人中间穿线，连个影子都找不到。如果你真有此意也不要着急，这几天我就给你安排与他们见面。还有高兄，这事呢，还是你自己拿好主意，实在是不想做、不敢做也就算了，毕竟人各有命，富贵在天，是强求不得的。”

“秋兄，我主意已经拿定了，不管什么样的生意，总归要有人去做的，怕狼怕虎是得不到狗头金的，那就劳烦秋兄给我先开一开路子，我试试看。再有，我想有此等好生意，何不我们兄弟一起来做呢？你我‘二一添作五’，各入一半股份，不知秋兄意下如何？”

高尚在试探着楚秋的想法，既然烟土生意的利润如此之高，为何你私下不做，却要这般磊落地介绍给我呢？莫不是这里面有什么猫腻和陷阱，故意让我去往里面钻？

“哎，我何曾不想啊！傻子都知道这是一本万利的买卖，投入小额的银两就能长期赚大把的银两。可是一直苦于背后没有可依靠的大树，万一有个风吹草动、电闪雷鸣的时候，头上没有人给撑上一把伞，不是将自己淋个狗血喷头？如果高兄真能将李大人那么硬实的关系拿下，我当然也就没什么可担心的了，高兄若是真想拉扯我一把，我自然是求之不得。”

楚秋听到高尚要与自己合伙做烟土的生意，脸上也露出了欣喜激动的颜色，说起话来也充满了对高尚的感激。

高尚听了楚秋的话，也十分地高兴，很爽快地说：“好，秋兄，那我们也就这么定了。李大人那里的关系我去找，出了问题我去找他来化解。烟土门路这边你来找，销路价钱上的事你来做主，我们兄弟二人一前一后分工合作，想必这生意一准儿会顺风顺水的。”

楚秋听了，摇了摇头，很无奈地说：“高兄，恐怕我是不行啊，你也知道，我只是个少东家，我的父母监管得实在严格，几乎是风雨不透的模样，不像你什么主张自己都是能做得了的。老人嘛，你也知道是老脑筋，不活络，掉个树叶都怕砸脑袋。我怕若被他们发现，恐坏了我们的好事，就是让我去官衙自首认罪都是有可能的。如果高兄真有成人之美的想法，怕是高兄在这里边要多担待一些了。”

高尚仔细咂摸了一下楚秋的说辞，也感觉有些道理，就接着楚秋的话说道：“也好，秋兄，你指好门路之后，这前后的事情我也就都包揽了，只是日后分起银两的时候，多了少了的，咱们不要因为这个生出嫌隙来。”

楚秋连忙说道：“哪能呢，你我都是爽快之人，高兄更是见过金山银山的人，我完全信得过高兄。只是多劳烦你走动，让我很过意不去。这样，股银一家一半，但等分银子的时候我们三七开，你七我三，这也让我心里好过些。”

“那多不好啊，我们之间的账算得那么细做什么？咱现在暂且先不讨论这秋后之事，到时候再说不迟。秋兄，我还想问你，你日后在这丝绸上还想不想多做些什么文章了？”高尚话锋一转，问起楚秋在丝绸上的打算来了。

“呵呵，我和我父母的想法总不合拍，他们的想法我又改变不了，想来很是无奈的。”

“令尊都是些什么想法？”高尚不失时机地追问。

楚秋端起茶碗，将里面的茶水一饮而尽，而后若有所思地说道：“他们年龄大了，不想再图什么金山银山，只是一门心思要老守田园，将自己的那一亩三分地耕耘好也就算了。人老了，真也就没什么宏图大志了。而我认为，应该借朝廷要裁撤‘公行’之机有一番作为，高兄与我是同龄之人，想必我们的想法应该是能落到一处的。”

高尚也是长长地叹了一口气：“哎，秋兄，你说的这些都是可以理解的，大可不必因为这些事情与父母赌气闹生分，自己心里窝火不说，违背了父母的意愿也让他们伤心。至于我呢，毕竟是丝绸起家，不管有没有烟土这事，我都是不能轻易弃之不顾的，在广州想有番作为的念想当然也是有的。但我现在是‘姥姥不疼，舅舅不爱’，再加上实力已大不如从前，只怕是念想归念想，没什么唾手可得的果子可吃到嘴里了。”

楚秋听高尚说得如此凄凉不堪，不免有了一丝怜悯之心，忙劝慰道：“高兄，瘦死的骆驼比马大，你在江浙曾经是呼风唤雨的风云人物，到了广州这江海之地，更应该是拨云见日的时候。此一时，彼一时，不要再徒劳想那过往云烟之事，我们都应该把眼光放得更长远些才对，何况这里日后还有两广总督给你罩着，为你撑腰，你又有什么可踌躇的呢？”

高尚听了楚秋的话，眉宇间的愁苦渐渐舒展了许多：“秋兄，既然烟土之事我们能联起手来做，何不丝绸上也放在一个钱袋子里生钱呢？如果我们联起手来，彼此都不孤单，在‘公行’那里我们谋一份天地，不说探囊取物，也是指日可待的事。”

第一百零四章　嫣然一笑

高尚在广州新购置了一处产业。

这处产业分为两部分，前端一栋是临街的上下二层楼的商铺，东西长有二十丈，南北宽有五丈，很是阔绰。打开一扇角门，再通过一条狭长的甬道，就可以来到后院，到了这里就会让人有豁然开朗之感，一处方正的院子四周种满了乔木花草，对面是一间南北五开门的正房，旁边又各有东西向三开门的两间厢房，看起来很是规整气派。

高尚与楚秋在茶楼分手之后，与潘福回到了商铺，脸上显得有些疲惫，回来就一屁股坐在了逍遥椅上。潘福是被高尚拉着同去见楚秋的，但只是坐在临近的桌子旁，边喝茶边听他们说话。

楚秋不认识他，自然也就没有注意到他。

潘福看着高尚没有说什么，也不知道他在想什么，但总不能就这么让自己有些尴尬地坐在这里吧，既然是让自己跟着去了，总归是要发表些意见的。

“东家，刚才你和楚秋谈论之事，我隔着桌上都听见了。要知道，烟土之事可不是闹着玩的，这可不同于往日我们在楚秋那里弄一些低劣的生丝那么简单，那生丝就是被查出来也没有什么大罪过，可是这烟土一旦被发现，轻则吃官司入大牢，重则发配充军或去当披甲人的奴才！东家，你要三思而后行啊！”

高尚没有作声，他心里面窝着火。

真没想到我高尚今日竟沦落到要跟楚秋低三下四说小话的地步，想当年我和杨梓传谈论事情的时候，他连坐在那里听的机会都没有！自己是冲犯了哪个神仙太岁，让自己这一段时间里碰到的都是倒霉事……

“潘哥，你可了解这烟土里面的来龙去脉？”高尚从杂乱的思绪中回过神来，不咸不淡地问。

潘福见高尚有了问话，连忙答道：“我在牙行里曾听说，荷兰人把烟斗和烟叶带入前朝的时候，崇祯皇帝看抽烟的人越来越多，就下令禁烟，因为他发现曾经有人把烟土混入烟草吸食。但让崇祯始料不及的是，烟草被禁却导致了吸食纯烟土的人泛滥成灾。我大清刚立国之时，每年进口的烟土大约二百箱，每箱一百斤，数量并不算大。但是到了康熙朝的时候，却猛增了十几倍，也就是那时候，朝廷意识到控制烟土的必要性和急迫性。康熙十五年，朝廷将烟土的进口税大幅提高，试图用增税的方法减少烟土流入。然而，提高税收的方法对于减少烟土没起到什么作用，因为这个东西只要吸上就会让人上瘾，欲罢不能。”

潘福看高尚听得认真，并没有要在中间插话的意思，也就继续说道：“雍正七年，朝廷颁布了禁毒的法令，禁止贩卖烟土，禁止开设烟土馆。当今万岁爷也是三令五申，绝不允许烟土入境，其实现在市面上流通的那些，都是通过海上走私来的，本身就担着极大的风险。虽说朝廷对于违禁购销者没有采用极刑，只是监禁、充军、流放，但对于东家你这样的身家是犯不着那么做的。”

“呵呵，潘哥，我也曾耳闻你说的这些烟土之事的利害关系，只是没有你说的这般详细罢了。我是这么想的，这事或许就是楚秋给我下的一个套，故意引诱我往里面钻，等我进了那套，或许就给我来个瓮中捉鳖。”

“那东家何苦还要与他周旋？”潘福奇怪地问。

“我只是将计就计罢了，想让我钻进去，那得他楚秋先钻在我前头才行，钻套子也要一起进去，他楚秋甭想逃！但是呢，话是这么说，这毕竟是个来钱快的好买卖，我们试试这条路也未尝不可。楚秋一句话也确实提醒了我，有李侍尧在这里，有些事情确实好办得多，我要好好利用他这块牌子，做一些别人做不了也不敢做的生意。”

潘福听到高尚这么说，心里一惊，眼前这位东家虽然刚刚走了麦城，但看来并没有惊慌失措，考虑起事情来心机还是如此缜密和周全。

“东家，那你和楚秋要合起伙来做‘公行’之事，可有什么解释？”潘福继续问道。

“那都是扯淡的事。我要是不提和他做丝绸的事，他岂能真正相信我要死心塌地与他做烟土上的事？楚秋不是傻子，也是个疑心特别重的主儿，我必须在他面前装傻充愣走那么几遭，他才不会对我过多地防范。话说这烟土之事也好，‘公行’之事也罢，我何苦要蹚他的浑水呢？我有我堂哥这层关系，不愁拿不下李侍尧这把保护伞。我说得那般凄凉不堪，不过是遮他耳目罢了，不必当真。再说，上次确实是我们操之过急让他躲过了一劫，这次我们要小火慢慢煮他，让他在不知不觉中就没了气息。”

高尚被摇椅晃得有些晕，他微闭着眼睛，说话的速度也明显放慢了许多。

“东家，那你说楚秋在你这里有什么企图吗？他又为了什么要与你纠缠这些事情呢？”

“还能为了什么？利用我呗！他这一遍遍往返着广州跑，无非就是想要打开这里的门路。但你也知道，他父母只是继承别人家财的暴发户，本身是连饭都吃不上的逃荒苦命人，出身低贱卑微，虽然现在有了万贯家财，但他们还是没有什么门路能进得‘公行’来。潘哥，你在牙行里做事那么久，你应该了解，‘公行’里的那些行商除了有银子之外，哪个人背后不站着官府里的人？楚秋想通过我的关系进而接触到李侍尧，我只是他手中投石问路的那块石头。烟土之事上他给我下的套，也无非是想在这里面抓住我的小辫子而已。放心吧，这点防备我总会有的。”

潘福见高尚将所有的算盘都已经精打细算过了，也就不再多问。

“潘哥，你是对兄弟我最够意思的人，即使到了现在这般境地也不离不弃，还为我前思后想忧虑重重，这份感情我高某人记着呢。等咱们所盘算的东西都到了手，我答应给你的那些一个也不会少的。”

“谢东家这么说！东家都将我的事一直挂在心间，我做这些更是微不足道的了。”潘福说完，退了出去。

高尚见潘福走了，从摇椅上下来，通过那个狭长的甬道，来到了后院一间非常僻静的房里。

房间的里间摆了一个很宽大的床榻，中间被一个长条的桌子隔成了一左一右两个单人的位子，高尚一进来，就一头扎在了左边的那个位子上。

右边的那个位子上早已半卧着一个俏丽的年轻女子，只是发髻和衣裙有些凌乱，纤细的小蛮腰也裸露在外面。

这个女子见高尚进了来，将一杆已装好烟土的烟枪，点上了火递给了高尚。

之后，她的一双丹凤眼也就迷离了下去，自顾自地在嘴里撒娇低吟着说："高东家，看把你累的，来抽两口吧，提提神。"

高尚将烟枪接了过来，却没有放进嘴里，而是放在手上把玩了起来。

"嫣然，这东西真就有那么神吗？一杆烟枪就能让你这小娇娘欲死欲仙的？"高尚对着那个女子说。

真是人如其名，这个叫嫣然的女子笑起来非常甜美，也很醉人。

听到高尚与她这样说，樱桃小嘴微微开合，喃喃答道："何止啊！骨头也酥了，肉也麻了，想着想着，真的也就飞了，什么世间的烦恼啊，也就抛到九霄云外去了。"

高尚并没有接嫣然的话，转而闭起眼睛来，想理一理近来发生的这些事。他确实有些累了，但这些事情确实有些乱，不厘清了自己的头会更疼。

"百善堂"的花名册之事让他措手不及，乌道长反戈一击更让他猝不及防。本想借假丝之事造势让楚秋在家乡臭名远扬，再将纯如赶下商会会长之位，没想到楚秋一句"并没有按照'七里丝'卖给他"就轻飘飘地将事情搪塞了过去。而周璞在关键时刻夹着那套账本子出场，反而让纯如羽翼更加丰满了。想来这些事情都是自己弄巧成拙。

高尚知道现在再要谋害楚秋一家是不太可能的了，有了上次的教训，楚秋一定成了惊弓之鸟，有着十分的戒备。再有，他也感觉那么做没什么意义了，为了此事，他身上已经背负了李管家的一条命，为此他时常做噩梦，心神不宁。他刚刚想明白了一个道理，再次出手即使成功了，想轻巧地就将人家的财产霸占了也不是那么容易的事，出了那么大的事，那得多少眼睛盯着啊，他从前想得实在是太简单了。

高尚答应潘福给他开上一间牙行，但从现在的情形来看，也只能用言语哄着潘福，现在是需要潘福这样的人才在自己左右的。

他既然已经来到了这堆满金山银山的广州，那就本着既来之则安之的心态将这里耕耘好。何况通过潘福的接洽，他已经私下和英商、美商中几家有实力的有了初步接触，接下来一旦和总督大人李侍尧这里沟通好了，再得到进入‘公行’里面的机会，自己打一个漂亮的翻身仗也是有可能的。等自己东山再起之时，包括纯如一干人等，到最后还不是只能望其项背而已。

还有，那个所谓的“神秘人物”还是有必要花费一些力气探究一下，万一能傍上这棵大树，自己日后乘起凉来就舒服多了。时机成熟，再将这棵大树砍了，当成自己的柴烧，那自己炉灶里的火不得烧遍它半个广州城啊！

高尚越想越有些不着边际，但他也厘清了这几个月以来杂乱如麻的头绪，弄明白了一些事情，有了自己的计划。

轻松下来，忍不住将那烟枪放在嘴上也“吧嗒”上了那么两口。可时间间隔太长了些，烟上的火儿早已经灭了。

嫣然此时已是心满意足。

她是一个伶俐的人，刚才瞧见高尚那副神态，就知道高尚在想事情，所以她一直没有出声。现在再看高尚已经有了神采，马上如水蛇一般逶迤到高尚这边来，骑到了高尚的身上，轻轻地扭动着腰肢，重新将高尚手中的烟给点着火儿，又撒娇地说：“高东家，你吸两口，你只管嘴上动着，我身上动着，好不好嘛？”

说完，将自己上面的衣物全部褪到了腰际。

高尚看着眼前白花花的一片和散落在她胸前的乌黑长发，忍不住咽了几口口水，顺从地把烟枪送进了嘴里。

“一会儿回到粤海关衙门，你如何与监督满春豪大人应付啊？”高尚一边过着烟瘾，一边享受着眼前的鱼水快活，笑嘻嘻地对嫣然说。

“别提那老不死的，晦气！吐口唾沫的工夫，他也就折腾完了，还用担心什么？”嫣然娇嗔地说。

“好，好，不提，不提，我来好好折腾你也就是了，等你有了好心情，回去之后，一定不要忘了我交代给你的那件事，好好在满大人的耳边吹吹枕边风。”

说完，高尚放下了手中的烟，转而坐起来用双手揽住了那蛇滑的腰肢。

第一百零五章　齐聚广州

纯如写信给父亲杨梓传，让他召集商会的其他几位副会长一同来广州共议大事。

杨梓传接到信后连忙照着女儿的嘱托来到了广州。这次随同杨梓传来的有“万和行”吕东家、“银鹊行”赵东家和“宝胜行”李东家。因为高尚退会，经过纯如的提议，赵、李两位东家在纯如来广州之前的一次会议上也被选为了副会长。

杨梓传来这里还有另外一个原因，那就是他年初在广州置办的那些土地，有几户人家无论他出什么样的高价就是不将手中的那些破旧房屋卖给他，导致工程迟迟不能破土动工。这很让杨梓传着急上火，事情就这么一直久拖不决。眼前是一片大空地加上中间四下分散开的那几栋破房屋，脑海里规划的那些辉煌的楼堂馆所盖不起来，先期投入的那些数额不菲的银子只能在杂草丛生的荒地里沉淀着，没起到任何作用不说，就是算起来白白浪费掉的利息也是一笔不小的数目。

除了杨梓传来过两次广州之外，其他三位都是生平第一次看到广州的繁华盛景，感觉大开眼界。

广州的四衢八街，三市九陌，软红十丈，一派欣欣向荣的景象，这里好像除了没有京城地界宽广，却不比天子脚下的地上天宫差到哪里去。

楼堂馆所鳞次栉比，车水马龙，川流不息，熙熙攘攘的人群之中，或是有逛街游玩赏景的，或是有脚步匆匆去忙着接洽南来北往的商客谈生意的。总之南腔北调，人声鼎沸，摩肩接踵，有的人被踩掉了鞋子，想低头再穿上都容不下一个弯腰的空当。闹市之中的大街两边五行八作的叫卖之声此起彼伏，好不热闹。

特别之处还在于广州这里的洋人特别多，吕东家等人都是第一次见到。洋人个个长得高鼻深目，金发碧眼，说着让人完全听不懂的鸟语，很让他们感觉稀奇。特别那洋人男的不留长辫子不说，头发还都是弯弯曲曲的，蓬乱得像个鸡窝，穿的衣服后面还拖着个分叉的大老鼠的尾巴，后来仔细一打听才知道那叫燕尾服，这些都让他们感觉不理解和可笑。

虽然这几位东家看花了眼，私下从心里却都达成了一个共识。这次来广州不但开了眼界，长了见识，也对纯如这种长远发展的眼光和无畏的开拓进取气魄深深地表示敬佩。广州是卧虎藏龙之地，也是海纳百川、藏金纳银的所在。如果自己不是入了这个商会，不是纯如带自己走出来，有可能一辈子都不会来到这个地方，也当然就看不到大清天下还有如此一块长着金山银山的风水宝地！如此想来，真要在广州这里做出一番大事业来，那也真不枉老天给自己安排在这世上做了一场东家。

说是商会议事，但“江浙丝绸商会”在广州这里还没有可落脚的地方，只能在“广客隆”在广州的分号暂时住下来。

纯如和钱春娇热情地接待着大家，萧武也跟着忙前忙后端茶倒水招呼着。

纯如首先开了口。

“各位东家，让你们千里奔波兴师动众来到广州，我心里也有些过意不去，但商会要有一些大的举措是需要我们来共同商议的，因为很多事情我自己一个人是做不了这个主张的，大家共同出谋划策、集思广益总归是要好得多的，所以恐怕各位一时半会儿也回不了家，要在此多耽搁上一段时日了。这是没有办法的事，你我既然坐在了这会长、副会长的位置上，就得舍了小家的一些安逸自在，为商会中众多会员的利益多操心劳动了。”

钱春娇因为是“广客隆”分号的掌柜，也是这里的主人，所以坐在一旁陪着纯如。而萧武就没有这个资格了，忙完手中的活计，他早已经不声不响地退了出去。

“纯如会长，你请放心，什么劳不劳动的，要对你说感激话还来不及呢。这来到广州，真让老朽这井底之蛙开了眼界，天地之大，看来真不能蜗居一处坐井观天啊！”

“万和行”的吕东家激动地说，这是他的真情实感，他平时在什么场合都很少发言和表达自己的看法。

赵东家接过话茬儿说：“吕东家说得一点儿没错，行万里路读万卷书，人真是得勤走动脑子才活络。来到广州，看到商贾往来如此活跃，码头上的商船来来往往，货物堆积如山，如此盛景让人目不暇接，更加佩服会长当初的鸿鹄之志和鹰隼远征的勇气！会长请放心，临来之时我们就把家里的一切事务都安顿好了，从今天起，我们一起陪在你左右，开创我们江浙商贾崭新的未来大业。”

李东家听着吕东家和赵东家的话，也频频点头赞同。

杨梓传见女儿得到大家的认可和赞扬，心里更高兴不已。

纯如被两位东家说得有些不好意思，连忙说道："咱们自家人不说这些客套话了，我想把我近一段时间里了解到的一些事情先说给大家听听，大家仔细分析一下这个事情，我们好有个大的计划和章程可循。"

纯如接着将那日去巡抚衙门从钟音那里听到的关于"公行"的一些情况挑重点的地方简明扼要地说给了大家听。

杨梓传听完后，略微地沉吟了一下，然后说："我想，不管'公行'裁撤后朝廷会有什么举动，总归不会将原有的制度全盘否定的，无非就是在细枝末节上动动手脚。所以，此时我们绝不可再犹豫观望，应该要在短期内寻找个突破口进入'公行'里面。"

纯如轻轻地点了点头，表示同意父亲的说法。但她知道父亲对于"公行"的了解还只是停留在表面印象上，很多实质上的东西认识得还不够深刻，就继续解释道："我找大家来也有这个想法，但想进入'公行'绝非易事，因为'公行'属于半公半私性质。说起'公'来，就少不了要和这当地的各路衙门打交道，没有他们的许可牌照，我们连'公行'的大门都进不去的。既然提到了衙门，这当中一定也免不了要用大笔的银子四处打点。"

李东家说："会长，该花的银子，我们不能省着，我们应先将这个地方上的衙门梳理一下，看看哪些衙门是关键的、需要去深耕的，哪些衙门需要走走过场、蜻蜓点水的，我们确定了下来，也好日后照章去做。"

"广州这地界上能算得上数的衙门有这么几个，两广总督、广东巡抚、布政使、按察使、广州知府、广州将军，除了上面说的这些，我想再和'公行'之事有牵连的衙门也就没什么了。"钱春娇接过李东家的话茬儿说。

“不，我们还遗漏了一个重要的衙门，也正因为它不起眼，所以之前并没有引起我们的注意。”纯如说。

“哪里？”钱春娇忙问。

“粤海关。”纯如答道，“那日，我从钟大人那里听出了粤海关监督的分量。你没听他说，康熙爷刚刚成立‘公行’的那阵子，关于‘公行’之事都是两广总督吴兴祚、广东巡抚李士祯和粤海关监督宜尔格图共同商议的吗？这说明粤海关的能量绝不容小觑，官称上虽然是不起眼，但在‘公行’之事上，手中却握着和督抚大人一样的话语权。”

钱春娇听了不停点头，认为纯如说得非常有道理，心下十分地佩服纯如缜密的心思和灵敏的嗅觉，再想到自己，感觉十分惭愧。

而后，纯如站起身来继续说道：“但我怕的是使了银子也未必就能顺利地得到那牌照，因为我们加入‘公行’，势必会引来原有行家的抵触，也会触动一些衙门大人的既得利益，想来他们一定会一副冷漠面孔对待我们。”

杨梓传说：“纯如，顾不了那么多了，只能走一步算一步吧，总不能在这里干等着。”

“会长，那你就定夺一下衙门这里如何去走动吧。”赵东家说。

这时，外面突然间刮起了一阵大风，将向外敞开着的窗户猛然间用力地给关上了，纯如连忙走到近前，将那窗用力地推开，然后再用一个卷轴将窗棂牢牢地支撑住。

转身回来，她对众人说道：“两广总督李侍尧大人贵为天下九督之一，天子近臣，功爵加身，人傲慢得不可一世，可谓是目空一切。

没有入他法眼之人的引荐，我们是接近不到他的，他那里我们暂且没有能行得通的门路，只能慢慢再想办法。广东巡抚钟大人那里因为春娇掌柜走动得早，也是勤联络沟通，现在看来关系还是不错的。布政使、按察使和粤海关这里，我们今天才提到，我认为重点还是在粤海关这里。至于广州将军那里，春娇之前也走动过，但现在看来和我们的关系不大，也就维持一下体面就可以了。毕竟我们的人力和物力都是有限的，不可能面面俱到。”

“我听会长的意思，我们目前也只有钟巡抚这里一个途径可走。按纯如会长刚才所说，我们是不是应该去粤海关再找一找门路？”

“说得有道理，确实不能漏掉这一块，毕竟督抚大人们都找人家商量事情，看来作用应该是不小的。”

“我想，我们应该把自家的情况先捋上一捋，也好避人之长，补己之短。”赵东家说。

“我们商会的总资本是五百四十万八千两银子，按说起来这在我们江浙地界也算是巨额资本了，可真要是和‘公行’里的十三家行商比起来，随便他们哪一家，我们都和人家比不了。潘家的同文行身家据说有一千五百多万两；易家的孚泰行、梁家的天宝行都超过了一千万两；卢家的广利行、严家的兴泰行、马家的顺泰行、吴家的同顺行、罗家的东昌行、容家的安昌行，这六家也都是超过了六百万两。”

杨梓传几人听了纯如口中的数字目瞪口呆。

这些行商的身家之巨听起来真是骇人听闻。要知道江浙丝绸界号称“四象”的每家资产无非也就是三百万两银子。

怪不得平日里有来过广州的人，回去逢人便吹捧“广州十三行”如何如何，十有八九的人听了无非当个笑话，大多都是嗤之以鼻，不屑一顾。但现在听纯如说来，才知道并非空穴来风，“公行”里的这些行商看来个个都是货真价实的豪富巨贾。

杨梓传也真佩服起女儿来，纯如太有先见之明了，如果不成立商会，如果不将江浙丝绸商人联合起来到广州发展，任凭哪一个单枪匹马过来，最后不说碰得头破血流，也是铩羽而归，甚至会一蹶不振。

那些行家的实力实在是太强大了！

纯如发现众人听了自己的话后，惊诧之余各自脸上都现出了担心、失落和沮丧的神情。

纯如呵呵一笑，淡然地说道：“我们与这些行家实力上的差距不是一时半会儿就能追赶得上的，这是我们的硬伤。但朝廷既然要裁撤‘公行’，也就说明原先的‘公行’制度存在缺陷，这是这些行商的软肋。再有，我们也要转变观念和想法，那就是我们来广州这里努力要进得‘公行’去，不是要去挤对哪个行家，也不是要凌驾于哪家行商之上，更不是来这里出风头、摆威风的。”

大家听了纷纷点头。

“我们的目的无非就是想将我们江浙的丝绸直接卖给洋人，让我们的‘七里丝’名扬海外，也让我们江浙的商贾在‘广州十三行’里有一席之地，有一定的话语权。所以我们来，不是和原有的行商来搞对抗，更不是来闹纷争，我们要凭我们的努力做一番光宗耀祖之事，也为我们大清国输送更多的税赋钱粮，为朝廷和皇上分忧解难！让皇上和朝廷知道，我们江浙丝绸商贾也有一片报国尽忠的拳拳之心，我们商人也有殷殷的民族热血之大义！”

“会长说得实在是太好了！深明大义，鼓舞人心，这让我们又有了盼头和干劲儿！”

吕东家情不自禁地带头鼓起掌来，十分激动地说。

杨梓传等人也被纯如这番慷慨激昂的讲话所深深感染。

李东家还忍不住流下了热泪，但怕众人笑话，用袖子边儿偷偷地拭去了。

第一百零六章　谢家女儿

有些东西一旦固定下来，是很难再去改变的。就如那榫卯的实木家具一旦成了形状，你想再将它拆解掉，除非刀劈斧砍火烧，否则赤手空拳，任凭你使上什么样的力气，结果也是徒劳的。

就如这“公行”经过几十年的不断衍变，无论是与朝廷、衙门、洋商、散商，行事关系的运作方式方法都已是八仙桌，四腿落地，稳稳当当，坚如磐石，很难撼动。当然，人数是固定的，位置也都是固定的，“公行”里的行商们可以饕餮盛宴，推杯换盏，但外人想强挤进去讨一杯羹，那势比登天还难！

可不是吗，多上一张桌子，多上一个人，大家就会感觉挤，你上来喝一口，他人就少喝一口，大家都已习惯舒服自在地吃着属于自己的那一份盘中餐，岂容他人再觊觎呢？他们是如此想法，站在他们背后的那些衙门老爷当然也是如此的想法，其中的原因也是不言自明的。

楚秋的父亲也因为没有早早走动关系进入“公行”而有些后悔不迭，因为他在没有找回儿子之前对“公行”之事并不感兴趣，而现在楚秋一门心思想加入“公行”，让他这做父亲的也感觉相当为难。

“我们闽南商人能够在‘公行’里独占鳌头，我听说与三百多年前漳州府一个名为王景弘的人有关。王景弘是郑和下西洋时的副使，先后五次跟随船队南行。没有南行的两次，他受命到闽浙沿海招募水手和造船工匠，许多漳州人就在这个时候成为官方水手，他们成为水手之后实实在在地在外面开了眼界。前朝宣德九年，郑和死后，王景弘还奉命率领船队出使了一次苏门答腊。前朝隆庆六年，漳州月港成为前朝唯一准许做海上私人贸易的港口，这段时间，漳州商人独占先机，掌控了海外转运到前朝的白银贸易，显赫一时。”

楚秋的父亲在和儿子聊着天，他虽然是一个从安徽逃荒到福建漳州府的人，出身贫困卑微了些，但天赋机敏，后天又勤学好问，经过近二十几年的历练，早已脱胎换骨，俨然成了一位眼界开阔、博古论今、经营有方的儒雅巨贾了。都说英雄不论出处，显然这句话对楚秋的父亲来说是很适用的。

“父亲，这又和现今的‘十三行’有什么关联呢？”楚秋有些疑惑地问。

看楚秋听得认真，楚三成继续说道：“康熙年间，在广州的福建行商有五家，在雍正一朝的时候又多了三家，而现在，包括林广和、郑德林等家，福建在‘公行’里面的大小商行已超过十二家，这里面大多数人都是我们漳州府走出去的。单说目前在‘公行’能排得上前十五位的商号，其中，福建籍七人，徽州籍一人，浙江籍一人，广东籍六人，我们福建人就将近占了半数。雍正朝的时候，还曾出了这样的场景，当时洋行有十七家，结果被‘闽人陈汀官、陈寿官、黎关官三行，任其垄断，霸占生理’，其他十四家中，还有六家是陈汀官等人的亲族所开，剩下的卖货行店，如果不是钻营在陈汀官等门下，是不能销售任何货物的。不仅如此，凡卖货物给洋商，必须‘先尽九家卖完，方准别家交易’，这件事情后来被人告了御状，捅到了雍正爷的龙案前，但最后也是没了下文，不了了之。所以可以看出，我们福建人在‘公行’里很是霸道的。”

“父亲，如此说来，我们福建的商号在‘公行’里有如此重的分量，他们拉扯我们一把，我们下一步该是好走一些的？”楚秋问。

楚三成听了楚秋的话，仰面长长地叹了口气，脸上的表情也尽显着无奈，他背着双手一边慢慢地踱着步子，一边语重心长地对楚秋说：“儿子，你说错了，我们现在的身份很尴尬，在江浙人和广东人看来，我们是福建人，我们虽然也是口口声声说自己是福建商人，可在真正的福建人眼中，我们又成了地地道道的安徽人。所以福建籍的商家对我们没有认同感，不待见我们，其他籍贯的商家又把我们当成了对手，处处防备我们。‘公行’里拉帮结派的情形很严重，里面的各种关系错综复杂，这也是为什么我迟迟没有对‘公行’有动作的原因。我不想时机未成熟之时就惹人注意，那样只能是树大招风，甚或早进早败，自寻死路。”

“那父亲心中是不是早有了什么章程？毕竟裁撤‘公行’的时日也不多了。”楚秋听了楚三成的话也显得很焦虑。

“要说章程嘛，还是有的。现在我们大清国比较著名的商帮不外乎就这么几个地方的人，山西商人、洞庭商人、徽州商人、广东商人、福建商人、江浙商人、江西商人。我刚才已经说了，广东商人、江浙商人和福建本地的商人，我们都没有与他们合作的理由。而徽州商人呢，虽然可称之为老乡，但以前一直没有联络，做的生意也大相径庭，再加之他们在‘公行’里现在也没有什么作为，江西商人的情况也差不多，何况连一个可信任合作的人都没有，所以大可将他们排除在外。”楚三成分析着目前的形势，他显然是经过了深思熟虑之后才说出这番话的。

“那听父亲的意思是要和山西商人、洞庭商人合作？可他们和丝绸也没有多大的关系啊！”楚秋听出了些门道，但心中不免更多了几分疑惑。

“山西商人几乎控制了全国的钱庄和票号，银两多得是，用堆积如山形容也不为过。他们的嗅觉更是灵敏，哪里有钱赚，他们的银子就会跟着到哪里去。但银子多并不意味着他们会去乱投资，他们都是锦上添花，绝不雪中送炭的主儿。他们得看你的背景实力都够资格了，才会与你合作。”

楚三成稍稍停顿了一下，继续说道：“而洞庭商人做朝廷买办的特别多，他们背景深厚，人脉广，与朝廷做的都是大买卖。如果我们与洞庭商人有了联络，我们就有了背景，我们有了背景之后，山西商人又看到了前景，自然而然就会与我们合作的。这样，我们既有了靠山，又有了银两，不想在‘公行’有一些作为都难。”

楚三成显然已谋划得烂熟于心，说起话来显得十分轻松，脸上带着自信的笑容。

楚秋不由得佩服起父亲来，这样一个曾经连自己的孩子都养不起的困厄之人，谁能想到眼光竟如此独到，心机竟如此深厚，思维竟如此活络。别人都在往一条胡同里拼命挤的时候，而父亲早已另辟蹊径，明修栈道，暗渡陈仓了。

楚秋又忍不住好奇地问：“父亲，您是如何与他们联系上的？”

楚三成看着楚秋带着崇拜的眼神问自己，也是十分高兴：“呵呵，你可知道，商人出门谋生，闯荡四海是十分不容易的，必须要互相有个照应，他们本身就有天然的血缘和地缘的关系，他们之间不仅有很强的亲情认同感，而且商业的成败兴衰更直接与本族、本地的利益息息相关，而会馆与公所就是他们与家乡以及同行间进行联系的纽带，是他们在异乡可以倚靠的组织。我早在四年前，就在广州修建了‘山西会馆’和‘洞庭会馆’，聘用了山西籍和湖南籍的当地人进行管理运作。虽然他们这两个地方来往广州的人少，但是只要有南北走动的山西商人和洞庭商人，我都要求会馆一定热情接待，住宿、伙食分文不取。所以几年下来，在这两处已经积攒了很多人脉，我之所以前面没有和你说，是怕你心急，早早就动用了这一方面的关系。”

“那衙门需不需要再走动一下？”

楚秋此时已经对父亲的谋划佩服得五体投地，这种先搭桥后过河的事他是很少听说的，现在大多数人办事都是现用现交，如果没合了自己的意，最后大多都是一拍两散，就像从来没有认识过似的。像父亲这种深谋远虑，厚积薄发，到需出手时做到得心应手、水到渠成的人真是少之又少，看来自己要跟父亲学习的地方还很多。

“不用。我认为他们进入了‘公行’之后，也都随之进入了一个误区，认为没有衙门的支持，在‘公行’里面就没有什么作为。其实就让你争得了那丝商的领袖，坐了那把椅子，也无非只是过过官瘾而已，那都是些虚头巴脑的事，何必对待得那般认真？把真金白银赚到手里才是真本事，我们现在想办法将‘公行’的牌照弄到手也就是了。还有，儿子，你与那个叫高尚的人要少走动些，常在河边走没有不湿鞋的。就是那猫捉老鼠的游戏，等猫有打盹儿的时候，也可能被老鼠咬住不撒嘴的，咱们知道他是什么样的人也就算了，犯不着和他周旋，我怕你引火烧身啊！”楚三成很认真地说。

“父亲，我对他恨之入骨不假，但他现在也确有可利用之处，我暂时还不想和他一刀两断，这点请父亲放心，我不会让他钻了什么空子的。”楚秋很自信地说。

楚三成听后点了点头。

“那就好，你这么大了，有自己的主见终归是好的，只是不要让我和你娘为你担惊受怕就是了。儿子，我想问一下，上次你的养父来找你，已经进了家门，为什么不来引见一下？还有我听说你对养父家的一个妹妹有过一些感情，是否真有这回事？”

楚秋听了楚三成的问话，有些窘迫地答道：“我怕你们见了面，彼此会很尴尬，也怕您多想，私下也就没和您说。至于您说我和纯如的事，都已经过去很多年了，过眼云烟罢了。”

楚三成停下了脚步，有些嗔怪地对楚秋说：“我能有什么尴尬的，人家将你养这么大，也从来没亏待你什么，我感激还来不及呢！再说，他来咱们家，我也不能多想什么，就是你养父想找你回去，你不也得跟着回去才是吗？我听说他们父女为了‘公行’之事，现都身在广州，你那个妹妹纯如还将自己几个月大的孩子也抱了来，我看一时半会儿也不会走的，如果有机会，我还真想见见他们。还有，儿子，你也真是老大不小了，这两年来我给你提了几次亲，你都是避而不见，弄得我现在和你娘都不好意思再和那些媒婆子张嘴了。”

楚秋听了楚三成的话后，欲言又止，但最后还是在嘴里勉强地说了出来：“父亲，我想好了，我也不想让您和我娘为我的事操心了，您上次不是和我提过‘广州十三行’里‘东兴行’谢家的女儿吗？就她吧。”楚秋面无表情地说。

虽然楚三成能看得出来楚秋说这话时带着几分无奈的情绪，但也立马接着兴奋地说：“好啊，好啊，谢家是我福建在‘公行’里的大户人家，他家实力雄厚，多年积累的人脉关系和在此地的名门威望绝非一般人家可比。如果真是和他家联了姻，我们会少走许多弯路啊，并且有了你们这层关系，谁也不能再把我们当外乡人看待了，到那时，我们也算是融入闽商的圈子里边了。”

楚三成见楚秋一副默然的表情，没有吭声，就接着说道：“谢家的女儿是长相差了点儿，人也黑了点儿，再有就是壮实了一些，不算太苗条。谢家有万贯家财，也就只有这么一个女儿，想来，娇惯之气也是有一些的。但据她家的邻居说，这个女儿家人品还是相当不错的……”

楚三成不厌其烦地将谢家的女儿介绍给楚秋听，为的就是趁热打铁，进一步打消楚秋的顾虑，趁着儿子已经答应了这门婚事，尽快促成此事。

“父亲，您说的这些都没错，可有一点说得有些偏差。”

“哪一点？难道是我说她人品好这一块？”父亲有些惊讶地问。

“嗯，她人品好坏我不是很清楚，但我早就听说她有些缺心眼，人不是很机灵，那也是她小时候落下的病根。没事，父亲，我已经定下来了娶她，说多了，也没什么益处。”楚秋看似很轻松地说。

第一百零七章　尘封往事

“夫人，李侍尧那里给我传过话来，他今晚得空，让我带您过去。”芙蓉小心翼翼地进了绎如的房间，轻声地对她说。

“芙蓉，虽然你和他关系亲近，但日后再说起他来，还是要叫一声‘李大人’的。他贵为两广总督，朝廷的一品大员，身阶如此之高，又有爵位加身，是理应尊称的。再说，你这样直呼其名，被外人听了去，也很是扎耳朵的。”

绎如淡淡地对芙蓉说，话语间也有着批评和指教的意味，但说得很有道理，听起来也更容易被人接受。

“是，夫人，我记住了。”芙蓉有些惶恐地说。

“男人都这样，不管多大岁数，也不论做多大的官，在自己心爱的女人面前都像个孩子，你得宠着他、惯着他，让他感觉没受着什么冷落，他才感觉舒服。如果你再事事捧着他，尽情地让他在你面前骄傲地翘起他那孔雀的尾巴，满足了他做男人的那份虚荣心，那他更觉得有滋味了，对你回报起来，筹码自然也会是更大的。”

绎如一边说着，一边坐在了梳妆台前，拿起胭脂和唇脂精细地涂抹起来。芙蓉见状也连忙走到绎如的身后，帮她收拾起头发来。

“夫人，我能冒昧地问您个问题吗？”芙蓉一边理着绎如的头发，一边说。

“问吧。”绎如显得很是和气地说。

“您是江浙人，和故去的老爷是如何认识的呢？”

“唉！”绎如听到芙蓉突然间问出了这个问题，不由自主地长长地叹了口气。

绎如直视着梳妆台上的西洋玻璃镜子，看着里面的自己，渐渐舒展了眉头，脸上的颜色也因为有了胭脂显得更加红润了，整个人也好似放松了下来，脸上多了几分骄傲自豪的神情。

她沉浸在了回忆之中。

“两年多前，在南京一个风雨交加的夜里，我被当地的几个地痞流氓围困住不得脱身，呼天不应，唤地不灵！就在这危急时刻，老爷出现了，虽然他那时已经是六十三岁的人了，但面对那几个坏人无所畏惧，更没有想到的是，也就是电光火石的光景，就将那几个人都打倒在地，一时半会儿都没有爬起来。后来才知道他老家是福建的，练了一辈子的南拳功夫，‘一指禅’‘铁头功’炉火纯青，造诣极高，就是‘水上漂’的功夫也极为轻松自如，老爷怀揣这样的绝技，自然身手不凡。”

说到这里，绎如的脸上又有了少女般纯洁和天真的样子，无形之中也平添了几分往日看不到的少女羞涩和甜蜜：“他想将我送回家，我却很坚决地要跟着他走，他看拗不过，也就带着我回到了广州。到了广州这里，才知道他有这样偌大的家财。他去南京是听说江宁织造有朝廷的评议，他去看看那个场面，没想到机缘巧合碰见了我。十几年前，他的结发夫人就去世了，他一直没有再续弦。我看老爷不单救了我，人也是侠义随和，也就决定嫁给他。他看我比他年轻许多，断然拒绝，但也是经不住我的执拗，最后只好同意了。只可惜啊，就是他这样的好人，最后还是被几个泼皮无赖算计，横死街头。此仇未报，至今让我夜不能寐，如果能揪出那幕后的黑手来，就是食其肉寝其皮也不解我的心头之恨。”

绎如仿佛在梦境中重复着埋藏在心里和记忆里的那些故事，对芙蓉说起话来，也好像是在对一个好闺蜜说着悄悄话，没有了往日那种平平淡淡的味道。可是说到老爷被害时，脸上却慢慢变得有些恐怖和狰狞起来，可以看得出她有满腔的怒火和仇恨，就如即将要喷发的火山，蠢蠢欲动。

芙蓉虽然在绎如的身后，但她透过镜子已能感觉得到绎如前后的巨大变化，忍不住有些后悔不应该问这个问题。

绎如这个人一直令芙蓉难以捉摸。她有时候就像一个孩子那样天真无邪，热情开朗；有时候又冷若冰霜，拒人于千里之外，谁也靠不到她的近前。也正因如此，绎如让芙蓉感到好奇、着迷和神秘，让芙蓉也不知不觉间就对她产生了无比的敬重、忠诚和依赖感。芙蓉也不知道自己为什么会对绎如产生这样的好感，或许只是出于绎如在她奄奄一息之时曾救了她一命吧。

“芙蓉，你还想问什么？没事，你问吧。”绎如此时说话间，又变得异常地温柔可亲起来，好像刚刚又换了个人似的。

“哦。”芙蓉非常地惊讶，她没想到绎如还会接着说出这样的话来。

芙蓉再看看绎如的神情，很坦然的样子，也就想终归也是问了，索性也就再问下去吧，趁着这个难得的机会将自己心中的疑惑都解开来，免得自己总是对绎如瞎猜乱想。何况还是绎如主动让自己问的呢！

或许女人的好奇心更强烈些吧。

“夫人，老爷为什么被害？他没有子女吗？这么短的光景内，您又是如何将这‘荣盛行’料理得如此妥帖的呢？”

绎如一边摆弄着手中的饰品，一边平静地答道：“他的结发夫人并没有给他生育。他本想娶了我之后，能给他生个一男半女延续香火，也就在这时候，他出事了。因为他发现了洋商和‘公行’里的人合起伙来篡改货物账簿批次明细，向朝廷少交了许多应缴的税银。他怕这些事情一旦被朝廷发现，会影响整个‘十三行’商人的切身利益，罪过也会牵连到所有行商的身上，也就明里暗里对他们进行了多次劝告。哪承想，最后被人怀恨在心，打击报复，最终被杀人灭口了。”

绎如说话间，不禁长叹了一口气，她今天有种不吐不快的感觉。

“至于说事务上我为什么上手那么快，我告诉你，自从我来到了广州，老爷就将家里面的一切事务交给我来打点，他主要在外面办事，也就几个和他非常相熟的朋友知道有我这么个人存在，但也都没有见过我。在老爷死之前的几个月里，他好像有预感似的，将外面的事务都十分详细地交代给了我。芙蓉，你说奇不奇怪，就在他出事的那日早晨，他将要出门之时，还一再叮嘱我千万不要出宅门去抛头露面，说世面上保不得安全。唉！也真被他言中了，世事难料，几个时辰的光景，他和我从此阴阳两隔，真是命运弄人，如果老爷还活着，想来我们的孩子也应该有了。”

绎如说完，恍然从那回忆中回到了现实，又缓缓地说道：“芙蓉，压抑得久了，今天和你说完这些，我也痛快多了，但我和你说的这些，你绝不可外传。”

“感谢夫人能和我说这么多，您刚才说的我都明白，您放心吧！”芙蓉马上正色地答道。

芙蓉忽然间又想起了什么似的，接着对绎如说：“对了，夫人，我还有个消息要向您汇报一下。”

“你说。”

“那个福建‘飞鸿行’的少东家楚秋娶了‘十三行’里‘东兴行’谢家的女儿，前几日刚刚成了婚，听人说两人很是恩爱的样子。”

“啊？”

“夫人，我听说谢家的女儿，也就是那个二十八九嫁不出去的老姑娘，人长得奇丑不说，脑筋也不是十分灵活，可为什么‘飞鸿行’的少东家要娶了她呢？想来真是让人匪夷所思。”

“哦！”

“夫人，您说，是不是这位少东家看上了谢家的万贯家财，明着是娶，暗里是入赘，等谢家老爷百年之后，那金山银山也自然揽入了他的怀中？我怎么瞧着两人也不般配，一个天上，一个地下，这日子在一起怎么过呢？”

芙蓉见绎如一直没有表态，只在那里好像茫然无措地含糊应了两声，芙蓉想不通其中的道理，也就自顾自地往下说了下去。

“呵呵。”听芙蓉说完，过了一会儿，绎如抿嘴笑出了声，但还是没有说什么。

芙蓉见状，她也不知道绎如到底在想什么，也就不再言语了。

两人一时收拾妥当，绎如起了身。

再看她时，已是满身珠光宝气，神采奕奕而又贤淑大气的富家阔太模样。这也好像和她那变幻莫测的性格一样，百变之中，没有踪迹可循，可无论她展现哪一面，又都会给人留下深刻的印象。

“芙蓉，告诉你手底下的人，停止给‘飞鸿行’的少东家供应洋药水，与我们合作的洋人那里也要派人去知会一声，让他们不要与‘东兴行’的谢家合作。还要派人去与‘十三行’里私下与我们相交好的商户，就说谢家与‘飞鸿行’联姻，目的就是壮大自己的实力，大有要挤对吞并他们之势，让他们多加防范注意。还有，一会儿去李大人那里，捎带着说一下‘飞鸿行’在广州这里开办的那两家馆所之事。”绎如对芙蓉吩咐道。

“夫人，明白。用不用和粤海关那里再说一下，查一查‘东兴行’的小账本？”芙蓉问。

“呵呵，芙蓉，你真是越来越聪明了，只是暂时还用不上这个手段，杀鸡不用宰牛刀，何况好戏还在后头，不能一股脑儿地将人物道具都搬到台面上来，那样的话，也就没了什么意思。”绎如冷冷一笑，不屑一顾地说。

两人出了门就钻进了轿子里面，轿帘子封得严严实实，只能透进几许光亮来。绎如的头上披了一层白纱，垂了下来之后，将人的整个脸部都遮挡住了。

轿子在两广总督府门前停了下来。

芙蓉并不用向把门的戈什哈通禀什么，而是手拿总督大人的手令递给了他们，戈什哈见了手令，连忙点头哈腰将绎如和芙蓉二人放了进去。

要说起这个两广总督府，在这之前是几经搬迁。

两广总督的前身为顺治元年所置的广东总督，当时总督驻广州，兼辖广西。顺治十二年，总督府迁往梧州。康熙二年，别置广西总督，广东总督移驻廉州。次年，撤销广西总督，广西政务复归广东总督管辖，广东总督迁驻肇庆。雍正元年，重设广西总督，次年再次裁撤。雍正七年，为统一西南军事指挥权，广西政务暂归云贵总督兼辖。雍正十二年，广西政务仍隶广东总督管辖，更号两广总督。乾隆十一年，两广总督迁驻广州。如雍正上谕所说：“自古帝王疆理天下，必有岳牧之臣，以分猷佐治，而后四方宁谧，共臻上理，此封疆大臣，以总督为最重。”虽说总督选任的途径有三个，即皇帝亲擢、廷臣会推及吏部简选，但实际上是以皇帝亲擢为主，后两者亦得皇上最后拍板才行，由此可见总督大人在朝廷和皇上心目中的重要位置。

芙蓉轻车熟路领着绎如进了总督府，然后顺着旁边的一条小甬道，朝着衙门后面的一间厢房里走去。

绎如将头上的面纱摘了下来，这是她第一次进到这等高大威严的总督府里来，要说没有些紧张，是不可能的。

第一百零八章　登府拜帅

芙蓉带着绎如进了一个宽敞明亮的房间里。绎如一看雅致清新的陈设，心里明白这是李侍尧的书房，也是他平时接待会见熟人的幽静所在。书架上所摆列的书目，除了四书五经之外，剩下大部分都是诸如《孙子兵法》《资治通鉴》《史记》等名家典籍，从这些来看，李侍尧应该是一位文韬武略兼备的人物。

绎如在来之前，私下里将李侍尧个人的大概情况摸索了一番，熟记于心，做到心中有数，这样见面对答时至少能投其所好，不至于说到其尴尬处，惹人生厌。

知己知彼，才能百战不殆。

李侍尧，字钦斋，汉军镶黄旗人，户部尚书李元亮之子，二等伯李永芳四世孙。乾隆初年，李侍尧以荫生的身份被授予章京之职，后迁至正蓝旗汉军副都统，被提拔为工部侍郎。乾隆二十一年，被授为户部侍郎、两广总督，加太子太保。李侍尧精明干练，才略过人。

有人称赞他“短小精敏，过目成篇。见属僚，数语即辩其才否。拥几高望，语所治肥瘠利害，或及其阴事，若亲见，从皆悚惧”。这些话的意思是说，他有过目成篇的本领，接见下属的时候，只几句话就可以从中看出下属的才干如何，因此，乾隆皇帝对他颇为倚重，想来这样的人难免恃才傲物，看不起别人也都是在情理之中的，尤其像对和珅那样年纪轻轻就大红大紫的人物，他更是嗤之以鼻，不屑一顾。

“芙蓉来了。”

绎如听见说话声，循声望去，从书房的里间走出一人来，个子并不算高，脸显得有些长，身形很清瘦，但腰板挺直，目光如炬。

“大人，我来给您介绍一下，这是我的东家绎如。”

因为有绎如这个外人在这里，并且临来之时也听了绎如的建议，芙蓉才对李侍尧如此客气的，否则就会一口一个“李侍尧”叫着的。

绎如听见了芙蓉的话，连忙走到李侍尧的近前，深施一礼，口中低低地说了一声：“民女绎如见过总督大人，大人万福金安！”

“早听芙蓉说起有你这么个人，我这一直也是忙，得不出空闲来见见你。其实我对你们‘荣盛行’印象是非常好的，以前你家老爷在世时也常来我这里走动的。这一年多来，你通过芙蓉没少给我拿来财物，我也总想找个机会当面谢谢你。”李侍尧很平和地说。

绎如看李侍尧此时和颜悦色地与自己说话，也就稍稍放松了一些，说道：“总督大人，难得您还能想起我们行号和我们家老爷来，真让民女不胜感激。民女知道，论大人您如此位高权重的身份，任凭世上什么宝物您都见过，绎如孝敬给大人您的那些小来小去的物件，大人能瞧得起收下来，都让人激动得夜不能寐的。大人将两广治理得如此妥帖，是我们百姓的莫大福分，反过来，孝敬您点滴，也是天经地义的。”

“哈哈，真不愧是‘十三行’里的东家，真是伶牙俐齿，说话让人听着就是舒服。芙蓉啊，以后要好好向你的东家学习啊！”李侍尧爽朗一笑，高兴地对芙蓉说。

“那是，今天大人看见我们东家的风采了吧，我们东家在心里也就对您佩服，一般多大的官儿她还未必待见呢！”芙蓉也嗔笑着说。

“大人您不要听芙蓉姐姐的，我佩服您是真的，但无论哪个府衙里的老爷有瞧得起我们‘荣盛行’的，我们都是不敢怠慢的。要说起学习，我们向大人要学习的地方可是多了去了呢，只怕这一辈子也是学不完的。”绎如用异常崇拜的口气对李侍尧说。

“你几句话说得在理，朝廷设立哪个府衙也不是摆设，哪个府衙里的老爷也都不是白给的，放尊重一些总归是没错的。哈哈，你这后边的话，可就有些不实在了，明显是捧着我说，向我学习？你可曾了解我？”

绎如听明白了李侍尧的意思，前一句明着夸奖，暗里警示她的话，无论衙门大小，都要她不可得罪。可后一句话，明显是李侍尧要她在芙蓉面前说出他李侍尧的丰功伟绩来。想来无论官做大做小，想让别人说出自己的辉煌成就来，总是不厌其烦的，心情也总是愉悦的。特别是在自己的女人面前，别人夸奖赞叹一番，那更是别有一番美滋味。

“乾隆二十年，您被提拔为工部侍郎，又调任户部，之后又署理广州将军，在广州将军任上弹劾前广州将军锡特库废弛马政，锡特库因此被议罪。乾隆二十一年，您署理两广总督，刚到任就上疏当今圣上：‘广东各地购买粮食补齐藩库，购买的粮食有上、中、下三等，但是各地官员上报的都是上等的价钱。如果用作碾米，应当用上等的谷子；如果向外借贷，当用中、下等谷。’万岁爷下谕，要根据您所说清查时弊，晓谕各省督抚严饬州县。之后，您又向万岁爷请求禁止广东制钱的时候掺入古钱，合并当年吴三桂制造钱币的机构，诸如此类，朝廷莫不一一按照您的想法成行。”

绎如看李侍尧听得认真，又慢声细语地继续说道：“刚才说的这些，只是您过往为朝廷，为百姓殚精竭虑谋福的只言片语，只能管中窥豹描述一下您的那些大作为，这下面的大手笔更是令百姓拍手称道的。”

“我李侍尧还有大手笔？说来听听。”

李侍尧听绎如刚才说了自己那么些值得骄傲的大作为，当然更来了兴趣想听听绎如所谓的“大手笔”了。

“乾隆二十九年，您再任两广总督，这次您平定了丰顺朱阿娄的密谋起事。乾隆三十四年，朝廷用兵缅甸，命您向暹罗（泰国）传布檄文，您却根据自己的意思宣谕暹罗各个部落首领，然后进入缅甸，擒住缅王来献给了万岁爷。大人，您说，您这文武全才之人，我们这寻常百姓哪是一辈子能学得来的啊！”

绎如说的这番话，有一些也是芙蓉第一次听到的，她忍不住张大了嘴巴瞧着李侍尧，脸上也是一副惊讶自豪的神情，瞧得李侍尧都有些不好意思了。

“你们寻常百姓人家，要为柴米油盐奔波，像我等食朝廷俸禄之人要为朝廷和皇上驱驰分忧，想来都是一个道理，不在其位不谋其政嘛，哈哈。就如你这东家，还不是为了一个行号发展要操劳维持吗？我听芙蓉说，你们近来有一些困难，与我说来听听，我也为你们把一把脉。”

“是啊，我们还真有些困难，不来找您，别人是帮不上忙的！”芙蓉在旁边接了话。

“大人，要说困难谁家都是有的，只是我们这个困难显得大了些，也自不量力了些。真如芙蓉所说，要是没有大人的提携周旋，怕真是做不来的。”绎如恭敬地说到了自己此行的正题上。

李侍尧正在意兴阑珊之时，当然很爽快地说：“有芙蓉在这里，没有外人，你且说说看，能帮上忙的我尽量去做。”

“大人，想必您早已听说，朝廷早有裁撤‘公行’之意，裁撤之后要选出每个行业的首领来分头管理，我们‘荣盛行’想参与进来，愿为朝廷效犬马之劳，也想在大人您这里争得一份体面，但念想归念想，就是不知大人您能不能瞧得起我们。”

“这个，这个，”李侍尧听绎如说到这里，面露难色，他接着说道，“‘公行’制度设立之时，有其诸多积极之处，但近几年来，朝廷已经注意到在你们行商之间、行商和散商之间，为争夺商业利益互相倾轧的现象。洋商才得以在进出口货价和交易量上利用矛盾，遂造成‘公行’的亏损和债务，所以才有了裁撤之意。想趁这个整肃之机，选出各行首领，约束、带领各业更为有序地发展，所以这个首领之位才显得尤为重要和惹眼。到时候怕是众人都会蠢蠢欲动，互相攀比，不用实力说话怕是谁也不会信服的。这种事情多少双眼睛盯着呢，特别是那些所谓‘十三行’里的老资格行号，这些年来积累了巨额财富，心高气傲，盛气凌人，主要是他们和洋商关系熟络，有的已经建立起牢不可破的合作关系，如果硬着来挤对他们怕是说不过去，也是行不通的。”

“大人肺腑之言，合情合理，情形确实如此，我是理解大人的苦衷的。但我想，毕竟还有一年的光景，都说三十年河东，三十年河西，恐怕这一年里也有很大变数。呵呵，万一我们‘荣盛行’有让大人三日不见刮目相看的实力，到时候再有大人在背后助推一把，怕也是会有个争取的机会的。”

李侍尧看到绎如有如此明理的态度，很高兴地说：“说得好！不愧是东家，年纪轻轻，就可独自撑起一片天地来。你这番话，有气度，有魄力，有勇气，我支持你们，但凡明年裁撤之时你们‘荣盛行’有可谈之资，我定助一臂之力。”

“真是太感谢大人了，无论事情最终成否，绎如都会在心里念着您的好的。大人，您也放心，我和芙蓉情同姐妹，有没有出头之日，我们姐妹都是同舟共济、患难与共的，我也会照顾好她的。”

闻听绎如这么说，芙蓉和李侍尧脸上都不禁一红。

芙蓉接着对李侍尧说道：“大人，我听说此地的‘山西会馆’和‘洞庭会馆’并不是山西人和湖南人自己开设的。”

“那是谁开设的？”李侍尧惊讶地问道。

绎如接过话茬儿说道：“大人，都是福建人开设的。”

“那他为何要打着山西和湖南的旗号？”李侍尧很急促地问道，明显他很关心这件事情。

“这个嘛，还不是很清楚。但大人您知道，十三行里福建籍的行号，不但个个都是财大气粗的主儿，而且数量上也是占尽优势，如今福建的行号又要拖进山西和湖南的商人，恐怕日后就想着是要一家独大。如果真是出现那样的情形，就怕连您这总督大人也拿他们没有什么办法了。福建和湖南的商人毕竟离广东还算是近一些的，赚了银子也还算是有用在广东地界的机会。”

绎如瞧着李侍尧的脸色变化，继续说道：“可那山西商人您是知道的，都是开钱庄的，在咱们这地界赚了银子，一转眼的光景，就折腾转移到别的地方去了，我们这里什么好处也捞不到。无论福建、湖南的，还是江浙、山西的，都不如培植本地的行号来得实在，于您的脸上也有光彩，大人，您说是不是呢？”

绎如的这番话说得委婉入理，苦口婆心，为的就是让李侍尧大人听明白这其中的利害关系。

李大人听了绎如的话，不禁拍案而起，怒喝道："这家福建商户的胆子可真是不小，竟然敢在我李侍尧的眼皮子底下，做起了这瞒天过海的勾当！他也真是小看了我的厉害！"

绎如的几句话惹来李侍尧勃然大怒，那么楚秋父子的计划能否得以实现？纯如又能否如愿进入广州'公行'呢？

请看本书下册《碧水金山》。

大清丝商

【第二部】·下

碧水金山

城君◎著

新世界出版社
NEW WORLD PRESS

故事梗概

历经千辛万苦纯如获得了“公行”的牌照，成立“清威行”，但受到“公行”老旧势力联手打压排挤；收到家里信件后，纯如返回湖州才知道周冰羽与绣娘小红勾搭在了一起；在纯如不在广州的这段时间里，杨梓传等人因为贪功被骗；纯如巧识骗局玄机，牵出背后始作俑者竟是绎如；绎如被绑架，纯如与楚秋将其救出，兄妹三人暂时和解；纯如帮助“公行”总商潘启做东印度公司赔钱的生意，得到潘启的初步认可；周冰羽突然间对纯如的态度好似换了一个人，只是不知道会不会又是三分钟热度半途而废……

第一百零九章　多事之秋

楚三成在广州开设的“山西会馆”和“洞庭会馆”突然之间被两广总督衙门查封，给出的理由是“冒名行商，意图结党营私”。

楚氏父子二人急得如热锅上的蚂蚁团团转，可也想不出什么办法来。

两广总督李侍尧亲自下令查封会馆，想来在两广之内想找谁说情也不好使了。可这两个会馆已经存在有四五年的光景了，一直都正常经营，安然无事，怎么突然在没有任何预兆的情况下就给封了呢？

楚三成只能分别找平日里熟悉的山西商人和湖南商人，看看他们能不能替自己出头将这个事情认领下来，好将“冒名”这个查封缘由撤销下来。可他走了好几处地方，那些人都很委婉地拒绝了，因为谁都不想在这件事情上得罪李侍尧，得罪了总督大人，自己日后还如何在广东、广西地界上做生意呢？

“东兴行”的谢东家，也就是楚秋的岳父，因为在广州经营多年，人脉广罗，也暗地里帮着四处奔走，但几番走动下来，最后也都失望而归。而过了没有几日的光景，谢东家也碰到了麻烦事，粤海关的人天天来核查他的账目，不能说是鸡蛋里面挑骨头，也是事无巨细都要仔细地过上一遍筛子，他平时和粤海关的监督满春豪是有几分交情的，他三番两次要求见个面想通融一下，但都被满春豪冷漠地拒绝了。

纯如这里自那日与众人定下了进入“公行”的章程之后，事情进展得也不是十分顺利，最主要的是缺少进入“公行”的牌照，没有牌照是没有与洋商行商的资格的。

但想得到这一块牌照却不是一件容易的事，需要几个衙门对行商的资本实力、经验资历、名声信誉等诸多方面进行评估，有一点儿毛病都是通不过的。并且还要得到现任“公行”总商的个人认可才行，如果他认为你这个行商进入“公行”里没有什么作为的话，前面的所有努力也都是徒劳的。

纯如首先想到了广东巡抚钟音，毕竟与他的关系已经被钱春娇铺垫得十分踏实，走起来也会容易得多。还有，钟音贵为二品大员，在广东是除了李侍尧之外的二号人物，不说手眼通天，也应该是说一不二的封疆大吏，进入“公行”这样的事情，在他的眼里应该算不上什么难事。

但见了面之后，却让纯如和钱春娇不免有几分失落。

钟音对她们的热情依旧，只是说起纯如要进入“公行”行商之事，他却不像上次见面的时候那般爽快了。言语吞吐之间说出了其中的缘由，因为按照惯例，想进入“公行”，虽然广东巡抚和粤海关的监督都有权力参与这件事情，但最后还是要得到两广总督的首肯才行。而他现在和李侍尧的关系非常紧张，他怕自己出面协调起来，反而会将这件事情变得更加复杂和麻烦，所以他只是答应在议事时一定鼎力相助，至于最后的结果如何，他也说不好。最后，钟音建议纯如她们要多走走包括李侍尧那里的各家衙门的门路以策周全。

失落归失落，但神情却是绝对不能挂在脸上的，纯如和钱春娇对钟音的指点表示了千恩万谢之后出了巡抚衙门。

两人出来后，纯如又与钱春娇商量应该去“公行”里面走一趟，拜望“公行”的总商潘启，因为无论是找什么门路，总商这关都是躲不过去的。莫不如此时主动找上门去，一来探听总商的口风，二来也联络下感情。还有，一旦日后真进了“公行”，和总商打交道的地方还有很多，更是要在人家的领导之下行事的。

纯如和钱春娇连着几天去“同文行”登门拜访，潘家人都说潘总商不在家，出门办事去了，这不免让纯如又很失望。她觉得有可能是潘启故意避而不见。

但纯如并没有就此放弃，而是几乎天天带着礼品去“同文行”等待潘启的接见。

功夫不负有心人，终于有一天纯如见到了潘启。寒暄之后，纯如说明了来意，令纯如意想不到的是，潘总商竟然非常好说话，他明确表示支持“江浙丝绸商会”的资本进入“公行”来，他认为这是壮大“公行”力量的一件好事，这让纯如听来喜不自禁，激动万分。临走时，潘启对纯如说，只要衙门那里准入，他潘启这里尽管放心，一定不会为难她什么的。

纯如又是一番感激的话说尽，才从潘家出来。

回来后，她将这些时日走动的情况说给了杨梓传等众人听。

说完这些情况之后，纯如又将自己下一步的计划说了出来：“我认为巡抚大人那里虽然最终定不下来事情，但替我们说话一定是没问题的。‘公行’这里已经得到了潘总商的认可，自然也不会有什么麻烦。既然我们现在没有门路找到总督大人，我们下一步就要去粤海关那里走动，如果粤海关那里再顺利走下来，我们就向粤海关的监督满春豪大人那里送上请求进入‘公行’的报告。”

众人听了，纷纷表示同意纯如的计划之余，也对纯如办事的干练与稳妥表示了极大的敬佩之情。

纯如听了只是一笑而过。

待众人散去之后，杨梓传留了下来。

他对纯如说：“女儿，其实我这次来广州，还有另外一件事情要办，那就是我买的那些地皮，却因为几家从中作梗，一直没有将商铺楼宇盖起来。就这么耽搁着也不是一回事儿，你能不能和萧武说说，让他带着他的那些人给我去吓唬吓唬那几家的人，也好尽快将工期追回来。”

“父亲，这么硬着来，弄出是非来就不好了。此时正是我们努力进入‘公行’的时候，如果在地皮上出了什么事，因为您是商会的人，怕是有不明真相的人会在背后做文章，将这笔账算在商会的头上。到那时我们可就百口莫辩了，将会影响商会入‘公行’的大事，有可能我们现在的奔走到最后都会徒劳无功不说，甚至有了这样的坏名声，我们就连广州都待不下去了。”

纯如听到杨梓传要动用暴力驱逐的方法将地皮全部拿下来，连忙将其中的弊处说给父亲听，表示不同意父亲的想法。

“那我也不能一直这么干等着啊？”杨梓传听了纯如的话，既有些无奈，又透露出几分恼火的意思来。

“父亲，我们分析一下这里面的情形。您看，在您买这块地皮之时，您出的价钱那么低，但大多数人家都趋之若鹜将地卖给了您，唯恐晚一点儿您就不收他们的了。可现在这几户人家，您无论出什么样的价码，人家就是捂着那要倒塌的破房子当宝贝似的不卖，这事儿就不是表面看来那么简单了。”

“难道还有什么阴谋？”杨梓传很是惊讶地问。

纯如答道：“我想，这几家一定是有人给他们撑腰来故意找您麻烦的，为的就是让您的这个商铺弄不出模样来，或者是为了达到某种不可告人的目的，就是冲着父亲您个人也是说不准的事儿。”

“你说有人是故意冲着我来的？这广州之地，可以肯定地说我没什么冤家对头，我在广州与人没有太多来往。自忖一下，除了此地之人，我也只是和高尚有过节，但想必他在广州也不可能有这么大的能量来对付我。我想有可能是针对我们商会来的。”

杨梓传一边扳着手指头合计着，一边也好似不情愿似的，借着纯如的话头将这件事情联想到了商会身上。

“父亲，我可听说有人已经悄悄地盯上了您这块地皮，要出价钱来买？”纯如问。

“是啊，确实有人找上门来，但他出的价格太低，要是算上这么长时间搁置的利息，我连本钱都弄不回来。这明显是趁人之危、落井下石，我怎能轻易就答应了他们。”杨梓传无奈地说。

“呵呵，父亲，这问题不就出来了嘛，我想，想低价买这块地皮的人就是幕后操纵之人。您想想，这个人先是找上这几户人家强拖拽着这块地皮，让您开不了工。他知道，久拖不决你是坚持不下去的，然后他就趁着您犹豫不决的时候来找您谈买地的事儿，最后到您下定决心要卖的时候，再来个大杀价，得上一个大便宜。父亲，您要是不甘心的话，想查一查这个事情，您就从这个人身上入手吧。”

纯如抽丝剥茧般地将事情分析得十分透彻，虽说都是猜测研判，无凭无据，但在杨梓传听来是非常有道理的。

“纯如，你说得太有道理了，我怎么就没想到这里面还大有玄机。

我说这样吧，那你就让萧武帮我查一下这个人的背景。还有，如果这件事情这样拖下去，我也真耗不起。女儿，要不这样，让咱们商会买下来算了，我也就省得操这份心了。给我连本带利拿回来即可，我不朝商会多要的。”

纯如听了父亲的话，“扑哧”一笑，而后十分认真地说：“让萧武帮您查一查这个事情没问题，我能做到。但是说让我自作主张将那块地皮以商会的名义买下来，我是不能那么去做的。我不能拿着商会里大家的钱，去买一块烂尾的地皮，猴年马月没有起色的话，大家的银子不也是白往里面扔吗？还有，就是大家同意买您这块地皮，也只能是把您当初买地的本钱给您，利息也是无法给您的，他们同意给您，我都不会答应的。”

“纯如，你这么说，真让爹很失望。你当会长，我就一点儿光都不能借吗？烂尾在众人手里大家都伤不到什么皮毛，但烂在我手里却是伤筋动骨。再说，这不是什么大不了的事，就那几千两银子的利息钱分摊到众人头上，不显山不露水，谁能来和你计较？还有，现在商会里的人对你都唯命是从，你说上一句话，哪里会有人反驳你？这都是自家的事，不违反什么大原则，一推一拿不也就那么过去了嘛，至于如你说的这般严重吗？”

杨梓传十分不理解女儿的说辞，说话间，脸上的颜色也是红一阵白一阵，既显得很尴尬，又很懊恼。

“爹，也正因为如您说的这般道理，我才更不应该做出假公济私、中饱私囊的事情来，更不能做任何伤害商会里众人利益的事情。现在商会的大好局面来之不易，切不可因为出现了这样的事情而毁于一旦。大家越是对我信任，我越应该尽心竭力地将各项事情做好，不辜负大家的期望才对，望爹能理解女儿的苦衷！”

第一百一十章　饮鸩止渴

高尚与楚秋做上了私贩烟土的生意，但他并没有出面，而是事事派潘福与楚秋接洽。

潘福对于高尚这样的安排自然是满心不情愿。

他明知这是高尚与楚秋二人饮鸩止渴的办法，弄不好就会引祸上身。而他上了高尚这顶轿子下不来了，只能任凭高尚抬着，自己也不知道路在何方。

想当初，潘福的想法很简单，无非就是想依靠高尚的力量，自己开上一家牙行做个美滋滋的东家。可现在，什么都没有着落呢，反倒被眼前这个东家牵着鼻子走，哑巴吃黄连有苦说不出。再要是有一日到了鸟尽弓藏的时候，更不知自己会落到哪般田地。

潘福越想越没盼头。

而高尚在心里暗笑潘福不是个做大事的人，好在有在牙行多年的历练和操着一口流利的鸟语，否则就像他这样的窝囊之人，有可能都得靠喝西北风过活。高尚知道潘福不想与他掺和烟土之事，可我每月用三百两的银子养着你，不就是为了有朝一日能用得着你潘福吗？没有可利用的价值，你一两银子都不值！

高尚也了解到了楚秋此时的境况，楚秋的上家不但把洋药水给他断了货，“山西会馆”和“洞庭会馆”现在也已被封禁关门。这自然伤了楚秋很大的士气，难怪近来楚秋都是一副蔫头蔫脑、六神无主的样子。

楚秋这几次也主动说要出面与私贩烟土的洋商周旋，高尚知道此时的楚秋在赚银子的事情上有比自己更急于求成的想法，这让他感觉更没什么可担心的了。

高尚再三嘱咐潘福，一定要利用起他能与洋人沟通的优势来，在翻译洋人说的话时，多将好处倾向于自家。特别是在进货的价格上，故意往高了说上那么两成来，楚秋什么也听不懂，和聋子也没有什么区别，只能是吃个大哑巴亏。

安排好烟土上的事情，高尚又想起了那个“神秘人物”来。

“潘哥，我让你暗中打探的那个神秘人物是个什么情形了？”高尚看着有些发怔的潘福问。

“哦，有些眉目了。我从洋人那里打听到那个药水在广州城里只有一个人能拿得到，那人是一个叫芙蓉的女子。只是现在还不知道她是否就是那个神秘人物。”潘福一副心不在焉的样子说。他在心里对高尚安排他交易烟土之事一直耿耿于怀，听到高尚问才回过神来。

高尚眨了几下眼睛，很自信地说：“那这样说来，楚秋的药水应该也是从这家拿的了，当然上次出手救杨梓传和楚秋，而后又暗中将我们保全下来的，想来也应该是这个人物了！潘哥，你可探听得了这家行号叫什么名字？”

“‘荣盛行’。”

“‘荣盛行’？芙蓉？潘哥，你还记不记得上次我给你讲的那两个偷着入宫的故事？这就是我们打开那‘神秘人物’家神武门的金钥匙。”

“哈哈。”高尚很是得意地大笑着。

等潘福走了之后，高尚拿着高晋给他引见李侍尧的手书来到了两广总督府衙门。

李侍尧见了高尚相当热情，这种态度明面上是给高尚的，可高尚自己心里清楚，自己平白无故哪里能得到李总督这样的礼遇，还不是人家看着自己堂哥的面子才给的嘛。

高尚对李侍尧极近吹捧阿谀奉承之能事，又隐约含蓄地说出自己的堂姐慧贤皇贵妃来抬高自己的门庭。李侍尧见高尚虽然年纪轻轻，但十分聪明伶俐，说起话来也是成熟且有城府，自然在心里就对高尚产生了几分好感。

李侍尧看过两江总督高晋给他亲笔写的引见信后，对高尚说：“我看明白了高总督在信中和我说的意思，他和我说你有想进‘公行’为朝廷出力的念想，让我从中为你周旋。”

高尚连忙站了起来，弓着虾米腰，非常恭敬地对李侍尧说：“让大人您费心了！进不进得‘公行’，小的都定当努力巴结着大人，永远不忘大人的提携之恩。”

李侍尧非常和气地对高尚说：“呵呵，我与高大人同朝为官，都是为皇上共守一片疆土的臣子，高大人在臣僚之中素来德高望重，是我等学习之楷模，我私下在心里对你这位大哥十分敬重佩服。虽然进入‘公行’不是那么容易办的事情，但既然高大人瞧得起我李某人，和我张了这个嘴，我也要尽力照办。只是你还要去粤海关监督满大人那里走动一下，他是皇亲贵胄，有些话我是不好和他说的。他那里你走动得差不多了，我再将他找来商议，这件事情也就算是能定下来了，我想，给你弄一个三等行商的牌照还是不成问题的。”

高尚听了李侍尧的话，心里十分高兴。通过此次交往，不但自己入“公行”之事有了指望，自此巴结上李大人，有了良好的开端，怎么想都是两全其美的事情。

高尚对李大人一番千恩万谢，临了在退出书房的时候，又忙不迭拿出一张银票塞进了桌案上的那些折子里。

李侍尧忙将那银票抽了出来，推搡还与高尚，口中说着“我和高大人是什么关系，你怎么这么客气”等言辞，但奈何高尚得了一个空闲机会，一溜烟地小跑了出去。

李大人看了一眼那银票上的数字，然后小心地将那银票塞进了自己的袖子里面，而后冲高尚又喊了一句：“你回去之后，不要忘记和高大人回复一声。”

高尚从总督府衙门回来，又来到了后院那个隐秘的房间里。

嫣然通过后门进来有一阵子了，好在床上有烟枪陪着她，等上高尚一些时辰，也不会让她感到孤单寂寞。

“怎么样？是不是三天不来我这里，身子就不舒坦了？”高尚人逢喜事精神爽，笑嘻嘻地对嫣然说。

“还说呢，每次从你这走，骨头都被你揉搓得像散了架子似的，一点儿力气都没有了。就说上次，那死鬼满春豪好像嗅出了什么似的，将我身上闻了个遍，虽然没发现什么，也将我死去活来地折腾了一番，你们这些男人没有一个好东西。”

嫣然在床上躺着抽着烟，整个人一副懒洋洋的样子，听见高尚和她插科打诨，她用娇滴滴的言语撩拨着高尚。

“嫣然，莫非你又白让他折腾了一次？我让你和他说的那些话，你到底和他说了没有？”高尚挨着嫣然半躺了下来，顺手接过嫣然递过来的烟枪，猛吸了一口。

“呵呵，我嫣然在你高东家的眼里怎么就这么轻贱呢？身子随你的心意想怎么扳弄就怎么扳弄，这么上好昂贵的烟土也是我颠儿颠儿地给你送来。这还不算，还得等烟土冒了烟再送到你的嘴边来，还嫌我伺候你不够啊，你真是没良心！想来想去，你给我什么了？无非就是在这儿给我支起了一张床，让我躺在这儿任你玩弄，然后再听你对我吆五喝六，凭什么啊？”

嫣然说着说着，竟然变得有些伤心起来。

“唉，你这个小美人啊，就爱得着便宜卖着乖，是一张床那么简单的事吗？满春豪那里床多了去了，可你敢躺在上面这般惬意地抽烟土吗？他那里的床也比我这里舒服多了，可有我陪着你这么爽吗？”

高尚一边说着，一边扳过嫣然的肩头来，狠狠地在她的脸蛋上亲了一口。

“高东家这张嘴我是说不过的，也真不枉我早就知道你会是这副德行。好吧，我告诉你，你安排的事，我都给你办完了。办不明白，我都感觉冤屈，天天卖命似的应承着那个肥佬。”

她带来的这些烟土都是粤海关缉私然后满春豪放在自家里存放的，他自己不抽，当然是放得越来越多，数也数不过来。嫣然每次都偷拿上几包到高尚这里来吞云吐雾，她确实离不开这东西。也确实如高尚所说，高尚不但给她提供了一张床，还给她带来了监督大人给她带不来的亢奋，让她感觉到了冰火两重天的曼妙滋味。当然，每次临走时高尚都会给她带上一些小饰品和一些碎银子，不至于让她空手而归。

“快说给我听听。”高尚有些急迫地说。

“我和他说了，你是我的表哥，不但家资丰盈，志向也远大，想要在‘公行’里有一番作为，要他将你引进‘公行’里面去，他答应我说近几日要和你见个面谈一谈这件事。”

“你感觉他的态度如何？”高尚又问。

“你们男人不都是那样，在做那事的时候都是捡着好听的说，态度也和龟儿子似的。”嫣然笑骂道。

“嗯，说得一点儿没错，满大人就是你我的龟儿子！行啊，他答应见我这个老子就行啊，嫣然，这大功一件我记在你的头上。哈哈。”

高尚自然是非常兴奋，刚才在总督府衙门李侍尧也叮嘱他要走满春豪这里的门路，他当时没有和李侍尧说自己已经摸索着提前走了，怕的是李侍尧对他有想法。因为一旦李侍尧知道高尚先走满春豪的门路，有可能要怪罪高尚瞧不起自己，也枉费了李侍尧对他的一番指点。高尚这样精明的人深知其中的利害，自然是会装傻充愣的。

“那你想如何报答我？”嫣然斜着眼睛问道。

“红宝石、绿玛瑙任着你随便挑。”高尚将嫣然搂得更紧了些，很是爽快地说。

“谁还稀罕那些破玩意儿？！”嫣然不屑一顾地说。

“哟，眼皮子真是往高了瞧呀？好，你说吧，你想要什么？”

“等你进入‘公行’大张旗鼓开张的那一天，要给我两成的股份，不要干股，我要现银。”嫣然很认真地说。

“啊？”听到嫣然如此说，高尚很错愕，一时间没有回过神来，他没想到眼前的嫣然原来是这么一个狠角色。

“看来高东家是心疼你的银子了，好了，就当我没说。”嫣然换了一副冷漠的样子，想从床上起来。

“银子算个屁啊，我的还不都是你的，就这么定了！”高尚勉强地从嗓子眼里挤出这几句话，但说出来却带着几分豪气。

“呵呵，好，算是句爷们说的话，我也就当你答应我了！”

嫣然见高尚有些失神的样子，又娇媚地说了一句：“来吧，祝我们合作愉快！”

高尚此时哪有什么兴致与嫣然庆祝，他的心一直在嫣然说的那两成银子上打转转，那可是让他掏心掏肺的数目。但现在也没有办法，眼下进入“公行”的牌照才是最打紧的事情，此时只能强带笑颜拿出男子气魄来应付一下眼前这个看似病怏怏的小母老虎。

嫣然好似看穿了他的心思，一把将斜压在她半个身上的高尚推到了一边。

她站起身来，整理好了衣服，对高尚说了一句：“高东家，美事想得多了，就不要嫌下面坠得慌！我先走了，你再好好考虑一下，想好了，再给我回话。”

说完，嫣然转身离去。

第一百一十一章　准入“公行”

粤海关监督满春豪这里是能否进得“公行”的最后期盼，纯如当然不敢轻举妄动。她怕万一准备得不充分，贸然行事有可能会失去这最后的机会。

纯如先仔细地探听了满春豪的为人秉性，除了准备奉送一支上次送给巡抚钟大人一样大小重量的长白山人参外，又额外地准备了一张五千两的银票，以备不时之需，见机行事。

准备完这些后，她又和钱春娇、萧武二人商量，看能否找到满春豪府里的人给做一个引见，以免到时候吃闭门羹。有了熟人在中间联络，就是双方谈起话来也会随意一些，会避免初次见面时很多不必要的客套和防备之心。

过了两天，萧武回过话来说，真还找到了一个满府里的人，他是满府的大管家，深得满春豪的信任和倚重。他的儿子入了漕帮，在萧武手下做弟子，大管家就这么一个宝贝儿子，儿子有什么要求自然是一口答应下来，自然也就同意做这个引见人。萧武自掏腰包拿出二百两银子让他的这个弟子给大管家拿回去，算是表达了一番心意。

有了这个大管家的接洽，纯如和钱春娇顺利地见到了满春豪。

满春豪已经六十多岁了，满脸的褶皱，皮肤燥得像干裂开来的树皮一样，好像没有丁点儿的水分。身材矮胖敦实，肚子鼓鼓的，不知道有多少油水在里面装着，往腰下垂着，看起来十分累赘。整个人看起来也没有什么精神头儿，要是不知道他是粤海关监督大人的身份，相信走到哪里，都会被当作一个邋遢下贱的人轰走的。

纯如恭恭敬敬地给满春豪施了礼，而后又奉送上了见面礼，满春豪接过来，连看都没看一眼，就随手丢在了一边的地上。

他见到的宝贝实在是太多了，很多东西让他不屑一顾也是很正常的。

满春豪首先开了口："我听说你们是江浙来的，要来参与这'公行'事务？"

"是的，大人，我们初来乍到，人生地不熟，还仰仗满大人您多提携关照！"纯如连忙恭恭敬敬地答道。

"呵呵，我最近听说，你们成立个什么丝绸商会，要大张旗鼓地和夷商做丝绸的买卖，看来你们的胃口不小啊！"

满春豪说话有些慢吞吞的，感觉有气无力的样子，老态龙钟，疲态很明显。

纯如听着满春豪不痛不痒的话里面分明透露着一股不待见自己的味道，连忙说道："大人真是英明，我们闹出的那么一点儿小动静，都逃不了您的千里眼顺风耳，真是让人佩服！说来我们到广州这里并没有太大的念想，无非就是想进入'公行'里面沾得一点儿大人的恩惠，也就算心满意足了……"

"你不要奉承我，这辈子那些虚头巴脑的话都听腻歪了，再听，都感觉恶心了。"

满春豪很是蛮横霸道地打断了纯如的话，接着又带着满是讥讽的语气继续说道：“我也不知道你们这些人怎么想的，还往这广州‘公行’里挤个什么劲儿，这偌大个‘广州十三行’，随便哪家拎出来是白吃闲饭等着你们来揉搓的？我告诉你们，别认为你们成立了个什么商会就可以狂妄自大，就感觉自己有什么了不起，‘公行’里的行家哪家都是根深蒂固、枝繁叶茂，任凭你们吹上一阵小风来就想将他们吹得七零八落是不可能的！唉，年轻人啊，真是不知天高地厚！”

听着满春豪冷言冷语的奚落，纯如知道这是满春豪在给自己泼冷水，没有半点儿要鼓励和提携的意思，心里很不是滋味。但却不能表现在脸上，只能继续说道：“满大人真是目光如炬，将事情看得通透亮堂。是啊，无知者无畏，我们就凭着一股子冲劲来到了广州，可哪承想，确如大人所教诲的，因为连规矩都不懂，现在连入‘公行’的牌照都没有，想来处处碰壁、寸步难行的日子还在后头呢。”

满春豪听了纯如这番检讨，显得高兴了一些：“呵呵，我说得没错吧，我就知道你们会是这么个结果。我活这么大岁数，见的、听的事情多了，你远看着那是金山银山，到了近前有可能就是一堆粪土或者是个陷阱！我劝你们啊，还是尽快地收拾收拾打道回府算了，否则在这里时日长了，人吃马喂，一直亏损着，谁也没法长久支撑下去的。因为你们找到了我满府的管家，我才和你们说这么多，换了旁人，我是不会浪费这么多口舌的。”

满春豪站起身来，做起了准备结束谈话的姿态。

纯如听了满春豪的话，又见满春豪要走，连忙说道：“大人，虽然您说的都是实情，也出自一番爱护之心，但我们还是想试一试，我们毕竟后面有五百多家江浙丝绸商人共同做支撑，实际运作下来不会给大人丢脸的。”

纯如一边说着，一边把银票塞进了满春豪的手里。

满春豪拿起银票放到自己眼前看了看，也没有说什么，直接塞进了自己的袖子里。然后，又重新坐到了椅子上面。

随即换了一副平和口气对纯如说：“你们也真是不听劝，也罢，你们想跌倒在‘十三行’里，也没人能拦得住你们，但到哭爹喊娘的时候，也别怪我事先没提醒过你们。”

纯如知道银子在满春豪这里起了作用，满春豪话里的意思已经答应了自己进入“公行”的请求，这让纯如心里十分高兴。

“感谢大人的提醒，大人对我们的提携定当永记心间。日后真是有了点滴作为，定然是要回报大人的。”

满春豪清了清干哑的嗓子，说道：“没有我的推荐准许，你们确实是进入不了‘公行’的，你们找到了我，也算是走了一条捷径。至于回不回报，这里面不单是我一个人说了算的，还有总督大人在那里最后把关呢，我也得替你们去联络。日后，还是看你们的表现吧，你们年轻人办事不牢靠，我从来都是信不过的！但我还是想提醒你们一句，姜还是老的辣，不要尝了几口感觉不新鲜了就扔在一边不管了，‘公行’谁进来谁出去都是大人们一句话的事！还有，要只是拿上个仨瓜俩枣的也没什么意思，你们大可不必操那份心了，我和总督大人也都是见惯了的。”

纯如当然是听明白了满春豪话里的全部意思，又忙不迭地拿出另外一张银票来，央求满春豪替自己走总督大人那里的门路。另外也表示一旦日后有了作为，一定对满大人厚报，绝对不是仨瓜俩枣那么简单。

满春豪最后满意地笑了，并客气地将她们送到了客厅门外。

过了有一个月的光景，纯如收到了满春豪的回信，“公行”的牌照已经办了下来，让去再交上一千两银子作为“公行”的经费，也就算是正式地入了“公行”。

纯如拿到牌照之后长长地舒了一口气，虽然将自己划入了三等商行，但“江浙丝绸商会”终于可以在广州“公行”顶起门户来开张做生意了！

因为杨梓传的地皮上并没有盖起商铺来，一时半会儿又找不到其他合适的房子，没有办法，纯如私下做了自家的主张，将自家“广客隆”分号的房子腾挪出来供商会来免费使用，这实际上是将自家的分号裁撤掉了。

钱春娇和萧武二人怕周玉日后知道了这件事纯如不好答复，劝纯如不要这样做。毕竟这商会是大家的事，而分号是周家自己的，这公私没有分明不说，周家在广州存在二十几年的分号，不明不白地就这样给弄没了，这样的损失是可想而知的，周玉有可能接受不了。

可纯如心里知道，时光不等人，这裁撤“公行”的事情越来越近，如果还没有将自家的行号树立起来的话，哪里有资格和威信去竞争丝商的首领呢？

选了一个黄道吉日，大家将“广客隆”的牌匾摘了下来，换上了一块崭新的上书“清威行”三个大字的匾额，乌木的底子，漆上红字，黑底红字分外显眼。

另外在门旁又竖立起另外一块长条形的牌子，上面写了“江浙丝绸商会”几个字。这是纯如的主意，目地是让往来的人看了两块牌子之后，能互相串联起来了解自家的实力和根底。

经历千辛万苦建立起来的商会，终于在纯如的带领下走出了江浙，来到了广州，入了“公行”，站在了世人的面前，要与洋商做生意了！纯如和商会的几位副会长自然是喜笑颜开。

这是一件可喜可贺的大事！当天晚上，大家更是兴高采烈地选了一处酒楼，喝了一顿喜酒。

此时是贸易的淡季，按照朝廷对待外国人的章程，是不允许外国人进入广州城内的，更不准他们在广东境内过冬，特殊情况可以到澳门去住，所以现在洋商在广州已经没有留下多少人了。

纯如想，这自然是给自己一个喘息的好机会。

洋商大多有自己稳定长期的交易行号，不可能轻易更换。特别是像自己这种初来乍到，刚刚竖起牌子，在行业内没有知名度，更没什么信誉度可言的行商，谁也不敢轻易就和自己做买卖。再说，“公行”里还有十几条行规约束着大家，僧多肉少，自己要广开门路去争取才可能有些作为。

纯如现在还缺少一个会说洋话和能听得懂洋话的翻译，自己现在手里这些人几乎无法和洋商有任何沟通。要找的这个翻译不但要了解丝绸成色特质、交易买卖等行业专业知识，最好也是自己了解和信任的人，以防让心怀不轨之人弄出什么猫腻以致出现交易上的纰漏。

纯如想来想去，决定自己学习洋话，她让钱春娇和萧武留意物色一个人来，请来做她的洋话师傅。

就在钱春娇和萧武四处探听没有什么眉目的时候，忽然有一天，一个年龄有二十岁上下、长相清秀的男子来到了“清威行”。

他自称叫周顺，本地人，从小学习洋话，能够说一口流利的英语。这次他毛遂自荐说是要找一个翻译的工作，开出的薪水价码也不是很高，每个月只要五十两银子就可以了。

纯如和这个周顺简单攀谈了几句，见他一副老实的样子，感觉也不错。虽然不是知根知底之人，但现在也只能先用他来顶一阵子再说，于是就把他留了下来，并每月额外多付十两银子，让他教自己和钱春娇、萧武三人学说洋话。男女授受不亲，三人同学，纯如这样做为的也是避免外人说出自己的闲话来。

第一百一十二章　芳踪留迹

在“清威行”大门正对面的街路上，绎如和芙蓉坐在一顶四人抬的轿子里面。轿帘子用厚厚的棉布遮挡着，只留出一条窄窄的缝隙来，绎如通过缝隙瞧看着“清威行”里面的动静。

“呵呵，看来纯如的能量真是不小，竟然真的支撑了起来。”绎如意味深长地说。

“夫人，这个事情都怨我办事不力，当初我去满大人那里的时候，他答应我好好的，信誓旦旦和我说是不会将‘江浙丝绸商会’纳入到‘公行’里面来的，可这掉过头来没有几天的光景，不知他怎么突然就转变了方向。”

“芙蓉，看来应该是纯如他们没少答应了满大人提的要求，这事情你不用自责。你只是碰到了两只狐狸，一只是又老又狡猾的，一只是既聪明又市侩的而已。”绎如一边面无表情地朝外面看着，一边很平静地说。

“满大人那里还需不需要再走动应承了？”芙蓉问。

“应承啊，好戏都在后头呢，谁也不能落下！”绎如笑呵呵地说。

“夫人，这几天出来进去的，我总感觉有人在跟踪我，好像还是两拨不同的人。”

“不用说，一拨是因为那块地皮的事，另外那拨应该就是高尚的人了。”

“夫人，我们下一步怎么做？”

“这边等着合适的机会就出手吧，虽然入了‘公行’，我们要让纯如知道‘广州十三行’不是那么容易就站稳脚跟的，我让他们自己打退堂鼓，知难而退再回到江浙的老家去。高尚那里让嫣然择机退出来吧，高尚同样是一只奸猾的狐狸，我看她也打探不出来什么真正有价值的消息。她和高尚的烟瘾都已经到了不好戒掉的地步，我怕她在那边会出事。”

“夫人，我明白。”

两人正说着的时候，纯如突然间从“清威行”的行号里出来，径直向绎如所乘坐的这顶轿子走了过来。

绎如看见了纯如，她的嘴角微微一颤，嘴唇也嚅动了几下，然后轻声吩咐道：“起轿。”

走了有一段距离以后，绎如透过轿帘子的缝隙，往后面观瞧，看见纯如还在远远地往自己的这个方向望着。

“夫人，我怎么感觉您和这个‘清威行’的东家长得有几分相像呢？”芙蓉问。

绎如把脸扭向了一边，并没有作声。

“对了，对了，你们二人的名字也很相近啊！难不成你们是……”芙蓉有些大惊失色的样子，张着嘴巴半天也没有合上。

“我也只是今天才第一次见到她长什么样子，没有影儿的事，以后不要瞎猜。”绎如平静而又带着些许责备的口吻说。

芙蓉虽然有着满心的疑惑，但听绎如这么说，也就没有再作声。

纯如看着轿子一溜烟似的远去。

直到轿子不见了踪影才返身又回到行号里面，把父亲杨梓传悄悄地拉到一边，带着十分激动的口气说：“父亲，我有事情要和您说。”

“什么事情至于让你这样大惊小怪的？”杨梓传问。

“刚才在对面有一顶轿子，停在那里有一段时间了，我认为轿子里的人一定在窥探我们这里的情形。果然不出我所料，等我出去朝他们那个方向走的时候，他们就马上抬起轿子走了。”

“我们刚在‘公行’立足开门营业，总是会惹人注意的，想来应该是竞争对手到我们这里查看底细的，他们做这些都很正常，不用多想。”

“父亲，不单是这些。虽然那顶轿子有厚厚的轿帘子遮挡着，但中间留了一条缝隙，我看到轿子里面人的小半边脸，特别是那只眼睛，很让我眼熟。”

“你认识他？什么样个人物？”杨梓传漫不经心地问。

“我感觉轿子里面的人应该是绎如！”纯如很自信地说。

杨梓传脸上现出惊喜的神色来：“绎如？你说轿子里面的人是绎如？”继而他又摇摇头，苦笑着说道，“怎么可能？你妹妹她离家两年多了，她要是知道我们在这儿，怎么会不进来找我们呢？不可能是绎如！再说你离那轿子有一段距离，何况对方只有半边脸露出来，我想你应该是看走了眼。这一阵子，你也是累着了，精神上绷得太紧，去后面好好休息，不要再瞎想了。”

杨梓传说完，也是一副怅然所失的样子。他何尝不想那轿子里的人真的就是绎如呢。

纯如没有再说什么，她又来到了刚才那顶轿子停留的地方左右徘徊，她认为自己没有看错，从那只眼睛来看，那分明就是自己的妹妹绎如！可就如父亲所言，如果真是绎如的话，她为什么不进去呢？为什么看到了自己出来却避而不见呢？难道她有什么苦衷？

越这么想下去，纯如越发迷惑不解。

不知什么时候，钱春娇走了过来，拉着纯如的手，轻声地问："妹妹，你怎么了？"

"姐姐，我没事。"

"不，妹妹应该有心事，说给姐姐听听，也好让我安心。"钱春娇十分关切地说。

纯如抬起头来，望向刚才那顶轿子走远的方向，嘴唇嚅动了几下，又摇了摇头，说："姐姐，我好像找到了我的妹妹绎如了！"

"啊？她在哪里？你们可曾见过面了？"钱春娇很惊讶地问。

"我感觉她刚才就在这儿停的那顶轿子里。"纯如有些恍惚地说。

钱春娇知道纯如不会这么轻易地就凭着一顶停在这里的轿子就敢断定里面坐着的人就是绎如的，安慰纯如道："刚才杨叔和我说，感觉你像是有些过度劳累了，让我劝你休息一下。你也许真是累了，出现一些幻觉也是正常的。但一母同胞血脉相连，心有灵犀也是常有的事情，这样吧，我让萧武尽快查一下对方的底细，也好让你省去这般猜想的苦恼。"

"姐姐，让武哥查的那个要购买我父亲地皮的人查到了没有？"纯如问。

钱春娇答道："已经查到了，是一个叫芙蓉的女子，二十七八岁的模样。”

“哦。”纯如若有所思地应了一声。沉吟了一下说，“我怀疑她背后还有更主要的人物，这个芙蓉只是在前台行走的人。”

“她的背后还有人？妹妹，听你这么说，莫不是你联想到妹妹绎如身上去了？”钱春娇惊讶地问。

纯如点了点头。

“这怎么可能啊？如果真是她的话，怎么不出来见你和我杨叔，她又何故和杨叔作对，要低价将那地皮买过去？想来都是令人匪夷所思的事，这绝对不可能。妹妹你真是累了，有些神智不清了，还是快随我进去休息吧。”钱春娇一边说着，一边连连摇头，她还从来没有听说过有这般的道理。她看着眼前纯如可怜憔悴的模样，也很心疼。

纯如叹了口气，对钱春娇说道：“唉，姐姐，你不了解我们的这个妹妹。其实她的脾气秉性、行事做派就连我们家人有时候也很难理解。不要看她岁数比我小，她不但有主见，而且爱走极端，喜怒无常。”

纯如对钱春娇说的都是实话。

虽说纯如和绎如是吃一个娘的奶水长大的，但性格迥异，处理事情的态度和方式也是格格不入。所以，姐俩儿从小时候起，虽说没有什么太大的矛盾，但感情上也比别人家的亲姐妹少了很多亲近。到大一点儿的时候，纯如知道绎如的脾气，凡事也都礼让，姐妹之间的感情却是越来越疏远了。但自从绎如出走之后，纯如总会时不时地想起她来，不管平时看着如何不顺眼，可一旦失踪没了音信，这种血脉牵连的亲情总是让人牵肠挂肚的，纯如也明白这种手足之情就是用刀子也割不断的。

“我想妹妹绝不是仅凭猜疑臆断就会说出来她是绎如的，是不是还有其他的一些蛛丝马迹，让妹妹给捕捉到了呢？”

“姐姐说得没错，你是否还记得高尚要害我父亲和楚秋之事？”纯如认真地问钱春娇。

“当然记得，这也是没过去几个月的事情。”钱春娇奇怪地答道。这和绎如又有什么关系呢？

纯如一边慢慢地移动着脚步，一边好似在努力地思索着，她缓缓地说：“在关键时刻，一个神秘人物救了我父亲和楚秋，又放走了能指证牵扯出高尚的凶手，这样的行事手段和方式，很符合绎如的性格和行事方式，并且这个人和三方都熟悉的这一特征极为明显，显然绎如具备这个条件。”

“那妹妹想过没有，她救自己的父亲和哥哥可以理解，可她为什么要故意帮着遮掩高尚的面目呢？”

“或许她在高尚身上还有其他的文章可做，或是有利可图。”

“如果此人真是绎如的话，她的这些想法也真是让人想不通，也理解不了。”钱春娇听了纯如的分析，显得不可思议，也无可奈何。

纯如继续说：“至于她在我父亲那块地皮上的想法，我想就是逼着我父亲不要建立起房子来，至于其中原因我就不清楚了。”

纯如说话时，显得黯然神伤。

钱春娇听了纯如的这些话，拉住纯如的手说：“妹妹，你这些都还只是猜测，没有什么真凭实据。你如此善良贤淑，我们的小妹妹怎会做出这些事情来呢？再说她这么做，一点儿道理也都讲不出。如果真是她的话，我这个做姐姐的日后与她相见时，也真是要好好问她个明白。”

“姐姐，我是了解绎如的，从前她就是争强好胜之人，也是爱恨分明的女子。自从为了生丝评议之事她随我父亲去了南京，再之后不知何故于南京出走至今，这两年多来，我虽然不知道她经历了什么，但我想她发生了更多的变化是完全有可能的。总之，如果我没有猜错，她真是绛如的话，她做出这些事情来，在情理之外也在我的意料之中。”

钱春娇前后将纯如说的话串联起来，她渐渐地感觉纯如说得有几分道理，也就笑着说道：“照你的话说来，我们小妹妹的故事还真是很耐人寻味。”

“姐姐，你不要小看了她，她不单只是聪敏过人，而且灵活善变，心思缜密，多有奇谋，说句不中听的话，姐姐和我，或许都不是她的对手！”

纯如说起自己这个妹妹的长处来，既有几分自豪，也带着几分担心。

第一百一十三章　绣娘作妖

几天后，纯如突然间收到家里人捎来的口信，说家里出了大事，催促她马上回来处理。她不知道到底发生了什么样的大事，但还是抱着周展，经历一番奔波，忐忑不安地回到了湖州的周宅。

到了家里之后，她才知道那个叫小红的绣娘在她离家的这段日子里实实在在地给周家上下刮起了一阵妖风。

纯如被众位东家逼迫解释楚秋那封信的那一天，周冰羽的确被纯如忍辱负重的精神所折服。纯如晕倒，然后冒着性命之忧生下了儿子周展后，一时间让周冰羽非常感动。

感动之余，周冰羽当时也确实好好地向纯如表白了一番，表示不再过问家里的任何其他事情，日后自己只想教儿子识文断字，描绘了将儿子培养成人才的种种美好愿景。纯如听了之后，更是喜上心头，丈夫终于肯低下头来实实在在地做一些自己内行的事情了。特别是听到周冰羽对儿子的诸多设想和期盼，让纯如感到很幸福，充满了对未来的憧憬和期待。周冰羽真要这样做了，自己没有了后顾之忧，也就能专心致志地谋划商会的事情和自家产业的发展了。她对周冰羽同样充满了希望，认为他在接下来的日子能成为一个好丈夫和好父亲，至少能为儿子树立一个积极向上的榜样出来。

但纯如后来听程九信和自己说，周冰羽和一个绣娘有着一些暧昧的关系，纯如当时听了心里很不痛快，为此还害了一场病。但苦于没有什么真凭实据，也不能对周冰羽和那个绣娘怎样，过了一些时日，也就没再把这件事情挂在心上。再之后，她就带着儿子去了广州，忙碌奔波间彻底将这件事情忘在了脑后。

周冰羽因为儿子周展刚生下没有多久，只是在咿呀学语的阶段，有丫鬟、婆子帮着纯如料理孩子，也没有他需要伸手的地方。他答应纯如不管家里的任何事务，实际上周冰羽真就是处于一种无所事事的状态。整天除了睡，就是吃，吃饱了撑得没事干，也就到前面的染坊和织房去走走，无非就是为了消化消化食儿。

染坊当然是没什么可瞧的了，那里都是力气活，烟熏火燎，蒸汽腾腾，匠人们也都甩开膀子忙着手中的活计，个个汗流浃背，里面总有一股难闻的味道，周冰羽每次都是掩鼻进出。特别是匠人们忙得热火朝天的时候，谁也顾不上和他这个周家的大少爷说上几句恭维话，这也让他感觉了无生趣，再之后，周冰羽也就不再去光顾了。

而织房与染坊就大有不同了，织娘、绣娘们或是青春靓丽，或是半老徐娘，总比瞧着那些男工的粗陋形象养眼多了。特别进了这房子里，还总有着一缕缕特别好闻的胭脂味，更让周冰羽有些心旷神怡。所以他平时有事没事就往这里面走几趟，还摆出一副大少爷的姿态来，不懂装懂地指点一番。

往织房里走动得多了，周冰羽和有些织娘、绣娘就熟络了起来，特别是这个小红，最是讨人喜欢。她看上去只有十五六岁的样子，长得甜美可人不说，嘴上也像抹了蜜似的，一口一个“少爷”“东家”

地叫着，甚是活泼大方，总是一副欢欢喜喜的样子，好像从来就没有过愁事和心事，看着就让人跟着心里愉悦，这自然引起了周冰羽的注意。

时日一长，只要一天见不到小红说上那么几句话，周冰羽就魂不守舍，心里有空落落的感觉。小红自然也是几天见不到周冰羽来，就会有些黯然神伤的样子。见到了周冰羽，先是会嗔怒，故意不搭理周冰羽一阵子，然后再经周冰羽一番说逗，脸上才又有了欢天喜地的颜色，这也更让周冰羽对小红牵肠挂肚起来。

纯如抱着周展去了广州之后，周冰羽更是无所顾忌，顿感更加自由了起来。几番折腾下来，他终于没有忍住小红的挑逗，将小红带进了自己的卧房。这之后周冰羽更是沉迷深恋其中，欲罢不能。

可是过了没多久，小红突然间变了脸色，告诉周冰羽说自己有了身孕，并向周冰羽提出了诸多要求，弄得周冰羽一时间措手不及，不知如何是好。可他再想将小红推出门去，已由不得他了。

其实周玉也听到过织房传出来关于周冰羽和这个绣娘的一些风言风语，但他认为都是一些捕风捉影的事。他也曾私下找过程九信去问，但程九信吞吞吐吐未置可否。他又找来了周冰羽询问这件事情，周冰羽头摇得像拨浪鼓似的矢口否认，后来这事情在他这里也就不了了之了。

绣娘小红本人亲自找上周玉，口口声声说怀了周冰羽的孩子，这才让周玉知道确有其事，自己听闻的并非是空穴来风，他很后悔没有将周冰羽看管好。小红不单自己来了，还带来了织房里十几个姐妹来给她当证人，这让周玉百般难堪，又羞又恼。没办法，他只能找来周冰羽核实这件事情，周玉对儿子几番暴风骤雨、电闪雷鸣过后，周冰羽实在支撑不住，只能将事情承认了下来。

这种挠头的家务事让周玉很是为难苦闷，也让他苦不堪言。

这边小红吵吵闹闹朝着周家要说法，说如果周家不给她一个满意的答复，她就要去告官，说周冰羽仗势欺人，玩弄女工，始乱终弃。周玉是万万不能让她这么做的。无论结果如何，这事情一旦惊动官府，周家丢不起这个人，日后出门自己无法见人不说，就是走在路上也会被人指指点点，被路人戳着自己的脊梁骨骂。

但想答应小红提出的要求更是难上加难啊！小红提出了两个要求，或是周家将自己明媒正娶做周冰羽的小妾，并且生下孩子后，由这个孩子继承周家日后的所有财产；或是周家一次性拿出十万两银子来给她做补偿。

纯如没有在家，周冰羽不明不白地多出了个孩子来，又多出了个二房小妾来，等纯如回来的时候如何向纯如交代啊？纯如为自家为商会风雨兼程，远赴千里之外的广州去操劳辛苦，而周冰羽在这里却不声不响地纳妾生子，这种事情传出去怎么着都是好说不好听，说不过去的事情，再说，这也会寒了纯如的心啊！

可如果拿出十万两银子来做补偿，这数目也实在是太大了，再说周家现在正是四处用银子的时候，哪是一时半会儿就能凑上的！何况现在当家主事的人是纯如，这么大项的支出也必须纯如点头答应才行。可纯如能不能答应下来这银子暂且不说，以后纯如和周冰羽这小两口还怎么相处呢？

周玉与姜氏思量来思量去，最终下定决心此事不能隐瞒纯如。既然事情早晚要见光，那就长痛不如短痛，莫不如早一些让纯如知道为好，就这样他派人去广州将纯如找了回来。

纯如知道了事情的原委和经过，没有哭，也没有闹，只是坐下来沉默了好一阵子没有说话，这也让周玉老两口既为纯如感到担心，又替她感到难过。

而周冰羽此时只是站立在一旁，自顾自地抱着儿子周展，低着头不做任何言语，也不知道他到底在想什么。

“纯如啊，事情已经出了，你看这事？”姜氏有些难为情地首先开了口，说起话来也有些吞吐。

纯如看了一眼婆婆，又看了一眼周冰羽，长叹了一口气，无可奈何地说：“娘，这个事情还得看冰羽的意思，毕竟根儿在他这里，我们说破大天也都是无济于事的。”

周冰羽听纯如让自己表态，心里当然不是滋味，这不明显是让自己在父母面前难堪吗？自己现在合计着是里外不是人，说出来什么态度都是自取其辱。想到这里，他干脆不出声，装聋作哑起来。

周玉接过纯如的话来，吞吐地说：“纯如啊，爹说两句，这事涉及你们小两口之间的感情，伤了和气呢，就不好了。再有，你是咱家的主事人，这个决定呢，也还得是你说出来才行。冰羽做得不对，这些日子我也是一直骂他混账来着，可骂归骂，打归打，现在说这些都是于事无补的。爹知道你心里不畅快，等这一阵子过去，我再找他好好算账，一定给你出口气。”

周玉猜想纯如的想法是要自家人对这件事情都拿一个态度出来，但周冰羽不开口，这事情难免就尴尬了，他作为长辈，只能先好生安慰纯如一番再说。

“爹，娘，我看这样吧，让冰羽将小红娶进来吧！”

纯如很平静的样子，简短地做了自己的决定。

“啊？”

纯如突然间做的这个决定着实地惊呆了周家老少三人，自己的耳朵没有听错吧？

自从纯如听说了这件事情以后，虽说没有哭闹，但周玉和姜氏也认为就纯如在商会里和对衙门大人的伶牙俐齿，也是要好好地向他们讨一番说法的。至于对周冰羽，纯如背后不骂他个狗血喷头才怪呢！

而眼前纯如却说出如此一番话来，不能不让他们感觉震惊。难道纯如真心让周冰羽将小红纳进来做小妾？这哪里是女人的胸怀能容得下的？就是那肚子里能撑开船的宰相也是做不到的。再莫不是纯如在试探他们，想看看他们到底是什么意见？可眼瞧着纯如认真的样子，又看不出纯如有这样的想法。

周冰羽自不必说，能从纯如嘴里听到让自己纳妾，当然是再好不过的一件事。两全其美，不单能将小红明媒正娶进家门，这样做也会让自己的脸面能过得去。可纯如这等聪明的人，心里到底是如何想的？在没有做出最终决定之时，自己还是不能表态，继续装作闷葫芦的样子，静观其变为好。

婆婆姜氏是个善于察言观色之人，她接过纯如的话茬儿来，非常体贴地说："纯如啊，这可不行，虽说冰羽是我儿子，但也不能再让他娶一房过来，让你难堪受辱。再说那是个小狐狸精，恐日后进了家门再作起妖来，让你受牵连，咱们不值当的。我们再想想其他什么对策再说吧。"

姜氏说完，看着纯如的脸色，等待纯如再拿出态度来。

周玉明白姜氏的心思，也接着说了一嘴："是啊，主意虽然是你定，但你也得想想你娘刚才和你说的话，不要到时候追悔莫及！"

"爹，娘，我不是心疼那十万两银子，也不说咱家现在能不能拿得出来，就是我和娘家人说上句话，他们也能替我拿得出来。我只是心疼小红那肚子里的孩子，那毕竟是周家的骨血，也是无辜的，一旦日后到了人世，不能让他成了没爹的孩子，被人平白地当成野种对待，我于心不忍。”

第一百一十四章　落荒而逃

当天晚上，纯如和周冰羽分房而居。都说小别胜新婚，纯如的满怀期待，在听到消息的那一刻起，就已经烟消云散了。

第二天早上起来，纯如差人将那个绣娘小红找了过来。

姜氏和周冰羽母子放心不下，也就都跟着来了。

小红看见纯如一副和善可亲的样子，也就消除了在来时路上忐忑不安的紧张心情。人轻松了下来之后，脸上也就自然多添了些趾高气扬的样子。

小红虽然是第一次见到纯如，但并没有施礼问候，而是脖子高高扬起，像一个小母鸡刚孵出了小鸡崽儿，人一走到近前，就会炸起全身的毛随时准备叨人斗狠的样子。眼睛也不正眼看纯如，好像没有纯如这么个人似的。

纯如也没有搭理她。

周冰羽母子不知道说什么好，整个屋子里除了可以听见四个人的心跳声外，再没有其他一点儿声响，空气也仿佛凝固了一般，让人感到分外压抑。

纯如本来不想这样对待小红的，她只是想看看小红长什么样子，再了解一下她的脾气秉性，最后再好好和她谈上一谈，毕竟自己已经答应了周冰羽纳她为妾，自己又何苦难为小红呢？

可让纯如心里不舒服的是小红这般不知礼节，一副小人得志的做派，她对于周家要将这样的人娶进门来也很是担心。还有，自己前脚刚刚答应了纳妾的事，后脚婆婆姜氏和丈夫周冰羽就都站在了小红的身后，为她站脚助威来了，难不成自己还能将小红吃了不成？纵使小红怀了周家的骨肉，怕她在自己这里有什么闪失的话，也大可不必如此兴师动众吧！

自己是受害者，小红硬生生地闯进了自己的家庭，她应该是理亏的，但现在的情形却是，小红居高临下、耀武扬威，以一个胜利者的姿态站在了自己的面前。心里面不痛快归不痛快，但纯如毕竟是见过大世面的人。北去过京城，南下过广州，算来也是游历了大半个大清的河山，再说她什么样的人物没有见过呢？朝廷的一品大员都不在话下，何况眼前只是一个并不十分起眼的小红呢？

纯如的心地淳厚善良，看着面前的小红，心想这个小丫头也不容易。主动诱惑周冰羽也好，还是周冰羽主动撩拨她也好，总归是没有出阁就大了肚子，放到谁身上也是不好受的事。就是她现在这般模样，也无非是装腔作势、色厉内荏罢了，只是想先摆出个姿态来给自己个下马威，好为她自己争得一点儿气势出来，或许她心里也是很紧张的。

想到了这些，实际上也是纯如在努力地将自己说服了，她平静地说道："你就是小红？"

"是啊！"小红很生硬地答道。

"坐下来说话吧。"

纯如一边说着，一边站起来走到小红的近前，想伸手拉小红坐到凳子上。令她没想到的是小红并没有领她这份人情，而是一甩手将纯如推搡到了旁边，而后自己再大模大样地坐了下来。

姜氏看在眼里，心里很是恼火，暗自埋怨这个小红实在是不懂人情道理。但她知道，这个小红也是不好招惹的，弄不好真惹恼了她，作闹起来更不好收场。还有，姜氏对小红肚子里的孩子也是满怀期待的，自己有了一个孙子，如果再让小红生下一个孙女来，男女双全，应该更是令人高兴欣慰的事情。

但姜氏怕小红这样没大没小不懂规矩惹火了纯如。虽然纯如知书达理是非常有涵养之人，但小红这般无礼，放在谁的身上也是不能容忍的。她近两年来，也知道纯如的能量，就是她和周冰羽再加上小红三人，也是比不了的。

眼前的情景，让姜氏左右为难，只能是默不作声为上策。

而周冰羽看见小红坐下了，立即凑了上去，站在了小红的身后。人满脸憋得通红，不知道是因为紧张，还是对纯如动了气，总之脸色是相当难看。

见小红坐了下来，纯如像什么事也没有发生似的回到了自己的座位上坐下来。

姜氏见状，连忙走过去把儿子从小红那里拉到自己身边来。之后长出了一口气，让周冰羽随同自己一起坐了下来。

“小红，你不要紧张，今天找你来，不是来逼迫你什么的，你知道我也不是那样的人，我只是想问你几句话。”

小红看纯如并没有被激怒出现自己想象中怒吼咆哮的样子，也就少了几分刚才咄咄逼人的样子。毕竟自己来也是为了解决问题的，总是这样僵持着终究不是个办法，将前戏演得差不多也就到了火候了。

再说，她耳闻过纯如的经历，那是皇上钦封的“七品诰命夫人”，并钦赐“兰蕙扬芳”匾额一方，是周家的东家，是“江浙丝绸商会”的会长，就纯如身上这些耀眼的头衔，自己如何上下撺掇也是一辈子都攀比不起的。

纯如见小红没有言语，就继续说道：“我想问你，你也和我说实话，你是想入周家的门呢，还是想要那十万两银子呢？”

“这个……”小红虽然开了口，但她万没有料到纯如一开场就问得如此直截了当，她根本就没有任何心理准备，说话吞吐起来，竟不知道如何回答。

“呵呵，没事，你不要紧张，日后真是入了周家的门，你也就是我的妹妹了，既然我们要姐妹相称，你还有什么话不能说的呢？”纯如循循善诱显得非常有耐心，像哄一个孩子似的对小红说。

纯如越是这样，小红越发觉得窘迫，好像有一种无形的压力逼得她喘不过气来，她感觉自己的喉咙干痒发紧。

“夫人，我要那银两！”小红终于用蚊子似的声音在牙缝里挤出了这么句话，算是在纯如提出的在人和钱的问题上做出了选择。

“啊？”周冰羽母子听到小红这样回答，都大吃一惊。

特别是让周冰羽始料未及，这小红变化得也太快了吧？前几天小红不是还一再表白要死心塌地地嫁入周家，要和他周冰羽生儿育女、白头到老的吗？两人之间又私下定了用十万两银子的事逼迫周家人同意吗？这怎么转头在纯如面前就完全变了呢？

“呵呵，妹妹，十万两银子当然放在谁手里都是宝贝，可那宝贝吃了、用了，也就自然没了。再说，你还年轻，日子长久着呢，不要眼窝子那么浅，你也知道我们周家家大业大，进了周家的门，自然都是有你一份的。何况你还怀了身孕，那黄白之物纵好，也没有安稳的窝好，何必为这身外之物劳神费力呢？何况，你们之间已是日久生情，就是不为了这缘分，也要为了肚子里的孩子着想的。”

纯如的一番话，反过来又让小红惊诧不已，本以为自己说了要银两，纯如必会爽快地答应下来，最多也就是和自己往下谈谈价码，哪有一个妻子苦口婆心非要劝另外一个女人做自己男人小妾的呢？莫非，纯如真是舍不得那十万两银子，才横下心来故意这么说的？

“这样吧，妹妹，你再告诉我，你是真心喜欢少爷呢，还是贪图周家的财产呢？你放心，十万两银子周家是出得起的，我只是想让你说句真心话，不要因为你轻率决定而误了自己的大好前程。”

纯如问的这话，更是让小红难以回答。周冰羽就在这儿坐着、听着呢，说喜欢，那当然是要嫁的，而自己早在两年前就嫁作人妇，怎么可能再嫁？再说，自己也并不喜欢周冰羽，只是为了完成高尚交代给她的任务迫不得已才这样做的。就连肚子里的孩子也是夫家的，并不是周冰羽的！

要回答说贪图周家的财产，这就会被纯如死死地抓住把柄，说她本来就是目的不纯。故意靠近诱惑冰羽图谋钱财，而并非周冰羽仗势强迫自己的，如果纯如有她这个把柄在手，就是自己想威胁告官，也是没用的。

她打入周家的织房，为的就是诱惑周冰羽，然后在关键时刻将事情捅破，破坏纯如和周冰羽两人间的感情。让纯如在家里和外面首尾不能相顾，进而牵扯住纯如的精力，不让纯如在外面有什么作为。再之后，大敲周家一笔竹杠，消耗周家的财力和实力，然后全身而退。

可眼前，纯如完全没有按照她当初设想的套路出牌，这让她怎么应付得了呢！

周冰羽也感觉出了小红的苗头不对，直愣愣地瞧着她。待他再看到纯如的目光时，仿佛做了贼似的，连忙将眼神躲闪开去。

小红现在如坐针毡，不知如何回答才好，一心想着尽快逃离这个房间。

“看来妹妹还没有想好如何回答我的问题，这样，我再给你三天的时间回去考虑，三天后再来这里给我个准信，你看这样好吗？”

“夫人，好的，好的。”小红说完，也顾不上其他，连忙一溜小跑地出了房门。

周冰羽此时坐不住了，他至少看明白了一点，这小红分明就是冲着周家的银子来的，和所谓的感情一点儿都搭不上边儿。

姜氏也慌了神，站起来来到纯如的近前，哭啼啼地说：“纯如啊，娘再问你一嘴，这小红做什么决定都罢了，就是她那肚子里的孩子怎么办？”

“娘，您放心吧，那肚子里的孩子不可能是咱周家的。小红既然是冲着银子来主动靠近冰羽的，那么她为什么只坚持要那十万两银子呢？冰羽如果纳她为妾，她得到的岂不是要比那十万两银子多得多？她舍众而求寡，就让人很是费解。就她的身份而言，能嫁入我们周家，那也是她几辈子修来的福分，她也到了适婚的年龄，再说又有了身孕，我又同意她进门，她之前也曾提出了这样的要求，可到了真要让她进门的时候，她为什么如此慌张地拒绝了呢？综合这些条件，究其原因，我认为只能有一个，她一门心思料想我是绝不会同意她入周家的大门，所以才敢肆意地一定要以做小妾为筹码，而她或许早已是他人之妻，因此她不敢再嫁二夫！”

“你说什么？她已经有了丈夫？”姜氏听闻纯如的说法很是震惊。

周冰羽也是直愣愣地看着她。

纯如停顿了一下，看了看周冰羽，呵呵一笑，继续说道：“这个只是我的猜测，还不是十分确定。但我们想想，一个女人家，一旦有了两个人的骨肉，是不会再去更多计较那些身外之物了，她会一心地放在孩子身上，全为孩子着想的，这是女人的天性。可她现在放着周家姨娘的身份不要，也宁愿要背上阁中产子的臭名而不顾，想来是不可思议的。更重要的是，小红任由着自己的孩子生下来就无名无分，这是哪一个母亲都不可能做出的选择！真要是做出这个选择，也只怕这孩子不是那个男人的！她怕孩子出生之后，一旦露出一点儿破绽来，恐有一天连娘带崽儿都有被轰出家门的风险。所以她只得贪财，以免夜长梦多，等坏了事那一天，她也就得不偿失了。我想，这就是她舍子求财的缘由。”

第一百一十五章　心腹之患

周冰羽不管纯如分析小红做出选择的原因，总之他知道了一点，小红对他没有一点儿感情。

他实实在在地被小红当傻子一样给玩弄了一把！再有什么说法，对于周冰羽来讲已经没有任何意义了。

而姜氏虽然听纯如说得非常有道理，但她心里面也是将信将疑。毕竟这只是纯如的一面之词，都是推理而来，并没有真凭实据来佐证。何况这里面也牵扯到纯如自身的利害关系，哪个女人能心甘情愿让自己的男人娶个二房进来呢？姜氏还担心，万一小红肚子里的孩子真是周冰羽的呢？如果真是的话，也不能让自家的骨血日后受了委屈啊！

姜氏想到这些后，私下找到了赵管家，让他暗中派出人手去调查一下小红的背景和根底，有了结果，尽快汇报。

两天后，赵管家回来偷偷将得到的消息告诉了姜氏，不出纯如所料，小红确实是有家室的人，且在几个月前就已有了身孕。小红从周家出了门之后，就连夜举家搬迁往广州去了。她的娘家父母就在离这有二十里远的李家屯，这些消息也是那老两口对他亲口所言，应该是差不了的。

姜氏听了赵管家的言辞之后彻底对小红死了心，回过神来，连忙去抚慰儿媳妇纯如去了。

纯如正在和公爹周玉说着广州那里的情形，周玉既为商会打开了广州“公行”里的局面感到高兴，又听纯如说将自家“广客隆”的分号改成了“清威行”，心里面又很不是滋味。

商会毕竟是大家的，而自家分号设在广州有了很多年头了，这是他当年一手创建的，也曾为此自豪了好一阵子，就这么不明不白地摘下了牌子，他不免心里很失落和恼火。

更重要的是，广州分号那里虽然之前一直做生丝散商的生意，但效益一直不错，纯如这么做无异于断了自家一条财路。

还有，周玉也知道，就纯如的性格，自家分号的商铺房产也一定是让商会白使白用的。这样的话，不单自家没了分号是一笔不小的损失，就是这商铺的租金也是没有的，这让他心里更是不痛快。

只是因为周冰羽出了和小红这件事，自己全家上下都让纯如受了委屈，周玉心里甚感过意不去，所以他也不好对纯如再说什么，只能闷在心里隐忍不发。

纯如知道公爹在裁撤分号之事上对自己非常不满，但她知道自己怎样解释也都是苍白无力的。只能告诉周玉现在的情况都是暂时的，等商会有了起色，一定会另寻一处风水宝地来，再将自家的分号重新开张。

周玉明白纯如的这番话明显是为了安慰自己，但儿媳的话说到了这个份儿上，他也就更不好再说什么了。

婆婆姜氏找到纯如，将打听到的小红的消息说给她听，一边说着，一边夸奖着纯如真是聪明机敏、料事如神。要不是纯如回来，周家就会吃了大亏等言辞，话里话外，也表达了在这件事上对纯如的歉意。

纯如听了，只是笑了笑，并没有多说什么。只是又唤来赵管家，让他拿五百两银子送到小红的娘家父母那里。并叮嘱赵管家说，这其中的一百两是小红的工钱，另外那四百两让小红的父母日后转交给小红，虽说这些银两算不上对小红有什么补偿，但毕竟小红为此事背井离乡，也让纯如有些难过，她这么做也算是周家的一点儿心意。

其实，纯如不知道，绣娘小红虽然没有敲诈到那十万两银子，但高尚交代给她的破坏周冰羽和纯如之间的夫妻感情，让纯如对周家人生出嫌隙并搅乱纯如的心绪，让她在广州“公行”和周宅之间首尾不能相顾的任务已经完成。

至于为什么没敢再张口坚持要那十万两银子，这是因为小红感到事前完全低估了纯如。她以为纯如听周冰羽有了这么一件事情，一定是一副哭天抹泪、连作带闹的样子，六神无主之后也一定会完全没了自己的主张，当然再之后的事情也一定会遂了自己的心愿的。而小红见到了纯如之后，纯如的做派完全出乎她的意料，她是真真正正地领教了纯如的厉害。她知道，纯如不可能那么容易就给她那么多银子的，也真怕纯如咬住她图谋不轨，敲诈勒索周家的口实不放，让自己到最后吃官司，莫不如见好就收，溜之大吉。

周冰羽自知理亏，在纯如面前游走了几番后，看纯如没怎么搭理他，也就自顾自地哄逗儿子周展去了。

湖州和广州相隔千里之遥，纯如为了小红这件事情，路途上往返就得几个月的时间，这一路上舟车劳顿、风餐露宿都能把人折腾个半死，何况还带着个吃奶的孩子呢！

这件事情的发生，也给纯如提了个醒儿，一旦她处理完这件事情一走了之的话，有可能不知道什么时候第二个小红又会冒出来，真要是又出了事，自己还回不回来？再说，把周冰羽一个人扔在家里，这样一整天无所事事，总归不是一个办法。

摆在纯如面前的有两个选择，要么主动挑好人家的女子给周冰羽娶一个二房姨娘，也好有个人在家里照顾他，周冰羽自然也就少了很多的孤单寂寞，自己的这个大后方也就稳定了，少了很多的后顾之忧。可话说回来，周冰羽愿不愿意不说，想找一个合适的女子也不是一时半刻就能找来的，周冰羽愿意了，对方同不同意也是不一定的事。

纯如的第二个选择，就是将周冰羽带到广州去。可到了广州同样会有麻烦事，周冰羽没准儿就要跟着瞎搀和商会里的事情，弄不好，有可能就会和自己的父亲杨梓传还有其他几位会长闹出矛盾来，自己夹在当中会非常难办。还有，纯如听钱春娇给她介绍过广州那里各色人群往来，世面上很混乱，纯如也担心周冰羽去了广州后会再生出什么是非来。再有，就是周冰羽和钱春娇二人低头不见抬头见，彼此都会很尴尬。

纯如好不容易回来一次，她抽空回了趟娘家，看望了一下自己的娘家母亲陈氏。

陈氏看见纯如自然是喜不自禁，娘俩儿攀谈了许多。纯如几次想把绎如人在广州的猜测说给母亲听，但还是忍住了。她怕母亲听了这没头没脑的消息后，挑起母亲对绎如的思念和牵挂来，会让母亲跟着着急上火，所以，纯如强忍着也就没把这事说给母亲听。

“纯如，二十多日前的光景，有一个自称来自京城和府的人还来咱家找过你。”母亲陈氏说。

“京城和府的人到咱家来找我？”纯如重复着母亲的问话，脸上也随之出现了紧张的神色。

“是啊，我还有些怀疑呢，要说和你熟识的人找你，也应该是上周家去找你，怎么还找上娘家门来了呢？”

“母亲，你可问这和府，可是和珅和大人的和府？他们又找我有何事？”纯如急忙地问母亲。

“应该就是你说的这个和府吧，他们没说太明白，我一个大门不出二门不迈的女人家更是弄不清楚。总之，我告诉他们，你不在我这里，但也没告诉他们你人在广州，万一他们是坏人怎么办！再说，他们既然找到了咱家，也一定会去周家的，到时候周家的人自然会告诉他们你的去处的。”

纯如听母亲言之有理，是啊，这些自称来自和府的人一定也去了周宅，可为什么自己已经回家有几天的光景了，周家上下没有一个人和她说起这件事情呢？

陈氏知道的也就这么多，纯如也就没有再问下去，但忐忑不安的心情挥之不去，和母亲又聊了几句私房话之后，她顺便看望了曹叔。

曹叔看起来比从前更加清瘦了些，因为杨梓传去了广州，曹叔也就代杨梓传独立支撑起“兴昌隆”偌大的家业来。这让老爷子有些吃不消，因为他之前逍遥自在惯了，就是杨梓传在时他给其出谋划策也是有时有晌的。而现在一天天和银两、货物打交道，让他感觉捆住了手脚，很不自在。

见到了纯如，曹叔非常兴奋，问了杨梓传的身体，又问了广州的情况，那感觉像见到了亲人一般。

纯如一一回答过后，因为心中一直惦记着和府来人的事情，忍不住愁眉紧锁。

曹叔是何等人物，最擅长察言观色了，他知道纯如应该是有了为难事，也就开口问了纯如。

纯如知道曹叔不是外人，但她说出来心中的苦事，曹叔也帮不上什么忙。纯如也不忍心让他老人家徒劳地跟着担心，也就强装出笑脸来，一笑而过，并没有说什么。

曹叔见纯如有难言之隐，也就没有再继续追问。只是在纯如辞别时，曹叔让纯如给杨梓传捎个口信，大意就是希望杨梓传能尽早回来维持生意，他自己已有了归隐山林之意，想去过闲云野鹤般的生活。

纯如满口答应下来，但她听到曹叔说，等父亲回来之后曹叔就要离开杨家，心中不免一阵酸楚。自己此次与曹叔一别，有可能不知道何年何月才能再见上他老人家一面，也有可能此生再也见不到了。

曹叔在纯如最危难之时将她从牢中解救出来，又派人一路护送去往京城，之后高尚在商会上颠倒黑白、大放厥词之时，又是曹叔带着周璞等人将自己解脱出来。可还没有等到自己回报什么，他老人家却要离开了，这让纯如怎能不伤怀悲情!

纯如苦心劝解曹叔在杨家颐养天年，但曹叔决心已下，不可动摇，爷俩儿又说了好一阵子热络话，然后彼此挥泪而别!

第一百一十六章　斤斤计较

京城和府的人？纯如知道，这一定是和珅派来找自己的人。

这也是纯如在心海里一直放不下的一块巨石，只是随着潮水的涨退，时起时落。

那次去往京城，为了救父亲和周冰羽，为了和大人能够答应成立商会之事，被和大人敲了一笔五十万两的竹杠，而且竹杠一敲就是连着三年，自己也是答应和大人每年冬月初一就会送到和府上去的。这离约定的日期还有不到三个月的光景，和大人这是怕自己忘了，派人提醒自己来了。

可母亲这里没有告诉和府之人实情，周家上下也没有一个人和自己提及有和府来人的事。难道是和府的人干脆就没上周家去？可娘家这里都来找了，怎可能不去周家呢！

要是去了周家，公爹周玉必然知道了这件事情，可他又为什么没有和自己说呢？那公爹又是如何回答和府来人的呢？是热情接待了来人，还是装聋作哑、敷衍了事呢？

纯如想到这些，脑袋“嗡”了一下，感觉大事不妙。

纯如回到家后，先找到周冰羽，问周冰羽可曾知道京城和大人的人是否来家里找过自己，周冰羽听了之后连连摇头，表示不知道这件事情。

她又连忙找到了公爹周玉。

“爹，您可曾知道前些日子和珅和大人派来的人来家里找过我？”纯如开门见山地问周玉。

周玉听纯如这么一问，先是一愣，继而好像是在努力地回忆道：“近期烦事多，有些回想不起来了。”

“爹，您不要瞒我，他们都去我娘家寻我了，怎么能不来咱家呢？”纯如感觉公爹有意将此事隐瞒，非常着急地说道。

“和大人到底找你何事？你且与我说来听听。”周玉听纯如这么说，换了一副认真的态度反问道。

“爹，您和我说实话，您是不是见过来人了？他们又和您说了什么？您又是如何作答的？事关重大，您一定先和我说说。”纯如说话间，急得都快哭了。

周玉见纯如真是急了，打了一个重重的“唉”声，然后说道：“和大人的人确实是来过咱家，进了门就说要找你，我不知道其中是什么缘由，就说你出门走亲戚去了，没有在家，我问他们有何事，他们也并没有说。”

“之后呢？”纯如见周玉欲言又止的样子更是着急。

“我知道，和大人派人找你来，能是小事吗？一定是好事上天、坏事入地的大事。我也是太着急了，见怎么问他们也不说，就和他们发了一通火气吵了起来。我怕他们冒充和府的人，也想趁机摸摸他们的根底。哪承想，他们被我轰赶出大门之后，说了一句‘周家你等着，躲得了初一，躲不了十五，五十万两银子到了冬月初一，一个子儿也不能少，要给和大人送到京城去’，然后扬长而去了。”

“坏了，坏了，坏了！”纯如连声说道。

“纯如啊，我这么大岁数了，什么事情都经历过。后来那些人走后，我前思后想了好一阵子，想明白了一点。为什么你到了京城之后，我、你父亲，还有冰羽就能先后出了牢狱，商会也顺利地建立了起来。还有你那‘七品诰命夫人’的封号和那钦赐的匾额，这些都不是白白得来的，应该你是答应了和大人的什么条件之后才求来的，那也就是来人口中的那五十万两银子了。”周玉的脸上讪讪的，透出紫青的颜色出来，何只面上是这样，他的内心更是无比复杂和矛盾。

五十万两银子？说出口容易，但摆在谁的面前不眼红？被人夺了去，谁不撕心裂肺地疼？就是答应给了别人，真到了递到别人手上的时候，谁又会心甘情愿？这五十万两银子，大多数人一辈子连见都没见过！就是放在周家，怕拿了出去从此也会失了元气，一蹶不振。周玉知道纯如的出发点是好的，为了救人，为了建商会，可付出这样沉重的代价，周玉从心里是不认可的。

“爹，为什么我从京城回来之后没有和你们说这件事情，就怕你们听了之后，会跟着一起着急上火，我也就想往后拖一拖再说。”纯如此时也真不知道说什么才好，显得有些手足无措的样子。

“怕我们着急上火？这不也是一早一晚的事吗？你这样办下来，岂不是夜长梦多，让这件事情现在变得越来越难办了！”周玉的心情很是压抑，说起话来变得越来越激动，也露着三分的焦躁。

“爹，那你怎么想这个事？”纯如讪讪地问周玉的主张。

她知道周玉心里此刻一定窝着很大的火气，因为这是公爹第一次和自己这般态度说话，说实在的，这让纯如作为儿媳有些下不来台面。但纯如也知道，现在不是讲究那么多的时候，怎样把这件事情稳妥地解决掉才是重中之重。自己虽然是在没有办法的情况下才答应和珅提出的这个条件的，但现在这天大的数目真要拿到桌面上来，真如一个千斤重的担子一样压在自己的肩膀上。

看着纯如有些委屈的样子，周玉心里也不落忍，语气也就缓和了下来。语重心长地对纯如说："你这次回来，我为什么不和你说，我怕你把这五十万两银子，一股脑儿地都担在自家肩上。你也知道，这巨额的银两对咱家意味着什么。拿，七拼八凑咱家能拿得出来。想赚，却是半辈子也赚不回来！再说，拿完之后，我们没了本钱，如何再去赚钱呢？失血过多之人，也只能是等死！我想着这里面不单只有咱自家的事情，这里面也还牵连着你父亲，还关系到商会里的每一个人。这五十万两银子，不能只让咱周家一家扛着，咱一家也实在是扛不起。我本想等这件事情与他们商谈有了结果之后，再告诉你的。"

纯如听了周玉的话，也感觉十分有道理，无论对公对私，都是极为中肯的意见。只是自己的父亲能认下这笔账吗？商会的众多会员能认下这笔账吗？又如何与他们解释清楚呢？自己是这商会的会长，这不明不白地就出了一笔糊涂账，又过去了这么长的时间，想解释清楚都是很难的！大家不理解自己也就罢了，要是对商会也不信任起来……就是到了今天这个境界，商会的根基也仍然是岌岌可危的。

"爹，这件事情，我听你的，但我想还是我来找他们谈比较合适。我父亲那里，应该是没什么问题的，他不能对女儿见死不救，至于商会这里，我会好好和他们解释的，甚至可能要费上一番口舌。"

"也好，你去找他们谈。但我们自己要先有个章程和底线，我的想法呢，这五十万两银子，分成两半，一半是因建立商会，所以理应商会来担。另一半是因救人而起，所以咱家和你父亲那里共担这二十五万两银子。之后，咱家和你父亲那里再各自担上一半，咱家拿出十二万五千两银子也就是了。”

周玉显然是已经将这个事情的解决方案烂熟于心，说起来也没有半点儿的拖泥带水。

纯如知道，周玉话已经说到了这个份儿上，自己也不好和周玉再说什么了。公爹在这件事情上对自己不满意，她能感觉得出来。但在如何解决这个事情上，周玉是十分斤斤计较、精打细算的，从他的脸色可以看得出，没有半点儿商量的余地。

“爹，我还有个担心，就是和大人那里来的人，不知道回去之后，会将这件事情如何汇报给和大人，他们来到咱家，毕竟没有受到什么礼遇。走了婆家，又走了娘家，都没有找到我，又没有和我见上面。他们回去之后，如果再添油加醋说上一番‘纯如故意避而不见、周杨两家又如何袒护推托’等言辞，我怕和大人就此会对我们有想法，他会以为我们过河拆桥，得了天庭之恩惠，就将他那登天的梯子扔在一旁弃之不顾。我担心他最近明里暗里就会对我们来一番警告的，只是不知道会以何种方式来敲打我们。但一旦来了，也有可能打得我们措手不及啊！”纯如焦虑地说。

“是啊，这件事情，现在想起来，我也很后悔。当初我听说人是和大人派来的，知道是出了大事，心里面也实在是太急躁了，才做出了那样不理智的事情。现在想来，真是糊涂了。”周玉有些懊恼地说。

纯如担心地继续说：“和大人权势熏天，我看我们要主动去解释一番才行。否则，让他敲打下来，我们会伤筋动骨的。”

“我前番因为税银上的事情，在和大人的身上吃过亏，要不是因为他的调遣，我也不会被人抓住那所谓的偷漏税银的把柄，那时我就想，此生不再和他这样的人打什么交道了。可哪承想，因为坐牢之事，又让他敲了笔竹杠！此番，我们主动低头去找他认错，又要给他拿出那么巨额的银两来，我真怕他的浑水越蹚越深、越蹚越黑啊！‘花无百日红’，一旦有朝一日和珅倒了台子，怕也是要砸到咱周家的脚啊！”

纯如听了周玉的话，也不免打了个寒噤，姜还是老的辣，还是周玉想得周到和长远。是啊，谁能保证和大人就一辈子顺风顺水呢？真要是有了他和珅招灾惹难的那一天，真要是把周家也牵扯了进去，那对周家来讲，将是一个灭顶之灾！

可眼前又没有什么可变通的途径，让纯如进退两难。

还有，那和府来的人走时只是喊上了那么一嗓子“五十万两银子”，是不是会让公爹周玉认为只交上一年就可以了？而和大人可是朝她要上三年的，合计是一百五十万两呢！就是按照周玉的算法，周家三年下来，也是要交上三十七万五千两银子的，这一年和三年的数额区别起来，又是一个巨额的数字啊！说与不说，早晚都要面对，长痛不如短痛，莫不如趁此时光景，和盘托出吧。

想到此处，纯如很为难地说道：“爹，其实这个事情还远没有您想的那么简单。”

“啊？这里面还有其他枝蔓吗？”周玉吃惊地问道。

“嗯，当时和大人虽说是让交给他五十万两银子，但得连交三年才行。”纯如吞吞吐吐地总归将这件事情完整地告诉了周玉。

“那就是说，我们得交给他总共一百五十万两银子？这，这，嗨，嗨……”

周玉听到竟然是这样一个数字，整个人已经完全蒙了！

第一百一十七章　再踏征程

周玉被一百五十万两银子的数额吓得实在是不轻，他都想去院子里面朝天上骂上一阵子某人的娘，才能将他心中的火气发泄出来。

可冷静下来，又必须面对那残酷的现实。和珅，他周家是开罪不起的！

纯如知道和大人那里是必须要解释清楚的，这么不作声很容易让和大人误会。那接下来自家或者是商会就有可能会出现麻烦，就像头顶不知道什么时候会滚下一块巨石来，总让人提心吊胆。

但来往京城需要两个多月，自己回到广州又得需要一个月的光景，到那个时候有可能什么事情都来不及了。可这银子的事情，与父亲和众位会员都还没有商量，还不知道他们听后会是怎么个打算。“清威行”初立，千头万绪，又让人牵肠挂肚。

这些事情纷扰在一起，让纯如感到烦恼不已。

既然自己不能亲自去京城，纯如知道，也一定要把消息传递给和大人那边。她提起笔连忙给和大人写了一封长信，将事情的来龙去脉写清楚，表明这只是一场误会。最后表明了自己的态度，一定会赶在冬月初一之前，将那五十万两银子送过去。纯如写完这封信之后，连忙差人送往京城。

事情紧迫，牵扯的人也非常多，纯如最后和周玉商量，两人分头来行动。家里这边由周玉去分头游说商会里的众位会员，纯如到广州那边和父亲杨梓传以及其他几位副会长商谈。

纯如忙完了这些，又想起了那天自己要给周冰羽娶一个二房姨娘的事。看来她要比原计划提前几天去广州了，原本打算在家多待上一段时间，现在也不可能了。可单独把周冰羽放在家里，又着实让人不放心，可自己先前已经盘算过了，带他到广州去还是不可取。

没有办法，纯如又找到了婆婆姜氏，将自己的想法说给了她听。姜氏听后，感叹一番纯如惠贤德淑之后，答应这一阵子，由她一边注意着周冰羽的起居，一边留意物色个好人家的女儿。

将这些事情都安排妥当以后，纯如又要动身去广州了。

她回来这二十几天里，还没有和周冰羽正儿八经地说上几句话，周冰羽总是躲着她，纯如也没有心情和他说什么。但纯如知道，夫妻之间这么僵持着总归不是一回事。事情该发生的都已经发生了，该过去的也都已经过去了。自己这一去广州还不知道什么时候能再回来，总不能这样默不作声就一走了之。

“我明天就要走了。”纯如说。

“不能在家再多待上几日？”周冰羽问。

“广州那边的事情太多了，容不得我在家里久留。”

“我在家里也没什么事情可做，我和你一起去吧。”

“你还是在家吧。”

“那把儿子留下来，你自己一个人走。”

“他还小，我想把他带在身边。再说，我想让他再大一点儿，学学洋话。”

“胡扯，学什么洋话？路途遥远，千里迢迢，得吃多少苦，还是把他放在家里。”

“我已经和母亲商量过了，等有合适人家的女子，给你娶一房姨娘。”

“呵呵，我的事用不着娘操心，更用不着你来管闲事，我想干什么事，自有主张。再说一遍，孩子给我留下！”

周冰羽说完，摔门而去。

纯如面对着周冰羽的背影，愣怔了好一阵子说不出话来。眼泪也不争气地流了下来，苦闷与委屈不由自主地都涌上了心头。

第二天一早，纯如就要出发的时候，只有公爹周玉和婆婆姜氏带着家人出来送她。周冰羽和孩子都没有出现，孩子昨晚就被周冰羽抱到了另外一间房里。

最后，纯如怀着万分凄凉与孤单的心情踏上了旅途。

纯如还不知道，在她离开广州的这阵子里，“清威行”发生了一起惊天的大案。

事情是这样的，有一天“清威行”里进来了一拨洋商，指名道姓就是奔着“七里丝”来的，并且张口就要买两千担，这总价算下来大概有三十五万两银子。

当然这些洋话，杨梓传和几位副会长是完全听不懂的，都是翻译周顺忙前忙后说给他们听的。

杨梓传知道是来了大买卖，当然不敢怠慢。这可是“清威行”开门以来的最大一笔生意，这生意真要是做成了，那可要轰动半个广州城了。不但“清威行”的行号会从此名声大振，就是“七里丝”的名气自然也会被人广泛传播开去声名鹊起的。

但杨梓传也深知，这事关系重大，纯如又不在身边。他和几位副会长商量过后，一致得出个结论，生意一定是要接的，但必须小心谨慎从事，容不得一点儿麻痹大意。

那几个洋商表现出了极大的购买诚意，对“七里丝”也是赞不绝口，但是几番来往“清威行”，就是因为嫌生丝的价格过高，迟迟定不下来。

杨梓传很着急，怕夜长梦多将洋商给挤对跑了，那到手的鸭子可就飞了，空欢喜一场。可他还是不停地在心里告诫自己，一定要沉得住气，以免急于求成，忙中出乱。

彼此就这样拉锯扯锯，就价格上谈判了好几个回合，可也没有达成最终的共识，好像都在考验对方的耐性。

终于有一天，这几个洋商满头大汗地跑进了“清威行”。他们通过翻译周顺告诉杨梓传，一个月后，将会有今年的最后一拨货船要过来，再之后也就进入冬季，朝廷是不允许他们在这里过冬的。所以他们今天就是急着来订货的，当场就要把合同签下来，好让杨梓传他们马上备货。至于价格，就是按照先前最后一轮谈判时杨梓传给出的最低价格来算。

杨梓传几人听了当然非常激动，这件事情终于要落地了，他们这几位也终究没有白忙活一场。

但就在起草合同的时候，起了一点儿小小的争执，洋商坚持要用他们的合同文本，说是他们远在英吉利的老板就是这样要求的，而杨梓传当然是不干的，在大清国的地界里怎么能用洋商的合同呢？再说包括自己在内的这些人也看不懂啊！后来，洋商做了妥协，说是用汉英两种文字的合同文本，为的就是照顾彼此都能看明白，他们回去也好和自己的老板交代。

僵持不下之际，杨梓传和几位副会长商量之后，认为没有什么问题，洋商已经往来了几次了，可以看出他们是非常有诚意购买的。再说，用英文版本再写一个合同，对方的要求也不过分，毕竟对方的老板也是看不懂汉字的，自己这边有翻译周顺把关，应该也不会有什么闪失。

就这样，合同拟好后，通过周顺给双方翻译后，杨梓传和洋商彼此都很满意，也就都爽快利落地在合同上签字画押。汉英版本的合同各一式两份，洋商支付了十万两白银的预付定金之后转身离去。临走之时，洋商再三叮嘱杨梓传等人一定要保证按时交货，否则错过了这个班次的货船，那他们的损失可就太大了，等等。

杨梓传也通过周顺告诉他们，“清威行”是非常讲信誉的行号，既然定下了交货的日期，就不会耽误他们什么事的，何况合同上还约定了三倍于定金的违约金，自己要是按时交不上货物，岂不等于自寻烦恼等话语。

送走了那几位洋商，一笔大好的买卖也算是最终做成了。杨梓传众人喜笑颜开、欢欣鼓舞自不必说。看来广州真是个好赚钱的宝地，这么大笔的买卖在江浙哪能是这般容易就碰得到的？而在这里，虽然洋商什么事情都爱较真、挑刺儿，但只要签下来的就是大合同，这可比那些零零散散的小订单要强得多了。并且这洋商签下合同的时候，也真是不含糊，当场就掏银票付定金，可比国人付定金时候的那种小心翼翼、颤颤巍巍的样子爽快多了。

众人喜悦之余，也知道事情紧迫，要积极将货备好，再给洋商装上了船，再收下他们所欠的尾款才算是真正地大功告成。所以大家也只是简单地喝了一顿酒之后，就各自散去忙着准备去了。

周顺初来乍到，虽然刚到“清威行”没有多少时日，但和大家相处得很和谐，加之本人看起来也老实本分，特别是他那一口流利的英语和恰到好处的翻译让众人很是欣赏，所以他很受大家喜欢。受了众人夸奖之后，他在酒桌上也喝了不少的酒，但喝酒归喝酒，他还是非常敬业的，又要过杨梓传手中的合同文本，重新仔细地核对了几遍，认为准确无误之后，才交还给杨梓传存档。

杨梓传把这合同当个宝贝似的，真是放在手中怕碎了，含在口中怕化了，没事的时候就要拿出来看看，他认为这可是自己初来广州显山露水的一份杰作！

可就在签了这份合同之后的第十天，那些洋商又找上门来。

这几个洋商进到行里，就是一顿呜哩哇啦地大呼小叫，而那天周顺因为有事提前告了假不在行里，杨梓传众人也只能是大眼瞪小眼，一个字也没有听懂。见杨梓传众人面面相觑，没有什么反应，对方更是急了，连蹦带跳地作闹起来！从行内又跑到了街面上吵嚷，让杨梓传等人既觉得糊涂又大为吃惊，不知道这到底是发生了什么事情。

好在一个伶俐点儿的伙计给杨梓传出主意，说是去邻家行号里请懂英语的人来帮着翻译一下，杨梓传认为有道理，连忙派人去请。

过了有一刻钟，终于请来了懂英语的人。杨梓传将那几个洋商拉到行号里说话，而这时街面上已经黑压压地站满了看热闹的人。

洋商已经作闹了好一阵子，个个都已是满头大汗，也有点儿筋疲力尽。看有了能听懂他们说话的人，自然也都坐了下来，又对杨梓传请来的这个翻译，叽里咕噜地讲了起来。

翻译听完之后，将洋商说的意思又讲给杨梓传听，洋商说的主要意思是，为什么到了合同的交货约定期限没有给交货？最近的一班货船已经开走了，这损失可就大了，他们来是向“清威行”讨说法的。

杨梓传听了是丈二和尚摸不着头脑，真是莫名其妙，这哪里到了约定交货的日期啊？合同上明明白白写的是一个月，这刚刚才过去了十天的光景，怎么就说自己交货违约耽误了他们的事呢？没有违约何谈要赔偿对方的损失呢？

第一百一十八章　惊天骗局

杨梓传让翻译把自己要表达的意思说给了那几位洋商听，没想到洋商听完翻译的话后，完全被激怒了，跳起来挥拳要暴打杨梓传。众人见状，连忙起来拉架，纷纷站在中间将彼此隔开，以免杨梓传吃亏。

杨梓传更是茫然不知所措，傻愣愣地站在那里，这到底是怎么回事啊？自己也没说错什么啊？怎么惹得这些洋人这么大的火气？好像要和自己拼命似的。

请来的翻译倒是个热心肠的人，用英语和那些洋商交流着，劝他们不要动火气，有什么事情好好坐下来说。

这时候，钱春娇和萧武也知道行里出了事情，从外面匆匆赶了回来。萧武那些徒子徒孙呼呼啦啦地跟在他身后。

洋商看见突然进来了这么多人，知道自己或许占不到什么便宜，就乖乖地又重新坐了下来。

一时间，行里也就消停了下来。

其中的一个洋商从兜子里拿出一叠纸来交给了那个翻译。杨梓传凑上前去定睛一看，正是他与洋商们十日前签订的那份英文版本的合同。

翻译将那份合同交给杨梓传，杨梓传虽然不认识上面的字，但他确定眼前的这份合同就是自己那日签订的。自己签字画押那里也没有任何毁坏或涂改的地方，完好无损，可洋商拿出合同来有什么用呢？合同上应该清楚注明是一个月的交货期，这是周顺几番校对过的，绝对不会有问题的，怎么到了这个光景，洋商就认定自己违约了呢？

翻译仔细地逐条看了合同的条款，然后面露疑惑之色，自言自语说道："杨东家，你说得不对啊，这合同上可是明明写着的'自合同签订之日起，十日内交货，如不能按时交货，即视为违约，违约金按购货方所交的预付定金三倍收取'啊！"

"啊？怎么可能？"杨梓传听后大惊失色。

"这个英文版本的看不懂，可那汉字版本我是能看得懂的，那上面写得清清楚楚、明明白白，'自合同签订之日起，三十日内交货'！怎么着到了英文版本的合同就改了呢？再说，这英文版本的合同是经过我们的翻译周顺多次校对的，应该是准确无误的，不可能别的地方一样，唯独这交货期足足差了二十天他看不出来！"

杨梓传说完，急得团团转，不知道说什么才好，不知不觉间额头上已经渗出了细密的汗珠。他心里清楚，一旦被视为违约，不但一两银子赚不到，还要赔偿人家三十万两银子，这"违约"的名声也会影响不小，怕是从此以后"清威行"只能等着门庭冷落、关门歇业了。

杨梓传派去取合同的伙计回来了，打开了那一套英文版本的合同放在杨梓传的眼前，杨梓传仔细一对比，和洋商给他的那个一模一样，分毫不差。

杨梓传伸手要那汉字版本的合同，去取合同的那个伙计却回答说根本就没有找到。

杨梓传听了又是大吃一惊，不对啊，两个版本的合同自己明明是放在一起的，怎么一个找到了，另外一个就没了呢？

这一切都是怎么回事？莫非自己掉入了一场精心布置的骗局？

还有那个翻译周顺此时在哪里？

是不是他在这个英文版本的合同里面做了什么手脚？

是不是那个汉字版本的合同被他偷了去？

是不是他和眼前的这几个洋商是一伙的，里应外合来骗“清威行”的？

这么一大堆的疑问萦绕在杨梓传的脑海里，搅得他六神无主，没了主张。再想到这件事情会带来的严重后果，他又不禁懊悔起来。杨梓传埋怨自己还是太粗心大意了，虽然英文版本的合同自己看不懂，但也不能那么轻易就相信了那个翻译周顺，这么重要的一个环节被他完全忽略掉了。

李东家、吕东家、赵东家几位副会长见到眼前的阵势，早已吓得魂不附体。

他们怎么也没有想到，那么好的一件事情，十天的光景下来，突然间就变成了一个天大的麻烦，遮天蔽日，这几乎把他们憋得喘不过气来！

眼前纯如不在，他们所能依靠的也就只能是杨梓传了。但看见杨梓传蹙眉悲戚的样子，几人也明白，看来杨梓传也束手无策，没有什么主张。

杨梓传几人无言以对的窘迫样子，那几个洋商看得很真切。他们又借势吵嚷了起来，请来的翻译连忙对杨梓传等人翻译说，洋商现在在向“清威行”要那三倍的赔偿金，如果不给，就要拿着合同去衙门里告官去，说“清威行”不讲信用，违背了合同，给他们造成了巨额的损失。

钱春娇明白就眼前的情形而言，自己这方是一点儿理也占不上，英文版本的合同就在这里摆着呢，汉字版本的又找不到，这英文版本的合同自然而然就是唯一的证据。何况，条款约定又是那样的清楚明白，就是走到衙门里，也只能是自认倒霉，乖乖地赔偿人家银两。

钱春娇想到这里，从众人后面走出来，通过翻译告诉对方说：“我们很理解你们的急迫心情，但现在汉字版本的合同找不到，汉英两个版本的合同互相得不到印证，这事情还没有最终弄清楚。再说，真正的大东家出了远门，还没有回来，自己这些人也做不了什么主，你们这么僵持着也没什么意义，还是请你们给‘清威行’一些时间来处理这件事情。”

几个洋商听后，互相看了一眼，然后通过翻译说道：“就给你们三天时间，过期不候，否则，衙门里见！”说完之后，不等钱春娇等人言语，扬长而去。

洋商暂时是走了，可捅出这么天大的窟窿来，让大家一点儿也没有感觉到轻松。

杨梓传等人慌忙来到了行号后面的房间里，坐下来研究对策。

大家将这件事情翻来覆去梳理了许多遍，最后得出的结论就是，这就是一个内外勾结、里应外合的惊天骗局。那个翻译周顺有与洋商合伙作案的重大嫌疑，洋商就是利用了他们不懂英文的短处，在这里面设置了陷阱，等他们心甘情愿地往下跳。而自己这方浑然不觉，到了此时才发现，已经毫无退路。

结论是出来了，可接下来要如何应付呢？

洋商就给了三天的期限，弹指间，大火眼看着就要烧到了眉毛，众人谁也不甘心平白无故就被诈骗去三十万两银子的赔偿金。何况“清威行”自签了合同，收到了预付定金那日之后，已经开始着手备了一部分货，洋商订货是假，诈骗为真，那些货他们是一定不会要了，这些货压在自家手里，短时间内出不了手，也是一笔很大的损失。

赵东家的情绪很悲观，他对赔偿金的问题提出了自己的看法，他说：“现在这种情况下，我们是无计可施的，洋商手里的证据如山，我们却是手无寸铁，是如何也抵挡不了的。可这巨额的赔偿金我们要从哪里出？如果说这件事情是我们几个人定下的主张，责任由我们几个人来负责，可我们做的事情都是为了整个商会的利益，谁也不能心甘情愿且不说，就这么大的一笔数目我们也实在拿不出来。可如果说要从整个商会里出，让大家来平摊这笔款子，就是我们同意这么做，恐怕众位会员之中也会有反对的声音，这款子放在谁心里都不情愿，他们理解不了不说，这话也不好说出口啊！”

李东家接过话茬儿说：“那我们怎么办？难道卷上铺盖卷儿走人？可跑了和尚跑不了庙，这里面有着这行号不说，就是都跑回江浙去，衙门也会找到家里去。逃避绝对不是办法，那样只能将事情闹得越来越大，最后不可收拾。我看啊，能不能再找上那几个洋商，商量一下给他们少交一点儿赔偿金，意思一下也就可以了。”

“李兄，你想得太简单了，你所说的少交一点儿，意思一下，只能是一厢情愿而已。对方明显着就是奔着大动干戈来的，这眼瞅要到嘴里的肉，他们岂能轻易就罢手？”吕东家听了李东家的话后，连连摇头，很无奈地说。

“那你说我们进不得退不得，难道真让我们在这里坐以待毙？”李东家有些急了。

杨梓传和大家的心情是一样的，是绝不想认下这笔莫须有的违约金的，但又有满身力气无处使，他垂头丧气地听着大家在那里争论，心下更是烦躁不安。

钱春娇这时候说话了：“各位东家，我看这样吧，既然我们是被骗了，还要从骗子处着手才能解决根本问题。刚才萧武派人去那个洋翻译周顺的住处，已经是人去屋空，不知所踪。但我敢断定，他人一定还是在广州的，他们这一伙人钱财还没有拿到手，是不会离开这里的。既然人没走，就有找到他的时候，我们只有找到这个周顺，才能找到那份汉字版本合同的下落，即使那合同已被他毁掉，我们找到了他的人，他如果承认了他们合伙诈骗这件事，也算是找到了有利于我们的人证，这个问题大概也就有了可解的途径。”

大家听了钱春娇的话，纷纷点头表示同意钱春娇的说法。

话虽是这么说，可钱春娇心里并没有什么十足的把握。广州如此之大，茫茫人海，想找到周顺不是一件容易的事。何况他是个本地人，又和洋人有牵连，能躲藏的地方实在是太多了，例如躲在码头停泊的洋货轮上去，自己的人想上去都很困难。再说，洋商只给了三天的时间，这么短的时间之内想把周顺找出来，更是难上加难。

“唉，要是纯如妹妹在这里就好了，不可能出这样的事不说，就是出了，她此时应该早已找到解决的办法了。”钱春娇一边在心里想着，一边不小心自言自语地说了出来。

杨梓传和另外几位东家听了钱春娇的话，脸上都有些讪讪的神情，显得非常失落和无奈，低头不语。

第一百一十九章　引蛇出洞

“妹妹，你可回来了，你回来得也太是时候了！”

“是啊，姐姐。”

正在大家长吁短叹、愁眉不展之时，钱春娇猛一抬头，看见纯如走了进来。这把钱春娇高兴得快要跳了起来，她连忙跑到纯如近前，抓住纯如的手半天也没有放下。

众人看见纯如回来了，也仿佛找到了主心骨，精神都是为之一振，连忙都站了起来，不等纯如开口说什么，大家就七嘴八舌地把被洋商合同诈骗之事告诉了纯如。

纯如听完，也是大吃一惊，听得头皮发麻，身上也起了鸡皮疙瘩。这都是些什么事啊，自己原本匆忙回来，是要和父亲及几位副会长说一下如何筹措和珅和大人那五十万两银子的款项的。哪承想又冒出这么个天大的事情来，这可如何是好?

她旅途太累了，捡了个椅子坐了下来，端起钱春娇刚刚给她拿来的一杯茶，大口地喝了下去，感觉自己稍稍镇定一些。她将众人说的话仔细地在脑子里过上一遍，好让自己有一个清晰的思路出来。

大家见纯如没有说话，也都各自安静了下来，齐刷刷地把眼睛看向了纯如，眼巴巴地等着纯如拿出一个好主意来。

不用说，周顺作为这件事情的内应嫌疑已经很大了，他主动找上门来做翻译，自己当时也没看出来有什么蹊跷。在行里的这段时日里，也没有看出他什么异样来，看来诈骗赔偿金之事预谋已久。周顺的作为骗过众人的眼睛，博取了信任，隐藏得也很深。

他们并没有在自己刚离开广州时就对“清威行”下手，这件事情是自己在返回广州路途之中发生的，对方选择这样一个时机，有什么深意吗？

按道理说没有这个可能性，也没有这个必要，什么时候有合适的机会下手，对方自然不会手下留情。可周顺每天都在行里忙活，对自己的行踪也最了解，他们为什么不自己前脚走后脚就开始行动呢？而选在自己已经返回广州的途中发力，而后又在自己马上就要到了行里的时候，才一帮人找上门来发难，难道这前后时间上的安排纯粹属于巧合？

如果不属于巧合，则又回到了刚才的那个问题，又有何深意？这是一对相互矛盾的问题，纠缠着纯如不得解脱。如果是巧合的话，这证明洋商随机性比较强，就是冲着敲诈钱财而来。如果是刻意这样做的，就有可能是冲着“清威行”，甚至是自己来的，除了那一笔大额的赔款之外，恐怕背后还有将“清威行”元气耗尽的深意，自此让“清威行”不战而败，从“广州十三行”里撤走。赶在自己回来时找上门来，为的也是敲山震虎，让自己麻烦不断，知难而退。

这么想下来，纯如深感这件事情绝不只是这几个洋人作祟这么简单，这些都是表面文章，背后一定另有其人在指使他们这么做。有周顺这个内应就表明这些人做好了充分的准备，只趁着她不在的时候，请君入瓮，引父亲这些人入他们的圈套。又在她回来的这个节骨眼上，给她当头棒喝，将她的意志和信心击垮。

如果按照这个思路想下去，那么，这个背后之人又会是谁呢？

经过一番考虑，有一点纯如可以肯定，一定是“十三行”里的同行或有竞争关系之人，才会如此处心积虑来谋划击垮“清威行”。

这件事情还有一个最大的麻烦之处，父亲杨梓传他们还没有注意到，那就是与洋商签订生丝贸易合同的整个过程都是违背“公行”行规的，即使是将那汉字版本的合同找回来，自己都不能轻易去衙门和“公行”里讲理。

“公行”十三条行规的其中两条规定：“行商与夷商相聚一堂，共同议货议价，其有单独行为者应受处罚。”“夷船欲专择某商交易时，该商得承受此船货物之一半，但其他一半须归本行同仁摊分之，有独揽全船货物者处罚。”

杨梓传因为对行规不了解，有了洋商上门，他就以为这完全是自家行号里的事了，恨不得遮掩得严严实实，唯恐被其他行号窃取了消息。他既没有上报给“公行”，召集其他行商“相聚一堂，共同议货议价”，更没有在签订合同后“其他一半须归本行同仁摊分之”，违背了这两项行规都要被罚上数额不小的款项不说，更有可能从此被踢出“公行”，前面进入“公行”的种种辛苦都会付诸东流。

正在纯如努力地将这件事情搭建起个形状的时候，萧武从外面匆匆赶了进来，他将纯如和钱春娇拉到行里的僻静一角，气喘吁吁地说道：“东家，大事不好了，那几个洋商好像一个时辰之后就要坐船走了！”

“不可能啊？他们不说三天之后，还要来咱这里交涉违约金的事吗？他们这就要走了，是不是说他们放弃了敲诈咱家的念头？”钱春娇很费解地对纯如说。

“绝对不可能的事，眼看着就要得手了，他们岂能就这样一走了之？何况，在我们手里还有他们的十万两预定金呢，就是他们发了善心，不想再对我们‘清威行’做什么，那定金他们总得先要回去吧？”纯如说。

“那妹妹是怎么想的？”听纯如这么说，钱春娇也感觉自己想得太简单了些。

“我想这更进一步印证了我们对这些洋商背后另有主谋的猜测。姐姐，你想想，这几个洋人一定是演完了他们需要演的戏，留在这里继续待下去，已是多余了，他们只要将那合同留下来，自然会有人替他们出场来与我们周旋的。他们这么做，就是怕我们这几日抓住他们的一些把柄，因此要趁早离开广州，免留后患。但他们走后，我们的麻烦也就更大了，所以我们现在要想办法把他们强留下来！”

“按照妹妹之意，让武哥派人前去生出一些是非来，把他们从船上拖拽下来如何？”

“嗯，事情紧急，出此下策，也容不得考虑其他了。当务之急，既然已经发现了他们的行踪，就要先把他们留下来再说。否则等船一开动，漂洋过海，我们就再也没有寻他们的机会了。”

纯如沉吟了一下，继续说：“事关洋人，我们只能智取，切不可轻举妄动，特别是不能生拉硬拽将他们弄出什么伤来，那样的话，我们就又摊上了官司。这样，我们三个带着武哥手下那几个聪明伶俐的兄弟一起去，看具体情形再定。”

“好！”钱春娇和萧武二人同声赞成。

这时候萧武好像又想起来什么似的：“对了，东家，那个翻译周顺被我的弟子打探到进了‘荣盛行’。”

纯如听后一愣，与钱春娇对视了一眼，然后急切地说道：“武哥，上次我临走时，让你查找的这家‘荣盛行’到底是个什么情形？”

钱春娇忙说道：“妹妹，刚才匆忙间我忘记把这事和你说了，‘荣盛行’的芙蓉背后确实另有他人。”

萧武接钱春娇的话说：“东家，虽然表面上来往进出‘荣盛行’的是那个叫芙蓉的女人，可是那个芙蓉平时若是乘小轿出门时，轿帘子都遮得严严实实的，也从来不走大门，走的都是她家的小后门。我是车把式出身，我瞧着那四个轿夫的样子，抬着那顶轿子有些吃力，不像只是抬了芙蓉一个人，里面应该还坐着其他人。我派手下人跟踪，前几天真还在总督府衙门的大门前摸到了底细，芙蓉先下了轿子后，又很恭敬地扶下了另外一个戴着面纱的女子，只是看不清容貌。”

“那看来与我们猜测的情形是越来越相像了，这轿子里坐的另外一个人有可能就是绎如。”纯如对钱春娇说。

“她们越是这样畏首畏尾，这里面的嫌疑也就越来越大。还有，虽然看不清容貌，但就武哥跟我形容的体态和年龄来看，和绎如十分吻合。可妹妹莫不是怀疑，洋商诈骗之事也与她有关？”钱春娇说。

“姐姐，我现在也拿不准，只是前后联想起来，她的嫌疑很大。现在事情紧急，容不得考虑这么多，既然周顺进了‘荣盛行’，我们也要从这儿着手。”纯如的脸上虽是无奈的神情，但心里却有了主意。

“妹妹，那我们怎么办？”钱春娇轻声地问。

“我们引蛇出洞。”纯如肯定地说。

“我们如何能将绎如妹妹引得出来？”

“给她演一出‘苦肉计’。”

“苦肉计？”

“嗯，如果她真是铁了心不出来，那就没办法了！但时间紧迫，如果此计实在不行，我们也只能主动寻到她家里去了。”

杨梓传几人看见纯如他们三个在那里低声细语、嘀嘀咕咕，也很着急。这眼看着一天就要过去了，大家都等着纯如拿出个办法来呢，这耗一个时辰，就多一个时辰的危险，不能眼看着那三十万两银子去打水漂啊！

“纯如，怎么样，有没有什么对策？这可不是你们姐妹间闲聊天的时候，大家急得都好似火要烧上房顶了！再晚一点儿，我们做什么可都来不及了！”杨梓传对纯如喊道。

纯如听到父亲在喊自己，就和钱春娇走了过来，对父亲和其他三位东家说：“现在你们好好休息一下，养一养精神再说。”

“啊？”杨梓传几人听了纯如的话，简直都不敢相信自己的耳朵。这都什么时候了，谁还有心思睡觉去？这孩子是怎么想的，到了今天这个局面，哪还是开玩笑的时候！

“纯如啊，不要故弄玄虚，也不要故意好意安慰我们老哥儿几个，你到底有没有什么好主意？”纯如是自己女儿，其他几位东家不好意思说什么，杨梓传必须得替大家开这个口。

“父亲，各位东家，我让你们养足精神，为的是演一出戏，没有了精神，怎么能演好戏呢？”

“演什么戏？这哪是演戏的时候？”纯如说的话，更让杨梓传摸不到头脑，直愣愣地问纯如。

“好了，爹，您先不要多问了，知道得多了，演起来就会让人看出假来了，您和几位东家快去休息一下，我一会儿去叫你们。”

杨梓传几个人没有办法，只好转身进了后屋。可他们哪里有心思休息，虽然都没有出声，但这心里都七上八下的忐忑不安。

纯如三人急匆匆地就赶往了码头。

到了码头之后，萧武手下一个盯梢的兄弟凑上来小声说道：“爷，你来得正是时候，再晚来两刻钟，怕这船就要开了。”

“东家，我们现在怎么做？”萧武焦急地在等待纯如的吩咐。

“趁着他们还没有上船，派一伙兄弟故意和他们轻轻地碰撞几下，挑起他们的火气争吵起来，然后再让另一伙兄弟趁机偷偷将他们所带的行李全部拿走，就是被他们发现了，有前一伙的兄弟在那里和他们纠缠，他们也追赶不上的。”

第一百二十章　强留洋商

萧武按照纯如的安排，将两伙人派了出去，自己则和纯如、钱春娇两人躲在了暗处查看情况。

那几个洋商在码头靠近大船的位置上，一边嘴里不停地说着什么，一边伸腰扭胯活动着身体。船马上就要开了，他们脸上都显得轻松，当然也就没什么警惕性可言了。

突然间，一个人慌慌张张地朝他们踉踉跄跄地跑了过来，一边跑，口里面一边还尖利地喊着："救命，救命！"他的身后紧随着三个人，拿着棍棒在追撵着他。

前面被追赶的人看见了这几个洋人，好像看到了救命稻草，连忙扯拽着他们的衣服，跑到他们的身后寻求保护。而后面追赶上来的人避之不及，纷纷撞在了这几个洋人的身上。当中一个人因为气喘吁吁，嘴里高喊着什么，不小心把一口浓痰喷在了其中一个洋人的衣服上，又因为迎面而来，黏糊糊的鼻涕也甩了那人一脸。这让那洋人干呕了起来，大为恼怒，这身新做的衣服花费不菲，是为了回国见家人才穿上的，这还没上船就被糟蹋成这样，让他不仅恼火而且很心疼。

那洋人伸手就将眼前的这个人抓住，嘴里呜哩哇啦地怒吼着什么。

其他几个洋人被撞了之后也很愤怒，对方连句道歉的话都不说，反倒还是左冲右撞地在他们之间扭打着那个被追赶的人。眼见着同伴遭人欺负，他们这几个人索性也加入了进来，两方混战了起来。

这时候，码头上的人越聚越多，里三层外三层把这些人围在中间看热闹，不知道谁喊了一声：“衙门的人来了！”

立时那个被追赶的人，连同那几个追赶他的人，都找个人墙缝隙钻了出去，跑得无影无踪。人群中间，只留下那几个洋人耀武扬威地站立着，刚才眼看着那几个人逃跑时鼻青脸肿，非常狼狈，让他们很是得意和自豪。

众人看没什么热闹可看，也就散去了。这时候，又听见有人高喊：“上船了，上船了，船马上就要开了，过期不候啊！”

听到这样的喊声，这几个人才回过神来，急忙去一旁寻找自己随身携带的行李。可到了刚才放行李的地方都傻了眼，因为他们的行李全部不见了！当下急得这几个人呜哩哇啦地一顿狂叫，要知道，他们的行李里面大都放着值钱的物件，有的是自己喜爱的藏品，有的是回国给亲人朋友的见面礼，这一番胡闹之后就都没了踪影。此时，他们只能眼睁睁地看着船开走了，留下他们几个在码头上发疯似的怒吼。

“妹妹，你比诸葛亮还厉害！料事如神，奇谋百出，我佩服得五体投地！”钱春娇激动地对纯如说。

“姐姐，过奖了，我们用的这都是些下三烂的手段，哪能拿得上什么台面来讲的。这也是被逼得没有办法的办法，能不能起到什么作用，也只能是走一步算一步了。”纯如淡淡地说。

“东家，那些行李如何安置？”萧武问纯如。

“暂且安置在一个僻静处，等我的话再做处置。一会儿，派人盯着他们几个，看是去衙门请求缉盗，还是去‘荣盛行’请求帮忙。如果真的是‘荣盛行’，一会儿回去之后，我父亲他们也该出场了。”

三人回到了“清威行”。

杨梓传和几位东家正坐在桌子前，望眼欲穿地等着他们回来。可眼看着天就要黑下来了，这一天的光景就快过去了，纯如这孩子还是不着急不着慌的样子，看着实在让人放心不下。

“父亲，你们休息好了？”纯如笑呵呵地问。

“哪有什么心思休息啊，大家都等着演你说的那场戏呢，这时候也不早了，快说说是什么套路？”杨梓传急切地问。

“父亲，这次您要受些皮肉之苦了。因为我们要演的是‘苦肉计’，当然各位东家也不能手下留情，一定要演得真切，如果让人看出破绽来，我父亲这皮肉之苦也就白吃了。”

“‘苦肉计’？怎么个‘苦肉’法？我受些皮肉之苦真要是能将这件事情化解开，那实在是微不足道。只是你这‘苦肉计’要演给谁看？演完了这出，又能达到什么目的？”杨梓传还是没有明白到底是怎么一回事。

“父亲，您好好和众位东家演着，弄不好会有一个更大的惊喜等着您呢！”纯如故作神秘地说。

“现在我们怎么做？快点吩咐。”杨梓传看纯如就是不说事情的根底，有些恼火。

“这样，一会儿有人带着你们四位到一个地点。然后吕东家、李东家和赵东家你们几位就追赶着我父亲骂他、打他，追到了‘荣盛行’的门口时，出手一定要重、要狠，手上切不可有半点儿的留情，一定要打个半死才行！”

“啊？这成什么事了？”吕东家大为惊愕地问。

“吕东家，为了成全我们的大事，你照我说的做就可以了。”纯如镇定地说。

“那我们骂你父亲什么？”李东家问。

“就说我父亲签了这么一份合同，给大家造成了巨大的损失，你们揭竿而起，群起攻之，内讧内斗，就按照这个思路来就行。”

“好吧，只是下手没轻重，没有准头，还望杨东家日后不要记恨我们三位。”赵东家有些为难地说。

“哪能呢？纯如不是说了，有可能这里面还有给我的大惊喜呢！”杨梓传很爽快地接过了赵东家的话茬儿，但他对纯如一直遮着盖着这件事情，很不满意，说出话来也带着那么一股火气。

纯如并没有再说什么。大家也就按照刚才的安排，各自准备去了。

“妹妹，按照你说的‘苦肉计’这个方向来想，杨叔被打伤了之后，绎如会救他进府里，此事如果绎如真是背后主谋，那你猜测她会如何决断呢？”钱春娇悄悄地问纯如。

“姐姐，我觉得绎如一定会出手相救的。至于她能不能露面，我心里也没有十成的把握。但我希望，这件事情能对她有个触动，在合同这件事情上能放我们一马，我也想通过这件事情揭开她的面纱，让她重新回到家里来。一家人得以团聚，而不是这样偷偷摸摸地在后面搞鬼，让大家不得安宁。我更想和她聊聊，她到底是怎么想的，让她置亲情于不顾，在我们身上搬弄出这么多的是非来。”

纯如说完，又接着问萧武：“武哥，你的那些人有没有带什么消息回来？”

“东家，那几个洋人确实是朝着‘荣盛行’的方向去了。”萧武答道。

纯如说道："看来他们十有八九是找绎如去了，想通过绎如在这里的关系找回他们的行李。也有可能为了寻求绎如的主张，来决定他们下一步该如何做。"

"绎如果真救了杨叔之后，我们再做什么动作呢？"钱春娇问。

"如果她和父亲相认当然是最好的，即使她与父亲不相认，我也要借此事之机，寻到她的门里去，当面与她解决这件事情。"纯如坚定地说。

钱春娇想着纯如在回来后的这小半天光景里所做的一切，对纯如十二分地钦佩。

钱春娇发现纯如每一天都在变得更加成熟和稳重，在每一件事情上都有自己独特的想法和谋略。对变幻之中的事情，总有着敏锐的洞察力，哪怕是蛛丝马迹，她也会捕捉到旁人忽略掉或无法辨别的信息，然后放大开来，将事情形成一个层叠的蛛网形状，只要再有一点儿风吹草动，她就觉察得到即将要发生的事情，并不断在变化之中修正自己的行动轨迹，最终将事情处理得很妥帖。钱春娇想，纯如或许自生下来就有决断的天生禀赋，或许是经历的磨难多了，自然地成熟沉淀，总归自己是自愧不如的。

一个时辰之后，在"荣盛行"所在的那条青石板铺就的大街上，几个人一边怒骂着，一边追赶着前面一个跑得有些筋疲力尽的人。

这几个人都好像刚喝过了许多酒，骂人时口齿显得也不是十分利落。

"杨梓传，你个王八蛋，把我们弄到广州来，一点儿银两没赚到，到头来却要我们拿银两出来给你补窟窿！"

"杨梓传，你想得美，我的银子可不是大风刮来的，一分一毫你也甭想动！"

“快把股银给我吐出来，我不和你一锅搅马勺，老子不陪你玩了！”

“杨梓传，我看你和你闺女合起伙来骗我们的钱财，就是和那洋人也是穿一条裤子的，你这么做真是丧良心啊，小心你日后不得好死！”

此时已是戌时，大街上已经没了什么人影，这几位连跑带喊，寂静之中带着回音，听起来分外刺耳。有几户爱看热闹的人家，都跑到街面上来，瞧看一下到底发生了什么事情。

待跑到距离“荣盛行”的不远处，前面的人好像是体力不支，扑倒在青石板的街面上。后面几个人追赶了上来，口里重复嚷着刚才骂过的话，手脚并用，对着倒下的人一顿拳打脚踢。被打的人痛得哭爹喊娘，最后竟然慢慢变得呻吟几声之后再没了声响。

看热闹的人中有热心肠的，连忙跑过来拉架解劝，那几个人还是不解气，又朝着地上躺着的人猛踢了两脚，方才骂骂咧咧地离去了。

“这人怕不是被打死了吧？”看热闹的人中有一个惊呼。

“怕是又一个骗人的，欠了人家钱不还才被人追打的。”

“说来，这样的人也是活该！”

“咱赶快也散了吧，多一事不如少一事，这要是出了人命，我们别无端地被牵扯上瓜葛，那就晦气了！”

说话间，几个看热闹的人也作鸟兽散去。

只留下杨梓传一人躺在街面上，他不是在那里装死，而是真被赵东家几位打得昏死了过去。

过了一刻钟，没有声响。

过了两刻钟，也没有见到再有行人从杨梓传身边路过。

过了小半个时辰，也没见有人从“荣盛行”的大门里出来。

而这时，风声大作，黑压压的乌云不知道何时已经聚集在了一起，几番电闪雷鸣之后，豆子大的雨点子突然从天而降，不一会儿的光景，青石板上就有了水流肆意蔓延开来……

而杨梓传还是卧在那里一动未动。

站在远处黑暗角落里，借着“荣盛行”大门两侧挂着的硕大灯笼发出的光亮，纯如看得十分的真切，内心如刀子割了般的疼痛难忍。

第一百二十一章　夫人心机

大雨瓢泼，纯如泪如雨下，眼前白茫茫的一片，再也无法看见父亲横卧街头的身影。

纯如自打懂事起，就对父亲的霸道、专横与自私有很大的不解和成见，父女之间自然少了很多的亲近。特别是杨梓传将她强嫁于周家之后，更让纯如对父亲失望至极，那几年里更是少了许多与娘家的走动。

纯如发现父亲身上发生很大的变化，应该是在他出了湖州知府衙门的大牢里之后，得知自己得到了朝廷的嘉奖，父亲为她发自心底地高兴和自豪的那个劲儿头，就好像和他自己得到一样，或许望女成凤就是父爱的另一种表达方式吧。这些荣耀真要是放在别人头上，纯如知道，父亲他一定会眼红嫉妒骂娘的。

自己生了周展之后，父亲的脸上总是一副快乐满足的笑模样，只要见着自己的外孙子，就非要抱上一抱，亲了又亲，爱不释手，完全变了个人似的。在这之后，父亲无论大事小情都不再斤斤计较，而是变得谦让大度了许多。给自家公爹周玉主动认错，两人和好如初不说，就是与其他同行东家也友善了起来，对待名利之事更是看淡了许多。

此时，父亲却躺卧在瓢泼大雨之中昏死过去，而自己却只能眼睁睁在这里看着而无计可施。看来被打得实在是太重了，否则，这般冷凄凄的大雨浇在头上，父亲怎么还没有苏醒过来呢？

而这些都是自己一手策划的，想来，自己真是不孝之女！可为了能见到妹妹，解得“清威行”的危难，只能苦了父亲他老人家！父亲也是年过半百之人了，不知道经历这一番折腾，身体上能不能吃得消呢，会不会从此落下什么毛病，自己怎么算来算去，也没想到此时突然间会下起这么大的雨来！真是天有不测风云！

难道妹妹绎如心肠真的变得如此狠毒了吗？知道父亲被打得遍体鳞伤、横卧街头也不闻不问？街上这么大的动静，那三位东家，一口一个“杨梓传”高声喊喝，绎如她不可能听不到，就是她不想出来，或者说识破自己的“苦肉计”，也总得派个人出来看看情况吧？

难道这“荣盛行”根本就不是绎如的？这里面就不曾有过绎如这个人？自己所有的猜测都是错的？如果真是这样，自己的一切努力都会付诸东流，父亲白白吃了苦头不说，就是解决那洋商合同欺诈之事也耽搁了。

正在纯如胡思乱想、心旌摇摆不定的时候，雨停歇了下来，再往“荣盛行”的大门处翘望，突然发现不见了父亲的踪影。

是父亲醒了过来，自己独自一人走了？还是“荣商行”的人趁着大雨弥漫的光景，将他拖了进去？

纯如既是惊，又是喜，忽然之间不知如何是好。

旁边的钱春娇拽了拽纯如的衣角，轻声说道：“妹妹，我们现在应该赶快回去，看看杨叔是否回到了行里？如果他没有回到行里，那就是‘荣盛行’的人给救了进去，我们也就没什么可担心的了。”

“是啊，东家，你们回去，我和几个兄弟在这里继续瞭望着，有什么苗头不对的地方，我立马派人回去禀报。”萧武也劝解道。

纯如虽然还是很担心父亲的安危，但眼前也是无计可施，只能随着钱春娇回去看看情形再说。

“荣盛行”里此时却是一番紧张压抑的气氛笼罩。

绎如在房间里来回踱着步子，显得很是急躁的样子，丫鬟婆子们还从来没有见过夫人这般样子，连大气都不敢出。

只有芙蓉得个机会，轻声对绎如说：“夫人，不要着急，这个杨东家虽然人还没有醒过来，但郎中说了，只是受了些皮外伤，颅脑上受了一些震荡，性命并无大碍。”

“难道外面的厮打声，你们都没有听到？你们个个是聋子吗？”绎如没好气地冲着那几个丫鬟婆子喊道。

有一个年龄稍长的婆子小心地答道：“夫人，我们只是听见了外面人喊‘杨梓传’‘合伙骗人’‘还钱’只言片语的话，就以为如往日街头讨债追债的一般模样，怕给夫人惹上什么麻烦，也就没有出去探望。”

“你们知道杨梓传是谁？你们知道这躺在里面病榻之上的人是谁吗？他是我父亲！”

“啊？”

“啊！”

绎如此话一出口，惊得芙蓉和这些丫鬟婆子身上都为之一震，张大了嘴巴合拢不上。这是她们第一次见夫人动了感情，平日里她们从未曾见过夫人将喜怒哀乐挂在脸上，而这次明显特别激动和焦灼。

尤其是芙蓉，她有太多的迷惑一时间涌上了心头，杨东家是夫人的父亲？那“清威行”的东家纯如不也是杨东家的女儿吗？也就是说纯如和眼前的夫人是亲姐妹？那天在“清威行”的门口，她也往这一方面想过，可是被夫人一口否认。还有，自这些夫人的至亲来到广州的这段时间，夫人对他们的所作所为又是为了哪般？想来真让人想不通，夫人的心思神秘莫测，不可捉摸！

“好在是我回来得及时，也好在芙蓉多留意了一下街面上的情景。否则，这么大的雨一直下着，他又受了这么重的伤，后果真的不堪设想。”绎如喃喃自语地说道。

绎如一挥手，那几个丫鬟婆子无声地退了出去，房间里只剩下绎如和芙蓉二人。

“夫人，那几个洋人还在外间里等着见您，等着您给他们拿个主意。”芙蓉提醒道。

“他们这几个洋人也真是废物，连自己的行李都看管不了，能在光天化日众目睽睽之下被人偷了！”绎如没好气地说。

“是啊，夫人，他们的行李找不回来，一时半会儿回不去西洋那边是小事，就不知行李里是否装有那重要的物件，如果真在里面，一日找不回来，我们也得一日跟着提心吊胆。”

芙蓉感觉夫人因为她父亲的事情有些乱了阵脚，已经没有心思处理洋人这边的事情了，但她也不敢太直接地说明白，只能隐晦地提醒了一下。

“我刚才不是也和知府大人商量过了吗？我将事情的原委和他说过之后，他和我的推测是一样的，这件事情绝不是几个小毛贼临时起意而为。无论从事发前的逼真演绎，还是事后的不慌不忙撤退，都应该是精心策划过的，这种情况下，怕是知府衙门的捕头一时半会儿也破不了这个案子。”

“夫人，说句不该说的话，这件事情会不会和‘清威行’有牵连？”芙蓉小心翼翼地问。

“完全有可能。就是眼前我父亲的事，是不是我的姐姐纯如故意给我演的一出‘苦肉计’，也是说不准的。她这么做，有可能就是逼我出来见他们。”绎如说这话时，不再像刚才那般心急火燎了，能感觉得出她镇定了许多，慢慢地恢复了往常的神色。

芙蓉终于在绎如的口中证实了自己的猜测，杨梓传、纯如、夫人真的是一家人！可这一家人做的事怎么都是让人匪夷所思的，难道纯如真的是让父亲受罪来给她妹妹演了一出苦情戏？

“可不管怎么说，我不能对我父亲见死不救！”绎如补充了一句。

“那等杨老爷一会儿醒来了怎么办？”

绎如沉吟了好一阵子，说道：“你们好好照料着他，且不可有一丝粗心大意，等我父亲能走动了，暂且给他送回到‘清威行’去。我姐姐纯如大概是摸到了我的影子，但还不是见面的时候，明天她如若找上门来寻人，你出面来替我挡住。”

“是，夫人。”芙蓉答道。

“我猜想洋人的行李里一定放着那份汉字版本的合同，他们背后留了一手，怕我事成之后答应给他们的好处不兑现，他们好用这个来要挟我。他们丢了行李来找我，而不是去告官，也是这个道理，他们以为是我找人做的这件事。但现在这个行李如果已经落到我姐姐手里，这盘棋也就全输了。”

“夫人，芙蓉斗胆问一句，您做这些的……”

“呵呵，要问我做这些事情的原因吗？”

纯如不等芙蓉再说什么，又自顾自地说道："无论是我父亲的地皮也好，还是眼前这份合同也罢，我并非要从中谋取他们的银两，说来这些银两就是到了我手上，也无非是暂时从他们的兜里掏出来放到我这里先替他们保管一下。我的目的是逼他们退回江浙，知难而退，不要与我们在'公行'里竞争丝绸的行领。再有，他们不熟悉'公行'里面的复杂情况，有可能到了后悔那一天都不知道是怎么败的，我很替他们担心。"绎如长长地出了口气，仿佛说完这番话后，将心中的所有郁结也化解开了。

"感谢夫人的信任，能对我说这么多！夫人之作为，可谓是用心良苦啊！"芙蓉很感激地说道。

"芙蓉，父亲、姐姐与我同处一城，却是各为其主，以致今日，仍不可正面呼应。他们的商会代表着江浙千百丝绸商户，而且人多势众，实力不可小觑。而我要完成老爷生前遗愿，带领'荣盛行'也代表广州本地商贾在'公行'里一决高下！早一日与他们相认，我怕会动摇。我现在是孤家寡人，想来，在我身边能与我说个话的人也就是你了。"

芙蓉知道夫人绎如今天所说的都是肺腑之言，夫人也知道自己神秘的面纱即将要摘掉，通过这个机会让她自己心里畅快一下。今天她父亲受伤之事，对夫人来讲应该是一个不小的触动，但夫人未来将何去何从，自己还是看不清楚。

芙蓉想到有事情要向绎如汇报，连忙说道："夫人，高尚拿着两江总督高大人的亲笔书信，去了李侍尧那里走动。"

"结果如何？"

"李侍尧是不能驳了高大人的面子的。李侍尧和我说，虽然是同朝总督，但高晋比李侍尧大了有二十岁，是前辈。何况高晋是德高望重之人，他心中也是很钦佩的。高大人为了自家堂弟，求他在广东照顾一下，人之常情无可厚非，当然是一口应承了下来。”

“楚秋那里情形如何？”绎如接着问。

芙蓉答道：“他不但和高尚合起伙来做丝绸生意，还一起做起了私贩烟土的勾当！”

第一百二十二章　纯如接父

纯如和钱春娇回到“清威行”，急切地问了吕东家等人，得知父亲并未回来，心下十分着急，万一父亲此时没在“荣盛行”里呢？

好在过了有半个时辰，萧武回来了。

他告诉纯如说，看见有郎中模样的人从“荣盛行”里面出来，应该是“荣盛行”的人请去给人瞧病的。送出门来的人也对那郎中连声道谢，说什么“谢谢救了我们杨老爷的命”等话。看来杨叔人确实是在里面，而且人应该也没有什么大碍。

纯如听后，一颗心终于放了下来。父亲有了下落不说，这件事也极有可能证实自己对绎如的猜测和判断是准确的。

如果绎如派人去请郎中探病，也可见绎如对父亲心疼孝顺，虽说这与她近来对“清威行”的行事动作大相径庭，但可以看出，绎如无论有了如何的变化，总归是认自己父亲的。只是不知道绎如会对自己这个姐姐态度如何，只能明日相见时再见分晓了。纯如有满腹的疑团，需要当面让妹妹来给自己亲自解开。

萧武问纯如：“东家，洋人的那些行李我们如何处理？是不是将它们打开来查看一下？”

纯如略微思索了一下说：“武哥，你暂且保管好，原封未动般地放着，千万不要打开，更不要出现什么闪失，等我明早去过‘荣盛行’之后再作打算。”

“妹妹，万一那洋人的行李之中掖藏有那份汉字版本的合同呢？如果我们找到了这份合同，我们的难题解决起来可就容易多了！现在想来，如果我们当时就将它们打开，如果真能找到那份合同，杨叔的‘苦肉计’都暂且不用演了。我想，我们还是打开看看，只是查找那份合同，其他的物件咱一样都不给他动也就是了。”

纯如解释道：“我当初出此下策劫持洋商的行李，为的是将他们强留下来，并不曾想对他们的行李如何。姐姐，你也知道，按照钟大人和我们言说的‘公行’十三条行规，我父亲他们行事时就触犯了其中至关重要的两条，现在就是我们拿到那汉字版本的合同也不能与那洋商大肆声张，只能与他们好好商量。还有，按现在的情形来看，事情的根底终究还是在绎如那里，她那里说通了，这件事情也就迎刃而解了。”

钱春娇听明白了为什么纯如坚持不打开行李的道理，在心里愈加佩服纯如的缜密心思和周全考虑。

“无论事情结果如何，我们终究还是要将行李还给人家的，我猜想这行李之中都是这几个洋人漂洋过海带给家人的物件，被我们这一翻腾难免会不好再收拾。我们与这些洋人日后有可能还要打交道，我不想让他们为此记恨我们。”纯如自顾自地又解释了一番，这也是她在说服自己暂且不打开行李的一点儿理由。

“好吧，妹妹，你想的是对的，先按照你说的这个来做。如果你明天去‘荣盛行’，真的没什么结果，保不齐还是真要打开看看的，毕竟留给我们的时间不多了！”钱春娇无可奈何地说。

这时候，吕、赵、李三位东家也都凑了上来，纷纷向纯如表达对杨梓传下的手有些过重的歉意。

纯如听后一笑，为了演好戏码，无论打人的，还是被打的，大家都尽力了，安慰他们放心休息去了。

纯如此时才感觉十分疲倦，自己中午到行里一直到现在就没闲着，她实在是有些累了。和钱春娇道了声晚安就回到自己的房间睡下了。

睡梦之中，她看到儿子周展来到自己的身边，轻轻地用小手推着她，甜甜地叫着娘亲，朝她要奶水吃。

看着母亲一直无动于衷，儿子好像很失落的样子，没有哭闹就悄然离开了她。

等她回过神来，想抓住儿子的时候，可任凭她怎样，就是使不上半点儿力气，只能眼睁睁地看着儿子远去。

她难过得无法控制，发疯了似的哭求，但最终都无济于事。

直到哭醒，纯如才发现是做了一场梦，用手摸摸自己的眼角，居然还是湿润的。

……

第二天早上起来，洗漱完毕，纯如与钱春娇来到了“荣盛行”。

通报了之后，二人没遇到任何阻力，便入了一间宽敞明亮的会客厅。

芙蓉端坐于主人的位置上。

“刚才门房的人进来通禀，说是‘清威行’的东家驾到，有失远迎，还望海涵！”芙蓉客气地说道。

纯如见接待自己的并不是妹妹绎如，心下不禁一沉，很是失望。

眼前的这个人自己也未曾见过，但以前听着“荣盛行”出面办事的都是一个叫芙蓉的女子，想来应该就是这位了。

“纯如冒昧而来，还不知道东家您如何称呼？一清早就来贵府叨扰，我这心里十分过意不去，只是事情急迫，还望您多多包涵！”纯如说。

“呵呵，纯如东家，我并不是什么东家，只因东家出了远门，我在这里主事几天罢了，你就唤我作芙蓉吧。不知纯如东家此番有何贵干？”

芙蓉仔细地瞧看起眼前的纯如来。

圆圆的脸蛋上略施粉黛，显得别有一番的芬芳雅致。长长的睫毛下一双黑白分明的眸子扑闪着，明眸善睐之中，聪慧与善悯尽显。耳有垂珠，轮廓如弯月倒挂姿态，通透如玉。说起话来，温文尔雅，落落大方，没有半点儿的扭捏惺惺之态。只是在吐气如兰的气息之中，芙蓉能体会得到纯如的一丝疲惫和憔悴。

芙蓉对纯如几番观察之后，不免在心里对纯如生出几分莫名的好感。

夫人绎如和纯如是亲姐妹，两人之间确实有许多相像之处。但夫人与其姐姐纯如比起来，少了一份润泽和宽厚，这种感觉让人品味起来很舒服，倍感可亲可近，就像磁石一样有吸引力。

“是这样，我的父亲昨日晚间与几个朋友喝了一些酒，闹了些不愉快，厮打起来受了伤，从旁人处打听到，是被贵府好心救助调养，今日是特地来表示感谢的。”

“哦，原来老爷子是纯如东家的父亲啊！你要是不说，我还真不知道我们救的人是谁呢！纯如东家太客气了，扶危济困、助人为乐都是天经地义之事，不用说什么感谢不感谢的。老爷子昨日吃了郎中给开的药方子，身体已无大碍，只是昨日被倾盆大雨淋到了，惹了风寒，带回去之后还须静养几日，我想也就没什么问题了。”

“虽说大恩不言谢，但感激之情总归不能忘的。我冒昧问一下芙蓉姐姐，贵东家尊姓大名？”

看见芙蓉有些迟疑，纯如又继续说道：“我知道我问得有些唐突，但‘清威行’与贵行同在‘公行’丝绸业界，日后少不了会互有往来的，我想借此机会攀一下高枝，希望有幸能认识一下贵东家，日后若是在什么场合遇见了，也好当面致谢受教，不至于相见不识，让知情人说我忘恩负义，人情冷漠。”

“虽说我们东家施与他人恩惠之处很多，但从不曾有想得到什么回报的念头。可纯如东家今天这番话说得入情入理，让人不好辩驳，这样，等我们东家回来之后，我一定把你的这番美意说与她听，请她定夺之后，再与纯如东家言说。”

纯如见芙蓉说来说去，还是没有说出自己东家的名字，也就不好再问下去了。

“其实呢，我们东家还有个亲妹妹，也在此地，也是丝绸界的翘楚，只是前两年相互间没了音信往来。呵呵，怕不是贵东家就是我们东家纯如的妹妹吧？”钱春娇笑呵呵地对芙蓉说。

芙蓉听到钱春娇的话一愣，她没想到纯如身边的这个女子说起话来如此直截了当，但细细品味话语之中，又有那么几分玩笑的成分，让她不知道如何作答。

钱春娇接着说：“如果贵东家是绎如就好了，父亲受伤在了自己女儿的大门前，自己的女儿又救了自己的父亲，亲姐姐此时又寻到亲妹妹的门上来，一家人这种重新团聚的机缘，真是千载难逢，传出去必然是美谈。”

“世上哪能有如此巧事？我也从不过问东家家事的。这样吧，我让人去看看老爷子，如果老爷子能走动了，正好你们就将他接走。”芙蓉连忙岔开话头说。

不一会儿的光景，杨梓传被人带了进来，虽然显得有些疲惫和虚弱，口里不停地咳嗽，但从走路来看，身体已算硬朗。

他看见纯如和钱春娇来了，知道这是接他来了，但因为纯如事前曾和他说过这是“苦肉计”，他一时间也不知道该说什么，怕哪一句说错了，惹来了麻烦，自己也白白挨打了。

纯如连忙走到杨梓传近前，说道：“爹，您没事吧？”

“不碍事，不碍事，这酒以后啊不能喝了。老了，老了，喝酒还惹出是非来了。也亏了这家人救了我，否则，我这条老命也就没了！一定要代我多谢谢人家。”杨梓传知道，自己只要是不出了这“荣盛行”，这戏就还没有算演完，所以顺着纯如的问话接着延展开去。

待杨梓传抬头看芙蓉时，忽然间一愣，不由自主地说道：“这位小姐，我怎么看你面熟？”

“不，不能吧，我和老爷子未曾见过吧？”芙蓉稍显慌张地说。

“不，我见过你的，如果我没记错的话，前一个月的光景，你还找过我要购买我的一块地皮。”杨梓传十分肯定地说。

芙蓉转过头来，对纯如说：“纯如东家，郎中说老爷子颅脑受了些震荡，需要静养一些时日才能恢复……”

纯如知道芙蓉这是在转移话题，矢口否认有低价购买地皮之事，也有要送客的口气，连忙说道：“好的，好的，再次感谢您救治我父亲，改日一定再登门致谢。”

再看杨梓传，他用狐疑的目光来回看了纯如和芙蓉两眼，想要再说些什么，被站在一旁的钱春娇拉了拉衣角，他知道这是不让他再言语，只能隐忍了下来。

纯如三人出了“荣盛行”，杨梓传就忙不迭地问道：“纯如，我这‘苦肉计’可演得成功了？”

纯如摇摇头。

“那是我演砸了？”杨梓传又问。

纯如还是摇摇头。

杨梓传这回真动怒了，大喊道：“这都什么光景了，还有心思玩这些过家家的把戏，到底是怎么一回事？你快和我说明白，明天那些洋人就要找上门来要银两了！”

“父亲，您演得很好，可看客没有买账！”纯如叹了口气说道。

“我们要演给谁看？刚才‘荣盛行’里的那位小姐？她分明是想趁火打劫买我地皮之人，我演给她看有什么用？”杨梓传既恼火又疑惑地追问道。

“父亲，看客不是她。”

“那是谁？”

“她的东家。”

“她的东家又是谁？”

“绎如！”

第一百二十三章　屏风背后

等纯如几人走了之后，绎如从客厅的屏风后面走了出来，神情显得有些落寞。

“夫人，我在夫人姐姐与那掌柜钱春娇一唱一和的言谈中，已听得出来她们已经大概知道了我们这里的底细，就是杨老爷方才也认出我来了。”芙蓉说道。

绎如点了点头，心不在焉地缓缓说道：“世上没有不透风的墙，何况纯如变得越来越聪明了呢！”

“夫人的姐姐和夫人真是同胞姐妹，同样都是漂亮别致，冰雪聪慧。”芙蓉由衷地赞叹道。

“呵呵。”绎如未置可否地笑了一声。

芙蓉见绎如并没有按这个话题谈下去的意思，也就止了声，看绎如下一步如何打算。

绎如也沉默了下来，她的内心一直在挣扎，好似停歇不下来。

绎如与纯如虽然是同胞姐妹，但性格迥异，从小时候彼此就不是十分亲近。长大了，纯如与楚秋之间互生情愫，楚秋即使在纯如嫁作了他人妇之后，还是对其念念不忘。而绎如同样爱慕楚秋，但楚秋对她视而不见，这把绎如伤得很重，很长时间也回不过神来。绎如想不明白，自己到底比姐姐差在了哪里，以致这般不受楚秋的待见。

后来，父亲杨梓传在南京又勉强绎如认太监谭公公作父，陪着喝酒不说，绎如也受够了那老太监的撩骚，他还要带绎如回京城，绎如怕父亲应承下来。绎如当时想，她真成了父亲不疼娘亲不爱之人，一气之下她在南京出走。并发誓要闯出一片属于自己的天地来，让世人对她刮目相看，不敢再小瞧她，她绎如绝不是他们眼中的弱小女子！

绎如情场失意之后，也迁怒在了纯如身上，心中有一口不可言说的怨气一直郁积着。父亲把她当成了做生意的筹码去进行交易，也伤透了绎如的心。这样的隔阂一直存在于绎如的心中，这两年来一直没有得到解脱。

而对于楚秋，绎如的心里只有恨，她恨楚秋太无情、自私、虚伪和狠心。她要利用高尚对楚秋进行报复，这两人就如她左右手上的两只风筝，用利益两条线扯拽着他们，并彼此在空中缠绕纠结，骨架之间互相磕碰损耗，最终让两人连根毛都不剩！

高尚曾经得罪过绎如吗？没有。高尚在绎如眼里不是个好东西，他和她父亲杨梓传曾有过节，就这么简单！

"说句实在话，父亲受伤之事，是巧合发生也好，是纯如耍的小伎俩也罢，我也不想再去计较了。从今以后，我不再一门心思想着把他们赶回江浙去了，虽然我做的那些都是出于好心，但父亲和纯如未必领我的人情。日后，我和他们之间竞争，凭实力、凭运气，无论输赢，大家心服口服也就是了。"

绎如好似下定了最后的决心，终于在沉默之中开了口。

"是啊，夫人，同胞姐妹情深似海，没有过不去的沟沟坎坎，纵使打折了骨头也连着筋，心有千万结儿，有朝一日也能化解得开。”

芙蓉是个玲珑剔透的女子，伶俐乖巧，慧心巧思不输给任何人。否则，两广总督李侍尧不可能带着她那么多年，绎如也不能将那么多的重要事务放心地让她去处理。芙蓉已经隐约地感觉到，除了公事上有竞争之外，纯如和绎如两姐妹之间也一定有芥蒂。绎如如何与自己亲近，其中的隐情也不便和自己言说，所以芙蓉才说了上面颇有些突兀的一番话来宽慰绎如。还有，虽然她与纯如初次见面，但纯如给她留下了非常美好的第一印象，所以她也非常希望两姐妹能够和好。

绎如淡淡地说道：“其实我也想和他们见面，但此时不是好时机，要知道高尚和楚秋还在那里猖狂着呢，我还在这里等待一个最佳的时机收拾他们，如果我和父亲相见，势必会让他们知晓，那我在他们那里也就不是什么秘密了，再想行动起来，也会难上加难。还有，‘十三行’里各位东家一旦知道我们‘荣盛行’和‘清威行’背后有如此亲密关系，怕有可能将我们之间想成是联手合作的关系而加以排斥。那样的话，我们也就失去了本埠行商的身份，无形之中增加了许多对手，自寻烦恼不说，更得不偿失。”

“夫人，我这回终于明白了你的良苦用心，想来真是为难你了。”芙蓉真心佩服绎如深不可测的心机，虽然她不是十分赞同绎如的想法和做法，但这种细微长远的考虑却不得不说谋划到了骨髓里，常人根本不会想这么深。

这时候，有丫鬟来报，说那几个洋商又找上门来，今天务必是要见到夫人，否则他们就不走了。

绎如考虑了一下，对丫鬟说道：“让他们进来吧，昨天我晾了他们一晚，想必此时也都没了什么脾气，我也听听他们如何和我解释。”

丫鬟领命而去，片刻的光景就将那几个洋人领了进来。

“比利先生，昨晚我与衙门里的大人商量你们行李之事，回来得太晚了，也就没有再打扰你们休息，希望理解。”绎如说。

“夫人为我们的事情忙碌，我们很是感激！只是这些行李丢失有一个晚上了，我们很焦急，急着想要一个明确的结果！”比利用半生不熟的汉语对绎如说。

“现在看来你们的那些行李很难办，这些人都不是毛贼，可能盯上你们有一段时间了。比利先生，我想，如果行李里面没有什么值钱物品的话，就算了吧，找来找去很浪费人力物力，不划算的呀。”

“夫人，这个，这个，您听我说……”

比利欲言又止，向几个伙伴看了看，然后吞吞吐吐地说道：“这里面有合同的，很秘密的，不找回来，很是麻烦。”

“呵呵，比利先生，你说的是那本与‘清威行’签订的汉字版本合同吗？你不是和我说已经销毁了吗？”绎如装作很惊讶地问道。

“不好意思，夫人，和您说实话，我们想留个纪念，带回西洋给家人朋友炫耀一下，最终留了下来，也没想到码头上会出事……”比利努力地辩解着。

绎如得理不饶人，继续追问道：“比利先生，这就是你们的不对了，我当时朝你们要那一份合同时，你可是亲口和我说你已经销毁了的，怎么此时你又有这样的说辞呢？”

这几个洋商都不好意思地低下了头，连声说了几句“sorry”之后，也就再没有说出什么来。

看洋人这样的情形，绎如也就没再咄咄逼人，转而换了平和的口气说道：“你们也知道，行李已经丢了一个晚上了，那些偷得之人也早应该打开看了，如果不知内情，就是看到那合同也会被误认为是废纸扔掉了。如果这些行李是被‘清威行’的人得了去，那所有的事情也就败露了，再去寻问，只能是自讨没趣，你们说是不是？”

“夫人，我们非常尊重您，我大胆地问一句，这些行李是不是您的人抢了来？”比利很认真地说道。

“你是在怀疑我派人抢了你的行李？呵呵，比利先生，你真是能开玩笑，怎么可能呢，我抢你们的行李何用？”

绎如昨天就已经猜到这些洋人会怀疑到自己头上，只是现在听到洋人这样直接问来，感到十分好笑。

“我们知道夫人各方面都有很强大的关系，我们请求您想办法尽快帮我们找回行李，一旦帮助我们找回来，就是‘清威行’那件事情的佣金我们也不向夫人索要了，就当我们作为答谢夫人的礼金。”比利很急迫地说。

“我刚才已经说过了，如果这些行李在其他人手里，我们还有希望能找回来，明天我们也尽可以派人去‘清威行’要那三十万两银子的违约金。但是，如果你们的行李到了‘清威行’的人的手里，我们明天派人去‘清威行’，也只能是说尽好话将我那十万两银子的定金要回来，还何谈什么你们的佣金啊？这件事情是在你们身上坏了事儿，是你们不讲信用，没有将那合同销毁才带来的后果，比利先生，你已经让我很失望了。”绎如听到这几个洋商还在惦记着佣金的事，她改用了非常严厉的口气敲打着他们。

比利等人听了，脸上红一阵紫一阵的，像是一脸惭愧的样子，蔫头耷拉脑，没有了往日高傲的样子。

此时绎如已经下定决心，无论洋人的行李是个什么结果，她也不想真向“清威行”要那违约金了。并且，她感觉这些洋人如此急迫，疯了似的找寻行李，或许另有深意。

“这样吧，我带你们去广州知府衙门如何？你们当面请求知府大人加派人手，尽快破了这案子。”绎如试探地问比利。

绎如觉得这里面的事情有些蹊跷，或许他们的行李里还有其他见不得光的东西，否则，自己已经将合同这件事情说得这般明白，这些洋人怎么还是这般纠缠自己？还有，若这些洋人在心里还是固执地认为是她拿了他们的行李，也正好用走衙门的程序，洗脱掉洋人对自己的怀疑。

“夫人，我们不能去衙门，我们不能去。”比利急忙答道。

“你们为什么去不得？”绎如急切地问。

比利的话更增加了绎如的怀疑，所以绎如说起话来语速很快，为的也是不容比利多加考虑。

“夫人，和您说实话，我们的行李里还有另外一份重要的合同。如果我们真是去了你们这里的衙门，衙门真给找了回来，我们也可能要摊上官司，有可能还要被你们的衙门关进大牢里。”

比利因为着急，现在说起话来也更加不利索了，只能连说带比画着，脸也涨得通红，显得很激动的样子。

“另外一份合同？你们还和谁签了合同？”绎如厉声问道，陡然间脸色已经大变。

“夫，夫人，请您息怒，我和您说，另外一份合同是我们英吉利东印度公司与‘德庆行’签订的。”

“‘德庆行’？”绎如显然还不知道广州“公行”里有叫这个名字的行号，她转过身来看着站在身边的芙蓉。

芙蓉忙对绎如小声地耳语道：“夫人，‘德庆行’就是高尚和楚秋合开的那个新行号。”

绎如接着黑着脸问道：“你们与‘德庆行’的合同上所签的是什

么事项啊？”

“我供给他们药水，他们再将其中一部分浸染过药水的丝物卖给我们，然后，他们从我们这里再买进烟土，互相补差，按季度结算。”

“比利先生，你们当时可是答应我好好的，那药水在我们大清的地界只供我们‘荣盛行’，怎么你们出尔反尔又要供给‘德庆行’了呢？再说，这私下贩卖烟土一旦被发现，你们可知道这里头的罪过有多大吗？”

第一百二十四章　上门讨债

“德庆行”确实是楚秋与高尚二人合伙开办的行号。

高尚在两广总督李侍尧那里走通了门路，又通过嫣然将粤海关监督满春豪那里的关系打通，这两件事办完之后没多久，他的这个“德庆行”就作为三等行商轻松地入了“公行”。

而楚秋不单没有高尚这样的门路去开上自己独立的行号，就是自家的“山西会馆”与“洞庭会馆”也还是一直被总督衙门查封着。高尚答应帮楚秋去李大人那里活动，可是迟迟没有动静，楚秋只能耐着性子等下去。

楚秋见高尚很轻松地就拿下了三等行商的牌照，既是羡慕，又是嫉妒，心中五味杂陈，说不出来是什么滋味。但也只能选择与高尚合作，毕竟与高尚在一起，自己的一只脚也算是迈进了“公行”。

楚秋知道，就眼前的这个情形，父亲先前想借助山西商人和湖南商人的力量谋求在“公行”里有所作为的计划有可能要落空。而自己的岳父家“东兴行”谢家在粤海关几番故意找麻烦下来，也不敢和自家走得太近。想来想去，也就只有高尚还可以依靠一下。至于纯如的

“清威行”那里，楚秋连想都没想，他没脸去张那个嘴。

高尚这里也有着和楚秋相同的境遇，他虽然来到广州发展，但此时自身的实力与之前在湖州的时候相比已元气大伤，不是一时半会儿就能恢复得过来的。高尚也早已得知纯如在“公行”之内将“清威行”设立了起来，眼红之际，他也明白“江浙丝绸商会”的实力非自己所能及，其中的差距实在是太大了。所以高尚虽然明知楚秋与他的合作是貌合神离，但他也要勉强与楚秋抱团取暖，先让自己的事业在广州有了发展再说。

就这样，高尚和楚秋两人各怀心腹事，有了这样看似蜜月般的合作。

在周家建立染坊和织房之时，高尚就曾派小红潜入到里面，当时高尚主要是想让小红刺探周家染坊和织房的具体内情。后来他见纯如来到广州做得风生水起，他又想出利用小红色诱周冰羽的这个主意，既能破坏纯如与周家的感情，又能让纯如首尾不能相顾，还能敲诈出周家的一笔银两，一箭三雕。可令高尚没有想到的是，小红实在不顶事，什么也没捞到不说，最后竟然被纯如三言两语吓得跑到了广州，这让他大为恼火，气急败坏地将小红和她的丈夫撵到了大街之上，最后二人不知所踪。

此时，楚秋和高尚正在“德庆行”里紧张地磋商着，两人都紧皱着眉头，看来碰到的事情有些棘手。

“高兄，看看能不能动用李大人的力量再找找比利他们的行李？”楚秋问高尚。

“秋兄，你也知道，他们把与我们签订的合同放在了那行李里，我怕总督衙门一旦找到了那行李，就得当面打开查验，到时候我们这事就暴露了啊！”高尚无可奈何地说。

“其实呢，如果这行李被码头上的几个混混偷拿去也无所谓，我们手里有合同，无非再誊写一份交给比利就是了。怕就怕落到我们的对手手里，这可就会坏了大事，你我都脱不了其中的干系，就是衙门里有人也怕难以庇护得了我们。”楚秋焦急地说。

高尚眼珠子快速地转动着，半个身子斜靠在椅子上，用手指不时地叩打着桌子，略微沉思了一下说：“秋兄，我听说比利这些人与‘清威行’也签了购买生丝合同的，比利在合同上玩起了英汉两种文字的游戏，让‘清威行’吃了大亏，你说他们的行李是不是被‘清威行’的人弄去了？”

“我也听说了这个事，我还听说昨晚我的养父因为要赔上巨额的银两，还被吕东家那几个人追打，伤得不轻，后来是被‘荣盛行’的人救了，才保住一条性命。但高兄你想没想到，比利丢了行李在先，追打我养父的事情在后，这其中足足隔了有一个多时辰，如果是我养父他们偷得了比利等人的的行李，一定会打开来查找的，如果能找到他们需要的东西，也就不可能再有吕东家一伙人追打我养父的事情发生。”

“秋兄，我感觉‘清威行’的人得到行李的可能性很大。你想，比利他们只给了纯如三天的时间，但你看纯如他们到现在反倒是一副不慌不忙的样子，这其中一定有原因，那十有八九就是来自于行李这里。至于纯如得到了行李会怎么办？我想有两种可能性，一种是打开了，没有找到他们要找的物件，也会发生杨梓传那个糟老头子被打的事；另外一种可能性是，即使拿到了那行李，却一直也未曾打开查看过。”

高尚斜着眼睛，仔仔细细地对楚秋将他心中的想法说了出来。

“咦，那高兄的意思是？”楚秋问。

“我说这样，秋兄，你与杨梓传、纯如都曾是一家人，你去‘清威行’走一趟探探口风，如果能将那些行李要回来更是大功一件，不知秋兄意下如何？”

“这个，这个，高兄，你也知道我和他们现在的关系很尴尬，我早知道他们在这里，未曾想过与他们见面的。我找到我的父母之后，与他们已是很生疏了，即使见了面，他们也未必能待见我，弄不好会灰头土脸被卷回来啊！”楚秋听高尚说要让自己去“清威行”，感觉非常为难。

“秋兄，不用想那么多，见了面几声爹啊妹啊的一叫，也就没什么隔阂了，毕竟你们在一起生活了那么多年，要说现在没感情了也是假的。”高尚进一步地劝说着楚秋。

楚秋见高尚话说到了这个份儿上，没有办法，只能答道：“好吧，我勉为其难走一趟试试吧。”

“秋兄，我心中还有一个疑问，不知道说出来是否合适？”高尚说。

“请说。”

“此番我们是直接从洋人这里拿到了药水，那之前秋兄的药水是从何处得到的？呵呵，秋兄从前没有说过，我也一直没好意思问。”高尚狡黠地看着楚秋问。

“这个嘛，其实也没什么好说的，就是从‘荣盛行’里一个叫芙蓉的女子处得来的，前一阵子，莫名其妙地告诉我她那里没有货了，也让我大感奇怪。现在看来她也是从比利这几个洋人手里拿来的，我们现在的门路也就更直接了。”楚秋装作若无其事的样子答道，但说话间也不免尴尬。

“‘荣盛行’？秋兄，看来这个行号来头不小啊！”高尚意味深长地说。

“怎么了？”

“他家之前就能拿到药水，据说还是蝎子粑粑毒（独）一份，这说明他们与比利这些洋人的关系不一般。如果我们这次不是用购买烟土作为交换条件，这些洋人是不会把药水卖给我们的。我也派人盯梢跟踪了这些洋人，他们从我们这里出去之后，就去了‘荣盛行’，看来也是到那里寻求帮助了，你说这行号的能量能小吗？”

楚秋听高尚分析得有道理，就继续问道：“高兄，如果洋人到了‘荣盛行’道出了我们与之签合同的实情怎么办？”

“我也很顾忌这件事情啊！江湖上传闻，广州城里有一位神秘的东家，我猜想就在这‘荣盛行’里，那个芙蓉只是在外面行走的，她背后另有高人指点。我们现在和这‘荣盛行’没有什么过深的交往，当然也就不知道是敌是友了。但有一点可以肯定，如果比利他们说了实情，我们的小辫子也就被抓在‘荣盛行’的手里了。”高尚焦虑地说。

楚秋暗自佩服高尚的头脑活络，分析起问题来头头是道、滴水不漏：“高兄，你想问题就是透彻，那‘荣盛行’这里是不是也得摸摸底啊，否则一旦有了什么风吹草动，不知己知彼，我们可是要吃败仗的。”

“我说的也就是这个意思，我们现在不能眼睛只盯着‘清威行’，还要留意着‘荣盛行’里的动静。秋兄，这样，我们分头行动，你此刻就去‘清威行’，我现在蹲下腰板来仔细探查一下‘荣盛行’的根底。”

“好。”

说完之后，楚秋出了门，径自往“清威行”方向走去。

高尚此时感觉有几分累了，烟瘾也上来了，哈欠、鼻涕把不住门似的要往出蹿，他得先回到后院吸上几口才有心思做别的事情。

嫣然早已在这里等着他了。

嫣然这次既没有半躺半卧慵懒地在那里吸烟，也没有敞胸露怀地在这里等着与高尚亲热，她今天来的目的只有一个：要钱。

高尚此时看见嫣然，感觉像是吃了苍蝇般恶心。自从他这“德庆行”开张营业，嫣然几乎是一天就要登门一次，朝高尚索要当初答应给她的那两成银子。

高尚没有搭理嫣然，自顾自地倒头躺在了床上，自己装上了烟，又点起了火，放在嘴里猛吸了几口，再径自闭上了眼睛，好像很享受的样子。

“呵呵，高东家卸磨杀驴的本事真是不小啊，曾几何时，奴颜婢膝地求着姑奶奶中间给你撺掇见满春豪。这可好了，你们之间混得熟了，眼瞅着就要穿一条开裆裤了，你就把姑奶奶我晾在一边受秋风了是不？”

“我已经和你说过多少遍了，这个行号不是我一个人开的，你要全部股银的二成银子我上哪里给你弄去？再说，你以为满监督那里你说那么两句好话就顶用啊？要不是我送给他那么多银两，他能搭理我？交代给你个实底，给你拿两千两银子，咱们也是好聚好散。”高尚很不耐烦地说。

“两千两银子你就想把我打发走？你和那个楚秋全部股银一百万两，算上一半是你的，也得有上五十万两吧。我讲道理，那个人的我不算，我就要你这五十万两的二成，至少也得十万两银子吧？抽我的睡我的，也就算了，想赖下这笔账，没门儿！”嫣然恶狠狠地说。

“你怎么算，那是你的事，我就不给你，又能怎么着吧？你和满大人说去啊，你可以不承认我是你的表哥，你也可以和他说我们没事的时候一边抽大烟一边做那事，你去说啊！去啊！哈哈。”高尚既气急败坏，又一副无赖泼皮的样子。

“呵呵，行，高东家，我服你了，真是条汉子，耍起无赖来比娘们还有力道。可是，你不要忘记了，满春豪再怎么和你交好，那是看在银子份儿上，而他和我却是天天睡在一个被窝里，没有交情也能挤出交情来。算我这次走眼看错了你，咱们走着瞧，我就不信你日后再也没有事求到姑奶奶！高东家，你好好给我听着，但凡你做一点儿出格的事，只要让我知道，我都让你连本带利还给我！”

嫣然说完，转身就要走。

高尚听到嫣然说的最后几句话，身上一激灵，打了几个冷战，看来嫣然这小娘们真为了银子急了眼。高尚知道，这女人真要是记起仇来，确实是很恐怖的一件事。嫣然说的有些的确是实情，别看现在如何与满春豪称兄道弟，有可能嫣然在床榻之上给自己说上几句坏话，满大人顷刻间就会和自己变了脸色。但话说来，无论如何，十万两银子是不能给嫣然的，现在看还是要慢慢哄着来才是。

想到这里，高尚连忙起来，连鞋都没有顾得上穿，一个箭步过去，一把拉住嫣然，口中说道：“你说说你，还那臭脾气，和你开个玩笑你就当真，什么时候我高某人答应你的，没有做到了？”

嫣然看着眼前的高尚一惊一乍，态度变化得如此之快，也有些愣住了：“姑奶奶才不相信你这些哄骗，来，拿钱来，说别的没用！”

“哎，你得让我缓一缓啊，你都知道我拿出去股银五十万两，你就是砸碎我骨头，我现在也拿不出那十万两来啊。你耐着性子等我近段时间赚了大钱，我连本带利都给你，好不好？来，来，坐床上来，我还有其他的事让你帮忙。”

嫣然扭扯不过高尚，也就顺势坐在了床上，高尚扳着她的肩说道：“把‘荣盛行’的幕后东家帮我找出来！”

第一百二十五章　鹬蚌之争

楚秋来到了离“清威行”不远的街口停了下来，没有再往前走。他不敢确定自己到了“清威行”的门口，有没有勇气去敲打那扇门。

“知晓养父受伤，特来探望”，这是一个听起来冠冕堂皇的理由，也会让纯如、杨梓传等人听起来非常地感动。可自己是带着任务来的，绕来绕去也躲不开要打探那洋人行李的事情，这样的动机如果让纯如等人觉察出来，她不说什么，自己也不好意思开口。还有，洋商的行李若真是在纯如这里的话，一旦纯如打开看到里面的那份烟土与洋药水的买卖合同会给自己什么脸色？那上面可是有自己亲笔签字的！

看来这件事情只能尽量保持谨慎周全，不能给人留下目的性太强的痕迹。打定了主意之后，楚秋终于走进了“清威行”的大门。

纯如得到了前面伙计的通禀，听说是楚秋来了，连忙迎了出来，刚和楚秋一见面就惊喜地喊道：“秋哥，你什么时候到的啊？”

“啊，我刚从福建来没有几天的光景，偶然间听到爹受了伤，就赶过来看看。”楚秋有些吞吐地说完之后，把手中的一些营养品递给了纯如。

纯如把楚秋领到了杨梓传的房间。

杨梓传正在床上躺着休息，看见楚秋来了，忙挣扎着要起来。

“爹，您老躺着别动，我听说伤得有些重，您得好好休息几天才行。”楚秋十分关心地说。

“爹，我秋哥知道您受了伤，特意来看您的。”纯如在一旁搭话说。

“不碍事，不碍事，还专门来看我做什么？家里人可都好？”杨梓传见到楚秋，又听到楚秋这些知冷知热的话，他说起话来显得有些激动，眼角也湿润了。

“家里人都好，上次我父亲知道您到了福建，因为我没有将他引见给您，事后还责备了我一番呢！”

这是自京城一别之后，纯如再一次见到楚秋，当中虽然发生了楚秋写信诬陷她的事情，但那都已经是过去的事了。眼前父子的对话，虽然少了一些亲切，多了几分生疏，但从纯如在一旁看来，这种场景好似又回到了从前一家人和睦美满的样子！

这让纯如心生感慨，她不禁在心里问，人为什么要长大呢？长大了，就要各奔东西，各赴前程。长大了，就会有了烦恼和羁绊，多少人和事都改了最初的模样，过往烟云，物是人非。人生之中，多少人和事或许又都早已命中注定，遇见与错过都是必然，其中有的看似南辕北辙，几番挣扎过后，却又是殊途同归。

“我听说爹的伤是吕、赵几位东家所致，是因为爹签了一份合同，被洋商在文字上做了手脚给骗了才发生这样的事情，不知道现在这件事情处理得怎么样了？”楚秋问。

“洋商找上门来要赔偿，给了三天的期限。今天是第二天，现在还没有个结果呢。”纯如代杨梓传答道。

“哦，那可怎么办？这明天洋商来了，我们怎么着也要有个准备啊？”楚秋继续关切地问道。

“那些洋商丢了行李，正在四处寻找，纯如说有可能明天顾不上来我们这里。”杨梓传答道。

“行李？爹您说这几个洋商也丢了行李？”楚秋故作惊讶地问道。

“怎么了？楚秋，难道还有其他洋商也丢了行李？”杨梓传听楚秋这么说，也感觉很诧异。

楚秋答道：“是啊，我岳父的洋商客户正在准备登船的光景，昨日在码头上被几个毛贼偷骗去了行李，现在也急着在寻找。”

“岳父？楚秋，你已娶妻了？”杨梓传又很惊讶地问道。

“嗯，都是我父母做的主儿，本想着邀请爹来着，可是婚事定得急迫，也就没来得及……”楚秋很尴尬地答道。

“哦。”杨梓传很失落地应了一声。

纯如在一旁听着，心里也很不是滋味，楚秋大婚，至少应该给杨家、给养父一个消息才对吧。

“秋哥，你说你岳父的洋商客户也被骗去了行李，那会不会我们说的是同一伙人？如果是同一伙人的话，那他们也应该是诈骗我们‘清威行’之人吧！”纯如转开了话题，问楚秋。

“这个我就不清楚了。妹妹，你可知晓那行李的下落？”楚秋反问道。

“不知道！”纯如不假思索，很肯定地答道。

“哦。”

楚秋听后长长地出了一口气，然后说道：“这样，一会儿我回去问问我们所说的是不是同一伙人，如果是的话，我一定劝说他们不要再来索要那赔偿金。”

纯如面无表情地答道：“那就麻烦秋哥了！”

正在这时，前面的伙计又来传话，说是“荣盛行”的芙蓉求见东家，纯如听后连忙要出去迎接。

楚秋见状，连忙对杨梓传和纯如说：“这样，爹，您先好好养着身体。我先回去了，待问得清楚了，我再来回话。”

说完，楚秋不待杨梓传和纯如说什么，急匆匆地转身离去。

楚秋走到大门时，看见一旁在等待消息的芙蓉，他连忙装作不认识的样子，低头匆匆而过。芙蓉显然也看见了楚秋，等楚秋走过去之后，转过头去望着他的背影看了好几眼。

而他们之间这些细微的动作，也都被跟在楚秋后面的纯如看在了眼里。

“蓉姐，有失远迎，快里面请。”纯如见到了芙蓉很热切地说。

“纯如东家，我们早上刚刚见过面，就不必客气了。我这冒昧前来打扰，有件事情想探询一下。”芙蓉显得有些着急的样子，并没有随同纯如往里面再走。

“蓉姐，不必客气，不知是为何事？如果我能帮上忙的一定会帮。”纯如很真诚地说。

“有几个洋商昨日在码头上丢了行李，让我来帮忙问问是否是你们‘清威行’的人捡到了？”芙蓉言简意赅，直接将话题抛了出来。

“他们看到好像是贵行的人捡到了。”芙蓉不忘补充一句。

“我们行里的人捡到了？”纯如脸上现出很诧异的表情，继而继续说道，“呵呵，蓉姐，这个我暂时还不清楚。这样，我回头问一下下边的人，有了消息，我立马派人给你回个话。”

芙蓉此番主动找上门来，开门见山就说行李之事，这让纯如心里的一块石头终于落了地，暗自长长地出了口气。

纯如早上去“荣盛行”将父亲杨梓传接回来之后，就一直等待着这一刻呢！她把解决洋商诈骗这件事情的“宝”全部押在了“荣盛行”身上，或者说全部基于“‘荣盛行’的幕后东家就是绎如”的假设上。但直觉和假设毕竟是不靠谱的，只能是没有办法的办法，所以纯如自回来后心里一直是七上八下、忐忑不安，但在众人面前只能故作镇静。

如果“荣盛行”这里一直没有动静，纯如已经想好，迫不得已就要打开那行李看，能找得到那汉字版本的合同，就拿它与洋商周旋几个回合再说。若找不到，自己也只有再去“荣盛行”，捅破所有的窗户纸，指名道姓将绎如找出来，当面锣对面鼓地解决这个问题。如果这一切都没有按自己的计划走，最后的结果只能就是一个字：“赔！”

纯如隐约觉得楚秋来不只是为了探望父亲那么简单，他迂回曲折地过问行李之事，难道楚秋真的就是为了帮他的岳父寻找行李而来？楚秋怎么将洋商丢的行李联想到自己这里来的呢？这几件行李对于洋商真的那么重要吗，至于请托了几家的关系来查找？还有，看刚才两人的情形，楚秋和芙蓉之间应该是认识的，可楚秋为什么装作没看见呢？

这些问题让纯如深感不解，她一时理不清，只能先推托一下再作打算。纯如知道，此时她最需要的就是冷静，静观其变。

“纯如东家，我还有句话得要带到，我的这些洋商朋友托我给你捎个话，如果行李真的在你这里，而你又将行李原封未动地还给他们，他们与你们之间所签合同的违约金就一笔勾销。”

纯如心里狂喜。

她十分沉着地说："蓉姐，我一定仔细盘问着，你放心，行李真要是我们的人捡到了，一定会还回去的。虽然他们骗取我们违约金在先，但这行李对我们没有什么用处，既然他们有此诚意，我也求之不得。"

"纯如东家，我还有一件事情不知当讲不当讲？"芙蓉有些为难地问。

"滴水之恩，涌泉相报。蓉姐昨晚刚刚救了我的父亲，还有什么话不能与我说的呢？请讲！"纯如很爽快地答道。

芙蓉听后，点了点头，然后蹙眉说道："这几个洋商做了这样的丑事，不好意思再抛头露面与你来沟通，你有什么事情找我就是了。特别是这行李，如果真被你查找到了，一定交到我的手里，切不可转交他人。"

"蓉姐，请放心，这个我答应你，我能做到！"

"那好，我就在'荣盛行'里等纯如东家的消息了。"

芙蓉说完之后，告辞而去。

纯如望着芙蓉远去的背影，内心狂跳不止，看来解决棘手之事的主动权现在已到了自己的手上！

她连忙回到父亲的房间，召集几位副会长，把这个好消息告诉了大家。众人听后皆大欢喜，这两天紧张焦灼的气氛一扫而空。

"纯如啊，今日你和我说'荣盛行'的东家是绎如之后，我现在还是没有缓过神来，如果真是她，这孩子怎么这般做事呢？真让人想不通。还有，她到底什么时候想与我们见面呢？我真想她啊！"杨梓传喃喃自语地对纯如说。

纯如安慰着杨梓传说："爹，您不要着急，我猜想她会很快露面的。至于她的一些作为，我想她既然那么做了，一定有她的道理，等我们见了面，自然会问清楚的。”

“还有，我听那楚秋话里话外的意思，他对这几个洋人的行李也是分外上心，他那里你是怎么打算的？”杨梓传非常关心地问。

“爹，这个行李一定要交到芙蓉手里，这是芙蓉嘱咐过的，重要的是，我们要拿着行李解决合同这件事。如果秋哥说的也是这拨人，交到谁手里也都一样的。”

“我总觉着吧，这个行李没有我们想象的那么简单，这里面还不一定裹挟着其他什么重要的物件呢！要不，这些人怎么都这般用心呢？”杨梓传用低沉的声音说。

第一百二十六章　嫣然报信

绎如正独自坐在梳妆台前精心地修饰着自己。

她有着一张俊俏得如笋肉凝脂般的瓜子脸，眉弯嫩柳，眼波横秀，鼻似玉葱，两腮绯润，唇如激丹，榴齿纯皓，这般动人模样，不施脂粉也同样清新脱俗，略施粉黛之后又是天生丽质的美人坯子。翠鬟笼松，素颈之下坠着一枚通透无暇的翡翠，一件尺寸合体的上等广缎做的袖衣罩在身上，微耸高处，自有蜻蜓欲立娆媚风韵。

望着镜子里的自己，绎如对自己的模样很满意，也十分自信，这是老天给一个女人的资本。这样的资本，有的人为之骄傲了一辈子，有的人为之抱怨了大半生。

芙蓉从“清威行”出来之后，急忙回来向绎如汇报与纯如商谈的结果。

“纯如是什么表现？”绎如坐在镜前，不紧不慢地问道。

“表面上看不出来有什么异样。”芙蓉一边说着，一边走到近前来帮绎如梳理头发。

“呵呵，没有什么异样就是最大的‘异样’，这说明洋商的行李就在她的手上。”绎如淡淡地说道。

“夫人，此话怎讲？”芙蓉不解地问。

“正常来讲，此时她应该是热锅上的蚂蚁一般，准备去应付明日洋商上门讨债才对，而你说她无任何异样，也就是说她心中有了策略，才会如此冷静。”

“夫人，我看见楚秋也先我一步去见了纯如。”

“嗯，他比我们着急也就对了，他和洋人一样，都怕他们的合同外泄出去，怎能不着急呢？”绎如冷笑着说。

“我感觉纵使行李在纯如手里，她好像也没有打开看过的样子，她为什么不打开看呢？”

“其实她心里很清楚，打不打开都是一个道理，她需要的那份合同如果在行李里，洋商自己就乱了阵脚，自然明日不敢再去索要那银两了，只是她没有想到里面还有另外一份合同罢了。如果没有那另外一份，我们也不能主动找上她的门不打自招，你去了，她心里更有底了。再有，她也有讨好那些洋商的意思，因为她不想把这件事情闹得‘公行’里人人皆知。她‘清威行’先违反了行规，到那时，罚款不说，她也会非常被动，有可能还要被踢出‘公行’去，所以她不想得罪洋商。”

“夫人，我很好奇，假设行李里没有纯如需要的那份合同，她现在应如何应付呢？”

“其实我们的计划几乎是天衣无缝，如果比利他们不将合同私匿下来，不将它放入行李之中，这件事情对她来说，任凭她如何神通广大，也几乎无解。”绎如很自信地说。

“夫人，我怎么感觉纯如从一开始就好像是怀疑到我们的头上来了呢？”芙蓉继续问道，她确实是有满腹的疑问。

“这就是一个人的天赋了。再说，我们做什么事情总归是无法抹掉全部痕迹的，一定会给她留下这样或那样的蛛丝马迹。如果我们不为所动，其实她是什么办法也没有的。所以她让我父亲来演了一出‘苦肉计’，实际上就是敲山震虎的意思。”

“听夫人说来，真是醍醐灌顶，你们真是同胞姐妹，都如此聪明智慧，让人艳羡不已。如果夫人和姐姐联起手来，我想，在广州将没有任何对手，真可能要做出一番惊天动地的大事情来。”

“呵呵，还是那句话，谁有能量谁使，日后竞争起来，就当作我们之间从来就不认识吧。我不能辜负老爷对我的信任和嘱托，我一定要将我们的‘荣盛行’树立在‘公行’丝绸的领袖位置上，等日后我到地府见到了他，对他也好有个交代。”说话间，绎如的脸上现出了悲壮的神色出来。

“夫人，如果‘清威行’返还了行李，我们将如何处置？”

“无论药水也好，烟土也罢，其实楚秋和高尚与洋商签了那样一份合同，我们是求之不得的，只是我们在比利等人面前不能表现出来罢了。”

“夫人，这其中有什么蹊跷吗？难道洋人抛开我们，把药水直接卖给他们，还合了我们的意了？”芙蓉莫名其妙地问。

“药水倒是其次的，主要是这里面的烟土说起来罪过就大了，一旦衙门知晓了，足以将楚秋和高尚二人流放到蛮荒之地孤独终老，他们这辈子的福禄也就享受到头了。”

“那我们又该如何做呢？”

“刚才我也想了，你再和我姐姐纯如说一声，让她把那行李让楚秋拿回去吧，就当我们什么事也不知道。但一定要和这些洋人说明白以下几点：这行李是我们给找回来的，等他们将行李从楚秋手里拿了回来，让他们把与‘清威行’的那份汉字版本的合同交给我们，他们与高尚‘德庆行’签订的合同也要暂时放在我们这里保管，这是不容商量的前提条件。还有，一定告诫他们切不可把我们的真实身份暴露给‘德庆行’里的人，否则他们别想再来广州做生意。”

“夫人这招欲擒故纵，想来真是绝妙。”

“不要急着捧杀我。呵呵，楚秋看见了你，这件事情已经打草惊蛇，有可能他们从此会偃旗息鼓一阵子，日后行起事情来也会小心得多，我们想在短时间内抓住他们什么把柄是很困难的。”

“对了，如果那行李真没有在纯如手中，我们又该如何去做？”芙蓉有些不放心地问。

“呵呵，就当这一切都白说。”

芙蓉将事情说完，就先退了出去。

绎如站起身来，缓步踱到了窗前，往外望去。时值秋冬之交，正是让人不知冷暖的季节，只有那盛开的紫荆花，在阳光的照射下分外娇艳芬芳，忽而有风拂过，摇曳之中飘过一阵馨香，沁人心脾。

她就在那里静静地看着，一动不动。

绎如为什么这般记恨楚秋？

那个自己曾经满怀蜜意口里唤着的、那个曾满口答应保护自己一辈子的“秋哥哥”，在自己出走之后，却是一个对自己不闻不问的薄情之人。他曾毫不留情一口拒绝了自己的爱慕之情，口口声声言说他对纯如一往情深，可他到头来，为了不可告人的目的，娶了“东兴行”谢家的丑傻女儿，这种厚颜虚伪的模样，想来都让人恶心。

楚秋利用纯如对他的百般信任，偷拿纯如献给和珅之画，害得纯如千里奔波差点前功尽弃。被抓到之后，又对纯如忏悔万千。可这件事情刚刚过去没有几个月，他又写信诬陷纯如，害得纯如被众人围逼，压抑气愤之际而致早产。这样想来，楚秋早已变成了一个冷血无情之人，变成了一个背信弃义的无耻小人！

纯如受楚秋两番欺负加害，却还是一副既往不咎的样子，是大度容人，还是私情难断？或许纯如她自己都说不清道不明。纯如是纯如，我是我，既然你楚秋对我不仁，就不要怪我对你不义！

正在绛如浮想联翩的时候，芙蓉领着嫣然走了进来。

嫣然见了绛如，很兴奋地说道："夫人，我有一个好消息要告诉您。"

"什么好消息？你告诉芙蓉就是了。再看你慌里慌张的样子，很容易露了马脚，不是告诉你不要轻易来这里吗？"

嫣然听出了绛如的不高兴和责备之意，心里很失落，小声小气地说道："夫人，我记住了，只是这次事情紧急，一时间忘记了，下次我注意。"

"什么好消息？说来听听。"绛如换了稍微平和一些的语气说道。

芙蓉揣测绛如说这话也有挑自己毛病的道理在里边，怪她冒冒失失地就将嫣然领了进来，也就接过话头说道："夫人，是这样，嫣然说她终于探得了消息，高尚和楚秋今晚就要与京城来的几个人交易一笔烟土买卖，她想告诉夫人我们要早做些准备，好让官府来一个人赃俱获。"

"哦。"绛如应了一声，但并没有表态。

"夫人，您派我接近高尚，不就是等待这一天吗？"嫣然很不理解地问。

"说得有道理，可是我并没有让你去当中间人，让他和粤海关的满大人打得火热，你听明白了吗？"绛如用厌恶的口气说。

"是啊，嫣然，我记得夫人当初和你交代，让你去探摸高尚的情况，你让他染上烟瘾也就算了，可没有让你撺掇满大人与高尚交好之事，你到底是怎么想的？”芙蓉很严厉地质问嫣然，因为她知道嫣然做得不好，她也有责任。

“这个，这个……”嫣然被问得无力辩驳的样子，悻悻然地低垂下了头。

“好了，先不说这个了，嫣然，你知道高尚他们具体交易的地点和时间吗？”绎如问。

“他们定在今天晚上戌时在城西关的三里铺交易。”嫣然有气无力地答道。

“嗯，我知道了。嫣然，你也不要怪我和芙蓉这般无情说你，你也知道，让你私下与高尚接触，无非就是掌握他的一些行踪，你切不可弄巧成拙，失了根本。还有，你那烟瘾已染上有几年的光景了，能戒就戒了吧，让满大人发现就不好了。”绎如语重心长地对嫣然说。

“是，夫人，我知道了。”嫣然说着，讪讪地转身出去了。

“夫人，我们要和官府说这件事情吗？”芙蓉问。

“不，我自己去看看。”

“啊？夫人，为什么？”

“刚才我还和你说他们要消停一阵子，这突然就来了消息，我感觉有些蹊跷。我想他们这也是刚刚要有所作为，动静不会做得过大，就是现在衙门的人去了，怕也抓不到他们多大的把柄，反倒会打草惊蛇，让他们成了惊弓之鸟。我也要看看楚秋数那烟土上赚来的大把银子时是个怎样的嘴脸。”

“那我和夫人一起去，您自己一个人去太孤单了。”

“没事，你放心，我乔装打扮一番，不会被人发现的，两个人倒容易引起别人注意。那行李之事，纯如回信了吗？”

“回了，她说行李确实是被她的人捡到了，原封未动地要送到我们这来。我按照夫人的吩咐告诉她说，听说洋人也请托‘东兴行’谢家的人了，那还是让谢家的人拿回去吧，她听后，也很惊诧。”

第一百二十七章　难言之隐

纯如非常惊诧芙蓉在短短几个时辰之内就改变了主意。

上午芙蓉还是一再强调如果找到了洋商的行李一定将其交到她的手上，反过来下午芙蓉却不咸不淡地告诉纯如说，听说“东兴行”谢家也在四处帮洋商寻找行李，她愿意送个顺水的人情给谢家，让谢家人带领洋商将那行李取回去。

但芙蓉说得清楚，将行李返还之后，洋人对于合同之事不再追究，并且拿出两千两银子作为对“清威行”的赔偿。彼此把那签订的合同全部毁掉，此事从此一笔勾销，互不再提。

这当中有什么蹊跷，让纯如想不明白。芙蓉这么做，分明就是故意将行李让楚秋来处理，他们见面之时，又彼此都装作不认识，这当中有什么深意呢？

眼前能圆满解决合同之事才是重中之重，其他的事情容不得多想。纯如答应了芙蓉退还那十万两银子的定金，并按照楚秋留下的地址，差人去叫楚秋带领洋商来认领行李。

洋商见到纯如当然是满怀愧疚，面上显得极狼狈和尴尬，但见到了完好无损的行李之后却掩饰不住内心的兴奋之情，特别是看到行李还是如当初包裹得严严实实纹丝未动的样子，这让洋人非常惊讶，更是不约而同地都对纯如竖起了大拇指。但纯如和洋商们当着楚秋的面都没有提那份合同之事，因为这也是芙蓉私下交代过的。

楚秋见了也是长长地出了口气，看来纯如没有发现他与洋商签订的那份私贩烟土的合同。楚秋对于纯如能将行李交给他很是意外，也更让他心怀对纯如的愧疚之情。他隐约感觉得到这些洋商和纯如早在通知他认领行李之前，应该是彼此早已达成了某种解决协议，但具体是洋商主动找上纯如的门，还是另有其人在当中撮合就不得而知了。他上午分明是看到“荣盛行”里的那个芙蓉来过的，难道这件事情也和她有牵连?

杨梓传等人知道合同之事得到了圆满的解决，都长长地出了口气，真是太惊险了！因为一纸合同的文字差异，差一点儿就让这些洋人骗去三十万两银子，让人再回想起来还是不寒而栗。

赵东家和李东家都提议晚上要在行内摆上一桌酒席来庆祝，为了压惊且不说，就是为了杨梓传被打吃的苦头和纯如这两天来的运筹奔波也是要喝上几盅的。

酒席开始之后，广州当地的名小吃陆续地被端上了饭桌，陶陶姜葱鸡、松子鱼、红烧大裙翅、八宝冬瓜盅、东江酿豆腐、沙河粉、云吞面、香滑鱼球、糖醋咕噜肉，摆了满满的一大桌子。

杨梓传等人劫后余生，唏嘘感慨之后，把一盅又一盅火辣辣的酒倒进嘴里。或许这酒能在肚子里升腾起火焰来，把刚刚经历过的事彻底烧为灰烬。

觥筹交错之际，一时间谁也没有注意到纯如的愁苦脸色，只是坐在她一旁的钱春娇感觉纯如有些异样，忙一边劝着纯如吃些酒菜，一边小声问道："妹妹，怎么了？身子不舒服？"

纯如摇摇头，强装笑颜说："姐姐，来，咱两个也干一盅。"说完，不等钱春娇说什么，已经自顾自地喝了下去。

钱春娇连忙端起酒盅来，一饮而尽。只是钱春娇心里犯起了嘀咕，纯如这两天来碰到这么个天大的事情，都和个没事人似的，好端端的，怎么将事情解决完了，反倒是一副心事重重的样子呢？

杨梓传这时候也注意到了纯如，他关心地对纯如说："纯如，是不是累了？累了就去休息吧，我在这里陪着大家就是了。"

"是啊，自从会长从老家回来之后，跟着我们操心上火就没有得闲，还是快去歇息一下吧，都是自家人，没什么陪不陪的讲究。"众人听见了，也纷纷劝说纯如。

纯如听后，又摇了摇头，说道："各位东家，我不累，只是，只是我有一番话，唉，不知从何说起。"

"会长有什么话说出来就是了，别看我们年岁比你大，但对公而言，你是我们的会长，是我们的带头人。对私来讲，我们个个心下也都对你的睿智、果敢佩服得五体投地。纯如，你这有话不说，让我们心里发慌啊！"吕东家这平时不太爱说话的人，今天也因为高兴多喝了几盅，话也显得多了一些。

赵东家、李东家等人听了，也纷纷点头："是啊，是啊，有什么难处说出来就是。"

钱春娇看见纯如欲言又止的样子，知道纯如确实有难言之隐，也劝道："妹妹，就如大家所言，有什么让你为难的还是说出来，憋在心里会把人憋坏的。此时，众人都在你身边，哪还有什么事情解决不了的。"

纯如听钱春娇说完，从凳子上起身站了起来，微微沉吟了一下，说道："我说的这件事，是我一个人造成的，后果理应是我一个人承担。不是故意在大家面前矫情，此事利害关切实在是不逊于刚刚过去的合同之事。"

大家听到纯如接下来要说的事情如此严重，又都显得有些紧张起来，也都放下手中的杯筷，屏息凝视着纯如。

"商会组建之前我去过京城，想必大家都是知道的。我见到了和珅和大人，他对从大牢里放出我的父亲和冰羽，还有让商会得以顺利组建提出了一个要求。那就是要我们以商会的名义，每年冬月初一之前给宫里孝敬五十万两银子，连续三年共计一百五十万两。"纯如说话间，声音越来越微弱，说到了最后，自己感觉都好像听不见了似的。

"啊？一百五十万两？这个比刚才消停下来的那个有过之而无不及啊！这也实在太多了！"赵东家忍不住惊呼。

"这和大人哪是在提要求，这分明就是趁火打劫，明争暗抢嘛！这让我们商会一年进贡五十万两的银子，他也没打听打听，粤海关一年也不过往国库里面交六十万两，让我们交这么多，凭什么啊？"李东家也很气愤地吵嚷。

"现在说这些没有用啊！既然会长已经提出来了，我刚才也是估算了一下日子，想来离着冬月初一也就有不到两个月的光景了，这个时间也是很急迫的。"吕东家说道。

一时间，酒桌上刚才热烈兴奋的气氛一扫而空，随之弥漫开来的又是满室的抑郁气息，好像这几天的密布阴云刚刚散开了一小会儿，此时又卷土重来笼罩在了大家的头上。

杨梓传听后也很震惊，这可真是像纯如所说，这同样是一个千斤的担子又压在了众人的肩上。这也就是大家给纯如留了情面，言语间没有对纯如夹带着什么难听的话，众人也只是提商会如何应对困难，并没有将纯如个人牵扯进来，否则换了别人，这桌面上应该是早已经乱套了。

但杨梓传也知道，无论如何，这都是个无法逾越过去的话题。

“我不是替女儿说话开脱，她在那个情形之下，和大人开出什么样的价码她都是要答应的。因为这里面不单是为了商会的公事，更多的还有私事，我和姑爷冰羽都在大牢里，纯如能见死不救吗？只是这孩子总想一人扛着，我这也才听说，这事谁听来都是霹雳一般，可也都是无可奈何的。大家议一议有没有什么好办法，如果实在不行这银子我们也得认交，胳膊总是拧不过大腿的。”杨梓传很沉重地说。

“妹妹，不要难过，我和萧武各自手里面都是有些积蓄的，虽然是杯水车薪，但集腋成裘，也是我们夫妻的一点儿心意。”钱春娇一边扶着纯如坐下来，一边安慰着纯如说道。

“我是这么想的，不管他是胳膊还是大腿，总之他这事情是拿不到台面上来讲的，我们就不给他，他又奈我们如何？我们都是奉公守法之人，难道不给他银两，还要治我们个大罪不成？最多我们以后行事多加小心也就是了。”赵东家倔强地说。

“我认为赵东家说得有道理，我们这商会没建成几个月，就是这‘清威行’开门营业也是个把月的光景，尺功未建，寸利未得，就要我们拿出银两来孝敬，这真是太过分了，说到哪里都是讲不出道理来的，我看我们就拖他一拖，如果和大人没有什么举动，或许他当时也就是随口一说而已。”

“你以为他随口一说就把这一百五十万两银子忘在了脑后？万不可当作儿戏之言听听了事，和大人那是当朝一品，不是金嘴玉牙，我们也要当着一言九鼎的话听，想轻易蒙混过去不但不可能，就是装聋作哑也怕是会让我们吃上苦头的。他在朝堂三公九卿之中尚且玲珑剔透、如鱼得水，想整治我们这些平常百姓岂不易如反掌？”吕东家此时稍稍冷静了一些，很严肃地说。

纯如悲戚地说：“吕东家说得确实，我上一次刚回到湖州老家，就听说和大人派人来催要，我想他可能担心我反悔打赖。我也有吕东家一样的担心，和大人故意对我们警告，怕带来是非麻烦，就主动写了信，信中对他表明了按时交纳的承诺。”

“如此说来，我们也只能是依按时交纳的这条路径来琢磨问题了，可是这银两从哪里出呢？我说的话怕是纯如不爱听，你让商会出，商会会觉得冤屈，何况我们商会的银两都是几千几万两凑来的，这要是一下子拿出这么多来，元气大伤不说，还有我们众多的会员答应不答应也是一个未知数。如果让你周家和杨东家两家来出，这天煞般的数额，我们也于心不忍。”赵东家开诚布公地说出了自己的顾虑。

“赵东家说的都是实情，你这般理解之情我心领了。我也说句不要脸皮的话，能不能于公于私都担待一些？就如刚才春娇所言，积沙成塔，众人拾柴，先将眼前的难关渡过去再说。”杨梓传顺着赵东家的话，说出了自己的态度。

赵、李、吕几位东家彼此之间对视了几眼，又不约而同看了看纯如，都没有说什么。

“你们看这样行不，我和周家各出十二万五千两，合起来也就是这每年应交的一半二十五万两，剩下的那一半由商会来担待如何？”杨梓传知道这几位明显着是不想先表明态度，要等着自己先说出个具体数字来。

“如按杨东家的话说来，你们两家出的银两也算是不少了，但剩下的那二十五万两对于商会同样还是个令人咋舌的数字，这个数字就是均分到每个商会的会员头上也不是一笔小数目，我想就是我们三位答应了，也不知那些中小人家会不会同意啊？”李东家意味深长地说。

赵东家也忙接着说：“说得是啊，众口不但难调，众口也能烁金，这要是商会中有几个人跳起来反对，怕会有一大帮人跟着在后面起哄，到那时真要是闹腾起来，想想也是很让人为难的事！”

第一百二十八章　纯如借债

福无双至，祸不单行。一波未平一波又起。

听了纯如对和珅三年重金的承诺，大家的情绪一落千丈，哪有什么心情再去吃喝，经过几番激烈的争论之后也没有想出一个解决的办法，最后只能草草收场各自散去。

杨梓传说出自家要承担的十二万五千两银子的数目和周玉所言的是一模一样。这让纯如很惊讶，看来自己的父亲和公爹都是想到一块儿去了，真不愧是一个头磕在地上的拜把子兄弟，相隔千里说出来的数字都能毫厘不差，就像刚刚在一起商量过了似的。

赵、李、吕三位东家虽然嘴上说如何如何，可话里话外的意思却是明显在推诿，只是碍于情面没有直说而已。对于这几位的想法，纯如完全可以理解，这里边自家的事情占的成分比较大，毕竟答应和大人的要求之后，将父亲和周冰羽从湖州知府衙门的大牢里解救了出来。还有就是即使这事情和商会有些瓜葛，也得本着大家自愿的原则来做，不能强求什么。

可这剩下的二十五万两银子从何处来？公爹在自己临来之时，已经说得再明白不过，周家出十二万五千两已经是底线了，而父亲言辞闪烁，也能看得出来他那里没有太大的商量余地。

纯如感觉自己眼前已真的到了无路可走的境地，进不得，退不得，停不得！

要真的寻出一条路来，那就是她纯如自己借钱去还和珅的债！

可她能张得开口去借银两的人能有几个呢？

父亲？公爹？楚秋？纯如在脑海中想了一大圈子，也只想起了这三个人。

钱到用时方恨少，真正到山穷水尽需要雪中送炭之时，翻来复去想到有可能帮助自己的也就那么几个，其他人自己连张口的勇气和底气都没有。平时看似热络得很，好得就差没穿一条裤子的人，可真看到了你招灾惹难、难以解脱的那一天，不是赶紧离你远远的，也是动动嘴皮子上的功夫，好言解劝几句也就算了，不会有什么实际行动来帮你一把。

钱春娇和萧武送来了八千两银子，这是他们两个人婚前婚后多年的全部积蓄。

纯如知道他们二人不容易，钱春娇是习惯了自由行走江湖之人，为了帮自己而憋屈在这里不得逍遥，她那几个私房钱自己怎么能忍心去动呢？而萧武在周家辛苦多年，一直任劳任怨，平时也没有比别的长工多拿一文，他的钱自己更是不能动的。

钱春娇将银票送过来，纯如将银票送过去，两人往返了多次，纯如终究是执拗不过钱春娇，勉强收了下来。

纯如先是给公爹周玉写了封信，简单说了一下大家讨论之后的情形，然后将自己向他借钱的想法提了出来。纯如想，先按照十万两打算吧，借太少不够，借太多也明知要触霉头，十万两还算是一个很实际的数字。但写到日后怎么还钱的问题时却让纯如犯了难，自己当少奶奶的时候，根本就没有攒下私房钱，就是早有那种想法，其实靠那几个月例钱攒下来也没有多少数目。这当了东家之后，看似是一家之主，其实到了真动用银两的时候，也都是事事要和公爹周玉打招呼。纯如从来都是公事公办，从未有过挪用柜上银子的念头，有时候柜上有小来小去的用度，她也都从自己身上掏出来，从来没有和柜上计较过那些小账。

想了半个时辰，纯如也没有想出来能还钱的办法，索性也就不将这一条写在里面了，一会儿去和父亲说这事的时候，也是需要面对这个问题的。

纯如来到了父亲的房间，见父亲正在那里愁眉苦脸地呆坐着，纯如没有说什么，只是悄然地坐在了父亲对面的椅子上。

杨梓传抬起头来，对着纯如说："纯如啊，这可不是一件小事啊，答应起来容易，上嘴唇一碰下嘴唇就是一个数字随口而出，轻飘飘的，可是实际做起来却是一座搬不动的山啊！再怎么救人心切，也不能随便答应和大人这么大个数啊。还有，你看没看见刚才那几位的表现，人家干脆就没有领你建立商会这里边的人情，他们尚且如此，老家的那些商户是个什么态度也就可想而知了。"

纯如点了点头，父亲说得确实在理。她当时面对和大人提出的这个问题时，确实是考虑得太少了，她只是专心地想着两件事情，一是人能从牢里放出来，二是能让商会建立起来。她也想过，虽然答应了和大人这么巨额的银两，周家和杨家拿出大半来，商会建立起来之后，会员众多，大家再互相帮衬着把剩下部分补齐，这个难关也就渡过去了，只是她没有想到会是今天这样一个结果。

杨梓传又接着说："你公爹那个人我也是了解的，都是一辈子节俭惯了的人，听着这么大个数也一定会心惊胆战上一阵子，他认准就算生意不做了，也不会拿出这么多银两来的。至于我，女儿你也知道，我和你娘已经上了年岁，蹦跶不了几年了，也就不敢再冒什么风险了。你已经是周家的人了，我们是依靠不上的，虽然你说绎如在此地，可我还是没有见过她的人影儿，想来我和你娘日后爬不动走不动的时候也只能靠自己过生活了。我这随你来到广州，听说老家那边的生意近来萎缩了不少，这让我也很担心，杨家的基业在我手里没有发扬光大，等到了死后真是没有颜面见列祖列宗。”

“爹，您说这么多我都明白，但这次您必须帮我迈过这道坎儿，我给您写上欠条字据，日后我来还您。”纯如满怀期待地说。

“借钱？借多少？”杨梓传很惊讶地说。

“十万两。”

“纯如，唉，要说十万两父亲能借得出，可那就现银来讲，也几乎是咱家的老本了，拿出来就真算是伤筋动骨了。再说你还的问题，你怎么个还法？就是拆东墙补西墙，你也是没有那个能力的，那也不是长久之计！”

“对旁人我也张不开口，就是张口了，也未必会有人帮我，我只能和家人来说这件事情了，我刚刚也给公爹写了信。”

“不是父亲找托词，纯如，你自己不能担着这件事情，并且这事一旦你自己担下来，就得连着担上三年，今年过去了，明年怎么办？明年过去了，后年你又怎么办？这事情不是你想担就能担得来的，凡事都要量力而行的道理你应该懂的。”

“那您说我还能有什么路子可走啊？”

“和大人他向你狮子大张口要这么多的银两，其实不是冲着放了我和冰羽来的，我们二人怎么能值得了这么多银子？想想也是不可能的。他主要是盯上了商会，他知道商会里的这些人都是经商之人，人多势众，财大气粗，把这些银两随便摊派在众人头上，众人从兜里拿出一些丢在地上，都会堆成银山的。他高高在上、作威作福惯了，又一心钻到钱眼里，干什么都是想当然的。他哪里会想到，这商人纵有家财万贯也不是大风刮来的，你让这些商人平白无故往外掏出一文来也是舍不得的。”

杨梓传看着女儿，稍稍停顿了一下，很为难地继续说道：“纯如，我看这样吧，这商会还没有建立多长时间，最多就是把大家的银两集齐了在一起，莫不如趁此时还没有怎样的动作，趁早把商会解散算了。和大人知道了这个情况，他自然也不会太为难你什么，我们拿出一些银两去京城感谢和大人救人出狱的这件事也就是了。我替你想了很长时间，这是解决这个事情的捷径，也是唯一一条行得通的路子。”

“不行，我们不能解散商会，好容易建立起来，现在也是刚要有所作为的时候，怎能说解散就解散了呢？”纯如听了父亲的话，不假思索直接否定了父亲的意见。

杨梓传听到自己这般苦口婆心劝导女儿没有见到什么成效，也有些急躁起来，忽地站了起来，说道：“那你说怎么办？你没看众人的情形吗？哪里有人领你这份人情？又有谁主动替你分担一文？到了此时光景，还不是做了缩头乌龟，避之唯恐不及！再说，你当这个会长有什么好处？赚了银子大家分，来了灾难自己扛，我算是看透了，这些人就是把你当傻子耍！”

“父亲，您小点声儿，让吕东家他们听见就不好了。”纯如见父亲越说越激动连忙劝解，她担心让其他几位东家听见了会影响商会日后的团结。

“听见就听见，我怕什么？你周家又怕什么？没有这商会，我们也照样活得好好的，还会比别人活得更好！要说在这商会里得到最大好处的都是中小商户，可他们体谅你的难处吗？这都是些什么人，你还不明白吗？蚊子！臭虫！喝你的血，还得让你身上鼓起大疙瘩来！闺女，我们不陪他们玩了，咱回老家享福去！”杨梓传越说越气愤，也越来越压不住自己的火气。

“爹，您别说了，想要我解散商会是不可能的，何况也不是我一个人说解散就解散得了的，商会是大家的。”纯如也和杨梓传倔强了起来。

“你解散不了，我们退出商会不就得了吗？日后和大人来找商会的麻烦也找不到你头上，我们还怕什么！”

“我们一走了之也就算了，可是不能留下这么一个烂摊子就弃之不顾啊！商会真要是有了三长两短，我们又怎么对得起这些家乡父老啊？”

其实，就在这杨梓传发起脾气没有多长时间之后，他的吵嚷声早已惊动了其他人，特别是吕、赵、李三位东家因为和杨梓传的房间挨得比较近，他们听起来很真切。可三个人都不约而同地没有走出房间来劝解父女二人，他们不知道如何来劝解，也更想听听纯如内心的真实想法。

这三位东家知道，纯如是位好会长。睿智聪明，行事果断，心胸宽广，眼光独到，最主要的是有一颗公德之心。一心一意要带领大家做一番大事业，和她一起走下去绝对是错不了的。

眼前面临的困难是要拿出大额银两去白白送给和珅，这确实如杨梓传所言，他们真舍不得从自己兜里往外掏这笔钱，或者说也是在犹豫观望之中，他们不知道在老家湖州的那些人听到这个消息之后会是个什么反应。

杨梓传说得有错吗？一点儿也没有错！女儿是亲生的，几百号人的商会事情要自己的女儿一个人扛，并且被逼得到了个人要借债堵窟窿的地步，世上会有哪个做父亲的不心疼呢？

第一百二十九章　绎如失踪

吕、赵、李三位东家自从来到广州之后，已经感受到了这一片天地的广阔。虽然让洋人用合同轻易就给骗了，属于出师不利，但凭着他们多年累积的经验和敏锐的商业嗅觉，他们知道这里的金山银山不可限量，就是前途有一些坑坑洼洼，也是值得去闯拼的。现在杨梓传已经劝解女儿解散商会，他本人也有了打退堂鼓的准备，说来这都是和珅威逼利诱闹的。

三位东家也在权衡利弊，要说商会里的众人都出这个银两，自家绝对没有不出的道理，但就怕其中一些人不出，而把那些银两又都分摊在自家的头上，这不单增加了自身的负担，也让自己感觉不公平，心里不平衡。但无论怎么说，他们都暗自佩服纯如是个真性情的、不屈不挠的坚强女子，不惜用借钱这般作践自己的方法将商会维持下去，这让他们这些久历生意场的男人感到汗颜，感到无地自容。

这也让他们不得不面对一个矛盾问题，筹措不上和大人的银两，商会可能面临解散，眼前广州的这一片大好形势也就烟消云散了。没有了商会，没有了纯如的领导，三位东家也知道，想凭一己之力在这里是生存不下去的，就是前面有那金山银山也无异于空中楼阁。

此时父女争论已经有一段时间了，何况声音又这么大，大家再装聋作哑就实在说不过去了，三位东家都好似刚刚从睡梦中醒来一般，从各自房间里走了出来。

“杨东家，不要和孩子生气嘛，她对大家也是一番好心，只是行起事来确实是麻烦了些，但办法总归是会有的。”赵东家劝解道。

“能有什么办法？这秃子头上的虱子明摆着呢，这千斤的担子只有她一个人扛，谁肯替她着想半分？好话都会说，好事谁来做？”杨梓传气呼呼地嚷道。

“会长，我想明早儿我们三位和你父亲都一起回老家去，挨家挨户地和商会里的人说明这个事情，也顺便探听一下他们的想法，如果大多数人都同意，我们四位副会长就召集一个会议，具体在会上定夺一下这个事，有什么结果我们及时反馈回来，到时候再作其他打算也是不迟。”吕东家说。

“好的，我在这里感谢各位东家辛苦操劳了。”纯如听了吕东家的建议，心里陡然间感觉亮堂了许多。

杨梓传见这几位东家已不再是事不关己的样子，而是主动地站出来献言献策，大有要群策群力的样子，并且这个主意听起来也真是不错，也就不再言说什么。

见屋子里的紧张气氛缓和了下来，吕东家等人长出了一口气，纷纷回到自己的房间里打点行李准备明天回家。

吵归吵，父女之间是不隔心的，再说父亲如何发火也都是为了自己好，纯如知道杨梓传明早要走连忙帮着父亲拾掇了一番，又嘱咐了路上注意身体等事项后才回到自己的房间。

纯如刚走进自己的房间，猛然间看见钱春娇和芙蓉正坐在里面，芙蓉满脸泪水正在和钱春娇哭诉着什么。

看见了纯如进来，两人急忙站了起来，芙蓉过来一把拉住纯如的手，非常激动而急切地说：“妹妹，我们夫人绎如不见了！”

“啊？蓉姐，你说什么？绎如不见了？到底是怎么回事，快说来听听？”纯如惊问道。

“夫人今天晌午的时候得到了一个消息，说‘德庆行’的东家高尚定在今天晚上戌时在城西关的三里铺有一项交易，夫人说她要亲自去看看，并且怕人多容易被发现，也没有让我陪她去。临走时说好的无论事情进展如何，她都赶在亥时一刻前回来，可到了时辰并没有回来，我这才有了不祥的预感。”

“后来怎样了？”纯如忙问道。

“我连忙领着人按照她走的路线迎头去接她，可是一直到了三里铺也没发现夫人的踪影。四下寻找打听也是没有任何消息。我和众人只能按原路返回来，再看看是不是夫人走了别的路径，可回到家里面才知道，夫人压根就没有回来过。我没了主张，之前平时从夫人口中知晓你和夫人是亲姐妹，这才连忙跑到你这里来报信寻办法的。”芙蓉一边哽咽着一边将事情的经过叙述给了纯如听。

“高尚有交易？蓉姐，你和绎如可知道那是什么样的一个交易？”纯如听到芙蓉说出了绎如的真实身份，也就没有太多的惊讶，因为她早已经猜测到了。眼前将绎如找到才是第一要务。

“烟土。听说是高尚要将一批烟土贩卖给京城里来的几个人。”芙蓉答道。

“高尚他做起烟土生意了？”听芙蓉这一说，让纯如感到非常震惊。

芙蓉点了点头，说道：“只是听说，消息也并不是十分确切。”

“那绎如失踪这件事情，难道和高尚有关？”钱春娇在一旁插话说道。

“绎如行事谨慎，不可能轻易被高尚发现的。即使被高尚发现了，因何将绎如抓住不放？难道是见绎如发现了他的烟土交易而杀人灭口？我们尚且掌握这只言片语的信息就能分析到这里，他高尚自然也会预料到你们‘荣盛行’的人会沿着这个思路找下去的，他自然也就知道做这件事情的严重后果，想来他有这个杀机，也没有这个胆量。”纯如在心中仔细掂量着芙蓉的话，按照自己现在所了解到的信息，试图慢慢地厘清这件事的一些头绪。

“妹妹认为另有其人偶然间对绎如下手？”钱春娇问。

“就目前我们所知道的，不能排除这种情形，只是说来可能性很小。蓉姐，你仔细回忆一下绎如是如何得到这个消息的呢？她又有没有说事后还要见其他什么人，或者是还有其他一些事情要到哪里去办？”纯如问芙蓉。

芙蓉略微思索了一下说：“这个消息是我们自己人听来的，消息应该是可靠的。她没和我提过这件事情之后还要见什么人，也没说有别的事情要去办。只是她好像和我说了那么一句，她要看看楚秋做烟土生意的时候是一副怎样的嘴脸。”

“楚秋？”纯如和钱春娇同时惊讶地喊了出来。

“蓉姐，难道楚秋和高尚现在合伙做烟土生意？”纯如急迫地问道。

“看来妹妹还是蒙在鼓里，他们合作有一段时间了，那‘德庆行’的丝绸生意就是他二人合伙办的，至于他有没有和高尚一起贩卖烟土，因为没有什么凭据，我想我们夫人也是猜测的吧。”

纯如沉默了下来，如果芙蓉说的关于楚秋和高尚的事情都是事实，她对于楚秋也就真的无话可说了。

还能再说什么？无话可说！

钱春娇见纯如愣了神儿，她知道纯如正在想些什么，因为纯如和楚秋的过往，她都是了解的。

她知道，此时纯如听到了这样的消息，心里一定非常痛苦，更确切点说，应该是心如刀绞！

钱春娇走到纯如的身边，轻轻地用手揽住纯如的肩，轻声说："妹妹，别着急，我现在就去和萧武说，让他派那些弟子四下打探绎如的消息，这些人消息灵通着呢，明后天我想就会有可靠的消息。我们今晚派不上什么用场，蓉妹妹你先暂且回去等消息，纯如妹妹你也先休息一下吧，明早杨叔走你也要送的，不能让他看出什么不对的地方来，免得让他不安心。"

芙蓉听了钱春娇的话，一方面听说很快会有消息让她很激动，另一方面对钱春娇的体贴和周到很佩服，特别是能在话语间听得出来钱春娇和纯如两人之间有着亲密无间的姐妹感情，联想到绎如和自己的地位尊卑，很让芙蓉羡慕。

芙蓉走了之后，钱春娇对纯如说："妹妹，很多事情不要多想了，想多了也无益处，等事情查清楚了一切自然都会水落石出的。"

"姐姐，楚秋来探望父亲只是托词，他是来帮那些洋人讨要行李的。还有，他也不是替他那个谢家的岳父而来，而是替高尚而来的。他和我怎么连一句真心话也没有呢？他到底要我们怎样，才能将他那寒冰的心捂化了？"

"妹妹，我知道你听了这样的消息心里一定会非常难受，可人是有七情六欲的动物，除了吃喝拉撒睡之外，知爱恨、有野心、弄权谋、攀富贵这也都是人之常情。有的人你发现他变了，其实这是他的本性，只是你从前没有发现；有的人你发现他总是一成不变，或许只是一直没有让他变化的机缘而已。变是正常的，不变倒是让人不可理解的了，只是有个好坏的区分罢了。有的人一旦反了性儿，就如洪水猛兽，一发而不可收拾；有的人知错能改，几次往返后幡然悔悟，也是善莫大焉。妹妹，我们只用自己的一颗平常心看待这些事情也就是了。”

“可姐姐想过没有，如果此次真是高尚将绎如擒拿住，楚秋又和高尚在一起，他即使当场不将绎如放掉，又不好和高尚说什么，但至少此时应该给我报个信吧？再说，人无论如何变化，可你楚秋和绎如是什么关系？你能眼睁睁看着从小吃一个锅里的饭长大的妹妹被人欺凌而不顾吗？”

“妹妹你不要激动，这件事情现在我们还没有查清楚，也不知道高尚和楚秋到底有没有参与和知晓这件事情，我们还是等事情查清楚之后再作打算吧。”

钱春娇知道，无论绎如的这件事情如何，就是纯如再次听到楚秋和高尚又合作的事情，打击也是相当大的，让她崩溃的同时也会让她的思维钻入一个牛角尖里面出不来。

纯如从迷惘中回过些神来，听了钱春娇的话，点了点头，说：“姐姐，你把武哥找来，我要和他交代几句。”

不一会儿钱春娇将萧武带了进来，萧武有些迷迷糊糊地问道：“东家你找我？”

萧武虽然是一个办事利落之人，憨厚老实、豪爽义气，但他对生意场上尔虞我诈的事情从来不感兴趣，对钱财权贵之事也从来没有表现过热情。东家你怎么吩咐我就怎么做，我一定尽力做到最好，这是他一如既往坚守的本分。

第一百三十章　兴师问罪

第二天一早，送走了杨梓传等人，纯如和钱春娇经过一番打听直接来到了“德庆行”。

“德庆行”的门脸虽然不是十分高阔，但进了门里，店面的装修却是十分考究，古香古色，沉稳厚重，生丝、绸缎各样摆放整齐规矩，一丝不乱。

前台的伙计见有人进来，忙上前来热情地打招呼接待，等纯如说出要见东家时，伙计立马换了一副冷冰的脸色，去后面找人去了。

不一会儿的光景，楚秋从里面走了出来，他第一眼就看见了纯如，脸上的表情随之也变得狼狈窘迫起来。

“纯，纯如，你是怎么找到这里来的？”楚秋结结巴巴非常尴尬地说。

“呵呵，秋哥新开了行号，难道我就不能来道一声‘恭喜发财’吗？”纯如很自然地答道。

“走，这里不是说话的所在，我们去外面找个茶馆，我请你们喝杯好茶。”楚秋一边说着，一边就要带领着纯如往外走。

“我看不必了，秋哥，你这里就挺好的，我也是第一次来，正好也参观、学习一下。”纯如站在那里一动未动。

楚秋听到纯如这样说，显得很尴尬，连忙说道：“那好，那好，那我们去后面的会客厅坐吧。”

三人来到了会客厅。

“秋哥，你这‘德庆行’虽然地段上偏僻了些，可一看这店面、这陈设就实力不俗，处处彰显着身家雄厚的气度，这是你们‘飞鸿行’自家的生意，还是与人合伙开起来的呢？”纯如漫不经心地问道。

“这，这个嘛，说来不是我的，我只是入了点股银在里面，没事的时候我到这里帮着照管一下，毕竟家里面那边我也脱不开身。昨天去你那里来往匆忙，也就没仔细和你说这件事。”

纯如的突然到来，让楚秋感到很惊讶和意外，更让他措手不及，因为这处行号开门营业也没有几天的光景，照理来说纯如此时应该是不知道的。可纯如现如今找上门来了，说话的口气间可以听得出生疏和隔阂来，也没有了往日和自己见面时的亲热劲头，难道是纯如发现了什么?

“高尚不经常来看看账目吗？他应该是个对谁都不太放心的人啊！”

纯如突然间提出这个问题来，不急不躁的样子就好像在和楚秋没事凑在一起闲聊天一般，手里边也不停地摆弄着那只青花瓷茶碗。

楚秋到此听明白了纯如的真实来意，这分明是已然将这里的情况打探清楚来向他兴师问罪了。

别说此时在这“德庆行”里楚秋不方便向纯如辩解什么，就是到了外面茶馆里他又如何解释得清楚呢?

此番他与高尚合作的情境与往日不同。这次他确实是想和高尚捆在一起做生丝与绸缎的生意，更以丝绸生意为掩护，神不知鬼不觉地赚私贩烟土的大钱和快钱。同时，楚秋也想借助高尚的力量来壮大自己的实力，从而谋得裁撤“公行”之后丝绸业界的行首地位。而之前他只是想通过表面一些合作来迷惑高尚，进而最终达到整治、坑害高尚的目的。做事情的出发点不同，心情自然也就不同，现在楚秋把高尚真正看作自己的生意伙伴，就是现在看起高尚的样子也不觉得有什么不顺眼的地方了。

楚秋知道纸是包不住火的，或早或晚纯如总有一天会发现的，莫不如此时就说了算了。想到此处，楚秋也就横下一条心来说：“纯如，这个行号确实是我与高尚合开的，没办法，我也得维持生计，‘山西会馆’和‘洞庭会馆’的查封对我父亲打击也很大，我得替他老人家分忧。”

“秋哥，要是旁人我不说这话，天下之大，可合作的人多了，你为什么就偏偏选择了与高尚合作呢？引狼入室的道理你应该是懂的，都说‘一朝被蛇咬，十年怕井绳’，高尚这么多年的所作所为你不比别人了解得少，真要是有了他咬你的那一天怕是无药可救的！况且他走的都是歪门邪道，你和他合作岂不成了一丘之貉？我劝你还是早一点儿离开他的好。”看楚秋对自己说了实话，纯如也就改变了一些口气，非常诚恳地对楚秋说。

钱春娇在一旁坐着一直没有说话。

这是她第一次看见楚秋，她对楚秋的脾气捉摸不定，但有些纯如不好说的话，此刻她要代纯如说出来：“我和纯如是结拜姐妹，当然我也可管你叫声‘兄弟’的。兄弟，我和纯如妹妹是去过你漳州府上的。那一次是为了给你通风报信，高尚有害你及家人之意，从那时起，妹妹就一直为你担惊受怕着，生怕你一朝不慎而被高尚伤害。我想，你纵然和他有千般要合作的理由，还是要从长计议，长痛不如短痛，还是早日与他分道扬镳为上策。”

“呵呵，”楚秋苦笑了一声，然后说道，“这位姐姐的肺腑之言，我楚秋感激不尽，你们说得都没错，但我的主意也是经过深思熟虑的，你们就不要跟着操心了。我小时候处处都是听养父的话行事，现今已是这么大的人了，是该到有自己主张的时候了，我的亲生父母也很支持我，你们就不要再劝说什么，你们的心意我也都领了。”

纯如知道这次楚秋是铁了心要与高尚合作了，自己再如何劝解也无非是浪费口舌，索性也就不再按照这个话头说下去，转而问道：“你可知妹妹绎如的下落？”

“绎如？不知道啊！她不是已经出走快有三年的光景了吗？你怎么忽然问我这个问题？”楚秋的脸上现出了既有几分惊讶又有几分警惕的神情。

“她昨晚再次失踪了！”

“什么，什么再次失踪？我听不明白。”楚秋惊愕地问。

“难道秋哥昨晚没有见到她？”

“没有啊！我怎么能见到她？”纯如的话听得楚秋是越来越糊涂。

“秋哥，昨晚你没去城西关的三里铺？”

“没有啊！”

“昨晚你没有和高尚一起在三里铺和京城里来的客商有烟土的交易？”纯如用眼睛死死地盯住楚秋问。

“你这问得我是越来越听不明白！没有的事啊，昨晚我和高尚确实是在一起，可就在此处，哪里也没有去过！他也是一早吃过饭才出去的。”

楚秋很认真地答道，但听到了“烟土”二字心下暗暗吃惊，但脸上更是一副莫名其妙的神情。

“咦，这就奇怪了，这怎么可能呢？”

听完楚秋的回答，纯如和钱春娇也感到十分吃惊，她们看着楚秋的脸色感觉不像是在撒谎的样子。

“绛如昨晚得到消息说，你和高尚在三里铺有一桩烟土生意，她就想去到那里看看，说好的是赶在亥时一刻前回家，可到了现在也没有回来。”

楚秋听到了这里也很紧张，担心地说道：“她这消息是从哪里听来的？我怎么感觉这么蹊跷呢。”

“是她‘荣盛行’的人亲口和她说的。”接着纯如又反问道，“你和高尚确实是在做烟土生意吗？”

楚秋略微愣了一下神儿，一边摇头，一边连忙说道：“那怎么可能呢，谁不知道那是朝廷明令严禁做的事情，我是不可能做那种生意的。只是眼前绛如的事情该怎么办呢？还有她这两年多来到底是个什么经历？”

“我就是向你问这个事情来了，既然你不知道，我也就再作其他的打算吧。至于她是个什么经历我也不清楚，我也是昨晚才知道她是‘荣盛行’东家的。”

纯如看在楚秋这里得不到什么消息，寻找绛如是急事，容不得在这里耽搁，也就和钱春娇起身准备告辞。

楚秋也连忙站起身来，说：“这样，我们分头寻找，有了消息互相通知一声。”

送走了纯如，楚秋又重新坐了下来，定了定心神，回味着刚才纯如说过的话。

纯如这是怀疑自己和高尚将绎如怎样了才来到这里找他的，我楚秋无论如何也不会做出拘禁绎如的事情来啊！难道我在纯如心目中的印象已经坏到如此程度了吗？这样狠毒的事情都能让纯如怀疑到我的头上来，可想而知，我楚秋做人真是很失败。

绎如是“荣盛行”的东家？那自己之前的洋药水就是从这个“荣盛行”里那个叫芙蓉的女子手里拿到的，难道绎如从那时起就已经在幕后注视着自己的一举一动？她又为什么要将那洋药水卖给自己呢？而她又不肯出来与自己见面相认，这里面有什么玄机吗？

绎如此番失踪是因为想看自己和客商交易烟土生意，她想看的目的是什么？她家里人的消息又是从哪里得到的呢？时间、地点、人物、事件还都说得如此具体和贴切，还有这烟土的生意刚刚和洋商签了协议，货物还并没有到手上，怎么这样的消息这么快就传到了绎如的耳朵里？

如果说绎如真是“荣盛行”的东家，那么绎如这两年多来到底经历了什么，让她如此飞黄腾达起来？要知道“荣盛行”无论在广东地界还是在“公行”里都是丝绸业界响当当的商家，何况听人说和各路衙门的关系也是非同寻常，与洋商那里的关系也很交好，而现在听来的消息却是绎如是这里的真正幕后东家，这让楚秋感到很是费解和迷惑。

楚秋前思后想，可诸多的疑问也寻不到一个答案，他现在急着做的事情是出去寻找绎如的下落。无论如何，绎如曾经做了自己那么多年的小妹，也曾经对自己一往情深当面表白过爱慕之情，和自己一起乐过、哭过、闹过，要说没有感情是假的。当年自己是火烧高家大库不成才离家的，事后一年多，楚秋也才知道绎如出走的消息，他们出走的时间虽说没差上几天的光景，但楚秋出走在前，绎如在后。

楚秋此时顾不上多想，愣了一会儿神之后，连忙奔出门去四下寻找绎如的下落。

第一百三十一章　人在暗处

纯如和钱春娇见过楚秋之后刚刚回到自家的行号里，萧武便匆匆忙忙从外面回来了，见了二人忙说道：“这事情看来很是蹊跷啊，兄弟们四处打探愣是没有什么结果，看来对方计划周详，行事谨慎诡诈，连一点儿的蛛丝马迹也没有留下。”

萧武从昨晚半夜一直熬到现在，眼里布满了血丝，虽然和兄弟们马不停蹄地四处寻找绎如，但一条有价值的线索也没有发现，所以显得垂头丧气与懊恼。

“三里铺那里昨晚就什么异样和动静也没有吗？”纯如问。

“三里铺本来就是偏僻之地，没有几户人家，我派了十几号人挨门挨户去探问，回答都是没有听到什么动静。又四散开来，扩大了查找范围，也没有找到更多的线索。”

“妹妹，看来这件事情很棘手，也耽搁不得，我们还是让芙蓉去报官吧，衙门总归是比我们眼线势力都大得多。”钱春娇在一旁说。

“嗯，看来也只能如此了。”纯如点了点头，现在没有办法，也只好寻求官府的帮助来寻人了。

几人刚要起身去“荣盛行”找芙蓉再去商量，却看见芙蓉十分慌张地从外面进来。

她快步走到纯如面前，说道：“纯如妹妹，你看。”说完，她递给了纯如一封信。

信上短短几行字，写得却是非常明白，大意就是绎如人在他们手上，想要人质能安全回家，三日内准备一百万两银子赎人，交易地点另行通知，不准报官，如若不交钱或者报官，就等着棺材收厂等讹诈言辞。

纯如看完这封信知道，这就是一封典型的绑匪发来的通知书，内容上并没有什么新意，都是千篇一律的套话，所要表达的就是勒索钱财。

事情如果真是如这封信所说，就是报了官也很难找到，随便把人给你扔在哪个菜窖里或山洞里，你上哪里找去？再说，对方在暗处，自己这些人都在明处，一举一动都在对方的视线之内，如果操之过急弄巧成拙，更容易伤害绎如的性命。

纯如又将信递给了钱春娇，钱春娇看完也是紧皱眉头，说：“这封信虽说不是什么好消息，但也给我们指明了一个方向，如果真如信中所言，我想现在绎如妹妹的性命应该是没有什么问题。”

“纯如妹妹，现在这个情形有没有什么办法？”芙蓉急切地问。

纯如摇了摇头，自言自语道：“不但绎如我们找不到，就是绑架勒索之人我们也找不到，报官又有风险，还能有什么好办法呢？看来也只有一条破财免灾的道路可走。”

“可他们开出的价码如此之高，我们怕是一时半会儿也凑不上的。还有，就是给了银两，如果他们再将我们夫人怎样也是说不准的。”芙蓉忧虑地说道。

“蓉姐，你们行号上能凑得上多少银两？我们得两手准备着，万一到了必须要用银子救绎如性命的时候，我们也考虑不了那么多，对方要多少，我们就得拿多少。”

“我来时到账房问了一下，现银加银票能拿得出来的也就是五十多万两，也就只够那些歹人要求的一半，其他的银两都在货物上和客户那里压着呢，短时间内流动不到手里。”

纯如其实现在听到“银子”二字就会感觉到头痛不已，自己不也是欠着和大人那五十万两天大数目的银子吗？没有想到，绎如这里又来了个一百万两，想来这敲诈勒索的，数目也都是没有小的。

“这样吧，我这‘清威行’自开业还没有太大的营生，凑上五十万两银子是不成问题的，只是这些银子不是我的，也不是我周家的，而是江浙全体丝绸商户的股银。但人命关天，我只能暂时挪用一下了，算我借给你们的，等将绎如救出来之后，她再凑上还我们吧。”

纯如也是没有办法，别说绎如是自己的亲妹妹，就是换作是哪个江浙的老乡，家人找到她了，她也不会袖手旁观的。

芙蓉听了很是激动，嘴里连声地说着：“这回我们夫人有救了，谢谢纯如妹妹，谢谢！”

纯如继续说道：“从现在的这个情形来看，他们一定会再上你行号里通风送信的，我看武哥你就派人在‘荣盛行’门口留意着，守株待兔，但切不可轻举妄动，打草惊蛇，只要跟踪上去就行，摸清他们的门路，能找到他们的老巢当然最好，找不到他们藏匿的窝点，我们至少也能认清对方的一些面目，也好有的放矢再拿出一些主意来。”

“东家，这么重要的事情放在别人手里我不放心，我亲自去做，你只管放心就是了。”萧武说完，欲转身离去。

钱春娇连忙跑上前去，扯住萧武的衣角，柔声地叮嘱道：“歹徒不是善类，你自己也要多加小心。”

萧武点了点头，然后快步走出了“清威行”。

“纯如妹妹，不行官府那里我也去走动走动，以备不时之需？”芙蓉说。

“我们不是不信任官府，可我怕一旦惊动他们，局势有可能就会失控，我们无法掌控官府如何处理这件事情啊。”纯如担心地对芙蓉说。

“不会的，他们会听我们调遣的。”芙蓉很自信地说。

“啊？调遣？我们如何调遣得了官府？”纯如惊讶地问道，就连钱春娇也觉得很稀奇。

“我直接找李侍尧，他是两广总督，这里大大小小的衙门都归他辖制，我只是听从妹妹的建议，不要让他们轻举妄动也就是了。”芙蓉说完，脸色一红，也就没再接着说下去。

纯如没有想到，眼前这个年岁和钱春娇相仿的女子竟然有如此大的能量，随口说出“李侍尧”三个字，连“大人”两个字都懒得带上，说来她一定是和李大人之间有着绝对不一般的关系，至少她对李大人是没有一点儿畏惧之意的。要知道在两广之间，“李侍尧”三个字不是谁都敢随便叫得出口的，贵为天下八督之一的两广总督，又有几个人能高攀得上呢？可纯如自接触到芙蓉以来，即使没有在绎如面前，她说话只要是提到绎如的，都是恭敬地叫上一声“夫人”，她既然有李大人如此深厚的背景，又为何屈居绎如之下，对绎如毕恭毕敬呢？

纯如连忙答道："蓉姐，既然你有如此把握，当然是最好不过了，一旦有风吹草动我们支撑不来的，衙门能及时介入，我们也算是有个万全之策了。"

芙蓉走了之后，钱春娇说道："妹妹，曾记得你第一次来广州之时，我就和你说过，此地金山银海，但也是江湖凶险，卧虎藏龙，你看芙蓉一个柔弱清美女子，竟然张口闭口对两广总督直呼姓名，想来他们之间一定是过从甚密的，连一些避讳都没有。"

"是啊，只是开弓没有回头箭，我们既然来到这里，就得抬起头来往前走，容不得多想，也容不得退却半步了，只是让你和武哥跟着我受苦了。"纯如动情地对钱春娇说道。

"妹妹说的是哪里话，古人云'士为知己者死'，我和妹妹情同手足，怎能不为妹妹排忧解难尽上绵薄之力呢？妹妹的刚强意志坚不可摧，更是让我和武哥佩服不已，前面纵有千难万险，我们夫妻二人也一定是会追随在妹妹左右不离不弃的……"

纯如未等钱春娇说完，已和钱春娇相拥在一起。钱春娇就是纯如眼前所有的依靠，这份厚重的姐妹深情给了纯如莫大的安慰和鼓励。

近来一连串的麻烦接踵而来，让纯如压抑得喘不过气来，可表面上她还是要坚强镇定，她知道自己一定要支撑着不能倒下，要让身边人看到希望和信心。自己就是装也要装得强大，这是自己的责任，也是一种使命。纯如不知道杨梓传他们回到湖州之后，与商会众位会员最后商量出个什么结果来。她也想念着自己的儿子，这个小家伙刚刚几个月就离开了母亲的怀抱，吃不到母亲香甜的奶水不说，也得不到母亲的温柔呵护和体贴的照顾，想来孩子也真是可怜，自己这个做母亲的不称职，周冰羽也怕是担心孩子跟着自己吃苦受罪……

纯如突然间想到了一个问题，一把推开钱春娇说道："姐姐，我们是不是忽略了一个细节？落下了这里面的一个关键人物？"

钱春娇一愣，忙问道："妹妹说的是哪一个细节？又是哪一个关键人物？"

"你刚才听没听武哥刚进来的时候和我们说，这些歹徒行事不留一丝痕迹，这一细节说明什么？这说明对方绝不是临时起意将绎如劫持，而是事先计划周详的，目的就是为了勒索钱财而来。至于这个关键人物，那就是给绎如传递消息的这个人。虽说他是绎如的人，但难免也会被他人所迷惑利用的，甚至有可能被收买，然后故意传递这样的假消息来蒙蔽绎如，诱使绎如进入他们的圈套，这也不是不可能的。也正因为昨晚芙蓉说是绎如的人，我们也才漏掉了对他这个人的怀疑和追踪。"

"妹妹分析得很有道理，那此刻我们应该去盘问他一下，或许就能牵扯出一些头绪来。只是如果这件事情真是有他的参与，怕是他早已有了应对的言辞，我们应该仔细分辨才是。"

"是啊，这都是我们自己的猜测，事实到底如何我们并不清楚，在我们没有证据之前，我们也更怕冤枉了这个人，所以也只能是点到为止，不能苛责强求什么的。"

纯如和钱春娇拿定了主意，再次抖擞起精神朝"荣盛行"而来，她们想让芙蓉找出来那个给绎如报信之人，想在这个人身上看看能否得到一些意外的线索。

她们刚刚走到离"荣盛行"大门口不远的地方，就看到门口那里一大群人在那里围着，里三层外三层围得是水泄不通。纯如和钱春娇直觉应该是“荣盛行”又发生了什么大事情，所以，她们连忙飞奔了过去。

二人好不容易挤进人群里，待见到地上躺着的那人时，都是忍不住尖叫一声：“啊？！”

第一百三十二章　断臂之殇

地上趴着的人是萧武。

一侧白霜似的脸贴在地面上，眼睛紧紧地闭着，整个人的身体在不停地痉挛抽搐。再看右侧那只胳膊，从肩膀那里几乎被刀砍断，只留下一根露着白茬儿的骨头勉强连接着，血还汩汩地往外涌，流到地面的鲜血又将青石板上已经凝结的大片血迹覆盖。

钱春娇来不及多想，将身上罩的披肩一把解了开来，然后俯下身来，将萧武的胳膊和肩膀的伤口处结实地捆扎，也不知道她是从哪里来的力气，抱起了萧武就往“荣盛行”里面跑。

纯如也被眼前的情景吓得呆愣了，缓过神来，慌忙跑到钱春娇的身边，一边用手将萧武垂下的头捧了起来，一边喊着人来帮忙。

这时候芙蓉从后面急匆匆地追赶了上来，她是去两广总督衙门找李侍尧李大人了，刚刚回到了门口，就看见了眼前这血淋淋的惨状。

芙蓉跑到前头去，指引着钱春娇进入了一间离大门较近的厢房，这间房里放置了床和被褥等生活用品。

钱春娇将萧武轻轻地放在了床上，已是累得虚脱了一般，但还是踉踉跄跄地往门外跑，像疯了一样准备去找郎中。

纯如连忙将钱春娇拖住：“姐姐，你不要慌急，我刚才听蓉姐已派人去请郎中了，此时应该已在路上了。”

钱春娇又返身到了萧武的身边，一边用手轻轻地推搡着他，一边哭泣呼喊着：“萧武，快醒醒，快醒醒，我是春娇，你这是怎么了？刚才还好好的一个人，怎么一个时辰没见的光景就伤成了这样？”

萧武人此时已醒过来了，但因为失血过多，脸色已是由苍白变得越来越暗淡了，豆大的汗珠从额头及两颊滚落下来，牙关咬得咯嘣嘣直响，身上也是不由自主抽搐得更剧烈了。钱春娇知道，那是因为他的伤口疼啊！也就是萧武，要是换作旁人，怕早已是痛不欲生哇哇乱叫了。

他听见了钱春娇的呼喊，慢慢地睁开了眼睛，摇了摇头，随之又无力地将眼睛闭上了。任凭钱春娇是如何久历江湖之人，此时也控制不住地号啕大哭起来，同时嘴里喊着萧武的名字，她怕萧武坚持不住，从此闭上了眼睛再也醒不过来。

纯如和芙蓉在一旁站着，看着眼前的情景，忍不住都流下心疼的眼泪来。

这时候芙蓉请来的郎中到了，钱春娇抬头看时却是既有本地的郎中，也有几个背着药箱子的洋人郎中。

钱春娇忙解开那裹缠在萧武肩膀上的披肩，本地的郎中仔细看完之后，摇摇头，说：“这只胳膊已经断了筋脉，怕是保不住了。”

纯如和芙蓉听了郎中的话都傻了眼，钱春娇哭成了泪人似的苦苦哀求郎中再想一想办法，但换来的也只是本地郎中不停地摇头，然后转身出去了。

洋郎中用半生不熟的汉语对春娇说：“夫人，这位先生看来是必须截肢了，没有其他办法。”

说完，洋郎中让纯如和芙蓉将钱春娇搀扶出去，和他一起来的同伴已将一团毛巾塞进了萧武的口中，在伤口处涂抹了些药水，然后将一把锯子递了过来……

再之后听得室内一声惨叫，撕心裂肺！

钱春娇在外面听见了，双腿一软，纯如和芙蓉两个人也没有把持得住，瘫倒在地上。

芙蓉忙唤来丫鬟婆子将钱春娇扶起来，送到了另外一个房间里休息。纯如一脸戚容坐在钱春娇的床边不停地安慰着：“姐姐，你放心吧，武哥那边性命已无大碍，也有蓉姐的人在那边寸步不离地照料着。”

钱春娇的眼睛已经失去了往日的神采，盯着天棚呆呆地望着，先是含混不清地喃喃自语，而后又咬牙切齿地说道：“这是谁干的？我要替武哥报仇！我要抽他的筋，扒他的皮！”

“看来这和绎如的事情有关，就是武哥说来这里观察动静不久就发生的事情，这歹徒也真是残忍至极。”

“我不管他是谁，上刀山下火海我也要他用命来抵偿萧武这只胳膊！”

“姐姐，你先暂且冷静下来，这个仇一定是要报的，但也是要从长计议，不可鲁莽行事。”

“冷静？鲁莽？我能冷静得下来吗？这么一个七尺的汉子没了一只胳膊，放在谁身上能受得了？什么叫鲁莽？我杀他们个片甲不留也是不解恨的。”说话间，钱春娇的眼睛已经发红了，她也没有顾忌自己对纯如说话的态度，话语间已然失去了本来的理智。

纯如知道，钱春娇已经愤恨到了极点，此时无论如何劝解她都是徒劳的，只有等她冷静下来再说。钱春娇和萧武是夫妻，那种患难之情与切肤之痛，是自己感受不到的。

萧武如同自己的家人一般，纯如也是心疼不已，但事情已经发生了，此时说什么做什么都于事无补。萧武为了周家的事业鞍前马后，为了绎如之事又失去了一只胳膊，这样的情分真是天高地厚，任凭纯如有多少感激的念头，日后也是报答不了的。

这时候芙蓉在门外朝纯如招了招手，示意让她出来说话。

“蓉姐，怎么了？”纯如担心着钱春娇，一边和芙蓉说着话，一边向房间里瞧望。

“快随我来，你不是要见那个给夫人报信之人吗？我已经差人将她找了回来，此时就在夫人的书房里。”芙蓉急切地说道。虽然她对萧武受到如此伤害很过意不去，但她此时更担心绎如的安危。

纯如不放心地说道：“姐姐现在听闻武哥没了胳膊，情绪很是激动，我不在她身边，怕她做什么傻事，你派几个丫鬟来好生地照看着她。”

芙蓉点了点头，吩咐了下去。

两人来到了书房，嫣然正在里面等着。二人相视微笑点头，算是打了招呼。

纯如定了定心神，说道：“嫣然妹妹，你那消息是从高尚那里亲耳听来的？”

嫣然怯怯地点了点头：“是我亲耳听来。”

“楚秋可曾在场？”

嫣然迟疑了一下，答道：“没有。”

“你可知道他最后真按照你传递的那消息做了吗？”

嫣然摇摇头：“我不知道。我只是得到了消息就急忙报告给夫人了。”

纯如听完嫣然的回答，点了点头，接着问道：“你认为你家夫人失踪之事，是否和那高尚有关呢？”

“这个事情我说不准。”

“为什么说不准呢？”

“夫人因高尚贩卖烟土之事而去，但是否因此事而失踪也就不得而知了。”

“嫣然妹妹说得很有道理。确实，现在想来，就是那日高尚有没有烟土的交易也是说不准的事情啊！”

嫣然听了纯如的话一愣，说道：“这位姐姐难道说我听来的那消息是假的？”

“嫣然，我并没有说你那消息是假的，我也只是多了一份猜测罢了。”

嫣然听了，长出了一口气说道：“夫人待我恩重如山，将我从那烟花柳巷之中赎救了出来。从那日起，我就带着一颗报恩之心追随她的，哪承想会出了这么档子事啊？如果不是我那日听来这消息，想必夫人也不会失踪的。”

说到最后，嫣然情至深处，不由得啜泣了起来。

“看来嫣然妹妹也是重情重义之人，这次绎如失踪也是因为她自己粗心大意疏于防范所致，和谁都没有什么关系，要怪也只能怪她自己，你不要内疚。”

嫣然没有再说话。

“高尚这几天可有什么反常之处？”纯如继续问道。

嫣然答道：“没看出来。与往常相比并没有感觉到有什么异样。”

“妹妹回去有机会再留心观察一下他的举动，按理说，他有了烟土交易的打算，成与不成都应该有些表现才对，如果不起一点儿波澜，怕是说不过去的。据我对他的了解，他的城府还不至于到这种宠辱不惊的程度。”

“好的，我一定按照你的吩咐多留意的。”

嫣然说完，朝纯如和芙蓉两人微微地点了点头，然后径自走了出去。

“纯如妹妹，与嫣然的这几番话语往来，你可曾有了什么发现和主意？”芙蓉问道。

“那倒是没有，只是我有种感觉，那就是这消息是假的，故意诱骗绎如上钩的。”

“何出此言？”

“你看我问嫣然的几句话里，她几乎都是一问三不知，这就很不正常。她从高尚嘴里得来那么个消息之后，高尚就没了其他的任何作为，事情就好像突然间不了了之的样子，就如嫣然口中之意，连个下文都没有。”

“纯如妹妹是怀疑这件事情是高尚所为？”

纯如点了点头，说：“我怀疑高尚是故意将消息透露给嫣然，让嫣然再传递给绎如的。但嫣然刚才说高尚那里情况的神情，也让我怀疑……”

“怀疑什么？”芙蓉紧张地问道。

这时候，一个婆子呼哧带喘地跑了进来，将手中的一个纸条递给了芙蓉，说：“刚刚有人送过来的，指名道姓让我交给您。”

芙蓉接过来，看了几眼，纸上还是短短的几句话：“今晚亥时城东三十里紫阳山交银赎人，只可四马一车一人往来，十万两现银，余下银票查勘无误自然放人，过期不候，后果自负。”

纯如也看见了，咬紧了嘴唇：“胆子也是太大了，光天化日之下就敢在街市之中举刀砍人，还敢明目张胆地来传递这样的勒索信息，想来这歹人真是太穷凶极恶了。”

“我们怎么办？”芙蓉问。

“眼前没有任何办法，我想武哥也是因为盯人被发现而受伤的，救人要紧，准备银子吧。还有，蓉姐你能不能让李大人那边调派一队人马远远地在后面策应一下，以防万一？”

“让李侍尧调遣几个人是没问题的，只是那驾车之人谁来担当？”

“我来。”纯如斩钉截铁地说。

“纯如妹妹，你怎么能行？马匹平日里都很难摆弄，何况又是四马一车，又拉着沉重的银子，那应该更难以驾驭了。”

“没事，我应付得来！蓉姐，按照我们之前的安排，你我这里都将现银和银票准备好。”

纯如说完，转身出了房门。听丫鬟说钱春娇去了萧武养伤的那间厢房，纯如也就径直地来到了这里。

房间里，钱春娇与萧武夫妻二人相对无言。

任凭萧武是怎样一个顶天立地、铮铮铁骨的汉子，但此时看着一侧空空荡荡的袖管，内心也是崩溃的，完全接受不了这样的现实。

见纯如进来，萧武说道：“东家，我坏了你的事，甘愿受罚！”

而这时，房门外已经挤满了愤怒的人群，他们都是闻讯赶来的萧武的徒子徒孙。

第一百三十三章　人心叵测

“嫣然，今天那个‘荣盛行’的芙蓉找你回去都说了些什么？”

“她倒是没有说什么，倒是那个绎如的姐姐问了我几个问题。”

“纯如？那她都问了你什么？”

“我哪管她问什么，我就是一问三不知，谅她还能将我怎样？”嫣然懒洋洋地躺在床上抽着烟土，不屑地答道。

“你有所不知，纯如这个人比她的那个妹妹还狡猾，你看她说话好似漫不经心，但你稍有不慎，就会落入她给你设下的圈套里面。”高尚颇有些紧张地说道。

嫣然非常自信地说：“呵呵，就任凭她百般伶俐，难道我就是傻子？她们能将我怎么着？我只是绎如设在你这里的一枚棋子，我得到了信息就给主子汇报去，主子再有什么主张和我半文钱的关系都没有，就是她死了也找不到我什么毛病的。”

听到嫣然如此作答，高尚将一颗悬着的心放了下来。结合嫣然平日里的一些表现，他知道嫣然绝对不会是省油的灯，任凭三言两语真还不至于被纯如探摸到什么底细去。

高尚一把搂过嫣然来，对其温柔地说道：“眼看着这白花花的银子就要到手了，你有了那二十万两作何打算？”高尚问道。

“呵呵，我和你们这些财主比不了，我是苦命的人，打小就被人贩子卖进了青楼，一天天过着撕心裂肺的日子。有了这大笔的银子当然是要好好享受一番这世间的福禄，至少不用瞧着他人的脸色过活。”嫣然迷离的眼睛之中，好似充满了对未来的期待与向往。

“你和绎如是如何认识的？”

“我在窑房里慢慢染上了烟瘾，老鸨看我一犯了烟瘾，人不人鬼不鬼的样子，没有了赚钱的本领，就把我撵了出来。流落街头之时是绎如偶然碰见好心收留了我，让我有了个可栖身的地方，我心里是念着她这点好的。可后来发现，她也是为了利用我，看我有几分姿色，就将我如玩物一般奉送给了满春豪，而后又让我主动接近你，来做她在你这里的奸细，其实想来她和那老鸨也没什么区别，都无非是在利用我的身子罢了。”

嫣然说到此处，好像是颇有些无奈，停顿了一会儿，继续说道：“这些我也认，谁让我命苦呢？可我最接受不了的是绎如那颐指气使的气派，你心高气傲、目空一切可以，你施舍可怜我，我也对你心存感激，但总不能不把我当人看待吧？动不动就吹胡子瞪眼的，阴晴不定，吹毛求疵，我也真是受够了她这一套。后来也就想开了，我和她差什么？无非就是银子嘛！人有了银子，腰杆子就硬实，说起话来就牛气，行起事来就可以待你如猪狗般呼来唤去的。”

“是不是跟着我要比侍候绎如舒服多了？”高尚嬉皮笑脸地说。

“有一点我倒是承认的，我宁可伺候男人，也不伺候女人，女人总是比男人难伺候的。但你们男人个个都是负心之人，也要处处防备的。高东家，你也算是心狠手辣了，我在‘荣盛行’里瞧见了那个被砍伤之人，一只胳膊已经是自臂膀那里没有了。我警告你，不要事成之后打我的什么主意，我都已是做好了万全之策的，一旦我有个好歹，就会满城皆知是你高尚所为。”

高尚听了嫣然的话，尴尬地笑了一声，说道：“你多虑了，我能打你什么主意？我们都是同一条船上的人，还得风雨共度呢！哎，你说到那今天被砍伤之人倒是让我有几分担忧呢，你知道他是什么来路？”

“一个趴在‘荣盛行’门口守株待兔盯梢的人，能有什么来路？”嫣然打了一个哈欠，懒散地说道。

“他可不是一般的喽啰，萧武是漕帮在广州这里的帮主！他的父亲萧玉德更是漕帮的大帮主，跺一跺脚整个江湖都会颤一颤的。不说萧武在广州这里的弟子们看了帮主受了如此重伤会怎样，就是他那父亲萧玉德看到儿子失去了一只胳膊，能受得了吗？”

“听你说来真是惹来了一个麻烦？”嫣然听着高尚的话不禁有些害怕起来，说话间也带着紧张的颤音。

“何止是麻烦？这件事可能要引来江湖上一场天大的风波啊！漕帮和天地会都是江湖上的大帮派，针尖对麦芒，谁都是不好惹的。好在我有先见之明，事前和天地会的人讲得清楚，人都是他们来出，事情也都是他们来做，我只是在背后负责策划。这件事情出了以后，漕帮的人一定会布下天罗地网来查找行凶之人的，但查明了事情出处之后，这笔账漕帮也只会算到天地会的头上，毕竟人是他们的人砍伤的，和我没有什么干系。谁让他们派了个愣头青去，有眼不识泰山，一刀下去就将萧武砍成了一个残废。”

“其实，我也担心着绎如被放出来之后，她同样不会善罢甘休的，世上没有不透风的墙，终归会怀疑到我给她传递的消息是假的，所以我等着银子到了手就会立刻离开此地的。”嫣然听出高尚的话绝不是危言耸听在吓唬自己，也就将自己的打算实话实说了。

“说是这么说，你也大可不必如此惊慌，即使绎如发现了什么苗头不对，也没有什么证据，她不能拿你怎样。”高尚假装安慰着嫣然。实际上他说的这番话就是要吓唬嫣然的，给不给她银两是一回事，但逼着嫣然离开此地是一定的，只是现在她还有利用的价值。

“唉，拿不拿我怎样不说，我现在想起来也有些后悔了，弄得动静实在是太大了。”嫣然叹了一口气，她发现现在事情好像变得越来越复杂，越发难以控制了。

绎如当初派嫣然来接近高尚，单纯就是为了安排个内应刺探情报的，只是后来嫣然自作主张，背着绎如想通过给高尚在粤海关那里办事，自己捞取高尚一笔不菲的钱财，但事成之后高尚却要耍赖，让嫣然有种哑巴吃黄连的感觉。

但那日听得高尚让她帮忙找出“荣盛行”幕后真正的东家，并许诺她事成之后，一定是连本带利地给她银两，这又让嫣然动了心。这件事情实在是太好办了，无非就是上嘴唇碰下嘴唇的事，有了那银子的诱惑，她连想都没有多想，就将她所掌握的关于绎如的全部情况交代给了高尚，她以为这件事情也就算是办完了，该到了高尚践行前言的时候了。

没想到，当嫣然把绎如的名字说出来之后，高尚大为吃惊，他没有想到自己苦苦寻觅的“神秘东家”，自己为之伤透了脑筋都琢磨不透的人竟然是小小的绎如！她行起事情来如此神秘诡诈，又有诸多传闻中的种种能量，他怎么都想不到绎如身上去的。

高尚又将前前后后的事情联想起来，但他还是想不明白绎如做事的套路。她将洋药水供给楚秋，可楚秋连她的影子都没有看见过；在自己想毒害杨梓传、楚秋父子之时，她救楚秋和杨梓传倒是情理之中的事情，可她为什么也要将那行凶的小二故意放走，暗中保护了他高尚呢？还有，听说杨梓传的地皮之事和“清威行”被诈骗之事也有“荣盛行”的影子在里面，绎如这么做又是意欲何为呢？难道她是疯了，才做出这些与常理格格不入之事？

但有一点高尚是明确的，既然这位“神秘东家”就是绎如，也就断了自己早前想接近攀附的念想。还有，绎如早晚会成为自己的麻烦。

还有让高尚很惊奇的地方，为何他这个问题刚刚抛出来，嫣然就能脱口而出告诉他这个确切的答案，看来嫣然也不是表面看起来这么简单，她应该还有些不为人知的秘密。联想到绎如做事的诡异莫测，早在自己去漳州府之前应该就已被她盯上，难道嫣然也和她有联系？

高尚想到了这些之后，对嫣然一番连哄带诈，终于让嫣然说出了她是绎如的人，来替绎如刺探高尚情报的实情。高尚听后，也是惊出了一身冷汗，看来，绎如早对自己有下手之意，只是还没有等到一个最佳的时机而已！还有楚秋轻松地从纯如那里就拿回了洋商的行李也是蹊跷，楚秋那日分明说“荣盛行”的芙蓉也是去了“清威行”的，绎如为什么拱手将那行李又让给了自己？要知道自己与洋商签订的那份烟土合同就在行李里面，绎如难道是在欲擒故纵？

绎如为什么要对自己下手？自己和绎如从来没有什么正面冲突和矛盾，就是那婚事也是因为绎如莫名其妙地出走，还有后来自己与杨梓传合作破裂而中途夭折的，自己也并没有得罪绎如什么，绎如如此在背后搬弄自己到底是出于何种目的呢？

想了半天，高尚也没有想明白，索性也就不再往下想了。既然你想在我背后放暗箭，为何我就不能对你下黑手呢？何不利用嫣然这个棋子将计就计，先给绎如摆下一个迷魂阵？

没想到高尚将全盘计划说给嫣然之后，嫣然竟然没有半分扭捏，很爽快地就答应了。她心里早已对绎如的强硬做派有了很多厌恶和反感，一个与自己年龄相仿的女子为何就能骑在自己头上作威作福呢？你有那天生富贵的命，我也是有的，只是比你少了一个机会而已！

高尚和嫣然两人一拍即合，也就发生了绎如失踪的事情。

人心难测！人不能不说话，也不能像僵尸一样只重复一个动作，但不知道你的哪一句话，哪一个不经意的动作就将一个人得罪了！继而愤懑、嫉妒、仇恨像一颗颗种子不经意间就植入了他的内心之中，只要有了合适的条件就会生根发芽，如果再经他人拔苗助长，猛然间就会生出是非的枝杈来。

就如嫣然，她最初对绎如出手相助是感恩戴德的，但时日长了，这种感觉也就越来越淡了，变得有些心安理得起来。加之绎如平时对她的颐指气使和无端苛责，让嫣然感觉绎如没有把她当人看，至少是没有当心腹人看待，这也就让她对绎如慢慢怀恨在心。经高尚这么一添油加醋地煽风点火，几番撩拨下来，加上钱财的巨大诱惑，自然而然也就把持不住，背叛了绎如，选择投入了高尚的怀抱。

嫣然此时听了高尚的话，内心也是恐惧的，无论绎如对她是怎样一个态度，那都是一些面上的事情，而她对绎如做的却是亏心之事。还有，她也只是一个受高尚摆布的棋子，她这样没有任何背景的女子，是可以被随意丢弃的，高尚可以把绎如当作一个人质勒索些钱财而不敢对她的性命怎样，是因为高尚对绎如身后的宽广人脉忌惮，而她自己呢？是根本不可能和绛如相提并论的！

“后不后悔事都做了，世上没有后悔药可吃，又何必为难自己呢？”高尚眯着眼睛，尽量掩饰着得意之色再次安慰着嫣然。

第一百三十四章　天要亮了

楚秋四处去探听绎如的消息，但终究是一无所获。

他找到了纯如问寻人的结果，才知道绎如被绑架了，吃惊之余，更为绎如担心。当他得知纯如今晚要独自驾着四马一车去交银子赎人时，楚秋当然不同意纯如那么去做的。楚秋想，他是一个男人，更是纯如和绎如的哥哥，这样的事情理应由他去做，并且是责无旁贷的。还有，这件事情无关生意上的利益，这是良心，是道义，是亲情！

纯如看着楚秋如此认真和执拗的样子，知道楚秋是真心想去做这件事，心里一阵暖流涌动，看来自己在这件事情上对楚秋是有误会的。楚秋无论在有关利益的事情上做了什么令人不齿的事情，可在绎如这件事情上，他担惊受怕四处寻找，关键时刻挺身而出，这很让纯如感动，她终于又看到了从前那个秋哥的样子。

夜幕降临，交赎金去救绎如的一切事情都已经准备妥当。

“秋哥，对方应该都是一些穷凶极恶的亡命之徒，你一路上多加小心，到了交接银两和绎如的时候，更是要多加留意，不要让自己受到什么伤害，我会远远地尾随在你身后接应你的。”纯如温柔地叮嘱着。

“嗯，放心吧，这些歹人无论是事先筹划，还是临时起意，无非就是为了银子，将银子给了他们，他们自然会将绎如平安地放出来的。”楚秋十分镇定地说道。

说完，楚秋扬起手中的鞭子在空中挥舞了两圈，马车缓慢地走动了起来，慢慢消失在无边的夜幕之中。只有那清脆的马铃声还不时传过来，但也变得越来越细小，最后慢慢消失。

马车在有些吃力地前进着。

天上连个星星都没有，四周都是黑漆漆的，只有架设在车辕上的两盏灯笼发出微弱的光，照着眼前依稀可辨的崎岖山路，路的一侧壁立万仞，另一侧则是黑幽幽深不见底的百丈悬崖。

楚秋坐在车上，心潮起伏。

绎如曾经问过自己，是否能在她受欺负的时候为她挺身而出，今天他践行了自己当时的诺言。虽然不是上刀山下火海那般凶险，但能够独自来这魔窟之中接妹妹绎如回家，这也让楚秋心里有一种满足感，甚至他觉得自己此时的神情也一定是庄严和神圣的。

楚秋回想起自己这两年来的所作所为，他每天几乎都在为生意上的事情辛苦奔波，为能赚取更多的钱财而绞尽脑汁。为了父母，为了竞争，他两次利用和伤害了纯如的感情，为了壮大自己的实力去和曾想谋杀自己一家的高尚合作，想想自己和眼前的这马匹有什么区别呢？都是行尸走肉罢了。

马是由自己手中的鞭子驱赶才走的，谁又在自己的身后拿着鞭子驱赶着自己呢？他虽然回到了自己亲生父母的身边，但他同时失去了将自己养大的那个家，对纯如的感情渐行渐远。与绎如更是两年来未曾见过面，兄妹间从前曾有过的欢快时光如过眼云烟一般一去不复返。

得与失，是一种选择，也必然是一种结果，世上没有人能做到尽善尽美！

马车走了大约有一个时辰，离着纯如告诉他的约定地点越来越近，楚秋飘忽的思绪也好像走到了尽头。他不自觉地有些紧张起来，一会儿就要和绑匪见面了，什么突发的情况都有可能发生，自己一定要谨慎再谨慎，不可出现丝毫的纰漏。

突然间，几声尖厉的“救命”声在前方传了过来，楚秋大惊，这分明就是绎如的声音。这还没有交给绑匪赎金，难道他们就要伤害绎如？容不得他多想，楚秋连忙从马车上跳了下来，抽出车板下自己私藏的一把朴刀往前奔去。

没有跑出几步，借着马车上的灯光，楚秋影影绰绰地看到迎面跌跌撞撞地跑过来一个人，在其后面跟着传来了嘈杂的追赶声。

“绎如？你是绎如吗？”楚秋对着来人呼喊着。

那人明显是愣了一下，放慢了一下脚步，但马上带着惊恐而又气喘吁吁的声音回答道：“秋哥，是你吗？”

“我是楚秋，不要害怕，我来救你了。”楚秋说完，健步如飞般向绎如奔去。

后面追赶绎如的人也追得越来越近了。

楚秋跑到绎如身边，拉起绎如的手转身又往回跑，但他发现绎如明显没有了力气，气喘吁吁，上气不接下气，再也跑不动了。

楚秋忙俯身将绎如背了起来，而追赶而来的人就在他身后百十步左右的距离。

他跑到马车的旁边，忽然灵机一动，用手中的朴刀刀尖对着靠近里侧的那匹马的屁股就是一刺，马受不了疼痛和惊吓，发了疯似的向前蹿，也带动着另外那三匹马朝前跑去。

再之后就听见身后鬼哭狼嚎的声音传来。应该是有人躲避不及，或被马匹撞伤，或被马车撞得落下了悬崖。

楚秋不敢回头看，背着绎如往前猛跑，但山路崎岖难行，他的体力渐渐不支，速度也明显地慢了下来。

身后又传来几人奋力追赶的奔跑声。

“秋哥，快把我放下来吧，你已经没了力气。”绎如在楚秋的背上喃喃地说道。

楚秋俯身将绎如从背上放了下来，然后一把将她推开，对她喊道：“你快跑，我给你断后！”

“不行，秋哥，他们都是江湖上的匪盗，你打不过他们的，要跑我们一起跑。”绎如用尽了力气对楚秋喊道。

“我让你跑，你没听见吗？快跑啊！”楚秋像一头发了疯的野兽似的，对绎如咆哮着。

绎如后退了几步，然后转过身去，踉踉跄跄地跑开了。

楚秋手拄着朴刀，站立在山路的中间，虽然身体瘦削了一些，但楚秋感觉自己如同顶天立地一般。

这时，尾随追赶而来的三人也到了近前。

他们看见楚秋的样子一愣，不自觉地退后了几步。

“兄弟几个上啊，为刚才死去的兄弟报仇！还有不能让那个小娘们跑喽！”三人说话间，各自挥舞着手中的刀剑冲了过来。

楚秋不会武功，也不会刀法，甚至拿刀的次数都能数得过来，更不曾用刀与人打过架。

看着三人已凶神恶煞般地冲了过来，楚秋一动未动。

因为动和不动都是一个道理，楚秋知道，他面对这些平时训练有素的江湖人是不堪一击的。

他能做到的就是要在意志上将对手拦截在此处。让他们少前进一步，就给绎如争取到了更多的逃跑时间。

楚秋的举动，明显让那三人发蒙。

他们知道，他们面前站着的这个人不是江湖上顶尖的武林高手，就是一个早已将生死置之度外的人。

不怕死的人，比武林高手更可怕！三人不约而同地收回了挥舞在空中的刀剑，又往后退了几步。

“我们不知道你和那娘们什么关系，但你少管闲事，给我们让开道路，我们是必须将那娘们抓回来的，否则，我们没法交差。”其中一人恶狠狠地说道。

“呵呵，想抓她，你们得从我尸体上踩过去才行。”楚秋毫无惧色地回答。

“你真是把自己当个大尾巴狼了，兄弟们，别被他虚张声势的样子吓到，他没什么本事，上，宰了他！”

三人又饿虎扑食般地涌了过来。

楚秋身子直挺挺地一动未动，但他举起了手中的刀，他要为绎如争取到更多宝贵的逃生时间。

“楚秋，我们来了，我们来了！”

“你回头赶快跑！”

空旷的山林之中回响着纯如和绎如的喊声，在她们身后，更是传出了有大队人马奔来的声音，是纯如带领接应的人来了。

没等楚秋跑，那三人却转身快速地跑掉了，眨眼的光景，就不见了人影。

楚秋长长地出了口气，勉强地将刀立在地上，用来支撑他那瞬间瘫软的身体。

纯如和绎如跑到了楚秋的身边，一左一右将他搀扶到一块石头上坐下。

“秋哥，你没事吧？”绎如问道。

楚秋点点头，强打起精神来说：“没事，没事，他们三个人都打不过我的，看，吓跑了吧！”

纯如和绎如听后，都“扑哧”一笑，知道这是秋哥的戏谑之言，就如小时候哄她们姐俩儿开心一样。

楚秋将手伸进了怀里，将一沓子银票递给了纯如，然后说道：“唉，只是可惜了那一车的银子，应该是连马带车都坠崖了吧？”

“秋哥，不要想那么多了，人没事就好！”纯如轻声说道。

夜色越来越沉重，三兄妹稍事休息之后，坐上了纯如带来的马车，缓缓地向“荣盛行”的方向归去。

回到了家里，绎如没让芙蓉惊动太多人，只是让后厨做了几个小菜，并热上一壶老酒来给自己和楚秋压惊。

“妹妹，你是怎么逃脱的？”纯如问。

“这两天来，他们一直把我关在山洞里，暗无天日的。在碰见秋哥之前约莫有半个时辰的光景，那些人突然间把我拉了出来，说是要用我来交换赎金，我就琢磨着这应该是我逃跑的一个机会。接下来我编的故事也很老套，就是想上厕所，山里边哪有厕所啊，我也就先是奔着一个岩石走去，等他们发现我有些异样的时候，我也就沿着山路开始跑了。”

“你又是怎么被这些绑匪掳走的？”楚秋问。

“那日，我按照嫣然送来的消息到了三里铺，发现并无什么异样，但在返回的途中出了事，被几个强人将我劫了去。”绎如只是三言两语将这件事情轻描淡写一说而过，她不想详细说是因为她当时是奔着查看楚秋和高尚交易烟土之事去的。

“来，我们兄妹一起干一杯！”纯如提议道。

三人一饮而尽。

他们都没想到会是以今天的这样一番场景，三兄妹又重新坐在了一个饭桌前，同吃一锅饭，同喝一坛酒。

这里边心情最复杂的当属于绎如。

她刚刚在芙蓉的口中得知，在自己被绑架这件事情上，为了营救自己，姐姐纯如忧心如焚，出人出力，更是不惜一切代价拿出了巨额的银两来赎救自己，萧武更是为此丢了一只胳膊。哥哥楚秋单枪匹马独自上山交付赎金，面对凶狠歹徒时临危不惧，危急时刻让她先走，宁肯舍下性命也要为妹妹拼下一条生路。

患难见真情！

金子银子买不来这份纯真踏实的热血亲情！自己对姐姐的刁难，现在想来真是无比的惭愧，对哥哥楚秋的误解更是太深了！这都因为自己的偏激、狭隘、自私！

现在想这些还来得及吗？

窗外面，黑暗渐渐地散去，天要亮了。

第一百三十五章　珠江之畔

第二天吃过早饭，兄妹三人来到了珠江边。

冬日里的珠江水是清澈的。微风，波澜不惊，天高云淡，堤岸边的紫荆花开得正艳。

“秋哥，你和高尚分开吧，和他在一起实在是太危险了。还有你们要合伙做的那个烟土生意，也是冒天下之大不韪的不义之事，切不可因为急功近利而埋下祸端，日后追悔莫及。”纯如对着楚秋说。

“唉，与高尚合作之事实属无奈之举啊！个中原因很复杂，一时半会儿是说不清楚的。”楚秋抬头望向江面，自言自语地说。

一群鸥鸟正在空中展翅盘旋，忽而又掠过平静的水面，将那出来透气的小鱼叼在嘴上，再各自扑腾腾地飞去。

“秋哥，你家的那两个会馆，我让芙蓉走一趟总督衙门，我想几日之内就会解开封条的。”绎如漫不经心地对楚秋说。

“你说的是真的？”楚秋激动地对绎如说。

“当然。解铃还须系铃人嘛！”绎如有些调皮地对楚秋莞尔一笑。

楚秋听绎如说完，一时间没有听明白什么意思，直愣愣地看着绎如，忽而又好似开了窍：“难道，难道是你背后捣的鬼？”

“洋药水也是我卖给你的，当初高尚要毒害父亲及你一家时，也是我派人去解救的，洋人的行李也是我故意让给你的。想来，这一阵子我真是过了一段人不人鬼不鬼的生活，好似着了魔一般，要不是出了我被绑架的这件事，还不知道何时能够清醒过来。还有，我对姐姐……”

纯如看绎如要说到和自己的过往，连忙打断了绎如的话，说道：“妹妹，之前的事我都已经知道了，过去了就让它过去吧，不必再提。”

楚秋听得瞠目结舌，这些话要不是亲耳从绎如口中听到，他是绝对不会相信这些事情是绎如背后所为的。

如果没有昨晚那样拼命去救她，最终将她感动，是不是这个小妹还要不断地在他身上制造出麻烦？想想绎如说的这些过往，楚秋忍不住哈哈大笑起来，虽然笑得有些傻，但这是他发自内心的笑，很畅快，也很幸福。

“真是如同做了一场春秋大梦一般，是你们用亲情唤醒了我。”绎如悠悠地说道。

说完，绎如张开双臂，闭上双眼，细细品味着微风拂面带来的阵阵紫荆花香。她已经两年没有像今天这样自由自在地在自然之中享受这样的惬意时光了，她感觉此时褪去了一层包裹在自己身上的僵硬的鳞皮，整个人也好像脱胎换骨了一般，这或许就是经历大灾大难劫后余生的一种心境吧。

“我真没想到我的两个妹妹能有今日的成就，让我这个当哥哥的自愧不如，但在心里感到无比的骄傲和自豪。”

纯如说道："哈哈，成就可谈不上，但秋哥，妹妹，我有番野心倒是真的。"

"什么野心？是不是谋得'公行'裁撤后的丝绸领袖？这件事情我也想过。"绎如很认真地说道。

"嗯，我也想过。"楚秋也附和着说。

"那不能算得上我的什么野心，我想，我们应该代表我们大清的丝绸商人与洋商扩大贸易，并将老祖宗留给我们以为生计的丝绸业在我们这一辈人中发扬光大，我们作为大清子民更应在本行本业中励精图治，为国库输送更多的财税钱粮。国库充盈，兵强马壮，才能永保我们大清国国泰民安，百姓安居乐业。"

楚秋和绎如听到纯如的话，面面相觑，他们没有想到纯如有如此的凌云壮志，他们甚至从来没有想过这些看似与自己毫不沾边的问题。

"姐，你没在说胡话吧？"绎如愣愣地问。

"纯如，你想的这些事情确实有些太遥远了，有些事情我们做不来的。"楚秋也急忙说道。

纯如摇了摇头，说："我们江浙素来以丝绸闻名天下，苏州东城比户习织，专其业者不啻万家，杭州东城更是机杼之声，比户相闻，缎机万张。但朝廷'一口通商'的海关政令下达之后，广州已成为新兴的丝绸产地，这里所产的纱、绸、缎等都名贵于我江浙丝绸，特别是广纱的精美程度已经胜过了江宁、苏、杭，在百姓之中已有'广纱甲于天下'的美誉，这不能不令我们江浙丝绸商人汗颜啊，如果我们不奋起直追，恐十几年的光景过去，我们再想图强已是晚矣。"

"纯如啊，你刚才说的这个我理解，但你可知道，你那些要为朝廷效力、建功立业的念想是与朝廷的政令格格不入的。特别是乾隆二十二年英吉利商人洪任辉北上京城告御状之后，我听说皇上曾下了一道旨意，大意就是内地物产富饶，根本就不需要洋商来，只是看那些洋人可怜而已。你能听明白了吧，对于与洋商的贸易，朝廷认为只是怀柔的手段和恩赐藩国的工具，可大可小，可有可无，这与你那些宏图大志是背道而驰的。”楚秋怕纯如把自己的调子定得过高，路子走偏引来麻烦不说，最后也会落得失望至极，所以他将自己所了解到的事情统统告诉了纯如。

绎如也说：“是啊，姐，你千万不要想得那么多，也不要轻信那些衙门官吏的蛊惑之言，他们和你说这里千般好，无非就是想在你的生意里抽油头。‘公行’里绝不是你想的那么简单，行商的职责有承商、保商、总商、揽商多种制度，哪一个职责上出现纰漏，都会让自己吃不了兜着走，倾家荡产的已不在少数。朝廷没有给粤海关的征税定一个统一的标准，一旦看你成了些气候，粤海关里那些大小的官吏也就开始随意增减关税和规礼等名目了。”

“那你们的意思是？”纯如听着楚秋和绎如的话有些失落。

绎如用非常世故的口吻回答道：“进入‘公行’没有错，想成为丝绸业的领袖也没有错，但我们的目标无非就是闷头把银子赚到手。所以姐，我劝你打消你那以丝业报效朝廷的念头，朝廷是不会领你这份人情的，弄不好树大招风，盯上你这只出头鸟，也会引来祸患的。”

见纯如听完自己的话后沉默不语，绎如又打趣地说道：“哈哈，姐，是不是皇上给你封了一个七品的‘诰命夫人’，你这才有如此报国之志的啊？”

纯如听了妹妹的戏谑之言，微微一笑：“没有的事。”

纯如知道楚秋和绎如所言确属实情，话里话外也都是为了她好，怕自己的这些念想会带来闪失。可想为朝廷尽忠效力的念头，也一直是支撑自己带领江浙丝绸商人来到广州发展的动力之一，自己绝不是好高骛远，也不想沽名钓誉。

“呵呵，看我们俩把纯如都说得郁闷了。好了，好了，不说这个了，总之还没有走到那一步，暂且先放一放再说吧。”楚秋看纯如有些受了打击的样子，连忙凑趣安慰纯如。

“秋哥，绎如，我们三人联手做生意如何？”纯如说道。

“好啊！我同意！”楚秋很爽快地答道。

见绎如沉吟不语，纯如又连忙问道：“你是怎么想的？”

“我以前将自己包裹上一层铠甲，无非是不想让别人看到我的脆弱，因为我没有任何依靠。当然了，我之前也从来没有想过依靠任何人。但出了这件事情之后，我突然间有了大彻大悟之感，生意上无论如何去钻营，也不如光明正大去经营来得自在。和谁在一起，也比不上和亲人在一起踏实，真有了灾难的时候，站在你身边的人也一定是你的家人。”

“这么说来你是同意我们兄妹三人联手做生意了？”纯如惊喜地追问道。

绎如慢慢地踱到了水边，望着远处停泊的洋商货船说道：“姐姐，我刚才要对你说的话被你挡住了。其实，我先前对你做那些事，无非就是担心你和父亲在广州这里吃亏蚀了本钱，想用那些手段将你们逼回老家去，只是我做得不理智，也有些过分。但真要是说到我们三家合作，我想大可不必，因为我们各自实力本来就不差，没有必要再给‘公行’之内的行家造成一种要联手对付他们的错觉，自找不必要的麻烦。私底下谁有了为难之处，互相有个照应是绝对没有问题的。”

纯如听到绎如不肯合作的想法后有些失落，但也从中听到了绎如的一番肺腑之言。绎如之前对自己有误会，自己对绎如也不理解，今天才听明白了绎如的一番苦心，现在将话都当面说开了，人也立马感觉轻松下来。

楚秋搔了搔头皮，也很为难地说道："绎如的话也提醒了我，我也担心我父母那里是否会同意呢。再说，我的银两也都在与高尚合伙开的'德庆行'里面，怕是一时半会儿也抽不出来。这样吧，合作这事还是暂且放一放再说。"

纯如见楚秋也改变了主意，也就不好再说些什么，只是微微地点了点头。

"秋哥，既然我们今天话说到这个份儿上，我告诉你，你和高尚一定要尽早分开。你和他要做的买卖我很清楚，都是见不得人的勾当，你那是在陪他一起玩火，我和姐姐不能眼睁睁看着你再陪着他自焚，你再继续和他在一起，那就别怪我当妹妹的在你后面下黑手，让你们一单生意也做不安稳。"绎如很认真地说，当然她更多是想通过这些狠话对楚秋有一个真正的触动。

楚秋沉吟了片刻，说道："唉，你们说的这些道理我都懂，可我现在没有进入'公行'的牌照，没有什么作为，让我寝食难安啊！"

"不用担心，你这个牌照我给你办下来就是了。"绎如自信地说。

"真的？"楚秋简直不敢相信自己的耳朵，脸上也是狂喜的颜色，他不自觉地紧紧地抓住了绎如的手喊道。

绎如忙将手抽了出来，说道："真的！"接着她转过身来对纯如说："姐，你何必与商会胡搅在一起？你做的那些事情都是费力不讨好的，有功劳也不多分给你一两银子，出了差错却都算在你的身上，我看你趁早将商会解散算了。”

“呵呵，商会是我们的家乡父老好不容易成立起来的，不但不能轻易解散，还要更加壮大起来。以后你们想通了的话，想加入进来，我举双手欢迎啊！”纯如调侃着说道。

绎如接着姐姐的话说道：“呵呵，我和秋哥就不和你争那会长之位了。如果我们日后真要是合作，那就得算是江浙、闽、粤三地丝绸商人联手，这样听上去更气派，你说是不是，秋哥？”

“好，我们不和纯如争位子，日后让她给我们跑前头赚钱，我们等着分银子也就是了。”楚秋听了绎如的话，精神也很振奋。

“哈哈……”

珠江边上，响起了三兄妹欢快豪迈的笑声。

第一百三十六章　困厄之时

纯如和绎如来到了萧武养伤的房间里。

钱春娇正在给萧武的伤口换药，萧武躺在床上，紧紧地闭着眼睛和嘴巴，豆大的汗珠子从他的脸上流淌下来。

他在忍受着巨大的伤痛。

“武哥，对不起，让你受苦了！”说完，绎如已是泪如雨下，并向萧武深深地鞠了一躬。

萧武慢慢地睁开了眼睛，尽显着疲惫和憔悴，勉强地说了句：“这是东家的妹妹吧，我没事。”

绎如见钱春娇换完了药，走过去紧紧地拉住钱春娇的手：“娇姐，请你也认下我这个妹妹吧，我一定不比我姐纯如对待娇姐差到哪里去，我也愿意用一辈子来偿还对你和武哥的亏欠。”

钱春娇轻轻地将手从绎如手里抽出来，淡淡地说道：“认不认，你也都是妹妹，我们就不必客套那么多了。你也无需感到亏欠我们什么，都是他不小心，命中该有这一劫罢了。”

钱春娇又走到纯如的面前：“妹妹，我和武哥已经商量好了，再将养个三五日，等他能下地走动了，我们就回苏州府昌门外武哥的家里去了。”

“姐姐，你和武哥不能走，我离不开你们！”纯如听到钱春娇的话，泪水夺眶而出。她能感觉到钱春娇在萧武出了这件事情以后，对自己冷淡了下来，出了这么大的事情，钱春娇已经算是表现得很冷静了。

“武哥成了这个样子，我想让他回老家好好休息一段时间，再说，他在这里也做不来什么事情了，倒是成了一个累赘。那日我也确实是激动了些，决心要为武哥报仇，但武哥听了也不让我那么做。他在这里多待上一天，他的那些徒弟看着就会心里面不舒服一天，一定要出去寻仇的，恐怕会引起江湖上更大的仇杀风波！”

钱春娇说完，又走到床前，取了毛巾，帮萧武擦拭脸上不断流下来的冷汗。萧武在那里一声不吭，咬紧牙关，只是身上时而颤动一下，他在忍受着常人难以忍受的痛苦和折磨。

纯如知道此时无法再劝说钱春娇什么，钱春娇现在的心情一定是非常复杂和悲戚的，她和萧武都需要一段时间来慢慢地接受这样的现实。

绎如将姐姐纯如领到了书房。

“我怀疑这件事情与给我报信儿的嫣然有关。”绎如恨恨地说道。

“我也想到了她这一块儿，也找她谈过了，虽然她言语之间有些闪烁其词的样子，但我们也只能是猜疑而已，没有什么实际的证据。”

“还用什么证据啊？她现在连个面都不敢和我见，心里分明就是有鬼。唉，我怎么想也没有想到她会背叛我，真是人心叵测。”

"人心说来都是没有区别的，还是你没有选对人，也看错了她的性情。我看芙蓉这个人你就没有选错。"

"我现在担心的是嫣然会在粤海关那里坏我的事。"绎如有些忧心地说道。

"她怎么会在粤海关那里坏我们的事？"纯如惊讶地问。

绎如有些自责地说道："说来，这都是我考虑不周，嫣然是我送给粤海关监督满春豪的一个小妾……"

绎如将自己和嫣然的过往之事说给了纯如听，最后说道："我错就错在不应该再让她去接近高尚，以致现在的局面不可控制。"

"绎如，事情既然已经出了，也就不要再去懊悔了。嫣然这种出身之人，要说唯利是图有些过了，但是要说到翻脸不认人、对谁也不信任、心下没有安全感也是正常的，你就不要再与她计较了。"

"她差一点儿就送了我的性命，轻易地放过她，真是心有不甘。"绎如恨恨地说。

"得饶人处且饶人，你现在不是好好的吗？还是那句话，小人对我怎样卑鄙，我还小人一身正气，真要是有了这样的胸怀，老天也不会亏待我们的。我也和秋哥说了，劝他不要再对高尚有什么图谋了，敬而远之也就是了。秋哥总是想着放长线去报复高尚，但我也怕他万一哪天不留神，一旦被鱼儿死死咬住那鱼饵不放，反而会将自己拖进阴沟里。冤冤相报何时了？我们要做的是大事，就不要总是挟私裹恨想着算计报复，人生苦短，那都是些没有意义的事情。人各有命，自然是各有各自的道路可走，我们走我们的，他走他的，不与他争抢，躲着他点儿也就是了。总归有一天渐行渐远无法再回头之时，有人会暗自庆幸，有人会悔之晚矣的。"

绎如听了纯如的一番话，脸微微一红，联想到刚刚发生在自己身上的事情，姐姐说的话确实是有道理的。

绎如知道纯如绝不是那种嘴上清高、沽名钓誉之人。纯如以德报怨的事情没少做，但从来都是无怨无悔，这是一种胸襟和气度，也是为人行事的态度和秉性。虽为同胞姐妹，纯如的这种德行自己却是做不来的。

绎如有些释然地说道："我听你的话，就不去与嫣然计较什么了。可粤海关那里我还是有些担心，我怕嫣然再受高尚的蛊惑，在满大人那里说我们的坏话。"

纯如见妹妹被自己的话打动了，也很高兴。

"妹妹，她躲着你，是因为她做了亏心事确实不敢来见你。再说，你还掌握着她和高尚私下苟且之事，她更怕你怀疑到她的头上去找满大人将事情抖搂出来。但话虽这么说，你不能不见她，你要把她主动找来，和她好好谈谈心，这也不算是什么低声下气，也谈不上刻意拉拢，姐妹间说说心里话而已，你与她毕竟是有缘分的，这也会让她放下心来。只是不要再提过往之事，捅破了那层窗户纸彼此尴尬不说，日后也真就无法再相处下去了。至于满大人，我是见过的，非常油滑之人，即使身边之人游说，他也会按照对自己有利益的方向行事的，大可不必担心嫣然对他说什么。"

绎如到此时，从内心里愈加佩服纯如这个姐姐了。纯如的聪明睿智与自己是不相上下的，老练果断也可说是不分彼此，但她参透人情世故之深刻，悲天悯人之胸怀却是自己没有的，这或许就是自己和姐姐之间的差距吧。

姐妹俩从小一起长大，绎如是争强好胜之人，从来没有佩服过纯如什么。就是纯如嫁到周家做了少奶奶之后，在绎如眼里无非也就是一个柔弱可欺郁郁寡欢之人。但为什么纯如到了东家任上，就成了一个如鱼得水之人，不说是呼风唤雨，可也是江浙丝绸商界的风云人物呢？

姑且不说“四象”自家人居两席的特殊情况，就是那“八牛”“七十二金狗”也都是个个心悦诚服在商会里受其领导，这不是随便哪个人单凭着财大势大就可以做得来的。没有高深的德行，一个年纪尚轻的女子是不可能将如此众多商界精英汇拢到一个灶台下吃饭的！纯如不单在商户之中树立了自己崇高的个人威望，就是她那得失之间宠辱不惊的气魄也让人望尘莫及。

“我怎么没看见父亲呢？”绎如突然间问。

“哎，说来话长，他和吕、赵、李几位东家回到湖州老家帮我筹款去了。”纯如听到绎如这一问，长长地叹了口气。这几天因为出了绎如被绑架的事，她在焦虑和忙碌之中已经将给和大人筹款的事情暂时放在了一边，现在绎如问起父亲来，让她不免又有些伤神了起来。

“筹什么款？”

“答应给和大人的银两。”

“和珅？”

“嗯。”

“和我仔细说说。”

“唉，愁人的事，和你说一遍也只能是更愁，不说了。”

“说不定我能帮上你呢？”绎如故作神秘地说。

“呵呵，不要拿你姐姐开涮，你帮不上。但看你这个好奇的劲头，我就和你说说其中原委。”

纯如将她对和珅的承诺简略地说了一遍给绎如听，说完之后，连连摇头。这是纯如到目前为止唯一后悔做过的一件事情。

当时救人心切也好，想顺利成立商会也罢，但答应和大人的银两实在是太多了，现在想来根本不是自己所能承担得起的。自己当时应该静下心来再想一想其他办法的，而不是毫不在乎地就满口应承下来。就如父亲所言，今年是第一年，将款子筹上了也就算是过去了，可接下来第二年、第三年又该怎么办？

自己一句轻易的承诺，就惹来三年的心病，让纯如叫苦不迭。

“我想你的这件事情我能帮上忙。”绎如很认真地说道。

“真的？妹妹难道要借我银子吗？”纯如激动地问道。

绎如摇摇头。她走到梳妆台前，对着镜子理了理头发，又好似在仔细地瞧看着镜子里的模样。然后，缓缓地说道：“我听我家老爷说，大清刚刚建立之初，入关的时候，和珅的祖先因为跟着太祖和太宗不断地打仗，立下了赫赫战功，所以给和珅他们家留下了一个叫三等轻车都尉的世袭职务，这是一个正三品的官。和珅父亲的名字叫‘钮祜禄常保’，常保在世袭了三等轻车都尉后也曾经因为在战场上屡立战功而不断升迁，最终担任了福建副都统的职务，副都统是个正二品的官职，也属于封疆大吏。”

“原来和大人的家世如此显赫啊？”

“也就在那时，我家老爷与常保结拜为生死兄弟，但天有不测风云，和珅三岁的那一年，他的母亲在生和珅弟弟的时候难产死了。紧接着，在和珅九岁的时候，他的父亲常保也因病去世，死在福建副都统任上。他父亲的小妾们都只顾着瓜分家产，对和珅不管不顾，九岁的和珅无父无母成了一个名副其实的孤儿，悲惨情况可想而知。后来是我家老爷暗中买通了和府的一位老家丁和一位偏房来保护和珅、和琳两兄弟，最终和珅才免于被赶出家门的噩运。再之后，他两兄弟的用度全部由我家老爷资助，直至和珅后考上咸安宫官学可以独立生活。在最后一次分别之时，他给我家老爷亲笔题了一首诗。”

“什么样的诗？”

绎如缓缓地从抽屉里拿出了一件三尺长的宣纸，轻轻地摊在了桌面上。

纯如见那纸上是一手娟秀的小楷，上面写道：

雏鸟待哺空望穿，双亲双去巢空寒。

几时炎凉几时叹，十年金兰胜亲眷。

他日若有展翅时，定衔千金报恩还！

第一百三十七章　顾此失彼

纯如听了妹妹的讲述，唏嘘不已，没有想到和珅儿时竟然有如此坎坷波折的命运。

三岁失母，九岁失父，小小年纪就失去了父母的庇护和关爱，这应该是人生中最悲惨的时光了。想来他也一定是在家庭沧桑变故后，饱受人情冷暖，参透世态炎凉，于是发愤图强，才有了今日位极人臣的熏天权势。

可和大人在自己危急之时勒索巨额银两，是他的本性使然还是他这些年少时的经历使然，让他对金钱有一种无止境的渴望和追求，让他有机会就会想着捞上一笔?

纯如想到绛如刚才说要帮她，连忙回过神来问："妹妹，你莫不是让我拿着这首他写的诗去京城里找他？"

绛如摇了摇头。

"我家老爷曾和我说，和大人发达了之后，每隔一两年就会派人送来大额的礼金礼物孝敬，但老爷也只是挑几件不太值钱的礼物留下来，将余下礼单全部退回。和珅在全国开设当铺七十五间，设大小银号三百多间，这当中包含了在广州这里开的十间当铺和十八家银号，他又在‘公行’之外设立了三家散商，虽然表面上看起来并不起眼，但每一桩生意都是与‘公行’做的。他了解我家老爷的为人，也是怀着报恩的念想，后来将这里所有的生意索性都交给了老爷来打点。”

“啊？和大人还有如此多自己的买卖？”纯如惊呼一声。

绎如并没有理会姐姐的疑问，说到老爷又是长叹一声，然后自顾自地继续说道：“哎，哪承想老爷突然遭了横祸，撇下我一个人独自支撑自家的家业与和珅的那些产业。老爷在世时候，有什么重要的事情都是老爷与和珅书信联系求得主张，他过世之后，就是我与吴卿怜汇报通禀了。”

“妹妹，吴卿怜是和大人的什么人？”

纯如此时听着绎如的叙述，惊讶不已，她没有想到绎如口中的“老爷”与和珅有如此深的渊源，也没有想到绎如此时已经是和府的亲密之人，在暗中替和府支撑周旋着生意买卖。她的这个妹妹真是太不简单了！要不是自己亲耳从绎如口中听到，真是难以置信。

绎如答道：“吴卿怜是曾任浙江巡抚王亶望花了两万两白银在苏州买的歌女。后来王亶望虚报旱灾贩粟分银数额达数百万两以上，在即将东窗事发之际，他将吴卿怜卖给了京中的一位侍郎。这位侍郎听说和珅曾极力想得到卿怜，于是便把她送给了和珅。卿怜不但人长得好，而且多才多艺，更是理财持家的好手，后来和珅家的内部事务都由她和太监呼图二人主持。外面的一切账目报到和府中，则由卿怜一人主持整理，她把这些账目处理得井井有条。”

纯如睁大眼睛听着。

绎如忽然停顿了一下，对着纯如说道：“姐，我也不和你绕弯子了，这两年来我与吴卿怜因为互相往来，很投脾气，彼此之间也已情同姐妹，你的那件事情，我去找吴卿怜求情，让她再与和珅通融一下，我想应该是没有什么问题的。”

“妹妹，如果真能将这块心病去掉，姐姐真是太感谢你了！”

纯如激动地紧紧抓住绎如的手不放，好似抓住了一根救命稻草一般。和大人这里的事情就如一个千斤的担子压在自己的肩上喘不过气来。

“但是我要和你说明白，大额银子可以免去，礼节上是少不了的。你刚才不说周家和父亲平摊能拿出二十五万两吗？我看就将这些银子私下送给吴卿怜做她的体己钱。”

“好，好，就照妹妹说的来做。”纯如连忙应承着。

“姐，想来你有一点做得是对的，就是从来没有想过在和珅这里耍赖，不曾想过将那笔银子赖掉。你有可能不知道，浙江富商曾氏因拒绝交和珅的商帮费用，一夜之间全家被杀，金银财宝也全部被掠去，最后落个家破人亡的结局。而官府对外却称曾家被绿林强盗抢掠，最后不了了之。”

绎如的这一番话，让纯如惊出了一身冷汗，这不是利用手中权柄疯狂敛财、谋财害命吗？堂堂的和大人竟然有如此卑劣的手段，干得出这种伤天害理的事情来？天天在皇上身边出谋划策、谈治国理政，在庙堂之上达济天下苍生福祉的朝廷重臣，私下做的都是令江湖人不齿的下三烂的事情。

绎如的脸色忽然间变得黯淡了下来，她用手指捋了捋垂落到眼前的长发，接着说道：“虽说和珅对我家老爷知恩图报，但俗话说伴君如伴虎。我家老爷和我说过和珅私下做的诸多不堪事情，我怕与和府来往得过于密切，天长日久愈陷愈深，到最后难以自拔惹祸上身，这也是我的一块心病。所以我平日行起事情来是再低调不过的了。”

纯如听了点了点头，她在公爹周玉嘴里听说了几句类似这样话的："既然妹妹已经有了这样的担心，那还是见机行事慢慢撤出来吧，只是不可操之过急，让和大人产生了疑讳和反感。今时不同往日，毕竟你家老爷人已经不在了，人走茶凉，听你说的那些，我担心和大人翻脸不认人，因为他知道你家掌握了和府不少见不得人的内幕的。"

绎如点了点头："姐，我们真是一奶同胞，想起事情来也有默契。"

纯如笑了笑，没有说话，她有一件心事。

钱春娇自那日萧武出了事之后，对自己的态度明显地冷淡下来，虽然话语间还是"妹妹"称呼着，却少了往日里的几分热情和真诚。这又要急急地带着萧武离开广州，想来她心里是对自己有了什么看法，或者自己有什么做得不对的地方，只是她碍于情面没有将事情挑明了和自己说。

萧武出事的那两日，自己分身乏术，心里面把所有的事情都放在了一边，一门心思忙着救绎如，确实是少了对钱春娇的照顾与安慰。萧武受如此重伤，最心疼的人是钱春娇，看着自己的丈夫没了一条胳膊，她心里的伤痛也一定不比萧武少。而自己在她最困难、最需要人在身边的时候却忽略了她，应该是寒了钱春娇的心，以致对自己心生了嫌隙。

纯如还想到了另外一点，萧武受的伤是因为绎如而来，看到绎如被好好地救回来，而自己的丈夫却是伤痕累累躺在病榻之上，纵然钱春娇是心胸开阔之人，心里面也是不平衡的。还有，在钱春娇见萧武受伤之后，因为愤怒而失去理智要去找人寻仇之时，自己极力阻拦，怕钱春娇再出什么意外。但或许就是这样一个举动，也让钱春娇这样颇有江湖义气的人以为自己在明哲保身、冷眼旁观，让她感到自己对这件事情非常冷漠。

这些应该是钱春娇的心结。钱春娇为了帮自己舍弃了飘逸自由的生活，新婚之后就来到了广州替自己打点生意，与萧武尽心竭力将她纯如安排的事情做到尽善尽美。这些纯如心里都有数，也感激不尽，当然心里面也感到对钱春娇有一份亏欠。

绎如见纯如有些走神，推了纯如一下，说："姐，我要回一趟老家去看看母亲。还有，你与和大人的那件事情我刚才也想了，我亲自去京城去找吴卿怜，也好办得明白透彻些。"

"几时走？"

"我想明天一早就走。"

"怎么这么急？正好娇姐和武哥过几日也要回苏州，你正好在路上能帮衬着娇姐照顾一下武哥。"

"可姐你那边的事情紧急啊，你答应和大人冬月初一就将银两送到和府的，这也没剩下多少时日了，越是耽搁事情就越难办啊。"

纯如听绎如说得也有道理，也就没有再说什么。

芙蓉这时候走了进来，走到绎如身边耳语道："嫣然出事了！"

"什么？她怎么了？"绎如惊愕地问道。

"听说是抽烟土过了量，走路的时候突然间发了疯，一边叫喊着说有人在追杀她，一边狂奔，最后跳进河里淹死了。"

"唉。"绎如叹了口气，接着又吩咐道，"派人去河里将她的尸体打捞上来，买口上等的棺木将她葬了吧，再仔细地给她打扮一下，她平时虽然懒散，可也是爱美的人。"

"好的，我这就去办。"

芙蓉刚要出门，忽然又想起了什么似的，折返回来对绎如说：

“对了，夫人，高尚和楚秋那里因为两人要拆伙闹得不可开交，高尚独自将‘德庆行’留了下来，但以种种借口并没有返还给楚秋多少当初放入的股银。”

“楚秋就这么罢休了？”绎如忙问道。

芙蓉答道：“楚秋不答应也没有办法，高尚以两人曾买卖烟土之事相威逼，说如果楚秋怎样，就要来一个鱼死网破，他去衙门里自首，再将楚秋招供出来等，楚秋到最后只能屈从他了。”

芙蓉说完，退了出去。

“这高尚也太狠毒了。”绎如恨恨地说道。

纯如忙说道：“我想，还好秋哥听了我们的劝与高尚及早地拆了伙，否则天长日久下去，还不知道要发生些什么样的大事呢。这次只能说是秋哥破财免灾买了一个教训，想来也是件好事。”

纯如出了书房又来找钱春娇。

她想和钱春娇说说心里话，让钱春娇将心里的不痛快往外面倒一倒。她相信姐妹间没什么解不开的疙瘩，说开了自然也就没什么事了。

纯如推开了萧武养伤的那间房门，发现钱春娇并没有在里面，连床上的萧武也不见了。她连忙跑出来寻人，恰好碰见一个丫鬟，纯如忙问情况，丫鬟告诉纯如，钱春娇和萧武二人已经出了大门有半个时辰了。

纯如又匆忙赶回自己的“清威行”，问了伙计，伙计说钱春娇和萧武二人收拾行李离开了。

她又连忙跑到街面上四下寻找，可茫茫人海到哪里能寻得到呢？

看来自己的猜测没有错，钱春娇确实和自己闹生分了，这分明是和自己赌气走的。

钱春娇，你何苦要这般为难我，也为难你自己呢？

我心里有妹妹绎如，可是我心里同样有你这个姐姐啊！

我纯如哪是找到了亲妹妹，就将自己结拜姐姐弃之不顾的人呢？

你真是冤枉死我了！

第一百三十八章　不容做大

成功商人的嗅觉总是最灵敏的，这其中有的是天生的，有的是在不断探寻实践中后天培养出来的。但不管怎样，如果一个商人只能在变幻莫测的商场之中闻出仅有的几种味道来，或者是嗅觉总是比别人迟钝了那么几分钟，或者对从未闻过的味道总是一副嗤之以鼻的样子，那么他占得先机的机会就会比别人少了很多，甚至有可能还要自此一败涂地。

楚秋终于下定决心与高尚分道扬镳，这不单是因为纯如和绛如对他苦口婆心的劝告，也是因为他曾经的许多难言之隐得到了解脱。

楚秋在与高尚合作之初，表面上与之交好，只是单纯地想利用他，一旦有可乘之机就将他带入阴沟里面，进而达到报复他的目的。后来高尚背井离乡不得不离开湖州，可以说算是达到了自己的目的，可在这中间，一家三口加上养父杨梓传也差点儿被高尚害死。来到广州之后，楚秋再次筹划报复高尚，想将他带入走私烟土的行当之中，致使其一步步堕入深渊难以自拔，让高尚死无葬身之地。

但突然间楚秋自家的两个会馆无故被查封，父亲四处奔走寄希望于山西商人和湖南商人能出头将这件事情化解掉，可这些人听到是两广总督衙门查封的，都纷纷躲避，不敢有任何作为。这时候楚秋父子也清楚了，关键时刻想傍人篱壁，指望这些人雪中送炭是靠不住的。就是当初设想与这些人亲近，进而合作引来他们的资本现在看来也只能是一厢情愿，除非自身条件过硬，否则根本就是不现实的。

通过会馆被封之事，楚秋尝到了衙门的苦头，也认识到了衙门的作用。自家虽然不缺银两，但是在广州这里的衙门人脉关系却是没有的，特别是想要结识到像两广总督李侍尧那样的人物更没有任何门路可走。而这时的高尚已经通过他堂哥两江总督高晋的关系攀附上了李侍尧，此一时彼一时，高尚面前有这么一条宽阔的门路可走，这让楚秋不能不动心。楚秋随之改变了自己当初的主意，横下一条心来要再与高尚合作，有了与高尚的烟土及生丝的合作，不但可以在短时间内让自己的实力大增，也可通过高尚的关系接触到李侍尧，这对自己有一举两得的好处。

但这些都是楚秋自己的如意算盘，高尚哪里就是庸碌之辈呢？两人合作之后，楚秋几乎成了坐店镇守的掌柜，高尚并没有给他接触到李侍尧的机会。就是在赚取的钱财上楚秋也是稀里糊涂，每次与洋商交易都是高尚的人潘福出面，自己站在一旁也听不懂一句话，只能是潘福说多少就是多少，后来他索性也就不参与了。

直到他救了绎如之后，楚秋不但知道了绎如就是“荣盛行”的东家，也从绎如口中知道了自家会馆的查封是她在背后所为。并且说拆封就给拆了，想来与李侍尧的关系一定是非比寻常，辅牙相倚也是有可能的。

加之以前自己对绎如种种传闻的了解，楚秋知道绎如在广州这里的官府人脉关系一定在高尚之上，有了这一层关系，他再跟高尚浑水摸鱼也就没什么意义了。又听绎如说能给自己办下“公行”的牌照来，楚秋更是求之不得，也更加坚定了他离开高尚的想法。

楚秋与高尚拆伙吃了亏，只能是哑巴吃黄连有苦说不出，算起细账来自己是算不过高尚的，何况高尚对他图穷匕见，百般威逼利诱，最后他也只能满怀着愤恨与其分道扬镳。

那么楚秋为何不与他的岳父一起做事呢？这不是楚秋不愿意，而是他的岳父谢东家自有盘算。

一方面，自家的女儿什么样谢东家自己很清楚。相貌、身材没有一样出众不说，智力上也欠缺很多。仪表堂堂的楚秋能娶自己的女儿，想来是有什么企图在自己身上的。谢东家的想法是，虽然只有这么一个女儿，但只要自己没到爬不动的那一天，他是不想在钱财上与楚秋有什么瓜葛的。

另一方面，楚秋父母的底细谢东家是有所了解的，都是苦命的底子不说，就是现在的家财也是继承了“飞鸿行”的老东家而来的，怎么听起来都名不正言不顺。虽说现在是成了儿女亲家，但他在面上不想和楚秋的父母走得过近，以免给自己招惹来什么闲话，如果彼此的生意再搅和在一起，更会影响自己在福建商帮及在“公行”里的声誉，所以谢东家也就摆出了一副对“飞鸿行”避之不及的样子来。

楚秋合作的请求被岳父不软不硬地拒绝了，心里十分不快，也暗自后悔当初听从了父亲的安排。但楚秋此时有苦说不出，他已将谢家的女儿娶了，此时扯下脸皮来对谢家央求什么，自己脸上也没有光彩。谢家既然摆出了隔岸观火、袖手旁观的态度出来，楚秋自然也就不能再指望岳父的这条门路了。

纯如听绎如能帮助自己解决和珅那里的问题，长长地出了口气，犹如一块千钧巨石快要落了地，心里轻松了许多，她也终于可以心无旁骛地好好经营“清威行”了。

虽说绎如和楚秋婉言拒绝了自己合作的提议，但纯如并没有当回事。作为姐姐，纯如理解妹妹绎如的想法，毕竟绎如的“荣盛行”在“公行”里经营多年，在“公行”内部有着广泛的交际，在外部也有稳定的洋商客户做支撑。而自己的“清威行”初立，除了有资金之外，在其他方面都不占任何优势。如果合作起来，绎如必然要在生意销售上贴补自己，这无形中就会减少绎如的收入。绎如与自己和楚秋合作，不但没什么益处可得，反倒会多了两个累赘，从利益的角度来考虑，绎如的想法也无可厚非。

纯如看到楚秋在合作之事上想法的瞬间变化，在自己提议之初，楚秋持非常肯定的态度要合作，可当他听到绎如有不想合作的想法，特别是听到绎如能帮他弄到“公行”的牌照时，立即改变了风向，将事情的主张推诿到他的父母身上去了。楚秋的心思，纯如自然也是明白的，没有牌照当然是要合作的，有了牌照还是自己单独来做划算。

看破不说破，不让别人难堪，处处从他人角度出发考虑事情，理解别人，也不难为自己，这是纯如一贯坚守的做人原则，何况她面对的还是两个至亲至近的人呢！

纯如把“七里丝”的样品摆放在“清威行”的最显眼处，并请来写字好的先生将“七里丝”的渊源出处、品质特性等写在纸上，装裱好后悬挂在行里。又用英文写出许多小传单来，让伙计们到城南门洋商聚集之地去散发，目的就是为了招揽洋商能进“清威行”的门里来交易。

世上没有不透风的墙，有的事情表面上好似遮掩得风雨不透，实际上可能刚刚发生，就已传得沸沸扬扬了，只是自己还被蒙在鼓里自欺欺人罢了。商人眼里盯着的、鼻子里嗅着的都是商机，商机是商人的最高机密，不肯轻易示人，但往往自己觉得捂盖得天衣无缝，而实际上早已有人捷足先登了。

每一个行业里都有翘楚，或是被人仰望，或是被人嫉恨，总有心高气傲者想将其从高高在上的领头羊位置上拉下来。商人都想成长为商场上的参天大树，但树大招风，或许是引来和风细雨、灿烂阳光，或许是招来狂风暴雨的百般蹂躏与摧残。

“大鱼吃小鱼，小鱼吃虾米”是商战中的定论，但大鱼也要时刻保持警醒，否则有可能有朝一日被赶超，或被群起而攻之，被咬死。反而那些弱小的商家可能被同行对手忽略，被干掉的概率小了许多。

此时的广州“公行”里共有二十六家有资格与洋商做生意的“外洋行”，其中有十四家的业务中涉及生丝和丝绸贸易。这十四家之中就包括了潘家的“同文行”，易家的“孚泰行”，梁家的“天宝行”，“江浙丝绸商会”以纯如为代表的“清威行”，谢家的“东兴行”，绎如的“荣盛行”，楚秋父子的“飞鸿行”及高尚的“德庆行”。

虽然纯如、绎如和楚秋私下约定，以后一定要在“公行”里低调行事，切不可在一些事情上让外人看出有三兄妹抱团行事的痕迹，让人误会不说，也会遭人忌恨。

但事情不会按照预想的方向去发展，三兄妹想低调不惹人注意，但不知道是从哪里吹出风来，“清威行”“荣盛行”“飞鸿行”三家联合起来做生意的消息，几天之内就在“公行”里传得沸沸扬扬，人人皆知。

“清威行”和“飞鸿行”都是入了“公行”不久的三等行号，根基实力浅薄不说，就是经验资历也是欠缺的，所以在建立之初并没有引起其他行号太多的注意。但此时就大不同了，三家联合起来做事，那结果可想而知，必然在实力上会大增，在其他那些行商的眼里，这股力量绝对不容小觑。你实力壮大了，自然就会成为其他行商的眼中钉，平白无故就比你矮了半截，能不让这些行商红眼吗?

还有，你们三家为什么要联合做事?那自然是冲着与“公行”其他行商的竞争而来，既然来者不善，其他行商当然也不能客气。“兵来将挡，水来土掩”是自古就有的道理，绝对不能容许你们三家肆无忌惮地在自己眼皮子底下做大，既然你们三家联合已经严重威胁到了其他行商的利益，那他们要当机立断，联手扼杀!

这是一场误会吗?很多时候，误会是解释不清楚的，何况这是在“公行”里面，每一个人都是商场上的枭雄和诸侯，个个都想投鞭断流，布鼓雷门，睥视指使，唯我独尊!

第一百三十九章　总商登门

嫣然表面上是吸食烟土过量出现了幻觉跳河溺水而死，其实是被高尚连吓带逼殒命黄泉的。

在得知绛如被救之后，嫣然当然是惶惶不可终日，急急地来寻高尚的主张，但此时嫣然在高尚的眼里已经完全失去了利用价值，当然不会给嫣然任何的好脸色看。在对她呵斥驱赶之余，高尚还用言语刺激恐吓她，将她想在高尚这里寻求一点儿慰藉的希望打击得消失殆尽，无影无踪。

嫣然眼看着自己一无所获不说，还失去了绛如的信任，一旦被绛如知道自己参与了这件事，在满春豪那里做下什么文章，自己在满春豪那里也待不下去。还有，在嫣然的眼里绛如是睚眦必报之人，想来日后自己也会凶多吉少，说不定哪天走在街上就会莫名其妙地失踪。

愁闷，苦楚，后悔，愤怒，惊恐。

嫣然唯有在不停地抽烟土中消耗尽了自己仅存的那么一点点精力，但后来终于支撑不住，精神崩溃跳河自尽。她是一个利益博弈的牺牲品，这与她的出身、经历、性格、欲望有关，也与遇到的人和事紧密关联，高尚与嫣然之死脱离不了干系，何尝绎如就能心安理得呢？！

高尚当然非常希望看到嫣然这个结局，这无异于没用刀就灭了口，真是一举两得的好事。既不用怕嫣然日后暴露自己是绑架绎如的主谋，当然也不用担心不给嫣然银两她会在海关监督满春豪那里说自己什么坏话。

高尚得知了楚秋与自己拆伙是为了与纯如、绎如去合作，心里很不理解，恨得牙根直痒痒，生平只有他高尚在生意之中甩了别人，还没有像楚秋这样将他当猴子耍的。他还没有将楚秋拖下深潭不能自拔，反倒让楚秋轻松抽身而退了，这更是让高尚懊恼、担忧和惊惧。

三兄妹重新走到一起只是表面现象，真正可怕的是他们背后各自所代表的势力合拢到了一起，这当中有杨家、周家、“江浙丝绸商会”、福建“飞鸿行”和广州本土的“荣盛行”，一股强大的新兴势力在广州崛起了，如果真要到刮起旋风的那一天，将会摧枯拉朽，势不可当。到了那时候，岂能有自己的安身之所？

高尚在仔细分析了“公行”之内的利害关系后，敏锐地意识到，有矛就有盾，势力和利益被打破平衡之时，也就意味着会有新的机会被释放出来，只要那机会一来就将其把握到手中，或许坏事倒成了好事。只是此刻他高尚不能去主动争取这个千载难逢的机会，而是要耐心地等着别人主动将其送上自己的门来。

高尚想得没有错，果真没用上几天的光景，就有人上门来找他了。

来的三人分别是“同文行”的潘东家、“孚泰行”的易东家、“天宝行”梁东家，这些都是在“公行”里呼风唤雨的人物，平时是高尚眼巴巴望着，想请都请不来的做洋商丝绸生意的大佬。

为首的“同文行”东家潘启看上去五十岁上下的年纪，有着一副瘦削狭长的面孔，一对鹰眼好似凹陷进了眼眶里面，却遮掩不住其中的锐利，看起来摄人心魄。耳朵修长透亮，紧紧贴合在脸颊的两侧，从正面很难被看到。面色红润，中等身材，只是从外面罩着有些松垮的绛紫色袍子来推测，皮骨上应该是没有多少肉长在上面，怕是平常很少沾油水的一个人。一双千层底的布鞋纤尘不染，显得很是利落。

易东家和梁东家这两位的年龄看上去与潘东家不相上下，两人亦步亦趋地跟在潘东家的身后，显得很谨慎和恭敬。

对方报上名号之后，高尚掩饰不住内心激动的情绪，连忙请到客厅来安排落座，并命人煮好珍藏多年的上等云南普洱茶出来，奉在了三人的面前。

首先开口说话的是“同文行”的潘东家。

“高东家，老朽等人今日冒昧来访还望见谅！知道高东家来到广州已有些时日了，今日才来拜访自感迟了些，失礼之处也望高东家不要挂怀，实在是‘公行’之事忙得有些脱不开身啊！”

高尚听潘东家说完，变得有些诚惶诚恐的样子，连忙站起来说道：“总商大人您这话言重了，按理说初来乍到，怎么都应该是晚生先行去拜望各位前辈的。一来知道各位公务繁忙，自忖会打扰到各位东家；二来也是自感我‘德庆行’初建，未给总商您立下尺寸之功，心下惭愧不说，也恐众位耻笑。”

高尚说的这些表面上听来是谦逊之词，但实际情况也的确如此。高尚很清楚这一点，要不是面前这几位听说了纯如等人联合起来之事，他们才不会亲自来拜访自己呢！就是自己主动去拜访这几位，恐怕也是冷脸去贴热屁股，给不给见面的机会说不好，就是见了面，恐怕也不会拿出什么好态度来对待自己。

这就是商场人情，人人都在利益的江湖里见风使舵，也如那马车上的轮子，总是顺着风向跑得更快一些！

潘东家连忙反客为主地走过来，用手热情地按下高尚的肩膀，表示高尚这样的举动过于客气了，并带着爽朗的笑声说道：“哈哈，不是老朽爱挑理，高东家把话说外了不是，谁人不知高东家在江浙是丝绸业界的青年才俊，生意做得风生水起不说，背后的家族门第更是高不可攀的，堂姐是万岁爷的慧贤皇贵妃，堂哥是两江总督高大人，论广州地界这里的丝绸东家哪有谁能比得上高东家这样的势力呢。所以说高东家是你想多了，也想得太复杂了，任凭你到了在座的哪家门户，我们都是深感蓬荜生辉的。这回好了，把话说开了，日后我们一定要常走动！”

几番言语下来，彼此都感觉是情投意合、惺惺相惜，就像多年未见的老朋友再次相遇没有半点儿的生分。

“孚泰行”的易东家这时候笑嘻嘻地附和道：“高东家你有可能不知道，自从得知你入了‘公行’的那一天，潘总商就和我们说，高东家入了‘公行’真是一件可喜可贺的大好事，这是给‘公行’里注入了一股新鲜的血液，你比我们几位都年轻很多，长江后浪推前浪，高东家将来在‘公行’里面一定会是后起之秀，定有一番大作为的！”

高尚听了这二位的话，有些受宠若惊，知道这话里面说的是半真半假，但听来让人精神为之振奋，心里自然是欢喜得不得了。

但高尚在心里也是不断地告诫自己，自己和眼前的这几位谈话，可不是随便和几个心慈面善的山村老叟闲聊闲扯。他们都是人精中的人精，自己稍有得意忘形之处，都会被对方看穿，或是被人耻笑瞧不起，或是招来嫉恨，引来祸端。

高尚当下抱定了谦恭谨慎的态度，对待这几位一定要极尽热情之意，在正事上还是少说多听为妙。

想到这里，高尚十分谦卑地说："呵呵，不瞒三位前辈说，家族的那些荣耀都是祖上积下来的，也和堂哥、贵妃自身的努力分不开。说来惭愧，其实这里面并没有我什么可引以为傲的事，所以我也从来不去提及。我来到广州，也想赚得更多的钱财，以免总是被家族兄弟耻笑。但哪承想，入了'公行'之后才知自己是太冒失了，这里面卧虎藏龙，让晚生这等愚拙之人真是寸步难行啊！这回可好了，有了几位前辈东家来指教提携，我终于看到了希望，也有了盼头！"

"天宝行"的梁东家在椅子上挪动了一下身体，对潘东家说："总商，你看高东家为人真是低调谦逊，也是有理想抱负之人。比起现在那些张狂跋扈的年轻人来说不知道要好上多少倍呢！我看既然高东家的话说到了这个份儿上，我们也自然是要把高东家当作自家兄弟来看待，有福同享，有难同当。"

潘东家接话道："梁东家这话在理，也正合我意，不管高老弟有没有用得着我们的地方，总之，高老弟的事情以后也就是我们几位的事情，一定是要当分内之事去奔走的，就是不知高东家稀不稀得领受我们的情意了，哈哈。"

高尚听闻对方话已说到这个份儿上，连忙站起来，拱手激动地说道："得几位前辈照顾，真乃我高尚三生之幸，我先在此谢过各位。高尚不才，在总商带领之下，'公行'之内有需我当马前卒、急先锋的时候，我一定唯总商马首是瞻，一定冲锋陷阵以报今日这份天高地厚的情意，绝不瞻前顾后、心有旁骛！"

"好！"潘东家用力一拍红木椅子的扶手，忍不住高声地给高尚叫了一声好，表示对高尚的话高度赞赏。

"孚泰行"的易东家不失时机地在旁边说："从高老弟言语之

中，我已听出来高老弟是一个豪爽仗义之人，我看日后我们几家有些事情完全可以联合着一起做，不说什么提携关照那类的虚话，就照着高老弟这个为人，我们几家也要有生意一起赚，有了银子一起花的。”

“我完全同意易东家的想法，不单是生意钱财上的事情，就是日后有人自不量力要欺负我们当中的人年迈羸弱，我们几家也要群起而攻之。这样下来，‘公行’将会是我们几家的私人天地，想想也都会是让人艳羡的。”“天宝行”的梁东家补充着易东家的话说道。

高尚此时听得热血沸腾、血脉贲张。

想不到老天赐给他高尚的机会来得如此突然，如此奇妙！此时正是自己四面楚歌、孤家寡人之时，这三位重量级的人物就主动找上门来了。虽然自己先前也有一些这方面的心理准备，但万万没有想到，事情进展得如此神速，话说得如此透亮。

踏破铁鞋，殊途同归，这回自己才真算是找到了“公行”里面的靠山，而且这三位看来对自己也同样十分器重，是真心诚意要联合自己做大事来的。否极泰来，时来运转，我高尚咸鱼翻身的日子已经指日可待了！还有，看来自己派人四处去煽风点火，说纯如三兄妹要在“公行”里合伙与众行商对抗的传闻应该起了推波助澜的大作用。

“总商，两位东家，我高尚在此立下誓言，谁要是对你们动什么歪脑筋，他就是我高尚不共戴天的仇敌，我一定会将个人生死置之度外，自此之后，我高尚一定与各位同舟共济，共同进退！”

第一百四十章　大器晚成

众人口称“总商”的潘东家，大名叫潘振承，又名潘启，字逊贤，号文岩，曾被法国人评为十八世纪的“世界首富”。

潘启于清康熙五十三年出生在福建栖栅社（今漳州白礁村），其父潘乡是一个地道的农民，家境较为贫苦。潘乡有五个儿子，潘启是老大。他从小天资聪颖、好学上进，但无奈为了分担父亲的重担，在雍正五年朝廷解除海禁之后从私塾辍学，给人去当了船工。不久之后因为勤劳刻苦而得到船主的赏识和重用，成了一名掌握全船的舵手。

闽南有句俗语：“行船走马三分命。”后来年轻的潘启积攒下银两，买了一艘小帆船，冒着巨大的风险曾三次驾船南下吕宋，贩卖茶叶、丝绸、瓷器等物品给西班牙、英吉利、葡萄牙等国商人，获利颇丰。潘启回到广东后，在“十三行”里一位陈姓行商手下做事，踏实肯干，精明干练，深受信任，以至于陈姓商人将全部生意都委托他来处理。再后来陈姓行商无意再经营生意，携万贯家财荣归故里颐养天年，潘启便接下手来，并于乾隆七年开设“同文行”。

潘启属于大器晚成、大音希声类的人才，这来源于他不断地学习和钻研，他精通西班牙语、葡萄牙语和英语等多国语言，与洋商做生意不用翻译可直接对话。并且他做生意抱诚守真，讲信修睦，获得了极佳的商业声誉。洋商被潘启的精诚打动，把他称为“最可信赖的商人”。

有了良好的信誉做保证，钱财自然是滚滚而来，洋商甚至多次给潘启开出的预付定金都在十万两白银（一万两白银等于二百万英镑）以上，最多一次甚至达到了惊人的六十万两白银。乾隆二十二年，朝廷在广州实行“一口通商”制度，规定茶叶、生丝、土布、绸缎出口只能由洋商代理经办，潘启更是在朝廷的手中获得了与洋商往来贸易的特权。当年六月，一艘从西班牙而来的商船运来约十九万两本国的银圆，全部用来从潘启手中购买南京布匹、丝绸和生丝等。乾隆二十三年，潘启又与英东印度公司做成两千担生丝的生意，获利丰厚自不必说，此后每年该公司都从潘启手里购买一千五百担左右的生丝。

潘启虽然与洋商的贸易做得是风生水起，如日中天，但他一直本本分分，从不染指烟土生意，在纳税上更是分毫都不敢含糊，除了每年固定向朝廷缴纳十万两税银之外，还曾一次向户部捐了三十万两白银去赈灾。

乾隆二十五年，潘启被朝廷选为“广州十三行”总商，这是对他在与洋商贸易中所做出的努力的最大认可，在之后不久，他又以捐银的方式获得“候选兵马司正指挥”，这是一个可戴三品顶戴花翎的官衔，以致在来广州做贸易的洋商之中流传着“到广东必见潘启官”的说法。

就是这样一个响当当的人物，能亲自来登门拜访，并与自己兄弟相称计议“公行”内联合之事，这怎么能不让高尚喜不自胜呢？

倚靠上这样一棵大树，想来我高尚在广州“公行”的出头之日已近在咫尺了！

送走潘启等人后，高尚还是难以平静下激动的心情，连忙跑到后院卧在床上又喷云吐雾了一阵子，内心的兴奋才渐渐平复下来。

他派人找来了潘福。

“潘哥，我和你说个好消息。”

“东家，有什么好消息？”潘福有些好奇地问。

当下高尚将刚才潘启等人的来意及会谈的大致情况，带着十分自豪的口气说给了潘福听。临了，还不忘鼓励潘福说：“这回该是我们发达的时候了，也是潘哥你这一身本领可以光明正大地派上用场的时候了。要知道每次有洋商要来‘公行’订货时，我们都是要到场的，有了你在我可是放心多了。”

潘福听了当然是满心欢喜，更有些欢呼雀跃的样子。但是，他是在替高尚感到高兴吗？

他来到高尚的帐下已经有快两年的光景了，但一直没有做出什么显山露水的事情来。就是与那私贩烟土的洋商接洽也如偷鸡摸狗，每次见面时都是心惊胆战，生怕突然间冲出衙门的人来将自己抓去。而这次若真如高尚所说，自己可以堂而皇之地陪同东家坐在谈判桌前，与那些做正经大生意的洋商唇枪舌剑几个回合当然是求之不得的。

潘福当然还有另外一番盘算。

当初高尚找到他时，是承诺几年之内要给他开一间自己的牙行的。但跟着高尚经历几番折腾之后，他眼见着高尚越来越走下坡路，对他的那承诺眼看着打了水漂，也就渐渐对高尚失去了信心和耐心。后来他见高尚和楚秋合作之后，高尚找他在一起商量事情的情况也越来越少，更让他感觉自己是一个可有可无的人，心灰意冷之余，也产生了离开高尚的念头。当然，他也对高尚总是花言巧语迷惑他而感到愤愤不平，他感觉高尚骗了他，把他当三岁孩子耍着玩。

潘福想，这次“公行”的总商潘启登门给了高尚机会，这同样也是给了自己一个天大的机会。因为借此机会，通过自己一口流利的英语完全可以在“公行”这个大天地里崭露头角，自身还有在牙行多年的从业经验，加上自己灵活的头脑，自己的作为一定会引起总商潘启的注意。潘启的家业在“公行”里谁家也比不了，并且总商的身份体面荣耀，非常人可比。高尚与潘启比差得不是一星半点儿，完全可以用天上地下来形容，跟着谁干都是为了碗饭吃，但有香喷喷的红烧肉，谁又稀得和你高尚喝那小米粥呢?

潘福此时下定决心，等待时机成熟之时他要抛弃高尚转而投到潘启的门下，或许这也是命中注定的。潘福，潘启，听起来就像是一个祖宗的血脉!

虽然此时潘福已是想入非非，但他在内心里却一再告诫自己，在没有成事之前，千万不能让高尚觉察出自己有二心来。他现在非常了解高尚为人，如果被他发现自己有这样的想法，轻则被扫地出门，重则有可能会遭人身报复。

“潘哥，我找你来呢，还有另外一件事情，我想以后烟土之事就全权委托你出面去做了，你也知道，日后‘公行’里的事务就够我忙活的了，烟土这里我是无法顾及的。本钱我出，赚了银子一人一半，不知你意下如何？”高尚很诚恳地对潘福说。

“东家，这个，这个使不得……”潘福听高尚让自己完全负责烟土的事情，显得十分慌张。自己平日里出面做个翻译都是将心提到嗓子眼里的，但他心里有数，就是被官府追查出来也只能算上一个从犯，罪过到不了哪里去。可如果按照高尚此时的说法，真要将烟土的事情都放在自己肩上，那性质可就完全变了。

高尚见潘福脸上现出了惊恐之色，心下厌烦，但也宽慰道："什么使得使不得的，这事放到别人身上我不放心，潘哥你是伶俐人，我相信你能将这事周旋得好的。再说我也曾答应了你自己做生意的，这正好是一个机会。你也不用担心什么，江浙那里有我堂哥两江总督在罩着，广东、广西这里有两广总督李侍尧充当我们的保护伞，都是一手遮天的人物，你大可放开手脚做事。"

"东家，我们不做这事不成吗？我现在也没了自己做事的念想，我辅佐东家在'公行'做些正经生意也就是了。"潘福唯唯诺诺地说，脸上不自主地现出了尴尬之色。

"潘哥，我得纠正你一下，谁说烟土就不是正经生意了？买卖，买卖，就是一个愿打一个愿挨的事，我们不做也总归有人去做，只是有些人没有硬实的后台关系不敢去做罢了。"

高尚见潘福没有言语，语重心长地继续对他说："潘哥，别看总商亲自找上门来与我们商谈好似给了我们莫大的面子，但生意归根结底靠的是自身实力，没有雄厚的资本做后盾，一切只能是纸上谈兵。就如这潘总商，你看他现在对我们笑脸相迎，可日后一旦看到我们实力不济的那一天，说甩下脸子不带我们玩也就是一转身的事。所以烟土这生意我们是必须去做的，只有这样我们才能在短期内快速地长出一身肌肉来，变成一个大块头之后，在'公行'里自然也就没人敢小瞧我们了。潘哥，在这件事情上，与其说我们是互惠互利，不如说你是在帮兄弟，等我在'公行'里有了一番作为之后，我定当厚报。"

潘福听了高尚这一番苦口婆心的劝说，虽然还是满心不情愿担着那么大的风险去做烟土生意，但高尚的话已说到这个份儿上也是没有再断然拒绝的道理，只能硬着头皮勉强答应了下来。

高尚见潘福已然同意了自己的想法，显得亲热了起来：“潘哥，我不懂洋话，有件事还得你出面去办，我想让你物色两个年轻美艳的洋人美女，我要分别送给李侍尧大人和粤海关监督满大人，不要太在乎银子上的事情，不惜重金一定是要找出那倾国倾城、千娇百媚的，最好能说几句汉语的，能与这些大人沟通得明白的。”

“东家，这事情不是我不替你去办，实在是办不来啊！”潘福很无奈地说。

他见高尚有些错愕地看着自己，继续说道：“乾隆二十四年五月十九日，英吉利人洪仁辉要去京城告御状，他的目的之一是要朝廷查办粤海关监督李永标，其二是要朝廷扩大对英吉利的贸易开放。后来的结果是替他写状子的刘亚匾被砍头，天津知府灵毓因为收了洪仁辉两千五百块西班牙银圆替他向朝廷递状子被斩首菜市口，与洪仁辉有密切交易关系的安徽商人汪圣仪父子，依照‘交结外夷罪’被处以杖六十、徒一年的刑罚。”

“这和我刚才和你说的那件事情有什么关联？”高尚有些不解地问。

“出了这样的事，万岁爷认为是对洋人管理不严所致，李侍尧也就精心制定了《防范夷商规条》上报皇上，并立刻得到了批准。其中有这么几条，永远禁止洋人乘坐轿子；外国商人在广东居留期间，只许住在广州城西南郊的‘夷馆’里，永远不许走进广州城门；永远禁止外国人坐船在中国江河上游玩；永远禁止外国商人在广东境内过冬，如因故的确无法出洋，必须去澳门过冬。永远禁止外国商人携带任何武器和妇女（包括自己的母亲、姐妹、妻子和女儿）进入广东，免伤风化。”

潘福说到此处，又愁眉苦脸地对高尚说：“东家，你说这种情形，让我上哪里找去？”

高尚听了，哈哈一笑，不以为然地说：“物以稀为贵，越是如此，这件事情办起来也越加有意义。潘哥，你去澳门走一趟，偷偷弄进来也就是了。”

第一百四十一章　门庭冷落

又是一年冬去春来，烟雨迷蒙，桃李芬芳，广州处处生机盎然，一派欣欣向荣的天地盛景。

从秦朝开始，两千多年来广州一直都是华南地区的政治、经济、文化、军事中心。从东汉末年起成为海上丝绸之路的主港，唐宋时期成为国内第一大港，到了明清两代，广州已经成为对外贸易海上丝绸之路唯一港口，有了以上辉煌的历史，广州也就有了“千年商都”的美誉。

经过绎如在和珅小妾那里的游说，和珅答应免去“江浙丝绸商会”上交朝廷三年共计一百五十万两的银子，这让压在纯如肩上那泰山般重的包袱终于卸了下来。

纯如喜极而泣自不必说，经过了这一番折腾，也让周玉和杨梓传二人如释重负。虽然他们两家分别拿出了十二万五千两银子，但那只能算是破财免灾的小钱了，要知道能换来这个结果已经是谢天谢地了。而商会里的众多会员也长长地出了口气，其中一些会员曾经怀疑纯如是来骗取大家钱财的，现在心下都十分惭愧。

周冰羽带着周展来到广州与纯如团聚。他上次之所以没有让纯如将孩子带走，是有他自己的盘算。

一方面，周冰羽有了和小红的那一段不堪故事，虽然事情最终被纯如化解掉了，但他自认为在纯如面前抬不起头来，也就想借着孩子的由头牵扯一下纯如。再有，他当初对于纯如答应和珅巨额银两的事情，曾经半真半假地和纯如说，要让纯如自己去摆平这件事情，后来慢慢地也就当了真事看待。上次纯如离家之前，也正是与和珅派来催款的人前脚后脚，他当然是舍不得让儿子跟着纯如去四处奔波筹款遭罪的。

而杨梓传、吕东家、赵东家等人却没有再来，因为他们完全放心纯如一个人能应付过来，他们认为没有必要再来广州给商会白白增加吃住成本了。

绎如上次回家探亲时，劝说父亲杨梓传将那块地皮转手卖给了她，杨梓传当然是一口答应下来。他也准备好了在家一边经营自己“兴昌隆”的生意，一边要享享清福了。

每年的三月是洋商再次来到“广州十三行”进行贸易的时节，也该是“公行”里各家行商开始忙碌接待洋商的时候了。

但一个月下来，“清威行”“飞鸿行”却连一单生意也没有。

就是绎如的“荣盛行”较往年也少了七成的订单，这样的惨淡经营是连支出费用都赚不回来的。

面对这种情况，纯如自然是十分着急，连忙联络绎如和楚秋在一起碰头研究一下当前的形势与对策。

“姐，我知道你要问什么，我将其中的底细摸清楚了，也正要找你们商议。”不等纯如说话，绎如开门见山地开了口。

“到底是什么样个情况？”纯如急切地问。

绎如恨恨地说：“‘同文行’的潘启私下联合了‘孚泰行’的易家、‘天宝行’的梁家、‘德庆行’的高尚，包括‘公行’之内其他几家行商，将洋商的生意暗自都揽了过去，唯独将你们两家行号甩了出来，就是分给我的也比正常的少了很多。”

楚秋也接过话来说：“还有‘东兴行’谢家也和绎如的情况差不多，他家在‘公行’属于二等商行，按理说是应与‘孚泰行’易家、‘天宝行’梁家分得同样比例的，但在这几次分摊的订单上比刚才说的这两家少了一大截不说，就是比高尚的‘德庆行’这样的三等商行分得的数额都少。”

“我也是二等商行，同样也是比高尚的‘德庆行’分得的少，看来这股势头分明就是冲着我们来的。”绎如补充了一句。

纯如听到这里自然明白了，这明显着就是“公行”里的这些商行联合起来在排挤和打压他们这三家。“东兴行”谢家因为与“飞鸿行”有着姻亲的关系，自然跟着吃了锅烙。

纯如说：“我曾听巡抚钟大人和我说过‘公行’的行规，其中最后三条是这样规定的，‘第十一条，夷船欲专择某商交易时，该商得承受此船货物之一半，但其他一半须归本行同仁摊分之，有独揽全船货物者处罚。第十二条，商行中对于‘公行’负责最重及担任经费最大者，许其在外洋贸易占一全股，次者占半股，其余则占一股之四分之一。第十三条，头等行，即占一全股者，凡五；二等者五；三等者六；新入‘公行’者，应纳银一千两作为公共开支经费，并列入三等行内。’他们现在这么做明显是违反了行规的。”

楚秋说道：“纯如，按你这话说，他们违反行规的地方还有呢，例如第三条还规定‘各行商与夷商相聚一堂，共同议货议价，其有单独行为者应受处罚’；第四条‘与夷商交易时，本行应与之协订货价，俾得卖价公道，有自行订定货价或暗中购入货物者罚’。按照这些条款的约定，我们无论是几等行商都是有权利参与‘公行’事务的，而‘公行’这几次与洋商的交易，我们连个消息都没得到。”

“他们这些人也欺人太甚了，我们到粤海关那里告他们去！”绎如还从来没有受过这样的欺负，自然有些控制不住自己激动的情绪。

纯如连忙说道：“潘启在‘公行’经营多年，是‘公行’的总商，树大叶茂，根深蒂固，人人都得看他眼色行事。他财大气粗，性格豪爽大气，与各路衙门的人脉关系自然也是盘根错节。虽然他作为总商在这几件事情上违反了行规，但想在目前的这个情形下去撼动他，几乎是没有什么可能的。所以妹妹切不可冒失行事，如果莽撞去了粤海关那里告状，不说事情结果会如何，我们只能是愈加地被孤立起来，恐日后在‘公行’里更是寸步难行。”

“姐，那我们难道就要这样忍气吞声下去？我们在这里退避三舍无异于坐以待毙，只能是让他们看到我们软弱可欺，从而更加得寸进尺，得陇望蜀。我们也不能总是眼睁睁地看着他们忙得热火朝天，而自己门可罗雀，生意就这样冷冷清清下去吧？此消彼长，这样长久下去，终究会将我们从‘公行’之内逼出去的！”

绎如见纯如将自己的意见否定了有些不服气，虽然她知道纯如说得有道理，但她见纯如有些要委曲求全，绎如当然不能接受。

楚秋听得姐妹二人说得都有道理，也没了什么主意，只是在心里有些怅然若失的感觉。

昨晚他的岳父谢东家也找了他，话里话外也在埋怨楚秋行事考虑不周全，不单枉费了他这么长时间暗中对“飞鸿行”的支持和帮助，也连带着让他的“东兴行”跟着遭殃受罪。他劝楚秋要尽快脱离与“清威行”“荣盛行”这种不清不楚的关系，发个声出来与其划清界限，重新以独立的形象示于“公行”的总商潘启等人面前，改变此时面临的不利局面。

直到这时，楚秋从岳父的话语中才明白了自己没有生意可做的真正原因。这真叫一个冤枉，三家合作根本是没有影子的事，怎么传得有模有样呢?

但楚秋知道，自己与纯如和绎如的兄妹关系重归于好来之不易，这是自己用命换来的。如果听从了岳父的劝告，有可能自己从此又会与两姐妹生出隔阂和嫌隙。何况绎如后面是有多重势力在支撑着，纯如也有着雄厚的财力做后盾，他相信眼前的这点困难都是暂时的，应该在短期内就会化解掉。谢东家见楚秋一直不为他的话所动，只是碍于翁婿的面子没有吵骂楚秋，但最后也是怒气冲冲拂袖而去。

而眼前纯如和绎如两人的意见相左，并没有达成一致，看来情形也不是自己想象的那般简单，楚秋只能是继续闷坐在这里听着。他心里在想，此时的高尚一定是一副志得意满的小人样子，或者正在背后嘲笑自己无能呢。

“我看这样吧，我去‘公行’里面走一趟去见见潘总商，等见他之后，看情形我们再商量对策吧。”纯如说。

“我怕你低声下气地进去，碰一鼻子灰出来，结果只能是自讨没趣，你想想他既然已经对我们要了诡计，岂能凭你三言两语就会罢手?姐，我们找粤海关满春豪不行，我去找总督李大人总归是行吧?我真就不信他潘启还有不听总督的话的道理。”

绎如还是在坚持自己的想法，她认为纯如的做法于事无补不说，反而会更露怯，让对方瞧不起，甚至会引来变本加厉的事情。

纯如知道绎如的执拗脾气上来谁的话也听不进去，谁也拦不住，只能同意绎如按照她自己的想法去试一试。但纯如还是有些担心绎如这么做会将事情变得更加复杂，所以忙不迭地嘱咐道：“妹妹，你去可以，但不可有太过激的言辞，也不要将事情说得过于露骨，更不能夸大事实，这样对谁都没有什么好处，也会损坏‘公行’在李大人眼里的形象。”

绎如见姐姐同意了自己的想法，也就不再对纯如说什么。

她沉吟了一下，转而对楚秋说：“秋哥，你的岳父谢东家在‘公行’里已多年，秋哥也应该和他说说支持我们，好不好？既然他和我们有了同样的境遇，为什么还要闷在那里不出声呢？难道他真的就那么怕潘启等人吗？”

楚秋没想到绎如突然间就给自己抛出这样一个问题来，脸上很尴尬地说：“昨晚他找过我的，你也知道他为人胆小怕事惯了，我怕是说不动他。”

“那你告诉他，我们这边辛苦上下活动，真要是有了作为，可别怪日后我们不待见他。”绎如带着奚落的口气说。

纯如见绎如有故意为难楚秋的意思，呵呵一笑，连忙出来打圆场说道：“绎如这说的什么话，谢东家也没有什么不对的地方。这件事情一定是潘总商见谢东家是秋哥的岳父，怕他和我们一伙，才有了谢东家和我们相同的境遇，想来人家是受了我们的牵连，我们理应将这件事情处理好了才对。”

“对了，姐，我们还都没有见过嫂夫人呢，是不是趁着这几天得闲的时候去拜望一下啊！”绎如知道纯如是在帮楚秋说话，但她并没有太多理会，而是又向楚秋提出这个与刚才商议之事风马牛不相及的问题来。

其实大家都知道楚秋娶的那个谢家女子是什么样子，楚秋也在众人面前刻意地避而不谈自己的夫人，而绎如现在是哪壶水不开提哪壶，和楚秋较起了劲儿，完全没有了几个月前楚秋刚刚救下她时感恩戴德的样子。

但纯如知道绎如为什么刮起了这股邪风，绎如无论是说谢东家也好，还是提到楚秋的夫人，都是发泄着她此时心里的不痛快，恰好楚秋此时在这里是一个很好的发泄对象。

第一百四十二章　二处碰壁

粤海关的监督满春豪大人这里，平时都是绎如派芙蓉过来走动的，但这次事情较为复杂，绎如决定亲自来拜见满大人，当面陈述自己在“公行”遭遇的不平等对待。

满春豪正在卧房里与高尚送给他的一个年轻貌美的洋女子厮混，从卧房外面听来就是叽里咕噜的嬉叫声，通禀消息的下人当然不敢贸然进去打扰满春豪的雅兴。

约莫着有了小半个时辰的光景，那下人远远地看着满春豪心满意足地从卧房里面出来，才小跑过去将“荣盛行”东家求见的消息禀告了满大人。

满春豪还在不停地用毛巾擦着脸上的汗水，听了下人的话，很厌烦地说：“去，去，就告诉她我不在！”

下人听了，连忙转身小跑出去。

满春豪忽然像想到了什么似的，又对那下人喊道：“让她进来吧。”

绎如和芙蓉被领进了满府的会客厅。

平日里芙蓉和满春豪非常熟络，打哈哈逗趣的情况也是有的，但今日满春豪见了她，却是一副不理不睬的样子，只用手中的毛巾不停地抹着他那油光锃亮的圆盘大脸。

芙蓉和绎如给满春豪见过礼后，却没有被礼让坐下来，只能非常尴尬地站在那里，这让绎如心里很窝火。

芙蓉更下不来这个台面，满春豪这里平时都是她来的，绎如受到了这般冷遇，回去后自己都不知道如何和绎如交代。

不管满春豪态度如何，芙蓉还是勉强将绎如介绍给了满春豪，满春豪用鼻子哼了一声也就算是认识了。

芙蓉在心里暗骂，这个老王八蛋，今天这是怎么了？平日里“荣盛行”给你送的那些财物都喂狗了吗？真是反复无常的小人！

绎如看着眼前的情景，知道是满春豪不待见自己，这其中有什么原因呢？是自己来得不是时候，正碰在满春豪的霉头上？还是他对自己有什么不满意的地方呢？

绎如忽然间想到了嫣然，心里不免“咯噔”了一下。虽然嫣然的死和自己没有关系，事情也过去了小半年，但嫣然是自己送给满春豪做小妾的。嫣然表面是跳河溺亡而死，但真正的原因是抽烟土过量导致的精神错乱，难道满春豪发现了嫣然抽烟土的事，进而知道了嫣然的不堪过往，然后将这前后的事情都迁怒在了自己的身上？

完全有可能就是这么一回事！但既来之则安之，此时只能是装糊涂，硬着头皮也要把来意说给眼前的满春豪听，绎如横下一条心来，说道：“大人，今日来拜望您是有事求您帮忙来了。”

满春豪连眼皮子都没抬一下，面沉似水，语气很硬地说了一句：“我是粤海关的监督，在我这里没有私事，公事公办，不用说‘求’字，更不要谈什么‘帮忙’，这话传出去好说不好听。”

芙蓉听得肺都要气炸了！

你满春豪这是装得哪里的大瓣蒜，谁还不知道你的为人，贪财好色之辈，一肚子花花肠子的主儿！

绎如已经抱定了今日来访的本意，也就不再在乎满春豪对自己是哪般态度了，继续说道："大人，我们'荣盛行'与其他几位商家在'公行'里受了不公平的待遇，有些人公然违反行规，私相授受，把'公行'当作自家的行当钻营，请您给我们做主。"

"哈哈，哈哈。"满春豪突然抬起头来狂笑了两声。这笑声来得突然，也有些瘆人。

"我说你们这些行商也真有意思，赚了银子的时候都不言语，在那里装傻充愣。感觉吃了一点儿亏的时候，就要四处喊冤瞎咋呼。你说有人违反行规，可有证据？得，得，你也别和我说这些了，我只管替朝廷收税赋钱粮，替皇上把好我们大清商路的南大门，你们这些烂眼睛的事我懒得管，也管不着！"

满春豪既带着讥讽，又带着怨气地将绎如数落了一番，临了非常不耐烦地直接拒绝了绎如的请求。

绎如都不知道该如何形容自己此时的心情，她没想到满春豪对自己是这个态度，就是不想帮忙，至少也应该是委婉客气些的，毕竟这两年花在他身上的银两不在少数。并且就公事来讲，此事也在粤海关的管理范畴之内，而满春豪耍起了无赖，将自己身上的职责推得干干净净，不但不想帮自己，就是仔细琢磨起来，也有明显袒护"公行"总商这些人的意思。

自己此时怎么办？

与满春豪发作？胳膊总归是拧不过大腿的。装聋作哑，就此退出门去？不甘心不说，自己此行来的目的一点儿也没有达到。

至少要弄明白满春豪为何对自己是这副德行吧？为什么突然间满大人对“荣盛行”就有了这般恶劣的态度？弄清楚了，也不枉此行！

想到这里，绎如笑呵呵地说道：“惹大人您恼火，真是让民女惶恐不安，大人您每日殚精竭虑为‘公行’、为朝廷效力，而我等之人还要因为蝇头小事来叨扰大人，真是没有心肝之举。麻烦大人的事情多，而我们‘荣盛行’对大人做得实在又太少，想来我们在大人您面前都是不懂事的，还望大人您大人不记小人过，能原谅我们。”

绎如说完，又朝芙蓉使了一个眼色，芙蓉心领神会地说道：“哎，原本将嫣然给大人送过来，就是想着大人为‘公行’操劳过后，让她来好好服侍大人的，哪承想她福薄，竟然鬼使神差般地落入了河里香消玉损。这事怨我，将她送给大人之时走了眼，没找上算命先生给她卜上一卦……”

“放肆，你们在我面前一唱一和唠叨些什么鬼话？！谁是嫣然？我不认得她！不要黔驴技穷之时，在本监督面前耍这些卑鄙伎俩。”

满春豪不待绎如二人再说什么，转身拂袖而去。

绎如和芙蓉面面相觑，她们怎么也没有想到事情会是这样一个结局。满春豪不但现在对她们这么不待见，就连对曾送给他的嫣然这个人也不认账。

满春豪已经没了人影，再坐在这里只能是自讨没趣，绎如和芙蓉怀着悲愤的心情走出了满春豪的府宅。

这到底是哪里得罪满春豪了？绎如禁不住在心里骂了这么一句。

她知道这件事情绝对不只是因为出了嫣然那件事情那么简单。满春豪不是什么重情重义之人，嫣然在满春豪眼里不值钱，也不重要，只是一个玩物而已，嫣然死了，就和小猫小狗死了没什么区别，他不可能在嫣然这件事情上和自己计较这么多。

一定是另外有事得罪了满春豪，或者是另有其人在他面前搬弄是非！

一定是潘启和高尚等人！

绎如恨得牙根都直痒痒，她不但没有达到目的，还白白受了满春豪的羞辱，更恨潘启和高尚等人欺人太甚！

芙蓉在旁边看得真切，绎如脸色非常难堪，同样她也是满肚子的憋屈和懊恼："夫人，走，我们找李侍尧去。"

"好！"绎如咬牙切齿地说。

两人一拍即合，径直奔向了两广总督府。

芙蓉手中有总督府衙门的通行手令，自然是畅通无阻，直接奔向李侍尧的书房而来。待走到书房近前，芙蓉也没有客气，直接推门而入。

李侍尧正伏在书案上奋笔疾书。

看见芙蓉带着绎如突然闯进来，面露不悦之色，但看着绎如在她身边，忍住没有发作。

"你们这般风风火火找我来，可有什么急事？"李侍尧抬头冷冰冰地问道，已然没有了绎如第一次来拜访他时的那般热情。

芙蓉并没有在意那么多，将来意说明之后，又将到满春豪那里受的委屈说给了李侍尧听，她想在李侍尧面前告上满春豪一状求得几分安慰。

没想到李侍尧听完后，将手中的毛笔摔在了桌案上，同时口中说了一声："胡闹！"

绎如和芙蓉不禁身上都打了一个寒战。

李侍尧重新拿起了桌子上的笔，用它指点着芙蓉说道："'公行'自有'公行'的规矩，你们去找粤海关那里做什么？要找，你们也应该是去找‘公行’的总商计较。还有，你们说潘总商违反行规，也只是片面之词，毕竟他也分给你们生意做了，至于你们嫌少了，天下哪有那么公平的道理可讲？要说道理，也只能是你们做人做得不精明罢了！”

“那还有行商一点儿也没有分得的呢？”芙蓉见李侍尧非常恼火的样子，唯诺地又争辩了一句。

“是啊，你看看，你也知道有的行商没有分得分毫，这说明潘总商对你们还是不错的，你们怎么还这样到处斤斤计较呢？我刚才说了，你和总商处好关系，再将自己的生意闷头做好也就是了，大可不必为这芝麻绿豆大点事情就大呼小叫。”

李侍尧一口一个“你们”，绎如知道，他是明着说芙蓉，暗着这番话都是说给自己听的，这让绎如心里更憋闷。

她清楚记得几个月前第一次拜见李侍尧时，他对自己是那般热情可亲，关怀激励。当时也是在这个书房里，他还承诺支持自己去竞争裁撤“公行”后的丝绸行首的。但眼前再看李侍尧的样子，变得和满春豪的那副冰冷面孔毫无二致。

这又是哪里出了岔子？

这时候，芙蓉有些不服气地小声嘟囔道：“同样是三等商行，那‘清威行’和‘飞鸿行’一点儿生意都没有得到，可那‘德庆行’分得的生意却比我们二等商行的都要多，这还能说潘总商他没有违反行规？他待人公平？”

李侍尧见芙蓉继续和他顶嘴，立时变得更加恼怒起来：“我说芙蓉你这个人，怎么丫鬟的命倒是操起主子的心来了？我说得不够明白吗？总商自有总商的安排，你不服，你怎么没坐上他那位置？我刚才和你们说什么了？我不是告诉你们闷头将自己的生意做好，少管他人闲事吗？你们倒好，自己的事情没有办好，怎么还要做起御史大人来，四处挑刺儿打抱不平呢？你们给我听仔细了，千万不要倚仗我的权势出去给我惹是生非，生出乱子来，我也不能替你们出头周全！”

“你……”芙蓉听到这里，委屈得泪流满面，后面的话哽咽着没能说出来。

绎如早已被李侍尧的这番指指点点压抑得不行，狼狈至极，恨不得有个地缝马上钻进去。

就在绎如不知如何是好的时候，书房的门突然又被推开了。

“大，人……”

一个操着生硬口音的妙龄洋女郎走了进来，看上去有十六七岁的样子，要比芙蓉年轻许多。

第一百四十三章　讨教总商

芙蓉哭啼啼地跑出了总督府，绎如忙跟在后面解劝。

两人二处碰壁不说，本来是诉苦去了，到头来却是受尽了侮辱指责。满春豪和李侍尧大转弯的态度变化更让绎如和芙蓉不能接受，茫然不知所措之中，颜面上和内心都是备受蹂躏。

而芙蓉见到了那个洋女子，心里已经明白了个大概，她能够和自己一样毫无顾忌地闯入李侍尧的书房，必定不是平常的关系。而那女子金发碧眼，青春妙龄，奔放逼人，身材曼妙，哪里是自己这般人老珠黄可比的呢？！

芙蓉已经断定，一定是李侍尧不知从哪里弄来的媚狐妖精，李侍尧早已被迷惑得不知东西南北，早已忘却了她芙蓉的种种好处！这个打击对于芙蓉来讲，胜似千刀万剐。

但她也只能气得直跺脚，什么办法也没有！

芙蓉和绎如二人恍恍惚惚地回到了“荣盛行”。

芙蓉抱着绎如号啕大哭，绎如看见芙蓉哭得如此伤心欲绝，禁不住拉住她的手，说了一声：“蓉姐，不哭了。”

这是芙蓉第一次从绎如口中听到对自己亲切的称呼，让芙蓉的情绪更平添了几分复杂，忍不住哭得更加伤心了。

绎如好言安慰芙蓉之余，咬牙切齿地说再要到京城里找和珅来整治李侍尧和满春豪，将自己的颜面找回来。

纯如听见了消息也赶过来了，问了个大概情况之后，心情也很低落。但她现在是这边安慰芙蓉，那边解劝绎如，左右不能相顾。

等二人都稍稍平静下来，纯如和她们说："这件事情看来是有人在背后搞的一个大动作，他们不但从'公行'入手来整治我们，就是我们搬救兵的后路也给断了，任凭你们和李大人这样的关系都无济于事，想来搞鬼之人要出的阴谋诡计也将李大人迷惑了！在这种情况下，我们更不能轻举妄动，以免将事情变得更加复杂，有些人恨不得将矛盾激化，准备看我们的笑话呢！"

绎如此时完全冷静了下来，她说道："姑且不论满春豪如何对待我们，就单说李侍尧这里的脸色变化，我想这件事情应该和高尚有关。因为我听楚秋说过，高尚已经通过关系早已和李侍尧勾肩搭背起来，他能入得了'公行'就是从李侍尧那里走的门路。"

纯如点了点头，又轻轻地摇了摇头。转而对芙蓉说道："蓉姐，你也不要过于伤心，等李大人发现了他们的阴谋之后，自然会对你改变态度的。"

芙蓉则狠狠地答道："我没事了，我有两个妹妹在这里，就是他李侍尧死了也无所谓了。"说完，眼泪又禁不住地流了下来。

纯如理解芙蓉此时的心情，只能让她自己将此事慢慢消化，别人怎么说也没意义。

纯如转身出了门，向"公行"走去。

此时几个人正在"公行"的议事厅里面凑在一起不知道商量着

什么事情。其中有两人纯如是认得的，一个是“公行”的总商大人潘启，另外一个是高尚，其他三人纯如没有见过。

见纯如进来，几人都回到了自己的座位上，不再言语。

纯如快步走到潘启的面前，说道：“总商大人，我有事情要和您讨教。”

未等潘启说什么，高尚在旁边不阴不阳地说道：“呵呵，纯如东家乃是鼎鼎大名的“江浙丝绸商会”的会长，此时又是‘清威行’的东家，还能有什么事情需要向总商大人请教的呢？”

“高东家还曾是我们‘江浙丝绸商会’的副会长呢，此时不也在向总商大人讨教吗？”纯如揶揄着高尚说道。

高尚被说得哑口无言，脸上显得很是尴尬。

“纯如东家，你为何事要讨教于我啊？”坐在首位的潘启开了口。

纯如笑呵呵地说道：“我想请教总商大人，我们‘公行’成立之初，我听人说曾立下了十三条行规，我是新入‘公行’不久之人，还不甚明白其中的意思，您可否告知晚辈呢？”

“哈哈，这就是你的不对了，既然是申请入了我们‘公行’，当初怎能不将行规研读仔细呢？纯如东家，你是不是对入我们‘公行’之事太不认真了呢？也太小瞧了我们‘公行’呢？”潘启神情自若地说，但句句都直指要害。

旁边坐着的人也都附和着说了起来：“是啊，总商大人说得对，入‘公行’不了解行规，你入哪门子‘公行’？”

“真是年轻不更事，视入我们‘公行’为儿戏。”

高尚更是不失时机地说：“她在江浙霸道惯了，想来也就没有把我们‘公行’瞧在眼窝子里。”

纯如并没有理会其他人，对潘启说："行规要说让我倒背如流，晚辈也是背得来的，只是我有些糊涂，还请您明示。"

"好吧，你问来。"潘启无可奈何地说。

纯如非常恭敬地说："感谢总商大人！行规第三条：'华夷商民一视同仁，倘夷商得买贱卖贵，则行商必致亏折，且恐发生鱼目混珠之弊，故各行商与夷商相聚一堂，共同议货议价，其有单独行为者应受处罚。'请问总商大人这'行商与夷商共聚一堂'说的是什么道理呢？"

"就这一点儿不明白？"潘启有些惊讶地反问道。

纯如点点头，答道："是的，大人。"

高尚从旁边跳出来，一副小人得志的样子说："请你不要在总商大人面前放肆！你这分明就是来无理取闹的。别说你，就是那初识百字的黄毛小儿也能看明白的，你这么问大人是什么意思？潘总商，您大可不必理会她！"

纯如还是泰然处之地站在那里，没有对高尚说什么。她只是在用眼睛看着潘启，好像在等着他给自己一个说法。

潘启为什么有些惊讶？因为他想既然纯如来兴师问罪，一定是质问为什么没有给她的行号分得生丝的销售份额，这点潘启有很多条理由可以搪塞，诸如"新入'公行'，尚需观察""担心质量参差不齐""僧多粥少，耐心等待下次"等，而结果恰恰是纯如对此事只字未提，就像是不知道有这回事似的。

潘启没有想到纯如会从这个"'公行'议事规则"的方向来问自己，这让他很难回答。按道理来讲，无论几等行商，在与洋商议货议价时都是必须参加的，也是作为行商的一个基本权利。而这几次潘启都是故意没有召集"清威行""飞鸿行"和"荣盛行"三家，为的就是给他们这几家一个下马威，让他们明白事理，好自为之。之后他给“荣盛行”分得了一点儿小份额也是为了掩人耳目。

“这个，这个……”潘启支吾着说不出来。

纯如知道潘启无法将这件事情解释周全，但她也明白自己不能咄咄逼人，不能让潘总商在众人面前下不来台，见好就收的道理，纯如还是懂的。

纯如没等潘启更难堪，接着又平和地说道：“总商大人您为‘公行’事务身心交瘁，为众位行家谋福更是栉风沐雨，辛苦操劳之中，我想您一定是将我们新入行的行号给疏忽掉了。我来这里请教，也没有别的意思，如果这条行规真如我这般理解的意思，我想向大人请求下次有好事也能通知到晚辈的头上，晚辈也有为‘公行’出力献策的决心。”

纯如的这个表现，让潘启不免在心里有几分惊诧，又有几分感动。他也感觉到就眼前纯如的几番话下来，她绝不是高尚口中与他言说的那般无赖泼妇，也无愧是“江浙丝绸商会”的会长，沉稳干练，睿智成熟。

“纯如东家，确实如你所说，‘公行’之内行号众多，我作为总商不单处理丝绸这一行业务，几次与夷商议事时，均因忙中出乱没有将消息及时通知到你们。好在你这次找到了我，有了印象，下次也就不会将你们遗忘了。”潘启慢条斯理地说。

“晚辈理解总商大人的难处，那我今天也就将您的金玉之言记在心间了。”

纯如说完，准备告辞而去。

这时，又听潘启说：“他们‘荣盛行’的东家若能有你这一半明事理的态度，我作为总商也就欣慰了。可惜啊！真没想到，就因为少分得了一点点数额，竟然到粤海关满大人和总督李大人那里去告我潘启的状，想来真是让人寒心！”

纯如听了，心里一惊，潘总商的消息真是灵通，绎如和芙蓉回到行里屁股还没坐热的光景，而潘总商坐在这里纹丝未动却将两个衙门里发生的事都知道得清清楚楚。

纯如知道潘总商说这番话是给自己听的，自己是不能装聋作哑的。但感觉这两件事情怎么解释起来都是徒劳，索性也只能默认下来，很平静地说：“总商大人，我想是您想多了，她哪里是去告您的状啊，最多也就是心里面想不开，去找那二位大人说说不痛快罢了。您是总商，我想您是不会在这样的小事上与她一般计较的。”

“你真是说得轻巧，那‘荣盛行’的东家是你的亲妹妹，她四处撒泼去污蔑、构陷总商大人，你在这里装疯卖傻替她前后遮掩，你以为总商大人看不出来吗？”高尚在旁边装腔作势地指点着纯如叫嚣。

对于高尚今天的步步紧逼，纯如是一让再让，但此时任凭她有多大的气量也容忍不下去了。高尚为何这般苦苦刁难，与我过不去呢？怎么说都是从江浙那方天地里面走出来的，没有友情，还应有个乡情在，怎么就如那饿狼一般没了人性，什么情分都不顾及呢？

想到这里，纯如知道不能再让高尚这样得寸进尺了，否则，自己今天连这个门都是不好出去的：“高东家，‘荣盛行’的东家是我的妹妹不假，想来总商大人也是清楚的，不需要你来提醒。再有，大人自有大人的谅解，总商大人都能一笑而过的事情，也就更轮不到你在这里指摘什么了，你说是不是呢？”

“你！”高尚被纯如揶揄得没了话说，脸上气得青紫，但碍于潘启在旁边坐着，他也不能再耍起什么无赖来，只能是一甩脸子又重新坐到了位子上。

潘启看着眼前的情景，知道点到即止也就是了，再多说什么也无益处。坐在自己身边这些人就是一起与纯如胡搅蛮缠也是争辩不过纯如的，弄不好会让自己更下不来这个台面。

潘启也站了起来，对高尚和纯如很严肃地说："好了，好了，在'公行'之内就是一家人，何必这样较真伤和气！成何体统？传出去不笑话你们，也会是笑话我潘启领导无方的。这样吧，纯如东家你暂且回去等消息也就是了。"

第一百四十四章　捷径窘步

这次纯如来见潘启是带着质问的态度来的，虽然她说得尽量婉转，但谁都能听得出其中意思。纯如发现潘启为人心机深厚、老辣，但还不至于到了蛮横不讲道理的地步，她也知道潘启对自己的成见和误会不会就此完全消除，只能是随着彼此之间的来往慢慢磨合，才可以让他看到自己的赤诚之心。

周展已经有八个月大了，随同周冰羽来广州也有一段时间了，小家伙长得虎头虎脑，甚是可爱，并且已经能在床上爬了。纯如每每在外面奔波回来见到儿子，感觉身上的疲劳都减轻了许多。绎如也经常过来看看自己的这个小外甥，对他甚是喜欢。

周冰羽自来到广州之后，忽然间整个人变得中规中矩起来，好似一夜之间变得成熟了许多。他不声不响地挑了一处离“清威行”较近、价格上又便宜些的老宅子买了下来，又找来工匠修葺粉刷一新后将纯如母子接了过来，一家三口算是在广州这里真正地安了一个家，有了落脚的地方。

周冰羽将家里事务安排妥当之后也没闲着，他没事就到广州城南门外洋商聚居的地方去闲逛。时日长了，竟然对学说英语产生了浓厚的兴趣，每次回到家里来，看纯如得空的时候，他就不厌其烦地教她说。纯如在学习英语上也下了功夫，勤学苦练加之天资聪颖，竟然在短时间内，一些简单聊天对话也可以应付下来了。

纯如现在面临的最大问题还是生意，“清威行”是新开办的行号，洋商们都不屑一顾。没有信誉的积累，他们也不敢轻易交易。如此情形也就形成了一个恶性循环，任你有千般力气也使不上，这让纯如始终愁眉不展，却也没有找到一个好的解决办法。

绎如那里曾经与之密切往来的洋商忽然之间都不见了踪影，绎如猜测有可能是总商潘启暗地里给他们发了话所致。又因为“公行”之内传播开了绎如“告状”的风言风语，“公行”里曾经与之交好的行商一时间也对“荣盛行”冷漠起来，对绎如个人也唯恐避之不及，怕不小心惹上什么瓜葛给自己带来不必要的麻烦。

楚秋看着高尚在“公行”的生意做得是风生水起，有声有色，心里当然不是滋味。这不单纯是嫉妒，他担心高尚的实力一天天壮大，那个狐假虎威、飞扬跋扈的风头上来，日后对自己更加不利。楚秋暗自在心里也是下定了决心，即使面对什么样的困难，也不能再与高尚有什么牵连了。

过了有二十几天的光景，忽然从“公行”里传来了消息，说是有了洋商来商讨生丝上的大生意，召集纯如等人去议货议价。

这样的好消息无异于久旱逢甘霖，这让纯如和楚秋听了都很兴奋。

“公行”之内其他做丝绸贸易的行商也都早到了，按照各自行号在“公行”内的所列等级次序坐在那里。

绎如是二等行号，所坐的位置和纯如、楚秋那里隔了有一小段距离。但出乎三人意料的是并没有见到洋商的影子。

“公行”的总商潘启见人都已到齐，也就首先开了口。

“今日召集诸位来，是因为英吉利东印度公司派来了人，他们准备在我‘同文行’采购三千担生丝。按照行规要求，我是要分出一半来，也就是一千五百担给诸位的，所以今天召集各位来，是想着如何把这一千五百担分摊下来，毕竟这么巨额的生丝数量非同小可，还是大家一起来商议较为稳妥……”

还没等潘启说完，“天宝行”的梁东家马上带着十分敬佩的口气说：“总商大人真是仁义之人，有好事从来不会将我们落下，这毕竟是六十多万两银子的生意呢！分出来一半那就是三十万两，再按照行号等级分摊下去，我想这上半年的支出开销都赚出来了，我们真得好好感谢我们的潘总商啊！”

高尚也匆忙接话道：“潘总商不但是我们‘公行’的行首领袖，‘同文行’也是‘十三行’里丝绸行当的一等行商，总商大人饱经世变，德高望重，更是在与洋商打交道的过程中伏龙降虎，百战百胜。我们有幸在潘总商的领导下做生意，真是几世才能修来的福分，我高尚永远唯潘总商马首是瞻！”

高尚的这番话明显就是在众人面前吹捧着潘启，以讨得总商大人的欢心，谁不爱听奉承话呢？高尚这么说还有其不可告人的深意，他想抢在纯如等人面前将潘启抬到至高无上的位置上，他把对潘启的好话说尽，自然纯如他们就没有再发言表白的机会。同时也让包括纯如在内的旁人知道他高尚和潘启的关系不一般，高尚的想法就是，别看让你们这些人来了，我也要让你们无任何作为，无非也就是到这里坐一坐，走一下过场而已。

高尚话音刚一落，有几位商家也立即跟着附和起来。

“高东家对总商大人的评价真是十分中肯，我们得潘总商的恩惠实在是太多了，数都数不过来。”

“我们愿意一辈子跟着总商干，有总商大人吃干的，就有我们喝稀的，我们永远支持潘总商！”

……

纯如看到此情此景也不知道说什么，当然也没有插嘴的机会，就是给她说话的机会，这么肉麻的话她当着众人的面儿也说不出来，所以也只能是坐在那里默不作声。

楚秋也很激动，终于在“公行”之内盼来了生意。这一段时间因为没有什么生意可做，他在父亲面前很抬不起头来。

绎如坐在那里则是面无表情，不知道在想什么。

潘启扫视了一下众人，朗声说道：“好，那我也就再仔细说说这次的生丝贸易。说来这次生意数额虽然巨大，但他们给我开出的价码也实在是不如意。夷商要在此淡季时购买，目的无非就是想将价格压下来，所以价钱上几乎什么油水也没有，除了要上交给粤海关那里的固定税收外，大概也就把本钱赚出来的样子。”

“天宝行”的梁东家、“孚泰行”的易东家等人听到此处都低下了头，神情都瞬间变得冷淡了下来。

因为这件事潘启事先并没有和大家商量，众人刚听到前面有生意可分到自己的头上时，都感觉是天大的好事，纷纷趋之若鹜唱起了赞歌。但听到后来时，才知道这生意没有银子赚，说来说去就是给他潘启去充数的，兴师动众有可能就是跟着白忙活一场，自然也就没了什么兴趣。

见众人没有言语，潘启继续说道："做生意嘛，谁也不想白忙活一场，到头来没有银子赚。再说，这种事情我们也要量力而行，以免到时候有了什么闪失而叫苦不迭。所以我召集大家来就是想让诸位有一个心理准备，也想听听你们的想法。"

潘启见所有人都沉默下来，心里也很不畅快，平时大家都是围在自己的屁股后面转，撵都撵不走，怎么一听到没银子赚了，这些人都开始装聋作哑了呢？

实际上潘启与英吉利东印度公司的这笔生意合同已经签订了，到了非做不可的地步，他之所以没有和大家说出实情，也想看看众人的真实态度。他自己也明知道这笔生意不赚钱，但他与东印度公司已经合作了十几年，除了生丝之外，他还与之合作茶叶、布匹、绸缎、陶瓷等生意。东印度公司是他最大的主顾，他不可能因为这一笔合同与之闹僵影响了其他生意的合作，所以硬着头皮把这不赚钱只赚"吆喝"的合同签了下来。

他想着自己担下来一半，再借助"公行"众人的力量，另外一半由大家给担着，也就将这笔生意应承过去了。不说行规如何规定，就是凭众人平时在他面前的表现和他积攒的威望，只要他潘启说上一句难处，众人也不会坐视不管的，甚至有可能还会出现争先恐后的场面。但他看着眼前的情景，好像和自己的设想有些大相径庭，他看得清楚，大家对此事根本就没有任何兴趣可言，也没有人主动站出来愿意帮他这个忙。

当然潘启是把纯如、楚秋、绎如等人排除在自己设想之外的，因为自己刚刚难为了他们，此时这兄妹几人正是看笑话的时候，自然什么也指望不上的。但他万万没有料到梁东家、易东家会在此时装聋作哑起来，这两位平时可是没少在自己这里得到好处。

众人不言语也不是个办法，潘启只能实话实说："东印度公司是我'同文行'乃至是我'公行'的最大客商，我们是不能得罪的。不瞒各位说，我已经将这笔贸易当着他们的面应承了下来。这次不赚钱，我们可以等下一次机会嘛，各位说，是不是这个道理？"

潘启说完，用探寻的目光再次看了看与他平日里最交好的几位商家，这几位商家看躲不过去了，也只能是硬着头皮表达了自己的想法。

"孚泰行"的易东家说："总商，这份费力不讨好的合同我看你就退了吧，你不卖给他们，洋商什么招也没有，让他们哪儿凉快上哪儿待着去！他们转到哪里，还不得是到咱'公行'里来央求我们供货，什么时候出的价格让我们满意了我们再做，他们是和我们耗不起光阴的。"

"天宝行"的梁东家对着易东家点了点头，表示同意他的说法，而后说道："此时，春丝刚刚下来，正是价格居高不下的时候，如果洋商给我们的价格太低的话，真就没有必要接下来，赚不到银子暂且不说，我们要先期垫付的银两也不是一个小数目，算起来利息都是很可观的。而且我认为，我们也要让这些洋鬼子知道，不是什么生意我们都接的。"

潘启又把目光看向了高尚，高尚知道这是在征询自己的意见，他为潘启的这个动作很是激动，因为他知道自己在潘启眼里已经有举足轻重的地位了，至少可以认为潘启已经把他高尚当作自己人了。

但他也深知他的表态里面存在着很大的利害关系，一方面，他知道这笔生意是从潘启的“同文行”而来的，潘启既然拿到了桌面上来说，如果自己此时表示不支持，潘启就会对自己有想法。另一方面，如果自己表示同意，就是认同要和潘启一起喝这清水汤，什么滋味营养也没有且不说，弄不好还会吃坏了肠胃，跑肚拉稀。

第一百四十五章　独撑舟帆

“这笔贸易我完全支持潘总商接下来，毕竟您已经应承了下来，出尔反尔恐被洋人耻笑不说，也会影响‘同文行’这么多年积累下来的好名声。但这么大量的生丝不是一家两户就能做得来的。我忽然间想起来一件事情，上次‘清威行’‘飞鸿行’两家不是吵着没有分到份额吗？还有那‘荣盛行’也四处闹着说分得的份额少，总商大人，我看这次就将这生意都分给他们做比较合适，哈哈。”

高尚说完，忍不住坏笑了一声，然后把身子挺了挺，靠在了椅子背上，颇为得意地看着纯如等人的反应。

楚秋听见高尚的话，怒火中烧，恨不得立马过去扇他两个大嘴巴。但楚秋看到纯如向他投来不可轻举妄动的眼色，强忍下去，没有发作。

听闻高尚说要将这生意都分给“清威行”等三家，潘启心里面自忖高尚真是自私虚伪，有好事的时候他比谁往前冲得都欢，恨不得都揽到自己的身上去，可到了自己没什么好处可得的时候，就将这事情推得干干净净。可高尚此时毕竟是在为他潘启出头说话，他也不能说什么。

可这三家怎么会同意呢？即使他们没有什么生意，也不至于到了饥不择食的地步，没有利赚的生意他们当然也不会做的。再说，前几次有好生意的时候，或是找了个理由没分给他们，或是只寻其中的一家分得星星点点。而到了此时光景，正是看自己笑话的机会到了，他们岂能出手来帮自己渡过难关呢？

潘启曾是这样设想的，自己提出这个事情来，易家、梁家及高尚等人一呼百应，纯如等人自然是要随着众人的说辞推托不过，而眼前却是除了高尚假心假意支持他之外，没有人捧他的这个场，话里话外也表明了不想和他潘启蹚这趟浑水。

在这种情况下，潘启就处于非常被动尴尬的境地。

潘启忍不住瞅了瞅绎如的脸色，因为在这三家之中，他对“荣盛行”是最熟悉的，也是最了解的。只是往常在议事时，这位东家从未露过面，都是派那个芙蓉来的。

此时的绎如坐得板板正正，目不斜视地朝她的对面看着，而她的对面是一个空位子，并没有坐着人，或许她只是盯着对面的那堵白墙。

“潘总商，我们‘清威行’愿意支持贵行接下这笔生丝生意！”

众人循声望去，见说话的正是“清威行”的东家纯如，包括潘启、绎如等人都带着惊诧的眼神看着纯如。

“我想，生意场上无戏言，既然潘总商已经与洋商应承下来这件事情，那一定就要信守诺言去做，断没有因为没有银子赚就出尔反尔的道理。还有，这么大数额的生丝，平心而论，不管赚钱与否，就‘同文行’一家而言，也是很难在短时间内将货物备置齐全，独自将这笔合同支撑下来的。虽说现在这笔贸易不赚钱，但我们作为‘公行’之内的商家，关起门来是一家人，就应该本着有福同享、有难同当的态度，一方有难八方支援，共同将这件事情承担下来。”

“好！说得真好，真是一个明事理的东家！”潘启忍不住在心里给纯如叫好，也不禁暗自有些惭愧。但这些他在面儿上都不能显现出来，不说自己是总商，要在众行商面前有个沉着的态度，这里面毕竟还牵扯着自己的利益，他也不好就这件事情表明更多的态度出来。

绎如和楚秋直愣愣地瞧着纯如，眼神里也带着十分的不理解和恼火。纯如真是没生意做，到了不挑不拣的地步了吗？这劳力劳神给人作嫁衣裳的事情怎么能去做？这分明就是潘启明眼瞧着不赚钱的生意，想推给众人给他分担，别人都唯恐避之不及，纯如何苦要主动请缨呢！给潘启及他的“同文行”拉帮套，得需要出力出银子才行，可即使这样，人家都未必能说你纯如个好字出来，潘启有可能还要朝你要一份人情呢！如果说真要帮他，也要让他低声下气来求自己才是，难道忘了他潘启有好事的时候故意撇开自己这几家了吗？

“好！”高尚也喊出了这么一嗓子，然后对着潘启说道，“总商，既然‘清威行’的人已经应承了下来，那我看‘飞鸿行’也就没什么可计较的了，毕竟这次算是给他们两家的补偿机会，不能厚此薄彼，一千五百担的生丝让他们一家一半，各分去七百五十担，我想其他行号应该也不会有什么意见。”

潘启点了点头。不管高尚是什么样的人，总归他现在是替自己说话的，按照高尚的说法，自己眼前的难处也就解开了。

“天宝行”的梁东家、“孚泰行”的易东家也连连点头：“高东家说得在理，我们没意见，就按照这个章程行事就是了。”

楚秋再也忍不住心中的怒火，“腾”地站了起来，对高尚喊道：“你高尚在这里充什么大尾巴狼？凭什么在这里给我的‘飞鸿行’做主？你算老几啊？我告诉你，给我的那补偿我还真就不稀得要，你要稀罕，你都拿去！轮不到你在这里和我吆五喝六的。”

高尚暗自高兴，楚秋已经被他挑起了火气，这正是他要的结果，他要在众人面前让楚秋出丑，狼狈不堪之余让楚秋完全失去理智。

“哈哈，楚秋，这就是你的不对了，我们在这里议事，总商让我们发表意见，我说说我的想法怎么了？我何时为你做主了？我好心好意为你在总商这里争取，你却狗咬吕洞宾，把我的一片好心当了驴肝肺。也罢，你这般素质的人，我也懒得和你计较，我就想问你，这次你不稀得要，是不是日后‘公行’里的生意，你也都不稀罕了？当着众人的面儿，你给个痛快话！”高尚说话的神情不阴不阳，脸上也是皮笑肉不笑的样子，看起来就很气人。

“你！”

楚秋气得浑身哆嗦，只是用手指不停地指点着高尚，却说不出其他什么话来。

“嗯，‘飞鸿行’的人确实不识好歹，人家高东家好心好意帮他说好话，却换来他这般矫情模样，这样的人怎么能让他进入‘公行’里来呢！”

“唉，你看同样是年轻人，高东家顾大局识大体，而另外一个呢？连人语都是不懂的！这就是做人的差距。”

“天宝行”的梁东家、“孚泰行”的易东家等人趁机火上浇油，大有对楚秋群起而攻之的意思。这么做自然有他们的道理，首先，这几家早先与高尚在私底下建立起来联盟关系，自然是要附和高尚，给他站脚助威；其次，高尚今天的表现，也让他们在潘启面前减轻了很多压力，自然感激之余，也是要投桃报李的。

而高尚却是一门心思要在潘启等人面前表现自己的能耐，因为他是后被拉入这个小圈子的，什么作为也没有自然被众人瞧不起，所以他必须抓住一切机会出尽风头。他要在潘启面前表忠心不说，也要稳固与他们的同盟关系，一直将纯如在“公行”之内孤立下去。

楚秋的岳父“东兴行”谢家的东家自始至终没有言语一声，他在这个场合什么话也不好说，他如何思量，都是顾此失彼的，索性装聋作哑到底。

“呵呵，人嘴两层皮，想来大话谁都会说，那跳梁小丑上蹿下跳的事，某些人做得更是人模狗样。说大话使小钱的本事天下第一，可就是到了真章不办人事的也是大有人在。这也就算了，阿谀谄媚、损人不利己的事他也是干尽了，这样坏了良心的人，别看他出风头一时，早一天晚一天，搬了石头砸了自己的脚，有可能都不知道是自己哪根筋犯的毛病。高东家，你说是不是这个道理呢？”绎如不紧不慢地说。

“你……”这次轮到高尚恼羞成怒了，这绎如分明是当着众人的面直接将他骂个狗血喷头，高尚这么聪明的人怎么会听不出来呢！

“好了，好了，你们贵为我‘公行’丝绸业界的东家，这样在嘴皮子上斗功夫成何体统？传出去难道不怕人笑话吗？”潘启有些恼火地喊道。

眼前这混乱的局面与讨论的话题越来越偏不说，也好像有些失控，这对他作为总商来讲也是权威上的一种挑战。

“潘总商，您再问问诸位行号有没有愿意分担这件事的，有，当然是最好不过。如果没有，我在这里就做下主张，那一千五百担的生丝由我‘清威行’一家来承担。”

“好。”潘启向纯如投来惊讶和赞许的目光，口气中也充满了感激。

绎如和楚秋听纯如如此干脆利落地应承了下来，不免心里都“咯噔”一下，手心里也是出了冷汗，难道纯如不知道这其中的利害吗?可纯如的话已经没有留下任何回旋的余地，他们也不能在这个场合对纯如说什么。

绎如朝纯如挤眼睛，她认为纯如的这个表态不应该，更有些操之过急。要知道这里面坐着的都是人精不说，并且大多数人都是依附在潘启门下的，先亮出了自己的底牌，到最后有可能就会很被动，甚至被逼到死角不得转身。

“刚才各位应该是听明白了‘清威行’东家说的话，不知道大家还有没有什么异议？如果没有什么别的说法，我们也就这么定下来了。”潘启此时说起话来也感觉腰杆子硬实了起来。

其他行号都是未置可否没有说什么。只有高尚连忙说道：“潘总商，从你那一千五百担中分给我五百担。”

高尚不想让纯如在潘启面前抢了全部风头去，现在这个情形下，反倒是让他高尚自己感觉很是狼狈。为了颜面，也为了不甘居人后，他只能硬着头皮违心地向潘启表明了自己的态度。

“好！那就这么定了。”潘启乐呵呵地说。说完，也不忘加上一句，“大家今天的表现让我很是欣慰感动，我们来日方长！”

第一百四十六章　在商言商

众人议事完毕，纷纷走出了“公行”。

潘启本想挽留纯如、高尚这几个人一起将合同的具体细节再次商谈，但他知道高尚与绎如等人大有水火不容之势，撮合在一起议事，弄不好又会掐起架来，最后没办法只能作罢，还是等着日后分开来谈为好。

出了大门，“天宝行”的梁东家对“孚泰行”的易东家悄声地说：“易兄，刚才瞧着潘启对我们的脸色可是不太好看啊！我现在怎么想着在这件事情上，我们做得是不是有些过分了？”

“哪里过分了？跟着他潘启一起劳心伤神的就不过分了？他为他的‘同文行’考虑，我们也要为自己考虑，怎么着也不能为顺了他的意，到头来让自己感到为难吧？”“孚泰行”的易东家很不以为然地说。

梁东家意味深长地说：“你看‘德庆行’的高尚努力巴结潘启的那副样子，让人看着真是感到可笑！但这小子现在这股劲头儿不容我们老哥俩儿小觑，他明显有要在潘启面前与我们争风吃醋的架势，此人大有小人得志之势，我们不得不防啊！”

易东家捋了捋胡须，冷冷一笑说：“他就是钻营惯了，哪里有空子自然是要往哪里挤，性子里就是一个抢尖卖快之人。他现在把潘启看作神仙，恨不得天天供着，如若潘启在他眼里没了用处，就是骂上八辈祖宗都是不遂他愿的。你看他待我们不也是一样吗？刚刚与我们认识时，那个嘴好像抹了蜜一样甜，可时日长了，知道我们没什么用处，他也就不在乎起我们，天天就是跟在潘启的屁股后面转了，有时都懒得正眼瞧上我们一眼，这就是他骨子里的德行。”

梁东家一边听着，一边频频点头，感觉易东家说的非常有道理，他又有些不解地问：“易兄，你说说那‘清威行’的东家纯如到底是何想法要支持潘启呢？难道真的是到了没有生意做、饥不择食的地步了？”

易东家摇了摇头说：“我这一辈子阅人无数，可这个纯如我摸不清她的门道。这个小娘子的城府绝不在我们二人之下，绝对是一个高人，但至于高到什么程度，我们拭目以待也就是了。”

纯如三人一路无话。

待回到了“清威行”，绎如进了门就对纯如发起了火：“这件事情你到底是怎么想的？为什么不和我们商量一下再做决定？”

纯如坐了下来，并没有直接回答绎如的质问，而是拿起桌子上的茶盏分别递给了绎如和楚秋，笑呵呵地说道：“别急，先喝茶。”

绎如非常不情愿地接了茶盏过来，又重重地重新放在了桌子上，然后气鼓鼓地坐了下来，眼睛直盯着纯如，等着她来回答自己的问题。

楚秋夹在两姐妹之间，也不知道说什么好。对于纯如答应接下来这个合同，楚秋也很是不解，虽说纯如接下来了第一单生意，但却是不赚钱的买卖，稍有闪失还有蚀本钱的可能，纯如这是怎么想的呢？

“绎如，那我问问你，如果这三千担的生意是洋商找到我们头上来，你接不接？”纯如很平淡地问。

“那当然是接了！可这是两码事，你不要混淆概念。潘启他先前故意冷落、孤立我们，这次正是我们报复他的机会，你现在主动帮他，只能被他及其他行家暗地里耻笑，认为你软弱可欺不说，也会认为你现在真就是到了对生意肥瘦不挑不拣、如饥似渴的地步！这种‘鸡肋’的生意应该是不屑一顾的，做生意就讲究个宁缺毋滥，不赚钱的买卖为什么要做？何况，这是实实在在地帮助潘启渡过难关，无形中增加了他的实力和影响，对于我们日后竞争丝绸行首有百害而无一利。”

绎如将憋在心里的话像竹筒倒豆子一般噼里啪啦一股脑儿地倾泻而出，说完感觉畅快了一些，自顾自地拿起茶盏喝了一口。

“呵呵，你说的这些都没错。可我说的是，如果我们接下来这三千担的生意做不来怎么办？按照你的想法，‘公行’之内一定是没有人帮我们的，都只是会看我们的笑话，这点我和你的想法一样，应该会出现这样的场景。可就因为想到了这个场景，我也才下定决心来帮助潘总商渡过这个难关，人心都是肉长的，我们拿出一副好心肠来，自然也会赢得他的善意对待和理解信任。至于别人说我们饥不择食也好，软弱可欺也罢，我们不必在意，人人心里都有一杆秤的，天长日久，谁都会掂量出孰轻孰重的。”

纯如了解妹妹的倔强脾气，和她说生硬道理是行不通的，一定要摆出事实说到她的心坎上，真正将她打动了才成。再说，绎如对自己纯粹是出于一片好心，这当中赔了多少钱，都是和绎如没有关系的，她是为了自己的决定跟着着急上火。但纯如也知道，绎如在暗示自己有想通过这件事对总商潘启示好的意味。纯如不想在这个问题上与绎如争辩什么，如果能通过这件事缓和了与潘启的关系，未尝不是一件好事，日后也更好在“公行”里立足。

但绎如是一个很执拗的人，她不会太轻易改变自己的想法，继续咄咄逼人地对纯如说：“那按照你的说法，日后竞争起来那丝绸的行首，你也要靠真情去打动他潘启，让他主动让贤于我们？”

纯如沉吟了一下，说道：“我想他是不会那么去做的，潘总商树大根深很难撼动，从现在的情形来看，即使裁撤‘公行’，那丝绸的行首也是非他莫属的。如果潘总商带领大家在‘公行’之内真的是同心同德做一番事业，我也就打消了去竞争这个行首的念头。”

“不行，你这个想法我坚决不同意。”绎如斩钉截铁地说。

“绎如说得对，凭什么我们要拱手相让？至少要争取一番才对！”楚秋在这个问题上表明了自己的立场。他认为纯如的想法越来越没有劲头儿，也越来越不靠谱。

纯如看绎如和楚秋说得如此干脆，只好安慰着说道：“这样，我们先暂且把这个问题放一放，毕竟还有些时日考虑，我得先把眼前的事做好再说。”

“虽说你独自扛起了这一千五百担生丝的担子，已经放在肩上卸不下来了，但我倒有个主意，帮你在这上面做做文章。不图金山银山，至少是不会让你赔钱的。”绎如故意低沉下来口气说。

“怎么做文章？这个价格我也在心里合计了，最多也就是能保住本钱。”纯如对于绎如的话有些惊奇。

“你只是算了大账，那些眼前看不到的成本费用你根本没算到里面去，就潘启开出的那个价钱你想保住本钱是很天真的想法。”绎如说。

“那你想如何做？”纯如问。

“我想，在这件事情上面，加上潘启和高尚，你们是三家给洋商供给这三千担生丝，想要清一色的质量根本就是不可能的，参差不齐是必然的，这就给了我们机会。”

绎如狡黠地眨着眼睛，可以看得出来，她说出这些话绝对不是一时心血来潮，而是早已在心里盘算得很清楚了。

“莫非你是想让我用劣丝来浑水摸鱼？”纯如已经听出了绎如的话外之音，她不免担心地问。

“呵呵，什么叫浑水摸鱼啊？这叫一分钱一分货，他给的价钱低，品质自然就得降下来。我想他潘启既然敢接下这笔生意，他当初就是有这个想法的，只是在众人面前无法言说罢了。再有，这么大数量的生丝，大家都得七拼八凑而来，再统一汇拢堆放在一起，就如我刚才所说，就是有一些差异都是很正常的，洋商也挑不出什么毛病来。这么做了，你的利润自然也就在这上面挤出来了，不至于让你跟着他潘启白忙活一场。”

绎如将自己的想法和盘托出，说完，脸上不禁浮现了一丝得意之色，她绎如从来不会做亏本的生意。

楚秋听后对绎如竖起了大拇指：“好，这个办法合情合理，到时候大家的都堆放到了一起，分不清谁是谁的，就是潘启知道了也只能是睁一只眼闭一只眼，他也无非花些力气敷衍糊弄上船了事。”

“不行，这么做绝对不行！”纯如斩钉截铁地一口否定绎如的想法。

“怎么就不行了？我可都是为了你好！”听到纯如对自己这般计划周全的想法不认可，绎如不免焦躁了起来。

看到绎如拉出了这样的架势，楚秋忙好言安慰道：“绎如，别着急，我们听听纯如到底是个什么样的想法。”

“你在这里装什么好人？有什么可听的，我姐说出来都是人世间的大道理，我没有她那不食烟火的高深德行，我也消受不了。我只知道，做生意赚钱是天经地义的事，人为财死鸟为食亡也是至理名言，我就不明白了，我的想法怎么就不行了？”

楚秋被绎如呛得满脸通红，狼狈地坐在了那里不再吭声。

纯如一脸正色地说道：“我只知道，君子爱财取之有道，一门心思走旁门左道是长久不了的。就拿这件事情来说，我既然是应承了下来，赔了赚了，我都要认这个账。就是这次赔了，这样的生意我以后不做也就是了，但总不能心口不一，言而无信，不按照规矩去办事。你想想，我这么做了，保不齐高尚也会这么做，大家都这么做了，这些生丝一旦交到洋商手里成了什么样子？丢了客商、丢了信誉不说，也丢了我们大清丝绸商人的脸面。别人怎么做，我管不了，但我守了本分，就会问心无愧、坦坦荡荡。”

“高调谁都会唱，不只是你纯如会，我也会！可是你这高调在大庭广众之下喊一喊也就算了，怎么当着自己人也越唱越离谱呢？我告诉你，你的这般高调不是白唱的，是需要银子做支撑的，我们是商人，我们守的就应该是商人赚钱的本分，说其他的都没有意义！”绎如变得更加激动了起来。

纯如也站了起来，一字一顿地对绎如说道：“这是原则问题，不是高调，也不容商量！”

绎如毫不相让，高声喊道：“好，你坚持你的原则，我还真不管你这闲事了，赔了钱也不在我的行里出，我瞎操什么心！”说完，绎如怒气冲冲地转身而去。

第一百四十七章　七里长丝

潘启是老江湖了。

要说起在“公行”风风雨雨这么多年，潘启几乎天天与官府、行商、洋商、散商、码头、江湖黑道等各色人物打交道，可以说是阅人无数。

他在这次“公行”议事的场面上看到了纯如的表现，就凭纯如的胸襟气度和对商人商道的理解，他认定纯如是一个做大事的人！但凭借着他多年的识人用人经验，纯如是否可以在关键时刻值得信赖托付，还不能轻易就下结论，为时尚早，也未必靠谱，必须要经历几番往来才能知其根底。

面对这三兄妹，潘启认为，纯如、绎如虽然是同胞姐妹、骨血至亲，但两人的性格禀赋上还是有差别的，做事风格也迥然不同。纯如要比绎如更宽厚些，也更通情达理，目光长远。至于他对楚秋的评价，他认为楚秋有些优柔寡断，总被利益牵绊着，很多事情他都没有自己的决断，也很容易冲动。

他派人将纯如请到自己家的会客厅来议事。

为什么没有将纯如找到“公行”，而是找到他的家里来？这是因为潘启想表达对纯如的尊重和感激之情，也是让纯如感觉到他潘启已经把她当作了自己人，冰释前嫌不说，拉拢结派的意味也很浓。

“纯如东家，对于你这次在支持‘公行’及我‘同文行’的这件事情上，我很是感激啊！”潘启满面笑容，很真诚和气地说。

“总商说哪里的话，这都是我等分内之事，应该做的，不足挂齿。”纯如笑盈盈地客气应承着。

“话是这么说，可‘公行’之内有你这样心性的人还是太少了啊！就说我‘同文行’接下这笔生意，是单单为了我一家的利益吗？还不是为了整个‘公行’与东印度公司的良好合作局面能维持下去吗？可大部分行商并不能理解到这一个层面上来，都以为我潘某人要如何如何呢，到头来都是一副冷眼旁观的态度，想来很是寒心啊。”

潘启说到此处，显得很是伤心的样子，他在观察纯如听了他这番话后会是个什么态度。

纯如淡淡地说道：“总商一心为公，天地可鉴，也在众人的心里。同在‘公行’之内，理应风雨同舟，但每家境遇不同，各有各的难处，做出来一些不让人如意的决定，想来也都是正常的。总商您海纳百川、明月入怀，幕天席地、宽仁大度，是我等行商的楷模，我们行商有做得不周之处，还请您当面指点，不要挂怀于心。”

潘启对纯如说的这几句话打心眼里佩服，不是因为纯如捧说他的辞藻如何华丽中听，而是她此时做人的态度。纯如没有在自己面前和众人背后说任何一个人的坏话，挑拨自己与任何人的关系。相反，都是替那些人在自己面前说好话，有这样心性的人实在是不多啊！

“纯如东家，今天请你来呢，主要是想和你商量一下那笔与东印度公司生丝贸易的质量问题。”潘启此时说话间，对纯如愈加客气了。

“总商请放心，质量与洋商给的价格高低没有关系，我一定会把好这一关的。”纯如非常肯定和自信地说。

“有你这句话我就放心了。可是这一次东印度公司采购的这么大批量的生丝是供给西洋几大宫廷的，也不知道他们是从哪里得来的消息，昨天突然找我，要在合同之中明确标注上这批生丝一定是你们湖州的‘七里丝’。我听了也是没有办法，总归好人都做了，也就索性做到底吧，我就答应了下来。”潘启很为难地对纯如说。

纯如听了大吃一惊，脱口而出反问道：“七里丝？”

纯如为什么这么惊诧?

“七里丝”历来是供给宫里丝织品的主要原材料，是极为紧俏的生丝，洋商一时间要上这么多，恐怕一时是凑不上的。再有“七里丝”的价格非常昂贵，要比这“公行”之内按惯例合同签下的生丝价格上高出将近二成，这可不是差出一星半点儿的，同样是一千五百担的生丝，要是供给“七里丝”，总价上至少也是差出五万两银子来。

要说让纯如惊讶之处或许就是“七里丝”能得到东印度公司和西洋宫廷的认可很出乎她的意料，“七里丝”名扬海外，纯如当然是求之不得的。可眼前纯如显然没有时间，也没有心情细细品味这突然而至的“惊喜”，价格上的巨额差价，这已经明摆着是要做一笔赔上大本钱的买卖了！

“其实这件事不只是让你们感到为难，包括我自己在内也很是挠头。之前我对‘七里丝’的了解并不多，只是闻其大名，并没有交易过，所以与洋商应承时也就忽略了价格上的差异。事后我找到‘德庆行’的高东家私下了解之后才知道‘七里丝’的价格是如此高昂，货品又很稀缺，我这才醒悟过来，但为时已晚了。”

眼见着纯如眉头紧锁的样子，潘启十分体谅地说：“唉，这件事是我一手接下来的，原本想着保住个本钱也就了事了，没想到在这里又漏出个窟窿来，我作为总商也好，作为前辈也罢，不能眼瞅着让你们后生跟着我赔银子，即使你们是心甘情愿的，我也是不落忍的。纯如东家，我看这样吧，这件事情还是我‘同文行’一家担着，我去找洋商那里央求他们在供货期上再宽限些时日。至于赔上的那十万两银子，想来都是身外之物，以后找准机会，与洋商几个往来也就赚回来了。”

潘启说完，虽说言语中充满了无奈，但也感觉释然了不少，他也一边说着，一边看着纯如的变化，他在等纯如对这件事情的一个最终表态。

纯如等潘启话说完，略微沉吟了一下，然后镇定地说：“潘总商，还是那句话，既然大家在一条船上，就要风雨共担，不能让你一家吃亏，我们还是按照先前的计划来吧，我担着的那一千五百担，保证质量，按时交货。”

“纯如东家，你这让我说什么才好呢？你真有英雄侠义之气魄，又怀揣着悲天悯人的一副菩萨心肠，老夫真是感动啊！”

潘启说话间，眼角都有些湿润了，他的确是被纯如坚定真诚的态度打动了！他原本想，纯如一旦听说要供给洋商“七里丝”，一定趁机将这件事推脱干净呢！因为那日在“公行”里只说了生丝的价格，大家也都是按普通生丝的质量来推算的，突然间和纯如说换成了“七里丝”，纯如立即退出不做，谁也挑不出毛病来。对于纯如来讲，这可是实实在在地要自掏五万两银子的！

纯如并没有太多理会潘启的溢美之词，现在的情形容不得她想得太多，待告辞出来之后，急忙赶回到行里为“七里丝”备货。

待绎如、楚秋听说了纯如要供给洋商的生丝是“七里丝”之时，两人都惊呆了，这个纯如是不是疯了啊！保本的生意大家都不愿意做呢，何况这明显着要赔上五万两银子的生意呢？为什么不趁此大好机会，顺水推舟推翻自己在“公行”之内的承诺呢？这潘启给纯如灌了什么迷魂汤，让纯如这般死心塌地要上他潘启的贼船？

那日劝说纯如，两姐妹闹了个不欢而散，绎如知道此时的纯如决心已下，万难改变，但还是苦口婆心劝说了一番，见纯如依然不为所动，也就不再劝说什么。

纯如也没有和商会众位副会长、会员通气，她很清楚这件事情的后果，和他们说了也是白说，反倒会引来更多的阻力。

倒是周冰羽听说了这件事，对纯如一番好言安慰，他认为无论是从“公行”规则上，还是商场道义上来讲，纯如做得没有错。至于那损失的银两，他对纯如说，如果商会不同意出，周家自己来出。

周冰羽为什么会有这么大的转变？纯如想不明白。

难道是到广州这里见了世面，开阔了眼界？还是这一阵子经常与洋人混迹在一起，得到了启发？

周冰羽来广州这段时间，夫妻二人各忙各的，相安无事，这已经让纯如感到知足了。此时周冰羽又这般坚定地站在身后支持她，这让纯如既感到了莫大的慰藉，内心里对周冰羽也有着十分的感激。

可纯如对周冰羽还是有些怀疑，毕竟周冰羽忽然间有了转变让自己刮目相看也不是一回两回的事情了。但之后没有几天光景下来，就又变了回去。前车之鉴都在那里摆着呢，这次会不会重蹈覆辙也是说不准的事。她怕周冰羽此时的表现又只是一时的假象，她想知道周冰羽有如此想法和变化的根源到底是来自哪里，问明白了也好让自己放心。

到了晚上，纯如将儿子周展安顿入睡后，自己一番沐浴之后上了床，依偎在周冰羽的身旁。

“你真舍得咱家掏出五万两银子来补这个窟窿？”纯如轻声地问。

“要说‘舍’，谁都不肯，但要是加上‘得’，就可以有商量的余地了。”周冰羽颇有些卖弄学问的样子说。

纯如用手抚摸着周冰羽的胸膛，带着撒娇的语气说：“和我解释解释嘛。”

“你想想，‘七里丝’名扬海外最大的受益者是谁？”周冰羽转过身来，面对着纯如说。

“这还用说，当然是我们的商会啦！”

周冰羽很老练地说：“不，最大的受益者应该是咱们家！这次东印度公司指名道姓要‘七里丝’，有了第一次，就有第二次、第三次，这是一笔长久的大买卖。但以后洋商再想以这个价格拿货那是一点门儿也没有了，那时候也就是我们赚钱的时候了！这次掏出的五万两银子，既买到了潘启对你的好感，也为‘七里丝’在海外西洋做了一个很好的宣传，所以也就值了。”

“那和咱们家有什么关系？”纯如迷惑不解地问。她明显能感觉到周冰羽对这件事一定是深思熟虑过了，就是说起话来也显得胸有成竹。

“你想想，‘七里丝’只有我们湖州有，在湖州地界现在也就剩下周、杨两家能有这实力了，所以这个货源，是牢牢掌控在我们手里的。就是潘启和‘公行’里的各位行商都鞭长莫及，无可奈何的。你代表着咱家在商会里，也代表着商会在‘公行’里，而我完全可以代表‘七里丝’的散商，与你们‘公行’进行交易。里里外外绕上一圈子，说得直接点，这就是我们家直接和洋商做上了交易。”

纯如听了周冰羽的盘算，“扑哧”一笑：“你什么时候学得了这样的生意经？这传出去可是让人好说不好听啊！”

今夜纯如如此娇媚，周冰羽已是心猿意马神不守舍，伸过手去揽住了纯如的腰肢，随后翻身将纯如压在了自己的身下，纯如透不过气来，忍不住轻轻呻吟了一声，娇嗔地皱了一下眉头……正如她刚才所想，这次周冰羽是真的做出改变了吗？会不会几天过去又恢复了以前模样？在她经营之下的“清威行”未来命运又将如何？

请看本书第五册《风起云涌》。

太子殿下

龙凤错
太子殿下有喜了

[中]

端木摇 著

新世界出版社
NEW WORLD PRESS

御王迷妹沈知礼上线

萧贵妃：敢觊觎我的御王，看本宫怎么收拾你

夏晓露领盒饭

萧贵妃也要领盒饭

太子殿下吃醋了

御王：就喜欢你吃醋的样子

哪位少侠好武艺，能扛起萧贵妃从窗户飞出去

王爷又吻太子了

第二十一章

萧贵妃神秘失踪

不多时，衙役进来禀报，两户容家的儿子已被带到大理寺。

其中一个容公子身穿粗布长袍，拘谨地垂着头，眉目平实，看着便老实本分。

“公子如何称呼？今年贵庚？”慕容辞和气地问。

第一次来衙门，他有点忐忑，低声回道：“草民姓容，名天行，今年二十二岁。”

她又问：“娶媳妇了吗？你无须紧张，我只是例行问询，你如实回答便可。”

“是，大人。草民家里穷，还没娶媳妇。”

“公子的双亲还在吗？有几个兄弟姐妹？家里以何为生？”

“家父早几年就过世了，母亲年纪大，以为街坊邻居缝缝补补为生。家里还有两个妹妹，年纪还小，我在一家药铺当学徒，才学了两年。若学会治人看病的本事，到时候家里的境况就会好些了。”

“你家祖上可是京城的？”

“祖上四代都是京城的。”

“你离开过京城吗？”慕容辞盯着他，不漏过他一丝一毫的表情。

“草民每日都在药铺当学徒，别说离开京城，就是偶尔告假一日也难。”容天行回道。

“好，你先回去吧。”慕容辞温和道。

这个容天行显然不是她要找的人，夏晓露知书达理，谈吐不俗，虽然穿戴打扮素雅，但衣料和首饰都不是廉价货，想必家境殷实，也不可能看上这种老实巴交、容貌普通的穷小子。

另一个容公子，一身枣红绣花富贵锦袍，言行举止轻浮傲慢，是帝京街头随处可见的那种公子哥儿。

“大人想问什么就快点问。”容公子精明轻狂的目光扫了一圈，不耐烦地说道。

“公子如何称呼？”她冷冷地问。

“容少谦。”

“不知容公子平日都忙什么？”

“那可多了，忙着吃饭睡觉，沐浴更衣，陪小月儿饮酒、陪小雪儿赏月，忙着……”

“容公子为什么还不娶妻？”慕容辞打断他的话。

“我可没那么傻，找个婆娘来管束自己。”容少谦轻浮地笑道。

“容公子祖上何处？”

“祖上锦州，我爷爷年轻时迁到京城做买卖。”

“你家祖籍锦州，你可有回去祭祖？”

他冷嗤一声，“锦州那破烂地方，只在十八岁那年，父亲吩咐我回乡祭祖，回去过一次，我可不想再去。”

“若你供词有虚，大理寺还会再请你回来，到时可不是这么简单了。”

“我说大人，你问我这些究竟想做什么？我是每日花天酒地夜夜笙歌，可这不犯法呀。”容少谦十分不耐烦，打起呵欠，“麻烦大人快一点，我还要回去睡觉。”

“你可以回去了。”

“当真？你们最好问完了，我可不想再来大理寺，会被我那帮兄弟取笑。”他吊儿郎当地站起来说。

两位容公子都走了，沈知言百思不得其解，问道：“殿下，你找姓容的年轻公子过来问话，跟林舒之死有关吗？”

“或许有关，或许无关。”她微微一笑，“本宫在街上偶遇一个上京寻人的年轻姑娘，巧的是，她寻找的情郎也姓容。”

她简单说了夏晓露的情况，这两位容公子的嫌疑基本都可排除。

“找不到夏姑娘寻找的情郎容公子，林姑娘要告的容姑娘也查无此人，怎么就这么巧？”沈知言若有所思地皱眉。

“本宫总觉得这两件事有所关联。”慕容辞举着茶杯放在嘴边，却没有喝。

“不如奴才去找夏姑娘，让夏姑娘画出容公子的画像。”琴若提议道。

“这倒是个好办法。”他展眉一笑。

琴若领命去了，慕容辞慢慢饮茶，道：“林舒的尸首上没其他发现吗？”

他沉重地摇头，“我复验过林舒的尸首，那凶手武艺高强，应是潜入林家，一剑便要了林舒的命，林舒连反抗的余地都没有，也就没留下别的痕迹，总之，毫无线索。”

外面有人！

慕容辞一抬头，却见林羽走进来，清秀的眉目间布满了失望与伤心。

“大人，你们尽了力，我已经心存感激，过阵子我会带着哥哥的尸首回宜州安葬。”

“林姑娘，很抱歉，”沈知言安慰道，“不过你也不要灰心。我们侦查命案已有数年，有的案件常常毫无线索，好一阵子没有任何进展，但或许忽然哪天新线索就蓦然出现，然后水落石出，真相大白，凶手终能被绳之以法。”

“真的吗？”她漆黑的眼睁得大大的。

“真的。”慕容辞也安抚道，“林姑娘放心，我们会竭尽全力。不过，你哥哥一案毕竟过了这么久，案发地又不在京城，眼下的确没有进展。希望你还要以平常心对待。”

“我明白你们的意思。”说罢，林羽向他们躬身一礼，“二位大人的恩德，我林羽没齿难忘。”

“林姑娘，快别这样。”

“我去给二位大人烧开水来。”她一扭身快步走了。

“我看到她哭了。”慕容辞回身坐下，摇头叹息。

慕容辞等到黄昏时分，琴若才回到大理寺。

“殿下，奴才没等到夏姑娘回来，又担心殿下等得急，就先赶回来了。”

沈知言笑道：“不如这样，明日一早我派人去那客栈请夏姑娘来。”

次日上午，她们再次来到大理寺，却听到一个不妙的消息。

据那客栈的掌柜说，夏姑娘主仆一整夜都没有回来，今日也不见人影。

慕容辞忽然有不好的直觉，果然，京兆府那边传来消息，西城门外发生命案，死者是两个年轻女子。

当即，慕容辞和沈知言赶往西城门。

案发地已围了不少百姓，京兆府的捕快、仵作正在勘查现场。

慕容辞定睛一看，地上那两具尸体果然是夏晓露和春桃。

真是人生无常！

“什么人报的案？”她问捕快。

“来这个小庙上香的老妪最先发现的。”捕快回话。

“这个小庙距西城门二里，常有乞丐在庙中过夜。”另一个捕快道。

现场保护得还好，尸体没被移动过。夏晓露躺在庙前草地上，绣着浅蓝芙蓉的夏衫罗裙凌乱破碎。

而她的侍婢春桃，靠坐在小庙墙根下，脑袋耷拉着，衣裳血迹斑斑。

一旁的草地上还躺着一个男子，身形不高，瘦骨嶙峋，粗麻衣袍破烂脏污，头发凌乱似鸟窝。

一个捕快道：“这人应该是个乞丐，喝了不少酒，叫都叫不醒。”

“夏姑娘的致命伤是哪里？”慕容辞问沈知言。

“我初步察看，死者身上没有明显的伤口，只是嘴巴两侧有点细微的擦伤。初步估计，她是子时左右死的。”

“去看看春桃。”她和他一起走过去。

沈知言察看片刻，“春桃也是死于子时左右，致命伤在后脑。”

慕容辞推测道：“从墙上的血迹来看，春桃应该是站着被凶手抓住头发，狠狠地往墙壁上撞。”

他颔首，“殿下说得对，春桃后脑的伤口颇深，血肉模糊，可见凶手的力气很大。”

“沈大人，我们来的时候看这乞丐满身酒气，叫也叫不醒，就躺在这位姑娘身旁。”一个捕快说。

莫非这乞丐是凶手？

“把尸首抬到庙里，知言，详细查验一遍。”

沈知言明白她的意思，支退余人，只留他与慕容辞在庙里。细细又查一遍，他语声沉重道："死者虽衣衫凌乱，却不像被人凌辱过。"

"莫非是那外面的乞丐酒后想要轻薄两位姑娘，却失手杀了人？"慕容辞揣测道。

"那乞丐极有可能是凶手。"沈知言拿起夏晓露的右手，指甲内有一点血污。再去看那乞丐的左手，果然有一道细长的伤痕，是被指甲抓破的。

"沈大人，这乞丐是凶手吗？"一个捕快问道。

人声喧闹，乞丐迷迷糊糊地睁开眼睛，见前面有好多人，还有捕快衙役，他一脸懵，只觉得头痛得厉害。

"眼下他嫌疑最大，把他收押到大理寺。"沈知言冷冷道。

"什么？你们干什么抓我？"见两个捕快过来抓他，乞丐清醒了大半，剧烈挣扎。

"杀了人还这么嚣张！老实点！"衙役凶厉道。

"杀人？大人，冤枉啊，我没有杀人……"乞丐一直在喊冤。

"你最好老实招供，否则百般酷刑等着你！"沈知言怒道，"你叫什么？是不是常常在这小庙过夜？"

那乞丐慌了神，脏污的脸上布满了恐惧，哀求道："大人，我冤枉，我真的没有杀人……"

慕容辞厉声喝问："你叫什么？从实招来！"

他被眼前这人的威严气势吓到了，回道："我叫马东，前几年才来京城乞讨的。我是每夜都在这小庙过夜，可是我没有杀人，大人明察啊。"

她眉头微皱，怎么也想不明白，夏晓露和春桃来这儿做什么？找人吗？

可是，她是子时遇害的，为什么在这里待到那么晚？莫非她们误了时辰，看见这间小庙，便决定在这儿留宿？然后这名叫马东的乞丐喝醉后也来到小庙过夜，对夏晓露见色起意？夏晓露抵死不从，他便先将春桃杀死，再抓住夏晓露……然后因为酒劲攻心，就迷迷糊糊地睡下了？

这么分析下来，也算合情合理。

沈知言清雅的眉宇冰寒无比，厉声问道："你昨夜是不是喝了很多酒？"

"我是喝了不少酒……我回到小庙就睡着了，哎呀，我怎么不记得了……”马东抓着脏兮兮的头发痛苦说道，“可是我真的不会杀人，大人，你们要相信我啊。”

马东翻来覆去只说这么几句话，慕容辞叹了口气，觉得还是把他带回大理寺再慢慢审吧。

她把小庙周边又细细察看一遍，找到一个精致的红色如意结。

回到大理寺，沈知言三验尸体，春桃的致命伤毋庸置疑，但令人费解的是夏晓露身上没有任何伤口。

“莫非是她受惊过度而死？”慕容辞寻思道。

“不排除这个可能。”他拿起春桃的一只手，从手里取出一小片布条，“殿下请看，这应该是死者春桃在临死前紧紧拽着凶手的衣袍，撕下来的一小片。”

“这布条跟马东穿的衣袍一样吗？”

“完全一样。”

“那么，马东是凶手无疑。”

“眼下看来是的。”但沈知言也百思不得其解，“马东喝醉了，先杀春桃，再杀夏晓露。可是他为什么不逃？为什么留在案发现场？”

“他喝醉了，醉倒在那里，一直睡到第二天。”慕容辞给出一个合理的解释，“不过马东喊冤的样子不像说谎。”

“人在完全醉酒的情况下，会不记得曾经发生过什么事，也属正常。”

“先将马东收押，过两日再复验夏晓露的尸首。她的死因还不能下定论。还有一个疑点，倘若她和春桃去西城门外寻人，那黄昏之后她们应该会回客栈才对，为什么一直滞留在西城门外？”

沈知言点点头，“夏姑娘主仆生前最后几个时辰做过什么，去过哪里，是一个谜，说不定是侦破此案的关键。”

次日，沈知言亲自提审马东，慕容辞旁听。

大理寺大堂，马东被押了进来，看得出他十分害怕，双腿一软跪在地上。

“堂下疑犯可是马东？”沈知言猛地一拍惊堂木，沉声喝问。

马东的身躯剧烈抖动，低着头回道：“回大人的话，草民是马东。”

“昨夜你喝得醉醺醺的，在小庙看见死者夏晓露主仆，你见死者眉清目秀，于是上前轻薄，遭死者反抗，于是借着酒劲儿杀了夏晓露主仆二人，是不是？”

“冤枉啊！大人，草民没有杀人，草民没有碰过那姑娘……”马东着急地否认道，焦急得快哭了，“草民都没见过那姑娘，大人明察啊……”

“死者春桃的手里捏着一块布片，正是你衣袍上的。死者夏晓露的右手指甲有血污，而你的左手臂正好有一道被抓伤的伤口。今日一早有人亲眼目睹你躺在夏晓露身旁，罪证确凿，你还敢抵赖？”沈知言语气威严如山，压得人喘不过气来。

“冤枉啊，草民真的没有杀那两位姑娘……草民也不知道左手臂怎么就多了一道伤口，昨夜发生了什么事，草民真的想不起来……”马东老泪纵横。

“罪证确凿，还敢狡辩！你喝醉了，借酒行凶，自然不记得。”

马东呆若木鸡，泪水哗啦啦的流下来，他心想，完了，是不是要杀人偿命？

“你还有什么话说？”

他号啕大哭道：“草民真的是冤枉……虽然草民喝醉了，什么都不记得，但草民绝不会杀那姑娘……”

慕容辞始终沉默，她一直在想，庙里掉落的红色如意结，是夏晓露主仆的吗？

倘若不是，那就是说，案发现场有过第四个人。

这红色如意结成色极新，没有灰尘，应该是这两日才遗落在庙里的。

沈知言见她眉心深蹙，似在思索，便清咳两声，想要征询她的意见。

慕容辞回神，低声道：“人命关天，过两日有新线索再审不迟。”

慕容承日见好转，萧贵妃觉着宫里应该热闹一下，恰逢她生辰将近，便提议大摆寿宴。

慕容承自然恩准，整日在清元殿闷得要发霉了，他也想见见人了。

她大张旗鼓，必定要风光一回。

这日，青鸾殿外已摆满了各种奇花异卉，花团锦簇，盛世葳蕤。

宗室子弟和四品以上官员的家眷在午时左右进宫贺寿，打扮得花枝招展的世家闺秀顶着骄阳烈日四处溜达，希望能遇到一见钟情的宗室子弟或是名门公子。

只有一人不同，不跟其他人窃窃私语嚼舌根，只独坐在角落里，宛若一朵盛开在清溪边的菊花，淡雅娴静。

这时，一个年轻女子走进凉亭，身穿一袭桃红衫裙，银线绣着缠枝桃花，娇艳灼灼，娇媚的容颜浮着娇憨可爱的微笑。

来人正是慕容诗。

众闺秀立即行礼道：“拜见端柔郡主。”

慕容诗让她们起身，含笑的目光扫向角落，轻快地蹦过去道：“你就是沈大人的胞妹沈知礼吧。”

那淡雅娴静的闺秀便是沈知礼。

众闺秀纷纷看向她，原来她就是太傅沈家大小姐，她容貌不够惊艳，倒是看着舒服，目如点漆，唇似含丹，整个儿极是雅静。

“我是沈知礼，给郡主请安。”她躬身一礼，声音涓涓细流。

“你这是第一次进宫吧，我带你到处逛逛。”慕容诗热情地挽着她的手臂走出凉亭。

沈知礼不太习惯这样突如其来的热络，不过想着这是御王的侄女，便由着她了。

慕容诗当然有私心，沈知礼是沈知言的胞妹，沈知言跟太子殿下那般亲密，若和沈知礼处好了，以后就有很多机会接近太子殿下。

“沈姐姐，听闻你这两年在家乡静养，如今身子痊愈了吗？”慕容诗娇声问道。

“多谢郡主关心。我静养两年，如今全好了。”沈知礼莞尔笑道。

“那就太好了，以后我可以去太傅府找你玩吗？”慕容诗俏皮地笑道。

“当然可以。”

“若你有空，也可以来御王府找我。”

“今天……御王会来吗？”沈知礼迟疑地开口，柔腮不自觉地微热。

“三叔很忙，我也不知他会不会来。”慕容诗浑然不觉她这话问得没头没脑。

“御王每日都在宫中处理政务吗？”沈知礼又问。

“是啊，三叔白日一般在宫里。”慕容诗笑道。

一个宫女与她们擦身而过,听闻这话,那宫女回头看着她们,眼神诡秘。

慕容诗眉开眼笑，怂恿道：“沈姐姐，眼下时辰还早，不如我们去东宫拜见太子殿下吧。你哥哥沈大人是太子伴读，你这个当妹妹的回京了自然要去拜见太子殿下，是不是？”

沈知礼看着她满脸的兴奋，迟疑道：“太子殿下没有召见，我们就这么去，不太好吧。”

“不会的，走吧走吧，你就当陪我去好了。”

沈知礼勉为其难地答应，为了今后能靠近御王，她必须跟端柔郡主处好关系。

“二位可是端柔郡主、沈大小姐？”经过青鸾殿时，一个内侍快步出来问道。

慕容诗诧异地问：“本宫是端柔郡主，怎么了？”

“贵妃召见沈大小姐，沈大小姐请跟奴才来。”内侍道。

沈知礼随着内侍踏入大殿，莲步轻移，螓首低垂，看见一双用金线绣着缠枝海棠、缀着珍珠的杏色丝履，以及一截绣着云霞纹饰的朱红七重纱衣。她轻柔道：“臣女沈知礼拜见贵妃。”

萧贵妃斜坐着，姿态慵然，语声曼曼，说：“抬起头来。”

与那尊贵的后宫女子对视，她并不怯场，虽然有点心虚。

萧贵妃漫不经心地睨着她，轻然一眨眼，“果然是个标致的妙人儿。”

沈知礼垂首低眉，不语。

凭女人的直觉，她感觉到萧贵妃好像对她有敌意。

微微一抬头,她看见一旁站着一位宫女,那面容……好像有点印象……

对了，就是刚刚在青鸾殿闲逛时遇到过的宫女！

莫非她在言辞之中不经意地冒犯了萧贵妃？并没有啊！

萧贵妃徐徐道：“沈大小姐幼承庭训，家学渊源，应该知道一句话：若要人不知，除非己莫为。”

今日是贵妃的芳辰，她身穿的朱红七重纱衣犹如一团明艳的烈焰裹在身上，好像要把她整个人烧了。

不知为何，这让沈知礼想起“盛极必衰”这样的词。

“臣女愚钝，还请贵妃明示。”沈知礼道。

“这是本宫的青鸾殿，不是太傅府，不该你想的，千万不要惦记。”萧贵妃走过来，在她面前站定，戴着金黄护甲套的玉手抬起她精巧的下巴，“否则只会徒增烦恼，甚至会招惹祸端。”

“臣女一向谨小慎微，谨守本分，绝不会胡思乱想。”沈知礼语声轻淡。

莫非是因为御王？

然而，萧贵妃为什么警告她不要惦记御王？

“如此最好。”萧贵妃冷冷一笑。

“多谢贵妃提点，臣女必定铭记于心。”

“今日便在本宫的寿宴好好玩耍，尽情吃喝，无须拘礼。退下吧。”

“臣女告退。”说罢，沈知礼徐徐后退，转身出了大殿。

看见沈知礼出来，慕容诗兴奋地飞奔过去，却见她神思恍惚，不太对劲，便问道：“沈姐姐，你怎么了？萧贵妃训斥你了？”

沈知礼恍然回神，连忙道：“不是。”她其实早在心里断定，萧贵妃与御王有着不可告人的关系。

“现在时辰还早，咱们去东宫好不好？”

“许是天太热了，方才又走了那么一段路，我有点乏，想歇会儿。”

罢了，反正太子殿下也必定会参加寿宴。

因为父皇，慕容辞自然要去。

但是慕容彧会不会去呢？毕竟他和萧贵妃有着隐秘的关系。慕容辞想起他们的关系，没缘由地气不打一处来。

正这时，沈知言来了。

“你是来参加寿宴的吧？”她没好气道。

他丈二和尚摸不着头脑，回道：“舍妹进宫赴宴，我自当陪伴在侧。她在家乡静养两年，刚刚回京，对京城的人事陌生了许多。”

“本宫也想有个哥哥呵护。”慕容辞意兴阑珊道。

“殿下怎么感触这么大？”沈知言笑问，眉目濯濯，那袭雪白轻袍带着修竹的清郁与雅致，似这炎炎夏日的一泓清泉，沁人心脾。

“发发牢骚罢了。”

“对了，殿下，今日我复验夏晓露的尸首，有新的发现。”

“哦？什么发现？”慕容辞来了精神。

“夏晓露的脸颊有指印，是生前造成的，死后两三日才显现。”

“换言之，夏晓露是被凶手捂死的。”她沉吟道。

“琴若。”沈知言招呼道。

他以琴若为示范，演示道：“是这样，凶手站在死者的身后捂住她的口鼻，让她窒息而死。”

她盯着他的手捂在琴若脸上的位置，问：“你确定是这个位置？”

沈知言郑重地点头：“指印颇为清晰。”

“但也有可能是凶手骑在死者身上，不让死者喊叫才捂住死者口鼻的。”

“夏晓露左脸的指印，最下面的指印最淡，是小指造成的。倘若照殿下说的这样，凶手用左手捂住死者口鼻，食指在最下面，指印不可能最淡。若用右手，小指的指印在最下面，但用右手会比较别扭。”

“但也不排除凶手在仓促中用本宫这样的方式，用右手捂住死者的口鼻。”

“因此，这只能是我们的推断。”沈知言总结道，“其一，凶手从身后用右手捂住死者口鼻；其二，凶手与死者面对面，用右手捂住死者口鼻。”

“若是第一种情况，凶手想先把死者捂死再施暴？”

“不排除这个可能性。”

“有意思的是，我发现，嫌犯马东的右手被人打断过，因未得到及时的医治，这几年一直使不上力，相当于废了。”沈知言冷笑，“倘若马东用左手捂住死者口鼻，导致死者窒息而死，那便是食指在下，与死者面上的指印不符。”

慕容辞惊骇不已，“你的意思是，马东可能真的是冤枉的？”

他继续说：“倘若凶手另有其人，那么此人相当地可怕，布置了一个完美的局陷害马东。”

“马东一直喊冤，不记得醉酒后发生了什么事，这么说来这倒是解释得通。”

她忽然想起那个红色如意结，吩咐如意取来，说："现在不排除另有真凶的可能。那么那个红色如意结，或许是真凶留下来的。"

"一般女子才会贴身戴着这种红色如意结，可杀害夏晓露主仆的应该是力气较大的男子。我在想，会不会是在那座小庙留宿的别的乞丐犯案后嫁祸马东。"

"也有这个可能。"琴若道。

"你派人在那座小庙附近巡查了吗？"慕容辞问道。

"今日一早我吩咐几个衙役去西城门外一带查访，希望有进展。"他回道，"这桩命案当场抓获凶手，我一直就觉得太过顺利。"

"真凶布了一个完美的局，是个聪明人。"她说道。

寿宴在即，青鸾殿忽然传出消息，萧贵妃不见了。

此时青鸾殿乱成一团，京官的女眷和名门公子都呆在偏殿，青鸾殿的掌事宫女桃枝，将侍卫和宫人编排成几个小分队，四处寻找萧贵妃。

慕容辞和沈知言赶到青鸾殿时，急得团团转的桃枝连忙上前行礼，沈知言往四周看了一眼，问道："萧贵妃什么时候不见的？你把事发经过详细说来。"

"大约半个多时辰前，奴婢去御膳房看看寿宴的膳食准备得怎么样，当时贵妃一人在大殿。等奴婢再回来时，就哪里都找不到贵妃了。"

"你离开之后，没有宫人伺候贵妃吗？"慕容辞并不关心萧贵妃的去向，却是很想知道慕容彧听闻这事会是什么反应。

"奴婢不知。贵妃不太喜欢宫人时时守在一旁。"桃枝急得快哭了，"再者今日是贵妃寿辰，青鸾殿的宫人都忙着，奴婢刚问了人，那时候确实没人在她身边。"

"知言，我们到殿内看看，或许会发现线索。"慕容辞云淡风轻道。

桃枝连忙带他们进大殿，这大喜日子，大殿红绸飘动，堆满鲜花，暗香浮涌。

大殿没有萧贵妃，寝殿也没有。

而且一切如常，没有打斗挣扎的痕迹。

"桃枝，你看看可有什么地方不一样。"沈知言吩咐道。

“是。”桃枝匆匆扫了一圈，回话道，“和以往一样。”

慕容辞走到西窗，目光一凝，薄唇微勾，说：“找到了。”她指着窗台上淡淡的脚印，“这个脚印应该是带走贵妃的人留下来的。”

沈知言用手丈量了一下，说：“脚印不大，应该不是男子。”

桃枝惊异地睁开眼，问：“莫非带走贵妃的人是个女的？”

慕容辞探身望出去，猜测道：“窗下是地基，没有脚印，掳走萧贵妃的人应该是脚踏窗台，飞身而出。”

“出去看看。”说着，两人疾步而出，桃枝呆了呆，也快步跟上。

寝殿的西窗外，又发现两处脚印。

“那贼人留下的脚印很少，从那边到这边，相距足足有一丈，可见那人轻功不俗。”沈知言道。

“青鸾殿人那么多，那贼人却能在光天化日之下带走一个活生生的人，可见部署周密。”

“可宫里的侍卫这么多，巡查森严，那贼人把贵妃带出青鸾殿，如何避过那么多耳目？”

“只有一个可能：那人对皇宫非常熟悉，抄小路避开侍卫。”慕容辞断然道。

啪啪啪——

拊掌声？

三人转身望去，见慕容彧快步而来，薄而剔透的阳光洒照寰宇，他披着一身金灿灿的日光走来。

“王爷，贵妃被贼人掳走了。”桃枝好像看见了救命的稻草，急急道。

慕容彧微一点头，看向后面那两人，说：“有线索了吗？”

沈知言见慕容辞不语，于是道：“初步断定，掳走萧贵妃的贼人应该是个轻功不俗的女子，此人对皇宫极为熟悉，应该是宫里的人。”

慕容辞盯着慕容彧，眼里是浓得化不开的嘲弄：慕容彧，你很紧张吧？

慕容彧淡淡地看她一眼，转身离去。

沈知言转头看慕容辞，心生惊奇，殿下这表情怪怪的。

几人来到大殿廊下，慕容彧面色冷沉，吩咐侍卫阖宫搜查刺客。

“不要惊动清元殿。”

“王爷，贵妃被掳，您要救救贵妃呀。”桃枝蓦然下跪，焦急得双目发红。

慕容辞亲自上前一扶，说：“你放心，贵妃是后宫众妃之首，王爷怎么会让贵妃有事呢？”

这语气有点……阴阳怪气。

“沈大人，你有何看法？”慕容彧不显喜怒地问。

“王爷，此事的确蹊跷。”沈知言惭愧道，“而且宫殿这么多，一座座、一间间地搜查，说来也费时。”

“许是萧贵妃得罪了什么人，那人要报仇。”慕容辞道。

慕容彧淡漠的眼风扫过她，往殿内走去，对慕容辞说：“殿下，跟本王进来。”

她微微一笑，“本宫要去找贵妃，知言，走吧。”

他悠然止步，轻淡的声音飘来：“陛下需静养，你想陛下为此事忧心吗？”

对她来说，这是诛心之语。

她暗暗咬牙，恨恨地跟着进大殿。

眼见他往寝殿走，她就在门口止了步，浅笑盈盈地说：“王爷有何指教？”

“你很开心？”他走过来说。

“本宫有什么好开心的？”她好似被抓包了，心虚地冷嗤。

“本王好像闻到一股浓浓的酸味。”他忍着笑意说。

“酸味？”她斜睨他说。

慕容彧蓦然倾身，在她脸侧深深地嗅了一下，说：“从你身上发出来的。”

“没有！”说完，慕容辞往一旁移了两步。

他斜勾薄唇，说：“没有为什么阴阳怪气的？”

她气恼地转身，不出意外，慕容彧拉住她的手腕，轻巧一带，她就旋转回来，落在他怀里。

还没站稳，他已俯首吻下来。

他绵密地啄吻柔嫩的唇瓣，连日来的思念好似得到一点疏解，他越吻越深，越深越想要更多，恨不得将她美好的柔唇整个儿吞下去。

“你放开！”她窘迫地推他。

慕容彧也不恋战，却还是搂着她，在她耳畔暧昧低语：“水润轻红，娇艳欲滴。”

慕容辞猛地挥拳击向他那张可恶的俊脸，他眼疾手快地扣住她的拳头，顺势一带，将她整个儿抱住，温柔地说：“这几日有没有想本王？”

“想！当然想！”她咬牙切齿道，“本宫一直惦记着你的人头！”

“也好，总比没有强。”他温柔一笑。

有人进来了！慕容辞慌张地推开他，整理了一下头发。

是沈知言。

见慕容辞面色潮红，他不由得心生诧异，怔了一下才道：“殿下，王爷，侍卫好像找到萧贵妃了。”

“好像？在哪里？”慕容彧快步往外走着说。

看他这么着急，她不觉心里有点堵。

“这两个侍卫看见的，说萧贵妃好像在凌风阁，但不是很确定。”沈知言道。

慕容彧不经意地看向她，眼里似有无限深意，“一起去看看。”

她瞪他一眼，率先往外走。

艳极而衰，盛极必衰……史上最浮夸贵妃下线

萧贵妃：慕容彧，你要救不救的，什么意思？

太子殿下：我不喜欢别人叫我“阿辞”

御王土味情话：热了就解衣

王爷再吻太子

小说中最聪明的人：萧贵妃

第二十二章

谁配成为他的女人

凌风阁距青鸾殿不远，位于西部宫苑的中心位置，共有四层，视野开阔。

今日是萧贵妃寿宴，后宫妃嫔本是去青鸾殿贺寿，听说此事，纷纷涌往凌风阁。

仰头望去，站在凌风阁四层朱栏外的，真是萧贵妃。

可她这是要做什么？像大鸟一样飞下来吗？

她整个身子向外倾斜，似是随时会坠落。

慕容彧脸色铁青。

他还真是担心萧贵妃的安危呢。

“萧贵妃是自己站在那儿的，还是贼人所为？”沈知言不可思议道。

“萧贵妃的双手不是反向握着栏杆吗？只是她为什么这么做？”慕容辞也百思不得其解。

丽日红彤彤地悬挂在碧蓝长空，半天云霞铺展，壮丽瑰美。高阁之上，晚霞长风，萧贵妃乌发与衣衫齐飞，朱红七重纱衣飘舞如烈焰，生生灼疼了人的眼。

艳极而哀，盛极而衰。

那是沈知礼不祥的预感。

慕容彧的几个侍卫正要上去，凌风阁上那只朱红凤凰却迎风坠落。

“啊……”

众人发出凄厉的惊叫，所有人都惊呆了，愣愣地看这盛世里奇幻、诡异的一幕。

慕容彧飞身扑去，竟不知何故未接住，那人在他面前半丈处重重坠落。

砰——

沉闷的一响。

这一幕，将成为无数人午夜的噩梦。

慕容辞一愣，他为何不飞到半空把人接住？

“贵妃……贵妃……”桃枝飞奔在最前头，悲痛欲绝地跪坐在地上。

鲜血从萧贵妃的头部流出，很快蜿蜒成河。那双眼睛睁着，似在控诉所有人。

沈知礼的心剧烈地跳着，不久之前还气势凌人地警告她的萧贵妃，这么快竟死于非命。

慕容辞一时五味杂陈。

她曾想过要暗杀萧贵妃，让她再也不能迷惑父皇，可现在她亲眼看见萧贵妃坠落身亡，竟无一丝一毫的畅快，反而觉得人生无常。

今日是她的寿辰，这么喜气洋洋的日子，她却死得这么惨烈。

慕容彧吩咐侍卫把尸首抬回青鸾殿，又让内侍安排诸位女眷、名门公子出宫，然后对沈知言道：“上去看看。”

沈知言点头，三人登上凌风阁。

慕容诗偷偷地看了一眼被抬走的萧贵妃，瑟缩着对沈知礼道：“好吓人啊。”

沈知礼淡然如水，说：“郡主，我们出宫吧。”

转身之际，她回头去看那个玄色人影，满目痴迷。

他一如往昔地气宇轩昂，英明神武，然而，他还不认识她。

登上凌风阁第四层，慕容辞轻声道：“王爷节哀。”

慕容彧淡漠地看她，没有开口，雪色容颜冒着丝丝寒气。

“本宫是真心的。”

“本王为什么要节哀？”

她想说，她是你的人啊，但有第三人在场，她还是未说出口。

地面有不少脚印，但来凌风阁的人不少，不具价值。

外面廊道也没有发现。

慕容辞趴在朱栏往外看，慕容彧忽然抓住她的手臂，力道不轻。

她回头看他，以眼神询问：“干什么？”

他松开手，也以眼神回答："小心点。"

她略退一步，往下看，说："这里是挺高的，不过若是双腿朝下，运气好的话至多断手断脚，不会致命。咦？"她忽然蹲下，手伸到朱栏外侧，拽出一条白色的细丝线。

"这是什么？"沈知言拿过去展开一看，笃定地说，"是天蚕丝。"

慕容彧脸色一沉，"天蚕丝制的丝线，锋如刃，柔似水，利可穿甲，可为兵器。"

一时间，慕容辞的脑子里电光火石，不由得闭上双目。

"殿下怎么了？"他眼中流露出几分关心。

"殿下没事，王爷无须担心。"沈知言笑道，"殿下在想案情。"

不多时，她睁开双眼，说："知言，你觉得萧贵妃是自己跳下去的吗？"

他摇头，"萧贵妃无缘无故地怎么会自己跳下去？萧贵妃没有轻生的缘由，这不合常理。萧贵妃应该是被贼人掳到这儿来的。那贼人要布一个萧贵妃从凌风阁自尽的局，让所有人都认定萧贵妃是自己跳下去的。"

"首先，萧贵妃不是自己跳下去的，当时她不是清醒的，或者人清醒着，但无法动弹，被人点了穴。这东西便是证据。"慕容辞展开天蚕丝，眉目飞扬道。

"以天蚕丝绕萧贵妃腰身一圈，再绑在朱栏上。在天蚕丝断的一刻，贼人丢出一颗小石子解了萧贵妃的穴，她清醒的时候已来不及自救。"

"虽然天蚕丝很细，但足以支撑片刻。待天蚕丝断了，人就坠落下去。"慕容彧说，"当所有人都在下面察看尸体，那贼人便趁机逃走。"

"此贼人的杀手手法，委实高明。"沈知言道。

"令人费解的是，杀人凶手既有本事把萧贵妃掳到这儿，布置一个跳阁自尽的局，那为什么不干脆一点，一刀了结她？"慕容辞眉心紧蹙，"杀人凶手究竟想要什么呢？"

"萧贵妃乃后宫众妃之首，深受恩宠，风光荣耀。凶手选择这么麻烦的方式，以那么惨烈悲壮、万众瞩目的方式……对，万众瞩目！"沈知言欣喜道，"凶手就是要萧贵妃在万众瞩目之际惨死。"

慕容辞颔首，缓缓道："也只有这个解释了。至于凶手是谁，记恨萧贵妃的大有人在，怕是不好查。”

沈知言举起天蚕丝，道：“眼下只有这一个线索。”

“宫里有天蚕丝吗？”慕容彧薄唇紧抿，问道。

“自然有。”慕容辞回道，“天蚕丝是极为珍贵的丝线，每年进贡很少，一般都存放在六尚局。不过，进贡的天蚕丝跟这个天蚕丝有点不同，应该不是同一种。”

沈知言温润道：“拿到街上绸缎庄去问问。”

她寻思道：“本宫觉得，那凶手是宫里的人，武艺不凡，颇有头脑，既然敢用天蚕丝布局杀人，就不怕被查，这天蚕丝应该不是宫里的。”

“眼下时辰不早了，明日再去街上问问。”慕容彧目色幽沉，“沈大人，你和殿下一起彻查萧贵妃之死。”

“是。”沈知言拱手道。

进宫来参加寿宴的人大多离开了，慕容辞回到东宫，心里颇为郁闷。

萧贵妃可没少给她气受，她为何要参与查案？

算了，查就查吧。

萧贵妃平日恃宠而骄，嚣张跋扈，迫害过不少妃嫔，得罪的人自然不少。慕容辞把后宫妃嫔与萧贵妃的关系梳理了一遍，觉着几乎每个人都有可能布局杀人。

萧贵妃的丧事已经吩咐下去，而清元殿那边，慕容辞暂时压着，想着明日一早再去禀报。

今夜，一时无眠，她便带着琴若在宫里溜达。

不期然地，她看见前方站着一个人，轩昂的身姿在夜色下挺拔如青松，那张容颜宛若月下聚雪，冷峻清绝，是这黑暗里唯一的一抹微光。

夜风刮过，他的玄色广袂飞扬成一团神秘的黑焰，让她蓦然清醒。

怎么走到存墨阁了？

快转身走！

“既然来了，为什么还要走？”果然，慕容彧几步上前，一把拉住她。

和往常一样，琴若只得默默退到一边。

“本宫只是随处走走……”慕容辞觉得越解释越无力，索性用力甩开手，“你放开，本宫要回去睡觉。”

“嘘……”他伸臂揽着她，低声道，“那边有几个宫人，你别大叫，否则他们就看见你了。”

她只得缩着身子，任由他揽着走了一阵儿。只是一抬头，已在存墨阁里了。

“你带本宫来这儿做什么？”她气呼呼地推开他，扭头就走。

慕容彧长臂一伸，就把她拽回来，一抱放在案上，扶着她双肩低哑道：“这里最安全，宫里不太平，本王不放心。”

“有什么不放心的？”她轻声嘀咕。

“还在吃醋？”

“本宫没有！”

“人都死了，你吃一个死人的醋，至于吗？”

慕容辞气得心肝都疼，无语笑道：“自作多情。”

慕容彧轻笑，“本王自作多情，那殿下是什么？情愫暗生还是口是心非？”

“你自己慢慢想，本宫不奉陪！让开！”她使劲推开他。

他斜勾唇角，噙着一丝邪气，“进了存墨阁，必须留下东西才能走。”

她一拳直挥过去，他躲也不躲，硬生生地挨了。

“你疯了吗？为什么不躲？”慕容辞惊道，她出手并不轻。

慕容彧在她唇角低声道：“你气闷一整日，让你出出气，不过本王可不想白白挨打，总要得点儿好处。”

绵密的热吻铺天盖地，她气喘吁吁，半晌才把他推开，心里懊恼，怎么又变成这样了？

“好香……”他眼中缠绕着缠绵之意，唇依然眷恋地轻吻她的雪腮。

香？本宫没用香好吗！

“萧贵妃死了，王爷很惋惜，也很生气吧。”

“这不是吃醋是什么？”慕容彧浅浅笑道。

“萧贵妃是你放在宫里的一枚棋子，这么好的一颗棋没了，你不可能无动于衷。”慕容辞暗暗舒了一口气，他终于没再吻过来。

“一枚棋子罢了。”他淡淡道。

“你敢说你跟她无私情？世间男人皆凉薄。”她揶揄道。

“本王最近都在与殿下纠缠，哪有时间与她有私情？”他斜倚书案，挑衅道。

“你别扯上本宫！”

慕容彧捏住她的下巴，深深地看她，霸道地说：“阿辞，想当本王的女人，她不配。”

“不许你叫本宫的名字。”

“阿辞，阿辞……以后本王只叫你名字。”他搂住她，语声深沉，却无限温柔地说，“本王总是想起在城中民宅的那夜，我们卸下防备，坦诚相对。”

“什么坦诚相对？根本就没有！”

她恼恨地丢下一句话，仓皇地逃奔出去，看着她飞奔逃走，慕容彧苦涩地笑。

阿辞，你要逃到什么时候？

清元殿内。

慕容裳正陪着慕容承用膳，谈笑风生。

见到慕容辞，慕容裳清浅地笑道：“太子哥哥吃过早膳了吗？一起吧。”

“本宫吃过了。”慕容辞笑道，“父皇，这几日还好吗？”

“朕全好了，你们不要总是把朕当病人看。”慕容承笑呵呵道，“对了，昨日不是萧贵妃寿辰吗？后来为什么取消了？宫人给朕说得不清不楚，究竟是怎么回事？”

“父皇，有一件事儿臣要向您禀报。”她的微笑渐渐消失。

“父皇，别急，先把早膳吃完了，”慕容裳眉开眼笑，又舀了半碗百合粥，“父皇尝尝百合粥，跟以前的做法不太一样，风味独特呢。”

“好好好。”说完，他端起瓷碗吃了。

“太子哥哥，臣妹听闻贵妃身子不适，临时取消了寿宴，是这样吗？”

“贵妃身子不适？”慕容承大惊，“传太医了吗？是何病症？”

见状，慕容辞心中一叹，不动声色道：“父皇无须担心，传太医诊治过了。贵妃只是小病小痛，今日已经好些了，待过几日痊愈了就会来向父皇请安的。”

闻言，他稍稍放心，“朕倒是想去看看贵妃。”

“父皇又不听话是不是？薛神医说了，父皇要静养，不能焦虑忧心，不能随意外出。”慕容裳噘起小嘴儿娇蛮道，“父皇再这样，儿臣以后就不常来陪父皇了。”

“你这个小丫头，”他乐呵呵地宠溺道，“你越来越没规矩了，竟然管起父皇了。”

“若父皇乖乖的，儿臣怎么会没规矩呢？父皇像七岁孩童一样任性，儿臣自然要管着父皇。”她一本正经道。

慕容辞也笑道：“那监督父皇的重任就交给皇妹了。”

三人再次笑起来，其乐融融。

用完早膳，两人告退。慕容裳幽幽地叹道：“太子哥哥，臣妹觉着，萧贵妃之死暂时不要告诉父皇。你也知道，父皇最宠爱萧贵妃，得知噩耗必定大受打击，说不定旧疾复发，那这几个月的静养就都白费了。”

慕容辞点点头，“是本宫思虑不周，还是皇妹心思缜密。”

“萧贵妃就这么死了，真是人生无常。”慕容裳望着丽日长空、日光如熏，微微一笑，“臣妹也想开了，相比生死大事，臣妹受的那点儿伤害算得了什么？活着起码还有希望，死了就什么都没了，不是吗？”

“你能这么想就太好了。”慕容辞顿感欣慰道。

慕容裳微微地笑，凉而涩，坚定地说：“太子哥哥无须担心臣妹，臣妹不会再做傻事，臣妹会好好活着，当一个孝顺父皇、识大体知进退的皇家公主。”

“父皇知道你这样想，必定开心。你母妃见你这般懂事，也会很欣慰的。”慕容辞轻叹。

“太子哥哥，臣妹先行一步，去看看母妃。”慕容裳离去，身姿婀娜，袅袅婷婷。

慕容辞在她身后慢慢走着，近来的事情太多，一件接一件，却都断了线索，无法查下去。

林舒一案，夏晓露主仆一案，昭华与宫俊豪究竟谁在说谎，还有昨日萧贵妃之死，越想理清，却是越理越乱。

罢了，先出宫吧，去天下第一庄，看看容湛对天蚕丝是否了解。

果然，容湛细细端详她带来的细长丝线，便道：“这根不是寻常的天蚕丝，可制成兵器用于杀人。”

“那用这天蚕丝悬空绑住一个人，会断吗？”她欣喜地追问。

“这天蚕丝没有经过特殊处理，自然会。”

“你知道这类天蚕丝是何地出产的吗？京城里有没有卖的？”

“应该是宜州一带出产的，京城应该有卖，但我不知哪家铺子。”容湛好奇地问，“庄主问这个做什么？”

“自然有用。”慕容辞把天蚕丝收回来，匆忙地说，“我先走了，有事再来找你。”

而后她前往大理寺，叫上沈知言一起走访了多家绸缎庄，却都没有卖这种天蚕丝的。

线索又断了，慕容辞累得不想说话，两人正要找一家酒楼歇歇，就听到身后有人叫道。

“殿下，沈大人。”

回头一看，慕容辞恨不得掉头就走，慕容诗！

不过，慕容诗旁边那年轻女子是谁？

那女子的容貌不够惊艳，但十分赏心悦目，气质娴雅温静，跟慕容诗相比，可谓天差地别。

“郡主，妹妹。”沈知言走过去，笑如清风徐徐。

原来是沈知言的妹妹沈知礼！

“殿下，这位是我妹妹。”沈知言含笑温言地介绍道。

“沈大小姐不愧是名满帝京的第一才女，才貌双全，娴静清雅。本宫一直想与你结识，可惜没有机会。”慕容辞笑道。

“知礼拜见太子殿下，殿下谬赞了。”沈知礼俯身一礼，螓首微低，露出一截雪白优美的皓颈。

不娇羞不忸怩，落落大方，知书达理，招人喜欢。

在街上撞见太子殿下，慕容诗心花怒放地说：“殿下，沈大人，我是邀请沈姐姐到王府用膳，不如殿下和沈大人一起来吧，人多热闹。”

“本宫和知言还有要事在身，改日再聚吧。”慕容辞连忙拒绝道。

“殿下，哥哥，一起去吧，我第一次去御王府，有点忐忑。”沈知礼恳求地看向兄长。

慕容辞暗道不妙，沈知言十分疼爱胞妹，必会答应。

“殿下，不如一起去吧。”

果不其然。

“一起来嘛，一起来嘛。午时前三叔不会回府的，就只有我们几个。我们想怎么玩就怎么玩。”

他不在？那……好吧。

于是，一行四人前往御王府。

慕容诗早在出门时吩咐下人准备午膳，这会儿都已备好。反正三叔不会回来，她索性在大院的膳厅布膳。

四人都饿了，客气了一下便都吃了起来。

沈知礼慢慢吃着，发觉郡主看太子的眼神很不一样，崇拜里带几分痴迷。

难道郡主喜欢太子殿下？

慕容辞无奈接受着慕容诗不停夹来的菜，不过她发现沈知礼真是赏心悦目，越看越舒心。

她装扮素淡，一身浅蓝夏衫丝裙，广袂衣襟用银线绣了精致小花，幽静娴雅的气质，宛若山涧一泓清澈的山泉，芬芳淡淡，令人心旷神怡。

“殿下，这是府里厨子最拿手的红梅珠香，殿下多吃点。”

慕容诗笑眯眯地再次夹菜给她。

“本宫自己来就行。”慕容辞味同嚼蜡。

外面有动静！

几人不约而同地回身，不觉惊呆。

沈知礼全身僵住，心跳骤然加速。

怎么是御王？

慕容辞无语地闭上双目，恨自己没事来御王府用什么膳！

慕容彧站在门口，容颜似冷非冷，见众人起身行礼，他摆手道：“无需客气。本王也饿了，一起吃吧。”说着便在慕容辞身边坐下。

她只得闷头扒饭，狼吞虎咽。

沈知言道："王爷，郡主盛情邀请舍妹来王府做客，在街上遇到殿下和下官，亦邀请殿下与下官同来，王爷，是下官唐突了。"

"府里好久没来客人了，也该热闹一下。"慕容彧语声温醇，从容得体。

"三叔，沈姐姐刚回京城，我与沈姐姐颇为投缘，以姐妹相称。"慕容诗笑着介绍道。

"知礼拜见王爷。"沈知礼连忙放下碗筷，起身行礼。

"无须多礼，用膳吧。"他眼皮都没抬一下，表情淡漠。

她的脸颊无端端地热起来，似抹了轻红。

这是她第一次跟御王说话，如在梦中。

是的，从方才到现在，她一直觉得自己像在梦中。

从前，她只觉得御王遥不可及，不敢奢想这辈子可以靠他这么近，而现在，她竟然在御王府，和他一起用膳，是老天爷怜悯她这两年的相思之苦，赐予她一个机会吗?

席间安静，众人心思各异，与之前的气氛完全不同。而始作俑者慕容彧，依然优雅地用膳。

"殿下，多吃点菜。"

眼见又一筷子要送过来，慕容辞一口气闷在胸口。

"坐下，自己吃。"随着这冷沉的一声，那双夹着菜的筷子僵在半途，悻悻地退了回去。

"我来。"

在四双眼睛的注视下，慕容彧一箸接着一箸，给慕容辞夹了满满一碗!

"殿下觉得本王府里的菜很难吃吗？"他闲闲地问。

"当然不是，很好吃。"她听见自己磨牙的声音，"只是本宫……"

"既然如此，殿下一定要好好品尝。"他意味深长地看她。

她攥紧的拳头慢慢松开，默默地扒菜。

刚刚吃完，就见他舀了半碗金玉羹，递过来道："此羹极好，殿下尝尝。"

慕容辞端起那半碗金玉羹，壮士断腕似的仰头灌下。

这杀千刀的慕容彧！绝对是故意的!

“本宫还有要事，先行一步，诸位慢用。”她放下碗箸起身，微微一笑，大步流星地离去。

“殿下，本王还有要事与你协商。”他步履利落如风，一把拽住她，命令似地说，“殿下随本王到书房。”

她看向那三个如泥塑木雕的人，干巴巴地笑。

他解开玄色轻袍，随手扔在椅上，身上穿着月白中衣。

“关门。”他低沉道。

“屋里热，开着门通风，凉快些。”

他看她一眼，起身关门，淡漠道：“热了就解衣。”

鬼才会解衣。

“王爷有什么要事跟本宫协商？”

“昭华公主与宫俊豪一事，殿下查得如何？”说罢，他悠闲地坐下。

“暂时没有头绪，再者这几日发生了不少事，本宫在忙别的。”

“倘若殿下知道本王会回府，你必定不会来王府用膳吧。”慕容彧抬眼看她，目光斜飞。

“跟你无关。”她才不要承认，冷漠地说，“自作多情。”

“阿辞。”这语声低沉里带几分沙哑，仿佛包含无限的深意。

她不由自主地看他，心尖颤了颤。

咚咚咚，有人敲门。

“殿下，王爷，知礼来送茶。”

慕容辞猛地清醒，故作镇静地说：“进来。”

沈知礼推门而入，莲步轻移，双手端着紫檀托盘，略低垂的目光递向御王，把两杯茶搁在案上。

御王却并未看她……

她默默地后退，脚步放得很慢很慢。

“王爷，臣女顺便把您的衣袍带出去，交给下人清洗。”她的声音轻柔清脆，悦耳动听。

“嗯。”慕容彧用鼻子回答。

“臣女告退。”说完，她取了椅子上的玄色外袍，徐徐退出。

慕容辞有些迷惑，沈知礼这么恭谨慎微，而且她是客，怎么会来送茶？

“王爷还有事吗？若没有，本宫就告辞了。”慕容辞清冷道。

“你和沈知言去查天蚕丝，有收获吗？”慕容彧端起茶盏，淡漠地问。

“没有收获，只是知道宜州一带出产这类天蚕丝。”

“宜州……宫里的人怎么会有宜州出产的天蚕丝？”

“是啊，所以天蚕丝的线索暂时没用。”顿了一下，她忽然开口，“本宫想问王爷一件事，还望王爷如实回答。”

慕容辞斟酌再三，语气平和道：“那日萧贵妃从凌风阁坠落，王爷轻功绝顶，本宫以为王爷可以救萧贵妃一命，然而事实并非如此。”

慕容彧看她，神色漠然，“你想问什么？”

她深深地呼吸，再慢慢呼出来，说：“以王爷的轻功与内力修为，只要飞身到半空接住萧贵妃，她应该不会死。”

他走到她面前，似笑非笑地说：“若本王真这么做，殿下岂不是要吃醋三大缸，三日不见本王？”

“跟本宫有什么关系？这件事与本宫无关！”她瞪着他，又讥诮冷笑道，“王爷不愿救萧贵妃，只怕是早已决定放弃这枚无用的棋子。”

“殿下倒是说说，这枚棋子为何无用？”

“王爷把萧贵妃这枚棋子摆放后宫多年，而如今王爷权倾朝野，手握重兵，何人胆敢与王爷作对？现在，已是她谢幕的时候。”慕容辞一顿，“或者，这枚棋子已在阻碍你，你正愁着如何除掉时，那凶手杀害她，正中你下怀。”

她虽憎恨萧贵妃，但想起这颗被摆布命运的棋子，最终被主人厌弃落得如此下场，她替萧贵妃感到不值。

慕容彧道：“你就这么断定，本王没有竭尽全力救她？”

她嘲讽地说：“这只有王爷自己知道了。”

“因为，她知道一个秘密。”

“什么秘密？”她惊异地蹙眉道。

“与殿下有关的秘密。”他伸手抚她的额头，她却后退两步，让他落了空，“因此，她必须死。”

慕容辞心神震骇，跟自己有关？萧贵妃是知道了她和慕容彧不可描述的“亲密”关系？还是知道她女扮男装的秘密？

一时之间，她觉得后背冷飕飕的。

而慕容彧为了保守秘密，而不救萧贵妃的？还是，杀萧贵妃的整个局就是他布的？

越想越是惊心动魄，这炎炎夏日，她却手足发冷。差一点，她保守十八年的秘密就暴露了。

“殿下不应该感谢本王吗？”

慕容辞冷汗迭出，却笑得明媚灿烂，言道：“本宫最大的威胁便是王爷。现在本宫每日皆是如履薄冰，步步惊心，生怕哪一日忽然成为众矢之的，不明不白地横尸宫中。”

“阿辞，为什么不信本王？”

“倘若王爷还政于本宫，或者让本宫参政，本宫就相信王爷有那么一点诚意。”

“倘若本王要揭发你的秘密，何须眼睁睁看着自己的棋子被人杀害？又何须等到现在？以往本王又何须救你？”

她愣愣地看他。是啊，他运筹帷幄，算无遗策，整个皇宫、整个帝京都在他的掌控之间，他只需动动手指头，她就会成为阶下囚，要她死，何须等到现在？

她心里乱糟糟的，见他幽深的眼中布满了真诚，却还是不知该不该相信他。

“阿辞，本王要怎么做，你才会信本王？”慕容彧的五官突然变得冷峻如悬崖绝壁，癫狂如凛风呼啸。

“本宫说过，还政于本宫，或是让本宫参政。”慕容辞语声坚决道。

“时机还未成熟。”

“哼……”她冷笑道，确实，让一个贪恋权位的人让出唾手可得的山河，怎么可能！

“待时机成熟，本王会如你所愿。”慕容彧沉沉道。

慕容辞心里冷笑，时机成熟？此番知道了她是女子，他恐怕更势在必得了吧。

“王爷不是对某个女子念念不忘吗？既然王爷心有所属，就不要再来招惹本宫。”她毫不动摇地开门离去。

他疑惑地皱眉，过了半瞬才明白，她说的是生辰那夜他宠幸过的那个冷媚女子。

她如何知道的？

他派人寻遍天下也找不到那冷媚女子的踪迹，那女子好像从人间彻底消失了，着实诡异。

近来事情接踵而来，他也好一阵子没想起那个女子，取而代之的是阿辞。

而萧贵妃，想到她，他的眉头就深深凝起。在她寿辰的前两日，曾假扮成内侍来找过他。

他一贯的冷淡，令她伤心，那日，她终于说出压抑许久的话。

“王爷，前日那异国细作，是王爷和太子一起追查的？”

慕容彧故作镇静地说：“是又如何？”

“王爷与太子历经生死劫难，情谊增进了不少呢。”她神秘地微笑，“数日前，桃枝看见伺候太子的如意在洗衣袍，那亵衣染了血，不知是伤口流的血，还是其他什么呢……”

“你想说什么？”他的眼睛迫出几丝清寒。

“想来王爷已经知道太子的秘密。”她浅笑吟吟道，心却忽然冷凉了几分，“这秘密可是北燕国最大、最有趣、最有价值的秘密，一旦宣扬出去，必定朝野震动。”

他不语，雪色容颜如经历了千万年的冰川，散发着刺骨的寒气。

“本宫百思不得其解，王爷与太子如此亲近，又机智过人，怎会没有发觉这个秘密？倘若已经知晓，又为什么不将太子的身世秘密公之于众？本宫想啊想，终于想明白了，王爷是动了心，入了魔障。”她笑得越灿烂，心就越痛。

“本王的事何时轮到你管？”他此时已心生杀意。

“是啊，本宫只是王爷的一枚棋子，本宫有什么资格？”萧贵妃哀凄道，“王爷哪里知道，本宫十四岁那年第一次见到王爷，就已经把整颗心都献给王爷，把这条命托付给王爷。王爷要本宫进宫成为陛下的妃嫔，本宫做到了。本宫说服陛下，把王爷召回京城，并且让陛下沉迷于酒色，变得昏庸荒淫，王爷自此总揽朝政，权倾朝野。本宫为王爷做尽一切，只是希望得到王爷的一丝怜爱，可王爷为什么不愿给本宫一丝希望？”

“一枚棋子不配有感情。”他冷漠道。

“哈哈……哈哈……”她哀伤凄凉地笑起来。

她不配成为他的女人！

她为什么那么想笑？她这一生就是个可笑的错误。

“太子就有资格成为王爷的女人吗？”她歇斯底里地怒吼，热泪奔涌而下。

“本王深爱的女子，才有资格成为本王的妻子。”他语声淡淡，却笃定如铁。“一切皆是你咎由自取，本王早就警告过你，你走吧。”

泪珠如断线的珍珠潸然落下，她凄痛地饮泣。

他无动于衷，冰冷无情。

“王爷这般冷酷绝情，就不怕本宫反戈一击吗？”她抽噎着擦去泪水，敛尽悲痛，嘶哑道。

他平静地看她，眼里缭绕着几许寒意，“胆敢违逆本王，下场只有一个。”

萧贵妃莹莹泪光的脸庞浮现出凄美的笑，有些绝望地说：“本宫明白了，本宫会当一个恩宠风光的贵妃，享尽荣华富贵。愿王爷，心想事成。”

她走以后，慕容彧冷沉着脸。但几日之后，她死于非命，着实让他意外。

宫俊豪，挺住，弹幕组支持你

想不到你是这样的昭华公主

王爷又吻了太子了！

端柔郡主躺枪

赵青松的婢女秀禾戏太多

第二十三章

两位郡主身陷其中

想着宫俊豪受伤一事尚未平息，慕容辞思前想后，还是决定与琴若走一趟惊鸿殿。

快到时，忽然见到惊鸿殿的两个宫女走来，慕容辞明眸一转，让琴若将那两人带到偏僻处问话。

“本宫要问你们几个问题，你们务必如实回答。若有虚言，本宫绝不轻饶。”

“是。”她们低着头回答道，顿时紧张起来。

“皇妹待宫人可好？是否打骂宫人？”慕容辞冷着脸，颇具威严。

两个宫女面面相觑，忐忑而惶恐，这让她们如何回答？实话实说？且不说太子殿下有什么意图，若是日后公主知道了，一定会从严惩处她们的。

“你们实话实说便可，殿下不会为难你们，也不会跟公主提及此事。”琴若道。

“公主的脾性不太好……稍有不如意，公主便会大发脾气……”她们偷偷地觑一眼太子，忐忑道，“公主动怒时会砸东西，会打骂宫人……奴婢二人都被公主打骂过……就连公主最信任的元秀也被打骂过……”

“就你们所知，皇妹是不是隔三岔五地动怒？”

“差不多。茶杯茶壶砸了许多，换过无数。”

“最近皇妹心情如何？”慕容辞眉目微寒，在她这个太子哥哥和父皇面前，昭华颇为懂事，是娇妍活泼的妹妹、孝顺懂事的女儿。

慕容辞忽然想起一事，“皇妹怕老鼠和蟑螂吗？”

“公主胆子大，根本不怕老鼠和蟑螂。有一回，奴婢在后苑发现一只蟑螂有些怕，竟被公主过去一脚踩死了。”

慕容辞心神一凛。

支退两人，琴若问："还去惊鸿殿吗？"

慕容辞摇摇头道："去丞相府。"

琴若即刻回去准备了上好的药材，两人去看望宫俊豪。

这短短几日，宫俊豪不知道自己是怎么熬过来的，谁也无法感同身受。

然而，他坚持过来了。

"宫公子，这几日好些了吗？"慕容辞示意琴若把滋补的药材放下。

"托太子殿下的洪福，好点了。"他冷淡道，眉宇间有刚毅之色。

"你放心，这件事本宫必定会给宫家、给你一个交代。这几日你可有想起那日事发的细节？"她和气地问。

"这几日闲来无事，我仔细想过了，我能想起来的，都跟殿下说过了。"他冷冷道，"不过有一点我觉得奇怪，公主热情地要我吃新鲜瓜果、糕点、杏仁酪，之后没多久我就觉得有点晕。"

"本宫记得你说过，皇妹到寝殿更衣，看见蟑螂吓得惊叫，你才闯进去，是不是？"

"是，若公主没有惊叫，我不会擅闯公主的寝殿。之后，公主就对我投怀送抱。"宫俊豪十分诚恳，"殿下，很快我就会迎娶公主进门，何必急在一时是不是？"

这一点，慕容辞也觉得宫俊豪说得有道理。

他出身世家大族，自小锦衣玉食，却没有纨绔子弟的恶习，行事沉稳谨慎，是世家子弟里不可多得的青年才俊。像他这样的人，懂得克制，不会为赢得一时的快乐而葬送前程。

理智上，她比较相信他的为人。可情感上，她又不由自主地偏向昭华。

"你还能想起来皇妹是如何伤你的吗？"慕容辞有点难以启齿，毕竟对他而言，那是极为痛苦的回忆。

宫俊豪皱起浓眉，半晌道："这几日我一直回忆公主是如何伤我的……我记得在寝殿时我好像变了个人，完全克制不了自己，有一股强烈的意念驱使我做出冒犯公主的举动……现在回想起来，我感觉那时候我疯了……殿下，我一向克制，不是那样的人，那日的事真是匪夷所思……"

"之后呢？皇妹如何伤你的？你武艺高强，如何让皇妹得手的？"

“我一直试图回想当时的情形，但就是想不起来。我全身烫热，好像着了火，接着我就……直至受了伤，剧烈的痛才让我清醒过来，看见公主手里拿着一把匕首，匕首上沾了血。”

“换言之，那一段记忆是空白的，你根本想不起来？”

“是这样的。殿下，我对天发誓，我所说的绝无虚言。”宫俊豪沉重而恳切。

“本宫会查清楚，你放心。”

这日黄昏，西天的晚霞将皇宫妆点得金紫璀璨，琉璃瓦顶好似洒了无数金钻，金芒熠熠。

今日慕容辞在东宫设宴，邀请了沈知言兄妹、慕容诗和慕容裳。

“原本御王说要来的，不过方才差人来说他有急事走不开，应该不来了。”见慕容裳来了四处张望，慕容辞心中轻轻一笑，温言道。

慕容裳容光一暗，失望极了。而沈知礼内心矛盾，个中滋味，只有她自己知道。

“殿下宴请臣等，是有什么由头吗？”沈知言笑得明朗温润。

慕容辞笑道：“上次在御王府叨扰了，这次便由本宫做东。”

几个年轻人凑在一块儿，吃喝谈笑，无拘无束。

慕容辞忽然问慕容裳：“皇妹你还记得那日我们在街上遇到的那对主仆吗？”

“什么主仆？”慕容裳一头雾水。

“就是把你认错的那个夏姑娘。”

“哦，臣妹有点印象，后来太子哥哥又遇见那位姑娘了？”

“也算是又遇见了，但夏姑娘主仆死了。”慕容辞叹息道。

“啊？死了？”慕容裳又震惊又错愕，“好端端的怎么死了？”

“被害死的。”沈知言悲悯道，“上京寻人，却落得如此下场，客死异乡，真凄凉。”

“今日这么开心，就不要说这些不开心的事了。”慕容诗嘟囔道。

“端柔郡主说得对，咱们说点儿高兴的吧。”慕容裳附和道。

席间重新热闹起来。

宴请闹腾到很晚才散，送走诸人，慕容辞坐在大殿里，琴若匆匆进来。

“殿下，有收获。”

原来慕容裳刚到东宫的时候，琴若便前往惊鸿殿，对宫女说公主不慎弄脏了衣裳，吩咐自己来取一套衣裳去东宫。宫女带她进寝殿，她便一掌打晕宫女，在寝殿仔细地搜查了一番。

慕容辞接过她递来的一只精巧瓷瓶，打开来闻了闻，问：“这是什么？”

“奴才刚去了一趟太医院，把这只瓷瓶给院使沈大人查验。沈大人说，瓷瓶里是烈性媚粉，掺一点在吃食里便能乱人心性。”

慕容辞脸色一沉，起身道：“去惊鸿殿。”

太子忽然而至，慕容裳惊诧不已，加之听说今日有个宫女莫名晕倒，心中已觉蹊跷。

“太子哥哥，怎么这个时辰来？可是有急事找臣妹？”慕容裳甜美地笑道。

慕容辞站在她面前，眼睛一眨不眨地盯着她。

“皇妹，本宫给你一次机会，说实话。”慕容辞神态无比郑重，也无比沉重。

“太子哥哥要臣妹说什么？”慕容裳惶惑地问。

“你知道本宫在说什么，只要你跟本宫坦白，本宫会想办法把事情压下去。”

“臣妹不知道太子哥哥在说什么。”慕容裳侧过身子，冰冷以对。

“皇妹，纸包不住火。”慕容辞把那只瓷瓶递在她眼前，语重心长道。

慕容裳心中大骇，依然固执道：“臣妹不知太子哥哥是什么意思。”

“皇妹，你让本宫太失望了。若本宫存心揭发你，只需把这只瓷瓶交给御王，御王自会有公正的裁决。”

“即便太子哥哥把这东西交给御王，御王也未必会信。”慕容裳嘴硬道。

“你不承认，没关系，是非曲直，自有公论。”没想到相处多年、情谊不错的皇妹，竟然是这样的人。

“听闻太子哥哥天赋异禀，推演断案的本事比沈少卿还要厉害，臣妹倒是很想听听太子哥哥如何推演这事儿。”

慕容辞莞尔轻笑道："皇妹，宫俊豪告诉本宫，是你传召他进宫的。他来到惊鸿殿，你便热情地请他进来，用新鲜的瓜果、糕点和杏仁酪招待他，他吃了之后，觉得头有点晕，因为你在吃食里放了乱人心性的药粉，之后你故意弄脏衣裳，进内寝去更衣。为了诱他进内寝，你佯装看见蟑螂吓得失声惊叫，他担心你出事，没有多想就闯了进去。"

慕容裳坐在案前，身姿优雅，斟茶慢饮，好似在听与她全然无关的故事。

"皇妹，其实你根本不怕蟑螂，宫俊豪闯进内寝，你就主动投怀送抱，于是你期待的事发生了。"

慕容裳容颜寒冷如冰，微卷的长睫轻微颤动。

"之后，你拿出早已备好的匕首。宫俊豪神志不清，根本没注意到你的手里多了一把刀。在他疯狂迷乱的时候，你狠辣地一击……"

"殿下，公主不是这样的人。"元秀辩解道。

"如此一来，你和宫俊豪的婚事就无法顺利地进行下去，这就是你谋划这出精彩大戏的目的之一。"慕容辞的话铿锵掷地，铮铮入耳。

"殿下，公主为什么这么做？公主犯不着呀。"元秀又道。

慕容裳拢在广袂里的手悄然握紧，樱红的双唇抿得越来越紧。

慕容辞盯着她，逼视着她说："皇妹，旁人不知道，本宫却知道，你心仪御王已久，你根本不愿嫁给宫俊豪。你这么做，一来你和他的婚事会取消，二来父皇念在你受此伤害，一两年内不会再给你安排婚事，你又可以随心所欲。"

慕容裳缓缓抬眼，冷漠地说："太子哥哥的推演精彩绝伦，臣妹十分佩服。不过，有证据吗？"

慕容辞举起那只瓷瓶，说："你觉得御王不相信本宫？"

慕容裳猛然一怔，忽然起身扑通一声跪下，玉白的纤手拽着她的袍摆。

"太子哥哥，臣妹知道错了……臣妹想到就要嫁给一个不喜欢的男子，就寝食难安，心急如焚……臣妹只是不想嫁，才一时糊涂，犯下大错，臣妹恳求太子哥哥，不要告诉御王，好不好？"

"你以为宫丞相会善罢甘休？断人子孙，令人愤恨。"

"臣妹知道这次是大错特错，太子哥哥，你是不是要把臣妹交给宫家处置？"慕容裳的眼睛茫然得睁着，布满了惧怕。

到底是多年亲情，慕容辞见她这般模样，还是心软了。

确实，她也不知如何处置，倘若把昭华交给宫家，就是让宫家凌驾于皇家之上，天家威严何在？但若敷衍搪塞，如何面对宫家这样的朝廷重臣？

“本宫要想想。”慕容辞边拉她起来边说。

慕容裳语声轻颤，哀恸道：“太子哥哥，臣妹是不是喜欢错了人？御王为什么不喜欢臣妹？为什么这么冷酷无情？”

“世间的男女之情便是如此，鲜少如人所愿。若能两情相悦，自然是好，若不能，便不要强求。”

“臣妹也劝过自己不要痴心于他，世间优秀男儿何其多，可是臣妹做不到……做不到……”慕容裳哑声哽咽道，清泪如珍珠滚落在苍白的双颊上。

她趴在慕容辞的肩头，从轻声呜咽变成号啕大哭。

直至第二日早膳，慕容辞还是无法做出决定，思前想后，决定去告诉慕容彧。

他在上书房，见她来了，剑眉轻扬，眼里漫起轻微的喜色。

“殿下用过早膳了吗？”他端着碗，温润地问。

“用过了。”慕容辞扫了一眼案上的奏折，乱糟糟地散着，这儿几本，那儿一叠，抱怨道，“内侍怎么不收拾一下？”

“还不如不收拾，他们会弄乱的。若殿下不介意，帮本王整理一下。”

她心里一喜，可以借此良机偷看，却冷静地说：“你吃快点，本宫有要紧事跟你说。”

说着，她站在案前收拾起来，将奏折打开合上，一一归类。

慕容彧专心地吃着，只是目光微抬，不动声色。

慕容辞正津津有味地一目十行，冷不丁地某人递来一块糕点，都碰到她唇边了。

“张嘴。”慕容彧低沉道。

她想说“本宫吃过了”，却知无用，只好张嘴咬了一口。

然后，他就那么自然地，将剩下的送进自己口里。

顷刻间她面颊微热，唇角抽了抽。

内侍奉上热茶，他端起来浅浅饮了一口，说：“想跟本王说昭华公主的事？”

她颔首说：“倘若错在昭华，你会如何处置？”

“秉公处置。”他一本正经道，走下来斜倚书案，眉宇有几分傲娇，“倘若有人求本王，说不定本王会考虑一下，自然，求的时候要有诚意。”

“你想要多少诚意？”她暗暗咬牙道。

“先说说是怎么回事。”

她把事情的大致经过说了一遍，随后说：“昨夜皇妹跟本宫认错了，如果补偿宫家，宫丞相是不是会息事宁人？”

慕容彧挑眉冷笑道：“断人子孙，这不是小事。宫家的野心不小，不是那么容易满足的。”

慕容辞的明眸闪过一丝狡黠，道：“其实这事因你而起，只能你来善后。”

“跟本王有什么关系？”

“皇妹痴心于你，就是为了你才不愿嫁给宫俊豪，才闹出这么大的事。”

“那与本王无关，本王从来没有过令她误会的举动。”

“无论你怎么撇清，这事都跟你脱不了干系，你必须善后。”

慕容彧抬起她的下巴，说：“这就是你求本王的态度？”

“本宫说了，这事因你而起……”

“她入了魔障，跟本王有何干系？阿辞，你要公平一点。”

“本宫又不是追究你，只是要你善后。”

“既是你开口，本王不会拒绝。若你……”他俯首靠近她的脸，几乎贴了上去，“温柔一点，本王会从宽惩处公主，宫家也不会再提及此事。”

该死的慕容彧，永远都是这副无赖的嘴脸！她捂住他的嘴，使劲往后推。

慕容彧扣住她的皓腕一拉入怀，俯身一吻。

迅疾如惊电，似啜着花瓣，他欲罢不能，要吸尽她的甜美。

慕容辞惊慌地挣扎，内侍随时都会进来，果不其然，外面传来脚步声，她脊背冒出冷汗，猛地发力推开他。

原来是内侍送来茶水。

那内侍不经意地看见御王射来的眼刀子，不由得脊背一寒，感觉脖子上的脑袋摇摇晃晃的，连忙道："王爷若无其他吩咐，奴才先行告退。"

"瞧你把他吓成这样。"慕容辞忍俊不禁道。

"胆敢打扰本王的好事，本王不罚他已经是手下留情了。"

"你打算如何善后？"她连忙岔开话题。

"本王要好好想想。"他伸臂拉她。

"本宫还有要事，先走了。"说完，她急忙逃开，朝外飞奔。

见她跑得比兔子还快，他眨眼一笑，眼里溢满了温柔。

她知道，以慕容彧的头脑，哪里需要"好好想想"？他必定早已想好了如何应对宫丞相。

果不其然，黄昏时分，她派出的内侍回来禀报，御王将昭华公主禁足一年，罚俸两年。擢升宫俊豪为京城防卫司副都督，宫丞相二弟、宫家二老爷宫立勤补缺工部郎中，封宫家老夫人为一品诰命夫人。

迫于压力与不小的补偿，宫家全然接受了。

慕容辞去了一趟惊鸿殿，将御王的惩处告诉了昭华。

慕容裳松了一口气，只是，在惊鸿殿禁足一年，当真会闷死。

"皇妹，你就忍忍吧，一年很快就过去了。"慕容辞劝道。

"谢谢太子哥哥，臣妹知道你为臣妹奔波劳苦。这个结果，臣妹承受得住。"她苦涩地笑道。

"想开了就好。"慕容辞拍拍她的肩头说着，"向父皇请安还是可以去的，别的地方不能去。"

"臣妹知道了。"

"皇妹，你要放开心胸，对你冷酷无情的人，你惦记着、想念着又有什么用呢？放过他，也是放过你自己。只有这样，你才能获得新生。"

"臣妹会尝试着忘记他。"慕容裳万般无奈地说。

这日，收到沈知言的来函，她与琴若前往大理寺。

然而，他们刚到，就见一伙人涌进来大理寺，有男有女，有老有少。

"我家松儿一定是被人害死的……你们要找到害死松儿的凶手……"

“大人，松儿年纪轻轻就被人害死，必定有天大的冤情，你们要查清楚啊。”

“松儿，你死得好惨……我这个当祖母的一定会为你申冤报仇……”

顾淮等一众大小官员都出来了，边劝解边将这些人带到大堂。

“那些人是什么人？”慕容辞好奇地问。

沈知言言简意赅道：“是死者家属。”

“又有命案发生？对了，你叫本宫过来所为何事？”

“命案是京兆府移交过来的。”沈知言为殿下斟茶，温润道，“三日前，京兆府接到报案，在南郊五里外的草地里挖出一具尸骨。”

“这桩命案由京兆府侦查便可，为什么移交大理寺？”

“昨日，京兆府的捕头说，这桩命案涉及一个贵人，京兆府尹卢大人畏惧强权，就移送到了大理寺。”

“先说说案情。”慕容辞饮了半杯茶水，坐下来说。

沈知言沉缓道来：“死者名为赵青松，家里经商，家境殷实，他的祖母、父亲希望赵家出个读书人，因此自小培育他，请学识渊博的先生教他。赵青松寒窗苦读十载，准备来年参加科考。为了让他安静地读书，赵家人安排他住在城南的别苑，有几个下人伺候，十天半个月才回城里大宅一次。”

“他是怎么死的？什么时候的事？”慕容辞凝神问道。

“大约一年前死的。据京兆府的捕头说，他们是在南郊的草丛地里挖出尸骨的。通过验尸判断，应该死了一年左右。左侧第四五根肋骨有裂痕和暗红的血色，应该是被利器所伤。”

琴若不惊不慌地问：“死者被利器刺中脏器？”

他点头，“我猜是这样，死者被长剑刺中脏器。除此之外，没有其他伤口。”

“只凭一具尸骨，很难侦查。”慕容辞寻思道，“对了，死者死了一年，他的家人不知道吗？”

“赵家人只知他失踪了，报案一年都没找到。再者，他们坚信他是失踪，不愿相信他已经遇害了。据近身伺候他的丫鬟秀禾说，有一日他忽然匆匆离开别苑，当晚没有回来，她当时以为公子回大宅了。过了三日，他依然没有回来，秀禾才觉得古怪，派人去大宅那边问，这才知道公子根本没有回过大宅。”

“想来那头一日，死者应该已经遇害了。”琴若道。

“应该是。”

“秀禾近身伺候死者，死者的事，她应该知道一点。”

“是的，秀禾说，失踪前半个月，赵青松认识了一位姑娘，每日都会为那姑娘写一首诗词。秀禾略通诗词，见赵青松常把那位姑娘比作皎皎明月，比作山间烂漫的野花，比作园里高贵的芍药。总之，在他的诗词里，那位姑娘美若天仙，举世无双。”

“这么说来，赵青松真是情根深种。”

“嗯，秀禾还说，那阵子赵青松根本无心苦读，隔一日便出去与那位姑娘幽会。每次回来，都是满面春风，心情极佳。”沈知言道，“只是有一天，他回来失魂落魄的，秀禾问了才知，是那位姑娘要嫁人了，她的父母安排的婚事。”

“怎么又是这样的？”慕容辞皱眉道，这些情情爱爱，总是一样的套路，“然后呢？”

“秀禾鼓励赵青松，不如勇敢地追求自己的幸福，上门提亲。他如醍醐灌顶，第二日一早便出门，但再没回来，直至日前找到那副尸骨。”

“凭什么断定那副尸骨就是赵青松？”

“同尸骨一起掩埋的有一枚碧玉，赵夫人认得，那是赵青松自幼戴着的传家佩玉。”

“沈大人还没说那位姑娘是不是京城人士。”琴若追问。

“虽然秀禾没有见过那位姑娘，但有一回，赵青松无意说漏了那位姑娘的名字，秀禾就记住了。”沈知言郑重道，“其实也不是名字，是封号，那位姑娘是端柔郡主。”

“啊？端柔郡主？”那两人都震惊不已。

“秀禾说记得很清楚，的确是端柔郡主。”

“既然秀禾知道她家公子失踪和端柔郡主有关，那为什么不去御王府找人？赵家人知道吗？”慕容辞眉心微蹙，一年前，端柔郡主并不在京城。

“秀禾自然告诉了赵家人，不过赵家人没有去御王府寻人，一来他们打听过端柔郡主并不在京城。再者，他们认定赵青松只是失踪了，又忌惮御王的权势，不敢招惹。”沈知言道。

“这一年来，他们派人找过赵青松吗？”她又问。

“他们尝试了各种方法，找了一年，一无所获。这次看到尸骨，赵青松的母亲在大理寺哭晕了三次。”沈知言长长叹气道。

“你有线索了吗？”慕容辞凝眉问。

“没有线索。”他愁苦不已，“若殿下得闲，不如帮帮我，林舒、夏姑娘的命案都还没头绪呢，这又来了一桩命案。”

“赵家人此时都在外面吧？去将秀禾带来。”慕容辞起身道。

“你伺候你家赵公子几年了？”慕容辞柔和地问，觉着秀禾最多十六岁，她面目清秀，眼睛红肿，有些拘谨。

“五六年。”秀禾轻声回答。

“你是卖身给赵家的吗？”

“是。”

“你家公子喜欢吃什么，喜欢穿什么颜色的衣袍，喜欢哪些诗词，一般什么时辰就寝、起身，你都一清二楚吗？”

“是的，这是伺候公子的本分。”

沈知言走过来，觉得诧异，殿下问这些做什么？

慕容辞莞尔一笑，“你家公子喜欢一个姑娘，你是如何发现的？”

秀禾的目光微微黯淡，道：“有一日公子从外头回来，我觉得他和往常不一样，说话特别温柔，还冲我笑，即使坐下看书的时候，也时不时地笑一下，我从未见过公子这样，就问公子是不是遇上喜欢的姑娘了。”

慕容辞又问：“你家公子常跟你说那位姑娘吗？”

“公子不太说，我问了他才会说一点。”

“公子都说过些什么呢？”

“公子提过，那位姑娘貌若天仙、温婉娴雅、端庄大方。她欣赏公子的才华，喜欢公子写给她的诗词，因此公子每日都要写诗词赠予她。”

“你家公子为你写过诗词吗？”

“啊？”秀禾错愕地抬头，又立即垂头，秀丽的眉目间浮现几许娇羞，“没有，我只是丫鬟，哪有资格得到公子的垂青？”

慕容辞含笑温柔地问："你家公子擅长作画吗？可有画过那位姑娘？"

秀禾回道："画过一次，但公子不让我看，我只是匆匆瞥了一眼。"

"说大致的感觉便可。"

"画上的确是天仙般美貌的女子。"

慕容辞一眨不眨地盯着秀禾，秀禾拘谨窘迫地低着头，有点不安。

"你伺候你家公子多年，日久生情，喜欢上了你家公子，是不是？"慕容辞的话，似是轻扣玉石，叮当清脆。

秀禾震惊地抬头，一脸的不可思议，沈知言与琴若亦是吃惊错愕。

"你家公子相貌堂堂、才华横溢，你心生爱意，不过你只是签了卖身契的仆人，就算赵夫人真的同意，你也只能当个侍妾。"慕容辞语声利落如珍珠滚落玉盘。

"这些年，你家公子寒窗苦读，你伺候他，陪伴在侧，觉得这样的日子很美好。可惜，你家公子遇到了喜欢的姑娘，还天天出去和那姑娘幽会，你生气、妒忌、怨恨，但无可奈何。"

"不是这样的……虽然我喜欢公子，可是我……"秀禾着急地辩解。

"你家公子死了，你断定跟那位姑娘有关，于是你对官府说出那位姑娘的身份，为你家公子申冤报仇。"

"我只是实话实说……公子是不是被那位姑娘害死，我如何能知晓？"秀禾崩溃地摇头，双目因为激动的情绪而爬满了血丝，泪盈于睫，看着痛苦不堪。

"赵青松失踪后，你必定去找过端柔郡主，是不是？"

秀禾吸吸鼻子，双目赤红，豆大的泪珠滚落下来，鼓起勇气说："是！我去御王府找过端柔郡主。我要官府去查查端柔郡主，这有错吗？公子是好人，敦厚谦逊，彬彬有礼，从来不会跟人发生争执。不是端柔郡主害死公子，还有谁？"

沈知言汗颜，殿下真是目光如炬，女子内心这么隐晦私密的心思也能被看穿。

"好了，我们也想知道凶手是谁，"慕容辞不再追问，"稍后与我们一起去赵家别苑看看。"

赵家别苑并不远，不多时就到了。下人知道他们是来查公子之死的，殷勤地引他们进来。

赵青松的书阁有内外两间，布置得清雅古朴，外间宽敞，满墙的书码放得整整齐齐，一卷卷的书画放在青瓷画缸里，内间放置着一张矮榻，供主人乏时小憩片刻。

秀禾站在一旁，下巴微低，双目依然红肿，心情恢复了平静。

“赵青松在世时便是这样的吗？”慕容辞的目光缓缓扫过每一处角落。

“跟公子生前一模一样，民女只是收拾了一下书册。”秀禾回道。

“赵青松不喜欢把书画张挂起来吗？”沈知言注意到，墙面没有一幅书画。

“对，公子不喜欢。”她轻声回话。

书案上有一叠白纸，用镇尺压着，应该是诗词文稿。慕容辞拿起来翻阅，的确都是赞美心仪女子的诗词，极致的颂扬，极致的痴心，极致的爱恋，近乎疯狂。

“赵青松的书画放在哪里？”沈知言问道。

秀禾指着画缸道：“都在这儿了。”

两人匆匆展开来看，可是十几卷画，没有一幅女子的。

“你不是说赵青松为那姑娘画过画像吗？是不是收藏起来了？”

“公子的书画都在这儿，不会收藏起来。公子每日都在书阁苦读，所有的画也都在这儿。”秀禾回道。

“那就奇怪了，独独那位姑娘的画像不见了。”沈知言摸着下巴道。

莫非被人偷了？慕容辞脑中一闪。

对！很有可能就是那神秘姑娘偷走了！

“在赵青松刚失踪的那两三日，别苑有没有发现过窃贼？”

秀禾缓缓摇头，“没有……”

看来那窃贼神不知鬼不觉地潜进别苑窃走一幅画像，没有惊动别苑的下人和护院，应该身怀武艺。

暂时没有别的发现，他们与秀禾交代了几句，便将诗稿带走了，打算回大理寺细看。

一路上，两人都在看那些诗词，突然慕容辞惊喜地扬起一张。

“你看这首诗。”

“这是藏头诗，果然是端柔郡主。”他接来一看，喜上眉梢。

“稍后派人去传郡主到大理寺。”

“好。”

琴若皱眉疑惑道：“端柔郡主前不久才到帝京，赵青松死于一年前，那时候她在帝京吗？”

“这件事是不是跟她有关，还真不好说。”

慕容诗刁蛮任性，但看着却没什么心眼，头脑也不是那么精明，她会看得上赵青松，继而杀人吗？

慕容诗接到传话，匆匆赶到大理寺。

因为听说太子殿下也在，她一路兴冲冲地奔跑，几乎顾不得郡主的形象。

“太子殿下，我来了。”慕容诗宛若一朵翩翩起舞的五彩蝴蝶飞了过来，身穿娇红色衫裙，十分娇媚可爱。

慕容辞莞尔轻笑，说：“郡主，坐吧。”

慕容诗忽然想到沈知礼提点她，要有郡主的气质风范，不能过度奔放，于是施施然坐下，温婉文静道：“殿下可是有事找我？”

“郡主，你来帝京多久了？”慕容辞轻淡地问。

“不过数月，殿下为什么问这个？”慕容诗好奇地问。

“之前回来过吗？”

“没有，此前我已经数年不曾回来了。”

“当真？”沈知言慎重地问。

“当然了，我骗你们做什么？御王府的人都知道，我离开帝京好几年，三叔也是知道的。”慕容诗笑道，看着没有半分心机。

慕容辞和沈知言对视一眼，她这是演技好呢，还是事实如此？

慕容诗忽然察觉出不对劲，问：“殿下问这事儿做什么？”

“郡主，一年前你当真没有回京？”沈知言再次郑重地问。

她一脸懵，摇摇头，说：“没有啊，你们若不信，可以问问御王府的下人，也可以问问三叔嘛。”

的确，一年前她是否回京，只要问问慕容彧就知道。倘若她说谎，很容易被戳破。慕容辞心念至此，盯着她问道："郡主，你可认识一个名为赵青松的男子？"

慕容诗摇拨浪鼓似的摇头，说："不认识。"

慕容辞冷着脸道："可是他认识你。"

"啊？他认识我？怎么认识我的？他在哪里？"慕容诗诧异得不得了。

"他死了。"

"啊？"慕容诗又是一脸懵，"什么？死了？可是我不认识赵什么松的男子呀。"

"赵青松一年前就死了，与端柔郡主你相知相恋十余日。"

沈知言温雅的话犹如一道晴天霹雳，她目瞪口呆，如泥塑木雕一般。

"我怎么可能和别的男子……我一直喜欢的是殿下你……"

慕容辞唇角抽搐，不想说话。

沈知言再一次郑重道："郡主，赵青松生前明明白白地跟他的丫鬟说过，与他两情相悦的姑娘是端柔郡主你。"

"不可能！"慕容诗陡然提高声音，"我不可能和别的男子……对了，一年前我不在帝京呀，怎么和那个赵什么松相识呀？"

"郡主，息怒。"沈知言温和道，"赵青松一案我和殿下还在查，涉及郡主，因此请郡主来问问。"

"我还以为……"她忽然打住，一脸的不自在。她还以为是太子殿下请她来玩耍的，没想到等待她的是这等晦气的命案。

慕容诗言之凿凿，不像说谎。而且她们相处几月，她也不像那种城府极深、心机可怕之人。

琴若忽然道："对了，秀禾不是见过赵青松画的画像吗？不如让秀禾来看看认一认。"

一个时辰后，衙役带着秀禾赶到大理寺。

慕容诗抬起下巴看向那个丫鬟，双眼明亮如水，眉目间有几分小傲娇，一副"我没做过，我不怕"的神情。

秀禾眉心紧蹙，她只是无意中扫了一眼画像，虽对画中女子容貌有点印象，不过根本记不清五官。

眼前这位端柔郡主，好像……

“就是她！”

她忽然指认慕容诗，“民女记得很清楚，就是她！”

“你确定？”沈知言郑重道。

“民女可以确定，就是她……”秀禾又看了慕容诗一眼，声调降了点儿。

“你不要胡乱指证，我根本不认识你家公子！”慕容诗气急败坏道。

慕容辞严肃道：“做假供者要挨板子，半条命就没了。本宫再问你一遍，这位姑娘是不是你家公子画中女子？”

秀禾本能地垂下头，说：“民女认得，就是这位郡主。”

“你胡说八道！”慕容诗气得直跺脚。

慕容辞走过去，站在秀禾面前，盯着她说：“最初你义正词严地指认她，接着你的言行举止都表明你心虚，因为你并不能确定，或者你是故意诬陷她的。”

秀禾眼里浮着不可思议与惧意，她不懂为什么自己的心思被这位大人看了个通透？

“你想为赵青松申冤报仇，这本身没有错，可是你不能随意指认无辜的人。是就是，不是就不是，若赵青松在天有灵，知道你诬陷他人，必定很失望。”

最后一句击中了秀禾的软肋，她垂眼嗫嚅道：“民女……没看清那画像上的五官，只记得大致的容貌。”

沈知言心下佩服，就凭细微的表情，殿下就瞧出秀禾的心思，当真厉害。

“大人，这位姑娘便是端柔郡主吗？”秀禾忽然问道。

“我是端柔郡主，不过我不认识你家公子。”慕容诗忽然想起什么，“殿下，会不会有人冒充我？”

“极有可能。”

“可是那姑娘为什么冒充我？”她噘着嘴，十分不解地说。

“那位姑娘应该认识郡主，或者与你相当熟悉，不然很容易被揭穿。”慕容辞沉凝道。

“那么此人不是世家闺秀便是官宦人家的女眷。”他分析道，“或者，是宗室里的女子。”

神秘的容公子

御王花式拒绝沈知礼 ×1

御王自带主角光环

最神秘燕国膳食之兔羹

燕国八卦周刊：太子和御王同乘一辆马车，有何隐情

第二十四章

本宫不是你的玩具

当晚，慕容辞决定在大理寺用晚膳，林羽下厨，一行人都很期待。

等餐之时，几人又谈起近日案情。

沈知言先道：“林氏兄妹是宜州人士，林舒十年寒窗苦读，是当地青年才俊，他偶然认识了京城来的一位姑娘，这位姑娘姓容，年轻貌美，自称家里是生意人，家境殷实。二人两情相悦，不过没几日，容姑娘便说父母已为她安排了一桩婚事，她必须回京。后来，林羽回到家发现哥哥已经死了，胸口中了一剑。”

慕容辞接着说：“再说赵青松一案。同样，他也是寒窗苦读十年的年轻人，赵青松死前十余日，也认识了一位姑娘。这位姑娘自称端柔郡主，美若天仙，气质不凡，赵青松和这位端柔郡主两情相悦，每日都出去幽会，如胶似漆。不过没几日她就说家里为她安排了婚事，不能嫁给他。赵青松消沉颓丧，受到丫鬟秀禾的启发，决定去找端柔郡主，表白自己的决心，可是再也没有回来。赵家人以为他失踪了，苦寻一年。”

“从胸肋骨的裂痕来开，赵青松的致命伤是胸口被利器刺中脏器，应该是一把长剑。”沈知言补充道。

“你有没有发现，这两个故事很像？”慕容辞凝神道。

“的确很像。其一，两个死者都是在案发前半个月左右遇到年轻貌美的姑娘，一见钟情，两情相悦。”沈知言总结道，“其二，两个死者的致命伤都是脏器被长剑刺中身亡。”

“其三，两个死者都是才学不凡、相貌堂堂、宅心仁厚的青年才俊。他们都为心爱的女子写过诗词，画过画像，不过画像都离奇地不见了。其四，这两个故事不仅相像，而且容姑娘和‘端柔郡主’都自称已被父母安排婚事，冷酷无情地斩断情丝。”慕容辞冷冷地说道。

沈知言点头，面色越发沉重地说：“这两桩命案发生在不同的地方，却有这么多相似之处，实在令人匪夷所思。”

慕容辞说：“或许这两桩命案有关联，只是我们还没有实质性的证据。接着说说夏晓露主仆一案。”

沈知言嗓音微沉，道：“夏晓露是锦州人士，带着婢女春桃来京寻人，寻的是情郎容公子。她和容家公子在锦州如何相识相恋的，不得而知。夏晓露来京四五日，住在客似云来客栈，数日前子时左右死于西城门外的小庙前。婢女春桃被人揪着头发狠狠地撞向墙壁，很快便死了。夏晓露被人杀害，身上没有明显的伤口，也没有瘀伤，两三日后左脸颊浮现明显的四个指印，初步怀疑是夜宿小庙的乞丐马东所为，不过马东的右手被人打断过，使不上力，基本是废了，可排除马东的犯案嫌疑，可判断凶手是要醉酒的马东当替死鬼。”

慕容辞接着道：“在小庙的角落里，本宫捡到一个颇为精致的红色如意结。除此之外，没有别的线索。这桩命案跟林舒一案、赵青松一案也有两点共同之处。其一，夏晓露上京寻找情郎容公子，林舒喜欢的女子也姓容。其二，虽然不知夏晓露与容公子相恋的内情，不过从我们对京城容姓人家的侦查来看，并没有符合条件的容公子。因此容公子极有可能是化名，换言之，容公子冷酷无情地抛弃了夏晓露，这一点和林舒、赵青松一案的案情相似，只是男女调换了。还有一点，本宫百思不得其解，夏晓露在街上看见皇妹很激动，问皇妹是否认识容公子。”

“这么说，容公子和昭华公主的容貌有几分相似？”他疑惑道。

“当时我也在，夏晓露是这么说的。”琴若道，“夏晓露应该是觉得公主和容公子是一家人，比如兄妹。”

“这一点确实古怪。”沈知言说。

“可眼下，要么案发现场留下的物证很少，要么时隔已久，证据消失，实在令人头疼。”慕容辞轻叹，“对了，夏晓露住的客似云来客栈，你去看过吗？”

“自然去看过，也问过伙计和掌柜，没找到有用的线索。”他眉头紧皱，“希望秀禾能想起什么，过几日夏晓露的家人抵京，说不定会有线索。”

“希望如此。”慕容辞看见林羽和一个婆子端着饭菜过来，笑道，“终于可以尝到林姑娘的手艺了。”

“让殿下、大人久等了。”林羽笑得谦逊温婉。

布菜之后，林羽和琴若被慕容辞叫来一起吃饭。

“林姑娘，我们会尽力侦查你哥哥的命案，你大可放心。”慕容辞温言道。

林羽连忙放下碗筷，重重地跪地，含着泪说：“偌大的京城，我举目无亲，若非殿下帮忙，我还不知如何是好。殿下和沈大人对我的大恩大德，林羽没齿难忘。”

沈知言连忙道：“林姑娘快起来，我是职责所在。”

“殿下和沈大人有这份心，尽了力，林羽就知足了。能不能找到凶手为哥哥申冤，看老天爷的旨意了。”林羽起身慢慢坐下。

“你为人豁达开朗，我就放心了。”沈知言一笑。

“对了，你当真没见过你哥哥喜欢的那位容姑娘？也没见过你哥哥为容姑娘画的画像？”慕容辞再一次问。

“没见过人也没见过画像。那阵子我比较忙，对哥哥疏于关心，连哥哥几时遇害的都不知道……”林羽眼圈一红。

“你哥哥为容姑娘画的画像极有可能被凶手拿走了。”慕容辞叹息道。

气氛沉闷下来，林羽拭去泪水，强颜欢笑道：“殿下、大人，先吃饭吧。”

三日后，夏晓露的父母抵达帝京。

听闻消息，慕容辞匆匆赶到大理寺，踏入大堂，看见大堂有一对中年男女，旁边站着一位年轻男子，皆是风尘仆仆，满面悲伤。

那对中年男女是夏晓露的父母，那位年轻男子是夏晓露的兄长夏晓晨。

“拜见太子殿下。”

三人一起下跪行礼，十分恭敬。

慕容辞示意琴若去搀扶他们，说：“无须多礼，起身吧。”

众人就座，沈知言温润道：“三位先用茶水。”

“多谢大人。太子殿下，草民妹妹在京城不幸遇害，恳请殿下和沈大人务必查明真相，为舍妹申冤。”男儿有泪不轻弹，夏晓晨语声悲怆，双目发红，极力克制着悲痛。

“府上做何营生？”慕容辞见他们衣着光鲜、谈吐并不粗鄙，应是商贾之家。

“草民祖上四代都做买卖，在锦州有几间铺面、百亩良田。”夏老爷回道。

“夏姑娘带着婢女春桃离家上京，三位可知晓？”

“露儿跟民妇提过要来帝京，当时民妇问她去帝京做什么，她欲言又止，最终也没说。”夏夫人伤心地抹泪，“早知道她会偷偷离家又在帝京客死异乡，当时民妇就应该问清楚，千方百计地阻止她。”

“露儿离家当夜，草民才知道她偷偷跑了。”夏老爷长长地叹气，“草民这个女儿自小容貌不俗，便请了极富才学的先生来教她认字读书，长大后她精通琴棋书画，也颇有主见。只要是她认定的事，无论草民和内人怎么说，她都不会改变主意。”

“那日夜里，草民和父母看见妹妹留下的信函，知道她要去帝京，就连夜派人去追。”夏晓晨补充道，“可惜没追上。”

“换言之，你们不知道夏姑娘到帝京做什么？”慕容辞又道。

“不知。”他摇头。

“三位可知，夏姑娘已经有了心上人？”她郑重地问。

夏氏三位十分吃惊，面面相觑。

沈知言笃定道：“夏姑娘来帝京便是为了寻找心上人。在她来帝京之前大约半年到一年里，三位可有发现她有什么不寻常之处？或者有没有认识来自帝京的年轻男子？”

三人再次面面相觑，沉重地摇头。

夏晓露有了心上人，为什么不跟家人说？

夏夫人悲伤难禁，泪水潸潸滚落，夏晓晨忽然想起什么，道：“这么说起来，草民想起一件事。大约大半年前，草民在街上看见妹妹和春桃从一家茶楼出来，后面还跟着一位年轻公子。当时草民忙着去办货，没有上前去问是怎么回事，事后草民也忘了问妹妹那位公子是什么人。”

“你确定那位公子是跟夏姑娘一起的？”慕容辞慎重地问。

“是一起的，因为妹妹还回头跟那位公子说话，浅浅含笑。”

“你看清楚那位公子了吗？容貌如何？”

“距离比较远，没看清楚。不过草民记得，那位公子身形不高，偏瘦，比妹妹高不了几分。对了，那位公子身穿白衣，气质不俗，令人印象深刻。”

“你估摸着那位公子多大年纪？”

“二十岁左右。对了，我娘的婢女春柳跟春桃是姐妹，或许春柳知道些什么。”

当即，他去大堂外传唤春柳进来。

第一次见这么多大人物，春柳又拘谨又紧张，低头绞着衣角。

“你和春桃是姐妹，关于小姐的事，她可有跟你说过什么？”夏晓晨问道。

春柳知道事关重大，不敢隐瞒，垂头道：“在小姐离家的前三日，春桃跟奴婢提过可能要出远门。奴婢以为她是说笑的，没想到是真的……”

“这么大的事，你怎么不跟夫人禀报？”他怒道。

“少爷恕罪，是奴婢的错……”春柳惊慌失措地说，头压得更低了。

“现在追究是谁的错已经于事无补。”慕容辞肃然道，“春桃还跟你说过什么，尤其是关于你家小姐的事，你务必一五一十地说出来。”

“是。”春柳战战兢兢道，“其实，小姐的事春桃跟奴婢说得也不多。奴婢只听说过，小姐认识了一位京城来的公子……”

“什么时候认识的？”慕容辞追问。

“大约是……十个月之前，小姐在一家茶楼偶然认识一位公子。那位公子风度翩翩，又颇有才学，还会吹箫，小姐一见倾心，自此对那公子魂牵梦绕。”

夏老爷叹气，夏夫人无语泪流。

“接着你家小姐是不是经常出去和那位公子幽会？”

春柳点头，接着道：“那阵子春桃几乎每日都陪着小姐出府，想来是带那位公子在锦州游玩。不过，不到半个月，那位公子便对小姐说要回京城，因为家中来信说父亲病重，他必须回京。”

夏晓晨追问：“然后他就走了？”

春柳颔首，“那位公子还对小姐说，倘若小姐愿意，可去京城找他。”

慕容辞问道：“你家小姐琴棋书画样样精通，画过那位公子的画像吗？”

“奴婢不清楚。”春柳道，“奴婢倒是听春桃说过，那位公子姓容，在京城世代经商，说一定会娶小姐的。奴婢知道的就这些了。”

“倘若你家小姐来京城找容公子，如何找？”慕容辞又问。

“哦，对，春桃提过，好像是……”春柳冥思苦想，半晌忽然道，“好像是到城东的一家茶楼去留话找容公子便可，茶楼叫……松鹤茶馆，对，就是松鹤茶馆！”

慕容辞和沈知言欣喜地挑眉，总算有一点线索了。

当即，慕容辞和沈知言前往城东的松鹤茶馆。

他们进去的时候，掌柜正低头在算盘上噼噼啪啪地拨拉着。

“掌柜，我要找容公子。”慕容辞客气道，“不知我如何联络他？”

“容公子？”掌柜想了一忽儿才想起来，“容公子啊，几个月没来了，我也找不到他。”

“你知道他住在哪儿吗？”沈知言扫了一圈大堂，这里的客人大多数是来自各地的粗汉。

“不知道。”掌柜头也不抬地答，“你要找容公子，可以留下话，不过他什么时候再来，我可不知道。”

沈知言把腰牌放在高案上，冷沉道：“大理寺办案，你最好老实地说。”

掌柜看见那闪亮的腰牌，吓得面色大变，忙说：“大人想问什么，我一定如实说。”

“那位容公子，你真的不知道他府上何处？”慕容辞冷冷地问。

“我无缘无故地问客人府上何处做什么呢？平白招人怀疑不是？以往容公子倒是偶尔来，不过几个月没来过了。”

沈知言道：“倘若容公子来了，你就说有人找他，然后立即派人到大理寺报知。”

掌柜诺诺点头，连声称是。

回大理寺的路上，沈知言愁眉不展地说：“夏晓露主仆一案总算有点线索，不过真不知那位容公子是何方神圣。”

慕容辞蹙眉道：“本宫觉着，容姓是他的化名，他对夏晓露应该只是逢场作戏，不然怎会不告诉她家宅的具体街巷。”

沈知言颔首，问：“殿下，要回东宫吗？”

慕容辞凝神一会儿，捏着眉心道：“再去一次客似云来客栈。”

抵达客似云来客栈，三人进去后，伙计热情地招呼道：“三位公子可是住店？”

沈知言把腰牌一亮，那伙计面色微变，掌柜见状赶紧过来，赔笑道：“大人,前些日子你不是才来过吗？那位夏姑娘的命案还没抓到凶手吗？”

沈知言冷厉道：“若你们多提供一点线索，凶手就无所遁形。”

“大人，我等是良民，知道什么必定报知官府。”掌柜指着那伙计说，“他是小乌，那日大人来时他不在，今日大人可以问问他。”

“小乌，夏姑娘主仆住店是你带上去的吗？”慕容辞问。

“是小人带上去的。”小乌伶牙俐齿，很是机灵，“大人想知道什么尽管问，小人必定知无不言，为大人效劳。”

“夏姑娘跟你们打听过京城里姓容的人家吗？”

“还真打听过。不过小人和掌柜就知道两家姓容的，都告诉夏姑娘了，她们主仆俩也去找了，好像没找到。”

“那几日她们一直在寻人吗？白日里都不在客栈？”慕容辞问道。

“对的，白日里她们基本不在客栈，一般是黄昏时分回来。”

“案发那日，也就是她们失踪的前一日，她们什么时候出去的？”

“她们还是黄昏时分回来，吃了晚饭，她们跟小人要沐浴的热水，小人后来送热水的时候，看见夏姑娘主仆俩在二楼拐角处跟一个十多岁的男孩在一起。”

“哦？你还看到了什么？”慕容辞激动地追问。

“小人看见那男孩递给夏姑娘一张纸条，夏姑娘看了纸条，欣喜万分地对她的婢女说：‘找到容公子了！容公子约我去城西小庙见面！’”

沈知言急切地问：“然后呢？夏姑娘主仆去了吗？”

小乌点头说：“小人跟她说热水备好，可以沐浴了，她好像没听到，只回去换了身衣裳，主仆俩就急匆匆地走了。”

“后来夏姑娘主仆再没回来吗？”

“是。”小乌点头。

“你认得那个送信的男孩吗？”

“认得，那男孩常在附近两条街玩耍。”

“现在你跟我们去找那个男孩。”沈知言道。

“好嘞。”

四个人一起出了客栈，在街上寻人。

没用太多工夫，就在隔壁那条街找到了。

把小乌支回了客栈，沈知言问那穿着一身又脏又破衣裳的男孩子：“前些日子，有人让你去送信给客似云来客栈的夏姑娘，是不是？”

男孩点头，慕容辞和气地问：“让你送信的是什么人？”

“我为什么要告诉你们？”他满不在乎地说。

“这些你拿着，买点白糖糕带回家吃。”琴若塞给他一点碎银子。

“是一个姑娘让我去送信的，说让我亲手交给住在客似云来客栈的夏姑娘。”男孩把碎银子仔细地收起来。

“姑娘？”沈知言惊诧地看慕容辞，又问，“你记得那姑娘长什么样吗？穿什么颜色的衣裳？”

“那姑娘容貌平平，看起来有点凶，差不多和她一样的年纪，身形差不多，穿着浅绿色的衣裳。”男孩指着琴若回道。

容公子派了一个婢女去约夏晓露？

“那姑娘有什么特征吗？”

男孩摇头，“我没注意，挺平常的。”

又问了几句，还是没有任何有用的信息，他们让这男孩走了。回大理寺的路上，沈知言沉思道：“容公子在天黑后把夏姑娘主仆约到城西小庙，说明早有谋划要杀死她们。”

琴若缓缓点头，又疑惑道：“可是，容公子为什么要杀害夏姑娘呢？莫非夏姑娘知道了他见不得光的秘密？”

慕容辞推测道：“容公子去锦州游玩，偶遇如花似玉的夏姑娘，夏姑娘如清新婉约的山间野花，自有一种动人情致，容公子看出她对自己一见钟情，便逢场作戏，二人如胶似漆幽会十余日，容公子过了新鲜劲儿，于是谎称帝京来信说父亲病重，必须赶回帝京。他辞别夏姑娘，义无反顾地回京，而可怜夏姑娘还眼巴巴地等着他来迎娶自己。”

沈知言和琴若专注地听，十分佩服太子的推演本事。

“等了大半年，依然不见容公子来，夏姑娘决定上京寻找心上人，她没想到的是，帝京竟是她的葬身之地。案发这夜，容公子把夏姑娘约到城西小庙。见到心上人，夏姑娘十分惊喜，激动异常，却发现容公子再也不是她熟悉的那位公子了。”

“或许容公子绝情地说了不会娶她之类的话，或许他还说已经和父母安排的姑娘订婚了，或许他狠狠地说了一些伤害夏姑娘的话，但夏姑娘死心眼，坚决要嫁给他，即使伏低做小也认了。或许容公子觉得她阻碍了自己的前程，或者是其他的原因，他决定杀死夏姑娘，让她永远消失，这样才能一劳永逸。”

“容公子当真凶残！”沈知言握紧拳头，气愤难当。

“这一切只是本宫的推测，没有真凭实据。”慕容辞黯然道。

车厢里安静下来，气氛有点沉闷。

此时残阳如血，屋瓦好似被泼了浓艳的红。暮风涌起，暑热稍退，终于舒爽一点了。

沈知言忽然道：“殿下记得，今夜舍妹在府里设宴，稍后一定要来。”

“哎呀，你不说本宫都忘了。眼下时辰不早了，不如直接去吧。”

沈知礼在府里设宴，宴请的是太子殿下和端柔郡主，自然还有御王——她最想看见的人。

慕容辞和沈知言到的时候，端柔郡主已经来了一会儿。

看见太子殿下，慕容诗欣喜若狂，但又想到沈知礼一再叮嘱的话，便停下脚步，娇柔温婉地行礼道：“拜见太子殿下。”

“无须多礼。”慕容辞还是头一回见她这么文静温婉，不由得惊奇。

沈知礼亦行礼，起身之后不由自主地往他们的身后看去。

没有御王。

“不知御王来不来，郡主，御王跟你提过吗？”沈知言多少知道妹妹的心思。

“三叔没跟我提过。”慕容诗装成大家闺秀的样子，轻言慢语道。

沈知礼的心缓缓一沉，今日每道佳肴都花了她无尽的心思，只为了见御王一面。

“妹妹，你怎么了？”沈知言察觉她不对劲，温言道。

“没……什么。”她红唇轻颤，在这盛夏里觉得周身都是刺骨的寒气。

一行人入席，刚刚坐定，只听得下人悠长一声：“公子、小姐，御王到了。”

慕容辞心头一震，全身一僵，那厮怎么跑来了？

她可是料定了慕容彧不会来，才来太傅府的。

居然算错了！

沈知礼的内心欢呼雀跃，她竭力克制情绪，起身端庄一礼，从容道：“臣女拜见王爷。”

沈知言、慕容诗也起身行礼，慕容辞安之若素地坐着，内心无比郁闷。

沈知言悄悄抬头，见来人一袭金线绣夔纹的玄袍，那么浓墨重彩的玄色，却被他演绎得优雅从容、风骨傲然，光影交织在玄袍金线上，都夺不走他浑身散发的熠熠的光芒。

然而，他径自过来坐在慕容辞的旁边，理所当然地说：“都坐吧。”

沈知礼错愕，她想他坐主位的，自己则坐在主位的下首，这样最靠近他。

“王爷，请您上坐。”沈知言恭敬道。

“不必，本王坐这儿便好。”慕容彧淡漠一声，眼风不经意地扫过旁边的慕容辞。

沈知礼舀了一碗羹双手奉上，“王爷，这是府里的厨子做的兔羹，风味独特，您尝尝。”当真举止优雅，赏心悦目。

他接过瓷碗，放在慕容辞面前，道：“殿下近来查案辛苦，清减了，多吃一点补补身子。”

慕容辞唇角抽了抽，忽然觉得脸颊热起来，说：“本宫不喜兔羹，王爷还是自个儿吃吧。”

按理说，沈知礼待客如此细致周到，要献上兔羹，也应该是先给她呀。

莫非，沈知礼对慕容彧有不同寻常的心思？

她看向沈知礼，果不其然，她的表情相当古怪，全然不是平常的她。

越来越有趣了。

不想，慕容彧的右手往下移，悄然轻放在慕容辞的腿上，面上不动声色，朗声道：“殿下应该多吃点。”

瞬间，慕容辞的身子轻颤起来，好像被惊雷劈中，头顶冒烟。

该死的慕容彧！

“闻起来还不错，本宫尝尝。”她咬牙切齿地说道。

殿下这声音有点怪？沈知言有点儿迷惑，御王和太子是水火不容还是暗度陈仓？现在他们究竟是敌是友？

御王又不时夹菜给殿下，到底怎么回事？

沈知礼看得呆住了，想起上次在御王府也是这样，御王和殿下的关系，好像十分微妙。

“府里的厨子比不上宫里和王府，不过厨艺还不错，王爷多吃一点。”沈知礼轻柔的声音若清风吹拂，如蔷薇花缓缓绽放。

慕容彧点点头说：“无须客气。”尔后问沈知言：“近来大理寺公务多吗？”

“顾大人忙于公务，下官还好，有三桩命案，不过暂时没有太大的进展。”

此后一桌无言。

慕容诗十分郁闷，本来她和太子殿下要坐一起，可忽然来个三叔杵在他们中间，但她又最怕三叔，这会儿敢怒不敢言。

总之这顿饭，吃得着实尴尬。

沈知礼今日精心地描了妆容，玉白的小脸泛着淡淡的粉色，几乎瞧不出脂粉，唇如缀着清露的海棠花瓣，眼似秋水里漾着的墨色琉璃，眉若飘渺烟雾里的连绵青峰。

她身穿芙蓉色衫裙，灵月髻插着芙蓉玉簪，清新婉约而又活色生香，清纯里带着几分隐隐的诱惑，最是撩人心怀。

然而，御王并没有正眼瞧过她。

她黯然神伤，在他眼里，她就这么不值一顾吗？

“殿下，吃完饭咱们去街上逛逛吧，正好消消食。”慕容诗清脆地叫道。

慕容辞放下碗筷，站起身道：“本宫还有要事，先行一步，诸位慢慢吃。”

还未等众人回神，慕容彧也站起来，利落地转身道：“本王也有要事在身，先行一步。”

两人步履如风，转眼就消失不见了。

“王爷……”

“殿下……”

沈知礼和慕容诗几乎是同时起身追去，只是到了门口，她们看到夜色里远去的马车，都似石雕般一动不动。

太子殿下和御王是乘坐一辆马车走的？

马车里，慕容辞时不时地看慕容彧一眼。

方才在太傅府前，她刚上马车，就看见他也跳进车厢。

“近来帝京不太平，本王护送殿下回宫。”

她的唇角抽了一下，没好气道：“本宫不是弱女子，无须王爷护送。王爷请下去。”

他置若罔闻，一笑就坐稳不走了。

“你……”她气得牙痒痒，这男人无赖起来还真是狗皮膏药！

马车辚辚，街道还挺热闹的。璀璨的灯火从车帘外缓缓闪过，偶尔漏进来些微光影，慕容彧冷峻如寒石的脸庞偶有光影流闪，十分诡谲莫测。

慕容辞明眸微转：“王爷觉得沈知礼这姑娘如何？”

“为什么这么问？”他的嗓音暗魅撩人。

“随便问问。”她一笑道。

“你想知道什么？”

“随便，什么都行。”

“沈知礼这姑娘，行事颇有分寸，知书达理，是个才貌双全的世家闺秀。”慕容彧的语声提高了点，忽然使劲地嗅着，“本王好像闻到一股怪怪的味道。”

慕容辞诧异地皱鼻，问：“什么味道？本宫怎么没闻到？”

他唇角噙着若有若无的笑意，说：“只有本王闻得到，唔……应该是酸味。”

她大窘，脸颊热辣辣地烧起来。

外面的琴若必定听见了！他是故意的！

“你小声点。”她气急败坏道。

忽然，她只觉得周身空气一荡，似有一团烈火逼近——他竟然已经坐到她身旁了！

“这样说话可小声点儿。”

脑中电光石火，她本能地起身，无奈他一把掐着她的纤腰，把她拖进怀里。

她怒不可遏，又不能大声斥责，只能使力推他。

“你干什么？放开本宫！”慕容辞压低声音道。

“本王只想抱抱你。”他的嗓音低哑迷人，下巴轻轻摩挲她的额头。

“殿下，东宫到了。”外边的琴若禀报道。

慕容辞瞬间僵住，不敢动弹，却听他低沉道：“本王与殿下有要事商谈，你们暂且回避。”

外面一阵沉默，然后是走远的脚步声。

“数日不见，阿辞，我想你。”慕容彧低哑的嗓音里蕴含着一种难以言表的蛊惑。

她竭力挣脱，无奈根本摆脱不了他的钳制。

“够了，本宫不是你的玩具！”

他移过她的小脸，瞬间攫住她的薄唇，将她即将出口的话悉数吞没。

热血急速奔涌，烈焰炽热燃烧，他只想把她抱得更紧，而她睁着双眼愤恨地瞪他，但见他眼睛在迷离神秘的暗黑里缠绕着浓如烈酒的欲念，像一个可怕的万丈深渊。

她瞅准时机，狠狠地咬下。

嘶……

慕容彧蓦然放开，似笑非笑道：“越来越泼辣了。”

她狠狠推他，然而揽在她后腰的大手正在缓缓下滑。

“你干什么？”她心神一紧，疾言厉色。

“你聪明绝顶，应该瞧出沈知礼的心思。”他的大手又伸上来，不规矩地探入她的后领，“你不该看紧一点么？”

“看紧什么？再不放手，本宫不客气了！”

他索性将她整个人抱在腿上，“把我看紧一点。”

她气恼至极，一把扣住他的喉，然而又不敢太用力。

站在不远处的琴若偶尔回头望去，不禁疑惑，为什么那辆马车在震动？他们打起来了？

即使被扼喉，慕容彧浓密的长睫也未颤动一下，“同时放手，如何？”他饶有兴致地挑眉道。

“好。”

疑案真相渐渐浮出水面

慕容辞锁定真凶

剧透党：昭华公主为何害怕旧事缠身？

“史上最忠心侍婢——元秀”

这章没有感情戏

第二十五章 太子又破连环案

大理寺牢房。

慕容辞打量着这个新捉来的乞丐，据说他和夏晓露一案有关。

这人其貌不扬，跟马东年纪相仿，头发蓬乱，身穿又破又脏的灰色粗布长袍，脚上是一双破烂草鞋，大脚黑乎乎的，好像一年没洗过了。

沈知言说，这乞丐的腿被人打断过，走路一瘸一拐的，因此人们都叫他李瘸子。

“李瘸子，起来，本官要问你话。”沈知言喝道。

李瘸子打了个呵欠，靠墙坐着说：“大人，你们想问什么就问吧。”

“你一直在城西小庙附近游荡？一般夜宿哪里？”慕容辞冷冷地问。

“小民不是在那间小庙夜宿就是在三里外的草寮夜宿。”

“你认识马东吗？”慕容辞又问。

“认识，小民和马东是好哥们儿，认识好多年了。”

“你可知马东现在何处？”

“知道。马东被你们衙门抓了关起来。他现在吃的是衙门香喷喷的公饭，大伙儿都羡慕。”他嘿嘿一笑道。

“你可知你为什么被关押？”

“知道。那两个年纪轻轻的姑娘被杀了，大伙儿都知道，都说是马东杀的。至于小民，小民究竟犯了什么罪？”

“你是马东的共犯，马东被判处死刑，你也要被砍头。”慕容辞阴冷地挑眉。

“啊？砍头！”李瘸子面色大变，叫道，“青天大老爷，小民可没有杀人，更不是马东的共犯啊……”

“案发当夜，你在哪里？”

“小民在……”李瘸子低了头，目光闪躲，“小民在……草寮那边……”

“胡说！”沈知言怒斥，“你明明跟衙役说你在小庙！”

“大人，小民那是骗他们的，因为小民想被抓起来，就能吃到公家的饭菜了。”

慕容辞微微一笑，却阴沉得令人毛骨悚然，威胁着说：“你不说也行，稍后便把你绞死，要么先把流水的刑具轮一遍。你觉得呢？”

沈知言也笑道：“我这就去安排，流水的刑具来一遍，他就去了大半条命了。”

李瘸子怕了，着急地摆手，说：“不要呀青天大老爷，千万不要……小民那夜的确去了小庙……”

她喝问：“什么时辰去的？”

他低着头回话：“临近子时。”

她看沈知言一眼，陡然厉声喝问：“你看见那夏姑娘貌美如花，见色起意，于是对她起了歹心，是不是？”

他吓了一大跳，震惊地抬头惊慌地大喊：“冤枉啊！大人，小民没有碰过那位姑娘，更没有杀人……是别人，小民看见一个人杀了那两位姑娘……”

“你亲眼看见了？”

“千真万确，小民亲眼看见。”李瘸子就差对天发誓了。

“你究竟看见了什么？是不是马东？”慕容辞疾言厉色地喝问。

“不是马东，那夜马东喝了不少酒，走到小庙就醉倒在墙边不省人事。”他利索地说道，“小民那天走在马东后头，忽然肚子不适，便到附近的草丛大解。之后小民刚起身往小庙走，就看见小庙前有人……”

“什么人？是不是夏姑娘主仆？”

“小民看见两位姑娘走到小庙，好像在等人。接着有一个人从庙里出来，他们好像说了几句话，接着那个人抓住一个姑娘的头往墙上撞去……”李瘸子回忆起那夜的情形，依然心有余悸，“另一位姑娘发出惊叫，扑过去拉那人，那人好像身手不错，转身直接把那姑娘打晕了。”

“然后呢？”沈知言兴奋不已，想不到这桩命案有人目睹了经过。

“那人把那个晕倒的姑娘拖到马东身旁，那姑娘不一会儿就醒了，那人就捂着她的口鼻，姑娘挣扎了一阵，就没气了。”

“夏姑娘生前没有被那人欺辱吗？”慕容辞觉得这案情不太对劲。

“小民没看见。”李瘸子摆手道，“大人听小民继续说，那人背对着小民，小民看得不真切，不知对那姑娘做了什么。但从后面看，那人并没有轻薄那位姑娘。”

沈知言接着问：“你看见那个凶手的容貌了吗？”

李瘸子回道：“那人身穿黑衣，头发束着，不过身形不高，不像男人。”

沈知言心里欣喜，又问：“多高？有本官高吗？”

李瘸子看向慕容辞，比画了一下，说：“比这位大人略矮一点。”

慕容辞点头道：“然后呢？那凶手走了？”

“那人在小庙里外仔细地搜查了一遍，也不知道在找什么，然后就走了。”

“前几日你没去小庙吗？为什么衙役没看见你？”沈知言问。

“案发第二日，小民听闻小庙发生了命案，想到就是夜里看见的那些事，担心牵涉其中，更担心被凶手灭口，因此前些日子小民一直躲在草寮。”李瘸子道。

从牢房出来，静默了半晌，沈知言问：“殿下，你怎么看？”

慕容辞的明眸闪着洞悉一切的冷芒，“我们一直认为杀害夏晓露主仆的凶手是男子，也许我们猜错了，凶手可能是女子。”

他赞许地点头，“我也有此想法，但我们不能忽略一点，从案发现场的情况，还有夏小璐衣衫不整的表象来看，她也许被人侵犯过。”

“这就是凶手把案发现场布局成马东对死者先侵犯后杀害的关键之处。”

“倘若凶手是个女子，那么就是她的主人容公子派她去杀害夏晓璐主仆的。可为何还要布局成受害人被人侵犯的假象呢？是为了嫁祸马东，还是有其他什么目的？”他百思不得其解。

“还有一点，那凶手个子不高，比本宫略矮一点，那不是和琴若差不多高吗？”慕容辞惊喜连连，“你记得吗？那个给夏晓露送信的男孩说，要他送信的姑娘，身形和琴若差不多。这极有可能就是杀害夏晓露主仆的凶手。”

“这位姑娘是容公子派去灭口的，这一点基本可以肯定。”沈知言道。

“极有可能。对了，本宫在小庙里捡到一个红色如意结，这个如意结极有可能是这位姑娘落下的。”

“那种如意结，街上不少小摊都有，想以此找到凶手很难。稍后我让人去找李瘸子，画下凶手的画像。”

提到画像，慕容辞灵光一现，脑中电光石火似的，急忙说：“本宫要去一趟松鹤茶楼。”说罢转身疾走。

“殿下，你去松鹤茶楼做什么？”

没人回答他。

赶到松鹤茶楼，慕容辞和琴若走进去，拿出一张画像道：“掌柜，我们昨日来过。”

掌柜一抬头见是他们，便道：“容公子没来过。”

“掌柜，画像里的人是不是容公子？”琴若把一张画像放在他面前，“仔细看看。”

他接过画像仔细端详一会儿，点头道：“的确是容公子。”

慕容辞让她把画像收起来，郑重地问：“掌柜，你看清楚了？”

掌柜点头，“我怎么可能看不清楚？的确是同一人。”

从松鹤茶楼出来，慕容辞的纤眉凝得越来越深。

“殿下，现下回宫吗？”琴若问道。

慕容辞下意识地点头，“回宫吧。”

然而，她没有回东宫，而是前往惊鸿殿。

由于昭华公主被禁足，不得随意出入，因此整个惊鸿殿十分安静，不见半个宫人的影子。

她们进去半晌，才见一个内侍忽从一旁出现。

“奴才拜见太子殿下，奴才去禀报公主。”内侍连忙道。

“不必了，本宫想给皇妹一个惊喜。”慕容辞取出那只红色如意结，问道，“你见过这样的如意结吗？”

内侍抬眼看看如意结，点头道：“奴才见过，李欣佩戴过。”

“李欣是惊鸿殿的宫女吗？”

那内侍回道：“李欣是惊鸿殿的宫女。”

慕容辞眉心微紧，冷声道：“你带本宫去找李欣。”

他回答道：“两个时辰前李欣吃坏了肚子，跑了茅房好几趟，这会儿应该躺在床上歇息。”

惊鸿殿的宫人住殿内西北角的通铺房，这会儿只有一个宫女躺在床铺上，她便是李欣。

李欣睡着了，面色苍白，嘴唇干裂，想必是腹泻得虚脱了。

那内侍站在通铺边叫了几声，她才幽幽转醒，无力地起身。

见是太子殿下，她挣扎着下床拜见，慕容辞抬手阻止，琴若把如意结放在她面前。

“你可有这样的如意结？”

“有。”李欣从枕下取出一个红色如意结。

琴若接过来，两只对比一看，无论丝线还是编织手法，都一模一样。

之前她走访过多家卖如意结的小摊，都未找到一模一样的，而这两个如意结，明显出自同一人之手。

“你这个如意结是自己做的？”

“殿下，奴婢的确学过编织如意结，但编织的没这个结实好看。这个如意结是别人赠予奴婢的，不是奴婢编织的。”

细细听完，慕容辞从惊鸿殿出来，感觉所有的精气神都被掏空了，怔了半晌道：“回去吧，本宫要好好想想。”

一夜无眠。

接连两日，她都待在东宫，哪儿也没去，谁也不见。

沈知言派人来传话，说根据李瘸子的描述已画出凶手画像。她和琴若前往大理寺，看了画像，心里百般滋味，不知如何形容。

而沈知言却不无惆怅地说：“殿下，从这张画像来看，我瞧不出是什么人。许是那夜太黑，加上相隔有一段距离，李瘸子看不清那个凶手。”

“把画像张贴到大街小巷了吗？”

“昨日我就吩咐衙役去张贴了。殿下，你怎么看？”

慕容辞盯着画像不语，若有所思。

这时，一个小吏来传话，说顾大人找沈知言有事。

沈知言莞尔道："殿下，我去去就来。"

她点点头，看着他离去，然后前往牢房。

狱卒打开牢房的大门，她走到李瘸子的牢房前，深深地吸气，缓缓地呼气，再走进去。

"你觉得这张画像和根据你的描述画出的画像，有几分相似？"

"咦……"李瘸子惊奇地皱眉，看了又看，"大人拿来的这幅画像，更像小民看见的那个凶手。"

"你肯定？"

"小民肯定，有七八分相似。"李瘸子笃定道。

出了大理寺，长空明丽。慕容辞怔了半晌，道："琴若，今夜子时你去办一件事。"

琴若正要领命，却听得身后有人急唤一声"大人"，就见秀禾匆匆走来。

"大人，今日我在别苑整理公子的书册，在一本诗文里发现一张小像。"秀禾取出一张窄小的白纸，恭敬地递过去，"这是公子画的那位姑娘的小像。之前我没有发现，想必那个凶手也没有发现，因此留存了下来。"

"殿下。"琴若接过小像，递给殿下。

慕容辞捏着纤薄雪白的白纸，画中那女子栩栩如生，一颦一笑都生动娇美，剪水双瞳，妙丽灵波。

她的手臂隐隐发颤，捏着小像的手指因为太过用力而发白。

"大人，有了这小像，是不是很快就能抓到杀害公子的凶手？"

慕容辞盯着小像不语，好似老僧入定。

这日入夜，狂风大作，雷鸣电闪，雨连续下了一整夜。

天亮后，长空堆满了乌云与阴霾，夏雨没有停歇的意思，淅淅沥沥地飘着。

惊鸿殿里。

慕容裳还没起身，元秀匆匆赶到寝殿，用垂玉金钩勾起挑金纱帐，低声喊道："公主，公主。"

“怎么了？”慕容裳眯着眼，迷迷糊糊道。

“公主，奴婢有重要的事禀报。”元秀心急如焚，直接说了，“昨夜奴婢在这儿守夜，方才回去更衣，发现奴婢单独住的那屋子似有贼人闯入过。”

慕容裳闻言，睁开惺忪睡眼起身道：“你说什么？”

元秀郑重道：“公主，奴婢的那屋子，昨夜应该有贼人闯入。”

慕容裳彻底清醒了，神色凝沉，说：“你如何知道有贼人闯入？可有什么东西失窃？”

元秀道：“那贼人很高明，若奴婢不是在窗下撒了少许面粉，根本不知有人进去过。奴婢检查了，什么都没丢，只有一样东西丢了。”

“是什么？”慕容裳的如云青丝披散，衬得一张清素的小脸尖尖的，漆黑的美目显得大而明亮。

“是……”元秀在公主耳畔低声说着，一脸沉重，“公主，不知是什么人拿走的，又为什么拿走那东西。”

“本宫知道。”慕容裳的眼睛冷酷地眯起来，迸出不符合她气质的寒鸷杀气。

尔后，她在元秀耳边吩咐了几句。元秀匆匆离去，慕容裳望向窗外，此时风雨如晦，她的双瞳浮着森森的寒气。

东宫殿廊下，慕容辞望着夏日迷蒙的细雨斜斜地织着，雨幕一帘帘，铺展着往远处延伸，连绵的宫殿在潮湿的水汽里氤氲一片，将琉璃瓦、朱墙和青石地冲刷得干净发亮。

琴若从一旁疾步而来，道：“殿下，奴才已经派差人去传话了，他们会准时抵达的。”

慕容辞点点头，“琴若，其实本宫是不是应该睁一只眼闭一只眼？”

琴若顿了顿道：“无论殿下怎么做，奴才都觉得殿下是无愧于自己的心。”

水风吹来，打湿了袍角，吹冷了心。

一个宫女匆匆赶来，禀报道：“殿下，宫人来报，琴若住的屋子有贼人闯入。”

“当真？什么时候的事？”琴若惊诧不已。

“就是刚刚。”宫女回道。

“抓到贼人了吗？”

“据侍卫说，那贼人的轻功相当了得，追了一阵就不见踪影了。”

“殿下，奴才回去看看。”琴若面有怒色，东宫竟有贼人闯入，侍卫都是吃干饭的吗？

慕容辞挥手让那宫女退下，淡淡道：“不必回去，应该没丢什么东西。昨夜你取得的那样东西，放在哪里？”

“奴才一直带在身上。”她拿出来递给殿下，“莫非那贼人就是为这个来的？”

“狗急跳墙。”慕容辞把那样东西接过来攥在手里，怅惘地冷笑。

琴若的耳朵微微一动，面色轻变，说：“殿下，寝殿有异动。”

“去看看。”

二人来到寝殿，果不其然，一个黑色披风、面部黑巾的人正轻手轻脚地在寝殿翻找。

慕容辞冷笑，光天化日之下擅闯东宫，去了琴若的屋子又来这儿，真是胆大包天！

“大胆贼人竟敢擅闯太子寝殿，找死！”琴若怒喝一声，抽出腰间软剑飞身扑去。

那贼人见行迹败露，抽出软鞭迎战。

咻咻咻——

这软鞭耍得虎虎生风，极有气势，一时之间琴若难以近身，眼见又一鞭凌厉地抽来，琴若不闪不避，如鲤鱼跃龙门似的翻越了几下，出其不意地拽住那软鞭的一端。

那贼人大怒，二人互相角力，琴若忽然飞身刺去，软剑如银色小蛇闪着冷光，那贼人大吃一惊，拽回软鞭，疾步向西窗飞奔而去。

软剑凌厉地划过，留下一抹猩艳的血色，是贼人从西窗飞蹿而出时，左臂受了琴若一剑。

“不必追了。”慕容辞拦住琴若。

“殿下，擒住她，她就百口莫辩。”琴若不解。

“虽然你的武艺略胜她一筹，不过以你的轻功，追不上她。”

“没想到她这般大胆！”

“她只不过是受人指使罢了。”

午时，慕容裳冒雨前去清元殿请安，与父皇叙了一会儿话便告退了。刚出清元殿，她和元秀就看见一个内侍打着伞匆匆而来，行了一礼道：“公主，太子殿下、御王有请，请您去上书房。”

她一怔，自己不是被禁足了吗？太子哥哥和御王传她去上书房做什么？莫非宫家又出幺蛾子了？

不对，或许是……

不，不会的。

“本宫稍后便去，你先回去复命。”她吩咐道。

“是。”内侍转身走了。

“公主多日未见御王，今日得见，也是美事一桩。”元秀提醒道。

“嗯。”慕容裳正是这么想的，无论什么事，只要能见御王一面，也是好的。

“那我先回去更衣。”

元秀莞尔一笑，“公主，让御王久等不太好。其实公主这身玉白的衣裳很美，清雅柔美，把公主衬托得楚楚动人呢。”

也是，慕容裳觉得有理，只是当她快到上书房时，远远地看见母妃正要进去，不由得心里起疑。

大殿里，御王、太子哥哥、沈知言都在，气氛有点压抑，令她开始觉得有一块大石压在心头。

“裳儿……”乔妃坐在雕椅上，对于今日的传召，她也是一头雾水。

“母妃，太子哥哥，王爷。”慕容裳温婉大方地见礼，坐在书案的御王风采依旧，是她午夜梦回里的模样。

“下官拜见公主。”沈知言行礼，也是满腹疑团，殿下把这些人传到上书房，究竟所为何事？

慕容彧看向慕容辞，沉声道：“今日把诸位请到上书房，殿下可是有事对诸位说？”

慕容辞站起身，扬声道：“本宫传诸位前来，的确有一些事想说。诸位知道，大理寺有三桩命案，但今日本宫却要说三对年轻男女的情爱故事。”

乔妃更迷糊了，这跟她和裳儿有什么关系?

沈知言听出言外之意，一言不发。

“听闻太子哥哥精于推演，今日可以大开眼界了。”慕容裳笑得眉目如画，也不知皇兄为何叫自己和母妃来。

“帝京有一户殷实的赵姓人家，家中三个铺面，经营已有数十年。赵家长辈希望自家出个读书人，因此自小培育赵青松，请学识渊博的先生教他。”慕容辞徐徐道来，“赵青松在城南别苑苦读，婢女秀禾贴身照料他的日常起居。大约一年前，赵青松偶识一位貌美如花的姑娘，二人一见钟情，每日相约出去游玩幽会。赵青松颇有才学，倾倒于这姑娘的美貌与气质，日日为姑娘写诗写词，还画了她的画像。”

“可惜好景不长，不过十余日，这位姑娘自称家人已为她安排婚事，要跟他斩断情丝。赵青松痛苦颓丧，不过经过婢女秀禾的鼓励，他决定向那位姑娘的父母提亲，他满怀希望急匆匆地去找那位姑娘，然而他再也没有回来，自此从世间消失了。赵家人去官府报案，派人四处寻找，可是根本找不到他。”

“不曾想，一年后赵青松的尸骨在城南的草地里被挖出来，这桩离奇的命案才得见天日。杀害他的是什么人?为什么杀他?这些不得而知。”慕容辞看向慕容裳，见她面上无悲无喜。

乔妃听得入神，迷惑道：“赵青松是被那位姑娘害死的吗?可是一个柔弱女子怎么可能杀人?”

沈知言沉沉道：“赵青松在地里埋了一年，已是一堆白骨，不过下官仔细查验过，他的尸骨，左胸第四、五根肋骨有裂痕，是被利器刺裂。赵青松应该是被凶手用长剑刺中心口，伤及肋骨，流血过多致死。”

慕容彧问：“找到凶手了吗?”

“尚未找到，不过本宫已有眉目。”慕容辞纤眉轻扬，语声清朗，“赵青松与心爱的姑娘热恋十余日，如胶似漆，写下不少诗词，自然也倾注心血画了那姑娘的画像。那姑娘杀害赵青松之后潜入赵家别苑，取走自己的画像，虽然她行凶干净利落，不落蛛丝马迹，然而天网恢恢疏而不漏。”

慕容裳浓密卷翘的长睫轻微一颤。

慕容辞的眼风不经意地扫向她，继续说：“她没想到的是，赵青松还画了一张那姑娘的小像，夹在一本诗文册里，赵青松的婢女秀禾收拾书册时发现那张小像，交给本宫了。”

乔妃好奇地问：“那姑娘是什么人？年纪轻轻的，手段也过于残忍了。即便不愿嫁给赵青松，也不至于杀人呐。”

慕容辞淡淡一笑，不做回答，说起第二段故事：“大约十个月前，锦州商贾之女夏晓露，在一家茶楼偶识一位来自帝京的公子。那位公子自称姓容，长得丰神俊秀，风度翩翩，又颇有才学，夏晓露一见倾心，自此对容公子魂牵梦绕，非君不嫁。就在她以为找到了今生真爱时，容公子声称家中来函，父亲病重，他必须赶回去。不过容公子说一定会娶她，还给她留了在帝京的联络方式。”

慕容彧推测道：“夏晓露对容公子情深义重，上京来找他了？”

“没错。夏晓露左等右等就是等不来容公子，于是带着婢女春桃上京寻找情郎。主仆二人在客似云来客栈住下，在京城找了几日，一无所获。忽有一日，天快黑了，夏晓露收到一张小纸条，原来是容公子约她在城西小庙见面。然而，次日一早，有人在小庙前看见夏晓露主仆死了，夏晓露衣衫不整，看起来像被人侵犯过。”

“啊……”乔妃不禁惊呼，“这位姑娘太可怜了，凶手是不是那位容公子？”

“凶手就是那位容公子。”沈知言忽然明白了殿下的用意，“死者夏晓露疑似被人玷污，下官和殿下一度以为凶手必定是男子。经过多方查证，凶手极有可能是女子。”

“女子？”慕容彧不解。

慕容辞接着说道：“这个故事跟第一个赵青松的故事颇有相似之处，行凶杀人的都是抛弃死者、背信斩情的一方。”

“殿下方才不是说死者夏晓露被奸污，那奸污她的人是谁？容公子吗？”他问。

“容公子是主谋，指使自己的婢女去行凶杀人。那婢女杀死夏晓露主仆后布置了案发现场嫁祸给乞丐马东。婢女将夏晓露捂死，然后制造死者被侵犯过的假象，如此一来就不会怀疑到她的主子身上。”慕容辞微微一顿，肃颜道，“这容公子并非男子，而是女扮男装。她也许就是觉得女扮男装很有趣，成功吸引了夏晓露，惹得夏晓露付出一片真心，还上京寻她，非君不嫁。”

慕容辞这番话犹如一块巨石投湖，溅起水花无数。

众人皆是一副不可思议的神色。

慕容裳的身子似乎颤了一下，死气沉沉的小脸原本是苍白的，如今青白交加，好似中毒之人面色青紫那般恐怖。

“现在本宫说第三个故事，大约三四月前，宜州一位家境贫寒、颇有才学的林舒公子，偶然认识一位来自帝京的美貌姑娘。这位姑娘自称姓容，是帝京商贾人家。林舒宅心仁厚，与乡邻十分友好和睦，为乡亲的孩子授课。”慕容辞道，“跟第一个故事里的赵青松一样，林舒很喜欢容姑娘，为她写诗写词，还画了她的画像。这对年轻男女如胶似漆十余日，便要分道扬镳，因为容姑娘声称父母已为她安排了婚事，她必须回帝京嫁人。”

“的确跟第一个故事很像。后来林舒惨遭杀害？”

“没错，林舒的妹妹林羽去陪伴姐妹，在姐妹家住了几日，回来后看见哥哥死在家里。而容姑娘的画像都不见了。当地知府查不到容姑娘此人，林羽断定杀害哥哥的凶手是容姑娘，就带着哥哥的尸首上京告状。”

“林舒是怎么死的？”乔妃忽然觉得蹊跷，太子为什么把自己和裳儿传到这儿，跟她们娘儿俩有什么关系？

“林舒心口中剑，流血过多致死。”沈知言回道。

“这三个故事颇多相似之处，殿下有确凿的证据指证凶手吗？”慕容彧冷沉道。

殿内的气压持续下降，静默成死寂。

慕容裳全身僵硬，精致如瓷的五官如今萦绕着病态的苍白，漆黑的眼睛一动不动，没有呼吸，没有表情，好似灵魂飞离了躯壳。

慕容辞盯着她，薄唇轻启道：“容这个姓只不过是凶手的化名，她的本姓是慕容。皇妹，本宫说得对不对？”

乔妃震惊得无以复加，而沈知言轻声一叹，果不其然，是她。

慕容裳没有任何反应，呆呆地坐着。

“裳儿，你倒是说话呀。”乔妃面色大变，拍拍她的小手，焦虑得声音微颤。

“皇妹，本宫非常不愿是你。你离宫出游那么久，去了锦州、宜州，领略各地风土人情、奇秀风光。你心思奇巧，但玩心太重，喜欢猎奇，从京城到宜州，那些男子、女子被你耍得团团转，沦陷于你编织的情缘谎言里。他们心甘情愿为你奉献一切，甚至为你要死要活，你一边骂他们蠢笨，一边沾沾自喜，他们满足了你游戏人间的扭曲可怕的荒唐心理。”慕容辞盯着她的目光凌厉如刀，刀刀如凌迟一般，“当他们死缠烂打地缠着你，当你觉得不好玩了，或者当你觉得他们该死，你就心狠手辣地杀死他们，以绝后患。”

“不是裳儿……太子殿下，一定是哪里弄错了，一定不是裳儿……”乔妃着急地辩解，心急如焚地摇着慕容赏的双肩，“裳儿，你倒是说话呀！”

慕容裳死寂的眼珠终于转动起来，浅浅微笑道：“太子哥哥，你说的三个故事很动人，几个死者也令人同情，不过这三个故事的凶手，不是臣妹。”

她看向慕容彧，郑重道：“王爷，虽然本宫出宫游玩很久，但不是凶手，也没有骗过人。”

“公主，殿下已经掌握了证据。”沈知言语声沉朗。

慕容裳眼圈发红，泪萦于睫，又委屈又无辜，说：“太子哥哥，父皇膝下子女不多，臣妹自小便与你一起侍奉父皇，为父皇尽孝。难道这么多年的兄妹情谊是假的吗？太子哥哥，你为何要这般诬陷臣妹？”

这番自辩打的是感情牌，若是以往，慕容辞真会被她凄楚可怜的模样骗了，这一次，慕容辞不会心慈手软。

“皇妹，从你设局引诱宫俊豪，在他情动之时害他成为残缺之身，本宫就知道，你的内心跟外表天差地别，你心狠手辣，为达目的不惜一切代价。倘若没有发生这件事，本宫兴许还会犹疑，然而，事实如此，本宫不得不信。”

“太子殿下，裳儿是本宫看着长大的，绝对不是那样的人。”乔妃凄惶地解释，“王爷，您要查清楚呀……”

“既然太子哥哥认定臣妹是凶手，那便拿出证据。”慕容裳冰冷地挑眉，“先说第三个命案，太子哥哥有什么证据？”

“的确，第三个命案，你处置得很好，没有留下证据。林舒为你画的画像，你和你的近身宫女都带走了。”慕容辞冷笑，“三桩命案一脉相承，颇有相似之处，行骗者、杀人者乃同一人。”

慕容辞扬眉浅笑，继续说道：“皇妹，因为宫俊豪那件事，你郁郁寡欢，那天本宫带你到街上散心，巧遇夏晓露。她一看见你，便觉得你是容公子的姐妹，只是她没想到你就是假扮男装的容公子。你知道夏晓露上京来找你，迟早会惹出祸事，于是你杀了她们主仆。你派元秀去约夏晓露到城西小庙见面，等到夜深人静时才下手。元秀杀了她们，却不慎将一个红色如意结落在小庙。”

她取出一红色如意结，道：“元秀，这是你亲手编的吧。你不止编了一个，还送给惊鸿殿的宫女。”元秀惊慌无语，慕容辞又道，“皇妹一定想不到，除了这个如意结，元秀杀人的时候被一个乞丐看见了。本宫拿着元秀的画像给那乞丐指认，那乞丐一眼认出是元秀杀人。”

死一般的沉寂。

慕容裳不语，美艳的小脸泛起青紫的色泽，像鬼一样骇人。

慕容辞从怀里取出一样东西，语声里带了一丝悲怆，“皇妹，你对夏晓露说，若她上京找你，便去松鹤茶楼留话。本宫带着这张画像去松鹤茶楼，那掌柜认出，这张画像便是他见过的容公子。”

沈知言接过那张画像看了，又递给慕容彧。

慕容彧语声低沉道：“虽为男装，但的确是昭华公主。”

“皇妹，赵青松为你画了一张小像夹在书册里。”她取出小像，对着慕容裳举起来，语声微厉，“你看清楚，这张小像究竟是不是你。而你竟然对他谎称你是端柔郡主，假借别人的名义骗人。”

“裳儿……”乔妃拉着女儿的手臂，痛心疾首地喊道，“你怎么这么糊涂……你怎么可以杀人……”

慕容裳盯着那张小像，长睫微动，晶莹的泪珠滑过玉白的脸颊，落在衣襟上，晕染开一点湿色。

慕容辞看着被自己质问到不再争辩的皇妹，蓦然胸口涌起一阵莫名复杂的情绪。

倘若罪名坐实，数罪并罚，她的下场必定是斩首。

要看着至亲的妹妹身首异处吗？倘若不，一条条冤死的亡魂在她午夜梦回里凄惨地呜咽，哀求她为自己申冤报仇。她无法无动于衷，无法置家国刑律于不顾。

“萧贵妃寿宴那日莫名失踪，被一个轻功绝顶的人带出青鸾殿，最后从凌风阁坠落。萧贵妃不是自尽，凶手以一种十分高明的手法杀了人。”慕容辞取出一样东西，接着道，“这是宜州产的天蚕丝，锋如刃，柔似水，利可穿甲，凶手同样伪造了一个坠阁自尽的假象，企图瞒天过海。”

“这天蚕丝是在凌风阁萧贵妃坠下的地方找到的，其长度足以绕萧贵妃的腰身一圈，再绑在朱栏上。在天蚕丝刚断的那刻，凶手以一颗小石子为暗器，解了萧贵妃的穴。她在坠落时清醒过来，难免挣扎。而在凌风阁下面的所有人，都认为萧贵妃跳阁自尽。”沈知言朗声道。

“凶手轻功绝顶，对皇宫的地形极为熟悉，才能避过侍卫的耳目将人无声无息地带走。”她竭力压下悲怆的情绪，冷静道，“元秀身怀武功，轻功不俗，皇妹，你指使元秀杀害萧贵妃，又是为了什么？”

“殿下指控奴婢杀人，可有证据？”元秀嘴硬道。

慕容辞又取出一卷天蚕丝，冷冷地讥诮道：“这是琴若从你住的屋子里搜出来的，今早你还闯入东宫找这天蚕丝，可惜你没能成功。”

琴若道：“殿下，如果不出所料，她的左臂受了剑伤。”

她过去用力地一捏，元秀左臂的衣袖透出淡淡的血色。

慕容彧瑰美的脸庞缭绕着刺骨的寒气，冷冷道：“为什么杀萧贵妃？”

这一句，如惊电闪过，惊雷炸响。

“因为她该死。”慕容裳下巴微抬，冷傲道，“她是父皇最宠爱的妃子，可是她不守妇道，红杏出墙，勾引御王，不知廉耻。像她这种淫贱之人，臣妹要为父皇惩治她！”慕容裳的嗓音变得干嘶喑哑，眼里燃烧着愤怒的烈焰。

“王爷，像萧贵妃这种心术不正、淫贱无耻的贱人就该送她去阴曹地府，王爷不觉得本宫做得很对吗？”慕容裳如画如玉的眉目布满了骇人的狠戾杀气，令人头皮发麻。

“此乃本王的私事，无须公主为本王做主。”慕容彧冷冽道。

“皇妹，无论萧贵妃做了什么，犯下什么罪，自有父皇处置她。赵青松、夏晓露主仆、林舒，他们都被你欺骗、戏耍，已经十分可怜，你不再见他们便是，为什么还要杀死他们？”

“殿下，公主没有做错什么。”元秀忽地跪下，涕泪俱下地辩解道，“公主虽憎恨萧贵妃，但没有想过要杀萧贵妃，是奴婢自作主张把萧贵妃劫走，再布局杀她。还有赵青松他们，公主欺骗他们的感情有错，但公主没有指使奴婢杀人，是他们死缠烂打，还扬言要把公主押去官府。奴婢忍无可忍，一怒之下就杀了他们。犯下死罪的是奴婢，殿下，王爷，奴婢愿受任何惩处，毫无怨言。”

“对！本宫没有杀人，也没有指使元秀杀人，是她为保护本宫才杀死那些人的。”慕容裳好似忽然清醒过来，她知道事情已然败露，再无转圜余地，只有弃车保帅。

又一记惊雷炸响，大殿闪过一道银白的闪电，所有人被重重地一震，接着狂风大作，暴雨倾泻而下，豆大的雨点噼里啪啦地击打在琉璃瓦上。

慕容裳的眼里闪过一抹惧色，转瞬即逝。

她忽然跪下，晶莹的泪珠滑过玉白的面庞，她拉着慕容辞的袍角，卑微地哀求道：“太子哥哥，臣妹是怨恨那些人，憎恨萧贵妃，但臣妹没有杀人之心，是元秀自作主张，一而再再而三地杀人……”她转向慕容彧，凄切哀伤、楚楚可怜，“王爷，本宫对天发誓，没有杀人之心，求王爷明察……”

乔妃愣愣地站在一旁，泪眼迷离而茫然，不知如何是好。

元秀哀切决绝道：“殿下，王爷，奴婢犯下死罪，杀人偿命天经地义，奴婢这就还命。”

说罢，她一头撞向书案，琴若直冲过去一掌推开，元秀踉跄地倒在一边。

慕容辞道：“你杀了那么多人，理法难容，罪当斩首示众，自尽岂不是便宜了你？”

“殿下，那公主……”沈知言迟疑道。

这出戏，其实谁都瞧得出来，然而，是元秀揽了所有罪……

乔妃猛地跪下，声泪俱下道：“王爷，太子，是本宫教女无方……裳儿年纪还小，心性顽劣走了歪路，元秀杀了人，是裳儿对宫人疏于管教，纵奴行凶，本宫愿受任何惩处，代裳儿受罚……”

“乔妃，你不必如此。”乔妃的悲痛与害怕，慕容辞感同身受，万分为难之际，她看向慕容彧，希望他做出裁决。

“昭华公主顽劣骄横，行骗戏耍他人，心术不正，纵奴行凶，致使四人冤死，着褫夺公主封号，无报备不得出惊鸿殿半步。杀人者元秀，斩首示众。”慕容彧语声低沉，掷地有声。

慕容裳闻言，紧绷的身躯暗暗松懈下来。乔妃登时腿软地坐在地上，面上漫起不易察觉的喜色。

太子殿下不肯面对的真情

御王实言以告，老皇帝备受打击

求御王美白秘籍

御王：阿辞，我早就知道你就是那个刺客了

御王花式拒绝沈知礼 ×2

御王要求给太子殿下当私教

第二十六章 “你会不会杀我？”

众人离去，慕容辞留下来，慕容彧也在。

“为什么不判处皇妹斩首？”对于这种判处，她不知该喜该悲，百味杂陈。

慕容彧握住她的手，低沉道：“本王如你所愿，你满意吗？”

慕容辞抽出手，半晌才道：“你放皇妹一条生路，不会后悔吗？”

“本王在意的是你会不会后悔。”

她怅惘地一叹：“本宫不知道放过皇妹对不对……”

他摸摸她的头，用别样的温柔的语气说：“阿辞，无论后果如何，我们一起承担。”

慕容辞怔怔地凝视他，慕容彧也看着她，好像要透过她的眼眸深入她的内心，就在这样无声的凝望里，她的心湖荡开一圈圈涟漪，四周的冰墙好似要渐渐融化……

“本宫去惊鸿殿。”慕容辞心知，再不逃开，他又要吻下来了。

望着她仓皇地逃走，他唇角噙着一缕温柔的微笑。

狂风骤雨肆虐着皇宫，一幕幕雨帘向远处延展，雕梁画栋的皇宫在水帘里变得模糊。

慕容辞和琴若抵达惊鸿殿时，衣袍大半都湿了。

乔妃正要回去，见到她们来，欲言又止道：“太子殿下，裳儿她……”她想说裳儿不想见殿下，却到底没有说出口。

“本宫还有点疑问要问皇妹。”她十分明了地说道。

乔妃无奈地叹气：“多谢太子殿下手下留情。”

“是御王做出的裁决，你要谢的是御王。”

“裳儿的确犯下大错，还请殿下看在陛下的面上多多担待。”乔妃凄切地恳求道。

慕容辞没有应答，点点头便往里走。

大殿寂静如死，慕容裳坐在榻边，已经换了一身干净衣裳。

她呆若木鸡，乌沉的眼珠暗淡无光，精致的面容，隐在晦暗的光影里，似一朵备受狂风暴雨摧残的花儿。

看了昭华少顷，慕容辞轻柔道：“皇妹可是在怨恨本宫？”

“臣妹怎敢怨恨太子哥哥？”慕容裳嘶哑道，语声有几分讥诮。

“元秀揽了所有罪责，代你受死，你依然是父皇的女儿，只是失去了公主封号，你该知足。”

“是呀，臣妹怎么会不知足呢？”

慕容辞坐在她身旁，温和地问：“皇妹，你可以如实地告诉本宫，为什么杀赵青松、夏晓露、林舒他们吗？”

慕容裳一动不动地坐着，没有表情，没有语言。

“本宫只想知道而已，不会为难你。”

慕容裳木然的眼珠终于动了一下，慢慢转过小脸，问：“想知道？”

“嗯。”慕容辞点点头。

“是呀，臣妹为什么杀他们呢？臣妹没有想杀他们，只是惩戒他们。”

“惩戒？”

“不是吗？他们死缠烂打，喋喋不休，紧紧追着旧事不放，臣妹烦都烦死了，就派元秀让他们永远闭嘴。”慕容裳浅浅一笑，“太子哥哥，臣妹最讨厌的就是那些像蚊子嗡嗡乱叫的人，只要拍死蚊子，就清静许多。”

慕容辞心头骇然，无言以对——她竟扭曲至此，太可怕了！一个皇家公主，锦衣玉食，又为何对自己的过去如此介怀呢？慕容辞不知是否是她流落民间那段时间的遭遇致使她如此。

“臣妹乏了，要歇着了，太子哥哥自便。”慕容裳站起身，冷若冰霜道。

慕容辞走到寝殿入口，转身看见她慢悠悠地躺在床上，脑海浮现四个字——无可救药。

这一次放过她，是对是错？

回去想了一整日，慕容辞始终难以决定，要不要禀报父皇昭华公主被褫夺封号一事。父皇知道后会不会伤心动怒，身体又承受得住吗？

可即使她不说，父皇迟早也会知道，没想到还未决定，清元殿那边就来了宫人，说父皇传她过去。

她匆匆赶到清元殿，果不其然，她看见慕容彧从天子寝殿出来，一身的凛然正气。

“你是不是把皇妹的事告诉了父皇？”慕容辞低声问道，气得牙痒痒。

他宠溺地刮了一下她的鼻头，暧昧至极，说：“进去吧，陛下正等着你。”

她恼恨地剜他一眼，走进寝殿。

寝殿里，慕容承坐在床边，气色不错，不过板着的脸上覆着一层薄薄的冷霜。

她请安行礼后道：“父皇传召儿臣，不知有什么吩咐？”

“御王说昭华出了事，究竟是什么事，为什么要褫夺封号这么严重？”他十分不悦，严厉道，“你给朕仔细说说，倘若没有合情合理的缘由，朕绝不容许你胡来。”

“父皇，儿臣没有胡来。”慕容辞诚恳道，不由痛恨那该死的慕容彧，也不知他是如何对父皇说的，“皇妹一事是儿臣与御王协商后才做出的裁决。”

“御王说昭华犯下大罪，罪不容赦，你仔细给朕说说，昭华究竟犯了什么事。”慕容承眉宇间布满了怒色，“说！”

“父皇，皇妹的事三言两语说不清，儿臣会详细说给父皇听，但请父皇不要动怒、不要着急，一定要心平气和，保重龙体，可好？”

“好。”

慕容辞斟了一杯茶递给父皇，见父皇摆手，便放在床榻边的矮几上。

“父皇，皇妹三岁时被宫里的嬷嬷带出宫，此后便与我们失散数年，直至十二岁那年父皇派出去的人才找到她，带她回家。因为皇妹在民间生活了数年，一向不喜拘束，因此即使回到皇宫也经常往宫外跑，去年更是带着近身宫女元秀出宫游玩数月不归。皇妹在宫外游玩这么久，也发生了一些事……”

慕容承沉声问道："发生了什么事？"

"父皇保证不动怒，儿臣才一五一十地说。"

他低沉地"嗯"了一声，平复心绪后说："速速说给朕听。"

"一年前，皇妹先在帝京认识了商贾之家的赵公子……赵公子失踪一年，直至最近才在南郊挖出尸骨。大半年前，皇妹外出游玩，在锦州女扮男装认识了商贾之家的小姐夏晓露……半个多月前，夏晓露带着婢女春桃上京寻找情郎，不几日，她们在城西小庙前遇害。"慕容辞停顿了一下，看见父皇的面容颇为平静，便接着道，"三四个月前，皇妹在宜州游玩，认识了林舒公子，半个月后，林舒相依为命的妹妹发现哥哥死在家中。"

"这三桩命案都跟昭华有关？"慕容承的面庞冷沉如铁，似乎已经明白了什么。

"儿臣和大理寺少卿沈知言侦查多日，抽丝剥茧，掌握了重要的证据，的确与皇妹有关。父皇千万不要伤心难过，萧贵妃……"

"萧贵妃怎么了？"他心神一紧，难怪好些日子萧贵妃没来看望他，莫非出了事？

"萧贵妃寿宴那日，从凌风阁坠落，当场身亡。"

"咳……咳咳……"慕容承突然急咳起来。

"父皇……"慕容辞冲上去扶着他，又担心又焦虑，"您怎么样？儿臣去传太医……

"不必……"慕容承的语声低哑缓慢，好像耗尽了心血，有气无力，"萧贵妃怎么会从凌风阁坠落？"

她看着父皇，他眼睫轻颤，眼里蓄着一股轻轻流动的热泪，他分明压抑着锥心的悲痛，到底萧贵妃是他最宠爱的妃子。

她惆怅道："父皇，儿臣查实，萧贵妃并非自己从凌风阁坠落，而是被人谋害。"

只见父皇好像费了所有力气挤出干嘶的声音，面庞弥漫着浓烈的悲伤，说："萧贵妃之死也与昭华……"

慕容辞重重地点头，"这几桩命案都跟皇妹脱不了干系，皇妹的近身宫女元秀揽了所有罪责，心甘情愿去死。虽然皇妹不承认指使元秀杀人，可是内中详情，一想便知。儿臣和御王协商之后，保住皇妹一条性命，只是褫夺她的封号，没有旨意不得出惊鸿殿半步。”

慕容承好像瞬间又老十岁，嘴唇轻微地抖着，眼眶里的热泪滑过皱纹满满的脸庞，面色变成以往的死白。

忽然，他又剧烈地咳起来，咳得全身发颤，好似要把肺也咳出来。

“来人啊……来人啊……去传太医，快……”慕容辞惊慌地大喊，一边为他拍背顺气。

噗……一口血喷在宫砖上。

“父皇……”

“朕没事……”慕容承声音低微，气若游丝。

“父皇，你一定要保重龙体，燕国还需要你。”

“你放心，朕没那么容易死。”

总算把太医等来了，三个太医会诊了好一会儿，院使沈大人道：“陛下急怒攻心，这才吐血。殿下放心，陛下只要服了汤药就能慢慢好起来。”

出了清元殿，她长长地呼出一口气。

越想越气！慕容彧！

她疾步走向上书房，让琴若在外面候着，自己直闯进去。内侍见太子殿下面带煞气而来，立即禀报道：“王爷，太子殿下……”

“出去！”慕容辞边呵斥，边往里闯。

“殿下……”那内侍吓得浑身一哆嗦。

“出去吧。”慕容彧淡淡道。

内侍快步退出，慕容彧从书案走出来，眉宇蕴含着邪气的浅笑，道：“殿下亲自到访，不知是公事还是私事？”

她的眼里蓄满了浓烈的杀气，质问他：“你特意去告诉父皇的？”

他似笑非笑地说：“本王去探望陛下，顺带提了一句。”

他绝对是故意的！

把父皇气得旧疾复发，他就可以继续统摄朝政，为所欲为！

“陛下没事吧？”

“父皇当然没事。父皇虽然伤心难过，但总算心平气和。”

“本王怎么听说，三个太医匆匆赶往清元殿？”慕容彧露出狡诈的冷笑。

慕容辞气得心肺要爆炸，拳头攥得紧紧的，指关节泛白。

“阿辞，纸包不住火，你父皇迟早会知道，还不如现在你说清楚。这种事瞒得越久越不好。”他的语声温和含笑,好似所做的一切都是为了她好。

“本宫自会找机会跟父皇说，无须你多嘴！”她再也忍不住，怒火喷发，犹如滔天巨浪要将他淹没。

“阿辞，你父皇并没有你想的那么羸弱，你是关心则乱。”

慕容辞怒吼：“父皇都吐血了还不弱？”

话出口了才意识到，把不该说的都说了。

她越想越气，胸口剧烈地起伏着。

“若你气不过，想怎么惩罚我都行。我让你暴打一顿？”他抓住她的手，放在脸颊边，作势要打。

她猛地挥拳打去，蓄满力气。

“不许躲！”

一拳击在胸口，他闷哼一声，捂着胸口撑在书案，咳了几声。

又接连五拳袭来，每一拳都使了十成力道。

“发泄完了吗？”他捂住胸口喘息着。

她松开拳头，恨恨道：“下不为例，否则本宫把你揍成肉饼。”

说罢，她扬长而去。

三个案子结案，安抚了家属，又将元秀斩首示众，随后将萧贵妃风光大葬，葬入慕容承百年之后的陵寝妃陵尊位。

慕容辞在东宫闷了几日，忽然想起一件事。

南越国三皇子越景辰在帝京做了这么多事，毒害北燕国文武大臣，最后客死异乡，慕容彧早已经修国书去了南越国，为什么过了这么久还没消息？

莫非南越国皇帝不想要回越景辰的尸首？

这日，一个内侍到东宫传话，说御王要见她，是关于南越国一事。

大约知是临近午膳，慕容彧将她约在一家茶楼雅间，鬼影引了她和琴若过来，待她进去，便关门离开。

只有慕容彧站在窗前。

金线绣蟒纹的玄袍修塑出他轩昂的身姿与凛然的气度。那一身黑，好像藏着无尽心事，蕴含着不为人知的筹谋。

“王爷找本宫来有什么事？”

他缓缓转身，不显喜怒。

“派去南越国的使臣回来了？”她淡淡地问。

“今日回来的。”慕容彧嘲弄地冷笑，“他说南越国皇帝不承认死在我大燕的越景辰是南越国三皇子。”

“不承认？”慕容辞冷冷地笑，“南越皇帝果然要面子。”

堂堂皇子，入他国蛰伏行事，做了不少损人的勾当，事败被行刑。到头来，他的老子却不承认他的皇子身份。

可悲，可怜，可叹。

“这件事只能不了了之。”最是无情帝王家，慕容辞为越景辰不值。

“既然南越皇帝要颜面与国威，本王就让他如愿。”慕容彧的眼睛泛起寒鸷的戾气。

“你打算怎么做？”她好奇地问。

“将越景辰的尸首挂在闹市门楼，供臣民观瞻一月。同时将他的事迹传播出去，让天下人都知晓南越国三皇子的劣迹。”慕容彧的眼底缭绕着嗜血冷酷的笑意。

真是一代枭雄。

在铁血沙场，他是北燕国臣民赞誉的战神，是诸国军民闻风丧胆的战魔。

在诡谲朝廷，他统摄朝政，安邦治国，运筹帷幄，是算无遗策的大枭雄。

“本宫倒是很期待南越皇帝的反应。”她清冷地笑道，“王爷要没什么事，本宫走了。”

慕容辞转身欲去，却听到他说：“本王忽然想起一件事，本王三月寿宴那日，遭遇异国刺客。那些刺客都是女子，武艺不怎么高明，不过行踪飘忽诡异。自从本王端了她们在帝京的窝点，她们就消失得无影无踪。”他沉缓道。

她顿足不前，他究竟想说什么？

“本王在诸国都有耳目，但寻遍天下，也找不到那些女刺客的踪迹。她们好像从世间消失了。”

她冷笑，“以王爷的本事都找不到她们，看来她们并非寻常之辈。”

他走到她身后，俯身在她耳畔低语：“其实本王想找的是那个女子，你不也知道吗？”

灼热的呼吸喷洒在耳朵四周，慕容辞的心尖颤了颤，不动声色地冷笑，“天下之大，无奇不有，找不到也不是不可能。王爷还是不要过于自信的好。”

“本王想找的人，掘地三尺也会找到。”慕容彧的手放在她肩头，暧昧地在她耳旁吹气，“那女子消失得彻彻底底，本王想了很久，只有一个可能。”

“什么可能？”耳周湿热的气息让她难受又窘迫，恨不得马上逃开。

“只有一个可能，就是那女子一直在本王身边。”他的嗓音低哑暗魅，有一种极致可怕的诱惑，单单听着都会被迷了心。

慕容辞面不改色，心却狂跳起来，他这是试探，还是察觉了，或者是确定了？

“即便穷尽一生，寻遍天下，本王也要找到那女子。你说本王应该从身边什么人查起？”

“这是王爷的事，与本宫无关。”她拍开他的手，淡漠道。

他从身后搂住她，低声道：“本王身边的女子屈指可数，要不要先查查你？”

“本宫是本宫，不要把任何人和本宫牵扯在一起！”慕容辞奋力挣出，冰冷的声音里带着一丝愤恨。

他一把扣住她的手腕拖她入怀，俯首在她发间深嗅了一下，盯着她道：“我记得那女子的幽香，跟你身上的幽香很像。”

“不可能！”慕容辞脱口而出。

哦？她的反应超乎寻常。

她也很快意识到，只好窘迫地解释：“本宫怎么可能……”

“殿下反应这么大，莫非……”他邪魅地挑眉道。

慕容辞冷静了些，讥讽地冷笑道：“王爷是日有所思，夜有所梦吧，把本宫当成刺客，王爷的推断本事倒是厉害得很。”

慕容彧盯着她，从头到脚打量着。被他瞧得窘迫，慕容辞又紧张又忐忑，恼怒道："看什么看？"

他一笑，"殿下无须生气，本王只是随口说说。"

"本宫先行一步。"

"既然来了，何不在此用膳？本王点了几样菜，稍后便能吃。殿下，坐吧。"慕容彧云淡风轻地说道，斟了两杯茶，将一杯推到旁边的位置，尔后示意她坐下。

罢了，坐吧。

外面喧哗，雅间却是安静，他们好似能听见彼此的呼吸声。

"中秋佳节将至，本王打算在宫里设中秋宫宴，殿下以为如何？"慕容彧忽然开口。

"也好。宫里冷清，热闹热闹也好。"

因为萧贵妃之死和慕容裳被褫夺封号一事，她担心父皇心郁气结，于龙体的康复无益。

他点点头，说："那本王便传旨下去。"

忽然听得雅间外琴若大声道："沈小姐，太子殿下和御王在里面。"

慕容辞闻言，心头微喜，沈知礼来得太巧了！

她立即冲去开门，见沈知礼和侍婢站在廊下。

"臣女拜见太子殿下。"沈知礼恭谨地行礼，眉目微抬，目光越过眼前的太子殿下，探究到里面。

"这是在宫外，无须多礼。若你不介意，就一起吧。"慕容辞心花怒放，恨不得一把将她拽进来。

沈知礼走进雅间，嗓音轻柔婉转："臣女拜见王爷。"

今日的运气真是不错呢，她带着婢女上街，偶然想在茶楼消磨时光，就在外面看见了琴若。

慕容辞热情地笑道："沈小姐坐吧。午时将至，稍后伙计送来菜肴，一起用膳。"

"多谢殿下、王爷。"沈知礼悄然抬起眉睫，看他一眼，她的心无时无刻不痴迷于这个男子，他身上有铁血沙场的烙印，沉淀着生杀予夺的冷酷无情，更有着九天神祇般的盛世容颜，是上古天神呕心沥血雕琢而成的玉中谪仙。

伙计送来菜肴美酒，一直在窗边的慕容彧终于坐回来，低沉道："起筷吧。"

慕容辞笑道："沈小姐，这是在外头，无须拘束，就当作朋友相聚便可。"

沈知礼柔声道："是。"

慕容辞边吃边欣赏她的美，她是大家闺秀，幼承庭训，自然通晓文史诗词，更不用说琴棋书画。她性情温婉，端庄大方，五官精致如玉，有一种春风化雨般的轻盈之美，她慢慢吃着，有种刻在骨子里的优雅，十分赏心悦目。

"沈小姐,今年你十七了吧,你父母可有为你说亲？"慕容辞忽然笑问。

沈知礼心神一滞，一时不知如何回答。

父母自然正在为她的婚事操心，可她有自己的打算。

慕容彧薄唇轻启，说："殿下的太傅沈大人乃沈小姐的祖父，倘若沈小姐嫁给太子为太子妃，沈太傅应该会欣然应允这桩婚事。"

这话一出，似是一块巨石抛入碧湖。

慕容辞咬牙切齿，明明知道她是女子！

沈知礼的心里五味杂陈，一双妙目有水泽流动，御王为什么说这样的话？他从未对她有过别的心思吗？

"本宫还要跟王爷多学习如何治国安邦，弱冠之前都不考虑迎娶太子妃。"慕容辞冷声道。

"既然殿下这般刻苦好学，本王自当倾囊相授。不如每日申时殿下来上书房，本王亲自为殿下授课，如何？"慕容彧一本正经道，"殿下想学什么？"

"本宫要学治国安邦之道，自然是向王爷讨教如何批阅奏折，如何处置国事。"

"殿下这般好学勤奋，本王自当尽心尽力。不过殿下也需谨记劳逸结合,本王会想一些新鲜的玩法锻炼殿下的灵敏度与体能。"慕容彧意味深长。

慕容辞一愣，他这话是什么意思？灵敏度与体能？

她脑子进水了才会把自己送上门去！

“这件事，本宫再想想。”

“殿下考虑清楚比较好。”慕容彧优雅地吃着。

沈知礼听得云里雾里，一餐饭吃完，慕容辞和慕容彧先送她上马车，沈知礼从小窗望着他，眷恋的目光舍不得收回。

该回宫了，慕容辞跳上马车，不出所料他也跟着上来了，反正这男人就是无赖中的佼佼者，就在她身旁一坐，她往一旁挪，他跟着挪，她索性起身，没迈步就被他一把捞回怀里。

此时整个人被他抱住，摆脱不得。

“你放手！”她气得要吐血。

“再动来动去，本王可不保证……”慕容彧低哑道，他就喜欢看她生气的模样。

她顿时明白，再也不敢动弹一分。

“阿辞，若我落在你手里，你会不会杀我？”慕容彧的下巴搁在她的肩头，温存道。

她忽然愣住，他为什么这样问？

“倘若我还政于你，失去兵权，你会不会杀我？”他的嗓音压得很低、很低，却别有一番蛊惑人心的魅力。

会吗？她说不出口，或许是心里很矛盾，无法抉择。

她骂自己太过优柔寡断，骂自己被他蛊惑了心，可他是运筹帷幄的大枭雄，怎么可能有失去一切，任由她处置的时候？

慕容彧失笑道：“你不回答，是不知如何抉择吧。也是，倘若我是你，也容不得强敌在侧。”

慕容辞讥诮地反问：“你智谋无双，算无遗策，会有任由本宫处置的时候吗？”

那日在马车上的对话，慕容辞没有得到慕容彧的答案，同样他也没有得到她的答案。

他们心照不宣地保持了沉默。

前方高能，弹幕护体

我的小心脏，这么多灭门惨案……

慕容辞：其实不想走，其实我想留

京城日报：太子殿下与御王在马车上拉拉扯扯，是政斗还是私情

太子殿下巧识凶器

第二十七章

京城又出灭门惨案

南越国三皇子越景辰在朝阳大街门楼连续挂了半月，尸体被提前处理并无腐坏，门楼下每日都会聚集不少人围观，关于他的事也传遍了帝京，传出北燕国，天下人皆知。

北燕国摄政王的这一举动，引起诸国朝廷的极大震动。南越国皇帝的颜面与国威也丢得差不多了。

慕容辞传令给容湛，派人盯着门楼，倘若有人偷尸首，务必擒获。

容湛传回消息，说慕容彧的人也在盯着，其目的应该和他们一样。

她清冷地笑，她早知慕容彧想用越景辰的尸首招来南越国的人。只可惜半个月来，两方人马一无所获。

南越国皇帝就这么铁石心肠?

秋风乍起，暑热渐退。这日风和日丽，慕容辞和琴若在街上转悠，打算去朝阳大街门楼看看。

“公子，街边这家豆花是帝京味道最好的，奴才今日想尝尝。”琴若笑道。

“正好我也有点饿，那就尝尝吧。”

主仆俩在街边粗陋的四角桌坐下，不多时大娘端来两碗咸豆花。

琴若尝了一口，仰头做出陶醉状，“豆花又香又滑又嫩，太好吃了。”

“要不要这么浮夸啊。”慕容辞失笑道。

“公子有所不知，奴才家里穷，小时候最想吃的就是一碗热乎乎的豆花。每逢年关将近，奴才就跟娘亲讨来几文钱去街上吃豆花。那真是奴才一年里最幸福的一日。”

“那你今日多吃两碗。”

“多谢公子。”琴若笑眯眯道。

她果然吃了三碗豆花才罢休，慕容辞付了银子正要离开，却看见一条乌黑的大狗向她们奔来。

琴若下意识拦在殿下身前，然而，黑狗在她身前半丈停下来，朝她吠了三声。

它似乎是温顺的，并没有攻击人的戾气。

但它好像受伤了？

它的腹边有一片血色，在日光的照射下那么触目。

慕容辞走过去摸摸它的头，它好似知道她的善意，用头拱了拱她的手心，吠了一声，转身就跑，跑几步又回头看她们，再吠一声。

“这只黑狗好像要带我们去一个地方，跟着去看看。”

在黑狗的引领下，慕容辞和琴若拐入一条巷子，又拐进了一条街，来到一户宅院前。

黑狗停在门口，看到她们跟来，便一头冲进宅子。

大门敞着，门匾上写着“周宅”。

莫非这户人家发生了什么事？

前庭没什么不妥，她们边往里走边大喊：“有人吗？有人吗？”

穿过大厅，跨入中庭，两人忽地停步，慕容辞惊得捂住嘴。

黑狗蹲坐在那儿，发出凄绝的呜呜之声。

它身旁，是三具尸体，血流一地。

穿过中庭再往里走，十几具仆人的尸体，横七竖八躺了一地。血水横流，断肢残手散落。

慕容辞之前觉得自己胆大，可面对这惨烈的一幕，还是忍不住头皮发麻，四肢酸软，她骇得心怦怦直跳，全身僵冷。

“殿下，这简直是人间地狱，太可怕了！”琴若捂着嘴，惊骇道。

正这时，一个男子带着三个衙役匆匆地进来。那带头的衙役见了她们就喝问：“你们是什么人？为什么擅闯周宅？”

琴若连忙道：“我家公子是大理寺少卿沈大人的好友，无意中发现这户人家发生了命案，正要去大理寺找沈大人来。”

三个衙役看了看她俩，其中一人道：“我们在街上听他报案才来看看。

这是周家的总管罗全。”他指了指那个男子。

她点点头，看向罗全，管家竟然这么年轻，长得眉清目秀，顶多二十岁。

罗全满面悲痛，哽咽道：“老爷派我去乡下收租，今日一早我赶回来，没想到进府就看见……老爷、夫人、小姐都死了，所有人都死了……”

一个衙役说道：“你们先进去看看，我回府衙禀报捕头和大人。”说罢，他去了，另两人勘查现场。慕容辞问管家罗全：“你家老爷姓周，做何营生？”

罗全悲痛地哽咽道：“老爷是工部主事。”

“周家共有多少人？”

“共有三十口人。”他凄凉地说着，“包括我，仆人共有二十五人。”

不多时，京兆府尹卢大人带着吴捕头、王仵作和一众捕快赶到。

卢大人见到慕容辞，连忙躬身行礼。那两个衙役见此，惊慌地下跪拜见。

“起身吧，”她冷冷道，“周宅的命案应该是灭门惨案，派人去报知大理寺了吗？”

卢大人回话：“已经派人去了。”

“不等知言了，我们先进去看看。”

“殿下，请。”

卢大人和吴捕头、捕快们也算见多识广，可是看见那些仆人的尸体，也是个个吓得面色惨白，王仵作一边察看尸首一边摇头叹气，说：“那凶手真是灭绝人性，小人验尸验了大半辈子，还真没见过这么惨烈的灭门惨案。”

“这些仆人是怎么死的？死于何时？”卢大人问。

“应该是半夜遇害的。这些下人身上都有不同的刀伤，因此流了很多血，不过致命伤是什么，还需把尸首搬回衙门后再详细查验。”

“卢大人，不如到里面看看。”她提议，眼下看见的尸体都是仆人。

卢大人点点头，率先往内苑走去。心里却在想，太子殿下怎么这么凑巧在凶案现场？一个草包太子，跟他们在这儿转悠什么？

内苑陆续还有仆人的尸体，进到周主事的寝房，只见床榻躺着一男一女两具尸体，被褥全被血染红了，床榻里侧的墙面溅了一些血点，地上也有一些血滴。

周主事仰面躺着，眼睛圆睁着，尽是惊恐之色，周夫人也是仰面躺着。

王仵作一边叹气一边查看，他说："殿下，大人，周主事身中至少有七八刀，周夫人大约有十几刀。"

接着来到西侧的院落，周家两个女儿也是死在床上，身中多刀，并没有挣扎的痕迹，周家小儿子也遇害了。

卢大人面色沉重地走出去，一时缓不过气，这绝对是他任职京兆府尹以来遇到的最凶残、最骇人的灭门惨案。

他吩咐吴捕头把所有尸首都抬回府衙，然后对慕容辞道："殿下，此案重大，周主事又是工部官员，必定会引起朝廷重视。微臣会尽力侦查，尽快缉拿凶手。"

她看了周氏一家惨死的惨状，看着卢大人略有犹疑的脸，心间一股火热的正气涌荡着，说："这桩灭门惨案交由大理寺查办吧。"

卢大人等的就是这句话，他自问恪尽职守，但还真没这本事侦破这惊天大案。

"卢大人，御王和沈大人到了。"一个捕头来报。

她心神一紧，慢慢转过身，慕容彧怎么也来了？

初秋的艳阳凌空照着，在这尸横遍野、血水横流的庭院洒下一地斑斓，慕容彧站在这薄软的日光里，周身镀了一圈淡淡的金光，恍若救世神明。

卢大人面色一变，连忙上前几步，躬身拱手道："下官拜见王爷。"

吴捕头、捕快们和衙役们亦躬身行礼，大气都不敢出。

头一回碰上灭门惨案就撞上总揽朝政的摄政王亲临凶案现场！

"都起身吧。"慕容彧淡漠道，"本王路过这里，看见围了不少百姓，听闻发生灭门惨案的是工部周主事，便来瞧瞧。卢大人，眼下可有头绪？"

"下官刚刚和王仵作初步看完所有尸首和现场环境，暂无……"卢大人倍感压力，慌乱得后背渗汗，"暂无头绪，方才太子殿下说此案交由大理寺查办。"

晴艳的日光照下来，落在慕容彧浓密的长睫上，他看了一眼慕容辞，下令道："既是如此，周宅灭门惨案就交由大理寺查办。"

"下官遵旨。"沈知言拱手道。

把周宅里里外外看了一遍，几个人同回大理寺。

“殿下，你不如乘坐王爷的马车到大理寺。”沈知言提议。

“本宫还想到处转转……”

“上来。”

马车里传出一道幽凉的声音。

慕容辞道：“方才本宫接触过尸首，怕污了王爷金贵的车驾……”

“本王有要事跟殿下协商。”马车里的声音冷了几分。

她深深地吸气，迫不得已上了马车，琴若坐在外面。

慕容彧斜靠着看公文，宽敞的马车设了矮几，有茶盏和精致的糕点，旁边叠放着小山似的奏折。

慕容辞唇角勾起一抹讥诮的冷笑，坐车也要看奏折，是摆谱儿呢还是真的日理万机？

“笑什么？”慕容彧清浅地问，眼光并未离开奏折。

慕容辞愕然，他没有抬头看她啊。

“周家灭门惨案，说说你的看法。”

“王爷政务繁忙，连出行坐马车都要看奏折，这命案还是让大理寺侦办吧！”她才没有兴趣跟他探讨案情。

“帝京已有数十年没有发生灭门惨案，周宅灭门惨案看着不同寻常。再者，周主事是朝廷命官，本王觉着此案颇有可玩味之处。”

车厢里光线略暗，却衬得他的五官越发精致白皙，似清雪堆砌而成。

不得不说，他分析得很对，她略略整理思绪，点头道：“其一，周宅并没有明显的打斗痕迹，王仵作说所有人差不多都死于半夜，周家主人都死在自己的床上，因此犯案凶手是一击致命，而且对周家相当熟悉，很有可能是熟人犯案。”

“继续。”

“其二，凶手在行凶过程里应该没有遇到反抗，或者因他力大无比，略懂拳脚，连仆人都没有挣扎反抗。”

“丑时夜深人静，仆人应该早已歇下，为什么会死在外面？”他剑眉微蹙。

“凶手应该是先杀了周家主人，仆人听到动静从睡梦中惊醒，出来查看遭了厄运。”

“可是所有仆人都出来了？”

“应该是听到动静，陆陆续续出来。从尸首的衣袍来看，他们穿的都是中单，或者披着外衣。”

他点点头说：“还有什么发现？”

慕容辞道：“其三，每个死者身上都多处刀伤，血流满地，可见凶手行凶之时状若疯狂，或是在发泄滔天的仇恨。本宫更倾向于凶手对周家身怀不共戴天的仇恨，因此连仆人都不放过。”

慕容彧盯着她，她的纤眉乌沉若羽，那双灵透的眼睛明亮如星辰，澄澈若秋水。

“还有吗？”

“周家共有三十口人，不过听吴捕头说，只有二十八具尸首。即是有两个下人逃过此劫，管家罗全便是其中一个。”

“你对罗全有所怀疑？”

“按照罗全初步的供词，两日前，他奉了周主事的命去乡下收租，今日一早才赶回来。他去报案之时，正是本宫发现命案之时。”

“这么说，此人基本可以排除嫌疑。还有一人呢？”

“还有一人是冯英。吴捕头说，他腹泻两日，手软脚软，在家里躺着。不过，这两位幸存者都有嫌疑，必定要带到大理寺问话。”

他的眼睛闪过一抹不易察觉的惊艳，慕容辞见他看着自己，忙转头看向另一侧的车壁。

他的目光转到公文，脑中却浮现一张清美雪滟的小脸。

终于抵达大理寺，马车停下来。慕容辞匆匆站起，正要跳下马车，却被一只手一把拽住。

“本王拉着你，你慢慢下去。”慕容彧淡漠的声音令人心惊肉跳。

“不用了。”她试图拽出手臂，却根本无济于事。

这里可是大理寺大门口，多少双眼睛盯着呢。

大理寺的衙役们都睁目望去，怔怔而立，御王为什么对太子殿下这般体贴？

这可是手握六部、总揽朝政的摄政王。

而现在，他竟然和太子殿下站在马车上拉拉扯扯。

这么多人看着，慕容辞的雪腮绯红一片，似有一团火焰从耳朵一路烧到脖子。

桃腮粉面，艳若朝霞，灼灼其华，撩人心怀。

慕容彧看了个透彻，心头涌起一阵波动。

她用力地抽出手臂，一跃下去。

几个衙役站在大门口，瞠目结舌，不是说御王和太子殿下明争暗斗，关系恶劣吗？这又是怎么回事？

“还不进去？”慕容彧似一阵风般从他们身旁走过，好似他进的是自家王府。

御王大驾光临，大理寺卿顾淮如履薄冰，鞍前马后地伺候着。

一行人来到停尸房，二十八具尸首两列排开。

沈知言戴上纤薄的白手套，想从周主事起验。

“不如从周夫人开始验。”慕容辞提议道。

见慕容彧面不改色地点头，她心里诧异，他为什么亲自观看验尸？又为何对周家灭门惨案这般关注？

“死者周夫人刘氏，年四十……身上有十八处刀伤，脸部被利刃划伤，共有九道刀伤……”沈知言边验边说。

顾淮摇头叹气道：“脸部九道刀伤，必是毁容。”

“周夫人身中十八刀，必死无疑，凶手为什么要在她脸上划那么多刀？”慕容彧不解地问，看向她，“莫非凶手厌恶周夫人这张脸？因此要毁了她的容貌？”

慕容辞说：“很明显，凶手杀周夫人是在发泄仇恨。按理说，凶手要毁容，对象应该是年轻貌美的两位小姐。因此，应该是凶手厌恶周夫人这张脸，且发泄极致的愤怒。”

接着查验周家大小姐的尸首。如花似玉的周家大小姐，致命伤是胸口的三刀。周夫人生养的儿子，年方十岁，也没有逃过一劫。

“凶手当真是丧尽天良。”沈知言重重地叹气道，“这灭门命案当真是惨绝人寰。”

她深深一叹，接着道："凶手应该是抱着滔天的仇恨，最痛恨的人是周夫人，或许他觉得周夫人面目可憎，或许他要向周夫人报仇，毁了她的脸，再杀了她的儿女。"

慕容彧赞同地点头，说："看来凶手的确最痛恨周夫人。"

接着是周主事，他身中十刀，是刀伤仅次于周夫人的死者。

验完二十八具尸首，整整花费了一个时辰。衙役去冯英家里问了他的家人、邻居，这两日他确实腹泻得厉害，整个人瘦了一圈，根本下不了床。因此，他可以排除嫌疑。

慕容彧先行回府，沈知言审讯管家罗全的时候，慕容辞在外透过漏窗观看。

罗全伤心欲绝，一边哭一边陈述自己这两日在乡下收租的时间节点，条理清晰，非常精准。末了，他还哭求沈知言为主子一家申冤，将真凶绳之以法。

暂无所获，沈知言先将他放了。

顾淮把慕容辞和沈知言叫到后苑，沉重道："殿下，周家灭门惨案惊天动地，必会引起百姓恐慌。且御王对此案颇为关注，下官以为，务必尽早侦破此案，缉拿凶手。殿下推演断案的本事下官早已知晓，若殿下愿与沈大人联手侦破，下官感激不尽。"

"顾大人放心，本宫会和知言一起侦破此案。"慕容辞浅浅一笑。

"多谢殿下仗义相助。"他拱手一礼。

"殿下，眼下你有何想法？"沈知言请二人在凉亭坐下，吩咐下人上茶。

"本宫觉着，凶手必是周家不共戴天的仇人。"

"据我所知，周主事为人正直和善，并没有与人结怨结仇。"他锁眉道，"然而，周家被一夜灭门，若非有深仇大恨，确实不可能这样凶残暴虐地杀人。"

"冯英和罗全二人应该没有可疑，可以排除犯案嫌疑。"顾淮笃定道。

慕容辞回想起在周家亲眼看见的现场，轻缓道："周家的仆人大多是两三刀致死，周家主人身上的刀伤明显多很多，而且伤口很深，是整把刀都刺入血肉之躯。由此可见，杀人凶手应该没有武功，只是仗着力气大，没有遇到反抗。还有，有些仆人死不瞑目，那种眼神……”她闭上双目，认真地回忆命案现场，“震惊，恐惧，绝望……尤其是震惊，好像他们不敢相信持刀的凶手是那个人……”

清朗的声音如梦似幻地叙述着，好像在回放那血腥残忍的命案现场，沈知言和顾淮顿时觉得毛骨悚然。

沈知言微微点头，她依然闭着眼，接着道：“凶手与周家有不共戴天的仇恨，他要报仇！他最痛恨的是周夫人，他不知道自己刺了多少刀，但无论多少刀都不足解恨，因此他还要毁掉她的脸。他最憎恨的就是她那张脸……”

顾淮静静地听着，好似被她的声音带入一个真实的世界，沈知言也怔住了，殿下这神态好像熟知凶手的所思所想，当真不可思议。

次日上午，慕容辞和琴若来到大理寺。

沈知言正想复验尸首，正巧，她就跟着去了停尸房。

沈知言戴上纤薄的白手套，依然从周夫人开始验起。

“在命案现场找到凶器了吗？”她忽然问。

“带回来的物证里，没有凶器。”他回道。

“死者周夫人所有的伤口都是同一把凶器造成的。”沈知言极为靠近尸体，完全不怕沾染到秽物，“这把凶器刀锋长约八寸、宽二寸。”

他又仔细验过周主事、周家女儿儿子，“这些死者的刀伤大小一致，凶手应该是用同一把凶器杀人。”

慕容辞站在周家大女儿的尸首旁，忽然注意到她的右手微微蜷着，她拿起那只手，发现三只指甲里藏着一点皮屑和血污。

“周家大小姐指甲里有一点血污，应该是与罪犯纠缠时抓破了他身上的某部位。”

“换言之，凶手的手臂或身上必定有轻微的抓伤。这是新的发现。”他面有喜色说。

“本宫去周家看看。”她斟酌道。

“我也去，希望能找到凶器。”沈知言摘下手套说。

周家宅子已封了，地上的血迹早干透，空气里还弥漫着浓烈的血腥味，从这边路过的街坊邻居都远远地避开，秋风扫过，落叶随风转，平添几分萧索与冷意。

慕容辞往灶房走去，橱柜整洁，灶台上的东西摆放得齐整，看起来井然有序，说明灶房的仆人在案发那夜做完晚饭后收拾得很干净。大门旁侧有一个放刀具的小刀架，数了数，总共有六格放刀的格子。

“那六把刀，你觉得哪一把比较像凶器。”慕容辞问沈知言。

沈知言用黑曜石般的眼睛仔细盯着，取下一把窄长的刀，说：“应该是这把，符合死者身上的伤口大小。”

“嗯，把所有刀带回大理寺。”

沈知言正找了块粗布把六把刀包好，就见一个人推门而入。

“你是什么人？这地方不能乱闯！”

“我是周家的管家。”罗全快步走过来，看向慕容辞，“大人，小人认得你。”

“他的确是周家的管家罗全，是灭门惨案两个幸存者之一。”慕容辞和气地问罗全，“官府已经封了周家，你来做什么？”

罗全的面上尽是悲伤与哀痛，嗓音哽咽地说：“老爷夫人小姐少爷都死了，小人心里难过，每日都来这里看看。不过大门封住了，小人都只能在外面看看。方才小人看见大门开着，担心是不是宵小之辈趁机行窃，便进来瞧瞧，没想到是诸位大人。”

“罗管家，本宫正好问问你，你从小就在周家吗？是卖身给周家了吗？”慕容辞清冷地问道。“你这年纪轻轻，才二十多就当上了管家，挺有本事的。”

“十岁那年，小人乡下村子被淹了，爹娘亲人不是死于洪灾，就是洪水退后没的吃饿死了。小人跟着附近村里的人来到帝京乞讨为生，有一日，小人看见老爷的钱袋被一个乞丐窃走，小人追着提醒他，又帮老爷把钱袋抢回来。老爷感念小人帮了他，就带小人回府，给小人吃穿，让小人在府里住下，给他干活。”

“这些年你在周家干活，你家老爷见你机灵懂事、手脚麻利就让你当管家，是不是？”慕容辞补充道。

罗全点点头说：“两年前，原来的老管家年纪大了，不当心摔了一跤，落下腿疾。老爷给那个管家一笔银子让他回乡下养老，然后让小人当管家。老爷心地善良，小人打定主意做牛做马伺候老爷一家子，却没想到……大人，你们一定要抓到凶手，为老爷一家申冤报仇……”

沈知言问道：“你离开周家去乡下收租之前，有没有觉得府里有什么异样？”

罗全想了想，道：“没什么异样，和往常一样。”

“仔细想想，或许是破案关键呢。”沈知言提醒道。

罗全认真地想着，半晌支支吾吾道：“有一件事，小人不知道对破案有没有用。小人去收租那一个时辰前，冯英来跟小人告假，说他不知怎么的腹泻了好几次，人都虚了，要回去歇一歇。”

“冯英在周家做什么？没有卖身给周家吗？”慕容辞问道。

“冯英是花匠，来周家做事才三个月，没有卖身。”罗全好像忽然想起什么，面有惊色，“此人有嫌疑吗？应该不会吧，虽然他有点滑头，但手脚麻利，做事还算认真，把周家的花苑打理得很好。”

“怎么个滑头？”慕容辞冷冷道。

“冯英做事还行，不过总是隔三岔五地来告假，有时说头疼脑热，有时说家里的老母亲病了需要照顾，反正这告假原因五花八门。有两回，他趁着修弄花圃的机会悄悄地潜入大小姐的院子，被大小姐的侍婢发现了。”

“他潜入周家大小姐的院子做什么？见色起意？”沈知言问。

“可能是吧，总共被发现了两回。夫人知道后很生气，要打断他的腿再把他赶出去，他又是下跪又是哭求，以老母亲重病为由哀求夫人手下留情，并发誓一定不会再有歪心思。夫人可怜他家里的老母亲，原谅了他，让他继续在周家做事。”

慕容辞一副“真凶现行”的神色，说：“看来这个冯英有点问题。”

罗全悲怆道：“大人，不管真凶是谁，只要将真凶绳之以法，老爷夫人一家子和那些下人，他们在天之灵定会欣慰的。”

慕容辞面不改色地说道：“我们会尽力的。对了，你到哪里收租？”

“小人奉命到帝京数十里外的青梅村去收租，是八月十一日上午离开帝京的，十三日上午回到周家，就看见……”

说到这儿，他又哽咽起来。

周家灭门惨案发生在八月十三日的四五更时分。

那么，罗全应该没有犯案嫌疑。

慕容辞和沈知言回到大理寺，看见衙役刚把冯英带来问话。

冯英相貌寻常，但眉宇间的奸狡之色流露无遗。

一个衙役在沈知言耳畔低声道：“大人，冯英的左手臂有抓痕。”

慕容辞点点头说：“知言，开始吧。”

来到大堂，二人分头就座，冯英被押到大堂正中，膝窝被踢了一脚，扑通一声跪倒在地。

“大人，为什么把草民抓来？草民没有作奸犯科，更没有杀人。”冯英大声辩解，极为不满。

“本官问你，怎么会那么巧，周家被灭门，你就告假在家？”沈知言喝问。

“草民那日真是腹泻，茅房跑了几趟，手软脚软，不得不告假回家。”冯英焦急地回话，“那日也不知道怎么的，平时都好好的。”

“你不是经常告假吗？”慕容辞似笑非笑地问。

“这……”他重重地叹一口气，然后破釜沉舟道，“对，草民确实隔三岔五地告假，因为周家的花苑不大，实在没什么事干，草民就到别家去赚另一份工钱。草民经常说头疼脑热，这儿疼那儿痛，但那日早上真的是跑茅房好几趟。”

“何人可以证明？”沈知言又问，“你并没有去药铺抓药，你老母亲的供词不可尽信，你邻居又没有亲眼看见。”

“哎哟，我的青天大老爷，草民上茅房的时候怎么会有人看见？”冯英气急败坏道，“草民身子好，扛两日就能好起来。不抓药省下银子能给老母亲买药啊，老母亲患的是心疾，每日吃的药贵得吓人。”

“你左臂被抓伤了，怎么回事？”慕容辞冷厉地问。

“这……”冯英支支吾吾，有点难为情。

“说！”沈知言厉声喝道。

“草民在家歇了一日，隔壁小红送来几个窝头。恰好老母亲正睡着，草民强撑着出去跟她说了两句。”冯英把左手臂的袖子撸起来给大家看，“草民见小红那日打扮得齐整，唇红齿白的，一时没把持住，就……就摸了她两下。她气恼了，抓了草民的手臂。”

“当真是那小红抓的？”她狐疑地问。

“草民所说没有半句虚言，大人不信可以去问小红。”冯英伸指发誓。

“本官自会派人去核查。”沈知言沉声道。

“你腹泻两日，一直没有出过门？”慕容辞又问。

“那两日没有出过门，草民一日里跑几趟茅房，整个人都虚了，根本走不动。”冯英回道。

“走不动了却还有力气轻薄姑娘。”沈知言讥讽道。

冯英尴尬地摸摸鼻子。

冯英被带下去后，一直在外面听着的顾淮走进来道：“以下官多年的办案经验，他应该没有说谎。”

慕容辞点头，“冯英此人滑头狡诈，不过他的确没有说谎。”

那么，冯英可以排除嫌疑了？

沈知言忽然想起一件重要的事，说道：“对了，我们找到凶器了。”

当他把一包“凶器”放在案上，顾淮吓了一跳，问：“这么多？”

“这些是灶房里用的刀，本宫觉得当中一把应该是凶器。”慕容辞浅浅而笑。

“这把刀跟那些死者的伤口最吻合。”沈知言指着一把刀。

“这把刀已经没有血迹，或许是凶手清洗过凶器。即使跟伤口吻合，也难以证明它就是凶器。”顾淮道。

“本宫自有办法。”慕容辞勾唇，滑出一丝神秘的微笑。

过了片刻，大理寺院中摆着一张矮案，上面放着六把厨刀。

明丽长空，秋光明媚，灿烂的日光洒照下来，案上寒光熠熠刺目。

“这是做什么？”顾淮很是不解。

沈知言双臂环胸，兴致勃勃。慕容辞也不答话，站在一旁静心等候。

不得已，顾淮悄悄地问沈知言：“殿下这是要做什么？这六把刀放在日头下晒晒就能知道哪一把是凶器？”

沈知言神秘地笑着说："稍后就揭开谜底。"

一众人等了将近一盏茶的工夫，忽然，不知从哪里飞来几只苍蝇，在那几把刀上飞来飞去，顾准本能得想挥衣袖，却被慕容辞一把按住。

"顾大人，不要动。"

"怎么了？"他伸出的手僵在半空。

"顾大人，稍后下官再向你解释。"沈知言走过去蹲在长案边。

金艳透明的日光洒照在他如玉的皮肤上，柔软纤薄，剔透如瓷，好似一碰即碎。

他伸指数着："一只，两只，三只……"数只苍蝇齐齐落在一把刀上。

顾准也走过来，蹲在他身旁，一眨不眨地望着那把刀，说："为什么这些苍蝇只停留在那把刀上？"

沈知言掀眉轻笑道："哪里最脏最污，苍蝇就最喜欢，并且苍蝇喜欢血腥，卖鱼卖肉的小摊不是苍蝇最多吗？苍蝇落在哪把刀上，就说明哪把刀有血腥之气，殿下，我说得对吗？"

她颔首道："完全正确。这把凶器杀了那么多人，沾了那么多血，即使洗干净了，也会留下血腥气，我们看不到，苍蝇自然闻得到。"

"这把刀从哪里找到的？"顾准算是明白了，惊叹太子殿下的聪慧。

"周家的灶房。"

就是说，凶手是去灶房取了刀去杀人。慕容辞纤眉微扬道："凶手去灶房取刀杀人，应该是对周家相当了解，或者就是周家家里的人。"

沈知言赞同地点头说："除了冯英和罗全，很有必要查查周家的亲朋友人。"

"用膳后本宫去周夫人的外家刘家拜访。"

刘家是城中富商，经营一家茶楼、几间铺子，还有良田百亩。

刘老爷不在，听闻大理寺的官员来访，刘夫人热情地接待了他们。

"二位大人请用茶。若有什么能帮得上的，大人尽管吩咐。"

"只是例行问询。"慕容辞坐下来饮茶轻笑，"你可知周家有没有仇人？比如跟街坊邻居有没有发生过争执争吵？"

"虽然我们刘家跟周家来往多，两家人感情好，不过真没听我那小姑子，也就是周夫人说过他们跟哪家结过仇。”刘夫人和善道，“我那小姑子性子好，行事落落大方，她夫君周主事更是一个老好人，对我那小姑子言听计从。若非我那小姑子找外家拿银子帮忙，周主事还当不上工部主事呢。”

说到这儿，她忽然意识到说了不该说的话，急忙解释：“不过工部那差事，上头本就属意于他，他勤苦耐劳，任劳任怨，从来不会说三道四，因此……”

慕容辞不以为意，又问：“那周主事在官场上有没有得罪什么大官，或者跟同僚有没有什么争执？”

“他那性子，说好听点儿是实诚勤勉、踏实肯干，说得不好听就是懦弱窝囊，别人若欺负他，他顶多受些闲气，闷在肚子里烂掉，怎么会去得罪大官？更不会跟别人起争执了。”

“当真没有？还是你不知道？”沈知言不太相信。

“大人，周家的事我一清二楚。我那小姑子时常回来跟我闲话家常，再者，周主事和家夫时常一起去茶楼饮茶，家夫听说了什么总会跟我说的。”

“这么说，近几年周家没有仇人？”慕容辞郑重、反复地问。

“没有。”

“那早些年呢？你仔细想想。”

“我想想。”刘夫人认真地想起来，“呀！对了，有一件事……不过都这么多年了……”

“是什么事？”

“我那小姑子嫁过去之前，周主事家里有个歌姬出身的婢女。”

“哦？详细说来听听。”沈知言很感兴趣。

“小姑子是老夫人唯一的女儿，老夫人可疼她呢，嫁过去之前，老夫人就去打听过周家，知道那周主事现在境遇不如刘家，是因家道中落，他祖上是当官的，周主事年轻时才高八斗、俊朗倜傥，时常跟一帮同窗好友到处游玩。一次，他跟同好诗赋的年轻人夜游时遇到几个歌姬，其中一个叫作冰玉的看上了周主事，二人郎情妾意，便这么好上了。”

“后来那个冰玉心甘情愿到周家当婢女？”沈知言好奇地问。

“老夫人打听到，那个歌姬冰玉清冷孤傲，但极为欣赏周主事的才华，只要有瓦遮头、衣食无忧，她就心甘情愿到周家伺候他。其实说是伺候，说白了不就是通房丫头吗？”

“然后呢？”

“刘家殷实，老夫人不愿女儿嫁过去受委屈，要周家把那冰玉送走。当时周老爷、周夫人做主，让那冰玉住到乡下庄子，老夫人才把女儿嫁过去的。”

“之后冰玉又回周家了？”慕容辞猜测道。

“那倒没有，是周主事旧情难忘，偶尔去乡下探望冰玉，一来二去，冰玉就怀了孩子。我小姑子肚子不争气，嫁过去几年都没生下一男半女。”刘夫人叹气，“也怨不得我那小姑子动怒，周家上下竟然瞒了她几年，待冰玉生养的孩子三岁了，她才得知这事。”

“那周夫人什么反应？”

“我那小姑子行事很有分寸，人也聪明，给冰玉母子俩一百两银子，要他们离开京城。”

“那周主事知道后生气吗？”

“虽然周主事生气，但也没办法，因为那时候周家要仰仗我们刘家接济。”刘夫人颇为感慨唏嘘，“冰玉母子俩离开京城后不知去向，再没回来过，这件事总算过去了。”

慕容辞淡淡地问：“冰玉母子俩没回来，周主事也没派人去找过？”

“应该是没有。”

“除此之外，周家没其他大事了吗？”

“没有了。周家老爷几年前就过世了，幸亏去得早，不然就……咳……没想到周家会遭此横祸。这几日老夫人悲痛得卧病在床，清粥都吃不下几口。”

从刘家出来，沈知言道：“那歌姬清冷孤傲……必定是个风华绝代、出淤泥而不染的性情女子。”

慕容辞打趣道：“你可以去秦楼楚馆找个歌姬……”

“我只是随口说说。”他尴尬道，“殿下，接着去找周家哪个亲朋友人？”

“不用找了。”

“啊？为什么？”

“此案可以结束了。”她一脸的淡定。

太子再次柯南附体

没有悬疑探案的青春小说不是好小说

可怜的冰玉母子

御王的冰点幽默感

御王座驾，太子的专车

第二十八章

初现女儿家情怀

回到大理寺，慕容辞要顾淮派两个衙役将罗全叫来，让他们就说已经抓到凶手，让他把周家二十八具尸首领回去。

他皱眉，不解道："莫非你认定冯英是凶手……"

"顾大人，请照本宫说的吩咐下去。还有，派个人去找御王，请他来大理寺。"她神采奕奕，像极了沙场上指挥若定、英姿勃发的将军。

半个时辰后，御王驾到。

他坐在了大堂的首座，头戴白玉冠，身穿玄色金线绣夔纹锦袍，别有一番清雅的逸致，似是落在繁花锦缎上的一片清雪，冷冽疏离，令人不敢亲近。

"殿下，顾大人，周家灭门惨案查得怎样了？三日侦破此案，可有难处？"

她不语，扬眉看着他，似笑非笑。

顾淮冷汗涔涔，像灭门惨案这种惊天大案，三日怎么可能破案？只得迟疑道："王爷，殿下说已经找到凶手……"

慕容彧清润的眼风扫向她，惊天大案一日侦破，当真如此？

慕容辞不语，抬手示意外面的人带罗全进来。

看见大堂北首坐着一个气宇超卓的尊贵男子，罗全愣了一下。

"罗全，请你来这儿是想让你了解周家命案的全部过程，毕竟你是周家的管家。"她温和道。

"是。"他忧伤地叹气，"老爷夫人等人终于可以入土为安，草民总算安心了。"

"王爷，顾大人，本宫想说一个故事，一个才子佳人的故事。"慕容辞笑意幽微，“可以这么说，周家的灭门惨案，早在二十余年前就种下了祸根。”

“殿下的意思是……”沈知言脑中忽然灵光一闪，莫非跟那个歌姬冰玉有关?

“这凶手可谓忍辱负重，精心布局多年，终于大仇得报。”她看向罗全，似笑非笑。

罗全一怔，眼色沉了几分。

“周主事年轻时才华横溢风度翩翩，时常与一众同窗友人诗词唱和，到处冶游。一次，他偶识一位叫冰玉的歌姬，并对她一见钟情，冰玉清冷孤傲，目下无尘，却十分钦慕他的才华与品貌，心甘情愿抛却红尘，到周家当一个卑微的丫鬟，贴身伺候周公子。”

闻言，罗全的眼神闪了一下。

顾淮道：“周主事迎娶的是富商之女刘氏，那么殿下所说的事应该是在他大婚之前。”

她点头道：“周主事与冰玉情投意合、两情相悦，不过周家家道中落，入不敷出，周主事的父母不同意儿子娶一个歌姬为正妻，于是为儿子安排了一门亲事，只要刘家女儿过门，周家的境况就可以得到改善。而刘家历代经商，正需要周家这样的书香门第提升地位，不过刘老夫人知道了周主事有一个通房丫头，于是开出条件，要周家把那通房丫头送走，才肯把女儿嫁过去。”

沈知言接着道：“周家把冰玉送到乡下庄子，周主事无可奈何，为了双亲，为了周家，忍痛割舍挚爱，迎娶刘家女儿。不过他无法忘怀冰玉，在婚后偷偷去探望她，而后冰玉珠胎暗结，生下一个儿子。”

她盯着罗全的脸，冷冷道：“周家上下瞒着刘氏，直到冰玉的儿子三岁了，才被刘氏偶然得知。刘氏非常生气，也因她婚后几年都没有生下一男半女，于是感到了深深的威胁。她去找冰玉，给了冰玉一百两银子，要她带着儿子离开京城，永远不再回来。”

“冰玉母子俩走了，周主事虽生气但也无可奈何，因为他还需要刘家出资为他疏通打点，谋个一官半职。此后，周主事夫妇俩相敬如宾，他想不到的是，失散的儿子竟然回来了。”

“冰玉的儿子回来了？”顾淮诧异地问。

“周主事并不知道带回府的十岁男孩就是自己的儿子，这男孩的娘亲死了，孤身一人回到京城，发誓要为娘亲讨回公道。”慕容辞盯着罗全，“虽然他在周家长大，虽然周主事待他不错，可是他跟周家有不共戴天的仇恨，他恨刘氏，也恨周主事，恨所有人。在周家十年，他过的每一日都是煎熬。”

此时罗全无动于衷，好似在听别人的故事，与他无关。

“当年他的母亲带他远走他乡，或许那一百两被人窃走，或许遭遇到什么意外，总之他们过着流离失所的日子。为了儿子的温饱，冰玉熬了几年耗尽心血，最终与世长辞。因此冰玉的儿子最痛恨的是赶娘亲离开京城的刘氏，于是他疯狂地把刀刺入她的身躯，直至没有力气。”

慕容辞的声音陡然变得凌厉冷酷，“他最恨刘氏那张伪善无情的脸，他想毁灭她，让她在地狱也变成恐怖的厉鬼。他的娘亲尚有姿色，为了得到一点施舍、一份差事，或许遭人凌辱，他也经常被其他孩童欺负殴打，朝不保夕饥寒交迫，因此他痛恨刘氏生养的儿女自小得到父母的陪伴与宠爱，妒忌周大小姐从未尝过人间的脏污与龌龊，妒忌周大公子自小锦衣玉食，从未尝过人间疾苦与流离失所，因此他要让同父异母的妹妹和弟弟遭受最痛的苦楚。”

罗全惊呆了！他面色大变，两只手攥得紧紧的，青筋暴凸，眼里布满了凶狠暴戾。

沈知言和顾淮也怔住了，只有慕容彧依然云淡风轻，用青瓷茶盖刮去茶水上的浮沫，浅浅饮了一口。

“在他眼里，周家每个人都该死，尤其是他的父亲周主事。”慕容辞继续道，“虽然他的娘亲总是说起父亲的好，说父亲多么才华横溢、正直善良，但是在他眼里，父亲就是抛弃了娘亲和他，不可原谅。”

“可是，他为什么要等整整十年？”顾淮不解地问。

“这就要问他了。”慕容辞盯着罗全，“罗全，你伪装得很好，本宫几乎被你骗了。”

顾淮都怔住了，太子殿下对命案的推演，当真令人拍案叫绝。

可这完全是凭空想象。

然而，事实真是如此——瞧罗全的反应就知道了。

他双臂隐隐发颤，双目圆睁，布满了骇人的血色，好似一头被激怒的猛兽，随时会爆发咬人。

“罗全，你知道本宫怎么看出你有杀人嫌疑的吗？”

“怎么看出来的？”罗全面上肌肉抽搐，眼里布满了阴沉凶狠的戾气，咬牙切齿道。

她冷笑道：“你担心衙门的人再去周家，因此时时注意周家的动静。当你看见我们进了周家，要把灶房的六把刀带走，就知道自己的秘密很有可能暴露。于是你假装刚进周家，和我们闲谈，还在谈话里有意提起花匠冯英，说起他的劣迹，误导本宫对他起疑。”

“即便你要报仇，那些仆人是无辜的，你为什么杀他们？”沈知言痛恨地瞪他。

“一来，周家的仆人看见他杀人，他必须杀人灭口。二来，他十岁后在周家长大，那些仆人或多或少地欺负过他。三来，他的心理、性格已经扭曲，被仇恨泯灭了所有良知。”慕容辞冷冷道，“罗全，你不说点儿什么吗？”她盯着罗全，眼里没有半分怜悯。

罗全低声笑起来，笑声充满了自嘲与悲凉。半晌，他一字字道：“他们都该死！”

大堂宁静下来了，都等着他说下去。

“那个贱女人，根本不是用一百两打发我们离开京城，只有十两！我娘打算在距京城五十里的一个村子安定下来，可那贱女人派了两个人暗中跟着我们，把我们驱赶到了更远的地方。我娘迫不得已带我一路逃奔到青州，即使我们省吃俭用，不到一年那十两银子也花光了。我娘四处找差事养活我，工钱仅够我们吃饱，到了寒冬，我们买不起棉被、棉衣，我娘没日没夜地为人缝补洗衣，双手冻得长了疮，肿得不像样子，还整夜地咳。”

闻言，沈知言叹息道：“那刘氏竟然只给你们十两银子，真是伪善。”

“后来，一家青楼的鸨母见我们娘儿俩可怜，让我娘在青楼里帮工，给的工钱也比较丰厚。可是好景不长，有一晚夜深了，我娘还没回来，我很担心就上街去等。走了一条街，我忽然听见小巷里传出奇怪的声音，再仔细听是我娘哭泣求饶的声音，我连忙走过去看……”罗全额角青筋暴凸蠕动，脸色赤红，“竟是有人在欺辱我娘！”他抹了一把脸，把泪水擦去。

“那时候寒冬深夜，街上一个人都没有。”罗全哑声道，“我跑过去打那些坏人，他们把我一把推开，我后脑着地，晕了过去。”

“你们母子俩很不容易。”顾淮摇头叹气道。

“我娘不敢去官府报案，唯有带着我搬离那地方。”罗全的眉宇刻满了滔天的仇恨，“我娘荆钗布裙，但难掩姿色，总会遇到歹人。此后的几年，我娘带着我不停地搬家……”

慕容辞心里难过悲伤，也有几分同情，可是杀了人就是触犯刑律，就要承担罪责。

“因此，你认定使你们经历如此遭遇的罪魁祸首是刘氏，你要刘氏母子三人血债血偿，要周家所有人付出血的代价。”慕容辞冷静道。

罗全狠戾道：“对！我要用周家所有人血祭我娘！”

“罗全，你认罪了？”顾淮郑重地问。

“从决定报仇的那刻起，我就没想过自己会苟活于人世。”此时罗全面容冷寂，万念俱灰，“周家所有人都死了，我娘也死得瞑目了，我是时候该下去陪我娘了。”

“本宫想知道，你当真是一人杀了周家二十八口人？”慕容辞问，他没有武功，正门是进不去的，倘若从窗台进去，多少会弄出声响，“你半夜潜回周宅，进入主人的寝房，没有弄出声响吗？周主事、周夫人等人没有惊醒吗？”

“我已认罪，便罢了吧。”他的面庞布满了嘲讽。

“你有同谋？”

“你觉得呢？”罗全露出谜之微笑。尔后转身便向外走，两个衙役连忙押他出去。

大堂一片死寂。

顾淮对太子拱手，赞叹道：“殿下短时间内便侦破周家灭门命案，下官十分佩服。”

“只是凑巧罢了。”

夜色如墨，笼罩了繁华的帝京。

慕容辞走出大门，看见慕容彧上了马车，便匆匆向自己的马车走去。

一个侍从快步过来，恭敬道：“太子殿下，王爷有请。”

又来了，她一皱眉，径直往前走，那侍从不依不饶道：“殿下，王爷说有要事跟殿下协商。”

能不能找点新鲜的借口！

“王爷说，若殿下不上马车，王爷便过来与殿下一起……”

她苦笑，转身往他的马车走去。

马车起行，慕容彧在闭目养神。

“王爷有什么事跟本宫协商？”

她没好气地问，忽然听见咕噜噜的声音——早已过了晚膳的时辰，她饿得前胸贴后背。

慕容彧忽然睁眼，一本正经地问：“想去哪里用膳？本王王府还是街上酒楼？”

慕容辞错愕地愣住，说：“你说的要事就是这个？”

“民以食为天，天大的事不是要事吗？”他一脸淡定从容，丝毫不觉得自己忽悠了人。

“本宫的确想用膳，不过还是先回东宫。”她朝外面喊道，“停车。”

马车怎么可能停下。

他再次闭目养神，“留着点儿力气稍后进膳吧。”

慕容辞僵坐着，真想伸手把他那张俊脸抓个稀巴烂。

不多时，马车停下，她抬头一望，见宅院的牌匾上写着“青云山庄”。

莫非这是他的别苑？

然而，进去后才知道，这山庄是座酒楼，只不过里面亭台楼阁、小桥流水，别有一番情趣。

慕容彧的侍从介绍道，这山庄闹中取静，只有十二个雅间，每个雅间的名字都别有深意，而这里的菜式跟帝京各大知名的酒楼大为迥异，以药膳为主，辅以各地的风俗特色菜肴。更重要的是，这里只招待达官权贵，就算你有金山银山，也不一定能进来用膳。

开业仅仅半月，青云山庄便风靡帝京的达官权贵阶层，日日火爆。来此用膳必须提前预订，现在已经预订到六日之后了。

慕容辞咋舌道：“王爷来此用膳也要预订？”

“王爷是何等身份，无须预订。”那侍从笑道，“山庄的老板特地为王爷留了一个雅间，即使王爷不来，也不会给别人用。”

“今日你的话有点多。”慕容彧冷沉道，“稍后你跟老板说一声，往后殿下来用膳，用本王那雅间便可。”

“是。”那侍从连忙应了。

她撇撇嘴道：“本宫可不像你一样财大气粗。”

“殿下的吃喝都记在本王账上，如何？”

她的心情顿时大好，说：“那本宫就恭敬不如从命了。”

这一路走来，处处是景，犹如阆苑仙境。

专留给慕容彧的雅间名为“浮世偷欢”，一个身穿青色锦衣的伙计端着茶具进来，小心翼翼地摆放在案上，然后开始煮茶，手法娴熟如行云流水。

她一瞧，那不是宫里的贡茶吗？是慕容彧带来放在这儿的？

啧啧，连伙计穿的都是质地上乘的绸缎袍子，这山庄的老板真是大手笔。

“二位请用茶。”伙计说完，躬身退出去。

慕容辞不客气地端杯饮下，问道：“这贡茶是你带来的？”

他颔首，并不回答，只是说：“很快就能上菜，殿下稍候。”

她纤眉轻扬，四下环顾。这雅间古朴雅致，所用的都是上佳的檀木，摆三盆时令鲜花，墙上有一幅巨大的画，画中万里江山、千里长河，气象雄浑，壮丽瑰美。

这必定是当世大家之作。

走到落款处，忽觉这印章有点熟悉。

是慕容彧的，她心头一惊，继而又撇撇嘴。

“里面还有一间内室，可以歇息。”慕容彧忽然道。

“哦。”慕容辞仔细看了一会儿，找到机关移开墙，当她走进内室，不由得瞪大双目，惊呆了。

暗室中陈列之物实在不堪入目，她疾步退出关门，气得浑身不自在。

“爷，上菜了。”两个伙计端着菜肴推门而入。

“殿下是被吓到了吗？”慕容彧语气里颇有挑衅的意味。

“谁被吓到了？”慕容辞梗着脖子道，心里却发虚。

“坐下吃吧。”

“吃就吃。”

她不服输地坐下，不管了，先填饱五脏庙再说。

伙计正要退出去，却听到慕容彧悠缓道：“且慢。”

伙计垂首躬立说：“爷还有什么吩咐？”

“这道鸭肉太老。这道乳鸽汤药味太浓，药放多了。这西施舌没什么鲜味。这道鱼肉太腥。这几样菜不是黄大厨做的吧。”

那伙计抹汗道：“爷您真是神了，黄大厨今日身体不适，回去歇息了。这几样菜是他徒弟做的。今日是特殊情况，绝不会有下次，还请爷多多包涵。”

“下次本王来，倘若黄大厨不在，要先告知本王。”

“是是是。多谢爷包涵。”

慕容彧颔首，那伙计才抹着汗离去。

“你这是什么舌头啊？本宫已经够挑剔的了，你比本宫更甚。你让人家厨子怎么活？”

“殿下，你都尝不出这些菜的精髓，不是白长了舌头？”

他终于动起银箸，虽然勉强，但好歹强过城中那些酒楼。

“殿下不觉得周家灭门惨案太过顺利吗？”慕容彧忽然开口，眼光落在她脸上。

慕容辞仔细一想，是啊，好像……罗全轻易地就认罪了。

“你觉得罗全不是凶手？”她问道。

“罗全应该是凶手，但本王总觉得周家灭门惨案不会这么简单。你最后问罗全有没有同谋，他的微笑十分神秘，令人费解。”

“本宫也觉得，但假若他有同谋，那么会是什么人呢？从刘家的供词来看，周家应该没有仇人。明日本宫去大理寺问问罗全。”

“明日中秋宫宴，殿下记得早点回宫。”

“宫宴不是酉时才开始吗？必定来得及。”

慕容辞以摧枯拉朽之势扫荡了一半菜肴，接着喝了两杯茶消腻，而后站起身说：“夜深了，本宫先回宫。”

慕容彧不紧不慢道：“殿下找得到马车吗？”

她怎么可能找不到，除非他让车夫藏起来了。

他用丝帕优雅地擦嘴，起身道："本王送你回东宫。"

马车辚辚，车厢里安静如斯，她见他没什么不规矩的举动，暗暗松了一口气。

想到堂堂御王，整日处理朝政凡事，亲自前来，只为带她寻一顿美食，慕容辞觉得心里泛起了一丝小女子的柔情，而这是过去的十八年里从未有过的感受。

透过幽暗的光，她用余光瞥见慕容彧棱角分明的脸，忽明忽暗，深不可测，却又让人不自觉地想去亲吻，她愣愣地呆住，被自己这般复杂的心绪所困扰。

直到马车行至东宫门口，她愣着与他作别，看到他眼中分明闪烁着不舍。

慕容辞头也不回地往东宫走去，感觉后背被他的目光烧得火热，却也不敢回头。

她虽一直以男儿身自处，但也明白，这是情网难逃，却偏偏是与自己的死敌。

八月十五这日，慕容辞带着琴若去大理寺，想跟罗全谈谈，却得知他在狱中撞墙自尽，不由得叹息。

沈知言好奇地问："殿下找罗全想问什么？"

"本宫觉得周家惨案的侦破过于顺利，罗全似乎隐瞒了一些事。"

"可惜他已经自尽，周家惨案的真相再也没人知道。"

"罢了。"慕容辞和琴若正要离开，却见一个京兆府的衙役匆匆奔来，说礼部员外郎李春秋家又发生了灭门惨案。

沈知言和慕容辞对视一眼，飞身上马疾驰而去。

礼部员外郎李春秋的宅院距周宅不远，他们赶到的时候，京兆府卢大人等人都在。

"什么情况？"沈知言问一个捕头。

"沈大人，殿下，住在李家隔壁的许家仆从来报的案。今日早上，李家大门虚掩着，那仆从往里面看了一眼，觉得不太对劲便进来瞧瞧。这一瞧把他吓得魂飞魄散，连忙跑去衙门报案。”

慕容辞和琴若往里头走，看见卢大人和王仵作都在。

“卢大人，没有活口吗？都是怎么死的？”

“太子殿下，跟周家惨案相比，有过之而无不及。”卢大人叹息着摇头，满面沉重，“礼部员外郎李家共有四十口人，四十具尸首，惨不忍睹……”

“殿下，沈大人，小人初步查验，李家仆从大多数是被一剑毙命，李大人、李夫人等人也是如此，大约死于今日四更。”王仵作回道。

他们越往里走越心惊肉跳，周宅的灭门惨案已经够血腥，李宅更是凶残恐怖，地上血流成河，墙面血迹斑斑，空气里弥漫着凝重的血腥气，慕容辞此时头皮发麻、四肢冰凉。

他们先去李大人的寝房，见李春秋侧身躺在地上，右手伸向一旁的李夫人，差一寸就能碰到她。李夫人仰面躺着，暗红的血蜿蜒成河，双目瞪得圆圆的，全是惊恐惧怕。

沈知言心下一叹，开始验尸，慢条斯理地说：“死者李夫人，只有一处致命伤，利器穿胸而过，伤及脏器。伤口宽一寸二分，凶器应该是一把长剑。死者李春秋的致命伤相同，所用应该是同一把凶器。”

“桌椅原样摆着，各式摆件没有破损，很明显没有过打斗。”慕容辞环顾寝房，目光一一扫过，“死者李大人和李夫人都躺在地上，而不是在床上被杀，应该是他们在睡梦里听见声响下床查看，凶手没有给他们反抗的机会，一剑毙命。”

接着去是李大人儿女住的地方，李大人有一妻一妾，生养了二子三女。这五个子女的死状跟李大人差不多，躺在地上，血流一地，是长剑穿胸而过，脏器被刺穿。

仆人的死法，亦是跟主子一样。

回到前庭，沈知言要卢大人吩咐衙役把所有尸首抬到大理寺。

慕容辞心口好像压着一块巨石，郁闷地说：“李家没有活口，想找个问话的人都没有。”

这时，衙役带着一个穿粗布衣服的村民过来，说这村民刚刚送来粮食，在西门撞见了衙役，说李家有他的亲人。

得知李家的人都死了，他不停地抹泪，悲痛之色深入眉目。他喃喃自语道：“俺亲妹子死了……怎么会死了……俺再也见不到妹子了……”

沈知言打量那个村民，温和地问：“你如何称呼？跟李家是什么关系？”

那村民抹去泪水，哭着回话：“俺是李大人的大舅子，俺亲妹子是李家的妾室，俺叫钱大勇。”

“你刚到李家？”

“刚到李家就看见所有人都死了，青天大老爷，俺亲妹子和妹夫一家死得这么惨，您要为李家申冤呐……”

“钱大勇，你从乡下到帝京走了多少时辰？”慕容辞和气地问。

“俺从村里进城要走两个时辰，俺天没亮就起来赶路，今日不是过中秋嘛，每年中秋俺都送来自家种的米粮和干货，没想到……”钱大勇的泪水又飙了出来，伤心得很。

“你亲妹子是李大人的妾室，生养了几个儿女？”

“俺亲妹子入李家的门十四年,生养了一双儿女,大的女儿才十二岁。”

“你亲妹子和李夫人和睦吗？”

“和睦，当然和睦。俺亲妹子性子温柔，不会与人结怨，侍奉老夫人尽心尽力，更不会对夫人不敬。”钱大勇道。

“李老夫人对你亲妹子如何？”她又问。

“李老夫人喜欢俺亲妹子，因为俺亲妹子温柔乖巧，即使有委屈也不会跟人说。”

“就你所知，李家跟人结怨吗？有仇人吗？”

“这个……俺没听亲妹子提起过，她从来不跟俺提起这些。”

“李夫人朱氏的娘家朱家跟李家来往多吗？交情好吗？”沈知言问道。

“有来往，不过来往多不多，俺不太晓得。”钱大勇又着急又焦虑，“青天大老爷，俺帮不了你们，俺真是不中用，俺……”

“你无须自责，不如你先回去吧。把粮食也带回去吧。”沈知言看了一眼殿下，然后道。

勘察完凶案现场，慕容辞和沈知言、琴若走访了左邻右舍，然后策马回大理寺。

他们跟顾淮简略地说了李宅灭门惨案，顾淮的面色格外沉重地说：“周家灭门惨案已经让帝京百姓人心惶惶、议论颇多，相隔三日，李家又发生灭门惨案，这流言蜚语必定甚嚣尘上。”

沈知言冷沉道：“大人，我和殿下初步推断，凶手身怀武功，极有可能是寻仇杀人。”

慕容辞说：“可以从李家的亲朋查起。”

顾淮重重地叹气道：“今日乃中秋佳节，家家团圆，没想到李家被灭门了，这真是……”

半个时辰后，京兆府的衙役把四十具尸首、相关物证送来大理寺。

沈知言准备了片刻，开始详细地查验尸首。

“死者李春秋身上没有其他伤口，只有胸口那处长剑穿胸而过的致命伤。”

“李夫人、李老夫人和儿女们都是如此，只有一处致命伤。”

慕容辞看见李家主人的指甲都是干净、完好的，可见他们没有与凶手发生纠缠打斗。

那必然是，凶手身怀武功。

顾淮忽然道：“李春秋是礼部员外郎，其风评如何，可去礼部问问。”

沈知言点点头：“殿下，稍后去李夫人的娘家朱家？”

朱家祖上是当官的，也算书香门第，但这几十年来子孙无能，连个举人都中不了，因此家道中落，子孙守着祖业和一个铺面过日子。朱氏和李大人刚出世便由双方父母订下娃娃亲，李老夫人见朱家越发破落，且子孙个个不中用，想悔婚，但那时还在世的李老爷耿直守信，坚决要儿子迎娶朱家女儿。

因此，李老夫人对朱氏这个儿媳妇是不满意的，这二十年从未给过她好脸色，还隔三岔五地给她难堪。不过，李老夫人对儿子的妾室钱氏倒是喜欢，虽然钱氏出身卑微贫寒，但性情温柔大方，手脚麻利嘴儿甜，所生的小儿子聪颖机灵，很得老夫人的喜爱。

因此，李家跟朱家的关系并不好，来往也不是很多。

这些是他们上午走访李家的街坊邻居得到的大致情况。

朱家的宅院在一条小巷深处，门庭不大，房屋格局十分古朴，但年久失修，朱漆剥落了不少。

管家客气地把他们迎进大厅，吩咐仆人上茶，然后去告知老爷夫人。

慕容辞、沈知言坐下饮茶，环顾大厅，从陈设的檀木桌椅可以瞧出，朱家家底不错，祖上数代确是不凡的门第。

等了片刻，朱老爷、朱夫人踏入大厅，躬身行礼道："草民、民妇拜见二位大人。"

"冒昧打扰，是本官唐突了。"沈知言站起身客气道。

"无妨、无妨。"朱老爷笑道，"大人请坐，让大人久等了。"

慕容辞打量朱家的当家人和主母，朱老爷四十来岁，身形清瘦，一副恹恹欲睡的样子。朱夫人倒是颇有福相，只是眼珠子滴溜溜地转，眉目极为精明。

沈知言搁下茶盏，温润地问："朱老爷可知亲家李家发生了灭门惨案？"

朱老爷打了一个呵欠，然后沉下脸，"听说了，李家被灭门这事已经传得人尽皆知。可怜草民那妹子，嫁过去才享了二十年的福就遭逢不幸。也不知李家作了什么孽，招致满门被屠，咳……真是世事无常。"

朱夫人尖厉的声音扬起来："可不是吗？好好的人家，怎么会被杀了满门呢？二位大人可要好好地查，把那丧尽天良的凶手抓获，为民妇那小姑子和李家报仇雪冤。"她取出丝帕煞有介事地点着眉目，似在擦拭泪水，"凶手连孩子都不放过，李家算是绝后了，太惨了……"

她的声音很亮，没有半分悲痛。

"二位可知，李家可有跟人结怨？有没有仇人？"沈知言问。

"李春秋是礼部员外郎，人在官场身不由己，哪能不跟人结怨？"朱夫人翻了一下眼皮，却在看见夫君甩来的凌厉眼色时闭了嘴，尴尬道，"二位大人请用茶。"

"妇道人家懂什么？官场是非岂是你随口胡说八道的？"朱老爷不悦地瞪她，然后赔笑道，"请二位大人多多包涵，内子愚笨，还喜欢搬弄是非，让二位大人见笑了。"

"无妨，随便聊聊罢了。"慕容辞笑道，"二位知道李大人跟哪位同僚结过怨、有嫌隙吗？"

“大人有所不知，虽然朱家跟李家是姻亲，不过来往并不多。李家老夫人不喜草民妹子跟娘家多有来往，因此两家只在逢年过节时才走动走动。”他语声含悲，“不过，朱家和李家到底是姻亲，如今李家被灭门，我们也感到悲伤心痛呐。”

慕容辞与沈知言对视了一眼，他这悲伤分明就是装出来的。

朱夫人谨慎地试探道：“李家一个人都没了，那李家的数百亩田产，还有家业怎么办？是不是分给李家的亲朋？”

朱老爷再次狠戾地瞪她，训斥道：“你说的什么话？”

“朱夫人有所不知，像李家这种被灭门的，按照律法，家产会充公。”沈知言解释道。

“原来如此。”朱夫人竟笑得灿烂。

“朱老爷不妨再仔细想想，李家跟街坊邻居或亲朋友人有没有结怨？”慕容辞坚持问道。

“若说结怨，还真有。三个月前，草民妹子生的长子到了弱冠之年，在一家酒楼摆宴，宴请他的兄弟朋友。”朱老爷道，“草民那外甥在酒楼喝高了，跟一个纨绔子弟一言不合打起来，双方都鼻青脸肿，谁也没讨到便宜。双方长辈都觉得自家的儿子没有错，互不相让，甚至闹到京兆府，后来两家就结成仇家。”

“是哪家的子弟？”她问。

“城中豪富何家的大公子。”

“是城东经营玉器、丝绸和客栈的富豪何家？”沈知言欣喜地追问，“在哪家酒楼大打出手？”

“正是那个何家，在得月楼大打出手。”朱老爷回道。

“除了何家大公子，李家还有其他仇家吗？”慕容辞又问。

“其他的怨草民不清楚。”朱老爷的眉宇浮现出一丝不耐烦。

“朱老爷，朱夫人，倘若你们想起李家一些事，还请第一时间报知大理寺。”沈知言照例嘱咐一句，就与慕容辞离开了朱家。

第二十九章

太子亲临解救孤女

今日中秋宫宴在文华殿举办，此时殿里鲜花似锦，四品以上的京官携女眷或在文华殿偏殿等候，或在附近游冶漫步，到处衣香鬓影、欢声笑语。

酉时将至，内侍总管刘安吩咐宫人传话，请文武大臣及其女眷们进大殿等候陛下、御王、太子的到来。

在宫人的指引下，众人循序踏入大殿，后宫妃嫔也纷纷到场，其中以乔妃为众妃之首。

萧贵妃一死，乔妃执掌后宫，跟以往大不一样，温婉中多几分威严与气势，而她的身边没有昭华公主作陪，那些女眷们窃窃私语，看来从宫里传出的关于公主的秘事是真的。

乔妃端正而坐，自然知道那些女子低声议论着什么。虽然心头不悦，但她在后宫历经沉浮，早已不将旁人的议论当回事。

东宫，慕容辞更衣后歇了个够，前往文华殿。

前往文华殿必须经过存墨阁，她偷偷摸摸、鬼鬼祟祟，但果不其然，一道熟悉而又让她抗拒的声音响起。

"殿下。"

她没有停步，反而疾步前行。

"殿下，听闻又发生灭门惨案，你去凶案现场勘察了吗？"慕容彧快步追上去，扬声道。

慕容辞迫不得已止步，好吧，李家灭门惨案的确要跟他说一说。

"殿下跑得跟兔子一样快，莫非怕了本王？"他倾身靠近她。

"谁怕你了？"她心中暗窘，迈步前行。

"说说李家灭门惨案，跟周家的作案手法相似吗？"他低沉道。

“完全不一样。”她简单地说了李家灭门惨案的情况，“眼下本宫和知言还没有头绪，明日再查。”

“李家的财物没有少，看来是仇杀。”

“眼下暂定为仇杀，但本宫觉着，万般皆有可能。”

“近来帝京不太平，殿下在宫外务必当心。”慕容彧叮嘱道。

他们抵达文华殿的时候，慕容承已坐下，大殿热闹喧嚣，各色人等济济一堂。

内侍的通报声缓缓落下，所有人都注目于那两个气度截然不同的人。

端柔郡主慕容诗含笑望着殿下，含情脉脉，一颗芳心咚咚咚地跳动着。

沈知礼再想克制，也依然痴迷地望着那个举世无双的男子，他步履沉稳，好似披着一身璀璨的霞光，周身萦绕着万众瞩目的王者之气。

太子和御王的宴案同在左列，宫人先前为太子位列首席还是御王位列首席伤透脑筋，刘安请示了陛下，才将二人安排同案。

慕容彧谦让道：“殿下，请坐。”

意思是让她坐在上首。

她不客气地坐下，他则朝所有人压手，说：“诸位请坐。”

慕容辞担忧地看向父皇，他的气色还是不太好，不过在这宫宴上看见这么多大臣，看见许久未见的宗室子弟，精神还好些，他招手要乔妃过去伺候，慕容辞放心了些。

酒过三巡，气氛热闹起来，敬酒的敬酒，闲谈的闲谈，看舞蹈的看舞蹈，推杯换盏的推杯换盏。

慕容辞时不时地看见对面慕容诗投来笑眯眯的目光，越来越觉得气闷。

沈知礼也在对面，那轻淡的目光总是以不经意的姿态瞟过来。

跟慕容彧同案，慕容辞如坐针毡，但也只能坚持下去。

宴饮进行到一半，慕容承觉得乏了，由乔妃送他回清元殿。

他一走，那些逢迎拍马的大臣纷纷来敬酒，于是，宴案的这边车水马龙，那边门可罗雀，形成鲜明的对照。

慕容辞的唇角抽了抽，想来这会儿很多人都在看她的笑话吧。

慕容彧言笑晏晏地接受众人的敬酒，见他那副春风得意的嘴脸，她就气不打一处来。

这时，沈知言徐徐走来，恭敬地说："下官敬殿下。"

二人一饮而尽，接着是慕容诗，她甜美地笑道："殿下英明神武，仅仅一日就侦破周家灭门惨案，是大燕国绝无仅有的断案神手，慕容诗十分敬佩，我敬殿下一杯。"

她提这事做什么？慕容辞优雅饮下，见一旁大臣闻言，窃窃私语起来。

有大臣问沈知言："周家灭门惨案是太子殿下侦破的？不是大理寺侦破的吗？"

沈知言温润地笑着说："下官协助殿下侦破周家灭门惨案，主要是殿下的功劳。"

众人惊叹，看向她的目光跟以往不太一样。

草包太子竟然侦破了轰动帝京的惊天大案！

"殿下可以大出风头了。"慕容彧揶揄道。

"本宫风头再大也大不过摄政王你呀。"她不客气地回敬。

"殿下，本王敬你一杯。"他端起金樽，嘴角含笑宛若氤氲着浓浓的月华，"预祝殿下早日侦破李家灭门惨案。"

"借你吉言。"她一饮而尽。

那些擅长望风使舵的大臣不禁面面相觑，御王向太子殿下敬酒？御王在搞什么名堂？

这时，沈知言款款起身，朗声道："太子殿下，王爷，舍妹不才，今日中秋佳节愿当场作画，以良辰美景为题，献给殿下与王爷，以期锦上添花。"

"好！"慕容辞拊掌道，"早就听闻太傅府沈小姐才貌双全，尤攻书画，今日得以亲眼看见，十分有幸。相信王爷也很想看看沈大小姐是否如传闻中的那样，书画双绝。"

沈知礼站起身，低眉温婉道："殿下谬赞了。臣女自当尽力，不辜负殿下与王爷之期望。"

慕容彧斟酒自饮，不言不语。

"你倒是说两句呀。"慕容辞拉拉他的广袂，低声道。

"殿下开口便好。"他的右手悄然下移，握住她的手。

慕容辞心神一凛，眉心一蹙，气恼地抽手，然而，根本抽不出来。

慕容彧握得死紧，面不改色气定神闲，道："殿下既有兴致，那便请沈大小姐当场作画，也让满朝文武、女眷们瞧瞧沈大小姐的绝世技艺。"

最初的欣喜过后，沈知礼的心里百般滋味，不知如何形容。

御王说的是太子殿下有兴致，而不是他。

罢了，内侍已按她的要求将画具备好，此时一架高矮适中的雪白细绢屏风放在大殿中央。沈知礼施施然走过去，朝那长案俯身行礼道："殿下，王爷，臣女献丑了。"

沈知礼的眼风如羽毛般扫过慕容彧，而后走过去。

慕容辞左扭右扭，试图把手弄出来，咬牙切齿道："还不放手？"

"殿下还是不要多管闲事的好。"他剑眉微动，斜过眼看她。

"本宫哪里多管闲事？"她气急败坏。

他松开手，她立马把手缩回怀里，恨恨地瞪他一眼。

沈知礼已经开始作画。

但见她磨好墨，却将墨泼向细绢屏风。

雪白的细绢屏风染了墨，一团黑墨，点点墨滴，凌乱不堪。而她从容地站在屏风前挥毫作画，风姿优雅如一朵幽兰。

点染，勾勒，如行云如流水，很快就画好一角，令人叹为观止。

慕容辞饶有兴致地欣赏沈知礼今日的风采，她身穿一袭藕色衫裙，与她清新雅致的气质极为相称，她抬手作画，露出一截雪白的皓腕，与那修长纤细的雪颈相得益彰。

"殿下，请。"慕容彧给她添酒，她一怔转头看他，却见他似笑非笑，浓密长睫下那双眼睛动人心魄。

一时之间，她好似被惑住了，过了半晌才猛地回神。

邪魅！

他无意间流露的邪魅，差点儿把她迷得灵魂出窍。

慕容辞连忙饮了酒继续看沈知礼作画。

窃窃私语声流淌开来，众人已看得目不转睛，她的速度快得匪夷所思，两三笔就让笔下之景栩栩如生。

整体轮廓已经显现，那是皎皎明月，那是宫墙长廊，那是琼庭凉风，那是奇花异卉。

沈知礼把几朵红花碾碎，将花汁点缀在群芳之间，数点鲜红夺人眼目，犹如画龙点睛，令人惊叹。

慕容辞内心的震动无与伦比，现如今普天之下画皆是黑白水墨，沈知礼竟独创一招。

“沈大小姐的独创对当今画界是一大贡献。”慕容辞惊叹道。

“雕虫小技罢了。”慕容彧淡漠道。

她瞟了他一眼，继续观赏。

就在所有人都以为沈知礼完成了这幅惊世之作时，却见她在屏风的一角继续画。

她画了一个小小的人，瞧得出来，那是一个男子。

虽然只是一个轻淡的侧影，却看得出是一个俊美的男子。

琼庭皓月，凉风微拂，那男子广袂微荡，清雅高华，俊秀超逸，不落尘俗。

众人议论纷纷，都觉得这男子的气度有点像一个人。

慕容辞一瞧便知，自然是慕容彧。

她的心思与情愫，慕容辞倒是可以理解一二。

“沈大小姐的心思都放在这幅画里了。可惜呀，有人视若无睹。”她凉凉地打趣。

“殿下这般怜惜她，不如把她娶进东宫？”慕容彧浅浅一笑。

沈知礼画毕，走到他们案前，敛衽行礼道：“臣女画作拙劣，献丑了。”

慕容辞看见她的目光悄然移向身旁的男子，于是笑道：“沈大小姐画技高超，令人叹为观止，这惊世之作名《良辰美景》，确是应题应景，王爷，不如……”

“既然殿下对沈大小姐的画作赞不绝口，来人，把沈大小姐的画作送到东宫，方便殿下日夜欣赏。”慕容彧扬声道，容色淡淡，未看沈知礼一眼。

“谢殿下、王爷。”沈知礼心里又苦又涩，凄伤地看了他一眼，而后退下。

“芳心碎了一地，可怜呐。”慕容辞兀自低声道。

慕容彧挑眉道：“倘若本王当众说沈大小姐画的那个男子是殿下，不知后果会如何。”

她心里一惊，说：“你敢！”

“那殿下就该安静一点。”

回到东宫，不知是不是喝了酒，慕容辞又乏又困，只想速速就寝。

然而沐浴后回到寝殿，她猛地止步。

床上躺着一个男子！

玄袍扔在地上，身上只有月白丝质中衣。

慕容彧！

竟然还打着呼噜！

她想起如意马上要进来，连忙出去吩咐了一声，把大殿的门关上，再火冒三丈地奔回来。

“起来！要睡回去睡！”

浑身的酒气，把她的床榻熏得到处都是酒气。

然而慕容彧如死一般，没有半点反应，她越看越气，在他的手臂上狠狠地一拧，疾言厉色地低吼：“滚下去！听见没有？”

这回他终于知道疼了，眯着眼看她，含混不清道：“本王喝多了，头疼……”

“你快下来！”慕容辞快气疯了。

“哦。”他懒洋洋地起身，拍拍头，捏捏鼻梁，“有茶水吗？口渴。”

“你去存墨阁喝！”

“现在就想喝。”

“好好好。”

她背对着他倒了一杯茶水，顺便加了料，食指在水里搅了搅，然后端给他。

慕容彧邪气地斜眼，懒声说道：“你喂我喝。”

“好呀。”

把茶杯递到他嘴唇，一口气灌进去。他不及吞咽，喷出一半，水雾四溅。

“这是什么茶？怎么这么咸？”

“东宫只有咸茶，你要喝好茶就去存墨阁喝！”

然而她不得不承认，此时月白中衣把他的霜雪容色衬托得完美无瑕，多了几分秀雅清逸，真真是和那幅画作里的人儿一样。

这容颜，这气质，这诱惑，是个女人都无法抵挡。

再让他待下去，她真不知会发生什么事。

于是她用力拽他，企图把他拖出去。然而，慕容彧猛地使力，将她一拽，二人一起倒向床榻。

“你怎么能……不要……”她只来得及说出这些话，嘴唇便沦陷了。

酒气铺天盖地，她险些被熏晕，狂风暴雨侵袭下，窒息的感觉越来越强烈，她呜呜地叫着，激烈地挣扎，然而他的力气太大了，把她制得死死的。

他酒后火辣辣的绵绵情话，令人脸红心跳。

“我每日每夜都在想你，想你的幽香，想你的一颦一笑，想你柔软的肌肤，想你的一切一切……

这低沉魅惑的嗓音，似有一种可怕的魔力，能把人的灵魂定住，抽身不得。

慕容辞愣愣地看着他，一时间回不过神来。

他深渊般的眼睛染了血丝，填满了隐忍不发的欲念；他精雕细琢的容颜在昏暗的光影里闪着动人的光泽，幽暗明灭，有一种致命的诱惑。

“阿辞，我知道你不信我，无时无刻不防备我……这一刻，你放下所有戒备警惕，好不好？把你交给我，嗯？”

炽热的呼吸夹杂着酒气喷洒下来，他的拇指摩挲她玉白的脸颊，灼灼地凝视她，央求着说：“就当我求你，好不好？”

在她的印象里，他如何会开口求人，而此时此刻这般温柔缠绵地求她，是酒醉之故？

呵，是借酒行凶！

慕容辞一边推他一边冷厉道：“记住你的身份，记住本宫的身份，你我绝无可能！”

慕容彧低声笑起来，说：“是吗？”

“放开本宫……”

“明明心里有我，为什么不承认呢？”

“阿辞，你我彼此熟悉，是天造地设的一对，你想反抗，但你的心已经出卖了你。”

这一字字、一句句火辣肉麻、令人脸红心跳的话钻入她的耳朵，让她对他的认知几乎崩塌——他好像变了个人，或许真是酒醉的缘故？

她恨恨地磨牙，冰冷道："再不起来，本宫不客气了！"

"你不愿意，我不会勉强你。只是抱着你，好不好？"

"不要动，就这样静静地……"

"嘘……闭上双眼，睡吧，我知道你累了……"

慕容彧温柔地说着，好似在哄一个小姑娘。

被他这样抱着，怎么可能睡得着？

罢了罢了，等他睡着了，她就自由了。

她睁着双眼看他，这张脸近在咫尺，能感觉得到他的呼吸，而几个月之前，她对这张脸、这个人恨之入骨。

人生的机遇真是奇妙！

不，是诡异！是荒唐！

看着看着，慕容辞的脑中忽然冒出一个念头：这不是杀他最好的时机吗？

把他杀了，取代他，肃清朝堂，总揽朝政。

然而还不过一秒，她就知道不行，慕容彧一死，不仅朝廷生乱，诸国也会风起云涌，倘若西秦国、东楚国和南越国联手，三国大军三面夹击……

她轻轻地叹气，这不是危言耸听，这是事实，这是她这段时间观察到的。

不能否认，慕容彧对诸国的威慑力是巨大的。

过了片刻，他似乎睡着了，气息匀长。

于是，她掰开他的尾指，一点一点地掰开他的手，小心翼翼，接着是右臂……

大气不敢出地进行到一半，正欣喜在望，就被一把抱回原样。

"白费劲而已，睡吧。"

她咬牙切齿，但迫于无奈，加之又真的累了，没多久就睡着了。

这一夜，她睡得极不安稳，迷迷糊糊的，好像醒了几次，直到天蒙蒙亮，她彻底清醒，好似想到什么，急拍他的脸颊。

"慕容彧，快醒醒！天亮了！"

他不情不愿地睁开眼，说：“还早……”

“让宫人看见你从东宫出去,本宫这一世英名就被你毁了！快起来！”慕容辞气急败坏地拉他起来。

“好好好……”

“你从窗台那边出去，路上注意别让人看见。”她气急败坏道。

“我不喜爬窗，我要从大殿出去。”

“你敢！”慕容辞大怒。

“你要我爬窗也行，不过我想哪夜爬窗就哪夜爬窗，你不得阻止。”

“你……”

“不然我就从大殿出去……”他有恃无恐地笑。

“你立马给本宫滚出去！”

他挑眉道：“总该好好告别一下。”

她歇斯底里地低吼：“滚！”

他扬眉一笑，邪魅在眉宇间流转，笑眯眯地说：“我先走了，过两日再来。”

看着他从窗台出去，她总算松了一口气，但一想到今后他可能会肆无忌惮地夜闯东宫，她就十分愤懑。

一整夜没怎么睡，她倒下来睡回笼觉，直至日上三竿才起来。

如意不敢叫醒殿下，待床帷里有动静才用莲花金钩钩起玉色纱帐，问：“殿下的气色不太好，昨夜睡得不好吗？”

“做了一个噩梦，梦里被一只疯狗追着咬。”

“啊？疯狗？”如意错愕，“殿下不如再睡会儿？”

“睡不着了。”

今日与沈知言去得月楼。

得月楼是帝京风评数一数二、经营百年以上的酒楼，生意十分红火。

他们亮出身份，对掌柜说明来意，掌柜把他们带到招待贵客的房间，奉了茶水，赔笑道：“二位大人想知道什么尽管问，小的必定知无不言。”

“童掌柜应该听闻李家灭门惨案了吧？大约三个月前，李家大公子是不是在贵店设宴？”沈知言清和地问。

“的确有这么回事。那日李家大公子摆了三桌，请了不少人。”童掌柜道。

“你应该记得，那日李大公子和一人发生争执。”慕容辞道。

“原来二位大人是要问这件事，这个确有其事，不过那日小的在一楼大堂算账，没留意二楼雅间的事，小的把伙计石头叫来，他知道得一清二楚，二位大人可以仔细问他。”

不多时，他带着一个伙计过来。这伙计看着很机灵，沈知言便问道：“三个月前，李家大公子与何家大公子如何发生争执的，你且一五一十地说来。”

“大人，小的记得那日雅间差不多满了，只剩下三个雅间，李大公子就包了这三个雅间，何大公子也经常来光顾得月楼，并且长期预订了一个雅间，这雅间就是那日给李大公子的三个雅间之一。”

“你们把何大公子长期预订的雅间给李大公子用，何大公子必定动怒吧。”

石头笑道：“平常我们是不会这样的，不过那日特殊，何大公子前一日明着说了那日不会来用膳，而李大公子又必须要用雅间，掌柜权衡之下才把何大公子的雅间给李大公子用。没曾想何大公子忽然带着朋友来，这就出了事。”

“具体说说？”

“何大公子知道便动了怒，掌柜好话说尽，说要给何大公子另外安排，但何大公子不肯，非要原来的那个。而李大公子的宴饮进行到一半，要移到别处也不方便，再者当时他也喝高了，酒气上头，兄弟朋友都看着，丢不起脸，就跟何大公子吵了几句，接着就打起来了。”

“打了多久？他们伤势严重吗？”沈知言又问。

“打了好一会儿，雅间的门都被撞坏了。”石头接着道，“掌柜见他们越打越凶，就立即派人去街上找衙役，衙役来了才把他们劝开，带回京兆府。”

“京兆府尹卢大人如何断案的？”慕容辞问道。

“这个小的就不太清楚了，只是听说卢大人也断不清这事，毕竟两位公子是同时出手打人的。此后这何大公子和李大公子就结下梁子，两家也成了仇人。”

“后来他们还来得月楼吗？”

“何大公子倒是常来，李大公子没再来过了。”

“就你所知，何大公子和李大公子为人如何？”沈知言问道。

“这……”石头面泛为难之色。

慕容辞知道他不敢随意置评，于是道：“你但说无妨，我们不会说出去。”

他豁出去了，道：“何大公子出身豪富，为人豪爽，但脾气也大得很，刁钻凶狠，比较难伺候，对小的这种穷苦之人没有同情心，肆意践踏。前不久，一对父女从外地来帝京讨生活，身无分文，掌柜看他们可怜，让他们在得月楼唱曲儿赚钱糊口。那晚何大公子要这对父女去雅间唱曲儿，哪想到何大公子不安好心……”

“如何不安好心？”

石头道：“何大公子素来好色，见那黄姑娘长得清秀水灵，就差人把她爹爹支开，在雅间调戏黄姑娘。黄姑娘不从，大声喊叫，还打伤他的手臂。何大公子不罢休，要她赔二十两汤药费，不赔就要她进府当通房丫头。黄老爹哪里肯把女儿就这么卖给何大公子？但何大公子哪肯放人，就把黄老爹打了一顿，把黄姑娘带走，关在府里。”

慕容辞的怒气噌噌地往上蹿，气愤道：“这跟明抢良家女子有何区别？后来黄姑娘被他糟蹋了？”

他叹气道：“黄姑娘被带进府里，怎么可能保得了清白之身？必定是被何大公子糟蹋了。可怜黄老爹找不到女儿，被打得浑身是伤，又没有那么多银子请大夫抓药，过了半个月病死了。”

沈知言面色骤沉，问道：“黄老爹的尸首呢？”

石头回道：“掌柜可怜黄老爹，就找了人去给他收尸，葬在郊外。”

慕容辞心里一叹，又问：“那李大公子呢？”

石头道：“李大公子出身官宦人家，许是李家家教严格，倒是没听说他有什么恶习。李大公子不太常来得月楼，虽然有点官家少爷的脾气，不过人还不错，彬彬有礼，不会胡来。”

又随意问了些话，沈知言和慕容辞从得月楼出来，骑马前往何家。

他斟酌道："何家和李家结为仇家，何大公子至于杀人全家吗？"

她蹙眉道："不好断言，先看看何大公子怎么说。不过何大公子明抢良家女子，太可恶了。"

"殿下想怎么做？"

"你说呢？"

看着殿下明媚狡黠的微笑，沈知言断定，何大公子要遭殃了。

何家是豪富，宅院颇为气派奢华。管家得知他们是大理寺的官员，连忙点头哈腰赔笑道："大公子还没起身呢。二位大人先喝茶，小的这就去叫醒大公子。"

等了一盏茶的工夫，何大公子终于到了。

"让二位大人久等了，都是草民的不是。来人，上好茶！"何乔梁懒洋洋地走进来，打着呵欠，拱手道。

慕容辞打量他，此人瘦似竹竿，面色黄白，目周乌青，明显是酒色过度。衣袍面料上乘，只是深绿色锦袍配了一条镶玉红腰带，恶俗得很。

"二位大人不知是什么事找草民？"何乔梁在主位坐下，又打了一个呵欠。

"李家被灭门，你应该知道了吧？"沈知言果然开门见山。

"这么大的灭门惨案，草民自然知道。"何乔梁眼睛一闪，转而叹气道，"李家满门被灭着实可怜。不过老天要你几时死，你就活不过那日，都是天注定的。"

"这么说，李家满门被灭，何大公子内心窃喜？"慕容辞一针见血道。

"这位大人，话可不能这么说。"他精明地摆手，"二位找上门来，必定是知道草民跟李家那小兔崽子结了怨。虽然草民很想那小兔崽子遭殃，但也不至于要李家满门被灭。草民没那么恶毒，草民还想给后代子孙积德呢。"

"贵府和李家结了怨，如今李家满门被灭，谁都会想到这件事跟你们何家有关。"

"草民知道，也正因如此，草民怎么会去杀人？还杀人家满门，杀人偿命，草民要赔上整个何家，草民再笨也不会做那赔本的买卖。"何乔梁伸出两指对天发誓，“二位大人，草民发誓，句句实言呐。”

“大理寺查案，不可能因为你发誓就排除你的嫌疑。”

“哎哟，我的青天大老爷，草民真的没有杀人，”何乔梁有点气急，“草民跟二位说点掏心窝子的话，刚听说李家被灭门，草民真的又惊又喜，觉得是老天爷收拾了他们，草民那日还邀了朋友去得月楼饮酒庆祝。不过，要草民灭人家满门，草民自问还没那个胆儿。”

“我们很想相信你，不过按照刑律，你要跟我们回大理寺，待查清楚了，若你是清白的，我们自然会放了你。”沈知言冷冽道。

“这怎么行？”何乔梁几乎跳起来，“草民不怕去大理寺，也不怕二位查，不过倘若跟二位去大理寺，日后在朋友面前，这脸往哪里搁？”

“何大公子，你的脸往哪里搁，能不能抬起头做人，我们管不着，我们只想尽快侦破命案。”慕容辞森冷道。

“不行不行，草民真的不能去大理寺。二位想怎么查，草民都配合，只要不去大理寺就成。”

“听闻何大公子新纳了一个妾，哦，不对，是收了一个通房丫头。”她目光冷沉，犀利如刀，“这位通房丫头姓黄，是跟她爹爹来帝京唱曲儿糊口的。”

何乔梁面色微变，手指微微发颤，心虚地说：“没有的事，唱曲儿的姑娘草民怎么可能看得上？”

“你在得月楼如何欺负黄老爹父女，如何打人，如何把黄姑娘抢到府里，何乔梁，你最好想清楚了再回答。”

何乔梁摸摸鼻子，知道瞒不住，于是道：“是，是有这么回事。但这件事不是二位听说的那样，二位大人听草民慢慢道来。”

“那日草民和几位朋友去得月楼饮酒，草民朋友见黄老爹父女可怜，就请他们进雅间唱两支曲儿。”何乔梁绘声绘色地说道，“他们唱完了，草民就打赏他们银子。不过令人惊奇的是，黄姑娘并没有收下银子，而是先让黄老爹出去等着，接着对草民使眼色暗示草民，说倘若草民想听曲儿，可以到草民府里唱曲儿给草民听。”

“是吗？”慕容辞恨不得抽死他，这种纨绔子弟，一向不缺颠倒是非黑白的本事。

“草民怎敢欺瞒二位大人？草民明白跟她说了，草民不是那种人，不会如她所愿。接着她幡然变脸，大声哭喊说草民轻薄她……接下来的事你们应该听说了，但草民只是请她出去，没有想过伤人，她还把草民伤了呢。”他一本正经地说道，一脸的无辜。

“你没有打黄老爹吗？”沈知言冷笑。

“打是打了，因为他听见黄姑娘的哭喊，误会是草民欺负黄姑娘，就要跟草民拼命。草民的侍从上前把他拉开，拉扯碰撞中拳脚不长眼，就打到了他。”

“真是这样吗？”慕容辞目光冰寒，“本官不能听片面之词，本官要带你回大理寺好好侦查，顺便也把黄姑娘带回去问话。把黄姑娘叫出来。”

何乔梁的眼睛里有慌色一闪而过，忙说：“草民的确把黄姑娘带回府，不过第二日她想回去，草民就让她回去了。”

沈知言陡然喝问：“当真如此？”

何乔梁吓了一跳，差点儿从椅子上滑下来，回道：“自然是……真的。”

慕容辞怒不可遏地说：“倘若黄姑娘回去了，为什么黄老爹死了也没人收尸？”

他嘀咕道：“草民如何知道？”

沈知言厉声喝道：“何乔梁，你知道欺瞒本官、作伪证是什么后果吗？”

她讥诮道：“欺瞒大理寺官员，做伪证，轻则杖打五十大板，重则在牢房里蹲个两年。何乔梁，本官忘记跟你说了，黄老爹父女是宫中一个要人的恩人，那人一再叮嘱本官要找到黄姑娘，还要查明黄老爹死的真相。”

沈知言接着道：“稍后本官便回去向那宫中要人复命，黄老爹父女遭难，与何大公子有莫大的关系。”

何乔梁吓得滑倒在地，接着狼狈地爬起来，双臂双腿颤抖得厉害。

宫中要人？他怎么这么背，得罪了宫中要人！

“你还是老老实实地说出实情，好歹本官能给你斟酌斟酌，倘若宫中派人来查，你会在某个午夜无声无息地死了也说不定。”慕容辞讥诮道。

“不会吧。”他吓得面色惨白，要多难看有多难看。

“何乔梁，本官在帮你。若你不识时务，本官不拦着。”沈知言冷笑，对殿下道：“既然有人找死，我们也不必多管闲事，我们走吧。”说罢，两人起身。

眼见得他们就要出门，何乔梁哪里还坐得住，只得硬着头皮喊道：“二位大人，且慢。草民去叫黄姑娘来。”

“好呀！何乔梁，你竟敢诓本官。”沈知言怒道。

何乔梁惨兮兮地拱手讨饶道：“大人，草民不是不想说实话，而是黄姑娘的脑子有点问题，草民担心她出来祸害人。万一冲撞到二位大人就不好了。”

“速速去把黄姑娘带过来！”

“是是是！”

他快步出去，对管家吩咐了几句，不多时，管家带着一个姑娘踏入大厅，低着头道：“二位大人，黄姑娘来了。”

这姑娘身形适中，穿着粗布蓝色碎花衣衫，其貌不扬，两只手绞着衣角。

“你是黄姑娘吗？”沈知言温和地问。

“是。”那姑娘低声地回话，看着很怕生。

“何大公子说你是自愿跟他回府的，是这样的吗？”他又问，语气十分柔和，“你别害怕，我们是大理寺的人，不会害你。你只需如实回答便可。”

“是。”她的头更低了，声如蚊蝇。

“何乔梁，你好大的胆子！”慕容辞陡然厉喝，疾言厉色地呵斥，“你竟敢欺瞒本官！你是想去大理寺蹲几日牢房吗？”

这怒喝犹如晴天霹雳，吓得那姑娘也浑身一震。

何乔梁面色大变，嘴唇颤了几下，赔笑道：“大人，你说的什么话？草民怎敢欺瞒您？”

“她根本就不是黄姑娘。”沈知言冷冷道，“既然何大公子执意如此，那咱们就进宫去复命吧。”

他们火冒三丈地走出去，何乔梁在后面边追边叫，忽然见他们脚步一停，就看到一个姑娘从青石小道仓皇跑出。

“救命啊……救命啊……”

“黄姑娘，别怕，我们是来救你的。”慕容辞几步过去抱住那姑娘。

“不要碰我……救命啊……不要碰我……”不想那姑娘似惊弓之鸟，奋力挣扎。

“我们是大理寺的人，不会伤害你，我们是来救你的。”

那姑娘狐疑地看他们，将信将疑，不过倒是不挣扎了。她清秀的脸庞被乱发遮掩了一半，嘴角有残留的血迹，脸颊也有点红肿，可见被人虐打过。

慕容辞温柔道：“我们会带你离开这儿，你不要害怕，我们不会再让人欺负你。”

那姑娘好似听懂了，用力拽住她的广袂哀求道：“求求你们带我走……他是禽兽……求求你们快带我走……”

“二位大人不要听她胡说八道，她疯了，胡言乱语。”何乔梁连忙道。

“闭嘴！”慕容辞狠戾地呵斥。

慕容辞将黄姑娘带到一边，让她坐下来，轻柔安抚道：“你不要害怕，我不会伤害你。你是不是黄姑娘？是不是何大公子把你关在这儿的？”

那姑娘轻轻点头，眼里布满了恐惧与慌乱，字不成句地说：“我姓黄……”她忽然拽住慕容辞的手腕，哀凄地祈求，“求你救救我……我不想呆在这儿……”

“我会带你离开这儿，不过你先告诉我，他对你做了什么？”

“他……他是禽兽！”黄姑娘激动地抓着她的手腕，浑身隐隐发颤，“他关着我，还欺凌我……他是禽兽……他是禽兽……他毁了我！我要杀了他！杀了那个禽兽！”黄姑娘霍然抬头，痛恨地瞪向何乔梁。

何乔梁被她这么一瞪，似乎有点心虚，移开目光。

沈知言威严地喝道：“何乔梁打死黄老爹，明抢良家女子，还与李家灭门惨案有关，来人，将他押到大理寺候审！”

门外等候的衙役冲来，一把按住何乔梁。

太子探案中感受人情冷暖

何鸿天：犬子不会害人……我们朝中有人

太子殿下：何鸿天，你有眼不识泰山

御王花式戏弄太子殿下

御王：本王出入东宫如履平地

第三十章

御王夜闯东宫

“大人，您不能带走公子，公子没有作奸犯科……”管家道，“我家老爷跟朝中大臣素有交情，还请您行个方便，查清楚了再抓人也不迟……”

“跟哪个朝中大臣有交情？”慕容辞饶有兴致地问。

“我爹跟朝中不少大臣都有交情，即便二位大人把我关进大理寺牢房，今夜我就能出来。你们最好想清楚了，否则到时候被大理寺顾大人训斥，丢了脸，可别怪我没提前告诉你们。”

“带走！”她毅然下令。

就在衙役押着何乔梁正要出门时，一顶奢华软轿在门口停下了，一个身材发福、锦袍在身的中年男子下来。

“什么人胆敢在我何府撒野？放开我儿子！”那人怒喝道。

“何老爷，我乃大理寺少卿沈知言。”沈知言不动声色道。

“原来是太傅府大公子、断案英杰沈大人。”何鸿天冷笑，“我与你父亲有过几面之缘，与大理寺卿顾大人也认识。沈大人，不要做得太难看。”

“何老爷，王子犯法与庶民同罪。令郎犯了刑律，自然要押到大理寺审查，本官依照刑律办事，倘若令郎是清白的，自然会还他清白。”

“犬子是什么样的人，何某比任何人都清楚，何某相信他绝不会作奸犯科。”何鸿天义正词严道，看到一旁站着瑟缩的黄姑娘，锐利的眼睛眯了眯。

“何老爷自然相信自己的儿子，不过令郎是否作奸犯科，可不是你说了算。”慕容辞冷笑。

“爹，救我……”何乔梁凄惨地叫。

“何某跟你们去大理寺。”何鸿天满面怒气道。

……

抵达大理寺，沈知言吩咐衙役把何乔梁押入牢房，琴若带着黄姑娘去后院梳洗休息，而何鸿天径自去找顾淮。

“殿下，方才我已经派人去问童掌柜把黄老爹的尸首葬在何处。若黄老爹的尸首腐烂得不厉害，可以瞧出生前是否受到暴打。”

慕容辞颔首道：“杀害黄老爹，凌辱黄姑娘，这两条罪足以将何乔梁斩首。不过，顾大人会不会……”

“你放心，我与顾大人共事多年，他刚直不阿，执法严明，不是那种收受贿赂的贪官。”

“希望如此。”

他们喝了一杯茶，顾淮便带着何鸿天来到后院凉亭。

“沈少卿，你们不是去查李家灭门惨案吗？怎么把何大公子押回来？他犯了什么事？”顾淮问道。

沈知言简略地说了黄老爹父女一事，随后道：“大人，下官的确在何府找到黄姑娘，她犹如惊弓之鸟，神志有点不清，不过她知道发生了什么事，还恳求下官救她出来。下官还得到目击证人的证供，何乔梁命侍从殴打黄老爹，奸污黄姑娘一事基本属实。只要找到黄老爹的尸首查验，便可定罪。”

“目击证人是谁？供词可信吗？黄老爹怎么死的，尚未可知，说不定是病死的。那个黄姑娘是自愿跟犬子回府的，犬子并没有强迫她，再者，是她勾引犬子在先，犬子才……她成了犬子的人，要求犬子娶她，犬子不肯，她就反咬一口，颠倒黑白诬告犬子。”何鸿天义正词严道，“顾大人，黄姑娘神志不清，说的话岂能相信？您可要查清楚，不能冤枉了犬子。”

“有其父必有其子，颠倒黑白的本事如出一辙。”慕容辞冷冷地嘲讽，“目击证人跟你们何家无冤无仇，为什么作伪证害你们？倘若黄姑娘自愿跟令郎回府，勾引令郎，那她身上为什么有伤？为什么她会神志不清？”

“这……”何鸿天无言以对，怒道，“反正犬子不会害人。”

“顾大人，黄老爹父女一案还需审查，何乔梁有重大的犯案嫌疑，依照刑律，必须将他收押。”她眉目凛凛。

“何老爷，本官了解了，令郎的确有作奸犯科的嫌疑，本官不能徇私枉法。倘若查明令郎是清白的，本官立即放人，你大可放心。”顾淮神色威重，语气坚定。

“既然顾大人这么说，何某多谢。”何鸿天拱手一礼，揣着一肚子怒火离去。

“大人，这是意外的收获。”沈知言笑了笑。

“何鸿天跟朝中大臣多有来往，你侦查此案务必谨慎，不要有任何疏漏。何鸿天不是好惹的人，当心他日后报复你。”顾淮担心地捋须。

“下官进大理寺的那日起，就不畏强权，不怕得罪任何人。”沈知言道。

“顾大人，黄姑娘孤身一人，本宫担心何鸿天报复，想让她在大理寺暂住几日，可以吗？”慕容辞问道。

“自然可以。”顾淮道。

慕容辞去后院看望她时，黄姑娘已沐浴更衣完毕，虽然穿着粗布衣衫，但水灵清秀的面容十分出众，只是眉目间布满了惊惧与戒备，非常怕生，尤其是男子。

不过，她对慕容辞和琴若还很友善，她感受得到她们是真心对她好。

“这里是官府，官府里都是好人，不会伤害你，那个禽兽也不会再来欺负你，你安心住在这儿，好不好？”慕容辞温柔道。

黄姑娘点点头，慕容辞又道：“你就在这里，若你喜欢就帮这里的大娘干活打发时间。这里的男子都是官府的人，不会伤害你，记住了吗？”

“嗯，记住了。”黄姑娘低着头轻声道。

“明日我会来看你的，你要好好地听话，知道吗？”

“嗯。”她忽然抬起头，“公子，谢谢你。”

“稍后有大夫来看看你身上的伤，服了汤药你就能好起来了。”

“好。”

见她这么乖巧，慕容辞心里安慰了些。

大约又过了一个时辰，三个衙役从郊外回来，说是找到了黄老爹的尸首。

据童掌柜回忆，黄老爹死了大约二十天，尸首已有不同程度的腐烂。沈知言和徒弟先把尸首清理了一番，仔细查验后得出结论，黄老爹左腿和右臂骨折，脏腑遭到重击而破裂，的确是被人残暴地虐打致死。

次日，沈知言升堂审理黄老爹父女被害一案，传召了三个证人。

人证物证俱全，何乔梁承认奸污黄姑娘，却说是他的侍从为了保护他去教训黄老爹的。沈知言陈明利害，威严怒喝，那些侍从害怕被砍头从而翻供，指认是何乔梁指使他们殴打黄老爹的。

何鸿天在大堂外听审，还把吏部侍郎请来，企图对沈知言施压。

慕容辞在内堂听审，沈知言即将宣判时看见吏部侍郎要求退堂，因此歇半个时辰。

他们来到内堂，慕容辞疾步躲到屏风后，凝神静听。

吏部侍郎以银两相诱，又以沈知言的前程官途为要挟，要他留何乔梁一命。

果然如此，慕容辞心中一冷笑，踱步出来。

“沈大人，好像有人收受贿赂，又向你行贿，徇私枉法。你可以向御史台告发，也可以上奏朝廷弹劾此人，将这贪赃枉法的害群之马革职查办。”

那吏部侍郎大吃一惊，面色骤变，连忙躬身行礼。

“下官拜见太子殿下。”

沈知言鄙夷道：“黄老爹父女一案由太子殿下一手侦办，若你想保得凶手一命，不如向殿下求情。”

吏部侍郎又悔又恨，急道：“殿下，下官也是被何鸿天蒙蔽了，下官有错。那何乔梁殴打黄老爹致死，奸污黄姑娘，罪不容赦，一定要斩首才能让帝京百姓信服。殿下，下官还有公务，先行告退。”

沈知言客套的话都不想说，见他灰溜溜地走了，摇头冷笑。

听见儿子被判斩首，何鸿天差点儿晕倒。

罪有应得。

用过午膳，他们前往李宅。

快到李宅时，他们看见几个婆子聚在巷口闲谈。

慕容辞让骏马缓行，竖起耳朵聆听。

“你还真别说，案发那夜我真的听见、看见了。”一个胖大婶神秘道。

“哦？你听见什么，看见什么？”一个瘦大婶好奇地问。

“我不敢说。”

“快说快说，你不能开了个头就打住了呀。”其他人纷纷催促。

“那夜，我实在憋得不行，就爬起来去茅房。我在茅房里蹲着，听见一声凄厉的尖叫。”胖大婶用手掩嘴，看看四周低声道。

“当真？是从李家发出来的叫声？”

“是，当时我迷迷糊糊的没觉得什么，可后来回想起来，那个毛骨悚然哟。那必定是李家人被杀之时发出的尖叫。”

“还有呢？”其他人追问。

“我从茅房出来，才走了几步，看见一道黑影从李家屋顶飞出来。那黑影飞得很快，一眨眼就不见了。”

“你不会看错了吧，说得像一只大鸟。”瘦大婶道。

“呵，我怎么会看错？确实是一个人，轻功很厉害，咻的一下就飞过去了。”

忽然，瘦大婶抬眼看到慕容辞和沈知言，戒备道：“你们是什么人？做什么？”

慕容辞和气轻柔地笑：“这位大婶，方才你说的事是真的吗？”

“是不是真的，跟你有什么关系？”胖大婶泼辣地反问。

沈知言也客气道：“诸位不要慌，我们是大理寺的人，负责侦办李家灭门惨案。诸位若知道什么，还请告知我们。”

几位大婶面面相觑，见他们是官府里的人，更加戒备警惕，纷纷想走。

慕容辞连忙拦住她们，道：“李家满门被杀，一点血脉都没留下，太凄凉了。诸位与李家是左邻右舍，曾经抬头不见低头见，多少也有点情谊。倘若诸位把知道的告知我们，也算为李家申冤，让李家的冤魂得以安息不是吗？”

沈知言接着说：“你们知道一些内情，却不愿说出来，李家不能申冤雪恨，冤魂都不得超生啊。”

一番话把她们吓得面色大变，胖大婶终于道：“是真的，我绝没有瞎编乱造。”

“你还记得你是什么时辰起夜的吗？”

“大约四更刚过，对，是四更。”

“那道黑影当真是一个人？”

“是一个人，我没看错。”

“你看见他的容貌了吗？”

“那如何看得见？距离那么远，当时又黑。”

“你看见那人手里拿着长剑吗？”沈知言接着问道。

“我想想……”胖大婶想了想，肯定地道，“那人手里的确有一把长剑。”

“大婶，谢谢你。”慕容辞又问道，“你们对李家的事了解吗？李家有没有跟别家结怨结仇？”

“不就是城东的那个何家吗？何家大公子之前带了不少人来李家挑衅，扬言要砸了李家所有东西，还要把李府拆了。”瘦大婶心直口快地说道，“不过李家到底是当官的，何家有再多金山银山又能如何？衙门的人一来还不是灰溜溜地走了？”

“除了何家，李家还有其他仇家吗？”

“好像没有了。李家虽然是当官的，还是礼部员外郎，不过李家人都蛮好的，知书达理，待人客客气气的。”瘦大婶道。

“那李家有没有来往较多的亲朋友人？跟李夫人的娘家朱家来往多吗？”

“朱家呀，来往不多，逢年过节的时候走动走动罢了。”

“来往比较多的有两家，李家的大小姐前阵子不是在议亲吗？”一个大婶提醒道。

“对对对，李家大小姐议亲差点儿闹出大事。”

“跟李家议亲的是哪家公子？”沈知言顺着往下问。

“有两家公子呢，一个是高家，一个是王家。”

“有两家？李家大小姐这么招人喜欢吗？”慕容辞故作好奇。

“李大小姐长得如花似玉，知书达理，李家的门槛险些被媒婆踏破。不过但凡是媒婆来说亲，都被李大人、李夫人婉言谢绝了。”

“这是为什么？他们看不上那些公子吗？”慕容辞问道。

“看不上倒是其次，李夫人已经有了女婿的最佳人选，就是高家公子。那高家也是书香门第，高老爷在朝廷任职，高夫人跟李夫人是打小一起长大的闺中姐妹。因此李夫人想把女儿许配高夫人的儿子。”瘦大婶滔滔不绝地说道，“而李大人另有打算，李大人有一同窗好友，那就是王老爷。王家虽然官职比李家低，不过府里殷实，有数百亩良田和几个铺面，那王公子也是一表人才，相貌堂堂。就这样，李老爷坚决要和王家做亲家，高家和王家也时不时地来李家闹一场。”

“那最后李大小姐许配给了哪家公子？”

“这事儿闹了三个月都没定下来，那高公子、王公子三天两头地往李家跑，千方百计地讨李大小姐欢心，一言不合也会大打出手，若非李大小姐劝架，只怕打了无数回。”

“那么高家和王家的关系不太好？”沈知言与殿下对视一眼。

“那是自然的，高公子和王公子一见面少不得要吵几句。”胖大婶说道。

“多谢诸位告诉我们这些。”

致谢后，两人又往李宅走。

“殿下，我在想，要李家灭门的那人会不会买凶杀人。”

“也不是不可能。我们去李家找找，看看凶手有没有留下蛛丝马迹。”

“对了，殿下觉得高家和王家跟此案有关吗？”

“高家和王家为了李大小姐而互相敌视，不至于记恨李家吧。高家或王家想灭门的应该是对方才是。”

这么说着，慕容辞和沈知言已到了李宅，他们重点勘察了李家主人的居室，在李家大小姐的寝房里，慕容辞忽然灵光一现，道：“知言，不如咱们来演绎一番。”

“演绎？什么意思？”沈知言迷惑地问。

“就是我们一起设想、推测李大小姐遇害时的情形。”

“好，现在就开始吧。”

沈知言指着床前四尺的地面那一摊暗红干涸的血迹，说：“当时李大小姐伏尸于此，侧身而卧。”

慕容辞颔首道：“那夜过了四更，她应该是在睡梦里听见声响，觉得不同寻常，便起身看看是不是有贼人闯入。”她走到那片血迹旁，“寝房很黑，没有灯烛，她看不清楚，越发觉得害怕，她慢慢走到这儿，环顾四周……忽然，她看见一道黑影出现在眼前，吓得魂飞魄散，本能地尖叫……”

“或许她来不及尖叫，那凶手就举剑刺进她的心口。”沈知言凝神道。

她赞同地点头说：“她还没看清凶手长什么样，就被凶手杀死了，我们演一遍。”

但见慕容辞下了床，一小步一小步地走着，害怕、戒备地看着黑魆魆的寝房。

忽然，凶手出现了。

沈知言握着长剑鬼魅般地出现，她浑身一震，吓得魂不附体，眼睛睁得大大的，她正要开口大喊，那长剑已经刺过来，穿胸而过。

手起剑落，迅猛而凌厉，尔后，生猛地抽出。

她瞪大双目看着凶手，慢慢倒下，鲜血如春水般涌出，染红了她月白的寝衣……

在气绝身亡前的最后一刻，她看见一双黑靴无声无息地离去。

慕容辞站起来，拍拍身上的灰尘，说："知言，你觉得有什么不妥吗？"

沈知言摇头，摸着下巴寻思道："凶手出手要非常迅速，快如惊电，才能在死者喊叫之前一剑毙命。"

她赞同道："那个胖大婶只听见一声尖叫，说明李家四十口人只有一人来得及喊叫。以你的武功，做得到吗？"

"很惭愧，我做不到。"

慕容辞认为，要么凶手武艺高强，要么是买凶杀人，那么破案的难度更大。

从李宅出来，他们前往高家。

高家府邸和李家差不多，管家得知他们是大理寺的官员，连忙把他们请进去。

高大人不在，只有高夫人在。她在大厅接待他们，客气和善，颇有教养地说："二位大人可是为了李家的惨案来的？朱妹妹一家太惨了，一夜之间被灭门……咳，怎么会发生这种事，太悲惨了。"

说着，她悲伤地叹气，眼眶立即红了。

看得出她是真心悲痛，跟朱夫人的虚情假意天差地别。

"高夫人节哀，你最后一次见李夫人是什么时候？"慕容辞问。

"我想想……应该是半个月之前。"高夫人用丝帕擦拭眼角的泪水，悲声道，“中秋快到了，朱妹妹要给儿女裁制新衣，我们在街上遇到了，就一起去看绸缎，裁新衣。那日后就再也没见过。不过前几日，犬子去过李家，给李家送去中秋节礼。”

“听说你跟李夫人是闺中姐妹，李夫人想把大女儿许配给令郎。”

“是的。虽然我跟朱妹妹不是亲姐妹，但数十年的姐妹情谊比亲的还亲。朱妹妹的大女儿知书达理，才貌双全，我很喜欢，一直想要她当我们高家的儿媳妇。只是李大人不赞成，这亲事就没定下来。”

“李大小姐遭此横祸，想必令郎很伤心吧。”沈知言忽然开口。

“那是自然的。犬子真心喜欢李大小姐，中秋那日得悉李家遭此横祸，我们一家都难过得很，犬子把自己关在房里，不吃不喝不睡，任何人敲门都不开，直至今日他才开门，瘦了一圈。”高夫人黯然拭泪。

“令郎在府里吗？”

“他吃了点饭，我让他出去散散心。我是担心他想不开做傻事……”

大厅里一阵静默。

慕容辞斟酌半瞬才问出口：“高夫人，本官有一事不明，希望你不要生气，也不要介意。”

高夫人擦拭了泪水，道：“无妨，大人问吧。”

“既然你和李夫人情同姐妹，为什么不去大理寺看看她？令郎这么喜欢李大小姐，为什么不去看看她？”

“这件事……咳，说出来不怕二位大人笑话，我是有苦衷的。”高夫人的面上闪过一抹尴尬，解释道，“苍天不佑，李家惨遭灭门，我们伤心悲痛，的确应该去看看他们，不过，李家惨案由你们大理寺查办，我们也是担心招惹不必要的麻烦……大人也知道，我们高家和李家、王家因为儿女的亲事而闹得不太愉快，多有口角争执，我是担心你们误会李家惨案跟我们有关，这才没去看望朱妹妹，也没让犬子去。”

“原来是这样。”慕容辞表示理解，这就是人心复杂的地方。

高夫人见他们不说话，有点担忧道：“我知道我们这样做不对，太过凉薄，然而我们也是没法子。二位大人不会怀疑李家惨案跟我们高家有关吧，我们怎么可能害李家？虽然我们跟李家闹得不太愉快，不过情谊还是在的，绝不会因为这点儿小事就去做那丧尽天良的事。”

沈知言宽慰道："高夫人放心，我们只是例行问询。"

她略略放心，说："既然二位大人这么说，稍后犬子回来，我便跟他去大理寺看看朱妹妹一家人。"

说着，她又伤心起来，眼睛又红了。

从高家出来，慕容辞和沈知言看见一个锦衣男子慢慢踱步过来，面色发白，眉间蕴含着缕缕忧伤。

"你是高公子吗？"沈知言上前问道。

"你们是……"锦衣男子散乱的目光聚拢了些，俊朗的面容上写满了疑惑。

"我们是大理寺的人，来问李家的情况。"

"你们是查办李家惨案的官员？"高公子激动起来，"雪儿是不是在大理寺？我可以去看看她吗？"

"可以。"

"高公子，李大小姐喜欢你吗？"慕容辞盯着他。

"雪儿自然喜欢我。我们从小一起长大，青梅竹马，她十岁那年就说要嫁给我。"高公子哀痛得嗓音悲沉喑哑，眼里蓄满了泪水，"没想到她不幸遇害……我再也见不到她了……"

"高公子节哀。我们会尽力侦查，尽快擒获凶手。"沈知言安慰道，瞧得出来高公子是真的悲伤心痛。

"听闻李老爷和李夫人对于女儿的亲事意见相左，那李大小姐喜欢你，没有跟他们说明白吗？没有为你们的幸福争取努力一下吗？"她又问。

"雪儿自然对她父母表明了心意，不过李叔叔坚持己见，雪儿抗争过，但都没有用。"高公子滑落一抹清泪。

"你觉得王公子喜欢李大小姐吗？"沈知言问。

"他不是真心喜欢雪儿，王家也不是真心想娶雪儿为儿媳妇。只是娶了雪儿，王大人的仕途就更畅通，可以助他升迁。"高公子义愤填膺道，激动得很。

慕容辞温和道："你觉得王公子不是真心喜欢李大小姐，或许王公子也觉得你不是真心。"

高公子怒哼，气愤道："他凭什么这么认为？他整日流连秦楼楚馆，跟那些莺莺燕燕寻欢作乐，府里还有几个通房丫头，是个好色之徒，雪儿嫁给他，怎么可能幸福？他坚决跟我争，不过是看上雪儿的美色和家世！”

她又问：“就你所知，除了何家，李家还有没有其他仇家？”

“仇家……应该没有了。李家家风甚严，府里的奴仆都是规规矩矩的，在外头不会轻易闹事，更何况是主子？”

从高家出来，沈知言和慕容辞前往王家。

她长睫扑闪，抿唇道：“你怎么看？”

他说道：“从高夫人、高公子对李家的感情来看，他们可以排除嫌疑。除非这对母子俩擅长演戏，让我等外人真假难辨。”

她说：“我也觉得他们没有理由杀害李家所有人。”

他沉吟道：“那王家因为儿女的亲事而杀人泄愤，殿下觉得有可能吗？”

“先听听王家的人怎么说吧。”

虽然王大人是从七品小官，但毕竟家产丰厚，王家府邸比李家、高家气派奢华。

慕容辞和沈知言在大厅饮茶等了半晌，王夫人才姗姗出来。

王夫人穿金戴玉，满头珠翠，多少显得艳俗。她热情地招呼他们用茶，然后沉下脸摆出一张悲伤的容颜，说：“我知道你们是为了李家的惨案来的。咳，李家着实悲惨可怜，好端端的怎么就被人灭门……这几日我们都在说李家这事儿，实在太惨了……”

她想表现得悲痛哀伤，无奈演技太烂。

“听闻李大人想把女儿许配给你们王家，此事当真？”既然她先提起李家，沈知言就开门见山地问。

“自然是真的。李大人跟我家老爷是同窗好友，几十年的交情，自然想亲上加亲。”她颇为健谈，言行举止比较夸张，让人心生不喜，“不过，我们两家的亲事有点阻滞，李夫人不太愿意把女儿嫁过来。”

“为了儿女的亲事，王家分别和李家、高家多次争执，甚至大打出手，是不是？”他沉声问道，画风突变。

“没有的事……”

“当真没有？”他沉下脸，颇有几分威严。

“是有争执，但大打出手也太夸张了。”王夫人有点心虚，表情僵硬，“年轻人吵得凶，推搡了几下，也没有真打。”

“李大人和李夫人意见相左，才闹出这么多事，你们觉得娶一个儿媳妇太闹腾太糟心，渐渐心怀怨恨，于是记恨李家，买凶杀了李家全家，是不是？”慕容辞厉声喝问。

“哎呀，冤枉呐……二位大人，话可不能乱说，我家老爷怎么说也是朝廷命官，怎么会不知杀人犯法？这可是砍头的死罪！”王夫人着急地辩解，“二位大人，你们可要查清楚，李家惨案跟我们王家无关。”

“李大人不幸遇害，为什么王大人从未去大理寺看过？这是同窗好友吗？”沈知言嘲讽道。

“是……我不让老爷去的。”王夫人察觉到不妙，激动地解释，“二位大人，李家发生这样的事，我们非常难过，但绝对跟我们王家无关，我们跟李家无冤无仇，杀人做什么哟。”

这时，外面忽然进来一人，边走边说：“娘，听管家说大理寺的人来府……”

看见他们，声音戛然而止。

“王某见过二位大人。二位可是大理寺的官员？为了李家的惨案来的？”

慕容辞一瞧便知，此人便是王大公子，是那种混迹风月场所的纨绔子弟。

沈知言点头道：“本官正好有些疑问想问王公子。”

这王公子，身穿紫艳锦衣，华丽富贵，相貌堂堂，却怎么看怎么猥琐。他笑着在对面坐下，靠着椅背，身子下滑，打了个长长的呵欠，含混不清道：“二位大人想问什么尽管问。”

慕容辞冷笑道：“王公子刚从哪家青楼出来？”

王夫人尴尬道：“没有，犬子只是跟朋友吃了个饭。”

沈知言冷淡地问：“王公子真心想娶李大小姐吗？”

“我爹我娘让我娶，我就娶喽。”王公子漫不经心道，反正李家的人都死光了，想想那阵子他必须在李家人面前扮演痴心，真是太累了。

“这么说，你并不喜欢李大小姐，不是真心想娶她。”慕容辞下了定论。

“二位大人，犬子在外头吃饭多喝了几杯，胡言乱语，二位千万不要见怪。”王夫人赔笑，忽地板起脸训斥道，“大人问话，好好回话！”

王公子不耐烦地抬了抬眼皮，身子扭了一下。

沈知言又问：“李大小姐才貌双全、知书达理，你娶她为妻也不亏，在朋友面前还有面子，是不是？”

“的确不亏。”他慢条斯理道。

慕容辞陡然喝问：“当你得知李家决定将李大小姐许配给高公子，你很气愤，感觉被李家耍了，是不是？如此在朋友面前丢了颜面，怒火难消，一时冲动就找人去杀光李家所有人，是不是？”

王夫人面色一变，慌忙辩解：“大人，犬子不会这样做，犬子再怎么生气也不会去杀人……臭小子，你倒是说话啊！”

王公子这才醒神，支起身子激动地说：“我没杀人！虽然我确实有点生气，但我没有杀人！”

“当真没有杀人？”她凌厉地逼视他。

“没有。”他垂下眼，明显底气不足。

“王公子，你必须跟我们回大理寺候审。”沈知言冷沉道。

“凭什么抓我？”王公子气愤地跳起来，一副要干架的样子。

“你们不能抓走我儿子，我儿子没杀人……”王夫人着急道。

“王夫人，王公子，只是去大理寺配合侦查。若查实你是清白的，我们自然会放了你。”沈知言解释道。

“王公子，不跟我们回大理寺，只会显得你心虚。”慕容辞幽凉道。

回到大理寺，沈知言把王公子收押入牢，接着和慕容辞去何乔梁的牢房。

何乔梁躺着，如死了一般。

“何乔梁，本官有事问你。”沈知言冷声道。

何乔梁一动不动，一声不吭。

“李家灭门惨案，是不是你趁月黑风高潜入李府杀人的？”沈知言厉声道，“你和李大公子有仇怨，你的嫌疑最大。”

“是，是我潜入李府，杀光李家所有人。”何乔梁懒洋洋地说道。

“你如何潜入李府，又是如何杀人的？”

“杀人还不简单？灶房拿一把大菜刀就可以砍死李家所有人。”何乔梁鄙夷道。

“你杀人的时候，他们没有反抗吗？”

“反抗呀，可是他们不中用，力气没我大，我砍两刀他们就倒下了。”

知道他这是破罐子破摔，慕容辞和沈知言没有再问，离开了牢房。

“眼下只能先查查王公子。先关他一夜，待他心浮气躁了明日再审。”

回到东宫，慕容辞一直记着慕容彧说的，他想哪夜爬窗就哪夜爬窗，因此就寝前，她吩咐琴若传令下去，今后夜里巡卫多加一半，尤其是主殿，看紧一点。

但即使这样，她还是睡不安稳，翻来覆去了半夜，却越来越清醒。

明月皎皎，她不得已披衣起身，飞上屋顶，挑了个地儿坐下来。

都是那个该死的慕容彧！

害得她失眠。

她双手托腮，跟月亮大眼瞪小眼。

坐累了，换个姿势，过一会儿再换个姿势，最后索性躺下，望着天幕稀疏的星辰。

秋夜的冷风从额头拂过，从指尖滑过，从袍角掠过，微凉。

看着寂寥的星辰，看着看着，她阖了双目。

一道黑影悄无声息地飞上殿顶，静静地看她半晌，接着封了她的穴道，将她抱起，飞入寝殿。

慕容辞觉得鼻子有点痒，伸手去挠。又觉得耳朵痒，去掏耳朵，接着烦躁地翻了个身继续睡。

始作俑者笑着，又用那根羽毛去撩拨她的下巴。

这一次，她清醒了些，皱着眉头挠了挠下巴，觉得不太对劲。

有动静！

她突然睁眼，手如刀刃劈去，狠辣无比。

慕容彧巧妙地一避，而后以一种诡异的姿势“滚到”床的内侧。

慕容辞一看自己竟然躺在寝殿的床上，又见他已经解了外袍，气急败坏叫道：“是你把本宫抱进来的？谁让你解衣的？谁让你上来的？滚出去！”

他似笑非笑地挑眉道：“那日你明明答应我，随时可以来的。”

“本宫没答应你！”她怒火飙到头顶。

“不认账也行，明日一早我从大殿出去。”他有恃无恐地说。

“你！”她觉得自己快爆炸了，浑身发颤。

“别跟我置气了，睡吧。”慕容彧伸臂想要抱她，却被她溜了。

“你不走，本宫走！”她抱起锦衾和软枕，睚眦欲裂道。

“你到哪儿，我就到哪儿。”他也起身。

她把锦衾铺在寝殿一个角落，躺上去，然后把自己裹起来，裹得紧紧的。

他蹲在一旁凝视她，薄唇斜勾，说：“你确定要这样睡？”说着，一把将她整个人连同锦衾抱起，就往床上走去。

一拽锦衾，人肉粽子便滚到床上。她敏捷地爬出来，低吼骂道：“你混蛋！本宫跟你拼了！”慕容辞手为利刃，劈向他的头，悲壮得像赴死一般。

慕容彧非但不闪避，反而整个人扑过去。

倘若他压着她扑倒在床，怕要弄疼她，于是半途将她纤腰一握，一同侧身倒下，趁她还未回神，翻身将她压下。

“你打不过我，还是不要白费劲了。”

他轻拍她的脸颊，眼里布满了怜爱与深浓的情绪，温柔道：“阿辞，阿辞……”

太丢人了！

“你很重，快起来！”慕容辞窘迫地推他。

“不如说说李家灭门惨案。”慕容彧侧身而卧，抱着她不松手，“有眉目了吗？”

“李家灭门惨案颇为离奇，凶手比周家的灭门惨案高明得多，应该武艺高强，而且可能是买凶杀人。本宫和知言侦查多日，眼下王家公子有点嫌疑，把他收押在大理寺了。”说起命案，她暂时忘了此时极度暧昧火辣的姿势，“不过，王家公子看着不像是心思缜密之人，做这种灭人全家、丧尽天良的事，凶手应该不是寻常百姓。”

“倘若王家公子不是凶手，还有其他线索可以查吗？”

“暂时没有了。若真是买凶杀人，杀手武艺高强，在凶案现场没留任何蛛丝马迹，真的很难侦破。”慕容辞忧心忡忡。

“明日再想吧，夜深了，睡吧。”慕容彧摸摸她的头。

她这才想起这诡异的“处境”，气愤道：“本宫才不要和你同床共枕！”

他低笑道：“又不是第一次，无须害羞。”

次日上午，慕容辞很晚才醒，而慕容彧早已不在。

她迷迷糊糊地记得，天蒙蒙亮的时候，好像有人把自己抱得很紧，她在半梦半醒之间握紧了那双布满茧的手。

想到此，她脸颊烫得厉害。

她懊恼地握拳，这种不能为世人所知的关系到底要维持到什么时候？自己心中的宏图伟业就这样被自己的女儿身所牵制，现在被慕容彧抓到了把柄，就这样一直与他僵持着。自己暗中培植的势力尚不成熟，父王看似对御王的依赖更胜于前，而虽一心保护自己的太子地位，却长久以来不相信自己有治国安邦之才。上次未有报备，处置皇妹，更是让父皇对自己产生了疑心。这样的僵局，让慕容辞心生畏惧。

绝没有下一次！她绝不允许慕容彧再次侵犯自己！

如意把纱帐掀起来，奇异道：“殿下，你的脸怎么那么红？昨夜着凉了吗？”

“没有……今日觉着有点热……”一下床，她才察觉自己腰酸背痛。

该死的慕容彧！

求秦公子同款美瞳

秦公子：我天生俊美，异于常人

御王：谁比本王俊美

太子殿下：脑子里萦绕的都是你的名字

第三十一章
灰蓝色眼眸的秦公子

王公子：谁给我一包耗子药

用过早膳，慕容辞和琴若乘坐马车出宫，是容湛那边传来消息，说查到她想知道的事了。

天下第一庄的内堂里，容湛打量着她，素扇啪的一声打开，坏笑道："庄主昨夜没睡？气色不好眼圈发黑，昨夜干什么去了？"

"都入秋了还用什么扇子？"她拍了一下他的头，"我让你查的青云山庄，查到了？"

"庄主先坐下喝杯茶，待我慢慢说。"容湛摇着素扇坐下，道："青云山庄非常神秘，我尝试了多种办法，才知道他那幕后老板一般不在山庄，平日只有一个四十来岁的管事。那老板据说很年轻，而且不是燕国人，刚到帝京不久，独辟蹊径开了青云山庄，专门招揽达官权贵，连豪富都不轻易招待。"

"那老板是哪国人？"

"我还没打探到。"容湛哭丧着脸，"庄主你都不知道青云山庄的保密功夫有多好，简直是滴水不漏，比咱们天下第一山庄还要森严。青云山庄里的人，就连灶房里刷碗的大娘都跟哑巴一样，一问三不知。那些穿着锦衣、模样周正的伙计更别提了，根本撬不开他们的嘴。我猜想，那些伙计应该也不是燕国人。"

"连伙计都是带来的，可见青云山庄的老板不简单。"

"我也这么觉着，青云山庄太神秘了，庄主你让我去查是对的。"

"我总觉得青云山庄有些与众不同的神秘，如若查下去，也许能探到很多隐秘，知道它不可告人的企图。"

"庄主觉得青云山庄可能对朝廷不利？"容湛大吃一惊。

“眼下还不好说。你继续查，并且别让他们察觉到。”

从天下第一庄出来，慕容辞和琴若前往大理寺。

繁华热闹的朝阳大街，人声鼎沸，喧嚣吵嚷。

“前面聚集了很多人，马车过不去了。”车夫回身喊。

“不如奴才下去看看？”琴若问道。

慕容辞颇有兴致地说：“本宫也下去看看吧。”

二人下了马车，见门楼四周聚集了很多人，越景辰的尸首依然挂在上面，已经腐败得比较厉害。

琴若在前面开道，慕容辞从夹缝里挤进去，就看到门楼四周空出一大片，所有百姓都在围观一出闹剧。

是两个姑娘正绕着门楼跑，一只幼狼在后面追。

再一细看，那不是端柔郡主慕容诗和她的侍婢吗？

那只幼狼，奔跑的速度不太快，否则早就追上她们了。

“殿下，要不要帮帮郡主？”琴若低声问道，“她们好像快不行了。”

“你暗中出手便可。”慕容辞悄声道。

话音刚落，慕容诗两人正好奔到她们这儿，看到她们慕容诗大惊失色，抓过她的手大叫道：“殿……快跑！那只狼会咬人，快跑……”

慕容辞被她拖住，气恼地叫道：“放手，我有办法！”琴若一把抽出腰间软剑，劈向那只小狼。

人群里有双灰蓝色的眼眸邪魅地轻眨，指尖弹出一丝银白。

慕容诗膝盖一痛，往前扑倒，慕容辞被她拽着，亦要失足倒地，然而就在此时，一道奇异的力量奔涌而来。

下一瞬，她的手臂被一只大手扣住，稳稳地扶起来。

“你没事吧？”这声音清凉如水，绵长如酒，似月下流泉幽谧流淌。

慕容辞抬头，看见一个白衣男子，他有一双灰蓝色的眼眸。

那眉浓黑上扬，那睫浓密卷翘，那瞳天生异相，飘着灰蓝色的纯粹色泽，悄然流转之际，斑斓天地间就只剩下蓝色宝石般的辉光华彩。

纯澈而妖艳，明净而魅惑。

两种特质奇异地融合在一双眼里，既矛盾又神奇地融合统一。

在熙熙攘攘的大街上，他宛若一片带着一丝灰蓝色泽的琼花花瓣，绽放着独有的风华与容光。慕容辞愣愣地看他，心思好似被那抹灰蓝吸附住，久久不能回神。

那只小狼已被制服，慕容诗也从地上爬起来。

琴若看见殿下失神，手臂还被一个陌生的男子扣住，正想出声提醒，却见那男子松开手，华丽磁性的声线如锦缎般铺展开来：“公子，你没事吧。”

慕容辞猛地回神，尴尬地后退两步，说：“没……没事……”

见鬼了！

怎么会被一个陌生男子迷住心神？

“殿……”慕容诗忽然想到这是街上，不能暴露殿下的身份，“表哥，你怎么也在街上？”

“我从这儿经过，看见你被一只小狼追。”慕容辞不解地问，“那只小狼为什么只追你们不追别人？”

“方才我和琳琅去胭脂水粉铺子，试了几种香，也买了不少，出来没多久就遇到那只小狼。谁知那只小狼就朝我们追来，我们就只能拼命地跑。我吓得魂儿都快飞了。”

“有一种狼对香气非常敏锐，二位姑娘从胭脂铺子出来，身上沾染了浓烈的香气，大概就是这香气刺激了小狼，才一直追着你们。”

那白衣男子的声音有一种很特别的魅力，令人听了不由得心房打颤。

慕容辞拱手道：“方才多谢公子出手相救。”

白衣男子笑道：“你们受到惊吓，不如这样，我请你们到附近的得月楼用膳，就当为你们压压惊。”

“好呀，现在就去得月楼。”慕容诗欣喜地应了。

“多谢公子的好意。不过我有要事在身，不如改日我再请公子去得月楼，以表谢意。”慕容辞委婉谢绝。

“我姓秦，不知公子如何称呼？”白衣男子也不强求，温润道，“今后我如何找你？”

“我姓玉。公子若要找我，去得月楼的童掌柜那儿给我留话便可。”

“好。不如明日午时，我在得月楼等候玉公子大驾光临。”

“好吧。若无要事，我会赴约的。”

“我也要去。”慕容诗兴奋欢快地笑。

“四位一起来。”秦公子一笑。

他那双眼眸美得动人心魄，含笑时似蓝色花瓣迎风飘飞。他们就此分别，慕容辞望着他渐渐被人潮淹没，若有所思。

琴若轻声道：“殿下，奴才觉着这位秦公子颇有来历，绝非池中之物。”

慕容辞点点头，转而看向慕容诗，说：“本宫要去大理寺，郡主回去吧。”

想必是方才狂奔太久，消耗了太多体力，又或是明日还能见面，慕容诗没有跟着殿下的意思，乖乖地回去了。

慕容辞松了一口气。

“殿下，那位秦公子是什么人呢？”琴若琢磨道，“奴才从未见过眼睛是蓝色的人，他是咱们大燕国人吗？”

“天生异相之人绝少，但天下之大，并非没有。”慕容辞总觉得秦公子的灰蓝色眼眸，会吸人魂魄。

再者，他涵养绝佳，穿戴不俗，容貌更是万里挑一的俊美，只比慕容彧逊色那么一点点。

琴若又问：“殿下为什么自称姓玉？”

慕容辞微怔，是她当时胡诌的，因为倘若说“容”，容易联想到慕容，于是她自然想到慕容彧的彧，说出这个姓来。

如今想来，真是暗暗吃惊。

“明日殿下真要去得月楼去见秦公子？”

“为什么不去？对于神秘的人、神秘的事，本宫都有兴趣。”

“可是，郡主也要去……”

“换个地儿不就好了？”

“这个主意好。”琴若笑道。

慕容辞早已想好，明日叫沈知言一起去。

在大理寺午膳的时候，沈知言说，昨夜王大人赶到大理寺，想把儿子救出去，不过他和顾淮不放人。

非但救不了，连面也见不上，王大人急得团团转。最后，沈知言陪着他去牢房看儿子，说了几句话。

只是一夜，王公子就受不了牢房的脏污与腐臭，他跟老鼠、蟑螂斗争了一夜，快要崩溃了。

“一会儿我也去看看。”慕容辞道。

给王公子安排的牢房是最污最臭的一间，空气里弥漫的腐味经久不散，令人作呕。

王公子站在硬木板床的一角，盯着那些老鼠和蟑螂，面上布满了恐惧与惊慌。

锦绣风流的王公子一夜沦为阶下囚，鬓发凌乱，锦袍脏污，那张脸庞更是格外的凄惨可怜。

“在大理寺牢房待了一夜，王公子必定刻骨铭心。”沈知言嘲讽地打趣。

“啊……”王公子尖叫着跳下来，冲到铁栏前，伸手拽住他们，“我求求你们，救我……你们要我做什么、说什么都行，我都听你们的……”

“当真？”慕容辞似笑非笑。

“我招供，我什么都招……”王公子泪流满面，就差抓着铁栏往上爬。

沈知言打开铁门，王公子箭一般地冲出来，往外跑了一段才停下来。

走到审讯的地方，慕容辞在一张椅子上坐下。

沈知言指着一张木凳让他坐，冷冷道：“若你做伪证，本官立即把你丢回那间牢房。”

王公子吞吞口水，道：“你们想问什么就问吧，但我真的没杀人。”

她凌厉地喝问：“你有杀人理由，你可以买凶杀人，对不对？李大小姐不愿嫁给你，你在朋友面前丢了颜面，心生怨恨，于是一念之差，买凶杀光李家所有人。”

“冤枉啊，我真的没杀人，也没有买凶杀人。”王公子心虚地觑他们一眼，“没错，我知道李大小姐不愿嫁给我……八月十四日黄昏时分，我送节礼去李家，无意间听见李大人和李夫人谈话，他们决定把女儿嫁到高家。我很生气，觉得被李家人耍了，我恨不得杀了他们泄恨……可是我也就是想想而已……”

慕容辞厉声喝道："你这么想了，也这么说了，是不是？李家四十口人，因为你的怨恨而丧命，你丧尽天良！"

"大人，冤枉啊，我真的没有杀人。我离开李府后叫了三五朋友去酒楼饮酒，那夜我喝多了……"

她察觉到他的表情不太对劲，先是僵住，接着惊恐地瞪大眼睛，忽然手足无措。

沈知言也发现他的异样，问："你怎么了？"

"你一定是想起什么了，那夜你不是喝了不少酒吗？当时忘记了，现在忽然记得了。"其实，她是试探的。

"想起什么，快说！"沈知言威严地喝问。

"我想想，我再想想……"王公子佯装头疼，抓着头发冥思苦想，"那夜我和三五朋友饮酒，多喝了几杯……好像……我好像说了一些关于李家的话……"

"什么话？"

"我说我被李家戏耍了，被李家骗了……还说我丢光了颜面，王家的列祖列宗都跟着面上无光……还说我不会让李家的人好过，我要报仇……"他心虚地低头，声音越来越小。

"你还说，李家个个都不是好人，你说要杀光李家所有人。"慕容辞替他说出来。

"差……不多是这样的……可是二位大人，我喝醉了，那是醉话，不能当真的……"他着急地解释，"那晚我喝了很多酒，怎么回去的都不知道，直至第二日将近午时才醒来。二位大人不信的话可以去我府里问问下人。"

"你醉酒之时便可买凶杀人，你只需付银子，其它什么都不必做。"

"不可能！我没有买凶杀人！二位大人，我什么都说了，你们可要查清楚。倘若我真的买凶杀人，那为什么我想不起来？那夜喝醉了酒跟朋友说的话我都想起来了。"

"你不认罪，就继续在牢房里待着。"沈知言冷冷道。

"千万不要！我最怕老鼠和蟑螂了。"王公子哭丧着脸，却坚决如铁，"没有做过的事，我不认罪，给我上酷刑我也不认！"

"那就在牢房多待几日，哪日想通了招供，再放你出来。"沈知言把他拽起来，拖往牢房。

王公子一路叫嚷哀号，最终还是被扔了进去。

出了牢房，慕容辞与沈知言都沉默片刻。

“你怎么看？”她问道。

他皱眉道：“他应该没有说谎。”

她颔首，无奈道：“线索都断了，此案陷入僵局。”

“对了，我们还没去礼部吧。”沈知言忽然道。

她猛地一拍手，说：“对呀，本宫怎么把这事儿给忘了！”

礼部是李春秋任职的地方，礼部官员跟他日日相处，对他的了解应该也不少。

见太子殿下驾临，礼部尚书何光鞍前马后地招待。

沈知言道：“何大人，此次殿下与下官来此，是想问问李春秋此人。”

“李大人啊……没想到李大人一家死得这么惨……”何光伤心地叹气，“殿下想问什么尽管问。”

“何大人觉得李春秋此人如何？任职期间还算尽职尽责吗？”沈知言客气地问。

“李大人颇有才学，虽然性情有点孤僻古怪，但在礼部任职这五年，尽职尽责，兢兢业业，从未出过疏漏。”

“这五年里，李春秋有没有跟礼部哪位同僚有过争执，或是有嫌隙？”慕容辞转过头，清冷的目光扫过去，那些官员不约而同地摆正身子低头做事。

“这个……有是有，不过只是几句口角而已，不算什么。”

“是谁？因为什么事发生口角？”

“跟郎中吕大人有过口角。”何光低缓道，“大约一个月前，吕大人调来礼部不久，李大人发现他整理的卷宗有一处明显的纰漏，当着众人的面大声提出来，言辞较为激烈。吕大人大失颜面，生气地反驳。这一来李大人动了怒火，责骂他没有认错的态度，二人吵得越来越厉害，还险些打起来。”

“后来还是被劝开了？此后李大人和吕大人就生了嫌隙？”

他点点头说：“确实如此，二人此后撞见了也当没看见。”

“吕大人此人如何？是否睚眦必报之人？”

“应该不算，吕大人性情豪放，虽粗心大意一点，不过是个好人，可为朋友两肋插刀。”

“何大人请将吕大人叫来。”

吕大人有点局促不安，猜到他们找他的目的，问：“殿下是不是想问下官与李大人之间的事？”

“你和李大人因为一件小事生了嫌隙，你就此记恨他，是不是？”

“沈大人，你不必吓我。”吕大人眉目间颇为豪爽磊落，“没错，我的确不喜欢李春秋，那次的确是我疏漏，但他不应该当着那么多人的面责骂我，但他虽让我丢了颜面，我讨厌他，可不至于记恨他。”

“一点点微不足道的恨，足以侵蚀一个人的天性，日积月累，最终酿成大祸。”慕容辞分析道，“吕大人你最好如实交代，否则会牵连你的家人、族人。”

“殿下，下官真的不可能因为这点儿小事就去杀李大人全家。”吕大人知道事情的严重性，惊惶地辩解。

“若你如实交代，本宫可以放过你的家人、族人，否则……”她故意拖长了强调。

“殿下，下官知道的都说了。”他沉重地跪下，一脸的无奈，“下官冤枉啊殿下，您和沈大人可要查清楚。”

慕容辞和沈知言对视半瞬，从吕大人的细微表情来看，应该没有说谎。

第二日上午，慕容辞和琴若到大理寺，刚喝了一杯茶，正要和沈知言重组案情，一个衙役快步走来，“殿下，大人，方才京兆府的衙役来报，又发生灭门惨案了。”

两人搁下茶杯就往外走，“知道是哪户人家吗？”沈知言匆促地问。

“是咱们大理寺主簿简申的宅院。”那衙役道。

沈知言忽然止步，急切地问：“当真是简大人的宅院？”

“报信的人是这么说的。”

慕容辞从未看见沈知言的戾气这么重，这几日他的压力太大了，惊天动地的灭门惨案频发，而简申虽是大理寺的小吏，也与沈知言共事多年，同僚情谊自然是有的。

赶到简宅，慕容辞拍拍他的肩膀，说："勘查现场、寻找线索最忌感情用事。"

"我知道。"他沉重地答。

寝房里，王仵作站在床前查验尸首，摇头沉重道："简家老爷子应该是在睡梦里被杀的，全身只有一处致命伤口。凶手应该是用利器划开死者脖子，死者流血过多致死。"

慕容辞转头望着寝房，房里井然有序，没有任何打斗痕迹，只是床下有几滴血。

沈知言也查验了简老爷，沉沉道："简老爷大约死于四更，致命伤是脖子的细长伤口，凶器应该是长剑。"

王仵作道："沈大人，除了简老爷，其他人都是被利器穿胸而过，跟李家惨案的犯案手法极为相似。"

她点点头道："知言，我们去别处看看其他尸体。"

沈知言跟着她出去，的确如王仵作所说，除了简老爷，其他人都是横尸于寝房，致命伤都是胸口，失血过多而死。

"其一，犯案时间差不多；其二，死者的致命伤和死状极为相似；其三，都是被灭门，一个活口也不留；其四，被灭口的皆是朝廷命官；其五，宅院内没有财物丢失，也没有任何打斗的痕迹，凶手一剑刺死死者，武功不俗。"慕容辞分析之后断言，"李家惨案和简家惨案应该是同一个凶手所为。"

"短短三四日，凶手竟然再次犯案！"沈知言咬牙切齿，悲愤化作怒火。

"知言，冷静点。"她安抚道，"我们四处看看凶手有没有不慎留下什么蛛丝马迹。"

空气里弥漫着浓郁的血腥气，他们里里外外勘察了一遍，没有收获。

京兆府的衙役把简家三十二口人和物证送到大理寺，沈知言和慕容辞走访了简宅的左邻右舍。

与简宅挨着的是孙家，孙家家境一般，孙家老爷是做买卖的，常年在外面奔波，府里只有夫人、儿女和仆从。

"孙夫人，简家人都死了，府上与简宅仅有一墙之隔，今日四更时分，你可有听见什么？”

“四更我睡得正好，真没听见隔壁有动静，”孙夫人唉声叹气，“真是天有不测风云，平常我跟简夫人碰见了都会说几句的，没想到……”

“你们听见简家有动静吗，四更时分？”慕容辞看向那几个婆子丫鬟。

那几人纷纷摇头。

“我听见了！”

一道清脆的声音从后边传来。所有人转头看去，原来是孙家的一双儿女，不过十岁八岁的样子。

孙夫人低声呵斥：“你们瞎嚷嚷什么？这二位是大人，不许你们随意插嘴！”

慕容辞走过去蹲在那男孩面前，温柔笑道：“夜里你睡觉的时候真的听见声音了？”

“我和妹妹都听见了。”那男孩郑重地点头。

“你可以跟我说说吗，你是怎么听见的？”她轻柔地微笑。

“妹妹想起来嘘嘘，但她害怕，我就陪妹妹起来。妹妹嘘嘘后爬到床上，忽然，我们听见一声尖叫，好像是一个女子发出的叫声。”男孩一本正经地叙说，“妹妹以为是鬼叫，怕得使劲地抱着我。我也有点害怕，和妹妹用被子蒙着头……”

“二位大人，我不想我的孩子受到伤害，还请你们不要说是我孩子说的。”孙夫人过来护住两个孩子，恳求道。

“你放心，孙夫人。他们只是听见声音，没有看见凶手，不会有事的。”慕容辞安抚道，继而又问，“孙夫人，就你所知，简家有没有跟人结怨结仇？”

孙夫人不那么热情了，冷着脸道：“虽然我们邻里交情还不错，不过人家的家事我还真不清楚。”

沈知言冷冷道：“孙夫人你最好想清楚再回答。如今帝京不太平，灭门惨案接二连三，孙家跟简家只有一墙之隔……”

闻言，孙夫人吓得面色发白，说：“我真的不知道简家有没有仇家……不过我们孙家和简家做了十几年邻居，还真没见过简家和别人争吵结怨。”

“这么说，简家很好相处？”

“恰恰相反，简家的人，从简大人到仆从，一个个都是鼻孔朝天，冷傲得很。如果在外面碰见，我跟他们打招呼，他们不是不理不睬，就是用鼻子应一声，整日端着官宦人家的架子。”

“简夫人和仆从也是这样的？”

“个个都是这样的。”提起这事儿，孙夫人就来气，“大约一个月之前，我表弟家出了事，带着礼物想求简大人帮个忙，没想到简家的人没听我说了两句话就把我轰出来了。二位大人，你们说说哪有这样的人？不愿帮忙我也不会怪你，何必做得这么难看是不是？”

“你们在这儿住了十几年，两家的交情不太好吧。”沈知言猜测道。

“不是我们想高攀简家，俗话说得好，远亲不如近邻，这抬头不见低头见的，自然想好好相处的。可是简家……我都不知怎么说才好，总之简家自恃是大理寺的官儿，就门缝里瞧人，不跟我们孙家来往。”她的声音像炒豆子，噼里啪啦地夹杂着怒气，“最气人的是，两家孩子在外面一起玩，简家的人看见了，必会生气地把孩子叫回去，真是太过分了！”

“孙夫人，简家的人都死了，以往的恩恩怨怨就算了吧。”慕容辞宽慰道。

“是呀！我也这么想，其实都是芝麻绿豆大的事。”孙夫人转了口风。

“对了，简夫人的娘家赵家，你可知道在哪儿？”

“简夫人好像没有娘家，这十几年来我从没见过赵家人来看望过她。对了，我听我夫君提过，简夫人的娘家在青州，不过娘家早就没人了。”

“那简大人这边还有亲人、族人吗？”

“这我就不清楚了。不过简大人一般不外出应酬，不是去大理寺就是在府里待着，我也没见过他们接待过什么客人、亲人。”

从孙家告辞后，慕容辞与沈知言驱马慢行。

“在繁华的帝京，简家好像是个与世隔绝的家宅，你不觉得奇怪吗？”慕容辞凝神道。

“没什么好奇怪的。简家人不喜与外人来往，基本没有亲朋、族人，他们一家子过得开心足矣。这类人虽少，但不表示没有。”

“或许是本宫想多了。孙家那两个孩子听见半夜有尖叫声，应该和李家惨案一样，凶手在杀人时不当心让人喊出了声。”

“嗯，现在可以断定，李家惨案和简家惨案是同一个凶手。稍后回到大理寺，再详细地验尸。”

回到大理寺，沈知言和徒弟忙活了一两个时辰，得出的结论和之前推断的一样。

慕容辞把大理寺几个小官吏集合到一个房间里，例行问话。

“简大人在大理寺任职有七八年了吧，你们跟他共事这么多年，对他的言行、人品和家里的事应该都有所了解。”她和气地问，“他为人如何？”

“简大人平常话不多，跟同僚都是客客气气的，交代他办的事他都能办得很好，为人恭谨勤勉。”施大人回道。

“下官跟简大人共事多年，他兢兢业业，谨小慎微，大理寺的事务绝少犯错。”展大人道。

“简大人安分守己、尽心尽责辅佐顾大人和沈大人，不过他有点惧内，他的夫人时常骂他窝囊无能，在大理寺这么多年也不见升迁。”章大人道。

她又问：“简大人跟大理寺的同僚有过争执、口角吗？”

施大人三人面面相觑，道：“殿下，简大人沉默寡言，有时一日下来，下官跟他说不到两句话，更别说口角、争执了。”

慕容辞又问：“他有没有得罪过什么人？或者有没有仇家？”

“简大人这种性情，不喜与人交往，除了大理寺便是宅院，别的地方都不去。”施大人道，“就下官所知，简大人交友很少，跟简家来往的亲朋也很少。像这样的人，一般不会得罪人，更不会有仇家。”

一无所获，她让三个小官吏下去，正巧京兆府的人送来书册，上面记载了帝京百姓的户籍，查了一遍，确实不见跟简家有亲的人家。

“殿下，午膳时辰已经过了，先用膳吧。反正眼下没有线索，我们换换脑子。”

“也好。”

“殿下，沈大人！”

忽见慕容诗的侍从琳琅飞奔过来。

看见她，慕容辞才想起一件事：今日约了得月楼请秦公子吃饭！

“殿下，郡主和秦公子在得月楼等您一个时辰了。”琳琅气喘吁吁道。

“秦公子是谁？”沈知言好奇地问。

慕容辞微微一顿对琳琅道："今日又发灭门惨案，本宫忙得忘了。你回去替本宫向郡主和秦公子致歉，说今日本宫没有空闲，明日午时一定准时去。"

看见琳琅离去，慕容辞立即招来琴若，低声吩咐了几句。

沈知言一头雾水，问："殿下，你葫芦里卖的什么药？"

慕容辞含笑拍他的肩，说："走吧，本宫请你去一个有意思的地方。"

沈知言对青云山庄秀美巧妙、阆苑仙境般的景致也是赞不绝口，惊叹连连。

知道这里的规矩，慕容辞只好打着慕容彧的旗号用了他的雅间。

只要不打开那间暗室，就不会尴尬。

在那间"浮世偷欢"里，沈知言依然赞不绝口，"殿下，你什么时候知道这个有趣的地方的？"

"前不久听人说的。"

"对了，那秦公子是什么人？"

她简单地说了昨日在街上发生的事，沈知言笑得前俯后仰，"哈哈……郡主竟然被一只小狼追……还绕着圈子跑……"

她一脸的莫名其妙，无法理解他的笑点，估摸着时辰差不多了，她唤来伙计点了菜，再饮茶半晌，秦公子便到了。

当秦公子踏入雅间，沈知言又惊呆了，怔怔地盯着他。

慕容辞连忙拉拉他的广袂，笑道："让秦公子来回奔波，是玉某的不是。"

秦公子磁性的声音响起，似细沙在云锦滚动："玉公子客气了。不知您的表妹……"

她莞尔一笑道："表妹府里有点事，先回去了。秦公子，我跟你介绍一下，这位是我的知己好友……"

沈知言猛地回神，拱手道："秦公子，免贵姓沈。"

这秦公子当真俊美，跟御王有的一比。尤其是他那双层次分明的眼眸泛着清澈的灰蓝，凝定时静若深渊，流转时流波微漾，真令人叹为观止。

三人寒暄过后，伙计端上各色药膳菜肴，秦公子对青云山庄的景致和菜肴赞不绝口，三人边吃边天南海北地聊着，就是不说自己的真实身份。

“秦公子，我冒昧地问一件事，你这蓝色眼眸是天生的吗？”沈知言笑问。

“是天生的，出了娘胎便是如此。”秦公子豪爽地笑。

“天生异相者少之又少，秦公子，方才我唐突了。会不会经常有人像我那样盯着你瞧？”

“是，不过我习惯了。”

“听你的口音，你不是京城人士吧。”

“我不是北燕国人。”

“无妨，四海之内皆兄弟。”沈知言举杯豪气道。

慕容辞举杯，装作随意地问：“不知秦公子来自何方？”

秦公子一饮而尽，声音醇绵如酒：“秦某来自西秦国边陲小部族，不值一提。”

沈知言道：“听闻西秦国边陲乃一望无垠的沙漠，也有大片的绿洲与河流，那些部族便是在绿洲、河流边繁衍发展，据说非常神秘，不太与部族外的人来往。”

秦公子笑道：“沈公子真是博学多才，不过我十二岁便跟随父母离开部族四处做买卖讨生活，因此对部族的印象已十分模糊。”

“你天生异相便是出身那部族的缘故吧。”

他点头道：“应该是的。家母说过，我外祖父的眼眸也是灰蓝色的。”

忽然，咚咚咚，有人敲门。

“是谁？”沈知言话音未落，外面的人已推门而入。

私宴秦公子却迎来不速之客

秦公子：这位玉家大公子着实奇怪

御王：媳妇儿，用我的包间也不和我说一声

沈知言：谁来告诉我，太子殿下和御王是什么关系

太子殿下：御王，你为什么总来搅局

第三十二章

百花楼里的阴谋

沈知礼成背锅侠

御王：秦公子来结交我媳妇儿，绝不是偶然

慕容彧！

他不是应该在宫里吗？

沈知言本能地想起身行礼，但立刻想到不能暴露身份，殿下不动他也不动。

秦公子怔怔地盯着来人，忽然不知身在何方。

自懂事起，他听见最多的就是别人的赞美，他知道自己很俊美，却没想到，今日他看见了一个跟他不分伯仲的男子。

确切地说，这个男子比他还要俊一两分。

尤其是他周身萦绕的冰寒气息，还有浑然天成的王者气度。

“大哥，你怎么来了？你不是有要事要处理吗？”

为了避免暴露身份，慕容辞不得不喊他大哥，心里别提多别扭了。

沈知言连忙跟上，说：“玉大哥，这位秦公子是我们刚认识的朋友，既然你来了，就一起吧。”

慕容彧的大手搁在她肩头，微微用力，说：“弟弟认识了新朋友，我自然要来会一会。”

疼！但再疼也要忍着，谁让这场合不宜露出蛛丝马迹呢？

她恼恨地瞪他一眼，拍掉他的手，说：“大哥贵人事忙，我这不是怕耽误你正事吗？”

伙计很有眼力，麻溜儿地添了一副碗筷，然后迅速退了出去。

慕容彧看向秦公子，说：“玉某这弟弟行事没分寸，若有招待不周之处，还望秦公子海涵。”

谁行事没有分寸！

秦公子笑道："玉大公子说笑了。"

于是四人坐下来，慕容辞觉得这气氛有点诡异，慕容彧一一介绍那些药膳，有什么功效，有什么禁忌，如数家珍，滔滔不绝。

而秦公子也很有兴致地听，她和沈知言对视一眼，默默地吃。

末了，沈知言来一句赞叹性的总结："没想到玉大哥对药膳这般了解，小弟十分佩服。"

"看来玉家大公子十分注重养生。"秦公子语气亲和，总觉得玉大公子温和面容的背后别有一番景象。

慕容彧舀了一碗药膳汤给慕容辞，语声温纯柔和地说："多吃点。"

"我已经饱了，吃不下了。大哥你刚来，多吃点吧。"

"父亲说你近来身子不太好，要多补补。"他以兄长般用温柔的目光盯着她，"快吃吧。"

"我真的饱了，再也吃不下了。再者我不太喜欢这味药的气味，你不要逼我。"她的眼梢飞落一丝狠色。

他不再坚持，自己吃了。

秦公子饶有兴致地看他们说："玉大公子，府上做何营生？看三位鲜花着锦，谈吐不俗，府上或是官宦人家？"

"秦公子真是火眼金睛，玉某确是籍籍无名的小吏。"慕容彧语声轻淡，语气却有点不屑。"秦公子做何营生？"

"秦某周游诸国做点小买卖。"秦公子的微笑光明磊落，毫无保留。

"不知是哪方面的买卖？"慕容彧风光霁月地问。

"哎哟……"沈知言忽然叫出声，眉头紧皱。

"你怎么了？"慕容辞心知踩错了人，硬着头皮问道。

沈知言明白过来，马上说："没事……腿突然抽筋了，一会儿便好。"

"秦公子，多吃点。"慕容辞尴尬笑道。

"我可没有客气。"秦公子言笑温暖如三月春阳，"玉大公子，府上何处，秦某是否方便上门拜访？"

"近来府里出了点事……"慕容彧意思很明显。

"那来日方长。"秦公子转而对慕容辞道，"虽然秦某是第二次来北燕国京城，不过从未好好游玩，玉公子可否带我在京城游览一番？"

“自然没问题……”慕容辞正明朗地笑，冷不防大腿被某人扣住。

她心神一震，继而全身僵冷，不敢动弹——该死的慕容彧，这种场合竟如此下狠手！

秦公子察觉到她神情瞬息万变，于是问道：“玉公子，你怎么了？”

她干巴巴地笑道：“没什么……我只是忽然想到近来比较忙，倘若秦公子在帝京多待些时日，过阵子我可以尽地主之谊，带你游览帝京。”

一边说着，一边暗地里拼命掰开他的手。

但哪里掰得开。

她转过头对他咬牙切齿道：“大哥，到时候若你得闲，便一起吧。”

见殿下表情古怪，沈知言莫名其妙外加一头雾水，他目光一斜，这一下心激烈地大跳——御王的手竟然搁在殿下腿上！而且殿下好似正在掰开御王的手！

这是什么情况？

莫非御王正在威胁殿下？

慕容彧笑道：“到时候看吧，若得闲，玉某自当尽地主之谊。”

秦公子笑道：“那就先谢二位了。”

慕容辞已顾不上秦公子，只专心对付那只恶魔之手，可那只大手好像长在她腿上，还可恶地捏来捏去。

她气得险些一口气没提上来，便舀了一碗老鸭汤放在他面前，谄媚地笑道：“大哥，这是你最喜欢的老鸭汤，多吃点。”

却没想到，慕容彧单手端碗，喝得优雅。

算你狠！

迫不得已，她悄然伸手过去，掐住他的侧腰，狠辣一拧！

慕容彧面不改色，眉头都没动一下，只是看她一眼，目光那么地意味深长。而后他慢悠悠地缩回手，把老鸭汤喝得一干二净。

太不容易了。

沈知言斜眼一看，殿下腿上那只手不在了。

这究竟是怎么个情况？御王为什么把手放在殿下腿上？他们都是男子呀。就算殿下是女子，御王公然轻薄一个女子也是非常不妥的。

呸呸呸！殿下怎么可能是女的？

用膳之后，伙计撤下碗碟，奉上器具，煮好茶才退出去。

“这真是个绝妙的地方，”秦公子笑起来，那眸里的灰蓝色泽便生动地微漾，“在此消磨一日，浮世偷欢，乃人生一大快事。”

“这是前不久新得的好茶，秦公子尝尝。”慕容彧脸上一片风和日丽。

秦公子尝了一口，赞不绝口地说：“这当真是秦某有生以来喝过最好的茶。”

品茗半个时辰，几人才说该散了，在山庄门口，慕容彧容色冷冷道：“秦公子，玉某还有要事，恕不能远送了。”

秦公子拱手笑道：“多谢二位玉公子招待，秦某意犹未尽，望日后再见。”

见秦公子走远，沈知言看向慕容辞，正要开口，却听慕容彧说：“本王有事跟殿下商议。沈大人，近来两桩灭门惨案闹得人心惶惶，你务必多加费心，尽快破案。”

“两桩灭门惨案正是侦破的关键时候，本宫要去大理寺。”慕容辞郑重地表态。

“沈大人，你且先行一步。”他很不客气地说道。

沈知言看了殿下一眼，默默登上马车离去。

她气得转身便走，却被慕容彧扣住手腕，一把拉上他的马车。

“你不要得寸进尺！”她的怒火直线飙升。

马车前行，他低沉地问：“秦公子是什么来头？”

“不知道。”

“不知道你还跟他这么热乎？”

“跟你有什么关系？萍水相逢而已。”

“你身份特殊，交友须谨慎。”

“你是不是管得太多了？”她没好气地瞪他。

“我这是为你好。”慕容彧的语声冷沉了几分，外面的阳光漏进一缕，在他玉白细致的面上流闪，“天生异相之人世间绝少，且皆是非同寻常之辈。秦公子拥有一双灰蓝色的眼眸，自称出身西秦国边陲部落，周游诸国做买卖，你信吗？”

说真的，她也不太相信。

不过，信或者不信又有什么关系呢？她并没有打算跟他深交。

她漫不经心道：“本宫请他吃饭只是聊表谢意，今后或许不会再相见。他是什么人，本宫还真没兴趣知道。”

慕容彧冷笑道：“本王瞧着他对你颇有兴趣。”

“说完了？本宫要去大理寺，停车！”

“你再等片刻，鬼影回来说不定有意外收获。”

“你派鬼影去跟踪秦公子？”

“你真不想知道他的底细？”

慕容辞转身背对着他。

静默了半晌，慕容彧再度开口：“不如殿下说说李家惨案和简家惨案，可有进展？”

她闭目养神，轻声道：“没有进展，这两桩灭门惨案非常棘手。”

他心里一动，伸手把她搂在怀里，她顿时清醒，挣扎道：“放开本宫！”

“乏了就靠在我身上睡会儿。”他紧紧搂着她，嗓音低沉，似有催眠的神奇魔力，让她全身筋骨在瞬间绵软下来，使不上丁点力气。

“我并非管你，只是你身份特殊，每日出入东宫，难免被人盯上，成为某些别有用心之人的猎物。”

“本宫又不是三岁孩童，岂是那么容易被人坑骗？”双手被他的大手扣住，她动弹不得，想想都觉得悲哀。

这辈子就这么栽在他手上吗？

“凡事当心为上。”他俯首，脸颊蹭着她的腮边，“且等鬼影回来吧。”

“你不要得寸进尺！”她咬牙道。

慕容彧吻她的柔腮，似蜻蜓点水，如清露落于碧叶，若白雪落在树梢，仿若这世间能想起的美好情景都像是他温柔得让人沉溺的吻。

她支起身子试图摆脱他的纠缠，可却晕乎乎，无力抵挡。

所幸鬼影正好回来了。

“说。”鬼影站在车窗外，慕容彧就依然环抱着她。

“属下暗中跟随那位公子，那位公子乘坐马车前往云海客栈，属下跟着进了云海客栈，不过奇怪的是，所有客房都找不到他。”鬼影低声道。

“他已察觉被人跟踪。”慕容彧沉声道，“再去查。”

鬼影走了，慕容辞这才奋力挣扎着说：“放开！”

慕容彧恍若未闻，眼睛冰冷地凝起来，说：“放眼天下，鬼影的轻功极少有人能及。能察觉到鬼影，秦公子的武艺，至少轻功不在鬼影之下。而能在鬼影的盯梢下消失无踪，更是不简单。”

她赞同他的推断，看来她小觑了秦公子。周游诸国做买卖，却拥有高强的武艺，秦公子究竟是什么人呢？

“秦公子结交你，或许不是偶然。”

“你的意思是，他是有意结交本宫？”慕容辞惊诧，可是回想那日相遇，好像真是偶然呀。

慕容彧命令道：“以后若他找你，无论是什么事，你都不要答应，也不要暴露自己的身份。”

她忘了挣扎，就让他静静抱着，时光流逝，他们感受着彼此的心意，不负流年与岁月。

惊鸿殿。

一路由宫女引着，沈知礼来到后苑，看见凉亭里坐着一个宫装女子。

寂静里忽然响起琴音，似玉石相击，又似刀剑相撞。

沈知礼止步，望着凉亭里抚琴的慕容裳，见她素指翻飞。

她今日身穿素白衫裙，罩着雪白纱衣，似要羽化成仙。她柔软的青丝梳了简单的发髻，只插一支白玉兰簪，一半青丝垂在肩上，冷风吹来，青丝飘飞，飘逸轻灵，不落尘俗。

沈知礼心中默想，公主的装扮与以往迥然不同，或许心境改了，人跟着就变了。

古筝的声音时而轻柔如月华洒落，时而急促似鼓点奏响，时而激越若刀剑相搏，时而舒缓如春风拂过……公主的技艺高超绝妙，令人惊叹。

沈知礼不由听得痴了，却听音乐渐止。

那宫女示意沈知礼进去，她便进了凉亭，敛衽行礼。

“拜见公主。”

“起身吧。”慕容裳的语声轻淡。

“公主传召知礼，不知有何吩咐？”

沈知礼听了不少关于她的事，可今日一见，她整个人好像脱胎换骨一般。

慕容裳娇唇轻启道："听闻沈大小姐才貌双全，尤其是书画双绝，中秋宫宴那日，你当场做了一幅《良辰美景》，艳惊四座，被太子哥哥誉为惊世之作，是不是？"

"确有此事。"沈知礼恭谨地回道，她问起这事有什么目的？

"沈大小姐当真是才貌双全。"慕容裳走到她面前，抬起她精致的下巴，目光微厉，"这张小脸可真是楚楚动人，我见犹怜。"

沈知礼心道不妙，低眉垂目。

"公主谬赞了。臣女只是雕虫小技，太子殿下是鼓励臣女才那么说的。臣女若是微有光芒的萤虫，那么公主便是天上的皎皎明月。"她眉目恭顺地说着。

"好一张巧嘴。若本宫是男子，只怕也被你的才貌吸引，甚至鬼迷心窍。"慕容裳冷凉的目光在她脸上游移。

"臣女不敢。"

"你在宫宴上当着那么多人的面自荐献艺，胆子大得很，怎么会不敢？"

"是……是臣女兄长……"

"即使本宫整日待在惊鸿殿，宫里发生的事也知道得一清二楚。别以为你把自己的心思藏得很好，若要人不知除非己莫为。"

"臣女愚笨，不知公主在说什么……"

"还要本宫说得再明白一点吗？在宫宴献艺，你不过是想赢得心上人的青睐吧？"

沈知礼强装镇定，但眼里闪过的慌色出卖了她兵荒马乱的内心。

"别以为长了一张柔弱无辜的脸蛋就想勾引谁，在本宫面前，你还嫩得很。"

沈知礼螓首低垂，怎么也想不明白，公主为何这么敌视她。

"怎么，被本宫吓到了？"慕容裳眼中蓄满了阴冷。

"公主，臣女第一次见公主，为何这么对臣女？"

"本宫最恨装傻的人。"

“臣女自问没有得罪过公主，倘若臣女的一些小心思让公主动怒，臣女亦无能为力。但臣女对公主并无不敬之心……”

“是吗？”慕容裳挑起长眉，眼中浮现冰寒的戾气，“你的那些小心思就是冒犯本宫。”

沈知礼全身一震，公主这话是什么意思？

她喜欢御王就是冒犯公主？

就是说，公主也喜欢御王？

她震惊地瞪大双目，乌黑浓密的长睫轻微地颤动。虽然御王是皇帝御赐的国姓，但也属宗室子弟，而公主本就是金枝玉叶，这二人不可以结成夫妻吧。

慕容裳将她面上那瞬息万变尽收眼底，冷漠地说：“这一次本宫只是小惩大诫，若你再有什么心思，休怪本宫心狠手辣。”

“公主想做什么？”沈知礼满目惊骇，“公主身份尊贵，对臣女动手便失了天家女儿的胸襟气度……”

“本宫要胸襟气度做什么？”慕容裳冷笑，“来人，掌嘴二十。”

啪！沈知礼惊得还未回过神，已见宫女重重一掌挥来。

自元秀被斩首后，这个名为玉烟的宫女便近身伺候慕容裳。玉烟尽得元秀真传，行事利落干脆，下手狠辣无比。

才十掌，她的脸颊就肿了，腥甜的血涌出来，滴在宫砖上。

活了十七年，她从未遭受过这样的羞辱，百般滋味在心头，她看着公主冰冷、高傲地眨眼，唇角噙着一抹森冷的轻笑。

二十掌结束了，她忽然觉得天旋地转，在这可怕的眩晕里，她听见一道森凉的声音：“千万不要觊觎不该觊觎的人，因为你没有资格。若你执迷不悟，本宫有的是手段让你屈服。是安安稳稳地活着，还是三天两头受折磨，你回去好好想想。”

而后，她被两个人拖着，丢在门外。

她跌坐在地上，努力地清醒过来，抿着唇挣扎着站起来，一步步往前走。

接连四日，慕容辞和沈知言努力再努力，两桩灭门惨案也不见有任何进展。

李家族人，远的近的，他们找了，也问了，没有半分收获。

这日，他们决定再去一趟简宅、李宅。

简宅不大，他们仔细地勘察，花了一个多时辰，还是一无所获。

沈知言有一种可怕的预感，这两桩灭门惨案很有可能成为悬案。慕容辞也有这个感觉，因为凶手太高明了，没留下任何蛛丝马迹。

“现在我们可以肯定，李家和简家灭门惨案的凶手是同一人，那应该不是仇杀。”

沈知言提出异议：“若李家和简家有一个共同的仇家呢？”

“我们侦查过，李春秋和简申并不认识，两家也没有来往，他们的亲朋友人、族人里也没有双方都认识的人。因此，李家、简家应该没有共同的仇家。”

“不是仇杀，那是……”

“本宫觉得这两桩命案不是简单的仇杀，而是对大理寺的挑衅，甚至是对朝廷、对皇室的挑衅。”

“殿下，这会不会夸大其词？”他无法苟同。

“你想想，凶手为什么专挑朝廷命官下手？”慕容辞的明眸迸出凌厉的冷芒，“虽然本宫不知道对方的企图，但本宫觉得，对方别有用心不怀好意。”

“殿下这么说，倒是有几分道理。”沈知言的面色阴沉下来，“挑衅朝廷，挑衅皇家，对方究竟想做什么呢？还会继续作案杀人吗？”

“这一点，本宫也很担心。”

“寻常百姓、江湖高手没有胆量与朝廷作对，对方究竟是什么人呢？”他寻思着，“会不会是皇家的仇人……”

慕容辞在前庭走来走去，凝神道：“或许是仇人，或许是想给皇家找点麻烦的人。”

沈知言灵光一现，道：“会不会是东楚国、南越国或西秦国的人暗地里兴风作浪？在京城制造灭门惨案，让整个京城人心惶惶、风声鹤唳，朝廷派人查案……那人就可以浑水摸鱼……”

她点点头说：“你还记得周家灭门惨案吗？罗全认罪，但本宫始终觉得他隐瞒了一些事。”

他骇然道：“你觉得周家灭门惨案跟李家、简家灭门惨案有关？”

“罗全的确是凶手，但他没有武功，只有一股蛮力。他杀了那么多人，不可能没引发动静，周家的人也不可能不做挣扎反抗。因此，本宫觉得他应该有同谋，至少有人帮他。”

“这么说来倒是有可能。”沈知言接着分析，“罗全在周家过了这么多年，周大人对他不错，他的仇恨应该减少了些，报仇一事甚至有点犹豫。应该是案发前不久，他遇到了一个人，这个人唤醒他内心深处的仇恨之火，越烧越旺……”

“这个人还协助他如何杀光周家，只是罗全没想到这么快就被我们识破。”

“不过这只是推测，我们还是不知道那个凶手是什么人。”

“凶手冲着朝廷、皇家来的，迟早会露出马脚。”

慕容辞望着秋高气爽的湛蓝长空，明眸闪着森冷的寒光。

待沈知言回了大理寺，她径直去了天下第一庄。

内堂，容湛打开素扇轻轻摇着。

“这几日查到什么？”她正口渴，喝了一大杯才问。

“庄主让我去查云海客栈的秦公子，那掌柜说确有一位秦公子，不过不是庄主找的那人。”他慢条斯理地说道。

“这么说，这几日没有收获？”

“庄主听我慢慢道来，我派人在云海客栈蹲守了两日，没有见过画像里那人出入客栈，不过我有意外的收获。”

“你能不能一口气说完？”慕容辞不悦地瞪他。

“我查了云海客栈，这客栈五年前被交易过一次，是现在的老板从尤老板手里买来的。”容湛不紧不慢地道，“我派人去找尤老板，还真找到了，他说买他客栈的自称是西秦国人。”

“现任老板姓什么？年轻的还是年纪大的？找得到吗？”

“只听尤老板说是一位年轻男子，姓魏。但现在的掌柜十分警惕，套不出什么话来。”

“西秦国人经营云海客栈……”她若有所思地低眉。

“昨日我在云海客栈附近守株待兔，终于看见了秦公子。我暗中跟他，不慎被他察觉，他故意逛了三条街，在人多处趁乱消失。”

“他的警惕性真高。”

秦公子太不简单了，她越来越有兴趣了。

他在云海客栈消失，又在附近出现，他出身西秦国边陲部族，云海客栈的魏老板也是西秦国人，他的轻功高强得不可思议……单单是这几点，就足以确定他是西秦国人，有着不可告人的秘密。

“庄主，还要继续查吗？”

她颔首道：“你多派人手查秦公子，最好先查出他的落脚点，他在城里跟什么人接触，都要查到。”

“我尽力便是。”

秋夜冷寂，浓黑如墨。

广袤的夜幕下，偌大的皇宫如一座死气沉沉的荒城，连绵起伏的殿宇犹如一座座山头，神秘诡谲。

一道黑影忽地蹿起，在殿宇顶端疾速腾飞，不注意看，还以为是硕大的夜鹰。

那黑影时而滑翔，时而飞跃，轻功绝顶，最终飞进一座黑魆魆的殿宇。

暗寂里响起一个男子沉冷的声音：“这次任务完成得不错，没有遗落蛛丝马迹。”

“属下行事很谨慎，接下来还要再杀一家吗？”是女子的声音，冰冷，略带沙哑。

那男子阴鸷地冷笑道：“不必。那两桩灭门惨案够他们忙活一阵子。”

女子迟疑地问：“主上为什么这么做？”

“最近慕容彧加紧追查珈蓝古国，他已经知晓珈蓝古国可能跟西秦国有关。我不能让他继续查下去，更不能让他知道珈蓝古国的秘密。”

“其实，想阻止御王，有别的办法……”

“你懂什么？”

“属下只是觉得，灭门惨案并不能阻止他继续追查珈蓝古国。”

“你什么时候有了慈悲心肠？你忘了自己的身份吗？”男子的声音饱含阴寒的戾气。

“属下没有忘记。”女子低头道。

“父亲安排你潜伏在北燕国皇宫，为的就是打探北燕国皇室的虚实机密。这些年你传回的消息越来越少，越来越没有价值，你是不是真把自己当成北燕国人了？”浓浓的杀气弥漫开。

“属下不敢。”

“我要知道慕容彧和慕容辞二人关系如何，三日后给我消息。”

“是，属下会尽力。”

女子望着那道黑影飞上天际，被黑暗吞没，怅然不已。

主上决意在京城大开杀戒，三家灭门惨案，只不过是以牙还牙，当年，御王在他们的国家做了多少恶贯满盈的事，还坑杀了他们十万将士。

这一笔笔账，主上怎么可能忘了？

帝京连发灭门惨案，大理寺一直无法破案，朝野震荡，人心惶惶，一入夜，原本热闹喧哗的街市便冷冷清清，鲜有人出来走动。

基于民情，慕容彧对大理寺下了命令，务必尽快擒获凶手。

而正当顾淮、沈知言等一众大小官吏愁眉不展的时候，忽然一道响亮的声音自外面传进来。

“我找到了！我找到了！我找到了！”

一个女子兴冲冲地飞奔进来——端柔郡主！

慕容诗扬着手，兴高采烈地问：“殿下在吗？沈知言在吗？我有重要的事找他们。”

见那些衙役面面相觑，慕容诗不假思索道：“我自己去找。”说罢，径自往里走。

正巧沈知言出来，见是慕容辞最头疼的端柔郡主，便冷着脸道：“殿下不在，郡主还是回去吧。”

“你速速派人传话给殿下，让殿下来大理寺。”

“郡主有什么重要的事找殿下？”

“简家的灭门惨案，我可以破了。”她大发豪言壮语道，“今日我和琳琅去简宅，找到一样重要的物证。”

“什么？你们去了简宅？还找到了物证？”他不禁大吃一惊。

原来这慕容诗近来看殿下为灭门惨案忧虑，抱着誓死要做太子妃为殿下分忧的信念，决意要帮殿下破案，然后每次提起就被慕容辞冷冷拒绝，她索性带着琳琅直接去了简宅，没想到，还真的有发现。

"我只跟殿下说。"慕容诗傲娇地冷哼，"等殿下来了再说。"

"你找到了什么？"

慕容辞从内苑出来，边走边说，虽然她不觉得郡主能找到多么有用的物证，但是看看无妨。

慕容诗的右手紧紧握着，故弄玄虚道："殿下，倘若我找到的东西真是凶手留下的，你是不是要奖励我？"

慕容辞相当无语，唯有点头。

于是慕容诗伸手一递，慕容辞接过来，沈知言等人都围过来。

这是一枚长条形的黄玉，正面刻着一朵精致的木槿花，一端系着红绳，样式相当简单。不过这黄玉玉质上乘，雕工十分精细，不像寻常玉牌。

沈知言端详了一阵，沉沉道："这玉牌应该有点来头。"

"你在哪里找到这玉牌的？"

"在简宅仆人的房间里找到的。"慕容诗笑逐颜开。

"仆人的房间我和殿下找过几遍了，怎么没找到？"沈知言皱眉道。

"我们细心嘛。"她笑嘻嘻道，秀眼灵慧地眨动。

"殿下，奴婢和郡主在那仆人的房间看来看去，当时那房间有点暗，郡主不当心摔倒了，奴婢扶着郡主坐下，接着郡主就发现墙角那儿有点亮……"琳琅说道。

"原本我是没发现的，因为我想坐会儿，就把那张长凳拖出来，一下就看到了玉牌。"慕容诗眉眼飞飞地说。

慕容辞翻来覆去看这枚玉牌，这会不会是简家仆从的？

"殿下，这枚玉牌玉质上乘，不像是简家人有的东西。"

慕容诗闻言更加开心地说："殿下，这回我是不是立了大功？殿下要奖赏我吧。"

慕容辞给琴若打眼色："本宫要找人查查这枚玉牌，不过本宫会奖赏你的。"说罢就与琴若往外走，慕容诗连忙追上去叫道："殿下你去哪里？我也要去。"

“殿下有重要的事去办，郡主要跟着，那奖赏可就没了。”琴若莞尔一笑。

慕容诗张张嘴，终究没有追上去。

慕容辞和琴若赶到天下第一庄，容湛拿着玉牌仔细看了半晌，敛眉道：“这枚玉牌虽然形制简单，不过大有来历。”

“什么来历？”慕容辞迫切地问。

“天下第一庄收集天下消息时，我曾见过一枚与它极为相似的玉牌，但一时想不起来。”

“有备案吗？”

“有，庄主稍等，我去查卷宗。”

容湛快步进了暗室，不过一盏茶的工夫，拿了一本书册回来。

“庄主看看是不是一样。”容湛翻开其中一页欣喜道。

对比书册上的图样与玉牌，的确一模一样！

“这是百花楼的玉牌？百花楼是杀手组织？”

“这枚玉牌是百花楼独有的身份凭证，且是身份较高的人才拥有的。早两年我吩咐下属查过百花楼，不过百花楼行踪飘忽，我也是追查了大半年才查到一点。”

“具体说说。”

“大约五年前，百花楼的人忽然在京城出没，行事非常诡异，他们具体做些什么，有什么宗旨教义，不得而知。百花楼的人大多武功高强，组织严密，根本无从打探内部消息，即使把百花楼的人抓了严刑拷打，也无法从他们嘴里得到只言片语。百花楼应该设有多种品级，品级越高，地位越高。还有，百花楼大多数是女子，因此她们的身份凭证是这种黄玉雕成的玉牌。”

“百花楼的首领是什么人？这几年在京城做过什么大事吗？”

“百花楼的内部情况无从得知，其首领更是查不到。我只知道百花楼隐藏的实力不容小觑，或许不比天下第一庄差。这两年我一直派人密切注意百花楼的动向，不过好像没什么动静。”

“百花楼还真是神秘。”慕容辞若有所思地蹙眉。

“在别人眼里，咱们天下第一庄还不是一样神秘？”琴若笑道。

“琴若这话说得好。天下第一庄打开大门面对普罗大众，不过很少人知道它真正的秘密。”他挑眉一笑。

“百花楼玉牌在简宅出现，这么说，两起灭门惨案的凶手是百花楼的人？”慕容辞的目光冰寒地凝起。

“百花楼为什么要对李家简家灭门呢？是不是收人钱财替人消灾？”琴若猜测道。

“极有可能。”容湛断然道，“李家、简家应该不会招惹到百花楼。”

回到大理寺，慕容辞把百花楼一事告诉沈知言，他们的推测很一致：要么百花楼收人钱财替人消灾，要么百花楼酝酿着惊天阴谋。

沈知言沉思半晌，问道：“殿下，要查查百花楼吗？”

她的眉心凝出几道浅浅的细痕，说：“本宫问过，百花楼的巢穴非常隐秘，很难找到。”

“换言之，即使我们知道百花楼的人是凶手，也奈何不了他们，无法将他们缉捕归案。”

慕容辞颔首，似有一种无力感攫住她的心，“若上天垂怜，或许有机会找到百花楼的巢穴。”她深深一叹道，想起了黄姑娘。

沈知言说，黄姑娘已经熟悉大理寺的环境，服了药，人也渐渐开朗起来，不仅跟干杂事的大娘谈得来，也不抗拒衙役的接近，面上也有了一点笑容。

“殿下无须担心，黄姑娘在大理寺蛮好的。她知道大伙儿对她没有恶意，有时还跟他们说笑两句呢。”

“黄姑娘孤身一人，在京城又没有亲朋。倘若不让她留在大理寺，只怕她在外面也很难活下去。不如你们大理寺请她当仆人，正好给烧饭的大娘打下手。”

“我正有此意，只是还没问过黄姑娘的意愿。”沈知言笑道。

“那过几日本宫问问她。”

御王：我慕容彧的女人，必须有本事与我并肩作战

太子殿下：鬼才要当你的女人

秦公子要买凤凰楼

兰氏姐妹艳冠得月楼

御王：姓秦的，离我媳妇儿远点儿

秦公子在太子面前花式炫技

第三十三章

太子心中的天下

刚回到东宫，慕容辞就听如意传话，慕容彧要她去一趟存墨阁。

眼下是午后，他不是应该在上书房吗？怎么在存墨阁？

她犹豫了小半个时辰才动身，反正做什么事都惦记着，还不如去看看究竟。

内侍把她带到书房，她敲门，里面传出一道低沉的声音："进来。"

她灵光一现，"秋光正好，王爷不如凉亭赏花晒晒日头吧。"

房门突然打开，一只邪恶的手一把她拽进去，还没来得及站稳，她就被锁在墙壁与胸膛之间。

"本宫心情不好，想在外面凉亭……"

声音戛然而止。

不是被吞没了，而是被迫中止。

他离她的唇只有一寸距离。

"还是到凉亭比较好……"她的心咚咚地跳动。

"这个提议虽好，不过我不喜欢。"慕容彧眼底眉梢溢满了邪气与无赖。

"有什么事，快说！"她凶巴巴地推开他，退开三步。

他斟了一杯茶，递给她，问："两桩灭门惨案查得怎么样？"

"有点眉目，不过没办法抓到凶手。"

"怎么说？"慕容彧诧异道。

"端柔郡主在简宅的仆人房间里找到一枚玉牌，本宫找人问过，那玉牌是百花楼专属的身份凭证。"

"百花楼……"他忽然起身去书架取出一本书册，翻了一会儿才走到她身侧，"是不是这种玉牌？"

“是这种玉牌，你怎么会有？”原来他也在查，她不免心思微动。

“我的下属查过百花楼，百花楼行踪飘忽行事诡秘，是帝京不容小觑的一股势力。虽然这几年百花楼没有大动作，不过我派的人还一直盯着。”慕容彧的眼神锐利如鹰，“你觉得凶手是百花楼的人？”

“本宫和知言都推断是百花楼的人。你对百花楼了解多少？”慕容辞激动地问。

他不答反问：“百花楼的人为什么灭门李家简家？应该不是仇杀，百花楼在这几年里没什么大作为，忽然制造惊天大案，必有阴谋。”

“本宫觉得百花楼是冲着朝廷和皇家来的。你听说过百花楼的首领吗？知道百花楼的巢穴在哪里吗？”

慕容彧眯眼道：“我的下属查了很久才查到百花楼的冰山一角。大约五年前，本王刚回朝不久，百花楼忽然在帝京出没，行事作风非常诡异。直至三年后，我的下属才追查到百花楼的踪迹。那里大多数是武功高强的女子，等级森严，楼主据说神龙见首不见尾，只有品级高的人才有机会面见楼主。”

“百花楼的出现跟你回朝的时机很吻合，会不会是冲着你来的？”慕容辞大胆推测。

“不好说，兴许有这个可能。传闻这楼主的武艺登峰造极，轻功更是非常了得，有人说是女的，有人说是男的，但几乎没人见过，就连百花楼的人也只有极少数人见过楼主。”

“你也没找到百花楼的巢穴？”

“就连百花楼在城里的落脚点都没找到，更何况是巢穴。”慕容彧的眼中迸出冰寒的厉芒，“我就不信，百花楼会在我的眼皮底下消失无踪！”

“你想怎么做？”

“只要百花楼的人有动作，我就有办法追到他们的踪迹！”他眉宇飞扬，落出一抹杀气，“把那枚玉牌给我。”

她取出玉牌递给他，说：“若你找到百花楼的巢穴，必须告诉本宫！”

慕容彧连同她的手一起握住，似笑非笑道：“我慕容彧的女人，必须有本事与我并肩作战，你有本事吗？”

此时他的神色五分邪恶，五分柔情，混杂在一起，难以分辨是真是假。

“鬼才要当你的女人！”她恼怒地抽出手。

他将她轻轻一揽入怀，不理会她的挣扎，说：“阿辞，我希望有朝一日，你心甘情愿地站在我身侧……”

一夜过去，容湛那里传来消息，说一位公子想要买下凤凰楼，而且开出极为诱人的价钱。容澜很不客气地拒绝了那位公子，但那人锲而不舍地游说，还说一定要见到老板才走。

容澜迫不得已传话给慕容辞，让她拿个主意。

慕容辞倒是想会一会这位公子，竟敢打凤凰楼的主意。

她戴上银色面具，只身来到凤凰楼，径自进了自己的专属雅间，不多时，容澜闪身进来。

“楼主，我实在没办法才把你请来。”

“无妨，我顺道来凤凰楼看看，一切安好吗？”慕容辞的面容隐在银色面具里，只露出一双清亮的眸子，显得格外地深幽。

“一切安好，就是那位公子……想强买强卖。”

“还在凤凰楼？”

“嗯，我安排他在二楼的雅间等候。现在要见他吗？”

“走吧。”

来到二楼雅间，容澜推开门爽利地笑，“秦公子，我们老板来了。”

秦公子？慕容辞心头一震。

不会那么巧吧。

那坐着饮茶的白衣公子缓缓起身，优雅清贵的气度，即使背影，也让她觉得莫名熟悉。

她的心咚咚咚地跳起来，怕什么就来什么，果然一张俊美秀逸、巧夺天工的脸庞转过来，一双漂亮至极的灰蓝色眼眸，她的脑子出现一瞬空白。

好在她戴着面具。

蓬莱仙山里的玉人之姿，缥缈云海里的琼花之魄，九重天庭里的谪仙之灵，大概说的便是这样的妙人。

“劳烦公子来一趟，是秦某的不是。敢问公子贵姓？”秦公子拱手施礼。

“免贵姓容。”慕容辞悄然改变声线。

“容公子，里面坐。”秦公子颇为热情，眉宇含笑，“容公子年纪轻轻便经营这么大一间凤凰楼，当真后生可畏。”

“秦公子比我年长不了几岁吧。”她掀袍坐下。

“若容公子不嫌弃，秦某愿与你兄弟相称……”

“秦公子，你我不过初次见面。”慕容辞不客气道。

秦公子尴尬地笑道：“秦某在京城人生地不熟，愿与容公子结交朋友。”

“这朋友想挖墙脚，不要也罢。”

话说得这么直白，他也不尴尬了，依然眉宇含笑道：“容公子不愿卖凤凰楼？”

“凤凰楼是我多年心血，如何会卖？再者，凤凰楼的账面非常好，待三五十年下去，传给我的子孙，成为家族产业，这笔财富是无法估量的。”

“秦某非常明白你的意思，不如这样，我可以出资让凤凰楼扩大规模……”

慕容辞眼波流转，讥诮地冷笑，“我觉得现在这样挺好，凡事有利有弊。再者，我家中金山银山，何须用别人的钱财扩大规模？秦公子，你打的什么主意我再明白不过。强买强卖不成，若你想用一些下三烂的手段，那你就试试看。”

“你误会了，我怎么会那样做呢？强龙不压地头蛇，我初来乍到，怎敢挑衅？”秦公子疏朗道，颇有几分光明磊落的意气，“既然容公子不愿意，秦某自不会强人所难。”

“如此最好。”慕容辞站起身，语声清寒，“我还有要事，恕不奉陪，秦公子自便。”

“虽然容公子戴着面具，不过我总觉得你跟我认识的一位朋友有几分相似。”

慕容辞心里一惊，不过面具遮掩了她的表情，她冷笑道：“方才你不是说你没什么朋友吗？”

说罢，她径自离去。

秦公子目送她走远，灰蓝色眼眸纯净得纤尘不染，却有一种魅惑人心的妖艳气息弥漫开来。他唇角微勾，噙着的一丝微笑，神秘而意味深长。

天下第一庄内堂，她把这件事告诉容湛，百思不得其解地说：“我们在查秦公子，他竟然找上凤凰楼。他为什么要买凤凰楼？”

“你觉得他早已知道你的身份和底细，故意提出要买凤凰楼？”

“就算如此，他也知道我不会卖凤凰楼的，又为什么这么做？”

“这么看来，秦公子对庄主颇为了解，甚至对庄主很感兴趣……”

慕容辞忽然想起慕容彧说过，秦公子结交她，或许不是偶然。

顷刻间，她脊背生寒。

“庄主，你在想什么？”他见庄主面色不太好，连忙宽慰，“方才我只是瞎说的，你别当真。”

“不，你说的这种可能性很大。秦公子这人太神秘了，你吩咐下去，把人盯紧一点，有消息速速传给我。”慕容辞站起身，匆匆往外走。

慕容辞匆匆回宫，赶往上书房，可是在半途改了主意。

还是不要跟慕容彧说。

他对秦公子的印象不太好，说了只会平白招惹他。

她气哼哼地掉头回东宫，却看见他从存墨阁出来。她立即加快步伐，虽然知道逃掉无望。

果不其然，一道熟悉的声音响起：“殿下，陪本王上城楼。”

她止步，上城楼做什么？这儿离城楼还挺远的呢。

慕容彧走到她面前，低沉道：“走吧。”

倘若不跟他走，不知道他会在这没有任何遮蔽的宫道做出什么事来。

一路无言。

宫门城楼上有卫兵，他挥手让他们退下，偌大的城楼只剩下他们二人。

好久没上城楼，从这里可以俯瞰整座皇宫，也可以俯瞰整个京城，城楼厚重巍峨，宫内殿宇连绵起伏，宫外民居鳞次栉比。

此时正是黄昏，落日熔金，西天绚烂的晚霞犹如一条晴灿璀璨的长河，气象万千，长风猎猎，冷意入袖，广袂飞扬。

他们并肩而立，沐浴在橘红色的霞光里，远远地望去，那么地渺小。

然而，正是这一男一女，掌控了宫内宫外的整个世界。

“有事跟本宫说？”慕容辞终于开口，方才她很享受片刻的宁静，只是忽然没由来地有点慌。

“你去凤凰楼了？”

她心神一凛，眉目立即浮现一缕寒意，“你派人跟踪本宫？”

“我只想暗中保护你。”

“本宫不希望有下一次！”

“秦公子去凤凰楼做什么？”

“他要买凤凰楼，被本宫打发了。”慕容辞越想越气，他掌握了她的行踪，相当于半条命被他捏在手里。

“秦公子这么做，是一步步地试探你。或许他早已知道你的身份，因此有意接近你。”慕容彧的眼中闪着冷酷的厉芒，寒如利刃。

寒气从她脚底升起，不由自主地看他，问道：“他……为什么接近本宫？”

他也转头看她，眼中没了寒意，说：“秦公子身份未明，我也不知他有何企图。不过，必有阴谋。”

静默半晌，她开口分析道：“秦公子优雅清贵，容貌俊美，气度不凡，必定出身非富即贵。他自称周游诸国做买卖，身上却没半分铜臭气，走在人群里，是万众瞩目的那类人。他极有可能是西秦国人，可能是西秦国贵族……”

“接着说。”

“他不可能是东楚国或南越国人，从他的面相与身形来看，更像西秦国人。他武功高强，轻功尤佳，应该是自幼习武。他拥有一双灰蓝色的眼眸，天生异相者必非池中之物……”

“或许我们高估了他的身份。西秦国皇族中人，没有人天生异相。”他笃定道。

慕容辞相信他刺探诸国消息的本事，接着问：“西秦国宗室呢？”

“没有。”他眼里的火种即将燃爆，“秦公子的底细我会查个水落石出，这阵子你要当心点儿。”

他说会派无影暗中保护她。

她没有说话，被人算计的感觉真不好，被人算计却猜不出那人意图的感觉更不好。

慕容彧只抬手轻轻一揽，将她牢牢抱住。

“阿辞，你看看。”他抬手一指，面前是繁华的京城与广袤的郊野群山，“闭上眼，屏息静气，你会听见你想听见的声音。”

“听见什么？”

“嘘……”

她无奈地闭上眼，只听见长风掠过的轻微声响，听见自己的心跳，听见街市传来的隐隐嘈杂声，听见……

慕容彧合手抱住她，她惊慌地睁开眼，挣扎着说：“你放开……”

“嘘，阿辞，用心去看。”

他似乎有蛊惑的能力，她的心沉静下来，眼前的景象依然如旧，心境却悄然变化，放眼望去是慕容家的山河，她好像看见繁荣热闹的街市，看见江山如画、山峦河流、原野城郭，好像看见大燕国锦绣山河的未来……

这日慕容辞心情还好，便带着琴若和如意去街上转转。

如意一般待在东宫主内，这次上街，她兴奋得像个小姑娘，看到新鲜玩意儿都想买，琴若的两只手都快不够用了。

走着走着，她们听见街边的茶客谈起得月楼，于是放慢脚步竖起耳朵听。

“得月楼这回又来了唱曲儿的姑娘。”

“上次那对父女不是出事了吗？这次又是什么人？”

“是两位年轻姑娘。听闻这两位姑娘长得非常标致，又会弹琵琶又会唱曲儿，那歌声清绵软糯，任何人听了都筋骨酥软。”

“真的假的？有这么夸张吗？”

“我骗你做什么。得月楼那些达官贵人、豪富公子哥儿都争着要那两位姑娘唱曲儿呢。”

“不就是唱曲儿吗？还能比醉仙楼的小桃红勾魂夺魄？”

“小桃红只勾人的魂魄，那两位姑娘直接把人勾走了。”

“哈哈哈……哈哈哈……”

几位茶客越说越污秽，纵声大笑。

“淫荡下作。”琴若撇撇嘴啐道。

“饿了吧，我们去得月楼。”慕容辞道。

琴若和如意面面相觑，知道殿下又对那两位唱曲儿的姑娘有兴趣了。

进了得月楼，选了个雅间，伙计边斟茶边问：“三位客官想点什么菜？”

慕容辞随口报了几个菜名，就问道：“那两位唱曲儿的姑娘在吗？”

“公子也想点曲？那要等等，前面还排着好几位贵客等那两位姑娘唱曲儿呢。”伙计笑道。

“那两位姑娘这么受欢迎？这要等到什么时候？”

“估摸着要等上个把时辰。”伙计笑眯眯道。

“你跟我们说说，两位姑娘为何如此受欢迎？”如意好奇地问。

“这可不是三言两语能说得清的，两位姑娘在咱们得月楼唱曲儿三日便风靡全城，她们姿容不俗，那歌艺那身段，在京城歌伎里是数一数二的，只有三位公子亲自见了，才能知道有多好。”

“那点一支曲儿要几文钱？”慕容辞饶有兴致地问。

“一支曲儿一两。”伙计笑道。

“一两？这也太贵了吧。”如意惊得险些跳起来。

“一两是贵了点，不过值呀。就这样，每日点曲儿的贵客还很多呢。”伙计笑问，“三位公子，我得赶紧把菜单传给大厨去了。”

“你先去吧。”琴若道。

“好嘞，三位公子稍等。倘若要点曲儿就尽快，否则耽搁一会儿就不定排在几人后面了。”

说罢，伙计麻溜地走了。

慕容辞喝了口茶道：“反正今日没什么事，琴若你去点吧，我们也亲眼看看。”

不多时，琴若回来愁苦道：“在我们前面有六个。”

用完膳食，前面还有五个。

“这要等到什么时候呀？”如意皱眉道。

“心急吃不了热豆腐。”琴若也叹气，“殿下，我们就这么干巴巴地等着吗？”

“要不然呢？”慕容辞索性阖上双目养神，“你们也睡会儿吧。”

忽然，外面响起一道震天动地的怒吼："你这贱人也敢打本公子？来人，抓住她！"

接着是凄厉的尖叫哭喊，吵嚷声、怒吼声响成一片，整个得月楼快要炸了。

"一起出去看看。"慕容辞站起身来。

她的直觉没错，出事的是那两位卖唱的兰姑娘。那气势汹汹叫嚷的公子也是面熟，仔细一想是曾经在凤凰楼闹过的豪富李公子。

雅间的客人都出来观看，那两位姑娘被四个仆从制住，而李公子满面怒火，脸颊有三道细长的血痕。

李公子被破了相，难怪这般动怒。

两位兰姑娘皆装扮素雅，其中一人嘴角有血迹，正愤恨地瞪着李公子。

"瞪什么瞪？是不是要本公子把你的眼珠子挖出来？"

话音方落，他已利落地甩出巴掌，声音格外清脆响亮。

"本公子给了银两，你们就要任本公子处置。"李公子的面庞布满了淫邪的戾气，"你以为银子那么好赚吗？要听曲儿，本公子哪里不能听，非跑到你这里听？"

"小女子事先说得清楚明白，只卖唱！"那女子嘴角含血，怒视着他。

"本公子可没听你们说过，今儿你们不把本公子伺候得尽兴，往后你们休想在京城卖唱！"他凶相毕露，眉宇满是骇人的杀气，"把人带进来！"

"李公子你不要这样，你饶了我们吧……"另一个女子凄厉地哀求。

那四个仆从冲上来将她们往雅间拽，大堂里响起两个女子尖利的叫声，琴若却看不下去了，捏起拳头低声问："殿下，那两位姑娘挺可怜的……"

"先看看情况。"慕容辞不动声色道。

"本公子警告你们，胆敢多管闲事，保证让你们吃不了兜着走！"李公子看着众人面目凶狠道，"别怪本公子没提醒你们，本公子的舅舅是吏部大员，随时随地弄死你们！"

说着，他便拽住那个女子，邪恶的手向她的后颈摸去。

"放开我！"那女子刚烈地吼道。

"哈哈哈，这般刚烈，我喜欢，"他笑得越发恣狂得意，试图在众目睽睽之下撕她的衣衫。

只是手还未动，却见他“哎哟”一声怪叫。

“是谁？有种站出来！”

慕容辞看得分明，那是一枚细微的暗器，刺中了他的手腕。

清冷的目光扫过去，她一愣，是秦公子！

秦公子也望着她，含笑点头。

“天子脚下，你还知道王法吗？她们只卖艺不卖身，你这行径跟明抢良家女子有什么区别？”他走出来，精致绝伦的俊脸清寒无比。

“她们风尘里卖唱的，算哪门子良家女子？”李公子冷笑着走到秦公子面前，戳着他的胸口，“本公子的事你也敢管，胆子不小啊，本公子的舅舅随时可以让你横尸街头……”

“整日打着你舅舅的旗号恃强凌弱，算什么本事？”秦公子话音未落，李公子的双手已被他反剪身后。

下手之灵敏，谁也没看清楚。

“疼疼疼……松手……快松手……”李公子发出杀猪般的叫声，那四个仆从见状正要扑来，已被四枚暗器切中要害。

哀号声一片，围观的人纷纷后退，慕容辞双臂环胸，作壁上观。

“好汉饶命……”今日遇到高手，眼见仆从无用，李公子只能求饶。

“诸位做个见证，倘若今后秦某横尸街头，必定跟李公子有关。”秦公子道。

“不敢不敢，我不会动你一根毫毛……”李公子的身躯以一种诡异的姿势扭着，看着十分卑微猥琐。

“那两位姑娘呢？”

“我不会再找她们的麻烦……”

“当真？”秦公子手下又一用力。

“我发誓我绝对不再找她们的麻烦！”李公子疼得脸扭成一团。

“信你一回。”秦公子轻轻一推，李公子往前扑倒，华丽地摔了出去，心有不甘地仓皇而逃。

众人大笑，渐渐散去，那两位女子走过来对秦公子施礼，螓首低垂，致谢道：“多谢公子仗义出手。公子的大恩大德，小女子没齿难忘。”

秦公子爽朗道："举手之劳罢了。"

"像公子这般仗义出手、侠骨仁心的英雄好汉，世间少有，若萱十分敬佩。"那个被打了巴掌、脸颊微肿的女子柔声道。

"二位姑娘若想答谢这位公子，不如为他唱一支曲儿。"慕容辞打趣。

"能为公子唱曲儿是若薇的荣幸，只是这大恩大德，小女子二人日后还是要报的。"另一个女子轻柔道。

"既是如此，那便请二位姑娘为秦某和秦某的朋友唱支曲儿。"秦公子笑道。

秦公子将几人请进雅间，"先喝杯茶。"秦公子对她殷勤道。

慕容辞有点讶异，这里并无旁人，他一人来得月楼做什么？

听曲儿吗？

再说那两位姑娘，她们最多十七八岁，不像是京城人士，身姿纤细娇小，面容清秀水灵，虽然不是绝色，但秀美清透气韵不俗，加上那娇弱的风姿、柔媚的声音，哪个男子见了都难免心动。

"二位公子，若萱和妹妹若薇自幼在扬州教坊长大，是缀锦坊的人。"兰若萱低下头，眉目间有些许自卑，"不知二位公子可曾听说过缀锦坊？"

"秦某孤陋寡闻，未曾听说过。"秦公子疏朗一笑。

"玉某也没听说过。"慕容辞看向琴若，扬州教坊培育的大多数是舞伎、歌伎，不过还有一种教坊，专门培育瘦马。

"小的倒是听说过。缀锦坊在扬州一带赫赫有名，这两三百年来培育了不少瘦马，闻名天下。"琴若道，"小的听闻，这些年缀锦坊培育了三朵金花，在扬州一带名声大噪，吸引了不少人去缀锦坊一睹芳容。"

"扬州瘦马是扬州独有的一道风景，秦公子对此可有了解？"慕容辞笑问。

"听说过，不甚了解，不如玉公子说来听听。"秦公子笑道。

"改日吧。我们还是先听听二位姑娘的故事。"她手一引，请兰若萱继续。

"若萱和妹妹若薇都是扬州瘦马，前不久，若萱一位姐妹嫁到京城，给一位小官当续弦夫人，也算有个好归宿，这位姐妹人美心善，感念我们姐妹之情，邀请缀锦坊一众姐妹上京游玩。"兰若萱清婉道。

“姐姐觉得京城繁华，应该有我们的立足之地，和曹嬷嬷商量之后决定留在京城。若我们能在京城安身立命，希望像嫁得好夫婿的姐姐一样，觅得好归宿。”兰若薇语声轻柔，更为柔弱内敛。

“因此你们在得月楼卖唱？”秦公子缓缓点头。

“小女子也没想到我们的歌艺在得月楼颇受欢迎，短短几日便挣了一些银子。”兰若萱笑道。

“希望你们今后的日子顺顺利利。”慕容辞笑道，“不过你们不是缀锦坊的人吗？缀锦坊会让你们留在京城吗？”

“这件事由曹嬷嬷代我们跟缀锦坊协商，应该可以。”兰若薇道，“不过我们赚了银子先要给缀锦坊，为自己赎身。”

“不如二位姑娘唱支曲儿吧。”琴若笑道，“若萱姑娘的脸受了轻伤，不如若薇姑娘唱，可以吗？”

兰若薇轻轻点头，温柔道：“姐姐，你的脸和嘴应该还疼着，就由我唱吧。”

兰若萱张张嘴，终究没有说。她自然也想唱，毕竟这二位公子看着都不是寻常人家的。

调试好古筝，兰若萱和妹妹对视一眼，素指便勾拨起来。

兰若薇唱的是一曲清新小调儿，名为《玉楼春》，欢快活泼，歌词大意是一位妙龄姑娘在春光里带着侍婢在郊野玩耍。她的嗓音清绵柔脆空灵，仿佛能闻到一股轻淡的香气，令人不觉沉醉。

兰若萱的古筝技艺更是出众，两人配合可谓天衣无缝。

慕容辞终于明白为什么她们短短几日就能名动京城。

一曲罢，她和秦公子拊掌，连声赞好。

“小女子献丑了。”兰氏姐妹站在一起，福身下拜。

“二位姑娘的歌艺、琴艺精妙无双，听卿一曲，当绕梁三日。”秦公子发自肺腑地笑赞。

“秦公子谬赞了。”兰若薇眉目低垂。

“希望日后能有机会为恩公唱一曲。”兰若萱盈盈看他，妙目流波，似有情意。

“秦某也希望有机会领略若萱姑娘的歌艺。”他温润而笑，斟了几杯茶，示意大家用茶。

“兰姑娘有意，不如秦公子告知府上地址，兰姑娘可亲去府上唱上一曲。”琴若笑道。

“那不必了。”秦公子淡淡道。

兰若萱眼中尽是失望，微怔一下才娇声道：“若秦公子不介意，过两日再来得月楼，若萱自当为秦公子唱一曲，聊表谢意。”

“好。”他眼里的灰蓝色泽浓郁了几分，语声温柔得能凝出水来，“你受了伤，不如先回去找个大夫看看，仔细养着。玉公子，不如我们一起走吧。”

呆了这么久，是该走了。

慕容辞站起身，清朗道：“二位姑娘保重。”

“秦公子，若我们……有要事找你，不知如何找到秦公子？”兰若薇瞧出了姐姐的心思，鼓起勇气问道。

慕容辞等的就是这句话。

然而秦公子一愣，随即道：“在得月楼给掌柜留话便可。”

出了得月楼，秦公子问：“玉公子，不如我送你一程？”

“不必，我还想在街上逛逛。不过秦公子你真是不解风情，若萱姑娘对你芳心暗许呢。”慕容辞慧黠地笑。

“玉公子不要说笑，若萱姑娘只是……”

“你是故作不知吧。”

“让你见笑了。”他忽而一笑，宛若绽放一朵蓝色的花，妖冶诡艳，“我周游诸国，居无定所，对成家立业暂且没有想法。”

“落花有意流水无情。只怕若萱姑娘芳心要错许了。秦公子，后会有期。”慕容辞拱手一笑。

“后会有期。”他亦拱手，而后转身离去。

然而，才迈了三四步，他就停下来。她也看见，前方不远处站着一伙人。

为首的是去而复返的李公子，他身后是十来个短衣短褂的打手。

得月楼的客人非富即贵，他当众被人整治，丢尽颜面，怎能咽得下这口气？

她倒是想看看秦公子如何对付这几个小喽啰。

一帮人气势汹汹地走来，阵仗还挺吓人的。

“莫非李公子想在大街上再受辱一次？”秦公子脸色一变。

“小子别得意得太早，这些都是我李府的好手，你能打得过他们，我就服了你。”李公子阴险地笑，面目十分狠辣。

“要我的人帮忙吗？”慕容辞云淡风轻地问。

“不必。”秦公子气定神闲，朝他们钩钩手指，“一起上吧。”

“把他削成肉饼！”李公子成功被激怒，朝手下怒喊道。

十几个打手急速奔来，抽出大刀，银光闪烁，凛冽生寒。

街上车水马龙，大战在即，路人纷纷闪避，马车也绕道而行。

十几把大刀裹挟着凶猛的飓风，银芒闪闪，跳跃飞蹿，交织成一张密不透风的光网，包围了秦公子。

见秦公子只是见招拆招，琴若不解道：“那些打手的武功不尽如人意，不过为什么秦公子只守不攻？”

慕容辞自然知道，他不想暴露真正的武功。

“杀死他！杀死他！”李公子使劲喊道，“谁杀了他，本公子赏一百两！”

一百两——他们三年的工钱也没有一百两，打手听得两眼血红，更把大刀耍得虎虎生威。

有的刺胸口，有的刺眉心，有的扫腿，有的想横劈……然而刀丛里舔血，绝地里飞跃，秦公子犹如一条身姿轻灵的鱼儿，游刃有余地闪避。

矫若游龙，翩若惊鸿，竟有三分女子的柔美曼妙。

慕容辞皱眉，他还没暴露真正的武功，打算如何解决这十几个小喽啰？

七八把大刀不约而同地刺去，将他逼入绝境！但见他忽地飞身掠起，又避过一击。

身轻若燕，宛若流云缥缈，又似流风飘忽，下一瞬，所有人瞪破了眼珠，揉破了眼睛，都不知究竟发生了什么事。

秦公子不见了！

对，他似是化作一道虚幻的影子，残影暴掠，在十几个打手里疾速穿梭，快似鬼魅，飘忽成风。

“哎哟……”

“啊……”

“你捅到我了！”

“你伤了我！”

那些打手咒骂吵嚷，乱成一团，手里的大刀刺入的是同伴的血肉之躯。

太诡异！太神奇了！

秦公子站在一边，气定神闲。

李公子看傻眼了，这小子是鬼投胎的吗？此时溜走是不是来得及？围观的人掌声如潮，他头皮发麻，缩着身子想麻溜地逃走，双腿却像被人扯住，动也动不了。

“李大公子，轮到你了。”秦公子好似跟友人谈笑风生。

“你想……怎么样？”李公子吞吞口水，面上皆是惧意，“我告诉你，我舅舅可是吏部大员，若你把我打成重伤，你也没好果子吃。”

慕容辞走过去，清朗道：“秦公子，李公子这人死不悔改，必须给他一次终生难忘的教训，否则他不会收敛的。”

李公子面色微变，连忙道：“好汉饶命……我会记住这次教训，不会再冒犯二位公子。”

她冷笑道：“你当然不敢冒犯我们，你恃强凌弱，只会欺负那些无权无势的平民百姓。”

“你有什么好主意？”秦公子侧头看向她，眼神十分温柔。

她在琴若耳边说了两句，很快，琴若带着四挂爆竹回来。

秦公子一笑，找来条绳子将李公子绑住，又将爆竹丢在他身旁一尺处。

“大侠饶命啊……爆竹放得这么近，会把我炸死的……”李公子泪流满面地哀号。

“不会炸死你，顶多受点儿轻伤。”慕容辞冷笑。

火折一点，噼里啪啦的声音瞬间响起，震天动地，烟雾弥来，夹杂着李公子杀猪般的尖叫声，惨烈凄厉。

围观的百姓哈哈大笑，指指点点，这富豪李公子在京城恃强凌弱、作恶多端，今日受到教训，实是活该。

秦公子转头看慕容辞，疏朗一笑。

“秦公子，若你还有要事，可先行一步。”

“好。玉公子，后会有期。”他再次拱手，大步流星地离去。

望着秦公子消失的方向，慕容辞若有所思。

“殿下，要奴才暗中跟着吗？”琴若低声道。

慕容辞摇头道：“不必。容湛安排的人自会跟着，不过只怕很快就会被他甩掉。”

今日在得月楼遇见，是巧合吗？慕容辞想不出所以然，三人登上马车，吩咐车夫回宫。

如意对扬州瘦马完全不知，好奇地问：“扬州瘦马究竟是什么？跟秦楼楚馆的那些风尘女子一样吗？那为什么叫‘瘦马’呢？”

“扬州瘦马不是秦楼楚馆的那些烟花女子，”琴若莞尔道，“扬州一带商贸往来频繁，逐渐有了不少富豪，他们的日常起居、衣食住行非常豪奢，几乎可以媲美皇家。而富足又催生了他们荒唐、淫靡的风气，秦楼楚馆随处可见，里面都是庸脂俗粉，于是一些人从乡下买来年幼的姑娘，若是容貌姣好，就请人教习她们琴棋书画和歌舞，若是容貌稍差，就教她们女红、剪裁、厨艺。她们就是瘦马。”

“那以后呢？让这些姑娘接客？”如意不解道。

“经营此业的人被称作牙公牙婆，他们以十分低廉的价钱买来这些女童，精心培育几年，待她们长到十六七岁，或卖给富豪人家、达官贵人做小妾，或卖入秦楼楚馆，堕入风尘。”慕容辞目光微冷，“牙公、牙婆买女童时只用十几贯钱，卖出时却是千百两的高价，从中牟取暴利。”

“牙公、牙婆经营此业，好比商者买来瘦马，养肥了再高价卖出。再者，初买来的女童出身贫苦，大多瘦弱，因此被称作‘瘦马’。”琴若语气悲悯，“其实，‘瘦马’一词，把人与畜生并论，奴才觉得不太妥当。”

是啊，自古女子多是命不由己，这正是慕容辞最想改变的。

琴若又道：“今日我们遇到的兰氏姐妹便是扬州名声显达的缀锦坊教养出来的瘦马。从她们的言行举止和容貌才艺来看，应是扬州瘦马里的佼佼者，然而，她们留在京城不回扬州……殿下，奴才觉得缀锦坊不会轻易放过她们。”

“希望她们能顺利脱离缀锦坊。”慕容辞淡淡道。

她想的是别的事。

“秦公子的武功路数很诡异，本宫瞧不出来，而且最后他四两拨千斤的招数，更是没看清楚。”慕容辞有些懊恼。

“秦公子有意隐藏武功，那些打手没法逼他使出本门武功。”琴若道，“殿下，不如找个机会奴才试探一下。”

“这个办法倒是可行。”慕容辞缓缓点头。

兰若萱芳心属意秦公子　　　　　　　秦公子再次炫技

御王又爬窗

东宫侍卫：我假装没看见

太子殿下嘴上不要不要的，身体却很诚实

太子殿下：把你的爪子从我身上拿走

第三十四章

心甘情愿被摆布

沈知言：谁来告诉我，太子殿下和御王是什么关系

过了两日，慕容辞只带了如意来到得月楼。

兰若萱、兰若薇正为贵客唱曲儿，不过秦公子不在。

“殿下，如何是好？”

“不急，我们在此消磨一阵子再看看情况。”

慕容辞笃定秦公子必定会来。

果不其然，不过半个多时辰，秦公子便来了，依然彬彬有礼，俊美如神。

自然地，他们在廊道里“偶遇”，便同去听兰若萱唱曲儿。

兰若薇奏琵琶，兰若萱唱了一曲《扬州慢》，绵柔软糯的嗓音，比兰若薇多了几分魅惑，少了几分空灵，不过这一曲她唱得婉转多情、缠绵悱恻，令人不觉地陷入情丝流转的意境。

尤其是兰若萱的眉目，一直看着秦公子，含情脉脉，那情丝儿绕，那痴心流转，动魄惊心。

一曲毕，慕容辞拊掌赞叹：“若萱姑娘这曲《扬州慢》，把你的心思都唱出来了吧。”

兰若萱娇羞地垂首，一截白嫩的雪颈若隐若现，撩人心怀，娇羞道：“玉公子见笑了。”

“萱姐姐为这曲《扬州慢》，精心准备了两日。”兰若薇笑道。

“秦公子，你觉得若萱姑娘的歌艺如何？”慕容辞故意问道。

“若萱姑娘的歌艺自然不俗。”秦公子躲不过去，浅浅一笑，“若萱姑娘在京城必定会名声大噪，日后寻得一个如意郎君，姻缘美满。”

听了这话，兰若萱面容微僵，眼中尽是失望，兰若薇连忙道：“二位公子还想听什么，不如小女子二人再为公子唱一曲……”

秦公子打断她道：“我还有要事，就不耽误二位姑娘了。”

她们明白这话的弦外之音，带着自己的乐器起身。兰若萱鼓起勇气看向他，眉目盈盈地说：“秦公子哪日来得月楼，小女子愿再为公子唱曲儿，以报公子大恩。”

“那就多谢了。”秦公子点头一笑道。

待她们离去，慕容辞浅浅一笑，问道：“若萱姑娘蕙质兰心、才貌双全，又对你一往情深，你为什么不考虑一下？即使把她娶回去当个侍妾，相信她也是愿意的。”

“玉公子有所不知，我居无定所只是其一，其二是家母绝不会准许我娶一个家世不够清白的姑娘，其三我对若萱姑娘虽有怜惜之意，但并非男女之情。”秦公子说完看向慕容辞道，“玉公子，一起走？”

“好呀，一起走。”慕容辞明朗地笑，往外走，“不过我想在街上逛逛，你呢？”

“我陪你在街上走会儿吧，之后去办事。”

“秦公子是大忙人呐。”

“见笑了。”他失笑。

街上喧哗吵嚷，行人来来往往。三人在街上逛，各怀心事。

他们走到十字街口，忽然一旁的小巷蹿出两个身穿黑衣的蒙面男子。

“什么人？你们想干什么？”秦公子抢步上前挡住她们。

“收人钱财、替人消灾。”个头较高的黑衣人眉目阴寒，偏头看了看慕容辞，又对他道，“你最好不要多管闲事，否则……”

“秦公子，他们是冲着我来的，你不要惹祸上身。”慕容辞看着黑衣人冷冷道。

“这闲事我管定了！”秦公子说道。

“玉公子，你们且在一旁稍候。”他朝她一笑，就转向那两个黑衣人，“到那条小巷，如何？”

“既然你找死，成全你！”

“秦公子，你当心点儿。”

慕容辞与如意跟到小巷，见那黑衣人大喝一声：“拿命来！”说罢，挥剑直刺，蛟龙出水般气势滔天。

而秦公子从腰间抽出一把软剑，飞身跃起，似苍鹰搏空，气势凌厉，那软剑柔若无骨，却又柔韧如惊龙腾飞。

眨眼间，三人已经交手十招。

剑芒闪烁，剑花四溅，光寒九州。

浓烈的杀气向外扩散。

他们以快打快，攻守迅疾，平地起狂澜，惊涛逐骇浪。

慕容辞不知如何形容他们的对决，琴若和容湛的武艺虽然不够顶尖，但二人联手，实力不容小觑。然而秦公子非但没有落下风，略胜他们一筹，却让人瞧不出他的本门武功。

剑锋时而凌厉霸道，时而轻柔如水，时而迅猛如暴雷，时而狂卷如飓风……他的身姿身法更是诡异，时而飞跃如雄鹰，时而舒展如流云，时而幻影暴掠……

她眼一眨不眨地看着，实在叹为观止。

秦公子就算只使出一半武艺，看来也跟慕容彧不相上下。

当然慕容彧的真正实力，她也没见识过。

为了试探秦公子，慕容辞安排容湛和琴若扮作黑衣人，上演了刚才的戏码。没想到的是秦公子为了救自己竟露了真实功力。

容湛和琴若拼了全力也只能保住小命，慕容辞一个眼色，两人寻了个空隙飞身而去。

秦公子收了软剑，眉宇间的杀气尚未消散。

"你还好吧。"慕容辞目光幽深，心里更沉重了。

"没事。"他一笑，"你得罪了什么人吗？"

"行走京城，总会碰到几个看不惯我的人。今日多谢秦公子仗义出手，改日我请你去青云山庄用膳，还望秦公子赏脸。"

"恭敬不如从命。"

"那我定了日子便在得月楼给你留话。"

"好。后会有期。"秦公子抱拳一礼，大步离去。

待来到天下第一庄，容湛和琴若更衣后来到内堂。

"你们没受伤吧。"慕容辞关切道。

琴若摇头道："奴才没事。秦公子没起疑心吧。"

容湛斟了茶灌下去，连忙说："咱们演技这么好，他不会起疑心的。庄主，你看清楚他的武功路数了吗？"

慕容辞闷声道："看是看清了，不过还是瞧不出他的武功路数。你见多识广，瞧出来了吗？"

容湛顿时觉得尴尬又心虚地说："其实……我也没瞧出来，我觉得秦公子没有使出全力，再者他还是没用本门武功。"

"难道他起疑心了？"如意吃惊道。

"无论他是不是怀疑你们的身份，可以肯定的是，他武艺卓绝，深不可测。"慕容辞断然道，心里沉甸甸的。

这夜，慕容辞犹豫要不要把试探秦公子武艺的事告诉慕容彧，不过转念一想，他不是派人跟踪她吗？必然早已知悉。

果不其然，她睡意朦胧时，忽然听见有动静，支起身子一看，一道黑影走向如意，在如意身上一戳，而后走过来。

他还真来爬窗了！

赶是赶不走了，她利索地下床，取了薄锦披风披上，没好气道："你怎么不回府？"

慕容彧目不斜视，径自走到床前，解开玄袍脱下绣金锦靴，往床上一躺，好不惬意。

真把这儿当成他的领地了！

"这不是你的寝殿！你的脸皮呢？"她恨不得暴打他，却又不敢靠近。

"我乏了，别闹……"他哑声呢喃。

"你好臭！把本宫的床熏臭了！"她气哼哼道。

"不如你伺候我沐浴更衣？"慕容彧低声轻笑，别有一番邪气、魅惑的神态。

"你做梦！"她咬牙切齿。

"阿辞，过来。"他朝她伸出手。

她不动，气哼哼地瞪他。

"我躺会儿就走。你过来。"

慕容辞将信将疑地靠近两步，问："做什么？"

明明他双目几乎阖上，却伸腿一勾，她重心不稳，身不由己地往前扑倒。

那么巧，就倒在他身上。

更巧的是，她正想运内力跳起来，没想到他抢先一步，敏捷地将她翻身压下。

世界上最近的距离，或许是他与她的鼻尖相触，他与她的唇相合，他与她的额头相抵。

她拼命挣扎，这火辣暧昧的姿势让温度步步升高。

"你好臭……你先去沐浴……"她不得已采取迂回战术。

"我沐浴了才来的。"慕容彧语声沉哑，带着胸膛的震动与温度。

"那还是臭……"

"正好用你的体香中和一下。"

他轻触她湿润如朝露洗过的唇瓣，点染之后是温柔地吻，她侧头避开，他追踪而至，她再避开，他不依不饶地追来，忽然强硬起来，带着凌厉的劲儿，让她只得放弃反抗。

好像每一次都是这样，到最后她只有投降。

在一次又一次的激烈碰撞里，她慢慢熟悉了他的手段、他的身躯、他灵魂的温度和他激烈的情爱。或许，正如他所说，她早已喜欢他，只是不肯承认，不愿承认，不敢承认。

此时，她的心情很复杂，几分忐忑，几分慌乱，几分沉溺，几分甜蜜，她试图推开他，却看见他迷离的目光缠绕的深浓情意，不由得愣住。

"在想什么？"慕容彧轻触她的唇瓣。

她怔怔地凝视他，好似想透过他的双眼看清他的灵魂。

"我吻你的时候，要心无旁骛。"他轻声道。

"好啦，起来。"她的声音情不自禁有几分娇嗔。

"若你心不在焉，我就一直吻到你欲罢不能。"

又这么霸道！

她一掌拍在他头上，大声叫道："还不滚下去？"

他顺势侧身而卧，别有一种慵懒迷魅的姿态，暧昧地说："这良辰美景，自然是鸳鸯帐暖……"

又是啪的一声，清脆悦耳，“别让本宫说第二遍！”

慕容彧并不生气，反而朝她伸出手说：“无影看见你试探秦公子，想听听他的说法吗？”

无影的武艺比容湛、琴若高得多，这是个气死人的诱惑。

“说！”

“过来，躺在我怀里。”

“你……”她恨不得把他整个人扔出去。

他勉为其难地起身把她揽入怀里，抱得死紧。对她的半推半就，他相当满意。

“还不快说？”她忍了又忍，语气不善。

“秦公子的武艺的确很高，鬼影和无影联手也未必能打败他。”

她默然，这么说，连他也未必能打败秦公子？

他说：“秦公子的武功路数很诡异，应该来自一个消失了一百年的门派。”

“什么门派？消失了一百年又出现，那就是根本没有灭绝，只是隐世了。”

他点点头道：“是逍遥宫。逍遥宫的武功心法皆是上乘，不过失之于阴毒、狠辣、诡秘，还有世人所畏惧的禁术。”

“逍遥宫？”她听都没听说过。

“一百年前，逍遥宫叱咤江湖，门徒众多，势力遍及诸国，大有一统江湖之势。逍遥宫主的武功登峰造极，且行事阴诡，喜怒无常，因此得罪了不少江湖门派与诸国宗室。后来，诸国皇室联合所有门派讨伐逍遥宫，所有人都以为将有一场血流成河的激烈大战，却没想到他们赶到时，逍遥宫已人去楼空。”

“哦？人都不见了？”

“对，谁也不知道发生了什么事。他们搜遍逍遥宫，没有发现半个人。”

“后来呢？”

“大家推测逍遥宫是惧于他们人多势众，只是暂时藏匿起来，于是在逍遥宫外蹲守了半个月，还是一无所获。之后，他们又派人盯梢逍遥宫，直至半年以后，他们才放松对逍遥宫的警惕。”

“逍遥宫真的消失了吗？”

“自那以后，世上再无逍遥宫的人，渐渐地，逍遥宫成为一个江湖传说。”

“逍遥宫就成为一个无人能解的谜了吗？”

他神秘地扬眉道：“其实，还是有人知道一点内情的。半年后诸国皇室派人潜入逍遥宫，找到地下密道，见到逍遥宫宫主留的一封信函，告知世人逍遥宫消失于人间的缘由。”

“快说快说。”

他拉过她的手，与她五指相扣，“当时宫主年轻气盛，自恃武功盖世想一统江湖，不过，他遇到了他一生中的情劫，也是生死大劫。”

“他爱上了一个姑娘？那姑娘不喜欢他？”

“个中内情，无人知晓。只知道逍遥宫主为了心爱的姑娘，解散了逍遥宫，放弃了唾手可得的江山权势，而且规定门徒不准用逍遥宫的武功恃强凌弱、滥杀无辜。”

“那逍遥宫主归隐田园了？有人见过他吗？”

“无人见过。他心甘情愿放弃一切，诸国皇室就放心了，无人过问他的去向。”

慕容辞眼波流转，“那秦公子的武功是来自逍遥宫主，还是来自其门徒？”

“无影也算见多识广，也只能瞧出秦公子的武功跟逍遥宫的上乘心法颇有渊源。至于来自何人，不得而知。”

“若你与秦公子决战，不知谁略胜一筹？”她挑眉一笑。

“有机会我当与秦公子一决高下。”他在她柔嫩的雪腮轻轻一捏，“放心吧，我不会让你失望，更不会让你丢脸。”

慕容辞拍掉他的“爪子”，忽然发现另一只手被他扣住，而且是那种亲密无间、令人脸红心跳的五指相扣。

等等，他什么时候扣住她的手？为什么她毫无察觉？

慕容辞深深地感觉自己要在这段关系里就这么沉沦了，想挣扎却束手无策。

是慕容彧的霸道使然，还是自己心甘情愿就这么由他摆布呢？

虽然慕容辞记得答应过秦公子请他吃饭，不过她故意不请了。

接下来的半个月，她再没遇到过他。

端柔郡主慕容诗来东宫两次，为表爱慕殿下的诚意，胸有成竹地亲自下厨，结局都惨不忍睹。

等了半个月，慕容彧这边没半点消息，想来还没找到百花楼巢穴的蛛丝马迹。

这日，太傅府的沈老夫人办八十寿宴，沈宅喜气洋洋，门庭若市。

沈太傅过世多年，沈老夫人高寿，儿女们尽孝，寿宴邀请了世家大族、文武大臣家的女眷，也邀请了与沈家交好的亲朋大臣。慕容辞自然要到场贺寿，还没到酉时，她就亲自送来代表皇家的贺礼。

沈老夫人坐在大堂接受众多贵客的祝贺，言笑和蔼，慈眉善目，红面鹤发，幸福的微笑发自肺腑。

她左边站着大媳妇、二媳妇，右边站着沈知礼等一众孙女，沈知礼今日装扮清雅绝俗，宛若一朵冰清玉洁的水莲花，在一片红绿相间、花团锦簇里尤为打眼。

慕容辞贺寿过后，与沈知言闲聊几句，便去后院随意溜达，忽然，她听见前面不远处两个女子正在说着什么，好像有点争执。

“梦色，你真要这么做？今日是沈老夫人的大寿，若我们有所冒犯，那不是……”

“嬷嬷，我没有别的办法。我们好不容易有机会进太傅府，能见到沈大人，怎么可以错过这千载难逢的机会？”

“可是，沈大小姐邀请我们进府弹唱是怜悯我们，若她知道我们别有企图，一定会把我们赶出去的。”

“沈大小姐知书达理，慈悲心肠，她知道我们有苦衷，一定不会责怪我们的。”

“其实我们去大理寺求见沈大人不就好了吗？为什么非要在沈家……”

“去大理寺报案没用的，我们不是去京兆府报案了吗？七八日了，一点消息都没有。”

她们找沈知言有什么事？莫非是命案？

慕容辞轻手轻脚地过去，看见那年轻女子身穿浅粉衫裙，年长的嬷嬷身穿枣红色衣裳，二人说完正想走出来，忽然看见旁边站着一人，吓得浑身一震。

那嬷嬷抚着胸口，倒是那年轻女子镇定些，俯身行礼道："打扰公子，是小女子的不是。"

"你们要找沈大人？"慕容辞清冷地问。

"没有没有……我们是沈大小姐邀请来唱贺寿曲儿的，公子，我们先去准备了。"嬷嬷拉着那女子快步离去。

那年轻女子禁不住拖拽，回头望来，慕容辞一笑，见这女子容貌不俗，比兰氏姐妹多三分娇美，气质温婉大方，更胜一筹。

她找沈知言究竟有什么事呢?

此时，沈知礼站在祖母身旁，时不时地望向外面，她焦灼，紧张，忧虑……不自觉地绞着丝帕，出卖了她等候心上人的忐忑心情。

忽然，大门处传来通报声："御王到——"

他终于来了!

她眼角眉梢都是微笑，可大家闺秀的矜持让她待在原地。

他走进来，恍若九天神祇降临人间，宽敞的大厅瞬间逼仄起来，天地黯然失色，日月都无法与他争辉。众人屈身行礼，慕容彧站在大厅中间，随意抬了抬手。

"诸位免礼。"

嗓音沉朗，风采倾绝天下。她痴痴地看着他，见他挥挥手，身后的侍从走上前，双手奉上寿礼。

"老夫人，这是本王的一点心意，祝老夫人福寿安康、万事祥和。"

"多谢王爷。"沈老妇人笑道，"王爷定要在寿宴上多喝几杯。"

"那是一定的。"他拱手一礼，算是对老人的尊敬，"老夫人，本王先到处转转。"

"好好好。王爷，不如让老身的孙女带你到后苑转转。"

"老夫人客气了，本王素喜一人走走。"

说罢，慕容彧从容地转身离去。

沈老夫人面容一僵，微微尴尬，而沈知礼本是笑靥娇柔，忽然间就暗淡无光。

真是铁石心肠。

沈老夫人这番话，那些女眷都知道是什么意思，因此不少贵妇都心中暗喜，那些世家闺秀也觉得自己还有希望。

沈知礼的心如坠冰窖，寒气阵阵上涌。

“你也累了，去休息一下吧。”见心爱的孙女双目含泪，沈老夫人只能拍拍她的手，安慰道。

沈知礼把眼里打转的泪水咽了回去，微微一笑道：“祖母，我不累，我去后院看看寿宴准备得怎么样了。”

太傅府的花苑规模颇大，有一座精致却奇险陡峭的假山，假山上有一座五角凉亭，这假山少有人来，慕容辞坐在亭中闭目养神，怡然自得。

冷风呼呼，拂过面颊指尖，却是别样的感觉。正当她靠着朱色圆柱魂游天外时，忽然察觉有动静，猛一睁眼——

一张近在咫尺的俊朗的脸！

她惊悚得心跳漏掉一拍，险些摔下去。

“见到我这么激动兴奋？”慕容彧一把扶住她，顺势在她身旁坐下。

“你不是说不来吗？”慕容辞不自在地起身，离他几步远。

“我改主意了，不行吗？”他站起来，“此处视野开阔，景致绝佳，你真会挑地方。”

“你来了，就不是好地方了。”她嘀咕道。

“你说什么？”

“寿宴马上开始，本宫走了。”

“殿下，你在哪里，我便在哪里。”慕容彧走向她，语声低沉，似有调笑。

不知怎么的，这下行路怪石嶙峋，高低起伏，听见他这话，她更是脚下一滑，直直往下摔去。

还未惊呼，就觉着广袂被人一拽，整个人腾空而起，接着腰肢一紧，在半空旋转了一圈，稳稳落在地上。

但他还未松手，只把她搂得更紧——他们靠得这么近，她好像听见他的心跳声，看见他微微紧张的面孔，她也没有挣扎，泥塑木雕似的搂着他的肩背。

时光静止，画面定格。

而沈知礼正巧路过，连忙找了个隐蔽的地方躲着。

这一幕真是诡异。

为什么御王没有立即松手？他们还对视这么久？

假山上，慕容彧轻笑道：“阿辞，你这么不当心，教我如何放心？”

她慌乱地挣脱，莹白如玉的双腮染了红晕。

沈知礼看了一阵，见御王和太子一前一后地走向前院，没有再令人生疑的举动。她缓缓走出来，百思不得其解，莫非假山上御王只是救太子，没其他的深意？

慕容彧沉步而行，跟慕容辞保持四步距离，因为他察觉到了附近有人。

寿宴设在前院，慕容辞自然坐主桌。

她让沈知言坐在自己旁边，又低声道：“你妹妹是不是请了歌伎进府唱曲儿？”

“好像是有这么回事。怎么了？”

“没什么，待会儿本宫去后院听曲儿。”

“殿下居然有这喜好？”

“听听也无妨。”

“御王，请您这边就座。”

她迟疑地转头看去——原先坐在她身旁的是沈知言的父亲？沈青桐，但沈青桐见御王来了，此时站起身手一引，请御王就座。

慕容彧堂而皇之地坐下，压压手道：“诸位坐吧。”

慕容辞一脸的生无可恋，慕容彧朝她倾身，在她耳畔柔声低语：“殿下，你的如意算盘落空了。”

众文武大臣看见这一幕，有的啧啧称奇，有的疑虑丛生，御王和太子什么时候变得这么亲密了？而且御王还面含微笑。

所有目光都投射在他们身上，慕容辞欲哭无泪、生不如死。今日之后，朝野上下对她和慕容彧的关系将会有一番风云涌动。

慕容彧绝对是故意的！

她恼恨地瞪他，而后举起玉杯朗声道：“御王想说几句话，本宫与诸位鼓掌欢迎。”

慕容彧看她一眼，知道被算计了，于是站起身道：“今日是沈老夫人的八十大寿，本王在此祝沈老夫人福如东海、寿比南山。沈太傅过世多年，不过他的家学、他的风骨皆有沈家人继承，希望沈家世代效忠朝廷，成为大燕国的护国柱石。”

沈青桐受宠若惊，连忙道：“王爷过誉了，下官有愧。”

“沈大人过谦了。”慕容彧扬声道，“今夜诸位吃好喝好，不醉不归，明日免朝。”

“多谢王爷。”沈青桐觉得心脏快被吓出来了，这可是赐给沈家的殊荣，为什么御王忽然对沈家这么好？

宾主一饮而尽，随后气氛热闹得很，推杯换盏，敬酒猜拳，比宫宴随意很多。

“殿下尝尝这个，这是从东楚国买来的河鲜，名为螃蟹，味道独特鲜美。”沈知言递过一只螃蟹，介绍道。

她接过这只奇形怪状、色泽鲜红的怪物，用银箸戳了戳，犯愁了。

这么硬，怎么吃？吃什么？

不会吃，不是丢尽颜面吗？

“殿下，你看着我吃。”沈知言悄声道。

“嗯。”慕容辞见他先把螃蟹爪子卸下来，便依葫芦画瓢。

“这粗重活，由我效劳。”她手里的螃蟹忽然就被夺了，落在慕容彧手里。

沈知言看着御王，剥得好快，这手法非常娴熟，利落生风。

她也目瞪口呆，这手剥蟹的技艺行云流水，堪称完美。

“这黄色的东西是蟹黄，鲜美得很，快吃吧。”他语声温柔，拿着外壳递到她嘴边。

“哦。”慕容辞接过那外壳，忽然间双颊生红晕，微热。

一桌的气氛都不对劲，慕容彧浑然不觉，拿着肥美的蟹肉蟹膏递到她唇边，说：“张嘴。”

她接也不是，不接也不是，最后还是去接了，他却不松手。

“我喂你吃。”他的嗓音压得很低，只有她听得见，格外温柔。

吃还是不吃？若不吃，他会一直举着，这不是更引人注意？

她越想越气，张嘴吃了，然后道："你究竟想干什么？"

慕容彧似笑非笑地说："为你效劳嘛。"

几乎所有贵宾都扭头望来，这一幕太辣眼睛了。

沈知言也是瞠目结舌，倘若太子殿下是女子，这一幕还说得过去，可是这是两个男子！

慕容辞如芒在背，那些目光就像一支支利箭对着她，她浑身不自在，一把夺过他手里的残肢剩骸埋头吃。

奋战多时，她终于把螃蟹干掉，竟有一种筋疲力尽的感觉。

接着，陆续有人来向御王敬酒，逢迎拍马的场面话一箩筐。懂眼色的大臣瞧着御王对太子不一般，顺道也给太子敬酒。

连饮四杯之后，她手里的玉杯被人劈手夺去。

"殿下不胜酒力，本王代她喝了。"慕容彧仰头一饮而尽。

她瞠目瞪他，谁要你多管闲事？本宫哪里不胜酒力了？

然而，接下来但凡有人向她敬酒，都被慕容彧承包了。他一人喝两人的酒，面上却没有半分酒色。

慕容辞摸摸脸颊，烫手得很。

"太子殿下……殿下……"忽有一人从外面飞奔而来。

这娇柔的声音吸引了众人注意，纷纷举目望去。

不消说，是慕容诗。

今日她要来太傅府参加寿宴，可是三叔不让她来，她费了九牛二虎之力逃跑出来，现在她也不管三叔就坐在太子殿下身旁，豁出去了。

慕容辞给沈知言打眼色，他会意，立即道："郡主，不如我带你……"

"你起来，我要跟殿下坐一起。"慕容诗不顾所有人都在看她，生拽沈知言起来。

"这里是男宾，你要留下，就去女宾那边。"慕容彧沉郁道。

看着三叔不悦的面容，她没来由地头皮发麻，不由自主地应道："哦。"

慕容辞如坐针毡，担心慕容彧再出什么幺蛾子，好不容易挨了两盏茶的时辰，她借故离席。

正起身，却听见一道幽沉的声音："不怕那小妮子找你？"

她咬咬牙，心不甘情不愿地坐下。

这时有人如清风一般疾步走来，说："沈大人，小女子有案情禀明。"

这女子声音轻柔爽脆，虽饱含焦虑，依然悦耳动听。

对，是刚刚那个名为梦色的女子。

沈知言的父亲沈青桐面色微沉，低声喝道："哪里来的姑娘竟敢惊扰御王、太子？还不带下去。"

"沈大人，您是断案英杰，小女子两位妹妹失踪多日，生死未卜，还请沈大人为小女子寻找那两位命苦的妹妹。"那女子不管不顾地跪在地上，拼命想从仆从手中挣脱，"沈大人您侠骨仁心、慈悲心肠，是英明的好官，小女子求您……"

"且慢！"这声音悠缓清朗，是慕容辞开口。

既然殿下开口了，沈知言顺势挥退仆人，朗声问道："姑娘且慢慢道来。"

沈青桐有点不悦地说："诸位继续，就让犬子带这位姑娘下去问问情况。"

"本王倒是有兴致知道这位姑娘为什么在这样的场合求人。"慕容彧云淡风轻道。

"你仔细说来。"慕容辞诚恳道。

"冒犯诸位大人，是小女子的不是。小女子姓兰，名梦色，是扬州缀锦坊的人。"那姑娘朝众人施礼，身姿楚楚动人，"大约两个月前，梦色和曹嬷嬷带着几个姐妹上京游玩，两位妹妹想留在京城，于是梦色和曹嬷嬷先回扬州。半个月前，梦色和曹嬷嬷再次来京，却怎么也找不到两位妹妹。"

"姑娘那两位妹妹住在哪儿？你找遍了她们能去的地方吗？"沈知言温和地问。

"梦色和曹嬷嬷在京城找寻多日，都没有找到两位妹妹。之后梦色去京兆府报案，京兆府的衙役也帮忙找寻多日，却依然一无所获。梦色走投无路之下听闻沈大人断案如神，于是大着胆子借进府唱曲儿之机求见沈大人，恳求沈大人帮忙寻人。梦色知道冒犯诸位大人不对，愿受任何惩处。"

“既然京兆府已帮你寻人，你为何不多等几日？”慕容辞忽然想起，缀锦坊，兰梦色……莫非兰梦色要找的妹妹就是兰若萱和兰若薇?

“找了半个月一无所获，梦色只恐……两位妹妹已经遭遇不测。”兰梦色的杏眼含着一汪热泪，盈盈欲坠，“倘若两位妹妹依然在世，绝不会不给梦色消息的。”

“你放心,本官会帮你寻人。明日你到大理寺再详细跟本官说说案情。”沈知言温和道。

这时，沈知礼和曹嬷嬷匆匆赶来，“父亲、大哥，是我疏忽了。”沈知礼垂首道,含情的目光却飘向一旁的御王。“父亲,这位兰姑娘才艺出众,不如让她为诸位大人唱一曲吧。”她大着胆子提议，多待一时半刻，便能多看看御王。

沈青桐正想阻止，却听慕容辞笑道：“好主意，本宫正想听曲儿，那就有劳兰姑娘为众人唱一曲。”

慕容彧不置可否，沈青桐只得同意，兰梦色坐在绣墩上，斜抱琵琶，素手拨弦，一串明润的清音流泻而出。

她的唱腔，清柔里带几分端庄大气，缠绵里蕴几分俏皮活泼，比兰若萱、兰若薇的嗓音高扬、厚重，配合时而激越时而清润的琵琶，把一曲《虞美人》演绎得婉转含情，丝丝入扣。

众人沉醉在天籁般的乐曲里，余音消尽才回神。

慕容辞拊掌道：“梦色姑娘的歌艺当真高妙，举世无双。王爷，不如再来一曲？”

这话说中了大多数人的心事，慕容彧不置可否，说：“殿下喜欢便好。”

“梦色姑娘，来一曲《长相思》吧。听闻扬州小调《长相思》别有意趣，本宫一直想听。”她笑道。

“是。”兰梦色柔声道。

众人都以为《长相思》是一支缠绵悱恻的曲儿，没想到是明快活泼的曲风，带几分豆蔻少女的欢乐与俏皮，兰梦色清脆的歌声如银铃，为寿宴添了几分喜气。

一曲毕，众人拊掌。

沈知礼向父亲和众人告退后带着兰梦色离去。慕容辞也说不胜酒力，先行告退。

“殿下，我派人送你回东宫。”沈知言连忙道。

“不必，本王还有要事跟殿下商谈，顺道送她一程。”慕容彧站起身，挽着她的手臂。

“本宫的头很晕……要在太傅府歇会儿……”她假装醉醺醺的，发酒疯似的用力推他。然而，推不开。

“殿下醉了，本王送你回宫。”他强拽着她往外走，丝毫不顾大臣目瞪口呆。

太傅府外，慕容彧搀扶慕容辞上马车，她恼怒地推开他。

没防备，他竟然趔趄了两步，低低一笑，“殿下的演戏功夫越来越好了。”

“不许跟着本宫！”她气哼哼地怒指他，转身登上马车，刚进车厢却觉得马车轻微一晃，一转头就看见慕容彧上来，已躺倒在一侧。

慕容辞想把他推出去，可是哪里推得动他？

喝了不少酒，她的头晕乎乎的，可是她绝不会在马车上睡觉，让某人有可乘之机。

他倒是睡得跟死猪一样，呼吸匀长。

忽然，她的小腹痛如刀绞，屈身、斜靠、仰着都不行。

莫非是螃蟹之故？

她摁着小腹，吩咐车夫加速前进。

到了东宫，她不顾一切飞奔下去，一路直往茅房狂冲。

在大殿闲聊的琴若和如意感到一阵疾风吹过，衣袂掀起。

“这风怎么这么诡异？好像带着人影。”如意眨眨眼。

“不是风，是人。”琴若也是怔在原地。

“啊？是窃贼？”

“好像是殿下……”

她们冲到茅房，如意在外头喊：“是殿下吗？”

“是本宫。你去备水，本宫要沐浴。”

“殿下，热水备着呢，你出恭完了就能沐浴。”

“去把本宫的衣衫拿到浴殿。”

“是，奴才会备好的。”

慕容辞蹲了好久，直至小腹没那么疼了，腰酸背痛地来到浴殿，舒舒服服地沐浴，又在如意的伺候下穿好衣衫。

回到寝殿，她筋疲力尽外加头昏脑涨，半眯着眼往榻边走，冷不丁忽然冒出个人来，低沉道：“正好，我也沐浴了。”

她全身一震，惊得后退两步，人也清醒了几分，只见慕容彧穿着月白中衣，脱了乌金锦靴，慵懒地躺下，朝她勾勾手指。

“你快滚！如意和琴若很快就进来！”

“她们不会进来，我吩咐过了。”

那目光迷离浅醺，那眉宇醉意生晕，那俊脸流淌着浅红的色泽与暗红的光影，那流水般的乌发散落在雪色肌肤上，跟平日里的凌厉、霸道或温柔迥然不同。

慕容辞本来被气得暴跳，见他这般勾魂模样，却不由呆愣了半晌。

“我知道你吃坏了肚子，来吧，睡吧。”

“要睡回你的王府睡！”她咬牙坚持。

“你不睡，那我睡了。”他拉过薄衾盖在身上。

她越想越气，原本她就身子不适，床榻、被子又被他占了，鼻头一酸，她都快哭了。

“怎么了？”慕容彧察觉不对劲，迷离地起身。

慕容辞怨恨地瞪他，说：“本宫不想看见你！”

他见她眼眶发红，心里蓦然一痛，把她抱过来放在床上，拉过薄衾给她盖上。

“你立刻给本宫消失！”她切齿道。

“只要你睡着了，我就走。”他在外侧躺下，二人之间留了楚河汉界。

她转过身背对着他，气哼哼的。

不多时，慕容彧听见匀长的呼吸声，把她搂在怀里，柔情蜜意。

兰梦色讲述扬州瘦马身世

兰氏姐妹下线

太子殿下：最见不得女子受害

秦公子：玉公子，你还欠我一顿饭

第三十五章

神秘失踪的兰氏姐妹

次日苏醒后，慕容辞没看见慕容彧，或许他昨夜早就走了。

用过早膳赶到大理寺，兰梦色、曹嬷嬷都已经到了。沈知言没有道出慕容辞的身份，只介绍是大理寺的官员。

慕容辞让她们喝茶，“二位详细说一下案情吧。”

兰梦色轻轻点头，柔声道来。

原来她们是扬州缀锦坊的人，缀锦坊里有不少瘦马，其中三朵金花被称为淮扬三艳，兰梦色便是其中一艳。

另一艳兰妃色，跟兰梦色是要好的姐妹。前不久兰妃色被京城某个小官看中，嫁到京城。大婚之时，邀请缀锦坊的众多姐妹来喝喜酒，兰梦色、曹嬷嬷带着几个年纪小的妹妹一起上京，十日后，她们打算启程回扬州，而两位妹妹喜欢京城的繁华，想要留下来，靠自己的才艺在京城站稳脚跟。

曹嬷嬷自然不准，缀锦坊也不会同意的。她们好说歹说，曹嬷嬷才应允回扬州帮她们跟老板说情。于是曹嬷嬷带着兰梦色等人回了扬州，而那两位姐妹留在京城。

“你那两位姐妹是不是兰若萱、兰若薇？”慕容辞道。

“大人如何知晓？”兰梦色惊诧不已。

“半个多月前，她们在得月楼卖唱，本官与她们有过一面之缘。”确定了是那兰氏姐妹，慕容辞的心沉重起来。

“兰姑娘，你接着说。”沈知言道。

“我和曹嬷嬷回到扬州，跟老板求情，原本老板不同意，我们游说多日，说若萱和若薇一定会赚到银两为自己赎身，老板才同意放人。之后我和曹嬷嬷赶来京城告诉她们这个好消息，却没想到，怎么也找不到她们。”

“你们知道她们住在哪儿吗？”他问。

“我们离开京城时她们住在客栈，但我们去客栈问过，掌柜说她们早就离开了。”

“你们不在京城的这段时日，她们有没有找过你的姐妹兰妃色？”慕容辞问道，“对了，兰妃色嫁给了谁？”

“妃色嫁给京兆府主簿江大人。我们去京兆府衙门报案，江主簿为我们说了情，出了不少力，京兆府衙门才愿意帮我们寻人。”兰梦色道，“我们去问过妃色，若萱她们没有去找过她，或是她们发生了什么事，妃色并不知情。”

慕容辞默默地算日子，兰梦色回京半个月，寻人半个月，而半个月前，慕容辞在得月楼跟秦公子听兰若萱、兰若薇唱曲儿……这么说，也许那日之后，她们就失踪了。

“兰姑娘应该精通书画吧，可否画出兰若萱、兰若薇的画像？”慕容辞忽然道。

“好。”不到半个时辰，她就画出两幅画像交给慕容辞。

她们离去后，慕容辞和沈知言决定先去得月楼问问。

“两个年纪轻轻的姑娘身上没有多余的银子，能去哪里呢？”慕容辞问。

“会不会是她们被某个豪富人家看上了，接进府里住下了？如此我们寻人就犹如大海捞针。”

“不无可能。对了，你提醒了本宫，李公子对她们颇有兴致，会不会是李公子把她们软禁在府里或是别苑？”

“倒是有可能。稍后去李家。”

他们来到得月楼，见了童掌柜。

慕容辞清和地问：“童掌柜，兰若萱、兰若薇不是在你们这儿卖唱吗？这几日没来吗？”

童掌柜点头道：“的确好几日没来了。”

她又问：“你仔细想想，从哪日开始没来。”

他掐指算了算，说：“大约有十余日没来了。”

“她们可有对你说过不来得月楼唱曲儿了？”沈知言接着问。

“没说过。我也觉得纳闷，好端端的怎么不来了，不少贵客都在问呢。”童掌柜回道。

“在得月楼唱曲儿的最后两日，有什么不同寻常的事发生吗？”

“好像……没什么事发生，和往常一样。”

“你再仔细想想。”

童掌柜仔细地想了半晌，道：“真的没什么特别的。哦，对了，若萱姑娘有次欣喜地跟我说，有一位公子打赏了她们十两银子。”

“你对那位公子有印象吗？”慕容辞追问道。

童掌柜摇头，“我虽记得二位大人，但得月楼来来往往那么多人，我怎么可能都记得？对了，跟你一起教训李公子的那位公子今日也来了。”

她心一动，问道：“这半个月里，秦公子是否来过得月楼？”

他再次摇头，“没来过。今日是第一次，比二位早来一会儿。”

“这半个月里李公子可有来过？”

“来过三次，还问起过二位兰姑娘，说是想听曲儿。”

这么看来，李公子没有掳走二位兰姑娘？

“玉公子，沈公子。”

两人回头一看，秦公子一袭飘然清华的白衣，灰蓝色眼眸笑成一弯月牙儿，说道：“好久不见。玉公子最近可是很忙，都不见你来得月楼。”

“最近府里事儿多，今日来得月楼有点事。秦公子是来用膳的？”她笑得有点不自在。

“在这儿跟一个朋友见面。朋友先行一步，我到街上逛逛。你们呢？”

“我还以为你是来听曲儿的，对了，这半个月你来得月楼见兰姑娘她们了吗？”

“自从上次一别，就没来过，不过今日也没看见兰姑娘她们，你看见了吗？”

“我也没有，方才问了童掌柜，他说二位兰姑娘有好几日没来了。”

“哦？”秦公子有点讶异。接着眼眸一转，笑道，“玉公子，你可是还欠我一顿饭呢。”

她干巴巴地假笑道：“实在抱歉，近来实在是太忙了。不如这样，过几日我请你去青云山庄。”

秦公子豪爽地笑着说：“我说笑的。你哪日得闲了我们再聚不迟。”

“我们得走了。”沈知言适时地提醒道。

“那就不耽误你们了，后会有期。”秦公子抱拳道。

慕容辞拱手一礼，快步离开。

马车上，沈知言问慕容辞是否怀疑秦公子，慕容辞纤眉微蹙道：“不算怀疑，只是顺带问问。他没理由藏匿或是杀害兰氏姐妹。”

“嗯，那先去李家问问情况。”

不多时，他们抵达李家。

在大厅喝了两杯茶，李公子姗姗来迟，睡眼惺忪，面色黄白，衣袍都没穿好，分明是刚从被窝里爬出来。

他是出了名的纨绔子弟，夜夜笙歌，这副模样并不出奇。

看见她，李公子面色微变，自从那日被爆竹伤了，养了几日伤势才稍愈，此时看见仇人，分外眼红。

这可是他的家、他的地盘，整治个人还不容易吗？

“李公子，我们是大理寺的人，今日是例行问询，望你如实回答。”沈知言严肃道。

“你们是朝廷命官？”李公子错愕。

“本官是大理寺少卿，这位是我同僚。”沈知言锐利地盯着他，“李公子曾在得月楼点兰若萱、兰若薇唱曲，还欺凌她们，是不是？”

“这件事他不是很清楚吗？你问他不就行了？”李公子跷起二郎腿，不屑道。

“还请你好好回答。”沈知言冷厉道，“之后你还见过兰氏姐妹吗？”

“没见过。”李公子神色十分鄙夷。

“这半个月你去过得月楼几次？”

李公子不紧不慢地答：“我怎么可能记得？我想想……好像去过两三次吧。”

“在得月楼见过兰氏姐妹吗？”

“没见过。”

“当真？”

“我还想听曲儿呢，可是得月楼的伙计说她们没来。”

“你有没有在别的地方遇到她们？”

“没有。”

李公子意识到对方好像是在审讯，不由得生气地说：“喂，你把我当犯人审吗？那日他已经教训过我，还要算这笔账吗？”

慕容辞清冷道：“李公子不知道兰氏姐妹失踪了吗？”

他颇为惊愕，“失踪了？那她们失踪了跟我有什么关系？你们不会怀疑我把她们藏匿在我府里吧？”

她讥诮地冷笑，“也不是不可能。兰氏姐妹失踪半个月，或许已经不幸遇害。而在案发前大半个月，只有李公子你与她们有过节，你有杀人嫌疑。”

李公子炸了毛地跳起来，说：“我杀人？我告诉你们，若我要杀人，也是先杀你和跟你一起的那公子！”

“要杀我可不容易，你还没那本事。兰氏姐妹就不一样了，你可以先把她们软禁在别苑，慢慢地折磨凌辱，折磨够了再杀死她们。”

“你不要冤枉我！我没有杀人！”他激动地辩解。

“你是不是清白无辜，查过才知。坐下好好回答。”沈知言冷沉道，“这半个月里，你当真没有见过兰氏姐妹？”

“你不要妄想做伪证蒙混过关。天网恢恢疏而不漏，即便你说谎，我们也有办法找到人证。”慕容辞冰冷地威胁。

“你们尽管去找人证，我不怕！我没见过那两个贱人，更没有囚禁她们！你们尽管去查！”李公子大手一挥，气得睚眦欲裂。

她看沈知言一眼，而后告辞离开。

出了李家，二人登上马车，慕容辞寻思道：“从李公子的反应来看，他应该没有说谎。”

沈知言颔首。

半晌，她吩咐外面的车夫：“去京兆府衙门。”

他明白她的用意，没有反对。

他们在京兆府的卢大人那儿了解到，兰氏姐妹住过隆升客栈，慕容辞立即辞别出来，吩咐车夫前往隆升客栈。

“殿下为什么这么急？既然衙役去问过，应该不会有线索。”沈知言不解道。

“总要自己去问问才放心。江主簿说兰氏姐妹在隆升客栈退房了，换言之，她们不是在隆升客栈失踪的。”

“那隆升客栈不一定知道她们搬去哪里。”

“我们尽人事吧。”她叹气。

隆升客栈是环境差、住客杂乱的小客栈，只有手头拮据的下九流才会住这儿。掌柜看见两位衣着光鲜的公子驾临，好像看见了闪闪发光的金子。

“二位公子是要住店？咱店里的天字一号房宽敞干净还没人打扰，不如二位公子一人一间？”

沈知言亮出大理寺的令牌，吓得掌柜浑身一哆嗦，连忙行礼道：“小的拜见二位大人，不知二位大人有何指教？”

沈知言冷冷地问：“半个多月前，是不是有两位姓兰的姑娘住在这儿？”

“的确有两位姓兰的姑娘在小店住过。巧了，前不久也有官府的衙役来问过，大人，那二位姑娘怎么了？可是犯事了？”

“是这两位姑娘吗？”慕容辞把两张画像摆在他面前。

“没错，是她们。”

“她们在这儿住了多久？”

“大约一个月。”

“什么时候退房的？”

“大约半个月前。”

“为什么退房？”

“她们没说，不过小人估摸着要离京，或是找到宅院，搬到租住的宅院去住。”

“她们退房时的情形是怎样的？你仔细说来。”慕容辞冷言冷语。

掌柜认真地想了想，说：“那日晚膳时分刚过，她们就回来了，看着心情很不错。她们说明日一早就退房，我问为什么，她们没有说，不过看起来很开心，一直在笑。”

“她们住的客房有人住吗？本官要去看看。”沈知言道。

“这两日没有人住，小人带你们上楼去看。”

这是二楼的一间客房，还算干净整洁，床、桌椅、衣柜等物收拾得挺好，一眼就能望尽。

沈知言在客房四周看了看，连旮旯都没放过。

一无所获。

慕容辞失落地往外走，看见一个大娘提着木桶在外面擦拭斑驳的栏杆，灵光一闪上前问道：“大娘，你每日都在这儿清扫吗？

“是嘞，我每日都来，每个客房都是我打扫的。”大娘一边擦拭一边回道。

“有一对姐妹住在这个客房，你有印象吗？”

“你说的是那两位姓兰的姐妹吧，我自然记得。她们长得标致，还会唱曲儿，人挺好的。”

“她们哪日走的，你知道吗？”

“知道。那日我在那边拖地，若萱姑娘特意把我叫进去，给我一些碎银子，答谢这些日子我帮她们洗衣裳。”

“她们有没有跟你说为什么搬离隆升客栈？搬到哪里？”

“我随口问了，她们说要去一个可以出人头地的地方。”大娘笑道。

“没有说具体是哪里吗？”沈知言问。

“没有,她们挺神秘的,不过我瞧得出来,她们真是开心得很。”大娘道。

从隆升客栈出来，慕容辞和沈知言回大理寺。她眯眼寻思道：“一个可以出人头地的地方……是什么地方呢？”她忽然想起什么，惊喜道，“会不会她们去了某个王侯将相的府邸？她们进了世家大族或是王侯权贵的府邸，便能衣食无忧。若是表现好，她们就能成为妾室，平步青云。”

沈知言点点头，“有可能。不过京城里世家大族、王侯权贵的府邸这么多，从何找起？”

倒是不难，让容湛抽调人手去各大府邸明察暗访便可。

“殿下，我有一个推测。”沈知言忽然道。

“什么推测？说说看。”

“缀锦坊教养兰氏姐妹这么多年，她们说跑就跑，缀锦坊的老板必定不会善罢甘休。这开了先例，坊里其他姑娘会争相效仿，后果不堪设想。

因此，我觉得缀锦坊的老板会不会派人悄然入京，杀害兰氏姐妹，或者把她们秘密带回扬州囚禁起来。”

“对呀，本宫怎么没想到呢？”慕容辞激动地击掌，“缀锦坊的老板怎么可能放人？白白失去唾手可得的千百银子？他一面先答应兰梦色、曹嬷嬷，一面暗中安排上京抓人。”

“倘若真是如此，我们也不太可能去扬州查证寻人。”他忧愁道。

“本宫有办法，不过要费些时日。”

过了一日。

慕容辞正要出宫，就见琴若来报，说教坊司附近发现两具尸体。

“派人去大理寺请沈知言进宫。”说完她匆匆往外走。

待赶到案发现场，已有不少宫人围看，刘安维持秩序，以免破坏现场。看见太子殿下来了，他过去请安行礼。

“尸体谁先发现的？”慕容辞森冷地问。

此处是教坊司西北方的小树林，人迹罕至。

刘安回道：“是教坊司的宫女发现的。”他指着身旁浑身打战、面色惨白的宫女，喝道，“你是怎么发现尸体的，一五一十地向太子殿下禀报！”

那宫女其貌不扬，此时目光散乱，魂不守舍。

慕容辞安抚道：“别害怕，你不会有事的。这边偏僻，你来这儿做什么？”

这宫女半晌三魂七魄才归位，“奴婢犯了错，被责骂……心情不好，就来这儿……奴婢边哭边走，忽然看见林子里……”她说到此处，双目紧紧地闭上，颤抖道，“奴婢看见地上躺着两个人……不，是两具尸体……没有头……”

“你经常去那片小林子吗？”

“嗯……”

“你先回去歇着，若有需要，本宫再找你问话。”

“谢殿下。”说完，宫女飞奔离去。

慕容辞站在小林子外，问四周的内侍：“有人动过尸体吗？”

几个内侍纷纷摇头，谁有胆量进去动尸体呀？只进去看一眼就飞奔出来。

她指了两个侍卫陪她进林子，那两个侍卫战战兢兢，百般不情愿，也只得跟着。林中树木在这秋日里依然密密匝匝，因此里面光线昏暗，

只看到那两具尸体就在林子的中间。她慢慢走着，在林中细细察看。看了一圈，又蹲下看尸体，半晌才吩咐那两个侍卫把尸体搬出去。

沈知言赶到的时候，两具尸体并排躺在地上，他看了一眼，错愕道：“殿下，找到头颅了吗？”

“侍卫正在四周寻找，不过本宫觉得不乐观。”

“我先看看尸首。”

他蹲下来，察看了半晌才道：“两位死者皆是女子，年纪在十六到二十岁之间，个头皆是五尺左右。头颅被砍，切口平整，流血不多，身上没有其他伤口，从四肢的僵硬程度和尸斑来看，尸体没有被移动过。初步判断是四五更时遇害的。”

慕容辞颔首，吩咐侍卫把两具尸体搬到听雪阁。听雪阁距东宫不远，方便日后查案，也防止凶手对尸体再做手脚。

“殿下，眼下无法得知死者的身份，此案侦查只怕不容易。”沈知言沉重道。

“虽然头颅被砍，不过可以从身上其他地方来确定死者身份。”她的小脸清冷如笼罩了寒霜。

“从衣裳来看，两名死者应该是教坊司的宫女。”沈知言道。

“倘若凶手不想让死者暴露身份，那么可以找教坊司宫女的衣裳穿在她们身上。”

“这倒是，殿下的心思越来越缜密了。”

他们走进听雪阁，沈知言准备了一盏茶的时间才开始验尸。

“殿下你看，两位死者的脖子留有半截，切口相当平整，可见用的是非常锋利的刀器。”

“若是寻常人，只有屠夫或是铁匠之类的人才能做到吧。若不是寻常人，便是身怀武功、有一定内力的人。”

“我更倾向于是身怀武功之人。”

“为什么？”

“殿下看，脖子的切口非常平滑，应该是用削铁如泥的利刃以极快的速度削掉头颅，这只有内力修为不俗的人才能做到。”

“还有什么发现吗？”

“两位死者的粗布鞋磨损得不厉害，属于正常步行的磨损，说明她们是正常步伐走去小林子那边的。”沈知言接着分析。

“凶手把她们约到小林子，可见双方是认识的。”

“死者的衣裳还算干净，十指指甲没有断裂、磨损或血污，也就是说死前没有挣扎。”

“如此看来，凶手出其不意就削了她们的头颅，她们都不知发生了什么事就死了。”

“可以这么说。”

“眼下最重要的是先确定两位死者的身份……”慕容辞看向一位死者的手，忽然目露惊疑，“咦，这玉镯……”

这玉镯十分熟悉。

“你看看，这只玉镯虽是翠色，不过色泽很浅，这里有一道明显的划痕。”她的心好似被一块巨大的沉石压着，险些喘不过气，“本宫的确见过……这只玉镯就是兰梦色要找的兰氏姐妹，兰若萱的玉镯。”

而另一位死者，只怕是兰若薇。

沈知言的面庞布满了骇色，说：“没想到兰姑娘要找的两位妹妹，真的遇害了。然而她们为什么会在宫里？”

“去一个可以出人头地的地方……那地方就是皇宫。”慕容辞语声满是悲悯。

水仙花似的两个姑娘，风华正茂，只是半个月不见，就死得这么惨。

他不可思议道：“能够进宫，是多少女子梦寐以求的，难怪她们那么开心。可她们进宫不过半个月，就算得罪了人，也不至于被削去头颅吧。”

“凶手削去她们的头颅，并且分开抛尸，应该是不想让人知道她们的身份。”她的目光冰寒。

“可是死者身上的衣裳、玉镯等首饰也能暴露死者的身份。”

“凶手削了她们的头颅之后，应该想把她们的衣裳扒下来、把头饰、首饰拿下来，或许是有人出现在小林子附近，凶手担心被看见，迫不得已仓促离去。”慕容辞百思不得其解，“兰若萱和兰若薇为什么会进宫？进宫做什么？这半个月她们在宫里发生了什么事，得罪了什么人会被残忍杀害？”

“确定了死者的身份，接下来去查查她们为什么会进宫成为宫女，在何处当差。”

侍卫找遍了那片小林子的四周，也没找到头颅。

慕容辞吩咐侍卫扩大范围搜寻，之后，她和沈知言前往教坊司。

教坊司的教坊莫凡率领下属恭迎太子殿下，沈知言开门见山地问：“半个月前，教坊司可有招进新宫女？”

莫凡点头赔笑道：“招了四位新乐工。这四位乐工精通各种乐器，技艺不凡，殿下是想看看她们的技艺吗？”

“把她们叫出来。”慕容辞道。

不多时，新乐工只来了两个，小内侍悄声对莫凡道：“另两个不见了，找遍了整个教坊司也找不到。方才听闻西北边的小林子出了凶杀案，死了两个宫女，会不会是她们……”

莫凡面色微变，硬着头皮去向太子禀报：“殿下，新来的兰若萱、兰若薇不见了，不知去哪里了……”

“她们死了。”沈知言沉沉道。

莫凡好似被惊雷劈中，全身僵直，说：“死了……这究竟是怎么回事啊……昨日还好端端的……”

“本宫还想问你呢。”

“殿下，奴才真的不知道呀……”他惊慌失措地下跪，满面皆是恐惧。

“莫凡，你最好一五一十地招了，两条人命你担不起！”沈知言厉声喝道。

“沈大人，奴才真的不知道……”莫凡哭丧着脸，恐惧得只会说这句话了，“今日奴才没看见她们，你们谁看见……谁看见兰若萱和兰若薇……”

教坊司一众宫人被这凶杀案惊吓到了，纷纷摇头撇清关系。

“兰若萱和兰若薇是如何成为教坊司的宫女的？你招她们进来的？”沈知言问。

莫凡依然被恐惧笼罩，魂飞魄散道：“教坊司要招乐工，大约半个月前，奴才新招四个乐工……其中二人便是兰若萱、兰若薇。她们对各种乐器非常娴熟，对音律也有独到见解……奴才对她们二人颇为欣赏，安排她们先在教坊司研习曲谱……之后她们勤勉刻苦地研习，是乖巧懂事的姑娘……”

“兰氏姐妹跟其他乐工、宫人相处得如何？”慕容辞冰冷地问。

莫凡冷汗涔涔，回话道：“她们跟其他宫人相处得还好，奴才掌管整个教坊司，事务繁多，并不是十分清楚……或许……或许有几个资历老的宫女欺负她们……哦，对了，她们和另两个新乐工交情不错，殿下可以问问她们。”

那两个与兰氏姐妹同期进宫的乐工名为白小柔、千紫，跪在一旁微颤。

沈知言招手要她们过来，问道：“你们跟兰氏姐妹一起进宫，吃住是否一起？”

“是……”白小柔哆嗦着回话。

“你们有没有欺负她们？”他严厉地问。

“奴婢哪敢欺负人？奴婢和若萱、若薇一起研习曲谱，日夜都在一起……”千紫的声音颤抖而破碎。

“其他宫人是否欺负你们？”

“也不算欺负……就是那几个在教坊司待了几年的姐姐见奴婢四人是新来的，言辞比较尖刻而已。”

“有没有打过你们？”

“没有。”

“除了你们和教坊司的宫人，兰氏姐妹还认识什么人？”慕容辞又问。

“奴婢和她们每日都在教坊司研习曲谱，没有认识教坊司以外的人，也没见过她们和谁有来往。”

“前两日兰氏姐妹有什么不寻常的地方吗？”

“没有，跟往常一样研习曲谱。”

“你们四人同住一间通铺房，昨夜就寝时有没有发现她们的言行举止跟平常不一样？”

千紫和白小柔想了想，摇头。

慕容辞几乎快泄气了，“今日一早，你们起身时没看见她们，不觉得奇怪吗？”

千紫回道：“若萱和若薇很刻苦勤奋，一般起得比奴婢早。今早奴婢以为她们起来去研习曲谱了。”

“后来你们没看见她们，不觉得奇怪？”

“奴婢去珍藏曲谱的殿室研习曲谱时没看见她们，的确觉得奇怪。再后来一直没看见她们，奴婢还和小柔说起，还问了其他宫人，大家都没看到她们。虽然奴婢有点疑惑，但以为她们或是去办事了，没想到会出这么大的事。”

慕容辞想了想，继续问：“昨夜睡了之后，你们可曾听到什么异响？”

白小柔和千紫对视一眼，摇头表示没有。

一无所获。

察看了兰氏姐妹住的通铺房，没有收获。

翻找了兰氏姐妹的衣物、首饰和被褥，倒是发现了十几两银子，应该是在得月楼听曲儿的公子打赏的。

沈知言把两名死者的遗物带着，临走之际，慕容辞忽然想起一件非常关键的事：兰氏姐妹如何知道教坊司招新的消息的？

莫凡是这样答的：“奴才派人在街上贴了告示，招新那日共有二十几个人来参选。经过三关考核，最终选定这四人。”

就是说，兰氏姐妹是看见街上的告示去参选的？

直至日薄西山，侍卫都没有找到那两颗头颅。慕容辞传令下去，再度扩大搜索范围。

“殿下，倘若凶手是宫里的人，应该不会把头颅弃在宫里。”沈知言推测道，“有可能已经带出宫去抛弃，也有可能毁了……”

“怎么毁？”

“烧了就行。对了，明日要让兰梦色进宫来认尸吗？”

“明日上午我带她们进宫吧。”

爱就是深夜惊醒时的温暖怀抱

兰梦色认尸泪满襟

御王：太子，到我的存墨阁来一下

太子殿下：好吧，谁让你抓住了我的软肋

御王土味情话：佳人秀色可餐……

御王与太子的反重力潜入百花楼

第三十六章

并肩闯九层花殿

忙了一日，没有任何线索，慕容辞觉得心力交瘁，早早就寝。

朦胧间，床前好像有人，有一道黑影久久地坐在那儿。她想醒来，却怎么也睁不开双眼，好像灵魂被什么诡异的东西扯住，无法挣脱出来。

阿辞，阿辞，阿辞……

她猛地惊醒，看见无边的昏黑里那张不能再熟悉的面容，忽然产生一种如释重负，想要依靠的感觉。

“做噩梦了？”慕容彧握住她的手，语声温柔。

她的呼吸平缓了些，抽出手起身，却听见他问：“想做什么？”

“口渴……”

“你别下来，我去。”

他去斟了一杯茶，递到她唇边，她接过来全部喝了，茶杯被他拿回去放到案上。

“什么时辰了？”她往外望去，想来如意又被他点了睡穴。

“还早，亥时整。”

她还是下了床，站在窗前，夜风沁凉，寒意冷了脸颊与指尖。

“你还不出宫回府？”

“今日政务繁多，批完奏折天已经黑了。”慕容彧站在她身旁，“你查案归查案，也要顾着自己的身子，别累倒了。”

“累不倒的。”

“听闻宫里发生凶案，出现了无头女尸。”

她颔首，惊讶于此时此刻的宁和心情，竟然可以和他心平气和地交谈，“此案颇为离奇，半个月前本宫在得月楼见过她们，没想到她们会死在宫里……”

她简略地说了命案，涉及秦公子的部分也都说了：“秦公子和缀锦坊应该没有嫌疑，若他们要杀人，不太可能在宫里下手。”

慕容彧低沉道：“此案的确离奇诡异，两名扬州瘦马成为宫里的无头女尸，传扬出去，够惊悚骇人。缀锦坊的确不可能，也没胆量进宫杀人，秦公子此人……我不想妄下定论。”

“现在本宫和知言都没头绪。”

“兰梦色为寻找两位妹妹，冒险在太傅府向沈知言求助，常听人说扬州瘦马多有情有义，之前我还不信，这回信了。”

“莫非有人把扬州瘦马往御王府塞？”

“我刚回朝的头半年，的确有不少人往王府塞各色美人，其中不乏姿容不俗的扬州瘦马。”慕容彧自嘲一笑，“盐商聚居在淮扬一带，可谓富甲一方，穷奢极欲可与皇家媲美。想知道那些盐商如何挑选瘦马吗？”

“如何挑选？”

“扬州瘦马分三品，上品者，姿容不俗气质佳，精通琴棋书画，双陆骨牌皆会，百般淫巧。中品者，姿容尚可，识字，懂记账管事，可帮夫君打理家务；下品者，其貌不扬，不识字，精于针织女红厨艺。豪富人家挑选的必定是上品瘦马，价在二三千两。若是绝色，价可达五千两。”

“像兰梦色那样的，算是上品瘦马吧？”

“应该是。”他浅浅含笑，“你见过的兰若萱、兰若薇应该也是上品瘦马。”

“不过这些女子即使进了豪富人家，也是当妾室，哪有地位可言，还不是被欺凌的命。”

“那就看她们的造化了。”

“你对扬州瘦马这般了解，莫非是去挑买过？”她扬眉问道。

“吃醋了？”慕容彧不答反问，似笑非笑。

“谁吃醋了？”慕容辞冷嗤一声。

他伸臂把她揉入怀里，从身后搂着她，“连夜风都是酸的。”

她竭力掰他的手，却哪里移得开。

“还不松手？”

他在她耳畔低笑道："若你承认吃醋了，我就松手。"

话音未落，她就发现自己腾空而起——被他抱起来了！

他抱着她放在榻上，她利索地跳下来说："你要留下也可以，睡地上！"

"如今夜里很冷的。"

"不睡地上就滚，本宫眼不见为净。"

"好吧。被子呢？"

"自己去柜子里拿。"

慕容辞躺在床上看他取了被子铺在地上，再裹在身上，变成一个结结实实的粽子。

"不许半夜爬上来！"

慕容彧点头，万般委屈道："太子殿下快快就寝吧。"

她满意地转过身去，冰冷道："本宫警告你，胆敢爬上来，本宫的手段你会见识到的！"

深夜死寂，寝殿里暗影绰绰。

过了一盏茶的时辰，床上的呼吸声变得匀缓。他起身上榻，把她抱在怀里。

她没有惊醒，反而在他怀里蹭了蹭，寻了个舒适的姿势继续睡。

天亮后，慕容辞醒来，看见地上的人和被子都不见了，不由得呆了呆。

如意端着洗漱的温水进来，说："殿下醒了就起身吧。"

"那个……今早……没发生什么事吧？"慕容辞擦擦鼻子，不自在地旁敲侧击。

"没事。"如意笑道。

吃早膳的时候，她又问琴若："今日的早朝没什么事吧？"

"应该是没事。倘若有大事发生，应该有宫人来报。"

慕容辞默默地吃，换言之，慕容彧早就起身去上早朝了。

嗯，算他识相。

沈知言早早地带兰梦色、曹嬷嬷进宫认尸，慕容辞抵达听雪阁的时候，他们也到了。

兰梦色盈盈流转的眼睛通红，曹嬷嬷也是满面悲伤。

“你们认尸之前，本官必须告诉你们，这两具女尸没有头颅。你们可以吗？”沈知言温和道。

“没事，我们去看看。”兰梦色的眼眶又红了，眼里一汪水波盈盈欲坠。

听雪阁的殿室，沈知言掀开白布，第一眼，她的泪珠就轰然落下。

“你们记得她们身上有胎记或红痣之类的印记吗？”慕容辞轻缓地问。

“我想想……”曹嬷嬷悲痛得声音哽咽，“我记得若薇的左腿内侧有一颗明显的红痣。”

说着，她颤着手察看。

“真的是若薇……”

“我认得这只玉镯，若萱说是她娘亲的遗物，一直戴在手上……”兰梦色看到另一具尸首腕上的玉镯，哀哭道。

两人相拥而泣，悲痛不已。“二位大人，你们一定要抓到杀害她们的凶手，为若萱和若薇申冤……”

“二位请节哀，我们会尽力的。”慕容辞也不免动容。

而后两人啜泣离去，慕容辞与沈知言开始整理案情。

“我们先把跟两名死者有过接触的人梳理一遍。”慕容辞走到案前，在白纸写下第一个名字。

“李公子。”

“李公子对兰氏姐妹有企图，曾在得月楼欺凌过她们，不过我们查知，李公子在这半个月里应该没有见过她们，她们人在宫里，以李公子的本事，应该也无法把手伸进皇宫。”沈知言道。

难道是秦公子？

“秦公子与本宫跟兰氏姐妹有过两面之缘，后来秦公子有没有再见过她们，不得而知。兰若萱喜欢秦公子，但她们和秦公子没有什么纠纷，秦公子应该没有理由杀害她们。”慕容辞缓缓道。

“兰妃色。”

“扬州缀锦坊三艳之一兰妃色嫁给京兆府衙门的江主簿当续弦夫人，在这半个月里，兰氏姐妹和兰妃色、江主簿是否有争执，不得而知。不过以他们的本事，应该也没有本事把手伸进皇宫杀人。”

“缀锦坊老板。”

“缀锦坊老板有可能派人秘密进京把兰氏姐妹带回扬州，不过老板要的是人，人死了对他并没好处。”

慕容辞搁下笔，凝神片刻。

“得月楼、隆升客栈或者里面的人和兰氏姐妹是否有过节，不得而知，但在皇宫行凶杀人，应该也是不可能的。”

“兰氏姐妹为不少贵客唱曲儿，会不会某个权贵看上他们，意欲强行纳她们为妾，她们不愿意。后来那权贵听闻她们进宫成为教坊司的宫女，就派人秘密杀害，以此泄恨？”慕容辞大胆猜测。

“兰氏姐妹留在京城图的是什么？难道她们想一辈子在风尘里打滚，唱到年老色衰吗？我想她们是想寻一个如意郎君，无论是正妻还是小妾，只要日子安稳，衣食无忧，她们就知足了吧。”沈知言寻思道，“倘若有权贵看上她们，愿纳她们为妾，我觉得她们应该会愿意。”

“你忘了吗？兰若萱喜欢秦公子，而且她是个有主见的姑娘，本宫觉得她应该不愿意。再者，女子一旦有了心上人，就不愿意将就接受别的男子。”

“殿下这么说，也有几分道理。排除了这些，只有秦公子有本事在皇宫下手，不过他有什么理由杀害兰氏姐妹呢？”他想得头都痛了。

“秦公子是个例外，找个机会再问问他。现在我们侦查的重点是宫里的教坊司，跟兰氏姐妹有过接触的人，等等。”

“走吧，再去教坊司问问。”两人无奈一笑，是苦中作乐的微笑。

暮霭笼罩了雕梁画栋的皇宫。

这一日，他们一无所获，沈知言向殿下辞别出宫，慕容辞有气无力地回东宫。

后面有人疾步奔来，她和琴若回身一看，是存墨阁的人。

“太子殿下，王爷有请。”那内侍恭敬道。

“你回去跟御王说，本宫不去。”

“王爷说，事关百花楼，要殿下一定去存墨阁。”那内侍低着头坚持道。

她没力气反抗了，慕容彧就是捏住了她的软肋才这么有恃无恐。

赶到存墨阁，她闻到饭菜香，五脏庙唱响空城计，内侍说王爷在膳厅，她心里叫好，过去就见慕容彧坐在案前，案上摆着六菜一汤一羹，还冒着热气。

“殿下，请坐。”他好客地手一引，浅浅微笑。

“要本宫陪你用膳？”她不客气地坐下，内侍知趣地退下，把琴若拉到外面，把门掩上。

慕容彧舀了一碗鱼羹放在她面前。慕容辞大快朵颐，边吃鱼羹边问：“查到百花楼的巢穴了？”

相形之下，他倒是优雅一些，“算是吧，但不知真假。我不确定是不是百花楼放出的烟雾，设下的陷阱。”

“在哪里？”她直接问。

“明日我去一趟，你想去吗？”他抛出一个大大的诱饵。

“当然要去。”

“你不是要查无头女尸的命案吗？”

“那命案没进展，先搁着。”

“让你去也行，我有一个条件。”

“什么条件？”

“今夜好好休息，养足精神。”慕容彧的语气轻淡得不可思议，也不看她一眼。

她暗暗松了一口气，太好了！他不来烦她，她就能养足精神！

他夹了一块牛肉递到她唇边，说：“多吃点。”

“放碗里。”她伸碗过去。

“张嘴。”他的眼神温柔如轻羽。

为了顺利去找百花楼，忍了！她张嘴把那块牛肉吃了，心里酸酸甜甜，不知什么滋味。

终于吃完了，两人不约而同地起身，慕容彧朝她招手。

“做什么？”

“嘴边有牛肉汁。”他出其不意地靠近，舔了她唇边一下。

喂！慕容辞气恼地瞪他。

“吃饱了吗？”他顺势把她搂在怀里。

“饱了，本宫回去了。”她一边推一边说。

“我还没吃饱。”

“那你继续吃啊。”

“走吧，送你回去。”

为了明日跟着他去查探百花楼，慕容辞忍了再忍，让他送自己回东宫。

在东宫大门前，她假惺惺地笑道：“本宫要沐浴，你可以走了。”

他笑得意味深长地说：“殿下好好歇息。”说罢，转身离去。

当她沐浴之后回到寝殿，赫然看见床上躺着一人，慵懒宠溺地看她。

“下来！你在这儿……本宫如何养足精神！”慕容辞气得胸口胀痛。

“我吃不饱，也无法养足精神。”

“你什么意思？”她瞠目问道。

“佳人秀色可餐，我吃饱了才能好好休息。”他眉睫轻眨，邪魅的流光在昏红的光影里流淌。

她险些一口老血吐出来，原来他在存墨阁说的是这个意思！

“你究竟想怎么样？”她切齿问。

“好好休息，养足精神呀！”他又邪气地笑，“阿辞，我们就寝吧。”

“啊……”忽然身后传来惊呼声。

如意提着一壶茶站在寝殿口，险些把那茶壶打翻。

御王为什么会在殿下的寝殿？

御王竟然躺在殿下的床上！

御王已经知道了殿下其实是女子？

她不敢再想下去。

慕容辞见她的表情变幻，不由扶额，无奈地说：“你出去，不许任何人进来！”

“是……”如意飞奔离去。

慕容彧叹气道：“你瞧你，把如意吓跑了。”

慕容辞气得理也不理他，径自去柜子里取出被子，扔在地上。

“你打地铺！”

“倘若明早起来腰酸背疼，那就不去查百花楼了。”他拉过锦衾盖在身上，摆了个骚气的侧卧姿势。

“你……好，本宫睡地上，可以了吧！”

为了明日，她豁出去了！

把自己裹成粽子，她不忘警告他说：“你霸占了本宫的床，今夜不许下来！”

慕容彧阴谋得逞，低低笑道：“祝殿下有个好梦。”

眼不见为净，她转过身去，背对着他，平息怒火，安抚自己快快睡觉……

慕容彧悄然起身下去，点了慕容辞的睡穴，把她抱起来放在床上，拥她而眠。

晨光熹微，慕容辞睁开眼的时候，发现自己睡在床上。

她不是睡在地上吗？

一定是慕容彧把她抱上来的！

该死的慕容彧！

算了，今日有要事。她火速起身洗漱，去上书房找慕容彧。

长风猎猎，策马疾驰。

两人带了百余精卫，出京后一路往西。

“还有多远？”她与他并肩而行。

“往西四十里。我也不知能不能找到百花楼的巢穴，殿下不要抱太大的希望。”

她没带琴若，只身跟他出行。其实多少有点担心，万一他设下圈套等着她愚蠢地跳进去，该如何是好？

纵马驰骋，并肩而行，她忽然有点恍惚，她怎么会和死对头慕容彧并肩驰骋呢？而且还做过那么多亲密的事。

“阿辞，在想什么？”慕容彧朗声问道。

“没什么。”慕容辞侧头看去，不由得呆了一呆。

玄色锦袍在冷风里飞扬如黑焰，他的侧颜如雕如琢，冷峻陡峭；飞拔入鬓的浓眉似锋利无比的宝剑，光寒九州；深邃如渊的眼睛望着前方，眼神坚定如寒石。

她怦然心动，脸颊不知怎的热起来。

他不愧是驰骋沙场半辈子的将帅，此时在马背上雄姿凛凛，气势磅礴。

“注意前方，别胡思乱想。”

“哦。”慕容辞的双腮更红了。

大约过了半个时辰，他终于勒马缓行。

官道的右边是平整广袤的田野，左边是稀疏的树木，再过去是一座山。山不高，但颇为陡峭，绝壁险峰，十分险峻。

“这地方哪有百花楼的踪迹？”她转目四望。

“阿辞，这边！”慕容彧挥手往左。

莫非百花楼的巢穴在这座名为落霞峰的山上？

虽是深秋，但落霞峰的树木依然满目碧翠，空气清冽。

荒野中，山间清寂，小兽的叫声时不时传来。

“要上山吗？”

“嗯。”慕容彧抬头仰望高处。

“百花楼的巢穴在落霞峰？”

“正是。你若怀疑，在山下等我便是。”

“本宫的确不相信百花楼在落霞峰，不过既然来了，便上去瞧瞧。”

即使他在密谋算计她，她也认了。

众人带着干粮和水囊轻装上山，慕容辞背着两个水囊，步履轻快。

登到半山腰，山路越来越崎岖险峻，四个精卫在前面开路，行至一条狭窄的绕山小道，一边是长满了低矮灌木的山体，一边是悬崖峭壁。

慕容辞不由自主地往悬崖下望，林木葱郁，雾霭缭绕，深不见底忽然让人眩晕，这一晕不知怎么，脚下一滑，就倾身往悬崖边倒。

她正运起内力稳住身子，忽然一只大手握住她的纤腰，将她一把揽过来。

“你……松手……”慕容辞窘迫地推他，后面可跟着一百多人呢。

“你这么不当心，看来我要拉着你才行。”

她更窘了，腮边一片桃红，羞道：“本宫只是一时不察……”

推开他，她三步并作两步地前行，终于顺利走到绕山小道的尽头。

“百花楼的巢穴究竟在哪里？不会是在山顶吧？”她擦拭额头上的汗珠，问道。

慕容彧挑眉一笑道：“跟我走便是，莫非你信不过我？”

慕容辞深深地怀疑，倘若百花楼的巢穴在山顶，那么百花楼的人出入也要爬山？或是轻功飞上飞下？那可要耗费很多体力。

好不容易爬到山顶，她气喘吁吁，玉容飞霞，多了几分娇媚婉丽，他倒是气定神闲，站在崖边，绝壁长风猎猎，扬起他的广袂如黑焰。

锦绣人间，斑斓山河，都不及这一抹身姿如寒玉、如苍山、如宝剑，俊美凛冽，冷厉锋锐。

慕容辞慢慢走过去与他并肩而立，天地那么宽阔，原野那么广袤，人世苍茫，白驹过隙，什么才能永恒？

而身边这个男子，登临高处，俯瞰天下苍生，气度不凡。

不得不承认，他是天生的王者。

“阿辞，有胆量跳下去吗？”

“你敢跳，本宫就敢。”她一笑，不信他会真的跳下去。

“好。”他淡淡应了。

慕容辞往下望去，万丈深渊，雾霭缭绕，遮掩了崖底的一切。

等等，从这儿跳下去？为什么？他只是单纯的挑衅吧？

她还未想清楚，忽然腰间一紧，都没来得及推开，他已抱着她纵身跃下。

“放开本宫！”她怒不可遏地喝道，现在施展轻功飞上去还有一线生机。

然而慕容彧把她抱得死紧，二人急速下坠。

“你究竟想做什么？”

她要气死了，双手紧紧抱着他，要死也是一起死！

半空落下一条长长的粗绳，他极度敏捷地伸手拽住，下坠的速度稍稍放缓。

她抬头望去，是几个精卫正拽着粗绳。

“你究竟要做什么？”

“找百花楼。”慕容彧淡然道，说着把粗绳捆在两人身上。

“百花楼怎么可能在悬崖底？”

他灼灼地盯着她，说：“阿辞，很快就能知道真假。”

不多时，他们停止，不再下坠。

“绳子只有这么长，还没到底。”

他往下望，开始解绳子，说：“那棵大树离我们不远，一起飞下去。”

他们一起施展轻功，跳到那棵大树上。再轻轻一跃，顺利飞抵地面。

这崖底似是世外桃源，花木扶疏，树上硕果累累，芬芳扑鼻。

“百花楼的巢穴在这地方？这也太隐蔽了吧。”她还是不太相信。

“阿辞，过来看看。”慕容彧走到一片草地上，看着眼前几棵树。

这几棵树的间隔颇大，十几块大小不一的石块散乱分布，瞧不出什么特别。

“你觉得这儿有古怪？本宫瞧不出什么。”

“这应该是阵法。你来帮我。”

说罢，他走到一块石块旁，说：“往东搬两步。”

这石块不轻，她费了好大力气才和他搬开两步远。

之后又移了三块，她已双臂酸痛，坐在一旁喘气道：“然后呢？”

“回京我请你去青云山庄用膳，补补身子。”

“还是算了吧。”慕容辞想起那让人浑身燥热的药膳，避之唯恐不及。

忽然，寂静里响起轰隆轰隆的声音，前方一片草地轰然塌陷，尘土哗啦啦地掉落，露出一个土台阶的洞口。

莫非这就是百花楼巢穴的入口？果然神秘至极！

慕容彧吩咐几个精卫在前开路，随后与慕容辞进去。

展现在他们面前的是一条昏暗的通道，两边是夯实的土墙。他在她耳边低声道：“接下来我未必能及时照顾到你，你务必自己当心，小心机关。”

她点点头，既忐忑又期待。

再往里走，就是平整的石墙通道，不知从哪里来的风鬼魅地从后背刮过，墙上的松油灯明明灭灭。

有人闯入百花楼，百花楼的人怎会没有察觉，稍后必有一场恶战，只是一直没见半个人影，也没有机关暗器。

“你不觉得有点古怪吗？”慕容辞压低声音问道。

慕容彧点点头，眼神冷沉，说：“我们好像在这几条通道里绕圈子。”

“我们兜圈子的通道应该只是外围，若想找到百花楼真正的巢穴，必须找到机关。”

他召集所有精卫，告诉他们仔细留意石墙上的机关。一盏茶的时辰，只见慕容辞一掌拍在石壁上，死寂里轰隆一声，一堵石墙慢慢往上移动。

慕容彧心中一赞，率着众人走进去，眼前是另一个世界。

青铜地面，闪闪发光的黄金壁，奢华得令人咋舌。

百花楼的钱财从哪里来的？

忽然一人飘移而出，全身雪白，黑发飘散，十分诡异。

“你是百花楼的人？”慕容彧冷沉地问。

“欢迎诸位贵客来到百花楼。”那白衣女子的声音轻冷，空灵缥缈，好似不是尘世中人。

“还请通报，我们要见楼主。”他盯住她的目光锐利无比。

“楼主也想与诸位贵客相见，不过要看诸位的本事。倘若诸位能连闯九殿，楼主便在第十殿等候。”

“如何闯殿？”

“诸位请跟我来。”白衣女子向一旁走。

慕容彧和慕容辞对视一眼，已经走到这一步，自然要闯殿。

那白衣女子步履轻飘，好似女鬼，慕容辞瞧得出，她轻功不俗。

走过七弯八绕的通道，停在一扇厚重的青铜大门前。

“诸位，里面便是第一殿，闯过第一殿，自有人告诉你们如何闯下一殿。二位公子务必谨记，必须由你们闯殿，你们的下属不能出手帮忙，否则视作无效。”

说完，白衣女子飘然远去。

鬼影皱眉，低声道：“殿下，属下暗中帮你。”

“你们都在这儿等候，谁也不许帮忙。”说完，他和慕容辞推开青铜大门，一起进去。

光线昏暗，依稀可见这是个无比宽敞的大殿，空荡荡的，什么都没有。

“传闻百花楼的九层花殿是九关考验，每一关皆以花为主旨，至今无人能闯到第四关。”慕容彧牵着她的手，全神贯注。

九层花殿这名字果然很百花楼，不知会是怎样的考验。

“当心！”

四面八方忽然射出簇簇花瓣，暗影绰绰里如凌厉暗器，阴冷的风蓦然涌起，慕容辞敏捷地闪避，魅影如幻穿梭在花雨里。

轻软纤薄的桃花花瓣，锋利如刀，足以割喉，必是以深厚内力催动，可见这第一殿的厉害与诡异。

两人轻功都不差，此时变成一道道残影在漫天花雨中飞掠。几片花瓣从后朝她飞去，他伸掌袭出一道白色气劲，拽住她的手腕道："花瓣的攻击力越来越强，我们一起吧。"

但见两人不停地穿梭飞跃，在凌厉如刀的花雨中飞舞，或凤凰双飞，或大鹏展翅，或龙走蛇形，配合得天衣无缝。姿势优美迅疾，却也诡如魅影。

花瓣渐落满地，一殿芬芳与薄软，而每当他们一同面对生死的考验，擦面而过呼吸相近，当他们四肢交错身躯相缠，她的内心都会涌起难以言表的温热情愫。

慕容彧揽紧她的纤腰，在大殿半空疾飞。

终于花瓣落尽，两人缓缓落地，相视一笑。

四周寂静如死，慕容辞警戒地望着四处，不确定这一殿是否已经闯过。

"有人吗？"她扬声喊道。

"二位已经闯过第一殿，往北走便能抵达第二殿。"半空响起一个女子的声音。

还算容易。

两人并肩而行，见北边的青铜大门自动打开，进去是一片青葱草地和繁密的树林。

一路往北，是上行的斜坡，鸟语花香，颇为惬意。

不多时，就见一座古朴的大殿，青铜大门自行敞开，好似在等着迎接他们进去。

踏入大殿，又是空无一人，也空无一物。

他们四处看了看，等了片刻依然没人出来。

"有人吗？"慕容辞大喊道。

"二位真是心急。"

半空响起一个女子清冷的声音。一个白衣女子握着一条藤蔓，从殿顶缓缓飞落。

白衣上用银线绣着细小的梨花，冰清玉洁。

莫非这第二殿的主题是梨花？

“姑娘，请出招。”慕容彧开门见山道。

“第二殿无须出手比试。”白衣女子的目光如冰泉清冽，“梨花梨花，对有情人而言，最残忍莫过于生离死别。”

梨与离，原是这个意思。

“你们二人，只能有一人往前走，另一人必须丧命于此。”白衣女子盯着慕容辞，“你选择自己生，还是让他活着？”

慕容辞怔了一怔，当然应该选自己活……可是，她好像也不想慕容彧死……

她竟纠结了。

“请你做出抉择：你死，还是他死。”

“你无须逼迫她，我和她都不会死。”他的语声冷厉而笃定。

“这里是百花楼，规矩由百花楼来定。”白衣女子面无表情地说，继续逼迫慕容辞，“你必须做出抉择！”

“我不信命，也不信我们必须有一人会死在这儿。”慕容辞冷傲道。

慕容彧欣慰地笑，这才是与他并肩而战的女子。

“你们没有通过第二殿，请回吧。”白衣女子讥讽地冷笑。

他陡然出手，扼住那女子的咽喉，说：“现在由你做抉择，你死，还是放我们过去！”

呼吸被扼断，她隐约听见楼主千里传音，嘶哑道：“楼主让你们进第三殿……”

“多谢。”慕容彧松了手，拉着慕容辞往北走。

出了大殿，依然是葱郁的树林。他望望四周，道：“我们应该是从崖底往上走，现在我们在山里。”

慕容辞点头道：“有本事把崖底造得这般隐秘、气势磅礴，这楼主很不简单。”

“稍后的闯关越来越难，我们不能分开。”

她默默点头，说着来到第三殿，依然是空旷大殿。

索性不再多问，等着对方出招。

一眨眼工夫，一朵朵红花从天而降，如一团团明烈的火焰，耀眼夺目。

“这是凤凰花，务必当心。”慕容彧低声提醒。

“大燕国的水土无法种植凤凰花，这些凤凰花又是从哪里来的？”

“不然如何称为‘百花楼’？”

“也是。”

话音未落，凤凰花已变成一团团火焰，朝他们铺天盖地地袭来，慕容辞心中惊骇，飞身闪掠，然而那些火焰好似长了眼睛，他们闪到哪里，它们就追到哪里，不屈不挠，速度快得诡异。

被火焰追得灰头土脸，她有点狼狈。可恨的是，无论使出多少剑气，非但无法扑灭，火焰还越烧越旺，滚成一团巨大的火球，攻击力更强。

浓烟升腾，她被呛得难受，剧烈地咳，闪避的速度自然放慢，她只能勉力支撑。殿内的温度越来越高，忽然十几团火焰从后面猛然袭向她，慕容彧余光瞥见心神一紧，反手横劈，银白的剑气惊涛骇浪般奔涌而去，似汪洋巨浪吞噬了那些火焰。

慕容辞恍然回神，若不是他出手相救，她必要命丧当场。

他以眼神示意，她飞身跃到他肩上，携手作战，不知是不是心有灵犀，他们配合得天衣无缝，时而双双飞舞出击，时而攻守兼备，只是殿内温度越来越高，不多时，二人汗流浃背，体力急剧消耗。

高温不烤死他们，浓烟也会呛死他们，这样下去不是办法。

“阿辞，保护我！”他冰寒的眉宇缭绕着狠戾的杀气。

他要出绝招了。

慕容彧忽地掠起，银白剑芒疾速挥舞，织成越来越大的光网。道道残影穿梭在火焰里，如鬼魅神出鬼没。最后他腾空跃起凌空劈下，白色剑气如狂澜飓风奔涌，裹挟着毁天灭地的气势。

生死不惧，所向披靡。

一瞬间，凶猛的火焰纷纷落地，成为一片黑色的齑粉。

“我们闯过第三殿了！”慕容辞轻盈地从他肩头飞落，欣喜若狂。

他抱住她，他们还活着，此时紧紧相拥的感觉真好。

继续往北，第四殿，第五殿，他们配合默契，每一次都有惊无险，直到第八殿时，他受伤了。

为了救她，他的左臂中剑，流了不少血。

“会不会有毒？”慕容辞迅速帮他包扎伤口，担心地问。

“伤口没有变黑，应该没毒。”

倘若不是他及时冲过来，受伤的就是她。

“疼吗？”她轻柔地问。

“有一点。”慕容彧还没说完，就扣住她的手腕，“若你补偿一下，就不疼了。”

慕容辞窘迫地想赶紧起身，不想他迅速在她的脸颊落下一吻，起身道：“走吧，第九殿。”

第九殿的青铜大门敞开，只是等候多时，大殿依然死寂。

“这么久了，为什么百花楼还不出招？”她不敢有所懈怠，全心戒备。

“耐心点儿，或许楼主想出一招‘攻心’。”他警戒地望着四处，忽然觉得有点古怪。

她不见了！

“阿辞……阿辞……”他急切地四处找寻，大殿空无一人，哪里有她的影子？

百花楼楼主把她抓走了？

不，不可能！

这一定是障眼法！

慕容彧心里焦急，大声叫唤，可大殿里只有他自己的回音。

忽然，一人手持软剑俯冲飞来，带着一股雷霆万钧般的气势，剑尖直指他的眉心。

这速度快得匪夷所思，内力深厚，他灵敏地闪身避开，待看清对方，不由得心神大震。

竟然是他自己！

是另一个慕容彧！

他自然知道对方是假的，因此拼了全力应付这凌厉可怕的刺杀。

此时的慕容辞，也是相同的境遇。

这到底是什么情况？

她焦急地喊慕容彧，而刺杀她的另一个自己，武艺跟她一模一样，内力修为也不相上下。

当下险境无暇细想，对方招招致命，那明艳熟悉的眉目布满了狠毒凌重的杀气，面容冰寒骇人。

她疲于应付，不由得恍惚起来，究竟哪一个才是真正的自己？

倘若她把对方打伤，她会不会也受伤？

想到此，她的防御更加绵软无力。

对方再度袭来，卷起千层浪万重雪，涌荡如暴雷。她迅速收敛心神，这另一个她对自己的刺杀，或者就是第九殿的主旨，只有冷酷绝情地杀死自己，才能成功闯关。

心念至此，慕容辞心无旁骛地迎战。

过了几十招，她发现对方的招数皆是她思想幻化所生，且比她微慢一丁点儿。她更毫无顾忌地出招，不仅迅疾，而且绵绵不绝，忽然她举剑猛然向自己刺去，对方大惊然而收不住手，剑入身躯，瞬间，那人消失了。

她松了一口气，丢了剑，四肢绵软起来。

"阿辞……阿辞……"

她听见熟悉的叫声，一转身就落入一个温暖的胸膛。低声问道："方才是怎么回事？"

"第九殿果然非同凡响，只有杀死自己才能通过考验。"

她心里欣喜雀跃，原来她的头脑不比他差。

"这楼主果然不同寻常，设置这样可怕的考验。世间再冷酷狠辣之人，也难以对自己下手。"

慕容辞总觉得有一双眼睛看着他们，窘迫地挣脱他的怀抱，说："方才那只是幻觉吧，楼主是如何让我们产生幻觉的？"

"应该是幻境，"他解释道，"这大殿弥漫着一种迷人心性的无味毒气，才让我们身置幻境。"

"什么毒气这么厉害？"

"应该是从曼陀罗里提炼出的，我们走吧。"青铜大门轰然大开，慕容彧牵着她的手继续往北走。

百花楼主是个青铜控

太子殿下人见人爱

百花楼主与太子殿下玩高智商桌游

太子殿下是女子，说书的都不敢这么说

太子殿下：我是微表情专家

第三十七章

她是本王的女人

第十殿，空旷的大殿中央放着一张宽大的鎏金雕椅，靠背、扶手皆雕着祥云和缠枝雪莲，金光闪闪，一个女子斜靠在上，侧卧的姿势优美妖娆，雪白柔纱覆着她玲珑浮凸的身躯，纯洁无瑕又撩人心火。

“姑娘就是百花楼楼主？”慕容彧开门见山地问。

“二位果然武艺卓绝，连闯九层花殿。”那白纱女子的眉目灵动起来，眼神妩媚。

“百花楼不外如是。”慕容辞讥诮地冷笑。

“不知二位擅闯我百花楼，有何贵干？”那白纱女子不以为意，依然媚眼如丝，对慕容彧妩媚地眨着。

“百花楼在京城犯下惊天大案，你这楼主还要问我有何贵干？”慕容辞讥笑。

“不就是杀了几个人吗？也值得你们大惊小怪闯来此处？”那白纱女子利落地变了个姿势，忽然盯着慕容彧高深莫测地笑起来，“不过你们来得好。只要你心甘情愿陪本楼主三日三夜，本楼主自当给你们一个交代。”

呵，真有意思。

慕容彧道：“楼主想投怀送抱，可惜本王的怀抱只对心仪的女子敞开。”

她微窘，不过觉得非常解气。

白纱女子咯咯娇笑道：“御王对身边的女子还真是痴心一片。不知这是哪家的闺秀？”

“你没有资格知道我的身份。”慕容辞下巴微抬，傲骨铮铮，心想这百花楼果然厉害，一眼识破他男扮女装的伪装。说罢，故作镇静地取出那张玉牌，“楼主应该认得这枚玉牌吧。”

“的确是百花楼的玉牌。那又如何？”

“这枚玉牌出现在简家凶案现场，简家灭门惨案是百花楼犯下的罪行，罪证确凿，不知楼主如何对朝廷交代？”慕容辞唇角噙着森冷轻笑。

“本楼主愿意交代，”白纱女子轻缓地站起身，手臂间挽着雪白轻纱，风姿妖娆道，“不过本楼主只对御王一人交代。”

慕容辞心中嗤笑，看向身旁的男子，却见他俯首在她耳畔低语：“放心，别的女子碰不到我。”

呃……

她心中扼腕，面上却温柔浅笑，娇媚地颔首。

白纱女子一挥轻纱，颇有几分爽利地说：“来人，带这位姑娘去歇息。”

轰隆一声，一面墙壁打开，一个白衣女子现身，手一引，说：“姑娘，请。”

慕容辞跟着那白衣女子，转过那面青铜墙壁，踩着青铜台阶下行。七拐八绕，直到那女子停下，面前是一扇青铜大门。

白衣女子按了一下机关，大门开启，这大殿同样宽敞，一面青铜墙上挂着雄狮兽首，那对兽眼怒睁着，对面的墙壁挂着猛虎兽皮，北首放着一张鎏金矮榻，上面铺着白如雪的狐狸毛皮。矮几放着鎏金酒壶和两只酒樽。从风格来看，主人应该是一个男子。

慕容辞细细地看，忽然听见大门合闭的声音，发现那个白衣女子不见了。

几乎是同时，对面的墙壁忽开，进来一个身姿颀长的白衣男子，他戴着薄薄的青铜面具。

他那无纹无饰的白衣出尘脱俗，看得见瞳孔是棕黑色的，眼眸漂亮，下巴如削，容貌不俗。

他坐在青铜矮榻上，自斟自饮，说道：“姑娘为何女扮男装？”

“敢问公子如何称呼？”她不答反问。

“有没有人跟你说过，你的戒心很重。”

“无须旁人告诉我。”

“你觉得我会害你？”

“总之你不是我的朋友。”

“有趣，”白衣公子说着，把酒一饮而尽，一示酒壶，“这是我亲手酿的百花清酒，要来一杯吗？”

“我不饮酒。公子是百花楼的人？”

“饮一杯，我回答你一个问题。”他的右手随意地搭在兽首扶手上，带着几分邪气地看她。

“若你把面具摘下来，我可以陪你饮酒，玩这个游戏。”她清冷地笑道。

“姑娘女扮男装想必是迫不得已。”他意味深长地盯着她。

“公子戴着面具想必也是迫不得已。”

“跟你闲谈真是有趣极了。这样，咱们来玩一个游戏。”

白衣公子把一只精巧的匕首放在矮几上，将匕首轻轻一转，说：“匕首停下来，尖儿对着哪个人，那个人就要回答一个问题，如何？”

“我先来。”慕容辞爽快道。

素手轻按匕首，运起内力轻轻一拨，匕首快速转动起来。她盈盈而立，胸有成竹，果不其然，匕首的尖锋对着他。

白衣公子沉声一笑道：“想问什么，尽管问。”

她目光流转，挑眉道：“这游戏过于简单，不如来点有难度的。我问，你必须如实回答，不过是反着回答。公子是百花楼楼主吗？”

“有意思。”他轻笑如春风，“没错，我是楼主。不过你之前不是在第十殿见过楼主吗？为什么觉得她不是？”

“她没有楼主该有的气度。”慕容辞勾唇冷笑，“到你了。”

制定规则的人很少守规则，相信他也不会。直觉告诉她，他就是百花楼楼主。

白衣公子盯着她，修长玉白的手轻按匕首，眉宇间邪气流转。

她没猜错，这次尖锋对着她。

他含笑问道：“姑娘喜欢御王吗？”

她笑眯眯道：“不喜欢。”

她此刻承认得如此干脆，是想借女子身份掩饰燕国堂堂的太子殿下其实是女扮男装的事实，说出来谁会信呢？太子殿下是女子，并且喜欢自己的死对头御王，说书的也不敢这么编吧，哈哈。

接着是她转动匕首。

“公子为什么派下属杀害李家、简家全家？”

“兴之所至。”白衣公子淡淡而笑。

“姑娘是燕国皇室，宗室中人吗？”他问。

“是。”她接着问，“楼主是燕国人吗？”

“是。姑娘想嫁给慕容彧？”

“想。楼主还会派人在京城犯案吗？”

“会。姑娘是燕国太子吗？”

“是。楼主是西秦国人吗？”

“是。”

“……”

他问她是不是燕国太子，可见他早已怀疑。

白衣公子斟了酒递给她，说：“真是意犹未尽。跟姑娘这种绝顶聪明的人对手，真是三生有幸。”

慕容辞深深地笑道：“我也是。只是楼主最后一个问题失了水准，我是女子，怎么可能是太子？”

他高深莫测地笑着说：“说不好燕国太子跟姑娘一样，喜欢女扮男装。”

她心神一紧，讪诮地笑道：“说不好公子是西秦皇室中人，潜入燕国密谋大计。”

白衣公子笑道：“咱们就不要猜来猜去了。你我共饮一杯，以后便是朋友。”

“我担心酒里有毒。”慕容辞目光冷冽，“再者我从不跟不以真面示人的人交往。”

“也罢。”他抬手摘了面具。

一张清俊而从未见过的脸庞。

“满意了？”他又将她的那杯酒倒回一点在自己酒樽里，饮了一口。

她盯着他，她确实从未见过这个人，可就是觉得哪里有些熟悉。

“既然公子盛意拳拳，我便饮一杯。”慕容辞接过酒樽，一饮而尽，“公子不承认是百花楼楼主，想必在百花楼地位也不低。还请你跟楼主言明，倘若再在京城犯案，御王和朝廷绝不会善罢甘休。”

“李家、简家的灭门惨案，你觉得慕容彧会如何处置？”他饶有兴致地问。

他问的是慕容彧会如何处置百花楼。

她挑眼一笑，“公子何不亲去问他？时辰不早了，还请公子派人带我回去。”

另一边，慕容彧冷眼凝视着坐在鎏金雕椅上的白纱女子，无论她展现多么柔若无骨、让男人们欲罢不能的身段，他始终无动于衷。

“你不是百花楼楼主。”

话音未落，她还没看清发生了什么，咽喉已被一只铁铸似的大手钳住，然而她丝毫不惧，浅浅微笑，目光流转，依然妩媚娇艳。

“传闻北燕国御王睿智善谋，果然人如其名。”

“楼主在哪里？”慕容彧目光阴冷。

“御王就死了这条心吧，楼主是不会见你的。楼主让我传达他的意思，李家、简家的灭门惨案……”白纱女子笑靥如霜花，寒而媚。

“不说楼主在哪里，本王立即要了你的命！”他的眼里迸出凛寒的戾气。

“你不会杀我的。杀了我，你如何找到喜欢的女子呢？”

“带本王去找她！”他扼住她纤细的脖子，迫使她站起身。

“原来在御王眼里，美人比苍生百姓更为重要。”她娇软道，眼里满是讥诮，“你来闯百花楼不是替那些冤死的亡魂讨回公道吗？你不会忘了吧。”

“本王自会找楼主算账。”慕容彧再加两成力道，目光凌厉如刀。

她当即说不出话来，脸庞憋得通红，几乎垂死，伸手指了一个方向。

他立即挟持她朝那边走去，墙壁忽然平移打开，他迅捷地往后退几步，将那女子的脖子捏得更紧。

正是那位戴着面具的白衣公子和慕容辞。

慕容辞立即走到慕容彧身旁，他内心欣喜，放开白纱女子，低声问慕容辞：“没事吧。”

她摇头道：“这位才应该是楼主，虽然他不承认。”白衣公子行至大殿中央，气势顿生，一改之前的柔和，说：“二位贵客大驾光临，百花楼蓬荜生辉。”

“不要离开我半步。”慕容彧低声叮嘱她，而后强硬道，“楼主在京城杀害朝廷命官，制造灭门惨案，必须给本王一个交代！”

“杀人填命，多大点儿事。”白衣公子云淡风轻地说，在这云淡风轻之下，是鄙夷与强势。

确实，百花楼怎可能给他们交代？纵然朝廷再强，也无法将百花楼连根拔起。此次他们来百花楼，说白了只是借机找到百花楼的巢穴，给他们一个警告。

“楼主是不想交代了？”慕容彧的脸寒如极地冰川，冷得吓人。

“本楼主可以给你一个交代，不过有个条件。”白衣公子深意无限地轻笑，“她留下来，然后本楼主交出真凶，任由御王处置。”

见他指着慕容辞，慕容彧的脸上涌动着惊涛骇浪般的杀气，凶狠地说道：“本王的女人，任何人休想染指！”

本王的女人……

慕容辞唇角抽了抽，这话怎么听怎么霸道，不过莫名地觉得丝丝的甜。

“哎哟，不好意思方才本楼主已经染指了。我们一起饮酒玩游戏相谈甚欢，良辰美景，春宵苦短。”

她心中冷笑，果然慕容彧握住她的手，眉宇溢满了自信，说：“本王的女人是什么性情，本王比任何人清楚。”

这份信任十分难得，慕容辞心里一暖。

“楼主不愿交出凶手，本王会让百花楼鸡犬不宁、永无宁日。”慕容彧威胁道。

“那我就等着看御王的本事。”白衣公子冷笑。

慕容彧寒酷地盯着他，而后拉着慕容辞的手迅速离开。

第十殿的位置是落霞峰的半山腰，两人全身而退，返回山顶，跟那些精卫汇合。

回帝京的半途，他默然道：“虽然一无所获，但总算找到百花楼的巢穴。”

“你真打算让百花楼鸡犬不宁？”

“百花楼杀了那么多无辜的人，本王怎能轻易放过？”

慕容辞很想问个究竟，不过还是忍住了。

回到京城时夜已经深了，她想立即回宫的，不过被慕容彧强留在王府用膳。

她早就饿得前胸贴后背，见膳食布好便狼吞虎咽地吃起来，更衬得慕容彧吃相优雅。

“百花楼楼主这个人，你有什么看法？”他忽然问道。

“唔……”她好容易吞了嘴里的食物，又喝了一口鱼羹，“据百花楼楼主自己说，他不是燕国人，也不是西秦国人，在京城犯案是兴之所至。”

“他如何会告诉你这些？”他微微起了疑心。

“他和本宫做了一个游戏，游戏当中我们互相问了几个问题。”他眉宇微蹙，不过她没有注意到他的神色异样，继续说道，“本宫觉得他的回答未必都是真话。他应该不是燕国人，但有可能是西秦国人。本宫见了他的真容，不过看不出什么特别的。”

“以百花楼的实力，不知在京城做灭门惨案这种事究竟有何目的？”慕容彧的眼睛冰冷地凝着，“百花楼楼主可能还无法确定你的身份，不过他对你很有兴趣，必定会派人在本王府外盯着，你今日若出去，他就知道你的身份了。”

她的眉心不由自主地蹙起来，难道今天连东宫都回不去？

“今夜最关键。殿下在本王府里留宿一夜，那楼主应该不会再起疑心。”他慢条斯理地喝鱼羹。

慕容辞咬咬牙，她的确不想让那人知道她的太子身份。

不就是留宿一夜吗？

“林管家，带本宫去客房。”她扬起纤眉傲娇地往主院走。

这夜里，她睡梦中总觉得有一双眼眸盯着她，她有一丁点儿意识，努力想睁开眼，那道黑影顽固地飘在眼前，但她好似被恶灵禁锢，动弹不得。

她不知，慕容彧穿着寝衣，堂而皇之地抱着她，从客房回到自己寝房，把她放在床上，搂在怀里。

她的睡容宛若一朵清雅高洁的琼花，芬芳清淡，卷翘的长睫在莹白的肌肤上落下一抹微弯的弧度，似蝴蝶羽翅。

“阿辞……阿辞……”他的拇指轻轻摩挲她的雪腮，柔声低唤。

是，他点了她的穴道，她不会完全清醒。

“阿辞，百花楼楼主为什么摘下面具给你看？”慕容彧柔声问道。

“唔……他要本宫陪他饮酒……”她口齿不清地呢喃。

“他还对你做了什么？”

“匕首……游戏……饮酒……”

游戏？什么游戏？

那个楼主让他有一种莫名的危机感。

他继续问，她只哼哼唧唧，片刻又沉沉睡了。

不知睡了多久，她觉得手脚酥麻，而且很热。

她终于睁开眼睛，看见自己搂着一个人，也被那个人搂着，顿时魂飞魄散。

这不是客房！她怎么会在慕容彧的寝房？她拼命要挣脱出来。

“还没到上朝的时辰，再睡会儿。”慕容彧慵懒地睁开双目，按住她的手，这声线华丽磁性，别样撩人。

“是你把本宫抱到这儿的？”她厉目瞪着他。

“嗯。”他忽然伸臂一揽，顺势将她压倒，脸对着脸，鼻尖对着鼻尖，只有微末距离。

“你不要做得太过分！”慕容辞气愤地挣扎却挣脱不开，然后依旧如前，在他怀里稳稳睡去。

次日，她前往大理寺。一路非常谨慎，四处观望看看有没有人跟踪。

沈知言听说她去了百花楼巢穴，又听完种种细节，惊得目瞪口呆，半晌又一连串地问：“那御王有什么打算？百花楼为什么杀人全家？有何目的？”

“百花楼主说兴之所至，但本宫觉得他必有目的，慕容彧说要闹得百花楼鸡犬不宁。”

“御王出手，百花楼必遭重创。”

“今日我们继续查案吧。”慕容辞说起兰氏姐妹的命案，“要不现在去找秦公子？”

“也好。”

按照殿下之前的吩咐，沈知言派人去得月楼给秦公子留了话。

一个时辰后，他们在青云山庄会面了。

秦公子笑得如春日暖阳，“这几日玉公子很忙吗？百忙中抽空请秦某吃饭，这份情义秦某收下了。”

慕容辞一笑道：“答应过秦公子的事，自然要记得。拖了这么多日，是玉某的错。”

“秦公子，请用茶。”沈知言客气道，“不知近来秦公子忙些什么？”

“我就是瞎忙。”秦公子朗声一笑。见药膳和菜肴端上桌，三人边吃边聊。

慕容辞目光微转，笑道：“对了，你还记得兰氏姐妹吗？”

他点点头后说：“自然记得。”

沈知言盯着他，淡淡道：“秦公子可知，兰氏姐妹已经死了？”

秦公子震惊地睁大眼眸，“死了？怎么会……你们千万不要开玩笑。”

“不是说笑，是真的。”慕容辞把事件简单地说了一遍，“现在大理寺正在查这命案。”

“你们都是大理寺的官员？”秦公子看起来呆呆的，这才反应过来。

“实不相瞒，我是大理寺少卿，玉公子是我同僚。”沈知言严肃道，“现今由我主理此案。”

“兰氏姐妹竟然死了。”秦公子仍是一副难以置信的模样。

慕容辞一直盯着他，观察他细微的表情和肢体举动，“秦公子，由于两名死者跟你有过接触，我必须郑重地问你几个问题，还请你如实回答。”

“我必定知无不言，不会有所欺瞒。”

她问：“这半个月来，你当真没见过她们？换言之，自从你我第二次听她们唱曲儿后，你还见过她们吗？”

秦公子笃定地摇头，说：“上次我就说过了，我真的没见过她们。这半个月来，我的买卖出了事，我一直忙着处理，也没空去得月楼。”

“兰若萱也没有找过你？”

秦公子肯定地回答："没有。"

从他的细微表情和肢体语言，慕容辞几乎可以断定，他没有说谎。

"你不要介意，我们是例行问询，这是大理寺的职责。"

"自然不会。我们和兰氏姐妹毕竟相识一场，我也想她们尽早沉冤得雪。"

"倘若秦公子日后想起什么重要的线索，还请第一时间报知大理寺。"沈知言温和道。

秦公子颔首道："兰氏姐妹命运多舛，下场悲惨，待此案了结，我想为她们料理后事，不知可否……"

"自然可以。希望我们能尽快侦破此案。"

静默了半晌，他忽然道："对了，我想起一件事，就是我们听她们唱曲儿后的第二日，我的仆从告诉我，说有姑娘在得月楼给我留话，想跟我见面。"

"然后呢？"沈知言迫切地问。

"那两日我很忙，一大堆事等着处理。我听了仆从的转告，正犹豫要不要去得月楼，正巧有人来找我，等我忙完就把这件事忘得一干二净。如今你们提起，我才想起来。"

她一边沉思一边道："如此看来，那日她们搬离隆升客栈后去得月楼给你留话，想告诉你她们的去向。只是你没有现身，她们只得离去。"

他同意这样的推测，说："她们搬离隆升客栈之后去了哪里？"

沈知言知道殿下的心思，于是道："秦公子，很抱歉命案的相关细节，现在不太方便透露。"

秦公子没再追问。

用膳后，他们闲坐饮茶，消磨了半个时辰才分开。

回宫的路上，沈知言皱眉道："殿下，秦公子还是不愿透露他的住址。不知为什么，我对他的身份越来越感兴趣了。"

他们来到教坊司，召集了所有接触过兰氏姐妹的乐工和宫人，一个个地问。

在枯燥乏味而且漫长的问话里，他们的精神高度集中，仔细地分辨每个人的细微表情与肢体动作，看他们是否撒谎做伪证。

确有一个资历甚深的乐工有些古怪。

“你担心两位死者的本事超过你，得到教坊使的器重，因此你杀害她们，是不是？”沈知言陡然厉声喝问。

那名为黄宝珠的乐工浑身一震，惊慌又畏惧地说：“不是……奴婢没有杀人……奴婢只是骂过她们……”

“只是骂过？知言，她是不见棺材不掉泪，先把她收押大理寺大牢，各种酷刑来一遍，想来她就会招了。”

“奴婢招……奴婢招了……”黄宝珠面色惨白，抖索地说着，“奴婢见莫大人很欣赏她们，担心不久的将来她们会超过奴婢……有一日夜里，她们来吃饭的时辰晚了，奴婢故意把剩下的包子馒头藏起来……”

“然后呢？”

“她们看出是奴婢联合其他乐工做了手脚，就要奴婢几人把包子馒头交出来……奴婢说，只要她们跪在地上，互相打五巴掌，奴婢便把包子馒头给她们……”黄宝珠越说声音越小，低着的头快掉到地上了，“她们很气愤，兰若萱冲上来打奴婢……当时奴婢也很生气，就和其他乐工打了她们几下，并且把包子馒头扔在地上踩扁了……”

“就这样？”沈知言问。

“只是这样，毕竟莫大人器重她们，奴婢不敢做得太过分。”黄宝珠轻声道。

慕容辞目光冰冷，说：“此后你和她们就相安无事了？你最好如实招了，否则本宫查出来，可没这么好说话……”

黄宝珠道：“还有……她们死之前那夜，奴婢起夜去茅房，回来时看见两个人出去……当时比较黑，奴婢不知是何人，于是在后面跟了一段路，越来越觉得她们的身形像兰氏姐妹，当时奴婢就断定她们三更半夜地出去必有见不得人的秘密，只要抓到她们的把柄，就能捏住她们的小命，于是暗中跟着……”

“她们去了那片小林子？你看见第三个人吗？”

黄宝珠摇头道：“没看见第三个人，不过奴婢听见她们说话提到了别人。”

“她们说了什么？”

“兰若薇害怕，不想去那片小林子，兰若萱说一定要去，好像是因为……”黄宝珠凝神想了想，“她们的身份……对，兰若萱说若她们不去，那人就会揭穿她们的身份，她们就会被赶出宫，不能再留在教坊司……”

“有人约她们去那片小林子，还用她们的身份威胁她们，因此她们才去那片小林子，是这样吗？”慕容辞明白了，扬州瘦马虽然非娼非妓，但宫里招选宫人，必须身世清白，她们的出身确实不行。

“对，就是这样。”黄宝珠接着道，“当时奴婢想知道她们的身份，就偷偷跟着，不过奴婢不慎弄出声响被她们发现了，只好迅速逃回寝房。之后的事，奴婢就不知道了。”

待黄宝珠出去，沈知言与慕容辞各自思索了片刻。

“殿下，黄宝珠应该没有作伪证。”

慕容辞颔首道：“兰氏姐妹在子时左右前往那片林子，因为有人用她们的身份威胁她们，她们不得不去。那么，知道她们身份的人就是凶手，引她们去那片小林子，再把她们残忍地杀害。”

“凶手对她们相当了解，可能跟她们是旧识，可既然是旧识，为什么要杀她们呢？”

这是本案最关键的地方，只要破解了这个谜题，一切就迎刃而解。

接着进来的是千紫和白小柔，兰氏姐妹同期进宫的乐工。

“这两日你们想起什么了吗？”慕容辞问。

白小柔摇摇头，咬着唇，眉间仍有惧色。

千紫则淡定一些，轻声道：“回禀太子殿下，奴婢仔细想了想，若萱和若薇遇害前夜，奴婢和小柔躺下来歇息，她们二人也跟着睡觉。往常每夜睡觉前，若萱都会打开一只木匣看看她珍藏的宝贝在不在。她那只木匣用一只小锁锁着的，只有若薇知道里面藏着什么。那夜，若萱跟往常一样打开那只木匣，轻呼了一声，奴婢问怎么了，若薇也问，但若萱说没什么，语气有点慌张，只把木匣锁上躺下了。”

“接着呢？”

“那日奴婢有点乏，很快就睡着了，不过迷糊间听见若萱跑去跟若薇挤在一起，嘀嘀咕咕地说了好久。”

“你听见她们说什么了吗？”

“她们躲在被窝里说的，奴婢困得迷糊，没有听清。”

“你还想起什么事？”慕容辞不动声色地问。

“除此之外，没什么不对劲的事。”千紫道。

“千紫说起这事，奴婢也想起来了。”白小柔接着道，“若萱和若薇在被窝里嘀咕了很久，奴婢离得近，好像她们在说木匣里忽然出现一张纸条。”

“你还听见什么？”慕容辞追问。

“她们说得太小声了，奴婢只听见这些。”

慕容辞让她们出去，阖目想了半晌，说：“本宫觉得应该是这样，兰若萱的木匣一直是锁着的，凶手不知用了什么办法，把一张纸条放在木匣里。那张纸条应该就是凶手要她们去小林子。因为木匣是锁着的，因此若萱看见纸条时很震惊，不过纸条上的字让她迅速冷静下来，不能让同屋的人知晓。”

沈知言赞同她的推测，说：“那日我们搜查兰氏姐妹的铺位和遗物时，的确有一只木匣，木匣里有几样金玉饰物，没有发现纸条。”

“那张纸条要么被若萱带在身上，在林子里被凶手拿走了，要么事后凶手潜入通铺房，拿走了那张纸条。”

接下来他们问了不少宫人，没有其他收获。

时辰不早了，他们回到东宫，将案情梳理了一遍。

凶手是男是女还不能确定，有武功，内力不俗，可以一剑削了人的头颅。凶手跟两名死者应该是旧识，知道死者是扬州瘦马，可能与死者有仇……凶手是宫里人的可能性比较大，但也不排除是宫外的人进宫作案……

随后又连续查了两日，一无所获。慕容辞对这命案束手无策，越发焦躁。

这日，她看着兰若萱和兰若薇的遗物发呆，待了半个时辰，忽然拿起兰若薇的一条丝帕细看。

正这时，沈知言带着兰梦色匆匆来访。

“曹嬷嬷失踪了。”他面色沉重，“今日上午，她匆匆赶到大理寺报案，说曹嬷嬷一夜没有回去。”

“二位大人，我求求你们，一定要找到曹嬷嬷……”兰梦色眼睛红肿，哑声哀求，她跪下拉着慕容辞的袍摆，“大人，求求你找寻曹嬷嬷……”

“你先起来。”慕容辞示意琴若拉她起来，“本官会尽力的，你放心。”

琴若和如意过来把兰梦色扶起来，让她坐在椅子上。

原来昨夜她们在客栈就寝后，大约子时，她迷糊间看见曹嬷嬷起身，接着不知怎么的，她竟睡过去了，直至日上三竿才苏醒。跟她同住一房的曹嬷嬷不见了踪影。

她问了客栈的伙计、掌柜，他们都说早上没看见曹嬷嬷出现过。

她觉得半夜的事很蹊跷，急忙赶到大理寺报案。沈知言立即问了江主簿的宅院，又去问了客栈掌柜，确实都没见过曹嬷嬷。

“我觉得曹嬷嬷凶多吉少。”沈知言压低声音道。

“半夜客栈有人起夜吗？有人看见不同寻常的事吗？”

“我都问过了，没人看见有不对劲的事发生。”

她的感觉越来越糟糕，如他所说，曹嬷嬷失踪得蹊跷，凶多吉少。

兰梦色、兰碧色、兰妃色……兰氏姐妹，傻傻分不清

兰梦色再次认尸

兰梦色：为什么我身边的人都死了

堂堂御王，一本正经地胡说八道

九龙九凤金钗重现于世

太子殿下发现关键疑点

第三十八章

离奇的无头女尸案

慕容辞沉思片刻，拿出那方丝帕问兰梦色道："你看看，这是兰若薇的丝帕吗？"

兰梦色接过丝帕看了一下，哑声道："是若薇妹妹的丝帕。"

"为什么你这般肯定？"慕容辞问道。

"大人请看，这丝帕的四角各绣着一个字，妃，梦，萱，薇。"

"我明白了，妃代表的是兰妃色，梦代表的你，萱代表的是兰若萱，薇代表的是兰若薇自己。"沈知言一眼瞧出内情，"不过兰若萱的遗物里没有这种丝帕。"

兰梦色解释道："若薇妹妹重情义，跟我、妃色和若萱最要好，因此特意买了一条丝帕要我们三人在帕上分别绣了名字里的一个字。此后她一直珍藏着这丝帕。"

"原来如此。"

她又道："其实若薇妹妹这样做，是效仿我和妃色、碧色三个姐妹。坊间传闻，把我和妃色、碧色被誉为缀锦坊的三艳，我们三姐妹最要好，特意买了三条一样的丝帕，绣了我们的名字，每人一条，以此留念。日后即使我们分开，也记得当年的情谊。"

慕容辞又把盘旋在心里多日的疑问说出来："我只听你们说过兰妃色，还有一艳兰碧色身在何处呢？"

"兰碧色五年前就离开缀锦坊了。"

"五年前？那时候你们才十二三岁吧。"

"我们三人同岁，五年前，我们年方十三，不过已经有人看上我们……"兰梦色微微羞窘，"当年不少人出高价买我们，不过母亲以我们年纪还小为由婉拒了那些人。其实母亲是想多等几年，我们身价更高再把我们卖了。”

“兰碧色五年前离开缀锦坊？去哪里了？被富商买走的吗？”慕容辞追问。

“我也不是很清楚，母亲说碧色是被京城里的权贵买走了。”兰梦色忽然想起什么，“对了，昨夜就寝前，曹嬷嬷还跟我提起碧色。”

“曹嬷嬷说什么了？”沈知言也觉得此事有点意思。

“曹嬷嬷也是忽然想起碧色，说她也在京城，不如找她帮忙。我觉得碧色离开缀锦坊已经五年，贸然找她帮忙不太好。再者我们根本不知碧色嫁到了哪户人家，曹嬷嬷说她有办法，这件事包在她身上。”

“这么说，曹嬷嬷会不会去找碧色，只是还没回来。”他推测道。

“也有可能。”她满面歉意，“二位大人，是我太心急了，或许入夜曹嬷嬷就回来，给二位大人添麻烦了。”

“无妨。”沈知言温润道，“那不如你先再等等，倘若明日曹嬷嬷还没回来，你再来大理寺。”

“好。”琴若带着兰梦色到偏殿歇息，沈知言见慕容辞若有所思，问道：“殿下在想什么？”

“这么说来，曹嬷嬷知道兰碧色嫁到哪户人家了。”慕容辞的预感不太妙，或许曹嬷嬷不会回来了。“本宫总觉得曹嬷嬷凶多吉少。”

然而，这日黄昏，慕容辞就收到消息，在郊外发现一具女尸，疑似曹嬷嬷。

她顾不上吃晚膳，赶到大理寺。

“兰梦色还没来认尸，眼下还不能确定这女尸是曹嬷嬷。”沈知言沉声道。

她看见那具尸体没有头颅，心思一动。

“这具无头女尸是在南郊树林里发现的，京兆府和大理寺的衙役都在寻找死者的头颅。我到现场去看了，南郊树林应该是第一案发现场，当时女尸只穿着中衣，平躺在树林里，只用一些落叶遮蔽。”

“作案手法和兰氏姐妹命案一样吗？”

“一样，脖子的切口平整，凶手以极快的速度削了头颅。”

“凶手为什么杀害曹嬷嬷呢？凶手与兰氏姐妹是旧识，那么跟曹嬷嬷、兰梦色应该也是旧识。莫非凶手有什么把柄或秘密，这几个缀锦坊的人知道，因此必须杀人灭口？”

“兰梦色有危险！”沈知言的眼眸陡然睁大。

“让兰梦色先住在大理寺，凶手应该不敢潜入大理寺杀人。”她望向布满了阴霾的长空，“你吩咐几个衙役暗中保护兰梦色，夜里加强巡视。”

“我会安排的。”他脑子里隐隐浮现模糊的念头，似有什么呼之欲出。

“凶手杀人灭口……很有可能凶手也是缀锦坊的人，想保住自己的秘密不外泄，因此杀人灭口。兰碧色！”

“对，兰碧色！”

他们异口同声地说出这个名字。

慕容辞接着分析：“兰碧色嫁入权贵之家，或许已经是当家主母，而且名声不错。她不想自己是扬州瘦马这个秘密宣扬出去，知道昔日的姐妹在京城，于是未雨绸缪，杀人灭口。”

沈知言接口道：“兰若萱、兰若薇在得月楼唱曲儿，名动帝京，风头尽显。兰碧色听闻这事，亲自来得月楼察看，不过她应该乔装打扮了，不过兰氏姐妹还是认出她了。兰碧色担心自己的秘密迟早会外泄，于是狠下杀手。我担心兰妃色也有危险，我派人去告诉江主簿，让他多多留心府里。”

这时，匆匆赶来的兰梦色站在停尸房外，温婉秀致的眉目布满了惊惶与悲伤。

慕容辞示意琴若拉她进来认尸，兰梦色一步步靠近，双腿抖得厉害，几乎站不住。

“兰姑娘，你认一认这位死者是不是曹嬷嬷。”沈知言悲沉道。

“没有头……”她哑声悲痛，眼睛里流动的泪水簌簌而落，“曹嬷嬷左臂有一个暗红胎记，跟鹌鹑蛋一般大小……”

沈知言捋高死者的衣袖，果然。

“曹嬷嬷……”兰梦色失声痛哭，悲痛欲绝，琴若架着她去客房歇会儿，接连的打击，她能支撑到现在已经不易了。

“沈知言，曹嬷嬷什么时候遇害的？”慕容辞悲伤地问。

“应该是今日四更左右。”他摘下纤薄手套，“殿下还记得兰姑娘说夜里发生的事吗？曹嬷嬷起夜如厕，兰姑娘有点知觉，不过很快就睡沉了，我猜想，那时凶手就在外面，用迷烟之类的东西迷晕曹嬷嬷，让兰姑娘睡死了，以至于日上三竿兰姑娘才醒。”

“接着，凶手带走曹嬷嬷，来到南郊。曹嬷嬷可能苏醒了，凶手一剑削了她的头颅，接着脱下她的外衣，和头颅抛到一个隐秘的地方。如此一来，曹嬷嬷的身份就不容易被人知晓。”她接着推测。

“之前我们推测凶手可能是宫里的人，这么看来，凶手出入皇宫如履平地，轻功不俗。”

“若凶手不是宫里的人……兰碧色应该没有武功，凶手应该是兰碧色府里的侍卫，或者是她用银两请的杀手。”

他们不约而同地蹙眉，兰碧色嫁到哪户权贵之家，只怕远在千里之外的扬州缀锦坊才有人知道。

慕容辞和琴若正要回东宫，秋雨淅淅沥沥地下起来。琴若去马车里为她拿伞。慕容辞却看见不远处一辆马车停下，慕容彧打着一把泼墨纸伞走出来。

细雨斜织，冷风飘洒，灯笼洒下的昏黄光影透着一种迷离的朦胧。慕容彧持着纸伞沉步而来，金线绣夔纹的玄色锦袍一角掀起，广袂飘拂。

她一时失神，他已经走到跟前。

“走吧。”慕容彧朝她伸出手。

“本宫要回……”

还没说完，她看见他的眉睫扬了一下，好似对她暗示什么。

“百花楼的人还盯着，今夜你不能回东宫。”

不可能吧？

他特意来接她的？

他伸过长臂揽着她，强硬地带她走向那辆马车。

早已看呆的琴若犹豫了一下，跟了上去。

在车厢里坐下，慕容辞云里雾里，这么说，百花楼的人这几日一直盯着她？

“前两日我吩咐人把百花楼的暗探解决了，不想今日又来几个。”慕容彧低缓道。

“你现在派人去解决那几个暗探，本宫就可以回宫了。”慕容辞明眸流转，总觉得哪里不对。

“我已经传令下去，不过对方很狡猾，不容易解决。”他浓密的长睫轻轻地眨。

那只能在御王府留宿一夜？

不多时，马车停下来，慕容彧打着纸伞搀扶她下来。

“你放手！被人看见了成何体统？”慕容辞恼怒地磨牙。

“就是要让百花楼的人看。”他一本正经地说道。

一本正经地胡说八道，慕容彧这功夫越发炉火纯青。

来到膳厅，仆人递上布巾让主子擦身上的雨滴，慕容彧接过布巾，先轻轻擦拭她的脸……

她连忙道：“琴若伺候本宫就行。”

琴若正要上前去伺候，却被鬼影拽出去，还顺便把膳厅的门关上。

膳厅里，慕容彧擦了慕容辞身上的雨丝，最后擦拭她的小手，举止柔似春水。

她的雪腮生了红晕，流霞婉媚如醉了酒，窘迫地抽出手，坐下准备用膳。

他在她身旁坐下，舀了半碗芙蓉羹放在她面前。

又见他递来一块烤鸭肉，她已见怪不怪了，说：“本宫自己来。”

“我喂你。”

“你烦不烦？”她忍无可忍，真是到达极限了。

“不烦。”

“本宫只想安安静静地进膳，你不要得寸进尺！”

慕容彧不以为意，收回手优雅地吃起来。

晚膳总算顺利地吃完，她擦擦嘴站起身道：“王爷请便。”

回到客房，她让琴若在外头守着，想自己舒舒服服地沐浴。

琴若站在门外，警惕地望着四周，忽然，只见西北方的屋顶掠过一道黑影，那黑影一闪即逝，快如鬼魅。她毫不犹豫地去追，飞身掠上屋顶。

她刚离开，慕容彧便现身，房门从里面上了闩，但是有窗便无妨。

以为琴若在外面守着，慕容辞放松身心，哪曾想刚泡在浴桶里就睡着了。

他摇头失笑，拿了澡巾沾了水，轻轻擦拭她柔削的香肩……凝脂肌肤如牛奶般柔滑，水珠凝在上面，十分可爱。

“阿辞……阿辞……”

他低声呼唤，伸手进去试试水温，水快凉了。

慕容辞幽幽转醒，忽然看见眼前一人，不由分说地拍出一掌。

“是我！”他侧身一避。

“你……出去！”她仓促慌乱地用双臂挡在胸前，气急败坏。

琴若不是在外面吗？他如何进来的？

“你混蛋！还不出去？”

他挑眉轻笑，慢悠悠地离去。

见他走了，她顿时松了一口气，连忙取了布巾擦身，把中衣穿上。

回到寝房，却见他坐在床边。

这男人怎么像狗皮膏药，粘上了就撕不下来了！

“本宫喜欢秋夜飘雨，要去外面赏雨，王爷自便。”

慕容辞清冷地眨眼，转身往外走。

慕容彧非但不追，反而脱了靴子躺下，说：“赏完了便回来就寝，我先帮你暖被窝。”

琴若没追到那道黑影，赶回来却听见房里有御王的声音。

御王在房里？

原来是御王的调虎离山计！

“殿下，是奴才的错，奴才……”见殿下出来，琴若赶紧认错。

“本宫喜欢夜雨，本宫要在檐下赏雨。”慕容辞大声道，对她打手势。

琴若一知半解，扬起声音道：“好的，奴才陪着殿下。”

而后，她们悄声离开，飞奔向书房。

从窗台翻进书房，慕容辞翻箱倒柜。

“殿下究竟想找什么？”琴若一头雾水。

“所有可疑的东西。”慕容辞道。

书柜一格放着一个精致的大木匣，这木匣以檀木所制，螺钿装饰，一把青铜锁锁着。

“有办法打开吗？”她问琴若。

琴若点点头，摸出一根细小铁丝，很快就听得“咔嗒”一声。

打开木匣，里面一个纸卷，和一只小木匣。

展开纸卷，上面几个字：你找我吗？

该死的，又被算到了。

而小木匣里竟是一只金钗。书房昏黑，却因为这金芒流转亮堂了一些。

“好美啊！殿下，奴才从未见过这么精美的金钗！”琴若满目惊艳。

“这不是寻常的金钗。”慕容辞取出金钗，它形制比寻常的金钗大一些，色泽簇新，没有半点划痕，金色流苏飘动，九龙九凤的造型精致得让人叹为观止，大气磅礴。

“殿下，这是什么金钗？”

“寻常的金钗只有凤凰没有龙，而这金钗有九龙九凤，应该是传说中的九龙戏凤金钗。”

“九龙戏凤金钗？”琴若震惊不已，“奴才听说过，但九龙戏凤金钗传说是天底下最尊贵的金钗，只有有缘、命格相近的女子才能佩戴，否则便有血光之灾。这世上根本没人见过九龙戏凤金钗，没想到真的有，而且被御王找到了。”

“关于九龙戏凤的传说很多，还有说只有同时拥有龙凤命格的人才能拥有，否则会死无葬身之地。”

“殿下，外面有人！”

砰——

房门被人推开，两个人站在门口，光线再暗，也能看出是慕容彧和鬼影。

鬼影快步进来，拉着琴若就出去。

“你拉我到哪里去？我要保护殿下……”琴若竭力挣脱。

“你怎么这么没眼力？王爷和殿下有重要的事要谈，你杵在那儿算什么事儿？”

“不是……你别拉我……你再这样，我动手了！”

“你打得过我吗？”他自负道。

“打不过也要打！”她咬牙瞪眼，满目凶狠道。

“我跟你说吧，其实王爷早就料到殿下会去书房……”

“当真？”琴若果然上钩，连忙追问，“王爷如何知道的？”

“王爷向来神机妙算。你想呀，王府里的侍卫怎可能是吃素的？殿下和你两个大活人闯进书房，怎么可能不知道？”

“那王爷是有意让殿下进书房？”

“当我什么都没说，走吧。”

鬼影拉着琴若，消失在夜雨里。

这边，慕容彧斜倚书案，姿态闲适散漫地说：“来书房找什么？”

慕容辞不答反问：“你故意让本宫进书房的？”

他邪气地笑，“你想来，我自当成全。我的王府，任何一处角落，你都可以去。”

“只怕你早已把该藏的东西都藏起来了。”她冷笑，利落地往外走。

他慢悠悠道：“不想知道我如何得到这金钗的吗？”

慕容辞咬咬牙，回转身子冷冷道：“洗耳恭听。”

慕容彧捧着九龙戏凤金钗站在她面前，说：“阿辞，我希望有一日，你心甘情愿为我戴上这金钗，嫁给我。”

这语声低沉，饱含深浓的情意。

这眼眸深邃，涌着真挚的期盼。

金芒在两人之间流转，照亮了她精致而冷冽的眉目。

心弦不可抑制地颤动，然而她也知道，嫁给他也许就意味着把江山拱手让他。

“这辈子，你都不要做这种梦！”

她目光冰寒，一口回绝。

她不能让燕国的江山社稷不再属于慕容氏！

慕容彧微微一笑道：“那我等。”

这一笑，是昏光暗影里绽放的清雅高华的琼花。

“说说从哪里找到这金钗的。”慕容辞不耐烦道。

“你知道九龙戏凤金钗最早属于谁吗？”他把金钗小心翼翼地放回木匣。

“不知。”

“这支金钗最早属于一个消失多年的古国皇室，是那古国的国宝。后来古国消失，金钗跟着消失了。很多人都在找，可是谁也找不到。”

“那你又是如何找到的？”她讥诮道。

“我也是前不久才找到的。传闻九龙戏凤金钗不是凡物，有缘、命格相近之人才能佩戴，否则便有血光之灾。倘若夺得金钗的不是金钗真正的主人，最多拥有金钗三个月，超过三个月便会死于非命。”慕容彧缓缓道。

“当真？那你不怕死？”她冷冷嗤笑。

“不怕，因为很快我就找到金钗真正的主人了。”他笃定地凝视她。

他说的不会是她吧？

她淡淡道：“传闻毕竟是传闻，不可尽信。本宫一直以为九龙戏凤金钗只是一个传说，没想到是真的。既是如此，诸国皇室应该也在找寻这金钗，可这金钗究竟有什么用？”

既然极其珍贵，又有灵性，那么应该有它的使命或用处，不可能只是女子饰物。

他沉缓道：“我也不知。传闻兼有龙、凤命格的人才是金钗真正的主人，只是这种人不好找。至于其用处，待金钗真正的主人出现，自会知晓。”

“西秦国、东楚国和南越国也在找金钗吗？”

“西秦国皇帝的确在找。”

“你就这么随便把金钗放在书房，不怕窃贼来偷吗？”

“窃贼不就是你吗？我的太子殿下。”慕容彧似笑非笑。

慕容辞被他堵得哑口无言，忽然看见那只小木匣散发出耀眼的金光，叫道：“快看！”

他转头看去，金色的光芒竟源源不断地从木匣流泻而出，那金钗越来越亮，刺眼的金芒在半空流转，令人叹为观止。

她粉唇微张，震惊不已。

他也是如此。

忽然，她身心一荡，似有狂烈的热流从生命的深处喷涌而出，他也正转头看她，眼里涌动着狂热的欲念，似烈焰熊熊燃烧，要将她一同焚烧殆尽。

四目相对，灵魂相视。慕容彧伸手轻触她精致如玉的下巴，再也不是平时冷静自持的模样。她也是如此，眉目娇媚迷离，好似被裹挟着烈焰的飓风席卷了一切，他陡然抱住她，攫住她的嫩唇，几乎是暴烈地蹂躏、碾压。

她搂住他的脖子，激狂地回应。

他将她一把抱上书案，单纯的吻已经不能满足他们，宛若寒冰投入烈焰，好似汪洋里小舟沉浮，急切撕扯，衣袍凌乱……

这是一场浑然忘我的激狂旅程，是脱缰野马的狂奔驰骋，是食髓知味后的恋恋不舍……

不知怎么的，慕容辞忽然清醒了，看见两人这等模样，惊如泥塑木雕。

慕容彧眼里的烈焰也消失了，怎么会这样？

即使心底的欲念再强，他也不会这么疯狂可怕。

而她也主动激狂地缠着他，好似变了个人。

慕容辞推开他，红着脸窘迫地整理衣袍，刚才她到底是怎么了？

他怜爱地把她揽入怀里，轻揉她的香肩，说："没关系，只有我知道，我知道便好。"

这是什么话！

一世英名化成流水。

木匣里的九龙戏凤金钗也暗淡了，恢复到寻常光芒。

"本宫觉着方才……不太对劲……"她推开他，跳下书案，离开他三步远。

"是有点不对劲。但是阿辞……"他轻笑，要溺死人。

"本宫回去睡觉。"慕容辞仓皇逃离，冲回寝房，她迅速钻进被窝，蒙着头，依然窘得不行。

次日，慕容辞吃过早膳立即赶往大理寺。

对于曹嬷嬷之死，她和沈知言看了案发现场，又决定再去一趟兰梦色和曹嬷嬷住的客栈。

仔细地察看了客房，还上了屋顶，都没发现跟凶手有关的蛛丝马迹。

他们找来所有伙计逐个盘问，也没问出有价值的线索。

两人心灰意冷地回大理寺，却在门口看见一个衙役鬼鬼祟祟地探望。

"你是哪个衙门的？"沈知言喝问。

"小的是京兆府的。大人可是沈少卿沈大人？"

“我是。有什么事？”

“是卢大人差小的来报知大人。”

“又发生命案了？”沈知言几乎想跳起来。

“不是，今日一早江主簿差人送来一封书函，向我们卢大人请辞，带着夫人回乡避祸。”衙役道。

“江主簿带着夫人兰妃色走了？”

慕容辞惊讶之余却也明白，江主簿宁愿跟夫人回归田园，也不愿在京城担惊受怕。

“凶手会放过兰妃色吗？”进衙门后，沈知言琢磨道。

“兰妃色远离京城，不会泄露兰碧色的秘密，她应该是安全的。而且她很聪明，为了保命舍弃京城的繁华富贵。江主簿对她也是爱护有加。”

沈知言稍稍安心，愿兰碧色就此收手。这时，一个衙役匆匆奔来，说：“殿下，大人，又发命案了。”

“哪里？”沈知言弹身而起。

“东郊。”

慕容辞和琴若也疾步飞奔而出，一路骑马赶到东郊树林，京兆府的衙役、捕快已经封锁现场。

尸体是一个菜农发现的，本是途径进林中小解，没想到看到一具无头女尸，吓得湿了裤子。

慕容辞转头看去，那菜农正坐在一边，面上犹有惊惧之色。

沈知言初步查验完，走来对慕容辞道：“跟兰氏姐妹、曹嬷嬷的死法一样，脖子切口平整，一剑削了头颅。死者身上的衣裳不脏也不凌乱，大约是五更天遇害的。”

“眼下最重要的是确认死者的身份。”慕容辞面色沉重。

“这要回去详验才能知道。”他转头问吴捕头，“四周可有发现死者或者凶手留下来的东西？”

“卑职都找过了，没有发现。”吴捕头回道。

慕容辞也细细看了一遍，确实一无所获。随即衙役把无头女尸送到大理寺，并张贴告示，寻人认尸。

兰梦色听闻又发现一具无头女尸，吓得脸色惨白，赶到停尸房，却不敢进去。

黄姑娘这些日子陪着她，心也揪着，安慰道：“兰姑娘，说不定只是巧合，并非你认识的人。不如我陪你进去。”

“好。”兰梦色好似下了决心。

慕容辞柔声道：“兰姑娘，你好好看看。”

兰梦色从女尸的双肩往下看，目光轻移。当她看到尸体旁一方浅蓝色丝帕，面色大变。

“这丝帕……”

慕容辞取了那丝帕，看一角绣着碧色修竹，问道：“你认得这丝帕？”

兰梦色急促地夺过丝帕，盯着那碧色修竹，由于太紧张用力，她捏着丝帕的手指关节微微泛白。

大颗大颗的泪珠簌簌而落，她失声饮泣：“碧色……”

“这是兰碧色？”慕容辞大吃一惊。

“这修竹是我亲手绣上去的……我不会认错……”兰梦色一张小脸泪水涟涟，悲痛欲绝。

“兰碧色死了……”慕容辞诧异地看沈知言。

他们的推测全错了？

“黄姑娘，你先搀扶兰姑娘回去歇着。”沈知言温润道。

待她们走后，两人怔怔坐下，静了片刻，决定推翻重来，把案情重新梳理一遍。

凶手可能是扬州缀锦坊的人，也可能不是，但跟几位死者、跟兰梦色一定是旧识，而且这几位死者应该知道凶手见不得光的秘密，才招致杀身之祸。

凶手可能是宫里的人，也可能不是，但必定武功高强，凶手手法非常高明，且非常残忍，由此推断，凶手的这个秘密相当惊人。

“本宫忽然想起，我们是不是忽略了至关重要的一点？”慕容辞蹙眉道。

“什么？”沈知言问道。

“扬州缀锦坊。”

“殿下的意思是，这几桩无头女尸案跟缀锦坊有关？”

“缀锦坊的段老板赚得盆满钵满，必定和某些豪富或官员有肮脏的勾当。而兰梦色和几位死者知道这些勾当，她们又来到京城，段老板担心她们无意中泄露缀锦坊的秘密，于是杀人灭口。”

“只要付出足够的银两，就能请来武功高强的杀手。”

“可京城这么多官员，若要排查，无异于大海捞针。”

推演、分析再多，也只是纸上谈兵。

黄昏时分，一个名为邓飞、自称富商的男人来大理寺认尸。

看见那无头女尸，邓飞号啕大哭，十分悲惨。

“邓老爷，你确定这是你夫人？”沈知言问。

邓飞哭道：“我自然认得，这衣裳是我夫人的，她经常穿。”

“除了衣裳，你夫人身上有比较明显的痣或胎记吗？”

“我夫人身上没有胎记，也没有痣，不过她的第三根脚趾比较长。”

几人一看，果然如此。邓飞号哭不止。

“邓老爷你节哀。对了，你的夫人是扬州人士，是不是？”

邓飞颔首道：“我夫人是扬州瘦马，我花了三千两买的。”

慕容辞眉心一皱，接着问：“据兰碧色的姐妹说，当年兰碧色嫁给一个京官，好像不是富商之家。”

“二位大人有所不知，五年前兰碧色的确嫁给一位大官当小妾，不过那大官夫人三天两头地虐打她。碧色被打得遍体鳞伤，吃不饱穿不暖，还要整日做粗活……她不堪凌辱，趁府卫不注意从侧门逃了。”邓飞伤心道。

“竟然还有这事儿。”她半信半疑。

“然后呢？”沈知言追问。

“碧色逃出来，没头苍蝇似的乱撞，正巧遇到我。我可怜她，想收留她，当时那大官的府卫追出来，我带着碧色跟那大官商谈。最终花三千两买了碧色。”邓飞又哭起来，“我和碧色情投意合，恩爱有加，没想到今日她惨遭横祸……”

慕容辞冷静地问：“邓老爷，你最后一次见你夫人是什么时候？”

邓飞不停地抹泪，悲痛道：“昨夜我在一家酒楼和几位友人饮酒，多喝了几杯……回到府里时，夫人已经歇下，她起身伺候我就寝，具体的我不太记得了……今日我很晚才起来，没看见夫人，仆人说她吃过早饭后出去了……”

“之后你再没见过她？”

他点头道：“我起来吃了饭就去巡视几个铺子，直至午后才回去……仆人说夫人一直没回来，我觉得有点奇怪，但也没多想，想着或许她傍晚就会回来……”

他伤心地哭着说：“我左想右想，越来越不安，夫人从来不在外头待这么久……我开始担心她出事，于是吩咐仆人到街上去找……仆人回来说城里发生了一起命案，是一个女子死了……我不愿相信夫人出事，可是越来越觉得不祥，咬咬牙决定来大理寺看看……没想到……”

他号啕大哭道：“我夫人死得太惨了，大人一定要尽快抓到凶手……将凶手千刀万剐……”

“邓老爷节哀，生死有命。还请邓老爷为我们提供一点线索。这几日，府里可有不同寻常的事发生？或者你夫人有什么不妥？或者有没有见过什么人？”慕容辞寻思着问。

“和以前一样，没什么特别的。夫人有没有见过什么人……就我所知是没有。”

“你白日都不在府里吗？”

“白日我要去巡视几间铺子，一般黄昏时分回府吃饭。”

“邓老爷，我们想去府上看看，问问你家的仆人，方便吗？”她问。

“当然方便。”邓飞道。

夜幕已经降临，慕容辞和沈知言赶往邓宅。

他们先察看了兰碧色的寝房，接着问了几个仆人，一无所获。

她觉得有点蹊跷，临走之时问邓飞：“对了，你和你夫人成亲五年，没有生下一男半女吗？”

“夫人年纪还小，且身子不太好，我和她商量了，待她把身子养好，过两年再生养。”

二人乘坐马车回大理寺，由于最近命案频发，街上行人稀少，明显比以往冷清许多。

“殿下，你在想什么？”沈知言发现慕容辞在邓宅就没怎么说话。

“本宫总觉得邓宅怪怪的，但又说不出所以然。”慕容辞眨眨眼，眉头不展，“兰碧色的寝房里，本宫看了她的梳妆台和衣柜里的衣裳，那些胭脂水粉和金玉首饰……”她忽然停下来，眉心蹙得紧。

“究竟有什么不妥？”

“那些胭脂水粉的盒子摆放得整整齐齐，木梳上一根头发也没有……本宫总觉得，这些东西每日都要用，不可能这么整齐。”

“或许是兰碧色喜欢整齐，吩咐丫鬟这么做的。还有什么地方觉得古怪？”

“兰碧色的衣裳都是上好的绫罗裁制的，市面上那些料子不多见，而且那些衣裳的款式不像一个已婚妇人穿的。”

“邓飞是富商，家里金山银山，再贵重的东西也买得起。至于款式，兰碧色虽已嫁人，不过年方十八，即使穿得像豆蔻少女也属人之常情。”

“你这么说，也有几分道理。”慕容辞没法反驳。

还有一点她没有说出来，那些衣裳的布料、颜色和式样，都看出碧色品位不俗，可那些金玉头饰，却艳丽无比，俗不可耐。

或许，兰碧色就是喜欢穿得清雅、戴得华贵。

“邓家仆人也说，今日早上兰碧色吃过早饭后出去，出去做什么，去哪里，仆人都不知道。”沈知言凝神道。

“会不会是凶手把兰碧色诱出去？”

他点点头说：“极有可能。不过这事邓宅上下都不知情，颇为蹊跷。”

这几桩扬州瘦马的无头女尸案越来越离奇了。

太子殿下：兰梦色有危险

兰梦色：我有主角光环，死不了

沈知礼屡战屡败，屡败屡战

太子殿下：要你还政于本宫，你可敢

御王：阿辞，你何时能明白我的心意

第三十九章 御王怒炸百花楼

沈知礼被囚禁：再次成为背锅侠

乔妃命丧后宫

次日，慕容辞和沈知言走访了邓家的街坊邻居，意料之中，一无所获。

回到大理寺，他们又将案情从头至尾梳理一遍，忽然两人不约而同叫道："糟了！"

"什么糟了？又有命案？"琴若吃了一惊。

"兰梦色有危险！"他们异口同声。

琴若骇然道："大理寺是衙门，这么多衙役和护卫，那凶手敢夜闯大理寺行凶杀人吗？"

"从已经发生的命案来看，那凶手武艺高强，出手狠辣，不达目的不罢休。为了保住秘密，他必定不会放过兰梦色。"

"稍后我重新安排布防。"沈知言面色沉重。

"不必，我们就等凶手来刺杀。"她清冷而神秘地挑眉。

这夜，苍穹堆积着厚厚的云层，星月暗淡，寒风呼啸，檐下的灯笼打横飞起，昏黄光影散乱地摇曳。

几个宿卫小分队照常巡视，忽然，死一般的寂静里有轻微的响动，两个宿卫听见了，立即大喝道："什么人？"

一片死寂，唯有寒风卷着落叶刮过。

"咱们听错了？"

"可能是大鸟飞过去。咱们这是衙门，哪有人敢来此犯案？"

宿卫走过去了。下一瞬，屋顶的一道黑影，疾速蹿向后院。

后院除了值守官员，便是黄姑娘和兰梦色。

那道黑影如鬼魅翻飞，很快潜到兰梦色的房间，从窗台轻巧地一跃。

房里昏黑一片，黑影看见床上躺着一人，扬手挥剑，这一剑裹挟着强劲的内力，震得帷帐剧烈地晃动，瞬息之间，精准地挥向那人的脖子。

但见沉睡那人忽地往里一滚，如豹跃起，凌厉一扬手，三枚暗器射了过去。

未料到有此惊变，黑影诡异地一闪避开，床上那人已跃出，一把长剑直刺对方的眉心。

这一刺，凝聚了琴若的全部内力，狂猛的剑气卷起烈风，黑影疾速后退，持剑迎战。

不多时，二人已经交手十几招。

琴若拼了全力，眉目萦绕着凛冽的杀气，几次要刺中对方要害，都被躲过，二人打到外面，打斗声刺破夜幕。

两队宿卫闻声赶来，黄姑娘和兰梦色也匆匆出来，被宿卫围成圈保护起来，站在宿卫的保护圈后面的慕容辞盯着那个黑衣人，眼中掠起浓烈的杀气，下令道："捉活的！"

黑衣人看见兰梦色，双目迸出凌厉的寒芒。

今夜被算计了！

逃！

琴若使出致命杀招追去，狂风卷暗澜，飞沙风中转。黑衣人用了个狡猾的虚招，飞身掠上屋顶，一眨眼消失不见。

"不必追了！"慕容辞向琴若喊道。

"为什么不追了？"沈知言不解。

慕容辞神秘地冷笑，她已布下天罗地网。

大理寺后院灯火通明，寒风刮得枝叶乱舞，沈知言让黄姑娘陪着惊惧的兰姑娘先进屋歇着，几人也回了房间。

沈知言扼腕叹息："可惜让那黑衣人溜了！不知道还有没有机会……"

"沈大人放心吧，殿下已经安排人手擒拿那黑衣人去了。"琴若笑道，"对了，殿下，奴才觉得那黑衣人，无论看身形还是招式，都不像是男子。"

"嗯，本宫也觉得可能是个女子。"

"女子……这倒是符合我们对凶手的推测。"沈知言的眼中迸出一抹锐光，"或许凶手也是扬州瘦马，为了掩饰这个身份，才杀人灭口。"

“现在有几种可能，其一，凶手是跟扬州缀锦坊有肮脏勾当的京官；其二，凶手是担心肮脏勾当外泄的缀锦坊；其三，凶手是扬州瘦马。”慕容辞分析道，“缀锦坊是凶手的可能性不大，毕竟杀了几个一品瘦马，损失不小。”

不多时，黄姑娘沏了几杯茶送进来，他们饮茶等消息。

等了两盏茶的时辰，寂静里响起鹧鸪的叫声，琴若疾步出去，飞身掠出大理寺。

不多时，她就回来了，满脸沉郁。

“殿下，失手了。”

“怎么会失手呢？”两人都大为震惊。

“即将得手时，那凶手忽然放了冲天炮，浓烟弥漫，凶手趁机跑了。”

沈知言扼腕叹息，慕容辞也满面阴郁，当然她知道容湛会比她还要自责。

接连两日，几桩无头女尸案没有任何进展，大理寺死气沉沉，东宫亦如是。

这日，慕容诗和沈知礼来东宫请安，慕容辞不胜其烦，让如意把慕容诗打发到灶房。

至于沈知礼……

“沈大小姐，你厨艺如何？”慕容辞笑眯眯地问。

“臣女厨艺尚可。”沈知礼温婉地答，有点弄不懂殿下的意思。

“御王近来忙于朝政，用膳都是匆匆吃两口，清减了。若沈大小姐愿意，不如下厨为御王做点滋补的羹汤。”

“没有传召，臣女不好去上书房。”沈知礼明艳如画的眉目有一丝娇羞。

“这好办，本宫派人带你去。”

“臣女谢殿下恩典。”

“这回你要抓住良机。”慕容辞朝她眨眼微笑。

沈知礼脸色通红，而后跟着内侍去了灶房。

不可否认，沈知礼今日的打扮恰到好处，妆容淡雅，一袭杏红衫裙，三分娇媚可人，三分出尘脱俗，三分端庄大气。这么好的大家闺秀，为什么慕容彧就瞧不上呢？

东宫的内侍引着沈知礼到上书房通报，不多时，得到准许，她提着食篮进去，眉睫低垂，目光却微微抬起。

慕容彧低头批阅奏折，冷玉雕琢的侧颜如削，薄唇微抿成一弯柔美的弧度。

她不敢打扰他，看得如痴如醉，恍惚觉得他天生就应坐在庄严威凛的上书房，九五之尊，霸气天成。

“有事？”慕容彧终于放下奏折，没抬头看她，而是把散乱的奏折稍微理了一下。

“臣女亲手做了杜仲乳鸽汤，还请王爷尝尝。”沈知礼连忙回神，和婉道。

“正好本王有点饿了，呈上来吧。”

内侍接过食篮，把瓷盅小心翼翼地放在案上。

“厨艺不错。”慕容彧尝了一口，低沉道。

“王爷过誉了。”她抿唇微笑，如饮蜜糖。

看他一口一口地吃，她的桃腮粉面印染了红霞，离梦里的情景不远了吧。

“有劳沈大小姐，本王还要批阅奏折，你可以退下了。”

“臣女告退。”她敛衽行礼，“还请王爷注意歇息，保重贵体。”

他打开奏折，字里行间都是一张明媚的脸，狡黠地看着他。

有胆子给他找事，就要承担后果！

出了大殿，沈知礼心里雀跃，却忽觉后颈一痛，当即失去了知觉。

另一边，慕容辞得知他见了沈知礼，窃喜阴谋得逞，但下一瞬，还是心里酸酸的，慕容彧为什么愿意见沈知礼？是不是吃了她亲手做的汤？他还跟她说了什么？

既然选择这么做，既然不可能在一起，就不要胡思乱想。

等到天色将晚，沈知礼依然没回来。

“殿下，几个时辰了，御王忙于政务，不可能把沈大小姐留下。”琴若不安道。

“御王会不会带沈大小姐去存墨阁……”如意吞吐道。

事实上，慕容辞每时每刻都在想，他们究竟在做什么？此时再听她们这么说，心里更是燃起一股无名火。

“殿下，不如奴才派人去上书房和存墨阁打探消息。”

“本宫亲自去。走！”

先去存墨阁，阁里的内侍道：“王爷应该在上书房。”

“今日王爷没来存墨阁歇息吗？”琴若问道。

“这两日政务繁忙，王爷哪里顾得上歇息？往往入夜了才从上书房出来。”内侍道。

她欣喜地看向殿下，慕容辞面不改色，心里的焦虑平息下来，暗暗呼出一口气。

“殿下，御王没回存墨阁，或许沈知礼早已出宫，说不定是御王派人送她出去的。”琴若宽慰道。

慕容辞默然前行，心想，上书房有东暖阁，若要歇息，更方便。

行到半途，灯火初上，巍峨辉煌的皇宫笼罩在一片旖旎的光色里。

慕容彧迎面走来，身后跟着两个内侍……没有沈知礼？莫非沈知礼早就出宫了？

“殿下找我？”慕容彧走到她面前，眉宇掠起愉悦的轻笑。

“沈大小姐呢？”慕容辞退了一步，义正词严道。

“她不是应该早就回东宫向你复命了吗？”

她心虚地抽抽唇角，说：“自她去上书房就没回东宫。她什么时候离开上书房的？”

“你这么关心她？”他前进一步，俯首贴近她。

“说正经的。”又是当众调戏，她不得已又退一步，“本宫担心沈大小姐出了意外……”

“沈大小姐很早就离去了，不信殿下问问他们。”慕容彧示意后面两个内侍。

见那两人点头，慕容辞的心里莫名欢喜，故作镇静地说：“可是她并没有回东宫，她去哪里了呢？”

沈知礼不是不知礼数的人，不可能不去东宫辞行就直接出宫。

他也开始觉得蹊跷，吩咐内侍去宫门处问问，琴若也带人去找。

“走吧，去存墨阁等消息。”

一到存墨阁，他就吩咐传膳，她还真的饿了，吃得极快，又想着万一马上要动身找沈知礼呢。

“你无须担心，已经派人去找了。”慕容彧宽慰道，把一碗乳鸽汤递到她面前。

“本宫吃饱了。”她站起来。

“你是要我喂你？”他的眉宇流淌着几分邪气。

“不必。”她咬牙切齿，端起来狼吞虎咽地吃了。

“这是沈知礼做的杜仲乳鸽汤灶房还剩了些，内侍便拿了来，你知道杜仲有什么药效吗？”他似笑非笑。

慕容辞预感不妙。

果然，他冷峻的眉宇布满了邪魅的轻笑，拽住她的手道：“今日我吃了两顿，你也吃了，算扯平了。”

她的唇角狂烈地抽了抽，奋力地抽出手，说：“本宫……去外面看看……”

他箭步追去，将她锁在墙壁与自己的胸膛之间，唇尖轻触唇尖，小声说着：“这因你而起的烈火，你要负责。”

他们之间的距离近得连彼此的面上绒毛都看得见。

“你可以……不吃呀……本宫又没逼你吃……”

“这是你安排的，我怎么能浪费了你的心思？”他抱起她，凝视她的明眸，“你不担心我一时把持不住，看上沈知礼吗？”

“你先放本宫出去……”后背的墙壁太凉，前面的胸膛太热，这冰火两重天的空间太逼仄，她都没地方站，只能站在他脚背上。

“你来找沈知礼，其实是不放心我，是不是？”慕容彧轻声说道。

“才不是！”她恼怒地否认，抬手就想冲他后脑劈下去。

“你向来都是心口不一，看在你来找我的份上，我不惩戒你，还要奖赏你。”

“本宫不要奖赏，要你还政于慕容氏，你可敢？”

一瞬间，这个话题让刚才两人间的亲密凝固成冷霜，冰冻了两个人的心。

阿辞，你何时能明白我的真意，假以时日，我必定可以收服你的心。慕容彧欲言又止，二人目光相互躲闪起来。

寻了一个时辰，各路人马回来禀报，上书房、东宫一带没有找到沈知礼。

慕容辞心中一沉，慕容彧本不在意，此时也冷峻起来说：“各处宫门都没看见沈大小姐出宫，她应该还在宫里。传本王命令，出一半侍卫阖宫寻人，每个地方都不许放过！”

内侍领命退下，琴若也带着几队侍卫加入寻人队伍。

“沈大小姐不会有事吧。”慕容辞忧心忡忡地问。

“少安毋躁。只要人还没死，我就有办法找到她。”

死……

慕容辞骇然，不敢多想，是什么人要害沈知礼？

她必定是被人掳走，只是不知那人会如何对付她。

见她焦虑，慕容彧摸摸拇指戴着的蛇头金戒，鬼影当即现身。

“去找沈大小姐。”他沉声下令。

夜色如墨，前院的昏光暗影洒了一地。寒风刮过，枝影凌乱。

慕容辞愁眉不展。

究竟是什么人掳走了沈知礼？

按理说，沈知礼回京没多久，跟宫里的人没有恩怨。

唯一的可能就是……

她不敢深想下去……

心神不定时，她又想到百花楼楼主。

总觉得那楼主的背影有点熟悉，却想不起来跟哪个人像，而且那楼主为什么要她陪五日五夜？为什么单独见她？为什么跟她玩那个游戏？为什么最终放他们离开？

她其实想了好几夜了，怎么也想不通。

“在想什么？”慕容彧问。

“没什么。”慕容辞淡淡道。

“百花楼楼主神秘莫测，的确不可小觑。最让人费解的是，他为什么要你陪？”一想起这件事，他就动怒。

她错愕地看他，他是她肚子里的蛔虫吗？自己想什么，他都知道。

“我后来派人大闹百花楼巢穴，估计那楼主气坏了，可惜我们没有亲眼看见他跳脚的样子。”

她笑道：“如何闹的？”

“这边炸一下，那边炸一下，这边纵火，那边放蛇虫鼠蚁。他们就忙着扑火补窟窿，忙着驱赶蛇虫鼠蚁，人仰马翻。”

“哈哈哈……”慕容辞想到百花楼的九层花殿必定乱成一团，笑得花枝乱颤。

慕容彧偏头凝视她，她笑靥如花，明媚如玉，在昏暗的光影里眉目如画，美得动人心魄。

注意到他温热的目光，她尴尬地看向别处。

一时寂静，只有轻风吹得树叶沙沙地响。

又等了半个时辰，依然没有沈知礼的消息。

倘若沈知礼还没死，被软禁也有几个时辰了。

“怎么办？”慕容辞沉重地问。

“等鬼影回来。”慕容彧轻淡道。

“鬼影一人能找得到吗？”

他失笑反问：“你以为鬼影只有一人？”

她再次错愕：“难道不是？”

他没回答，漫不经心地饮茶。

慕容辞细细一想，就是说鬼影是他的暗卫之一，他到底有多少暗卫？

怪不得他这么嚣张狂妄！

可是，他为什么把这个秘密告诉她？不怕她有所防备吗？

“想知道我有多少暗卫？”

“天下没有白吃的午餐。”她坐在他对面，“你才不会平白无故告诉本宫。”

“告诉你也无妨，你无法想象，无处不在。”他剑眉轻扬。

无处不在？意思是数不胜数？

怪不得他在诸国的耳目无孔不入，甚至神秘至极的百花楼巢穴都能找到。单单是这些暗卫，就胜过她培养的势力，更不用说他麾下骁勇善战的将士。

她问："那你那巢穴在哪里？比百花楼的还神秘？小心那楼主查到，给你致命一击。"

"你坐我怀里，我便告诉你，甚至可以带你去看看。"慕容彧邪气地轻笑。

"做梦！"她斜眼瞪他。

他忽然道："百花楼楼主或许认识你。"

"不可能，本宫没见过他。"

"你确定我们见到的那张脸，就一定是他的真面目吗？"

"那倒是。可他是什么人，本宫一无所知。"

"我会查个水落石出。"

又等了两盏茶的工夫，鬼影终于回来。依然没找到沈知礼，不过他说有个地方有点儿奇怪。

"皇宫西北角有几间荒废的宫室，应该是以前宫人住的，属下看见一个内侍鬼鬼祟祟地从那里出来。"

"你没进去看看吗？"慕容辞气急道。

"属下担心打草惊蛇，就先回来禀报。"鬼影知道王爷对殿下的感情不一般，不然以太子这态度，他才不会理睬呢。

"走。"说完，慕容彧利落如风地起身。

一行人赶到西北角荒废的宫室，此地荒凉萧瑟，落叶漫天，阴森诡谲。

十几盏宫灯照亮了每一处阴暗的角落，老鼠蟑螂纷纷逃窜，窸窸窣窣的声音在四周响起。

"搜！"他沉声下令。

侍卫分成数队闯入每个宫室，带起一阵狂风。

"在这里！"不过片刻，一道声音叫响。

昏黄的光影照亮了结满蛛网的宫室，墙角坐着一个满目惊恐的女子。她手脚被绑，衣裳脏乱，鬓发飘飞。

果然是沈知礼！

被解了绑后，她缓缓站起来，眼里盈着一汪泪水，盈盈弱弱。

“你没事吧……”慕容辞话音未落，沈知礼已走到慕容彧面前，娇弱地下拜，“多谢王爷躬身来救臣女……”

她声音轻弱沙哑，更添几分可怜。身如风中细柳，忽然双腿一软，就向慕容彧摔去。

慕容彧一把扣住她的手臂，扶了一把，随即转向鬼影一松手，鬼影接住了沈知礼，又丢给后面的两个侍卫，冷酷道：“护送沈大小姐。”

“你们温柔点。”慕容辞看得目瞪口呆，不过，方才慕容彧松手的气魄，她十分欣赏。

那两个护卫架着沈知礼离开，慕容彧与慕容辞在宫室内察看了一圈，没寻到蛛丝马迹，这才打道回存墨阁。

“掳走沈大小姐的人行事真是干脆。”他沉声道。

“猜到了，不然哪敢在宫里明目张胆地掳人。”慕容辞道。

存墨阁里，待宫女侍候沈知礼简单擦洗、更衣、饮茶，惊惧减了大半，她才来到大厅。

她一来便盈盈下拜：“臣女拜见王爷，拜见太子殿下。王爷、殿下救命之恩，臣女没齿难忘。”

“你还记得被掳的情形吗？”慕容彧冷沉地问。

“臣女从上书房出来，没走多远忽然后颈一痛，接着就失去了知觉。再醒来时，就在那个宫室里，手足被绑。”

“这么说，你没看见掳你的人。”慕容辞问，“在你被关的几个时辰里，有人去看过你吗？”

“有。”沈知礼嗓音依然沙哑，“臣女不停地喊‘救命’，根本无人回应。不知过了多久，臣女看见窗外闪过一道黑影，接着窗纸有一个洞，臣女猜想，是有人正站在窗外看臣女。”

“那人在窗外看你看了多久？”

“来过几次，每次差不多半盏茶的工夫。也不像同一人，第一次那人的个子矮一点，之后的那人个子高一点，臣女觉得第一次的人应该是个宫女。”

宫女……

慕容辞想了想，接着问：“在这几个时辰里，还有什么事吗？”

沈知礼努力地回想，半晌道："除此之外，没有其他事。"

慕容辞看向慕容彧，见他没有开口问话的意思，便吩咐琴若亲自护送她出宫回府。

转身之际，沈知礼饱含深情看了一眼那个只问了一句话的男子。

慕容辞瞧得出来，那一回眸，都是怨念、不甘与痴迷。

"这么一个娇滴滴的美人被关了这么久，你好歹要表示一下嘛。"

"表示什么？"

"关心呀。"

"你表示了便可代表我。"

"本宫是本宫，你是你，不要混为一谈。"她瞪他。

"断案神手对沈大小姐一事有什么看法？"慕容彧问道。

"暂时没有头绪……犯案之人在那宫室没有留下蛛丝马迹，行事十分谨慎，本宫……还需想想……"慕容辞忽然觉得口齿不利索，脸颊微热。

他付之一笑，没有追问。

"时辰不早了，本宫先行一步。"她急匆匆地往外飞奔。

回到东宫，慕容辞靠坐在大枕，思索片刻，心中了然。

沈知礼跟宫里的人无仇无怨，有人掳她并把她关在荒废的偏僻宫室，原因应该只有一个。

有人觉着沈知礼不该喜欢慕容彧。

几桩无头女尸案没有任何进展，可能会成为悬案。

至于沈知礼被掳一事，沈知言还不知情。

沈知礼不说，慕容辞也就不说了。

这日，她正跟兰梦色、黄姑娘闲谈，一个内侍匆匆奔来。

听了消息，她面色大变，直往毓秀殿赶。

踏入殿门便见所有宫人都跪在玉阶上哭泣，悲声弥漫在半空。

她冲进大殿，没见半个宫人，又见寝殿榻前两个宫女跪着号哭。琴若喝问："究竟是怎么回事？"

两人转过身来看见慕容辞，哀哭道："殿下，乔妃去了……"

真是难以置信。

“把事情一五一十地说来！”慕容辞道。

“殿下，乔妃吃过午膳觉得有点乏，奴婢伺候乔妃午歇，之后就在殿外候着。大约过了半个多时辰，奴婢二人进来看乔妃，发现乔妃已经……”名为沉香的宫女已经泣不成声。

“殿下，奴婢也不知道怎么会这样，乔妃歇下时还好好的……”檀香伏地叩首，惧怕地哀哭。

她们一个个都急着将自己撇清，慕容辞脸色一沉，挥手让她们出去，看了榻上已经没了气息的乔妃，又细细察看寝殿每个角落，让琴若传话刘安，羁押毓秀殿所有宫人。

沈知言匆匆赶来，进了寝殿就去查验尸体。

乔妃侧身躺在床上，身躯弯着，双手搁在头边，右手拿着一串手串，且是紧紧攥着。

是一串檀珠手串，他取下手串递给慕容辞，说：“殿下可认得这手串？”

慕容辞点点头道：“是乔妃的。”

“死者乔妃，面部、头部、四肢、躯干没有伤口或瘀伤，整张脸为乌青色，脖子淡青……七窍流血，不过血量极少……左手食指和中指的指甲有一点血污……乔妃死前必定痛苦难当，用手抓挠头部……”沈知言边说便拨开乔妃的头发，“乔妃的头皮也是乌青的……”

“这么说，乔妃是中毒死的？”琴若在一边问道。

“一般而言，中毒或从口入，或从鼻入，像乔妃这般中毒模样，有点不可思议。”慕容辞沉吟道。

“殿下说得对。中毒者若尸表呈乌青色，那么面部和身上应该都会呈乌青色，像乔妃这样只有面部乌青的，我从未见过。”沈知言也疑惑不解。

他取出一枚细长银针，刺入乔妃的脖子。不多时取出，银针并未变黑。再探胃部，也未变色。

“这就奇怪了。为什么乔妃的食道、胃部都没有中毒迹象？”

再者，为什么乔妃死前紧紧地攥着檀珠手串？

沈知言敛眉道：“我还需详细查验一次。”

慕容辞颔首，她现在犹豫的是把乔妃的尸首暂放毓秀殿偏殿，还是搬到另一处？

按惯例，后宫妃嫔殁了，一般先安放在其居住的寝殿偏殿，而后再出殡。不过乔妃死于非命，要查清真相才能治丧出殡。尸首一直放在毓秀殿，也不合适。

当即她吩咐琴若，找侍卫把乔妃的尸首搬到听雪阁。

“母妃……母妃……”是慕容裳凄厉的哭叫声。

她狂奔进来，扑向床榻，惨烈地哭喊道：“母妃……母妃，你这是怎么了？母妃你快醒醒……不要丢下儿臣一个人……母妃你听见儿臣的叫声了吗？母妃你醒醒啊……”

是啊，骤然失去母亲，谁能受得了？

“皇妹，节哀顺变。你母妃已经去了，你就让她安心地走吧。”

“太子哥哥，母妃为什么会死？”慕容裳未施粉黛的脸苍白如纸。

“本宫会查明真相，为你母妃申冤。”慕容辞也心里难受，柔声安慰道，“皇妹，现在要把你母妃送到听雪阁，你先起来好不好？”

“太子哥哥，臣妹禁足期间没有好好孝顺母妃……臣妹想在这里好好伺候母妃，求太子哥哥恩准……”

这也是人之常情。

慕容辞答应了，吩咐琴若在大殿候着，她带着沈知言离开。

刚下殿廊，她震惊地看见父皇踉踉跄跄地奔进来，后面跟着两个内侍边追着边喊道：“陛下……陛下……”

父皇怎么会得知乔妃殁了？她惊惶地飞奔过去。

慕容承穿着寝衣，披着墨色大氅，满面悲伤地说：“太子，乔妃……她去了？”

“父皇，这件事儿臣慢慢跟您说，儿臣先护送您回清元殿。”她又焦急又担忧。

“朕不回去！朕要去看看乔妃！”他坚决地推开她，往大殿走。

沈知言站在玉阶，以身挡住去路，叩拜道：“微臣拜见陛下。”

慕容承认出他是大理寺少卿，黄白的脸庞有了几分威严，说：“你在这儿就最好，跟朕一起去看看乔妃。”

“陛下，方才微臣和殿下已查验过乔妃的尸首。乔妃已经过世，陛下节哀。”

“滚开！”慕容承这才知道他是来阻拦的，恼怒地推他。

“陛下请听微臣一言，事关乔妃。”

“说。”慕容承终究止步。

“乔妃死后情状不大好，美貌有损。每个人皆有爱美之心，乔妃必定不愿在陛下心中留下的最后印象是现在这般。”沈知言道。

“父皇，知言说得对。死者为大，乔妃必定也愿父皇只记得她最美的模样。”慕容辞附和道。

“可是，朕不能连枕边人的最后一面都不见……”慕容承哀伤道，双目闪着泪光。

“陛下亲自来毓秀殿，乔妃在天有灵，已经非常欣慰。请陛下让乔妃走得安心一些。”沈知言又道。

慕容承望着近在咫尺的大殿，几次想要迈出步伐，但终究缩回来了，他皱纹横陈的眉宇抽动，泪光闪烁，压抑着极大的悲痛。

父皇老了，开始珍惜身边每一个人。

这应该是好事吧。

沈知言详细查验了乔妃的尸首，依然找不到有用的线索。

凶手究竟如何让乔妃中毒的？

“把剧毒抹在乔妃头皮上？这就可以解释头皮为什么变成乌青色。”琴若猜测道。

沈知言摆手道：“乔妃会让凶手把剧毒抹在自己的头皮，只有一种可能，即是在她没有知觉的情况下，可是，乔妃身边一直有宫人伺候着，凶手不易下手。”

“若是半夜呢？凶手潜入毓秀殿，趁乔妃睡着将她弄昏迷，再把剧毒抹在她头上。”慕容辞推测道。

“那凶手必定对毓秀殿十分熟悉，且手脚敏捷，否则半夜潜入很容易被巡守的宿卫发现。”

“可是，凶手为什么杀害乔妃呢？”琴若又提出一个疑问。

“乔妃因什么而死，这一点最为关键。”沈知言道。

“乔妃死前头痛，因此抓挠头部，但还紧紧攥着檀珠手串……”慕容辞拎着檀珠手串看，“为什么乔妃死前抓着这手串呢？”

这时，刘安踏入偏殿，说毓秀殿的宫人都在外面候着，问慕容辞是否现在传召审讯。

她扬声道：“先叫檀香、沉香进来。”

两人进来行叩拜礼，面上满是惧色。

“如你们之前所说，乔妃死之前，一人在寝殿午歇？”慕容辞冰冷地喝问。

她们重重地点头道：“千真万确。”

“乔妃午膳吃了什么、喝了什么？”

“跟平常一样。”檀香一边回忆，一边说出每一道膳食。

沈知言早已查验过，午膳和茶水都没有毒。

“这两三日乔妃有什么不同寻常的地方吗？或者毓秀殿有什么怪事发生？”

沉香摇头道：“毓秀殿没有怪事发生，跟往常一样。”

“乔妃每日起身后先处理后宫事务，而后去清元殿伺候陛下，有时回来用午膳，有时在清元殿陪陛下进膳。”檀香道。

“这些时日乔妃常去看望皇妹吗？”

“乔妃大约三五日去看望公主一回，最近的这次是……五日前。”沉香回道。

“近来乔妃跟陛下如何？”沈知言忽然开口。

“乔妃跟陛下恩爱如常，又勤谨地侍奉陛下，没发生什么事。”檀香回话。

“这手串你们见过吗？”慕容辞取出檀珠手串晃了晃。

“奴婢知道，这是乔妃最为珍视的物件。”沉香道。

“哦？是父皇赏赐给乔妃的？”

“的确是陛下赐给乔妃的。”檀香凝神回想，“是公主还没失踪的那年……对，大约是公主两岁那年，陛下把这檀木手串赏赐给乔妃。”

“有一回，公主见乔妃戴着手串，非要摘下来。乔妃就把手串给了公主，公主一直戴着，后来公主失踪了，这手串也跟着不见了。”沉香接着道，

“五年前，陛下派出去的人找到公主，就是凭借这檀珠手串找到的。公主回宫后，就把檀珠手串交回乔妃保管。”

“这几年，手串是一直收藏着，还是乔妃时常把玩？”慕容辞不知道皇妹的失踪、回宫跟这檀珠手串有这么深的缘分。

“乔妃极为珍视这手串，一直藏在一只木匣里。只是前些日子，乔妃才吩咐奴婢取出手串。”沉香道。

“这几日，奴婢见过几次乔妃拿着手串呆呆地看，一发呆就是一盏茶的工夫。”檀香道。

听到这里，慕容辞开始沉默。

“这几日乔妃有没有见过什么特别的人？”沈知言接着问。

檀香和沉香面面相觑，然后摇头道：“乔妃见的无非宫女、内侍。”

“最近乔妃可有出宫？”

两人再次摇头。

“乔妃可有对你们说过莫名其妙或让人摸不着头脑的话？或提起一些古怪的事？”

两人还是摇头。

他还想再问，被慕容辞抬手拦住，随后慕容辞让她们退下，沈知言正要传召下一个宫人，却见慕容辞起身匆匆往外走。

“本宫有点乏，先回东宫，你接着问吧。”

随后沈知言审讯了所有宫人，没再得到有参考价值的线索。

他来到东宫，琴若却说殿下已经歇下，他越发不解，以往殿下遇到命案都像拼命三郎，今日这是怎么了。

第二日，沈知言行色匆匆地赶到东宫，见她就大喊道：“殿下，我知道乔妃如何中毒的了！”

慕容辞只是抬了下眼皮。

“殿下，我想了一夜，终于想到了……”

“沈大人快说，是怎么个下毒法？”琴若好奇地问。

他绘声绘色道：“乔妃的头皮为乌青色，只有一个可能：剧毒并不是直接抹在头皮上，而是抹在发根。头皮很容易吸收剧毒，只要连续在发根涂抹三四日，便会毒发身亡，凶手必定是这样神不知鬼不觉地下毒。”

慕容辞抬起头说：“你的意思是，宫女为乔妃梳头的时候将混有剧毒的发油抹在她的头发上？”

他重重地颔首道：“我想了一夜，只有这个办法最隐秘，也最阴毒。”

事不宜迟，他们前往毓秀殿。

问了檀香、沉香才知，乔妃只让一个名为清月的宫女梳头，因为她的手艺相当好。

内侍马上去找清月，然而没找到。

这个节骨眼上，清月失踪了，必定有问题。

不多时，侍卫来报，在毓秀殿附近的井里发现一具女尸，疑似清月。接着，在清月的被褥下找到一张绝笔函。

她扫了一眼，绝笔函寥寥数语，交代了她谋害乔妃的罪行。

“绝笔函里写了为什么谋害乔妃？”沈知言问道。

“奴婢知道清月为什么谋害乔妃。”檀香回道，“清月会梳别致的发髻，心灵手巧，乔妃很喜欢她。三个月前，清月与一个侍卫两情相悦，私订终身，还不慎有了身孕，她想和那侍卫离开皇宫过平凡日子，因此向乔妃禀明一切，希望乔妃成全他们。乔妃知道后动了怒，对她说宫规如此，即使可以饶他们一命，但那侍卫必须离宫，清月也必须处理掉那胎儿。清月无法接受，跪在殿前三日三夜，也没能让乔妃改变主意。”

“后来呢？”

“最后，清月晕倒了，胎儿也滑掉了。乔妃让她休养几日，而那个侍卫真的离宫了。此后清月依然伺候乔妃梳头，不过郁郁寡欢，时常出错，乔妃知道她心结难解，也没怎么责骂她。却没想到她对乔妃生了这么大的怨恨。”

“亏得乔妃待她那么好。”沉香气愤道，“按照宫规，宫女和侍卫私相授受，珠胎暗结，必定要双双处死的，乔妃保住他们一命，他们非但不知感恩，还毒害乔妃，太可恶了。”

慕容辞看向沈知言，脸色平静。

乔妃之死就这么简单？

随后，沈知言去查验清月的尸首，确是溺死，没有他杀迹象。

这夜，慕容辞辗转反侧，脑海总浮现那檀珠手串和乔妃死时的模样。

再说那封绝笔函，慕容辞总觉得哪里怪怪的。

按说乔妃死了，清月大仇得报，本应痛快，但渐渐想起昔日乔妃对她的好，便越来越愧疚不安，活在自己迟早被抓到的恐惧中，因此，她写了一封绝笔函，而后投井自尽。

然而，绝笔函里清秀的字迹平稳流畅，完全不像是在五味杂陈的内心状态下写的。

这个疑点，慕容辞怎么也想不通。

还有，清月和侍卫的事发生在三个月前，她为什么等到现在才下毒？

凶手伏法，乔妃之死真相大白，宫里开始治丧，出殡定在三日后。

慕容裳每日以泪洗面，伤心欲绝。整个人清瘦了一圈，羸弱得一阵风都能把她刮跑。

慕容辞去看过她，也劝说过，根本没用。

出殡这日，慕容彧陪着慕容承来送乔妃最后一程。

毓秀殿悬挂着白绫黑幔，宫人披麻戴孝，哀乐回响，庄严肃穆。

慕容裳一身缟素跪在灵柩前饮泣，慕容辞也穿着孝服主持出殡仪式，沈知言以外臣的身份陪在一旁观礼，其实他不知道殿下为什么要他也来。

出殡时辰将至，抬灵柩的侍卫正要前去，却听到哀乐里响起一声断喝：“且慢！”

是太子殿下！众人惊诧不解，只有慕容彧眼中都是了然。

“太子，时辰将至，出殡吧。”慕容承的声音格外苍老沙哑。

“太子哥哥，就让母妃入土为安吧。”慕容裳哀哭道。

“任何人都可以说这句话，唯独你不可以。”慕容辞挥退抬灵柩的侍卫，厉色道。

“太子，不要胡闹。”慕容承不悦地沉下脸。

“皇妹，你当然想要乔妃尽快入土。”慕容辞冷冷说完，看向慕容承道，“父皇，儿臣没有胡闹。乔妃之死有隐情，儿臣不能明知真相却什么都不做。那个梳头宫女清月毒害乔妃，的确是凶手，但她却是受人指使。”

“那幕后真凶是谁？”慕容承悲痛苍老的眉宇刻满了厉色。

慕容彧扶着皇上在一张雕椅坐下，挥手让乐工退下，扬声道："请殿下将查到的真相和盘托出。殿下为什么断定清月受人指使？她在绝笔函里不是已认了罪吗？"

"那封绝笔函确是清月的笔迹，但有古怪。其一，时隔三月，清月为何直至近日才下毒害死乔妃？"

"三个月前，清月刚与情郎分离，又痛失孩儿，是最痛恨乔妃的时候。随着时光推移，她心里的仇恨会慢慢减轻，但也不可否认，对于某些人来说，这种仇恨刻骨铭心，不会轻易地被时日冲淡。"慕容彧沉沉道。

"其二，清月害死乔妃后愧疚懊悔，过不了良心这一关。于是临死之际写了绝笔函，然而，这封绝笔函字迹流畅平稳，全无阻滞或匆忙写就之感，因此，本宫觉得这未必是清月亲手所写，也许是有人模仿她的字迹仿写的。"慕容辞取出绝笔函递给沈知言，让几人传看。

慕容承看完亦是点头，问道："那清月受何人指使？"

"父皇，清月有一个交好的姐妹，名为百合，也在毓秀殿当差。儿臣审讯过百合，清月的事她大多知晓。百合说，自失去孩儿，清月就郁郁寡欢，神不守舍，但从未提过报仇一事，对乔妃也没有怨恨之心。"慕容辞道，"时隔三个月，清月突然毒害乔妃，百合也觉得不可思议。"

"或许清月擅长伪装，没在百合面前流露出仇恨之心。"慕容裳哽咽道。

"这也不是不可能。不过百合还说，清月素日不是睚眦必报、心肠歹毒之人，不会受仇恨左右去杀人。"

"一个卑贱宫人的话怎么能信？"慕容裳嘶哑地嚷道，"太子哥哥，你为什么要为一个宫女脱罪？明明是清月害死了母妃，为什么还要同情她？"

"本宫并非同情清月，也不是为她脱罪，只想查明真相。"慕容辞清冷道。

"裳儿，少安毋躁。"慕容承苍老沉缓道，"太子，那真凶究竟是谁？"

"父皇可还记得这檀珠手串？"她把手串放在掌心，伸手给父皇看。

昭华公主的前尘往事

太子殿下柯南附体

真相出水面（拒绝剧透）

第四十章

太子再破奇案

原来慕容裳五岁那年的上元节，乔妃带着她、奶娘和宫女出宫看花灯。年幼的慕容裳嚷着要吃冰糖葫芦，于是奶娘牵着她买，当时看花灯的人特别多，突然有个醉汉当街乱砍乱杀，百姓受惊，纷纷逃散。待乔妃找到奶娘时，奶娘说街上骚乱时她是抱着公主的，可是人潮汹涌你推我挤，她摔倒在地，公主也被甩出去了。待她爬起来，就再也找不到公主了。

当夜，慕容承派人搜遍附近的街道，一无所获。

奶娘看护不力，被斩首，乔妃自责愧疚懊悔，此后的几年都郁郁寡欢。

此后数年光阴里，慕容承始终派人秘密寻访，功夫不负有心人，终于在五年前于两淮一带找到女儿。

“太子哥哥为什么问起这手串？”慕容裳哑声问道。

“乔妃死时，儿臣看见她手里紧紧攥着这手串。”慕容辞清朗道。

慕容承叹息悲伤道：“想必是乔妃临死之际放心不下裳儿。”

“父皇，儿臣问过乔妃身边的宫女，自皇妹回宫后就把这手串还给乔妃，乔妃将它收藏在木匣里，不过前几日已吩咐宫女取出来，据她们说，乔妃时常看着手串发呆。”慕容辞瞟向皇妹，“父皇，乔妃为什么忽然拿出手串？又看着手串发呆？这当中必定有隐情。”

“太子哥哥有所不知，事发前几日，母妃来看臣妹，臣妹提起檀珠手串，母妃许是如此才拿出来把玩的。”慕容裳哭得越发伤心，“父皇，母妃定是临死之际想起儿臣，放心不下儿臣才攥着手串……”

“殿下还发现了什么疑点？或是已经推演出真凶？”慕容彧饶有兴致。

慕容辞看着慕容裳，面色冰寒地说：“父皇，乔妃临死之际攥着手串，更或许是想告诉我们真凶是谁。”

“太子哥哥，真凶是谁？臣妹定要为母妃申冤报仇！”

慕容辞冷冽地看她一眼，接着看向慕容承说：“父皇，乔妃之所以遭人毒害，是因为知悉了一个秘密。为了保住这秘密不外泄，真凶必须杀人灭口。”

这话一出，犹如晴天霹雳。

慕容承面色微变，慕容裳脸色一寒，眼波流转暗藏锋芒。

“父皇听儿臣慢慢道来。乔妃毒发身亡前曾去看望女儿，偶然发现女儿一个不为人知的秘密。这个秘密让乔妃伤心不已，陷入两难境地，更让女儿寝食难安，于是这个女儿为了保住自己的身份地位，狠下心肠，毒害亲娘。”

“她指使清月下毒？”沈知言凝神问道。

“她知道清月失爱之事，便秘密传召她，威逼利诱，勾起她对乔妃的仇恨，在她的挑拨引导下，清月的怨恨越来越激烈，最终答应为她办事。此后清月为乔妃梳头，每日都把剧毒混合在发油里，积少成多，那剧毒渗入头皮，深入头颅，乔妃毒发身亡。”

“此种下毒方式委实高明，很难察觉。”沈知言道。

慕容承虚白的面庞变得铁青，慕容裳像个泥塑木雕似的，没有表情，没有言语，就连长睫都没眨动一下，小脸病态地苍白，看着格外瘆人。

“她以为可以瞒天过海，一切都会平息下来，她还可以继续在宫里当公主。乔妃毒发身亡那日，其实她早就得到宫人通报，不过直到本宫到了，她才姗姗来迟，演一场母女情深的戏。之后她担心乔妃的尸首留下不利于她的罪证，便说要单独和乔妃待着，侍奉母妃。”

慕容裳无悲无喜，周身寒意恍若冰雕。

“她担心本宫查到清月，于是事先伪造一封绝笔函，再派人打晕清月，将她推入井里。然而人算不如天算，她以为只要乔妃出殡，这桩命案就算了结。”她盯着慕容裳，“皇妹，本宫推测得如何？”

“太子哥哥，你的意思是……臣妹毒害母妃？”慕容裳如梦初醒似的，极为震惊，“太子哥哥，臣妹为什么要毒害母妃……母妃可是臣妹的亲娘……臣妹怎么会这么做？”

“因为你丧心病狂！因为你要保住你公主的身份地位！”

慕容裳软软地跪倒在地，拽着父皇的袍角凄然哀泣道：“父皇，太子哥哥怎么可以这样指控儿臣？儿臣冤枉，儿臣怎么会毒害母妃……”

这是他遗失民间七年的女儿，慕容承看着她这般惊惶害怕，心里涌起怜悯与疼爱，认真地问道：“太子，有更加确凿的证据吗？”

“儿臣的确没有确凿证据，但儿臣推断的与真相相差无几。”

沈知言此时全然明白，补充道：“陛下，倘若清月是投井自尽的，不会有手脚抓挠井壁的痕迹，但我查验尸体，她确实有挣扎痕迹，这是最大的疑点。疑点之二是那封绝笔函，疑点之三是……”

“太子哥哥，你为什么要诬陷臣妹？”慕容裳打断他，“臣妹自问对太子哥哥恭谨敬仰，没有半分不敬。是不是父皇比较疼爱臣妹，太子哥哥妒忌才这般置臣妹于死地？”

慕容辞失笑，“本宫妒忌你？皇妹，本宫已经饶恕你一次，你一而再、再而三地作奸犯科，甚至毒杀后宫妃嫔，本宫非常失望。来人，带檀香、沉香进来！”

二人进来，下跪叩拜。

“乔妃生前五日是不是去看过皇妹？”慕容辞冷声问道。

“启禀殿下，是的。”檀香回道，“惊鸿殿的宫人都可以作证。”

“母妃的确去看过臣妹，这能说明什么？”慕容裳理直气壮道。

“当时你们可有在殿内陪伴乔妃？可知乔妃和皇妹说了什么？”慕容辞又问。

“乔妃没有让奴婢二人跟着进殿，不多时，奴婢二人听见寝殿传出尖厉的声音，好像是乔妃和公主起了争执。”沉香道。

“那乔妃和皇妹说了什么？”慕容辞问道。

“奴婢没听清楚，但声音传到殿外，语气是动了大怒的。”檀香回道，“奴婢伺候乔妃多年，乔妃性子好，极少动怒，但那日与公主在寝殿的确是动怒了。”

“父皇，虽然不知道乔妃和皇妹因什么起了争执，但可以确定的是，乔妃动怒了，回去之后就取出这檀珠手串。再者，皇妹回宫五年，乔妃宠她还来不及，如此大动肝火必有原因，因此，乔妃之死必定跟手串有关，即与皇妹有关。”慕容辞清冷地说。

慕容裳嗫嚅道："臣妹那天只是……说了几句骄纵的话，母妃觉得臣妹教而不改……这才动怒……"

慕容承陡然厉喝："裳儿，你还不肯如实招来吗？"

病弱老虎仍有余威，她全身一震，吓了一跳。

她跪倒在地，涕泪俱下："父皇，儿臣……儿臣那日的确惹母妃生气了，可是儿臣怎可能毒杀亲娘……太子哥哥，你倒是说看看，臣妹为什么要毒杀自己的母妃？"

"因为一个足以毁灭你的秘密。"慕容辞凌厉地看她，不再有半分怜悯与同情。

"这个秘密，要从几桩无头女尸案说起。"慕容辞神色冰冷，"父皇，近来宫里宫外发生了几桩无头女尸案，死者的身份都确定了，是扬州缀锦坊的人。扬州缀锦坊是蓄养、贩卖扬州瘦马的民间坊地，在两淮一带颇有盛名。那里被人津津乐道的有缀锦坊三艳，如今，这三艳只剩一人，暂住在大理寺。"

沈知言接着道："陛下，这几名死者分别是缀锦坊的兰若萱、兰若薇姐妹，曹嬷嬷，兰碧色，而兰碧色就是三艳之一，这四名死者无一例外都被人削去头颅，手段极其凶残。"

"这四名死者跟公主的秘密有什么关系？"慕容彧问。

"父皇，儿臣和知言在侦办无头女尸案时发现一件有趣的事，凶手杀死四名死者也是为了保住一个秘密。而且头两名死者是在宫里遇害，凶手极有可能就是宫里的人。"慕容辞森凉的目光射向慕容裳，"皇妹，不知你流落民间那些年，是以何为生？"

"太子哥哥，臣妹不是说过了吗？臣妹懂事时便在一户人家当粗使丫鬟。"慕容裳娇弱道。

"父皇,儿臣想说一说扬州缀锦坊三艳的故事。"慕容辞忽然转了话锋。

慕容承面色凝重，缓缓点头。

"缀锦坊的段老板以极其低廉的价格买回几个女童，其中三人容貌清秀，便多受栽培。这三个女童被赐名兰梦色、兰碧色、兰妃色，她们一起学琴棋书画，一起吃饭睡觉，姐妹情谊深厚。十二岁那年，她们已经出落得相当标致，惹得不少豪富老爷心动不已，三艳的美誉传遍两淮与江南。

可惜好景不长，兰碧色被一户官家买了带到京城，三艳就此分离。五年后，兰妃色也嫁到京城。”

“兰妃色邀请缀锦坊的姐妹来京城游玩，兰梦色便带着曹嬷嬷和其他姐妹上京。谁曾料到，京城竟然是她们的丧命之地。兰若萱、兰若薇喜欢京城的繁华锦绣，决定留在京城卖唱，不曾想为此丢了性命。接着曹嬷嬷和已经嫁做人妇五年的兰碧色也惨遭横祸，只有兰梦色幸运地逃过一劫。她们被削去头颅惨死是因为她们知道凶手曾是扬州瘦马，只有她们死了才不会泄露这个秘密。”

“兰妃色和夫君远走他乡，躲过一劫。”沈知言道。

“不，兰妃色也死了。”慕容辞冷冷道。

“啊？凶手去追杀他们了？”沈知言震惊道。

“偷梁换柱，偷龙转凤。”慕容彧冷沉一声，如点睛之笔。

“对！其实兰碧色那具女尸不是兰碧色，而是兰妃色。而凶手，就是兰碧色。”

“太子，朕听得稀里糊涂的。”慕容承皱眉道。

“陛下，简而言之，凶手杀了一个姐妹，削了头颅，而后布局让官府认定这女尸是凶手，这样官府就不会怀疑到自己身上，以此瞒天过海。”慕容彧解释道。

“原来是这样。”慕容承缓缓点头。

沈知言震惊得无与伦比，那女尸不是兰碧色，而是兰妃色？

“殿下说那女尸不是兰碧色，可是她的夫君来认尸了呀，那些仆人也可以作证。”

慕容辞道：“凶手很聪明，布了一个完美的局，本宫当时也上了当。凶手先抓了兰妃色，再把她的夫君江主簿软禁起来，然后派人乔装成京兆府的衙役，来大理寺报知江主簿辞官带着妻子远走他乡。如此一来，就造成兰妃色不在京城的假象，而后，凶手杀了兰妃色，给她穿上准备好的衣裳，还把自己的丝帕放在她身上，为了让我们相信那女尸就是兰碧色，凶手花了不少功夫，还找了一户宅院，花银子请邓飞和那些仆人演戏。”

“这当中，殿下发现了疑点？”

“不少疑点。”慕容辞点头，“其一，虽然邓飞在大理寺认尸时演得很好，悲痛欲绝，但身为一个男子，实有用力过猛之感。其二，兰碧色的妆台那些胭脂水粉、金玉首饰摆放得非常整齐，极像是摆出来给人看的。其三，兰碧色的衣裳大多清雅，金玉首饰却富贵艳俗，品味相差过大，是一个小疏漏。其四，邓家的仆人一问三不知，明显都在演戏，对当家主母没有任何感情。其五，兰碧色先被一个京官买了，后被邓飞买了，凶手编造出这样的命运看似没有漏洞，实则漏洞百出。京官大多死要面子，岂会轻易把小妾转手卖给旁人？”

“但这也只是殿下的推测，并不能当作确凿的证据。”慕容彧冷淡道。

“既然你怀疑凶手是兰碧色，那可有她的下落？”慕容承轻缓地问。

“父皇，儿臣知道凶手的下落。”

慕容裳依然跪在慕容承的脚边，乖巧温顺如猫。

慕容辞继续道：“兰若萱、兰若薇在得月楼卖唱，声名鹊起，短短几日美名就传遍全城。凶手兰碧色意外得知她俩在得月楼卖唱，便去一看究竟，却不想被兰氏姐妹认了出来。担心她们有朝一日把她曾为扬州瘦马的事宣扬出去，毁了她现在的身份，于是起了杀心。”

“凶手兰碧色只是柔弱女子，如何削了死者的头颅？”慕容彧冷沉地问。

“凶手有一个武艺高强、轻功甚好的侍婢，凶手要杀什么人，如何杀，杀了之后如何布局，如何抹去蛛丝马迹，都会细细地教给侍婢。原本曹嬷嬷可以避过这一劫，不过她知道兰碧色当年被哪户人家买了，在兰氏姐妹离奇失踪后，她想铤而走险去找兰碧色帮忙。兰碧色得知曹嬷嬷的意图，又怕她说出自己的秘密一样残忍地杀了她。从曹嬷嬷对兰梦色所说可以推断，她是唯一知道兰碧色真实去向的人。”

“兰妃色也被害死，殿下有确凿证据证明那具女尸是兰妃色吗？”慕容彧的眼中饱含赞许。

“两日前，本宫见到了江主簿。他和本宫说，当时他和夫人兰妃色被一个蒙面人抓了，分开关押。他全身被绑，也不知夫人怎么样了。后来不知过了几日，他趁看守的人不注意偷跑出来，去京兆府报案。”

“江主簿和兰妃色根本没有远走他乡，可是为什么有京兆府的衙役去大理寺报知他们已经离开京城呢？兰妃色又在哪里？结合兰碧色和邓家的种种疑点，本宫大胆地推测，兰碧色那具尸首其实是兰妃色。”她目光森然，一锤定音，“凶手兰碧色是扬州缀锦坊三艳之一，五年前来到京城，近来得悉昔日姐妹都来了京城，为防止她曾是扬州瘦马身份外泄，对姐妹大开杀戒。”

慕容承总算听明白了，面色冷郁地说：“那凶手兰碧色和乔妃惨死有何关联？”

“父皇，儿臣推测，凶手兰碧色连杀四人之后，于心难安，她想做点什么疏解心里的愧疚与不安，恰巧乔妃去看望她，从她和属下的对话中得悉此事，乔妃又生气又恨铁不成钢，于是母女俩起了争执。”

原来杀人不眨眼的凶手是公主？

“公主便是缀锦坊三艳之一，兰碧色。失踪那些年，公主并不是她声称的那样在一户人家当粗使丫鬟，而是身陷缀锦坊，被牙公牙婆当作瘦马栽培。她担心乔妃把她连杀四人的罪行宣扬出去，狠下心肠指使清月下毒害死乔妃。”

“太子哥哥，你们说臣妹是扬州缀锦坊的兰碧色，又说臣妹连杀四人，有何证据？”慕容裳雪颈高昂如凤凰，神色冷静得出奇，“没有确凿的证据，不要血口喷人。”

“太子，可有确凿的证据？”慕容承看着宠爱的女儿，如何忍心轻易定她的罪。

慕容辞取出一张画像，双手递过去，说：“父皇，这是扬州三艳十二岁那年的画像。”

慕容裳的面容浮现可怕的青紫色，眉目顿时凌厉起来。

慕容承接过去瞧了一眼，见到画中那小美人便是五年前回宫的爱女，不由闭了眼。

“皇妹，这是你的好姐妹兰梦色珍藏的画像。有画像为证，你还想抵赖吗？”

慕容裳微微一怔，抽泣道：“父皇，儿臣有错，五年前儿臣回宫，对宫里的一切都是陌生的。儿臣担心这只是一个美梦，担心老天爷会夺走父皇和母妃，担心父皇会看轻了儿臣，于是隐瞒了一些经历。可是父皇，儿臣真的没有杀人，上次那件事后儿臣诚心忏悔，不会再滥杀无辜……父皇，太子哥哥也没有确凿证据，儿臣是冤枉的……”

这番哭着哀求，着实可怜。

“这就是证据！”慕容辞再次取出檀珠手串，眉目布满了凛然的正气。

“父皇，儿臣再说一个故事吧。这个故事很简单，缀锦坊三艳之一的兰碧色美艳无双，有心机，有野心，而兰梦色清丽脱俗、善良温婉，心性豁达。兰梦色有一串古朴的手串，兰碧色看见了，就要过来把玩几天。兰梦色大度仁善，自然愿意把手串借她把玩。就是这么巧，父皇派出去的人看见这手串，便认定兰碧色就是流落民间的公主。而兰碧色得知他们找的是皇家公主，便动了不该动的心思，回去向兰梦色要来这手串，而后对牙公牙婆亮明身份，付了足够的银两，要他们对缀锦坊所有人说她被一个京官买了。就这样，兰梦色从小戴到大的手串被人讹诈了去，就连亲生父母、公主的身份也被最亲厚的姐妹夺了去，却什么都不知道。”

此言一出，犹如晴天霹雳，所有人震惊得目瞪口呆。

原来这个公主是假冒的啊。

这秘密太可怕！这真相太匪夷所思！

“父皇，这就是兰碧色想要守住的惊天秘密，因为这个秘密，她不惜铤而走险接连杀人，甚至毒杀宠爱她五年的乔妃。”慕容辞义正词严，厉色满目，“乔妃不是兰碧色的生母，她自然下得了手。为了保住她公主的身份和荣华富贵，人命如蝼蚁，律法如粪土！”

“父皇，不是这样的……太子哥哥血口喷人，儿臣真的是父皇的女儿……”慕容裳抽噎哭着，死死地拽着慕容承的衣袍，“父皇，儿臣冤枉，求父皇还儿臣一个公道……”

慕容承俯视着她，眼里交织着复杂的情绪：震惊，难以置信，痛心疾首，被最疼爱的女儿欺瞒的感觉很不好。

“兰碧色，本宫自当还你一个公道。”

慕容辞拊掌，琴若带着一个女子进来，那女子貌若琼雪，不落尘俗，跟慕容裳的美不相上下，却是另一种玉致姝雅。

“民女兰梦色拜见陛下、太子殿下、王爷。”兰梦色盈盈下拜。

慕容裳的眉眼精光闪烁，厉芒隐隐。

早就应该杀了她除去祸患！

到底太过心慈手软才有今日这般局面！

兰梦色拘谨地垂眉，手足无措，不知道太子殿下为何带她进宫面圣，不过她看见了昔日的姐妹，原来碧色没有死，她又激动又惊喜。

慕容辞道："父皇，这位姑娘便是扬州缀锦坊三艳之一的兰梦色。若非儿臣安排她暂住在大理寺，只怕早就惨遭毒手。"

慕容承细细打量兰梦色，虽然一时无法接受她是自己的亲生女儿，可是不可否认，她跟乔妃年轻的时候有三分相似。

"兰梦色，本王问你，你务必如实回答。若有虚言，便是砍头的死罪。"慕容彧沉声道。

"是。"兰梦色轻声道。

"你可认得这位姑娘？"他伸手指向慕容裳。

"自然认得，她是民女在缀锦坊相识的好姐妹，兰碧色。"她看向慕容裳，微微一笑。

"兰碧色有一条檀珠手串，你可知晓？"

"知道，"兰梦色轻轻点头，"那条檀珠手串本是民女从小戴到大的，十二岁那年，碧色说她喜欢，求民女给她，民女便赠予她了。"

"这是你从小戴到大的贴身之物，为什么随便赠予他人？"

"民女视她为姐妹，姐妹间不分你我。"兰梦色温柔道。

"梦色，"慕容裳声泪俱下，"没错，你我是好姐妹。可是你为什么要说谎？这手串明明是我的，你知道我是流落到民间的公主，如今荣华富贵，你妒忌眼红，是不是？我一直把你当作最亲厚的姐妹，日夜思念你，没想到你竟然这样诬陷我、坑害我！"

兰梦色整个人都懵了，长睫扑闪，无言以对，一头雾水地说："碧色，你究竟在说什么？你是公主？"

慕容裳没有回答她，转身向慕容承哭道："父皇，儿臣看错了人……她的确是儿臣在缀锦坊的好姐妹，如今她知道儿臣为皇家公主，妒忌儿臣有父皇的宠爱，别有用心地进宫诬陷儿臣……儿臣知道了，她和太子哥哥合谋，要置儿臣于死地……父皇要为儿臣做主呀，儿臣是冤枉的……"

慕容承看她声泪俱下、伤心欲绝的模样，心痛得不行，拍拍她的手安慰道："朕不会让你受半分委屈。太子，御王，裳儿和这位姑娘各执一词，无法证明谁是谁非。"

"皇妹，你以为扬州距京城千里之远，没人知道缀锦坊的事吗？"慕容辞冷笑着拊掌，接着出来是一个中年妇人。

这妇人穿绫罗绸缎，却躬身畏缩，好似惧于皇家威严。

"民妇拜见陛下，拜见太子殿下，拜见王爷。"她下跪叩拜，声音发颤。

"如实回话，否则累及家人性命。"慕容彧寒声道。"你是扬州缀锦坊的牙婆？"

"是的。"

"这两位姑娘，你仔细认认。"

牙婆抬起头，先是看见兰梦色，惊喜道："梦色。"

"妈妈。"兰梦色欣喜地笑。

接着，她看向另一边的姑娘，面色大变，她不就是……

慕容彧神色寒凛，迫出一股无形的威压，喝问道："她是谁，你不认得吗？"

牙婆闻言，好似颈上架着一把锋刀，结结巴巴道："认得……是昔日缀锦坊的兰碧色……"

她自然知道兰碧色五年前就回京做了公主，这个秘密除了她和几个嬷嬷没人知道。

现在，兰碧色，不，昭华公主为什么披麻戴孝？为什么这么憔悴？

慕容辞拎着手串，冷声喝问："牙婆，你可认得这手串？"

牙婆看那手串一眼，如梦初醒，身子哆嗦道："民妇不认得……"

"你最好看仔细了。若你作伪证，先打一百大板，再行惩处。"慕容彧语声里都是骇人杀气。

"民妇认得，是檀珠手串。"她慌得立即改口。

"这手串是谁的？"他目光冰冷似剑，"你最好想清楚了再回答。"

"对呀，你最好想清楚了再回答，否则便是滔天大祸。"慕容裳无辜地说道。

牙婆看着她那双阴森森的眼睛，不由得想起她还是十二岁时，一样用这种嗜血的神色警告过她。

兰梦色轻柔道："妈妈，其实我不想要什么，我只想你说实话，被人冤枉的感觉很难受。"

牙婆看看众人，咬咬牙道："这檀珠手串是梦色的……民妇刚买来梦色的时候，她就揣着这手串……"

"父皇，乔妃定是发现兰碧色不是亲生女儿，兰碧色也有所察觉，才惨遭灭口的。"慕容辞沉痛道。

慕容承的面庞交织着失望、痛心与哀伤，半晌轻缓道："朕记得，朕和乔妃的亲生女儿，头顶有两个旋。"当初只凭手串认了女儿，却忽略了这个重要信息。

慕容辞眼神示意，琴若便一个个去检查。

慕容裳的头顶是一个旋。

兰梦色的头顶是两个旋。

慕容承面色铁青，大手用力地抓握着雕椅扶手，青筋暴凸，微微颤抖。

"父皇……儿臣知道错了……"慕容裳惊慌地跪地求饶，拉着他的袍角，"陛下，民女知错……民女真的知错了……陛下，民女这些年侍奉您，承欢膝下，没有功劳也有苦劳……只希望留得一命……求陛下开恩……"

"混账！"他一把推开她。"你害得朕与亲生女儿相隔两地、多年不能相认！害得乔妃死于非命！你残害多少人命，凶残至极，可恶至极！"

"姐姐，我把公主的身份还给你……求求你，饶我一命……好歹我们姐妹一场，你说过你会永远对我好的，难道你忘了吗？"兰碧色在地上爬，转而向兰梦色求饶，"姐姐，我错了，我不该在五年前动了鸠占鹊巢的心……"

兰梦色看着她，流露几分怜悯，却咬着唇没有说话。

"姐姐，"兰碧色跌坐在地，疯了似的冷笑，"你还记得吗？那缀锦坊根本不是人待的地方，如果你有机会成为金枝玉叶的公主，难道你不想吗？你也会跟我一样！你以为我不知道吗？你的仁善、宽容都是装的！"

沉默半晌，兰梦色轻轻地摇头道："我觉得你很可怜。我看错了你。"

兰碧色泪盈于睫，睁着红肿的双目茫然地看着所有人。

太子哥哥，沈知言，御王，父皇……

他们面上没有半分怜悯，没有半分宽恕。

他们都要逼死她。

她忽然想笑，他们是她曾经最亲的人，可现在恨不得将她千刀万剐。

“哈哈哈……你们都要逼死我吗？”她绝望而崩溃地大笑。

“没有人要逼死你，是你自作孽不可活。”慕容辞冷冷道，“你双手沾满了鲜血，你不死，何以告慰那些冤死的亡灵？父皇，儿臣以为，兰碧色欺君罔上，残杀无辜，心如蛇蝎，数罪并罚，理当判斩立决！”

“拖下去！”慕容承语声冷厉，即使内心仍有一丝不舍。

殿堂犹如清了场，此时所有人都看着兰梦色，她窘迫地垂头，有点儿不知所措——她真的是当今陛下的女儿？是皇家公主？太子殿下是她的亲兄长？

“兰姑娘，本宫的父皇便是你的父皇，快过去拜见父皇。”慕容辞把檀珠手串放在她手里，温柔道。

兰梦色点点头，内心怯怯，举止却很大方。她下跪叩拜，行伏地大礼：“梦色拜见……陛……下……”

慕容彧起身笑道：“陛下，这才是陛下的亲生女儿。这才是真正的公主风范，仁善宽容，胸襟不俗。”

“好孩子……快起来吧。”慕容承湿了眼眶。

“兰……不对，公主，要改口了。”沈知言温润地笑。

“皇妹，快叫父皇。”慕容辞笑道。

“我……”兰梦色看看兄长，又看看父皇，樱唇微微一动，最终轻柔道，“父皇。”

“好好好。”慕容承起身握住女儿的小手，泪光闪烁，“孩子，你流落民间这么多年，吃了这么多苦，朕对不住你，往后朕会好好补偿你。”

“父皇，儿臣不苦，儿臣庆幸今日能找到亲生父母。往后定会尽心侍奉父皇，向父皇尽孝。”兰梦色语声温柔，端庄大方。

“咦，公主不是年十七吗？之前公主在大理寺自称是十八岁。”沈知言不解道。

“皇妹年幼流落民间，如何知道自己的年纪？缀锦坊的牙婆买了皇妹，也不知皇妹究竟是几岁。”慕容辞笑道。

“孩子，你年方十七，不是十八。”慕容承爽朗地笑道，“朕为你取个名吧。澜，慕容澜，你喜欢吗？”

“父皇赐的名，儿臣自然喜欢。”慕容澜清雅地笑笑。

“父皇，皇妹贵为公主，应该有个封号。”慕容辞笑道。

慕容承想了想，眉头微皱，说：“御王，不如你提一个封号。”

“臣便想一个抛砖引玉吧。”慕容彧想了想道，“无忧公主。”

“无忧……无忧无虑，逍遥自在，好好好。”慕容承慈眉善目地问，“澜儿，这个封号，你可喜欢？”

“儿臣喜欢。”慕容澜含笑而语。

“孩子，一切都过去了，从今往后，你是朕的女儿，是万千宠爱、人人敬仰的大燕无忧公主。”他纵声大笑，龙颜大悦。

“父皇，册封皇妹为公主是大事，册封典礼不如让儿臣操办。不过，这件事如何对臣民交代？”慕容辞拿不准主意。

“这件事倒是有点棘手，御王，你有何想法？”慕容承问。

“陛下，为了避免百姓过多揣测，或对无忧公主指指点点，臣以为还是开诚布公好。”

慕容辞点头，“父皇，承认五年前错认兰碧色并不会有失颜面，为皇妹正名才是最重要的。再者，兰碧色心性狡诈，父皇、乔妃受她蒙蔽也是人之常情，是不是？”

慕容彧接着道：“殿下言之有理，兰碧色是罪魁祸首，理当斩首示众，以儆效尤。”

慕容承点点头，“那便由御王全权处置。”

慕容彧拱手道：“臣领旨。”

闹了这么一场，坐了这么久，慕容承颇为倦怠，慕容辞连忙吩咐内侍护送他回清元殿。

“父皇，儿臣不能在母妃生前向她好好尽孝，此时想陪陪母妃。”慕容澜求道。

“也好，这是你一片孝心。今夜你便在此陪陪你母妃。”慕容承摸摸她的头，在内侍的搀扶下颤颤离去。

从毓秀殿出来，慕容辞、慕容彧和沈知言并肩而行。

“殿下，王爷，哪日将兰碧色斩首示众？”沈知言兴奋道。

“明日。”慕容彧好似在说一件芝麻绿豆大的事。

沈知言又问：“殿下，你什么时候把缀锦坊的牙婆带到京城的？什么时候知道兰碧色有犯案嫌疑？又是如何知道兰碧色夺了公主的檀珠手串、窃取了她的公主身份？”

慕容辞没有回答，早在她怀疑缀锦坊的时候就让容湛去查了，越查越深，果然查出了惊天秘密。

见殿下没有回答，沈知言也没有追问，或许在御王面前，殿下不好说太多。

“殿下抽丝剥茧的本事越发厉害了。”慕容彧轻笑。

龙凤错

太子殿下有喜了

[下]

端木摇 著

新世界出版社
NEW WORLD PRESS

兰梦色被封无忧公主

兰碧色竟是诸多命案的背后主谋

御王：殿下对秦公子这么关心，我吃醋了

青云山庄的老板竟是他

西秦国国玺丢失，招天下能士寻找

太子殿下：探案难不倒我，找国玺也算我一份

御王：殿下，我派近身侍卫保护你

途中又遇秦公子，巧合？阴谋？

第四十一章

独自前往西秦寻国玺

三日后，无忧公主的册封大典在宫中举行，朝中重臣进宫观礼。

慕容承本想举办盛宴，慕容澜以要为母妃守孝为由，劝父皇一切从简，于是宫宴改为家宴。盛装打扮的慕容澜比以往的清雅脱俗多了几分皇家的尊贵气息，娴雅温婉，风范绝佳，众人都为新封的无忧公主献上了贺礼。

家宴散后，慕容辞回东宫，却见慕容彧从后面赶上来。

“殿下查到秦公子的底细了吗？”慕容彧扬声问道，与她并肩而行。

她心知，他不会无缘无故提到秦公子，莫非他查探了秦公子的底细？便问：“你查到了什么？”

“殿下对秦公子还真关心呐。”慕容彧俯在她耳畔，说了这么一句，就径自往前走。寒风掠起他的玄色广袂，扬出与众不同的绝世风采。

她咬咬牙，跟了上去。

他拐入另一条宫道，踏入清风阁。

清风阁不大，四周都是低矮的灌木，檐上挂着两盏灯笼，光影摇曳，一地斑驳。

为了得到答案，慕容辞迫不得已走进清风阁，所有宫人都受命在二丈开外等候。

“时辰不早了，你想说就说，不想说本宫就回去了。”

慕容彧斜坐在石案旁，姿势闲散，昏黄的光影落在那张瑰美俊俏的脸上，说：“殿下派了不少人跟踪秦公子，似乎一无所获，看来你的下属能力不怎么样。”

她的心里蹿起小火苗，虽然他说的是事实。

“再不说，本宫走了！”

“秦公子再神秘，我也有办法查到他的底细。”

“那你究竟查到什么？”

“他的底细，明日即可知道。”慕容彧神秘地扬眉，拍拍身旁的石案，示意她过来坐下。

“为何要明日？”慕容辞靠近一些，尚留三步距离。

“昨日鬼影追踪他，有惊人的发现。不过，我们还是亲眼去看看比较好。”

“什么惊人的发现？”

“你就这么迫不及待吗？”慕容彧走到她面前，抬起她的下巴，“你对秦公子这般上心，我会吃醋的。”

慕容辞拍掉他的手，又一掌向他的咽喉迅猛袭去。

他微微一笑，伸手一挡，她又一掌攻向他的腰腹大穴，正要得逞，他的大手忽如铁钳般袭来，两指就夹住她的手腕。

一切都在他的算计之内。

她抽手出去再度出招，时而凌厉时而凶猛时而毒辣，招招袭向他的要害。而他不是拦截就是反制，过了十招，两人的拳脚交流终于停止，以一种诡异离奇姿势定格。

他扣住她的左手，另一只手托着她的后腰，而她仰面倾倒四十五度，右手锁住他的咽喉。

她横眉怒对，他似笑非笑。

她气急败坏，他语笑从容。

“你想谋杀亲夫吗？不过我知道你口是心非，舍不得杀我这个如意郎君。”

还能更自恋一点吗！

他忽然俯首吻下，她没防备被成功偷袭，一抬腿踢向他的头。

这一踢，力道极大。

他慢悠悠地，在玉足袭来之际一把握住，将她整个人倒提起来。

她失去重心，上半身往下栽倒。

他探手稳住她的纤腰，她顺势拍出一掌，直击他的胸口。

他如果闪避，就只能松手让她摔在地上。

他结结实实挨了这一掌，后退两步，捂住胸口咳了几声。

她怔怔地，有点懵。即使只用了三成力，还是觉得……心虚。

“你明明可以躲开，为什么不躲？”

“你想打,我就让你打,咳咳……无须担心,这一掌要不了我的命……”

“你受内伤了？”她走过去研究他的面色，他本来就颜白如雪，瞧不出是真的受了内伤还是假的。

“你说呢？不过还知道关心我，不枉我疼你。”慕容彧忽地把她拉到怀里说，“要你补偿。”

“是不是要我再补一拳？”她纤眉微挑。

“行，再来一拳。”他指指自己的心口对她说。

她刚刚抬拳，就被他忽地扣住手腕，用力拉入怀里，她刚要挣扎，就听他淡然道：“我派人将百花楼炸平了。”

“啊？”慕容辞惊愕不已，这话题转得猝不及防，“什么时候的事？”

“前日。”他内心愉悦，果然一提起这些事，她就忘了眼下的处境。

“你怎么炸的？”百花楼的巢穴岂是那么容易靠近的？“百花楼的人必会察觉，你的人如何潜进去放炸药？”

“我自有办法，月黑风高之夜容易行事，如今百花楼已变成了一片废墟。”慕容彧语气轻缓，好似在说一件无关紧要的事。

“那百花楼的人呢？”

“百花楼在京城滥杀无辜，我岂能放过他们？”

原来，那夜落霞峰的激战非常激烈，双方都有死伤，不过，慕容彧派出去的精兵总算重挫百花楼，百花楼日后想在燕国继续行事，也要看看他许不许。只是，那楼主逃了。

鬼影等人一直在追寻百花楼楼主，好在已经有了眉目，而且有一个惊人的发现。

慕容辞看他的眼神，猜也猜得到百花楼的下场有多惨。

慕容彧抱着她，内心愉悦——一旦她想着一件事，就顾不上其他事，温顺得像一只小白兔。

次日，慕容辞和慕容彧经过一番乔装，来到城郊一户农家门外。

慕容彧粘着假胡须，裹着白头巾，身穿粗布灰袍，活脱脱一个乡野粗人。

不过即使如此，也掩不住他的魅力。

她也是如此打扮，但那精致的脸一瞧便知不是普通人。此时他们躲在一堆草垛后面，等着那户农家里的人出来。

“这么久还没动静，倘若他在里面待一日呢？”她蹲着望向那边，不耐烦道。

“放心吧，那人不会待很久的。”

果不其然，不出片刻，秦公子和一个青衣男子出来，那青衣男子为他牵过马车，不多时，秦公子坐上马车离去。

她和慕容彧施展轻功在后尾随，马车在城门前停下来，秦公子下来步行。

“他为什么不坐马车进城？”慕容辞疑惑道。

“这人有怪癖。”

盯着秦公子的背影久了，她总觉得这背影和百花楼楼主有几分相似。

只见他漫无目的地在城里溜达，这个小摊看看，那个小摊看看，还时不时地回望一眼。终于，他拐入一条小巷，他们连忙跟上，只见他忽地飞上街边的屋顶，而后疾速飞奔。

他们提气追去，咦？好像是青云山庄的方向。

果然，秦公子从青云山庄的侧门飞进去。

“要不要跟进去？”她问。

从侧门飞进去，必定不是来用膳，莫非他是青云山庄的人？

慕容彧拉着她的手疾飞进去，而秦公子已经消失了。

他们堂而皇之地在后院溜达寻人，这里草木葱茏，又极为幽静，看不见半个人影。

有脚步声！

他们止步，但见前面走来一个仆人。

“你们是什么人？好大的胆子！竟然擅闯青云山庄！”

“来者是客，理当恭敬。”一道沉厚的声音传出来，下一瞬，一间厢房的房门缓缓打开。

果然是秦公子。

“这二人是我的贵客，你去沏两杯茶来。”秦公子向那仆人吩咐道。

“是。”仆人领命退下。

“二位，跟了我这一路，怕是累了，不如到前厅喝杯茶。”

“恭敬不如从命。”慕容彧拱手，没有半分尴尬。

来到大厅，宾主入座，仆人上茶。

她笑道：“原来青云山庄神龙见首不见尾的神秘老板就是秦公子，失敬失敬。不过秦公子也不厚道，我几次请你在这里用膳，你竟然瞒着不说。”

“秦某有所隐瞒，是秦某的不是。不如这样，稍后秦某做东，请二位在此用膳。”秦公子爽朗地笑。

“秦公子客气了。稍后我们还有事，就不叨扰了。”慕容彧朗声道。

“那改日二位空闲了再来青云山庄，秦某做东。”秦公子疏朗地笑道。“对了，过些天我会离开京城一阵子，若二位来山庄用膳，我会吩咐下去，让仆人们好好招待。”

“秦公子要去哪里？”她随口问道。

“去东楚国处理买卖的事。”

“秦公子贵人事忙，我们就不叨扰了，告辞。”她拱手道。

“秦某在山庄恭候二位。”他亦拱手而言。

从青云山庄出来，她内心的激荡还无法平息，秦公子竟然是青云山庄的老板，那么云海客栈应是他的另一个据点。

他沉声道：“其实秦公子应该是故意出来见我们的，他不想再隐瞒。”

“本宫也觉得，说不定他已经知道我们的身份。”她忧心道，“他是西秦国人，在京城做买卖，而且这么神秘，本宫担心他另有企图。”

“放心吧，我会把他所有的秘密挖出来！”

慕容辞也期待着那一日，只是她此时料想不到，当她再度看见秦公子时，会震惊得失语。

“什么？西秦国国玺失窃？”慕容辞看完西秦国皇帝派人送来的国书，惊诧不已地说。

更令人惊异的是，西秦国皇帝竟把这件“国丑”广而告知，邀请诸国皇室、能人异士前往西秦国寻找国玺。找到国玺的人提出的任何要求，西秦国都无条件满足。而且但凡是帮助西秦国寻找国玺的诸国皇室，即便没有找到，也可获赠战马百匹。

西秦国的战马作战力强，耐力强，可谓天下无双。

这是一个极大的诱惑。百匹战马虽少，但可和自家战马生下具有西秦血统的马匹，能够提高作战力。

想到此，她蠢蠢欲动。

“你想去西秦国？”慕容彧已猜到她的心思。

“东楚国、南越国一定会派人去，本宫当然也要去。”慕容辞兴致高昂。

“此行凶险，谁知道西秦国打的什么主意。”

“做好万全准备，就不怕有大危险。”

“我陪你去。”他淡淡道。

“不用。”她才不想跟他一路同行，那才危险，“你也去，那朝政怎么办？”

不对，她一离开，他在京城动动手指，窃国篡位不是轻而易举？到那时，她说不定还会被他派出的人追杀。

想到此，寒气从脚底升起。

见她的面色阴晴不定，慕容彧猜到她所思所想，说：“你想去就放心去吧，朝廷有我坐镇，不会出乱子。”

“嗯，此行到底凶险，本宫还要再考虑考虑。”

听闻慕容辞要去西秦国，琴若和如意极力反对，容湛也是不太赞成。他们倒不是担心御王谋逆，只是担心她在西秦国有危险。

“怎么办？我很想去西秦国，但又担心……”

担心慕容彧对父皇下手，担心他谋权篡位，担心他派人在路上埋伏自己。

容湛沉吟半晌，道：“我留在京城部署好一切，倘若御王府有异动，我飞鸽传书给你，你立即赶回来。”

这是个好办法，不过远水救不了近火，只怕她赶回来，也无法扭转乾坤了。

“还有一个办法，让御王跟你一起去。”他提议道。

“这办法再好不过，但我担心他跟我去西秦国，天下诸国忌惮他，沿路设下埋伏伏击他。再者，西秦国皇帝、太子必定视他为眼中钉，他的处境比我危险。”

届时慕容彧若不幸遇害，她又身在西秦国，那么大燕国就真要遭殃了。

“的确，御王这些年驻守边关，战功无数，西秦国、东楚国、南越国恨不得将他千刀万剐、碎尸万段。”

两人一起唉声叹气。

琴若道：“殿下，奴才觉着，以御王对殿下的……不至于做出大逆不道的事。御王的确有野心，也有异心，但这五年来不是什么都没做吗？以他如今的权势，他为什么一直按兵不动？”

容湛失笑道：“琴若，你不懂，御王按兵不动，应该是还有所顾忌，或者是他不愿竹帛青史留下他窃国篡位的恶名。”

这一次若去西秦国，她想着在那儿建立一个联络点，以后刺探消息就容易多了。她还想亲自去西秦国皇宫走一遭，探探虚实，顺带查探西秦国如何饲养战马。

“庄主放心去吧，京城有我看着。”容湛爽利道，“我抽调三十精兵暗中保护庄主。”

去！

倘若慕容彧当真在她离京时候动手……

或许她承受不了国破家亡的后果，不过她对他多少有几分信任，权当是考验。

当即，她回宫告诉了慕容彧，次日将启程去西秦国。

“我抽调一百精兵保护你。”

他的反应这么平淡？好像他早已料到似的。

莫非他把西秦国的国书给她看是故意的？

“王爷，朝中一切有赖于你，还望你照顾好父皇，别让他少了一根头发。”

“就这么不放心我？”慕容彧挑眉，“明日要我送你吗？”

“不必了。”她大步流星地离去。

慕容辞忐忑不安地启程离京，慕容彧果然给她安排了一百精兵，还特意安排了四个近身侍卫，这四人声称，王爷下令，即使殿下去茅房，也要有一人跟着。

这不是变相地盯梢吗？

她强硬道：“你们奉命保护本宫，本宫很高兴。不过既然御王说了你们听命于本宫，从现在开始，你们的主子就是本宫，本宫让你们做什么，你们就做什么，不然就滚回去！”

四个侍卫面面相觑，无奈地接受了她的要求。

一路往西，走了两日，慕容辞下令在小镇一家客栈歇一夜。

客栈根本容不下精兵一百，琴若挑了十五人在客栈保护，其余在方圆三里之内自行解决吃住。自然，那四个近身侍卫要留在客栈。

放下行装，慕容辞和琴若在一楼大堂吃晚饭。忽然听得一声爽朗沉厚的声音：“掌柜，我要一间上房。”

是秦公子！

他不是说要去东楚国处理买卖的事吗？

“公子来得正好，一号房正好有人退了，我吩咐伙计带您上去。”掌柜笑道。

“我先吃饭吧。”秦公子沉朗道

“好嘞，公子，您坐这边。”伙计热情地招呼着。

秦公子走过来，不经意地瞥了一眼，正巧看见慕容辞，惊诧不已。

“玉公子！”

慕容辞不得已站起来，说：“秦公子，好巧啊。”

“是呀！太巧了，”他笑道，“我们居然在这小镇遇上了，不介意我一起坐吧。”

“请坐。”

“伙计，把贵店的好菜来三五样。”秦公子爽朗道。

“秦公子，你不是要去东楚国吗？”慕容辞淡淡地问。

“我要去西秦国，西秦国的买卖出了大事，我必须赶去处理。这是去西秦国的必经之路，你也要去西秦国？”

“是的。”

“那就巧了。不如你我同行如何？”他热切地问。

“好呀，正好有个伴。”

如此一来，那一百精兵就不能跟着她，只能暗中保护了。

“秦公子没有带仆人上路吗？”琴若问道。

“每次外出我都带一两个仆人，不过最近事儿多，那几个仆人都忙着，我就索性一人了。”

不多时，伙计端上五碟当地的菜肴，他一一介绍，如数家珍。

琴若笑道：“秦公子对这小镇熟得很。”

“那是自然。我在诸国都有买卖，每年都要跑上几趟，沿路的小镇客栈都熟了。”

“去西秦国的这一路，没有山贼劫匪吧。”

“有不少。因此咱们结伴同行，安全一些。”

三人边吃边闲谈，欢声笑语，其乐融融。

吃过晚饭，他们一起回客房。刚欲上楼，一个男子急匆匆冲下来，琴若眼疾手快去拉殿下，不想已有一人先她一步，把慕容辞一把拉开。

待慕容辞回过神，才发现自己靠在秦公子身上。

“多谢秦公子。”慕容辞连忙站稳，尴尬不已。

此时一个近身侍卫也瞪着眼睛冲上来。这个侍卫，琴若一直觉得他乖乖的，恨不得寸步不离地跟着殿下，每次她支开他们，不多时他就跟来了。就连殿下都觉得这个侍卫跟其余三人有点不一样。

慕容辞住的是天字一号房，秦公子住的是地字一号房，两个房间是挨着的。他送到她门口，一笑道：“玉公子早点歇着。若有事，你喊一声便是。”

“怎么会有事？你也早点歇着。”她轻笑着推门进去。

沐浴更衣后，她正要躺下，却听见敲门声。

“玉公子，是我，你歇下了吗？”是秦公子的声音。

“正要歇下。”

“玉公子，今夜月色不错，不如我们在那边的小阁赏月夜谈。”

也好，反正时辰还早，她穿好衣袍，开门出去。

二楼西边尽头有一间小阁，设了案几，伙计送来茶点。

“我离京前玉公子也没来找我，没想到在这小镇巧遇，当真高兴。”

慕容辞轻笑道：“我知道你忙，不便打扰。再者我府里事儿也多，分身无暇。”

秦公子颔首一笑道：“我对西秦国京城还算熟悉，不如到了京城，你我住同一客栈，我带你领略西秦国的风土人情，如何？”

“实不相瞒，此次去西秦国，我身负重任，只怕不能到处游玩。”她为难道。

“那你打算在西秦国逗留几日？”

“还不一定，看事情办得是否顺利。”

“这样吧，待到了西秦国京城，我把联络方法告诉你，若你有空，便来联络我。”秦公子取了一块酥饼递过去，“这小镇的酥饼是一绝，你尝尝。”

“嗯。”慕容辞接过酥饼时，手被他的手指碰到了，顿时有点尴尬。她默默地吃酥饼，知道他此时正目不转睛地看自己。

“你为什么这么看着我？”犹豫了一下，她还是问了。

他失笑道：“玉公子，实不相瞒，我总觉得你容貌俊秀绝伦，明眸皓齿，比寻常男子来得秀气。不知你家中可有姐妹？”

她面不改色道：“我有一个妹妹，不过家父对妹妹的婚事要求甚高……”

秦公子明朗地笑着说：“我不是那个意思，你误会了。”

“如秦公子这般英伟俊美，气宇轩昂的公子，必定有不少姑娘倾心。”

“不瞒你说，我近来喜欢上了一个不该喜欢的人，再者我不知道她对我是什么心思……”

“抱歉，我帮不上你什么忙。”

“你帮得上……”他忽然握住她的手说。

她立即抽出手来，说：“秦公子，请注意自己的言行！”

他失笑道：“不知为什么，我时常为玉公子的俊秀之姿着迷不已。”

慕容辞脸颊微热，匆匆起身，说道：“夜深了，我回房歇息了。”

他起身轻拦，眉宇布满了真挚诚恳地说：“玉公子，抱歉吓到了你。我只想跟你说几句真心话，说完我就让你走，好不好？”

“我知道你想说什么，我再说一遍，秦公子，请你自重！”她微怒道。

“我就说几句话，不会耽误你多久……”他急切地恳求。

“让开！”她一把推开他疾步而去，却看见一个轩昂的玄色素袍男子拦在她面前，是那个对她过分关心的近身侍卫，但这侍卫平淡无奇的脸庞好似覆了寒霜，目光冰寒刺骨。

“你是什么人？”秦公子怒道。

“他是我的近身护卫。”慕容辞连忙道。

“主子跟友人说话，哪有你的事？”秦公子语声饱含怒火。

“谁敢冒犯我家公子，我就不客气！”这侍卫嗓音粗暴沙哑，怒火一点即着。

“秦公子，今夜的事我不计较，但我不希望有下一次。”慕容辞义正词严道。

近身侍卫揽着她的肩离去，秦公子盯着他们，一双俊眼冷酷地眯起。

走到秦公子看不见的地方，她立即推开那侍卫的手，道：“本宫警告你，注意分寸！”

他没说什么，看着她进了客房，之后也不离去，在房门外守着。

慕容辞睡了舒服的一觉，吃过早饭后准备继续赶路。

她忽然察觉后面有人，回过头看见秦公子站在自己身后。

“玉公子，昨夜是秦某唐突了，还请你原谅我这一回。”他背着包袱诚恳地道歉。

她犹豫了一下，道：“希望秦公子说到做到。”

他笑道：“玉公子胸襟广阔，秦某佩服。你我还是结伴同行吧，去西秦国的路我熟悉一些。”

她不置可否，他就当她同意了。

那边，那个近身侍卫正在喂马，冷冷地望过来，其貌不扬的面庞凝结着厚厚的冰霜。

因为跟秦公子同行，她只留了四个近身侍卫和琴若，好在秦公子没再闹出什么令人尴尬的事，一路顺利。

入夜，他们在乡野的农家借宿一夜。

付了碎银子，大婶做了丰盛的农家食物给他们吃。

秦公子端着一杯酒过来，说：“玉公子，今夜天寒地冻，喝杯酒暖暖身子。”

慕容辞想保持头脑清醒，正想婉拒，却看见那近身侍卫过来，道：“主子不能喝烈酒，喝羊肉汤吧。”

那侍卫盛了羊肉汤递到慕容辞面前，她接也不是，不接也不是，最后还是接了。

慕容彧究竟派了个什么侍卫！

“我吃饱了，你们随意。”说罢，她匆匆回房。

看着琴若铺床，她若有所思道：“你有没有觉得那个侍卫越来越怪？”

“是挺怪的，不过倒是挺忠心的，说不定他是奉了御王的死命令才寸步不离地跟着殿下。”琴若猜测道。

“本宫总觉得他有一种说不出来的怪……”这种感觉说不清道不明，一个侍卫却拥有不该有的霸道。

“奴才倒是觉得那个秦公子更怪，他看殿下的目光……跟以前不一样了……”

“怎么不一样？”慕容辞想起昨夜那事，有点窘。

“以前他看殿下的目光是欣赏，如今他看殿下，那眼里好像有火焰，秦公子可能……喜欢殿下。”琴若笑嘻嘻道。

“就你精，出去走走吧。”

两人在农家附近漫步，慕容辞寻思道：“在路上遇到秦公子，本宫总觉得不是巧合。”

琴若惊诧不已地说：“他是跟着殿下来的？那殿下为什么跟他同行？”

“他太神秘了，本宫忍不住想把他的秘密挖出来。”

她忽然止步，因为看见前面走来一个人，步履沉缓。

荒郊野外的冬夜，星辰寥寥，皎皎明月悬在夜幕上，雾霭也染上淡青色的月辉，如诗如梦。

就在这样的星月夜里，秦公子自淡青色的雾霭深处缓步走来，披一身的月华与夜露，雪白广袂翻飞。

这样的夜色里，他好像变了个人，气宇卓绝，那张俊脸精雕细琢，星月辉光在上面流闪，摄人心魄。

“玉公子，你也出来消食吗？”秦公子站定在慕容辞面前，别样温柔。

慕容辞颔首道：“今夜月色不错，在附近走走。”

“那边景致不错，不如到那边草地上走走？”他含笑提议。

“不了，我再过一会儿就回去了。”她婉言谢绝。

“也好，就在这边走走吧。”他并不尴尬，手一引。

三人在荒凉的草地慢慢走着，秦公子笑道：“玉公子，秦某一直不敢多问，担心唐突了。这次你去西秦国是买卖的事，还是其他？”

慕容辞模棱两可地说：“应说算是家里的事。”

他懂得察言观色，没有追问。

寒风凛冽，他见她抄着手，便解下外袍要披在她身上。

她连忙侧身避开，说：“不用，我不冷。我们要回去了，秦公子自便。”

“玉公子，我只是担心你受寒。此去西秦国京城还有三日路程，倘若你在途中病了，那就不好了。”

“公子不会穿外人的衣袍！”突然响起一个声音。

慕容辞与琴若齐齐地望去，是那个近身侍卫。

秦公子还没回过神，那近身侍卫已走过来，将一件墨色大氅披在慕容辞身上。

慕容辞瞠目结舌。

“玉公子，你这个侍卫虽然无礼，但对你这个主子倒是尽心尽责。”

言外之意是侍卫对待主子的朋友这么不客气，失了礼数，追根究底，还是玉家的家规不严。

“让秦公子见笑了。”慕容辞有点尴尬。

“无妨。只是我不太明白，你不穿外人的衣袍，是真的吗？”秦公子笑道。

“的确如此。”她更尴尬了。

“公子，该回去歇息了。”近身侍卫说罢便扣住她的手臂前行。

琴若回过神来跟上，秦公子一人站在原地，望着那二人的背影渐渐消失，眼梢飞落一丝危险的神色。

进屋前，慕容辞拍掉那侍卫的手，严厉道：“本宫上次就说过，下不为例！你把本宫的话当耳边风吗？！”

近身侍卫看了她半瞬，冷着脸离去。

他这脾气也太差了吧。

秦公子：一个小小侍卫，竟然如此放肆

近身侍卫：我只听命于王爷

太子殿下：早就知道你是谁了，还不快现身

御王护体，一路畅通

第四十二章

奇怪的近身侍卫竟是他

天亮后，一行人再度启程。

午后，大伙儿都饿了，便在一片空地停下来歇息。秦公子去林里打了一只野兔回来，那四个近身侍卫也去打了野味回来。

他们点了两堆篝火，不多时，焦香气弥漫开，勾人得紧。

“玉公子，尝尝我的手艺。”秦公子递过来一只兔腿。

“公子，尝尝我的手艺。”那近身侍卫递过来一只鸭腿。

慕容辞怔了一怔。

这抉择难度不亚于前几日考虑去不去西秦国。

“我饿得前胸贴后背，两只腿都不够我吃的。”她双手同时去接，咬一口兔腿，再咬一口鸭腿，连声赞美味。

两个男子互瞪一眼，才各自去吃。

慕容辞暗叹，没想到那侍卫手艺还不错，比秦公子烤的好吃。

“玉公子，再走十余里就是西秦国边境最大的城市安州，我们可以在安州找一间好些的客栈歇一晚。”秦公子笑道，“若我们快马加鞭，应该能在亥时赶到。”

“那就赶一赶。”慕容辞道。

不多时，她吃饱了，拿起水囊，才发现没水了。

再一次，两个男子同时递上水囊，都殷切地看她。

琴若一怔，眼珠一转，说：“我家公子不喝别人喝过的水囊。”

“这水囊没人喝过。”那近身侍卫一本正经地说。

“那就这个吧。”琴若笑眯眯地接过来。

秦公子缩回手，仰头饮一口水化解尴尬。

这夜，一行人抵达安州，在全城最好的客栈住下。

秦公子做东，点了一桌菜请慕容辞与琴若，他对安州当地的菜肴如数家珍，不停地为她们夹菜，十分热情。

忽然，那近身侍卫过来，一声不吭地坐在琴若与慕容辞中间，琴若一愣，只好坐到另一边去。

“兄弟，当侍卫的要有自知之明。”秦公子的笑颜终于冷沉下来。

“我家大公子说了，出行凶险，要我寸步不离地跟着公子。公子的茶水膳食，我都要先尝过，确定没问题了才让公子入口。”那近身侍卫面无表情道。

“玉公子，这……”秦公子看向慕容辞，面上不动声色，心里已怒火中烧。

“秦公子，很抱歉，我大哥的确是这么说的。”她不得已道，但她如何能自在，便横去一眼，眼风凌厉如刀。而那侍卫淡然地看她一眼，从容不迫地拿起木筷吃起来。

“这位兄弟，我点几个好菜到那桌，你和你那三位兄弟喝点儿小酒，如何？”秦公子压下心中怒火，和颜悦色地问。

“不用麻烦。我尝几口，觉得没问题，公子便可以吃了。”他煞有介事地说道，随后就将桌上的菜尝了个遍，接着夹了几样放在慕容辞碗里，“这几样味道还行，公子吃吧。”

慕容辞的唇角狂抽起来，这人真把自己当她的近身侍卫了？不得已吃了几口，她压低声音道：“你最好立刻在本宫面前消失！”

而他非但假装没听见，还又开始为她夹菜。

“玉公子，这一路风餐露宿，多吃点。”几乎同时，秦公子夹菜的木筷也伸了过来。

只见他二人手持木筷，四目相对，好似瞬息之间就能要了对方的命。

“我不喜欢别人给我夹菜。”慕容辞沉下脸来说。

两双木筷缩回去，席间才安静下来。

好容易吃完了饭，她和琴若火速逃回客房。

“殿下，那个侍卫僭越了。”琴若低声道。

慕容辞若有所思。

第二日，慕容辞早早起来，披着墨色大氅在客栈后院溜达。

空气清新冷冽，好在这大氅非常暖和。

“玉公子，你起得好早。”秦公子快步走来，只穿着单薄的棉袍，笑得爽朗恣意。

“昨夜睡得早，你看，这池里的红鲤鱼好欢跃。”

“这池东有一眼温泉，有温泉水汇入，红鲤鱼不会受冻。”秦公子把手里的鱼粮分给她一半，笑道，“我正是来喂鱼的。”

慕容辞俯身撒下一把鱼粮，红鲤鱼争先恐后地抢食，十分喜人。

“别太靠前，当心点儿。”他扣住她的手臂轻轻拉了一下。

她嫣然一笑道：“再给我一些。”

她抓住他的手，把剩下的鱼粮都拿走。

他们靠得很近，几乎是挨着的。

她眼波流转，果然，有一只铁手突然扣住她的手臂，猛地将她拉到一旁。

“你干什么？他是你主子！”秦公子道。

“任何人都不能靠近公子！”那近身侍卫松开她的手臂，眼里暗澜激涌。

“这是本公子的事，你退下！”慕容辞吼道。

此言一出，那侍卫眼中浮现一丝惊讶，不可思议地盯着她。

“公子，大公子说了，人心难测。”半晌，他说了这么一句。

“我自有分寸。秦公子是我的朋友，你不能对他不敬。再者，我没有召唤你，你贸然靠近，是对我不敬。再有下次，就滚回去！”

“我绝不会回去！”他撂下一句话，扬长而去。

“抱歉，秦公子，我这侍卫太没礼数了。”慕容辞笑了笑。

“无妨。”秦公子清朗地笑，“饿了，去吃饭吧。”

吃了早饭，一行人再次启程。

琴若坐在马车里，低声道：“殿下，听说你一大早训了那个侍卫？”

慕容辞点点头，琴若同仇敌忾道：“那个侍卫确实过分，应该狠狠教训他。”

慕容辞道：“很快就能知道他的真面目。”

这日午后，他们在官道旁的树林里暂做休息。秦公子牵了马去附近的小溪饮马，慕容辞看了看，便往树林深处走去。

“公子，不要走远了。”不一会儿那侍卫果然跟了上来。

慕容辞在一块巨石上坐下，见那侍卫过来，还不待他说话，她就走到他面前，上下打量他，而后拍拍他沉实的胸膛，接着慢慢往上，揉捏他的肩膀……

他肩背挺直，面不改色，只是喉结动了一下。

“御王派你来保护本宫，准许你跟本宫同桌吃饭，准许你近身伺候本宫，准许你对本宫动手动脚了吗？”她娇柔地问。

“那秦公子别有企图，殿下不可信他。”近身侍卫沙哑地答。

“那是本宫的私事，就算本宫跟他发生了什么，你也无权过问。”她站定在他面前。

“王爷要我保护殿下，其中有一条便是，任何男子都不能靠近殿下。”说着，他深邃的眼中浮现几缕血丝。

“你不就是男子吗？你对本宫动手动脚就可以？本宫警告你，再有下次，你就滚回燕国！”

“恕我不能从命，我只听命于王爷。”

她忽然看向他后面，微微一笑道：“秦公子，我在这儿。”

他怒而转身，却不想只听嘶啦一声，她已一把揭下他的人皮面具。

看着眼前这张熟悉的面孔，慕容辞哭笑不得。

果然是他。

“你怎么……你不好好待在京城，来凑什么热闹？”

“我怎么放心让你一人去西秦国？再者，西秦国皇帝究竟葫芦里卖的什么药，我想亲自瞧瞧。”慕容彧变回自己的嗓音。

“这么说，你一开始就打算去西秦国？你把国书给本宫看，是要本宫自己决定去西秦国？”

“不这样做，如何瞒天过海？”

“可是，诸国一旦知道你在西秦国京城，一定不会放过你！”

慕容辞气急，原来这一切都在他的算计之内，连她也在他的算计里。

“原来你这么在乎我。”慕容彧执起她的手温柔地笑道。

不知何时，阿辞才会在他面前称“我”，而不是“本宫”。

“本宫……本宫只是担心你死了，诸国会联手对付我们燕国……”她立即抽出手，窘迫地垂着头说。

“阿辞，我好想你。”他一把抱住她，将头埋在她的脸侧深深地嗅着，这是久违的、她独有的幽香。

一瞬间，她好似被一股什么激流击中，筋骨酥软得不行。

“你别这样……快放手……万一秦公子看见就不好了……”

“他算个什么东西！我不许你再跟他靠那么近！”他语声寒了几分，眼中迸出戾气。

他还真把自己当她的男人了？

“本宫的事，你管不着！”

“我管不着？”慕容彧切齿道。

“你放开……”

话音未落，她突然发觉耳周烫热起来，瞬息之间，她的四肢软绵绵的，一点力气都没有，若非被他抱着，只怕早已站不住。他一把将她抱起坐在那石块上。这个热吻不比从前，是前所未有的掠夺。直至她不再反抗，他才意犹未尽地放开她。

“你管得太多了！”慕容辞想推开他逃走，却如何挣得开。

“想清楚了再回答，否则……”他威胁道。

“本宫不想回答这个问题。”无奈之下，她只好这样说。

慕容彧低沉地笑起来，这算是她的妥协吧。

此时此刻，她忽然想起一件事——她离开大燕，他留在京城，这不是篡位窃国的最好时机吗？他为什么不这么做？莫非他真的因她而放弃了野心？

不……她不想自作多情。

“在想什么？”

“本宫离京那日，你就跟着了？”她问。

“嗯。”

“即使到了西秦国皇宫，你也不打算让人知道你在西秦国？”

“对，因此你这太子必须去，明面上是你，暗地里有我。”

“朝廷后宫没人看着，万一生乱那如何是好？”慕容辞最放心不下的是父皇。

“你放心，我已经部署好了，我对外宣称身染怪疾，需要静养一个月，奏折送到御王府，我带病处理政务。我的人会把重要紧急的奏折快马加鞭送来西秦国，特别紧急的就飞鸽传书。”

“可纸包不住火，那些大臣不是省油的灯，迟早会发现你不在王府的。”

“即便有人生乱，你父皇也能应付。再说，我已在皇宫、内城和京畿部署了三重布防，一有异动，我的人马会护卫皇城，不会出大乱子的。”

“当真？”慕容辞略略放心道。

“就这么不相信我？”他轻敲一记她的额头。

“好疼。”

“今早你故意跟秦公子那么近是不是？”

“对呀，你果然上钩了。”慕容辞得意地扬眉。

“你什么时候开始怀疑我的？”

“就这两日。走吧，再不回去，琴若该担心了。”她挣脱了他的手臂。

他收紧长臂，不顾她的反抗，重新把她揽入怀里。

从安州出发，再走两日便抵达了西秦国帝京。

慕容辞不想让秦公子知道自己的住处，因此过了城门便与他告别，秦公子留了他的联络方式，两人拱手告辞。

西秦国帝京繁荣热闹，店铺鳞次栉比，驿馆的人早已打扫好殿室等候，慕容辞一行人终于安顿下来，那一百精兵分开进城，分散在驿馆的四周。

慕容辞派了人送国书进宫，此时已是黄昏，店小二把膳食送到了房里。

西秦国的膳食跟大燕国大为不同，羊奶、羊肉、羊蹄、烤羊肉，居然风味还不错。

有人推门而入，直接在她身旁坐下。

“正好饿了，分我一半。”

好吧，反正她一人也吃不完。

“东楚国、南越国的使臣也到了，都住在驿馆。”他边吃边说。

“都是些什么人？”

他们抵达驿馆不过一盏茶的工夫，他已打探到这么多信息。

“东楚国太子和信王，南越国太子和玉清公主，还有不少江湖帮派前来帮忙寻找国玺。”

“这回西秦国可热闹了。”

“明日西秦国皇帝应该会传三国使臣进宫。”

“你要跟本宫进宫吗？”慕容辞随口问道。

“你觉得我会放心让你一人进宫吗？”

她心弦轻轻一颤，将一块羊肉塞进嘴里。

“我倒是想会一会西秦国太子。”

“你见过西秦国太子吗？”

他摇头道：“西秦国太子宇文战天年方二十五，桀骜善谋，是个狠角色。”

之前的十几年，西秦国的朝政全由权臣和武将把持，西秦国皇帝又对权臣武将极为倚重，宇文战天花了整整五年，才将权臣武将连根拔起，继而整顿了朝堂与吏治。

明日，应该就能一睹宇文战天的风采。

“阿辞，今晚我们去街上逛逛吧。”慕容彧笑道。

“也好。”慕容辞答应了。

二人戴好人皮面具，从侧门的高墙飞出去，很快来到街市。

跟大燕国一样，西秦国不设宵禁，加上西秦国皇帝的一纸诏令，不少江湖帮派、能人异士齐聚西秦国帝京，因此，今日的街市比往常更加热闹，多了不少异国面孔。

慕容辞这边看看，那边玩玩，不亦乐乎。

玩闹一阵，两人买了两个面具戴着，相视一笑。

游人如织，街上也有不少人戴着面具，慕容彧拉着她的小手说：“人多容易走丢。那边有杂耍，我们去看看。”

“哦。”她挣脱不开，便跟着他走。

这杂耍跟火有关，有的喷火，有的吞火，有的穿跃燃火铁圈，相当新奇有趣。

火光在凶神恶煞的面具上流闪，慕容辞忍不住回头看他，俗世的喧嚣繁华里他的眼神别样温柔。

这一刻，她的心泛起了圈圈涟漪。

他们不知，此时街边一家茶楼的窗前站着一位公子。

这公子身穿雪白锦衣，眼睛冰冷地眯起来，眼梢凝出一丝阴狠。

“就是那两个戴面具的人吗？”他身后的仆从问。

“嗯。”

“他们戴着面具，主子如何认得？”

“他们化成灰，我也认得。”

慕容辞，很快我们就能再见了！

西秦国上书房里，西秦国皇帝与文武大臣济济一堂，诸国太子和使臣列坐。

“诸位太子千里迢迢帮大秦国找寻国玺，朕先谢过诸位。”这西秦国皇帝四十来岁，魁梧俊朗，不怒自威，举手投足皆是王者之气。“国玺一事，明日再议，今日你们就不必出宫了，朕已经安排太子带你们在宫里游览一番。”

“谢陛下美意。”众人齐身道，随后由内侍引着，到含章殿等候太子。

慕容辞打量东楚国太子和南越国太子，前者年约二十，面若冠玉，锦袍大氅赤金冠，看似温润实则精明；后者二十来岁，身穿南越国特有的衣袍，脸庞瘦削，眼珠闪动，看着就是狡诈之人。

慕容彧站在她身后，也是细细观察，这两国太子的随从，一看便武功高强。

“没想到北燕国太子这般秀气。”南越国太子语声中不无讥讽。

“没想到南越国太子喜逞口舌之快。”慕容辞从容以对。

“怎么？长得秀气还不让人说了？”

“嘴长在你脸上，自然没人阻止得了。只是祸从口出，越太子，这里不是南越国。”

“你……”

“二位，这口舌之争没有益处，都少说两句。”东楚国太子劝解道。

“听闻北燕国朝政由御王统摄，慕容太子是个逍遥自在的傀儡。本宫真是羡慕得紧。”南越国太子笑眯眯道。

“越太子，有一件事本宫很想问问。你的三弟越景辰在我大燕国潜伏那么久，做了不少事，几个月前被我们擒获，斩首示众，尸首又在闹市的牌楼吊了一个月，不知贵国皇帝为何不派人来接回三皇子的遗体？”慕容辞狠辣地反击道，“贵国皇帝不认儿子，你这个当皇兄的也不顾兄弟情谊吗？亲人间如此凉薄寡义，本宫真替越景辰不值。”

“你……”南越国太子愤怒得面色铁青，道，“你们随便抓一个人就说他是我大越国三皇子？真是笑死人了。”

“可是全天下的人都知道了，贵国皇帝不认亲儿子，连尸首也不要。”

“扑哧……”东楚国太子忍俊不禁。

正这时，一个宫装女子快步进来，这女子身穿粉蓝色棉袍，披着缀了白绒狐狸毛的天蓝色斗篷，十分可爱。巴掌大的小脸，五官精致立体，尤其是那双水汪汪的大眼，眼波流转，灵动慧黠。

她的目光在众人面上转了一圈，看向慕容辞笑道："你就是北燕国太子，是不是？"

"本宫是，姑娘是……"

"本宫是凤瑶公主。"她娇笑道。原来她是西秦国太子的胞妹，凤瑶公主宇文瑶。

"传闻凤瑶公主貌若九天玄女，果然闻名不如见面。"南越国太子走过来，精锐的目光带着几分调戏的意味打量她。

"你说什么？"她气恼地瞪他。

"本宫是说，传闻里公主的美貌不及真人三分。"他含笑奉承。

"哼！本宫最讨厌你这种油腔滑调的男子！"宇文瑶鄙夷地斜他一眼，又转来看向慕容辞，"慕容太子，本宫带你去御花园逛逛。"

"公主，本宫可否同行？"问话的是东楚国太子。

"稍后皇兄会过来带你们去游览御花园，你们先在这儿等着吧。"说罢，宇文瑶拉着慕容辞的大氅往外走，慕容彧作为侍从冷着脸跟上。

慕容辞无奈走了一段，不由问道："公主，不等太子殿下来本宫就先走，这样不太好吧。"

"不会不会，是本宫拐走你，皇兄不会说什么的。"宇文瑶急急地解释道，"本宫有求于你。"

"原来如此。公主有什么事就请说吧。"

"本宫想跟你打听……一个人。"她的眉目间浮现几许娇羞。

"打听什么人？"

"御王……慕容彧……"说罢，宇文瑶的双腮飞上红霞。

慕容辞含笑，瞥了一眼慕容彧，说："公主想打听御王什么事？"

这还用问吗？一个妙龄少女打听一个男子，还满脸娇羞。慕容彧一副"事不关己高高挂起"的神色，看向别处。

"御王是不是没有跟你来？他在北燕国？"宇文瑶只是娇羞了一下下，

很快恢复爽朗活泼的性子。

慕容辞颔首道：“对，御王在大燕。”

“他为什么不跟你一起来秦国？”宇文瑶失望一叹。

“朝中政务繁多，他必须留在燕国处理政务。”慕容辞笑道，“公主喜欢御王？”

“你怎么知道？”宇文瑶又惊诧又窘迫地说，“你不要告诉别人好不好？”

“好，你见过他吗？”

“见过呀，不然怎么会喜欢他？”宇文瑶说着忽然噤声，望着前方，眉间有些惧色。

慕容辞与慕容彧顺着她的目光一望，猛然愣住。

一个身穿宝蓝色锦袍、头戴赤金冠的男子往这边走来，他面若冷玉，鼻梁挺拔如削，眼神深邃，飘着一抹神秘而惊艳的灰蓝。

以往，他的一袭白衣和一双灰蓝色眼眸，似一朵雅致的琼花，而今，华贵的衣饰不仅彰显了他尊贵的身份，更为他添了几分雍容的气度。

秦公子竟然是西秦国太子！

真是小瞧他了！

慕容彧得到的消息中，从来没提过西秦国太子的眼睛是灰蓝色的。

“玉公子，我们又见面了。”宇文战天只看了妹妹一眼，而后看向这两人，又对慕容辞笑道，“其实本宫早知道你是北燕国太子。”

“宇文太子隐藏得可真深。”她终于找回自己的魂魄。

“稍后我们叙叙旧。”宇文战天低声说罢，就向远处的南越国太子、东楚国太子走去，拱手一礼，“二位太子，本宫有事来迟了，还请见谅。”

于是，一行人开始游园。

那两国太子看见宇文战天与北燕国太子并肩而行，有说有笑，心里有点不是滋味。

“慕容太子，在驿馆住得还习惯吗？”宇文战天温润地笑，“若有招待不周之处，尽管告诉本宫。”

“驿馆一切都好。”她含笑道。

“昨夜夜市热闹，你可有到街上逛逛？”

“没有，昨夜有点乏，早早地歇息了。”

宇文瑶一直盯着皇兄，终于逮到一个机会，泥鳅似的钻到他们中间。

“慕容太子，本宫还有事要问你呢，你别嫌本宫烦。”她娇憨地笑。

“怎么会呢？公主请问。”慕容辞莞尔道。

“你什么时候回北燕国？”宇文瑶俯在她耳边悄声道。

“这个还说不准，本宫要在贵国待一阵子，少则十日，多则半个月。”

“哦，那你要回去时，记得提前两日跟本宫说。”

“好。”慕容辞心里一笑，心想，她难不成要千里追夫？

一行人在御花园逛了一圈，今日天色阴沉，一行人未在户外多做停留，就回了夜雪阁歇息。

在宇文战天不动声色的训斥下，宇文瑶不情不愿地离去。

宫人送来茶水、午膳和四只火盆，室内顿时暖和起来。

午膳分成两桌，侍从一桌，诸国太子们一桌。

宇文战天招呼三国太子多多进膳，又取了几片烤羊腿放在慕容辞碗里。

这宇文战天还真是无孔不入！慕容彧眼神一冷。

众人边吃边闲谈，觥筹交错。

“慕容太子，本宫敬你一杯。”越太子端起酒杯，别有深意地说。

“抱歉，本宫不饮酒。”

“男人哪能不饮酒？咱们四国太子好容易齐聚一堂，机缘难得，必须要喝一杯。”

“越太子，慕容太子酒量真的很浅。”宇文战天笑道，“就别难为他了。”

“咦，宇文太子和慕容太子早就相识了吗？”东楚国太子疑惑道。

“难怪你对慕容太子这么热乎，把我俩冷落了。”南越国太子笑道。

“是本宫招呼不周，本宫自罚三杯。”宇文战天说罢，斟了三杯酒，仰头饮尽，杯杯见底。

这酒是陈年佳酿，后劲极大，平常人喝个三五杯就会醉倒，而宇文神色如常，谈笑如风。

“宇文太子，贵国国玺究竟是如何失窃的？至今还没找到吗？”南越国太子提起此行目的。

“还没找到。”宇文战天道，“目前只知窃贼有两人，三更半夜潜进宫里盗走国玺。”

“这两个窃贼好大的胆子！可是盗取国玺有什么用？谁敢接赃？”慕容辞不解道。

“这两个窃贼是大秦轻功绝顶的雌雄大盗千面飞狐。”他面色沉重，“他们盗取国玺应该不是为了钱财，或许只是为了美誉，也是向皇室挑衅。”

“千面飞狐确实胆大包天。”南越国太子道，“后来他们逃之夭夭了？”

“实不相瞒，这千面飞狐本事再高，皇家的侍卫也不是吃素的。那夜得知国玺被盗，父皇下令封锁宫门和内城城门，布下重兵，将千面飞狐逼向北面的龙尾山。而现在，父皇早已传令给京畿东西大营，重兵将龙尾山团团包围，一只苍蝇也飞不出来。”

“千面飞狐在龙尾山困了几日？”慕容辞问。

“已有十余日。”宇文战天道。

慕容彧边吃边听，以千面飞狐的轻功，即便宇文战天也很难擒拿这对雌雄大盗。

慕容辞吃好了，先行离席来到外面廊下。

此时外面下起了雪。

只是半个时辰，天地便白茫茫一片，琉璃瓦积了白雪，色泽更加明艳。

雪花如绒，晶莹剔透。

慕容辞摊开手心，一片雪花落进来，慢慢融化。

“站在外面不冷吗？”不知几时宇文战天站在她身后，温柔地问。

“还好。”

“本宫并非有意隐瞒你，人在异国总会多些谨慎。”他的语声含着些许歉意。

“无妨。本宫不也是隐瞒了你吗？”慕容辞轻淡道。

“你不介意，本宫就放心了。”

“本宫介意的是，你贵为西秦国太子，为何在我大燕开青云山庄？”

宇文战天失笑道：“让你见笑了。本宫自小就喜欢游历四方，东楚国、南越国都去过，一待就是一两年。本宫对做生意有些兴趣，经营青云山庄也是一时兴起。本宫知道你担心什么，但你放心，本宫不是去打探消息的。”

这话不知几分真、几分假，姑且听着吧。

“本宫对买卖也有几分心得，倘若日后本宫在西秦国京城经营酒楼山庄，还请宇文太子不要阻挠。”

“自然不会，欢迎之至。”

身后又多一人，宇文战天回头一看，是那讨厌的侍卫，他也不说话，就冷冷地站着。

“你这位侍卫尽忠职守，忠勇可嘉。”

“父皇给他下了死命令，若本宫有何差池，他便是死罪。”慕容辞笑道。

“原来如此。”宇文战天手一引，“进去吧。”

她先行，他在后，见她肩上有雪，正想伸手为她拍落。

突然，一只大掌扣住他的手腕。

慕容辞回头，心中失笑。

一个小小的侍卫竟想跟他叫板？宇文战天运起内力想将他震开，没想到那大掌竟内力浑厚，纹丝不动。两人暗中较劲，目光好似能把对方吞噬。

这小小侍卫，内力竟不比他逊色。

慕容彧汇集内力，宇文战天也在极力攻破他的防线。两股极其汹涌的内力你来我往，此消彼长。

“慕容太子，你这侍卫内力修为不俗。”宇文战天假装气定神闲地说。

“这般无礼，还不松手？”慕容辞薄责道。

慕容彧使出最后一波狂澜，将对方逼退，自己也收了内力，眼底眉梢似有几分得意。

宇文战天阴寒地看一眼慕容彧，而后对慕容辞笑道：“我们回去吧。”

“本宫跟侍卫说两句话，马上来。”慕容辞笑道。

见宇文战天点头离去，她才低声问：“怎么样？”

“我只使了八成内力，而他用了十成。”他露出一抹微笑道，“虽然他的武功来自逍遥宫，招式阴毒，但也不是我的对手。”

秦公子的身份竟是……

御王的迷妹遍天下

第四十三章

就是要护你周全

用过午膳，在暖阁里把酒言欢半个时辰，雪渐渐停了。

东楚国太子和南越国太子都喝高了，在侍从的搀扶下去了二楼的软榻歇息。

离开那一片酒气弥散的地方，慕容辞在朱色雕栏前赏雪，天地间白雪皑皑，仿若琉璃世界。

慕容彧站在一旁静静地看着她。

“原来你在这里。”宇文战天走出来笑道，但乍然看见那侍卫站在一旁，颜色不免冷了几分，“本宫与你主子有要事商谈，你且回避一下。”

“我必须与殿下寸步不离，保证殿下的安全。”慕容彧面无表情地说道。

“本宫不会有事，你先去阁内候着。”慕容辞觉得宇文战天应该有话要说。

他警告地瞪了他一眼，不情不愿地离去。

“慕容太子，本宫没什么朋友，难得碰到一个投契的，希望你我情谊，永远不会变。”宇文战天温文尔雅地微笑。

“倘若你我不是这样的身份，或许会成为一辈子的朋友。至于现在……本宫也不知道将来会如何。”

“本宫相信事在人为。”他说道，“你我都是一国太子，私下里就不要称‘本宫’了，显得太生疏。”

“也好。对了，你想跟我说什么？”

“东楚国与南越国的太子都不是省油的灯，你跟他们接触时务必当心，不要着了他们的道儿。”

“我知道，多谢提醒。”

“龙尾山凶险，时常有猛兽出没，不如你不要去龙尾山……”

“既然来了，就要试试，说不定我能找到千面飞狐呢。我还想着对你父皇提出一个要求。”慕容辞神秘地笑道。

“你最好考虑清楚，龙尾山地势险峻，如今天寒地冻，实在不宜进山。再者，山上有不少江湖帮派，万一起了争执……”宇文战天担忧道。

“你放心吧，我会多带几个侍从去。”

“既然你心意已决，我就不多劝了。”

“对了，即使我没找到国玺，也可以得到一百匹战马，是吗？”

“当然是。”他微笑。

“前阵子你一直在大燕，你也是最近才知道国玺失窃的吗？”慕容辞随口一问。

宇文战天点头道：“父皇来函，要我速速回来。之前我说的去东楚国，其实是骗你的。”

她笑道：“无妨。对了，你听说过百花楼吗？”

他疑惑地摇头道：“百花楼？是酒楼还是秦楼楚馆？”

“百花楼是一个行踪十分诡秘的帮派，不久前我们炸平了百花楼的巢穴，只可惜让那楼主跑了。”

“若要我帮忙，你大可说出来。”

“不用。百花楼死伤不少，短时期内不会再干出大事。”

他看起来对百花楼一无所知，莫非他真的不是百花楼楼主？

可是，百花楼楼主的背影和他很像。

她又问：“你的眼睛跟寻常人不一样，是天生的吗？以前没听说过西秦国太子的眼睛是灰蓝色的。”

宇文战天笑了笑，说：“这的确是天生的。我封锁了消息，若宫人把此事传扬出去，不仅会被乱棍打死，还会累及家人。”

慕容辞恍然大悟，说：“原来如此。那朝中大臣呢？”

“同样，胆敢泄露半点风声，杀无赦，诛九族。”

“这铁血手段非同一般，难怪天下人都不知道。”她笑道。

“惭愧。声称是你大哥的那位‘玉大公子’便是御王吧。”

“正是。”

“御王骁勇善战，武艺卓绝，我倒是想跟他较量一番。”

“总有机会的。”慕容辞转身往回走，再不进去，慕容彧要跳脚了。

宇文战天跟着进暖阁，笑道：“皇妹被父皇宠坏了，不知礼数，你多多包涵。下次她再这样，你不理她就是。”

她一笑道：“你这个当哥哥的太严厉了，我觉得她爽朗可爱，挺好的。”

他坐下，斟了两杯茶，说：“皇妹素来敬仰御王，倘若大秦与贵国联姻，成为姻亲之邦，岂不更好？”

慕容辞微微侧首看向一旁的慕容彧，说：“结成姻亲之邦固然是好……”

只见他的眼正卷起狂风，周身缭绕着慑人的冰寒气息。

“这桩亲事我说了不算，我要回去向父皇禀报，还要问问御王本人。”她连忙道。

“也好，联姻是大事，理当好好商议。”

“殿下，王爷早有意中人。”慕容彧义正词严道。

“主子说话，你插什么嘴？”宇文战天不悦道。

“我只是替王爷表明心意。王爷贵为大燕的摄政王，婚事绝不会任人摆布！”慕容彧一字一句，斩钉截铁。

“御王的心思，你又知道多少？”

“我日日跟在王爷身边，自然知晓。”

“没错没错，他是御王的近身侍卫。虽然我是太子，但你也知道御王统摄朝政……不过我回国后会对御王说明此事。”慕容辞赶紧打圆场，尽力阻止一场大战。

雪停了，日头钻出重重霾云，阳光普照大地。

酉时，天已擦黑，金殿中各国人士济济一堂，四周放置了火盆，殿内温暖如春。

二品及以上朝臣进宫赴宴，宗室子弟、妃位以上的后妃、皇子公主，加上三国使臣，宴开数十席。

各国宫宴大同小异，只是这满眼的盛世繁华，葳蕤锦绣，彰显了西秦国的强大。

西秦皇帝与皇后同案而坐，左列首席是西秦太子，接下来是皇子、宗室子弟，右列首席是慕容辞，接下去是南越国太子、玉清公主，东楚国太子和信王。

席间推杯换盏，欢声笑语，歌舞升平。

作为近身侍卫，慕容彧站在慕容辞身后，看着她吃，观察四周的动向。

慕容辞注意到下首的两个宴案，东楚国的信王看着文弱，但比东楚国太子俊美，他散漫地饮酒、欣赏歌舞，当一个称职的专注玩乐的闲散王爷。

南越国的玉清公主是个大美人，穿南越国特有的宫装，披着白绒绒的斗篷，俏丽的飞仙髻点缀着精致可爱的小狐狸毛球，那张小脸上眉目如画，似天庭仙泉旁盛开的一朵雪莲花，令人不敢亵玩。

不过，她的目光总往对面瞟，似乎在看宇文战天。

这可真有趣。

舞伎一曲跳完，南越国太子起身，躬身一礼道：“陛下，此次来贵国，父皇有意与贵国联姻。不知陛下意下如何？”

“这是好事，朕自然赞成。不知贵国皇帝想娶朕的公主还是贵国愿嫁公主过来？”

“自然是有娶有嫁，那才热闹嘛。”

“甚好。”

“皇妹玉清是父皇最宠爱的公主，她心仪贵国的太子殿下，恳请陛下赐婚，成就这桩美满姻缘，也成就南越与西秦之友好。”南越国太子道。

宇文战天眉宇一紧，眼中闪过一抹不情愿。

“父皇，儿臣的太子妃故去才一载，还暂时不想迎娶太子妃。”

“宇文太子，这事好办。可以先定亲事，一年半载后，皇妹再嫁过来，岂不两全其美？”南越国太子含笑提议。

“本宫不愿耽误贵国公主的姻缘。实不相瞒，本宫对已故太子妃无法忘情，不愿贵国公主在太子府受到冷落。”宇文战天不经意看向慕容辞说，“还望越太子见谅。”

慕容彧心如明镜，嗤之以鼻。

“陛下，既然宇文太子还没准备好联姻，此事暂且搁着，那么小王愿求娶贵国凤瑶公主，恳请陛下恩准赐婚。”南越国太子打圆场道。

那皇后并非宇文战天和宇文瑶的生母，笑道：“凤瑶是到了议婚年纪，跟越太子也是般配得很。”

西秦国皇帝颔首，正要开口，却听见一道清脆的声音：“父皇，儿臣不嫁！”

凤瑶公主风风火火地起身，说道：“父皇，儿臣想在父皇身边尽孝侍奉，不想嫁到那么远的南越国。”

“凤瑶，不得胡闹！”西秦国皇帝怒道。

宇文瑶愤愤不已，转而瞪向南越国太子，愤怒地说：“本宫为什么要嫁你？你有北燕国御王俊美吗？你有北燕国御王骁勇善战吗？你有北燕国御王武艺卓绝吗？”

此言一出，一片死寂。

凤瑶公主竟在众目睽睽之下对他表明心迹！

慕容彧唇角轻轻抽动了一下，慕容辞险些笑出声来。

“等你打败北燕国御王，等你的武功修习到登峰造极的境界，本宫就不挑剔你的容颜，勉为其难地嫁给你！”

南越国太子哑口无言，讪讪坐下。

“胡闹！”西秦国皇帝气得拍案，“还不给越太子赔罪？”

“儿臣为什么要给他赔罪？他比不上御王是事实，居然还敢来求亲！”

“够了！还不回去闭门思过？”宇文战天威严道。

宇文瑶哭着飞奔出去。

“越太子，皇妹一向娇宠惯了，言行不知轻重，还望越太子海涵。”

南越国太子并未答话，勉强撑到宫宴散了，起身拂袖而去。

各国太子各回驿站，车厢里，慕容彧说：“西秦国皇帝城府极深，这几日我们务必当心。”

她点点头道：“他会和南越国联姻吗？一旦这两国联姻，对我们大燕极为不利。”

“我们和东楚国太子还在，他们应该不会明着商议此事。”

她忽然眨眨眼，狡黠地笑道：“不如我们在背后搞鬼？”

“你想怎么做？”

“你这个天下万里挑一的御王不是在这儿吗？本宫把凤瑶公主约出来，你跟她见面，对她说些模棱两可的话，如此一来，她就对你死心塌地，跟你私奔到大燕都没问题。”

“你再说一遍！”慕容彧靠近她说。

“本宫说得够清楚了。”慕容辞心虚地后退着说，“你是摄政王，理当为大燕社稷着想，牺牲一点也没什么大不了的。”

“那你是不是也牺牲一下，嫁给宇文战天？”

“本宫是太子，如何嫁人？”她立即反驳道，又猛然一惊，他为什么要她嫁人？

“你这提议也不是不好，这两日我找个机会跟凤瑶公主单独见面，如你所愿。”

“哦。”

这一路她一直闷闷的，回房睡觉也没跟他打招呼。

这是什么馊主意。

她躺在床上翻来覆去睡不着，外面太冷了，又不想出去。

寒夜死寂，寂静里忽然响起吱呀声，她警觉地下床，都没来得及披上外袍。

墙角留着一盏烛火，光影昏暗，一道黑影急速蹿过来。看见是他，她悬着的心落回原位。

“这么冷，你怎么起来了？”慕容彧一把抱起她，将她放在床上，给她盖好棉被。

“你干什么？”看到他脱靴宽衣，她紧张地问。

“和你一起睡。”

“明日还要早起，本宫要睡了，你快回去……”她还没说完，他已掀开棉被躺在她身旁。

她往里躲去，而他长臂一伸，把她捞回来卷入怀里。

“你是要我好好收拾你，还是主动认错，补偿我？”

“我又没得罪你。”她倔强地反驳道。

“既然如此，稍后你不要求我。”他俯视她，眼里燃起烈焰。

“等等……本宫想想……”慕容辞叫苦不迭，不知到底哪里得罪他了。

从上午到下午，宫宴，凤瑶公主，宇文战天……难不成是凤瑶公主那件事？“凤瑶公主想跟本宫回大燕……是这件事吗？”她心虚道。

“我准许你带她回大燕了吗？”他用力捏她的肩，狠狠地说。

“疼疼疼，你弄疼本宫了……”慕容辞夸张地龇牙咧嘴。

“你还知道疼？”他瞪着她说，“还有呢？”

“还有？还有什么？”她错愕道，真的想不起来了。

难道是她和宇文战天在夜雪阁单独相处了一会儿？不至于吧？

“你这大男人怎么这么小肚鸡肠？本宫和宇文战天只是闲谈而已。”

“你对他为什么以‘你’‘我’相称？在你心里，你和他比较亲近吗？”

慕容辞解释道：“他说随意一点，无须自称‘本宫’，反正都是太子。”

“我不准！”

“喂，这是本宫的事！”他也太霸道了，她气急。

“再说一遍！”他的眼中烈焰熊熊，似要把她吞噬。

好汉不吃眼前亏，慕容辞撇了撇嘴，说：“那……以后我在你面前不说‘本宫’了，行不行？”

“不行！”

“那你想怎么样？”她又气又窘。

“对我不称‘本宫’，在他面前说‘本宫’。”

“可我已经答应他了。”

……

两个人就这么黏腻了一阵，仿佛世间普通男女。

慕容辞理论不过，只好认怂，窘迫地蹭过去，伏在他胸膛上。

暗影寂寂，烛火摇曳。

慕容辞半阖双眼，窘迫得不敢看他。朦胧里看见他的前胸有一道浅浅的伤疤，她轻触那旧伤，忍不住问：“你身上有多少旧伤？”

这是他铁血沙场、半生戎马的印记。

“不多。后背还有两道。”慕容彧道。

“当时是不是很疼？”

“不疼。”

“若有机会，我也想上战场历练。”

“我不会给你机会。有我在，你无须上战场。”

她忽觉心安，昏昏睡去，窝在他怀里似一只汲取温暖的猫。

再睁开双眼，天已经亮了，想起昨夜那脸红心跳的一幕幕，她不由心尖轻颤，脸颊热起来。

慌乱地穿衣，只是她发现手臂、身上有深浅不一的瘀红，莫非是昨夜慕容彧留下的？太窘了。

琴若端着洗漱的热水进来，忽然惊讶道：“殿下，你的脖子怎么……”

“脖子怎么了？”慕容辞不解地问，忽然灵光一闪，连忙用手捂住，“昨夜有一只特别大的蚊子咬本宫。”

今日要去龙尾山，被看见了多不好。好在冬日里衣袍穿得多，而且还披着大氅。

吃早膳时，慕容彧进来，容光焕发地坐在她身旁。

“时辰还早，怎么不多睡会儿？”

她不自在地脸红了，含混不清道：“你不吃吗？”

他才拿起羊肉饼来啃。

“今日要上龙尾山，你部署好了吗？带多少人去？”慕容辞问。

“就四个近身侍卫外加琴若。”

“好。”她知道他的部署不会有问题，“我觉得至少要在龙尾山过三四日才下来。”

慕容彧颔首，说：“阿辞，凡事尽力而为便可，无须强求。”

忽然，琴若敲门急急道：“殿下，宇文太子来了。”

慕容辞面色微变，倘若让宇文战天看见这个近身侍卫在她房里两人吃早膳，他一定会起疑。

慕容彧起身退了几步，气定神闲。

琴若推门，宇文战天进来，含笑的眉宇在看见这讨厌的侍卫时收起了微笑。

“是不是打扰你们了？”

“怎么会？我正在吃早膳，他来禀报今日上龙尾山的部署。”慕容辞笑道，“你怎么这么早来了？不是要我们去太子府吗？”

“免得你们奔波，我还是来驿站跟你们说比较好。”宇文战天披着白鹤羽大氅，清雅里带几分华贵。

“你要上山吗？”

“过两日我上山给你们送干粮，若你们当中有人受了伤，我会把伤者接下山来。”

她站起身，笑道：“我吃好了，出去吧。”

“对了，你这位侍卫叫什么？”宇文战天笑问。

慕容辞错愕地看向慕容彧，一时愣住。

“我叫燕飞扬。”慕容彧沙哑道。

“好名字。”宇文战天转开目光，摆手请慕容辞出去。

一出来，她就看见不远处的梅花树下站着一个气韵清雅的女子，是玉清公主越若眉。

越若眉披着雪白斗篷，整个人似粉妆玉砌，若说沈知礼的清雅是一朵惹人喜爱的水仙，而越若眉就是冷若冰霜、高处不胜寒的仙庭奇株。红梅朵朵，有的还缀着昨日的雪，人在花枝下，娇颜如冰霜。

寒风吹过，红梅飘落，她鬓发飘飞，好一幅清新淡雅、宛若仙庭的红梅美人图。

见宇文战天走来，越若眉的心湖激荡如浪潮狂涌，莲步走过来，俯身一礼道："宇文太子，你怎么亲自来了？"

"本宫没什么事，便来驿馆看看。"毕竟她是一国公主，他还是要留几分面子。

"玉清公主当真美若天仙。"慕容辞笑道。

"慕容太子见笑了。"她落落大方地轻笑，微微向宇文战天看去，他正望向湛蓝的长空，俊美的脸庞泛着冷意。

越若眉心中苦笑一下，默然离去。

不多时，三国使臣齐聚前庭，宇文战天扬声道："三位太子千里迢迢来到大秦，助宇文氏一臂之力寻找国玺，本宫与父皇感激不尽。龙尾山凶险，三位量力而行，性命为重，安全为要，切不可搏命，否则本宫与父皇无法对三国皇帝交代。"

南越国太子笑道："宇文太子放心，本宫还想日后登基呢。"

宇文战天一笑，说："龙尾山虽不高，但地势险峻，有不少悬崖峭壁，还有猛兽出没。若诸位遇到猛兽，尽量避开，避无所避时再与猛兽周旋。"

"都有什么猛兽？"东楚国太子有点紧张。

"虎、豹、狮子、野狼，还有些不常见的兽类，诸位一定要提高警惕。对了，有一种小如蜘蛛、蝎子的毒物，你们最好不要招惹，倘若中毒，若不及时解毒，就有性命之危。若你们准备就绪，稍后便出发。本宫带你们到龙尾山脚下。"宇文战天看向慕容辞，问道，"备好水和干粮了吗？"

"备好了。"慕容辞回道。

"走吧。"南越国太子意气风发。

东楚国太子带了十个侍从，南越国太子带了八个，慕容辞只带了五个。

"你不多带几个人吗？"宇文战天低声问。

那个侍卫冷冷道："能否办成事，不在人多。"

宇文战天不再多说，给了几人一样东西。

"这是信号弹，若你们有性命之危或是突发状况，可以发出信号弹，本宫留在龙尾山的人会立即支援你们。"

今日天朗气清，万丈日光普照大地，宇文战天为首，一行人策马前往龙尾山。

龙尾山位于西秦国皇城以北十里，虽没有万仞高，但人在山脚下仰望，也觉得高耸入云，如柱倚天。

宇文战天抱拳道："诸位，本宫就送到这里了。本宫再说一遍，量力而行。本宫已派出十批人马上山搜寻千面飞狐，倘若诸位有事发生，可以先找他们帮忙。"

"宇文太子，等本宫的好消息。"南越国太子信誓旦旦，与他抱拳辞行，东楚国太子紧随其后。

宇文战天凝视慕容辞，眼中有几分担忧，说："若你五日后没有下山，我便上山找你。"

"多谢美意。不过有他们四个，我不会有事的。"慕容辞笑道。

山道崎岖陡峭，很不好走，好在他们身怀武艺，走了一个多时辰，在一片树林里歇息的时候，慕容辞问慕容彧："千面飞狐不知躲在哪里，也不知如何寻起，你有什么想法？"

"若直达山顶，必定会错过很多隐蔽的地方，只能绕山而行。"慕容彧凝神道。

"那我们就绕山而行，不放过任何一个角落。"

他们吃饱喝足，再次上路。

一个侍卫在前，两个在后，慕容辞、慕容彧和琴若在中间。

走进一片密林，就遇到十来个人，都是粗布短打，江湖人士的打扮，看见慕容辞一行，他们眼睛一亮，来了精神。

"你们想干什么？"琴若冷厉喝问。

“兄弟，我们在山中多日，吃的喝的都没了，你们初来乍到，不如匀我们一半。”说话的是个中年粗汉，身形魁梧，眉目精明狡诈。

“分一些给你们也不是不行，不过我们也没有带多少，若你们告诉我们千面飞狐的下落，我们便分出一半干粮。”慕容辞冷冷道。

“小子，你有种！我们若知道那下落，如何用抢你们干粮？”那中年粗汉啐了一口，目露凶光，“想保住小命，就乖乖地献出干粮和水，否则……”

“否则如何？”慕容彧云淡风轻道。

“否则老子让你们命丧龙尾山！”

“就你们这般行径，传出江湖，日后还如何立足？”慕容辞讥讽道。

“上！”十几个人一拥而上，慕容彧淡然地勾唇，“奉陪到底。”

那三个侍卫得令，飞奔如惊电，迅疾如鬼魅，不出十招，那行人已纷纷倒地，惨叫哀号。

慕容辞的震惊不亚于对方，这三个侍卫不声不响，武功高得惊人，然而他们应该不及鬼影，那么鬼影有多可怕。

琴若亦是看呆，她知道鬼影能随御王左右，武功必定登峰造极，今日单看这三个侍卫，她才知道，十个她联手也打不过鬼影。

那三个侍卫素养颇好，将那群人打得无还击之力，便停手站定。

“你们究竟是什么人？”那些江湖人士哼唧着站起来，为首的中年首领问道。

“你们先报上名号。”慕容辞冷笑。

“我们是青湖帮。”他好像羞于提起自己的名号，一分气势也不剩了。

“青湖帮……琴若，你听说过吗？”

“奴才没听说过，想必是江湖上叫不上号的帮派。”

“瞧他们的样子，估计连千面飞狐的踪迹也见不到，我们还是不要为难他们了。”

“谁说我们没见到千面飞狐的踪迹！”一个血气方刚的青年男子中了计，愤愤道，“昨日我们看见千面飞狐了！”

“是吗？哈哈哈……”慕容辞大笑道。

慕容彧失笑，她这诓人的本事日渐增长。

“昨日入夜我们在黑风坳看见过千面飞狐！”那青年男子脱口而出。

“哦……你们是看见千面飞狐从天上飞过吧？”

他又愤怒又窘迫地说：“我们和千面飞狐过招了，他们见我们人多势众，跑了！”她暗暗地笑，这小伙子还真耿直。

果然，他说完以后被那中年首领狠狠责怪了一通，一伙人悻悻离去。

“昨夜千面飞狐经过黑风坳，接着他们会去哪里呢？”慕容辞摸着下巴寻思，却见慕容彧取出一张舆图，她惊诧地瞪大双眼，“这是……龙尾山的舆图？”

他点点头，手指在舆图上指着说：“现下我们在这儿，黑风坳应该在……这里。”

他根本不知道千面飞狐被困在龙尾山，为什么提前准备了龙尾山的舆图？

一个人再有本事，也不可能预测得这么准。

“在想什么？”慕容彧转头看她。

她摇摇头道：“你觉得千面飞狐会躲在哪里？”

“这三个地方皆有可能。”他指出三个地方，都在黑风坳的附近。

“这里距离黑风坳最近，以千面飞狐的轻功，这里的可能性不大。”慕容辞指着一处道。

“嗯，这里便于藏匿，可能性最大，我们先去这个地方。”

“松风谷。”她随口问，“你怎么会有龙尾山的舆图？”

他一笑道：“或许我真有先见之明。”

她不信，但也不再追问。

看起来距离不远，但找起来并不容易。山路不好走，还时不时有猛兽的吼叫声。

“殿下，方才吼叫的是不是狮子？会不会就在附近？”琴若略有点儿不安。

“有御王在，怕什么？”慕容辞低声道。

“那倒是。”琴若安心了点。

走了一阵，出了树林，见到一汪碧潭。

碧水清澈见底，在这天寒地冻时竟没有结冰。

“殿下快看，有不少小红鱼游来游去。”琴若惊喜道。

慕容辞探身一望，那红鱼非常小，与蝌蚪一般大，只是细长如红线，游起来成群结队。碧水红鱼，天光云影，是难得一见的美景。

慕容彧盯着那红线小鱼，眉头微蹙。

正巧一个侍卫俯身洗手，还未探下，就被慕容彧兀然喝止：“不能下去！速速上来！”

话音未落，那小鱼身上竟飞出细长的红丝线，迅如惊电缠住那侍卫的腿便将他往下拽。

“啊……”转瞬间他半个身子被拖入潭里，连内力也使不出，一侍卫冲去挥剑斩断那红线，正要拖他上来，忽然又有十几根红线疾速飞来，紧紧缠住他的双腿，把他往潭里拽。

众人吓懵，慕容彧上前软剑一挥，那十几根红线齐齐斩断，再狠辣地挥向碧潭，剑光如日光穿透，刹那间，血色爆涌!

红线小鱼伤了十几条，其余的四处窜动，不再攻击，血色在碧水里氤氲染开。

慕容辞心神俱骇，没想到这么美的小鱼攻击力这么强。

那侍卫终于得救，心有余悸地喘着粗气，双腿血迹斑斑，一道道的伤痕触目惊心。

“给他治伤。”慕容彧吩咐道。

慕容辞想着方才自己和琴若就蹲在碧潭边，当真后怕。

“那是什么鱼？太吓人了。”她问慕容彧。

“我在古籍上看见过，荒山野林有一种细小如线的小鱼，会吸血吃人，应该就是这种。”慕容彧剑眉轻凝，“这种小红鱼生命力顽强，方才我斩断那些丝线，它们虽流血，却并不会死，在水里养一日一夜便可痊愈。”

“小红鱼……”她有些害怕，“倘若人在水里，是不是会被小红鱼围攻吃了？”

“不消一盏茶的工夫，小红鱼就能吸干人血，吃光人肉，只剩一副白骨。”慕容彧道，“我们还是速速离开吧。”

果然，他们刚走开几步，就见红色丝线齐齐飞出岸边，还好已触及不到他们了。慕容辞直冒冷汗，倘若这次他没有来，她很可能早已命丧龙尾山。

趁乱探查西秦国冶炼工场

宇文太子不同寻常的殷勤

越若眉痴恋宇文战天

太子殿下：御王，你出马搅黄他们的和亲计划吧

宇文瑶：本宫这辈子一定要嫁给御王

一切尽在御王的部署中

龙尾山上的多方混战

西秦国的阴谋

第四十四章

御王心爱的姑娘是谁

虎啸猿啼，狮吼声声，龙尾山亦震三震。

直至黄昏时分，他们还没找到松风谷。

琴若也觉得不可思议地说：“奇怪了，会不会我们走错路了？”

慕容彧却是十分笃定，只是看着天色渐黑，前方不甚安全，几人商定再找两个时辰，若还没找到，便就地歇一夜。

却不想，他们没走多远忽然听到一道欣喜的叫声。

“太好了！本宫终于找到你们了！”

竟然是凤瑶公主！

原来她早就想与慕容辞一同上山，多探些御王的消息，然而又知皇兄必然不准，就偷偷溜上山，在这里等着他们。

慕容辞哭笑不得，慕容彧的脸上浮着阴霾。

“天黑了，我们找个背风的地方歇息吧，本宫年幼时常跟皇兄到龙尾山玩耍，知道这附近有一个山洞，本宫带你们过去。”宇文瑶兴奋不已。

“也好。”慕容辞等人跟着她，走了一阵果然看见一个山洞。

琴若和两个侍卫先去确认安全，余人进去，各自安顿。

山洞里有干柴，点了篝火，宇文瑶从她侍卫的包袱里取出一包吃食，热情笑道：“慕容太子，这些都是宫里的御厨做的，是本宫带来给你吃的，这是烧鸡，这是烤鸭，这是烧鹅，还有好几样糕点。”

“公主，你还是留着这几日慢慢吃吧。本宫也带了不少干粮。”慕容辞无奈道。

“放心吧，本宫带了很多呢，吃不完。”宇文瑶招呼所有人一起吃。

“那本宫就不客气了。”慕容辞掰了一只鹅腿递给慕容彧，别有深意地挤眉弄眼：凤瑶公主是因为你才来讨好我的，你应该多吃点。

宇文瑶看见慕容辞把鹅腿递给一个侍卫，不禁有点奇怪，悄声问道：“你为什么对那个侍卫这么好？”

“嗯，他是御王的近身侍卫，御王派他来保护本宫，本宫仰仗于他，因此要对他好点。”

果不其然，宇文瑶双眼一亮，掰了鸡腿鸭腿，亲自送到慕容彧面前，说：“你辛苦了，多吃点。”

慕容彧凌厉地瞟一眼慕容辞，左手突然攥紧。

阿辞，你想玩，我陪你！

“听闻你是御王的近身侍卫，你叫什么？”宇文瑶爽朗地问。

“敝姓不足挂齿。”他冰冷道。

“你是不是每日都跟着御王，寸步不离？”她又问。

“嗯。”

“御王是不是每日都政务繁忙？他在哪里处理政务呢？”

“在宫里。”他面色冰冷如雪。

“就本宫所知，御王还没有迎娶王妃，为什么呢？是因为没有喜欢的姑娘？”这是她最想知道的事。

“现在有喜欢的姑娘了。”慕容彧的嗓音寒如洞外呼啸而过的山风。

“啊？御王当真有喜欢的姑娘了？”宇文瑶难以置信，以至于她的话所有人都听见了。

“御王喜欢哪个姑娘？”宇文瑶不甘心地问。

即便御王有喜欢的姑娘，她也有办法让御王喜欢自己。

“我不知道。”慕容彧险些控制不住自己的情绪，咬牙道。

“你整日跟着御王，怎么会不知道呢？就当本宫求你，你告诉本宫吧。”

“我真的不知。”

“这样吧，只要你告诉本宫，你可以向本宫提一个要求，任何要求本宫都会满足你。”

他不胜其烦，恨不得说，我的要求就是你立即滚得远远的！

“太子殿下或许知道，公主不如问问她。”慕容彧把球踢回给慕容辞。

“哦，”宇文瑶火速蹦回去，拉着慕容辞的手臂说，“殿下，你知道？”

慕容辞心虚地看他，撞到他冰冷的目光，立即收回视线。“御王的近身侍卫都不知道，本宫怎么会知道呢？”

“不可能！你欺瞒本宫！”

“本宫骗你做什么？御王不想让别人知道的事，外人是不可能知道的。”

“公主，我家王爷跟太子殿下交情不错，什么事都跟殿下说，你问殿下就对了。”慕容彧挑眉道。

慕容辞被宇文瑶摇晃得脑仁疼，不得已道：“好好好，本宫说，你先别摇来摇去。”

宇文瑶果然不再摇她了，慕容辞招招手，示意她把耳朵凑过来。

“坊间流传，御王回京五年都没迎娶王妃，是因为他一直在找一位他心仪的神秘女子！”

慕容辞正要叮嘱她不要说出去，她已经震惊得蹦起来，问道：“什么？”

那三个侍卫瞠目结舌，琴若忍俊不禁，一边偷笑一边吃。

“神秘女子……”宇文瑶嘀咕着坐下来，声音低下来。

“我不信！即使他专情于那位神秘女子，本宫也不怕。”宇文瑶重新意气风发，“那是因为他没有见过真正的美人，本宫一定要把御王的心夺过来。”

“扑哧！”慕容辞不厚道地笑出来。

“扑哧——”接连的几声扑哧，是那三个侍卫发出来的。

唯有慕容彧笑不出来。

慕容辞语重心长地劝道：“公主志向高远，本宫佩服。不过如果你无论怎么努力，御王也不会喜欢你，那怎么办？”

宇文瑶正想反驳，却听见山洞外传来声音。

"这里有个山洞，我们进去歇一夜吧。"

"里面好像有火光。"

"大家小心，慢慢探进去。"

原来是南越国太子和他的侍从。

见是她们，南越国太子有些欣喜。

"原来是慕容太子。凤瑶公主，你也在这里。"他忽然想起什么，关心道，"公主，龙尾山危险，宇文太子知晓你上山来吗？不如今后你就跟随本宫吧，本宫一定护你无虞。"

宇文瑶斜睨他一眼，说："不必了。本宫不喜欢跟癞蛤蟆在一起。"

他面子挂不住，又讪讪看向那些吃食，言道："好丰盛啊，本宫可以尝尝吗？"

宇文瑶伸手一拦，强硬道："不行！这是本宫带给慕容太子享用的，你没有资格。"

南越国太子的眉宇流露出一丝阴狠，盯着她意味深长地一笑，"公主对慕容太子真是不一般。"

"你管得着吗？"

"慕容太子，你们可有找到千面飞狐的踪迹？"他问慕容辞。

"还没有。你们呢？"慕容辞反问。

"倘若找到千面飞狐，本宫怎么可能还在这里？"

南越国太子找了个干净的地方坐下，却听见宇文瑶一声怒喝："你不能在这儿妨碍本宫！"

南越国太子兀地起身，侍从看着，别国的人也看着，若非她是西秦国公主，他早已一掌拍死她！

气氛非常尴尬，慕容辞打圆场道："公主，这山洞这么大，多几个人无妨。外面天寒地冻的，也只有这山洞能避避风。"

"那你们去那个山洞，不许过来！"宇文瑶颐指气使道。

南越国太子憋屈得要吐血，眼梢飞落一丝毒辣，一声不吭带人去了旁边的洞口。

慕容辞对宇文瑶低声道："公主，他毕竟是南越国太子，还是要客气一点。"

"嘁，为什么要对他客气？癞蛤蟆想吃天鹅肉！慕容太子，本宫一定要嫁御王，你知道本宫什么时候见过御王吗？"

"莫非公主到过我燕国京城？"慕容辞扬眉看慕容彧，笑得狡黠。

"本宫尚未去过北燕国京城，本宫去过边关。"宇文瑶自豪道，"五年多前，御王还没回朝，本宫跟着皇兄前往边关。当时皇兄发现本宫偷偷跟着，不得已带着本宫进了燕国边城。"

"公主就是在边城看见御王的？"慕容辞没想到宇文战天五年前就潜入燕国边城，不知他当时是想做什么。

"对！是在街上！"宇文瑶的小脸洋溢着微笑，"当时我在街上买冰糖葫芦，御王和几个侍从正好经过。"

"那公主如何知道那人就是御王？"琴若又问。

"百姓都向他行礼，叫他王爷，对他又恭敬又敬仰。"宇文瑶笑道。

"公主有没有跟御王说话？"

宇文瑶摇头道："本宫一直后悔，当时为什么不跟御王说话呢？至少要让他知道本宫这个人呀。本宫悔得肠子都青了。"

"这五年来，公主一直惦记着御王？"慕容辞别有深意地问。

"嗯，本宫对御王一见倾心，发誓一定要嫁给他。"

她每说一句，慕容彧的头皮就紧一分、眼皮就跳一下，而那边的南越国太子越听越怒，整个人快要爆炸了。

琴若笑道："公主的勇气和痴情令人钦佩。"

"这辈子本宫一定要嫁给御王！"

慕容辞忽然觉得心里闷闷的，和琴若交代了一声，就径自去了外面。

山上黑暗，无星也无月，夜色密密匝匝，浓黑如墨。慕容辞走了几步，在一块大石上坐下。

寒风呼啸，苍劲的枝丫剧烈地摇晃。即使裹着大氅，寒气依然钻入衣襟袖子，她搓搓手，不停朝双手呵气。

慕容彧踱步过来，在她身边坐下，捂住她的双手。

“会被人看见的。”她极力挣脱，却被他一把抱住。

“若有人出来，我的侍从会提前报告。”他抱着她，把下巴搁在她的肩上，嗅她身上淡淡的幽香。

“放开我，你这万人迷。”她也不知道自己这是怎么了，为什么语气这么冲，难道这胸闷、这惆怅都是源于宇文瑶对他的痴情？

然而，他又不是她的人，她有什么资格吃醋？

静默半晌，他轻吻她，然后说：“阿辞，我很开心。”

“你开心什么？”慕容辞气恼地挣扎着说。

“那你生气什么？”他移过她的脸，笑着问。

“我……”她说不出个所以然，嘟着小嘴儿，三分娇憨，诱人得很。

他俯吻上去，她试图挣脱，依然毫无悬念地沦陷。

直至她气喘吁吁，他才放过她。

一点儿都不冷了。

“明日一早，凤瑶公主若跟着我们，我们还去松风谷吗？”

“不能让她跟着，必须想个办法支开她。”

“你想到办法了？”她惊喜地笑。

“还有问题想问我吗？”他笑而不答。

她终于问出口：“你为什么会带龙尾山的舆图？”

“待时机成熟再告诉你。”

“我才不稀罕。”慕容辞傲娇地转过脸，却抵不过他的痴缠。

寒夜死寂，猛兽的怒吼声偶尔传来，令人毛骨悚然。

陡然，慕容辞听见了轻微的动静，她猛地睁开眼睛。看见宇文瑶被人击晕了。

“你们干什么？”慕容辞弹身而起，高声喝问。

“你最好不要多管闲事。”站在一边的南越国太子阴狠道。

“她是西秦国皇帝最宠爱的公主,你伤了她,不怕离不开西秦国吗?”她气愤道。南越国太子想得到宇文瑶，是要使出生米煮成熟饭这下作的一招。

“那有什么？大不了本宫娶她回大越。”他冷笑，“你最好当作什么都没看见，否则西秦国皇帝那边你也没法交代。”

慕容辞看向慕容彧，他的目光诡谲而冰冷。

他不想管?

南越国太子伸指轻抚宇文瑶的脸，忽地扯开她的衣襟。

宇文瑶被这激烈的动作惊醒，看见他对自己欲行不轨，既惊慌又气愤地喊着：“你干什么？你竟敢……”

“本宫是南越国太子，有什么不敢？本宫求娶你是看得起你，别敬酒不吃吃罚酒！”

“你混蛋！你胆敢羞辱本宫，父皇一定不会放过你的！”

“是吗？只怕你父皇不敢把这件丑事传扬出去，会急忙把你嫁到大越国。”

“本宫死也不会嫁给你！”她愤怒地想起身，却被他推倒在地，扣住双手，撕扯她的衣袍。

“放开公主！”慕容辞忍无可忍。

宇文瑶的泪水哗啦啦地滑落，嘶吼道：“本宫一定要父皇把你碎尸万段！”

“多管闲事是要付出代价的。”南越国太子缓缓站起身，满目阴鸷，几个侍从都向慕容辞靠去。

“想看看我的手快还是你的侍从手快吗？”南越国太子忽然僵住，他的后腰大穴被人戳住，只要对方使出三成力道，他腰部以下就会瘫痪。

“你想怎样？”还从来没有人胆敢这样威胁他！他的眉宇阴狠地拧了起来。

“你敢动她们一根毫毛，我让你全身光裸在城里跑一圈，丢尽颜面。”慕容彧语声冰寒，不似开玩笑。

南越国太子感觉身后似有一座冰山，寒气逼人。

迫不得已，他挥手示意侍从退下，压制住怒火对那人道：“还不松手？”

见慕容辞拉着凤瑶公主离去，慕容彧收了手。不想就这时，南越国太子阴狠地拍出一掌。

这掌他使了十成内力，如巨浪汹涛涌去，对方即使不死也是重伤。然而他得意的眉宇还没挑起，就见那一掌内力，原封不动地回涌，朝自己猛烈袭来。

“小心！”一个侍从飞身来救，与他一起被震飞，重重地摔在墙上。

“噗……咳……”南越国太子内息震荡，一阵腥甜凶猛上涌，喷溅在地。

慕容彧回到之前的地方坐下，面色平静。

“慕容太子，谢谢你……”宇文瑶悲声饮泣道。

这一夜，担心南越国太子再起歹心，慕容彧便让她们睡了，自己留神看着。

天亮后，南越国太子率领侍从大摇大摆地离去。

而宇文瑶的情绪一落千丈，心力交瘁，也想着回去跟父皇告状，便恋恋不舍地与她们挥手告别。

今日阳光普照，驱散了一点寒意，山里空气清冽，举目皆是明媚的璀璨光芒，为这萧瑟的寒冬山景添了几分斑斓之色。

他们在一处平整的地方坐下，慕容辞和慕容彧看着舆图研究。

“阿辞，我不想去找千面飞狐。”慕容彧忽然道。

“啊？为什么？”她惊诧不已。

“我们很难找到千面飞狐，即使找到，也拿不到国玺。”

“为什么？”

“因为，西秦国根本没有丢失国玺。”慕容彧凝视她。

慕容辞一惊，没有说话。

其实，她内心深处也藏着一个疑问：西秦国皇帝守卫森严，怎么可能丢失象征一国皇权的国玺？

更令人费解的是，即使真的丢了国玺，西秦国皇帝不仅不遮国丑，还宣之诸国，大张旗鼓地邀请诸国皇室、江湖帮派来帮忙寻找，把皇室的无能宣告天下。

这举动本身就值得玩味。

“倘若西秦国根本没有丢失国玺，那为什么这么做？布这个局有什么企图？”慕容辞蹙眉，面色越发沉重。

“布这个局，可以齐聚诸国皇室，便于他们行事。”

“你的意思是，西秦国皇帝想在京城把诸国太子秘密杀害？”她骇然。

“对，诸国太子，包括你，我猜这是宇文战天的筹谋。”

“宇文战天……”

她脊背一寒，宇文战天的心思竟这般诡秘阴毒，可怕至极。

“你明明知道西秦国皇帝的企图，为什么还要来？那不是送死吗？”

慕容彧拉过她的手，轻缓道：“我怎么可以让你涉险？再者，不来送死，怎能得到我想要的东西？”

“你想要什么？”

“待时机成熟，我自会告诉你。”

“现在说又有什么区别？”她气恼地扭过头，他还是不信任她。

“阿辞，我不想你跟着我涉险，你不知道，就少一分凶险。”慕容彧把她扳过来说，“走吧，我这就带你去。”

慕容辞不问了，就跟着他走。越往北走，遇到的西秦国侍卫越少，也越来越荒凉。

日落时分，他们沿北边的山道往下走，西秦国侍卫说千面飞狐不在这里，让他们不要在这儿浪费时间，他们虚应着，待侍卫走远了就继续往半山腰走。

找了许久，终于找到半山腰的悬崖绝壁。

“这悬崖绝壁什么都没有，难不成要跳下去？”慕容辞又问。

“还记得百花楼的巢穴吗？”慕容彧的眼睛熠熠闪光，“宇文战天行事有迹可循。”

山风猎猎，莽荡无际。

夜色吞噬了暮色，最后一丝天光也消失了。猛兽的嚎叫声时不时传来，穿透了天地。

几个人换上提前备好的西秦国侍卫的衣袍，连束发也要改。

一个侍卫取出一捆粗绳绑在自己身上，由另两个侍卫拽着，放他下去。

那是去探路的，莫非宇文战天把某种重要巢穴设在下面?

慕容彧往下望，这悬崖并不深，不过山雾氤氲、荆棘丛生，看不清下面。

等了两盏茶的工夫，那侍卫爬上来，禀报道："王爷，往下过半的确有一个石洞，仅容一人通过。"

慕容彧眉宇泛出一丝喜色，道："你们二人留在这边，本王和殿下下去。"

二人留下，其余四人下去，侍卫先行，接着是慕容彧，慕容辞，最后是琴若。

他们钻进悬崖壁上的小石洞，看见一条巨石垒筑的通道。

谁能想得到，龙尾山的山腰竟隐藏着一个神秘巨大的石室。

通道没有灯烛，伸手不见五指，慕容辞一边前行一边思索说："宇文战天在龙尾山筑造这么大的石室做什么？"

"冶炼术。"慕容彧低沉道。

"对呀，西秦国的冶炼术是当今最厉害的，我怎么就没想到？"

西秦国称雄于世，国力跟大燕国不分伯仲，骁勇的战马和超群的冶炼术是西秦国的至宝，也是称霸当世的最重要原因之一。

诸国一直想得到冶炼术的精髓，但根本无人能找到西秦冶炼的场所。宇文战天竟然把冶炼地设在龙尾山的山腰内部，太高明!

而慕容彧是如何找到的?

她激动得心里无法平静，忽然发觉手被他握住，不由得转头看他。

"今日我们闯入这里，九死一生，切不可大意。"

她点点头看着他，他的目光格外灼热，似星辰发出温暖璀璨的光芒。

越往里走，声响越大，是冶炼工场的声响。倘若幸运，他们兴许会找到冶炼术的精髓。

走了一阵，他忽然止步。前面依然是通道，但有微光，不知那微光是从哪里来的。

“应该有机关。”她凝眸道。

琴若脱下靴子抛过去，果不其然，那靴子刚刚落地，通道两边就万箭齐发，如密集的暴雨。

这箭雨实在密集，即使他们的轻功再好，也必会万箭穿心，当场毙命。

“怎么办？”她看向他。

“你们二人在此等候，本王带殿下过去。”他思虑再三，只有这个办法。

“王爷当心。”那侍卫道。

“殿下，务必小心。”琴若也叮嘱道。

慕容彧拉着慕容辞的手，眼中饱含情真意切。

慕容辞颔首，紧紧地回握他的大手。

他运起内力，朝她温柔一笑，瞬息之间，二人消失不见。

琴若只见幻影暴闪飞掠，还没眨眼，一道道残影就消失了，而通道的尽头多了两个人。

在他们的身后，无数利箭咻咻射出，掉落在地。

慕容辞回身朝他们挥手，之后和慕容彧前行。

通道很长，不过再没遇到机关。她百思不得其解地说：“为什么没有机关？宇文战天心思缜密、阴毒狠辣，不可能让闯进冶炼工场的人活着进去。”

“因为我们进来的绝壁洞口，是我命人打通的，就连宇文战天也不知晓。”慕容彧沉沉道。

在绝壁上打洞，也只有他能做得出来。

“我们所在的地方是工场外围，守卫也比较松。”

说着，他忽然伸臂拦住慕容辞，紧盯着前方。

“有机关？”她警惕地问。

慕容彧轻轻点头，揽着她的纤腰飞身掠起，鬼魅般迅疾，幻影过处，飞刀如蝗虫射出，铿锵落地。

相视一笑，慕容彧料定宇文战天不会来工场，索性撕下人皮面具，继续前行。

铜铁敲击声越来越响，他们走到通道的尽头，在一道厚重的石门上摸索良久找到机关，轰隆一响，石门打开了。

一片寂静。

他们互相打了眼色，准备往前走。

然而，迎面竟走来四个侍卫！

“你们是从哪儿来的？为什么以前没见过你们？”一个侍卫精明地问，打量他们。

“我们是从宫里来的，你们自然没见过我们。”她高冷道，竭力镇定。

“太子殿下命我们来巡查，一切都还好吧。”慕容彧冷沉道。

“太子殿下从没有派人来巡查过。”另一个侍卫起了疑心。

“近来诸国皇室、江湖帮派齐聚京城，太子殿下担心有人混进工场，命我们来巡查。一旦发现可疑之人，立即斩杀。”慕容彧眼神凌厉，“即使错杀，也不能放过。”

这的确是太子殿下的行事作风，那四个侍卫信了，没再多问。

铜铁冶炼发出的铮铮声刺激耳膜，令人不适。不过，在看见偌大的工场时，她不由得瞪大双眼——冶炼工场无比宽敞，灯火通明，每个工匠都在卖力地冶炼，火光闪烁，暖热如春夏。

他们互相挑眉示意，端着架子巡视。

工场很大，他们走了大半圈，忽然发现一间石室。一个工匠从石室出来，吩咐其他工匠如何锻造。

两人对视一眼，向那石室走去。

“站住！”一声厉喝，他们转身看是方才那个工匠走来。

“你们做什么？”那工匠狐疑地盯着他们，语气不善。

“我们奉了太子殿下的旨意，特来巡查。”慕容彧一本正经道。

“太子殿下从未让外人来巡查，你们是哪里的侍卫？”那工匠半信半疑。

“近来诸国皇室来京，各江湖帮派也在龙尾山寻找国玺，人多杂乱。太子殿下加强了布防，命我等来巡查。”慕容彧沉脸解释。

“这石室不必查，我查过了。”那工匠似乎信了，不过还是不让他们进去。

“你查过是你的职责，我的职责还没完成。若我渎职，你为我承担后果吗？”慕容彧严厉道。

“我们不会妨碍你，也希望你不要妨碍我们执行公务。倘若有外人闯入，我担不起罪责，你也担不起。”慕容辞粗声道。

见他们说得在理，他没法反驳，只得让他们进去了。

厚重的石门关上，他们立即开始翻找，在木柜最底下有一个上了锁的箱子，慕容彧摸出一根细铁丝，片刻即开，柜子里放着几本册子，打开来看，两人都暗自惊喜。

不多时，他们离开石室，打算寻来路撤退。

然而，还没找到来时的那条通道，就听见一道冷厉喝声：“你们站住！”

冶炼工场中再遇险境

太子殿下：有你在，心安

御王：阿辞，我定要护你周全

第四十五章

共同面临生死考验

慕容彧和慕容辞缓缓转身，见四个侍卫面无表情地瞪着他们。

“你们也是太子殿下派来的？”一个侍卫问。

慕容彧沉沉道：“是，我们刚在里面巡查了一圈。”

那侍卫上下打量他们，问：“可有发现什么？”

慕容彧道：“没发现可疑之人。”

“你们是奸细！”那侍卫陡然大喊，“殿下的确加强了布防，不过都是四人一组。来人，把这两个奸细抓起来！”

一线寒光骤闪，如日光穿透云层。

是慕容彧挥舞软剑，银白的剑气横扫劈去，正从对方的喉咙划过。

只是一招，凌然惊风。

那四个侍卫瞪大眼睛，接连倒地。

想来是工场的声响太大，淹没了侍卫的喊叫声。一时还没人发现。

慕容彧扣住她的手，飞速狂奔。

她拼命地跑，心跳得飞快，转头去看他。他还是薄唇微抿，坚毅冷峻，全无一丝慌乱。

然而，到了通道尽头，没有石门。

“怎么办？往回走吗？”

“应该有机关，先找找。”他沉着道。

他们正在寻找机关，一扇石门竟从天而降，快速向他们移来。

倘若那扇石门不停，会把他们压成肉泥。

“怎么办？”她一边找机关一边着急地问。

“继续找。一定有机关！”慕容彧的目光越发冰冷如钢。

“石门到眼前了！”

慕容辞紧张得快崩溃了，罢了罢了，即使今日丧命于此，也是跟慕容彧一起。

她紧紧地抱住慕容彧，忽然，轰隆隆的声音消失了，她诧异地抬头，原来是他用双臂撑住了石门，他使了十成内力，额角青筋暴凸，豆大的汗珠从额头滑下来。

“快找机关！”他一字字从齿缝挤出来。

“哦！”她越发心慌意乱，双手胡乱地摸，“找不到……”

怎么办？他撑不了多久了。

他们绝不可以死在这里！大燕国还需要他们！

暂时停住的石门再次移动，“我挡不住了……阿辞……”慕容彧费力地说着，整张脸涨得通红。

“我们一起死……有个伴儿……”慕容辞悲怆道，飞快地摸索石墙。

厚重的石门如山峰压来，他火速转身，压着她护着她，以血肉之躯为她挡着。

阿辞……

不想在生死关头的一瞬，脚下忽然空了。

在石门将他们压扁之际，他们双双掉落。

“啊……”

砰的一声，二人重重地摔在坚硬的地面。

她听见一声闷哼，带着胸腔的震动，而后看见自己趴在他身上。

若不是他护着，她不知会摔成什么样。

“慕容彧……慕容彧……”慕容辞轻拍他的脸颊，他一动不动，如死一般。

她又惊又慌，刚刚死里逃生，还没来得及说一句话，他就这么死了吗？

“慕容彧，你不要吓我……”

一颗颗的泪珠滴落在他的脖子上。

她颤着手去探他的鼻息，果然，没有呼吸了。

“慕容彧，你怎么可以死……”

“你说过的那些话都不算数了吗？”

“你背信弃义……”

她泣不成声，好似心被挖去了一块，剧烈的疼痛爬满了四肢百骸。

是她害死他的！

慕容辞不知哪里来的力气，把他抱起来，紧紧地抱着，想留住他的体温。

泪水如倾，忽然，她觉得有人抱着自己。

那被人拥抱的感觉熟悉得令她想要惊叫。

她抬脸看他，他正眉宇含着轻笑。

“你没死！”慕容辞欣喜若狂地破涕为笑。

“傻子，我怎么会轻易地死？吓一吓你。”慕容彧把她抱在怀里，如饮蜜糖。

“你怎么可以这样？我真的以为你……”

他突然吻下去，没让她继续说，她气喘吁吁地推开他，有点窘，说：“还是先找出路吧。对了，我们怎么会掉下来？”

“应该是危急关头你无意按到了机关。”

于是，他们接着找到这间石室的机关，顺着通道走了一阵，在他们看见一扇异常宽大的石门时，蓦然出现一群黑衣人。

大约有三十来人，个个手持弯刀，寒光闪闪，凶神恶煞。

“来者何人？”黑衣人首领厉声喝问。

“取你狗命的人！”慕容彧霸气道。

对方一声怒喝围攻而上，慕容彧抽出腰间软剑，与她飞身掠起。

或剑气横扫，或青云直上，或偷天换日，或霸气回枪……她杀红了眼，一道道热血飞溅，血珠映衬着她莹白的小脸，宛若雪里一点红，格外娇艳。他时而凌空劈下，时而幻影如魅，时而惊鸿如电，招式千变万化，犹如奔雷，又似巨浪……不多时，黑衣人悉数倒地，血水横流。

慕容辞将剑上的血水在黑衣人身上擦净，收回腰间。

他的目光落在两边石墙上，在一处隐蔽的机关扭了三下，轰隆隆，巨大的石门应声而开。

跨步出去，他一把拉住她——石门外竟是百丈悬崖，只有一个小小的平台。

四周皆绝壁，不是荆棘丛生就是怪石错嵌。

“难道此处不是工场的入口？”她疑惑道。

“不好说。”他觉得奇怪，虽然四周是绝壁，但平台下面颇为齐整，应该是有人修整过。

“我们如何下去？”慕容辞琢磨着，以她的轻功，飞下去应该问题不大，只要中途有合适的落脚点借力。

他研究半晌，剑眉轻扬，说：“我猜这应该是工场以前的出入口，但后来废弃了。”

“倘若这是出入口，那些工匠如何上下？”

“这就不得而知了，宇文战天在这方面很有头脑。”

“大燕国御王难得夸人一回。”她笑道，忽然想到一件事，“琴若他们还在工场里，如何是好？”

“我吩咐过侍卫，倘若过了今夜没见我们出来，他会自行离去。”他朝她一笑道，“我们先下去。”说罢，揽住她的纤腰，犹如飞鹰展翅，又如雪花飘飞，他二人宛若冷风飞旋，轻飘飘地往下飞，腾云驾雾一般。

他的轻功真的太好了！

她什么时候才能赶得上他的内力修为？

她不由自主地看他。

这一刻，心安。

他们缓缓落地，四周是平整的地面，积满了落叶。

极致的安静中充满了肃杀之气。

只一刻，慕容彧目光寒凛如利剑掠过层叠的枝丫，一把携住她飞身掠起。

咻咻咻——

万箭齐发，泛着寒光的箭镞从他们的靴底擦过。

宇文战天当真设下步步杀机!

慕容彧抱着她直冲树顶，将她放稳枝丫上，而后解下大氅，大鹏展翅般飞冲而下。

咻咻咻——

他浑厚的内力积聚，一掌拍去，利箭回射迅如疾风，卷起飞沙走石，落叶似飓风飞旋，沉重凶猛，朝四面八方奔涌袭去。

四周响起一片低闷的声响。

是轰然的倒地声。

利箭刚止，又来飞刀，流星般迅速。

残阳如血，刀光在这血艳里闪烁不定，齐齐朝慕容辞飞来，她飞身跃上另一棵树，抽出软剑凌厉劈去，而暗处的人决意置她于死地，飞刀如蝗虫般袭来，她且战且退，不得已飞向慕容彧。

他的剑气倾泻，似狂风卷地，席卷着落叶形成一道屏障朝四周奔袭。

强猛的气流充斥在半空，枝丫剧烈地震动。气势惊天，遮天蔽日。

飞刀折回，砰砰砰，无数人倒地。

又一批飞刀强劲地袭来，慕容彧接连使出大招，汹涌磅礴的剑气裹挟着落叶如飞龙奔袭，似幕墙阻挡了飞刀。

激战多时，飞刀终于少了，可见对方死了大半。

稍一停歇，他正要揽着她飞身离开，又一批如雨飞刀骤然而至，两人毫无防备，慕容辞挥剑替他挡住，不想，漏了一支。

利刃刺入血肉之躯的轻响那么清晰。

她瞪大双眼，见他缓缓坠落。

见他后肩涌出鲜血，她心如刀割。

他拼力使出最后一招，揽着她化作一道幻影，消失了。

终于逃到一片平整之地，他疲惫地倒下了。

“你怎么样？”她担心地看他，发现他后肩的伤口变得乌黑一片，“那飞刀有毒！”

他气息奄奄道：“我已封住心脉……”

“我帮你把毒吸出来！”慕容辞心里慌乱，能想到的只有这个办法。

“不可！”慕容彧拉住她的手臂，“剧毒已经扩散……吸了也没用……”

“你的嘴唇已经开始发青了……”泪水没有征兆地涌出，她难过得心如刀割。

“我不会死……你还没死，我怎么会死呢？”他轻软地笑，凝视她。

“我背你出去……到京城找大夫解毒……”

“中毒后最好不走动……否则剧毒扩散得更快……”

“那怎么办？鬼影呢？他不是一直暗中跟着你……”

“这次我让他留在大燕京城，以防不测。”

“那你如何联络你的下属？发信号弹？”

“不可……一旦发出信号弹，我们的行踪就会暴露……方才那些人会追过来……”

慕容辞没了主意，瘫坐在地。

忽然，她想起沈知言跟她说过几种解毒的草药，虽然不知他中的是什么毒，但这节骨眼儿上，只能尽力一试。

“你在这儿等我……我去找解毒的草药……”慕容辞拭去泪水，起身疾走。

夜幕徐徐降落，她仅靠着微弱的天光在草丛里心急火燎地寻找，不知不觉走了很远。

倒是找到两种解毒的草药，收起来，继续找。

忽然，她看见上面凸起的岩石边有一株硕大的花，其色如雪如玉，光可鉴人。

是雪莲！她欣喜若狂。

她三步并两步冲过去，周遭怪石太多，几次爬到半途就滚落下来，费尽九牛二虎之力，终于摘到那雪莲。

天已经黑透了，慕容辞赶回去时，看见慕容彧脸色发青，几乎失了神智，只剩下一口气。

“你一定要撑着……我找到雪莲了……”

她惊慌失措地说着，又手忙脚乱地把雪莲和另两种草药捣烂分成两份，一份敷在他的伤口，一份喂入他嘴里。

“慕容彧，你醒醒……慕容彧……”

她把雪莲塞入他嘴里，他根本不会吞，她微微一怔，俯身吻住他，把雪莲推进去，轻轻地吹气……

喂完雪莲，又探了他的鼻息，松了一口气。

“慕容彧，醒醒……”

“慕容彧，你若敢死，我就嫁给宇文战天！为他生儿育女！”

“慕容彧，你醒来好不好？”

她吸吸鼻子，泪珠啪嗒啪嗒往下掉。

寒冬的夜会把人冻死，他受了伤根本挨不住。

她去捡了一大堆树枝，用火折引着，把大氅裹在他身上，抱着他坐在火堆前。

这一日经历了太多，她的体力消耗得差不多了，这一安静下来，疲乏袭来，很快睡了过去。

睡梦里，她好像坠入冰窖，冻得瑟瑟发抖。

不知哪里来的温暖怀抱，她蹭了蹭，与那温暖靠得更近。

白茫茫的浓雾里，她看见慕容彧的脸庞慢慢浮现。

“你醒了。”

他却幽幽转身离去，说：“我在阴曹地府等你……”

“不要走……慕容彧……不要丢下我……”

她在浓雾里寻了个遍，再也找不到他。

天地间白茫茫一片，她何去何从？

慕容彧……

“阿辞……阿辞……”一道低沉、熟悉的声音在耳边响起。

慕容辞睁开双眼，察觉满面是泪，有一只手轻轻拭去她面上的泪水。

她愣愣地看着他，一时之间不知道哪个是梦、哪个是真。

“我不会丢下你……永远都不会……”

她迷糊地蹙眉，浓雾不见了，天色微亮，那火堆烧完了，只剩一堆黑炭。

忽然想起他中毒了，她猛地坐起来，急切地问：“你觉得怎么样？你的脸和嘴唇不发青了，是不是毒解了？”

“应该解了一些。”

慕容彧把她抱到怀里，扣住她的后脑，一字字道：“你敢嫁给宇文战天，我死了化成厉鬼也要抢婚！”

他重重地一吻，然后说：“若你要嫁，只能嫁我！”

慕容辞心弦一颤，又看他气色微微好些，便推开他问：“现在我们去哪里？”

慕容彧起身放眼四周，分析道：“此处应该是山脚。若我们就这么离开，宇文战天部署在龙尾山的杀手会像疯狗一样扑杀我们。”

“你想怎么做？还有他们四个，你打算如何联络他们？”

“先离开这儿。”他牵起她的手。

为避免突然遇到宇文战天，慕容彧已经戴上人皮面具，恢复了平凡面容。走了一阵，他们在舆图上找到当下位置，慕容彧指着一处说：“我们去这儿。”

她没有问为什么，他也没说。这大概就是信任和默契。

这一路再没遇到那些黑衣人，一个时辰后抵达目的地，他放出信号弹。

“龙尾山是暗杀的绝佳之地，宇文战天应该不会放过这良机。”她琢磨道。

“东楚国太子、南越国太子应该也遇到了行刺。我们在这儿等吧。”

“我们在冶炼工场看了一圈，你可有发现？”

“西秦国的冶炼术之所以举世无双，应该有三点。其一，工场里的铁矿石质优，乃上上品。其二，冶炼工匠的技艺的确有过人之处。其三，我们在石室看到的那几本书册记载了冶炼铜、铁的秘方，其中一种方法闻所未闻，这便是西秦国冶炼术独步天下的原因。”

慕容辞笑问：“你可记住了？”

他颔首道：“这一趟没有白来。”

“倘若宇文战天知晓我们去过冶炼工场，必定气得吐血。”

他们不知，京城郊外，宇文战天听说有两人硬闯工场，还能逃脱他那绝命部署，不禁大惊失色，正一抖缰绳，骑马飞驰而来。

不多时，慕容彧的下属终于飞身而至，原来他早在龙尾山暗中部署了二十余精锐。

而几乎是同时，昨夜那些黑衣人，也追踪而来。

二十余精锐对峙五十个黑衣人，一场硬战一触即发。

“把你们的太子叫来，本宫倒想问问他，这究竟是什么意思！”慕容辞吼道。

“你是什么人？”黑衣人首领诧异地问。

“本宫是大燕国太子。”慕容辞回道。

“就算你是北燕国太子，擅闯工场，一样杀无赦！”那首领凶悍道。

“工场？什么工场？莫非是冶炼工场？”她忽然恍然大悟状，“原来宇文战天把冶炼工场设在龙尾山？”

那首领一时迷惑，此人明明是昨日那个，只是衣袍不同，但他身旁男子，却和昨日完全不同。

究竟是怎么回事？是他们认错了？

再者，昨日那高个男子挨了飞刀，剧毒入体，不可能熬过一夜，那现在这个人是谁？

对峙良久，那首领却不敢动，到底忌惮大燕国太子的身份。

不多时宇文战天赶到，看见那张明艳而憔悴的脸庞时，不禁愣了。

为何是她？

“宇文太子，你这是什么意思？要在此刺杀本宫吗？”慕容辞眯起眼。

“应该是有误会。”他挥退所有下属，温柔道，“你没事吧，可有受伤？”

“受伤倒是没有，只是你的下属诬陷本宫擅闯什么工场。”她讥诮地说，“千面飞狐没找着，倒是遇到不少猛兽和莫名行刺的黑衣人。本宫倒想问问，你大费周章地邀请本宫与其他两国太子前来，究竟是何筹谋？”

“误会，必定是误会。那些下属冒犯了你，本宫代为致歉。”宇文战天拱手一礼道，相当诚恳。

“殿下，昨日明明是他闯入……”那黑衣人首领道。

“闭嘴！”宇文战天厉声道。

“宇文太子，本宫又乏又冷，还受了惊吓，要回驿馆歇息。”

“本宫派人护送。”

“不必。你不派人跟着，本宫就放心了。”她率先前行，昂首阔步，慕容彧与那二十余精锐也跟着离去。

待他们走出一段，宇文战天招来那黑衣人首领，阴寒道：“闯入工场之人，你可看清楚了？”

那首领道：“小的绝不会看错，是北燕国太子。不过他身旁的那个侍卫，昨日不是此人。”

回到驿馆，沐浴更衣后，她跟他一起进膳。

“你体内的毒怎么样？好解吗？”

他伸指拭去她唇角的羊奶沫，柔情款款地说：“虽是剧毒，所幸昨夜你用雪莲清了一部分出来，余毒连服三日汤药即可。”

炭火幽幽燃烧，毕剥轻响，丝丝暖气蔓延开来。

放松下来，她方才觉得身上四处疼痛，想必是采草药时不断滚下山坡时受的伤。

“琴若他们联络上了吗？”

“他们看见信号会赶过去的，我留了人在那里等他们。”

“嗯。东楚国和南越国太子都还没回来？”

“没有。不过我吩咐下属漏了口风，他们已经派人去龙尾山接应他们的主子。”慕容彧压低声音，“宇文战天知道我们闯入冶炼工场，必会找机会对付我们。”

“我抵死不认，再说他们认不得你，又能如何？”慕容辞冷冷道，伸手将一缕鬓发掠过耳后。

手臂露出，伤痕累累，惊得他目光骤然一沉，一问才知她身上细小伤口无数。急急问：“你怎么没上药？”

“等琴若回来吧……”

慕容彧又怜又痛地看她一眼，取出伤药，温柔道：“乖乖坐着别动。”

她微微脸红，还是应了，而他的动作比琴若还要轻柔，好像在呵护珍宝。

莹白如玉的肌肤有多处擦伤，看着格外触目。

“下不为例！”

“什么下不为例？”

“无论做什么事，都要先顾到自己。”他叮嘱道。

“你都快不行了，我怎么可能只顾自己？”她嘀咕着。

他一笑，揽她入怀说：“阿辞，你的心，我全明白了。”

全明白了？

她的心咚咚咚地跳。

忽然传来敲门声，“慕容太子，我是玉清公主，我可以进来吗？”

慕容辞连忙起身开门，说：“公主找本宫有什么事？”

看见房里只有慕容辞的侍卫，玉清公主便没有多想，直接问道：“方才我听侍从说龙尾山或有危险，是真的吗？慕容太子在龙尾山可有遇到危险？”

“龙尾山的确凶险，本宫和你皇兄带的侍从都不多，因此多派些人上山接应较为妥当。”慕容辞道。

“原来如此。希望皇兄安然下山回来。”越若眉仍有几分担忧，“慕容太子，你们在龙尾山遇到什么危险？是猛兽还是……”

“本宫遇到了猛兽……至于越太子遇到什么，本宫也不清楚，待他回来再与你详说。”

"多谢慕容太子，那若眉告辞了。"越若眉朝她淡淡一礼，转身离去。

两人重新坐下，慕容彧嘲弄道："此女子不简单。"

她失笑道："如何不简单？"

"往后你便知道。"

刚填饱肚子，就听见外面嘈杂声，有人通传："宇文太子到——"

慕容辞和慕容彧来到外面，拱手见礼。

宇文战天爽朗地笑道："方才在龙尾山，本宫的下属对你多有误会，本宫特来向你致歉。"

"既然是误会，那便罢了。"她淡淡道。

"本宫的下属说误伤了你的近身侍卫……"

他走向慕容彧，大手搭在慕容彧的肩上用力一压，问："燕侍卫伤得不严重吧？"

慕容彧薄唇紧抿，面不改色。

慕容辞心里着急，连忙道："遇到那些黑衣人时，跟本宫在一起的不是他。当时琴若被猛兽袭击，他去救琴若，被猛兽伤了。"

"原来如此。"

宇文战天看见点滴血色透出他的锦袍，撤了手。

"本宫刚进了膳食，现在又困又乏，要去歇着了。宇文太子，不送。"

宇文战天拱手，而后离去。

那侍卫分明受伤了，而且受伤的位置与他下属描述的一样。

宇文战天一走，慕容辞连忙搀扶慕容彧回房，叫了懂医理的侍从来。

那侍从重新为他包扎，而后端来一碗黑乎乎的汤药要他喝下去。

慕容彧挥手让下属退下，轻软道："阿辞，喂我服药。"

这么温软柔弱的请求，令人无法拒绝。又见他薄唇无血、气色很差，她的心似被针尖刺了一下。

她端起瓷碗，舀起一勺送到他嘴边，说："小心烫。"

他乖乖地喝，入口苦涩，入心却是甜蜜。

服了药，她扶着他躺下来，说："你多多休息，我晚点来看你。"慕容彧知道驿站人多口杂，即使舍不得，也没再留她。

回到寝房，慕容辞正要关门，看见琴若匆匆地奔进来。

似是生死一场，两人相拥而泣。

第二日上午，南越国和东楚国太子先后回来。

驿馆鸡飞狗跳，因为两位太子都受了重伤，说是被猛兽袭击了。

宇文战天派了太医来，慕容辞暗中告诉玉清公主与信王，说真相未明，还是要防着点儿好。随即他们又请来京城医术高明的大夫，果然开的药方有些不一样。

慕容彧知情后竖起大拇指，笑道："不同的大夫下药自然不同，这招离间计使得好。"

慕容辞莞尔轻笑道："论谋略，我如何及你？"

晚些时候，宇文战天又来慰问。

"二位可是遇到猛兽袭击？"

"不仅有猛兽，还有黑衣人。"南越国太子有气无力地说。

"你可知那些黑衣人的身份？"

"不知。那些黑衣人武功不俗，人数众多，若非本宫的下属来接，只怕……"

"是本宫布防不严，出了疏漏，本宫会向父皇请罪，你伤愈后面见父皇时，可向父皇禀明一切。"宇文战天说得光明磊落。

慕容辞冷笑，出了南越国太子的寝居，站在前庭腊梅树下。

黄色腊梅在寒风里摇曳，清俏可爱，淡香怡人。

忽然宇文战天出来，与她并肩而立，说："今日阳光暖和，不如本宫带你到四处逛逛，去京城郊野游赏？"

"宇文太子政务繁忙，本宫就不叨扰了。"慕容辞敷衍道。

他低声道："慕容贤弟，现在我是以朋友的身份邀请你。你难得来秦国一回，我这个知己良朋的，自当尽地主之谊。"

“宇文太子客气了。”她明朗一笑，“你我还没到称兄道弟的情谊吧。”

“你这样说，我心里很是难过。”宇文战天神色一暗，“不如这样，你还没去过我的太子府，不如去我的府邸坐坐？”

“抱歉，本宫今日乏了，真的哪里都不想去。”

“那……好吧，我就不勉强你了，改日我在府里设宴，你一定要来。”

慕容辞但笑不语，见他悻悻离去。

慕容彧站在廊下，笑里含春。

宇文战天：我希望我迎娶的太子妃是你

慕容辞：原来你早已知晓我是女儿身

沈知言：为什么我一直不知道

太子殿下何去何从：联手西秦除掉慕容彧

西秦晋阳公主为国远嫁南越

太子殿下被扣押，宇文战天狸猫换太子

第四十六章

留下做我的皇后

三日后，宇文战天在太子府设宴，宴请三国太子和使臣。

东楚国和南越国太子伤势未愈，皆是被侍从搀扶来的。

午时，琴若和慕容彧陪着慕容辞赴宴，正等开席，忽有一个仆人传话，说宇文战天要慕容辞去一趟书房。

“只请了慕容太子一个人。”见琴若与慕容彧要跟上，仆从强调道。

谅宇文战天也不敢在太子府公然行事，两人便在外面等候。

打开书房的门宇文战天正站在窗前，负手而立。

今日天色阴沉，霾云朵朵堆积在长空，他好似站在冥界之道，浑身缭绕着难以言表的阴寒气息。

听到声响，他转过身来粲然一笑地说：“你来了，方才我在想事情，没有察觉。”

他笑得再灿烂，似乎也与在大燕国时天差地别。

“宇文太子有事找本宫？”慕容辞坐在客座上。

“昨日我派出的人擒获了千面飞狐，总算寻回国玺。”宇文战天坐在她身旁，跟她靠得很近。

“可喜可贺。”她的声音没有几分诚意，其实早就猜到是这个结果。

“你和越太子、楚太子多有出力，我会禀明父皇，对你们加以馈赏。”

“宇文太子言重了。”她淡淡道。

“贤弟，你能不能不要这么见外？”他愁苦道，“先前你我坦诚相待，真心交往，如今为何变得这样？”

“回不去了。你心里有家国社稷，本宫心里也有，这注定了你我不会诚心相待。”

“只要你我愿意，一定可以的。”他忽然热切起来。

“若无他事，本宫先行一步。”慕容辞站起身来说。

宇文战天仓促地起身，眉间几分急切，“你知道我为什么不迎娶玉清公主吗？”

她不语，静待下文。

“因为我知道，一旦大秦国与南越国联姻，势必会威胁到你北燕国。我不愿你日夜忧虑，寝食难安。”

她怔住，他这么做，竟然是为了她?

“若要联姻，也是大秦国与大燕国。”宇文战天剑眉微压，目光炙烈如火焰，“我希望我迎娶的太子妃，未来的大秦国皇后，是你。”

慕容辞惊得后退一步。

原来他早已知晓她是女儿身!

“你疯了。”她冷冷说完，正要拂袖而去，不想宇文战天拽住她的广袂，一把将她拉到怀里。

这般猝不及防，她大怒，伸手扼住他的咽喉，喊道：“放手！”

他没松手，眼中燃起蓝色的火苗，急忙说道：“听我说，好不好？”

“你先放手！”她压低声音切齿道，不想让外面的慕容彧听见。

他缓缓放开，凝视着她说：“我的心思，我对你的情意，你不会感受不到……”

“你最好牢牢记住，本宫是大燕国太子，未来的大燕国皇帝！”慕容辞疾言厉色地瞪着他说道。

“我会助你坐稳帝位。眼下御王摄政，权势滔天，你势孤力单，若你开口，我会全心全意地帮你夺回权柄，顺利登基。”

“是吗？那你想要什么？”她心神一寒，原来他打的是这主意。

“我只愿你嫁给我，成为我的皇后。但你依然是北燕国皇帝，我不会干涉北燕国的政务与朝局。”

“本宫在燕国，你在秦国，又如何嫁你？”她冷笑，这真是荒唐可笑。

“我可以秘密前往燕国与你私会，你也可以来秦国，只要愿意，总有办法。”宇文战天以为她动了心，激动不已。“你不必立即答复我，你可以多考虑几日。”

“宇文太子，本宫就当你方才说了一些胡话。明日本宫启程回燕国，宇文太子不必来送。”

“你不多留几日吗？”他的微笑凝固成霜雪。

“本宫担心父皇龙体，要赶回去侍奉父皇。”说罢，慕容辞不再理他，径自离开书房。

回花厅的路上，慕容辞低声对慕容彧道：“方才我对宇文战天说明日启程回燕国，我总觉得在西秦国多待几日会有变故。”

慕容彧点点头，的确，多待一日便多一分危险。

不知宇文战天会不会轻易放她走。

希望明日能顺利吧。

回到前庭，午宴即将开始。

慕容辞刚要进去，听见一道欣喜的叫声：“慕容太子……”

是凤瑶公主。

宇文瑶飞奔而来，精致的小脸洋溢着娇俏的微笑，说道：“慕容太子，你没事了吧。”

“本宫没事，多谢公主关心。”慕容辞轻笑。

“前几日本宫去驿馆看你，你的侍从说你不愿见人，本宫就没进去。不过你痊愈了本宫就放心了。”宇文瑶笑得眉眼飞飞。

“公主，还请上座。”说完，二人踏入正厅，慕容辞不胜其烦，但还是面不改色。

宇文瑶无视太子府仆人的目光，说：“反正只有你一人，本宫跟你坐一起好说说话。慕容太子，国玺已经寻回，你是不是打算回国了？”

“确实如此。”

如何阻止她跟自己回去？

“哪日回去？本宫跟你们一同启程。”宇文瑶激动不已。

“离宫外出是大事，公主可征得你父皇的应允？”

“你无须担心，本宫有分寸，你只管说哪日启程便可。”

“公主，殿下还没决定。”琴若笑道。

慕容彧唇角不知抽了几次，面如寒霜笼罩。

此时宴饮开席，佳肴飘香，宇文战天意气风发，沉朗道：“此次寻回国玺，诸位出力不少，本宫铭记于心，父皇亦会馈赏三位，明日将举行送行大宴会，会分别赠予三国战马百匹。”

丝竹奏响，舞伎挥起水袖，席间推杯换盏，酒宴热闹起来，宇文瑶亦是端杯四处寻乐。

慕容彧俯身对慕容辞低沉道：“只怕明日无法启程离开。”

慕容辞点点头，心里隐隐担心宇文战天不会轻易放她离开。

在燕国，他豪爽疏朗，在秦国，他阴鸷狠辣，全然不同。

“放心，我会部署好一切。”慕容彧低声道。

次日，西秦国皇帝在宫里设宴，为三国使臣饯行。

按照当初的允诺，三国使臣皆获赠百匹战马，宴后离京时便可带走。

琉璃盏，青玉杯，金樽银碗，盛世宫宴，锦绣风流。

西秦国皇帝兴致高昂，爽朗的笑声传出殿外。

南越国太子重提联姻一事，凤瑶公主立即起身，神色决然地说：“父皇，儿臣死也不嫁！”

“不许胡闹！”西秦国皇帝面色一沉，斥责道。

眼看胞妹被为难，宇文战天起身道：“父皇，皇妹性情刚烈，倘若强来，只怕她嫁到南越国也不会安分。儿臣愚见，晋阳皇妹也到了婚配的年纪，才貌双全知书达理，与越太子也很登对。”

他转而对南越国太子道：“越太子，本宫这个晋阳皇妹也是大美人，除了她，本宫精心挑了四位名门闺秀作为陪嫁，不知你意下如何？”

迫于压力，南越国太子悻悻答应。

可西秦国皇后不乐意了，亲女儿嫁到南越国那么远，再见不知何时，她如何放心？

“陛下，晋阳还小，臣妾担心她不适应南越国的水土，联姻一事，不如从长计议……”她低眉道，一副贤良淑德的风范。

“母后，那日要儿臣嫁给越太子，你可有想过儿臣会不适应？亲闺女你不舍得，儿臣这个别人生的女儿就可以了？”宇文瑶不客气地反唇相讥。

“凤瑶，不可造次！”宇文战天低声斥责。

“父皇，母后就是偏心，”宇文瑶忽然嘤嘤地哭起来，“父皇，儿臣的母后才死了几年，就这般被人欺负……”

想起薨逝的先皇后，西秦国皇帝一时悲从中来，瞪了皇后一眼，而后问晋阳公主：“晋阳，你可愿嫁？”

晋阳公主走到御前，徐徐下拜，说：“父皇，两国联姻乃是社稷之福，儿臣愿嫁。”

说罢，她悄然瞥向南越国太子，一丝娇羞，一丝情意。

“好！”西秦国皇帝大为开怀，“晋阳是朕最好的公主！你出嫁那日，朕一定让你风风光光！”

“谢父皇。”晋阳公主退下。

宇文瑶暗暗松了一口气。慕容辞则心中一凛，南越国和西秦国联姻，对大燕是极大的不利。

而为了拉拢西秦国，能和西秦国联姻，南越国太子都不追究行刺一事了。不过即使他追究又能如何？西秦国皇帝一句“许是江湖帮派流寇所为”，就能撇得一干二净。

该如何阻止这两国联姻呢？要么大燕国也和南越国或西秦国联姻？

把无忧公主慕容澜嫁到南越国或是西秦国？

不过两国联姻至少要准备三五个月，她有的是时间阻止。

此时一片痴心的玉清公主，因无法嫁给宇文战天，容色郁郁。

宫宴在一片祥和欢笑里落幕。

在宫人的带引下，三国使臣出宫，回驿馆收拾行装准备启程。

慕容辞和琴若、慕容彧跟随众人前往宫门，正欲出门时，一个内侍快步走来，道：“慕容太子，我家太子殿下请您前往那边的小阁一坐，为您饯行。”

既然是饯行，那就去吧。

慕容彧陪到楼阁前，被内侍拦住在外等候。

打开阁门，她看见宇文战天坐在案前，案上摆着青玉酒壶和两只青玉杯。

“坐吧。”宇文战天淡淡地看她一眼，执壶斟酒。

“宇文太子，后会有期。”

“你我毕竟相识一场，我理当为你饯行。”他手一引，端杯一饮而尽。

看他喝了，她便也端来饮尽后道：“告辞。”

“慕容辞，希望我们还有见面的机会。”

她不想浪费唇舌，起身便走——然而，竟迈不了步！

怎么回事？

脑中电光石火，她恍然明白，方才那杯酒有问题！

宇文战天过去揽着她的肩，在她耳畔低声道：“三个时辰内，你都无法动弹。”

他炙热的呼吸喷洒在她耳周，像是怒焰灼烧着她。

此时，她全身僵冷，寒气在四肢百骸蔓延。

想要开口呼喊，却连嘴唇也动不了。

该死的宇文战天！竟用这下三烂的手段！

“我寻觅多时才得到这种妙药，可让人全身动弹不得，任人摆布。”宇文战天眉宇含笑，是邪恶冰寒的笑。

他将她打横抱起，放到里间的矮榻上。

他修长的手指轻抚她的雪腮，她瞪大双眼，睚眦欲裂。

真恨自己太过大意，太过相信他！

他解开她的大氅，举止温柔如水。

她恨不得将他千刀万剐。

他把大氅扔在一旁，接着解下她的棉袍。

她的眼中泛着盈盈水光，体内的怒焰狂烈地燃烧，慕容彧见她不出去，一定会来救她！

“阿辞，是你逼我这么做的。”他轻抚她流霞娇艳的小脸，凝视她愤恨凄楚的眉目，“从未见过你这般模样，当真是令人爱怜”。

忽然，殿室出现一个女子，她不由瞪大双眸，震惊地呆住——这女子的身量体形跟她一模一样，那张脸更是非常相像。

那女子穿上她的棉袍、大氅，就连束发也跟她一样。

“准备好了？”宇文战天冷沉地问。

“准备好了。”那女子面无表情道。

他挥手，那女子便快步离去。

慕容辞震惊非常，那女子的声音也跟她一样。

“以你的聪慧头脑，应该猜到我要做什么。”

偷龙转凤！

慕容辞痛恨得咬牙切齿！

外面没什么动静，想必慕容彧跟那个假的慕容辞离开了。

容貌九成多相似，慕容彧一时之间分辨不出也是情有可原。

随后，宇文战天给她穿好另一套衣袍，将她抱上马车。

她以为宇文战天会带她回太子府，不成想却是去驿馆。

从马车车窗的缝隙中，她看到，驿馆门口，慕容彧、琴若正在查点行装，而那假慕容辞已坐在马车里。

慕容辞激动又焦急，拼了最大的力气凝聚内力，还是无法动弹。

宇文战天的侍从跳下马车，代主子与他们辞别。寒风刮来，掠起车帘，她看到慕容彧的侧身，激动不已。

慕容彧，你转头看看我啊！

然而琴若登上马车，慕容彧跃上骏马，挥手一鞭，启程前行。

车帘再度被寒风掠起，她看着他策马昂然行过。

眉骨酸涩，泪水不争气地涌出。

宇文战天是故意的，让她眼睁睁看着他们离去。

“你的侍从没有认出那个是假的，你也无须伤心。倘若是我，我也分辨不出真假。”宇文战天冷笑着安慰她，吩咐车夫回太子府。

两辆马车背道而驰，相距越来越远。

再说慕容彧那边，他们出了城门，马车便一路往东，飞速狂奔。

临近子时，慕容彧决定在一个小镇歇息，琴若跳下马车去问客栈，他过来掀开车帘探手道：“下来吧，当心点儿。”

见他伸手来接扶，那慕容辞不由一愣。

她冷若冰霜，皱着眉由他搀扶着下来，而后甩开手进了客栈。

慕容彧一怔。

“公子饿了，你去灶房看看有什么吃的。”慕容彧一进来就吩咐琴若。

看琴若走开，他握住她的手温柔道：“殿下是不是有点乏？”

“放肆！”这慕容辞抽出手，厉声怒斥。

“你是谁？”

话音未落，慕容彧闪电撕下她的人皮面具。

当一张陌生的脸出现在他眼前时，他的心猛地揪起来。

阿辞出事了！

那女子见事情败露，转身便逃，他一掌袭去，一道白色气劲击中她的后心。她身子一僵，呕出鲜血。

瞬息之间，他已扣住她的咽喉，厉声喝问：“殿下在哪里？”

她引颈闭目，视死如归道：“要杀要剐，悉听尊便！”

慕容彧五指陡然收紧，勒紧脖子的声音清晰入耳。

琴若推而入门，看见这一幕惊得魂飞魄散，待她看清那女子不是慕容辞，而地上有一张人皮面具，便什么都明白了。

“是不是宇文战天要你假扮她的？她人呢！”他怒极，眉宇间杀气腾腾。

那女子依然不言不语，

“杀了她！”琴若切齿道。

“留她一命，还有点用。”

慕容彧唤人来把她带下去小心看守。快速梳理了一遍，他们断定慕容辞必是让宇文战天囚禁起来了。

“宇文战天十分聪明，必然有所部署，明日一早你继续前行，本王要神不知鬼不觉地回去。”慕容彧目光冰冷，心里很自责，这一路竟没察觉这个阿辞是假的。

当即，慕容彧去见那个假扮慕容辞的女子。

“宇文战天把我家太子殿下藏在何处？”

她死也不开口，他端起茶杯浅浅啜了一口，说：“剔骨。”

他目光流转，杀气流泻。

那女子大惊失色，剔骨好比凌迟，还不如直接杀了她。

“我真的不知……太子殿下吩咐我这么做……其他的，他不会告诉我……”她惊慌地求饶。

看来她确实不知，慕容彧挥挥手，让下属将她带下去。

当夜，他挑了八十精锐一路狂奔折返西秦国帝京。

天亮后，他带着十人乔装进城，联络了他在秦国帝京的分舵，部署了人手在太子府周围打探消息。

以宇文战天的头脑，他应该料到慕容彧迟早会找回来，那么，他会把阿辞藏在太子府吗？太子府风平浪静，宇文战天也看似十分寻常。

这日入夜，西秦国帝京分舵的主事李超来禀：“王爷，小的安插在太子府的暗桩，今日被拔了。”

“仔细说说。”慕容彧不露喜怒。

“太子府的菜蔬鱼肉由一商号集中采购，一年前，小的安排一个下属混入那商号，那人干了半年才被允许去太子府送货。今日他趁送货之机在太子府查探，没想到被人发现，总管二话不说就杀了他，他们是宁可错杀也不错放。”李超禀道，“小的办事不力，还请王爷惩处。”

“本王知道你已尽力。你还有办法进太子府查探消息吗？”

“平常太子府很难安插进人，这几日更是铁桶般一只苍蝇飞进去都会被削了。小的无能，王爷恕罪。”

的确，这几日太子府就跟铜墙铁壁似的，为了不打草惊蛇保证她的安全，他只能耐下心来。

“宇文战天有多少别苑、私产？”慕容彧语声冰寒。

“有三座别苑、五处私产。”李超小心翼翼地回话。

“先盯着他的别苑、私产，看看有没有藏人的可能。”

“是。”众人领命退下。

只听啪的一声，慕容彧手中茶杯碎成齑粉，洒落在地。

阿辞，你究竟在哪里？

此时太子府，灯火通明，光影辉彩在寒风里摇曳。

宇文战天刚刚回府，他挥退仆人，关好门窗，走到博古架前把一格书册移开，扭转嵌在里面的机关。

旁侧的墙壁轰隆开启。

里面有两个面无表情的侍婢，见他来了，俯身一礼。

“去把外面的晚膳端进来。”宇文战天吩咐道。

他顺着狭窄的通道往里走，一扇木门平移开，又是一间密室。

这密室清雅典丽，尽是珍奇异宝，金玉器具，一个女子披着轻裘坐在床边翻阅书册。

他进来，她头也不抬。

“饿了吧，过来吃晚膳。”宇文战天看着侍婢把菜肴放在案上，笑道。

她清冷地瞥他一眼，继续看书。

“这几日你清减了，我吩咐灶房做了你喜欢的菜，你多吃点。”他一边布菜一边温柔道，“我也还没吃，陪你一起。”

“要吃你自己吃！”她的语声稍微冷厉些，都觉得费力。

“你一直不吃，只喝些羹汤，身子怎么吃得消？”

“你要本宫进膳，还不是要控制本宫？”她嘲讽地冷笑。四日前他把她带回太子府，囚禁在密室，甚至在她的茶水里下药，让她凝聚不了内力，稍微走快些就气喘吁吁。

一身武艺无处施展，也就逃不出去。

此后，她很少进膳，只喝羹汤续命。

“算我求你好不好？”宇文战天忧心如焚，“你再不吃，会病倒的。”

“本宫宁愿饿死也不吃！”

“我没有在饭菜里下药，今日你大可多吃一点。”他半抱着她坐在案前，低声下气地祈求道，“阿辞，我知道是我不对，可是你不能拿自己的身子开玩笑。”

“你没有资格这样叫本宫！”她动了肝火，费力地喘着，“本宫变成这样，还不是拜你所赐？”

宇文战天为她舀了一碗滋补的人参鸡汤，说：“只要你不逃，我就放你出了这密室，也让你恢复力气，可好？”

慕容辞悲愤地冷笑，他竟这样骗她，真是荒谬。

可是，她确实需要保存体力，慕容彧迟早会发现那个假的慕容辞，待他来救她时，她需要体力和他逃离这儿。

“本宫可以不逃，但你必须让本宫恢复体力和内力。”她淡淡道。

“你保证你恢复了内力，不会逃？”

“不逃。”

“阿辞，我希望你不是骗我。”

他舀了一勺鸡汤递到她唇边，眼中绽放出宝石般的蓝色光芒，柔声道：“我喂你。”

慕容辞喝了鸡汤，吃了一碗燕窝粥，然后慢慢加餐。

“阿辞，你给我、给我们一些时日，我相信你必定会喜欢我。”

她讥诮地冷笑道：“你觉得本宫会喜欢一个将我囚禁了的禽兽吗？”

他眉睫一颤，半晌才道：“好，明日开始，我不再囚禁你。”

她心里欣喜，面上却不动声色。

“阿辞，你要信我，我对你是真心的。”宇文战天把她的身子扳过来，目光热切如火。

“我早已知晓你是女儿身，只是没有戳破。在燕国，我十分珍惜每次与你相见的机会，只希望跟你多待一时半刻，我也想过对你坦诚相告我的身份，但终究没有找到机会说。”

“阿辞，我从未想过会遇到你，但遇到你的那一刻，我就知道你是我的太子妃。”

他絮絮叨叨地说着，把他们相识以来他的所思所想都告诉她。

慕容辞讥讽道：“与你鹣鲽情深的太子妃不是才过世一载吗？”

“已故的太子妃是父皇赐婚，我无法不从，但我从未喜欢过她。你也是太子，应该知道这当中的辛酸与无奈。在宫宴上，为了推拒联姻，我才那样说的。”他苦笑道，“虽然我娶过太子妃，也有几个侍妾，但二十多年来，从未有一个女子像你这般让我无法忘怀。阿辞，只要你答应嫁给我，一切都不是阻碍。一旦大秦国和大燕国联手，国力如虎添翼，迟早会灭南越国和东楚国。届时我们平分两国疆域，共享太平盛世。”

“到那时，你会挥军灭了大燕，完成你统一神州的鸿鹄之志。”慕容辞清冷道。

“你竟然这样看我。”宇文战天面色黯然，“阿辞，我绝不会那样做！”

“你不必再说，我不会信你，对你也没有男女之情。”她不想再说这些无意义的事，忽然道，“百花楼楼主是你吧？”

他错愕地愣住，继而一笑道：“以你的聪慧，早就猜到了吧。”

“但楼主的眼睛不是灰蓝的，如果不是这一点，本宫早就断定你们是同一人。”

“我会一种秘术，用内力强行改变眼睛的颜色。”

“你在大燕经营青云山庄、百花楼，潜伏多年，想必你的目的不简单。在你这个楼主的授意下，百花楼残忍地杀害我朝京官几家，本宫如何讨回这笔笔血债？”

“后来御王不是炸平了我的百花喽吗？这算扯平了吧。阿辞，你我之间的恩怨一笔勾销，我们重新开始，好不好？”

囚禁她还想要重新开始？

世间竟有这样卑鄙无耻的男子！

不过眼下是非常时期，权衡之下，她冷冷地抬头，说：“你放本宫自由，本宫可以考虑一下。”

宇文战天欣喜地笑道：“好！我不会再关着你，但你要乖乖的，不要逃。”

“你的太子府守卫那么森严，本宫如何逃得掉？”

“阿辞，我很开心。”

慕容辞又吃了一点燕窝粥，现在，她要开始恢复体力。

他忽然想起一件事，突然问道：“对了，据我所知，你之前帮大理寺侦破不少命案，想来你推演断案的本事无人能出其右。”

“怎么？”她不解地看他。

“前日宫里发生了命案，刑部侍郎查了两日仍毫无头绪，说死者是死于意外。死者的家属不依不饶，说绝非意外，要刑部要彻查清楚。我想请你助我一臂之力，侦破命案。”宇文战天诚恳道。

“你不怕有人认出本宫？”慕容辞心念一动，如此一来，她就有更多的机会出去。

“不会有人认出你。”他笃定道，“阿辞，你答应了？”

“反正本宫闲来无事，再者，本宫素喜推演断案。”

“那明日待你体力恢复了，我带你进宫。”宇文战天忽然想到什么，“今夜你在客房歇息吧。”

“不必了，还是在这儿吧。”她淡淡道。

“那你好好歇息。”他明媚地笑着，而后离去。

子时，寒夜深沉，太子府沉寂如死。

忽然，檐角疾速闪过一道黑影，似鬼魅，如惊电。

值守侍卫毫无察觉，有条不紊地持刀巡视。

太子府屋宇连绵，殿阁繁多，那道黑影像一只夜鹰，飞跃几下就找到宇文战天的主院。

太子府太过风平浪静，宇文战天太过正常，就显得不正常。他坚信，宇文战天一定是在掩饰什么。

他轻轻掀开一片屋瓦，望下去。

寝房，床上躺着一人，正是宇文战天。

睡得正酣的宇文战天陡然睁眼，他感觉到有一双眼睛盯着自己！

宇文战天将食指放入嘴里，吹响口哨。

伏在屋顶的慕容彧心神一凛，看见几道黑影从四面八方如利箭般飞来。

当即他运气飞身一掠，一跃便飞出太子府。

不多时，慕容彧从黑暗的街角走出来，望着太子府的方向。

太子府守卫如此森严，必有古怪！

宇文太子的神秘门客

御王：该死的宇文战天，你把我媳妇儿藏哪儿了

太子殿下：我要运气恢复体力

第四十七章

太子殿下被软禁

次日，宇文战天下了早朝便赶回来，要带她进宫。

侍婢伺候她更衣，带她离开密室，来到外面，他满面春风过来，看到她却皱起了眉。

“阿辞，你怎么穿这么单薄？外面在下雪。”

“奴婢正想为她披上大氅。”侍婢心虚地回话。

“还不快点？”他寒声催促。

侍婢惊慌失措地给她披上大氅，还把汤婆子塞在她手里。

“你别斥责她，本宫没想到外面落雪了。再说原本是关着门的，风雪进不来，不冷。”

“你身子弱，仔细受寒。对了，你的体力恢复了吗？可以出门吗？”

“没事。宫里的命案怎么说？有进展了吗？”

“没有。”他眉宇微压，十分忧心，“百里太尉声称百里夫人、百里二小姐是在宫里出事的，其中一定有阴谋诡计，是被凶手布局杀害的。他甚至联合其党羽上奏，要求父皇彻查此案，否则必不罢休。”

“他倚仗的不过是你父皇对百里惠妃的宠爱。”慕容辞冷笑，秦宫的事，她多少知道一点儿。

“你说得对。百里惠妃进宫两年，从贵人晋升到妃位，一身荣宠风光无两，她只需掉两滴泪，父皇便无计可施，什么都听她的。”他长长地叹气。

“既然你揽了此事，那便进宫看看吧。”

“阿辞，无论能否侦破此案，我都感激你。”宇文战天定定地凝视她，又取出一张精巧的银色面具，戴在她面上，眼部以下、双唇以上都遮掩了。

“走吧。”慕容辞冷冷道。

天地间白雪皑皑，长空堆叠着阴沉的霾云，风雪簌簌，延展无际。

上了马车，他呵出冷气，问她“冷吗？”

“抱着汤婆子就不冷了。”她笑道，方才走出大门时，她趁机观望过。不过她出门时已戴着面具和风帽，即使慕容彧的人盯着太子府，想必也认不出她。

太子府离皇宫不远，很快就到了。

车马一路行到百里惠妃的合欢殿才停下来。

百里惠妃的近身宫女绿竹在殿门外迎接他们，说：“太子殿下，惠妃娘娘等着您呢。”

宇文战天搀扶着慕容辞下来，温柔道：“路滑，小心点儿。”

绿竹惊诧，太子殿下竟亲自搀扶一个公子。

“殿下，这位公子是……”她迟疑地问。

“这位公子是本宫太子府的谋士，善推演断案。”宇文战天朗声道。

“原来如此。”她点点头，“太子殿下，公子，请进。”

百里惠妃已经在大殿等候，她神色恹恹，美目红肿，面上尽是哀伤悲痛之色。

眼见来人，百里惠妃立即起身相迎，恭敬道：“太子殿下。”

目光转向慕容辞，问：“这位是……”

“小民敝姓玉，拜见惠妃娘娘。”慕容辞躬身下拜。

“惠妃娘娘，这是本宫府里的谋士，助本宫查案。”宇文战天介绍道，“她的脸上有伤疤，为免吓到人，需戴着面具。”

“起身吧。”百里惠妃神色郁郁，请他们坐下。

宫女奉上热茶，添了银霜炭，把火盆里的火拨旺了一些，而后退下。

他饮了热茶，沉声道：“惠妃娘娘，虽然刑部侍郎已经来问询过，不过本宫还想仔细再问一遍，希望能发现新的线索。”

“殿下想问什么尽管问。”

慕容辞一直在观察她，她没有宠妃的骄矜傲慢，反而娴雅贞静，知书达理，很是难得。

“案发那日，百里夫人、二小姐进宫是来看望您了吗？”

“本宫怀了皇嗣，前几日孕吐厉害起来，母亲和二妹特意来看望本宫，陪本宫闲聊半个多时辰，还一起用了午膳。”百里惠妃缓缓道，“膳后本宫与母亲、二妹坐了一阵，便去寝殿歇着了，母亲、二妹去了偏殿歇着，打算晚些时候用了茶点再出宫回府。”

“然后呢？”

“本宫大约睡了半个时辰，醒来后，绿竹跟本宫说，母亲和二妹偶感不适，先行出宫回府了。本宫不曾想到，那日竟然是本宫和母亲、二妹见的最后一面……”说到此处，她失声痛哭，哀痛不已。“太子殿下，您定要查明真相，擒拿凶手，让母亲和二妹死得瞑目……”

“本宫会彻查清楚。”宇文战天沉沉道。

“百里夫人和二小姐说是出宫回府，但其实是在宫里遇害的，是不是？”慕容辞问。之前路上，她已简略了解了一些案情。

“应该是吧。”百里惠妃声音嘶哑，“入夜后，父亲见母亲、二妹一直没有回府，派人进宫询问……本宫这才知道……”

慕容辞缓缓点头，她知道后来百里惠妃派出侍卫在宫里寻找，百里太尉也派人到亲朋家去询问，甚至在皇宫到太尉府的路上寻找了一遍又一遍。直至子时，侍卫发现皇宫西北角的荒芜之地躺着两个人，都已经死了，正是百里夫人和二小姐。

根据仵作、太医验尸所见，两人面部及前胸伤痕累累，应该是被乌鸦啄伤的。

“还请惠妃娘娘仔细想想，案发那日百里夫人、二小姐可有什么不同？或者那日可有发生不同寻常的事？”

百里惠妃认真地想了想，摇摇头。

“那日在偏殿伺候百里夫人、二小姐的宫人是谁？”慕容辞接着问。

“是……”百里惠妃看向绿竹。

“娘娘，是半夏。”绿竹回道。

“去把半夏唤来。”百里惠妃道。

不多时，半夏来了，跪在地上回话。

“若你所言有虚，本宫打断你的腿。”宇文战天冷厉道。

她吓得浑身哆嗦，眼里满是惧色地说：“奴婢必定如实回答。”

慕容辞清冷地问：“那日百里夫人、二小姐在偏殿歇息，都做了什么？”

半夏双臂撑在地上，剧烈地颤抖着说：“没什么……百里夫人、二小姐在偏殿饮茶闲谈……没多久，奴婢突感不适去茅房……回来后，百里夫人和二小姐就不在偏殿了……”

“这么说，你也不知道那日在偏殿发生了什么？”宇文战天冷沉地问。

“奴婢真的不知……对了，奴婢跑去茅房的时候……撞到小六子，他可以为奴婢作证……若殿下不信，可以问问他……”

“本宫自会查清。”他严肃道。

“你回来时，偏殿空无一人吗？”慕容辞问。

半夏点头如捣蒜，身子颤得厉害。

慕容辞看向宇文战天说：“先让她下去吧，传召那日在殿门外守着的侍卫。”

侍卫来了，却一口咬定百里夫人和二小姐没从正门出去。

宇文战天百思不得其解地问：“百里夫人和二小姐是如何离开合欢殿的？”

慕容辞问道：“合欢殿可有小门、角门？”

“有，在西侧有一小门。”绿竹答道。

“她们应该是从小门出去的，至于是自己出去的，还是被人带出去的，不得而知。”她看向宇文战天，“太子殿下，去小门看看。”

百里惠妃吩咐一个内侍带他们前去，此时风雪渐小，天地洁白，宇文战天打着纸伞搀扶着她，她推开他，轻声道：“殿下，我自己走吧，这于理不合。”

来到那处小门，白雪覆盖了一切，慕容辞看了一圈，不发一言。

宇文战天见她不说话，心里没底，不由得问道："你怎么看？"

"时隔多日，即使这里留下蛛丝马迹，也早被大风刮跑了。"她琢磨了半晌才道。

"那就是一无所获了？"

"也不能这么说。倘若百里夫人、二小姐是被人害死的，那么凶手如何把她们二人带出合欢殿？离开合欢殿的时候她们是清醒的，还是昏迷的？倘若是昏迷的，凶手一人如何带走二人？"

"若是清醒的呢？"宇文战天惊叹于她的心思缜密与推演的本事，做出一个假设。

"若她们是清醒的，那么凶手跟她们是相识，是熟人犯案。还有一个问题，她们为什么会乖乖地跟着凶手走？我倾向于她们不是清醒的，不过凶手如何带走她们二人呢？"她摸着下巴寻思道，"莫非凶手天生神力？或者凶手身怀武功？"

"本宫还想到一个问题，"宇文战天又问，"凶手带着昏迷的两个人从合欢殿到西北角的案发地，如何避过众多宫人和侍卫？"

"凶手胆敢在宫里犯案，必定做了周密的部署。"慕容辞道。

"现在要去案发之地看看吗？"

她正有此意，便从合欢殿到案发地，以正常的步履来行走，不走宫道，专走小道，用了近两盏茶的工夫。

案发地是皇宫西北角的一片荒芜之地。天寒时节，两株古树光秃秃的，地上的荒草凋零了，厚厚的积雪覆盖了一切。

此处人迹罕至，连侍卫都很少来巡视，倒是犯案的绝佳之地。

之前刑部侍郎查案时，在伏尸之地做了标记。即使有积雪，也看得出大概模样。

慕容辞这边看看、那边看看，时而望天，时而望向宫墙外。

"瞧出什么了吗？"

她往回走，说："走吧。"

"去哪里？"

“去看尸首。”

二人的尸首放在刑部，刑部侍郎绍谦热情地接待了他们，只是奇怪太子殿下为什么让一个年纪轻轻的谋士帮着查案。

因为天寒，尸首保存完好，百里夫人和百里香蕊的面目伤痕累累，胸部也有不少啄伤，惨不忍睹。

“这位玉公子，你可有瞧出什么？”绍谦故意问，想知道他有多少本事。

“死者百里夫人、百里香蕊的十指指甲基本完好，不过双手有抓痕。”她俯身仔细察看，“死者的眼睛……”

“眼睛怎么了？”

“死者之前应该是双目圆睁，后来被人阖上双目，从这瞳孔来看，死者死前饱受惊吓，或许是被吓死的。”

“吓死的？”绍谦不以为然道，“太医、仵作查验，两位死者是被乌鸦啄伤死的。”

“绍大人，我只是猜测。”慕容辞微微一笑。

跟沈知言验尸久了，慕容辞多少也学了一些技术，不过她原本就细心，总会发现些细枝末节。

随后来到前院的正厅，下人送来热茶，绍谦请太子殿下上座，恭敬道：“殿下主理此案，微臣从旁协助。方才这位玉公子看了尸首，不知有何发现？”

慕容辞清朗道：“两位死者的致命伤应该面部和上胸的啄伤，但不排除是在被乌鸦攻击时惊吓过度而死。”

“死者瞳孔的确有受到惊吓的征状，不过这只是推测，你可有确实的证据？”绍谦虽然客气，但辞锋甚是犀利。

“我们不知死者遇害的经过，所做的皆是推测。”她知道他有意刁难，不过并不在意，对宇文战天道，“殿下，两名死者双手都有抓痕，应该是她们在遭受一群乌鸦攻击时用双手阻挡，继而被乌鸦的爪子抓伤。”

“那又能说明什么？”绍谦道。

“这就说明，死者遭受乌鸦攻击时，是清醒的。”慕容辞冷冷地看他。

“之前我们推测凶手从合欢殿带走两名死者，两名死者可能清醒，也可能昏迷。如此说来，两名死者是在清醒的状态下跟凶手离开合欢殿的？”宇文战天道。

“殿下，也不一定。两名死者在被乌鸦攻击前是昏迷的，被乌鸦攻击了因为剧痛而清醒也有可能。”她说道。

“照你这么说，什么可能都有，那还怎么查？”绍谦道。

“绍大人少安毋躁。”宇文战天瞧出他有意针对，接着问她，“你还发现什么？”

慕容辞蹙眉道：“殿下，其实我更倾向于，两名死者在清醒的状态下离开合欢殿。不过她们为什么自愿跟凶手走，我还没破解。”

他点点头，她又道：“奇怪的是，两具尸首散发出一模一样的奇香。这香很淡，很特别，我从未闻到过。死者死了三日依然有香气，这着实古怪。殿下，我想去太尉府一趟。”

宇文战天正有此意，不过午时已过，他决定还是先回太子府用膳。

不多时，马车抵达太子府。雪已经停了，寒风依然在天地间呼啸。

慕容辞下车，寒风吹起她的大氅，飞扬如旗幡。

走向大门的时候，她忽然停步。

“怎么了？”宇文战天问。

“那边有个人。”她走过去。

那女子看见有人过来，有点惊慌，但还是走了过来。

那人正是南越国玉清公主，她披着藕粉色羽缎斗篷，戴着风帽，显得脸庞更精巧。她努力地调息，看着比方才端庄镇定几分，只是冻得通红的双手紧紧交握，泄露了她忐忑的心情。

“玉清公主，你怎么在这儿？你皇兄不是两日前离开了吗？”慕容辞颇为惊诧。

看见越若眉的第一眼，宇文战天的俊颜就寒了几分。

“我……”越若眉樱唇轻颤，瞬息之间眼眶红了，“临行前我偶感风寒，全身发烫，皇兄不愿耽误行程，让我在驿馆养好身子再回去。这两日我住在驿馆养病，病是大好了，然而……”

“原来如此。殿下，外边冷，不如进去再说吧。”慕容辞提议。

他不忍拒绝她，颔首往里走。

越若眉不认得这戴着面具的公子就是慕容太子，心里对他有点感激。

三人来到膳厅，站在火盆前烤火。越若眉峨眉低垂，轻声道：“驿馆的人见皇兄走了，只剩我孤零零一人……对我的态度大不如前……”

“本宫会传令下去，让驿馆的人好好伺候。”宇文战天灰蓝的目光如雪，“本宫派人明日护送你回南越国。来人，送玉清公主回驿馆。”

“殿下，”慕容辞连忙道，“外面天寒地冻，公主又在外面待了那么久，为免她受寒病倒，先让她跟我们一起用膳吧。”

其实，她也知道越若眉孤身留在西秦国帝京，未必像她自己说的是被皇兄抛下。看来，真让慕容彧说中了，越若眉心机深沉，并不简单。

宇文战天没说什么，不忍拂了她的好意。

午膳已经布好，三人坐下来，慕容辞笑道：“公主无需拘束，殿下热情好客，不端着太子的架子，咱们就像朋友相聚便好。”

“多谢公子。”越若眉柔声道。

“快点吃吧，稍后还要去办事。”宇文战天冷冷道。

慕容辞觉得必须想个办法让越若眉留下来，想来这也是越若眉梦寐以求的。

“你的病全好了吗？明日可以启程吗？”

越若眉不知如何回答，嗫嚅道：“还没好全……有时觉着头昏眼花……”

“殿下，稍后让府医为公主诊治一下吧。”

宇文战天不置可否，越若眉连忙道：“谢公子好意，我已经找大夫瞧过。”

接下来，直至吃完，三人再没开口。

他搁下碗箸，饮茶等候。

“殿下，我还没吃饱，不如你先到正厅等候？”慕容辞笑道。

“本宫等你，你慢慢吃。”他温柔轻笑，而后离去。

“公主，我知道你喜欢太子殿下，你放心，我会帮你。”慕容辞往外面看了一眼，低声道。

“你……”越若眉错愕道，“你真的愿意帮我？”

“男儿铁石心肠，但精诚所至，金石为开，只要你把握时机，一定可以得偿所愿。明日一早殿下就会派人送你离开，你必须想个办法留下来。”

“我……想不到办法……”越若眉不再那么拘束，眉目布满了愁苦。

“还有好几个时辰，你绞尽脑汁想想。”

越若眉轻轻颔首道：“公子，谢谢你帮我。”

二人一起来到正厅，宇文战天吩咐总管派人送玉清公主回驿馆，又与慕容辞驱车来到太尉府。

太尉府正厅里，慕容辞看着几个仆人站成一排，问道：“案发前两日，夫人和二小姐可有什么古怪或是不同寻常的事？”

那几个仆人面面相觑，而后摇头。百里太尉也表示，那几日夫人和女儿没什么不同。

“太尉大人，恕我问一个冒犯的问题，夫人和二小姐可有得罪过什么人？或者太尉府得罪过什么人？”

百里太尉本就沉郁悲痛，听见这话眼神更是凌厉，精明的面目布满恨意，说：“殿下，老臣纵横官场几十载，难免有政见不同、意见相左的政敌，倘若这些政敌算仇人，那老臣的仇人还真不少。”

“太尉大人误解我的意思了，我所说的仇人跟官场无关，是私仇。”

“为了尽快擒拿凶手，还望百里太尉仔细想想。”宇文战天道。

百里太尉认真地想了想，说：“私仇倒是没有，老臣治下极严，老臣的子孙与府里的仆人绝不会在外头惹是生非，与人结怨。”

宇文战天心里冷笑，那是因为百里太尉用权势压下那些龌龊事，无人揭发而已。

慕容辞问了几个问题，接着又去百里夫人和二小姐的寝房看了看。

回去的马车上，宇文战天着急地问："阿辞，可有什么发现？"

她摇头道："本宫暂时没有头绪。"

话音未落，就听马车后传来高亢的喊声："殿下……殿下……"

马车停下，一人气喘吁吁来报："太子殿下，奴才是太尉府的，我家老爷请您折返。"

折返？宇文战天诧异道："可是出了什么事？"

那仆人悲声道："我家大公子……死了……"

再回太尉府，大厅中央放着一具尸体，用白布蒙盖，百里太尉坐在雕椅上，颓然悲痛，老泪盈目。

"太尉大人，还请节哀。"宇文战天面色沉重道。

慕容辞问管家："去请大夫和仵作了吗？百里大公子怎么会……"

就她所知，百里家的大公子乃百里夫人所出，名百里靖，年三十，京城防卫司副都督，是百里太尉所有儿子里最出色的一个。

管家悲声道："方才派人去请了。公子和殿下刚走，京城防卫司的人便送回大公子的尸首……他们几人跟随大公子多年，说近日见大公子因家事而心情郁闷，便陪大公子饮酒解闷。大公子素爱饮酒，今日从午时开始喝，席间一直给自己灌酒，谁劝都没用。大约过了一个时辰，大公子忽然倒地不起，不多时就去了。"

"我可以看看大公子的尸首吗？"慕容辞静色道。

得到准许，她掀开那白布，一股呛鼻的酒气冲上来，死者百里靖的面容还算平和，嘴角有白沫，鼻前有血，耳朵里也有。

不多时，府医和仵作匆匆赶到，立即查验尸体。

宇文战天低声问她："有可疑之处吗？"

她轻声道："先听听他们怎么说。"

"太尉大人，令公子全身没有伤口，酒气浓郁，嘴角有白沫，耳朵、鼻子、嘴里皆有出血。小人可以断定，令公子乃饮酒过多猝死，乃暴毙。"那仵作甚是惋惜。

"老爷，小人的看法跟仵作一样。"府医道。

“当真没有可疑之处？”百里太尉悲痛道。

“确实没有可疑。”仵作十分笃定。

杵作两人走后，百里太尉忽然问蹲在尸体旁的慕容辞：“你觉得有可疑吗？”

“令郎的衣袍都会熏香吗？”慕容辞忽然没头没脑地问。

百里太尉愣住，而后道：“靖儿自小爱干净，衣袍都要熏香。”

她点点头，怪不得这尸体浓烈的酒气里有一股淡淡的香气，说：“太尉大人，初步来看，令郎之死应该是暴毙。”

“老夫不知是家门不幸，倒了血霉，还是有人要置我百里家于死地，老夫一定不会善罢甘休！”他的语声十分狠厉，眼神如刀般凌厉。

“百里太尉，还是先办后事吧。”宇文战天道。

“殿下，老臣就不远送了。”

“百里太尉，本宫告辞。”

回去的马车上，慕容辞思索良久，虽然百里靖确实是饮酒过多而亡，但百里夫人、百里香蕊遇害不过数日，他就跟着暴毙，实在太过巧合。

马车刚到太子府，就听见凤瑶公主怒火冲天的声音：“皇兄在哪里？本宫要找皇兄算账！”

那总管委屈得欲哭无泪，看见他们回来如见救星，宇文战天冷脸过去，就听宇文瑶火冒三丈地怒喝：“皇兄，你怎么可以这样对臣妹？”

慕容辞猜到几分，之前她和慕容彧启程离开西秦国时，凤瑶公主并没有赶来跟他们去燕国。想必那时是被宇文战天软禁在宫里。

“本宫不这么做，软禁你的就是父皇！”宇文战天怒道，“你最好乖乖地待在宫里，你胆敢离开京城，本宫必定狠狠地惩处！”

“我的事，你管不着！”宇文瑶不甘示弱地吼道，“我就是要去北燕国！我要去找慕容彧！我要当他的王妃！”

宇文战天不再多说，厉声下令：“护送公主回宫！不得有任何闪失！”

几个侍卫上前，拽着宇文瑶离去。

“阿辞，走吧。”他柔声道。

走到他居住的主院，慕容辞无神地眨着眼，说："本宫有点乏，想歇歇。"

她体力还没完全恢复，今日去了几个地方，着实累了。

"是我不好，忽略了你的身子。我已吩咐仆人准备好厢房，我带你过去。"

厢房在他居住的主院，门口站着两个侍婢。

"阿辞，还喜欢吗？若有什么需要，尽管跟她们说。"他一笑。

"挺好的，那本宫歇着了。"

"好，晚膳后我们再谈案情。"

房里只剩慕容辞一人，她喝了半杯热茶，靠在大枕上闭目养神。

这次来西秦国，琴若安排了相关人等潜伏在西秦，初步建立了联络点，但是此时慕容辞没有飞鸽，也无法和那几个人联系。

慕容彧现在在西秦国京城吗？倘若他知道她失踪了，应该会来寻她吧。

以后一定要约定联络彼此的办法，或是留一个可以表明彼此身份的标记，以防不测。

想着想着，她扯过棉被，睡着了。

黄昏时分，长空依然阴沉，寒风凛冽。

忽然觉得被子一动，猛地睁开眼，却见宇文战天正在眼前。

"怕你着凉了。"他温柔道。

他竟然直入她的内寝！她的脸冷下来。

"没想到本宫睡了这么久。"她起身喝了一杯茶，"我饿了，可以进膳了吗？"宇文战天爽朗一笑道："晚膳已经备好，走吧。"

菜式多是燕国做法，慕容辞不禁食欲大振，她必须要多吃些，好尽快恢复内力。

"你怎么不吃？"见宇文战天一直含笑看她，她扬眉问道。

"味道如何？还喜欢吗？"他的眼中流光溢彩，"我特意找了善做燕国菜肴的厨子。"

她付之一笑，继续吃。

吃得差不多了，她提起百里家的命案，和他一起将案情梳理了一遍。

“有一个问题，那些乌鸦为什么无缘无故地袭击人？据本宫所知，乌鸦对人没有攻击性。”

“确实如此。”宇文战天着实佩服她侦查办案时的冷静和睿智。

“这也是此案的一个关键。皇宫西北角为什么有那么多乌鸦飞进来觅食？宫外有人蓄养乌鸦吗？”

“我也不知。只是以前听宫人提起过那里常有乌鸦飞来，因为那儿人迹罕至，便没人理会。”

“明日去瞧瞧。”

“好。”他温柔地笑道，眼神灼热。

慕容辞站起身道：“吃饱了，本宫回房歇息了。”

“阿辞，不如我们到书房手谈两局？”

“改日吧。本宫总觉得有点乏，许是那药效还没完全散掉。”

他有点自责，便不勉强她，说：“我送你过去。”

回到寝房，她站在檐下，温软道：“这一整日你陪着本宫跑来跑去，想必还有不少公务没处理，请回吧。”

“明日见。”他点点头，又嘱咐侍婢要好好伺候，方才离去。

沐浴后，慕容辞把她们赶到外面，在床边盘膝打坐，凝聚起内力，运转周身的经脉……然而，不多时她就气喘吁吁，额头布满了豆大的汗珠。

为什么停了药只恢复两成内力？

莫非那药效要持续好几日？

罢了，不能操之过急。想了想，她在房里耍起招式，锻炼一下筋骨也好。

浓夜诡谲，寒风刺骨。

炭火毕剥作响，慕容彧站在火盆前，炽烈的火焰肆意吞卷，他眼前慢慢浮现出一张明媚浅笑的脸。

阿辞，我一定会找到你！

“王爷。”李超几人推门而入，躬身下拜。

“宇文战天的别苑、私产，可有什么动静？”慕容彧冷沉道。

“暂无动静。”李超回道，“不过太子府倒是有点古怪。”

“如何古怪？”

“今日宇文战天下了早朝后就回府，之后带着一位男子出门。午膳时分，他又和那位男子一起回府用膳。”

“那位男子是什么人？”

“那位男子戴着银色面具，小的不知他是什么人。更古怪的是，宇文战天对那男子颇为礼遇，不仅搀扶那男子下马车，还为他打伞。”

慕容彧眉睫轻颤，这的确不同寻常。

宇文战天乃一国太子，心性孤高冷傲，不可能对一个男子这般殷勤礼遇，除非……

那是阿辞！

戴着面具，是为了掩人耳目！

“那男子还在太子府？”他心潮澎湃，不动声色地问。

“是，他们午后回了太子府，此后没再出去。”

“那男子便是本王要找的人。”慕容彧喜上眉梢，几日来阴霾重重的眉宇终于放晴，“传本王令，密切注意太子府的动向，尤其是那位男子，不得有任何疏漏。”

“是。”李超领命。

“对了，宇文战天带那位男子去哪里？”

“上午进了宫，接着去刑部，下午去了太尉府。”

“太尉府？百里家出了什么事吗？”慕容彧知道，宇文战天带着阿辞去刑部又去太尉府，必定出了大事。

“的确如此，前几日百里夫人和二小姐在宫里突然死了，今日百里靖又在防卫司暴毙。短短几日，百里家死了三个人。”

他豁然明白，宇文战天是请阿辞侦办命案，这才带她外出。

上天注定，这也给了他找到阿辞的机会。

慕容辞一早就醒了，在床上调息运气，感觉内力又恢复了两成。

吃过早膳，她正想出去走走，侍婢说殿下回府了。

今日长空碧蓝如洗，宇文战天沉步走来，踏着一地的耀目日光，眼里盛满了蓝色的晶光异彩。

看见她站在檐下，他笑问："都准备好了？"

慕容辞颔首一笑道："走吧。"

登上马车，他正要上来，却见总管疾奔而来，说："殿下……殿下等一下……"

"什么事？"他疾步过去询问。

她惊电般取出腰间玉带里的纸团扔远，刚回身，宇文战天已上了马车。

"歇了一夜，今日还好吧。"他丰姿伟岸，浅笑迷人。

"嗯，体力恢复得差不多了。"慕容辞轻笑。

"侦破这桩命案，你有几分把握？"

"本宫会尽力，至于有几分把握，不好妄言。"

宇文战天的眉宇间蕴含着一缕忧色，说："今日朝议百里太尉又提此事，父皇不胜其烦，提前退了早朝，因为这命案，父皇都没敢去合欢殿，害怕看见百里惠妃哭哭啼啼的样子。"

老夫宠少妻，真是宠之入骨。

玉清公主痴缠宇文战天

西秦百里惠妃的冤案

太子殿下再破宫廷疑案

宇文战天：阿辞，你真厉害

宇文瑶：皇兄这个门客看起来很面熟

第四十八章
西秦后宫的案中案

皇宫西北墙外是一条宽阔的官道，方圆二里内大多是民居和小巷。

空气里有一股臭味，他们问了一下，才知另一边是皇家牲畜场。

“去看看。”慕容辞道。

说着，迎面走来一人，三十余岁，穿官袍，身形臃肿，面上油光晶亮。

“太子……殿……下，您怎么亲自来了？”看见他们，这人面色大变，惶恐地下拜。

此人是牲畜养殖场的管事，姓王。

“无妨，我们随意看看。”宇文战天冷沉道。

“殿下百忙之中来巡查养殖场，小人带您四处看看。”

这养殖场规模颇大，养着日常牲畜，空气里弥漫着经久不散的臭味。

慕容辞走了一圈，发现不时有乌鸦在空中盘旋，还有些落地啄食。

“这些乌鸦是你们饲养的？”她问。

“不是，都是从外边飞来的。”王管事笑道，“每日总有不少乌鸦来这里啄食，赶也赶不走。”

“从哪里飞来的？”

“这……小人不知。不过京城素来多乌鸦，大多群居在树林或田野。”

“你可知乌鸦的习性？”慕容辞又问，“比如乌鸦喜欢吃什么。”

“公子问对人了，小人掌管养殖场多年，颇有些心得，”王管事得意道，“乌鸦多以谷物、果实、虫类、腐肉为食。”

宇文战天忽然问：“附近有人饲养乌鸦吗？”

“殿下说笑了。百姓觉着乌鸦是凶鸟，看见乌鸦便觉得要有不好的事发生，怎么会有人饲养呢？”

“乌鸦会无端攻击人吗？”她琢磨了半晌，问道。

“一般不会。”

“倘若我想让一群乌鸦攻击某个人，能如何引导？”

王管事赔笑道：“这可有点难。一般而言乌鸦不会攻击人。若硬要一群乌鸦攻击某个人，那一定用了妖术。”

“不可胡言乱语，”宇文战天俊容一沉，“你先下去吧。”

慕容辞望着那些乌鸦出神，片刻道：“我们再去几个地方。”

合欢殿里。

百里惠妃在小憩，内侍带他们前往百里夫人、百里香蕊出事前歇息的偏殿。

这儿整洁干净，未留一丝痕迹，慕容辞早已料到是这个结果。

接着，他们又去刑部，停尸房里，两人的尸体开始腐烂，慕容辞俯身仔细察看，还用力地嗅了嗅。

已近午时，两人决定先回太子府。

吃了午膳，总管匆匆来报，说驿馆那边的人来传话，玉清公主病重，无法启程。

慕容辞故作惊诧地说：“她之前风寒还未痊愈，想必是昨日又受了寒，病情加重了。”

“可不是？那人说玉清公主烧得厉害，无法起身。殿下派去的人不敢强行让她上马车。”总管回话。

“那就让她在驿馆养两日，病愈了就送她离京。”宇文战天此时的脸色，令人不寒而栗。

“她孤身一人在驿馆，怪可怜的，本宫去看看她。”

“你自己都身子不好，过两日再去。”他语声平缓，但其中的冷厉强硬，她听得出来。

她拂袖而去，看都没看他一眼。

在寝房歇了一盏茶的工夫，宇文战天来敲门，问道："阿辞，你还想去哪里？"

"不去哪里。"她冷冷道。

过了半晌，才听到他说："那我去书房处理公务。"

独自梳理了一会儿案情，大约过了半个时辰，她起身去书房，看见宇文战天跟三个大臣商谈政事，心中暗喜。

"殿下，我要去太尉府，你找个人送我过去。"

"一定要现在去吗？"他语声沉沉。

"对。"

他正跟三个大臣商谈着政事，无奈之下，只得招来两个侍卫护送她出门。

刚上马车，她立即将一团白纸扔到外面。

百里太尉不在，由管家全程陪伴慕容辞查案。

"我想再去夫人、二小姐的寝房看看，可以吗？"

"可以。公子请。"

百里香蕊的闺房布置得华贵精巧，摆件都是奇珍异宝，可见她平素的喜好。

近身侍婢跟在一旁，慕容辞看着梳妆台上的胭脂水粉和各种香料，问道："你家小姐生前用的是哪种香？"

"是这盒。"近身侍婢取了一小盒香递给她。

慕容辞打开来闻了闻，跟尸首的香气是一样的。

"这香是哪家香铺买来的？"

"这不是买的，是惠妃娘娘赏赐的，叫蜜兰香。"近身侍婢回道，"这蜜兰香甜中带三分清新，好闻且经久不散，二小姐很喜欢，日日都用。夫人也有，都是惠妃娘娘赏赐的。"

"原来如此，这一盒可以给我吗？"慕容辞笑问。

管家知她是太子身边的人，便同意了。

而后，她去了百里靖的寝房，细细查看一边，请管家叫来平日为他熏香的仆人。

不多时，管家匆匆走来，说那个负责熏香的丫头死了，尸体是在太尉府外一条小巷发现的，刚刚才抬回来。

“带我去看尸体。”她疾步出去。

这丫头心口中刀，一刀毙命。

“她好端端的怎么会被杀死？”管家百思不得其解。

“因为她是杀害你家大公子的罪魁祸首，不过她是替人办事。事情办完，她被灭口了。”她清冷道。

“大公子是被人害死的？”管家惊恐万分，“这件事我必须向老爷禀报。”

“你家大公子的尸体放在哪里？我再去看看。”慕容辞唇角微勾。

百里靖的尸首放在一个偏僻的院落，她揭开白布，凑近闻了闻，衣袍的熏香还在。

接着去那个丫头生前的住处，走了一圈，问了同房的仆人，取了熏衣袍的香。

管家送她出府，悲伤道：“公子，您可要查清命案，还我家夫人、大公子、二小姐一个公道，擒拿凶手。”

“我会尽力的。”正要上马车，她看见一人策马疾驰而来，仿佛挟雷霆之势，要卷起飞沙走石，气势凛凛。

是宇文战天！他真是不放心自己呐。

他跃身而下，利落如风，说：“本宫来得刚刚好，可以走了？”

“嗯。”她登上马车，心里郁郁。

她不知此时不远处，慕容彧正紧紧盯着她，之前她扔下的纸条，他的下属全部捡回来奉上，那画上只有一个简单的九龙戏凤金钗。凭这一点，他确定那人必定是阿辞。今日他一直跟着她，见她午后一人离开太子府，以为这是下手营救的好时机。却没想到她刚出太尉府，宇文战天就来了。

“你又来太尉府，可有新的发现？”马车上，宇文战天温言问道。

“算是有点发现。城里哪家医馆最好？”

“你要找大夫？你哪里不适？”宇文战天打量她的面色，紧张道。

“我没有不适，有点事情想找大夫问问。”

“好，去百草堂找高大夫。”他松了一口气，吩咐车夫。

望着马车渐行渐远，慕容彧扼腕。

百草堂有四个大夫坐诊，皆是高大夫的徒弟，而高大夫不轻易出诊看病，除非重症。

宇文战天亮出身份求见高大夫，伙计带他们来到后院。院子宽敞，下人各自忙碌着。高大夫听了伙计的禀告，从房间出来后对他们施了一礼，但眉宇之间颇为清高孤傲。虽是花甲之年，满头灰白头发，但他精神矍铄，颇有几分仙风道骨的味道。

“高大夫，本宫来得冒昧，还望海涵。”宇文战天语气客气尊重，不以权势压人，“本宫有一要事想请教高大夫，还请您不吝赐教。”

“无妨，太子殿下请说。”

“高大夫，这两种香麻烦您看看，是不是有什么不妥？”慕容辞奉上两个香盒。

高大夫接过蜜兰香，打开来认真地闻了几闻，沉吟半晌道：“此香闻着没什么特别，但香里混有一种独特的药物，可让人心神无主，易于控制。”

宇文战天面色微变，想不到这香会有问题。

“另一种呢？”宇文战天继续问。

高大夫又闻熏衣袍的香，接着说：“此种熏香以七八种原料所制，也混有一种药物，会让人气燥心郁，易怒易暴，无法控制。”

“倘若衣袍用了这熏香，日日穿着，那人会如何？”她又问。

“会心神不宁，易怒易暴。”

“倘若这人新近丧母、丧亲，会如何？”

“会沉湎于丧亲之痛，悲痛暴躁，许会做出可怕之事。”

“在这样的心情里饮酒解闷，又会如何？”

“这不好假设，但在此熏香的作用下，许会饮酒失控。”

“多谢高大夫。”她清朗一笑。

宇文战天拱手一礼，二人离去。

坐上马车，宇文战天兴奋如十岁孩童，说：“凶手便是用这两种香布局杀人？阿辞，你如何想到的？”

慕容辞莞尔轻笑道：“百里夫人、百里香蕊死后多日仍有一股淡淡的香，这有点不同寻常。至于百里靖，虽然他是饮酒过度而暴毙，但死得过于突然，又仅仅相隔数日，本宫怀疑可能是凶手布局。”

“阿辞，你推演断案的本事着实高明。那现在做什么？捉拿凶手，还是……”

慕容辞无心回答。

吃了简单的晚膳，二人驱车入宫。

一进合欢殿，见了百里惠妃，宇文战天朗声道：“惠妃娘娘，百里夫人、百里香蕊的命案，今夜便可具结。本宫已经差人去请父皇、百里太尉来此，很快就能将案情剖析清楚。”

“当真？太好了！”百里惠妃郁结多日的眉目终于展开。

“娘娘，百里夫人、百里香蕊生前常用的蜜兰香，是娘娘赏赐给她们的吗？”慕容辞故作随意地问。

“是，一个月前，本宫见母亲、二妹喜欢蜜兰香，便赠予她们。”百里惠妃面色如常，有点不明所以，“为什么问这事？跟命案有关吗？”

“我随口问的。”慕容辞平静道。

大约过了小半个时辰，西秦国皇帝、百里太尉前后脚赶到，不过皇后和凤瑶公主也一起来了。

宇文瑶被宇文战天软禁在宫里，哪里也去不得，听说百里家的命案有了结果，便一起跟来瞧瞧。

“今夜就能侦破命案？臣妹以前怎么没发现皇兄有断案的本事？”

“不是本宫。”他如实道。

“哦？那是谁？那个人？”她看向慕容辞，“你府里的吗？以前臣妹怎么没见过？”

“本宫的谋士你怎么可能个个都见过？”宇文战天不耐烦道。

宇文瑶定睛看这身形不高的公子，虽然他戴着面具，但依稀可见容貌清秀俊俏。不过，她似乎有种似曾相识的感觉。

西秦国皇帝坐上主位，沉声道：“太子，百里家的命案是查清楚了？”

“父皇，稍后儿臣的谋士会详细禀明，道出此案详情。”

“此案关系重大，太子务必慎重。”西秦国皇后端庄地坐在皇帝身旁，温婉道。

“太子殿下，速速道来，凶手究竟是谁，老臣要将他千刀万剐！”百里太尉眼神凌厉，杀气隐隐。

慕容辞站在中央，清朗道：“陛下，皇后，此案凶手高明，杀人方法非常隐蔽，神不知鬼不觉。”

“你速速道来。”百里太尉催促道。

“案发那日，百里夫人和百里香蕊在偏殿歇息，凶手将她们引到皇宫西北处人迹罕至的地方，秘密杀害，随后将命案布局成意外之祸。”

“不是说被一群乌鸦啄伤的吗？乌鸦怎么会无端端地攻击她们？”宇文瑶不解地问。

“母亲和二妹怎么会跟着那凶手前往那荒凉之地？”百里惠妃也是百思不得其解。

“因为百里夫人和百里香蕊跟凶手熟识。”慕容辞意有所指地勾唇，“皇宫西北处常有乌鸦飞来觅食，乌鸦喜食腐肉，凶手备好腐肉，将腐肉放在百里夫人和百里香蕊前胸、面上，气味引来乌鸦，进而啄伤她们。”

“这种推测太匪夷所思，而且也没有证据。”西秦国皇后皱眉道。

“内子、蕊儿怎么可能任由凶手摆弄？”百里太尉疑惑道。

“陛下，皇后娘娘，小人在百里香蕊的衣襟里发现腐肉的碎屑，如此便可证明，凶手是以腐肉来招引乌鸦，并引导乌鸦啄伤她们。再者，小人以为，凶手用了一种特别的方法控制乌鸦来攻击她们。”慕容辞接着道，“两人被乌鸦攻击后拼命阻挡，双手皆有抓痕，而被乌鸦攻击，一时之间不会死，过程却十分惊悚，小人断定她们是受惊过度而死，因为她们双目瞳孔放大，死前必定非常惊恐。”

“你还没解答老夫的问题，内子和蕊儿怎么可能任由凶手摆布？”百里太尉的面庞弥漫着愤怒与悲伤。

“因为凶手不仅跟她们熟识，而且使了一种高明得让人无法察觉的手段。”慕容辞的目光无意地扫向百里惠妃，“百里夫人、百里香蕊生前喜欢用蜜兰香，而这种蜜兰香里添加了一种药物，可使人心神无主，易于控制。小人和殿下前往百草堂问过高大夫，高大夫瞧出这香有问题。”

“父皇，如她所说，确实如此。”宇文战天颔首道。

百里惠妃红肿的双目睁大，有点慌，慕容辞在心里冷笑，接着道：“陛下，皇后娘娘，百里夫人和百里香蕊用这蜜兰香已有一月，凶手在案发那日控制了她们的心神，使她们失去神智，呆滞地跟凶手去往案发之地。再者，百里靖暴毙也绝非偶然。”

百里太尉一震，焦急地追问：“是同一个凶手所为吗？”

“应该是。凶手谋杀百里靖的手法更加隐秘。百里靖喜欢衣袍熏香，凶手收买了素日给他熏香的丫头，用了一种混有特殊药物的香，高大夫说，这香可让人心躁气郁，易怒易暴，无法控制情绪。百里靖丧母丧妹，自然心情悲痛，衣袍散发的熏香会让他的心情越发暴躁，无法控制，他饮酒解闷，也会越饮越多，直至饮酒过度而暴毙。不过凶手怕事情败露，已将那丫头灭口。”

“凶手究竟是谁？”百里太尉猛地重击雕椅扶手，怒得睚眦欲裂，“老夫要将他碎尸万段！”

“百里爱卿少安毋躁，且听他说完。”西秦国皇帝安抚道。

慕容辞拱手，一本正经道：“陛下、皇后娘娘，凶手便在殿内，小人不敢指证凶手。”

百里惠妃微微一颤，面色惨白，咬着下唇，双手交握。

西秦国皇后注意到她的异样，冷冷道：“你且大胆指证，陛下恕你无罪。”

慕容辞正要开口，却见百里惠妃起身走到御前，盈盈下跪，哀戚道："陛下，母亲和二妹的蜜兰香是臣妾赠予的。但臣妾怎会害母亲和二妹呢？她们是臣妾的至亲呀。"

"这……"西秦国皇帝大为吃惊，凶手是他的爱妃？

这个年轻美丽的女子温婉贤淑，仁厚善良，对待宫人极好，怎么可能谋害自己的至亲。

"陛下，臣妾也不知道为什么会这样……但臣妾绝没有害人……"

百里惠妃哭得梨花带雨，好似备受狂风摧残的白莲花。

"敢问惠妃娘娘，蜜兰香是从哪里来的？"慕容辞冷冽地问。

"蜜兰香……"百里惠妃双唇轻启。

"丁零零……丁零零……"寂静的大殿忽然响起清脆的铃声。

百里惠妃忽然神色一变，惨白的小脸弥漫着愤恨，疯狂地说："是！是我杀死他们的！他们该死！"

这戏剧性的转变，让一堂人错愕不已。

"惠妃娘娘，当真是你害死他们？"百里太尉难以置信地说。

"父亲，我的生母只是一个卑贱的洗脚婢，可是你的正宗夫人，那个狠毒的女人就是容不下她，非要害死她才甘心！"她看向百里太尉，敛尽泪水，悲愤道。

"胡说！你母亲宽厚仁慈，怎么可能害死你生母？"他矢口否认，据理力争，"你生母过世那年，你才三岁，若非你母亲把你抱回抚养，你早就饿死冻死！你……你这逆女！"

"她宽厚仁慈？真是天大的笑话！"她纵声大笑道，已是癫狂之态，"你还被她伪善的面目蒙骗着，你知道你的侍妾怀了多少胎儿，却都被她弄掉了吗？她的双手沾满了血腥，残害了多少百里家的骨血！"

此番真相，格外骇人，百里太尉的身子颓然一软，双目无力地微闭。

"那你为什么杀害百里香蕊和百里靖？"宇文瑶不解地问。

百里惠妃忽然收了笑，面容扭曲狰狞地说："他们是嫡出的儿女，容不下我这个容貌不俗的庶女。我从小被他们欺负、作践、虐打，上苍可怜，让我奄奄一息地活下来。我恨不得扒他们的皮、喝他们的血、啃他们的骨，让他们死无葬身之地！”

她再次尖利地大笑，全身发颤，形如疯妇癫狂地说：“陛下选妃，香蕊这小贱人担心陛下看上我的美貌，千方百计地不让我进宫参选。百里靖跟她沆瀣一气，竟然想收买外面的匪徒来毁我清白。他们万万没想到，我竟跟陛下在街头相遇，陛下对我一见钟情……”

“爱妃，想不到他们这样对你。”西秦国皇帝心里涌起一阵怜惜，他的爱妃竟遭受过那样不堪的欺凌。

“陛下可知道，每一回她们来合欢殿，都是要求臣妾安排香蕊那小贱人侍寝。臣妾拖了又拖，她们一次又一次地逼迫。”百里惠妃跪倒在他脚边，哀戚地饮泣，“臣妾怀了陛下的骨肉，臣妾很开心也很知足，可她们以臣妾不能侍寝为由，要臣妾答应让香蕊留在合欢殿，伺机勾引陛下，陛下，臣妾的心早就被她们伤透了……”

“难为你了。”西秦国皇帝摸着她的头，爱怜低语。

“陛下，惠妃其情可悯，但毕竟连杀三人，若不追究，只怕对百里家无法交代。”西秦国皇后冷冷道。

“陛下，臣妾在太尉府的这些年，九死一生，如履薄冰。倘若臣妾运气差一点，就被百里家那对兄妹害死了。”百里惠妃嘤嘤而泣，声音嘶哑，与方才癫狂的模样大相径庭，“香蕊那小贱人妒忌臣妾比她美，千方百计要整死臣妾……百里夫人也是，为了她的宝贝女儿的前程，数次谋害臣妾……若非臣妾得上苍庇佑，早已死在太尉府，后来又如何与陛下相遇，侍奉陛下左右……陛下，臣妾罪该万死，可臣妾实在不能不报仇……”

“百里爱卿，你是怎么当父亲的？府里发生这种腌臜事，你一点儿也不知晓吗？”西秦国皇帝怒问。

“老臣……忙于公务，很少过问后院之事，老臣惭愧。”百里太尉心里恼恨，但明白这是女儿在博得陛下怜悯。

“陛下，惠妃的遭遇着实可怜，可她毕竟杀了人，法理难容，”西秦国皇后忧心忡忡道，“这桩命案已闹得朝野皆知，若陛下徇私包庇，那如何给百里家、文武大臣交代？这是败坏纲纪、践踏国法呀。”

西秦国皇帝十分为难，半晌问道：“太子，你有何高见？”

宇文战天猜到几分父皇的心思，既想保住百里惠妃一命，又不想败坏纲纪国法，于是道：“父皇，儿臣愚见，先把惠妃娘娘禁足合欢殿。此案还有几个疑点尚未查明，不如待查明所有疑点再行处置。再者，惠妃娘娘怀有皇嗣，若要处置，也要等惠妃娘娘诞下孩儿再说。”

这回答令西秦国皇帝相当满意，他对百里惠妃温柔道：“你先在合欢殿好好养胎，朕会妥善安置你。”

“臣妾谢陛下隆恩。”百里惠妃哑声道。随后，侍婢绿竹扶着她先去寝殿休息。

命案已结，西秦国皇帝、皇后正欲起身离去，却听得一声：“且慢！”

“此案还没查清，还请陛下、皇后娘娘上座。”慕容辞恭敬道。

“不是已查清了吗？”西秦国皇后不解道。

“那就再听听他说什么。”西秦国皇帝走回主座，心存侥幸，希望能为百里惠妃脱罪。

慕容辞转身对宇文瑶道：“公主，请您把百里惠妃扶出来。”

百里惠妃片刻即出。

“惠妃娘娘，请您伸出手。”慕容辞走到百里惠妃面前，柔声道。

百里惠妃已不哭了，双眼无神地睁着，眼珠子都不动一下。

众人惊奇，面面相觑，为什么她丝毫没有回应，好似没听见。

慕容辞拔出她发髻上的金簪，拉起她的手在指尖一刺，莹白的手指立刻冒出血珠。

“你好大的胆子！你做什么？”西秦国皇帝紧张地起身，怒喝道。

“父皇息怒，她这么做，必定有其用意。”宇文战天盯着百里惠妃。她仍是呆呆的，没有半点儿反应。

“陛下，方才小人伤了惠妃娘娘，她不觉得疼，也没有半点反应，陛下不觉得奇怪吗？”慕容辞扬声问道。

的确，她这是怎么了？

慕容辞又在她指尖猛然一捏，百里惠妃突然回神，好像三魂七魄方才归位。她看看众人，又看看自己的手指，满目惊诧地说："本宫的手怎么流血了？"

众人更是吃了一惊。

"娘娘，方才你认了罪，说你杀害了自己的母亲、二妹和兄长，你还记得吗？"慕容辞清冷地问。

"啊？本宫认罪？"百里惠妃的双目蓦然睁大，"本宫怎么可能杀害自己的至亲？"

"惠妃娘娘，方才你真的认罪了，父皇也亲眼看见。你不会这么快就忘得一干二净吧。"宇文瑶不解道。

"爱妃，你真的不记得了？"西秦国皇帝也皱眉道。

百里惠妃意识到事态严重，跪下凄惶道："陛下，臣妾真的没有杀人……臣妾怎么会认罪呢？臣妾怎么可能杀他们呀……"

一堂人看向慕容辞，她眼波流转，神采飞扬地说："最初惠妃娘娘也是否认杀人，像现在这般坚决地说没有杀人，对不对？"

众人点头。

"但方才顷刻之间她忽然改口认罪，并且状如癫狂，形如疯妇。那是因为，惠妃娘娘的心神被人控制了。"

"被谁控制？"宇文战天又惊奇又佩服。

"是她！"慕容辞猛地将绿竹拉到中央，冷厉道。

怎么可能？百里惠妃目瞪口呆，绿竹对自己一向忠心无二。

绿竹跪地，惊慌失措道："陛下，娘娘，奴婢冤枉呀，奴婢对娘娘忠心耿耿，怎么可能害娘娘？"

"贱婢，你最好如实招来，否则大刑伺候！"西秦国皇帝严厉至极。

"陛下，奴婢冤枉啊，奴婢伺候娘娘两年，忠心不二，怎么可能害娘娘和娘娘的家人？"绿竹伏身在地，凄声泣道。

"娘娘，蜜兰香是从哪里来的？"慕容辞问百里惠妃。

“是绿竹给本宫的。绿竹善制香，制出来的香香气独特，令人爱不释手。”百里惠妃温婉道。

“娘娘，为什么冤枉奴婢？明明是娘娘你要奴婢偷偷制香，说这香有大用处。娘娘，奴婢对你忠心可鉴，你不能害奴婢啊……”绿竹大哭，泪流满面恳求西秦国皇后，“皇后娘娘，您是后宫之主，您要为奴婢做主呀……”

“绿竹！”百里惠妃震惊不已，“枉本宫这般信任你！你竟然这样陷害本宫……”

宇文战天冷冷道：“绿竹善制香，制出与众不同的香献给惠妃娘娘，惠妃娘娘再赠予百里夫人、百里香蕊，如此一来，绿竹便可控制她们的心神，继而将她们杀害，她又收买太尉府的丫头，在百里靖的衣袍做手脚，布局成饮酒过度而暴毙的假象。如此杀人手法，的确高明。”

慕容辞接着道：“绿竹同样控制了惠妃娘娘，因为惠妃娘娘也用过那香。绿竹杀了人，怕真相暴露，于是让惠妃娘娘成为替死鬼，代她认罪伏法。”

“贱婢，还不如实招来！”西秦国皇帝厉声呵斥，满面怒容。

“这一切都是你的推测，可有证据？”绿竹不再求饶，比方才冷静了许多。

“自然是有。”

慕容辞从容解下绿竹腰间的一串小银铃，扬眉道：“方才惠妃娘娘忽然改口认罪时，小人听见清脆的铃声。惠妃娘娘用过绿竹制的香，绿竹便是用这小铃铛控制惠妃娘娘的心神。”

绿竹低垂着头，眼里的锐光微闪：“陛下容禀，奴婢喜欢铃铛，每日都挂在腰间，娘娘也是知道的。再者，娘娘也喜欢风铃，合欢殿不少地方都挂有黄金风铃，你怎能随意从奴婢身上取下一样东西，便说奴婢控制娘娘心神？”

慕容辞清冷地勾唇，高举着小铃铛，轻轻一摇。

清脆的铃声响起，在寂静的大殿回响。

众人皆看向百里惠妃，说也奇怪，较之方才，她神色不那么生动了，目光有点涣散。

“惠妃娘娘，惠妃娘娘……”慕容辞轻声唤道。

“嗯……”百里惠妃含糊地应着。

“你杀了百里香蕊那小贱人，是不是？”

百里惠妃的眼睛突然睁大，说：“百里香蕊那小贱人，该死！”

“你杀了她，是不是？”

百里惠妃的眉目布满戾气，面容狰狞骇人地说：“是！本宫杀了她！她竟敢跟本宫抢陛下、跟本宫争宠！本宫不能让她得逞！本宫要将她碎尸万段！”

“陛下，皇后娘娘，诸位都看见了，绿竹便是用这种办法控制惠妃娘娘的心神，让她认罪伏法。”慕容辞说道，“相信她也是用这种办法控制百里夫人、百里香蕊的心神，带引她们离开合欢殿，后来百里夫人、百里香蕊因为被乌鸦攻击疼痛，这才清醒过来。”

“竟是你这个贱婢！”百里太尉怒得睚眦欲裂，手掌紧攥，“老夫要将你碎尸万段！”

绿竹抬起头来，瞪他一眼，眉目布满了怨恨阴毒，说：“那还不是你们百里家作孽欠下的债？百里靖害死奴婢全家，甚至屠戮了整个村子，凶残暴虐！罪恶滔天！”

“陛下，事出有因。既然这桩命案涉及这贱婢的家人、村子，不如听她说出事情原委。倘若她所言有虚，再行处置也不迟。”西秦国皇后说道。

慕容辞心里冷笑，这皇后巴不得百里家犯下死罪。

西秦国皇帝恩准，绿竹哀声道：“陛下，皇后娘娘，十年前，奴婢年仅十岁，上有兄长和姐姐。奴婢的家乡名为香村，家乡的水土种出的各种药物香草特别好，每家每户都善制香，奴婢家里也是。有一日，年方十八的姐姐和娘亲进城送香，遇到一位锦衣公子。这公子相貌堂堂，看上姐姐的美貌，追姐姐到香村。”

“姐姐已经许配给村里的张大哥，两人青梅竹马，感情很好，然而那位公子对姐姐胡搅蛮缠，硬要带姐姐回去，姐姐宁死不从，他就绑了姐姐藏在客栈。张大哥进城去找姐姐，却被那位公子残忍地杀害。爹爹和哥哥又就进城去找他们俩，却没想到，再也没有回来……”

“姐姐看见亲人死在面前，大受刺激，撞墙自尽。那位公子怒不可遏，又担心事情败露，于是又去香村杀了奴婢的娘亲。当时奴婢在茅房躲过一劫。次日，那位公子担心乡亲把这事传扬出去，带了二十几个侍从屠戮整个香村。他们见人就杀，不到一个时辰，香村尸横遍野，血流成河，而他们纵声大笑策马离去，烟尘滚滚……”

“你又是如何躲过一劫的？”慕容辞问。

“奴婢的家人都死了，见他们杀气腾腾地来，奴婢滚到野草丛里躲着。”绿竹说完，整个身子瑟瑟发抖。

“屠村的那位公子是谁？”慕容辞清冷道。

绿竹一字一切齿地说：“那位公子，就是百里靖。”

“你胡说！我儿不是滥杀无辜、凶残暴虐之人！”百里太尉双眼一瞪，厉声道。

“我死也不会忘记他的容貌！他化成灰我也认得！”她眼里的怒焰喷出，怒吼道，“你敢以百里家列祖列宗的名义保证吗？若有虚言，百里家断子绝孙！”

百里太尉怔住。

半晌，他才悻悻道：“老夫为什么要保证？老夫了解自己的儿子，他绝不会做那种事。”

绿竹讥诮地冷笑道：“连你这个当父亲的都不敢发誓，可想而知你有多了解你儿子。”她转向西秦国帝后，“陛下、皇后娘娘，奴婢所言句句属实，若有一句虚言，愿天打雷劈，永世轮回畜生道！”

“绿竹，事发时你才十岁，这些年你怎么过来的？”西秦国皇后颇有几分同情，问道。

“回皇后娘娘，头两年奴婢跟乞丐混在一块儿，后来，奴婢在一家庵堂打扫，安定了几年。奴婢长大后始终不能忘记家人惨死、村民被杀的仇恨，决定为家人、村民报仇。百里靖杀了那么多人，奴婢要他血债血偿！于是奴婢来到京城，辗转打听到那位公子便是百里家的大公子。两年前，适逢宫里招选宫女，奴婢便来参选。”

“你小小年纪撑到现在也是不容易。”西秦国皇后唏嘘道，“陛下，绿竹的确触犯国法，但其情可悯。再者，百里靖滥杀无辜，是该杀人偿命。”

“百里爱卿，你儿子十年前犯下如此重罪，你丝毫不知吗？”西秦国皇帝沉声道。

百里太尉面上毫无惧色，跪地叩首道：“陛下，老臣对那小兔崽子疏于管教，是老臣的疏忽，老臣有罪。”

“你自然有罪。”西秦国皇帝语声冷冷道，“太子，你怎么看？”

“绿竹所说十年前发生的香村惨案，的确令人同情。但这只是她的片面之词，不如先将她收押，待查清所有再行处置。”宇文战天冷冷道。

侍从正要押绿竹下去，且听她视死如归道：“如今奴婢大仇已报，陛下要杀要剐，奴婢毫无怨言。奴婢倒是想问这位公子，如何知道是奴婢控制了百里惠妃？”

“因为惠妃娘娘突然改口认罪前，有铃声响起。”慕容辞莞尔道，“这看似巧合，但过于巧合就有问题。惠妃娘娘明明否认杀人，却忽然认罪，半点征兆都没有，这不合常理。绿竹，我倒是想知道，那控制人心神的香，是什么香？”

“勾魂香。”绿竹答了之后，便被押着离去。

西秦皇帝：还好凶手不是我的爱妃

玉清公主借病滞留西秦

慕容辞偷见慕容彧

宇文战天：阿辞，我对你情有独钟，不能自已

宇文瑶：皇兄为何要囚禁大燕太子

偷龙换凤：慕容辞逃出生天

第四十九章

死也要救你出来

百里家的命案跟惠妃娘娘无关，西秦国皇帝终可释怀。

众人一道离开合欢殿。

宫道长长，宫灯暗淡，寒风凛冽地刮过，灯笼飘摇不定。

宇文瑶不解地问：“对了，惠妃娘娘被绿竹控制了心神，但她对百里夫人、百里香蕊和百里靖的怨恨应该不少，不然她不可能那么癫狂。”

“勾魂香的厉害便在此处。”慕容辞解释道，“这香对心有执念的人效用显著，可以爆发出人潜藏在内心深处的怨念、仇恨，为了让惠妃娘娘认罪，绿竹应该事前控制过她的心神，给她灌输那些话。”

“原来如此。”宇文瑶笑赞，“你这个谋士还挺有本事的。”

“夜深了，还不回去就寝？”宇文战天板着脸，内心深处亦是佩服慕容辞。

“皇兄，原来有人金屋藏人。”她挤眉弄眼地笑，拍拍慕容辞的肩道，“你这断案本事厉害，改日本宫要向你讨教讨教。”说罢就跑了。

宫道只剩他二人，慕容辞有点伤感，问道：“你希望绿竹是什么下场？你父皇会如何处置她？”

宇文战轻轻一叹道：“百里靖已经死了，百里夫人和百里香蕊无辜受到牵连，父皇不会再追究百里家。至于绿竹，她毕竟杀了两个无辜的人，父皇应该不会轻饶。”

她点点头，的确，不管有再多理由，杀人偿命乃天经地义，绿竹的下场只有一个字：死。

回到太子府，他送她到寝房门口，恳切道：“你助我侦破命案，我心里感激。稍后我吩咐下人把夜宵送到你这里，我们一起吃。”

“今日跑了不少地方，又乏又困，本宫还是不吃夜宵了。”

“那我吩咐下人送滋补的汤来，你身子虚，要多补补。”

“好吧。”慕容辞朝他一笑，关上门后，微笑才凝固成一朵霜打的花。

果不其然，很快侍婢送了汤来，她喝了汤便把侍婢赶出去，在床上调息运气。

内力总算恢复了一半，她运气半个时辰，累极了才躺下睡觉。

夜风凛寒，星光暗淡。

慕容彧在太子府外盯了半晌，想进去查探一下她住在哪个院落，但被下属阻止了。

“王爷,眼下这情形根本无从靠近王爷要营救的那人,只能静待良机。”

“你尽快想个办法，安插人进太子府。”

又过了几日，慕容辞基本恢复了体力，但依然没有人来联络她。莫非慕容彧不在西秦国？这可怎么办？凭她一人之力，根本逃不出宇文战天的掌控。

很快便是年下，莫非她要在西秦国守岁？

这日，慕容辞正在寝房，听到外面那两个侍婢嚼舌根。

“你说玉清公主是怎么回事？都三日了病还没好，这是多重的风寒呐。”

“她还不是想赖在京城不走？她想嫁入太子府，成为咱们殿下的太子妃呢。”

“贵为一国公主，又何必呢？她想要什么样的驸马没有？何必一定要嫁给咱们殿下？”

“吱呀……”慕容辞推门而出，两人立即收声，垂首敛额道：“公子有何吩咐？”

慕容辞冷声问道：“你们殿下在府里吗？”

“殿下还没回来。”

“把总管唤来。”

等了半晌，总管匆匆赶来，客气地问：“公子有何吩咐？”

“备马车，我要去驿馆一趟。”

“啊？这不行，您不能出府。”他坚定地拒绝。

“太子殿下要你拘着我在府里？”

“那倒没有，但殿下嘱咐……”

“我只是去驿馆，你派两个侍卫跟着我便是。”

“好吧。”总管说不过她，指了两个侍卫护送她去驿馆。

慕容辞故意在大门外多停了片刻，若慕容彧在，便可有所准备。

马车抵达驿馆，两个侍卫寸步不离。她来到玉清公主的寝居外，敲门问道：“公主，我是太子府上的，太子殿下派我来看望公主，我可以进来吗？”

“进来吧。”房里传出越若眉轻弱的声音。

慕容辞转身对两个侍卫道：“你们在外面候着。”便推门而入。

房里弥漫着一股淡淡的药味，越若眉靠在床上，小脸惨白。

慕容辞把窗打开一点，拨旺了炭火，斟了一杯热茶递给她，问道：“公主怎么病得这样厉害？大夫开的药不管用吗？”

“不是……”越若眉欲言又止，十分虚弱。

“公主是不是没吃药？就这么拖着？”慕容辞猜到了几分，“公主，若长此以往病情加重，万一到了药石无灵的地步……不值得。”

“我是想……以此借口留在驿馆……”越若眉咳起来，瘦削的脸颊有些潮红。

“那也不能拿命开玩笑。”慕容辞爽利道，“听我的话，赶紧服药。”

“可是……”

“别可是了，我有办法让你留下来，不过你先把身子养好。”

越若眉点头，莫名觉得眼前这公子是可信任的，虽然此前只见过一面。

“我有一件事想请你帮忙。”慕容辞俯在她耳边轻声说了几句，越若眉微微一怔，莞尔道：“你去吧，我会见机行事的。”

慕容辞拱手一礼，火速奔到西窗前，轻手轻脚地跃出去。

她从屋后绕到先前住的居室，从窗台爬进去，又迅速反锁了房门。

忽然，窗外有动静！

她闪身藏在隐蔽处，察觉到有人从窗台跳进来。她好像闻到熟悉的气息，悄然望出去——

依然是冷峻凌厉的眉眼，瑰美如花的容颜，依然那午夜梦回里熟悉的模样……

她眉骨酸涩，泪盈于睫。

是激动，也是酸楚。

慕容彧疾步上前，猛地抱住她，紧得好似要把她融入自己的体内。

“阿辞……”他嗓音喑哑低沉，饱含多日来的思念与满满的愧疚，“是我不好……让你吃了这么多苦……现在我就带你离开……”

她很想很想赖在他怀里，此刻却只能硬生生地抽离，对他说：“宇文战天很快就会赶来驿馆……今日太仓促，还是从长计议……”

“即便付出一切代价，我也要带你走！”慕容彧的眼中狂澜涌动，决然道。

“宇文战天必定布下天罗地网，我不想你有事。”她强硬道，“我们都要全身而退。”他盯着她，捧着她的脸颊，一时说不出话来。

“答应我，好不好？”她含泪微笑。

“好……”天知道他费了多大的力气，从齿间挤出这个字来。

这时，外面传来纷乱的杂沓声。

“你快走！”慕容辞面色微变，用力一推他。

“殿下。”是那两个侍卫的声音。

“她呢？”

“在里面，跟玉清公主在一起。”

宇文战天看着那扇房门，灰蓝色的眼睛中的寒光倾泻而出。

深呼吸之后，他抬手敲门。

房里传出微弱的声音："谁呀？"

"是本宫。"

房里越若眉的声音克制着一丝丝欣喜，说："进来吧。"

宇文战天推门而入，锐利如鹰的目光在房里扫了一圈，看见慕容辞站在西边窗前，剑眉轻皱。

慕容辞把窗扇关上，回头问道："殿下怎么来了？"

"你做什么？"他冷沉地问。

"公主觉得风大，冷飕飕的，我把窗扇关上。"她不紧不慢地回到床前，忧心道，"公主此次所染的风寒症来势汹汹，服了几日汤药都不见好，许是驿馆的仆人伺候得不尽心，殿下可否传令下去，让那些仆人多上心些？"

宇文战天点点头，目光始终落在她那张表情灵动的脸上。

"公主你好好歇着，改日我再来看你。"慕容辞笑道，"记得按时服药，不要胡思乱想。"

"公子有心了。"越若眉清婉一笑，"宇文太子，这些日子给你添麻烦了，是若眉的不是。"

"受寒生病又不是自己能控制的，公主无须愧疚。"慕容辞一笑，"殿下说是不是？"

"嗯。"他心里郁郁，"公主好好养病，待病愈了，本宫派人送你回南越国。"

"谢宇文太子。"她那一丝欢喜渐渐消失。

"还不走？"宇文战天板着脸拉着慕容辞出去，语气不善。

"疼疼疼……你放开……"慕容辞抽出手，气恼道。

他松了手，冷面吩咐侍从道："传本宫令，封锁驿馆，将驿馆所有人都带到这里！"

她心神一凛，慕容彧是否已经安然离开驿馆？

"你竟然不信我！"她冷冷道。

"本宫说过，不准来驿馆！你当本宫的话是耳边风吗？"他的眼里浮动着骇人的戾气。

“既然你不信我，我没什么好说的。”她冰冷地转过身。

不多时，侍从陆续回来，驿馆所有人都被押过来，站成三排，看太子殿下仿佛要杀人般的面色，都猜到必不是好事。

“都抬起头！”宇文战天喝道。

慕容辞焦虑地扫了一眼过去，好像没有慕容彧。

“就这些吗？有没有遗漏的？”他问侍从。

“殿下，驿馆的仆人都在这儿了。”

宇文战天走过去，一个一个地巡查，目光犀利无比。忽然，他站在一个高个男子面前，紧盯着那人。

被太子殿下利刃似的目光盯着，那男子惊恐得全身发颤，说：“殿下饶命……殿下饶命……”

此后他又看了一圈，才挥手令这些仆人退下。

而后，他拽着她出了驿馆，登上马车。

回到太子府，宇文战天又拽着她下马车，直入寝房。

“你放手！”慕容辞怒吼，猛地甩开她的手。

“别以为我不知道你想做什么！”他眼中蓄满了冰屑，似乎能刺得人流血。

“本宫去驿馆看望玉清公主，还能做什么？”她小脸冰寒。

“你做过什么，你心里清楚！”

“本宫当然心里清楚。”

“你……”宇文战天怒得剑眉绞拧，凝视她半晌，恨恨地摔门离去。

她松了一口气，坐下来喝茶，这回真的把他气到了。不过，总算见到了慕容彧。

歇了一会儿，她盘膝打坐，运气一周了，但内力依然只有五成。

前两天她就发现了，自己的内力一直没法完全恢复，这不应该。

莫非宇文战天又在膳食茶水里下药？

若真是如此，他当真是阴毒至极。

这夜，慕容辞辗转反侧，想着慕容彧会如何部署。

忽然，外面有动静！

她支起身子凝神细听，房门就被推开，她火速下床披上大氅，见一道轩昂的黑影急速进来，带着浓浓的酒气。

宇文战天！

“这么晚了，你来做什么？”

宇文战天步步紧逼，他的眉宇阴鸷地凝着，暗蓝色的狂澜在眼里涌动不绝，越发阴诡骇人。

“你干什么？”慕容辞步步后退，心有点慌。

“我把你捧在手心，呵护疼爱你，从不曾强迫你，你就是这样对我的？”因为酒气，他比平日多了几分阴冷邪气，“你究竟有没有心？我所做的这一切，你看不见吗？”

“你把本宫囚禁在这里，就是最大的强迫！”她冷厉道。

“说到底，你还是想逃……”

“这阶下囚的屈辱日子，换做是你，你想吗？”

“我究竟有什么不好，我哪点比不上慕容彧？”宇文战天吼声震骇天地。

“你不是比不上他，是我情有独钟，不能自已。”慕容辞冷冷道。

此言一出，他睚眦欲裂，似是受了极大的刺激，如豹一般扑上来，打横抱起她，往床上狠狠一扔。

她跌得生疼，火速地爬下床，他却已堵在面前。

“我以为，把你留在我身边，宠着你，爱着你，假以时日，你会看到我的好，会喜欢我……看来我错了，你的心冷硬如铁，焐也焐不热……”他一字一句道。

“你囚禁本宫，还想要本宫喜欢你？”她讥诮地冷笑，“再者，即便本宫感动了，但感动不是喜欢，更不是爱！”

听到这话，他失望极了，眼里水光流闪道：“既然如此，我何须再等！”

既然得不到她的心，就先得到她的人！他眼里的那一点蓝，最终被血影吞噬，面容扭曲得狰狞骇人。

“本宫会恨死你！若你坚持凌辱本宫，本宫绝不会苟活！”慕容辞咬牙切齿，眼角滑落一滴泪珠，充满了深深的绝望与刻骨的痛恨。

宇文战天闻言猛然一怔，理智稍稍回来，怔怔地凝视她。

“滚！”她一鼓作气地发力推开他，愤怒地嘶吼。

他没有防备，被她掀翻在旁，一时语塞：“阿辞，我……”

她扯过棉被拥住自己，泪盈于睫，继续吼道：“本宫不想看见你！滚啊！”

他下了床，像个做了错事的孩童，认错道：“我……我不是有心的……”

“你再不走，本宫就自断筋脉！”

“你好好歇着……”宇文战天在床边怔了半晌，最终默然离去。

这一夜，她再也睡不着，在天蒙蒙亮时才睡过去。

这日午后，宇文战天带了一只毛茸茸的小兔来看她，又百般道歉，她虽知他心意，但又如何能原谅。

但为今之计，她唯有稍微心软，迷惑他，让他放松警惕。

“皇兄……皇兄……”这清脆的声音，好像是凤瑶公主。

宇文战天不耐烦地开门，宇文瑶冲进来，慕容辞拱手道：“公主。”

“数日不见，你好像清减了。”宇文瑶上下打量她，意味深长地笑。

“你来做什么？”他颇为不悦。

“臣妹来看望……”宇文瑶一指，“皇兄，你金屋藏人不厚道。”

“不准胡说八道！”他低声呵斥。

“皇兄，臣妹自然不会把这个秘密宣扬出去，不过你也不能阻止臣妹做任何事。”

“你不就是想去西秦国？不准去！”

她摇着手指笑道：“皇兄，你就不怕臣妹把这秘密宣扬出去？”

“你敢！”

她扬眉得意地笑，转向慕容辞道：“虽然你戴着面具，不过本宫还是认出你的声音和背影。”

“本宫刻意改变了声音，你还听得出来？”慕容辞笑问。

“有时候你会露出马脚，一两句。”宇文瑶笑，转念一想，皇兄为什么把北燕国太子一个大男人藏在太子府？她不由得一惊。

“皇兄，你不会有那个……那个吧……”

“宇文瑶，你立即滚出本宫的太子府！”

宇文瑶敏捷地躲在慕容辞身后，说：“臣妹要和慕容太子说说话。对了，皇兄，过几日就是你生辰，你要做寿吗？”

她想在他过寿那日趁乱偷偷溜出京城。

“在太子府做寿，还是在宫里？”慕容辞随口问道。

宇文瑶笑道：“自然是在太子府。每年皇兄做寿，文武百官都会来，可热闹了，还会邀请京里的名角来唱大戏呢。”

慕容辞点点头，三人又笑谈几句，宇文瑶便被宇文战天撵出去了。

随即慕容辞从侍婢那儿打听到，他的寿辰是四日后。

但愿是个好日子。

今日太子寿辰，太子府喜气洋洋，宾客盈门。

宇文战天在书房招呼满朝文武，宗室女眷们坐在戏台前闲谈，戏台上锣鼓喧天，唱腔婉转，水袖挥舞。

一出戏唱完，戏班班主嘱咐几人将东西都收全，就带着几个红角儿先走了。前院的寿宴开始，仆人都步履匆忙，忽有人见两个陌生面孔进了后院。

“站住！”一道厉喝从一旁传来。

那两人停步，侍卫面无表情问道：“你们是什么人？来后院做什么？”

“我们是戏班的人，正在收拾东西离开，不过我们二人不知是不是吃坏了东西，正想去茅房。二位小哥，不知茅房在哪里？”

“茅房不是这个方向，往那边走。”侍卫指了一个方向。

“多谢小哥指点。”说完，那人蓦然伸出两指，两道白色气劲射出去，正中他们咽喉。两人只觉颈上一痛，叫喊不出，还未挣扎，只听咔的一声，脖骨断裂。

其中一个便是慕容彧。他们听闻京城最受欢迎的戏班要来，于是暗中将戏班里打杂的人打成重伤，班主无奈，只好临时雇了三人，便是慕容彧和他的两个下属。

慕容彧将那两人拖到隐蔽处藏好，而后赶往宇文战天住的院落。

而此时慕容辞,已将两个侍婢打晕,换上她们的衣袍,正端着茶壶出来。

迎面走来一个身穿粗布衣袍的男子，那双眼睛似曾相识，她的心怦怦地跳起来。

是慕容彧，果然他也在这日行动。

他身边的，竟是越若眉。

“你们互换身份，把衣袍脱下来，快！”慕容彧着急道。

“好。”慕容辞瞬间明白他的计划。

两人迅速换了衣袍，他又取出人皮面具，她们戴上以后，完全变成了对方。

慕容彧冷沉道：“宇文战天可以偷龙转凤，我便以其人之道还治其人之身。”

“慕容太子，今日分别就不知何时再见了，你们务必保重。”越若眉内心感激。

“你也保重。”慕容辞担心道，“也许宇文战天很快就会发现你是冒充的，到时你……”

“你放心，我会照顾好自己。你们快走吧。”越若眉催促道。

“后会有期，保重。”慕容辞拱手，而后和慕容彧快步离去。

回到戏班原先那房屋，他指着一口大箱子，说：“委屈一下你。”

她点点头跨进去。而后,他和几人一起把几只箱子扛出去,从小门离开。

这一路相当顺利，他们把几口箱子火速送回戏班，而后骑上备好的骏马，朝城门飞奔。

兵贵神速，他们要在宇文战天察觉前跑得越远越好。

宇文战天多喝了几杯，酒气上脸，今日府里人多杂乱，他有几分不放心，便离席来到后院看看慕容辞。

他敲门，扬声道："阿辞，吃过晚膳了吗？"

"吃过了。"

从房里传出来的声音低低的，有点沙哑。

"我可以进来吗？"

"方才不知怎么的忽觉不适，额头有点疼，嗓子干哑，本宫躺着歇息了，今日是殿下寿辰，殿下好好招呼客人吧。"越若眉低哑道，有些慌乱。

"你病了？我立即找府医来为你诊治。"

"我歇歇就好了，殿下快去吧。"

"这怎么行？"他推门而入，探手摸她的额头，着急道，"嗓子都变成这样了？我立即吩咐人去传府医。"

"殿下……真的不用……"

他突然，定定地看她。

刚才总觉得哪里不对劲……

对了！只有他们二人时，她怎么会喊他"殿下"？

"你不是阿辞！"他的双眼陡然睁大。

"我是啊……"她心虚地辩解。

宇文战天猛地扼住她的喉，睚眦欲裂地说："你是谁？阿辞在哪里？"

越若眉清晰地听见他大手收紧、压迫颈骨的轻响，她小脸通红，泪光盈盈，心里悲酸苦涩。

"你杀了我吧。"

宇文战天一怔，抽了她一巴掌，大步流星地离去。

"来人！"

几道黑影从隐蔽的角落飞出来，齐齐跪在地上，说："殿下有何吩咐？"

"速速集结三百人，随本宫出城追人！"

慕容彧和慕容辞一行出了城门就一路狂奔，半个多时辰奔了八十里。

夜路难行，夜色如墨，前路茫茫，但他们心里欢喜兴奋。

“要不要歇会儿？”她问。

“宇文战天很快会发现越若眉假冒你，一定会极速追来。我们不能停。”他扬鞭催马，雄姿勃发，冲她喊，“阿辞，下个路口我们转道，往北走。”

她点点头，策马疾行。

天蒙蒙亮时，马匹终于吃不消了，一行人在附近的村庄休整。

“倒地不起的马匹无法再跑，这村庄能买到马吗？”她担心地问。

他有七十个精锐跟随，所有人的马都已疲乏不堪。

“若买不到马，我让他们找到马再自行回大燕。”他猛地抱她，说：“阿辞……”这些日子，自责、愧疚、思念、愤怒，种种情绪缠绕心间，折磨得他夜夜难眠。

“好了，你的下属都看着呢。”慕容辞窘迫地推他。

忽然，他剑眉微压，放开她凝神细听。

“怎么了？”

“有不少人马疾驰而来，应该是追兵，快走！”他立即吩咐下属疾驰前行，而后把她抱上骏马。

仓促起行，再狠厉扬鞭，马已经跑不动了。

追兵呼啸着越过他们，马蹄震天，烟尘滚滚。

宇文战天竟猜到他们改了道。

三百骑将他们团团围困，宇文战天雄踞在神骏上，寒鸷的目光电射而来，好似要把她当场射穿。

果然没猜错，慕容彧暗中跟随她来到大秦国，他应该是戴着人皮面具，瞒天过海。

否则，父皇怎会让他安然回北燕国！

“昨日本宫收到线报，南越国太子在回国的半途遭遇刺杀。”宇文战天语声沉厉。

“哦？不知是什么人做的。”慕容彧略表惊奇。

他哪会不知，刺客自然是慕容彧派去的，借了西秦国太子府的名义，又留了回南越报信的活口。

宇文战天劫走慕容辞，他这样做，只是小小的回敬。

“南越国皇帝必会追究到底。本宫倒是想看看，刺杀越太子的人是何下场。”宇文战天冷冷道。

“你一定会看得见的。”慕容彧静色道。

“阿辞，跟我回去。”宇文战天盯着她，目光如火。

“本宫的家国是大燕，要回去也是回大燕。”慕容辞冷笑。

“阿辞，你想想我们的未来，想想大燕和大秦的未来，或许二十年后，你我会成为神州最伟大、最尊贵的天子！你我不分大小，并列为二圣，携手处理国事。我们一定可以千秋万代，流芳百世！”

“你有鸿鹄之志，本宫没有！本宫绝不会跟你这种阴毒诡谲的人为伍！”慕容辞态度坚决如铁。

“阿辞，你会后悔的！”他眼里的杀气翻涌，极为狰狞骇人。

“阿辞永远是本王的，你胆敢觊觎她，就跟本王比试一场！”慕容彧喝道。

“慕容彧，既然你想送死，本宫成全你！”

宇文战天暴喝一声，猛地冲天掠起，慕容彧也直入云霄，瞬间不见。

半空两道人影各占一方，双掌齐出，一波波的内力如洪水般朝对方奔涌，惊涛骇浪，吞天遮日。

绝顶高手比拼，天地为之颤抖，空气波动震荡，四野凄迷苍茫，让人叹为观止。

朝霞映照在慕容辞的脸上，她目不转睛地观战，红光流闪。

他们缓缓落地，大氅鼓荡而起，飞扬如黑焰。

这应该是他们内力修为的极致境界了。

这境界，足以让天昏地暗，日月无光。

忽然，宇文战天身子一颤，鲜血从口中喷涌而出，内力难以为继。

慕容彧一掌拍出，气浪如巨浪奔涌而去，宇文战天摔飞三丈之外。

慕容辞惊喜地奔到慕容彧身边，连忙问道：“你还好吗？”

他点点头，薄唇紧闭。

他看似赢了，却也受了内伤，只是压制住不让对方察觉罢了。

“取慕容彧首级者，赏黄金百两。擒慕容辞者，赏黄金千两。”宇文战天捂着胸口缓缓起来，厉声下令。

三百精锐热血沸腾，如狼似虎冲来，这边七十精锐立即迎战，混战声滔天。

宇文战天拭去唇边的血迹，抽出腰间宝剑，决然地说：“本宫还没有输！”

“那本王就让你输得心服口服！阿辞，你站在一旁。”

宇文战天高举宝剑冲杀奔来，慕容彧悍然迎战，铮的一声，利刃撞出银光剑花。

不多时，二人已经过了二十多招。

招招致命，处处凶险。

而双方人马也激战正酣，慕容彧的精锐以一敌四，越来越难招架，慕容辞心中焦急，抽出软剑杀过去，慕容彧看见她大开杀戒，心神一紧。

就在分神之际，剑尖从旁直刺而来，慕容彧身法再迅，左臂仍是挨了一剑。

“慕容彧，拿命来！”宇文战天得意地喝道。

慕容彧暴怒地反击，剑走游龙，而那边他的七十精锐只余一人，情势急迫，慕容辞杀红了眼，与那人浴血奋战。

慕容彧眼里布满了血丝，凝聚全部内力一剑挥出，宇文战天倒飞出去，重重地摔在地上。

慕容彧疾飞过去，拽住慕容辞的手腕飞上一匹神骏，而后朝那下属喊道：“快上马！”

“王爷，快走！”那下属咬牙撑着，以一人之力拦住七八个人，悲壮地喊道。

慕容彧内心悲痛，咬咬牙扬鞭催马，疾奔而去。

宇文战天挣扎了半晌才爬起来，嘶声怒吼道：“追！死也要追！”

慕容彧：我早知你就是那女刺客。

北燕四大世家欲联手篡权

御王力挽狂澜

宇文瑶来燕寻御王

第五十章

即刻回燕，力挽狂澜

狂奔三个时辰，慕容彧才决定停下来歇息。

此地是野外，大片的原野萧瑟荒凉，古木光秃秃的。

他们坐在神骏上慢行，慕容辞忽然听得后面一声闷响。

一回头，她大惊失色，他吐血了！

“慕容彧，你是不是受了内伤？”她焦虑道。

“无妨……”慕容彧低声道。

“前边有一间茅草屋，我们去那儿歇会儿。”

她催马前行，到了草屋后，扶他进去坐在稻草上，又在屋里乱翻了一会儿，找到几只红薯生火烤上。

“阿辞，歇会儿吧。”慕容彧拉她坐在身旁，低沉道。

看他的左臂受了剑伤，慕容辞撕下袍角，说：“我给你包扎。”

“都是皮外伤，无碍。”

话虽如此，还是静静由她。

“你带来的精锐都死了……”她心里难过，忽然想起，容湛安排了三十人暗中保护她，人呢？

“宇文战天的精锐不可小觑，但还是不及我的。”慕容彧自负道。

不多时红薯烤好，一屋香甜，两人狼吞虎咽地吃了，稍稍缓过来些。

“我们立即赶路还是歇会儿？”

“歇会儿吧。”

慕容辞坐在他怀里，忧色道：“你的内伤要紧吗？”

他摇头道：“宇文战天的内伤比我严重多了，阿辞……”这低哑沉魅的声音，让她心神一颤。

她情不自禁地看他，他也是如此，随即忽地扣住她的后脑吻下来，多日来刻骨的思念如洪水般倾泻，一发不可收拾。

她热切地回应，心尖隐隐发颤。

如狂风卷着纤薄粉嫩的花瓣，又似骤雨滋润了万物天地，若河水滔滔裹着一叶扁舟，更似炽烈燃烧的火焰吞噬了所有……

此时他万马奔腾，箭在弦上，却不忍心勉强她，隐忍不发，只是急切地吻她。

“阿辞，愿意吗？”他啄吻这冷玉般的肌肤，好似用尽所有心力。

她清醒了些，怔怔地看他，忽而她紧紧地抱住他，吻他湿润的唇，以回应她的所思所想。

热吻如暴风般侵袭。

燃烧的火焰映红了那堆交叠的衣袍，她像在风急浪高的大海里颠簸沉浮，却忽然听见一道喑哑的声音。

“阿辞，我知道是你……那日我在寿宴遇刺，后来与我结下情缘的女刺客，是你。”

她错愕道：“你……你如何知道的……”

不知过了多久，柴火已经快熄灭了。

慕容彧起身添了几把干柴，又回来抱着她。

“你还没告诉我，你如何知道那女刺客是我。”她娇嗔地问道。

“你难得用这样的语气跟我说话。”他轻扣她尖尖的下巴。

“快说啦。”

“前不久，管家无意中跟我提起寿宴那日的事，说你在离开后又忽然出现在我的寝房。那时离行刺那事已过了一个时辰，你不可能还留在我王府，甚至出现在我的寝房，还穿着我的衣袍。”慕容彧解释道。其实，在后来多次接触后，他都曾起疑，因为那个女刺客的体香和她很像。只是那夜他神志不清，很多细节都记不清了。

“我应该在那件事后就一刀了结你。”她咬牙道。

“那你为什么没这么做？”他笑道。

“因为……我正要下手的时候，管家来敲门了。”她笑道。

他吻了一下她的脸颊道：“你真是叫我好找。我派了多少人去找你，先在东楚国找了许久，后又在西秦国找。”

“你们男人真是三心二意。你明明对那女刺客动了心，又为什么对我这个假太子动情？”

慕容彧干笑道：“我自然要对倾情之人负责。”

“就这样？你就要满天下地寻人？”

“我是担心她怀了我的骨肉，我不能让我的子孙流落在外。”在她的逼问下，他无法自圆其说了。

“说到底，你们男人就想三妻四妾。”

“阿辞，此生有你，足矣。”慕容彧低沉道。

忽然，她心神一怵，外面有动静！

两人立即起身穿好衣袍，披上大氅，他打手势让她待在屋里，而后手持软剑轻手轻脚地出去。

陡然，他打开屋门，残影暴掠，如飓风过境，扫荡了一切。

外面瞬时躺了七八个人。

皆是一剑封喉的杀法。

惊心动魄。

此地不宜久留，慕容辞扑灭火堆，收了几个红薯，与慕容彧上马，于寒风里一骑绝尘。

解决了那些人，宇文战天的人马再没有追来，慕容彧和慕容辞顺利进入大燕国。

这一路相当顺利，在距离帝京不远的地方，他们遇到了疾驰而来的报信人，是鬼影派来的。

“四大世家当真有异动？”慕容辞又震惊又焦虑，“他们做了什么？”

“小的不是很清楚，只知道数日前鬼影大人得悉宫丞相、杨太尉、庆国公和荣国公秘密相会，好像在密谋什么。”报信人回禀。

“父皇可安好？”她焦急地问。

“陛下一切安好。”他回道。

“四大世家可有一起进宫面见陛下？”慕容彧眉宇缭绕着寒凛的戾气。

“四大世家数次进宫要求面见陛下，不过都被宫里的禁卫军统领拦下。”

“你速速回京打探消息，若有大事，速速来报。”

“是！”报信人翻身上马，疾驰而去。

慕容辞忧心忡忡道：“四大世家一定得悉你不在御王府，这才蠢蠢欲动。”

“他们胆敢做出大逆不道之事，我必诛他们九族！”

她为之动容，他这是为了她、为了大燕吧。

事到如今，她愿意相信他，把自己，把父皇的性命安危，把大燕的江山社稷，交托到他手里。

“阿辞，我不会让你父皇有事，不会让大燕有事。”慕容彧凝视她，“我们速速回京！”

他把她抱上马背，而后绝尘而去。

那报信人在城门外二里处焦急地等候，终于看见御王归来。

“王爷，大事不妙。”

“说！”

“今日宫丞相、杨太尉、庆国公和荣国公强行进宫去面见陛下，好像挟持了陛下，要求陛下收回王爷的摄政权，不许王爷参政。鬼影大人已经协同禁卫军蒙统领掌控了皇宫，不过宫丞相等四位大人收买了京城防卫司马副都督，马副都督率领半数京城防卫司控制了清元殿，跟禁卫军在宫里对峙。”

慕容辞内心如巨浪激荡，四大世家应该不会对父皇怎样，只是逼父皇收回慕容彧的摄政权。

削慕容彧的摄政权，不就是她梦寐以求的吗？

“阿辞，我们秘密进城。”慕容彧道。

“你有什么打算？”她不动声色地问。

“我自有办法救出陛下，放心吧。”

他们乔装之后进城，径直前往皇宫。

不出所料，皇宫内外戒备森严，任何人都不能随意进出。

慕容辞犹豫着要不要带他从密道进东宫，问道：“你王府里不都是精锐吗？何不率府兵硬闯皇宫？”

“对付那几个老匹夫，用不着他们。”他狂妄地冷笑。

他打算如何对付他们？有把握不流一滴血吗？

慕容彧拉着她沿着宫墙往北边走，日落西山，艳红的夕阳洒照长空，为宫墙涂上血腥之色。

不久他在两株古木下停步，她恍然大悟，原来他数次夜闯东宫，是从这里偷偷溜进去的。

两人相视一笑，利索地跃上古木，一跳踏上宫墙，再轻盈地落地。

往西走便能抵达清元殿。

宫道上看不到人影，好似整个皇宫变成了一座空城，肃杀荒凉，杀气隐隐。

好不容易看见两个内侍，他悄然过去，双手化刃重击他们的后颈。接着，他们把两个内侍拖到一边，换了他们的衣袍再出来。

靠近清元殿的时候，他们听见一道怒喝：“你们去哪里？”

是京城防卫司的兵卒。

慕容彧低声道：“我是宫丞相的人，有紧急的事禀报丞相大人。”

“什么紧急的事？”兵卒半信半疑。

“事关御王府。”慕容彧神秘道。

“御王不是不在京城吗？”

“我在御王府有耳目，再过一个时辰，御王就赶回来了。”

“那你速速去禀报宫丞相。”

慕容彧连连点头，匆匆离开。

清元殿戒备森严，被京城防卫司的兵卒团团围住，而鬼影统帅的禁卫军无法进入清元殿，只有在上书房跟京城防卫司的兵卒对峙。

“如何混进去？”

“少安毋躁，我想想办法。”

两个内侍端着茶壶过来，二人相视一笑。

他捡了两块小石子，弹指电射飞去，击中那两人的膝盖。

“哎哟……”

那两人不约而同地屈腿，痛得龇牙咧嘴，茶水都差点儿洒了。

“你们怎么了？陛下、宫丞相正等着喝茶呢，”慕容辞和慕容彧走过去道，“还是把茶水给我们吧，我们送进去，免得一会儿大家都受罚。”

随后，两人端着金漆木案走向清元殿，低着头让京城防卫司的兵卒盘查，而后进入大殿。

大殿安静得只有炭火的轻响。宫丞相、杨太尉、庆国公、荣国公坐在下面，慕容承坐在主位，披着轻裘，面有怒色。

“究竟要等到什么时候？”杨太尉等人早已不耐烦，问宫丞相。

“是呀，你不是说御王不在京城吗？那我们还不趁机请陛下下旨？还磨蹭什么？”荣国公也问。

宫丞相一副胸有成竹的模样，虎目一瞪，说：“快了快了，再等小半个时辰。”他自有打算，只要被废为庶人的永王回京，他就有办法让陛下封永王为摄政王。

“你们休想让朕颁发诏令！休想！”慕容承气得喘气不畅，而一句话刚说完，就剧烈地咳起来。

慕容辞低着头快步走过去，轻拍他的后背为他顺气，待他缓过来，才斟了一杯茶递到慕容承嘴边，轻声道：“陛下喝茶。”

“陛下，您不能再昏庸糊涂下去，虽然御王有治国安邦之才，这五年来也颇有建树，但他的祖宗不姓慕容呀。他掌控了禁卫军、京城防卫司，把持朝政，结党营私，权势滔天，文武百官他都不放在眼里。他有狼子野心啊陛下！”杨太尉语重心长地劝道。

“陛下，此刻御王不在京城，这可是天赐良机。陛下先颁下诏令，再派人控制住御王府，最后派人擒拿他。”宫丞相沉沉道，“老臣已部署好一切，定要那奸贼束手就擒！”

“就算收回御王的摄政之权，也不能封那个逆子为摄政王。你们忘了吗？还有太子！”慕容承气愤道。

“太子毫无建树，才干品行皆比不上永王。陛下，永王是太子的不二人选，大燕国的储君当立贤！”

“真的万无一失吗？”这声音低沉，宛若来自九幽地狱的魔音，令人心惊肉跳。

几人震惊地看向说话的内侍，但见这一直低着头、身形挺拔的内侍缓缓抬头，目光十分寒凉。

“宫丞相，你真的觉得万无一失吗？”

慕容彧再度发问，唇角飞落一抹讥诮的冷笑。

他们大吃一惊，不由自主地后退两步。宫丞相面色大变，浓眉绞拧，结巴着说：“你……你不是不在京城吗？”

慕容承也是震惊不小，慕容辞抬起头笑道：“父皇，儿臣回来了。”

“辞儿……你回来就好……”他欣喜若狂道，激动地拽住她的手腕。

“御王，即便你在这儿，那又如何？”宫丞相冷静了几分，虎目冒着阴险毒辣的寒光，“老夫已经控制了清元殿，只要一声令下，你插翅难飞！还会变成箭靶子！”

慕容彧微微一笑道：“宫丞相可要想清楚了。京城防卫司王都督的人马已经拜访了丞相府、太尉府、庆国公府和荣国公府，四位大人的妻儿、一家老小想必很想见到四位大人。”

“你——”杨太尉惊得目瞪口呆，一时失语。

慕容辞心想：他真厉害，进城时遇到他的下属，他只吩咐了几句，原来已做了周密的部署。

慕容彧安之若素地坐下，给自己斟了一杯茶，浅酌一口，说："宫丞相，方才你说京畿四营中的二营会支持你。现在可能情形有变，支持你的将领想来此时已被斩杀。"

宫丞相脸颊抽搐，眼里滚过几抹惊色。

杨太尉、庆国公和荣国公见状纷纷跪地，说："陛下，王爷，老臣一时糊涂，受了宫丞相的蒙蔽与逼迫……老臣并非有心跟他沆瀣一气……是宫丞相以老臣的家小威逼……陛下开恩呐，老臣有罪，但一家大小是无辜的……"

"你们……"宫丞相又惊又怒，睚眦欲裂地瞪着他们。

"宫立明，你败坏朝纲以下犯上，大逆不道，革职贬为庶人！"虽然慕容承声音嘶哑，气息不稳，不过仍有几分国君的威严。

宫丞相如遭雷劈，面如土色，杨太尉、庆国公和荣国公身子一震，深深低头不敢出声，等着听从发落。

"陛下，念于他们受宫立明胁迫，此次饶他们一回，罚一年俸禄。陛下以为如何？"慕容彧冷冷道。

"还不谢过御王宽宏大量？"慕容承道。

"谢王爷开恩。"三人异口同声道。

"都下去！"慕容承沉声道。

清元殿里，慕容辞搀扶慕容承回寝殿歇息。他靠着大枕，饮了热茶，道："回来了就好。这一路还顺利吧？"

"顺利。"她自责道，"若非儿臣在西秦国耽搁了几日，宫里就不会发生这样的事。让父皇受惊了。"

"这不是你的错。"他神秘地问，"御王真的不在京城，跟着你去西秦国了？"

"嗯。"

"哦。"慕容承点点头，眼梢凝出一丝谜之微笑。

从清元殿出来，天已经黑了，寒风凄冷，凛冽地吹着。慕容彧站在殿前跟禁卫军蒙统领说话。

见蒙统领拱手离去，她问："眼下什么情形？"

"有我在，你无须操心。"他温柔轻笑。

"那我先回东宫了。"她一笑，有他主持大局，那些心怀鬼胎的人都会被清理掉。

"殿下，本王饥寒交迫，方才还不当心扭了脚，还请殿下扶一把。"他郑重道。

她没搭理他，径自往前走。

他一瘸一瘸地追上，伸臂勾揽着她的肩，说："你可不能过河拆桥。"

这多少宫人、侍卫看着呢，她顿时大窘。温热阳刚而熟悉的男人气息霸道地窜入她的鼻子，她情不自禁地想起那些令人心跳加速的画面，"放开！"她羞恼道。

"本王受伤了，还请殿下送送本王。"慕容彧故意大声道。

"我送你……去死。"她恨恨地磨牙。

"你舍得吗？"他在她耳畔幽幽地问。

单单听这声音，就猜得到他此时必定是迷离又无赖的神色。

宫人侍卫纷纷侧目，太子殿下和御王究竟是怎么回事？

这如同连体人似的走路姿态……

她恨不得一掌把他拍飞到天际，生气地说："你能不能好好走路？"

"本王受伤了，不良于行。"

寒风里，这浑厚绵醇的声音由内力传扬开去，传到每个人的耳朵里。

好不容易回到东宫，慕容辞为免东宫的人辣眼睛，狠心地推开了他。

琴若和如意飞奔出来，抱着她又哭又笑的，看见御王站在一旁，才收拾情绪请主子进去。

"本宫饿了，晚膳备好了吗？"慕容辞笑问。

"早备好了，就等着殿下回来。"琴若笑道。

"够本王吃吧？"慕容彧出其不意地说道。

“不够吃，您还是回王府吃吧。”慕容辞不客气道。

他踏入大殿门槛。

“再说本宫就赶人了！”

如意、琴若嗤嗤地笑，殿下这气话说得比往常多了些娇嗔。

晚膳布好，她们把宫人赶出去，把殿门关上，让那两人单独进膳。

慕容彧一把抄起她的纤腰，将她揽入怀中。

耳周都是他炽热的呼吸，酥酥痒痒，她不知怎么回事，他一靠近，她就中蛊似的四肢绵软，身不由己。

膳后，难得他说要回王府，只是转身的刹那对她眨眼，轻笑里带着三分魅惑之色，犹显得意味深长。

她心神一颤，但连日奔波透支了体力，还是支走了他沐浴后早早地睡了。

次日上午，琴若和如意站在寝殿，望着那重重帷幔面面相觑。

“昨夜我明明没有放下帷幔啊，莫非殿下放下来的？”

“稍后问问殿下吧。”

如意和琴若一起打起帷幔，站在床前轻声唤道：“殿下，巳时了，该起身了。”

玉色纱帐里一片寂静。

慕容辞感觉睡了很久很久，终于把前些日子欠的睡眠补回来了。她睁开眼，神清气爽，却觉得自己的姿势有点怪异，抬眼一看，一张熟悉的雪颜在她眼前放大！

慕容彧温柔含笑，按下她的头，她咬着牙枕在他的肩上，几乎同时，就听到一声能刺破耳膜的惊叫。

琴若和如意掀开玉纱帐，双目几乎要瞎了——御……御王竟然在殿下的床上！琴若和如意火速转身狂奔离去。

慕容辞把头埋在被子里。

“饿了吧，起来吃早膳。”

“把衣袍给我！”慕容辞埋头叫道。

慕容彧一笑，拿过衣袍递给她，无限妖邪地说：“要为夫伺候你穿衣吗？”

慕容辞抓过来就胡乱穿上，正要下床，却被他一把拽住。

“帮为夫穿衣。”

为夫？她的唇角狂烈地抽起来，说：“你镇守边关时，莫非帐内有侍婢每日帮你更衣？”

他摇头，狡黠而笑道：“是我的下属帮忙的。”

“我叫如意进来伺候你，如何？”

“我不要别的女人靠近我，只要你。”他一本正经道，嗓音低沉魅人。

也罢，为了这句话，便勉为其难地“伺候”他一回。

“娘子真温柔。”慕容彧眯着双目。

她的唇角再次抽起来，猛地勒紧腰带，他有恃无恐地问：“你要我大摇大摆地从大殿出去吗？”

那岂不是告诉所有人，昨夜他留宿东宫？

怎么办？她恨得磨牙。

“我有一个好办法，我们吃过早膳，消磨到临近午时，宫人会以为我是来跟你商谈政事的。”他含笑提议，眉宇间写着大大的“无赖”二字。

罢了，貌似只有这个办法可行。

她匆匆给他穿好衣袍，而后吩咐琴若勿让任何宫人进殿，把早膳送到寝殿。

如意端着早膳踏入寝殿，垂头轻声道：“殿下，王爷，请用膳。”

“退下吧。”慕容彧低沉道。

“是。”如意落荒而逃。

“你看你干的好事，把如意吓得魂不守舍。”

“早点让她们知晓，省得猜来猜去。”他吃着什锦粥，依然优雅。

她不想再跟他说话了，吃饱了，她的脑子灵光一闪，对如意道：“你好好伺候王爷，不得有任何闪失。”又起身往外走，“琴若，陪本宫出宫。”

“你去哪里？”慕容彧连忙拦住。

“你离京一月，堆积成山的政务等着你处理，你要乖乖地待在宫里批阅那些奏折。”慕容辞笑眯眯地拍拍他的肩，“稍后如意会送你离开东宫的。”

宫丞相革职被贬一事引起朝野震荡。

这日一大早，便有官兵闯入丞相府，看着宫家的人收拾细软搬离。宫家是大燕世家，数代聚敛了不少钱财，官兵入驻将大批钱财带走，只允许宫家的人携一点银子回乡。

朝野上下也都在议论，可是没人敢提出异议或替宫家出头。连杨太尉、庆国公、荣国公这几个人都默不作声，生怕落得宫家一样的凄凉下场。

慕容辞先去了天下第一庄，跟容湛商量了几件事，而后打算去大理寺看望沈知言。

已是午膳时，两人便先去得月楼，刚要进去，就听身后街上一道响亮的呵斥声：“小贼，哪里跑！”

慕容辞忽然止步道：“这声音有点熟悉。”

两人转身望去，只见一个灰衣小伙子飞奔而过，后面一个姑娘猛追不舍。

那姑娘抽出长鞭，咻的一声，鞭如蛟龙腾空袭去，将那男子紧紧捆住，她又扬手一拽，生生将那小伙子拽回。

“凭你这小贼也敢偷本姑娘的钱袋？你还偷了多少钱袋，都交出来！”那姑娘冷笑着扬眉，从他手里夺过钱袋，收了长鞭，双手叉腰。

那小伙子起身想跑，姑娘又一抽长鞭，娇声喝道：“还敢跑？”

他再次摔倒在地，遇上这姑娘真是倒霉透顶。

“不交是不是？本姑娘抽得你屁股开花！”她长眉一挑道。

小伙子乖乖地拿出另外两个钱袋奉上，灰溜溜地跑了，那姑娘接了钱袋，神采奕奕地朝围观的百姓道：“谁丢了钱袋，稍后来认领。”

百姓一片叫好声。

“她就是凤瑶公主？”琴若不可思议道。

她们还没走过去，宇文瑶已往得月楼来了，看见她们，又惊又喜。

“你……你是慕容太子！在这儿遇到你，真是太好了。”

“公主，本宫是东道主，请你吃饭。”慕容辞笑道。

“方才公主智勇擒小贼，真真厉害。”琴若笑赞。

“小意思。”宇文瑶爽朗地笑，不见半分忸怩之态。

三人进了雅间，琴若跟伙计点菜，慕容辞笑问：“公主哪日到京城的？”

“昨晚到的。对了，你不是在皇兄的太子府吗？皇兄肯放你走了？”

慕容辞心想宇文战天寿宴那日，她没去贺寿，应该是想办法离开西秦国京城了，于是说：“这事说来话长，稍后再详细说。”

她来大燕国，必定是来找慕容彧的。

宇文瑶难掩兴奋，又有点难为情地说：“你可以把本宫引见给慕容彧吗？本宫到底是姑娘家，就这么直接去御王府找他，有点……不太好吧……”

“殿下为公主引见也不是不可以，不过……”琴若闪烁道，“御王政事繁忙，愿不愿见你，谁也无法知晓。殿下可以帮公主传话，公主且耐心等候吧。”

“没问题，本宫就等一两日。”宇文瑶爽快道。

琴若打了圆场，不多时，伙计端来菜肴，宇文瑶性情爽利，风卷残云。

用过午膳，慕容辞又带她四处逛逛，黄昏时分，几人又去青云山庄。

在流水环绕的亭台楼阁里溜达时，她们偶遇慕容诗和沈知礼。

可真是巧。

“太子殿下，你回来啦。”慕容诗惊喜地奔过来。

沈知礼福身行礼道：“知礼拜见太子殿下，这位是……”

“这位是西秦国凤瑶公主。”慕容辞含笑介绍。

“无须客气。今日在此相遇，咱们就是朋友了，慕容太子，不如一起吧。”宇文瑶爽朗地笑。

点了菜，慕容诗和宇文瑶已经热络起来，而沈知礼文雅清婉，只偶尔说一句，保持着温柔的微笑。

“公主此次来燕国，是来游玩的吗？”沈知礼含笑问道。

“本宫主要是……”对着两个新朋友，宇文瑶有点难为情。

“莫非是来追情郎的？”慕容诗大胆地揣测。

“算是吧。”宇文瑶心胸甚宽，索性承认。

“啊？你的心上人是燕国人？”慕容诗兴奋地追问，“快说快说，是哪家王公子弟？”

“咱们初次相见就这么投缘，本宫把你们当朋友，你们可别说出去，本宫喜欢你们燕国的御王，慕容彧。”

“我三叔？”慕容诗笑不出来了。

沈知礼本是温婉含笑，闻言后，那微笑渐渐凝固，眉睫轻颤。

“慕容彧是你三叔？太好了！”宇文瑶欣喜又兴奋。

“你的心上人当真是我三叔？”慕容诗还是难以置信。

“是呀，御王慕容彧。”宇文瑶笃定地笑，“有什么问题吗？”

“没……没什么问题，只是你千里迢迢来到大燕，万一我三叔已经有喜欢的姑娘，那你怎么办？”

“本宫知道慕容彧已有喜欢的姑娘，不过他最终会喜欢本宫的。本宫是大秦公主，出身尊贵，貌美如花，没有人比本宫更配得上他。”宇文瑶笑道，五分自信，五分自豪。

气氛异样，幸而伙计送来膳食，微微化解了尴尬。

此次相聚，各人都有各自的心思，唯有宇文瑶什么都没察觉，吃饱喝足，娇憨而笑。

回东宫的路上，琴若问：“殿下，沈知礼对御王情根深种，会不会……”

慕容彧的桃花还真不少。

“希望她不会钻牛角尖。”慕容辞淡淡道。

“不知凤瑶公主会怎样做。只怕她不会轻言放弃，要死缠烂打。”

“这些烂桃花，让慕容彧自己去解决。”

殿下好像吃醋了呢。

御王花式拒绝宇文瑶

御王：叫我如何舍得责骂你

玉清公主暴毙，慕容辞心怀愧疚

天下皆是女儿痴

慕容诗移情别恋

第五十一章

太子忽发癔症

再说宇文瑶那边，次日她就来到御王府门口，不过也没要求进去，就站在大门外等。

今日天色阴沉，寒风凛冽地刮过。

宇文瑶等得心焦气躁，不知过了多久，终于看见一辆马车驶来，她心里一喜，见那马车越来越近，已激动得无以复加。

他下了马车，宇文瑶一步步过去，她的心上人，依然俊美，如九天神祇仙姿玉骨，气宇超卓，放眼天下，举世无双。

“慕容彧……”她朝他微笑，似日光明净纯澈。

五年多了，她终于又见到她发誓要嫁的那个男子。

“你是……”

“我是大秦国凤瑶公主。”她克制着狂喜，保持着优雅的体态与表情。

“有事吗？”

“我……”她的舌头忽然打结了。

说特意来燕国找他的？

说我等你半个时辰了？

“公主若无要事，本王先行一步。”说罢，他就越过她往前走。

“慕容彧……我有事找你……”

她咬咬牙追过去，慕容彧在门槛前忽然转身，声色俱寒地说：“本王公务缠身，无暇招待公主，公主请回吧。”

他的声音、神色都那么冷，他的目光如刀剑银光，令人心底生寒，不敢靠近。

再回神时，大门已在她面前重重关上。

“王爷，我真的有事找你……王爷……王爷……”

等了片刻，她失魂落魄地离去。

次日，她早早起身，赶往大燕国皇宫。

有大秦国公主的令牌，一路还算畅通，径直就到了东宫。

“慕容太子，终于见到你了。”宇文瑶眉目弯弯，如墨蓝夜空悬着的月牙。

“公主请坐。”慕容辞手一引，说道“公主，稍后本宫带你在东宫转转，如何？”

宇文瑶爽快地摆手，道：“不用了，东宫、太子府都差不多，没什么好看的。慕容太子，本宫来是有一件很重要的事求你帮忙。”

“你想要本宫把你引见给御王？”

“对。”宇文瑶奔到她跟前，神色娇蛮可爱，“你会帮本宫的是不是？”

“公主，即使本宫把你领到他面前，御王也不一定会和你多说几句。”

“无妨，不如这样，既然本宫来访，你设宴款待本宫，把御王也请来，这理由不是冠冕堂皇吗？慕容太子，就这样吧，好不好？”

宇文瑶拉着她的广袂，难掩兴奋。

若不答应，会被宇文瑶烦死。

她吩咐下去，备了丰盛的午膳，将近午时，宇文瑶哪里还坐得住，早早跑到殿廊下等候，一副望穿秋水的模样。

午时正，宇文瑶忽然惊喜地叫道：“来了！他来了！”

远远地，慕容彧沉步走来，踏一地明艳的日光，墨色大氅迎风扬起，瑰美冷峻的雪颜似一朵长于高岭的琼花迎风绽放。

她痴痴地望着他，眼里充满了炽热的迷恋。她要嫁的男子就是这样，风华绝世，举世无双。

看见凤瑶公主，他的神色暗了几分，心里已是了然。

“王爷，昨日我们见过了，本宫是宇文瑶。”她喜不自禁，娇美的小脸笑成一朵在枝头摇曳的春花。

他轻一点头，挑眉看向慕容辞说："殿下。"

再次被阿辞骗来，他心甘情愿，不过总会清算这笔账。

慕容辞朗声道："王爷，本宫在西秦国那些日子得凤瑶公主照顾，心里感激，因此设宴款待公主。"

"公主来到大燕便是客，本王自当在一旁作陪。"慕容彧轻淡道。

"时辰不早了，那就入席吧。"她心虚地笑道。

他摆手请她们先坐，而后坐在慕容辞身旁。

"公主不要拘束，咱们就当是朋友相聚，随意便好。"慕容辞笑道，为她舀了一碗羊羹。

"好，本宫也喜欢随意些。"他光芒万丈，宇文瑶努力了三次才敢直视他，"王爷，其实在五年前本宫就与王爷有过一面之缘。"

"是吗？"慕容彧语声清寒。

"五年多前，本宫溜出宫游玩，在大燕的边城街上见过王爷。"她没察觉到他根本不想听，自顾自滔滔不绝说起了那次"注定她一生姻缘"的奇遇。

"公主先吃吧，不然凉了。"慕容辞瞧见他的面色越来越难看。

"王爷，你说那次偶遇是不是上苍安排的？"宇文瑶笑逐颜开，"王爷，在本宫心里，你就是天神般的英雄。王爷，本宫非常敬仰你，每日都会以你为楷模修习武功……对了，本宫想在大燕国待个一年半载，不知王爷是否有闲暇指点本宫的武功一二？"

"本王没有空闲。"

宇文瑶错愕地看他，才发现他面无暖色，尤其是他那从未看过自己的眼睛，宛若冒着寒气的黑洞，她不禁打了个寒战，心里发毛。

"这样啊……不会占用王爷多少时间的，不如两日一次？或者三日一次也行……"

"公主还是另请高明吧！"他的语声冷厉如铁。

"王爷，本宫就要你教。"她软糯道，撅着小嘴，神色可爱。

“本王为什么要教你？”

宇文瑶噎住，愣了半晌，道：“王爷，本宫求你嘛，就教教本宫嘛……本宫很仰慕你呢，这么多年，本宫觉得只有你有资格教本宫……”

“殿下，她是西秦国凤瑶公主，身份尊贵，为免在大燕发生无法挽回的意外，稍后派人护送她回西秦国。”他终于说了一句较长的话。

“本宫不回去！”宇文瑶语声坚定如石，口不择言道，“本宫是大秦国公主，来去自由！”

“这里是大燕，是皇宫，轮不到你大呼小叫。”他的目光冰冷，“你想留下也行，不许进皇宫，不许靠近御王府。”

“你怎么可以这样？”她气得跳脚。

“本王已有喜欢的姑娘。”

“她……她是谁？”宇文瑶的心蓦然痛了痛，眉骨酸涩，美目瞬间红了，“天底下还有谁比得上本宫？只有本宫配得上你！”

“在本王眼里，你什么都不是。”

宇文瑶的泪水涌出，珍珠般簌簌掉落，瞬间湿了脸庞，她惊怒交加，伤心地哭了，似一支缀着雨滴的梨花，凄楚颓败。

气氛尴尬至极，慕容辞咳了咳，说道：“王爷，你还有政务在身，就不叨扰了。本宫会劝劝公主的。”

慕容彧狠狠地盯她一眼，剑眉一挑，大步流星地离去。

这夜，不出所料，慕容彧来到东宫。

慕容辞心虚极了，不过他只是戳了戳她脑袋，半句责备的话都没有。

“你不生气吗？”她靠在他怀里。

“当然生气。不过如何舍得责骂你？”他轻吻她的额头。

被他灌了蜜糖，她心里甜得发腻。

那日晚上，慕容彧就让鬼影把凤瑶公主点了穴，派几个人把她绑了送回秦国，即使她一路折腾，最终也会被送回西秦国皇帝手中。

又过了几日，慕容辞收到西秦国京城传回的消息，玉清公主在太子府身患急病，药石无灵而亡。

好好的一个人怎会无缘无故暴病死去？想必是宇文战天给她下药，或是将她虐打致死的吧。

是她害死了越若眉吗？慕容辞心里悲伤。

红颜凋零，枯骨成殇。

年下了，宫里忙着准备过年，平民百姓家也忙着采买守岁、裁制新衣。虽然天寒地冻，但全城热闹喜气。

慕容辞想起，每年的最后一日除夕家宴，都是父皇主持，而今年皇室宗亲越发少了，父皇的心里必定不好受。

得想个办法让父皇高兴高兴。

有一次和慕容彧提起，他说这件事由他负责。随后他还挑了几本书给她，叮嘱她要认真仔细地研读。她随意地翻了翻，忽然心神大震，这些书都是记载天下兴亡、历朝历代皇权更迭的史书，其中包含的治国安邦、帝王术、君臣之道浩如烟海，他要她认真研读，莫非是……是要培养她这个太子吗？

后来，每次独处，慕容彧总要提问几个问题，她准备充分，对答如流。若有疑惑，他便详加解释，有争议处，他们舌枪唇剑，争论不休，亦是快乐。

转眼间，到了除夕这日。

虽然慕容承的龙体好转，不过仍需休养，祭典等诸多大事全由慕容彧代劳。

慕容辞不曾想到，慕容彧竟要她和他一起去祭典。

文武重臣分列两侧，大殿寂静无声，肃穆庄严，在众人注目下，她和慕容彧齐步走向祭案，从礼官手里接过长香，祭拜慕容氏历代先祖。

那一刻，慕容辞恍惚觉得，身旁男子是真正的慕容氏子孙，没有半分异心。

入夜，皇室家宴在东华殿举行，后宫妃嫔、宗室子弟都会参加。宴饮至一半，慕容彧请慕容承和在场诸位移步殿外，说有惊喜献给陛下。

“御王，别卖关子了，速速揭开谜底。”慕容承笑道。

“是，陛下。”慕容彧拊掌两声。

忽然，寂静里传来咻咻的声响，下一瞬，有火焰流星般射向半空，砰的一声，墨蓝的夜空中百花绽放，金芒闪烁。

是烟花！

一轮刚灭，一轮又起，“好！好！”慕容承龙颜大悦。

夜幕上的烟花如一场盛宴，众人连连惊叫。慕容辞望着璀璨夜空映衬下的父皇的欢颜，忽然间心里一片暖意。

往后的日子都这般顺心便好了。

烟花渐次落幕，慕容承喝了两杯酒，在慕容澜的护送下回清元殿歇息。

团圆宴接近尾声，众人也渐渐散了，良辰美景，慕容辞还想再留一刻，却见慕容诗急匆匆披上桃红色斗篷，也赶着走了。

“郡主好像变了个人，近来怎么不缠着殿下了？”琴若不解道。

“估计是移情别恋了，自我回京后，她几乎每日都出府，却不见去东宫，应该是跟情郎私会去了。”慕容彧笑道。

如此最好，慕容辞如释重负。

大殿只剩下他们几人，今夜的皇宫灯火辉煌，流光溢彩，在寒风的吹拂下漾起几许斑斓之色。

琴若忽然提议道：“殿下，王爷，每年除夕之夜街市热闹得很，不如去街上逛逛？”

“好提议，走吧。”慕容彧低沉道。

琴若先行回去安排府内的事，他们二人先来街市，这是城中最热闹、最宽敞的一条街，此时犹如一条长长的火龙匍匐在夜幕下的帝京，流光溢彩，光色旖旎。

到处都是人头攒动，慕容彧半揽着她，以免走散了。

慕容辞虽觉得别扭，但有他在身旁护航，她觉得心安。

这种感觉很微妙，不知道自己越来越依赖他是好还是不好。

“三叔，你们也在这里！”忽然一道清脆娇俏的声音，满含惊喜。

慕容辞本能地跳到一边，慕容彧雪颜沉了沉。

帝京这么大，怎么就遇上他们了呢？

是慕容诗和沈知言兄妹。

诶，慕容诗急着出宫，就是跟他们上街游玩？莫非她移情别恋的公子是沈知言？

沈知言看见殿下和御王又在一起，也是疑惑起来：他们大半年前还是斗得你死我活的政敌呢！

沈知礼更是五味杂陈，她方才看见御王揽着太子殿下的肩背，以她女子的直觉，她断定御王和殿下之间必定有不同寻常的关系。

“三叔，你怎么和太子殿下一起上街游玩？”慕容诗笑逐颜开。

“你急着出宫，原来是跟知言和沈大小姐上街。”慕容辞打趣道，“郡主，本宫不在京城的日子，你和知言发生了什么事？”

“哪有……”慕容诗窘迫地低下头。

“你小子有一手嘛，把郡主从本宫身边拐跑了。”慕容辞对沈知言挑眉道。

“殿下，我……”沈知言心虚得无言以对。

“有情人终成眷属，没什么不好。”慕容彧淡淡道。

“王爷、殿下，街上人太多了，不如找家茶楼歇歇吧。”沈知礼温婉而笑。

“本王和殿下还有事，你们去玩吧。”他清冷地眨眼。

“这大过年的，还有什么政务？”慕容诗小声嘀咕。

“本宫要和王爷体察民情，还要暗访。”慕容辞神秘地挑眉。

他们分道扬镳，走了一阵，慕容辞蹙眉道：“我总觉得沈大小姐察觉了什么。”

“察觉了也没什么，希望她就此死心。”

夜深，街头灯火阑珊，慕容彧送她回宫，也没打算回王府。

“我陪你守岁，咱们手谈几局如何？不知是你的棋艺略高一筹，还是我决胜千里。”

她摆手道：“你这样……很快就会流言蜚语传遍整个皇宫的。”

“我有办法。你先回去把玉棋摆上。”

他快步离去，消失在旖旎如虹的夜色里。

她刚回殿不久，就看见他从西窗跳进来。

“去备热茶和茶点，本王要和殿下手谈守岁。”他对呆若木鸡的如意挥挥手。如意猛地回神，连忙去了。琴若取来玉棋搁在案上，拿来两个汤婆子和大靠枕，布置好一切请他们上坐。

琉璃宫灯明亮，火盆里烧着银霜炭，寝殿里温暖如春。光阴静好。

御王对殿下的好，琴若和如意看在眼里。她们真希望御王一直对殿下这样好，这样殿下就无须整日担惊受怕，无须为江山社稷费心费神，那么辛苦地守着慕容氏的千秋帝业。

天知道，自御王回朝的这五年多，殿下经历了怎样的日子。

御王统帅三军，受封摄政王统摄朝政。在他的压制下，殿下根本不可能参政议政。起初，文武大臣还强烈反对，而后御王对那些大臣恩威并施，渐渐地，文武大臣都不敢再死谏，懂得明哲保身了。

之后，御王把持朝政，权势滔天，但他勤于政务，精于治国安邦之道，政绩斐然，比昏庸老迈的皇帝陛下还要厉害，渐渐地，东宫的殿下被人遗忘了。

皇帝陛下那时专宠萧贵妃，夜夜笙歌酒池肉林，殿下对陛下大失所望，只能暗中培植势力。

御王在朝中的根基日渐稳固，不仅掌控了禁卫军，还掌控了京城防卫司一半的兵力。殿下知道再也无法撼动他分毫，反而，只要他动动手指头，就能将皇帝拉下宝座，将她置于死地。

因此，殿下日日忧虑，夜夜难眠，发誓一有良机，一定要除掉慕容彧！

那五年里，琴若和如意陪着殿下殚精竭虑、密谋算计、步步为营，一步步走过来，其中的艰辛无人可知。

而今，两人如胶似漆。

庆幸是这样，否则后果不堪设想。

天蒙蒙亮，慕容辞和慕容彧总共下了五局，她只胜了一局，还是他放水。

“嗯……”她高举双臂，伸伸懒腰，“好累啊。”

“殿下，王爷，时辰还早，不如歇会儿。”琴若提议。

“今日是正月初一，早上陛下要接受宗亲大臣的朝拜，不过可以睡一个时辰。”慕容彧站起身，径自往寝殿走去。

“你真把东宫当成你王府了？”慕容辞郁闷道。

正月初一早上，皇帝陛下接受文武百官的朝贺，入夜赐宴，君臣同乐。此乃新年第一次宫宴，极为隆重。

宫里宫外热闹得很，盛世繁华，满目锦绣。

直至上元节后，才恢复朝议。因此这半个月慕容彧比较清闲，除了紧急政务，大多数时间都潜在东宫。

今年的上元节宫宴，因为慕容承龙体不佳取消了。

慕容辞打算入夜与慕容彧溜出去看花灯，正巧沈知言差人来，说他们在洛河河畔租了一艘画舫，想邀她一起，还未待回答，慕容澜也进来，问她要不要同去赏花灯。

“那就一起吧。”慕容辞犹豫了一下，终究没有拒绝。她私心想与慕容彧一起，不如一会儿把慕容澜带到沈知言那儿，再做安排。

她低声吩咐琴若去她和御王约定的地方说一声，几人便先去了。

慕容澜温婉大方，几人很快玩到一起，笑闹不止。

沈知礼端了一碟梅花糕来，说是她亲自做的，慕容辞尝了，果然甜而不腻，酥脆爽口，不禁连吃三块。

“殿下，今日宫里没有宫宴，不知御王可会出来赏花灯？”沈知礼微微一笑，犹豫道。

慕容辞心神一紧道：“这个……本宫如何知晓？你应该问问郡主。”

沈知礼轻笑道：“这倒是，我都忙得糊涂了。”

正说着，却忽然听到琴若的声音：“殿下，沈大人，御王来了。”

他来了！

沈知礼痴迷地望过去，不禁心潮澎湃。

慕容辞无语地一叹，他注定是桃花朵朵，到哪里都让女人移不开目光。

忽然，她觉得脑子一空，眼前一黑，什么都不知道了。

“殿下……殿下……”慕容彧箭步冲来，把她抱起来。

“殿下怎么会晕倒？方才还好好的？”沈知言也是焦虑不已。

慕容辞小脸泛出青白的色泽，越来越明显。

“殿下会不会中毒了？”琴若猜测道。

“方才殿下可有吃过什么、喝过什么？”慕容彧问道。

“殿下方才吃了三块梅花糕。”沈知言回道。

“王爷，梅花糕是我亲手做的，绝不会有问题。”沈知礼心惊肉跳地解释到。

“跟本王回王府！”慕容彧抱起她，面寒如铁地往外走。

到了王府，传了府医和善医的下属马东，又去宫里请太医院院使沈大人。

一众人等在外面，只有琴若跟进寝房伺候。

“王爷，殿下脸上的青色好像越来越重了。”琴若焦虑得不知所措。

“你去看看府医来了没。”她的手冰凉得可怕，他心里更慌了。

片刻府医和马东都匆匆赶到，但诊察之后两人都给不了意见。随即太医院沈大人也到了，亦是无法断症。

慕容彧的心瞬间跌入万丈深渊，道：“连你也无法断症？沈大人，你可是太医院医术最高明的太医。”

“王爷容禀，太子殿下面泛青色，昏睡不醒，脉象时而急促时而平缓，但除此之外，没有任何病症。”沈大人解释道。

“没有任何病症？这是什么意思？”慕容彧更糊涂了。

“换言之，从脉象来看，太子殿下的贵体无恙。”沈大人皱眉道，“不过这面泛青色，昏睡不醒，着实古怪。”

“沈大人可否设法让殿下苏醒？”

“下官先为殿下施针一试。”

沈大人取出针袋，开始施针。

不多时，慕容辞忽然眉心紧蹙，额头渗出豆大的汗珠。

“殿下……殿下……”慕容彧欣喜若狂。

然而，只是一瞬，她又恢复平静，沉沉睡去。

怎么会这样？他心急如焚。

“王爷，施针都无法让太子殿下苏醒，这情形不容乐观。下官惭愧一时之间无法断症，不如请太医院其他太医一同会诊。”

琴若立即去安排，慕容彧微微一怔，踱步出去。

“来人，将沈知礼收押厢房，谁也不许探视。”

慕容彧严肃地下令，此言一出，众人皆惊。

“王爷，下官以人格担保，舍妹绝不会谋害殿下，王爷明察。”沈知言着急道。

“你急什么？若查实此事与沈知礼无关，本王自会放了她。”

沈知礼的眉睫颤了颤，心中刺痛，她痴念的男子竟然要把她收押！

两个侍卫押着她离去，慕容彧冷冷道：“时辰不早了，诸位都散了吧。”就转身回了寝房。

昏红的烛影下，慕容辞静静躺着，好似睡着了一般。

等了小半个时辰，其他太医陆续赶到，一一诊察后，几个太医争论良久，都未有结论。

“诸位真的一点办法都没有吗？”慕容彧愁眉不展，眼里暗潮涌动。

众太医纷纷垂首道：“下官才疏学浅。”“下官无能。”

慕容彧的剑眉如光寒九州的宝剑，迸射出凛邪的寒气。他招来林管家，要他去城里各大街张贴告示，寻访名医，只要医治好病患，赏银千两。

忽然马东急急道：“王爷，属下忽然想起日前在一本古籍上看见一则记载，跟太子殿下的症状相似，但一时之间想不起来是哪本古籍。”

“速速去找！”慕容彧的眼中划过一丝喜色，随意地指了两个太医，

“你，还有你，跟他一起去找。”

乔太医忽然道：“王爷，方才那人这么一说，下官也想起来，曾经在一本医书看到过人昏睡不醒的记载，下官这就去太医院找。”

慕容彧点头，乔太医匆匆离去。

剩下的太医去了厢房等候，以备不时之需。

慕容彧支开了琴若，独自来到她床前坐下。她小脸已变得更青，他握着她的手凝视她，目光轻颤。

阿辞，快点醒来。

无论你有什么要求，我都答应你……

他从未像现在这样怕过。戎马半生，对他而言失败只有一个可能：就是他不屑去做。

而此时此刻，他深深地感到心慌。

一夜过去，太医院毫无消息，慕容辞面色更青，琴若衣不解带地守着。

除了处理政务，慕容彧也守在床边，眼里的阴霾浓重得可怕。

又过了一日，他不得不去上早朝，吩咐琴若好好看着。

琴若吃了早膳，去了茅房进来，就见慕容辞站在院子里。

“殿下，殿下你醒了？太好了！”她欣喜若狂地奔去，却忽然看见慕容辞手持长剑，两个侍卫、两个侍婢神色紧张站在一旁，谁也不敢上前。

再一看，地上躺着一个侍婢，腹部正汩汩冒血。

“殿下这是怎么了？”琴若喊道。

“殿下……殿下持剑杀人……”那两个侍婢惊慌失措道。

“殿下，奴才扶你回寝房歇着。”琴若试图靠近。

忽然，慕容辞瞪向琴若，持剑直刺而来，琴若大惊，疾速侧身一避，慕容辞又挥剑向那侍婢刺去，那侍婢躲避不及，被一剑刺中，瞬时倒在地上。

琴若震惊非常，大喊道：“快夺了殿下手里的剑，不能让殿下再杀人！”

虽然慕容辞没用内力，但武功不俗，只凭一腔蛮力也让那两个侍卫无法近身，琴若趁她和那两侍卫周旋之际从后靠近，然而被她察觉，往后横扫一剑，琴若急退两步，慕容辞又挥剑扫来，眼看剑锋将至，琴若忽被一道磅礴的力气裹住，往旁一偏。

剑锋落空，琴若松一口气，发现自己落入一个强有力的臂弯。

是鬼影。

她的心神一颤，脸颊似被火焰烫了一下。

然而猎物消失，慕容辞暴怒，挥剑刺向那两个侍卫，忽然一道黑影暴掠而过，在她的后背戳了两下，当即，她倒在慕容彧怀里。

慕容彧抱起她，直入寝房。

琴若跟着进来，看见慕容辞已躺在床上，御王坐在床边，静静地凝视她。

“王爷，奴才没看好殿下，奴才有罪。”

“阿辞怎么苏醒的？”慕容彧沉声问道。

“当时奴才去……茅房，回来就看见殿下在外面，握着剑……”

“你去外间候着，不许任何人进来。”

“是。”

慕容彧凝视又昏睡过去的阿辞，叫了几声，她依然没有反应。

他后悔了，方才不应该点她的睡穴。

他握住她的手，眼中含泪。

阿辞，我宁愿折寿十年，只希望你平安。

“王爷，乔太医求见。”外面传来琴若的声音。

“让他进来。”慕容彧心里一喜。

琴若和乔太医快步进来，说：“王爷，下官找到那本医书了。”

“书里如何记载？”

“这本医书里记载，有症如殿下这般昏睡不醒，面泛青色，又不是患了某种重症。”乔太医翻开书册，递过去，“此种病患还会忽然苏醒，性情大变，暴戾非常。”

慕容彧接过那本书册，认真地看了半晌，说：“书里没有记载如何医治此症？”

“的确没有。想来编著这本医书的人也没有良方。”

慕容彧面上的喜色一扫而空，他挥挥手，乔太医退出去。

不一会儿马东也到了。

“找到了。”马东拿着一本残破的古籍，急急地说，“王爷，这本古籍里记载，有症如殿下这般昏睡不醒，面泛青色，忽然苏醒却性情大变……”

“这本古籍里可有记载此症名称与医治的良方？”

“王爷，此症命曰摄魂，但没有记载医治的方子。”

“摄魂？”慕容彧蹙眉道。

摄魂？听说过离魂症，还真没听说过摄魂。

这时，沈大人也来了，说：“王爷，下官跟随祖父初学医的时候，听祖父提起过摄魂。摄魂是一种神秘、诡谲的病症，绝少有人得此症。”

“沈大人可有办法医治？”

沈大人摇头道：“此症非药石所能及。”

慕容彧一怔，径自往外走，说：“沈大人跟本王去书房。”

书房里，慕容彧开门见山地问：“沈大人，你是不是还有一些话没说？”

沈大人点头道：“王爷英明。下官的祖父跟下官提过，摄魂此症药石无灵，但有来头。”

“什么来头？”慕容彧隐隐地猜到了什么。

“摄魂症跟摄魂术有关，可能是有人对太子殿下施展摄魂术。而摄魂术早已失传数十年，好像跟伽蓝古国有关。”

“本王也猜到了。伽蓝古国三种秘术，摄魂术便是其中之一。沈大人可知破解摄魂术的办法？”

“当年祖父没有细说，只说找到施展摄魂术的人或许可以破解。”

慕容彧心中暗澜激涌，茫茫人海，寻到这人谈何容易。

“沈大人，殿下被人摄魂，倘若一直无法破解，会不会有性命之忧？对身子会不会有损害？”

“若长此以往，对身子必定有所损害。至于有没有性命之忧，下官无法断言。”

慕容彧满面阴霾，为今之计只能尽快找到那施展摄魂术的人。

然而，他们都低估了摄魂术的危害。

伽蓝秘术上线

太子殿下：这一章我戏份少……

御王：要怎样，你才能醒来

万能的薛神医

第五十二章

失传已久的伽蓝秘术

这日午后，慕容辞忽然苏醒，琴若欣喜万分。

一旁的侍婢连忙去禀报王爷，琴若扶她起身，端起一碗汤药，说："殿下，这是沈大人开的汤药。奴才喂殿下喝。"

慕容辞横目看她，目光狠戾。

琴若心里一惊，慌忙问道："殿下……"

话音未落，一碗汤药已飞出去，她还没回过神，脖子已经被一只手扼住。

"殿下，奴才是琴若啊……殿下不认得奴才了吗？"

琴若震惊得失了平日的冷静，忘了这危急时刻如何反抗保命。

眼前慕容辞眉目布满了阴鸷邪狂的杀气。琴若断了呼吸，只感觉眼前越来越黑……

千钧一发之际，慕容彧疾步进来戳中她的穴道，她软软瘫倒在他怀里，脸色青黄，又睡了过去。

很快，沈大人赶来，诊察之后，面色沉重起来，沉沉地说："从太子殿下的脉象来看，殿下的身子虚弱了些，长此下去，怕有性命之忧。"

"沈大人，你务必稳住殿下的身子，就算强灌汤药也要让殿下活着。"慕容彧沉沉道。

之前征集的民间名医，也都来看过，却也都无能为力。慕容彧忽然想起垂垂老矣的薛神医，只是他常云游四海、悬壶济世，当下，慕容彧立刻派出鬼影去找。

这五日，他没有离开过寝房半步，衣不解带地看护着她，就连奏折也是在这儿批阅的。

她也醒过四次，不是呆愣无神，就是发狠行凶，总是不到半个时辰又昏睡过去。

好在沈大人开的滋补汤药能强行灌下去，否则真不知她能不能熬过来。

这日，林总管忽然来报，说有一位道士登门来访，那人说王府里有人病危，他有办法破解。”

那道士来到慕容彧面前，也不施礼，一副闲云野鹤的风范，只是朝主人家点点头。

“道长，这位是我家王爷。”林管家介绍道。

“王爷。”道士一挑拂尘，搁在臂弯里。

“道长如何称呼？”慕容彧淡然地问。

“敝姓无需挂齿。”

“方才管家说你算到本王府里有病患病危，你可算出因何受难？”

道士掐指一算，眉头微皱道：“此人已经病入膏肓，但并非绝症，而是邪术所致，药石无灵。”

慕容彧心头一喜，道：“那道长可知救治的办法？”

“贫道登门便是为民除害，不过贫道每次做法，都要收取十两做云游四海的盘缠。”

林管家笑道：“若道长救治了我家公子，王爷自当奉上银子。”

慕容彧把人带往后院，又问：“道长可算出此邪术是什么邪术？”

“贫道要先看看府上公子才能断症。”

正要进去，琴若却慌慌张张奔出来，说：“王爷，沈大人说殿下……”

慕容彧箭步冲去，沈大人连忙禀道：“王爷，太子殿下的身子急转直下，脉象微弱……”

慕容彧心神大震，说：“沈大人，你的意思是……”

“太子殿下的病情加重，仅一息尚存，只怕……”

“只怕什么？”

“只怕熬不过今夜。”

慕容彧怔了半晌，默默出去，请了那道士进来。

那道士站在床前垂目看慕容辞，问道：“这位公子是否昏睡不醒，偶尔苏醒却性情大变，暴戾行凶？”

“正是如此。”

他掐指算了又算，半晌才道：“王爷，这位公子是被人施了邪术。”

“什么邪术？”慕容彧不动声色地问。

“随伽蓝古国的湮灭消失了数十年的摄魂术。”道士摇头道，“想不到世上还有人精通此术。”

“道长这么说，必定知道如何破解。”

“这位公子中了摄魂术，有可能是有人对他施展摄魂术，也有可能是因为接触到了伽蓝古国的邪物，府里若藏着伽兰古国的邪物，意志不坚者，容易受到邪物控制，宛若被摄了魂魄。”道士解释道。

“邪物？”琴若看向慕容彧，“那若是找出邪物，将那邪物毁了，我家公子就能病愈？”

道士立即摇头道：“不可不可，贫道要先对那邪物开坛做法，再用三昧真火将那邪物烧一个时辰，才能消灭邪物霸道张狂的邪性。不过，这邪物会吸收方圆三里之内的邪恶力量而成长，不出数年，这邪物又会开始作恶。王爷仔细想想，府里是不是珍藏了来自伽蓝古国的邪物？”

慕容彧剑眉微压，莫非是九龙戏凤金钗？可那不是邪物呀。

道士淡淡地问：“这位公子拖延不得，王爷，可有想到？”

“府里没有跟伽蓝古国有关的东西。还请道长想想其他办法破解摄魂术。”

“王爷有所不知，破解这位公子的摄魂术，唯有此法。”中年道士叹息道，“既然你们不信贫道，贫道再无留下来的必要。”中年道士一撩拂尘，告辞离去。

之后，慕容彧叫来鬼影，吩咐了几句。

大约过了半个时辰，鬼影来报：“王爷，那个道士果然有问题。他出了王府后在街上逛了逛，相当警惕，确定无人跟踪才进了一户民宅。”

“他在民宅里跟什么人见面？”

“跟一个中年妇女。他们在民宅里待了片刻，那中年妇女就出来了。属下的人跟着她，不过那她很狡猾，属下的人跟丢了。”

“他们在屋里说了什么？”

“属下只在屋顶听见几句，那个道士应该是收了那妇人的钱财替她办事，不过那个中年妇人也不是主谋，只是跑腿的。只可惜属下的人跟丢了。”鬼影惭愧道。

“想办法从那道士嘴里问到那个妇人的来历。”慕容彧的眼中迸出一抹寒气，“这一次，不容有失！”

“是！”鬼影领命而去。

又过了半个时辰，鬼影匆匆赶回来，面有愧色地说：“王爷，属下审讯那个道士，直至切了他一根小指，他才肯说，不过他说是那个妇人单线联络他，那妇人是什么人，住在哪里，要他这么做有什么用意，他统统不知。”

慕容彧问：“还问到什么？”

鬼影摇头说：“没有了。属下正要再问，忽然一支飞刀袭来，刺中那道士的额头。属下立即去追，那人轻功不俗，在属下将要得手时放了一颗冲天炮。又把人跟丢了，请王爷责罚。”

慕容彧说：“看来躲在暗处的主谋心思缜密，猜到本王下一步会做什么。你可看清了那中年妇人长什么样？”

“属下看清了，属下这就去找人画出小像。”

冬夜深寒，更漏滴答滴答作响。

距离子时还剩下不到一个时辰，慕容辞依然昏迷不醒。

慕容彧坐在床边，一汪清泪在眼里流动，而心里已经泛滥成灾。

沈大人进来又为慕容辞把脉，摇头叹息道：“王爷，太子殿下的气息越来越弱……倘若薛神医在，或许有办法稳住太子殿下的脉息……”

这时，林管家匆匆进来，“王爷，无影已经找到薛神医，就在外面……”

“快请薛神医进来！”慕容彧欣喜若狂，一行清泪瞬间滑落。

无影搀扶着薛神医走进来，慕容彧拱手深深一礼，薛神医点点头，立即为慕容辞诊察。

“殿下如何？还有得救吗？”

薛神医没有回答，从一只白瓷瓶里倒出一颗褐色丹药，说：“把这颗丹药化在温水里，给太子殿下强行灌下去。”

不多时，琴若给她强行喂了丹药汤水，众人才略略松了一口气。

“王爷可知，太子殿下并非身患绝症，而是被邪术所害。”薛神医语声平缓苍老。

“沈大人、马东也这样说，可是摄魂术？”

“正是摄魂术，来自伽蓝古国的摄魂术。”

“神医可有破解摄魂术的办法？”

“太子殿下受摄魂术所困已有多日，已是奄奄一息。方才老夫给殿下服下的是还魂丹，可让殿下保命三日。”薛神医沉重道。

“只有三日吗？那接下来……”慕容彧焦虑至极。

“摄魂术是伽蓝古国三大秘术之一，非药石所能破解，要破解摄魂术，还需伽蓝古国的圣物。”薛神医道。

“是九龙戏凤金钗吗？”慕容彧问道。

“正是。江湖上有不少关于九龙戏凤金钗的传说，不过大多数人都不知道九龙戏凤金钗是伽蓝古国的圣物。”薛神医笃定道，“王爷必须在三日之内找到九龙戏凤金钗，否则太子殿下……”

“神医请移步。”慕容彧引薛神医到内室，诚恳道，“神医，本王找得到九龙戏凤金钗，还请神医先告诉本王如何用金钗救治殿下。”

薛神医闻言一喜，道：“那就最好了。用九龙戏凤金钗割破太子殿下的手指取血半碗，老夫再开一剂药，血和药同时服用，便可破解。”

“就这么简单？”慕容彧惊喜道。

薛神医摇头道：“等王爷听了老夫所需要的五种药材，就不觉得简单了。蛮荒的大地之耳，北极的不灭之火，火山的不融之冰，东海的黑夜之露，西漠的天目之泉。”

“神医可知上哪里去寻这五种药材？”

薛神医叹气道：“老夫在医书古籍里看见过这五种药材的记载，也云游四海寻找多年，不过一无所获。”

闻言，慕容彧的心坠入万丈深渊，说：“神医寻访多年都没找到，短短三日本王如何找得到？”

薛神医拍拍他的臂膀，无奈地说：“天意难违，尽力而为吧。”

当下，慕容彧招来鬼影，吩咐他派人去京城各大药铺寻这五种药，随后又叫人去请沈大人和马东，要他们去医术古籍里找到关于这五种药的只言片语。

两个时辰后，鬼影回来复命。

“京城、京畿附近的药铺都没有这五种药材，很多掌柜听都没听说过。”鬼影问道，“王爷，要不要扩大范围继续寻找？”

慕容彧点头，让他去了。

然而一日两日过去，一无所获，他心里越发焦灼。

只剩下五个时辰了。

他坐在床边，昔日神采奕奕的脸如今暗淡无光，眼里爬满了血丝，甚是吓人。

忽然，外面响起马东的叫声：“王爷……王爷……”

“什么事？”慕容彧愣愣地抬头。

“属下找到了……”马东气喘吁吁道，“找到了相关记载……”

“当真？”慕容彧死寂的眉宇掠起一丝活气。

“这本杂记里记载，一百年前，甘州有个医学世家，当地百姓称之为‘鬼医’，这鬼医历代家主都是性情古怪、离经叛道之辈，专医疑难杂症，且医人要看心情，因此鬼医家的药材大多是不常见的。王爷，去鬼医一试？”

“甘州？距帝京不远的甘州？”慕容彧死寂的心燃起希望，

马东重重地回答：“是。”

慕容彧匆匆往外走，沉声道："跟本王去一趟甘州！"

"王爷，"薛神医道，"鬼医蔡家一向抠门小气，且性情阴晴不定，老夫担心他即使有那五种药材，也不会白白送人。老夫与鬼医世家有点交情，与王爷一道去。"

"多谢神医。"慕容彧深深一礼。

薛神医年事已高，因此自己乘坐马车，让慕容彧他们先策马赶去。

鬼影带了十名精锐跟随王爷，留下三人护送薛神医，一行人往甘州飞奔。

一个多时辰后，抵达甘州，找到蔡家。

见到蔡老爷，他们并没有亮出身份。

"在下冒昧登门拜访，还请蔡老爷见谅。我也不敢耽误蔡老爷，就开门见山地说吧。是这样的，我有一位至亲得了重症，危在旦夕，只剩下两三个时辰可活，需要五种药材才能保住一命。贵府应该有这五种药材，蔡老爷可否转让给我？无论蔡老爷提出多少银子，或是什么要求，我都会满足您。"慕容彧客气道。

"哦？是哪五种药材？"蔡老爷掀眉。

"蛮荒的大地之耳，北极的不灭之火，火山的不融之冰，东海的黑夜之露，西漠的天目之泉。"

"这五种药材……抱歉，寒舍没有。"

慕容彧没有忽略对方眼里一闪而过的惊讶与狡猾，沉朗道："蔡老爷，救人一命胜造七级浮屠。蔡家不是号称'鬼医'世家吗？若这五味药材救了我的至亲，也算是蔡老爷医治了疑难杂症，并不违背蔡家的祖训。

"我说没有就没有，你们赶紧走吧。管家，送客！"蔡老爷不耐烦了。

鬼影怒道："蔡老爷，我家主人客客气气跟您协商，您不要敬酒不吃吃罚酒！"

"怎么？你们还想抢吗？还是想杀光我全家？我告诉你们，自作孽不可活！"

"蔡老爷，虽然这五种药材异常珍稀，但若没有用到真正需要的地方，也只是寻常药材。蔡老爷何不提出一两个对蔡家更为有利的要求？”慕容彧保持着君子风度。

“莫说我没有那五种药材，就算有，我也不会给你们这种不知民间疾苦、搜刮民脂民膏的世家权贵！”蔡老爷阴沉地怒喝。

“我家主人从未搜刮民脂民膏！”鬼影气道。

“蔡老爷，我以十种世间珍品药材换你那五种药材，如何？”慕容彧提议，“你可以提出任意十种药材，我必定搜寻来跟你交换。”

“你们是聋子吗？我都说了我没有那五种药材！”蔡老爷暴躁道，说罢拂袖而去。

慕容彧无奈地离开蔡府，等了半个时辰，薛神医终于赶到。

再次叩门，管家见一个白须老者被人搀扶着，眼前一亮道，说：“原来是薛神医。薛神医仙踪到此，可是要见我家老爷？”

薛神医一路颠簸，精神不济，点点头。

管家殷勤地请他们进府，奉上好茶。不多时那蔡老爷就来了，先恭敬地作了一揖，“晚辈拜见薛神医。听闻薛神医这些年云游四海，想不到今日来访，晚辈真真荣幸。”

“老夫今日来，是有求于你。”薛神医缓缓道，“这位是老夫的小友，也是忘年之交。”

“原来是薛神医的友人。”蔡老爷与先前判若两人，恭敬地说道，“公子，方才多有得罪，还请海涵。”

“无妨，本就是在下冒昧了。”慕容彧依然客气。

薛神医喝了口茶，道：“老夫的小友急需五种药材，不知你府中可有？倘若有那五种药材，老夫愿以珍藏的六种药材来交换。”

蔡老爷的面色不太好看，勉强笑着说：“薛神医，这位公子要的那五种药材，府里正好有，是家父穷极一生寻到的。家父临死之前叮嘱晚辈，那五种药材是家传之宝，必定要守着。不过既然您老开口了，便赠予您的忘年之交，想必家父不会怪罪晚辈。”

薛神医点头道：“若非他的至亲病重，性命不保，老夫也不会强求。

小蔡，我将这些年行医所得写成一本杂记，若你不嫌弃，就赠予你，也算是老夫的医术有了传承之人。”

那蔡老爷立马跪下，恭谨地磕着头说：“晚辈求之不得。多谢薛神医馈赠。”

之后，他吩咐管家去取那五种药材，薛神医交代慕容彧如何熬药，如何配合太子殿下的血服用，云云。

慕容彧悄悄地问：“蔡老爷为什么对您这般尊敬？”

“十多年前，蔡老爷的母亲得了绝症，是老夫医活的。”薛神医低声道。

“原来如此。”

种善因，得善果。

慕容彧等人一路飞奔回帝京，马东、沈大人立即将那五种药材煎了。

慕容彧吩咐鬼影几句，而后捧来一只锦盒，吩咐琴若把房门关紧了。

锦盒打开，金黄色的光亮流溢而出，照亮了昏暗的房间。

他拿起慕容辞的一只手轻轻地放在金钗上面。不多时，九龙戏凤金钗发出强烈的金色光芒，细碎的光点在墙上流动，熠熠生辉，美不胜收。

他用金钗上凤尾的尖锐处，对准她的中指轻轻地一划，鲜血滴落入白玉碗，混进药里。

他抱着她，琴若一点一点将药汁灌进她口中，最后一滴吃完，众人都松了一口气。

慕容彧忽然觉得有点儿饿了，吃了些东西，宫里的内侍又送来几十本奏折，他才靠在她身边，一本本拿起来批阅。

不知过了多久，他睡着了。这些日子实在太煎熬。

慕容辞醒来的时候，正看着他趴在自己床头，静静睡着。

她感觉自己睡了很久很久，头有点晕，四肢有点僵硬，身上却是暖和的。

她病了吗？他一直守在床前照顾她？他怎么看起来气色这样差？与从前判若两人，衣不解带，寝食难安，慕容辞仿佛能看到了这些日子他的煎熬。

一瞬间，她眉骨酸涩，泪滴滚落。

她伸手轻抚他的额头，又轻轻覆着他骨节分明的大手，他的手忽然一动，猛地抬头，一把抓住她的手道："阿辞，你醒了……"

他眼中闪着盈盈泪光，慕容辞轻轻点头。

他陡然抱住她，喜极而泣道："这一刻，我期盼了多日……阿辞，你终于没事了……"

这个拥抱很紧很紧，紧得让她不能呼吸。

"你先放开我……"

"我想抱抱你……"

那种终于把她从鬼门关拽回来的感觉太惊心动魄，那种失而复得的感觉太刻骨铭心，他有点患得患失，不知是梦境还是现实。

她轻声问道："我病了多少日？是什么病？"

慕容彧嗓音喑哑道："没几日。等你痊愈了，我再与你细说。"

慕容辞没有追问，她必定昏迷了很多日，不然他也不会变成这副邋遢模样。

他抚摸她的小脸，轻声说："脸色好看些了……阿辞，你真的吓到我了。"

她轻笑，又四处看看，问："这是在你府里？你没有送我回东宫吗？"

"我封锁了你病重的消息，连你父皇都没有禀告。"

"不让父皇知晓也好，省得他担忧悲伤。"

慕容彧再次抱住她，长长久久不想松手。

薛神医回帝京后，得知太子殿下已经苏醒，很是安慰。

慕容辞的身子很虚弱，还需静养几日，她想回东宫，慕容彧不赞成，要她再养几日。

这夜，她吃了两碗燕窝粥，沉沉地睡了。

琴若笑道："奴才和这两位侍婢守夜便好，王爷连日来未曾好好合眼，今夜好好歇息吧。"

他点点头，再看她一眼，转身回了寝房。

不多时，寝房的烛火灭了。整个御王府漆黑一片，唯有外面廊下一盏素骨灯笼在寒风里飘摇，浓重的夜色里似有诡谲之气蔓延开来。

几道黑影从外墙飞蹿而起，极速飞进御王府，似鬼魅如惊电，潜入慕容辞的寝房。

片刻，那两道人影幽灵般飞出来，似是逃窜，跃上屋顶。

一轮凉月孤单地照着屋顶上对峙的双方。

鬼影如猛兽飞扑过去，厮杀惨烈，半空刀剑铿锵，血腥弥漫，杀气腾腾，不多时，潜入王府的黑衣人负伤逃去，鬼影飞身追去。

昏暗的烛影里，慕容辞睡得很香，慕容彧帮她拉了一下棉被，又取了那只装九龙戏凤金钗的锦盒回房。

等了一盏茶的工夫，鬼影终于回来。

“王爷，属下无能，让人跑了。”鬼影懊恼极了。

“冲天炮？”

“若非冲天炮，属下必定活捉那几个人。”鬼影咬牙切齿。

“瞧出那几个人的路数了吗？”

“那几个人轻功不俗，武功的路数没什么特别的，瞧不出来。”

“这几个人是冲着九龙戏凤金钗来的，必定跟那个道士、那中年妇人是一伙的。”他沉沉道，“传本王令，暗中查访，凡是看见形迹可疑之人，都要追查清楚。”

次日，待慕容辞醒了，他坐在床头问她：“上元节那日，你可有见过言行举止奇怪的陌生人？”

慕容辞仔细地回想那日的情形，白日都在东宫，傍晚时分才出宫，遇见慕容澜，于是一起去洛河河畔找沈知言他们……不过，和琴若在街上走的时候，她遇到一位摔倒的老妪。

“那位老妪被人撞得摔倒，正巧倒在我面前，我就把她搀扶起来。”她蹙眉回忆道，“那老妪拽着我的手，一个劲儿地感谢我。”

“那老妪有什么不同寻常的地方吗？”他问。

“没有吧……”她忽然想起，“对了，我看那老妪时，好像她的眼睛有青光闪过。当时街上灯明如昼，我没在意。”

“没多久，你就昏迷不醒。”慕容彧剑眉沉沉，“或许就是因为你看了那老妪一眼，她就可以对你施展摄魂术。”

慕容辞骇然，心有余悸地问：“摄魂术？你的意思是我中了摄魂术才病了这些日子？这世间当真有这么诡异可怕的摄魂术？”

他将她昏迷后发生的事一五一十地说了，不过隐瞒了她杀了两个侍婢一事。

她面色凝重地说：“没想到摄魂术这般可怕，药石无灵，对了，摄魂术不是失传了数十年吗？怎么还有人精通此术？”

慕容彧暂时不想让她知道太多，摇头道：“我也不知。”

在御王府静养两日，慕容辞坚持回东宫，马车备好，她和琴若从寝房出来，却看见林管家带着慕容澜匆匆奔过来。

“皇兄，父皇病重……”慕容澜气喘吁吁道。

“父皇病重？什么时候的事？”慕容辞焦急地问，心剧烈地揪起来。

“今早臣妹陪父皇吃早膳，吃过早膳之后父皇忽然昏倒……至此昏迷不醒……”

慕容辞匆匆往外走，对林管家道：“本宫立即回宫，你跟王爷报说父皇病重。”

赶到清元殿，慕容辞奔进寝殿，但见沈大人、乔太医在会诊，她赶到床前一看，震惊非常，父皇的脸庞变成了青色。

“沈大人，父皇的病情如何？”

“太子殿下，陛下的病症与殿下先前的极为相似。”沈大人回道，“不过有一点不一样，陛下的眼睛布满了血丝。”

怎么会这样？

她心慌地问：“父皇的龙体有碍吗？”

“陛下本就虚弱，不比殿下强健。微臣觉着，再过几个时辰，陛下的龙体会……”

急转直下。

乔太医忽然道："殿下，薛神医还在京中，不如请薛神医来医治陛下。"

她吩咐琴若："派个人传话御王，请薛神医进宫。"

不多时，慕容彧匆匆赶来，雪颜布满了清寒之气。原是他得悉薛神医今早离京，鬼影已去追了。

"那五种药材不是还有一半吗？用同样的办法医治父皇试试。"她提议。

"不可。你安然无恙，那人不会再用相同的摄魂术谋害陛下，必会有所改变。"慕容彧笃定。

"说得也对。"她是关心则乱，没想到这一点。

殿外有内侍来报，说几位大人在上书房求见王爷，慕容彧先行离去。

琴若引慕容辞到无人处，低声告诉她，前夜曾有黑衣人潜入御王府，不过王爷做了部署，鬼影跟那几人打了一场，只是后来不知有没有抓到人。

慕容辞暗暗寻思，慕容彧从未提起过这件事，莫非是那个害自己和父皇的幕后主谋派人潜入御王府？他们究竟有什么企图？

再回大殿，她震惊地愣住，玉阶下围满了宫人和侍卫，地上躺着三个宫人，鲜血淋漓，而父皇手持长剑，披头散发赤足而立，月白中衣血迹斑斑，青色的面庞十分恐怖。

"皇兄，父皇苏醒了，可是……"慕容澜被宫女搀扶，左臂有一道鲜红的伤口。

"魔鬼！你们都是魔鬼！朕杀了你们！"慕容承暴喝一声，挥剑又砍，宫人纷纷闪避，尖叫逃窜。

父皇怎么会性情大变？

"殿下，必须制止陛下，否则还会有更多的人无辜惨死。"琴若急急道。

"你去制止父皇。千万别伤到父皇。"

琴若点头，慢慢向他身后靠去，他挥着长剑毫无章法，好似醉酒之人，疯癫狂乱。琴若乘其不备，欺身上前，以手化刃劈向他的后颈。顿时，他晕厥了。

慕容辞立即奔去，抱住父皇，而后吩咐侍卫把他扛回寝殿。

一阵忙乱过后，清元殿恢复了寂静。

沈大人再诊脉象，已经十分凶险。

她风一般地往外飞奔，对内侍叫道："速速去请御王来此！"

过了两盏茶的工夫，慕容彧终于赶来，她把他拉出来，郑重地问："你告诉我，是什么人害我和父皇。"

他心神一动，低沉道："我还在查。对方行事诡秘，不落半点蛛丝马迹，鬼影等人查了几日毫无所获。"

"我苏醒那夜，御王府是不是有贼人闯入？"

"嗯，那几人应该就是害你和陛下的人。"

"他们夜闯御王府有什么企图？"她追问。

"既然你问了，我便与你说。那几个贼人应该是冲着九龙戏凤金钗来的。"

"换言之，害我的主谋要夺得九龙戏凤金钗。"慕容辞恍然大悟，却又不太明白，"那人要九龙戏凤金钗做什么呢？"

他将九龙戏凤金钗的来历简略说了，随后说："你中了摄魂术，必须用九龙戏凤金钗才能破解。只要我拿出九龙戏凤金钗救你，那人就知道金钗在我手里，就必定来夺。那夜我有所部署，他们没能得逞，那人又心生一计，对陛下下手。"

"胆敢谋害父皇，我抓到那人一定将他千刀万剐！这次父皇中的未必是摄魂术，因此不能用救我的那个方法来破解？"

慕容彧点头道："待薛神医诊察了陛下再说。"

"这次，那人必定还会再来抢九龙戏凤金钗，你做了部署吗？"

"早已部署，你无须担心。"

"之前我身中摄魂术，也像父皇那样性情大变、持剑杀人吗？"

"的确，不过你……只是伤了府里的仆人……"

等了两个时辰，鬼影终于把薛神医带到皇宫。

薛神医仔细地诊察慕容承，良久道：“殿下，王爷，陛下的确身中摄魂术，但不仅仅是摄魂术。”

慕容彧问：“还有什么？”

“老夫一时之间无法确诊，”薛神医语声苍老，“陛下的眼睛呈赤红色，或许是咒术，但老夫不能肯定。”

“伽蓝古国三大秘术之一的咒术？”慕容彧问道。

“是。但老夫从未见过身中咒术的人是何症状，因此不敢确诊。”

“父皇的身子承受不住，薛神医，能否先保住父皇的心脉？”慕容辞道。

“那是自然的，稍后把还魂丹给陛下服下。”薛神医取出一只白瓷瓶递给慕容澜。

慕容彧把薛神医请到大殿去商谈，问道：“神医，有人同时施展摄魂术和咒术，施加在陛下身上，有没有这个可能？”

“很有可能。但也有可能是摄魂术和幻术。”

慕容辞疑惑地问：“破解咒术、幻术的办法和摄魂术完全不同吗？薛神医都会吗？”

他叹息道：“说实话，老夫只知破解摄魂术的办法。”

她的心立即坠入冰窖，愣愣地问：“那父皇怎么办？”

“能否先破解摄魂术，至于其他的，再想办法？”慕容彧提议。

“不可。两种秘术合二为一施加在人身上，破解方法大相径庭。”

慕容辞感到深深的绝望，双腿发软。

慕容彧低哑地问：“以陛下的龙体，能熬多久？”

“若没有破解之法，最多三日。”薛神医道，“老夫在想，既然九龙戏凤金钗可以破解一种，应该也能破解两种或三种秘术的融合，只是应该不是这么简单。”

“或许是所需的药材不一样？”慕容彧道。

“老夫要研究研究。”薛神医走向偏殿，慕容彧吩咐两个宫女去伺候。

慕容辞缓过劲儿，四肢冰凉六神无主地看他，求助道：“怎么办？”

慕容彧轻扣她的手臂，说：“阿辞，你冷静点……”

“你叫我如何冷静？再过三日，父皇就……”她突然地掀翻双手，眼里蓄满的泪水瞬间滚落，格外凄楚悲伤，“不如……把九龙戏凤金钗给那人，我们要他把破解的办法告诉我们……”

“破解要用到九龙戏凤金钗，给那个人了，如何救陛下？”

“救了父皇之后就给他……”

“你以为他会信我们吗？他必定要我们先给九龙戏凤金钗才告诉我们破解方法。”

“总要试试呀……不试试怎么知道不行……”慕容辞死死地拽着他的广袂，冲动得失去了理智。

“阿辞，你先冷静。我会设法跟那人交涉，你等我的消息，不要胡思乱想，答应我！”

上书房里只有慕容彧和鬼影。

“王爷真的要找那人谈谈？”

慕容彧点头道：“你去传递消息给那人。”

“可是，倘若对方得了九龙戏凤金钗却不告知破解的办法，那如何是好？”

“本王总有办法令他说出来。”

鬼影立即离开皇宫，一个多时辰后，他回来禀报：“王爷，对方的人传达了他们主子的意思，只要王爷把九龙戏凤金钗交给他们，他们就不再折磨陛下。他们只要不再施展秘术，陛下就能痊愈。”

慕容彧吩咐道：“那就把金钗交给他们。你带几个人去办这件事。”

鬼影领命离去。

慕容彧赶往清元殿，慕容承的面庞依然青色浓重。

“殿下宽心，陛下很快就会苏醒。”他低沉地宽慰。

“真的吗？”她双目红肿，声音嘶哑地问。

慕容辞：今生能得你真心真情，何其幸运

伽蓝古国的宝藏

老皇帝：我的女儿这样美，哪个男子会不喜欢

鬼影和琴若有事发生……

宇文战天再次出现

第五十三章

老皇帝透露隐秘心思

他支退余人，与她低声道："我把九龙戏凤金钗给那人，那人不再施展秘术，陛下便能痊愈。"

她心中感动，又五味杂陈，说："你好不容易寻到九龙戏凤金钗，又迫不得已跟那人交换……你会不会后悔？"

"不后悔。"他淡淡道。

"谢谢你。"

"你我之间，不需要这两个字。"慕容彧握着她的手，"我的东西就是你的。你想如何处置，我依你。"

她愣愣地看他，得到他的真心真情，何其幸运！

四道目光交汇，分明有缠绵之意。

"伽蓝古国是个什么样的国家？我几乎一无所知。"

"它是曾经独立于四国之外的一个小国，几乎与世隔绝，外人很少了解，据我所知，伽蓝古国存在于这世界上大约有五百年，至今已经湮灭六十年。"

"如何湮灭的？"她好奇道。

"据说是在一夜之间湮灭的，举国都死了，无一生还。"

"那九龙戏凤金钗在伽蓝古国湮灭后就消失了？"

"消失了。"

"那必定是有人带着九龙戏凤金钗离开伽蓝古国，不然世人如何知晓金钗消失了？又如何知晓金钗的诸多传说？"

“或许吧。之后的六十年，江湖、诸国流传着不少关于九龙戏凤金钗的传说，还有说只要找到金钗，就能找到进入伽蓝古国的通道。”

“进伽蓝古国做什么？”

“传说伽蓝古国是一个富庶繁华的国家，国库里金银财宝无数。在伽蓝古国湮灭前夕，国君把这些金银财宝转移到一个秘密的地方。要找到这个地方，必须先找到一张舆图，即是《伽蓝图》。”

“换言之，找到九龙戏凤金钗，就能找到《伽蓝图》，继而找到伽蓝古国遗留的无数财宝？”慕容辞咋舌。

“传说是这样的。”慕容彧微笑，“江湖传言总是离奇。

“财宝有多少？”

“不知。江湖传言说比任何一国的国库多十倍。”

她再次咋舌，说：“倘若我们西秦国拥有这些财宝，岂不是可以扩充军备，想做什么就做什么？”

他点头道：“因此，这数十年来，诸国皇室一直派人秘密寻访九龙戏凤金钗。”

慕容辞算是明白了，他寻找九龙戏凤金钗原是为了伽蓝古国遗留的财宝。

慕容彧又道：“江湖还有传闻，伽蓝古国很多人都精通摄魂术、咒术和幻术，还有一些祭司，可与鬼神通灵，占卜天象，祭司占卜到伽蓝古国的国运，那国君才把无数财宝转移出去。”

她挑眉道：“原来如此。那国君可以转移财宝，为什么不带皇室逃出来？”

他不屑道：“我也不知。若是我，必定是先逃出来。”

“我也是。对了，以前你不是说过九龙戏凤金钗有灵性吗？有缘、命格相近之人才能佩戴，否则便有血光之灾，危及性命。倘若夺得金钗的人不是金钗真正的主人，最多拥有金钗三个月，超过三个月便会死于非命。这么看来，我是应劫了？”

“若要应劫，应该是我，怎么会是你？这次是有人加害你和陛下，跟金钗无关。”

“也是，你拥有那金钗，又不是我。”她忽然灵光一闪，“用摄魂术加害我和父皇，很可能是伽蓝古国的遗孤。”

“极有可能。”

“那把金钗给那人，也算把原本属于人家的东西还了。”

鬼影回来说事情已办妥，还了金钗，慕容承果然苏醒过来，面色也恢复了些，慕容辞紧绷的神经终于放松下来了，陪了父皇半个时辰才回东宫。

这几日太乏，慕容辞与如意琴若闲话几句，看见床榻上柔软的棉被，就立即解衣袍躺了上去。

半夜，她迷迷糊糊地感觉被人卷进怀里，浓情蜜意地依偎了一夜，直到日上三竿她神清气爽地睁眼，床上并无他人，想来他又去上朝了。

如意伺候她洗漱、进膳，她正准备一会儿去清元殿看父皇，内侍就来报，说父皇传召她。

她赶到清元殿，慕容澜正陪着慕容承闲谈，父慈女孝，和乐融融。

“皇兄，坐这儿吧。”慕容澜起身让出位置给她。

“无妨，本宫坐这儿便好。”慕容辞坐在床边的绣墩上，笑问，“父皇今日精神不错，觉得好些了吗？”

“好多了。”慕容承轻缓地微笑，“澜儿，朕忽然想吃你做的玫瑰酥，今日可有？”

“父皇想吃，儿臣这就去御膳房做。”慕容澜站起身温婉地笑道。

看着她离去，慕容承吩咐一旁的内侍，说：“去大殿外守着，不要让任何人进来。”

父皇要跟她说重要的事吗？

慕容承拍拍床边，虚弱地说：“太子，坐过来。生命无常，祸福难料，这次病重，朕觉得有些事应该跟你说了。”

“父皇是真命天子，必定会长命百岁，不要说这些丧气的话。”她心慌慌地说。

“辞儿，朕知道这身子不中用了。倘若再次昏迷，还不知道能不能苏醒，有些话要早对你说。”

她愣住，自从她懂事起，父皇从未喊她为“辞儿”，总是叫她太子。

这声“辞儿”，让她心情复杂，苦涩里带甜。

“父皇想说什么，儿臣仔细听着。”

慕容承轻轻拍着她的手说：“这几年，你辛苦了。朕知道，在御王摄政之下，你很委屈，甚至很无助。你可知道，朕是故意把御王召回朝的。”

“父皇为什么这么做？”这五年多，慕容辞一直想不通这件事。

“御王是国人心目中有如天神的战王，保家卫国，战功赫赫。前些年，朕本想收回部分兵权，但也料想得到，他怎么肯把兵权交出来！”

“他统帅三军，若拥兵自重，后果不堪设想。”

“的确如此。朕就是担心他会拥兵自重，唯有把他召回京城，许他摄政之权。”

“可是，现在他不仅统帅三军，而且在朝中权势滔天，一人之下万人之上，如今他的地位、权势稳如泰山，谁也撼动不了。”

“傻孩子。”慕容承摸摸她的头，略显无神的双目萦绕着慈和的光，“不是有你吗？你压制得了他。”

“儿臣……只恐制不住他。”慕容辞窘迫地低头，莫非父皇已经知道她和慕容彧的事？

“因为你不是男儿身，朕才把他召回朝。”他微微一笑，狐狸般的狡猾。

“父皇是想让儿臣跟御王……”她惊诧万分，父皇竟存了这样的心思。

“你与他的情缘难料，虽然这是最凶险的一招，但唯有这样，才能让御王心甘情愿地放弃他的野心。若御王真的爱上你，这危及江山的大难题才能迎刃而解。”

“这也太冒险了。万一他不喜欢儿臣呢？”慕容辞冷汗直冒，这步棋太凶险了。

“朕的女儿这般美，哪个男子会不喜欢？”慕容承怜柔地摸她的脸蛋，“俗话说，英雄难过美人关，况且朕的辞儿这般风姿天成，聪颖伶俐。”

她失笑，竟然无言以对。

慕容彧，若知晓你被我父皇“玩弄于股掌之间”，是不是会吐血三升？

“你跟御王的事，朕多少知晓一些。只要他一心一意地待你，就不会谋夺慕容氏的江山。然而，人心善变，你要好好想想如何制衡他。”

慕容辞颔首道：“父皇放心吧，儿臣会竭尽全力。”

静默须臾，他又道：“你想知道朕为什么册立你为太子吗？”

她摇头：“儿臣是女儿身，父皇这样做，不是违背祖制吗？倘若朝野知晓儿臣是女儿身，必定朝野震荡，江山不稳。”

慕容承望向窗外，说：“朕自然知道这有违祖制。你可知你那些不争气的皇兄们都做过什么事吗？”

虽然那时她还没出世，但后来多少听闻一些。

皇子们为了争夺太子之位，结成两大阵营，瑞王党和景王党。

后来，瑞王、景王以清君侧为名带兵闯宫，落得个被当场射杀的下场。

其余皇子，废的废，残的残，慕容承伤心欲绝，把没处死的皇子逐出皇宫，并且下旨永世不得回京。

然而，在她出世后，父皇完全可以再生养皇子，何必一定要册立她？

她自然不知，她的母后，是父皇最宠爱的女人。

慕容承对这个刚出世的女儿极为疼爱，加上她母后产后血崩而亡，不顾女儿之身不能继承帝位的祖训，他坚持把她当作儿子来养，且在她三岁那年册立她为太子。

父女俩唏嘘不已，慕容承怜爱地看着她道：“辞儿，你没有让朕失望。你这个太子，当得称职。”

原来这五年多来，父皇故意昏庸荒淫，故意让慕容彧摄政，故意对她这个太子冷淡……这样做，都是为了磨砺她，让她快速成长，也让她和慕容彧有更多的接触机会。

父皇的心思虽然诡秘，但也用心良苦。

“朕相信你能当好太子，当好大燕国的国君。”

“儿臣会竭尽全力守住大燕江山社稷。”她顿时觉得肩上的重担更重了。

“在大燕，无人可与御王匹敌。倘若日后……”他从龙榻的暗格取出一串长长的檀木佛珠，放在她手里，“御王若有野心，这串檀木佛珠会帮你扫清障碍。辞儿，你要记住，慕容氏的兴衰荣辱，全在你一念之间，切不可为了儿女私情而置慕容氏所有人于不顾。”

“儿臣谨记。”

“去吧。”

“儿臣告退。”她站起身行了一礼，却震惊地发现父皇闭着眼缓缓倒下。

“父皇……父皇……”

琴若和内侍闻声奔来，慕容辞搀扶慕容承躺下，焦急道：“速去太医院传沈大人。”

慕容承脸上又起了淡淡的青色，这是怎么回事，莫非那人又对父皇施展秘术了？

“去请御王和薛神医。”她吩咐道。

倘若真是那人得了九龙戏凤金钗又反悔，加害父皇，她定要将他碎尸万段！

慕容彧很快就赶过来，得悉情况，剑眉紧拧着说：“我立刻吩咐鬼影去寻人。”

薛神医也匆匆赶到，诊察完凝眉道：“陛下应该不是受到秘术的戕害，但这症状明明跟之前一样，只是症状比较轻……”

“神医您一定要救醒父皇。”她忧心如焚道。

“殿下放心，老夫会尽力的。”

“之前陛下受摄魂术等秘术戕害，虽然那人不再对陛下施展秘术，但是不是有后遗症之类的？”慕容彧猜测道。

“不无可能。”薛神医捋着白须道，“即使停止施展秘术，但病灶已经种在陛下体内，除非用破解之法，不然无法根除。”

“之前那人说无须破解，不再施展秘术便可。”慕容彧的眼中掠起怒焰，杀气腾腾。

那人竟敢欺骗他，该死！

他匆匆往外走，招来下属去传话鬼影，务必得到破解之法。

薛神医给慕容承服了还魂丹，先保住他的命脉。

等了两个时辰，鬼影回来禀报，那人说没再施展秘术，至于破解之法，他们无能为力。

慕容辞大怒，慕容彧更是怒火高涨。

薛神医得知如此，道："这几日老夫翻了一些医书古籍，倘若伽蓝古国三大秘术一起施法，破解之法只有一个，必须要用到九龙戏凤金钗。"

"可是，九龙戏凤金钗已经不在我们手里。"慕容辞恼恨自己当初太过大意。

"除了九龙戏凤金钗，还需两样东西。"薛神医白眉微紧。

"什么东西？"慕容彧问。

"生长在伽蓝古国的雪芝草和玉泉之水。"薛神医道。

"伽蓝古国不是湮灭了吗？怎么可能找得到雪芝草和玉泉之水？"慕容辞不解道。

"在伽蓝古国的边境，也有雪芝草，只要你们找到伽蓝古国的遗迹，在遗迹的附近找找，应该能找到雪芝草。"薛神医解释道，"而雪芝草附近必定有玉泉之水，二者是共生的。"

这么说，他们必须先去找伽蓝古国的遗迹，再设法找到九龙戏凤金钗？

"神医，去找伽蓝古国的遗迹需要不少时日，陛下能撑到那时候吗？"

"老夫会保住陛下的心脉三十日，如果三十日后你们还不回来，老夫也回天乏术。"

慕容彧郑重道："神医，本王一定尽快回来！"

来到存墨阁，得知灾情的慕容辞目光坚定地说："我也要去！"

慕容彧把她摁坐下，沉沉道："这一趟十分凶险，倘若找到伽蓝古国，还有许多无法预料的危险，我去便可。眼下陛下病重，宫里、朝廷不能没人坐镇，你必须留下以防不测。"

“把你的人马留下来，我找人假扮我，或者假扮你。”

“阿辞，我不希望你涉险。”他沉哑道。

“我一定要去！”

若要涉险，那就一起，携手并肩。

他眨着眼说：“好。今日准备一下，明日早上我们启程。”

“但伽蓝古国已经湮灭六十年，如何找起？你知道大致的方位吗？”

“我命人打探过，在西秦国的西南方。”

“我们带多少人合适？”

“这些琐事我会安排的。你还没恢复体力，先回东宫好好歇息。”

“好。”

为了以最好的状态启程，慕容辞乖乖地回东宫，吃了滋补的羹汤。与此同时，传了容湛来东宫。

对于她的决定，容湛惊得险些跳起来。

“你……让我假扮你？你疯了吗？”

她解释道：“这回慕容彧不能再称病，只有本宫留在宫里。眼下只有这个办法，不许你推辞！”

“早知道我就不进宫了。”容湛崩溃地拍额头，“我还没做人皮面具呢。”仓促之下，他找了个借口。

“对你来说，这只是小事。”慕容辞一笑，“就这么说定了。”

次日，慕容辞准备就绪，带着琴若从密道出宫前往御王府。

书房里，他捧着她的脸，再次郑重地问：“阿辞，你可想清楚了？”

“我一定要去！”

他抱住她，低沉道：“好，那就一起！”

时间紧迫，他们骑的都是脚力好的骏马。带了鬼影等暗卫十八人，总共是二十一人。

一路飞奔，昼夜不停，两日后他们就进入西秦国的地界，在边境小城歇息一晚再赶路。

慕容辞沐浴后准备就寝，却听见敲门声，琴若去开门，见是御王。

"你去我的房间。"慕容彧轻淡道。

"是。"琴若微笑着退出去，关好房门。

慕容辞侧身而卧，背对着外面，他脱了乌金靴，解了衣袍，躺在她身旁，"睡了？"

"唔，好困……"她嘟囔了一句。

"有一件事要跟你说。"

"什么事？"她转过身来。

"听见有事就清醒了？"慕容彧轻笑道，"鬼影收到消息，江湖上关于伽蓝古国的传言越来越盛，说伽蓝古国的遗迹显露出来，若找得到进入古国的入口，就能找到古国的财宝。"

"哦？"她更清醒了，"那很多人都去寻找伽蓝古国了？"

他点头道："不少江湖帮派都想得到伽蓝古国的财宝。相信其他国家也会收到风声。"

她蹙眉，那么这一路他们要应付不少人。即使他们真的找到《伽蓝图》，也会有很多人来抢。

不过，《伽蓝图》如何寻起？

"有了《伽蓝图》，不仅可以找到财宝，还能找到伽蓝古国的遗迹入口。江湖传言，这《伽蓝图》在若羌出现过。"

"若羌？是西秦国西南边境的那座小城？"

"嗯。从若羌出城一路往西南，穿过大沙漠，翻越雪龙山，便是伽蓝古国的疆域。不过如今那片土地只剩下广袤无垠的沙漠。"

"若羌……"慕容辞喃喃道，"到了若羌，如何寻找那《伽蓝图》？"

他柔声低沉地说："这些事就让我来操心，你先睡吧。"

邻房是慕容彧住的客房，此时琴若住在里面，已经解衣就寝。睡得迷迷糊糊时，忽然听见敲门声。

她仓促地起身披衣，外面敲门那人见房里没有回应，以为主子有意外，忽然用内力震断门闩，焦急地推门而入。

她惊闻声响，捂住尚凌乱的衣袍，抬头却是鬼影。

顿时，她全身僵住，愣愣地看他，双颊渐渐染了薄红。

他也呆了呆，半晌才回神，格外尴尬，问："你怎么在这里……"

转念一想他便明白，他家王爷必定是跑到殿下的房间，琴若只能在这儿就寝。

气氛有点古怪，琴若回过神，手忙脚乱地整好衣袍，说："你来找王爷的吗？有什么事吗？"

"是有点事……"鬼影结结巴巴地说，忽然觉得今夜琴若格外好看，"也不是很重要的事，明日一早再禀报也无妨……"

"不如我去敲门……"她提议。

"不用不用……"他连连摆手道，"你歇息吧，我先走了……"

鬼影一口气奔回客房，心依然扑通扑通地跳着。

他摸摸自己的脸，十分烫手，不禁骇然，自己怎么跟个姑娘似的这么害羞？

这一整夜，琴若那窘迫的模样总是萦绕在他的脑海。

天亮后，鬼影立即去找王爷，只是，开门的还是琴若。

怎么又是他？琴若一窘，她方才起来，正穿好衣袍，却还未梳洗。

鬼影也是满面尴尬，挠挠头，舌头都打结了，半天只说出一个字来："你……"

她不知摆出什么表情才好，落荒而逃，去灶房端一盆温水给殿下洗漱。不，是两盆，还有御王。

鬼影愣愣地站着，又是脸色赤红。

"杵在这里发什么愣？"

一道沉朗的声音惊醒了他，他看见是王爷，心神一紧，连忙收拾了情绪，正色道："王爷，有消息传来。"

吃了早饭，一行人继续赶路，两日两夜后，终于抵达若羌。

若羌是一座时而蓝天白云空气清新、时而漫天黄沙风暴袭城的小城，有古香古色的民居大宅，也有朴实简陋的土屋泥墙。

慕容辞等人在街上走着，见若羌本地人大多穿素袍，白色最多，男女都用白色长巾裹头。不过，外地人也随处可见，服饰各异，应该是来自诸国的。

“若羌有这么多异国打扮的人，可见他们都是来寻找《伽蓝图》的。”慕容辞悄声对慕容彧道。

“的确是。”慕容彧低声道。

若羌只有两家客栈，已经爆满，没有客房了。

“我们先在一家客栈吃饭吧，或许等上一个时辰有客房匀出来。”

于是一行人点了不少菜，自行分成几桌，吃了一半，她趁着伙计来添茶的时候问：“若羌这城看着小，又在边境，可是很热闹，好像街上有很多外地人。”

伙计笑道：“可不是嘛，这两年不知怎么回事，不少外地、诸国的人都来若羌游玩。”

“你可知道若羌有什么好玩的地方？那些外地人都去什么地方游玩？”

“若羌城小，还真没什么好玩的地方。若真要说，只有城西的普华寺可去看看。普华寺已有数百年，寺里的和尚每日早上都会诵经。”

“当真？很多人去吗？”

“就我所知，来若羌游玩的人都去普华寺听禅。”

“那我们也去普华寺逛逛。多谢。”慕容辞把几文钱放在伙计手里。

伙计道了谢转身走了。忽然，慕容辞觉得后背似有火焰在烧，好像有两道目光直直看她。她下意识地转身，看见一个人站在楼梯上，眼一眨不眨地盯着她，一张落寞冰冷的容颜，忽然狂风大起，冰雪狂涌，灰蓝色的眼睛里涌动着盈亮的光泽。渐渐地，琼花似的眉宇布满了激动与难以置信。

竟是宇文战天。

他疾步下来，走到她面前，微微一笑道：“阿辞，你也在这里。”

慕容辞猛地回神，冷冷道：“是挺巧的。”

她转回头看一眼慕容彧，他无动于衷，那张雪颜没有多余的表情。

“阿辞，你不想看见我吗？”宇文战天见她脸庞清冷，心里苦涩得紧。

“也不是，有点讶异罢了。”她清淡道，顿时失去了胃口，把剩下的米饭搁在一旁。

不想慕容彧端起来就吃，琴若瞠目结舌，鬼影尴尬地咳了两声。

慕容辞嘀咕道：“我……还没吃完呢。”

慕容彧凑在她耳畔低沉道：“我喜欢吃你剩下的。”

声音不大不小，正好每个人都听得一清二楚。

身后的宇文战天剑眉压下如山岳倒影，阴翳浓重。

“阿辞，这客栈没有客房了，你们有房间住吗？”他压下怒火，温润地问。

“我们正愁没客房呢。”琴若扬眉道，“宇文公子有什么好提议吗？”

“我订了几间房,这样吧,我挪出两间,你们挤一挤。”宇文战天大方道。

慕容辞正想拒绝，却听见慕容彧沉朗道：“宇文公子慷慨相助，若我拒绝，就显得不识抬举了。”

她惊诧地看他，他对她温柔浅笑，拉着她的手说：“我们应敬宇文公子一杯，感谢他让出两间客房给我们。”

慕容辞骤然明白他的意思，端起茶杯笑道：“那我们就以茶代酒，谢宇文公子美意。”

“二位无须客气。”宇文战天拱手一礼，心里既惊怒又涩痛。

客房安排妥当，宇文战天靠近慕容辞，压低声音说道，“阿辞，可否借一步说话？”

“没这个必要。”慕容辞淡漠道。

“阿辞,时辰不早了,我们回房歇息吧。”慕容彧拉起她的手,相携上楼。

走上二楼，找到客房，忽从旁边冲来个披火红轻裘的姑娘，那震惊的表情，好似看见了天崩地裂。

慕容辞企图挣脱手，慕容彧却握得死紧，坦然而冷沉。

宇文瑶看看他们交握在一起的手，漆黑的眼珠几乎要瞪出来。

“你跟着你哥哥来这儿……”慕容辞有些语无伦次。

"你们……"

"你听我解释……"慕容辞不忍她受伤，毕竟她帮过自己不少。

"你们怎么可以这样？"宇文瑶生气道。

"其实……"慕容辞哭笑不得。

"这就是最好的解释，"慕容彧残忍道，"我喜欢的姑娘就是她。"

"姑娘？"宇文瑶震惊非常，好似被天雷劈中，"你的意思是，她是女儿身？"

她怎么也没想到，北燕国太子竟是一个姑娘！

她怎么也没想到，自己被欺骗了那么久！

她怎么也没想到，她心心念念多年的男子喜欢的姑娘竟然是慕容辞，大燕国的太子殿下！

慕容彧沉沉道："现在你知道了，理当斩断对我的情丝，否则受苦的只有你自己。"这语声，似一支支利箭刺入她的心口。

"你先回房，我和她谈谈。"慕容辞对慕容彧道。

慕容彧浅浅一笑，进了客房，并不关门。

她拉着宇文瑶来到廊道的尽头，诚恳道："我不是有意欺瞒你……"

宇文瑶大怒，疾言厉色道："你明知本宫喜欢他，还跟你说过那么多事，你却欺瞒本宫……你怎么可以这样？"

"我不是有意的……"慕容辞觉得怎么解释都很无力。

"你就是故意的！"宇文瑶怒火上脸，脸色赤红。

"你听我好好说，可好？"

"不好！"宇文瑶心痛无比。

"你做什么！"宇文战天忽然走来，一看皇妹的表情就知道是怎么回事。

"哥哥，你是不是早就知道她……"

"客栈人多眼杂，不要胡说八道。"宇文战天冷脸斥道。

她更气了，伤心不已地说："哥哥，你怎么可以这样欺负我？"

慕容辞拉着她的轻裘，轻声道："我们到屋里细说吧。"

“走开！”宇文瑶用力一甩，甩得慕容辞后退两步。

“你没事吧。”宇文战天正要去扶，就见一人冲来一把扶住她。

“这是阿辞的私事与秘密，为什么要对别人说？以她的身份，可以将这件事到处宣扬吗？”慕容彧的语声冷漠而掷地有声，而后对慕容辞温柔道，“走吧。”

慕容辞欲言又止，一时只得先回房避避。

“哥哥，他们……”

“好了，别再说了！”宇文战天一把将她拽回房间。

“皇兄，你跟臣妹凶什么凶？你有本事就把慕容辞夺回来呀！”她口不择言地怒道。

“够了！”

眼见皇兄满面戾气，宇文瑶终于感到害怕，嗫嚅道：“皇兄，你知道他们是什么时候好上的吗？”

宇文战天坐下斟茶，眉宇寒郁地说：“在他们来大秦之前。”

“啊……”原来还是认识她之前，她这脾气，发得有些惭愧了。

“皇兄，你真的喜欢她？”她坐下来问道，“可是她好像不喜欢你。”

“这是本宫的事。”宇文战天搁下茶杯，俊容覆着寒霜。

“皇兄，不如你对慕容辞下手，臣妹对慕容彧下手？”宇文瑶欣喜地提议。

他没有回答，眉宇阴沉。

宇文战天苦追慕容辞

慕容辞与慕容彧花式虐狗

伽蓝古国的三位公主

若怀公主遗留的三张图

太子殿下的身世之谜

第五十四章 伽蓝古国与身世之谜

隔壁房间里，慕容彧拉过慕容辞，眼里满是怜惜地说：“方才宇文瑶对你那么凶，你为什么什么都不说？”

她也不知道为什么会那样，说：“或许是之前在西秦国她帮过我，我对她有几分愧疚吧。”

“以后对她不必客气。”

“知道啦。那你为什么接受宇文战天的好意？”

“他慷慨，若我不接受他的美意，岂不是显得我心胸狭隘？再者，不要这两间客房，我们真的要睡大街。”他一笑。

也对。

“我稍后要沐浴，你先出去。”她白他一眼，把他推出去，然后用命令的语气说，“把琴若叫进来。”

慕容彧恍惚觉得两个人成了人世间的寻常夫妻一般，轻轻一笑。

沐浴更衣后，慕容辞又乏又困，早早地歇下。

不久便听到琴若与宇文战天在门外争执。

“我家公子歇下了，不想任何人打扰。”

“还请通报一声，我有重要的事跟她说。”

“无须通报，公子今天不见任何人。”

“阿辞，我真的有重要的事跟你说。”他陡然提高了音量。

她起身穿好衣袍，开门道：“琴若，你在外面候着吧。”

宇文战天欣喜地进来，问道："阿辞……我可以坐下吗？"

"自便。"慕容辞浅浅啜了一口茶水，"不是说有重要的事吗？"

"你可是来寻《伽蓝图》的？"他坐在她身旁，低声问。

"你呢？"

其实她早已有答案。

宇文战天也没有半分隐瞒的意思，说："我自然是来寻《伽蓝图》。"

她不语，等着他说下去。

"近来江湖传言很多，我也是近来才收到消息，《伽蓝图》可能在若羌。"他顿了顿，真诚地问，"你为什么找《伽蓝图》？"

"你想得到伽蓝古国留下的财宝？"慕容辞开门见山地问。

"我对那些财宝没有兴趣。其实，伽蓝古国跟西秦国颇有渊源。"

"哦？有什么渊源？"

"若我找到《伽蓝图》，把《伽蓝图》赠予你，你会不会原谅我？"宇文战天认真地问，"阿辞，若我找到《伽蓝图》，我们一起去找伽蓝古国的财宝，我们重新开始，好不好？"

"宇文公子，确切地说，我们从来没有开始过。"慕容辞冷笑道，"你的这个提议实在无稽，你确定你一定可以找到《伽蓝图》？"

"我已经打探到《伽蓝图》的消息，只要你同意我的提议，与我在一起，我们一定可以找到。"

他悄然移动大手，想握她的手，然而她灵敏地移开了。

"你的提议，我半分兴趣也没有。"

宇文战天心里难过，眉睫轻颤地说："阿辞，不要用这样的语气跟我说话，好不好？"

"对于我不在意的人，我从来都是不假辞色。"

这话犹如一把利剑，刺入他的心口，他眼神一暗，但并不气馁，继续说道："阿辞，我希望你认真地考虑一下，无须急着答复我。"

"我不想再听见'阿辞'这两个字从你口中说出。"她突然目光冰寒道，"我乏了，宇文公子请便。琴若，送客！"

见他失魂落魄地走了，慕容辞方才躺下，琴若灭了烛火后出去，不久慕容彧就来了。

他轻轻躺在她身旁，把她搂在怀里。

“宇文战天跟你说了什么？”暗夜里，他低沉的声音缓缓流淌，撩人心魂。

“不就是以《伽蓝图》为条件，要跟我重修旧好呗。”慕容辞转过身来，蜷缩在他怀里。

“《伽蓝图》，我志在必得。”

“你们男人，一个个都这么狂妄自负。”

“不相信我？”

“我们失去了九龙戏凤金钗，还怎么找《伽蓝图》？”

“我自有办法。”

第二日早上，慕容辞和琴若到楼下吃早饭，见慕容彧与鬼影一桌，宇文战天和宇文瑶也在邻桌。

慕容彧望着她，满眼温柔似是在说：阿辞，过来。

而宇文瑶过来拉着她的广袂，微笑道：“慕容公子，跟我们一起吃早饭吧。”

她为何态度大变？

慕容辞轻轻拂开宇文瑶的手，微微一笑，说：“吃完再详谈。”便走去慕容彧身边坐下。

宇文瑶黑琉璃般的眼珠骨碌碌一转，几步过来坐在琴若和慕容辞中间。

慕容彧的雪颜沉了沉，琴若当下明白，便道：“公主，这桌太拥挤了，公子喜欢宽敞一些。”

“你也知道太挤是吗？那你就应该坐到那边去。”宇文瑶含笑说完，娇俏地问慕容彧：“稍后你们去哪里？”

慕容彧不动声色道：“到处逛逛，你们呢？”

“我们要去普华寺。”一出口她才觉得说了不该说的事，轻拍了下自己的嘴。

“普华寺好玩吗？”慕容辞随口问道。

“我也没去过，应该挺好玩的吧。”宇文瑶不敢再乱说。

慕容辞看慕容彧一眼，慕容彧对她轻笑道：“那我们也到普华寺走走。”

宇文瑶看见他们眉目传情的模样，心里堵得慌，一边的宇文战天听到她们也去普华寺，却正中他的下怀。

普华寺在若羌的城西郊外，占地颇广，规模浩大，前后有九重殿宇，那古朴殿宇群落的上空烟雾袅袅，好似仙雾缭绕，是遗世独立的清静之地。

踏入普华寺的大门，就听见悠远的木鱼声与诵经声，声声入耳，梵音缭绕不绝，令人心境祥和。

寺里的小沙弥带他们往北走，来到禅房，小沙弥请他们稍做歇息，稍后有人送来茶水。

“公子，住持会见我们吗？”琴若问道。

“应该会吧。”慕容辞也无法确定。

不多时，小沙弥送来茶水和青团子，宇文瑶跟着进来，亲热地拉着慕容辞。

慕容辞试探地问：“你可知你哥哥来普华寺是为了什么？”

宇文瑶迷惑地摇头道：“我是偷偷跟来的，哥哥迫于无奈才让我跟着。”

慕容辞明显不信，说：“当真？”

宇文瑶重重地点头。

“是为了得到一张舆图。”慕容彧端起陶泥小杯浅浅啜了一口。

“你怎么知道？”她惊诧地睁大眼睛，不过立刻察觉自己泄露了秘密。

“《伽蓝图》？”慕容辞笑道。

“既然你们都知道了，我就不隐瞒了。哥哥的确是为了《伽蓝图》来的。”宇文瑶魂不守舍地看他，心里涌起一圈圈的春水涟漪。她走到慕容彧一旁，“我有几句话想跟你说，可否借一步说话？”

慕容彧冷淡道：“有话就在这儿说吧。”

她看看琴若和鬼影，怔了片刻道：“哥哥说，只要你同意他的条件，就准许你们跟我们一起去找伽蓝古国。”

“我和阿辞自会去找，你无须费心。”

“你还没听我说是什么条件呢。”

“你不说，我们也知道。”慕容辞冷笑。

“哥哥说，只要你嫁给他，我嫁给慕容彧，我们就可以一起去找伽蓝古国的财宝。”

慕容辞冷冷地嗤笑，慕容彧看都懒得再看她一眼。

宇文瑶尴尬地站了片刻，还是走开了。

等了半个时辰，他们终于等来普华寺的住持。

住持一行大师慈眉善目，一把长白胡须迎风飘飞，清瘦颀长的身形颇有几分仙风道骨。他把宇文氏兄妹一起叫到慕容辞所在的禅房，道：“诸位施主可是为《伽蓝图》来的？”

“一行大师睿智，我等正是为《伽蓝图》而来。”宇文战天客气地屈屈身子。

“一行大师，我们千里迢迢来到这儿，并非为了财宝，而是为了救家父一命。”慕容辞诚恳道。

“令尊怎么了？”一行大师问道。

“家父被贼人施了来自伽蓝古国的摄魂术、咒术或是幻术，性命堪忧，必须以生长于伽蓝古国的雪芝草和玉泉之水来做药引才能破解。我也是迫不得已，恳请一行大师告知《伽蓝图》的下落。俗话说，救人一命胜造七级浮屠，相信一行大师不会见死不救。”

宇文战天这才知道，原来她是为救父皇一命才来寻找《伽蓝图》的。

一行大师点头沉缓道：“这两年来，不少人来敝寺寻找《伽蓝图》，但遗憾的是，本住持并不知道《伽蓝图》，也不知此图跟伽蓝古国有何关系，更不知这传言从哪里散播出去的。诸位施主，很抱歉，本住持帮不了你们。”

宇文战天温润道：“一行大师，可否借一步说话？”

“若要说《伽蓝图》，施主免开尊口。本住持事务繁多，不能招待诸位。诸位用茶后可自行离去。”

一行大师说罢离去，宇文战天兄妹匆匆起身去追。

慕容彧却淡定地坐下，又斟了一杯清茶。

“宇文战天会不会亮明身份，要一行大师交出《伽蓝图》？”她担忧道。

“一行大师不是屈服于权势之人，放心吧。”慕容彧淡淡道，“我自有打算。”

过了两盏茶的工夫，宇文战天回来了，眉宇微凝。

一看便知一无所获。

他见慕容彧悠闲散漫，不禁疑惑起来，方才，他对一行大师说了伽蓝古国和皇室的渊源，但一行大师不为所动，而慕容彧凭什么这么云淡风轻？

莫非他有九龙戏凤金钗？

“阿辞，你有何打算？”宇文战天径自走向慕容辞，温柔地问。

慕容辞心里斟酌了一下，道：“普华寺风景不错，我要多住几日。”

“阿辞，可否借一步说话？”他灰蓝色的眼睛里布满了真诚，“我保证，你听了不会后悔。”

“好吧，那就到外面吧。”见他满面诚恳，不似有诈，慕容辞斟酌一下，答应了他。

禅房外，慕容辞被宇文战天带到走廊尽头。

“有话快说。”

他深沉地凝视她，说：“你想知道伽蓝古国和我宇文氏皇室有什么渊源吗？”

“洗耳恭听。”

“伽蓝古国位于大秦的西南，自古便与大秦有往来。后来，大秦百姓见伽蓝古国富庶繁华，于是很多人跑去伽蓝古国做买卖。伽蓝古国民风淳朴，因为大秦商人涌入而被骗的不在少数，伽蓝古国的国君听闻民怨沸腾，下了圣旨，不再让异国商人入伽蓝经商，同时切断了与外界的联系。”

“难怪伽蓝古国变得这么神秘。”接着，慕容辞问道，“那为什么伽蓝古国会湮灭？”

“伽蓝古国十分神秘，崇拜玉泉，有大祭司，王公贵族一般都会摄魂术、咒术和幻术，但律法规定，不能轻易施展这三种秘术害人，否则国法处置。因为律法严苛，伽蓝国臣民安分守己，国内平和安详。不过，伽蓝古国位处沙漠中心的绿洲，气候恶劣，大祭司测算到国家将有灭顶之灾。”

“什么灭顶之灾？”

“千年一遇的沙漠风暴，会将整个绿洲、伽蓝古国淹没。”

“那国君为什么不带着皇室宗亲和臣民离开？”

“那是生养他们的故土，上至国君，下至乞丐，都不愿意离开。我猜想，国君必定征求过臣民的意愿。”

“那国君为什么把国库的财宝搬移出去？”

“有少部分伽蓝古国的百姓离开故土外出谋生，国君把财宝搬移出去，是为了离开故土的百姓，将来可以回来，用这些财宝重建伽蓝国。”

她顿时明白了。可他为什么知道得这么清楚？

“伽蓝古国就是这样湮灭的？无一生还吗？”

“除了少数几个离开故土的，皇室还有三位公主被送出去，是国君安排的。”宇文战天道。

“三位公主？”

“这三位公主正风华正茂，国君送她们出去，想必是存了为皇室留下一点血脉的私心吧。”

“那三位公主离开伽蓝古国，去了哪里？”慕容辞忽然想起，莫非九龙戏凤金钗就是这三位公主带出来的？

“国君要她们好好活着，倘若有可能，日后回去重建家园。至于她们命运如何、流落到哪里，谁也无法预料。”

“其中一位公主流落到秦国，成为秦国皇室里的人？”她揣测道。

“你猜对了，怀若公主流落到京城街头，跟我的皇祖父相遇，皇祖父对她一见倾心，带她进宫，纳她为妃。”

“她在宫里寿终正寝了吗？”

宇文战天摇头着说：“皇祖父深爱怀若公主，封她为贵妃，但后宫所有妃嫔都妒忌她，甚至皇祖母也暗中害她。皇祖父尽力保护她，不过她心思单纯，还是接连失去两个孩子，不能再有孕了。她万念俱灰，坚决要离开皇宫，皇祖父起初不同意，终于在她绝食十日后，放手让她离开。”

绝代红颜的命运大抵如此，让人唏嘘。

“她去了哪里？”

“她来到若羌，离故土最近的地方，在普华寺带发修行。在她寿终正寝之际，她画了一幅图托付给普华寺的住持。”

“就是《伽蓝图》？”

他颔首道：“但《伽蓝图》并不在普华寺，不过一行大师知道这图在哪里。”

“江湖传言，若要找到《伽蓝图》，必须先找到九龙戏凤金钗，是真的吗？”

“是真的。怀若公主是大公主，保管着九龙戏凤金钗，不过那金钗刚到普华寺不久就被盗了。”

“居然被盗了。”慕容辞不可思议道，“一行大师为什么不告诉你《伽蓝图》在哪里？”

“一行大师说我没有九龙戏凤金钗，即使告诉我《伽蓝图》在哪里，也找不到。”宇文战天失落道，“一行大师还说，只有伽蓝古国的皇室后裔才找得到《伽蓝图》。”

“皇室后裔……”她心神一震，换言之，她怕是不可能找到《伽蓝图》、雪芝草和玉泉之水了？那父皇怎么办……

她心焦如焚地问：“你知道另两位公主流落到哪里吗？”

宇文战天热切地看她，问道：“你父皇当真病危？被伽蓝古国的秘术控制？”

慕容辞心慌意乱地说：“我要救我父皇的命才来找伽蓝古国的遗迹。”

“阿辞，我们一起去求求一行大师。”

“可行吗？”

“不试试怎么知道不行呢？走吧。”

他拉她的手，她立即甩开，说：“我先回去跟他们说一声。”

回到禅房，慕容辞在慕容彧耳边低语了几句，焦虑道：“现在怎么办？”

“走吧，去找一行大师。”慕容彧起身，有那么一点不淡定了。

众人来到一行大师的禅房，一行大师正在盘膝打坐，双目微阖。

众人施了礼，慕容彧和润道：“打扰一行大师。”

“诸位施主，本住持已经说过……”一行大师轻缓道，双目微微睁开。

“大师可以说说怀若公主的事吗？”慕容彧和煦道。

慕容辞惊诧，他竟然知晓怀若公主。

宇文战天更是震惊，慕容彧的耳目果然无孔不入。

一行大师也颇为诧异，缓缓道：“没错，数十年前怀若公主在敝寺住了十年。然而，怀若公主已经过世多年，死者为大，就不要打扰她的亡魂了。”

“若我所知不差，怀若公主临死之前，应该亲手绘了三张图，一为《伽蓝图》，另外两张为跟她一同离开伽蓝古国的两位妹妹，也就是怀玉公主和怀沙公主。怀若公主过世后，这三张图由当年的住持玉林大师保管。玉林大师圆寂后，交由一行大师您保管，是不是？”

“施主从何处打听到这些？”一行大师面色不改，“你所说的这些，并非真实。”

“出家人不打诳语，没想到一行大师说起谎来脸都不红。”慕容彧讥讽道。

一行大师白须颤了颤，说：“怀若公主的确在过世前绘制了三张图。本住持知道你们的目的，不过怀若公主留下遗言，只有伽蓝古国的皇室后裔带着九龙戏凤金钗来此，本住持才会告知《伽蓝图》的下落。言尽于此，本住持即便是拼了这条老命也不会违背师兄的交代。诸位还是请回吧。”

慕容彧对慕容辞道：“我还有一件事要问一行大师，你们先到外面等候。”

禅房里，一行大师闭上双目问道：“施主还想说什么？”

“倘若我拿出九龙戏凤金钗，大师愿意告知《伽蓝图》在哪里吗？”

“方才本住持说得很清楚，两个条件缺一不可。”

“大师方便把怀玉、怀沙公主的画像给我看一看吗？”

“不可。”一行大师淡淡地拒绝，语气坚定。

慕容彧也不生气，从怀里取出一张画像，展开来放在他面前。

画上的女子明眸皓齿，明艳清美，一身雪色却潋滟华光，令人无法移开目光。

这女子……

慕容彧低声问道：“大师觉着，画像上的女子跟方才在屋里的那位公子，有几分相像？”

一行大师缓缓闭眼，说：“没有十分也有九分。”

“这画像是我所作，画的便是方才那位公子女装时的模样。大师是否想起了什么？”

“施主稍等。”

一行大师起身，从锁着的阁柜里取出一只古朴斑驳的沉香木盒，打开木盒，取出一张卷着的画像，缓缓展开。

两张画像并在一起。

一行大师的那张边角泛黄，看着有不少年头了。画中女子清滟绝美，风华绝代。细细看，两张画中女子眉眼有三四分相似。

“施主的意思是，方才那位公子是怀沙公主的后人？”一行大师看了半晌道，“但世间容貌相似者虽少，却也不是没有。”

“怀沙公主早已不在人世，谁也无法证明她是不是怀沙公主的后人。”慕容彧轻淡道。

“施主所言极是。你带了九龙戏凤金钗来的？”

“正是。”

慕容彧从墙角小几下取来一只其貌不扬的锦盒，打开层层黑布，他沉声道：“大师可验真伪。”

九龙戏凤金钗闪烁着灿烂明耀的金芒，艳如日月之光，确是世间无双的宝物。

一行大师只看一眼便不再多看，说："这确是真正的九龙戏凤金钗。"

慕容彧笑问："大师如何验证的？"

"当年怀若公主对师兄说过，验证金钗真伪最简单的办法是……"他指向那只金凤的凤首，"凤首这儿有一道细微的划痕，是怀若公主当年不当心划到的。"

"原来如此。我国陛下危在旦夕，要用雪芝草和玉泉之水救命，大师可否将《伽蓝图》的卜落告知？"

一行大师看向那扇关闭的窗户，良久道："也罢，就告诉你吧。倘若你们可以找到《伽蓝图》，说明那位公子是怀沙公主的后裔。若她不是，是不可能找到《伽蓝图》的。"

禅房的门吱呀一声开了，所有人都看过去，慕容彧清雅地走出来。

"一行大师坚持不说，我们回客栈吧。"慕容彧对慕容辞道。

宇文战天微微一怔，看到了他眼底眉梢藏不住的得意。

回到客栈正是吃午饭的时辰，慕容彧点了几样菜，吩咐伙计送到二楼客房。

房间里，她火速关好门，把他拽到桌前，说："快告诉我，一行大师跟你说了什么？"

他顺手一带，把她搂抱在怀，但笑不语。

"你快说！"

"先亲一下。"他的眉宇含笑道。

"你找打是不是？"

"一行大师的确跟我说了几句话……"他挑眉使眼色，压低声音道，"小心隔墙有耳。"

"那你悄悄跟我说。"慕容辞凑过去。

慕容彧捧住她的小脸便吻上去。

"你说不说……"她心里焦急，发狠地拧住他的耳朵。

“再用力一点，你看我说不说。”他有恃无恐。

她泄气地松了手，捧住他的脸，狠狠吻上去。

“好了，快说。”

“下午我们好好休息，夜里我们去找，一定可以找到《伽蓝图》。”

“当真？”

他点头。

吃过午饭，她正要歇息，却见宇文战天站在外面。他看一眼坐在床边的慕容彧，说：“阿辞，我有话跟你说。”

“我没话跟你说。”慕容辞冰冷道，走去关门。

“阿辞！”他伸臂撑在门上，眼里泛出痛色，“我们……连朋友都不是了吗？”

“对！”

“我的确做错了，我应该怎么做，你才会原谅我？”宇文战天低沉的声音含着无尽的悲痛。

“没什么原谅不原谅的，你已经不是我朋友了。”

他的目光移向坐在床边的慕容彧，沉痛地问：“我只问你最后一个问题，你是不是……已经对他死心塌地？”

她爽快道：“对。你猜得没错，他是我认定的那个人。现在你可以死心了吗？”

宇文战天愣愣地垂下手，眼里含泪，好似失去了今生最重要的东西。

她关好房门回到床边，慕容彧搂着她，有点同情地说：“宇文战天好像挺受伤的。”

慕容辞失笑道：“你同情他？”

他摇头道：“我羡慕自己。”

今夜星光黯淡，月色倒是清明，如清霜遍洒寰宇。郊野树林沉寂如死，偶有一两声野兽的嚎叫远远传来。

他们来到距离普华寺二里处的一片树林，树木稀疏，稀薄的月光与薄雾交融氤氲，他们穿梭在黛青色的薄雾里，往深处走去。

寒风吹来，树梢沙沙地响，瘆人得很。

“还没到吗？”琴若提着灯笼问道。

“很快就到了。”慕容彧答。

再走一阵，慕容彧终于停下，看着前面一株古树。那树干有被利刃砍过的痕迹，共有七道。

他辨认了一下方位，又往东走了十步，正好是另一株古木。他上上下下盯着那古木树干，“你找什么？”慕容辞不解地问。

“机关。”鬼影回道。

慕容彧眼睛一亮，伸手稳稳一按。

暗寂的夜里发出轰隆隆的声响，两株古木中间那地慢慢下陷、倾斜，沙土纷纷掉落，露出斜坡台阶。

往那露出地面的洞口看，洞内黑魆魆的。

琴若问道：“里面是地下石室吗？”

鬼影冲她一笑道：“进去看看就知道了。”

由他开道，慕容彧随后，拉着慕容辞的手走下石头台阶，琴若紧跟其后。

莫非这就是怀若公主的墓穴？

走到台阶的尽头，是一条黑暗的通道，鬼影找到机关把入口关了，“这里可以找到《伽蓝图》？”她忍不住问。

“有我在，别怕。”慕容彧握紧她的手，淡然一笑。

这地下墓室里弥漫着一股古怪的气味，走到尽头，往左是一条巨大石块垒铸成的通道，墙两边都有松油灯。鬼影用火折点燃松油灯，通道里顿时亮如白昼。

“倘若这是怀若公主的墓穴，那这墓穴造价不菲，普华寺有财力给她建造墓室吗？”她忽然想到这一点。

“宇文战天的祖父知道怀若公主在普华寺修行，在她死后建造了这座墓。”慕容彧道。

“原来如此。”

他们一路走一路点燃松油灯，走了一盏茶的工夫，走到了尽头。

没路了。

慕容辞转身望去，说："我们应该是错过了，回头找找。"

"不必。"慕容彧说罢，便在石墙中间以手丈量，往东两掌宽，往南三掌宽，往西两掌宽，往北四掌宽，定住，继而五指微张，用力地一按。

轰隆隆……泥沙掉落，石墙上移。

他怎么什么都知道？

进去是一个宽敞的石室，空无一人，鬼影和琴若点燃石壁上的松油灯，琴若皱眉道："还是什么都没有，这间应该不是怀若公主的墓室。"

石室中央有一个五级台阶的圆台，慕容辞走上去，在边缘处四处观看。

"你觉得这间石室是怀若公主的墓穴吗？"她问。

"应该是。"他在四周走来走去，又抬头望顶。

"你在看什么？"她下来好奇地问。

"鬼影"，慕容彧叫了一声。鬼影便把后背的布包取下来，取出一只锦盒，打开来，顿时金光闪烁。

"这金钗不是已经……"慕容辞又惊又喜。

"我早就仿制了一个赝品，把那赝品送给那人了。"

慕容彧轻笑，把九龙戏凤金钗放在地上。

那是伽蓝古国的方位，西南方。

四人退到角落，但见地上的九龙戏凤金钗光芒流转，越来越亮，似太阳逼近，整个石室充满了耀目的金光。

忽然，九龙戏凤金钗迸射出数道强烈的金光，与屋顶四个方位相应，璀璨至极，又慢慢暗淡下来。

太神奇了。

忽然，中央那圆台从中间断裂，一副石棺缓缓升上来。

"这就是怀若公主的棺椁？"琴若惊喜地笑。

"应该是。"慕容辞兴奋之情溢于言表，"莫非《伽蓝图》在棺椁里面？"

“有可能。”琴若正要上前，却被鬼影一把拉住，“小心机关。”

两人都盯着那被握着的手臂，鬼影触电似的松开，脸色赤红。

“太神奇了！”忽然有声音响起，几人回头，见是宇文战天兄妹。

原来这一路二人远远地跟着，慕容彧早已察觉到，只是没有阻止罢了。

“宇文太子也想得到《伽蓝图》，不如试试？”慕容彧沉声道。

宇文战天微微一顿，嘱咐宇文瑶不要上前，自己走上圆台，细细打量那棺椁。

忽然，他动手推那棺盖，使了五成力道，棺盖却纹丝不动。

他再运起八成内力，还是不行。再用十成内力，他额角青筋暴凸，整张脸涨红，大理石棺盖依然纹丝不动。

他的内力不比慕容彧差，那么，慕容彧去，估计也是这个结果。

“不如我们三人合力，应该可以推动那棺盖。”他对慕容彧和慕容辞道。

慕容辞讥诮地笑，与慕容彧走上了圆台，开始打量那大理石铸造的棺椁。

她蹙眉寻思，按照一行大师的意思，九龙戏凤金钗可以让这棺椁出现，而伽蓝古国的皇室后裔……莫非需要后裔亲自开棺？

正想着，慕容彧走过来对她低声道：“咬破中指。”

“做什么？”她诧异不解。

“按照我说的做。”

“哦。”慕容辞用力一咬，他握住她的手伸到棺椁前方，那里正有一个圆形凹槽，慕容辞的手指被他握着，带着鲜血按了下去。

宇文战天震惊无比，莫非她是……

只听轰隆一声，棺椁正中慢慢升起一个石托，石托上有一只木盒。

“取出来。”慕容彧低声道。

慕容辞已经被这一幕震惊得神思恍惚，她愣愣地取过木盒，打开来看，里面有一张旧旧的羊皮卷。

慕容彧将羊皮卷塞进衣襟里，牵着她走下来。

“这就是《伽蓝图》？”宇文战天才从震惊里回过神。

“应该是。”慕容彧淡然道。

“她打开棺椁的机关，那她岂不是……伽蓝古国的皇室后裔？”

这是众人都已想到，却难以置信的事实。

慕容辞恍惚地看慕容彧，这究竟是怎么回事？

“阿辞，你的外祖母是怀沙公主。”慕容彧紧紧握着她的手，轻声说。

御王霸气语录：本王看上的东西，一向喜欢独吞

伽蓝后人的阴谋

宇文战天对慕容辞的痴情

第五十五章

情愿与你一同赴险

怀沙公主?

她怎么可能是怀沙公主的后裔?她的母后是凌氏女儿，虽然凌家在大燕国并不是世家名门，但也是繁衍百年的簪缨门第，她的祖母怎么可能是怀沙公主?

太不可思议了。

慕容彧看着她温柔道:“你外祖母应该就是怀沙公主。当年你外祖父已有家室，不过偶遇你外祖母流落街头，被人欺负，就好心把她带进府里当下人。凌夫人苦于成婚数年没有生养一男半女，见你外祖母姿容姣美，就让她去伺候你外祖父。你外祖父对她因怜生爱，纳她为侧室，与她生了一双子女。”

凌家的这些旧事，慕容辞多少知道一些，此时，她有一种难以置信的感觉，只是方才她用自己的血开启了那棺椁，已是她的身世最好的证明。

慕容彧温柔道:“先回客栈。”

慕容辞本能地点头，依然魂游天外。

见宇文战天没有抢《伽蓝图》的意图，她稍稍放心，众人离开墓室，走进树林，那下行的台阶缓缓关闭。

有动静!

寒夜忽然响起扑楞楞的声响，无数黑影忽从四面八方降落，煞气涌起，夜风涌荡。

月华清冷，薄雾氤氲，数支火把亮起，照亮了双方的面目。

是东楚国太子和信王，南越国成王，还有其他两个江湖帮派。

这四拨人马必定是暗中盯着他们的行踪，就在这出口等着他们的《伽蓝图》。

“你们做什么？”宇文瑶愤怒地喝问。

“凤瑶公主，本宫是来保护你们的。”东楚国太子笑得颇有风度。

“你们得到《伽蓝图》了？”南越国成王感兴趣地问。

宇文战天的眉宇缭绕着浓烈的杀气说：“你们想要《伽蓝图》，自己进去找。”

“你们又是打哪里来的宵小之辈？”宇文瑶问那两个江湖帮派。

“老子乃蛟龙帮帮主。”蓄着络腮胡的中年粗汉哈哈大笑，“小美人，老子瞧着你当我帮主夫人正合适，回头跟老子回蛟龙帮。”

“胆敢羞辱皇妹，该死！”

话音方落，众人但见一道黑影凌空而起，下一瞬只听得清脆响亮的啪啪声，是某人被打了耳光的声音。

再一看那蛟龙帮主的嘴脸肿得老高，面目大变样，余人减了气焰。

招惹皇室可不是好事，蛟龙帮要是被朝廷剿灭，得落得个不得好死的下场。

慕容辞心里冷笑。

这时，一个白衣青年持着素扇合手一礼，说：“在下不才，乃天星派尊主。敢问阁下，是否找到了《伽蓝图》？”

“你算老几，为什么要告诉你？”宇文瑶怒道。

“公主此言差矣。”天星派尊主温润一笑，“有了《伽蓝图》，便可去寻伽蓝古国的遗迹和财宝。不过前去伽蓝古国的路途非常艰险，你们区区数人只怕难以成事。我天星派愿为诸位效劳，鞍前马后做些杂事，届时分得那财宝时的四分之一。诸位以为如何？”

“你觉得我们区区数人搬不回那些财宝吗？”慕容辞冷笑。

“伽蓝古国的财宝数不胜数，你北燕国独吞不太厚道吧。”东楚国太子笑道，“再者，只怕北燕国和西秦国两国也独吞不下。不如咱们四国结伴同行，路上也有个照应。”

“楚太子，你想坐享其成？”宇文战天目光阴寒。

“宇文太子，话不能这么说。”南越国成王阴沉地笑着。

“只怕你们也想独吞吧。”宇文瑶嘲讽道。

“御王，你意下如何？”南越国成王转而问慕容彧。

“御王，把数不胜数的财宝运回北燕，目标太大，必定有不少人来抢。”东楚国太子接着游说，“若我们四国联手，一定可以震慑住那些来找死的江湖帮派。”

慕容彧说：“本王看上的东西，一向喜欢独吞。”

慕容彧不愧是慕容彧，一语惊人。

“既然御王一意孤行，那就休怪本王不留情面！”东楚国太子和南越国成王的面色很难看。两人对视一眼，吹响一声口哨，更多的黑衣人出现。

四拨人马共有二百余人。

宇文战天斜勾唇角，说：“以为这样就能吓住本宫？”他缓缓抬手，瞬息之间，三十余人从一旁涌来。

“诸位可曾听说过本王麾下的神箭队？”慕容彧风光霁月道。

南越国成王和东楚国太子、信王面色大变，宇文战天也是心神一动，说：“本宫也曾听闻，御王亲自训练了一支神箭队，只有十八人，但个个神乎其技，射术十分可怕。”

神箭队出现的地方，寸草不生，即便是千军万马，也有可能败下阵来。

暗夜里的树林波云诡谲，火光飘摇，双方人马冰冷地对峙着。

慕容彧一点头，鬼影把双手放在嘴边，发出古怪的声响。

死寂的树林连夜风吹过树梢的声响都没有，瘆得慌。

“哪有什么神箭队？吓唬人的吧。”那几人试探道。

“就是就是，那个什么御王根本就没带人马来。”

“就算神箭队来了又如何？我等武功不凡，三五招就能把那些人的脖子给扭断……”天星派的人说着，语声忽地戛然而止。

噗噗噗——

尽是利箭刺入血肉之躯的声音。

东楚国、南越国、蛟龙帮、天星派的人接连中箭倒地，瞬息死了一半。

那从暗处射出的利箭，比疾风还快，比魅影还可怕。

皆是五箭齐发，每箭都刺中一人，无一虚发。

利箭如暴雨似的飞袭，密密匝匝，东楚国太子、南越国成王纷纷挥剑来挡，十分狼狈。

只是顷刻间，四拨人马只剩下三分之一，地上横七竖八都是血淋淋的尸体。

而放箭的人，藏在什么地方，根本看不见。

慕容彧的玄色广袂在夜风里飞扬飘举，那冷峻的雪颜似极地冰川飘着雪花，寒气凛冽，清贵华雅，不见半分血腥气，却做出这等嗜血的事，吓得人心胆俱裂。

南越国成王和东楚国太子不敢再叫嚣，蛟龙帮和天星派的首领也不再大放厥词。

慕容彧薄唇轻启，“本王这几个下属许久未曾以真人为靶，下手重了些，诸位还请担待。”

“御王说笑了。”天星派尊主咬牙切齿道。

“今夜见识到御王神箭队的神威，实乃三生有幸，三生有幸。”东楚国太子笑道，“御王，诸位，时辰不早了，本宫先行一步。”

说罢，他拱手一礼，率领剩下的人马离去。

余人接连告辞。

慕容彧，天地之间只此一人。

“殿下，咱们是不是回客栈？”琴若问道。

慕容彧握着慕容辞冷凉的手，眉眼浅笑，“回客栈吧。”

这一路倒是太平，慕容辞等人回到客栈，已经四更天。

她把房门关好，兴奋地对慕容彧道：“我们看看《伽蓝图》。”

他已经解了衣袍，脱了乌金靴，掀开棉被靠坐着，从锦盒里取出那羊皮。

“为什么这羊皮卷上什么都没有？”她又看了反面，还是空白一片，“不会是假的吧？”

“一行大师不会骗我，再者这羊皮是从棺椁里拿出来的，这应该就是《伽蓝图》。”慕容彧淡然道。

“可是这什么都没有呀，我们怎么找伽蓝古国？”她激动道。

“别着急，我琢磨琢磨，先睡吧。”他把羊皮卷收回木盒，放在枕头下。

只是，刚睡过去，她就被屋顶的声响惊醒。她猛地睁眼，看见慕容彧已经醒了，他食指放在嘴边，说：“嘘！”

屋顶必定有人，是冲着《伽蓝图》来的。

“不上屋顶看看是哪个吃了熊心豹子胆的？”

“不必，鬼影会处置。”

他翻身裹住她，一低头就吻上了她的唇。

慕容辞窘迫不已，又是这种时候浓情蜜意。然而他沉迷地吻她，双目微阖，渐渐地，她受不住这绵密湿热的吻，情不自禁地合眼。

不知过了多久，他才放过她。

咚咚咚……

有人敲门。

“王爷，属下已经解决那两个人。”鬼影禀道，“那两人是江湖名声最盛的雌雄大盗千面飞狐。”

“他们跑了？”

“他们受了重伤，不过还是逃了。”

“退下吧。”

“是。”

慕容彧确实心思缜密，若不是他提前部署，盗名最盛的千面飞狐怎会没得手。

这一夜，她睡得相当安稳。

第二日，他们打算吃过午饭便启程，琴若正收拾行装，不一会儿伙计便将饭菜端来，轻轻放在案上。

突然，那伙计冲向琴若，疾风般抢过他们的行囊就往外奔。

慕容辞跃去房门，抽出软剑直刺而去，那伙计敏捷一避，虚晃一招夺门而出。

她大怒，一剑刺向他的后背，而那伙计留下一道残影，消失了。

“抓住他！”鬼影正巧出来，琴若大叫。

鬼影转头一道气劲直击那人要害，把那人扑倒在地。

而慕容彧在那房内，也正与贼人搏斗。

案上放着黑布包裹着的锦盒，那贼人直奔过去。慕容彧不慌不忙使出一道白色气劲，一袭过去，那贼人虽抓到锦盒，也内息震荡呕出血来。

慕容彧五指微张，一股强烈的吸力，将贼人手里的包裹吸来，又手一扬，一枚暗器无声无息飞去。

那人身子一僵，挣扎着扑向窗台，武艺不强而轻功了得，然后慕容彧跃起一剑，剑尖如毒蛇般刺向对他的心口。

扑哧……

那贼人喷出鲜血，实是没想到对方轻功更胜他一筹。

重伤之下，他再无还手之力，束手被擒。

而外面走廊，鬼影也擒获了那个伙计。

原来千面飞狐易装，此时，他们被鬼影封了穴道，无法动弹，现出原本面目。

这一对夫妻，纵横江湖盗界十年无敌手，今日却栽在了他们手里。

“请得动千面飞狐的人不简单，二位最好如实招来。”慕容彧轻淡道。

“要杀要剐，悉听尊便。”

“会不会是南越国、东楚国以钱财收买他们办事？”慕容辞对慕容彧低声道。

“不一定。”慕容彧一笑，“你们不说也没什么，本王迟早查得到，只是可惜了你们一双盗界圣手，往后江湖再无千面飞狐的名号。”

他要砍断千面飞狐的双臂？

够狠！

千面飞狐面色大变，砍断双臂比杀了他们还要残忍。

鬼影道："王爷没什么耐心，再不招……"

那男子满身都是血，气息奄奄地说："我说……来找我们的是一个中年妇人，给我们一千两订金……要我们偷九龙戏凤金钗和《伽蓝图》，只要偷得一样，便能再得五千两，若是偷得两样，便给我们一万两。"

慕容辞再次咋舌，那幕后主使手笔真大。

等等，中年妇人？

"那中年妇人长什么样？"她问。

"那中年妇人戴着帷帽，看不清面容。"

"那中年妇人哪日找上你们的？"

"两日前，就在若羌。"

慕容彧挥手，鬼影带他们出去，先关押起来。

慕容辞立即道："我觉着是害我和父皇的那个神秘人收买的千面飞狐。"

他点点头，"看来这神秘人早就知道我给他的金钗是赝品，暗中跟着我们来若羌，待我们得到金钗和图，便下手来偷。"

"这神秘人会不会再次对我们施展摄魂术？"她担忧道。

"这些日子我们当心一些。"他轻轻一笑，"这神秘人不会善罢甘休，还会再次来抢。"

闹了这么一场，大家都饿了，速速吃完饭，他们只歇了会儿，宇文战天兄妹就过来了。

"你们这就要去找伽蓝古国吗？"宇文瑶坐在她身边问道。

慕容辞点头，心知宇文战天必定不会罢手。

"我和哥哥跟你们一起去找好不好？此去要横穿沙漠，翻越雪龙山，有我们跟着，起码有个照应。"宇文瑶笑道，"不过你们放心，我们也不要财宝，就是想去看看伽蓝古国的遗迹。"

"你们对若羌以西的地貌和气候不甚了解，我一个下属是若羌当地人，他熟悉大漠气候，横穿沙漠的经验丰富，对雪龙山也很熟悉。有他带路，我们一定可以找到伽蓝古国的遗迹。”宇文战天看着慕容辞，目含期盼。

宇文战天所说的的确颇为诱人，可是，他打的什么主意，她心知肚明。

慕容彧似笑非笑地说：“宇文太子想跟本王一起去，也不是不可，不过你不可带其他下属，且要听命于本王。”

“行。”宇文战天十分惊喜。

从若羌城西出去，十余里外便是茫茫大漠。

宇文战天的下属是若羌人，名为刘义，四十来岁，面色黝黑，额头爬满了皱纹。

刘义的父亲一生往返于若羌与大漠，经历了数十年风沙，刘义自十五岁起就跟父亲横穿沙漠，直至数年前父亲去世，他才北上京城谋生，进入太子府做事。

横穿沙漠必须以骆驼为骑，刘义从老熟人那里租来的骆驼不多，神箭队无法全部随行。慕容彧决定只带六人，剩下的十二人留在若羌接应。

带上足够的水和干粮，一行人浩浩荡荡地开赴大漠。

他们牵着骆驼前行，刚刚走到大漠边缘，忽然脚下的黄沙急速滚动，众人一惊，又见黄沙似大海掀起惊天巨浪，吞天遮日。漫天的黄沙里，一道黑影骤然闪现，如暴雷袭来，那银光如日耀目，凌厉嗜血。

慕容辞火速抽出软剑挥去，铮的一声，尖锐刺耳。

黑影现形，是五十余黑衣人！

慕容辞的眼中掠起凶狠的杀气，一剑刺过去，那黑衣人凭空消失，忽然她察觉身后有隐约阴风，软剑反手挥出，剑气如虹，那黑衣人又一闪躲，再一剑袭来，慕容辞再挡再击，黑衣人又蓦然消失。

当真诡异！当真凶险！

慕容彧跟三个黑衣人对战，对方忽而消失忽而出现，他眼神寒厉如铁、精锐如鹰。突然，他的耳朵动了动，察觉到一人在底，一人在头顶，一人在背。

三方夹击，攻势凶猛。

那三个人手持利刃向他刺来，然而倏地一下，他消失不见了！

他们面面相觑，莫非他会他们的看家本领？

其实，他只是移位幻影，以鬼魅般的速度避开这致命的死局。

他凌厉地挥出一剑，剑气横扫，似一条见血封喉的丝线从那三人的颈上飞过。

砰砰砰，三人接连倒地。

那边宇文战天护着妹妹，已杀红了眼，使出的招式无不阴毒狠辣。

“他们所使的应该是幻术，大家注意。”慕容彧高声喊道。

“原来是幻术。”宇文战天邪鸷地冷笑，凌空一跃挥下长剑，银白剑气似滔天巨浪，当即摔飞几人。

慕容辞将内力灌注于软剑，一剑挥去，强大的气流裹挟着黄沙奔向黑衣人。

细沙入眼，她再趁此良机突袭，一击即中。

不出片刻，黑衣人只剩下十个，鬼影擒住一人喝问：“谁派你们来的？”

那黑衣人双唇紧闭，别过头去。

“既然不说，那就砍下四肢！”慕容彧喝道。

十人惊骇无比，四肢被砍下比杀死他们残忍数倍。

宇文战天阴冷道：“只要说出你们的主人是谁，便给你们一个痛快。”

黑衣人咬牙，半晌道：“是香夫人。”

香夫人？几人面面相觑，未曾听说过这个名号。

“香夫人在哪里？”慕容彧问。

“就在若羌。”

鬼影收到慕容彧的命令，手里的长剑迅猛地一扬，手起刀落，见血封喉。

眨眼间，十个黑衣人都死了。

一行人都知道，香夫人不会善罢甘休，说不准会尾随他们前去，再伺机下手。

但又能如何，他们还要去找伽蓝古国的遗迹。

刚才一战，宇文瑶受了不少皮外伤。

“让你妹妹留在若羌。”慕容彧对宇文战天道。

“好。”他也觉得带着受伤的妹妹不妥，毕竟还要涉险。

“皇兄，我要和你们一起去！我这只是外伤，包扎一下就好了！”

“此行有太多未知凶险，你会成为我们的拖累。”慕容辞冷酷道，“若你在半途伤势加重，或是病了，我们不想因你而耽误行程。若你有自知之明，就留在若羌。”

“你怎么可以……”宇文瑶又激动又气愤，“无论如何，我不会回若羌！我要去找伽蓝古国！”

“此事没得商量！”宇文战天强硬道。

忽然，慕容彧、宇文战天不约而同地转头望去，慕容辞不解，回身一看，正有四个青衣大汉扛着一架肩舆健步飞来，那肩舆形制简单，木制顶盖，垂着白纱。

白纱飘飞，如梦似幻，使得外面的人看不真切里面。

“殿下，肩舆里坐着的好像是个女子。”琴若道。

肩舆很快就到面前，白纱静静垂落，依稀可见里面的那女子年纪不小，不过雍容华贵，风韵犹存。一个身穿绸缎的中年妇人从后面走出来，静色道：“我家主子，香夫人。”

“香夫人有何指教？”慕容彧拱手一礼，却是暗中运气，一道白色气劲追风般袭去。

“御王客气了。”这声音颇为稳重，似有几分风韵。她扬手轻轻一挥，那道气劲缓缓飘落。

香夫人果然不简单。

“香夫人数次对我等下手，不仅对太子殿下施展摄魂术，还对我国陛下施展秘术，究竟有何企图？”慕容彧问。

“的确是我对慕容太子和贵国陛下施展了秘术。”香夫人清绵道。

“香夫人是伽蓝古国的皇室后裔？”看似问话，慕容彧的语气十分笃定。

“传闻御王睿智善谋，果然名不虚传。”香夫人语声温婉柔软。

慕容辞心神大震，香夫人真的是伽蓝古国的皇室后裔，看年纪，应该比她长一辈。

那么香夫人的母亲应该是怀玉公主。

慕容彧道："本王猜想，你抢夺九龙戏凤金钗和《伽蓝图》，是想找到伽蓝古国的财宝，重建伽蓝国。"

香夫人轻笑道："若你愿助我一臂之力，我许你一人之下万人之上，如何？"

"如今本王已是一人之下万人之上，如何会舍弃已有的荣耀追寻缥缈虚无的东西。"他淡若清风地一笑。

"可惜了，其实我不愿与你为敌，不过今日我必须阻止你们。"

慕容彧冰冷道："你不是想重建伽蓝国吗？本王去寻伽蓝古国并非为了财宝，而是为了雪芝草和玉泉之水，并不会妨碍你重建伽蓝国的春秋大梦。"

香夫人阴柔道："你不懂。玉泉是伽蓝国臣民崇拜的生命之泉，外人不能去打扰玉泉的神灵，否则会破坏伽蓝国的龙脉与国运。"

宇文瑶嘲讽道："都湮灭亡国了，还有什么龙脉、国运？"

话音方落，忽有一道细小的银光飞向她，其速之快，如惊电闪过，宇文瑶花容失色，宇文战天扬手挥出一道气劲，将那细小而致命的暗器打到一旁。

这香夫人的手段太过凶残，霸道蛮横。

"本王之所以寻伽蓝古国的玉泉，全拜香夫人所赐。"慕容彧目光清寒，"并且本王决定的事，谁也阻止不了。"

"既然你想去送死，我自然不会阻止。"香夫人讥诮道。"不说大漠、雪龙山的路途艰险，若你们当真找到伽蓝古国的遗迹，只要进去了，就会丧命。"

"为什么？"慕容辞半信半疑。

"你是伽蓝皇室的后裔，自然不会有事，不过他们这些人，必死无疑。"香夫人冷笑道，"外人踏足伽蓝圣地，只有死。"

"为了阻止本王，香夫人竟然信口开河。"慕容彧讥笑。

“我是不是信口开河，待你真的找到伽蓝古国的遗迹就知道了。”她冷笑。

慕容辞犹豫再三，问道：“为何外人不能踏足？”

“这是母亲亲口对我说的，这便是伽蓝国的神秘之处。许是为了防止外人去寻找财宝。”

她说的是真的吗？

倘若他们真的找到伽蓝古国的遗迹，那么慕容彧他们都会死？

为了救父皇一命，却要她挚爱的男子和那么多人丧命吗？

“言尽于此，你们想去赴死，与我何干。”香夫人清冷地笑道。而后那四个青衣大汉扛着肩舆飞奔离去，转眼间就消失得无影无踪。

宇文战天见慕容辞面有犹豫之色，提议道：“阿辞，不如我们就地歇息，再议此事？”

她怔了一会儿，点点头就地坐下，众人取出水囊喝了两口，慕容彧坐在她身旁，低声问道：“阿辞，你怎么想的？”

“你觉得香夫人的话，几分是真，几分是假？”

“我也说不好。”他眉宇微拢道，“但我更倾向于，她想阻止我们去寻找伽蓝古国的遗迹。”

宇文战天温柔地看着慕容辞，道：“阿辞，我觉得此事不能博一个万一，慎重为好，毕竟你是燕国太子，你父皇就你这么一个……若你和慕容彧有任何不测，燕国岂不是要大乱？”顿了顿，他又道，“若你决意要去，我也会陪着你。”

是啊，倘若自己和慕容彧因此无法安然无恙地回去，而父皇又病重，燕国怎么办？

慕容辞无助地看慕容彧，他握住她的手，低声道：“倘若不去，不救陛下，你会后悔。既然会后悔，那就去吧。”

这坚定的话语，激荡着她的心。

在这世间，他最了解自己。

她的确犹豫，不愿让这么多人无辜地丧命，然而倘若眼睁睁看着父皇死去，她会后悔。

“诸位大人，我可以说一句吗？”说话的是相貌忠厚的刘义。

“你说。”宇文战天道。

“我奉劝你们，不要去！”刘义眼里划过一丝恐惧。

“为什么？”慕容辞诧异地问。

刘义没有回答，转过身走了几步，跪在地上，双肘支地，双手向前，额头磕在沙土上，屈身向远方大漠朝拜。

“他在做什么？”宇文瑶不解地问。

慕容彧沉沉道：“他应该是在跪拜他心目中的神祇，本王看见过几个若羌人也是这般跪拜上天诸神。”

宇文战天点头，说：“的确是。若羌人对上天诸神的崇拜非比寻常。”

刘义拜了三拜才起身，走过来郑重道：“诸位大人，千万不能去，去了就回不来了。”他的面庞泛着惊恐，“不说路途艰险，凡是去找伽蓝古国遗迹的人，都是有去无回。我父亲过世前两年，带过三拨人横穿大漠去找伽蓝古国的遗迹，我和父亲只把他们带到雪龙山脚下，后来我们日日在若羌等候，那三拨人都没有回来。”

“或许他们归来的途中没有走出大漠……”慕容辞揣测道。

“不，不是，一定是他们冒犯神祇，冒犯了伽蓝古国的神灵。若羌人都知道，伽蓝古国的神灵是不能冒犯的。伽蓝古国为什么会湮灭？会一夜之间消失？就是因为伽蓝古国的君臣冒犯了神灵，才遭受到神灵惩戒，要他们全部死在黄沙底下。”

“伽蓝古国的君臣如何冒犯神灵的？”慕容辞问道。

“其实我也不知道，年幼时听爷爷说过，好像是伽蓝古国的国君有一位狂妄无礼的皇子，这位皇子亵渎神灵，惹得神灵大怒，这才决定惩戒伽蓝古国。”

慕容彧眨眨眼，沉沉道：“神灵也好，其他原因也罢，我们都要去寻找伽蓝古国的遗迹。”

刘义又气又急地说：“你们这是白白送死。”

宇文战天冷冷道："你且带我们抵达雪龙山脚下，你不愿跟我们一起去，我们不会勉强你。"

宇文瑶回了若羌，慕容辞等人坐在骆驼上，往大漠腹地进发。

放眼望去，大漠无垠，黄沙浩瀚，长空特别高远，驼铃清脆悦耳，随风飘扬开去，是这单调乏味旅途里唯一的点缀。

路途艰险，昼热夜寒，为了节省时间，他们临近子时才停下来，在黄沙地上铺了薄毯，大伙儿都累了，吃了干粮躺着就睡着了。

苍穹广袤，夜幕漆黑，星辰那么亮，铺天盖地地垂下来，当真奇美。

头三天相当顺利，慕容彧等人一路向大漠腹地挺进，无论是灿烂的日出，凄美悲壮的日落，璀璨的夜空，都是一幅幅烙在心底、永世不忘的画卷。

大漠的天象瞬息万变。刘义时不时地望望天，注意天气变化。

这夜，他们提前一个多时辰歇息。

慕容彧正与鬼影安排行程，明日就要穿越死亡之海了，传说横穿这片沙漠的人，十有七八会消失在死亡之海，刘义说至少要四日才能走出，鬼影备的水和干粮，应该还能应付五日。

正说着，突然听到大漠响起一道惊叫声。

是她！慕容彧心神一震，朝那声音飞奔而去。

只见星光月色下，慕容辞陷在黄沙里，噬人的黄沙已经淹没到她的下巴！

慕容彧全身绷紧，正要奔去救她，却听见宇文战天疾言厉色道："不要过去！"他紧张得后背都湿透了，"这是流沙，阿辞你冷静，不要动，把双臂、双腿伸展开，慢慢地，不要慌……"

"嗯。"慕容辞全身僵硬，按照他说的慢慢地伸展四肢。

泥沙继续吞噬，速度变缓。

虽看着阿辞还算冷静，慕容彧的心却快要跳出嗓子眼了，好似全身的血液都涌上脑门，拳头攥得紧紧的。

"阿辞你轻轻地挪动脚，上下挪动。"宇文战天的额头渗出豆大的汗珠。

慕容辞照做，感觉到自己不再下陷了，刚刚松一口气，却见慕容彧与鬼影陡然飞身跃起，径直朝她掠来，一把探进黄沙紧紧抓住她的手臂，再合力一拽，带着她跃到一边安全地带。

慕容辞惊魂未定大口喘气，慕容彧一把将她狠狠抱住。

太惊险，太可怕了！

宇文战天紧张得浑身湿透，斥责道："你知道这样做多危险吗？一招不慎就会令她迅速被流沙吞噬。再者你那样拽她，她的手臂很有可能被你拽断。"

慕容彧脸色沉沉，不言不语，总之她没事了。

"宇文太子，多谢你方才救本宫。"慕容辞诚恳道。

他噎住，无言以对。

她这疏离的态度，让他心里苦涩。

这夜，他躺在黄沙上，脑中一遍遍地浮现她和慕容彧相拥的一幕。那是劫后余生的庆祝，是相濡以沫生死相依的默契，是两个人一条命的刻骨深情。

他这辈子再也不可能得到阿辞了。

太子殿下有喜了之伽蓝古国迷踪

寻到伽蓝古国遗址

一众人的大漠历险

鬼影：琴若，回京后我会娶你

第五十六章

伽蓝古国涉险取药

黄沙漫漫，浩瀚无垠。

连日来的赶路以及缺水，使众人都疲惫不堪，但每个人依然坚持着。

宇文战天问刘义：“此处应该是大漠的腹地吧，我们走了一半路程吧？”

“应该是。”刘义左右前后望了望答。

慕容辞闻言，欣喜不已。这个刘义对大漠还真熟悉，她一到这大漠，东南西北都分不清了。

又走了一个时辰，刘义忽然朝后面大喊：“快走！”

话音未落，风就变大了，呼呼地刮着，吹得风沙弥漫，骆驼好像预感到什么，加快脚步跑着，

一队骆驼嗒嗒地跑，慕容辞忍不住回头，不禁大吃一惊——身后漫天的风沙如滔天巨浪狂涌奔来。

风暴！

他们遇到了毁天灭地的风暴！

劲风的威力越来越大，狂猛似潮，刮得他们险些栽倒下来。

风沙巨浪间，天地回归洪荒混沌时期。那风暴犹如巨龙在天地之间腾跃、肆虐，要将人类吞噬，将所有生灵淹没。

“快跑！”宇文战天急喊道。

“啊——”一阵黄沙如利刃袭来，慕容辞和琴若栽倒在地。

慕容彧跳下骆驼一把扶起她，与她相互搀扶着一起上了骆驼，琴若挣

扎着爬起来，无奈风沙太大，片刻又被刮倒。鬼影过来扶起她，一把将她抱上骆驼，自己也爬了上去。

天地玄黄，混沌一片。

他们的队伍已经散乱，各自逃命。

刘义跑在最前头，大喊："不要慌！把水和食物带好，不要弄丢了……"

风沙把他的声音吹得七零八落。

天地混沌里，他忽然望见不远处有一段土墙，惊喜道："快！往这边跑！"

慕容彧护着她跳跃下来，而后提气飞奔，其他人纷纷效仿。那刘义被宇文战天拽着，但见一片混沌里数道黑影在半空飞奔。

终于赶到那段两三丈的坚硬土墙前，刘义再次大吼："躲在土墙下！背对着风！"

众人迅速把骆驼拉好，而后照着他的样子坐在土墙下面，埋着头。

因为土墙的阻挡，风小了些，不过风沙依旧，不能睁开眼。

众人佝偻着身坐着，劫后余生似的剧烈地喘息，风沙呼呼地奔腾而过，席卷了一切。

不知过了多久，风沙终于小了，琴若缓过神来，觉得自己被人紧紧抱着，一抬头，鬼影一双灼热的眼睛正看着自己。

四目相对，鬼影忽然窘迫地松了手，琴若坐正，他方才又握住她的手道："琴若，我会负责。"

"什么？"风声依旧，听不太清。

"我会负责。"鬼影大声说，"回京后我……会娶你。"

"我不能嫁给你……"她心慌意乱地说道，眉间布满了娇羞。

"为什么？"他的心口好似被揍了一拳，不觉松开了手。

琴若心弦一颤，敷衍道："以后再说吧。"

渐渐地，大漠恢复了宁静，微风吹拂，长空依然混沌不清。

他们活下来了！

这劫后余生的艰苦与辛酸，他们真真切切地又感受了一回。

鬼影带着几个下属去清点骆驼和物资，面色沉重。

“王爷，水囊丢了三个，水桶丢了一个，还丢了一些东西。”鬼影禀道。

“无妨，只要有水和干粮，我们就能支撑到走出大漠。”慕容彧沉沉道。

“从现在开始，我们要更节约喝水。”慕容辞道。

“你撑得住吗？”他问。

“撑得住。”她坚定地点头。

幸好有刘义在，他们没有迷失方向。又走了一日，当众人都疲惫不堪几乎奄奄一息的时候，忽然望见远处高耸入云、巍峨陡峭的山峰。

是雪龙山！他们快要走出大漠了。

又撑了半日，终于抵达雪龙山下。尚存体力的几人去找到了水，还摘了熟透的果子回来。

看见高空有日光般的极光闪烁着，慕容辞眯着眼，恍然如梦。

雪龙山……太好了……

大漠几日，一行人都没好好地吃过一顿饭，他们决定在雪龙山休息一日，恢复体力。

鬼影和琴若一起捡木柴生火，不多时，几个下属也满载而归，打了几只飞鸟，摘了不少果子。

飞鸟煮汤，果子分发下去，正好每人两个，还有不少干粮，用火一烤，这一餐美味得很。

吃饱喝足，众人径自躺在地上，沉沉睡去。

鬼影检查了随身背着的九龙戏凤金钗，道：“王爷先歇息，属下守上半夜。”

慕容彧点点头，也检查了《伽蓝图》，而后去慕容辞身边躺下。

几日奔波，确实乏了。

琴若却翻来覆去睡不着，想了半天，她还是走到鬼影身边，坐下来。

“有事找我？”他抬头看她，有点激动，又有点忐忑。

“我……我不需要……你负责……”她低着头，声音软软、低低的。

“不需要我负责？”他顿时心里充满了失望与挫败。她是特意来拒绝他的？他心里闷闷的，苦涩道，“我明白了。”

“你不明白……我是想说，我一直伺候太子殿下，我是内侍……”琴若见他无动于衷，心里着急。

“哦……”原来她是想说，不能嫁给他，“我明白了。”

“你真的明白了？”她盯着他问。

“明白。”他郑重地点头，“你放心，以后我不会再烦你、打扰你。”

“你……”她又气又急，又因为是女儿家，不好说得那么明白。

“啊？”鬼影这回真懵了，他挠挠头憨直地问，“琴若，你究竟想跟我说什么？”

“你怎么是个榆木疙瘩？”琴若恼怒地瞪他一眼。

“我……我从来没跟女子相处过……我不会说话，你别生气……”

她抬头看他，目光盈盈地说：“等殿下与王爷……成了，你我才有可能……”

他终于明白她的意思，兴奋地握住她的手，舌头都打结了，说：“好好好，我等……我会一直等……”

慕容辞一觉睡到第二日天亮，醒来神清气爽。

吃过早饭，他们围坐在一起商议。

雪龙山巍峨高耸，山高似有万丈，宇文战天问刘义：“必须翻越雪龙山吗？有没有小道、捷径？”

“的确有一条小道，无须翻越山顶，不过……”刘义皱眉道，“那条小道非常难走，一不小心就会掉落万丈悬崖。”

这群人如何会怕，纷纷要求走小道，刘义勉为其难地同意了。

众人收拾了行装，给骆驼留了吃粮拴在山下，便徒步上山。

都是习武之人，登山并不觉得多累。

刘义边走边说，伽蓝古国还没有湮灭的时候，从西秦国到伽蓝古国，唯一的路也是要横穿大漠，翻越雪龙山。当时，去伽蓝古国经商的勇敢之人结伴横穿大漠，翻越雪龙山。不过，很多人都知道雪龙山有一条小道，走这小道可以节省一半时间。

但是因为太险，总有人在那条小道上坠落万丈悬崖。

不多时，他们便上了小道，小道果然很窄，仅容一人行走。一边是山，灌木遍地，荆棘丛生，一边是悬崖峭壁，深不见底。

这真是天下第一窄的山间小道吧，要紧紧贴着山体走，连慕容辞、琴若都紧张了。

“其实你无须担心掉下去，以你的武功，掉下去也能用轻功飞上来。”鬼影对琴若轻松道，“即便你掉下去，我也会拼了命救你上来。”

他们身后的慕容辞与慕容彧面面相觑，他狡黠一笑道：“鬼影得我的真传，手到擒来，有慧根。可怜我努力那么久才抱得美人归。”

在这么陡峭的山路上，也没个正经，不过她也没那么紧张了。

走了好一会儿，终于找到一个洞口，从这里就可以穿过雪龙山的腹地，于是又走了两个时辰，终于走到雪龙山的另一面，一众人欢呼雀跃。

站在山腰，慕容辞眺望远方，终于见到一片小小的绿洲，激动得热泪盈眶。

“我们终于要到了！”她紧紧地抱着慕容彧的手臂。

“嗯。”慕容彧由衷地高兴。

黄沙如海，绵延无际，下面应该就是被淹没的伽蓝古国。

宇文战天也很兴奋，热泪湿了眼眶，说：“倘若伽蓝古国还在，必定是一个繁荣昌盛的国家。”

他们欢呼着下山，走了一阵，一转弯，忽然觉得强光刺眼。

再一看，不远处的山腰、山顶，雪白一片，一个纯粹的冰雪世界，阳光底下闪闪，缭绕的雪光似是九天神仙随手洒下的仙气。

传闻雪龙山的积雪千年不化，是一个仙气缭绕的冰雪之地，让不少人向往。

第一次看见雪龙山的积雪，一众人都十分兴奋。

望了好一会儿，才又继续下行。

嚓嚓……嚓嚓……

众人都听见这古怪低闷的声音，宇文战天回望了一眼，雪龙山沉寂如渊，并无异常。

过了片刻，又传来嚓嚓的声响。

慕容彧一回头，不禁面色大变地喊道："快跑！"

是雪崩！

说罢他揽着慕容辞的纤腰，飞一般地狂奔。

鬼影勾着琴若提气掠起，宇文战天揪着刘义疾速飞掠。

雪崩太可怕了，不过片刻，他们就感觉到雪龙山的积雪在身后轰然崩塌，滚落飞奔，似滔天巨浪，如山洪暴发。

若非他们有轻功防身，飞速逃奔，早已被崩塌的雪山覆盖淹没了。

不知飞奔了多久，他们终于到了山脚下较为安全的地方，径直躺在地上剧烈地喘气。

雪龙山依然在崩塌、倾落，雪浪飞冲下来，雪雾纷飞，惊心动魄，绝美也致命。

方才来路都被白雪覆盖，不知过两日如何回去，不过船到桥头自然直吧。

一众人商议之下，决定先歇息一夜，明日一早去找伽蓝古国的遗迹。

足足走了两个时辰，才走到在山腰看到的那片绿洲。

这片绿洲不大，有一弯月牙形的湖泊，湖边是干燥的泥地，还有稀疏的叫不出名字的树。

一行人决定在这儿歇一夜，鬼影当即吩咐下属捡树枝来准备篝火。

终于有水了，盛了一大罐清水后，慕容辞蹲在湖边，打湿布巾，将这些天尘土满面的脸擦得干干净净。

宇文战天在一旁呆呆地看着，此时月亮冉冉升起，星辰布满了墨蓝的夜空，星光落在她恢复了白皙的面上，落在她的明眸上，那么晶亮，那么潋滟。

在这世间，她的美，所有红颜粉黛都比不上。

“看够了吗？”慕容彧走到他身旁，冷沉道。

“世间美丽的人或物，每个人都可以欣赏。”宇文战天淡淡道。

“其他的我管不着，但她不可以。”慕容彧说罢，就去揽着她的纤腰走开了。

不多时，几个下属抱着树枝木柴回来，生了火，将就着应付了这一顿，便就地歇息了。

东方，太阳冉冉升起，朝霞铺满了半个长空。

天蓝，水清，一切清澈得不可思议，霞光流转，如琉璃般晶莹剔透。这片绿洲宛若世外桃源，遗世独立，不为人知。

一行人收拾行装前行，出了绿洲便是戈壁，硬地上都是粗砂、砾石，偶尔能看见一株红柳或骆驼刺。

寒风凛冽，吹在脸上如刀割般辣疼。

远远望去，这戈壁滩根本望不到尽头，天与地相接的极远之处，灰蒙暗淡。

“王爷，距离伽蓝古国的遗迹是不是不远了？”鬼影问慕容彧。

“前方应该就是伽蓝古国的遗址，不过究竟要走多久，本王也不知。”

该如何找到伽蓝古国的遗迹?

午时，他们就地歇息。宇文战天道：“这样走下去不是办法。不是有《伽蓝图》吗？拿出来看看。”

“那张图是羊皮，上面什么都没有。”她转头对慕容彧道，“把图拿出来，我们一起参详参详。”

“好。”慕容彧取出那张羊皮，递给宇文战天。

宇文战天反复看了几遍，果然没见半个字，说：“怎么会这样？”

“莫非这张羊皮是假的？”慕容辞寻思道。

慕容彧摇头道：“应该不是。我们亲手从怀若公主的棺椁里取出来的，不可能有假。”

她苦恼地点头，可就差最后一步了。

长空阴沉沉的，阴云堆积，忽然，阴云上突然绽放万丈光芒，太阳终于钻出云层，阳光普照大地。

她忽然想到什么，激动地看向慕容彧，说："我想到了！鬼影，把金钗拿出来！"

"殿下，你想做什么？"琴若看着那金钗好奇道。

慕容辞拿着九龙戏凤金钗，又把那羊皮卷铺在地上。

日光一照，金钗迸发出强烈耀目的金芒，落在那张羊皮卷上。

等了片刻，并无反应。

"阿辞。"慕容彧对她一示意，她明白过来，咬破中指，将血滴在九龙戏凤金钗的龙凤上。

瞬息之间，那两滴血迅速被金钗吸收，下一瞬，九龙戏凤金钗迸发出比方才强烈百倍的金光，似九个太阳逼近，能刺瞎人的眼。

方圆三尺之内，自成一个光芒流转的空间。

众人叹为观止，又见九龙戏凤金钗迸射出一束强光与长空那轮太阳的光芒连接起来，羊皮金芒闪动，渐渐地，显现淡淡的金影。

这金影好像是城郭遗址的轮廓。慕容彧拿起那张羊皮卷，快步往前走，对照着前方的景致，寻找方向。

宇文战天跟着看一眼羊皮，指向右前方，说："是那里！"

慕容彧望过去，果然，右前方的极远处，天地苍茫间，有隐隐约约的城墙影像。

"往那边走。"他沉沉道。

"这张羊皮即便落在旁人手里，也没有用处。"慕容辞不由得佩服。

怀若公主的奇巧心思，当真只有皇室后裔才能找到伽蓝古国的遗迹。

他们兴奋地朝目标前行，当看见那段破败沧桑、断井颓垣的城墙遗址近在咫尺，他们再一次欢呼雀跃，热泪盈眶。

慕容彧低哑道："阿辞，这一路走来艰辛凶险，但这一刻，都值得了。"

她点点头，拭去泪水。

"经过这段城墙遗址再过去，便是浩瀚大漠，因此这里应该是伽蓝古国的城门，整个伽蓝城应该在前方的大漠底下。”

宇文战天赞同地点头，唏嘘不已，叹息道：“昔日繁荣的古国，如今只剩这么一段城墙。”

“那如何找雪芝草和玉泉？”鬼影问。

“薛神医说过，雪芝草是伽蓝古国普遍生长的草，有水流的地方就能找到雪芝草。”慕容辞笃定道。

慕容彧对众人说了雪芝草的大致外形，一众人四散去找。

找雪芝草，应该先找水，而这戈壁滩几乎寸草不生，哪里才有水源？

慕容彧眉头紧锁，慕容辞也是愁眉不展，心里越来越慌，好不容易找到遗址，却还是一筹莫展。

她看着慕容彧，他凝望着远处。

“他在看什么？”宇文战天问她。

她摇头，忽然，那边传来一道高亢的叫声：“王爷，王爷……”

寻声看去，在城墙遗址的最东边，鬼影和琴若站在一个角落，朝他们招手。

必定是有发现！

他们疾步过去，琴若欣喜道：“殿下，这儿有一个洞口。”

“王爷，属下下去查探过，下面阴凉潮湿，有一条通道通向很远的地方。”鬼影道。

“莫非有地下暗河？”慕容辞猜测道。

“极有可能。”慕容彧眉头舒展，终于有点发现了。

“我下去看看。”宇文战天跃跃欲试。

“鬼影，你和宇文太子一起下去。”慕容彧叮嘱道，“察看四周，看看有没有危险。”

鬼影领命，与宇文战天一跃而下，等了片刻，只听得宇文战天站在下面喊道：“没有危险，下来吧。”

琴若与刘义留在上面接应，余人依次跳下，洞内十分潮湿，似有水汽迎面扑来。

鬼影一指前面，道："往那边走，有一条很长的通道。"

慕容辞取出一颗夜明珠，洞内有了微光，可以看见洞壁是泥土夯的墙，很厚实。

"这应该是伽蓝古国的地下暗河。"慕容彧揣测，"我们往那边走一段。"

鬼影和几个下属走在前头，慕容辞走在中间，越往前走越觉得潮湿。

"好像有水声。"慕容彧忽然道。

众人停住，凝神细听，"我也听见了，水声在前面。"宇文战天惊喜叫道。

果然，又走了一阵，他们便看到地下暗河，浅浅的水流缓缓流动。

慕容辞忽然想起，薛神医说，雪芝草一向生长在水边的，换言之，有水流的地方必有雪芝草。

"大家找找附近有没有草。"

借着夜明珠的微光，众人瞪大眼睛寻找。忽然宇文战天喊道："快来看，这边有几株草。"

"王爷，真的有草。"鬼影激动地喊道。夜明珠高高举起，照亮了一方潮湿的地面。那儿有一丛葱绿的小草顽强地生长，草叶轻薄，叶尖偶尔闪现一丝雪芒，跟薛神医给他们的绘图极为相似。

"这就是雪芝草？"鬼影激动道。

"这边也有。"另一个人叫道。

取了三株带着，任务完成了一半。又灌满了三水囊水，一行人正要回去，忽然，地面一震，所有人都晃了一下。

"怎么回事？"宇文战天警惕地观看四周。

地面、土墙都在摇晃，这地下暗河震得越来越厉害，石块、土块纷纷掉落，"快跑！"宇文战天大喊，他一把抓着慕容辞的手腕，往来时的路飞奔。

地下的土洞剧烈地摇晃，大大小小的乱石掉落，一不小心就会砸死人。

宇文战天拽着慕容辞跑到洞口下面，这洞口仅容一人通过，他紧急道："阿辞，你先上去！"说罢，一把拽住她的衣襟，运起内力送她上去，上面接应的琴若将她稳稳拉到地面。

乱石纷纷，慕容彧和鬼影还在下边，一边闪避乱石一边往这边冲过来。泥沙萧萧滚落，乱石接连不断地掉落，这土洞很快就塌了。慕容辞紧张不已，哑声道：“你们都要安然上来！慕容彧，你们速速上来！”

地面也剧烈震动起来，她和琴若都被摔在地上，又爬起来紧张地看着洞口。

接着飞上来的是宇文战天，她焦急地问：“慕容彧他们呢？”

“阿辞，你别担心，他们马上上来。”

“那几个下属能自己飞上来吗？”琴若也担心得很，“为什么看不见鬼影？”

下一个是神箭队的成员，接着还是。

那石洞仅容一人通过，原是慕容彧和鬼影让那几个下属先上。

不多时，慕容彧与鬼影终于上来了。

鬼影左臂血迹斑斑，格外触目。琴若惊得大叫，他一笑道：“我没事，皮外伤罢了。”

地面震得越来越强烈，好似整个大地都要塌了，城墙遗址也晃得厉害，泥沙滚滚而落，乱石坠落。

宇文战天看看四周，吃惊道：“这遗址会不会塌陷？怎么会变成这样？”

“既然我们已经取得雪芝草和玉泉，就离开这儿吧。”鬼影道。

“走。”慕容彧扣住慕容辞的手，与众人往前飞奔，身后地面忽然下陷，那斑驳沧桑的城墙轰然塌陷，尘土飞扬，泥沙滚滚，黄尘遮天蔽日，宛若世界末日。

他们飞奔了数十丈才停下来，转身回望那一片灰飞烟灭。

望着那城墙遗址变成一片平地，慕容辞忽然觉得心里悲伤，眉骨酸涩。这到底是她母亲、外祖母的故土、家园。

罢了，先回去救父皇要紧。

一行人顺利来到雪龙山山脚下，那场雪崩已把他们下山时的路淹没了，如今那里白雪皑皑，半点儿小道的痕迹都不见。

“王爷，属下带人上去找找。”鬼影提议。

“不可，太危险。”慕容彧不赞成。

“雪崩已经停止了，我去看看。”宇文战天望着那片雪道。

“不行，别拿性命开玩笑。”慕容辞突然说。

他错愕地愣住，这话由她说出，实在是让人心里一暖。

“以我们的轻功，飞上雪龙山顶应该不费事。诸位觉得如何？”慕容彧提议道。

这是个好主意，琴若轻功稍弱，倒是有鬼影可以带着她，刘义自然由宇文战天带上去。

众人商定，一齐运起内力，飞上雪龙山顶。

慕容辞想试试自己的轻功与内力，她提气跃起，跟他们在险峻的雪龙山自在地飞跃，真有如纵横沙场，意气飞扬，然而，就在快要飞到山顶时，她忽然内力不济，内息涌动起来。

瞬间，她就直直下坠。

慕容彧飞身下去，半空中将她拽住，揽着她提气飞上山顶。

山顶真是一个雪白的世界，雪光强烈如日光，刺眼得很。

闭上双目，可以想象自己站在大雪纷飞的世界，天地间白茫茫一片，大雪从天而降，簌簌飞扬，一切纯洁无瑕，十分美好。

这真是穷尽一生也难得一见的雪原景致。

高山大川，城郭乡野，人间美景，尽收眼底。

慕容彧和慕容辞相视一笑，站在雪龙山山顶，仿佛站在世间的最高处，拥有了全世界，视野与心境全然不同。

宇文战天也是如此，只觉得心情激荡，不能自已。

山顶的寒风掠起他们的鬓发，衣袍被风吹得紧紧地贴在身上，噗噗作响。

“御王，你看见了什么？”他饶有兴致地问。

“你又看见了什么？”慕容彧不答反问。

“本宫看见的，必定与你有所不同。”

“那是自然。”

他们相视一笑，大有一种英雄相惜的意味。

香夫人：我坐等你们取来《伽蓝图》

老皇帝下线

太子殿下有喜了

太子殿下有喜了

震惊朝野上下的秘密

太子殿下有喜了

慕容彧的心思

第五十七章

太子殿下有喜了

得到了雪芝草和玉泉，他们的心态轻松很多，可以无所顾忌地施展轻功、消耗内力，飞着下山。

回程还是要横穿大漠，虽然再次经历了风暴，不过他们已心有所备，最终远远望见若羌小城的那一刻，他们疯狂地往前飞奔，疲累至极地躺在坚实的土地上，每个人都喘着、笑着，把剩下的干粮都扔了，把最后一点水倒在脸上，畅快淋漓。

慕容辞含泪道："辛苦你们了。"

宇文战天忽然坐起身，嗓音里带着寒气，说："有不速之客。"

众人看去，只见四个大汉扛着肩舆飞奔而来，速度快得惊人，眨眼之间就到他们面前。

是香夫人。

她来做什么？一队人纷纷站起身，全神戒备。

香夫人盯着慕容辞，清婉道："慕容辞，你们找到伽蓝遗址了？得到你们想要的东西了？"

"本宫为什么要告诉你？"慕容辞清冷道。

"你说这样的话，真叫人伤心！我们的身体里可是都流着伽蓝皇室的血。"香夫人轻笑。

"你害本宫和父皇，本宫对你只有恨。"慕容辞的眼里燃烧着幽幽的恨。

"性情刚烈，果然是伽蓝皇室的血脉。"

"香夫人，你想要九龙戏凤金钗和《伽蓝图》？"慕容彧目光冰寒，昔日的雪颜虽沾了脏灰，比往日的精致瑰丽多了几分落拓不羁与沧桑。

“御王的头脑举世无双。”香夫人绵柔的语声令人筋骨酥软，“你们已经得到想要的东西，那金钗和《伽蓝图》不如赠予我。”

“为什么赠予你？人家留着百年之后当陪葬不行吗？”宇文战天冷笑道。

香夫人也不看他，道：“御王，这笔买卖很划算，今日你们疲乏不堪，体力内力都消耗了不少，纵然你们拼死一搏，也是命丧他乡。你和慕容辞一死，那北燕国只剩下昏迷不醒的老皇帝，迟早会大乱。你把那两样东西赠予我，我放你们一条生路，很公平。”

公平？这是明抢！

慕容彧沉冷地轻笑道：“香夫人，召唤出你的杀手吧。”

“如此求死，我便成全你们！”肩舆的白纱飘飞如雾，香夫人缓缓抬手，砰砰砰，无数黑影破沙而出。

沙土飞扬，遮天蔽日，迷蒙了人的眼。

激战拉开帷幕，刀剑相击，鲜血飞溅，杀气弥漫。

又是幻术！

宇文战天一众体力不济，很快落于下风，慕容辞的左臂接连挨了两刀，此时，只有慕容彧时而跃身掠起横扫千军，时而残影暴掠见血封喉，时而气势如虎气浪奔涌……他仿若是远古战神，眼里燃烧着炽烈骇人的怒焰。

衣袍染血，那都是敌人的血。

慕容辞无法想象他能爆发出堪比滔天巨浪、山崩地裂般的能量，令人心胆俱裂。

他一剑劈下便有十余个黑衣人摔飞出去、再也爬不起来。

这才是慕容彧真正的武艺境界。

香夫人一抬手，又一批黑衣人涌现，慕容辞等人浴血奋战，慕容彧一人已难以支撑。

尸体横七竖八，鲜血渗入沙地，血腥气漫天。

慕容彧又灭二十余人，忽然他看见一把尖刀从旁正刺向慕容辞，他心神大震，一脚踢飞一个黑衣人砸向偷袭那人，而这一瞬，他又被十几个黑衣人缠住。

又有两把弯刀向她挥去，慕容辞躲避不及，却被一道凶猛的力道撞向一边，是宇文战天。

噗噗，那两刀插在宇文战天背上。

她头皮发麻，飞身去救，却见几个黑衣人围攻上来，万分凶险。

噗噗……噗噗……

忽然，几个黑衣人接连倒地，身上插着利箭。

眨眼间，越来越多的黑衣人中箭倒地。

神箭队！太好了！

香夫人满目阴沉，正要回望箭来自何处，身后却忽然袭来一股阴风，她心神一凛，斜过身子，利箭擦身而过，还不待反应，扛着肩舆的四个大汉中箭身子一软，跪倒在地。肩舆轰然落地，重重地一震。

她疾步下了肩舆，又有五支利箭凌厉地袭来，她冷酷地眯眼，随即飞身掠起，消失不见。

黑衣人死了大半，剩下的纷纷逃散。

一队人基本都受了伤，神箭队的人将大家护送回客栈。

人马困乏，又受了伤，慕容辞决定在若羌歇一晚。距离一月之期还有五日，能赶得回去。

宇文战天伤势最重，还好那两刀没有刺中要害，若羌城里的大夫来给他配了汤药，他躺在床上，昏昏欲睡。

忽然有人敲门，是慕容辞。她进来在一边坐下，诚恳道："谢谢你不遗余力地帮本宫。连累你受伤，我很过意不去。"

"只是轻伤，养半个月就好了，你不必担心。"宇文战天灰蓝色的眼里含着璀璨纯净的微笑。"只是若是慕容彧为救你而受伤，你不会说这样的话吧，确是亲疏有别。"

她不知说什么，这个是自然的。

“你不必放在心上，我这么做也有私心。”他低声道，“之前我强留你，我知道你恨我……我只想补偿，希望你能原谅我……阿辞，我知道这辈子你和慕容彧是分不开的。我不奢望什么，只希望你能把我当作朋友……希望你能原谅我……”

“说实话，之前我的确不当你是朋友。”慕容辞莞尔道，“若你不动什么歪心思，我们当然还可以做朋友。”

“当真？”他惊喜道。

她颔首，他欣喜地笑道：“阿辞，谢谢你。”

“明日一早我们要启程赶回去，我是来跟你辞行的，你也尽快回京养伤吧。”

他略感失望道：“这么快就要回去了？也是，你父皇的病要紧。”

“你好好歇着，我也回去歇息了。”

他欣然笑着说：“阿辞，若有空，我会去燕国找你，到时我在青云山庄请你吃饭。”

她含笑点头，告辞离去。

第二日一大早，慕容辞等人收拾了行装，一行人策马飞奔，赶回燕国。

宇文战天坐在马车里，望着她消失的方向，久久无法收回目光。

她的神色、背影，烙印在他的心底，永世不忘。

而慕容彧一行人，疾驰飞奔，日夜兼程，终于在限定的期限内回到帝京。

慕容辞策马狂奔进宫，直至清元殿才停下来。然而，宫里好像不太对劲。

他们下马，一步步地，迟疑地走进清元殿，前庭有十几个宫人跪着哭泣，而雕梁画栋、金碧辉彩的殿宇，张挂着白绸黑幔。凉风瑟瑟，吹起白绸黑幔，肃穆苍凉，令人全身的热血瞬间凝固。

父皇……

慕容辞咽喉发紧，双腿如灌了铅，只能一步步地挪着。

刘安红着眼从大殿走出来，看见他们，立即走过来行礼，说：“太子殿下，王爷，陛下……驾崩了……”

“不……”她嘶哑地喊道，冲向大殿。

慕容彧箭步追上，踏入寝殿，看见她站在龙榻前，眉头紧皱，双目盈盈，却哭不出来。

刘安哽咽道：“殿下，王爷，陛下是昨夜亥时驾崩的。”

“薛神医呢？”慕容彧低沉地问。

“薛神医在偏殿歇息。”刘安悲伤道，“奴才去请薛神医过来。”

她死死地盯着床上那人，热泪潸潸滚落。慕容承宁静地躺着，面目安详，面庞泛着淡淡的青色。他好像只是睡着了，说不准明日就会醒来。

对，只要破解了伽蓝古国的秘术，父皇就可以苏醒！

她历经千艰万险才拿到雪芝草和玉泉，风尘仆仆地赶回来，父皇怎么可以就这样离她而去呢？

忽然，她双膝一软，跌坐在榻前，泪雨如倾。

“父皇……父皇……”

这番悲痛欲绝，他看着很是不忍。也只好轻抚她隐隐发颤的肩头。

薛神医和刘安来了，他哀痛地问：“神医，陛下怎么会……”

“这一个月来，陛下总共苏醒过七八次，在老夫的调理下，陛下性命无碍。”薛神医语声苍老，也是百思不得其解，“昨夜老夫歇下了，忽然内侍来报，说陛下好像没了气息。老夫赶来察看，陛下果然驾崩了。”

“事前没有任何征兆吗？”

“没有征兆，老夫察看了陛下的遗体，没发现不妥之处。”

“薛神医，”慕容辞忽然转过身来，拉着薛神医的衣袂，哀痛地哑声道，“本宫已经取得雪芝草和玉泉之水，是不是可以救活父皇？本宫求求你，再想想办法救父皇……”

“殿下，昨夜陛下就已经驾崩了。”薛神医沉重道，“殿下节哀。”

“神医能确定陛下驾崩的缘由吗？”慕容彧慎重地问。

“老夫仔细查验过，陛下驾崩应该是脏腑衰竭所致。”薛神医长长地叹气，“王爷，老夫没能保住陛下一命，老夫十分惭愧。”

“神医不要这么说，本王知道您尽力了。”慕容彧道。

“薛神医，您再想想办法，救救父皇……”慕容辞坐在宫砖上嘶哑地祈求。

“阿辞，你别这样。”他搀扶着她劝道。

她哭着哀求，哀痛得撕心裂肺，忽然双目一闭、身子软倒，昏厥过去。

他揽着她，唤琴若进来，护送她到偏殿歇息，稍后又派人送了薛神医回府。

他又问刘安：“陛下的丧事吩咐下去了吗？”

“陛下驾崩这等大事，奴才不敢擅自做主。”刘安回道。

慕容彧说：“吩咐下去，宫里治丧，五日后出殡。”

偏殿内寝中。

慕容辞躺在床榻上，琴若坐在一旁，愁眉不展。

听见脚步声，琴若转过头去，见是御王便起身行礼。慕容彧让她到大殿外守着，不要让人进来。

他在床边坐下，静静地凝视慕容辞。

“阿辞，有我在，大燕不会有事。”

她幽幽转醒，看见他，她有点迷糊，恍惚以为还没回宫，问道：“这是哪里？”她望着寝殿，忽然觉得这里很熟悉，是宫里！

“父皇呢？父皇是不是……”

她想起了一切，想起父皇已经驾崩。

她急匆匆地起身，她要想办法救治父皇，她不相信父皇就这么走了！

“阿辞！”慕容彧伸臂拦腰抱住她，“阿辞，陛下已经驾崩了！这个时候你不能软弱！你要担负起稳定朝纲的重任！朝野多少人看着你，多少人有异心，你知道吗？若你还是这样要死要活，你对得起你父皇，对得起慕容氏列祖列宗吗？”

她呆呆地低垂了目光。

是啊，他说得对，父皇忽然驾崩，朝野必有动荡，她必须冷静！

“我已传令下去，五日后出殡。”慕容彧郑重地问，“你想何时登基？”

“登基……？”

“国不可一日无君。不过若你想守孝，不如两个月后再登基？”慕容彧沉沉道，“你自己拿主意。”

“那就两个月后吧。”她有气无力道。

慕容彧握住她的双臂，冷酷地盯着她说：“朝野有我看着，不会有事，但我不许你软弱！我只给你两个月！”

慕容辞轻轻地颔首，明白他的意思。

收拾了情绪，她去看看父皇，却忽然想到父皇驾崩有点蹊跷，何不让沈知言来看看？

当即，她派人传话给沈知言。

天子寝殿，慕容彧吩咐闲杂人等都退出去，慕容辞凝重道：“知言，本宫觉得父皇驾崩有点蹊跷，本宫想查查父皇的死因。”

沈知言震惊，不过很快就冷静下来，问：“殿下当真要查？”

她郑重地颔首，他拱手一礼道：“那微臣遵命。”

慕容彧把宫灯挪近，沈知言对龙榻拜了一拜，道：“陛下，微臣冒犯了。”

而后，他解开慕容承的衣袍，先从面部查验，从头到脚查了一遍，最后又回到头部。

“没有发现吗？”她着急地问。

“暂时没有。”他在慕容承的头部仔细地摸索察看，忽然道，“有发现。”

“在头部？”她的心提到了嗓子眼。

慢慢地，沈知言从慕容承的百会穴取出一支细长的银针。

慕容辞红肿的眼蓦然睁大，慕容彧也极为震惊，陛下暴毙果然有内情！

沈知言凝沉道：“这么长的银针，全部没入百会穴，任何人都必死无疑。”

“这件事由本王来查吧。”慕容彧目色冰寒，她点头，双目迸出冷酷嗜血的寒芒。

大燕国丧，举国哀痛，朝野肃穆。

皇帝出殡这日，慕容辞、慕容澜披麻戴孝，带领为数不多的后宫妃嫔护送灵柩出宫前往皇陵。

慕容澜悲伤过度，数次昏厥，被宫人扶着。

因为慕容彧坐镇，朝野上下还算平静，没有生出乱子。

那些怀有二心的大臣见皇宫、京城、京畿四周的布防比之前严密得多，都猜到是慕容彧掌控了全局。

不少大臣都想打探御王的心思，倘若御王有意取而代之，他们必定会坚决地拥护他。

而御王府的动静，慕容辞了如指掌，容湛一直派人盯着。

不过，她并不担心，她愿意相信慕容彧，也渐渐地从丧父之痛里走了出来。只是，父皇究竟死于何人之手，一直是个谜。

他一直在查，问了不少宫人、侍卫，尚无所获。

他也早已传令下去，宫里正在准备太子登基的事宜，赶制冕服等一应御用之物。

她收拾心情，认真地看书学习治国之道，按照他拟出的书目，一本本地硬啃，挑灯夜读，收益良多。

很多夜晚，她明明累得趴在书案睡着了，醒来却是睡在床上。

问了如意才知道，是慕容彧抱她回寝殿的。

距登基还剩下十日，这日黄昏，如意端着晚膳来到书房，看见她趴在书案，以为又是睡着了，便轻声唤道："殿下，进膳了。"

慕容辞没有反应，如意又唤了几声，越来越觉得不妥，于是轻轻地拍她几下，然而，她依然没有苏醒。

如意慌了，连忙奔出去，找琴若唤来太医。

不多时，乔太医和慕容彧同时赶到。

乔太医又是把脉又是察看，眉头皱得越来越紧，满面的震惊与不可思议。

"乔太医，殿下究竟是怎么了？为什么叫也叫不醒？"如意心慌意乱。

"放心，殿下只是这些日子累着了，气血不足才引致昏厥，稍后便能苏醒。”乔太医的神情非常古怪，好似窥到一个天大的、足以震惊朝野的秘密，欲言又止。

“乔太医，殿下可是有别的病症？”慕容彧察觉他面色有异，试探道。

“这……这太奇怪了，下官不知如何说……”乔太医的眼里盛满了惊恐与不安。

“随本王来。”慕容彧沉沉道。

乔太医跟随御王来到偏殿，不断地搓着手，惶惶不安。

慕容彧盯着他，目光如炬地说：“殿下究竟身患何疾？若有半句虚言，祸及家人！”

乔太医忽地跪倒，恐慌道：“王爷饶命。不是下官有意隐瞒……是不敢说。”

“一切后果有本王担着。”

“是……殿下的确气血两亏，过于劳累才会昏厥，不过殿下……”乔太医悄然抬眼，见御王面色冰寒，于是一鼓作气道，“殿下这是喜脉。”

东宫太子竟身怀有孕，东宫太子竟是女儿身，这事传扬出去，那不是朝野震荡、举国震惊吗？

他这个诊断出喜脉的太医，下场可想而知。

太可怕了！

慕容彧的唇角微微一牵，滑出一丝难以察觉、若有若无的微笑，说：“此事本王自有分寸。你在太医院任职多年，什么话不该说，想必你很清楚。”

乔太医连连点头道：“是是是，下官什么都不知道，殿下只是气血不足。”

“去开个安胎的方子，务必保住殿下腹中的孩儿。把药方给本王便可。”

“是，下官这就去。”

不多时，慕容彧拿着药方招来下属，叮嘱了两句。

半个时辰后，鬼影从御王府抓了三日的药送来，让琴若亲自去煎药。

琴若疑惑地问：“以往都是太医院送来熬好的汤药，怎么今日变了？”

“眼下是非常时期，殿下还没登基，凡事要谨慎些。”鬼影面不改色道。

“也对，”她点头道，“那我去煎药了。”

“我陪你。”

琴若睨他一眼，说：“你不用去保护王爷吗？”

鬼影笑道：“王爷在东宫，我也在东宫，不是保护是什么？”

她耸耸肩，拿着药向小灶房走去。

寝殿里，慕容彧嘱咐如意诸多注意事项，如意一一记下，不过心里有点疑问：“王爷，殿下只是气血不足，没必要注意这么多吧？”

他冷冽地训斥：“再过几日，殿下便是新任皇帝，龙体是否安康关系到江山社稷、朝堂安稳，怎能马虎粗心？”

她心虚地垂眼道：“是。奴才疏忽了，奴才一定尽心尽力伺候好殿下。”

慕容彧坐在床边，握着她冷凉的小手，含笑凝视她。那微微的轻笑似是黑暗的寒夜透出微光，是希望的曙光，是温暖的期盼，是即将为人父的喜悦。

阿辞，你终于怀了我们的孩子，你和我一样开心是不是？

阿辞，你腹中的孩儿才一个月，如今胎象不稳，你一定要好好地滋补身子，把我们的孩儿养得白白胖胖的。

阿辞，我所做的一切，都是为了你，你不会怪我的，是不是？

他轻吻她的手，轻抚她光洁苍白的脸颊，雪颜漾着甜如蜜的微笑。

……

慕容辞感觉自己睡了长长的一觉，这一觉醒来，她觉得自己满血复活，神清气爽。于是起来洗漱，打算吃了早膳就去书房。

“殿下，你不能下床。”如意快步走过来，把一盆温水搁在绣墩上。

“为什么？”

如意拦住她，把她扶着坐下，说：“殿下快上去躺着。”

“本宫不睡了。”慕容辞觉得莫名其妙，“如意，你怎么了？”

“你昨日昏厥了，太医来瞧过，殿下这是气血不足。御王说了，殿下必须在床上多躺几日。”

“气血不足而已，又不是什么大病。”

“殿下如今的身份不一样了，要保重龙体。因为殿下的龙体关系到江山社稷、朝堂安稳。”

如意一本正经地说着，慕容辞扑哧一声笑出来，然而如意非要她躺着歇息，说是御王的命令。

慕容辞实在无奈，吩咐道：“本宫躺着做什么？那你去拿几本书给本宫看。”

如意道：“可以是可以，不过御王说殿下看小半个时辰就要歇息半个时辰。”

这慕容彧究竟在搞什么鬼？

皇宫内，一众宫人惊慌失措，奔走相告。

“出大事了！不得了了！”

“什么事慌慌张张的？要是让刘总管看见，少不得被抽两下。”

“你没听说吗？宫里出大事了！”

“太子殿下登基，当然是大事啊，而且是天大的喜事。”

“太子殿下只怕不能登基了。”

“为什么？”

“从东宫传出的消息，太子殿下有喜了！”

“啊？有喜？登基不就是大喜吗？”

“不是，我的意思是，是那个……有喜了。”

“不可能吧。太子殿下是男儿郎，怎么可能有喜？你再胡说八道，小心舌头被拔了。”

“千真万确！这事儿已经传遍皇宫了，所有人都知道了。”

“天啊！太子殿下居然有喜了？太子殿下是女儿身？”

上书房前，众多大臣议论纷纷，一脸沉重，齐聚等候御王进宫。

“没想到啊没想到，太子殿下竟然是女儿身。这成何体统啊？一介女子怎能继承大统？”

“太子殿下欺上瞒下，这个秘密竟然隐瞒了十八年！我们都被太子殿下骗了啊！”

“就是啊，陛下也被欺瞒十八年。”

“陛下驾崩，如今朝中又没有皇子，如何是好？国不可一日无君啊。”

“永王！对，陛下不是还有永王这个皇子吗？”

“然而永王早被贬为庶人，如何能回朝继承大统？”

“这有何不可？只要我们齐心协力，把永王请回来，拥戴他即皇帝位，这还不是顺理成章的事？”

“对对对，就这么办！”

“最重要的是，御王能同意吗？御王权势滔天，我们这些人能斗过他吗？”

“无论如何，太子殿下身为女儿家，绝不能让太子殿下登基！否则，那便是有辱皇室列祖列宗，有辱国体！有违祖制！天下人将会如何看待我们大燕国？那必定是天大的笑柄！”庆国公义正词严道。

“庆国公此言有理。”

“太子殿下身为女儿家，窃居东宫已经罪大恶极，还跟野男人苟且，淫乱宫廷，以至于珠胎暗结，真是滑天下之大稽，必定沦为天下笑柄。”杨太尉疾言厉色道，“老夫倒是想知道，太子殿下腹中那孽种究竟是谁的！”

“那孽种绝不能留下来！否则便是咱们燕国皇室、咱们燕国的耻辱！”

“对对对！一定不能留下那孽种！”

二十几个大臣七嘴八舌地议论，同仇敌忾，好似太子殿下是一个十恶不赦的奸徒，应该受千刀万剐之刑。

荣国公问道：“御王为什么还不来？”

杨太尉道：“放心吧，御王迟早会来的。”

慕容澜急速冲进东宫，此时，琴若端着青玉碗从寝殿出来，看见她行色匆匆地奔来，不禁诧异地说：“公主，发生了什么事？”

“出大事了！”

慕容澜狂奔进寝殿，看见慕容辞靠躺着，目光落在她的小腹，欲言又止：“皇兄……你……”

“皇妹，怎么了？”慕容辞预感不妙，慕容澜很少有这么失态的时候。

“究竟发生了什么事，公主倒是快说啊。”琴若都急死了。

“宫里的人都在说，皇兄有喜了……说皇兄其实是女儿身……”慕容澜结结巴巴道。

琴若和如意震惊无比，瞪大双目。

慕容辞好似被晴天霹雳击中，瞬间全身僵冷，目瞪口呆。

有喜了？怀了慕容彧的孩子？

琴若和如意不约而同道：“殿下有喜了？”

“皇兄，这件事已经传遍整个皇宫……是不是真的？”

慕容辞看向琴若和如意，她们连连摆手，“殿下，奴才真的不知道。”

难怪这几日慕容彧夜里都来陪她，总让她早点歇息，还不许她这样、不许她那样，她不胜其烦，说他太过紧张，原来他早已知道她有了身孕！

他为什么瞒着她？

她的怒火噌噌地蹿起，说：“那日为本宫医治的，是不是乔太医？去传他到东宫！”

看着惊慌失措的慕容澜，慕容辞忍下怒气，宽慰道：“本宫没事。皇妹，你先回去。过几日本宫再去看你。”

慕容澜点点头，告辞离去。

慕容辞冷静了半晌，下意识地摸自己的小腹，这儿，真的孕育了一个小家伙？

“前几天本宫晕倒，乔太医是怎么说的？”

“乔太医只说殿下是气血不足。”如意回道。

“奴才想起来了，当时乔太医吞吞吐吐的，御王把他叫出去，过了好一会儿御王才回来。”琴若瞪大双目，“奴才还想起一件奇怪的事，往常殿下服用的汤药是太医院的医工煎好了再送来，那日却是鬼影送来几包药，还要奴才亲自煎，不要假手他人。”

慕容辞目光冷郁，怒火猛地蹿起，看来，她那日昏厥，乔太医已经诊断出她有身孕，而慕容彧得知此事，就隐瞒了下来，连她都不说。

他究竟在打什么主意？

等了良久，乔太医气喘吁吁地赶到。

慕容辞凌厉地盯着他，喝道："乔太医，你可知道，欺君罔上是死罪？"

"殿下饶命。"

乔太医扑通一声跪在地上，全身瑟瑟发抖，太子殿下有喜这件事，他没有传扬出去，又是什么人说的？

他凄苦地恳求道："殿下饶命，微臣不是有意隐瞒殿下的……是御王不让微臣说出去的……殿下也知道，御王的吩咐，微臣哪敢违抗？微臣真的冤枉啊。"

"如今这事传得所有人都知晓，这笔账是不是应该算在你头上？"

"殿下明察，微臣哪敢传扬出去半个字？御王说了，只要微臣说半个字，就会连累家人，微臣哪有这胆子？"

"当真不是你传扬出去的？"

乔太医指天发誓道："殿下，真的不是微臣。若有虚言，天打雷劈！"

慕容辞伸出手，道："给本宫把把脉，看看腹中孩儿是否安好。"

他抹了一把汗，哆嗦着走上前。

"如何？"

"相比前几日，殿下的胎象稳了些，不过还需静养安胎。殿下气血不足，还要补气养血。微臣再开一张方子，连服三日再行诊脉。"

她缩回手，说："退下吧。"

乔太医立即起身退出去，暗暗松了一口气。

慕容辞蹙眉沉思，为什么慕容彧要隐瞒她？倘若他不想走漏风声，必定不会有人知晓，为什么这件事会传得沸沸扬扬？

歇了片刻，她听见外面响起吵嚷声，琴若匆匆进来，沉重道："殿下，不好了，以杨太尉为首的二十几个大臣求见殿下。要不奴才就说殿下正歇着，打发他们离开。"

"不必。本宫去会会他们。"

慕容辞披了薄锦披风，缓步往外走。

琴若觉得，殿下变得不一样了，遇事比以前冷静许多。

以杨太尉、庆国公、荣国公为首的二十几个大臣聚集在殿前阶下，窃窃私语。

看见她出来，他们立即端正起来，行礼道：“臣等拜见太子殿下。”他们悄然抬眼，先看她的面容，再看她的小腹，那一道道探究、玩味的目光，意味深长。

众朝臣：太子殿下是女的？还有喜了让我们静静

御王：太子殿下所怀孽种是本王的

太子殿下：等待登基，等待成为女帝

第五十八章

力排众议，女帝登基

慕容辞站在殿廊中，身姿纤瘦却颇有威仪，凉风吹起宝蓝色的广袂，她下巴微抬，冷冽的目光扫向玉阶下那二十几位大臣，没有半分惧意。

“诸位爱卿在此吵嚷，不知有何要事？若是朝廷要务，诸位应该去找御王。”

杨太尉往前跨出一步，目光如电，说：“近来宫里宫外流言蜚语甚多，传得沸沸扬扬，不知道殿下可有听闻？”

“哦？什么流言？”她不动声色。

“传言太子殿下是女儿身，还怀了孽种。”他开门见山道，眼神冰冷。

“谣言止于智者。诸位都是朝廷重臣，又是父皇信任、倚重的贤达智者，应该知道如何分辨是非。那些无稽的流言，诸位无须在意。”

“太子殿下，流言传得有鼻子有眼的，岂会有假？”荣国公重声道。

“既然太子殿下不惧流言，那是否敢于验明正身？”庆国公老奸巨猾地说道。

“对！验明正身！”有人附和。

“只要让宫中老嬷嬷验一验，若殿下真是男儿郎，臣等便不会有疑。”

“若本宫不是男儿郎，父皇怎么会册封本宫为太子？”慕容辞冰冷道。

“你欺瞒先皇，先皇被你蒙蔽也不是不可能。”他反驳道。

“母后生下本宫就因血崩薨逝，试问本宫尚是襁褓里的婴孩，如何伪装瞒过父皇和众多宫人？”她冷笑，“杨太尉，莫非你觉得父皇昏聩得连一个婴孩是男是女都看不清？”

“臣不是那意思。”杨太尉无言以对。

“空穴来风未必无因。宫里宫外的流言甚嚣尘上，很快整个大燕国、甚至天下人都会知道，大燕国太子是女娇娥，还淫乱宫廷，怀了孽种。太子殿下有必要验明正身，阻止流言的蔓延扩散，维护大燕国的声誉与国体。”庆国公严肃道。

“就因为诸位轻信流言、怀疑本宫，本宫就要验明正身吗？真是滑天下之大稽。”她理直气壮道，“验明正身是对本宫的羞辱，是对皇室的污蔑，是对父皇的不敬与质疑。父皇册封本宫为太子，本宫便是大燕国的储君！”

杨太尉义正词严道：“无须再说那些虚的。太子殿下不肯验明正身，那就是心虚！无论如何，臣等绝不会让一介女流继承大统，败坏朝纲，祸乱大燕国！”

慕容辞怒喝：“放肆！”

二十多位大臣根本不惧她的怒火，冷笑此起彼伏。

“殿下坚持不验明正身，臣等就只能得罪了。数日后的登基大典，臣等纵然拼了老命也要护着大燕国祖制！”

“你们想谋逆不成？”她的眼中掠起杀气。

“太子殿下还是想想如何交代腹中那孽种是哪个男子的吧。”杨太尉轻蔑地冷笑。

“太子殿下速速交代，你与哪个男子淫乱宫廷。”有人接着逼问。

“速速交代！”

“速速交代！”

众多大臣接连逼迫，那一张张面孔或暴躁，或奸诈，或凶狠。

“本宫再说一遍，本宫身正不怕影斜，诸位休想泼脏水在本宫身上！”她眸若寒星，语声冰冷刺骨。

“太子殿下坚持不交代，那臣等只能冒犯了。”杨太尉阴沉地凝目，“来人！”

“御王到——”

外面传来高亢的通报声，似是一道惊雷劈下。

吵吵嚷嚷的东宫忽然安静下来，大臣纷纷转过身，接着让出一条道。

慕容辞舒眉望去，微微一笑。

慕容彧沉缓走来，踏着一地的明媚日光，拢着一袖的春夏芬芳，玄色袍角轻扬，广袂飘扬，利落如风。

琴若和如意激动地相视一笑。

日光微暖，而他的脸色寒如冰川，散发出凛冽的寒气，那目光如刀如剑，令人不寒而栗。

众臣纷纷打揖行礼，齐声恭敬地说："见过王爷。"

他踏上玉阶，温柔地看她，低声道："放心。"

"诸位来东宫，有何要事？"慕容彧扬声道，"再过数日，太子殿下就要即皇帝位，登基事宜由本王督办。诸位若有疑虑，来找本王便是。"

"这两日宫里宫外盛传的流言，王爷没听闻吗？"杨太尉问道。

"那些流言说，太子殿下是女儿身，而且淫乱宫廷，身怀孽种。王爷不可能不知道吧。"荣国公直言道。

"自然知道。"慕容彧沉沉道。

"太子殿下一介女流，如何继承大统？"杨太尉严厉道，"再者，太子殿下淫乱宫廷，不知与哪个不知来历的男子珠胎暗结，岂能登基执掌大燕江山？再过数日，这些国丑就会传得天下皆知，我大燕国就会颜面尽失、有损国体！"

庆国公愤愤道："王爷，太子殿下不修德行，轻浮淫乱，做出有伤国体、有辱皇室的事，理该交代清楚！"

有人接着道："对！太子殿下要交代清楚！把那淫乱宫廷的男子交出来！把孽种除掉！"

慕容辞作壁上观，不发一言。

慕容彧压压手，淡然道："诸位口中太子殿下腹中的孽种，是本王的子嗣。诸位口中那个淫乱宫廷的奸夫，便是本王。"

这番话犹如晴天霹雳，所有人惊呆了！

他们大眼对小眼，神色各异。

太子殿下腹中的孽种是御王的子嗣?

御王早就知道太子殿下是女儿身?

这可怕的真相令他们快喘不上气了。

“王爷不是说笑吧?”有人哭笑不得地问。

“本王的子嗣能随便开玩笑吗?”慕容彧语声冰冷,“诸位是不是要把本王的孩儿除掉?把本王处决?”

“不是不是……”几个人连连摆手。

杨太尉从震惊里回过神来,镇定道:“王爷,既然太子殿下真是女儿身,又怀了王爷的骨肉,那便留在宫里安心养胎待产。数日后的登基大典,理当推迟。”

慕容彧的目光冷酷如宝剑出鞘时的寒光,说:“不必推迟,如常进行。”

“王爷也知道太子殿下是公主之身,如何继承大统?”

“她是先皇御封的太子,是大燕国的储君,继承大统乃理所当然。即便是女儿身,又有何不可?”

“这有违祖制。”

“没错,大燕国历代皇帝都没有公主,不过祖制也没明文规定,不准公主继承帝位。”

“王爷,女子主政,有违天意。先皇仍有子嗣,那就是被贬为庶人的永王。我等将永王迎回宫中,拥立他为新皇,如此便是顺应天意,顺应民心。”

其他大臣纷纷附和道:“永王是大燕国新皇的不二人选。王爷三思,切不可误国啊。”

慕容彧云淡风轻道:“当年永王谋逆,先皇贬他为庶人,令他永世不得回京。先皇驾崩不足二月,莫非诸位就要违逆先皇的旨意?”

“这……”众臣面面相觑。

“这是先皇留下的传位遗诏。”慕容彧从袖笼里取出明黄色诏书,高高举起,“先皇在薛神医作证之下,亲自写下传位遗诏。诸位若不信,大可亲眼看看。”

说罢,他将诏书狠狠地一扔,正击中杨太尉的胸膛。

杨太尉被打得后退一步，接住遗诏展开来看，当真是先皇的字迹，上面印盖的是国玺无疑……

“先皇遗诏在此，太子殿下即皇帝位名正言顺，诸位还有异议吗？”慕容彧冰冷地问。

众臣不敢多说，杨太尉等人再不甘心，也无可奈何。

慕容彧微微一笑，“殿下登基前，本王会与殿下成婚。诸位也没有异议吧。”

他们再次震惊，瞠目结舌。

慕容辞也是惊诧，慕容彧竟然要在她登基前和她成亲！

“王爷，这不妥。”杨太尉反对。

“有何不妥？”慕容彧冷冷道。

“太子殿下既然要以女子之身登基，就不能成亲嫁人。”

“太子殿下是未来的皇帝陛下，但也是女子，女子终归要嫁人，莫非你要她一辈子当孤家寡人？再者，本王成为未来女帝的皇夫，尽心尽力辅佐女帝陛下，有何不可？”慕容彧严肃道，“本王只是告知诸位，而不是征求诸位的意见。”

逼宫不成，杨太尉为首的大臣们无奈地离去，谁叫慕容彧在朝中一人独大呢？

慕容彧揽着慕容辞回大殿，让她坐下，略略心虚道：“没事吧。是否动了胎气？”

她摇头道：“还好。但为什么不告诉我？”

“过几日你就要登基了，我不希望你焦虑。”他有点愧疚，“我有点私心，想保下这孩子，我担心你不想要这孩子。”

“我怎么会不要呢？”她气恼地瞪他。

“是我以小人之心度君子之腹。”慕容彧温柔浅笑，“别置气了，对孩子不好。”

她颔首道：“文武百官真的会让你我成亲？”

他冷笑道："杨太尉胆敢暗中搞鬼，我不介意请他的嫡孙去玩玩。放心吧，这几日我会派人盯着那几人的动静。"

"在我登基前成亲，会不会太仓促了？"

他握住她的手，说："我已经吩咐下去，我们大婚事宜已经加紧筹备。我带你去一个地方，好不好？"

她点头，坐上肩舆，他则走在一旁，往城楼走去。

抵达城楼，慕容彧搀扶她登上台阶。

长风猎猎，她的玉色披风噗噗作响。他搂着她，玄色广袂与玉色披风迎风飘飞，交缠在一起。

时值正午，日光强烈明媚，湛蓝的长空如琉璃一般。

"带我来这儿做什么？"慕容辞轻柔地问。

"阿辞，宫阙之巅与卧榻之侧，唯有你。"

慕容彧低沉道，抬起她的下巴，灼灼地盯着她。

她轻柔地微笑，却忽然觉得，他这话有点怪。

"我连自己怀有身孕都不知道，为什么会传得满城皆知？"

他轻吻她的唇，说："应该是有人散播，我会查清楚。阿辞，你安心养胎，什么都不要想，等着与我成亲，等着登基。"

慕容辞靠在他胸膛，明明是喜悦的，心里却忽然沉重起来。

事情峰回路转

御王杀了老皇帝

太子殿下力斩御王，一举清除御王势力

第五十九章 是你杀了父皇

这日午后，慕容辞眯了两盏茶的工夫，沈知言求见。

大殿里，她坐在宝座上，如意奉茶后站在一旁。

沈知言不像平日里那样坦然地直视她，反而有点拘谨，不知把目光放在何处比较好。

“知言，本宫还是以往你认识的那个人，没有变。”她微微一笑。

“殿下，如今满朝满城哗然，太子殿下与御王的事已经成为全城百姓茶余饭后的谈资。那些流言可是真的？”他语声温润，找回了以往与殿下相处的感觉。

“是真的。”她淡淡道。

“臣与殿下相交多年，却从未发现殿下……臣失察。”他非常惭愧，跟太子殿下相交那么多年，竟然没有发现太子殿下是女扮男装。他自诩洞察力过人，却连最亲近的人都看不破。

“倘若让你发现，那本宫如何骗过满朝文武？”

“也是。”沈知言担忧起来，“杨太尉为首的那帮老臣不会善罢甘休，臣担心他们会为难殿下。”

“御王会处理好的，本宫只需等着嫁人、登基。”她温婉一笑。

“瞧得出来，殿下与御王是真心相爱。”

慕容辞轻笑，他又道：“殿下，臣有句话不知当问不当问？”

她点头道：“说吧。”

沈知言道：“殿下登基后，不出数月便会显怀，且女子怀胎十月大多辛苦，政务又繁忙，殿下想过到时如何兼顾吗？”

她目光一暗，说：“其实本宫也想过这些问题。”

女子怀孕、生产必定辛苦，精力不济，不可能兼顾到政务，只能让慕容彧摄政。他会一心一意地帮她吗？会不会有异心？时至今日，她知道应该相信他，但时移世易，人心总会变的，她不得不有此顾虑。

“臣言尽于此。御王是否有野心，最了解他的还是殿下。”

“本宫明白。”慕容辞忽而笑起来说，“过阵子本宫为你和端柔郡主赐婚吧。”

“这……谢殿下。”他温润地笑。

这时，慕容澜来访，他告退离去。

慕容澜笑着挽着她的手，比以往都要亲切，说：“皇兄……哦，不对，皇姐，以后臣妹想改口叫你皇姐，可以吗？”

慕容辞颔首道：“本宫是你姐姐，你好像很开心？”

慕容澜认真道：“那是自然。因为臣妹回皇宫不久，之前皇姐还是男儿身，臣妹想跟你说说心里话，又不知如何说出口。现在就好了，皇姐也是女子，臣妹什么话都可以跟皇姐说了。”

“傻丫头。”慕容辞摸摸她的头。

“父皇驾崩了，咱们宫里越来越冷清，待皇姐把孩子生下来，臣妹就帮皇姐照看孩子好不好？”

“这怎么行？你年纪也不小了，应该赐婚嫁人了。”

“皇姐，臣妹还不想嫁人。”慕容澜娇羞地低头。

“女子总归是要嫁人的。本宫会帮你多多留意，为你选一个文武双全、品貌皆优的驸马。”

“皇姐……”慕容澜更害羞了。

“好啦，本宫不逗你了。”

“对，皇姐，有一件事臣妹憋在心里很久了，不知该不该说。”

“说吧。”慕容辞端起茶盏饮了一口。

“皇姐要跟御王姐夫成亲了，臣妹……”慕容澜欲言又止。

"跟慕容彧有关？"

她点头说："好像……有点关系，就是父皇驾崩的那夜。"

慕容辞心里一紧，说："你快说。"

"父皇驾崩那夜，臣妹本来歇下了，但不知为什么，忽然就睡不着了，特别记挂父皇。于是臣妹就去清元殿看父皇。臣妹到清元殿大殿的时候，看见无影从寝殿出来。"

"你认识无影？"

"原本是不认识的，臣妹每日都去清元殿看父皇，那个无影也经常带人在清元殿四周巡视，撞见过几回，就认识了。他自称是无影，臣妹就问了几个宫人，知道他是御王的人，奉御王的命守卫皇宫。"

"那夜他从父皇的寝殿出来，父皇已经驾崩了？"慕容辞忽然觉得，父皇驾崩一事或许不是那么简单。

"臣妹看见他从父皇的寝殿出来，他向臣妹行了礼就走了。接着臣妹刚进寝殿，内侍就说父皇驾崩了。"慕容澜想到再也见不到父皇了，不禁悲伤起来。

慕容辞端着茶盏的手发起抖来，而且抖得越来越厉害。

眼见皇姐神色有异，慕容澜担忧道："皇姐，你怎么了？臣妹是不是不该说这件事？"

慕容辞压下心里的震惊与惶惧，宽慰道："傻丫头，你应该早点告诉本宫。本宫有点乏了，你先回去吧。"

慕容澜离去后，她的双手慢慢攥紧。

慕容彧，父皇驾崩与你有关吗？

她招来琴若嘱咐了几句，又向如意问话。

如意仔细回想，道："那夜，奴才在东宫陪着容公子，后来宫人来报，容公子听闻先皇驾崩，就匆匆离去，应该是去清元殿了。殿下为什么又问起这件事？可有什么不妥？"

慕容辞摇头，要她先下去。

过了半个时辰，容湛从密道进了东宫。

听了慕容辞的问话，他也沉重起来，说："我在清元殿布下的耳目说，无影的确是进了清元殿，而且是一个人进去的。他出来后就传出先皇驾崩的消息了。"

"这么重要的事，你为什么不告诉本宫？"慕容辞道。

"殿下，我不是不说，而是……仅凭这一点，也不能断定是无影谋害先皇。"容湛着急地解释，"殿下，你冷静一点。"

"本宫非常冷静。"她闭了闭眼，清泪蓦然滑落。

"殿下觉得无影是受了御王的指使，杀害先皇？"

"不无可能。"她的心痛如刀绞。

"可是，他对你这么好……似乎并没有野心，倘若他有，就不会扶你上位，不会力压朝廷动荡。"

"本宫让你查的那件事，查到了吗？"

"是查到了，跟御王府……有关。"容湛不得不说，这几日沸沸扬扬的流言，是御王府的人散播出来的。

"本宫所料不差。"愤怒与失望攫住了她的心。

"殿下，倘若御王真有野心，为什么陪你去找伽蓝古国的遗迹？为什么去涉险？还数次舍命救你？"

她苦涩地笑道："或许他是真心待本宫，但他的野心、抱负让他不甘心于只当女帝背后的男人。再过几年，本宫会更加信任他、倚重他，如此他就能轻而易举地窃国，还能博得忠君、贤良的好名声。"

慕容彧不告诉她自己怀了他的骨肉，却将这件事散播出去，满城风雨、朝廷重臣发难逼宫之际，他就可以现身宣告"真相"，如此他就能顺理成章地迎娶未来的女帝，成为皇夫。

他费尽心思布局，就是要顺理成章地得到江山美人。

这就是他的野心！

"殿下，事关重大，你要三思啊。"

慕容辞颔首道："本宫不会冲动的。"

只是，为什么心那么痛？

这夜，她辗转反侧良久才睡着。

“辞儿……辞儿……”

是父皇的声音。

她猛地睁开双眼，看见父皇站在床榻前，悲伤地看她。她泪流满面，“父皇……父皇……”

“辞儿，朕不能陪着你了，往后的路你要自己走。”慕容承慈爱道。

“父皇你告诉儿臣，是什么人害死你的？”慕容辞着急地问。

“朕也不知。辞儿，你不要胡思乱想，你必须撑住。”他语重心长地叮嘱。

“儿臣不知应该怎么做……”

“慕容彧此人狡诈擅谋，你不要太相信他。”

“父皇，是不是他害死你的？”

“不要为父皇报仇，父皇只希望你好好的，肩负起整个大燕国。”

“儿臣会的。”

忽然，慕容承面庞一僵，口吐鲜血。

“父皇！”她声嘶力竭地喊，突然看到他身后露出一个人，手持一把染血的匕首，狠诈地笑着。

慕容彧！

“是你杀了父皇！”她愤恨地吼起来。

“是我又如何？”慕容彧的俊容布满了冷酷的微笑、狰狞的杀气。

“我要杀了你！”慕容辞咬牙切齿地怒吼，拼了全力伸着手臂，张成爪的五指发颤，骨节发白。

“你舍得杀我吗？不要忘了，你怀了我的骨肉。”他阴狠地笑，“若我死了，咱们的孩子就没有父亲了。孩儿长大后知道你亲手杀了他的父亲，会恨你一辈子。”

“你……”慕容辞心如刀割，滔天巨浪般的仇恨啃噬着她的心，“我一定会杀了你！”

慕容彧纵声大笑，而后，他带着慕容承化成白烟，消失无踪。

“父皇……父皇……”

醒来后，她坐在床榻上，怎么也会动弹不了……她哭得肝肠寸断，痛不欲生……

“殿下……殿下……殿下……”

看见如意紧张的脸，方才知道是梦，她剧烈地喘气，慢慢才缓过来。

“什么时辰了？”慕容辞这才发现她的枕头也湿了。

“辰时整，殿下不如再睡会儿。”

“本宫再躺会儿，你先退下吧。”

如意退了出去，慕容辞擦擦眼角，闭上眼。

这日，她派人去传话，请慕容彧来东宫一趟。

慕容彧匆匆赶来，一看见她就搀扶着她，着急地问：“阿辞，是不是身有不适？”

“我很好，只是昨晚没睡好。”

“怪不得面色不太好。你又胡思乱想什么了？”他宠溺地问，扶她坐下。

“再过四日我们就要成亲了，我……我总觉得太仓促了，我想推迟一个月，好不好？”慕容辞面带忧虑。

慕容彧捧着她的脸，问道：“阿辞，你是不是不愿与我成亲？”

“不是……我只是觉得太仓促了……我……”

他深深地凝视她，“是不是觉得心里不踏实？”

她点头道：“是有点……这几日发生了太多事，一时之间我……”

“我明白。近来你焦虑于登基一事，又刚刚得知有身孕，接着又要与我成亲。这些事发生得太密集，你一时无法接受也是人之常情。”

“我只是还没准备好当一个娘亲，也没准备好跟你成亲……你会不会怪我？”

“我怎么会怪你？或许是我太着急了。”

“近来发生太多事，我想登基后一个月我们再成亲，好不好？”

“好。”

她靠在他胸前，闭上眼，心里暗暗松了一口气。

新皇登基这日，日光明媚，长空湛蓝，宫里喜气洋洋，到处都挂着红绸。

浑厚的钟声与礼乐响彻皇宫，金銮大殿里，金紫圆柱上盘绕着活灵活现的金龙，好似即将腾飞而去。

以御王慕容彧、杨太尉为首的文武百官朝着北首的龙椅宝座行叩拜大礼，三呼万岁万岁万万岁。

丹墀之上，慕容辞昂首站立，头戴十二旒冕冠，身穿玄色冕服，精致华贵雍容的妆容勾勒出她清冷华贵的凤颜，浑身上下缭绕着帝王威仪。

“平身。”她一挥玄色绣龙纹广袂。

“谢陛下。”文武百官齐声道。

慕容彧抬头凝视她，眼底眉梢皆是欣慰的笑意。

慕容辞也看着他，微含笑意：“有事启奏，无事退朝。”

杨太尉、荣国公、庆国公等人无可奈何，原本谋划好要在今日闹得太子殿下无法登基，可他们的嫡子嫡孙被慕容彧给抓了，只得就范。

下了早朝，她来到上书房。

慕容彧作揖行礼，笑道：“恭喜陛下，贺喜陛下。”

慕容辞也作揖行礼，道：“恭喜王爷，贺喜王爷。”

“我有什么喜？”

“你即将成为女帝的皇夫，不是喜吗？”

“也对。”他搂住她，在她的额头亲了一口，“那朝廷政务今后就劳烦陛下了。”

“乔太医说我的胎象还不太稳，不能劳累。这阵子还要劳烦王爷多多操持。”

“等你身子好一些，我便还政于你。”慕容彧灼灼地盯着她，“你盛装打扮这般美，把我的魂儿都勾走了。”

“不正经，这里可是上书房。”她娇嗔道。

“上书房又怎么了？

“好啦，我乏了，先回清心殿歇着，那些奏折限你一个时辰之内批完。”

“小事一桩，只需半个时辰。之后我去找你。”

慕容彧捧着她的小脸，在她的唇上啄了一口才放过她。

次日早朝。

文武百官上奏了几件事，商议之后，众人本以为要退朝，不想慕容辞说有事要说。

她高踞龙椅金座，语声铿锵地背诵着早已熟烂于心的伐词：“御王慕容彧，自回朝六年来，拥兵自重，张狂跋扈，不敬皇室，欺压同僚，所犯罪行罄竹难书。朕命人罗列了十八条罪状，诸位爱卿细听。”

众臣惊愕，慕容彧的脸上慢慢凝结了霜花，却不动声色，死死地凝视着那个高高在上的女子。

龙椅旁边的女官琴若扬声道：“御王拥兵自重，擅权弄术，结党营私，弑君谋逆……”

慕容辞起身，站于丹墀之上，凤颜冷媚，似笑非笑地说：“慕容彧弑君谋逆……十八条罪状条条都是死罪，判斩立决！”

金殿上一片哗然。

杨太尉畅快淋漓道：“御王十八条罪状无一诬陷，陛下圣裁。慕容彧，还不跪下认罪？”

慕容彧死死地望着她，仿佛整个金殿只剩下他们二人。

“来人，拖下去！午时斩首示众！”

慕容辞的语声坚决，不容违抗。

四个侍卫进殿，押住慕容彧，而他始终盯着她，没有反抗，没有辩驳，没有多余的表情。

“拖到宫门外，斩首示众！”慕容辞斩钉截铁。

那四人即刻押着他出去，转身的一刹那，他的眼里冷寂如死灰，却忽然纵声大笑起来，悲凉苍劲，缭绕在金殿半空。

开始有大臣回神过来为他求情，她严厉道：“再为逆贼求情，同罪论处！”

杨太尉等人异口同声道："陛下圣明。"

"杨爱卿，朕命你监斩，你可愿意？"

"臣遵旨。"杨太尉欣喜道。

慕容辞走下丹墀，闭了闭眼，又睁开，眼里泪光盈盈。

原本是万里晴空，却忽然阴风阵阵。

宫门外，人山人海，文武百官监斩，帝京百姓围观，盛况空前。

"御王摄政以来，咱们燕国并没出什么大事，国泰民安、风调雨顺，为什么要斩杀御王？"

"听闻御王拥兵自重、结党营私、弑君谋逆，犯了十八条罪，条条都是死罪。"

"我看呐，是新皇登基三把火，拿御王开刀，杀鸡儆猴。"

"御王虽然把咱们大燕国打理得不错，但对皇室来说，他把持朝政罪不容赦。"

"照我说啊，御王不死，咱们这个新皇帝陛下永远睡不踏实。"

"可是，御王不是要迎娶陛下吗？陛下不是怀了御王的骨肉吗？"

"这皇家的事，谁能说得清？帝王家向来冷酷无情，只要有人威胁到皇位，就要斩草除根。"

百姓们七嘴八舌地议论，而慕容彧手足被绑，跪在中央，两个刽子手站在一旁，他们喝了一大口酒，而后喷在银光闪闪的大刀上。

时辰到，杨太尉狠狠扔下火签令。

大刀寒光刺目，凌厉凶猛地砍了下去。

热血飞溅而起，带血的头颅咚的一声滚落在地。

慕容彧终于死了！

文武百官、百姓渐渐散去，慕容诗、沈知言、沈知礼却呆立当场，慕容诗喃喃道："三叔死了……"

沈知礼泪落如雨，"哥哥，为什么陛下这么心狠手辣？"

沈知言悲伤道："常言道，人一旦坐上那九五至尊的宝座，就会性情大变，似换了个人。陛下不再是我认识的那个人了。”

慕容诗忽然想起什么，紧张地拉他的手，说：“我是御王府的人，陛下会不会杀我？会不会……”

他抱住她，坚决道：“郡主，我一定护你周全。”

拒绝剧透

女帝有了新男宠，名为燕飞扬

燕飞扬……燕飞扬……

第六十章 女皇帝的男宠

清心殿。

慕容辞躺在贵妃榻上，阖目歇息。

琴若和如意犹豫良久，琴若终于率先开口问道："御王待陛下这么好，您为什么要杀御王？就算他有野心，也可以想别的办法呀。"

"你们是不是想下去陪他？"慕容辞道。

"不是……可是……"如意嗫嚅道，吓得发抖。

"退下。"慕容辞不耐烦道。

琴若和如意无奈地对视一眼，退出寝殿。

慕容辞取了一块糕点慢慢吃着，忽然觉得头昏昏的，而后慢慢闭上了眼，昏倒在贵妃榻上。

一个黑衣人从窗台进来，扛起昏迷的慕容辞，消失得无影无踪。

慕容辞不知睡了多久，苏醒时发现自己躺在一个房间的床上，双手被绑。

双脚是自由的，她挣扎着下来，往外奔去，忽然房门被人推开。

"香夫人？"

"很意外吗？"香夫人语声绵柔，全身清素，"我的人出入皇宫如履平地，把你带出来易如反掌。"

"你把朕带出皇宫意欲何为？"慕容辞问。

"登基当了皇帝就是不一样，冷静从容。"香夫人雍容而坐，"我有一笔非常划算的买卖和你谈谈。"

“什么买卖？”

“你随我再去寻找伽蓝遗迹与财宝，助我重建伽蓝国，也不枉你身上流着的伽蓝皇室的血。”

“就算我身上流着伽蓝皇室的血，就一定要帮你吗？”

香夫人冷酷地微笑着说：“慕容彧已死，你没有选择。”

“莫非你不知，他的手下已被收归至朕的旗下？”慕容辞冷笑。

“你斩杀慕容彧，他的手下怎么会听命于你？那些大臣巴不得你忽然消失，让出帝位，他们就可以把永王接回京城，拥立他为皇帝。”香夫人挑眉，“再者，我对你施展过幻术，已经控制了你的神智。即使你不愿助我，也无法抵挡我的幻术，最后的结果还是一样，不如乖乖地由我差遣。”

慕容辞问道：“你什么时候对我施展了幻术？”

“那夜你做噩梦，梦到慕容彧亲手杀死了你父皇。”

“朕做那个噩梦，是因为幻术？朕斩杀慕容彧，也是因为幻术？”

“若是真正的幻术，自然可以操控任何人，不过已经失传了。”香夫人清婉地微笑，却阴毒无比，“只有你心里藏着这个念头，我的幻术才能影响你，引导你做出决定。当了皇帝果然不一样，心狠手辣，铁血无情。慕容彧帮你这么多，数次舍命相救，对你真心实意，你也下得了手。”

“朕绝不会助你重建伽蓝国！你做梦！”慕容辞怒目而视。

“那可由不得你。”

香夫人一抬手，两个侍婢进来，把慕容辞带上一辆马车。

她双手被绑，纵有武功也无法逃脱。再者她有孕在身，更不敢轻举妄动。

却在这时，小巷的墙头多了一个人。慕容辞抬头看去，不由得轻然一笑，没有半分震惊。

那人临风而立，玄袍迎风飘飞。

香夫人惊诧地蹙眉道：“你不是被斩首了吗？”

可香夫人还没来得及眨眼，御王已经站在马车前，目光寒凛如剑地说：“你确定在宫门外被斩杀的就是本王？”

“是不是你杀了朕的父皇？”慕容辞怒问香夫人，杀气腾腾。

“你不是认定是慕容彧杀的吗？”

“没错，刚开始朕认定是他，后来朕觉得越来越不对劲。”

“如何不对劲？”

“倘若真是他吩咐无影杀害父皇，以无影的本事，不可能在那个时辰下手，也不可能让皇妹撞见。”慕容辞道，“是你为了让皇妹撞见无影，就安排在那个时辰下手。可惜，聪明反被聪明误。”

“原来如此。”香夫人不慌不忙道，“那你为何还要斩杀慕容彧？”

“因为我们要做一场戏，让你放松警惕。”慕容彧似笑非笑。

香夫人眯起眼，手里陡然多了一把匕首，凌厉迅猛地刺向慕容辞。

慕容彧迅猛袭出一道气劲正中匕首，匕首飞向一旁，掉落在地。

香夫人飞身掠起，跃上墙头，疾速飞逃。

然而，鬼影、无影早已等候在此，像两只雄鹰忽然腾飞而起，齐齐攻向她。

慕容彧解开绑着慕容辞双手的粗绳，温柔而自责地说：“阿辞，我来晚了。”

她笑了笑，“还不算晚。”

他揽着她离开，马车停在外面的街上。前方蓦然冒出十几个黑衣人，个个凶神恶煞，都是香夫人的下属。

“现在滚还来得及，否则命丧于此，怨不得本王。”他的声音沉缓而清冷。

“上！”一个黑衣人道。

两边的墙头上蓦然出现十八人，每人都拉着硬弓，弓上搭着五箭，那夜鹰般的凌厉眼神，令人不寒而栗。

神箭队！

她心里一喜，就知道慕容彧不会孤身来此。

“给你们最后一个机会，再不滚……”

话音未落，那十几人已经消失得无影无踪。

走出小巷，他扶她登上马车，小心得好似她是易碎的玉瓷珍宝。

“你不必这样，我又不是三岁孩童。”她不习惯，不就是怀了他的骨肉吗?

“回宫后传沈大人来把脉，若我的孩儿受到半点惊吓，我必定将香夫人碎尸万段。”

“我没事，你的宝贝孩儿也没事。”

“让沈大人看看，我才放心。”他握着她的手，“阿辞，我会加强皇宫，尤其是清心殿的布防。这种事绝不会有第二次。”

“嗯。”慕容辞吃了两块糕点，喝了一口茶，着实饿了。

“阿辞，御王慕容彧已被你斩首，今后我以女帝陛下的男宠燕飞扬的身份在宫里行走吧。”

“你喜欢就好。”

“对了，你不是怀疑过我吗？为什么又以一个戴着人皮面具的死囚代替我被斩首示众？”

“莫非你真想被我斩首？”她盈盈一笑，双手搭在他肩上，“我的确怀疑过你，不过若你要下手杀父皇，就不会那么容易被皇妹发现。”

“知我莫若阿辞。”慕容彧轻吻她的手心。

昨日在金殿，她下令将他拖到宫门外，走到一半，两个侍卫拖着一个死囚蓦然出现。而后，他被鬼影打晕带走，关在东宫。

她问：“父皇驾崩一事有疑，你为什么不跟我说？”

“陛下驾崩那夜，无影看见清元殿附近有黑影出没，他跑去追，不过那黑影轻功非常厉害，他跟丢了。之后他追到清元殿，看见那黑影从清元殿出来，想去追，但还是先去看了陛下。他去的时候，陛下已经驾崩了。”

慕容辞说：“无影赶去的时候，那人已经害死了父皇。香夫人派去杀害父皇的人必定是使了幻术，无影才追不上。”

慕容彧沉沉道：“我吩咐无影去查，也猜到是香夫人所为，但没有真凭实据，因此就没有跟你说。”

她斜睨他说：“你打算一辈子不跟我说吗？”

他失笑道：“不是，总会查到的。阿辞，你将我斩首示众，还有一个目的，让我这个摄政六年、狂妄跋扈、擅权弄术的奸臣名正言顺地死去，瞒过满朝文武，然后引蛇出洞。”

慕容辞挑眉，说：“可惜啊，没人是你的对手，这一仗赢得太容易，太没成就感了。我倒是希望朝中那帮大臣有人冒出头，我正好杀鸡儆猴。”

慕容彧意味深长道：“我死了，那几个老匹夫自然气焰嚣张，却也不会让你祸害朝纲。”

她稍稍安心，那就最好了。

抵达宫门时，鬼影、无影来报，香夫人已经伏法，其党羽悉数收押。

回到清心殿，琴若、如意看见慕容彧搀扶着陛下进来，震惊非常。

“陛下，王爷不是……被斩首……”琴若一贯冷静，这次也不淡定了。

“他是人是鬼……”如意吓得结结巴巴道。

“本王是鬼，回来索命。”慕容彧一本正经道，“速速去太医院传沈大人。”

“是。”如意悄声对琴若道，“这么说，御王没死？”

“你快派个人去传沈大人。”琴若推她。

慕容辞回到寝殿，歪在贵妃榻上，说：“朕饿了，去备膳。”

琴若开心地退下。

慕容彧拿来一只锦盒，打开来，说：“阿辞，你承诺过我的，没忘吧？成亲那日，我希望你能戴着九龙戏凤金钗嫁给我。”

慕容辞俏皮地扬眉，问道：“难道不是你嫁给朕？”

他失笑，俏皮地躬身行礼道：“好，我嫁给陛下。”

夜幕低垂，锦绣皇宫华灯初上。

慕容辞刚吃过晚膳，正想在后苑散步消食，却有内侍来报，杨太尉等大臣求见。

她冷笑，从容地来到前殿。

杨太尉、庆国公、荣国公等大臣，共有七八人，躬身立于殿前阶下，行了个礼。

慕容辞站在殿廊里，道："诸位爱卿入夜求见，有何要事？"

"陛下，自然是重要的事。"庆国公沉重道。

"陛下，老臣得到密报，青州地动，屋舍损毁数百间，受灾百姓数千人；锦州天降大火，山头树林烧毁，周围乡镇村庄被烧了七八座，半个城也被烧了；宜州突然发生时疫，已有数百人死，还有上千人染了疫症。"杨太尉痛哭流涕，一副忧国忧民、悲悯苍生的模样，"陛下，这都是天灾，是上苍示警啊。"

"哦？三州知府可有奏报？"她不动声色地问。

"这是三州知府的奏报。"荣国公呈上三本奏折。

"三州知府的奏报怎么会在荣国公的手里？"琴若问道。

"这三份奏折原本不在老臣手里，不过事情紧急，老臣便擅自取了奏报，与诸位一道，当面向陛下禀奏。"荣国公语重心长道，"陛下，这三州的天灾是人命关天的大事，受灾的百姓不在少数，一定要妥善处置，否则便会天怒人怨，国朝不稳。"

慕容辞打开奏折看了几眼，心里冷笑。

"陛下，三州发生天灾、瘟疫，这是老天爷在警诫我们，千万不要再做违背天意的事，否则受苦受难的就是千千万万的百姓。倘若百姓知晓这是上苍惩戒，一定会民怨沸腾，必会暴乱。到那时，就无法控制了啊。"

"杨爱卿，你倒是说说，三州天灾究竟示警什么？"慕容辞问。

"老臣斗胆，为了苍生疾苦，为了百姓福祉，冒死进谏。历来主政者皆为真龙天子，女子皆不能参政。而今陛下以女儿身主政，触怒上苍，这才天降灾祸以示惩戒。"杨太尉痛心疾首道，"陛下爱民如子，心系天下苍生，一定会怜悯那些受灾受难的百姓。"

"陛下，老臣斗胆请旨，迎永王回宫，禅位于永王。"荣国公铿锵道，"只要陛下禅位，顺应天意，上苍定不会再降灾祸。"

"这么说，诸位爱卿已经窥知天意？"她眸色冰寒。

"女子主政，天地不容，"杨太尉浓眉轻扬，"陛下圣明，理当遵循天意，顺势而为，否则下场堪忧。"

“倘若朕不依呢？”慕容辞眼中浮现出杀气。

“那就怨不得臣等冒犯了。”杨太尉的眉目间也露出几许狠色。

“你们想造反不成？”她陡然怒喝。

“请陛下禅位于永王！”杨太尉等大臣异口同声道，咄咄逼人。

“诸位好本事！”忽然一道声音传来。

杨太尉等人震惊地望去，从大殿走出来的……不就是慕容彧吗？

他不是被斩首了吗？还是杨太尉亲自监斩、文武百官亲眼看见了的，这人是人是鬼？

慕容彧站在她身旁，说：“青州、锦州和宜州发生天灾和时疫，看来诸位消息灵通，那诸位可有收到密报，永王嗜赌如命，欠赌坊三千两，无力偿还，已被赌坊的人活活打死？”

“啊？”众臣惊得面面相觑。

慕容彧冰冷道：“你们想要永王回京登基，只怕是不能了。三州发生天灾和时疫，本王并没有收到密报，此时，三州知府应该跟本王的人在衙门里饮茶闲谈。”

“你究竟是什么人？”杨太尉心里翻江倒海，有这般胆魄与手段的，唯有慕容彧。

“诸位的嫡子嫡孙太贪玩了，看上本王一处别苑，正在那座别苑里住得舒坦。”慕容彧笑道。

“你是慕容彧！你没死！”荣国公指着他说。

“慕容彧不是被斩首了吗？我们亲眼所见啊，这究竟是怎么回事？”众臣七嘴八舌，震惊非常。

慕容辞无奈地摇头，到头来，她还是要靠慕容彧镇压这帮身怀异心的大臣们。

不过，又有什么关系呢？

慕容彧冷酷道：“慕容彧已死，本王是燕飞扬。”

慕容辞道：“杨太尉、庆国公和荣国公结党营私，包藏祸心，逼宫谋逆，罪大恶极，罪无可恕。来人，拿下！”

侍卫候在一旁，闻言立即上前。

“陛下饶命……是杨太尉蛊惑老臣……老臣也是受他蒙蔽……陛下饶命啊……”荣国公声嘶力竭地大喊。

“陛下饶命啊……老臣再也不敢了……老臣愿辞官归乡，只求留得一条小命……陛下开恩呐……”庆国公悲怆地大喊。

“要杀要剐，悉听尊便！”杨太尉仍然十分坚定。

慕容彧下令：“将三位逆臣贼子收押天牢，择日再审。”

杨太尉三人被侍卫押下去，其余大臣瑟瑟发抖，冷汗直冒。

“朕念在你们是初犯，被杨太尉等人蛊惑蒙蔽，此次不予追究，且罚俸一年。望诸位爱卿忠君尽责，为大燕、为朝廷尽心尽力。”慕容辞道。

“谢陛下隆恩，臣等定当忠心不二，为朝廷效力。”诸位大臣齐声道。

次日，他们亲眼看见杨太尉、荣国公、庆国公三人于宫门外被斩首示众，三府抄没，家眷、仆从皆流放边关。

四大世家前后遭殃，百年的簪缨世家迅速败落，引起朝野震荡、百姓议论。

新皇登基不久就处决了杨家、唐家和荣家，手段雷霆万钧，朝野上下噤若寒蝉。从此，再无人小觑女帝。

“话说当年女帝斩杀御王、杨太尉、庆国公和荣国公之后，励精图治，勤勉政事，爱民如子，对文武百官恩威并施，朝野上下对女帝陛下无不敬服。这三年来，咱们大燕国风调雨顺，国富民强，女帝陛下的政绩不比当年御王摄政的时候差……”

茶楼里，说书先生滔滔不绝地说着，听客边饮茶边津津有味地听着。

有人道：“这些你都说过了，你不是说要说陛下的那个男宠吗？快说快说。”

有人讥讽道：“陛下的男宠他怎会知晓？我倒是听说，那个男宠自由出入宫禁，而且陛下为他生养了两个儿子。”

那说书先生压压手，不紧不慢地说道：“陛下生养了两个儿子，举国皆知。今日我要说的，是你们不知道的。话说那个男宠啊……那男宠姓燕，而且文武双全，容貌竟然与昔日的御王一般无二。”

“你胡说八道，世上哪有容貌一模一样的人？”

“那姓燕的男宠是个厉害人物，与女帝陛下鹣鲽情深、举案齐眉，甚至陛下身子不适的时候都让他处理政务。”说书先生道，“虽说他是男宠，但女帝陛下已跟他拜堂成亲，他就是皇夫。我得到可靠的消息，其实当年被斩首的并不是御王，御王还活着。”

“啊？不可能吧。御王被斩首那日，很多人都亲眼看见了。”

说书先生捋着长长的白须道：“这三年来，女帝陛下与御王琴瑟和鸣，共同执政，让咱们大燕国繁荣昌盛，竹帛青史必定会记上一笔，誉为‘二圣’。”

“你说的是不是真的？陛下的皇夫真是当年的御王？”

“那还有假？我打听得一清二楚，不然我怎敢胡说八道？”说书先生笑道。

二楼雅间，一男一女一边听着楼下说书，一边饮茶。

女子娇美，蹙眉道：“皇兄，我们要进宫求见慕容辞吗？”

男子饮茶，心里郁闷，说：“本宫再想想。”

“既然来了就见一见，不然千里迢迢来干吗？”女子正是西秦国凤瑶公主宇文瑶。

“你不懂。”

“慕容彧为什么要更名换姓？”

“慕容彧祖上被赐燕国国姓之前，本就姓燕。”

“原来如此。这三年，慕容彧辅佐慕容辞，就没有一点私心、野心吗？他心甘情愿地被一个女子压着？”

“本宫在燕国京城布了不少耳目，这三年慕容彧和阿辞很恩爱，事事为她着想，而且他严格管束手底下的人，御王府的人并没有胡作非为，仗势欺人，文武百官才对他的看法有所改观。”

“慕容彧太厉害了。”

宇文战天苦笑，只要她好，他便也无求了。

“皇兄，臣妹挺想她的，我们进宫求见吧。”

他心里苦涩，“你一人去吧。”

十年后。

是夜，慕容辞沐浴后回到寝殿，忽然闻到一股熟悉的气味，接着她被忽然抱住，不由得笑道：“做什么？”

慕容彧将她抱着放在床榻，勾起她稍微圆润的下巴，目光灼热如火，说：“我已经快一个月没有陪你左右了。”

寝殿幽暗，只有一盏茜纱宫灯在墙角幽幽地亮着。

“你确定今夜老三不会跑来？”她盈盈一笑道。

“我已经吩咐宫人，不让她出来。”

“母皇……母皇……”

五岁的小公主挥着小胳膊奔进来，慕容辞全身僵住，慕容彧也是如此，想来这丫头像极了慕容辞，何人能够拦得住她？

小公主奔到床榻前，却在二尺外止步，稚嫩而气愤的声音响起：“父王，母皇陪我玩儿。”

她只穿着粉色中衣，一双漆黑灵动的眼睛骨碌碌地转着，小脸蛋肉乎乎的，圆润嫩滑白皙，粉妆玉砌一般。

“母皇累了，要歇着了。你赶紧回去就寝，明日再陪你。”慕容彧耐心地解释。

“真的吗？”小公主一本正经地问。

“当然是真的。”慕容彧干笑道，“你快回去就寝，不然会着凉的。”

“父王你不能霸占着母皇，儿臣要跟母皇睡。”小公主又跺脚，水灵的瞳眸扑闪扑闪的。

慕容彧温柔得变成孩童音，哄道："你母皇今夜又乏又累，实在没有精力照看你，你就让母皇好好歇几日。你是最乖的，最疼母皇的，是不是？"

小公主点点头，"是的，儿臣最爱母皇了。好吧，今夜儿臣一个人睡。父王你要乖乖的哦。"

他连连干笑道："那是自然，那是自然。"

宫女在寝殿外探头探脑，不敢进来。

"还不护送公主回去就寝？"慕容彧道。

"奴婢遵命。"两个宫女低着头、眯着眼进来，抱起小公主立马闪电般退出去。

慕容彧琢磨道："我得想个办法，让老三不再缠着你。"

"老三最是胡搅蛮缠，你能说得过她？"

"我是让着她。"

"明日还要早起上早朝……"

慕容辞还没说出口的话，被他悉数吞没，慕容彧道："再为我生个孩子，好不好？"

她呢喃道："三个还不够吗？"

他把声音压到最低，说："三个孩子都姓'慕容'，再为我生一个，女儿也好，儿子也罢，随我姓燕，好不好？"

她缓缓睁眼，心里明白，他想为燕家留后。

他深邃的眼中充满了期盼，她情不自禁地点头。

信任是福，情与爱已经融入他们的骨血，生死相依，不离不弃。

在漫长而短暂的下半生，她希望他们能够数十年如一日，恩爱两不疑，他希望他能执着她的手，天荒地老。

番外

又是一年初夏，行宫里的奇花异卉争奇斗艳。

黄昏时分的水榭燥热退散，静谧里只有附近的虫儿在争鸣。

慕容彧一手拿着书册专注地看着，时不时地喝一口香茗。

轻缓的脚步声靠近，他未曾抬眸。

容貌艳丽的宫婢端来一碟精致的茶点，添了茶水，再煮了一次茶，柔声细语道："圣上请用茶。"

"到外面候着吧。"慕容彧的声音淡漠而低沉。

"是。"宫婢桑落躬身退下。

只是，才走了三步，她就突然下跪，有意无意地让纤薄宫衫半滑，酥胸半露，莹白的肌肤直勾人的眼。

他仍未抬头，问："有事？"

她的面容浮现出几分倔强地说："奴婢为圣上不值。"

"为什么？"

"圣上为女帝陛下付出所有，心甘情愿屈居其下，十六年来从未纳妃，就连看其他女子一眼都懒得看，女帝陛下却……"桑落打抱不平地说道。

"她怎样？"慕容彧搁下书册，试探地问。

"奴婢不敢说。"

"孤准许你说。"他似笑非笑道。

"圣上也知道，一个月前，一位侍卫偶然救了女帝陛下一命，女帝陛下不仅提拔那侍卫，把他调到身边，还时不时地召见他。方才奴婢看见那侍卫匆匆赶到行宫觐见女帝陛下。”桑落悄然抬眸，觑了圣上一眼。

太好了！

圣上好像动怒了！

于是，她稍稍地扭肩，让薄衫又滑下来一点。

慕容彧站起身问道：“陛下在哪里召见那侍卫？”

她心花怒放地说：“在藻亭，圣上要过去吗？”

他大步流星地前行，桑落连忙跟上，把宫衫拉好。

藻亭内。

侍卫秦风看见女帝陛下拿了一些糕点屑走到朱栏边喂鱼，提醒道：“陛下当心。”

慕容辞看着碧水里的鲤鱼争食，不由得露出少女般的微笑，问道：“朝中可有异动？太子监国摄政安好？”

“有沈太傅坐镇帝京，即使某些老臣蠢蠢欲动，也不敢明目张胆。”他回道，“太子殿下每日勤于政务，大小国事都与沈太傅商讨。据卑职所知，沈太傅对太子殿下颇为赞赏，称太子殿下可担大任。”

“如此，朕就可以放心在行宫避暑了。”

“太子殿下年满十六，睿智聪颖，有勇有谋，必是一代明君。”

慕容辞点点头，靠着朱栏，几乎半个身子探出去，吩咐道：“你每隔五日来行宫禀报一次，若有大事，立即派人来报。”

那条最大的红鲤鱼游到隐秘的地方，她想看看。

咯吱——

“陛下当心！”他眼疾手快地伸臂拽住她的手臂，而她已经半个身子栽下去。

慕容辞惊呼一声，吓得心慌慌。

她感觉一道磅礴的力气把自己拽了上来，由于对方用力过猛，她猛地撞向他。

而那断裂的一截朱栏，掉进碧池。

她靠着秦风，他伸臂护着她，惊心动魄的一幕忽然静止了。

不远处，燕飞扬望着珍爱半辈子的女子与年轻的侍卫相拥。

心，闷闷地痛。

“圣上，女帝陛下公然与侍卫……实在太不应该了。”桑落说，“圣上付出这么多，到头来女帝陛下却宠幸年轻的男宠，根本没有把圣上放在心里。”

“圣上，您去哪里？”见他转身离开，桑落赶紧追上。

燕飞扬的眼中涌动着暗澜激流，却忽然止步。

她诧异不解地问：“圣上，怎么了？”

忽然，他朝藻亭飞奔，疾影暴掠，瞬间消失。

藻亭里，慕容辞推开秦风，冷着脸道："朕没事。"

秦风面色突变，大袖里悄然滑出一支匕首。

银光骤闪，她察觉到异样，凌厉地瞪他，却已经来不及——

他扬起匕首，狠狠地刺向她的后背。

慕容辞奋力地避开，却因为事发突然，而且这两年她疏于舒展筋骨，四肢不像年轻时那么灵活敏捷，脚步滞缓。

秦风武艺不俗，再次刺杀，匕首距离她的身躯只有微末距离。

凶险万分。

燕飞扬距离他们还有一丈，想近身救人根本不可能。

他袭出一掌，掌风似滔天巨浪奔涌而去，瞬间席卷了秦风。

慕容辞与秦风靠得太近，那掌风威力太大，险些也把她卷走。

眨眼之间，燕飞扬再次使出一泓气浪，将她吸回来。

她靠着他的胸膛，惊魂未定，面色发白。

"阿辞，可有受伤？"他关切地问，担忧地摸摸她。

"我没事。"她淡然一笑道。

几个侍卫疾步过来护驾，将秦风押住。

燕飞扬下令道："收押大牢，孤要亲自审问。"

侍卫立即把面如死灰的秦风押走。

燕飞扬扶她坐下，握住她的手，说："喝杯茶压压惊。"

慕容辞瞟一眼桑落，说：“退下。”

“陛下，奴婢伺候您煮茶吧。”桑落乖巧道。

“退下。”他非常不悦。

她躬身退下，不敢多加停留。

慕容辞莞尔一笑道：“你何必这么凶？”

燕飞扬忽然抱住她，恨不得把她整个儿抱在怀里，说：“刚才吓死我了……我真怕赶不及救你……”

“我这不是没事吗？”她懒懒地依着他，好似回到年轻时浓情蜜意的时光。

“你还说！你为什么把心怀不轨的秦风放在身边？”

“我如何知道他想刺杀我？”

“那也不能把一个来历不明的侍卫破格提拔，还调到身边。”燕飞扬强硬道，“下不为例。”

“这茶水怎么有一股酸味？”慕容辞狡黠地轻笑道。

他忽然把她抱过来，圈禁着她，霸道至极。

她挣了挣，难为情道：“都老夫老妻了，被宫人瞧见了不好。”

燕飞扬轻吻她的脸颊，说：“我理会宫人做什么？”

慕容辞推开他，有些娇嗔地说：“你不理会宫人，为什么把桑落留在身边？桑落身段婀娜，善媚术，不如我破格封她为你的贵人，如何？”

“你就是因为桑落才破格提拔秦风？”

“你说呢？”

“原来你还知道吃醋。我以为你宽容大度，从来不在意我身边的宫人。”

“你是故意把桑落放在身边的？你希望我悍妒，心胸狭隘，不可理喻？”

“有一点点……”说完，燕飞扬不自在地避开她的目光。

“你呀……”慕容辞轻软地笑，“太子都十六岁了，我们都老了，还要闹这一出？也不怕人笑话。”

“谁说我们老了？你比当年更加娇媚动人。”

“净说些甜言蜜语哄我开心。你多年不曾施展武艺，方才那一番动作，有没有伤筋动骨？”

“闪到腰了，回寝殿你给我揉揉。”

“当真？走吧。”

燕飞扬骤然抱起她，她惊呼道：“你做什么？你不是闪到腰了吗？”

他沉步往外走，邪魅地挑眉道：“你亲自检查一下不就知道了。”慕容辞仿佛看见了年轻时的御王。

这一路，宫人纷纷转身避让。

慕容辞几次想下来，无奈他强硬得很，直至到了寝殿，上了床榻，才恢复自由。

她干笑着说：“你不是想让太子提前主政，我们去游山玩水，当一对神仙眷侣吗？不如我们现在谋划谋划……”

燕飞扬熟稔地为她宽衣解带，“此时此刻，我只想当鸳鸯。”

锦绣衣袍缓缓落地，青纱幔帐如雾垂落。

炽情流转一生，灵魂相伴一世。

图书在版编目（CIP）数据

龙凤错：太子殿下有喜了：全三册 / 端木摇著
. -- 北京：新世界出版社，2019.3
ISBN 978-7-5104-6622-9

Ⅰ. ①龙… Ⅱ. ①端… Ⅲ. ①长篇小说 - 中国 - 当代
Ⅳ. ① I247.5

中国版本图书馆 CIP 数据核字 (2018) 第 275831 号

龙凤错：太子殿下有喜了（全三册）

作　　者：端木摇
责任编辑：苏丽娅
特约编辑：颜　西
助理编辑：王鹏宇
责任印制：王宝根　苏爱玲
出版发行：新世界出版社
社　　址：北京西城区百万庄大街 24 号 (100037)
发 行 部：(010)6899 5968　(010)6899 8705（传真）
总 编 室：(010)6899 5424　(010)6832 6679（传真）
http://www.nwp.cn
http://www.nwp.com.cn
版权部：+8610 6899 6306
版权部电子信箱：nwpcd@sina.com
印　　刷：三河市骏杰印刷有限公司
经　　销：新华书店
开　　本：880mm×1230mm 1/32
字　　数：905 千字　印张：31.75
版　　次：2019 年 3 月第 1 版　2019 年 3 月第 1 次印刷
书　　号：ISBN 978-7-5104-6622-9
定　　价：108.00 元

大清丝商

【第三部】·上

风起云涌

城君◎著

新世界出版社
NEW WORLD PRESS

风起云涌

目录

故事梗概 / 001

第一百四十八章　姐妹相约 / 002

第一百四十九章　投鼠忌器 / 008

第一百五十章　一团乱麻 / 014

第一百五十一章　收放自如 / 020

第一百五十二章　杯酒屈兵 / 026

第一百五十三章　窃衣取暖 / 033

第一百五十四章　涸泽而渔 / 040

第一百五十五章　跋胡疐尾 / 047

第一百五十六章　蛤蟆夜哭 / 054

第一百五十七章　知己知彼 / 061

第一百五十八章　锦上添花 / 068

第一百五十九章　称兄道弟 / 074

第一百六十章　人情是非 / 080

第一百六十一章　毁冠裂裳 / 087

第一百六十二章　桑土绸缪 / 094

第一百六十三章　裁撤“公行” / 100

第一百六十四章　放浪形骸 / 106

第一百六十五章　自说自话 / 113

第一百六十六章　官大一级 / 119

第一百六十七章　明火执仗　/　126

第一百六十八章　弓满穿心　/　132

第一百六十九章　朝阴夕晴　/　139

第 一 百 七 十 章　长虺成蛇　/　146

第一百七十一章　总商高位　/　153

第一百七十二章　金石之言　/　160

第一百七十三章　精灵剔透　/　167

第一百七十四章　色厉内荏　/　174

第一百七十五章　过河拆桥　/　181

第一百七十六章　旋得旋失　/　188

第一百七十七章　气急败坏　/　195

第一百七十八章　呼风唤雨　/　202

第一百七十九章　苍黄翻覆　/　209

第 一 百 八 十 章　火中取栗　/　216

第一百八十一章　方圆规矩　/　223

第一百八十二章　毫分缕析　/　230

第一百八十三章　尺水丈波　/　237

第一百八十四章　项背相望　/　243

第一百八十五章　价值连城　/　251

第一百八十六章　高仆为奴　/　258

大道致广

目录

故事梗概 / 265
第一百八十七章 琐琐碎碎 / 266
第一百八十八章 以求自保 / 273
第一百八十九章 昙花一现 / 279
第一百九十章 德厚流光 / 286
第一百九十一章 反客为主 / 292
第一百九十二章 劈头盖脸 / 299
第一百九十三章 改头换面 / 306
第一百九十四章 耳食之言 / 313
第一百九十五章 大节不夺 / 320
第一百九十六章 风鬟雾鬓 / 327
第一百九十七章 唇齿留香 / 334
第一百九十八章 目瞪口呆 / 341
第一百九十九章 情不得已 / 348
第二百章 风雨如晦 / 355
第二百零一章 势同水火 / 362
第二百零二章 同音共律 / 369
第二百零三章 胸中鳞甲 / 375
第二百零四章 林林总总 / 382
第二百零五章 如雷贯耳 / 388

第二百零六章 龙袍失踪 / 395

第二百零七章 心驰神往 / 402

第二百零八章 如梦方醒 / 409

第二百零九章 达地知根 / 416

第二百一十章 可揉可戳 / 423

第二百一十一章 鹣动鸾飞 / 430

第二百一十二章 独树一帜 / 437

第二百一十三章 风流旖旎 / 444

第二百一十四章 十曝一寒 / 451

第二百一十五章 花枝乱颤 / 458

第二百一十六章 空山解景 / 465

第二百一十七章 苦果难食 / 472

第二百一十八章 款款深情 / 478

第二百一十九章 春娇厉言 / 485

第二百二十章 洋商论丝 / 492

第二百二十一章 船到码头 / 498

第二百二十二章 魂飞魄散 / 505

第二百二十三章 纯如醉语 / 511

第二百二十四章 巫云楚雨 / 518

第二百二十五章 似水流年 / 525

故事梗概

纯如帮助潘启做了东印度公司的“七里丝”赔钱生意，高尚乘机在其中作假，致使潘启对纯如的人品产生了怀疑；绎如与楚秋联手取得高尚贩卖烟土的证据；“天宝行”和“孚泰行”对“同文行”不满，“公行”老旧势力间出现裂痕；兄妹三人又因为竞争总商及丝业行领产生矛盾，在这其中楚秋父子积极谋划；裁撤“公行”，潘启失势，高尚谋得总商位置；高尚利用手中权力对纯如、绎如及楚秋等人打压，意欲将他们撵出“十三行”；绎如与潘有度去找粤海关监督满春豪讨说法，可满春豪一直与高尚交好，不知道满春豪会做出如何举动……

第一百四十八章　姐妹相约

“咦，有什么不好听的？商会里谁有咱家的实力能供给‘公行’大批量的‘七里丝’？我不和你们‘公行’合作，‘公行’也是要在我们江浙地界找一个稳定的供货商的，两全其美，何乐而不为？”周冰羽对自己的盘算很有信心，一副自鸣得意的样子。

纯如也认为他说得有道理，因为在“公行”之内，全体行商是要分别与洋商和散商共同议价的。就如周冰羽所说，周家具备这个实力与“公行”谈判交易，“公行”能找到周家作为“七里丝”的代理人是极为合适的。只是，因为自己是商会的会长，又是“公行”里的行商，最主要还是周家的大少奶奶，也是“广客隆”当家人的身份，这种种身份代表着多方的利益，牵一发而动全身，如何能在这利益纠缠中保持平衡，让纯如感觉很难把握，如果当中出了一点儿差错，就有可能被人误解是以权谋私、假公济私，到那时会很难说得清楚。

周冰羽看到纯如有些顾虑的模样，将她温柔地揽进自己的怀里，另外一只手在她的腰际间轻轻地摩挲着，非常爱怜地说：“你总是这么慷慨大方地在外面撒银子，我再不给你赚点儿补亏空怎么办？到头来，谁能支持你、心疼你？还不得是我吗？”

纯如被周冰羽这般的爱意抚弄有些不能自持，又被周冰羽知疼知热的言语深深打动，一股暖流遍布全身，她不禁将已经滚烫的身体更紧紧地贴合在冰羽的身体上……

第二天早上起床后，纯如给父亲及几位副会长写了一封长信，信中将近一段时间里发生的事情逐一汇报，并重点说了这次商会接下“公行”分摊生丝生意的来龙去脉。纯如怕各位商会会员对自己产生误会和别的想法，是一定要将这次生意为什么没有赚到钱，为什么这一千五百担的生丝都要从周家的大库来出等原因解释清楚的。

周冰羽同样私下给父亲写了一封信，信中也将自己的想法阐述清楚，一再强调与“公行”合作是长期的大买卖，并叮嘱父亲要将“七里丝”的货源逐步垄断到自家来，为的就是日后囤积居奇，将价格主导权牢牢地控制在周家的手中。

周冰羽忽然间开了窍，纯如感到惊喜不已，虽然不明所以，但她还是猜中了一点，那就是周冰羽还真是认识了一位高人。可说来这高人却比周冰羽足足小了有十岁，他生于乾隆二十年，今年只有十七岁，这人姓潘名有度。

周冰羽自来到广州之后，对学习英语、葡萄牙语、西班牙语产生了浓厚的兴趣，没事就去广州城南门洋商聚居的地方找人闲聊。周冰羽一副富家公子的做派，又是饱读诗书之人，出手极为大方，一来二去，在那一地界里很受欢迎，周冰羽与潘有度就是在此处结缘的。

潘有度，字宪臣，别看他年龄比周冰羽小很多，但他的知识却极为渊博。无论是对科场考试上八股文章的高深见解，还是对经典史籍的精通，都让周冰羽这个自恃清高的人佩服得五体投地，周冰羽将其视为心中的榜样、知己。潘有度涉猎广泛，加之他是一个具有很强求知欲的人，他喜欢和外国人讨论航海的问题，经常来洋商这里重金收集各样的地图，甚至有些地图刚刚手绘完成，还没有在西洋出版，他就已经收入囊中了。潘有度还和这些洋商激烈地讨论“波士顿惨案”、英国议会制定的《救济东印度公司条例》等事情。

潘有度虽然年纪轻轻，却饱含学识、视野开阔，也极富冒险精神和求知欲望。联想到自己即将到而立之年却一事无成，唏嘘感慨一番过后，周冰羽终于在心里承认，真是人外有人，天外有天，自己从前的见识真是太短浅了！无论是航海、地图还是这稀奇的海外时事，周冰羽都是见所未见、闻所未闻的，这更让他到了把潘有度当作偶像来崇拜的程度。再有，身处广州这般光怪陆离的大千世界，远比老家湖州那一成不变的安逸生活多了许多生机，这也让周冰羽多了几分自信和热血，想要干出自己的一番事业来。

周冰羽有幸认识了潘有度之后，他与潘有度聊得更多的是对人生的困惑和自己对过去的反省，潘有度则成了周冰羽忠实的听众，时不时地给上周冰羽一些宽慰和建议。就这样，你来我往，两个来自不同地域、有着较大年龄差距的人，彼此惺惺相惜，竟然成了莫逆之交。

在最近一次两人闲谈中，不知不觉间说到了“公行”，周冰羽向潘有度诉说了“清威行”目前的麻烦处境，令周冰羽没想到的是潘有度对“公行”自有一番见解。他认为“公行”这种半公半私的性质束缚了行商的手脚，那十三条行规也早已不适应对外贸易迅猛增长的需要，他还特别指出，“公行”的总商设置得更是没什么必要，早应该废除等等。最后，他给周冰羽出了做“公行”散商的主意，周冰羽听着有这等好买卖，自然是满心欢喜，欣然接受。

潘有度有意无意的建议，重新燃起了周冰羽心里早已冷却的那团火，并且在与纯如的交流中，他也没有看出纯如有反对的意思，这更让周冰羽如释重负。此番他心甘情愿地支持纯如赔上五万两银子去接潘启的生意，这是他从前连想都不敢想的事情，更不可能支持纯如这么去做的。但这次他似乎想明白了，成大事者，除了有开阔的心胸之外，还必须有长远的眼光！

潘启再次派人来找到纯如，说明了自家“同文行”要订购“七里丝”的事项。纯如虽然是“广客隆”的东家，但她还是将周冰羽介绍给了潘启，让周冰羽代表自家与之签下了买卖合同。与潘家的这笔生意，周冰羽是按照比市价偏低一点来核算的，自然从中可以赚到一些银两，周冰羽拿着这份合同在纯如面前欢呼雀跃了好几天，因为这是他自己真正做成的第一笔大买卖！

终归是姐妹，不管绎如如何不同意纯如接单供货，但当她听闻姐姐已经开始着手备货事宜时，连忙跑过来叮嘱纯如一定要将这两千五百担生丝（这其中包括了潘启自己购买的一千担）按照老家的包装方式包好，并在暗处做好记号，以防出现什么差池，毕竟还有高尚那五百担要与之一起装船呢。纯如听了也认为很有道理，让周冰羽给父亲周玉写信将这点写明白，并告诉了做记号的方法。

将备货的事情安排稳妥之后，纯如稍稍得了些空闲，难得姐妹二人有这样的机会单独坐在一起聊聊天。纯如先是问起了芙蓉，因为上次芙蓉与绎如一起去总督府见李侍尧，李侍尧没有给好脸色看，言语之中对芙蓉也多有伤害，芙蓉回来之后大哭了一场，这让纯如一直很是牵挂，总想着再问问后面的情况，可是因为她最近一直忙碌着，也就把这件事耽搁了下来。

绎如叹了口气，说道：“自从那事之后，芙蓉郁郁寡欢，她既认为在我面前丢了脸面，又感觉李侍尧对她太薄情。我也很是蹊跷，李侍尧为什么会突然翻脸不认人？在我暗中探寻一番后才知道其中的缘由。”

“什么缘由？”纯如非常关心地问道。

“高尚不但给李侍尧送了大额的银两，还派他手下的人在澳门分别给李侍尧和满春豪物色了两个年轻的洋人女子偷偷地送进了他们的府里，并在这两个大人面前说了我们很多坏话。”

“他都说了什么样的坏话？”

“他狗嘴里能吐出什么干净东西来，把周、杨两家说得一无是处不说，又对你、我、楚秋三人的人品玷污了一番，其中的言辞都没法说出口。”绎如恨恨地说。

既然绎如都说是“没法说出口”，一定是高尚添油加醋说了他们之间很难听的话，有可能是牵扯到了他们三人之间的感情方面，纯如知道不能再追问下去。她转而问道：“芙蓉有什么打算吗？”

“她跟着李侍尧风风雨雨那么多年，当然是很伤心，但她能有什么办法，现在也只能是干怄气不去搭理李侍尧，可这也倒是遂了李侍尧的心愿，他还怕芙蓉去打扰他与那洋妞厮混呢。高尚实在是太可恨了，他是不会有好下场的。”

“唉。”纯如听了忍不住叹了口气，然后说道，“咱不去说他了。绎如，我想问问你个人日后有什么打算？毕竟你还这般年轻……”

“这事我早已经想过了，这都是命，不争也就罢了，顺其自然比什么都好。对了，我还想和你商量个事呢。”

“什么事？”纯如好奇地问。

绎如非常正色地答道：“我想让你把周展过继给我当儿子。”

“啊？”纯如片刻惊讶过后，笑了起来，“你何必说得如此认真，你是他的姨妈，你把他当儿子看待不就是了吗？”

“姐，我是认真的，没有和你开玩笑，你同不同意？”绎如追问道。

“这个？”纯如知道绎如不是玩笑，但绎如的问题也实在太难回答了。

谁能把自己孩子轻易过继给别人当儿子呢？即使是亲姐妹之间也是舍不得的，那毕竟是自己身上掉下来的肉，无论朝谁喊了娘，都会让做母亲的心痛。还有，虽然孩子是自己生下的，可并不完全属于自己一个人，周展可是周家上下的宝贝，千金不换，哪能说给人就给了呢？纯如不敢私下做这个主张。可看着绎如此时的热切模样，纯如知道，一口拒绝下来，不但让绎如下不来这个台面，必然也会寒了她的心。虽然绎如现在享受着荣华富贵，但也是茕茕孑立，形影相吊，很是可怜。她一定是想着自己和周冰羽还能生养，才会开口提出这个看似无理的请求的。

“我知道这会让你感到很为难，这样，我们约定一下，等你再生了孩子，我再将周展领进我‘荣盛行’的门儿里喂养。说句不中听的话，如果日后只有周展这一个孩子，等他成年娶妻时，也是要他认我们姐妹二人做他们的娘的，你看如何？”

“好，这个我答应你。”纯如见绎如有如此说法，也装作很爽快的样子答应了下来。纯如感觉绎如这一阵子通情达理了许多，做事也更多地为别人考虑了。

“那我们就一言为定。”绎如听姐姐答应了下来，露出了久违的笑容。

第一百四十九章　投鼠忌器

高尚是从来不会做亏本生意的。他虽然满口应承了潘启那五百担的“七里丝”，但他自有不赔钱的做法。

他想到了洋药水。

因为他知道用那洋药水来浸泡劣丝，足可以假乱真来冒充真的“七里丝”蒙混过关向潘启交差。

这么做，可以达到不赔钱的目的。如果潘启与东印度公司查不出来，自然日后尽可以这样一直做下去，这次只是一个小小的试探。如果查了出来，那么尽可以不承认是他所为，将事情栽赃在纯如的身上，这样不但会让纯如承担起更大的损失，也会让纯如自此声名狼藉，无法在“公行”之内继续待下去，更不要说纯如将失去潘启对她刚刚建立起来的那点儿好印象和感激之情了。还有，即使查到了最后，也完全可以借此机会将绎如是洋药水的始作俑者捅出来，让纯如作假的事情听起来更有说服力，也让绎如有着与纯如同等的下场，甚至丢了家财，去吃牢饭。

高尚听说了潘启在纯如那里采购了“七里丝”，这让高尚很郁闷，同样是从“七里丝”的产地湖州出来的，你潘启为什么不向我来买你的那一千担？我也是给你承担下来五百担生丝额度的！我高尚在你潘启鞍前马后忙活了大半天，可纯如只在你面前做了这么一件事，就让你潘启又是赏识又是感动了？

我高尚此时早已不是你潘启当初认识我时那般窘迫了，两广总督衙门和粤海关那里的门路我都是如履平地一般，就是和李侍尧与满春豪的私下关系也是比你潘启走得近许多，你在“公行”之内再怎么飞扬跋扈，可是到了两位大人面前不还是得装孙子？我惯着你，捧着你，但你不拿我当回事，我同样也可以摔打摔打你！

高尚下定决心，如果他的这批假生丝被查出来，就在这件事情上做足文章，也将潘启告上衙门，就说他和纯如、绎如等人联合作假欺骗洋商，玷污大清丝绸商人名节，毁坏朝廷法度和颜面。这样的帽子一旦扣在潘启的头上，任他也在劫难逃，自己借此机会，取而代之一跃成为“公行”的总商，也是极有可能的！

还有一件事情让高尚一直兴奋不已，那就是潘福与洋人的烟土生意做得是如火如荼。这东西来钱实在是太快了，几次交易下来，赚得是盆满钵满，生丝上赚的那点儿利润和烟土比起来真可谓是小巫见大巫。有两广总督李侍尧这个靠山，这就是一个长远的生意，想想用不了多久，在“公行”之内的实力就会无人能及，这让高尚的野心愈加地膨胀起来。

想要抓住人的心，就要往里面不停地去填装能打动人心的宝贝，高尚深知这样的道理。

他在李侍尧和满春豪那里使起银子来也是毫不吝啬，潘福那边刚把烟土卖出去，高尚这边已经把银子送到了两位大人的手上。那些平时见了面就要随手奉送上的稀奇礼物，包括那两个从澳门淘来的西洋小美女，都不算什么，大人们司空见惯了不说，就是收下了也只能博大人们一时的欢心，求不得什么长久。想要真正打动这些大人，还得是白花花的银子来得实在。

高尚对官场之人的做派研究得深入骨髓，特别是像李侍尧这样的封疆大吏，有些事情是不能与之说得太直白的，说得直白了，有了口实在台面上，大家都不好做。最好的效果就是彼此心照不宣，你做你的，我办我的，只要不差事儿，自然会求得个圆满。

再有，这些大人从骨子里是瞧不起自己的商人身份的，即使到了称兄道弟的份儿上，也无非是看在银子的面子上，所以与大人们相处起来，切不可得意忘形。门路想走得长久，就要打起十二分的精神来，处处留神小心，不可在一时一事上让大人们生了厌，以至于功亏一篑。

高尚派出人手去盯住潘家的库房，吩咐着一定看好了，等“清威行”要陆续送进去的两千五百担生丝过半的时候，将自家的五百担生丝分几批次，间隔开来插花似的送进去。

而此时高尚的烟瘾是越来越大了，每次抽完之后都在心里信誓旦旦要戒掉，可每一次都抵抗不了诱惑，最终都以失败告终，后来索性也就没了要戒烟的念想。自嫣然死后，连个给他装烟点火的人也没有了。想起嫣然来，高尚心中有种复杂的滋味无法言说，最近也是总梦着嫣然向他来讨债，弄得他心神不宁，晚上睡觉不踏实，总是在半夜突然间惊醒就再也睡不着了。最后没有办法，高尚买来两个丫鬟侍奉他，表面上是丫鬟，实则就是晚上陪他睡觉，他在两人中间躺着，才有了几分安全感。

周玉接到周冰羽的来信后反复看了许多遍，他为这十万两银子的损失心疼啊。虽说周冰羽在信中列举了做这次生意的百般理由和好处，但毕竟这次生意是赔上这么大数额亏本赚吆喝做的，做生意不赚钱也就算了，赔本的生意纵有千般好处也不能做啊！就是真有说的那些好处，日后能不能成事也都是说不准的。周玉怀疑周冰羽之所以要做这件事情，是纯如背后出的主意，纯如不好说出口，只能是怂恿周冰羽出头来和自己说。

周玉思来想去之后，最终还是按照周冰羽在信中说的做了。他现在不是周家的主事人，纯如事事上来求自己的主意和意见或许只是出于一种尊重，因为纯如做出的选择和决定在每一件事情上都是有几分道理可讲的。纯如提出来建的染坊和织房现在都已经见了效益，就是那分散在各地分号里的成衣坊也都源源不断地赚上银子来，这些在周玉看来都是生丝生意之外的收入，如果没有纯如的主张，他绝对不会有这样的主意，这也是周玉为努力说服自己而找的理由。

还有儿大不由娘的道理周玉也是懂的，既然已经撒手放年轻人去闯荡，就不要总是磕磕绊绊地拖拽着不放手了。特别是对周冰羽来说，他也是当爹的人了，能走出做“公行”的散商这一步来实在不容易。虽说是赔了银子，日后能赚回来是再好不过的，赚不回来就当再给他买个教训吧。并且周冰羽这么做，还有一点好处，那就是可以借机再将自家“广客隆”的分号从此在广州支撑起来，从前分号的生意都是依靠着牙行，当中的大部分油水都被牙商挤走了，这回直接与“公行”做生意，自然会另有一方天地。

努力地将自己说服了之后，周玉也积极行动起来，在短时间内将生丝货品备齐，陆续地发往广州。

周冰羽接到了父亲发来的生丝，忙得不亦乐乎，与潘家库房的人做各样的交接、盘点、入库、收款，事无巨细，周冰羽都事必躬亲，生怕哪个环节出现纰漏。纯如看周冰羽风风火火的样子，替他感到高兴，她想要替他分担一些，但都被周冰羽婉言谢绝了。周冰羽这次要从头到尾独自来支撑局面，这次他想的不是要炫耀什么，他要弯下身子来熟悉生意的每一个环节，做到心中有数。而不是如从前高高在上地指手画脚，却什么都不懂，到头来只能是不懂装懂、人云亦云，被人当面糊弄，背后又被瞧不起。

周冰羽也借此机会买下了一处商铺，重新将自家“广客隆”的分号牌匾挂了起来，这次分号里面不只有生丝，还有自家的丝绸、刺绣成品、成衣坊等生意。又通过潘有度介绍来的关系，增加了茶叶、棉布和陶瓷等几类业务，但这后加进来的几项生意，周冰羽并没有花大力气去做，他认为还是要在生丝和丝绸上下功夫，这是自家的根本。他自己已经过了好高骛远的年龄，到了踏踏实实地静下心来做点事情的时候了。

等到周冰羽将潘家“同文行”的生丝全部交货完毕，已经过去了一个多月的光景。周冰羽和纯如都长长地出了口气。

潘家集齐了三千担的生丝之后，将其装上了东印度公司的货船。这个公司与潘家打交道有十几年了，知道潘家一贯有着良好的信誉，贸易中也从来没有出现过什么差错和纠纷，所以他们也没有过多地检查这批生丝的质量，只是从中抽出几包来查看了一番了事。

在这期间，“公行”里陆续地接下了几笔小的生丝和丝绸订单，都在潘启的主持下按照行规分摊到每一个行商的头上，这样绎如的“荣盛行”和楚秋的“飞鸿行”也都有了一些生意可做。绎如倒是对这样的生意司空见惯了，可这让楚秋很兴奋。自从入了“公行”就没有生意，自己在父亲面前很抬不起头来，有了这几笔小生意，至少对父亲有个交代，对自己也是一个莫大的安慰和鼓励。

在一件事情上，绎如和楚秋达成了一致意见，那就是要想办法联手将高尚撵出“公行”，高尚一日不从“公行”除名，这三家就不会有安宁日子可过。何况高尚现在已经将两广总督李侍尧、粤海关监督满春豪用金钱和美色都笼络到了自己的背后，一旦日后成了气候，逮着机会，一定会变本加厉地对这三家撕扯疯咬不放的。

但两人不想让纯如知道这件事，纯如如果知道了，一定又是一番阻拦。

可在从何处对高尚下手的问题上，两人都是犹豫不决。

如果从高尚在洋商那里购得洋药水贩卖劣丝上入手，将洋药水的存在大白于天下，那么楚秋也这般做过，绎如更是最初洋药水在广州的唯一卖家。高尚一定会将他们二人反咬出来，那结果可想而知，必然是自身难保，两败俱伤。

如果从高尚私贩烟土之事入手，楚秋同样也与其合作过，何况高尚平时很少接触那些私贩烟土的洋人，都是潘福直接出面做这件事情，很难抓到高尚什么实质的证据。

这样想来，从这两方面入手，都有些投鼠忌器，弄不好，反受其害，眼前还真好似没什么好办法能在短时间内将高尚彻底扳倒。

第一百五十章　一团乱麻

“芙蓉，你不要这样消沉下去，李大人那里只是受了高尚送的那个西洋女子的一时迷惑，新鲜一阵子他也就腻歪了，自然就会重新想起你的好处来。李大人位高权重，这么多年来，很多人为了巴结他，给他送的各种玩物一定是数不胜数，他还不是对你一直不离不弃吗？现在年龄大了，我们更应该把这些事情看得开些，这样对谁都没有什么坏处。你总这么怄气窝火的，也把自己身子骨糟蹋了，让李大人更是瞧不上眼窝子，不划算！你说是不是？”

绎如自上次绑架被解救之后，心里面一直存着对芙蓉的感激之情。现在与之说话的态度也有了很大改变，少了很多尊卑上的生疏隔阂，更多了一些姐妹闺蜜般的知心体己话。

“夫人，我和他这么多年，没图他的权势，也没贪他的金银，空将青春韶华挥去，到头来也无非就是这般下场。我也想好了，不能白白让他这么占了便宜。”芙蓉虽然面带着凄凉之色，但在话语间还是带着难以压抑愤懑的语气。

“那你想怎样？”绎如惊讶地问，还从没有听过芙蓉说出这样的狠话来过，她怕芙蓉做出不理智的事情来。

芙蓉好像字斟句酌之后，慢慢地说道："我要让他将欠我的加倍还我，这次我也学乖了，我只要钱财，不再和他谈什么感情。"

绎如听后点了点头。

她知道芙蓉这么多年确实是没有贪图李侍尧什么，以至于手头上连个过河钱都没有攒下。也就是这两年自己多方照顾着芙蓉，让她有了一些体面的生活，要不然，芙蓉此时在广州连个属于自己的独门独院的宅子都没有。

女人到了一定年龄，如果一个男人给不了她安全感，或许只有看着那属于自己的白花花银子，才最感到踏实了。在这个问题上，绎如也不好安慰芙蓉什么。

"他昨天又差人找了我。"芙蓉接着淡淡地说道。

"谁？李大人？"绎如十分地惊诧。

"嗯。"

"要与你重归于好？"

"我去了才知道，那个西洋狐狸精趁他不在的时候，私自翻动了他一些最为机密的物件，其中一些还早已经秘密地偷送出了总督府，如果有一份暴露在世面上，他李侍尧都会摊上大麻烦……"芙蓉虽然没有幸灾乐祸的表情，但言语中也带着一丝风凉之意。

"芙蓉，那个西洋女子是高尚送给李大人的啊，难道是高尚指派她去做这些事情的？"绎如完全听糊涂了，她急着想问询出答案来。

芙蓉叹了口气说道："语言不通，李侍尧揪住那个女子也问不出个所以然来。他也不敢将此事声张出去，要知道他是朝中一品大员，玩弄外夷女子，要是让朝廷知道，他那脑袋上的顶戴花翎也就算是戴到头了。他更不敢对那女子逼迫动刑，真要是弄出人命来，后果更是不可收拾。何况外面的人掌握着他的那些机要物件，一旦那洋女子出了什么动静，有可能他的秘密也就大白于天下了，所以他只能派心腹人将那女子偷偷地送回了澳门，以免出现更大的风波。”

芙蓉现在说起这件事情来，显得平静了许多，也平添了几分忧虑。都说爱之深，责之切，但芙蓉在李侍尧出了这样的事情之后，还是不免为他担心害怕。

气急了，什么狠话都能说得出口，可真到了对方招灾遇难的时候，又什么仇恨瞬间都忘了，一心要让对方好起来，这就是真感情。

“你得和李大人说，这个女子既然是高尚送的，这件事情就和高尚脱不了干系，动不了那洋女子，完全可以撬开高尚的嘴巴，让他招供出来啊！”绎如苦寻整治高尚的机会，没想到这机会说来就来了。而且这个机会最切中要害，连个弯儿都没有拐，直奔高尚的咽喉。

“李侍尧也把高尚叫了去，他只能装作若无其事的样子向高尚问那女子的一些情况，其他的事情也不能说得太直白，毕竟高尚的堂哥是两江总督，他的堂姐又是皇贵妃，他怕高尚知道得太多，日后也是祸患。高尚对那女子的底细也不是十分了解，李侍尧也就没再说什么，他感觉高尚好似与那件事没有什么牵连，所以也就没有说已将那女子送出了广州的事，以免引来高尚的无端猜测。现在，这件事也就悬在了这里，成了李侍尧的一块心病。”

“我总是感觉高尚的嫌疑大，因为他这人就是爱搞这些阴谋诡计，他这么做，也无非就是想抓住李大人的小辫子，以便他长期利用李大人的势力。”绎如进一步地帮芙蓉分析着，她此时恨不得一下子就抓住高尚是背后主谋的证据。但现在从芙蓉的叙述之中可以听得出来，李大人并没有对高尚怎样，那高尚怎么能轻易招供承认呢？

“现在李侍尧急得像热锅上的蚂蚁，同时也是哑巴吃黄连——有苦说不出，说来这也是他自己造的孽，活该。可话虽这么说，我也不能对他见死不救，我想，夫人和夫人的姐姐纯如都是睿智聪敏之人，能不能想想办法追查出那幕后之人，并将那机要物件替李侍尧寻找回来，这也算是帮我的忙了。”芙蓉眼泪汪汪，带着恳求的口气对绎如说。

绎如点了点头，郑重地说道：“芙蓉，你放心吧，我一定尽全力帮你这个忙，不单为你，也为我自己，这次我要让高尚死得很惨。”

这时，有丫鬟将一封信送了进来。绎如拿到手里一看，是和珅的小妾吴卿怜写来的，连忙拆开来看，信上寥寥数字，写的却是一件大事，朝廷裁撤“公行”定在五月初五端午节，具体由两广总督、广东巡抚及粤海关监督三人操办，研议结果出来之后拟出折子上奏皇上御览钦定。

虽说朝廷裁撤“公行”之事人人皆知，也已是吵吵嚷嚷有两年多的光景了，后来听说定在今年秋天，但也是由众人揣度猜测来的。这离着五月初五还有不到一个月的光景，吴卿怜忽然传来这样的消息，可见朝廷已经下了最后的决心，如此短的时间内就要操刀，也怕是时间拖延过长，“公行”之内为此事惶惶不可终日。但吴卿怜在信中并没有提裁撤“公行”是个如何情形，可见朝廷现在也还没有一个最终的章程，否则和珅如果知道了，卿怜不可能不告诉她。

绎如想到这些之后，告诉芙蓉在李侍尧那里多留意打听这件事情，叮嘱芙蓉见机行事，因为此时李侍尧正是焦头烂额之时，恐一直追问此事更加惹他生烦。

芙蓉也明白绎如话里的意思，仔细地描眉画眼一番之后去了总督府。芙蓉在近一段时间里最大的变化就是爱打扮了，也舍得在自己身上花银子了。

而绎如此时心里陷入了矛盾之中，卿怜传来的消息自己是否现在就去告诉姐姐纯如和楚秋呢？

绎如当然知道，就是自己不说，过不了几天纯如和楚秋也会知道的。问题是见了面谈起这件事情来，会很尴尬和被动。

竞争裁撤“公行”之后的丝绸行领一直是绎如追求的目标，为的也是完成老爷的遗愿，为此她两年前就已经做了各方面的准备。可纯如毕竟代表着江浙丝绸商会整体的利益，当然也不会放过这次大好机会来展示江浙丝绸商人力量的。楚秋虽然表面上没有表明心迹，但也可以看得出来大有虎视眈眈、垂涎三尺之意。

按照大家目前各自的情况来分析，都有可能成为彼此的竞争者！

纯如所代表的江浙丝绸商会的实力与自己不相上下，但会员众多，只要一呼百应起来，完全可以在短时间内再筹得大量资本进来。而楚秋家的“山西会馆”和“洞庭会馆”被解封之后，听闻楚秋父亲又与山西商人、湖南商人往来频繁，如果他们之间的资本真的联合起来，自己与纯如又都是比不起的。

这只是绎如对纯如和楚秋的分析，现有“公行”之内的其他行商同样不容小觑。潘家的“同文行”、易家的“孚泰行”、梁家的“天宝行”在行商之中都是属于泰山北斗似的实力派，同样有各类错综复杂的金主、大人在背后支持他们，为他们站脚助威。

无论哪一个既得利益者，在较量中都不肯轻易罢手！

绎如单打独斗，与纯如、楚秋等其他行商去面对面地竞争？

绎如与纯如和楚秋联合起来，去与其他行商竞争？

绎如与一些和自己私底下交好的小行商联合起来，与潘家、易家、梁家、纯如、楚秋等人竞争？

不要忘了，还有一个高尚存在呢！

按绎如的分析，因为出了洋女子的事件，李侍尧对高尚一定是不满意的，甚至在心里是怨恨的。但从芙蓉的述说中，李侍尧毕竟没有对高尚撕破脸皮，高尚还会是狐假虎威，上蹿下跳，到处惹是生非的。他早已依附在潘启的门下，虽说单独跳出来竞争丝绸行领的可能性不大，但高尚绝对不是肯长久屈居人下之人，何况他心狠手辣，不得不防。

不要忘了，裁撤“公行”这件事情里面还有各国洋商的多方利益诉求，他们当然希望与自己长期合作的行商能够争得更多的话语权和支配权。并且洋商与各路衙门、散商之间暗地里都有勾连，他们对某个行商的倾向性同样会对竞争结果产生很大的影响。

绎如知道，表面看来裁撤“公行”是为了保护中小行商的利益，去弊除塞，改谬革新，实则就是利益的一次重新分配。也是乘机将行商之间原有的利益平衡打乱，让他们在这次利益分配中，来一次实力和背景的比拼和角逐，优胜劣汰，重新划分属于自己的利益势力范围。而朝廷和某些衙门大人隔岸观火，坐享其成。

千头万绪，盘根错节，扑朔迷离，这种种利益纠缠在一起，背后操控着这些利益的人组成了一张错综复杂的关系大网，让绎如一时眼花缭乱，拿不定主意如何处置。

看清楚了其中的奥妙，选好了途径，然后调动一切资源，出击及时，切中要害，就会稳坐中军大帐。如果只知皮毛，抓不住其中的根本，误入歧途，那就会功亏一篑，满盘皆输！

第一百五十一章　收放自如

在“同文行”潘家偌大的会客厅里，只有潘启、纯如和周冰羽三人。

会客厅主位后方的墙壁上挂着一幅巨大的山水画《千里江山图》卷。这幅画冈峦起伏，绵亘千里，江河湖泊，浩渺万顷，其间穿插以庄院、村落、舟桥、人物，结构井然，敷色瑰丽，这是北宋画家王希孟的杰作。王希孟是宋徽宗的学生，徽宗政和三年四月，王希孟用了半年时间终于绘成名垂千古之鸿篇大作《千里江山图》卷，时年仅十八岁。之后不久病逝，他也成为绘画史上仅有的以一张画而名垂千古的天才少年。

有这样一幅千古名画挂在这间古色古香的客厅里，足以衬托出主人的心境、素养及家业的殷实。来客身在其中，也顿感豁然开朗，有怡然陶醉之感。

“纯如东家，今天把你们二位请来，为的就是感谢你们上次帮助老夫渡过难关啊！”潘启笑呵呵地说。

“总商大人见外了，这些都是我们应该做的，不劳烦您挂在心上。”纯如连忙客气地说道。

周冰羽也急切地说道：“是啊，是啊，我们做的这些微不足道，虽说是赔了五万的银两，都是不足挂齿的事儿。什么时候潘总商多在他处关照一下我们，也就赚回来了。”

潘启听了两位的话后，轻轻地打了一个“唉”声，叹了口气说道：“这些洋商要是能像你们这般体谅我就好了！”

“总商，怎么了？洋商那里出什么事情了吗？”纯如眼看着潘启说话间脸上已经变成一种无奈的神情，语气中也透露着一股为难的味道，她感觉这和潘启将她和周冰羽找来有关。

潘启答道：“他们也真是没事找事，鸡蛋里面挑骨头。这次交货给他们三千担的‘七里丝’，他们昨天找到我，硬说我在其中夹杂填充了将近五百担的劣丝，虽然没朝我要什么赔偿，可是让他们指指点点的，也让我这老脸没地方搁。要说这生丝已经运到了他们的国家，我大可以不理不睬，他们空口无凭地造谣，我不能就承认有这么回事。”

“这怎么可能？劣丝之说真可谓滑稽，总商，你不理睬他们是对的！”周冰羽惊讶地喊道。

潘启并没有理会周冰羽，而是眼睛直视着纯如继续说道：“赔钱的买卖我们都应承做下来了，何苦要在这不到二成的货物上做文章？我想这洋人就是故意找事挑我们的毛病。但话说回来，我也不能就因为这几百担的生丝和洋商再计较什么，不值当不说，日后的合作长着呢，不能在这蝇头小事上伤了和气。再说你们也知道我的为人，我把信誉看作我潘启的命根子，所以也就答应他们将那所谓的劣丝运回来，给他们调换一下。这样的话，还得麻烦周东家再给我供上这几百担的‘七里丝’，和上次我说的那个同等品质也就行了。”

“没问题。潘总商，什么麻烦不麻烦的，我尽快将货物调配来就是了。”周冰羽答道。

纯如却很清楚，潘总商这哪里是在说洋商无理取闹挑毛病，这分明是他找自己和周冰羽兴师问罪来了！只是碍于情面没有直接问，为什么我要夹杂那五百担的劣丝，或者只是因为没有造成太大的损失，说话的口气才稍显客气的。但话里话外，已经是用一种鄙夷和嘲讽的口气在敲打自己和周冰羽了！

如果这件事情就如潘启和周冰羽这般说的轻飘飘过去，自己之前在潘启这所做的一切努力都会付之东流，包括那赔上的五万两银子也真正地打了水漂，连个声响都听不到。并且自此以后，自己和周冰羽投机取巧、心口不一、偶变投隙的恶劣印象也就在潘启这里打下了烙印，想抹去都很难！

想到这里，纯如镇定地说道：“总商大人，我想，调换总归是没错的，但也还是要把事实弄清楚了才好。因为这不是几百担生丝的事，生丝可以用银子再买来，可信誉却是无价的，它事关做人兴业的根本，马虎不得。再有，这一次是几百担，大家都可以互相担待，要是下次整船的货物都是这个成色，洋人再找来怎么办？那一定是谁也担待不起的。总商，您说呢？”

周冰羽听了纯如的话，也幡然醒悟了似的，急慌慌地对潘启说道：“是啊，我还真没有想到这一层面上去，千里之堤，溃于蚁穴，潘总商，这件事情真要好好查查，对彼此也都有个交代。”

潘启就这件事情也是先和高尚通了气，毕竟高尚也供了货，而且数量和洋商所说的劣丝数量也是相当地吻合。

但高尚听说了这件事情以后，指天发誓他不会这么做，并且他说这一定是纯如和周冰羽联手这么做的，理由有这么几个：纯如为什么肯赔上银两接生意？这五百担的劣丝占她接单一千五百担的三成多，有了这五百担的劣丝垫底，纯如几乎是不赔钱的，有了这么大的诱惑力，纯如完全有理由铤而走险做这件事情。还有，虽说纯如和周冰羽一个在“公行”里，一个做散商，但他们是一家人，在一个被窝里翻滚，完全可以想怎么做就怎么做，夹带劣丝是完全具备条件的。

具备做事的动机，又具备成事的条件，高尚分析得头头是道，这不能不让潘启认为劣丝这件事就是纯如一手策划的。并且纯如应该是在“公行”议事当天就已准备这么做了，目的性很明确，向他潘启装好人、讨人情，但绝不做亏本的买卖！

潘启快速地扫视了一下纯如和周冰羽，他现在不确定这对年轻夫妇是否是在他潘启面前演双簧戏，但从二人目前的表现来看，好像是自己冤枉了他们似的。可这世上不见棺材不落泪，事到临头嘴比刀子都硬的人多了去了，难保事情做了就是不认账，贼喊捉贼。

想到这里，潘启试探地说道：“呵呵，这件事情我看大事化小、小事化了就这么过去吧，传出去纷纷攘攘的也是好说不好听，下次我们多留意也就是了。”

纯如平静地说道：“总商大人，这个一点儿都不麻烦，洋商不是说要把那几百担的生丝拉回来调换吗？到时候我们见了那生丝的真面目，自然而然也就会查找到它的根底了。再有，我‘清威行’提供给您的那一千五百担生丝，还有周家供给您的那一千担，每包生丝在包装时候我们都是放进了‘七里丝’的英文说明，并盖上了‘广客隆’的印签。所以烦请您和那些洋商说一声，让他们回去仔细查看一下就可以知道这其中的蹊跷了。”

“这么说来，你们已经做了记号？”潘启惊讶地问道。

纯如点点头：“总商大人，恕我此时坦言，做记号并非是我的最初打算，宣传‘七里丝’才是我真正的初衷，但现在看来它起到了大人您说的‘记号’的作用，有无‘记号’完全可以证明那包生丝是否来源于周家的‘广客隆’。”

周冰羽这时候也顺着纯如的话头，知道了这事情的脉络，他恨恨地说道：“这三千担的生丝中，我‘广客隆’供给了两千五百担，剩下的据说是高尚供给的，如果我这两千五百担核实清楚没有问题，那问题也就出在他姓高的那里了。”

潘启听了纯如和周冰羽二人有理有据、掷地有声的话语，禁不住连连点头，表示同意他们的想法。虽说纯如在生丝包装里夹带传单给“七里丝”做宣传这件事情有待商榷，但在劣丝辨别这件事情上确实是一个非常有说服力的证据。

难道是高尚做的？他承担的只有区区五百担，就是赔钱做，和纯如比起来也是小巫见大巫，纯如在那般条件下都没有见利忘义，难道他高尚就能当面一套背后一套，做得这般不堪？

纯如和高尚说得看似都有道理，但在目前的情形之下又都是各执一词空口无凭，潘启现在也不能判断谁在说谎，只有等到洋商那里将那劣丝返送回来，再按照纯如的说法仔细查验之后才能得出最终的结论。

“虽然你们‘清威行’和高东家的‘德庆行’都是入‘公行’不到一年的行家，但我对你们每家都是一碗水端平，更是信任有加。我相信你们哪一家都不会这么做的，即使稍有瑕疵，也是洋商那里夸大其词无理取闹的。这件事呢，暂且就先放在这里，黑的白不了，白的黑不了，日后自然会见分晓。今天请你们到家里来本来是当面致谢，再聊聊家常话的，哪承想惹出这么多的闲话来，我这上了岁数的人，想到哪里说到哪里，还望不要见怪。”

潘启把话头拉了回来，多年的丰富阅历，使他说起话来早已收放自如，别人很难在他的话里挑出毛病来。

纯如和周冰羽辞别了潘启，回到了广州的家里。

周冰羽对纯如刚才的表现大加赞赏了一番，纯如一笑而过。之后，纯如告诉周冰羽在这件事情上还是不可轻心大意，虽然现在明知是高尚所为，但也要清楚高尚是什么样的人，就是证据摆在他的面前，他也不会低头承认的。他那凭着三寸不烂之舌无理辩三分的本事，弄不好还会颠倒黑白将有理的绕得脱不得身，这点纯如心里是有数的，因为她曾经领教过多次了。

此时的周冰羽不但打心眼里佩服纯如，行动上也对她言听计从，更把纯如说给他的话记在了心间。等纯如说完之后，周冰羽领着周展又去了城南门洋商聚居的地方，他这么做的目的就是打小开拓儿子的眼界，希望儿子长大后也能成长为潘有度那样的青年才俊。

这时候绎如也来看望周展，见纯如独自一人在家没有去行号里很奇怪，坐下来与姐姐聊天才知道出了劣丝的那档子事。

绎如当然也是洞若观火般清楚，劣丝之事就是高尚所为，但她在心里也不免为自己担忧起来，这件事情有可能到了高尚狗急跳墙之时，就会将楚秋和自己攀咬出来！而过不了多少时日，也正是裁撤“公行”、竞争丝绸行领的关键时刻了！

第一百五十二章　杯酒屈兵

从窗外望去，刚才还晴朗的天儿，突然间随着一阵狂风吹过，大团的乌云从远处压境而来。没过多久，乌云已经汹涌澎湃地被挤压在屋檐之上，天地一片昏暗。终于一道刺目的闪电夺人心魄过后，一声霹雳在那翻滚的乌云之中炸响，好似天崩地裂一般，再四下蔓延开去，震得支撑“洞庭会馆”的几根巨大柱子都颤了几颤。

楚秋陪着潘福在自家“洞庭会馆”的一间雅间里边喝酒边聊天。桌子上的菜品也都是湖南特色菜：东安鸡、金鱼戏莲、永州血鸭、腊味合蒸、岳阳姜辣蛇、红煨鱼翅、油辣冬笋尖、板栗烧菜心、吉首酸肉，几乎汇聚了湘菜中的所有招牌名菜。

酒过三巡，菜过五味，两人的脸上都已经是暗紫的猪肝颜色，各怀心腹事，虽然都不是很胜酒力，但也都没少喝。

楚秋再次举杯，口中言语道：“潘兄，说来我们认识的时间已经不短了，可是如今日这般坐在一起畅饮却是第一次，我们今天一定喝个痛快，不醉不归，就如这外面的天气，喝它个昏天黑地。”

潘福摇了摇头，又点了点头，举起杯子：“你和高东家合作时，也是我的半个东家，但总归不如今天这般兄弟相称畅快。人生几何，我怎么也没有想到我们能坐在一起把酒言欢。”

一番唏嘘之后，潘福与楚秋重重地碰了一下酒杯，叮当作响，两人淋漓畅快地一饮而尽。

“现在潘兄在高东家那里独当一面，做的又都是挖金山银山的生意，想来高东家一定不会亏待你，潘兄现在过的日子也一定甚是如意快活吧？”楚秋醉眼蒙眬地问道。

潘福冷冷一笑说道：“呵呵，秋兄，说句不中听的话，天下的乌鸦一般黑，你们做东家的不都是一样？说大话使小钱，蒙着眼睛让我拉磨，拉好了随便赏几个小钱，拉不好卸了磨也就该杀了。”

“你说的这种东家是有的，可高东家不应该是这种人，特别是那烟土之事里里外外都是你一个人独自担着风险支撑着，你给他挣金山，怎么着也得分给你个银矿吧！”楚秋安慰着潘福说道。

这时候，外面的风停了，没有了电闪雷鸣，只是厚重的乌云还是没有散去，从天空上飘下淅淅沥沥的细雨来。雷声大雨点小，这是意料之外的一种结果。

潘福自顾自地将酒杯倒满，握在手上一扬脖子倒了进去。然后用布满血丝的眼睛直视着楚秋，恶狠狠地说道：“他高尚一年给我三千六百两银子能算是银矿吗？”

“就这么点儿？”楚秋故作十分惊讶地问道。

“你以为他能给我多少？”潘福反问道。

“按潘兄说的这么个数目的银子，就算是十年不吃不喝，到最后想在广州开间牙行都开不起来的，我真没想到高东家会待你这般薄情。”

楚秋见潘福没有言语，继续说道：“做私贩烟土这行生意风险巨大，不说官府会怎样，就是那些三教九流暗地里你抢我夺争地盘，也好似天天生活在腥风血雨之中让人不得安宁。早上把脑袋掖在裤腰带上出门，晚上能不能提回来都不一定，出生入死，不容易啊！这也是我金盆洗手不做的原因，我怕这浑水越蹚越深，以后无法自拔……”

“呵呵，莫不是秋兄今日也劝我回头是岸？”潘福一声冷笑，阴阳怪气地说道。

“人各有志，潘兄是聪明人，我楚秋是不会多这个嘴的。只是天有不测风云，人有旦夕祸福，后路总归是人人都要留的，我想潘兄这里青山绿水、海阔天空之地应该也早就留好了吧？”

“我只是一个跑腿的，有了风吹草动自然有他高东家给我应承着，你也知道，高东家背后有李侍尧做靠山，想来也不需要什么后路可留。”潘福此时反倒像是越喝越清醒，说起话来也变得冷静了许多。

“说是这么说，可你想到没有，万一那靠山有依靠不得的那一天，那又该怎么办？坐吃山空？大难临头之时，我就怕潘兄成为孤家寡人啊！”楚秋带着十足的醉意，嘴上也没有了什么遮拦，好似苦口婆心又似大大咧咧的一副模样说道。

“高东家是什么样的人，你知我知，说出来也就没了什么意思，出了事想指靠他那只能是痴人说梦。”

楚秋见潘福说得这么爽快，连连点头，口里不停地说着：“潘兄真是明白人。”

潘福见楚秋喝得有些多了，也就不再说什么，准备告辞。

“潘兄，我知道你抓住了谁的把、把柄。”楚秋凑过来，很是神秘地对潘福说。说话间也是醉眼惺忪，变得越来越迷离了。

“谁的？”潘福陡然间变得警惕了起来，惊诧地问道。

“哈哈，潘兄，慌什么？我是不会说出去的，特别要是让那高尚知道了，你，你就危险了。”

“秋兄不要和我打什么哑谜，你快说说。”潘福急切地说道。

楚秋摇了摇头：“潘兄何必把我当外人呢？你让那西洋女子盗了李大人的……”

“秋兄，秋兄，你听我说……”潘福连忙抢过话头来，止住了楚秋继续说下去。

“不用你说，我来说。”雅间的门突然间被打开了，缓缓地走进来一个人。

楚秋见了，也好似清醒了，连忙站起身来，对潘福介绍道：“潘兄，这位是我的妹妹，也是‘荣盛行’的东家绎如。”

潘福听见了门被打开时的那句话，再听到楚秋的这句介绍，又看到绎如已经走到了近前，他整个人都蒙了，想站起身来，却感觉小腿发软，只好坐在那里直愣愣地看着绎如，手足无措，不知如何是好。

“呵呵，我也就随着我楚秋哥的称呼来吧。潘哥，我没有别的意思，我只是想告诉你，你的处境现在很危险。”

绎如拉了把椅子坐了下来。

“高尚让你去澳门给李大人和满大人挑选洋女子，你却从中买通了其中的一个女子做李大人那里的卧底，盗得了一些你潘哥不该看也不该私藏的物件，你这么做的目的就是一旦你私贩烟土的事发，高尚弃你不顾，你尽可以拿着这些物件来要挟李大人包庇你。”

“你是怎么知道的？”潘福痴傻般地问。

潘福听了绎如的话已经不再震惊，而是恐惧了起来，这句话也分明是不打自招，在绎如面前彻底暴露了心机。

“先别问我是怎么知道的，我只是想告诉你，尽快将那些物件拿出来，趁着李大人那里还没有掌握确切的证据，什么话都好说。否则到时候，来一个人赃俱获，只怕那时候潘哥真会叫天天不应叫地地不灵，万劫不复了。”

潘福扶着椅子背慢慢地站了起来，用颤抖的声音问：“我还是想知道，你们怎么知道是我做的？”

绎如微微一笑：“说来也简单，算起来接触那洋女子的人就这么几个，而其中你的嫌疑是最大的，因为人是你弄进来的，你还精通英语，方便与那洋女子沟通。只是你挑错了人，那洋女子的年龄也实在是太小，没有什么心机，做起这等偷摸的事情来更是毛糙，以致这么快就被李大人发现了。”

潘福懦弱地垂下头去，然后嗫嚅着小声说道：“那我现在该如何是好？我知道绎如东家神通广大，还望你看在秋兄的面儿上给我指出一条生路。”

绎如安抚着潘福重新坐在了椅子上，长叹了一口气，说道：“不是我说你，潘哥，你的胆子也实在是太大了。朝廷一品大员的哪一件东西是你随便可以乱动的，那都关乎朝廷军国机密大事。真抓到了你，哪还会问你个青红皂白，说砍了你还不像切西瓜一样简单？”

潘福坐在那里听得已经是筛糠一般，身子不由自主地瑟瑟发抖，连话都说不出来了。

“要说生路，也是有的，那就是你把那些物件交给我，由我来转交李大人，然后我再替你在李大人面前说上好话，求得他对你的饶恕，这件事也就这么过去了。你呢，在高尚那里要和一个没事人似的继续做下去，只是你要把高尚私贩烟土的那些证据仔细地抓到手里，然后放在我这里保管，这也是你给自己留的最踏实的一条后路！日后你在高尚那里出来了，就在我‘荣盛行’做事，高尚给你的，我一样都不会差，我一定保你周全。不想在我‘荣盛行’，我也可以在两广总督衙门里帮你找一个差事，那里最安全，任凭谁也不能将你怎样的。”绎如不慌不忙地说道。看来她对这件事早已经盘算周密了。

潘福哪里还有不从的道理，听着绎如说完，连忙如捣蒜一般点头全部应承下来，口里一再千恩万谢。

绎如又叮嘱了潘福应该注意的一些事项之后，让潘福回去准备了。

潘福拖着像灌了铅似的双腿，踉踉跄跄地走出了“洞庭会馆”，随手带了绎如给他的一把油纸伞。他看着这雨一时还没有停下来的意思，犹豫了一会儿，将那伞撑开，罩在了自己的头顶。

楚秋颇为疑惑地问道：“你认为潘福一定会按照你说的那么去做？”

“当然。”绎如自信地答道。

“他不会和高尚去坦白？”

“潘福是聪明人，他要和高尚去坦白，只有死路一条。”

绎如看着楚秋惊诧的样子，微微一笑接着说道：“出了洋女子这件事，高尚在李侍尧这里的靠山也就算彻底倒了，日后利用潘福在关键时刻反戈一击，高尚这里也就不足为患了。我们只需静待时日，看他如何向我们摇尾乞怜了！”

“纯如知道这件事吗？”楚秋问。

“现在绝对不能让她知道，她要是知道了，高尚就又会死里逃生。你还不知道她那个脾气，心软得像团蜜似的。”绎如答道。

楚秋又问：“绎如，你可听说朝廷对裁撤‘公行’有什么细节章程吗？”

绎如摇摇头，自顾地倒了一杯酒，端起来放到鼻子尖儿闻了闻，才慢慢地啜饮了一小口，然后才意味深长地对楚秋说："秋哥，无论裁撤'公行'是什么情形，你也不要参与了。树大招风，我怕你去竞争那丝绸业界的行领，你和高尚做的那些事会被人翻倒出来，真到那时，得不偿失不说，你会追悔莫及的。"

第一百五十三章　窃衣取暖

“天宝行”的梁东家、“孚泰行”的易东家和东印度公司新派来的商务代表亨利正在梁家的小花园里品茗赏花。

“亨利先生，我听说这次‘同文行’给贵公司的货物中掺杂了劣品以次充好，不知道是真是假？”梁东家一边给亨利倒茶，一边漫不经心地说。

亨利点了点头，用熟练的汉语答道：“确有其事。只是数量少，也发现得及时，并没有造成什么样的损失。”

易东家接过话来说：“看来贵公司也是不想追究什么了？”

亨利又点了点头：“我们和‘同文行’合作已久，他家历来讲诚信，这次事情应该是工人装货时马虎大意造成的，相信只是一个误会。”

易东家与梁东家相互对视了一下，然后慢条斯理地说道：“亨利先生，怕是不像你说的那么简单吧。你也知道‘同文行’一贯没有在货品上出现差错，为什么这次就出现了呢？这是明知你刚刚来到我们大清地界走马上任故意给你‘上眼药’的。”

“什么叫‘上眼药’？”亨利疑惑地问。

梁东家“哈哈”一笑，回答道：“表面的意思就是‘同文行’的潘家人认为你眼睛不好使，故意糊弄你，让你不舒服。实际上就是欺负你初来乍到，给你个下马威，给你点颜色看看。”

亨利看似理解了梁东家说这句话的意思，一耸肩，两手一摊，无可奈何地说：“他为什么要这么对待我？有什么原因吗？”

梁东家拿起茶杯，喝了一大口，给亨利解释说：“潘家和你的上任代表詹姆斯关系要好，背地里也互相给了不少好处，自然是舍不得让詹姆斯走。而你取代了詹姆斯的位置，加之这次你给他们开出的生丝价码过低，潘家自然对你耿耿于怀，怀恨在心，也正好在货品中掺杂劣货来报复你，为的就是将你撵回英国去！”

亨利摇了摇头，嘴里很不服气地嘟囔着：“我明白了。”

易东家继续煽风点火地说：“亨利先生，你不要认为这次的掺杂劣货事件只是一件小事，‘同文行’这是在慢慢地试探你，看你这次没什么动静，以后更会得寸进尺地耍弄欺骗你。我们这么说，是因为我们把你当朋友，也为潘启这样不公平对待你而感到气愤！”

亨利用感激的目光看着梁、易两位东家说：“我也是把你们当作真朋友，那你们说我现在该怎么办？我已经和他表示不再追究那件事情了，他也答应给我调换了。”

易东家好似思考了一下，然后说道：“亨利先生，你应该利用这次机会小题大做，最好将他‘同文行’彻底搞臭，让潘启知道你的厉害，这样他以后就不敢小瞧你了。”

亨利连忙摆手说：“不可以，他是你们‘公行’的总商，我那么做，会招来更大麻烦的。”

“‘公行’马上就要被裁撤了，你还怕他什么？就是日后还设有总商的位置，经你这么一折腾，他也做不成了。亨利先生，你想想日后我们在一起合作一定是非常愉快的，如果我和梁东家哪一个做了总商，以后‘公行’的好生意不是任凭你随便来挑着做？还有，你们东印度公司一直想做烟土的生意，不说朝廷是个什么态度，就是潘启一直都横加阻拦，如果‘公行’没有了他的位置，就是你们私贩进来也是少了很多麻烦的。”易东家非常诚恳，循循善诱地说。

亨利感觉易东家说得非常有道理，特别是最后一句话更是深深地打动了他的心，他在瞬间就做出了决定，使劲儿地点几下头，然后站起来和易东家、梁东家分别握手，很坚定地说道：“我们是真朋友，预祝我们合作愉快！”

送走了亨利，易东家和梁东家二人匆忙出门，直奔高尚的“德庆行”而去。

没过几日光景，纯如和周冰羽又被潘启叫到了他的宅子里。潘启这次的态度与上次见面比变得冷淡了许多，没有了往日轻松自在的神情，掩饰不住的愁云密布在脸上。

潘启开门见山就说起了那五百担劣丝的事情。

原来，洋商又找上门来，说不同意调换生丝了，而是准备要将“同文行”以欺诈的罪名告上衙门，想不告上衙门也可以，那就要求潘启到东印度公司的代表处登门道歉并赔偿三倍的损失。

这两个条件都是潘启无法接受的，为了那五百担生丝被告上衙门会丢尽脸面不说，这个官司到最后也是必输无疑的。按照洋商第二种说辞，赔银子事小，登门谢罪，同样丢不起那个人。如果真是按洋商要求的去做了，以后他怎么还能在“公行”抬起这个头来？想来，洋商在这件事情上根本就没有给他潘启留有退路和余地，其中的深意也很明显，里外都是让潘启低下头来认错，一旦他认了错，也就无形中扩大了劣丝事件的影响力。可想而知，潘启在“公行”之内的威望自然会随之下降，甚至可能遭受众人的唾弃。

潘启知道裁撤“公行”已是一早一晚的事，洋商突然之间改变了先前友好的态度故意找他的麻烦，让他措手不及不说，也给他带来了诸多方面的不利影响。这要是传出去说“同文行”的货品中掺杂使假，这多少年辛苦积累起来的好信誉也就付之东流了，自然自己也无脸在这个“公行”里面待下去了，何谈在裁撤“公行”之后再有所建树呢？

纯如听了潘启的讲述之后也是莫名惊诧，洋商为何突然之间就改变了主意？而且小题大做，提出的要求又是如此苛刻？

周冰羽则是信誓旦旦地一再向潘启表白，这件事情绝不会是出在自己这里，他绝对没有往里面掺杂劣丝。

潘启耐着性子听周冰羽说完，然后黑着脸对着周冰羽和纯如说：“亨利已经把那劣丝的样品拿了过来，一会儿我让人拿来你们自己瞧瞧。至于你们上次和我说你们家的生丝包装里面留了记号之事，亨利完全否认有这回事，我就不知道你们还能作何解释？”

纯如和周冰羽听了，身上都是一激灵，怎么会这样？

自家分明在每包生丝里都放了用洋文写的宣传单，为的也是日后有个辨别，要说几包里忘放了也是有可能的，但潘启的话里意思是说洋商连一张单子都没有发现，这就非常奇怪了！这个宣传单子是能将自家的生丝与高尚的那五百担生丝辨别开来的唯一证据，洋商现在矢口否认发现单子的事，那现在就很难说清楚这件事了。何况西洋隔着茫茫大海万里遥远，想到现场实际检查也不现实。

潘启看两人都无言以对，又吩咐下人将洋商带来的生丝样品拿了过来。

纯如拿在手上，仔细瞧看、揉搓了一番以后就明白了，这种生丝她是见过的，虽然瞧着和“七里丝”没什么差异，但几番揉搓下来就失去了韧性，这生丝分明就是用那洋药水泡过的。

“二位可看明白了？”潘启冷冷地问。

纯如此时却是不知道如何回答潘启了。

因为她知道这生丝一定是从高尚那里来的，高尚的生丝最初都是楚秋供的货，后来也知道楚秋的药水是从绎如那里购来的。如果此时想向潘启解释明白这个问题，潘启信不信自己所说的是一个问题，把楚秋和绎如牵扯进来又是一个必须面对的问题。

“呵呵，你们太让我失望了，年纪轻轻整天就想着做这样投机取巧的事，早晚会出大事的！生意赔了、赚了，人情可送、可还，都是可以商量的事，唯独这歪门邪道不能走啊！”

潘启说话间微微停顿了一下，看着周冰羽憋得满脸通红想要争辩却说不出话来的样子，继续说道：“虽然话不好听，但我说的都是为你们好！这件事呢，我也不想为难你们什么，好汉做事好汉当，你们出面把这件事情承认下来，然后到东印度公司的代表处去给洋商赔礼道歉也就是了。至于赔款的事情嘛，我勉强扯下老脸来去和他们商量这件事，毕竟和他们合作有年头了，怎么着也会给我一些面子的。”

纯如听到这里，知道自己不能再沉默下去了。

潘启话说到了这个份儿上，如果真按照他说的这么去做了，不但黑锅就此替高尚背了下来，就是自己领导的江浙丝绸商会、“清威行”及“广客隆”都会因为此事名誉扫地。这样的名声传出去，不用别人逼迫什么，自己都得自觉地退出“公行”，退出广州，这个结果是纯如万万不能接受和承担的。

“总商大人，这个生丝不是我们的，是高尚‘德庆行’的。”纯如镇定地说。

“先前你们说有单子在包装里面做证据，后面洋商证明了没有，这次实物摆在了你们面前，你又不承认是自己的，你们这么做是不是过分了呢？”潘启听纯如矢口否认，心下十分气恼，不再顾及什么身份，对着纯如发起火来。

“您请息怒，让我把其中的蹊跷说完，您也许就明白了其中的曲直……”

纯如狠下心来，将高尚在江浙贩售劣丝冒充“七里丝”，又因为此事在商会和江浙地界待不下去才来广州寻求发展的往事详细地说给了潘启听。

潘启听后大惊失色，他为什么会这样？其一，他还从没有听说过有这么神奇的药水；其二，高尚还有这般不堪的履历；其三，洋人竟然低价回收这种劣丝，冒充大清国的上等生丝向他国倾销，败坏大清丝绸商人的名誉！

潘启听了纯如的话非常震惊，但这些都是纯如的一面之词，没有任何凭据，是不是自己刚才逼得太紧，纯如一念之间编出这样的离奇故事想蒙混过关也是说不准的事，毕竟纯如的机智和聪明他是领教过的。还有就是纯如和高尚不睦也是有目共睹的事，纯如也完全有理由编出瞎话来栽赃陷害甚至丑化高尚。此时潘启也有些后悔，如果之前他不偏袒、挑唆高尚，高尚与纯如之间就不会这样不和气，有可能也就不会出现眼前这难解的劣丝事件。

想到这里潘启说道：“说实话，你说得这般根蔓真切，但我听得却是半信半疑，这件事情还有许多疑问没有解开。如果真如你们所说，是我潘启冤枉了你们，事实清楚之后我愿意负荆请罪。如果你们真是欺负我老眼昏花，编出这等离奇故事来愚弄我，我也真会黑下脸来将你们赶出‘公行’。再有，如果真有那洋药水的存在，又是你们自己贼喊捉贼掺杂了那药水，败坏我‘公行’及大清丝商的名声，我潘启不单让你们在广州无立足之地，就是将你们送入衙门大牢我也做得出来，到时候别怪我今天没有和你们打过招呼！”

第一百五十四章　涸泽而渔

商场之中是利益至上的，而利益也是时刻变化着的。随着这种利益的变化又带来了彼此关系上或微妙或巨大的改变，这是商人行事的出发点和落脚点。

“天宝行”梁东家和“孚泰行”易东家曾经和“同文行”的潘启十分交好，甚至被“公行”内部人私下称之为“铁三角”，三者被人视为牢不可破的关系。

这不单因为“同文行”财大气粗实力雄厚，梁、易二位更看重潘启“公行”总商的背景。总商的身份之所以被称为“总商”，这是一个带有官方性质的称呼，在“公行”之内是说一不二的角色，不努力巴结着总商，许多好事就会被落在后头。

梁、易两位东家都是人精，深谙其中的利害关系，当然是不遗余力地追随在潘启的身边，在其面前表诚显忠，唯其马首是瞻。潘启对二位也是投桃报李，在诸多事务上都是关照有加，这些年来梁、易两位东家自然是比其他行商得到了不少额外的好处。

这种“铁三角”关系的变化出现在潘启接下东印度公司那笔赔

钱的生意之后。梁东家和易东家发现了苗头有些不妙，具体来说，他们小瞧了高尚阿谀奉承之能事，虽然高尚与潘启认识只有几个月的光景，可在公开场合他似乎成了潘启的代言人一样，处处维护潘启的利益不说，每每也都能说到潘启的心坎里去，很得潘启的欢心。高尚的这种能力让梁、易二位东家望尘莫及不说，也让他们妒忌眼红，他们感觉得到潘启渐渐地少了对他们的倚重，很多事情开始去和高尚私下商议去了。特别是高尚替潘启扛下那五百担生丝的赔钱买卖，而他们却是一个无动于衷的态度，在这件事情之后，梁、易二位感到潘启对他们冷落了下来，少了往日的亲近，彼此都在心里慢慢地产生了芥蒂。

他们万万没有想到纯如能一口气接下来那一千五百担的生丝，这让他们甚是惊讶，也让他们始料未及。他们想不明白纯如为什么要赔本来帮助潘启，要知道之前潘启是在“公行”之内的几件事情上故意为难过纯如的。难道纯如就是为了改变潘启对她的态度，赔着本钱赚来潘启对她几句心存感激的吆喝声？

那如果真是这样，这吆喝声的成本也实在是太高了点儿吧！因为他们听说后来那批生丝换成了“七里丝”之后，纯如可是足足赔上了五万两银子。两位东家心里暗笑，纯如真是年轻不更事，莽撞行事、不计后果，更不知生意的艰辛。

无论纯如出于何种目的接下这一千五百担的生丝生意，梁、易两位都知道，纯如这个看似不可理喻的举动一定会打动潘启的。因为人心都是肉长的，在危难之际雪中送炭不是谁都能做得出来的事情，何况纯如是实实在在地将事情做得很圆满。

梁、易两位东家通过剖析也得出了结论：高尚的趋炎附势、曲意逢迎、掠美市恩的能力非自己所能及，纯如这样关键时刻拔刀相助、荣辱与共、义气千秋的巾帼本色自己又做不到，那么带来的直接后果就是，在“公行”之内原有的利益关系被打破了平衡，自己与潘启“铁三角”的关系不复存在，取而代之的是潘启来操纵梁、易两家。在由纯如和高尚组成的新的三角关系中，纯如和高尚相互斗争，而潘启利用利益的杠杆纵横捭阖，坐收渔利。

分析了当前的形势之后，梁、易二人知道这种境况对自己相当不利，当然更不甘心就这么轻易地被排除在“公行”的核心圈子之外。可正在他们为此一筹莫展，处心积虑谋划却不知从何处下手的时候，忽然间传来了“同文行”在供给洋商的货物中掺杂了劣质品的消息。这让二人听了相当兴奋，他们决心要在这件事情上大做一篇文章，所以也就出现了他们私会东印度公司代表亨利，并从中煽风点火破坏洋商与“同文行”关系的那件事。

他们认为，潘家与先前的代表詹姆斯可谓是十几年如胶似漆的关系，风雨不透，任凭谁也不能轻易打破。但亨利则不同，亨利初来乍到人生地不熟，正是茫然无措需要人抬举的时候，他们此时出手帮助亨利厘清“公行”里面的头绪，亨利必然对他们二位感恩戴德，这样无形中就抢得了先机。特别是在劣丝之事上再让潘启与亨利交恶，亨利以后在“公行”之内自然也就只能是依靠梁、易两家来运作，这无形之中削弱了潘启在洋商这方面的势力。还有，通过夸大劣丝之事，让潘启丢尽颜面，日后他在“公行”之内的影响力也就自然会减弱，这是一举两得的好谋划。

接下来将劣丝之事扩大化还可有另外的作用，那就是分化纯如与潘启好不容易建立起来的和谐关系，让他们彼此猜忌、反目成仇，最终合作关系分崩离析。高尚这里也有同样的条件可加以利用，但梁、易二人却有另外一番想法，他们想将其暂时拉拢过来，为亨利在劣丝之事造势，更进一步地打击潘启。

但梁、易两位东家为什么不选择调和与潘启之间关系的裂痕，而是要处心积虑、借题发挥置潘启于内外交困、山穷水尽的死地呢？

朝廷裁撤“公行”的日子已是越来越近了，潘启有可能在裁撤“公行”之后仍然是八面玲珑、如鱼得水，那么自己这两家还是永无出头之日。

但还有另外一种可能，那就是潘启被朝廷弃之不用，如果这种可能性成了事实，那么潘启自然就成了失势的丧家之犬，变成了一个可有可无的人，也更不用再顾忌他什么了，谁还会在这种人身上浪费精力和口舌呢？

他们如果乘此机会将潘启打压得一蹶不振，从洋商、“公行”内部双管齐下削弱他的影响和势力，再借裁撤“公行”之机取而代之也是完全有可能的，这么做的胜算不但很大，而且也不失为一条为自己争得锦绣前程的捷径。

让潘启一败涂地总比低眉顺眼与之修复关系来得实在，得到的好处更是不可估量！

如何让高尚这枚棋子发挥最大的作用，梁东家和易东家自有一番考量和盘算。如果这五百担的劣丝不是高尚供给潘启的，他一定会在潘启面前一副小人做派，更会拿出得理不饶人的看家本领，帮着潘启对纯如进行口诛笔伐。但如果这五百担生丝确实是高尚有意而为之，并且将证据摆在他的面前，到那时高尚自然也就乖乖就范，想怎么使唤他，不怕他不听话。

而这样的证据就已经在梁、易两位东家的手上了，那就是亨利转交给他们的那些纯如特意制作的宣传单。

二人找到了“德庆行”，见到了高尚之后，也没有太多地客气，直接将那宣传单递给了高尚。

高尚接过来之后一看上面都是用洋文书写的内容，他是看不懂的，但那上面落款盖着印章的“广客隆”三个大字却是认识的，高尚很是奇怪，忙问：“二位东家，这是？”

易东家呵呵一笑，说道：“高东家机关算尽也不会想到，纯如的‘清威行’，还有她家的那个‘广客隆’在供给潘总商货物时，全部做了这样的记号掖藏在每个包装里。而那被发现是劣丝的包装里都没有。我这么说，高东家应该是明白了吧？”

高尚听了，在心里大叫一声，坏事了！他怎么也没有想到纯如会留这样出其不意的一手！这样的证据一定是洋商提供给梁、易二人的，看来自己怎样辩驳也苍白无力，但出了这样的事，即使装聋作哑也不能承认，高尚深知一旦承认下来就会有无穷的后患接踵而至。可为什么不是潘启拿来这样的证据质问自己，而是面前这二位呢？高尚深感蹊跷和不解。

高尚摇摇头，表示听不明白易东家说的话，继而冷冷地说道：“就眼前这个单子谁都是能平白写出来的，没什么可值得稀奇的。再有，你我谁都没有亲眼见过洋商打开包装的情形，洋商怎么说难道我们就要怎么去相信吗？我看这分明就是‘清威行’联手洋商陷害我而做出的龌龊伎俩！”

易东家知道高尚有着无理辩三分的铁嘴铜牙，但没有想到他还能在证据就摆在面前时不慌不忙侃侃而谈，而且说得同样是滴水不漏，让人挑不出毛病，这不是简单的心理素质过硬就可以解释的，高尚这种做贼不心虚、说谎不脸红的本领是真本事！

易东家看了看梁东家，梁东家接过话来说：“高东家不要误会，我们两个来没有别的意思，只是想来帮助兄弟解决问题的。”

高尚微微一笑，说道：“兄弟我无灾无难，不知道两位哥哥是想帮助我解决什么问题呢？”

梁东家微微一笑：“高东家，如果在潘总商面前，纯如说有这个证据，你不承认这个证据，而洋商作为证人支持纯如的说法，你想想，潘总商更会听信谁的话呢？不用问，当然是听信洋商的话！高东家是聪明人，到那时会是一个什么样的结果，想必你自己心里也会有数的。”

“是啊，高兄弟要是失去了潘总商的信任，那日后在‘公行’里的日子也就真是难过喽！”易东家在旁边漫不经心地说。

高尚明知这二位在自己面前一唱一和，装神弄鬼说着鬼话，可他们说的都是实情，自己到时候一定会是非常被动。想到这里，高尚站了起来，对二位深施一礼说道：“刚才我在心里仔细琢磨了二位兄长的金玉良言，是啊，任凭我做事如何清白，可要是纯如与洋商联合起来挤对我，也让我有口难辩。想来，世上的好人真是难做啊！在下愿意听两位哥哥赐教！”

“唉，这事说来说去也是怨潘总商，平白无故接这赔本的买卖做什么？‘公行’马上就要裁撤了，他能不能再继续做那总商还不得而知呢，临了闹出这些麻烦来真是不值当的。”易东家看似有些发牢骚地说。

高尚此时却有些明白了，这二位应该不是潘启派来探摸自己根底的，怎么听这话里话外的意思是卖他高尚人情来了！

梁东家说道：“这事呢说来是天大的麻烦事，可你放心，我和洋商这边都已经打好招呼了，他们就当这单子根本就没有存在过，到时候绝对不会攀咬你的。不知高东家对于我们二人这样的安排是否满意呢？”

“满意，满意！”高尚听后如蒙大赦，连忙口里应承着。

高尚说完之后，感觉刚才的举动有些过于激动慌张了，马上镇定了下来，说道：“两位哥哥这么帮兄弟解脱，让我感激不尽，不知道我能为两位做点什么作为报答呢？”

第一百五十五章　跋胡疐尾

那日，纯如和周冰羽带着满腹的委屈离开了潘启的宅子。回到家之后，纯如急忙派人将楚秋和绎如请了过来。

纯如将与潘启见面的情形说给了二人听，最后说道："在当时情况下，我实在没有办法，只能将高尚使用洋药水的事情说给了潘总商听。他对这件事情半信半疑，也明知道去问高尚也不会承认，现在只能是由我来提供证据给他。"

绎如和楚秋对视了一眼。

绎如说道："姐，我之前确实是弄过这个洋药水，也供给秋哥过，但此事在我们相见之后早已经罢了手，此次高尚用的绝不可能是我们提供的。"

楚秋接着绎如的话茬儿说："高尚应该是直接从洋商比利那里得来的药水，当时正是我与他合作期间，所以这个合同也是经我手签订的。"

"那你就应该站出来揭露高尚的行径！"坐在一旁的周冰羽对着楚秋说。

周冰羽和楚秋之前在湖州时候从没有来往过，自周冰羽来到了广州后，两人才有机会见了几次面。但两人之间的误会和偏见由来已久，彼此心里一直都存在着无法言说的隔阂，所以互相间言语都是不客气的态度。

“我站出来？我怎么站出来？那不是把我也合计里面去了吗？这让我以后怎么在‘公行’里面做人？”楚秋看不惯周冰羽的做派，听了周冰羽这样冷冰冰的话，憋不住内心的火气，几乎是吵嚷着向周冰羽表达了自己的意见。

纯如见状，连忙说道：“秋哥，你不要误会，当时我也考虑到了这个层面，所以并没有当着潘总商的面将这件事情说明白，现在找你和绎如来，也是想让你们帮我出出主意，我们怎样才能求个圆满。”

“我说句不好听的，这件事情根本无法求得圆满。将药水之事公之于众，高尚自然会攀咬秋哥，不单是秋哥与洋商签订的那合同，还有之前秋哥在福建时也给高尚供过这样的生丝，秋哥怎样也逃脱不了其中干系的。如果别人揪住此事不放，再一路查找那药水的根脉下来，也必然将我撕扯出来，高尚就是抓住了我们会畏首畏尾的这个心理，所以行起事来才敢这样肆无忌惮。”

绎如倒是爽快，没有任何遮掩地把自己的想法说了出来，因为她知道必须把事情向纯如说明白，也是在向纯如传递这样一种信息：我绎如和楚秋都与药水之事有关联，你纯如揪住高尚此事不放，就是在为难我们。

绎如知道纯如现在想解开这件事情很难，但眼前马上就要裁撤“公行”，如果此时将药水的事情牵连到自己身上，那么无论自己如何努力，想在裁撤“公行”后有自己的一片天地都是枉然。

绎如的话同样说到了楚秋的心里，所以他在绎如说话间频频点头。楚秋在里面牵连的还不止绎如说的这些，他与洋商签订的那份合同里还涉及了烟土的事情，如果真惹急了高尚，怕是高尚也会将这件事抖搂出来的，那后果更叫一个可怕。

楚秋现在很后悔出头替高尚与洋商签那份合同，但为时已晚。他后来才知道，洋商手里的那份合同就在绎如的手上。前几日，绎如拿出那份合同来，告诫楚秋不可在朝廷裁撤“公行”之事上有什么作为，怕的是树大招风、引火烧身。楚秋知道绎如对自己的告诫是好意，但他怎么听着绎如话里都有一股要挟的味道。让楚秋主动退出来，绎如自然就会少一个竞争对手，这让楚秋听着也非常不爽，但暂时没有什么办法可以搪塞，只能先答应了绎如再说。

周冰羽也听明白了绎如话里的意思，本来想找绎如和楚秋来帮忙解决事情，没有想到却是绎如和楚秋要求纯如不可追究高尚的洋药水之事。周冰羽简直火冒三丈，你们两个都是顾忌着自己身上的事，那我们夫妻的难处谁能体谅？我们面临的难题又如何解决？

纯如知道周冰羽要发作，忙扯了一下他的衣襟，又递了一个眼色示意他不可发火。现在的周冰羽已经处处听从夫人纯如的话了，见状，强咽下已到嘴边的不好听的话，没有发作，然后闷头走了出去。他知道继续与绎如和楚秋争论下去毫无意义，莫不如去找小兄弟潘有度，既可以诉说心中的郁闷，又可以寻一下他的主张。

眼前的绎如和楚秋都为了自身利益不想帮助纯如将高尚用药水浸染劣丝之事大白于天下，可纯如该怎么办？这是摆在纯如，也是摆在绎如和楚秋面前的难题。

绎如感觉自己的想法对纯如很不公平，也非常自私，就安慰着纯如说：“姐，按理说，这件事洋人没有找到你头上来的道理，只能是去找潘启讨说法。至于潘启那里，他找高尚，高尚自然不会承认，他找到你，你也大可不必理会他，因为他手上拿不出任何证据来证明那劣丝到底是谁家供的货。慢慢地，这事情最后也只能是不了了之。再有，你也不用怕他什么，我得到了消息，五月初五端午之日，朝廷就要裁撤‘公行’，裁撤‘公行’之后还不知道他潘启落到哪般田地呢，你何必为此事折腾个天翻地覆呢？”

“啊？这么快？”楚秋听了绎如说的裁撤“公行”之事之后十分惊讶。

绎如点了点头。要不是她认为今天对姐姐纯如有所亏欠，她是绝对不会现在对纯如、楚秋透露这个消息的。

纯如听了也一愣，但随即平静了下来，她现在无暇顾及这个裁撤“公行”的消息。纯如听绎如给她出了这样一个主意，心下虽然是十分地不接受，但仔细权衡利弊，却也不失为一个折中处理这件事的办法。可自己已经答应了潘启要将这件事情查个水落石出，如果按照绎如的说辞去做，自己这般出尔反尔不负责任的态度也就彻底将潘启得罪了。并且高尚这次逃过责罚，日后更会变本加厉地弄出劣丝来冒充“七里丝”，那又该如何是好？

绎如看着姐姐有些犹豫，继续说道：“我想有秋哥和姐姐的支持，我在‘公行’裁撤之后谋得丝绸行领的位置把握是很大的，到那时我们不但不用在乎潘启什么，而且想办法整治高尚也是易如反掌。我知道让姐姐这么做会很为难，但识时务者为俊杰，我们要为大计着想，你让潘启认可你有什么用？拾人牙慧，与他人作嫁衣裳之事终究不是长久之计。”

绎如趁此时光景，又在纯如和楚秋面前表明了自己要争取丝绸行领的意图，不但表明了自己的雄心壮志，也趁机将纯如和楚秋拉到自己的麾下。最主要是先人一步堵住了纯如的嘴，因为她知道到时候真要是竞争起来，自己不一定是姐姐的对手！而此时自己亮出态度来，纯如以后就会不好意思再和她争抢这个位置了。

纯如苦涩一笑，没有说什么。

楚秋见绎如话说到了这个份儿上，心里早已有了几分不快。暗道这绎如怎么处处都在打自己的如意算盘，此时他有必要也翻翻自己的底牌给绎如看看，否则这么由着绎如的性子下去，自己以后再做事就会被绎如今天这番先发制人的话语掣肘，使自己处于非常被动的位置。想到这里，他淡淡地说道："妹妹，我这里还不好说，虽然我不想参与那事，但你也知道，'飞鸿行'和我父亲的主张，我是做不了的……"

绎如见楚秋这般说辞，心里也十分不快，但口中说道："秋哥，你放心，如果真到了最后关头只剩下我和你家老爷子两人，我一定会是退避三舍的，毕竟我是晚辈，你说是不是？"

绎如这番话反倒说得楚秋非常不好意思，连忙支吾着说道："这件事我还没问他是个什么想法，他的条件也不是很充分，到时候再说吧。"

纯如心乱如麻，听着绎如和楚秋在话语间明争暗斗，更让她感觉憋得慌。本来自己找哥哥和妹妹是来帮助自己的，没想到他们来不但将自己的计划全盘否定，不肯帮忙为自己拿出任何证据，反倒将这次见面变成了自己表白心迹的宣讲，这让纯如不知说什么才好。

看着纯如有些失神的样子，绎如和楚秋都止了声，房间里突然寂静了下来。

这时候，正好一个婆子抱着周展进来。婆子进来后对纯如连忙解释道："知道大少奶奶在谈事情，可小少爷知道了他的姨母和舅父来了，非吵闹着要进来。"

纯如对着那婆子说道："张妈，没事，你把他放在我这儿就行了，你忙去吧。"

绎如接过孩子来抱在了怀里，周展对她十分熟悉，嘴里一边奶声奶气地叫着"姨好"，一边凑过小嘴来亲绎如。绎如见周展如此乖巧懂事，更是疼爱得不得了，连忙说："小展好！"

楚秋也凑了过来，做出怪怪的模样来逗得周展开心地笑着。

一时间，孩子的到来，打破了屋子里面沉闷的气氛，取而代之的是平常人家里常有的温馨的欢声笑语。

"小展啊，你要快快长大啊！等你长大了啊，我和你娘就要享清福喽。以后啊，什么样的千斤担子都得让你这个男子汉去担着了，我和你娘只管在后面给你加油助威。缺银子了，朝我们老姐俩儿伸个手要就是了……"

"好。"周展虽然听不明白，口里却是非常伶俐地答应着。这更让绎如开心得不得了，将周展抱得更加紧了。

绎如此时脸上的神情是真诚的，也是幸福的，她在周展面前，忽然间变成了一个慈祥的母亲，满怀柔情和爱意，也满怀期待与憧憬，和平时在生意场上的形象判若两人。

楚秋在一旁看得真切，他知道绎如对周展动的是真感情，他也能听明白绎如话里的意思，绎如分明就是将周展当作了自己亲生的儿子一般对待，甚至想好到了一定时间，要把她所有的财产都让周展继承下来。

"好，也算舅舅一份，舅舅也给你加油！"楚秋也附和道。

纯如看着此时此景，眼睛禁不住湿润了，要是眼前的画面永远就这样固定下来该有多好！

一家人在一起，其乐融融，共享天伦之乐。没有利益的羁绊，没有钩心斗角，没有尔虞我诈，没有你争我夺，天下太平！

第一百五十六章　蛤蟆夜哭

周冰羽来到广州城南门一处景致颇佳的园林，这里虎斑霞绮，林籁泉韵，浮岚暖翠，别有一番洞天福地的景色。园林的幽深处有一飞檐斗拱亭阁，这是周冰羽平时与潘有度谈史论道的所在。

周冰羽找潘有度诉说心中的苦闷憋屈，寻求开解的同时，也想听听他有没有什么好的建议和办法。

见到潘有度之后，周冰羽将劣丝事件的来龙去脉及高尚、楚秋和绎如的底细向潘有度和盘托出。言语中也有一些对潘启的不敬之词，周冰羽认为自家这么帮潘启，反过来潘启现在对自己和纯如却是这般咄咄逼人，让他接受不了。

潘有度此时是一个只有十七岁的翩翩少年，人长得颜如舜华美如冠玉，昂藏七尺玉树临风，峨冠博带顾盼生神，惊才风逸之中尽显风流倜傥、君子气度，年轻气盛之中又多了同龄人少有的成熟干练，三毛七孔锋芒不露。

他听了周冰羽的诉说之后，也觉得事情很为难。一方面周冰羽和纯如急于要给潘总商一个证据，证明自身清白，与劣丝之事无关；另一方面又要保全纯如的那两位娘家人不被牵扯进来。可这两方面做起来必然是顾此失彼，互相矛盾，那又如何能帮助潘总商将洋商那里的刁难解脱得开呢？

潘有度背着手在周冰羽面前慢慢地转了几圈，忽然间停了下来，说道："周兄，我倒是想了一个方略。"

"贤弟，快说来听听。"周冰羽听潘有度说有了主意，连忙站起来催促道。

"这件事情的根儿说来说去是在洋商那里。周兄，你想想，洋商现在因为劣丝之事找潘总商麻烦，而无论那位高东家，还是嫂夫人妹妹那里的洋药水也是来自洋商，特别刚才你还提到那位高东家还有与不法洋商贩卖烟土之事。那么，周兄完全可以从洋商处下手，让洋商知难而退，不再与潘总商纠缠劣丝之事。"

周冰羽一拍大腿，惊喜地说道："用洋商制洋商，这个主意真是太好了，我怎么就没有想到这个点子上去呢！愚兄真是佩服贤弟目达耳通、颖悟绝伦啊！"

"周兄且慢抬举我，这里面还有一点你要特别注意。"潘有度抬手若有所思地说道。

"哪一点？"周冰羽追问道。

"私贩药水、烟土的洋商有可能与你所牵扯的东印度公司不是同一伙人，那么你就要分别找到他们，晓之以理，动之以法，逼他们去找东印度公司在广州的代表商谈这件事，无论他们之间如何言说，总之达到我们的目的也就可以了。我想不管洋商之间是否熟识，他们在大清的地界上都会抱团取暖，他们之间沟通起来会很容易。如果他们同是东印度公司的人，那问题更是迎刃而解了，他们知道有把柄握在你们手上，不但不会再为难你们，就是找上潘总商道歉赔罪也是有可能的。”

潘有度的话听得周冰羽是心服口服，心中豁然开朗，不住地点头，口中说着：“就按照贤弟的主意去办，事不宜迟，愚兄先行一步！”

说完之后，周冰羽一溜烟地跑出亭子，他急着要乘绎如和楚秋都在，当着他们面把潘有度给他出的策略讲清楚，好让他们二人分头找洋商去说。

“周兄，下次记得把侄儿周展抱过来玩耍，我想那小子了。”潘有度对着周冰羽喊道。

“好嘞！下次一定！”周冰羽高声回应一句。等潘有度再望去，周冰羽已不见了踪影。

周冰羽赶到家里总算是及时，绎如和楚秋刚刚准备要走。纯如见周冰羽急三火四的样子，很担心又出了什么事，忙上前问个明白。

周冰羽很得意地将几人招呼到桌旁又坐了下来，将潘有度与他说的方略说给了纯如等人听。但他并没有说这是潘有度的主意，而说是在走路间忽然灵光一闪急中生智而来。

绎如和楚秋听了也认为这不失为一个折中处理的好办法，既解决了问题，又可以保全自身，两人都点头表示同意。

绎如答应这件事情由她去找洋商比利等人去谈，比利因为那次行李之事欠着她很大的一个人情，最主要的还有比利与“德庆行”的合同还在绎如的手上。

楚秋对周冰羽也是刮目相看，之前周冰羽在他的心目中就是一个自以为是、狂妄自大而一事无成的阔少爷，对待纯如脾气暴躁、反复无常之人。但现在看来，周冰羽并非是庸碌之辈，在问题的处理上要比自己更胜一筹。

纯如看周冰羽出去不到一个时辰的光景，就想出了这等绝妙的主意，感觉很意外，忍不住夸赞了一番。

待绎如和楚秋走了之后，周冰羽还是难掩激动心情，对纯如又说了另外一件事："纯如，我近日认识了一个才高八斗、经天纬地的兄弟，他对咱儿子很疼爱，我想让小展再大一些就认他做师父，有他的授业传道解惑，咱儿子一定可成大器！"

纯如戏谑着说："难道这人的才学还在你之上？"

周冰羽略显尴尬地应承道："这个人殚见洽闻、博古通今、满腹经纶而经明行修，是难得一见的铁骨铮铮的人物。我服，你放心，我认可的人没错！"

联想到妹妹绎如也对儿子很疼爱、很上心，纯如"扑哧"一笑："没想到我们的儿子小小年纪就成了香饽饽了！看来日后他要比你我都有出息啊！"

此时，在潘家的客厅里，高尚正在和潘启慷慨激昂地言说着劣丝之事。

高尚的意思很是明确，一定要将这件事情查个水落石出，切不可让"清威行"成了漏网之鱼。再有，也建议潘启绝不能向东印度公司的代表亨利低头认错和赔偿，那么做会丢了总商和"公行"的颜面。

高尚既然敢让潘启去彻查劣丝之事，他心中就有底气，因为他知道，只要亨利不承认有那件宣传单的事实，纯如就没有证据能证明自身的清白。当被潘启问起来劣丝之事，纯如一定是矢口否认，而他也坚决不承认，那到了最后，这就成了一笔糊涂账，无人认领，潘启自然也无可奈何。

但这其中，纯如供给潘启的生丝占了整体货物的近九成，潘启一定会怀疑纯如在其中做了手脚的，这样下来，即使纯如百般解释，潘启也不会相信她的，他们之间就此必然会产生矛盾，纯如所做的一切努力都会付之东流。

至于他不让潘启去向洋商认错赔偿，则是他和梁、易两位东家商量好的，目的就是激化洋商与潘启的矛盾，让这件事情在两者之间几番相互扯皮下来变得更复杂更不好处理，闹得动静越大越好。事态不断地扩大，潘启就会骑虎难下左右不能相顾，如此一直纠缠下去，必然对潘启的威信和地位产生影响，这样他们三人从中得到好处的机会也就会越来越多。

而潘启心里却有自己的一番盘算。

那日纯如已对他说了用洋药水浸染劣丝的事情，也了解到了高尚过往的一些根底。虽然他对纯如的话是半信半疑，但心里对高尚也产生了戒备的心理。

潘启认为自己一直以来做生意是守本分的，君子爱财取之有道，他平时也最瞧不起那些在生意上不守规矩，总是一门心思走旁门左道的商家。如果高尚真如纯如所言做了那些鸡鸣狗盗之事，他是容不下这样的人坐在自己身边的，甚至连句话也不屑与其言说，一定要保持泾渭分明的态度。只是现在要等待纯如拿出证据来，到时候，高尚在自己眼前演的一切把戏自然都会被戳穿。

“高老弟，我前几日听说市面上有一种神奇的洋药水，无论什么样的生丝经它浸泡之后都会变得纯白鲜亮，注意不到的话，外表看起来与‘七里丝’一模一样，达到以假乱真的地步，不知道你听说了没有？”潘启漫不经心地问。

高尚听了一愣，但马上恢复从容面色说道：“真是什么风声也逃不过总商大人的耳朵，我之前在江浙时也是听过这样的风传的，但具体是什么模样的物件并没有真正见过，我也听说这药水都是私贩进来的，威力很是巨大。洋人通过广州本地的不法商家做代理人，已经渗透到了福建全省，就是我们江浙也发现了这样用药水泡过以次充好的生丝，想来流毒甚广，很是祸害人，如果不加以控制，成蔓延之势，就如洪水猛兽肆虐，恐后患无穷啊！”

潘启看着面前的高尚不慌不忙对药水之事侃侃而谈，言语间嫉恶如仇、大义凛然，颇有一番独到的见解。他听后对纯如与自己言说高尚和洋药水有关的话，越来越没有把握了。

“高老弟，如你所言分析下去，我们这批供给洋商的那五百担生丝应该也是被那洋药水浸泡过的，你说这个源头应该是来自于哪里呢？”潘启不紧不慢地继续问道。

“总商，我想这其中无非有三个渠道可来，一个是‘广客隆’和‘清威行’自己有那药水，直接将劣丝浸泡后就假冒‘七里丝’送到了你的库房里面。再一个是他们没有药水，但明知那生丝的品质根底，贪图的就是便宜，购进他们的手中，然后送到你这里来，侥幸地避过了耳目。最后一个是他们家也是被糊弄了，没有经过仔细甄别，误将那劣丝收到了手中，发现之后将错就错，抱着侥幸心理在你这里蒙混过了关。”

高尚用清晰的头脑很有条理地帮潘启分析了问题，临了还没有忘了加上一句：“总商，无论这三个渠道如何，总归这件事是与纯如脱不了干系的，只怕是她不见棺材不落泪，不会将这件事情轻易地就承认下来啊！”

潘启听高尚对自己的问题对答如流，分析得全面公正，头头是道，忍不住也点头表示对高尚很是赞赏之意。

但潘启也听出了高尚将全部假设条件都放在了纯如身上去说结

果，而对他自己只字不提，甚至连表白开脱一番的过程都没有走，就仿佛与这件事毫无关系，以一个旁观者的身份在帮着分析问题一样。

高尚这样的举动，愈加让潘启相信高尚在这件事情上是无辜的，而纯如是在情急之下萋菲贝锦、深文罗织，对高尚谣诼诬谤、蝇粪点玉、血口喷人！

第一百五十七章　知己知彼

绎如将潘福利用那个洋女子盗得的两广总督李侍尧个人及朝廷的机密文件完璧归赵，原封未动地还给了李侍尧。

李侍尧见心患之物失而复得大喜过望，用一番热情洋溢的言辞对绎如和芙蓉二人进行了褒奖。高兴之余，他带着疑惑问绎如是从何处何人手里将这些文件找回来的。

此时潘福还在高尚的门下做事，尚没有到需要将他扯拽到众人面前的地步，如果此时和李侍尧将实情言说，说不定这李侍尧会当场派人将潘福拿来是问。而绎如也是当着潘福的面儿保证他不会被李侍尧追究的，并且这么做的结果会将潘福暴露在高尚的面前，以后在扳倒高尚的关键时刻就会失去一枚重要的棋子。

但李侍尧的问话，必须是要认真作答的，不能被看出其中有怠慢欺瞒的成分来，这让绎如很为难。

芙蓉知晓绎如的想法，忙对李侍尧说道："大人，人既然被我们找到了，他就跑不了，但他对我们还有一些重要的用处，暂时不方便将他带到您的面前来问罪。等到了关键时候，就是您不问他，我也会将他扭来向您自首以求宽大处理的。”

李侍尧今天的心情特别好，他听了芙蓉的话之后，爽朗地哈哈一笑，开心地说道：“好，好，你们说得这般神秘，倒是勾起我拿他问罪的兴趣来了。可是你们在这件事情上立了大功一件，那我今天就依着你们，暂且先不追究他的罪过。”

绎如听了，松了一口气。

“你们今天来得也算是时候，还有件好事要告诉你们。”李侍尧卖着关子说。

“不知大人您说的是哪般好事？”自从出了洋女子的那件事之后，芙蓉现在和李侍尧说起话来婉转温柔，面上也是带着桃花含羞之色。

李侍尧看着芙蓉的千娇百媚，心旌摇荡起来，话语中尽透着得意之情说道：“户部已经给我廷寄了裁撤‘公行’的章程过来征询我的意见，我可以透露一些内幕消息给你们，这样你们就可以先人一步做好准备，你说这是不是好事呢？”

绎如听到李侍尧这么说，心下非常激动，忙说道：“是啊，这真是一件天大的好事，谁家能有我们这般福气能先得到大人的提携呢！”

李侍尧清了清嗓子，说道：“其实说来也不算什么提携，户部定在五月初五日裁撤‘公行’，重新启用‘广州十三行’的名号，在进出口的各类行当中，铜铁、丝绸、陶瓷、烟草、棉花、毛织品、香料、毛皮、檀香木等行业都会选出一名行领来领导经营。原有的总商制度保留了下来，但不再负责具体事务，而是起到全盘统筹协调作用，这实际上是削弱了总商的权力。总体说来，和现在的‘公行’也没有太大区别，只是将原有总商的权力分散到了各位新设立的行领手里，每个行业的行领有了独立自主的经营决策权。当然，行领担负的责任也很重大，在与夷商的贸易中，一旦出了问题首当其冲就拿行领是问。并且竞选上之后要向朝廷纳银作保，就是日后朝廷筹集军饷、赈灾等需要捐银的用处，行领也比其他行商要多担待些的。”

绎如一边听着，一边心里想，这确实和现有“公行”没什么太大的区别，和自己曾经预料的也没什么两样，说来只是一次权力的重新分配而已。这已经疯传了两三年之久朝廷的大动作没想到就是这样被高高举起轻轻放下，雷声大雨点小，很让人失落。

“大人，敢问户部对任职行领的条件有什么要求吗？”芙蓉关切地问。

“户部不可能规定得那么细致，这个由我和广东巡抚钟音，再加上粤海关的监督满春豪拿出一个章程也就是了。但章程无论怎么弄也跑不了一条，那就是一定要实力雄厚，能在行业内压得住阵脚的才行。”

“大人，别的行业怎么着咱都不管，我看就这丝绸的行领您就直接指定我们绎如东家好了。”芙蓉试探着说。

李侍尧换了一副认真的态度说道：“要说指定你们呢，我也不是没这个权力，我张回嘴，谅他们也不会反驳。怕就怕你们同行之内的人不服，将这事情捅漏出去传到朝廷那里就好说不好听了，弄不好皇上要过问起来，我可是不好答复解释的。例如‘德庆行’的高尚，那就是个手眼通天的人物。堂哥是两江总督，堂姐是慧贤皇贵妃，他要是认为我行事不公，凭着一封家书就可以将这事情抖搂在皇上的面前，所以这事可不是像你想的这般简单的。”

绎如知道李侍尧话既然说到这个份儿上，必然不是推诿搪塞之辞，这人无论官做得多大，总归还是有办不下来的事，就是那说一不二的皇上也一样，并不是他想做什么都可以任意为之，在一些事情上也是需要隐忍退步的。李侍尧因为她将那些机要文件帮他追索了回来有了这股子热情劲儿，她也要见好就收，不要久坐在这里好似讨人情似的让他生了厌烦。绎如想到这些，对李侍尧又说了一番感激之词后起身告辞。

绎如没有让芙蓉跟着自己一起走，绎如是伶俐精明之人，她已经瞧得出李侍尧要留下芙蓉晚上陪他，绎如怎么能在这细微之处忤逆了大人的这点儿小心思呢？

回到自己的“荣盛行”之后，绎如差翻译周顺将洋商比利请了过来。

按照与纯如、周冰羽等人事先商量出来的计划，绎如请比利去找东印度公司的代表亨利，游说亨利不要再在劣丝事情上得理不饶人，潘家“同文行”将那五百担劣生丝给予调换也就算是公平合理了。比利听了绎如原来是让自己去当说客，虽然感觉很是为难，但奈何有把柄在绎如的手里攥着，因此满口答应下来一定尽力将事情办好。

“比利先生，除了这件事之外，我还有一件事得有你的帮助。”绎如礼貌地对比利说。

“夫人请讲。”比利听说绎如还有事情让他去办，不禁用手抓了抓蓬松的卷毛金发，他不知道绎如还要给他出什么难题。

绎如仿佛和老朋友聊家常话的一般态度徐徐说道：“呵呵，比利先生，我们大清国朝廷要裁撤‘公行’了，想必你们洋商也听到了消息，在各个行当里都会选出行领。这里面自然也就牵扯到了你们洋商的利益，日后你们如果与之前打交道的行领交情好，合作起来，或是私下办起事情来自然会方便得多，都是互惠互利的事……”

比利也是精明之人，他已经听明白了绎如话里的意思，绎如分明是要他在竞争行领的事情上帮忙，可他能做什么呢？毕竟自己只是一个普通的洋商身份，何况做的还都是一些见不得人的勾当，到哪里说话都不硬气。

想到这里，比利尴尬地说道："夫人，我本人非常愿意为您效劳，就是不知道我能为您做些什么？"

"呵呵，我先谢谢比利先生的一番美意，其实我让你做的这件事情，是不会让你感到为难的，我只是想让你做我的洋商方面的代理人。"绎如微微一笑，她知道比利被自己牵着鼻子走的滋味不好受，所以尽量将语气委婉和气一些。

"洋商代理人？"比利疑惑地问道。

"嗯。你以洋商的身份去粤海关监督满大人、广东巡抚钟音大人及两广总督李侍尧那里去走动，在他们面前极力地说出我们'荣盛行'的实力和好处来也就可以了。再有就是各国的洋商那里也是如此作为，让他们在裁撤'公行'之时暗中支持我'荣盛行'夺得丝绸业界的行领位置。不知道比利先生是否愿意帮我这个忙呢？"

比利听绎如说完，诚惶诚恐地说："夫人，这件事情我怕做不来，您知道我在贵国的衙门没有什么名气，他们这些大人是不会接见我的。我在各国的洋商面前地位也微不足道，我担心没有这个能量去完成您交给我的这个任务。"

"比利先生先别忙着拒绝，我还没有说其中你会得到什么好处呢！首先，与这些衙门大人打交道的银两开销都由我来给你承担，你既结交了权贵，又不用自掏腰包，这对于你来讲，是不是好事呢？再有，我'荣盛行'争得了行领的位置，你就不用冒着粤海关不时缉私的巨大风险来私贩你那些见不得光的货物了，完全可以通过与我'荣盛行'正当的丝绸贸易裹挟，堂而皇之地进出我大清的地界，这对比利先生是不是更是一件天大的好事呢？”

做事得不到好处，洋人是不会出力的，绎如比谁都明白这个道理。她懂得对洋人既要动之以情，又要晓之以利，最后还要拿出一些手段来逼迫他们乖乖就范。

“夫人说的好处让我很感兴趣，可我的能力有限，按你们的话说叫‘酒囊饭袋’，还有那个那个‘黔驴技穷’，夫人还是另找高人吧。”比利搜肠刮肚地想出了这么几个词不达意的成语出来，很明显想极力地推托这件事。

比利这么做自然有他自己的盘算，他怕替绎如上下撺掇，弄不好会树大招风，被人盯上了有可能就会将自己的狐狸尾巴露了出来，那带来的麻烦可就大了。再有绎如所说的好处都是建立在她“荣盛行”能争得那丝绸行领的基础上的，可万一她没有坐上那位置，绎如说的那好处也无非就是水中的月亮，可望而不可即。

“呵呵，比利先生真是谦虚，据我所知，比利先生的能量可不像你自己说的这般不堪！你大可不必为了不帮我，而将你这等高人说得一无是处，这可是有损你们王国颜面的啊！”绎如斜着眼睛瞧着比利说，她不能总拿着洋药水和私贩烟土的事情要挟比利，那个把柄只能在关键时刻用上一二，反复用的话，逼得比利急了，事情也就不好办了。

“夫人，您说的我听不明白，请您给我解释一下。”比利听到绎如的话，脸上有了慌乱的颜色，只是嘴上还在强装镇定。

“比利先生难道把自己的真实身份都忘了吗？你明着是英国商人的身份，实际上是在替荷兰人和西班牙人做事，你来到这里不单为了做生意，还是在刺探着英国东印度公司及其他国家与我们大清国的商业和贸易往来情报……”

绎如一番话还没有说完，比利脸上的冷汗已经下了来，十分狼狈地对着绎如摆手道：“夫人，请您不要再说了，我一定按照夫人的吩咐去做。”

第一百五十八章　锦上添花

几天之后，英国东印度公司的代表亨利来到了“同文行”，潘启忙不迭地出面迎接，他知道亨利又是为了那五百担劣丝之事找麻烦来了。

见了面之后，潘启先对亨利说了一番自己因近期公务繁忙而没有去代表处道歉的原因，接下来又表示一定将事实查清楚之后，给东印度公司一个合理的解释并愿意赔偿。

但大出潘启意料的是，亨利换了一副往常没有的和气面孔对他说，只需调换一下生丝也就了事了，他不想再深究潘启什么了。潘启听了亨利原来此行目的就是为了告诉他这么个处理结果，如蒙大赦，喜出望外，长长地出了口气。激动之余，连忙命人置办了一桌极为丰盛的西餐招待亨利。

前几日还咄咄逼人，今日却和风细雨，亨利的态度为何短时间内有了如此巨大的改变？这里面一定有蹊跷，但不便于当面问亨利，潘启只能怀揣着满腹的疑惑看亨利还会不会提出其他的附带条件来。

亨利见潘启留下自己来吃饭，也没有客气，欣然地坐了下来。潘启举起盛满红酒的高脚杯，用流利的英语再次表达对亨利的感谢，两人一饮而尽。

“潘总商，我今天来是还有一件事情向你请教的。”亨利虽然说得还算是客气，但脸上的傲慢之色表露无遗。

潘启忙应承道：“亨利先生，请讲。”

“你在‘公行’里做了十几年的总商，也与我们东印度公司合作了十几年，应该是志得意满、功成名就了吧？”亨利晃着手里的杯子，漫不经心地问道。

潘启对亨利冷不丁问了这么个不着边际的问题感到莫名其妙，只能避实就虚来回答：“呵呵，说来这总商的名声好听，但是担着的风险责任也让老夫如履薄冰啊！我早已是萌生了退意，但朝廷不放我，我也没有办法。贵公司一直以来支持我‘同文行’的生意，我心里面存着一份感激，要说功成名就是没有的，倒是继续与贵公司真诚友好地合作下去是我真诚的想法。”

潘启说完和亨利又碰了一下杯子，喝尽了杯子中的红酒，然后看亨利下一步又会有什么样的动作出来。

“你们有两句话，我感觉十分有道理，一句是‘花无百日红’，还有那句‘月满则亏’，我还听说你们朝廷马上就要裁撤‘公行’，我的意思是建议你应该借这个机会退休，免得以后留下遗憾。”亨利脸色本来就是红的，几杯红酒下肚后显得愈加脸红筋长脖子粗了，话语之中没有了分寸礼节。

潘启见亨利对自己如此傲慢无礼，知道自己不能再对他客气忍让，这样的人真是给鼻子就要蹬着上脸。但潘启是什么人，年轻时候曾经三次独撑帆船下过南洋之人，什么大风大浪没经历过，什么样的矫情之人没见过呢？

潘启用半是认真半是讥讽的话语答道："退休？哈哈，亨利先生，你替我操的心实在是有些多了。再有你对我们的文化认识得粗浅了些，我们的字典里是没有'退休'这个词的，只要有口气儿支撑着，就可以继续坐在那里不动，任凭别人想撵都撵不走的。"

亨利对潘启言语上的抢白听得明白真切，潘启的话里很明白地告诉自己少管闲事，也讽刺自己见识浅薄，这当然伤了亨利的自尊，也打击了他那骄傲的虚荣心。亨利今天之所以来，一是因为比利找到了他，说服了他与潘启在劣丝之事上和解，再有也受梁东家和易东家之托，来探潘启对裁撤"公行"之事的底细，趁机打击潘启的自信，让其知难而退，不要心存在"公行"里面再有什么作为的幻想。

亨利恼火地对潘启说："潘先生，话既然说到了这个份儿上，那我就打开天窗说亮话，只能对你说句对不起了，我们东印度公司已经打算在你们大清国另寻一家有实力的商行作为贸易上的合作伙伴，只怕是不会再支持你什么了。今天我好意提醒你，没想到你并没有领我的这份人情，你让我很失望。"

说完，亨利重重地将酒杯放在了桌子上，那酒杯晃了几晃终究没有放稳当，还是倒了下去，红酒四溢开去染红了大半个桌子上的白色餐布。再见亨利时，他已摔门而去，暴躁地走了。

潘启直愣愣地坐在那里没有动地方，他有些后悔，刚才不应该逞一时口舌之快而造成现在的尴尬局面。他不理解这个东印度公司新派来的代表为什么刚来到广州就要与自己过不去呢！还有亨利这反复无常的态度也让人想不通，他为何又关心起裁撤"公行"之事了呢？甚至不惜用断绝合作关系来威胁自己不要再参与"公行"之事，这在生意场上是非常犯忌讳的行为，难道亨利有什么利益在这里面？还有他说要另寻行商来合作，是为了要挟自己才故意这么说的，还是真有了不与自己合作的意向，甚至都已经找到了新的行商达成了合作的协议？

潘启又想到了劣丝的这件事上，如果没有那五百担的劣丝事件，不至于出现后来这么多的麻烦事，之前的合作一直和和气气，英国人也就是在这件事情上开始对自己发难的。潘启很后悔自己当初没有把好生丝入库的质量关，以致让纯如或者是高尚钻了自家的空子。纯如答应自己要将那劣丝事情查得清楚明白，但直到现在也没有提供任何证据上来，想来贼喊捉贼的嫌疑也越来越大。

还有，前几日粤海关监督满大人那里将朝廷要在端午前后裁撤“公行”的消息告诉了潘启，这让潘启听起来很失落，毕竟自己从乾隆二十五年起一直坐在总商的位置上，赚取了多少利益暂且不说，就是这十几年的光景下来对“公行”也有了很深的感情。他生于康熙五十三年，已经是五十八岁的老人了，但他相信自己的精力和能力足够胜任“公行”总商的职责，他还有一番雄心壮志去创造更加宏大的潘家事业。可刚才那个不知天高地厚的亨利竟然建议中带着威胁的口气让他急流勇退，这怎能让他控制得住心中的恼火呢！

自家的实力在“公行”内是首屈一指的，就是放在两广及两江地界也没有哪一家能比得了的，可谓是树大根深、枝繁叶茂，无人能够撼动。加之自己在“公行”里面做总商这么多年，对朝廷来讲就是没有功劳也有苦劳。何况自己与两广总督李大人、广东巡抚钟大人私下都有着非常好的交情，海关监督满大人更是不用说，私下里那是称兄道弟的情谊。综合所有的这些条件来看，即使裁撤“公行”，对自己的地位及利益也不会有太大的影响。只是今天亨利那番没头没脑的话，让他知道前途有可能未必如他所想的那么简单，得打起十二分的精神出来好好筹划一下裁撤“公行”这件事。

潘启的“同文行”里杯盘狼藉，而此时在楚秋父亲开设的“山西会馆”里面却是一番异常火热的景象。

楚秋和父亲正大摆宴席招待着十几个山西票号的客人，他们大多数来自山西的平遥、祁县、太谷、太原及汾阳等地，其中这里面就包括了非常著名的乔家、常家、王家、渠家及曹家几大钱庄银号的东家或掌柜。

在觥筹交错的热烈气氛之中，把此次要商议的资本合作之事也连带着定了下来，他们约定山西这些票号人家共计筹银三百万两入股到“飞鸿行”，与楚秋父子各占一半的股份。如果“飞鸿行”能够竞得丝绸行领，山西票号再拿出一百万两入股；如果落选，山西票号将在一年后视经营盈利情况而定，一旦亏损或利益较少，楚秋父子将无条件在下一年度内分批次将股银全部返还给他们。

酒宴散去，楚秋和父亲回到家中坐在一起商议“公行”事务。

父子俩很清楚，现在资本虽然已不成问题，但竞争行领还需要有人脉，这二者缺一不可。而人脉一直是令楚秋父子二人头痛之事，楚三成曾经想借助湖南商人的力量来补短缺，但几番考察下来发现，虽然他们与朝廷户部、工部等熟络，但力量还不足以达到能在“公行”之事上施加多大的影响力出来，所以只能是再寻找其他路径。

银子好赚，人脉难寻，并且不是说你有银子就能赚得来人脉，特别是那些手握实权的达官贵人想见上一面都十分困难，何况你还要求人家给你说话办事呢！能接触到权贵，天天围在他们身边转的永远就那么少数的几个人，这些人是高官的心腹，也是权力的代理人和寻租人，通常称其为掮客。倒是可以买通他们，让其从中上下撺掇来达到为自己办事的目的，当然这中间是要花大笔的银子才能做到的。

楚秋忽然间想起一个人来，此人在当年杨梓传派遣他去京城里时见过，这个人就是庆贵妃的侄子陆通。当时为的是朝廷那次在江宁织造评议购买生丝之事去找他接洽的，只是楚秋后来听说因为那个谭公公办事不力才导致杨梓传在评议之中失败，但陆通的能量之大绝对是毋庸置疑的。

陆通两年前还只是一个从三品的领班军机章京，军机章京俗称“小军机”，军机章京按例不参加京察，其奖叙升转由军机大臣酌情保奏，平时每届三年奏保，凡遇修补档案、编修方略等事结束时均照例特保，故章京的提升较快，被人视之为升官的捷径。而此时的陆通却已是被外放到广东，高升为从二品的广东布政使。布政使是巡抚的属官，专管广东省的民政、财政、田土、户籍、钱粮、官员考核、沟通督抚与各府县的政务。按理说陆通的品轶官职提升得这么快是不合乎规矩的，但他是八面玲珑、百伶百俐之人，虽然只是军机处里跑腿的，但其巧捷万端的身手竟然被皇上偶然间发现了，最后一核实竟然还是庆贵妃的侄子，最后的结果当然是破格提拔，扶摇直上。

这时候楚秋的岳父——“东兴行”的谢东家匆忙赶了过来，见了楚秋父子，满脸堆笑地恭喜道贺。他刚刚听说“飞鸿行”得到了山西票号的巨资入股，当然要在其中讨一杯羹吃，这毕竟是姑爷的好事，他当岳父的怎么着也是要沾上一点儿光的。

第一百五十九章　称兄道弟

“天宝行”的梁东家和“孚泰行”的易东家得知东印度公司的代表亨利对潘启高高举起然后轻轻放下的举动很是不解。但两人猜想不存在潘启私下买通亨利，进而亨利放潘启一马的这种可能，因为亨利在这其中挤对潘启，两人最后在酒桌上也是不欢而散。

那另外一种情况只能是亨利受到了外来的压力，被迫放弃了对潘启的无理要求，那么背后是谁，又是动用了什么样的利益关系能让亨利改变了主意？任凭梁、易两人怎么想，也搞不懂其中的蹊跷。

想趁扩大劣丝事件之机将潘启声誉搞臭的计谋没有实现，让梁、易二人感到很失落。但因为潘启与生意上最为倚赖的东印度公司的关系陷入了僵局，这等于断了潘启的财路，也同样打压了潘启如日中天的声望。

梁东家、易东家，也包括潘启，为什么都会对高尚感兴趣？

他们看中的不是高尚个人如何，而是知道高尚的来头很大。说白了，高尚的后台很让人艳羡，拉大旗扯虎皮拉拢高尚，钻天打洞，与高尚称兄道弟不单面上有光，而且还能为自己的门路关系开辟一条捷径并加以利用。高尚的堂姐是贵妃，说白了高尚可以论为皇上的小舅子，在众人眼里也可算是皇亲国戚，虽然这么说有些牵强附会，但毕竟不是谁都可以和皇上平白搭上这么层关系的。还有，高尚的堂哥高晋是两江总督，与李侍尧同为天下九督、封疆大吏，高尚与李侍尧也走动得勤快，看似很是交好亲热的样子。这样说来，高尚的政治后台可谓深厚，不是这三位东家所能企及的，这成为他被众人争相拉拢的重要原因。

高尚此时是一副踌躇满志的样子，他为自己感到骄傲，现在他在“公行”之内脚踏两只船，非但谁也没有得罪，反而让自己在“公行”之内变得愈加举足轻重了。

一方面通过劣丝之事既成功地摧毁了潘启对纯如刚刚建立起的好感，让他们互相之间又重新产生了嫌隙，又破坏了潘启与洋商之间看似铁板一块的合作关系，阻扰了潘家在“公行”之内一家独大的势头。而潘启好似对自己越来越倚重了，“公行”之内的大事小情都要先与自己商量一番之后才会做出决定。另一方面，梁、易两位东家主动找到他，并暗地里形成了同盟的关系，这无形之中更增添了自己说话行事的分量。而且高尚也看得出来，这两位昔日紧紧追随在潘启身旁的“公行”之内的元老级人物，已经与潘启貌合神离，只是还没有到公开决裂的时候而已，但分道扬镳是迟早的事情。而自己是他们都在努力争取的对象，只要自己不公开立场，不露出马脚，就尽可以纵横捭阖，从中尽得渔翁之利。

这样八面玲珑的事情也只有他高尚能做得出来。要知道，他入“公行”只有短短几个月的时间，就已经将“公行”原有的秩序和平衡打破，使“公行”变成一盘散沙，乌烟瘴气，这怎能不让他为自己的手腕高明而自满呢？

只有两广总督李侍尧那里好似出了什么问题，高尚发现李大人对他的态度较之从前变得冷淡了许多。高尚还是装作若无其事地去努力巴结，无论是名人字画古瓷青铜，还是金饼银碗洋货，他都是辛苦四处搜罗然后颠颠儿地送过去。可李大人每次虽然没有明确表示拒绝，但也只是拣着几件不值钱的物件留下来，其他的一概不冷不热地给他退了回来。高尚也想弄明白其中的缘由，但奈何他几番在李侍尧面前转弯抹角地探听也没有个明白的结果。

李侍尧是久历官场的老狐狸，岂能凭你高尚的几番雕虫小技就会表露自己的心机呢？

李侍尧对自己态度的突然改变成了高尚的一块心病，因为裁撤“公行”已经是迫在眉睫之事了！但高尚知道，自己的堂姐虽然位列贵妃之尊，裁撤“公行”也算不上什么大事，但是她纵有百般力气也使不上，不能指望她替自己和李侍尧说话。如果被人抓住后宫干政的口实，那就会是一件天大的罪过，自己无论如何也是不能给堂姐找这个麻烦的。而自己的堂哥高晋鞭长莫及不说，就是按照他的脾气秉性来讲，将自己推荐与李侍尧已经实属不易，再让他有别的动作更是不可能的事。高尚最后横下心来，不管自己在李侍尧这里出现了什么纰漏，只要李侍尧待自己面上还能过得去，自己就是要像狗皮膏药一直贴上去。

高尚那边攀李侍尧的高枝有些乏力，这边自然要巩固好与粤海关的监督满春豪的关系。满春豪对高尚给奉送上的那个西洋小美女很是满意，一度沉溺，爱不释手，但毕竟上了岁数，几个月下来身体很是吃不消，更怕惹来什么麻烦，最后派人将那女子送到澳门放生去了。

满春豪除了对高尚出手大方、肯下血本有深刻印象之外，对他可以不用你言说什么，就可以投你所好把事情办得妥妥的那股机灵劲儿更是感到欢心。这种心有灵犀的能力可不是人人都有的，有的人别说他和你有什么默契可言，就是你拽着他耳根子告诉他，他都不一定能理解你说的是什么。

高尚曾听死去的嫣然说过，满春豪的私人小仓库里堆满了烟土，高尚明白那烟土对于满春豪来讲就是烫手的山芋，扔掉舍不得，那毕竟是辛苦缉私而堆积起来的金山银山，可没有渠道弄出去，也就换不来实实在在的真金白银。满春豪也知道，看似打开库门那么简单，但这个过程却包含着极大的风险在里面，必须要有个聪明人中间来操作，才能不给自己日后留下什么祸患。

最终经过高尚几番看似漫不经心、实则循循善诱的暗示，满春豪打消了疑虑，两人心照不宣地做起了烟土上你缉私我出货的一条龙生意。这个生意一旦做了下来，那也预示着两人的关系绝对有了非同寻常的质的飞跃。利益上巨大的诱惑，让满春豪在无形之中坐上了高尚的贼船，也成了高尚手里握着的绳子上面的蚂蚱，结果可想而知。

满春豪在得知了朝廷要在端午裁撤“公行”的当日就派人将高尚请到了自家府上的书房，让高尚提前做好准备是一方面，也是要亲自给高尚指点一番其中的门路。

他和颜悦色地对高尚说：“兄弟，李大人那里还是裁撤‘公行’事务的主角，你近些日子勤走动着，我也去他那里说你的好话，应该也就没什么问题了。还有个巡抚钟大人那里，你是不是也得去拜望一下，如果事先连个照面都不打，怕是在他那里连个印象分也没有的。”

高尚则拿出一副非常听话的样子答道：“大哥，你放心，我都按你的意思去办。只是巡抚钟大人那里我听说一向与‘清威行’交好，我怕去了也就是个点头的交情，不会有什么成果下来。”

“呵呵，去了总比不去好，他是一个胆小怕事的人，就是对待女人上也是有色心没色胆的。你给他说上几句好话，再亮亮你高家的背景，自然也就不怕他到时候敢有为难你的地方了。”满春豪胸有成竹地说。

高尚听了，连连点头：“大哥城府兄弟难及，我明白了。”

满春豪对高尚的这般唯诺态度很受用，兴趣盎然地继续说道：“兄弟，你若是争得了那丝绸行领的位置，以后我们哥俩大展宏图的机会多得是，这次我们定下来的规矩就是行领要占每次贸易的一半份额，如果单次贸易不超过两万两，则该次货物全部归行领一家供给。而一旦与夷商贸易上出了风险，则要全部行家连带分摊，这行领可谓是占尽了好处，想来竞争也一定是非常激烈的。”

“大哥，我听说还是要保留总商的位置？”高尚问。

“嗯，实际上我是不同意这么做的，可是李大人那里还是坚持着要保留，也让我没有什么再反驳的道理。但留下来也无非是个摆设，各行领尽可以自行其是，不必再如现在这般重视总商，坐不坐那位置也就没了什么意思。再说，那也需要拿出大把的银子交给朝廷才可以的。”

满春豪听出了高尚有得陇望蜀的话外之音，忙用委婉之言堵住了高尚的念想，他从内心里不想让高尚有太大的作为，他怕日后难以控制住。

“大哥，虽说是聋子的耳朵，可毕竟是看着好看，银子也不是什么问题，就是数目大了些交给朝廷也算是给皇上尽了一份忠心。如果既能做得丝绸的行领，又能当得了总商，岂不是两全其美的好事？当然，这其中一定是少不了大哥为我周旋的。”高尚淡淡地说。

满春豪没有想到高尚还有如此大的野心，要知道能竞得上行领已经是实属不易，那总商位置更是难上加难。再说自己与潘启是多少年的老关系，论交情也好，论实力也罢，总商当然还是由潘启来做合适，自己也是这么答应了潘启的。可在自己说得这般明白的情况下，高尚还是很固执地要求他帮忙，这让满春豪感觉很为难。

“兄弟，不是大哥我推托，这里面的事情不是我一个人说了算的，虽说海关监督也是从二品，但比总督和巡抚还是差了半截的。并且这两位管的摊子要比我这儿大得多，也更受皇上重视，在‘公行’裁撤之事上，我也就是有个建议权，最后定主张都在李大人那里，都得看着他的意思来办才是。再有，我听李大人那里的意思，章程里也是不能让一人身兼二职的。”满春豪带些尴尬的口气一边说着一边摇头。

高尚此时脸上露出了些许不悦之色，口中利落地说道：“大哥，我明白了。到时候我们见机行事吧，有机会，大哥一定要替我争取，没有机会，就当我今天的话没说。”

“好的，好的。”满春豪连忙应承了下来，他现在在高尚面前霸道蛮横不起来了不说，就是在一些事情上也要看着高尚的脸色行事了。

第一百六十章　人情是非

纯如那日在绎如口中得知裁撤“公行”的确切消息，但却没有任何动作，她好像对此事忽然间失去了兴趣。

纯如当初成立商会的主要目的就是要来“公行”之内谋得一席之地，要竞得那丝绸行领的，并为此做了各方面的准备工作，可是事到临头，为什么突然间改变了自己的初衷呢？

周冰羽当然是心急如焚，纯如如若做了丝绸行领对自家的利益好处不言自明，可偏偏在这个电光火石的节骨眼上，她却拿出了一副与世无争、事不关己的态度出来，难道纯如是急脉缓受，还有别的打算？周冰羽在腹热肠荒、搔首踟蹰之际，没有别的办法，只能是当面向纯如问个明白。

周冰羽得着纯如空闲，开门见山就将问题抛了出来：“我可是听说‘公行’之内的行商个个都行动了起来，这眼看离着五月初五只有二十几天的光景了，你怎么还和个没事人似的？”

“呵呵，我不想去争取什么，自然就是无事一身轻喽。”纯如爽快地直接说出了自己的想法。

“为什么啊？你若是争得了那行领，对咱家的生意……”

“谁都知晓其中的好处，才有了人人都要去争的念头，我也曾热心于此。可眼前‘公行’之内的形势你分析了没有？绎如、楚秋各自都拿出了一副厉兵秣马、磨刀霍霍的样子，高尚更是有着临难铸兵、大寒索裘的本事，你想他能闲着吗？‘同文行’‘天宝行’‘孚泰行’等老资格的行商，哪家都不是等闲之辈，我想他们早已是未雨绸缪。”

“难道你怕了他们不成？”周冰羽急迫地说。

纯如无可奈何地解释道：“你说对了，确实是怕。我怕兄妹间为此事同室操戈，也怕‘公行’之内的行商龙争虎斗，祸起萧墙。我现在也想明白了，竞争行领之事看似公平实则没有公平，除了实力之外，最重要拼的是谁家的后台更结实，其中还穿插着各路洋商的影子在里面活动，复杂得很。”

“纯如，那你怕什么？触斗蛮争、孙庞斗智都是很正常的事，十鼠争穴你更应该是袖中挥拳！我们有江浙丝绸商会做实力上的后盾，这是谁家也比不了的，分则风险半丝半缕，合则凝聚坚如磐石。再说你平日里和钟大人不是走动得很勤快吗？他贵为广东巡抚，朝廷二品命官，在广东地界只屈居在李侍尧一人之下，他就是我们的后台啊！你此时不动用他，更待何时？”周冰羽听着纯如解释得有些牵强，十分不理解，苦口婆心地劝说起来。

纯如听完沉默下来，周冰羽哪里会想到就在几天前，她在钟大人那里遇见的闹心事呢。

虽然当初在申请进入“公行”之事上，广东巡抚钟音并没有帮上忙，但纯如知道这个关系是不能断的，甚至还要比从前更努力巴结。就如周冰羽所说，钟音是广东地界上的二号人物，要说有些事情他办不了，只能理解为彼此的交情还没有到那个份儿上，或者说，自己在一些方面没有满足钟音的要求，没有让他满意。

可纯如作为一介女流，有些话没法和钟音说，有些事也没法和他一起去做，就比如在喝酒上。两个男人要是投起脾气来，几杯热酒入肠之后，就可以撇开了彼此身份地位的尊卑，趁着酒酣耳热之际，尽可以拍着肩膀称兄道弟，扯开嗓子吹牛皮，谈天论地聊女人。酒足饭饱之后再同去烟花柳巷寻一番尽兴快活，这般几番走动下来，也就成了知己。

而这些纯如都做不到。

纯如几次来拜访钟音，都被钟音盛情挽留吃酒，纯如每次都唯恐避之不及，以各种理由推托，然后逃之夭夭。

而这一次纯如是想逃也逃不掉了！

钟音派人将纯如找来巡抚衙门，直接将她领进了一处房间。一看陈设就知道这是平时用来招待客人用餐的地方，摆放的八仙桌上已摆好了丰盛的酒食。纯如见状，惊愕之余不知进退，更不知钟音这到底要唱哪出戏。

但没有办法，只能是既来之则安之，纯如定了定心神，拣了个椅子坐了下来。不一会儿的光景，钟音从外面走了进来，随之房间内的几个下人悄然地退了出去。

“呵呵，请纯如东家来吃桌酒席很难，也是冒昧，没有办法啊，谁让好事都让纯如会长摊上了呢！”

钟音满面春风，说话的声音洪亮，算是和纯如打了招呼，说完在邻近着纯如的位置坐了下来。

纯如慌忙站了起来，对钟音躬身施礼，口中说道：“小门生意人家哪里能摊得上值得大人言说的好事啊？就是有了好事，也都是托大人的福，是您提携而来的。”

“真是爱听纯如会长说话，让人听着就是舒服惬意，来，我敬会长大人一杯！”钟音并没有照着纯如的意思言说下去，反而坐下来就要和纯如喝起酒来。

纯如知道，和钟音第一次坐在酒桌上，又是钟音先敬的酒，这杯是一定要喝下去的，推托是不合常理人情的，也会让钟音下不来台面。

想到这里，纯如连忙端起酒杯来：“大人，我敬您！”说完，一饮而尽。

“好，真是爽快。”钟音说完，也一口喝了下去，又拿起桌子上未用的筷子来给纯如夹菜，显得很殷勤热情。

纯如很是窘迫。

这房间里只有自己和钟音，孤男寡女共处一室在酒桌上喝酒，这传出去实在是好说不好听。喝了这一杯，钟音就有由头让她喝第二杯，自己的酒量总是没有他大的，再说自己真是有酒量，也不能这么陪着钟大人喝啊，这成什么事了？

纯如放下了杯子，也放下了筷子，淡淡地说道：“大人，不知您今日找我来有什么吩咐吗？”

钟音哈哈一笑，颇为神秘地说道：“我不是和你说了吗？没有吩咐，只有好事！这好事说了，我想你怎么着也得再喝上三杯五杯的。”

“大人，我这酒量实在是单薄，不能陪大人尽兴，望大人不要见怪。只是好奇您所说的那好事为哪般模样，我又能否消受得了？”纯如冷淡地回了这么一句。

钟音看着纯如的样子，知道要是自己再不说恐怕这就要冷场了，所以也就往纯如这里更近地凑了凑，颇为神秘地说道：“朝廷前几日刚刚给我巡抚衙门下来消息，皇上特批给我广东一个捐银四品知府的名额，我第一个想到的就是你，你说这是不是天大的好事呢？”

纯如不自主地往后侧了一下身子，然后有些惊讶地说道：“大人说笑了，我一个女子就是想捐银买官也不可以啊！”

钟音很是得意地说：“呵呵，纯如会长真是聪明，你作为女儿身确实是不可以。但据我所知，你丈夫周冰羽可是对这官场仕途热衷啊，他科举一直屡试不第，现在我给他机会，只需花上银子不需要十年寒窗之苦就能将这四品官衔揽入怀中，这是多少人求之不得的事啊！他的身份一步登天了，顺带着，你除了那七品诰命夫人的头衔之外，又多了一个四品知府夫人的称呼，是两全其美的好事。但前提说好了，我做这事瞧的可不是你丈夫，我论的是和你的交情。”

纯如听着钟音的话先是一愣，而后又是百思不得其解，钟音何时对自己的丈夫这般关心起来了？钟音这般做又想从自己这里捞到什么好处呢？虽说这捐来的官只有虚衔，没有实权，但确实如钟音所说，也是多少人梦寐以求的事。冰羽表面看来已经对仕途没了念想，但纯如知道周冰羽并没有完全死心，如果真能为他捐官也未尝不是一件好事。

看着纯如听完自己的话有些迟疑，钟音知道纯如在这件事情上动了心思，自顾自地又喝了一杯酒，继续说道：“你知道这事情有多难吗？这几年来，户部捐纳局给广东下来的名额中，最高的也只有郎中和同知这样五品的官，剩下的也就是主事（六品）、知县（七品）、县丞（八品）这些低等的品轶了，还没有给过道员、知府这四品的品轶名额！这样的机会可谓是千载难逢。可你也要知道，这等好事大家听了都会红了眼似的去争抢，何况你家又不属于广东的户籍，按理说，就是有天大的好事也轮不到你的头上。可我们是什么样的交情，你说是不是？我是当自己的事情来办的，你放心，我已经给你丈夫私下想了一些变通的路径，只要你同意，这个四品知府的名额就是他的了！”

纯如忙答道：“多谢大人提携，捐不捐这个四品知府我心里都是对大人感激不尽的！捐官自然是好事，可是需要花上一大笔的银子，我丈夫他肯不肯舍得往外来掏，这个我得征询一下他的主张。只是不知道，一旦真是成了事，该如何感谢大人您呢？”

钟音给纯如的酒杯里倒满了酒，他举起自己的酒杯对着纯如说：“现在户部定的标准就是郎中五品官，银九千八百两，主事六品官，银四千七百两，道员四品官，银一万七千两，知府四品官，银一万四千两，同知五品官，银六千九百两，知县七品官，银四千七百两，县丞八品官，银九百五十两，我想这在你纯如会长的眼里都是小钱，别人都是挤破了脑袋想钻营这件事，你这还能沉得住气要回去征询丈夫的主张？哈哈，你也放心，就是捐出的这些钱也到不了我的手上，都是统一交到户部国库里去了。至于成了事，如何感激我嘛……”

钟音故意停顿了下来，然后提杯碰了一下纯如放在桌面的杯子，说：“来，干完这杯再说。”

听到钟音话已经说到这个份儿上，想着钟音说完她就马上告辞出去，纯如迫不得已又端起杯子来将酒喝了进去。

喝完这杯之后，纯如立马就有些头重脚轻、天旋地转的感觉了，但还得努力地支撑着听钟音把话说完。

钟音的酒劲儿跟着上来了，有些把持不住的样子，但说起话来还算是利落："纯如，朝廷已经下来了裁撤'公行'的章、章程，就定在这五月初五，上次你入'公行'时候我没有帮、帮上你的忙，但、但这次我下决心一定要扶你上那行领的位置上，再加上你家丈夫捐官之事，这也算是两件大事，你说怎么感、感谢我？"

第一百六十一章　毁冠裂裳

纯如酒劲儿已经上了脸，红扑扑的，头晕目眩，虽然她听清楚了钟音在问她话，但也不知道如何回答，只能是摇摇头。

钟音突然间用胳膊揽住了纯如的肩膀，另一只手抓住了纯如的小臂，整个人完全倚靠在了纯如的身上。

钟音的这个突然举动，将纯如吓得花容失色，猛然间抽出胳膊来，嘴里忙喊着："大人，您喝多了！"但她却无法抽身站起来躲开，她怕钟音摔在地上。

钟音口里却含糊不清地说着："纯如，本大人就喜欢你、你这个伶俐干、干练，今天你若遂了本、本大人的意，就算是对我的回、回报！春、春娇在，你也放、放不开，你把她撵走了，你还怕什么……"

说话间，他的手已经开始撕扯纯如的衣裳了。

纯如此时已经清醒了大半，这分明是钟音在假借醉酒之机要欺辱自己，自己绝不能在此时软弱下去。

纯如本能地用力将钟音推开。

钟音在凳子上晃了几晃，终究还是没有坐稳，一屁股摔在了地上。

“你真是放肆，敬酒不吃吃罚酒，我见到的娘、娘们多、多了……”钟音一边嘴里尴尬恼火地骂着，一边要从地上站起来。

纯如慌忙站起身来，往门外走，一边走一边朝外面喊：“大人喝多了，快来人将大人搀扶着去休息。”

说完之后，没再顾忌什么，深一脚浅一脚地朝衙门外猛跑出去。

纯如不想再竞争丝绸行领，可以说和钟音对她的侮辱刺激是有很大原因的。纯如也曾发觉过钟音对春娇和自己有些色眯眯的样子，但她始终认为钟音贵为广东巡抚，不可能做出什么出格的事情来。他见到漂亮女子有一点儿猥琐之态，也只是一时见异思迁、朝三暮四罢了。纯如怎么也没想到钟音平时一副衣冠楚楚的做派，到头来却只是道貌岸然、色胆包天之辈！

夫妻之间在一起生活的时间长了，对方细微的心理波动都会捕捉得到的。周冰羽看见纯如沉默了下来，猜测到纯如一定是有难以开解的心事，否则，行领之事她不可能不上心，即使有不去竞争的理由也不能说得这般吞吐苍白。

在周冰羽的一再追问下，纯如将与钟音之间发生的事情叙说了个大概，但她只说了钟音有不轨之心，并没有说钟音做出的那些下流细节，纯如怕周冰羽会做出什么不理智的事情出来。

周冰羽听后有些气愤也陷入了矛盾之中。

他自然是不愿意自己的夫人被钟音撩拨，如果真是发生了纯如被钟音欺辱之事他是万万不能接受的。

但用银子就可以买来四品知府实在是太诱人了！虽说是买来的官，但一旦补了实缺，也就和那十几年的寒窗之苦换来的没什么区别了。当然绝大部分人就是用上几个十几年也是换不来，此时的自己不就是例子吗？再有，就是一辈子手里握着这个虚衔也补不上实缺，但这候补四品知府的身份往哪里一杵，也都会让人高看一眼，足够夸耀乡里的。

但眼前的事实却是纯如不遂钟音的心愿，不但不能让其在“公行”之事上帮忙，就是这四品知府也只能是沦为空谈。

周冰羽明白，天下哪般好事都不会凭空天上掉馅饼，就是有，那下面也可能是个陷阱。像钟音这般拼死熬到了这个位置，想要他帮忙那是一定要付出代价的，能打动他的无非就是两件东西，或者是银子，或者是美色。恰巧碰上钟音是不缺银子的主儿，或是宁可不要银子也要美色，谁也没有什么办法。

周冰羽矛盾归矛盾，无比的失落之中，只得接受眼前这个现实。他知道不管自己如何想法，以他对纯如的了解，他坚信纯如是不可能牺牲自己的美色去钟音那里做交换的。

正在夫妻二人都陷入了沉默的时候，丫鬟来报说“同文行”的潘东家请他们夫妻二人过去。

纯如和周冰羽听了都是一愣，难道潘启还在揪住那劣丝来源不放，要询问自己关于查询那洋药水的结果？纯如也对此事耿耿于怀，明明知道是非曲直，却不能坦白相告。自己也学得装聋作哑迟迟拖着不去见潘启，就想着劣丝之事洋商不再深究，潘启也会本着息事宁人的态度对此事不再追问，最后不了了之。但现在看来这事远没有自己想的那么简单，潘启一定是要查个水落石出才肯罢休。

可见到潘启自己能说什么啊？想来都是很尴尬之事。利害关系都是已经衡量多遍了，药水之事怎么着也不能说，特别是在这裁撤“公行”的紧要关头，说出来楚秋和绎如都会受牵连，弄不好就会身败名裂。

但人家揪着自己不放，自己就是做缩头乌龟都做不成。纯如打起精神，和周冰羽出了门，直奔潘家而去。

这次潘家门房里的人并没有将他们二人领进会客厅或者书房，而是穿过厅堂旁的一条狭长甬道来到了潘家的后花园。

这处后花园是典型的岭南园林的风格，占地有三亩之多，碧水、绿树、古墙、漏窗、石山、小桥、曲廊等与亭台楼阁交互融合，叠石假山，曲水流觞，曲径回廊，幽深清空。花卉果木逾百种，除了岭南本地的花木外，还栽种了苏杭园林特有的紫竹、枸骨、紫藤、五针松、羽毛枫等植物，甚至还有龙顺枣、龙爪槐等京城树种，想想徜徉其间，一年四季都是葱茏满目，再与其他美景交相掩映，移步换景，一定会令人心旷神怡，流连忘返。

纯如进了潘家的花园顿感轻松了许多，如同身处人间的仙境，凡人也自然少了红尘纷扰的烦恼。

二人被领到了一处水旁的八角亭子里坐了下来，亭子里有一石桌，上面一应俱全摆放好了茶具，已经煮好的单株凤凰水仙茶馨香四溢，沁人心脾。

从竹林夹起的一条小路上走来了两个人，前面是潘启，后面的那人看得不是很清楚，纯如和周冰羽出于礼貌，站了起来迎候着潘启。

待潘启和后面那人走到了近前，周冰羽忍不住惊喜地大喊了一声：“有度贤弟，怎么你也在这里？”

潘有度对周冰羽一拱手，说道：“兄长，这是我的家啊！快请坐，请坐！”

“那你是潘总商的……”周冰羽想问个清楚，那天他当着潘有度的面把潘启骂了。

潘有度很从容地答道：“这是家父。”

周冰羽听了顿感惊诧，他只想到过潘有度应该是一个非常有教养的富家公子，但从来没有想到他会是富可敌国的潘启的儿子。纯如也很惊喜，丈夫能与潘有度交好是一件幸事，潘有度看起来温润如玉、儒雅倜傥，又从周冰羽口中听说他为人端正、学富五车，再加之有如此殷实家资，想来前途不可限量。

潘有度是潘启的四公子，除了他之外，潘启还有三个儿子，老大潘有为，乾隆年进士，官至内阁中书，曾参与《四库全书》的编制；老二潘有原；老三潘有科，最后官至兵部职分司员外郎。

潘启则是面带笑容，招呼着："既然你们都是老朋友，不必客气，都坐下来说话。"

纯如看着眼前潘启和蔼的态度，把一颗提吊着的心平复了下来。

待潘有度将茶水给大家的杯子倒满后，潘启说道："我听有度将事情和我说明白了，前几日是我错怪你们了。你们和有度是朋友，也自然是我的晚辈，不和你们说什么道歉的话，找你们来就是聊聊天。"

"总商大人……"纯如刚开口，就被潘启笑着摆手打断道，"我说了，这里没有外人，有度在这里你们就是我的晚辈，没有什么总商，更没有什么大人，称呼我一句潘叔更亲切些。"

"潘叔待晚辈如此和气，那我就斗胆这样称呼了。只因这件事情里有万般的苦衷，进退不得，才没有对您如实相告，望您谅解。"纯如接着潘启刚才的话题，客气地说道。

"潘叔这般年龄也是有血有肉之人，怎能不理解你们的用心良苦，毕竟会牵扯自己的兄妹，手心手背都是肉，任凭怎么掂量都是情分重，好在他们都悬崖勒马，知错能改善莫大焉。只是可惜了那高东家年纪轻轻不知回头，恐日后会酿成千古恨啊！"

潘启说的一番话看似轻轻飘飘，纯如明白老爷子已经掌握了其中的所有根底，她怕潘启知道之后会有朝一日将事情抖落出来对绎如和楚秋不利，连忙说道："潘叔，我兄长和妹妹二人曾是年轻不更事做了错事，虽然早已浪子回头，但亡羊补牢之时还需要您多帮衬多提携。"

潘启是何等聪明之人，他语重心长地对纯如说道："你放心，有你和冰羽在，我也是不会为难他们的。只是这裁撤'公行'的事情上，我也听说他们两家都很积极踊跃，树大自然就会招风，裁撤'公行'之事万人瞩目，世上没有不透风的墙，我担心他们过往之事难以保密啊。"

"潘叔有什么建议给他们吗？我也好将话带给他们。"纯如诚恳地说道。

"要说也没什么建议，只是想他们能在裁撤'公行'之事上慎重考虑，以免追悔莫及。"潘启很是平静地继续说道，"我听有度说，你们夫妻二人有一番雄心壮志要报效朝廷？"

纯如不知潘启问话何意，也就无法作答，只是不好意思地点了点头。

"哈哈，年轻人有想法是好事，有度在这方面就比你们差得多了，有时间你们要好好帮我开导他。"

潘有度有些争辩着说："父亲，我是认为'公行'没有必要设这个'总'、那个'领'的，谁有实力和能力与洋商贸易那才是真本事。别的不说，就是出了问题之后'首领担责，行商连坐'，听着就是风险极大，哪如消消停停地将自家的生意做好那般惬意？"

潘启带着些许愠怒的语气对儿子申斥道："朝廷的主张是谁能更改得了的？你不思进取也就罢了，就不要再说那些理由出来。就如我在总商位置上坐了这么多年，你哪里见过我出现什么纰漏？我还想着支持纯如去做那丝绸的行领呢，让你这么一说，好似我做错了一般。”

纯如不知道潘家父子是不是故意在自己眼前说这番话，但是听说潘启支持自己去竞争那丝绸行领心里也是一动，连忙说道：“感谢潘叔对我的抬爱，能力有限，我怕我是做不来的。”

“你不必谦虚，我也是观察了你，你为人厚道，四清六活，克己奉公，是难得的人才。如果你的兄长和你的妹妹能够退下来转而支持你，再加之我这里四处游说搭一把手，你成为丝绸行领的希望是很大的，我继续在这总商的位置上再坐上几年来扶植你，你的前途不可限量！”

“潘叔，不管纯如能否成为行领，我们都举双手支持您再做我们的总商！”周冰羽很机灵地说道，他自然知道投桃报李的道理。

第一百六十二章　桑土绸缪

从潘家出来之后，纯如是既有惊喜又有担心。惊喜自不必说，潘启能够了解事情的原委，消除了对自己的误会，加之潘启对自己的一番肯定与支持，自然令纯如心里很高兴。但潘启让自己捎话给绎如和楚秋，让他们退出竞争却是一件非常有难度的事情，掂量几个回合，几乎没有什么可能性。

果不其然，当纯如找到楚秋时，楚秋说自己无意参与竞争丝绸行领，但他父亲却要亲自出马来操刀这件事，他对此无能为力也是阻拦不了，到最后只能是支持父亲试一试再说。纯如在楚秋这里碰了一个不大不小的软钉子，也不好再言说什么。

绎如听说姐姐是替潘启来当说客的，也对纯如奚落了一番，她认为潘启这是在借机拉拢纯如，再通过纯如将自己和楚秋拖拽过去，为的也是要保住他总商的位置。

而当绎如听到潘启已经知道了她与那洋药水的牵连时，嘴上虽然没说，心里却暗想一定是纯如有意或无意透露给潘启的。纯如这么做的目的很明显，就是假借潘启之手要将自己排挤出去，这让绎如心里很不是滋味。

当然，绎如的倔脾气上来是不管不顾的，她当着纯如的面，撂下脸色来直接拒绝了纯如的提议，让纯如给潘启再捎话过去，对于药水之事他潘启爱怎么着就怎么着，她绎如是不怕的。

纯如见自己一番好心劝说，不但没有说动绎如，反而惹来她对自己的无端猜忌，心里也很不舒服，两姐妹最后不欢而散。

纯如从楚秋和绎如两处回到家里，自己泡了一壶乌龙茶，坐在那里慢慢啜饮着，眼睛有些失神地往窗外望着，心里面感觉空落落的。

纯如回想起自接手周家东家以来发生的种种事情，自己所经历的好似都是预先排好了队，一件件接踵而至，容不得自己歇一歇、喘口气。自己就如一个快速旋转的陀螺，被人挥舞鞭子不停地追着抽打，哭过、痛过，也快乐过。她想起了钱春娇、萧武、曹叔、灵玉尼师还有将她从大牢里背出的腊梅，这些都是在苦难时候帮助过自己的人，可此时，他们没有一个人在自己的身边。

自己做一个周家的少奶奶一定是闲适的，偏偏命运让自己肩上挑了一副千斤的重担。不单周家的荣辱兴衰系于自己一身，双手还擎着江浙丝商父老的殷殷期盼与重托，唯有在云山雾罩、纷纷扰扰之中时刻保持着清醒，在筋疲力尽之时咬紧牙关蹒跚前行，才能无愧良心！

供给潘启的那一千五百担生丝是赔着五万两银子做下来的，帮潘启渡过难关绝对是本意，但其中也夹杂着要与潘启缓和关系、在“公行”树立“清威行”形象和威望并借此机会将“七里丝”名扬海外的愿望，更是指望着接下来能在“公行”与洋商的贸易中将那五万两的银子赚回来。但没想到朝廷吵嚷了两三年并且一拖再拖要裁撤“公行”说来就来了，各国洋商知道了消息，不知道未来裁撤“公行”之后是什么风向，他们也纷纷暂时停止了贸易，偃旗息鼓，四处观望。

这也让纯如感到十分有压力，没有了贸易，赔的那五万两银子想在短时间内赚回来是不可能的。

眼前要面对的裁撤“公行”之事，更令纯如头痛不已，原因不言自明，她也是在问自己将做如何抉择?

进亦难，退亦难!

梁东家、易东家和高尚三人几乎是同时知道了潘启在家中后花园茶宴周冰羽、纯如夫妇二人的事情，谈话的大致内容也了解得十之八九。

消息透露得就是这般快、这般翔实，让人想都想不到，就像双方当事人故意透露出来的一样。

三人凑在一起经过一番合计，得出了行动的纲领来，“天宝行”“孚泰行”和高尚的“德庆行”最终联合起来共进退，不单让高尚竞争丝绸行领，还推举梁东家作为三家实力的总代表去与潘启叫板，向李侍尧等人要总商的位置来坐!

高尚在内心里并不想站到潘启的对立面，处于与之公开决裂的份儿上。毕竟潘启树大根深在“公行”里经营了多年，不好轻易撼动不说，就是枝繁叶茂之下也好乘凉的。但他明白现在潘启已经知晓了劣丝真相，虽然嘴上不会说什么，自己日后如何巴结怕也不会再有好果子吃了。裁撤“公行”的日子就在眼前，这是千载难逢的好机会，容不得自己犹豫和观望，必须当机立断做出选择才行，想来想去，也只有与梁、易二人联手才有胜算。

梁、易二人的想法极其简单，他们隐忍屈居在潘启下面多年，让他们能够扬眉吐气，与之平起平坐的时候到了。再有，潘启不但在总商的位置上手握大权、颐指气使，也充分利用了总商的身份赚得盆满钵满，银子都要堆成了山，而自己却只有在心里默默妒忌的份儿，想发句牢骚也只能是趁着四下无人的时候才可以喊上那么两嗓子。

任凭潘启呼风唤雨、从龙从凤，而自己只能是轻手蹑脚、添砖加瓦。梁、易两位东家已经憋屈了十几年，这就是他们之间的根本矛盾所在。而对于高尚，他们发现这位七窍玲珑的年轻人可利用之处远超乎自己的想象，高尚偶变投隙、机关算尽，放在潘启那里对于自己绝对是一个非常大的祸害，而将他拉拢过来无异于自己阵营里面多了一个急先锋，何况这个急先锋上面还有众多的大佬罩着呢！

楚秋找到了已高升为从二品的广东布政使陆通，陆通虽然与楚秋只是点头之交，但他对楚秋的印象还是很深刻的，其实当初楚秋拿的是养父杨梓传的银两与陆通交换来的人情。楚秋见到陆通后送上了一份丰厚的见面礼，陆通笑纳之。

经过一番寒暄过后，楚秋说明了来意，就是请其为自己父亲谋得裁撤“公行”之后的丝绸行领。令楚秋意外的是，陆通竟然没有做任何的扭捏之态就满口答应了下来。

陆通这么爽快是有原因的，一是在“公行”裁撤之事上他确实可以参与进去，这是他陆通自己和户部争取来的权力。因为广东省的民政、财政、田土、户籍、钱粮、官员考核都属于他的本职，说来也是无可厚非。其二，就是楚秋答应了陆通事成之后要给他大额的银两作为酬谢。他初来乍到，在广东还没有多少人知道他的存在，楚秋主动找上门来自然是正合了他的心意。

裁撤“公行”也无疑给陆通提供了一个非常好的机会，他要让“公行”之内的行商知道，自己这广东布政使的身份不是吃素的，以后你们谁有个灾难请托，除了你们首先想到两广总督、广东巡抚之外，也可以试着找找我陆通的门路。只要有人来找自己办事，这就是一份来得轻松的财源，有可能行商们不明就里还摸不清门道，那他就是要趁着这个大好的机会广而告之。

绎如也耳闻楚秋父子和山西票号进行了资本上的合作，她知道这是楚秋为了竞争丝绸行领走的很重要的一步棋。楚秋是在自己和其他行商面前使了一个金蝉脱壳的障眼法，他将父亲推到前台来，自己自然就不会成为众矢之的，轻飘飘地就躲过了别人有可能会对他的穷追猛打。绎如那日在“洞庭会馆”里劝说楚秋不要参与竞争，现在看来完全是白说了。

但绎如也不畏惧什么，她现在重新获得了李侍尧的支持，这就是她手里面握着的最大一张王牌。别的行商也有与李侍尧交好的，但她这里大有不同，因为她身旁有芙蓉，一个芙蓉足可以胜过千军万马，抵挡住众多围绕在李侍尧身边所谓虚头巴脑的交情。她帮着李侍尧找回了那些机密的文件，那就是大功一件，李侍尧当然也念着她的好，这几年来绎如实际是替李侍尧养着芙蓉，想必李侍尧心里也是明明白白的。

除了李侍尧之外，绎如还真没有再把诸如广东巡抚钟音和粤海关监督满春豪挂在心上。说来他们两位在李侍尧面前还是小了那么一级两级，俗话说官大一级压死人就是这个道理。

就这样，“公行”之内的几大行商都怀揣着各样的心思，做着各样的准备，只等着五月初五端午之日各显神通。

而“公行”里一些实力弱小的行商，只是在想着如何看一出好戏，他们其中一些人好似是在赌石一样点评着各家的实力，猜测着未来可能发生的结果。这就是实力差异和博弈带来的最直接的表现，在机会来临之时，有实力的人总是如火如荼地准备去争抢，没有实力的人也只能是作壁上观，望洋兴叹，眼睁睁看着机会从自己眼皮子底下溜走。

日子不扛念叨，转眼之间就进了五月。广州这个时节的天气不是阴云密布，就是连日的暴雨肆虐，酷热潮闷，让人感觉浑身都是腻腻的，很不舒服。

在初四这一日的傍晚，绎如冒着大雨来到了姐姐纯如的家里。

“姐，明日就是裁撤‘公行’的日子了，我不是来探你什么口风来的，我就是想知道你作何打算？”绎如问。

“我决定不参加竞选！”纯如平静地答道。

绎如露出诧异的神情又问道：“为什么？这不是你一直追求的目标吗？”

纯如指着外面风雨飘摇之中的高大白兰树说道：“树欲静而风不止，木秀于林风必摧之，竞选之事有没有胜算不讲，我想，这一次裁撤‘公行’之后，得利者会是欢呼雀跃，失利者会痛心疾首，短时间内是不会消停下来的。还有，绎如你有没有注意到一点，那就是到了此时朝廷也好，本地的衙门也罢，都还是没有拿出一个裁撤‘公行’之后如何行事的最终细节出来。”

“那你认为会是怎样？”绎如问。

“我想，或是此事一直被视为机密严守着，要在明天宣布出来；或是朝廷也在犹豫踌躇之中，根本就没定下来什么章程，现在只是走一步算一步，先将‘公行’裁撤了再说。”

“姐，难道这就是你不参加竞选的理由？”

“不。我是累了！”

“那你能否支持我？”

“明天我不去。”

第一百六十三章　裁撤“公行”

五月初五，端午，碧空如洗。

珠江之上，龙船飞渡，百舸争流，同舟共济的号子声此起彼伏，响彻天际。

“公行”的议事厅坐落在横贯广州城中心东西向的一条青石铺就的街路上。这一天，“公行”的大门上早早地挂上了黄葛藤，这是一种传统习俗，客家人认为黄葛藤可以驱邪避灾、捆绑妖魔鬼怪。地上也铺了一层厚厚的艾条，被人踩踏之后要在正午时分点燃，为的也是辟邪驱虫。

从卯时起，议事厅的大门外就已经站满了“公行”里的行商东家，也包括他们自带来为了开眼界见世面的兄弟子侄混杂在其中。

人有百态，各有不同。这些人当中有的是笑逐颜开在窃窃私语交头接耳；有的是悠然自得，口里嚼着个草根子，一边咂摸着滋味，一边四下环顾；有的则是若无其事地来回踱着方步；还有的愁眉不展，一副心事重重的样子在抽着旱烟锅子。

但无一例外他们都在等着几位大人物的到来！

辰时一刻，就听见远处传来鸣锣开道之声，十三棒槌敲得金锣脆响，这是只有总督一品大员才有的威武仪仗，敲打十三下意为“文武百官军民人等齐回避”。

等待的行商们知道这是两广总督李侍尧来了！一时间，个个都变得屏息凝视，神情庄重起来。

队伍走得越来越近，最前面是金锣开道的衙役，紧跟着是手里执着白底黑字写着“肃静”“回避”的高脚牌的衙役分列两侧，再接着就是衙役里的八对执事，分别是带着金瓜、斧钺、朝天镫等形物的红棍子。最引人注目的当属于那几块官衔牌，上面分别写了李侍尧自入仕途以来的履历，从印务章京、正蓝旗汉军副都统、热河副都统、工部侍郎、户部侍郎、广州将军，再到现在的两广总督加太子太保衔，都写得甚为详细。

八人抬的绿呢子大轿稳稳当当行走在街路的中间，前呼后拥，在队伍当中处于最显眼的位置，自带着八面的威风和排场。

在李侍尧的仪仗之后，分别是广东巡抚钟音、粤海关的监督满春豪及广东布政使陆通的队伍，虽然仪仗也是排场十足，但今天有了两广总督李侍尧在这里，都显得逊色不少，也低调了许多。但这四位大人的队伍排列开来足有二里地远，一些百姓不敢在街面上瞧望逗留，但也都是扒着自家窗子偷偷往外观看这难得一见的大排场。

待那绿呢子大轿在门口停了下来，众人在“公行”总商潘启的带领下，小跑到轿子的近前行跪拜大礼迎接李侍尧。在李侍尧仪仗的后面，钟音及陆通、满春豪也颠颠地小跑过来，尽量忍住大口喘气，围拢在了他的身后。

李侍尧朝众人拱了拱手，待众人起来之后，自顾自地朝着议事厅里面走去。议事厅再大也装不下这么多人，最后除了四位大人外，只有二十六家行商的东家进去了。

四位大人按位列顺序坐了下来，李侍尧居中，钟音与满春豪分别在其左右，陆通坐在钟音的旁边。

各位行商都自觉地按照自家在“公行”里的等级顺次坐了下来，会场上一时间秩序井然，鸦雀无声。

李侍尧清了清嗓子，说道：“‘公行’自康熙五十九年冬月二十六日成立，次年废止，再到乾隆二十五年复办至今，弹指间已过去了几十年的光景，虽然期间出现几次废立反复，那也是朝廷审时度势做出的决定。最近几年来，‘公行’之内人心涣散，规章废弛，谄媚勾连夷商坑害散商，对本应上交国库的税赋钱粮懈怠钻营以图中饱私囊，无道无德，见利忘义，富而不仁，可谓对朝廷的殷殷扶植之心不敬、不诚、不忠！”

虽然李侍尧说话的语气还算是平和，但他的话说到这个份儿上，已让各位行商的后脊梁骨都感觉飕飕地往外冒凉风，虽然已是暑热时节，但脸上往下淌的都是冷汗。短短的几句话已经是将“公行”里在座的行商指摘得一无是处、体无完肤，更是上纲上线拔到了对朝廷不忠心的高度，这不能不让众人惶恐不安，战战兢兢。

这让潘启尤为捻神捻鬼，更有些寒心酸鼻，自己兢兢业业在“公行”里做总商十几年，还没有出过什么纰漏，平心而论，“公行”及行商也没有到李侍尧说的如此败坏不堪的地步。自己作为总商就是没有功劳也有苦劳的，李侍尧上来没有一句抚慰肯定言辞，而是将“公行”及行商的作用和贡献全盘否定，虽然没有将他潘启点名指责，但这也无异于狠狠地打了他的脸，让他在众人面前抬不起头来。

而梁东家、易东家和高尚等人虽然恭敬地听得认真仔细，但好似都坦然面对，有着事不关己的态度。

在李侍尧训话的过程中，钟音、满春豪及陆通都是正襟危坐，表情严肃，外人无法猜测出来此时他们在想什么。只有钟音用眼睛的余光扫视了一圈人群，但他并没有发现纯如的身影。

李侍尧面沉似水，接着说道：“基于‘公行’发展到如此令人痛心疾首的地步，朝廷狠下心来以壮士断腕的决绝态度在今日裁撤‘公行’，以求日后凤凰涅槃浴火重生。‘公行’解散之后，各行业由一名行领领导，对粤海关监督满大人负责。那么下面你们就将行领的人选先推举一下，然后由我们几位大人最后定夺，先从丝绸行当来。”

李侍尧的话音刚落，梁东家就首先站了起来：“我举荐‘德庆行’的高尚。”紧接着，易东家也站了起来附和道：“我同意梁东家的意见，我也举荐高尚。”

“东兴行”的谢东家举起手来说：“各位大人，我推举‘飞鸿行’的东家楚三成。”楚秋的父亲连忙站起来朝大人们和众位行商鞠躬致意，表示了自己的竞选之意。

“我举荐我自己！”

众人惊讶之余，循声望去，见说话的人正是“荣盛行”的东家绎如。

“呵呵，自古以来，女子无才便是德，男人都不一定能做得好的事，你就死了这份心吧！我看你还是乖乖地把你那一亩三分地管好算了！大家说说，我们谁能让一个女流之辈做我们的行领？”

高尚当众放肆地对绎如一番奚落嘲讽，一些人听了之后，都倒吸了一口凉气。要知道，今天这里坐着的四位朝廷命官都是从二品以上的朝廷大员，任凭如何想在大人们面前争宠露脸，还是为了恃才傲物打击对手，都应掂量一下场合分寸。高尚这样的做派，明显是不成体统的，但他知道只要李侍尧不说他什么，其他三位就不可能发声，这也正好显摆一下自己与李侍尧的关系不一般，给众位行商一个下马威，尤其想当场就将绎如的竞争势头扼杀。

高尚的话音刚落，易东家就在下面小声地附和起来："是啊，是啊，小女子难养，何况要做行领呢？"梁东家说："自不量力，也真是没有规矩了！"

李侍尧厌恶地扫了一眼，猛地拍了一下桌子，大声喝道："你们两个不要在下面窃窃私语，在'公行'里做事，难道规矩都不懂吗？"

李侍尧的这句话吓得梁、易两位东家连忙止了声，不敢再帮高尚装腔作势。绎如本来是对高尚的当众羞辱正要反唇相讥对抗几句，听到李侍尧如此说法，勉强将心中升腾起的火气往下压了压，没有说话。

这时候巡抚钟音对李侍尧说："李大人，我看这样，如果再没有行商推荐或者有意竞选，那么就让这三家如实说说自身的情况，也好让我们一会儿有个评判的依据。"

李侍尧虽然对钟音一贯瞧不起，两人私下关系也不睦，但钟音是主政一方的广东巡抚，品秩上比自己小了那么一格，但各司其职，都是皇上眼里的人，在这个场合里是必须要给面子的，更要在这些行商面前显示出朝廷官员勠力同心精诚团结的样子。李侍尧听完钟音的建议后，点头表示同意，对着众人说："你们听明白钟大人的话了吧，如果没有其他的参选者，那你们三家就说说自身的实力能否胜任行领的职责。"

众位行商也不约而同地把眼睛看向了潘启。潘启在李侍尧宣布"公行"已被裁撤的那一瞬间就已经失去了总商的身份，眼前已经变得和众人一样，都只是"公行"之内的普通一员，那么他是不是也要竞争这个丝绸行领位置呢?

潘启从一开始就没有竞争这个丝绸行领的想法，因为满春豪私下也给他透露过消息，虽然裁撤了“公行”，但名义上的总商还是会保留下来的。他明知只是一个牌坊没有了实际的权力，但那总商的名声毕竟还是听着顺耳，他宁可舍弃那行领位置能带来的实惠，也要总商的虚名。再说，自己做了十几年的总商，再要弯下腰来与他人竞争丝绸的行领，也让他感觉那是件很丢面子的事。潘启知道各业的行领选出之后，就会由这四位大人拟议出总商人选来的，潘启相信这个位置没有人来与他竞争，不是这些人不想，而是根本就没有与自己匹敌的实力。他现在只需要静静地等待最终宣布结果就可以了，所以他对众人的观望显得有些气定神闲，从容不迫。

确认再没有行商参选丝绸行领之后，李侍尧指着楚三成说道：“那就从你先来吧。”

楚三成虽然做了东家这么多年，是寻常百姓艳羡的富甲一方的巨商，也经过了雨雪风霜的千锤百炼，平日里早已养成了一副沉着冷静、宠辱不惊的性子。但他此时却显得是异常地窘迫，因为他从来没有见过今天的这个大阵势，确切地说他还从来没有得见过像李侍尧、钟音这么大的官。他出身贫穷低下，即使是有了百万家财，也无时无刻不想攀上权贵，得到荫庇。正因为他的出身，他根本就没有中间的渠道和桥梁能够接触得上，这让他很失望和遗憾，也成了他一块难以医治的心病。而此时，金印紫绶、佩紫怀黄的四个达官显贵就坐在眼前，能够和这样的人物坐在一起，再说上几句话，曾经是他无数次梦寐以求的场景，但他现在感觉自己好像一个被审问的犯人。

第一百六十四章　放浪形骸

楚三成怀着激动和忐忑的心情站在众人面前，他要努力地将自家“飞鸿行”的全部优势说出来：“列位大人，我‘飞鸿行’自福建漳州兴业已有六十余载，凭着童叟无欺、表里如一的经营理念，积累了广泛的客商人脉。现在‘飞鸿行’的总资本已经达到白银六百万两，无论是在货源的储备，还是抵御风险的……”

“你先停下来，我来问你，那六百万资本可都是你的？”

正在楚三成慢慢地进入了演讲的状态，准备一番长篇大论的时候，猛然间被粤海关监督满春豪霸道地打断了。

楚三成先是一愣，但也只好如实地答道：“回满大人的话，不都是我的。”

“那还有谁的？有多少？”满春豪眯起眼睛厉声问道，脸上的横肉也是一颤一颤的。

“还有，还有……”楚三成听到满春豪问他资金的来源，话语变得吞吐起来，这个问题很难回答。

这时候，布政使陆通说话了：“这位东家，你尽管回答满大人的问话就是了，你资金如何而来，只要不是偷来抢来的，是正道来的即可，你如实回答。”

听见陆通给自己做了铺垫，知道儿子楚秋事先早已走好了陆通这里的门路，楚三成也变得胆子壮了一些，他对满春豪说道：“其中有三百万两是山西十几个票号投进来的股份。”

满春豪听了呵呵一笑，不阴不阳地说道：“我总算是听明白了，说来说去你这自家资本也只能算上区区的三百万两，你所说的那股份不是你的，说来就来，说走就走，就是打肿脸来充胖子也是有可能的！”

陆通接着满春豪的话说：“满大人说得有几分道理，但是，这也说明‘飞鸿行’很有潜力，很被人看好，否则的话，怎么能受到晋商远道而来的追捧呢？票号里的银子从来都不会乱投，他们不会雪中送炭，只会是锦上添花，满大人，你说是不是这个道理？”

“好了，下一位商家来说。”李侍尧看满春豪和陆通二人要在众人面前争个长短出来，连忙出面用话头岔了开来，以免他们两个继续就这个话题争执起来，丢人现眼失了官仪不说，就这么唇枪舌剑、你来我往的也没时候能收得了场。

只是苦了楚三成，被满春豪蛮横地打断，加之咄咄逼人的问话，他还没有将肚子里的话说明白，就已经失去了再表白的机会，枉费了他苦心熬了几个通宵已经烂熟于心的腹稿，他原本是准备要有一番慷慨激昂的演说的。

“大人，我来讲。”

高尚从来都不甘人后，他见楚三成在那里愣愣地站着好像还有话要讲，忙站起来抢过了话头。

李侍尧点了点头，表示同意。

高尚非常骄傲地环顾了一下会场，扬着头说道：“论实力，非真金白银莫属，我们‘德庆行’‘天宝行’‘孚泰行’三家加起来共计资本一千万两，我就想问问，在座的哪位行商能有实力可攀比呢？再有，论资历，我本人虽然年轻，但在来广州之前，在江浙苦心经营丝业多年，并被当地人称为‘四象’之一。入了‘公行’以后，在梁东家与易东家的言传身教下，也从他们这二位‘公行’里德高望重的老人儿那里学到了很多经验，他们二位与夷商打交道多年，经验丰富，我想在座之人都是望尘莫及的，现在我本人也有着十足的信心胜任行领一职。”

“嗯，不错！”满春豪好似不经意间脱口而出了这么句话，然后他发现自己表白得有些急了，下意识地看了看李侍尧的脸色。

“你可以坐下了！”布政使陆通用手一指高尚，然后说道，“行领是大家的行领，不是你们三两人的行领，你们本就是同业，再如此联合起来，一旦真要是做了行领，恐怕众人不服不说，也难保你们拉帮结伙、假公济私。你们利益小团体形成了，谁还肯在丝绸行里出力卖命？恐怕到最后只能是闹得一团乌烟瘴气，那也违背了朝廷裁撤‘公行’的初衷和宗旨，我看你们这么勾连自然也就失去了竞争的根本。”

高尚听完陆通的一席话，脸上是红一阵青一阵，他分明知道对方是来者不善，刚才是替楚秋家出头说话，现在是将自己的竞争优势批驳得一无是处，甚至一句话就要剥夺自己竞争行领的权利，将自己直接踢出局去，想来这人真是面带夜叉，蛇口蜂针，凿骨捣髓，狠毒啊！

可你是谁啊？一个到任不久的从二品的布政使，就敢在李大人面前费舌劳唇地浮文巧语，想来真是自不量力，就是你的主官巡抚钟大人还一声没哼没哈呢，你装的是哪门子的大瓣蒜？

高尚越想越生气，他感觉在众人面前丢了很大的面子。说白了因为他自家的背景，很多衙门都是给他三分面子的，所以高尚骄横惯了，也在心里不怕官的，特别是今天李侍尧还坐在这里，也更撑起了他的胆子来。

他又站了起来，对着陆通一抱拳，一副不在意的样子说道：“陆大人，承蒙你的教诲，受教了。但我想你是久居京城大展经纶惯了，你初来乍到，这里蛇行雀步，对商贾之事很是水土不服啊！生意上联合起来做很正常，我中有你，你中有我，倒更是显得和气，谁就能鸡蛋里挑骨头说是搞‘小集团’了呢？谁就能说合起伙来就一定是要‘假公济私’呢？我高某人敢问陆大人，你是从哪里听来有这般道理的？是不是陆大人经常在官场上干这事习惯了呢？”

高尚说着说着也忘乎所以了，竟然把陆通当作了平日里寻常东家百姓，任由他指摘得连个皮囊都不剩。一句接着一句的质问，甚至蜿蜒曲折的辱骂，掷地有声，畅快淋漓，让高尚出了口恶气，也好似是挣得了颜面，却不知他的这番话已让陆通狼狈不堪，更是在心里起了杀机。

陆通腾地站了起来，一拱手对李侍尧和钟音说道：“两位大人，卑职不才，敢问此人对朝廷命官如此大不敬，该当何罪？”

陆通是钟音的属官，看见自己的属官受了一个寻常东家的欺负，钟音当然不能坐视不管，打狗还得看主人吧！何况，陆通刚来到广东，正是自己要拉拢结交的时候，更让钟音感觉此时是必须说话了。

钟音用手一指高尚，大声喝道：“大胆的奴才，你喝了黄汤来到这里撒野吗？你竟敢巧舌如簧当众羞辱朝廷二品的命官，实乃大不敬不赦之罪，来人，把他拖出去，打他五十大板再说！”

高尚这时候也如梦初醒，他知道今天玩火玩大了，碰到了硬茬口上面，眼前的情景是不单竞争行领无望，丢了的面子没找回来，临了还要受上皮肉之苦，那才真是奇耻大辱。如果下场真是如此，高尚日后不但没法在众人面前抬起头来，就是此刻要死的心都有。高尚此时也明白了民不与官斗的道理，但他此时已无计可施，只能是眼巴巴地望着李侍尧和满春豪求援，希望他们能替自己说话，至少帮他求求情。

满春豪拖着矮胖的身躯站了起来，用胳膊拍了拍陆通的肩膀，以和稀泥般的态度说道：“钟大人、陆大人，他是什么身份？我们是什么身份？这小子口不择言，词不达意，想来都是一时莽撞所致。但今天我们有言在先，言事时可以畅所欲言，所以二位大人就不要和他计较了，大人不记小人过嘛。好了，好了，李大人，我们让下一位行商往下说说如何？”

自出了那洋女郎偷盗机密文件之事后，李侍尧心里颇不痛快，已不自觉地就将这笔坏账算在了高尚的头上。无论怎么说，那洋女郎是你高尚送给我李侍尧的，出了事你高尚自然脱不了干系。他也从芙蓉口中听到了高尚的种种不堪，虽然没有见到真凭实据，但已经在心里开始看着高尚不顺眼，只是没有直接拎着高尚的耳朵亲口告诉他罢了。李侍尧在脸上冷落高尚，是让高尚自知进退，没有对他撂下脸来冷言冷语，也是顾及两江总督高晋和慧贤皇贵妃的关系。而高尚虽然是看出了李侍尧态度的变化，但他并不知道是什么原因。再有，高尚也是一个任凭你怎样不待见他，只要他真认准你是一个高枝，就是连骂带踹都赶不走的。

李侍尧此时看出了满春豪和陆通是各说各话，为自己代表的那一方利益出头，他也乐见这个场景。满春豪是他的人，陆通是钟音的人，他们互相掐一掐是有好处的。只是这个高尚今天确实是有些蹬鼻子上脸，连自己姓什么都不知道了。别说陆通是堂堂从二品的广东布政使，就是一个小小的七品知县坐在这里，也不是你一介草民高尚可以这样嚣张跋扈指摘的。

李侍尧从这件事情也可以看得出来，高尚的品性阅历还不足以担当大任，都说大智若愚，与官场之人打交道最忌讳的就是高调时忘乎所以，谁不怕受你一时口无遮拦而给自己带来麻烦和祸患呢？你连朝廷命官都不放在眼里，无论你在其中耍了什么样的小聪明，也不能说你多牛，只能说你有多傻！

见满春豪出来打圆场，李侍尧随口说道："那这最后一家就出来说说吧。"李侍尧当然是认得绎如的，但他在这个场合只能打官腔，不能让任何人看出来自己和哪一家有交集。特别绎如还是一个女子，很容易传出闲话来，让人好说不好听。

李侍尧说了这句话，没有对刚才的事情表态，众人也听明白了话外之意，李大人这是不想追究高尚什么了。

高尚心里暗自庆幸，真是躲过了一劫，要不是有了满春豪从中周旋及李侍尧坐阵，今天自己真是要吃上一番大苦头，弄得不人不鬼不说，真要是那五十大板打下来，不死也要扒层皮。

祸从口出，患从口入，高尚也后悔自己没有把持好说话的边沿儿，以致让陆通抓住了把柄。但无论如何，高尚也没有想到几句话会给自己惹来这天大的麻烦，也真正地领教了布政使陆通的厉害。虽然事情到了此时算是已经过去，但高尚仍然是心有余悸，连直视陆通一眼都不敢了！

第一百六十五章 自说自话

通过对高尚竞选行领之事上的观察，潘启已经看得明白，也听得明白，梁东家、易东家和高尚三人实实在在地走到了一起，坐在一条船上扬起了帆，而这一切他还被蒙在鼓里！要不是今日亲眼所见，真是令他难以置信。

潘启也看到满春豪处心积虑地处处维护高尚，这更让潘启有了几分不安和忧虑，想来高尚挨风缉缝、抗尘走俗的能力真不是一般人所能及的。如果真让高尚得了势，还不知道他会做出多少蝇集蚁附、钻天打洞的事情来呢！

直到后来见到高尚被布政使陆通吓得噤若寒蝉的样子，潘启也好似感到了几分畅快，确实需要杀杀他的威风了，否则恃宠若骄惯了，到头来更不会将任何人放在他的眼里。但潘启更是奇怪，今天纯如为什么没有来竞选呢？她主动放弃这么个大好的机会，想来真是不可思议，也让潘启心里感觉空落落的。

绎如这时候站了起来，她面带微笑，朗朗说道：“各位大人，各位东家，我‘荣盛行’自有资本五百万两，如果说真要是有需要帮衬的时候，我父亲乃是江浙丝绸‘四象’之首‘兴昌隆’的东家，姐姐又是江浙丝绸商会的会长、‘广客隆’的当家人，他们都是我的家人，骨血亲近非比寻常！毫不吹嘘地说，几日内给我凑上千儿八百万两银子并不是难事。再有，我‘荣盛行’在‘公行’成立日久，资历经验丰富自不必说，就是相比较福建商帮的‘飞鸿行’和从江浙脱胎而来的‘德庆行’这两个三等商行来讲，我作为本埠二等商行也比他们占人和与地利上的优势。”

绎如这番话说得是有理有据，有枝有蔓，除了与之竞争的两家及其党羽表现出一副嗤之以鼻的样子之外，其他人心下都是很佩服的。

可绎如在行商里没有自己的联盟，众人当中没有给她擂鼓助威的，四位大人中虽然李侍尧对她心有偏袒，但在这个场合中不便对她表出态度，又因为刚刚发生了高尚的事情，满春豪和陆通也都不能再踊跃出头批判绎如什么，以至于绎如说完话后，竟然无人说话，冷了场。

绎如站在那里也颇显尴尬，不知是坐是立，更是自感孤掌难鸣，曲高和寡。

巡抚钟音这时候有了自己的盘算，他从绎如的口中也听明白了她的来历，原来绎如是纯如的亲妹妹啊！纯如好比出水芙蓉仪态万方，绎如也似月里嫦娥姑射神人，想来真是江浙出美女啊！姐妹两个都是尤物移人的美人坯子。只是他那日以给周冰羽买官及保得行领位置为名对纯如循循善诱，并假借醉酒虚实之机想将纯如顺势揽入怀中失败。想必纯如挣脱之后也成了惊弓之鸟，连这个场合都不敢再来了，知道将他钟音得罪了，然后派出了这个眼前的绎如做替身，在自己眼前耍了个真假美猴王。那此时应该是给她们姐妹一点颜色看看的时候了，要让她们知道不识抬举的后果。

想到这里，钟音对李侍尧说道：“总督大人，这位东家伶牙俐齿说得头头是道，看似天衣无缝，但依我看来却也是失了根本。”

李侍尧一抬眉毛，“啊”了一声之后未置可否。

钟音自顾往下说道：“这位东家在这个会议之初就是自荐，没有人举荐，这说明平日里她的那个、那个‘荣盛行’并不受大家尊重。再有，她的话里也都是与两个新晋不久的三等商行比上比下，显得很是小家子气。综合这两点来看，这家‘荣盛行’没有能把行商精诚团结在一起做事的能力和德行，没有虚怀若谷、海纳百川的胸怀和气度，是不具备做行领条件的。”

钟音的这两句话说得实在是太阴狠了，都是抓住了绎如说话的要害捅刀子，虽然不见血出来，但任凭绎如有四两拨千斤的手腕也不容易拔得出来。

绎如无法辩驳钟音的言辞，也无法自圆其说，她没有想到钟音能似程咬金一般跳出来成了拦路虎，绎如能看得出来满春豪和陆通都是分别来替高尚和楚秋蹚浑水的，那么钟音为难自己又为何故？她忍不住看了李侍尧一眼，此时自己四面楚歌也就只有李侍尧能替她说句话了。

“钟大人，恕老朽唐突冒昧，我是支持‘荣盛行’做这行领的，我想这在座的行商里面如我一般想法的也大有人在。”

众人循声望去，见表态的人是“同文行”的东家潘启。潘启虽说此时已失了“公行”总商的位置，但十几年来在“公行”也是德高望重，虽然如梁、易等人眼红妒忌的不在少数，但至少在面上还是十分被人尊重的，说起话来自然也分量十足。

听见潘启在为绎如说话，梁东家、高尚等几人也很吃惊，照着常理来讲，潘启应与绎如不是势同水火也是形同陌路的关系，至少私下并没有交情可言，他此时替绎如出头说话，葫芦里到底卖的什么药？

钟音看见是潘启出来替绎如说话，也是一愣。他和潘启私交很好，也是潘家后花园里赏景品茗的常客，彼此之间不单是朋友知己，潘启也是他钟音的最大金主，平日里的花销用度大部分都是潘启供应着的。钟音怎么也没有想到此时潘启会在大庭广众之下，为了帮助绎如说话而让自己下不来这个台面，心下有一些恼火，但是为了照顾潘启的面子又不能发作。

“那就让潘东家说说你支持她的理由吧。”钟音不咸不淡地说，也是在给自己找个台阶下来。

“钟大人，‘荣盛行’往日里虽然与众行商走动得少，但每每在‘公行’里需要同舟共济之时，从来也不吝惜财力，很识大体顾大局，避功却赏，谦逊低调，我本人对其是极为认可的。至于行商等级，这也是诸位大人定夺的章程，自有一番道理在里面，当然也是实力资历的一种体现，拿出来比较，老朽也认为未尝不可，无可厚非。”

听到潘启说完这番话，绎如长长地出了口气，向潘启投去了感激的目光，她和钟音的想法一样，怎么着也没有想到在关键时刻，替自己出头说话、给自己解危济困的竟然是潘启！绎如知道她与潘启深有芥蒂，她找过满春豪和李侍尧去告状，说了潘启很多的错处。但为什么此时潘启能替自己说话，绎如也想不明白。

但有一点，绎如听得很明白，潘启对她的褒扬之辞里面说的事情，都是自己姐姐纯如做的，和自己沾不上一点边儿。此时潘启硬是拿出来强安在自己的头上，很让绎如感到惭愧和无地自容。

潘启这么做自然有潘启的道理，他眼见着高尚与梁、易两位已经勾肩搭背，沆瀣一气，见他们在一个鼻孔出气，心里当然不舒服。想当初他们都是跟在自己屁股后面颠颠小跑的，而看着现在他潘启如明日黄花没有了用处，就立马分道扬镳、弃之不顾了。这让潘启大感世态炎凉，到了要与他们几位摆明立场的时候了，让高尚等人知道，别看“公行”解散了，我潘启并没有“廉颇老矣”，不但“能饭”，而且还不是吃素的。

另外，潘启想让纯如竞选是有目的的，因为他认为纯如除了聪明果断之外，人品更为出众，将来必定成为丝绸业界的后起之秀，甚至是中流砥柱，能披荆斩棘、力挽狂澜者非纯如莫属。再有，自家儿子有度与周冰羽交好，能帮上纯如也为儿子卖了一个人情，自然为儿子日后找了一个可靠的人脉关系。但可惜的是，纯如今天没有来，而是绎如来了。

潘启在仔细地分析了当前形势的利弊之后，在心里做出了自己的选择和决定。他要在适当时机替绎如说话，倒不是他认为绎如有多好，而仅仅因为绎如是纯如的亲妹妹，爱屋及乌、投桃报李是人之常情，潘启知道他这么做必然会引来纯如姐妹两人对他的感激，这两股势力聚拢在自己身旁，纵然他潘启落入哪般田地，别人都是不敢小觑自己的。

高尚此时心里对潘启的态度可想而知，暗骂潘启这个老匹夫诡诈多端、见风使舵、口是心非、两面三刀，但奈何他只能是怒火中烧，不敢造次、撒泼，看巡抚钟音都对潘启礼让三分，他刚刚吃了陆通的亏，此时再也不敢大放厥词了。

李侍尧也对潘启投来赞许的目光，因为无论潘启出于什么目的出头替绎如说话，也无形中帮了他李侍尧的忙。因为他答应了芙蓉，尽力将绎如扶上行领的位置。只是他贵为两广总督，身份在这里摆着呢，同僚、行商这么多双眼睛在这里盯着，他什么样的态度都不好表现出来。

“这样，你们自家的情况也就算是介绍完了，少安勿躁，一会儿待我和几位大人商量之后，今日就将结果宣布出来。”

李侍尧说完，招呼其他三位进了议事厅旁边的一个房间。

李侍尧首先开了口：“列位，最终行领花落谁家，你们表明一下态度，选出一家来，最后具名，也好给户部一个回复。”

陆通说：“我看好那个‘飞鸿行’的东家。他能够引来晋商的资本，实属不易之事，晋商财力雄厚，财大气粗，自然在与夷商的贸易上就游刃有余，也就多了与夷商讲条件的资本，行领给行商带来好处才能服众，贸易额增加了也才能给本地及国库带来可观的税赋钱粮。”

陆通话音未落，满春豪连忙表态：“什么样的实力就不多说了，我看都没有差在哪里。但据我所知，‘德庆行’的东家年轻有为，出身于名门望族，堂哥是两江总督自不必说，堂姐更是贵为万岁爷的皇贵妃。而那‘飞鸿行’的东家是一个要饭的出身，这天上地下的出处，自然也就决定了人的眼界高低迥异，我们就是要找一个眼界开阔的年轻人来做行领，出身不好的人总是鼠目寸光的，再加之到了油滑的年龄没什么干劲儿，就是给他硬推上行领的位置，最终也是庸碌之辈，徒给众人留笑柄的。”

第一百六十六章　官大一级

李侍尧和钟音都看明白了，陆通和满春豪两人为了两家的竞争杠上了，一个说实力，一个说出身，都貌似有道理，又好似都在强词夺理，听着就让人迷糊。

钟音在脑子里快速地盘算着，刚才说的这两家，都没有把自己放到眼里，当然自己也就没有必要替他们说什么好话。按理说，陆通是自己的属官，陆通支持“飞鸿行”，他也要支持一下。但他又知道潘启是支持绎如的，如果自己刚才没有发声责难绎如，那么此时有可能看在潘启这里的关系，也要替她说上几句，可自己贵为广东巡抚，怎么着也不能说话前后矛盾自食其言。考虑来考虑去，横竖自己在这里得不到什么实际的好处，钟音最后决定，事不关己，高高挂起，不作声，不表态，听之任之。

李侍尧见钟音装聋作哑起来，心下更是厌恶，也懒得理他，他自顾地说道：“满大人和陆大人点评了‘德庆行’与‘飞鸿行’，那么我就说说那个‘荣盛行’。”

李侍尧终于要表态了，当然这三位就是装也要装着听得仔细，最主要的是他的表态至关重要。

李侍尧接着说道："这个商行我听明白了，其父、其姐都是以丝绸为业，并且都是行内的佼佼者。这个渊源不得不说可谓深远，无论官与商，都得讲究个家脉传承。并且她还得到了'同文行'东家的支持，要知道'同文行'的实力都是在众人之上的，东家潘启在'公行'做了十几年的总商，能得到他的认可，这也说明'荣盛行'的这位东家足以胜任行领位置。也只有得到他的认可，这个行领将来才有可能有一番作为。"

李侍尧的话音刚落，满春豪立马说道："李大人真知灼见，洞若观火，实在是令卑职佩服！前几日，几伙夷商还分别找到我粤海关，说尽了这个'荣盛行'东家的好话呢！我同意'荣盛行'的东家坐这个行领的位置。"

"我也同意。"陆通也紧随其后表示赞同李侍尧的意见。

满、陆两人都已是听明白了李侍尧要表明的立场，胳膊拧不过大腿，无论自己收了什么样的好处，事先得到了什么样的承诺，也不能在这件事情上拂了李侍尧的意，让李侍尧心里不痛快，以后有自己小鞋穿的。

这里只剩下巡抚钟音还没有作声，怎么说他也是主政广东的封疆大吏，他的意见和想法同样很重要。别看李侍尧比钟音做的官大，但只要他没有把柄被李侍尧抓在手里，李侍尧对他也是什么办法也没有。本来钟音与李侍尧两人之间就是面和心不和，在有些事关自己利益的事情上就是互相掣肘，此时他听见李侍尧已经很是直接地表明了支持"荣盛行"，不免心生嫉妒。

钟音的想法也很简单，他认为李侍尧支持绎如，就是在支持纯如，那看来是纯如攀上了李侍尧的门路，才敢不在乎自己，不遂自己心意的。就是这件事情和纯如没有关系，凭什么你李侍尧要偏袒绎如？还不是她给你送了大把的银子，或是委身于你了！

“钟大人，你的意见呢？”李侍尧见钟音不发表意见，心里也很恼火，但不得不问上这么一句。

钟音慢条斯理地答道：“不瞒各位大人说，我认为这三家都不是最合适的人选。远的不说，就说这‘同文行’的潘启，论哪一方面都不是这三家可比拟的，可他为什么不参加竞选呢？想来真是让人费解，这里面一定是有蹊跷的。”

李侍尧没想到钟音最后是拿出这么个模棱两可的态度来，他忍不住心中的火气，呛声说道：“钟大人此时说这话有什么意义呢？‘同文行’再有本事，他不是没有参加竞选吗？我们不是在这里没事扯闲篇，不辜负皇上的重托才是我们分内之事！”

“呵呵，李大人，正因为不能辜负皇上的重托，我们才要行事谨慎，裁撤‘公行’，设置行领都是事关朝廷税赋钱粮，非同儿戏，我们这样草率地定夺出来一家不是十分理想的丝绸行领来，愧对我们这头上的顶戴花翎，更是愧对浩荡皇恩啊！”钟音说着，把一副庄重恭谨的做派现了出来，你李侍尧会拿皇上的大帽子压我，我钟音同样也会，今天我就是唇枪舌剑地要和你对着干。

看着李侍尧和钟音言语间你来我往，互不相让，满、陆二人面面相觑，不明所以。但他们也都知道，一个小小的丝绸行领人事安排，竟然让眼前的这两位大人不顾体面，互不相让，这里面牵扯着的利害关系远不止表面上看来这么简单，此时不说话就是真本事。

“钟大人，既然我们谁也不想愧对皇恩，那就不要再扯皮下去，你保留你的意见也就是了，满大人和陆大人既然都同意‘荣盛行’，那也就这么定下来了。”

李侍尧说完，走出了房间，满春豪和陆通瞧瞧钟音的脸色，陆通更是过来扯了扯他的衣襟，三人也随着走了出来。

李侍尧对陆通说："陆大人，你就公布结果吧。"

陆通听完一愣，这是总督大人抬举自己，还是把自己当枪使？但无论如何李侍尧已经安排了下来，也是得遵命的。他清了一下嗓子，说道："经我们四位大人讨论研究，最后达成共识，现在宣布丝绸行领一职由'荣盛行'东家担任。"

众位行商早已经等得不耐烦了，忽然听到陆通宣布完这个结果，行商之间发出了一片交头接耳之声。有的是欣然接受，有的是眼红耳热，有的是愤愤不平。

高尚与梁东家及楚三成等人听了结果之后，自然是十分沮丧，虽然不愿意接受这个现实，但也奈何不了什么。宣布这个结果只有短短的瞬间，可是包括楚三成在内有意竞争这行领位置的行商，有的早在两年前就已经做好了各方面的准备工作，未雨绸缪、磨砺以须、枕戈待旦，就等着今天这一时刻的到来呢，哪承想最后却是劳而无功、功亏一篑，这功败垂成的滋味放到谁的嘴里咂摸都不是好受的。

绎如则是露出了淡淡的笑容，她有心站起来对四位大人说些感激的话，可这时听到李侍尧说："其他行业竞选首领之事，明日再议。"

李侍尧说完，径直朝着议事厅的大门外走去，其他的几位大人也是鱼贯而出。

这时候，潘启走到绎如的近前来，拱手说道："祝贺绎如东家荣登行领宝座啊！"

绎如马上回礼，说道："承蒙总商大人抬爱提携，要不是您在我窘迫的当头替我说上一句开脱话，怕是没有这结果的。”

潘启很真诚地说：“你这话说得谦虚了，绎如东家没有实力、阅历做底子，任凭谁说上几句好话也是无济于事的，我多了那么几句嘴，无非就是锦上添花罢了。再有，‘公行’已经裁撤，再没有什么总商了，就是你姐姐纯如我也是让她改了对我的称呼，叫上我一声潘叔是最好不过的了，往后我们走动的机会多着呢。”

潘启和绎如在这边热络着，高尚等人见着愤愤不平，但又怕与潘启、绎如碰头没有面子可言，于是连忙随着众人作鸟兽般散去了。

绎如见高尚等人没了踪影，她对潘启说道：“潘叔，我听说还是要设立总商的，这位置还是非您莫属，这日后还是要在您领导下做事的，还望您多关照提领。”

“唉，”潘启叹了口气，然后无可奈何地说道，“绎如，不瞒你说，你还没看见今天这架势？每家底下、上面都有帮衬着说话的，竞争行领都是如此激烈，你想想，那总商位置的争夺能消停得了吗？”

绎如轻轻地点了点头，她也听明白了潘启的意思：“潘叔，您放心，到时候我一定在底下支持您做总商的。”

“我上了年纪，也是不想再为名所累，不做总商也很好，可以享享自在清福了。再说，这觊觎总商位置的也大有人在，个个都是是非之人，我也不想和他们蹚浑水了，就是他们私下耍上的那些龌龊把戏，我也耍不过他们，当然，我也是不屑去耍的。”

绎如听到最后，也明白了潘启的心思，这老爷子哪是真心推托不想竞争那总商啊，分明是非常留恋那位置，又怕求之不得失了颜面。想到这里，绎如说道：“潘叔，您虽说有了些年纪，但老骥伏枥，志在千里，我们还盼望着您作为总商多指点呢，您到时候可千万不要推托。他们靠耍龌龊把戏是成不了事的，一旦被戳穿，更是狼狈不堪，总商必须德高望重之人署理，现在‘公行’之内的行商是没有人可与您相提并论的。所以说您千万不要推辞。”

绎如几句话说得潘启眉开眼笑，嘴上应承着：“那就到时候再说。”忽然间，又像想起来什么似的，对绎如说道：“潘叔没把你当外人，我想冒昧问你个事。”

绎如一愣，然后说道：“您说。”

“你是不是很得总督李大人的赏识？”

“不能吧。潘叔，至少我还不知道有这回事呢，我并不曾和李大人有过什么交集，他这么个大人物也是我这般人高攀不上的。”

两人一边说着，一边走出了“公行”的议事厅。

芙蓉一直在外面等候着绎如出来，从先出来的人群之中听到了消息，她见到绎如后喜不自胜，见了面之后连连道贺。绎如和芙蓉商量去纯如那里，将这个好消息告诉姐姐，所以二人没有回“荣盛行”，而是直奔着纯如的家里而去。

纯如一见到二人神采奕奕的神情，已大概猜出了结果，连忙向妹妹表示祝贺，并备下酒菜来招待。

周冰羽听了这个消息后，当然心里很不舒服，他乘着两杯酒下肚，说了一些“要是纯如去，这行领位置可就不一定是你绎如的了”的风凉话，但抬眼看纯如冲他使了几下眼色后就止住了声。心下自忖绎如做行领总归是比楚秋父亲和高尚来做要好得多，听了绎如学说的这激烈竞争架势，纯如就是去了，也没有太大的胜算，毕竟纯如是将钟音得罪了。周冰羽现在如此能想得开，这也是从潘有度那里学来的态度，凡事要学会宽慰自己，不要钻牛角尖。

纯如本想提醒一下绎如，高尚不可能就这样善罢甘休，有可能还会闹出什么事端来，但她看绎如有些志得意满的样子，自己泼出几瓢凉水来，既会让绎如有想法，以为自己眼热，又怕煞了眼前欢天喜地的风景，所以几次这样的话语到了嘴边，又被纯如生生地咽了下去。

第一百六十七章　明火执仗

高尚从“公行”回到家里后，没好气地一头窝在了床上。两个丫鬟见情况不妙，一个忙不迭地服侍他抽起了烟土，另外一个给他揉肩捶背，生怕触了高尚的霉头。

高尚眯起眼睛，一边享受着，一边让自己努力地静下心神来仔细地回想一下今天在“公行”里发生的事情。

布政使陆通支持楚秋家已经是很明了的事情，海关监督满春豪极力向着自己说话也是不言而喻，巡抚钟音对楚秋父亲和他高尚在竞争行领的事情上是事不关己的态度，但他高尚在惹恼了陆通之后，钟音明显着是要帮助陆通在李侍尧面前整治自己，只是因为李侍尧没有表态而只能作罢。还有，可以看得出来，在竞争行领这件事情上，钟音只是单单将矛头指向了绎如，他为什么这样做，是让高尚想不通的。

在绎如的身上，陆通和满春豪都没有提出反对的声音来。高尚猜想陆通和满春豪二人因为把注意力全部放在了楚三成和自己的身上，并且互呛得过了头，好话赖话都已说尽，已经不好再对绎如褒贬什么了，无形之中让绎如钻了空子，成了漏网之鱼。而绎如最后一个发言，她吸取了自己和楚三成演讲上的经验，查漏补缺，扬长避短，也是让陆、满二人没有挑出什么毛病来，想来绎如真是机关算尽，高尚也为自己早于绎如发言而后悔不已。

李侍尧当众对哪一个竞选者都没有发表意见和看法，一副没哼没哈的态度，可高尚现在已经猜出，一定是在最后关头，李侍尧替绎如说了话，绎如才将行领之职揽入怀中的。为什么说得可以这么肯定？高尚是明白人，他知道，满春豪和陆通各为其利益方代言，不可能支持绎如，而钟音则是坚决反对绎如，那么四人中也就只剩下李侍尧一人了，并且这是一个可以最终真正定得了事的主儿。

李侍尧为什么关键时刻撇下了他，转而扶持了绎如呢？高尚同样想不明白。

高尚自认为他在李侍尧这里的关系要比绎如好得多，何况美女、银子样样没有落下。美女是西洋的，年轻漂亮，银子更是大把的，都是成色上等的郃文银。还有，高尚也知道，自从自己在李侍尧面前说尽了各样绎如、纯如姐妹的坏话，李侍尧对绎如产生了厌恶之情，他也听说了那次绎如去李侍尧面前告潘启的状，最后是被李侍尧给吼骂出来的。再有，他送了李侍尧那个西洋小女子之后，确实是让李侍尧对那个芙蓉兴趣冷淡了下来，这无异于断了绎如与李侍尧之间联系的纽带，想要修复起来绝对不是一朝一夕的事！

高尚感觉近一段时间里，李侍尧对自己有了冷落的态度，但就李侍尧的火爆脾气，还有他那高高在上不可一世的官位而言，他对自己有什么不满意的地方也早应该直说出来了，可偏偏让自己到现在都还没有摸到一点儿头脑。高尚认为李侍尧是故意沉下脸来，变本加厉朝他要更多的银子，他是没有断流地往上送，每次李侍尧也都是收下了，他以为也就没事了。就在前几日，他还就竞争行领一事找过李侍尧，李侍尧虽然态度同样是冷淡，但也应承了下来，答应在有机会的情况下会帮他高尚成为丝绸行领的。但现在就结果看来，这里面的事情绝对不是自己想象的那般简单！

还有，如果没有半路冲出个潘启来替绎如说话，绎如在那里被钟音刁难之时，很难自圆其说，或许到了最后，就是李侍尧想替她说话，都是找不到一个合适的理由的。高尚有些后悔，自己还是低估了潘启的能量，你看那潘启在替绎如争辩之时对钟音说话并不客气，但钟音听了之后，不但没有对潘启怪罪什么，而且还顺水推舟地放过了绎如。潘启为什么要帮绎如？难道他们私下早有了接触，平时生疏冷漠只是装给别人看的？还是潘启为了对纯如示好，见纯如没有参加，转而支持上了绎如呢？总归也是一句话，他高尚是将潘启得罪了！

如何能将绎如扳倒呢？

让她在那行领的位置上屁股还没有坐热，就将她拉下来，最好的办法就是让她主动灰溜溜地滚蛋！此时正是绎如得意忘形、不可一世的时候，妄自尊大自然就会疏于防备，这也是他高尚下手的好时机。

打蛇要打七寸，从哪里下手呢？

绎如没什么把柄在自己手里，要说有的话，也就是绎如前两年出售那洋药水的事情了，并且楚秋也曾用那洋药水浸泡劣丝以次充好出售，正好也可以将纯如再次拉进这浑水里来。潘启等人知道了绎如和楚秋有如此前科劣迹，定然是要将上次供给东印度公司那五百担劣丝之事算到纯如头上的。但高尚思量来思量去，发现这是一把双刃剑，一旦将药水之事大白于天下，定然也断了自己日后靠那洋药水贩卖劣丝的财路，再说楚秋也知道包括私贩烟土之事的一切内幕，弄不好将他惹急了，反倒会引火烧身，看来这条道路是行不通的。

高尚苦思冥想之中，忽然眼前一亮，李侍尧在这件事情上不待见自己，而巡抚钟音对绎如也是成心挤对，何不此时乘机去攀上钟音的关系，通过钟音之手做出针对绎如的花样文章来，不单是大人们的狠辣手腕多，而且是名正言顺、理直气壮。

高尚以前也听说过钟音与李侍尧关系并不和谐，可以看得出来，在任命绎如做行领的问题上两人也存在着很大的分歧，李侍尧要是知道他高尚钻营钟音的门路，是不是会更加不待见自己呢？但现在实在是想不了那么多了，在绎如立足未稳之机将她扳倒迫在眉睫，如果不能扳倒绎如，高尚也要再去竞争总商位置的，他已经看得很明白，李侍尧那里同样是指望不上的，还不如去钟音那里碰碰运气。

高尚知道梁东家那里也打算竞争总商，他在自己竞选行领时出了一些力气，但梁东家在关键时刻没有敢替他言语半句，没有拿出两肋插刀的架势出来，这说明他这人也是靠不住的。再说，就梁东家的实力与潘启比起来，竞争总商几乎没有任何希望，这不是说梁东家比潘启差了多少银子，而是他在官府那里的靠山比不上潘启。

前些天见到满春豪，满春豪也直白说他支持自己做行领，支持潘启做总商，而他高尚此时并没有坐上行领的位置，当然是要再去满春豪那里要他支持自己做总商的。

把让人上了瘾就欲罢不能的烟土抽完，丫鬟的按摩松骨也让他身上的皮子舒坦了，此时的高尚又来了精神，他决定钟音、满春豪、陆通和梁东家那里都要去走一趟。

高尚来到了巡抚衙门，报上了名号，并说明了要求见钟大人的来意，当然少不了要给那把门衙役银两。不一会儿的光景，那衙役跑了回来，将高尚领进了衙门里。

“呵呵，高东家真是奇怪，没有竞争上行领，却好似开了窍，知道我这巡抚衙门的大门朝哪个方向开了？”钟音见了高尚的面，单刀直入，揶揄着高尚说。

高尚知道这是钟音在挑自己的理，连忙拱手说道："大人，请恕高尚来到广州这方宝地拜望来迟，实乃怕在下才疏学浅叨扰了大人清净……"

不等高尚把话说完，钟音就霸道地打断了他，沉着脸说道："高东家，你是怕叨扰到我吗？怕是你眼界太高，只顾着瞧看那总督府了吧？也是，那里衙门的台阶不但要比我这里高上一级，就是攀起来也更有奔头。"

钟音这一番抢白，让高尚很难堪，脸上也挂了色儿，红一阵白一阵的，但这样的场面高尚也见得多了，他知道只要这些大人没有骂娘，没有拿着棍子轰你走，那就代表着他们还肯和你谈下去。他们说这些不痛不痒的话，只是发泄一下心中的不快，可你想想，谁让人家是大人呢，大人的嘴就是大，心里不痛快，想说什么就说什么，到人家衙门口来，谁不都得是唯唯诺诺地听着？其实再想想，这些大人到了上司，或者是到了皇上跟前，也是同一个道理，一个不留神正好触到了霉头上，也只能是自认倒霉。

其实钟音隐晦地提起李侍尧那里也是好事，高尚可以乘机解释一下，也好让钟音安心，想到了这些，他说道："钟大人，我家堂哥在给我的来信中，多次地表达了他对您的敬佩之情，他和我说，大人您瞭望一省民生，冗杂巨细，事必躬亲，是为官人的楷模，一再告诫我，切不可为私事而来叨扰大人。说来也巧，我家堂哥有次和李大人偶然碰面，有机缘提到了我。后来也就有了我几次往返总督衙门的机会，其实说来，那无非都是些给我家大哥的一点儿面子，和我一点儿关系都没有。大人，您是明眼人，从这次竞争行领您就可以看得出来……"

钟音再一次打断了高尚的话："好了，这山望着那山高，这都是人之常情，我能理解。至于李大人那里，他贵为两广总督，自有他的难处，你们是理解不到那个层面上去的。至于行领之事已经尘埃落定，你也就不必再耿耿于怀了。"

继而他又换了很缓和的口气说道："有机会，你见到两江总督高大人，代我转达钟某人对他的问候和感谢之情，他对我的那些溢美之词实不敢当，钟某人有机会到了两江地界，一定去拜望他。"

高尚听完了钟音的话，心下佩服这钟音说话滴水不漏，面面俱到，谁也挑不出毛病来。只是他胡编了堂哥高晋对钟音那些好听的漂亮话，到时候他们二人真见了面，会不会让钟音发现啊？

管不了那么多，此时钟音已经对自己有了好态度，就不要错过机会，趁热打铁将自己来这里的目的和盘算说出来，也好将绎如尽快地扳倒在地。

"大人，您的话我一定会带到。我今天来是有一事向您禀告的，我想大人您听了，有可能有用！"

第一百六十八章　弓满穿心

高尚从广东巡抚衙门里出来之后，来到了梁东家这里。

梁东家见高尚落了选，对高尚也很失望，他以为就高尚与李侍尧的关系，拿下行领应该是易如反掌的事情。哪承想被一个布政使陆通逼得就已经没了退路，最后的结果也证明高尚与李侍尧的关系并没有自己想象的那般瓷实，只是徒有其表罢了。但他现在积极准备最后放手一搏争取那总商的位置，正是用人之际，当然不能对高尚表现出冷淡态度来，还是要以热络拉拢为主。

两人见了面之后，梁东家对高尚一番好言相劝："留得青山在，不愁没柴烧，两年之后就又来了机会。"高尚对这些没兴趣，他来主要是向梁东家表明态度的。

高尚首先和梁东家说了他要设计让绎如下台的想法，之后，他和梁东家说，如果最后不能如愿将绎如扳倒，他希望梁东家能再支持他去竞选总商。

梁东家先认真听了高尚要对绎如使坏的计划，他又对那计划不周全之处做了补充。可当他听到最后才发现，高尚还有去竞选总商的企图，这简直让梁东家气炸了肺，高尚提的要求也实在是太过分了！

高尚你明明知道我是处心积虑要竞争总商的，你在之前也答应了我，要全力支持我成事的，怎么着，你没有竞选上行领，就又开始觊觎这总商了？你这不单纯是非分之想，也实在是欺人太甚。

你让我退步，难道我就要乖乖地听你的话？凭什么？

高尚也看出了梁东家的心思，在来之前也做好了这方面的心理准备。他不禁暗笑，老梁头，别看你岁数比我大，可要起谋略来，你还是显得青嫩了些，胆子也小了点儿，我几句话就可以让你乖乖地顺了我的意。

“梁老哥，说句实在的，要说我一心要去争取那总商位置，完全是为了你！我本人对那虚名是没有任何兴趣的。”高尚很是无奈地说。

梁东家听了一愣，随之一笑，很认真地对高尚说道：“呵呵，高老弟真是菩萨心肠，处处为我应酬。但你要为老哥担待太多，我也会过意不去的，我想知道高老弟在总商之事上为我担待的到底是哪般，也好让我心里有个数，日后找机会报答你这份情义。”

“我高某人做事，要说处处有慈悲之心那确实是谬赞了，但对朋友兄弟绝对是两肋插刀的，从来没有图什么回报，挂在嘴上让老哥念我的好，更没什么意思，那也违背了我做事的初衷和原则。这也是老哥提起了这个话头，否则我也真不想说的，我也知道，不和老哥说明白，恐被你误会，伤了我们的感情。”

高尚这般慢吞吞地饶舌，他是在为接下来要说的话造势，只有把弓拉满，才能一箭穿心。

“愿闻其详。”

梁东家见高尚这般扭捏，既气恼，又好奇，他还真想听听高尚嘴里到底能说出一个什么冠冕堂皇的理由出来。

高尚凑上前去，带着些许的恐吓口气说：“说句老哥不爱听的话，你真要争得了那总商的位置，恐怕要大祸临头啊！这不是危言耸听，那日我去了粤海关监督满大人那里，他已经明白告诉我，无论是我想做行领，还是做总商，他都是支持我的。但如果我做了行领，他是要支持潘启做总商的，除此之外，谁做了总商，他都是要以‘彻查税赋账目’向那人开刀的。”

梁东家微微一笑，显得极为轻松地说道：“要说我在‘公行’这么多年，也还算是结交了几个朋友的，满大人也算是其中一个，我想他是不能为难我什么的。再说，我在税赋上一贯认真仔细，任凭谁来查，我也是问心无愧的。高老弟，你多虑了。”

“呵呵，要真是如梁老哥说的这么简单，那也真就不算是个事。可惜啊，只要你在总商之事上稍一露头，总督李大人、巡抚钟大人、布政使陆大人立马就会盯上你，到那时，我真怕老哥你是在劫难逃啊！”高尚恶狠狠地说。

“啊？”

梁东家听闻高尚的话语，大惊失色：“我平日里并不曾得罪这些大人，何故偏要盯上我呢？”

见梁东家已经动了颜色，高尚知道他的话已经开始起了作用，他答道：“如果你去竞争总商，或做了总商，李大人要为绎如铲除你，因为绎如怕你成了总商，掣肘于她；明眼人都能看得出来，钟大人要支持潘启，关键时刻他当然要打击你；陆通与楚家沆瀣一气，在行领之事上，对你我恨之入骨，想找你麻烦还没机会呢，何况你主动送上门去？！枪打出头鸟，老哥，你想想你被他们这几位盯上能有好果子吃吗？并且说句不中听的话，梁老哥就是去竞争，也未必是那潘启的对手，到最后只能是狐狸没有打到，反倒会徒惹一身腥臊。”

梁东家听了，不自觉地点头表示同意高尚的说法，之后，突然间像想起来什么似的，他对高尚说：“高老弟，那你去竞争总商，你不也是面对如我同样的困境吗？要说起来，我们应该是得到同样的结果才对，难道你有万全之策？”

“这就回到了我刚来时说到的那个话题上，我要在这件事情上多担待一些，否则，我们都不出头，恐被众人耻笑不说，日后也更难以在行商中间立足。至于说万全之策，我不想多说，梁老哥，你也知道，凭我高家的关系，我不怕他们什么，他们有一个算一个，都不能拿我怎样。你别看陆大人今天和我叫得欢，他最终把我怎样了？在众人面前我不和他计较什么，你看他在我竞争总商时是个什么态度，你也就知晓我的能量了。至于潘启那里，我自有锦囊妙计，到时候，只要你和易东家一如既往地支持我也就可以了，我做和你做都是一样的，自然都是我们哥俩的利益。”

梁东家听了高尚的一席话，在心里又是仔细地一番合计，觉得非常有道理。虽说总商位置对他有着强大的吸引力，他也盼了多年才等来了机会，但经高尚这么一通说法，后果真就有可能是凶多吉少。他后悔自己的人脉不硬实，自己在“公行”多年，没想到被高尚的三言两语就说得打了退堂鼓。自己虽是真真正正的广州坐地户，正儿八经的粤商，没想到到头来还是被外来的客商欺负，这让他自感愤懑和凄凉。

他与李侍尧、钟音及满春豪等人不可谓不熟悉，但也正因为自己的心眼小，不肯花大气力送银子，到最后彼此的关系上只落得个花架子，到了真正想利用起来的时候，才发现名不正言不顺，理不直气不壮。想开口求助，自己先矮了三分，没有任何的底气。在几番前思后想左右权衡之后，梁东家只能咽了咽口水，在喉结的上下几次反复之中，哽塞地发出了一句："好吧，我支持你！"

高尚听了梁东家的表态，用力地握了握梁东家的手，表示感谢，也表示安慰。他告辞出来之后，又奔了满春豪那里。

满春豪这里倒是很简单，因为两人的关系好到只剩下没穿一条裤子的境界了，高尚开门见山地提出了让满春豪支持自己做总商的请求。

满春豪虽然在行领之事上极力地为高尚争取，但最后终归是没有如意，感觉亏欠了高尚。只是他先前也答应了潘启做总商的，这让他夹在两个人中间感觉很是为难。

高尚自然是知道两利相权取其重的道理，他在满春豪面前一番表白承诺下来，也让满春豪有些动摇了，毕竟高尚比潘启说得更诱人！

高尚紧接着抛出了一条骇人听闻的消息，那就是潘启在未来几天会出事，虽然高尚不肯说明白，也不知道是真是假，但宁肯信其有，这让满春豪彻底地放弃了潘启。谁能保举一个将要有祸患的人呢？那不是打自己的脸吗？别说要保举，就是现在划清界限还来不及呢！

潘启终归会有哪般祸患？按照高尚对满春豪的说法，也只能拭目以待。

从满府出来，已是掌灯时分，高尚虽说已经累得腰酸腿软，口干舌燥，但还是马不停蹄地又朝着布政使陆通的府邸而去。

早晨在"公行"的议事厅里，陆通对高尚恶语相向，存心整治他，高尚激动忘形之时与陆通角力顶牛，让陆通恼羞成怒，差一点儿就治他一个“大不敬”之罪，两人已经到了势同水火的份儿上，高尚怎么还有心情见陆通呢？按理说，高尚应该是躲陆通还来不及呢！他就不怕陆通连个面儿都不让他见吗？真是那个结果的话，岂不让他更加尴尬狼狈？

高尚自有一套自己为人处世的韬略，特别是对官场之人屡试不爽，其实总结起来也很简单，就是十二字方针：脸皮要厚、出手要重、抓住要害。

他今天来见陆通不是空手的，随身携带的一个牛皮纸袋子里装了一张礼品单子和一张银票，礼品单子上面列的几乎都是凤毛麟角、不可多得的珍奇之物，那张银票的数额是五千两。高尚知道，如果他干干巴巴地求见陆通，那一定是会吃闭门羹的，而这个袋子就是最好使的敲门砖，不愁他见不到陆通。

高尚来找陆通做什么？他来找陆通赔礼道歉来了！

这就是高尚的看家本事，你不待见我，我也惹恼了你，但我还能弯腰拿着重礼来向你认错，你说我高尚的肚量如何？高尚也知道，他这么做，一定会令对方大出所料，瞬间就会对他抛弃前嫌，滋生出好印象来。这就是所谓的逆流而上，出其不意，攻其不备。这样建立起的关系远比那不咸不淡的互相扯皮来得快，也更加牢固。

高尚故伎重施，对门房的人使上了银子，并一再嘱托，一定要将这个牛皮纸袋子亲手交给陆大人。

那门房的人都是跟着陆通从京城里来的，自然也是人精，眼看着面前这位一出手就是二十两的郃文银，欢喜中不敢怠慢，忙小跑进去通禀。

高尚耐心地在外面等着被接见，他知道，只要陆通在家，陆通见了那牛皮袋子里的物件，就一定会见他，更会将好茶给他奉上。他高尚再说上一番豪言壮语，说不定陆通会摆上一桌酒席好好款待他，这也是极有可能的事！

第一百六十九章　朝阴夕晴

一切都在高尚的预料之中，他如愿以偿地见到了布政使陆通。虽然两人刚见面之时，陆通还显得有些尴尬，但经不住高尚诚恳的赔罪和换着花样的阿谀奉承，不到一刻钟的光景下来，室内的气氛已经相当融洽了，陆通对高尚也另眼相看起来。

要说这陆通朝阴夕晴变化如此之快，究其原因，是高尚送的礼单和银票作为敲门砖起了很大的作用，也与高尚那翻云覆雨的三寸不烂之舌息息相关。还有重要的一点，陆通从满春豪的嘴里也才知道高尚绝非平常百姓，堂哥是两江总督，堂姐竟然是万岁爷的慧贤皇贵妃。高尚有如此大的背景和靠山，这让陆通甚为吃惊，也感觉自己今日在“公行”对高尚的逼迫做得莽撞了。

高尚也明白，陆通来到广东的时间不长，急须培养自己的势力，这不单是要与官场同僚之间拉帮结伙，同样需要商贾给他提供源源不断的银子上的支持。楚家已经是扶不起的阿斗，自己主动找到陆通，对陆通来讲也是一件嘴上不说但心里面却求之不得的好事。

几番寒暄下来，陆通试探地问起高尚的真实来意，他知道高尚重礼之下，必有请托之事！

高尚却没有说出要请陆通做任何事情的只言片语来，只是一味地说请罪问安来了。这就是他的高明之处，第一次拜山头，只是来拜就可以了，如果立即说出要求来，拉低了自己的层次不说，也会让那热乎的氛围为之降了几分温度。

有些事情不能急于求成，也不能说得过于明白僵硬，水到渠成、心照不宣是最好的境界。

高尚心里清楚得很，到了自己真要竞争起总商来的时候，有了今天的交情，陆通能不为自己说话吗？还有，他从此也不用担心楚秋通过陆通来整治自己了，因为他高尚自今日起与陆通同样是有了“深”交情，只是他现在还不便于和陆通说楚秋的坏话，因为暂时还没有那个必要，与陆通还没有到那个情分上，弄不好还会让陆通产生厌烦。

高尚在陆通府上灌了一肚子茶水，感觉饥肠辘辘，但陆通并没有挽留他吃酒食的意思，高尚见好就收，不能在这里继续腻歪下去，见话已说透，忙起身告辞出来。因为此时他的烟瘾上来了，忙往家里奔去。

世上的事情无论是顺意还是挫折，从来都是几家欢乐几家愁。

绎如争得了行领，自然是从心里往外面清爽，就是想故意深沉下来不被人发现，在言行中也低调不下来。

首先她自然是要对李侍尧好好地感谢一番，她和芙蓉带上厚礼去了总督府。临了走的时候在李侍尧的注目之下，佯装不经意把一万两银票塞在了书架上的一本书里。

李侍尧则是对绎如一番勉励之后，告诫她日后行起事来要多加思量，戒骄戒躁，公平公正，带领丝绸商行在与洋商的贸易中做出一番事业来。最后还叮嘱芙蓉这一段时间要少来总督府，以免被人发现会扯出“荣盛行”与总督府的闲话来。

绎如想到要安慰一下楚秋，她派芙蓉去请楚秋到“荣盛行”来，但芙蓉回来说楚秋家里有事一时走不开。

没办法，绎如只好去见楚秋。

一番精心打扮过后，绎如来到楚秋家里才知道楚秋的父亲因为没有竞得行领，又在期间让满春豪抓住言辞上的不足之处批得他体无完肤，憋气窝火回到家里，一时窝囊得想不开，急火攻心之下害了一场大病，卧床不起。

楚秋此时的糟糕心情不可名状。家里这边父亲高卧病榻之上，一副病入膏肓的模样，行号那里山西票号已经派人要股银来了。虽说当初讲得明白，如果“飞鸿行”没有竞争上行领，应该是全额退还那三百万两入股的银子，但是约定了在一年之内归还。这行领之事刚刚有了结果，票号这边就急三火四地催要银子，让楚秋心里很不畅快，也想不通，所以他一直就拖着不给他们办理。

绎如是自己的妹妹，并且是第一次来到自己的家里，楚秋当然要让夫人谢氏出来应酬。都说丑媳妇难见公婆，就是这丑嫂子也难逃要见小姑子的。

绎如对谢氏的体貌和秉性都早有耳闻，可见了本人之后，心里面不免还是十分惊讶，这哪里有女人模样啊！膀大腰圆，五大三粗，黑如铁塔，说话也是瓮声瓮气的。这是黑旋风李逵，还是三国里的那个猛张飞？绎如一时间能想到与谢氏体貌长得差不多的也就是说书先生口中说出来的这两位人物了。她是想笑不能笑，又莫名地替楚秋感到一丝悲哀，心情极为复杂。

谢氏倒是一副热心肠，听楚秋介绍完之后，知道这是自己的小姑子来了，大献殷勤。她在娘家人嘴里听说过，自古以来这小姑子的事儿多难伺候，总爱挑嫂子的毛病，所以她不单给绎如拿出了许多好吃的，更是拿出自己陪嫁的大把金银首饰往绎如怀里塞，嘴里不停地说着：“小姑子，你拿去，我有的是。”

绎如单薄的身子哪里能禁得住谢氏的冲撞，没有办法只能将那食物和首饰捧在怀里，口里忙着应承：“嫂子，够了，够了，我这吃不了用不尽的。”

楚秋见状忙过来，把谢氏拉到一边，强按着让她坐下，脸上极为尴尬，他对绎如说：“你嫂子就这个秉性，打小儿她家里就她一个孩子，孤单惯了，这冷不丁说来了亲人，不知道怎么样好了，你别见怪！”

还没等绎如说什么，谢氏又张口说道：“小姑子，你拿去，我有的是，哈哈，哈哈……”

绎如没有忍住，“扑哧”一笑，说道：“嫂子是真性情，豪爽大方，我很喜欢！”

听了绎如在夸奖她，谢氏又站了起来，任凭楚秋几番按压也阻拦不住，她来到绎如身边，神秘地小声对绎如说：“小姑子，我也喜欢你，你今晚不能走，留下来我们一起睡。”

绎如被谢氏说得满脸通红，但她环顾四周，除了楚秋并无外人在场，她也就想戏谑谢氏一下，也很认真地对谢氏说：“嫂子，我们在一起怎么个睡法？”

谢氏一指楚秋，对绎如说：“你睡中间，我和他睡你两边，我们两个搂着你……”

“不要再胡言乱语了，快去看看，你养的那只猫让狗叼走了。”此时楚秋已经是狼狈不堪，对夫人大声呵斥之后诓她赶快出去。

这句话倒是管用，谢氏听了，连忙往外跑，口里喊着：“该死的，敢叼我的小花，看我不打死你。”

就听外面一个老妇人急促的声音喊着：“儿媳，你慢点儿跑，你有了身孕，小心安胎。”

绎如再也忍不住，哈哈大笑起来，笑得花枝乱颤眼泪都笑出来了，还不忘对楚秋说：“这个嫂子人实诚，我喜欢，改天你把她送到我府上，陪我说说话。”

楚秋被绎如揶揄得直跺脚，绎如口口声声说是来安慰他，可眼前的光景，分明就是看他的笑话来了。要是旁人这般戏耍谢氏，楚秋早就急眼了，可楚秋面对绎如，愣是什么办法也没有。

“秋哥，你不要上火，老爷子那天紧张了些，表述之时被满春豪抓住了些把柄在手……”绎如这时觉得自己做得有些过分，忙又回到了安慰楚秋的这个主题上。

“这和我父亲紧张与否没有一点儿关系，说到底，就是没有人在后面支撑。唉，不说这些了，你这竞选上了，说来和我父亲竞选上是一样的，我没有什么计较的，都是自家天大的喜事，替你高兴还来不及呢！”楚秋虽然神情落寞，但言语里努力地表现出自豪的态度来。

“我今天来呢，还有一件事要和你说，那竞争总商也要开始了，我看老爷子还需要静养一些时日，你是否有意去试一试呢？”

楚秋看绎如说得认真，不像是给他火上浇油的态度，也就把心里话掏了出来：“我倒是想，可是你也知道，我家的人脉根底浅，就是具备那个实力，到最后也是避免不了人仰马翻的结果，劳心劳神不说，也徒被人耻笑，我还是不去丢人现眼了！”

“这件事呢，我是这么想的，我现在是丝绸的行领，如果你能坐上总商的位置，我们就能遥相呼应，上下做得通透，让旁人得了去，是不会有这般好处的。如果你有意去争，那我就去李大人那里走动走动，你也知道，‘公行’里最后什么事，还得是他最终做主儿。”绎如和楚秋说了实话。

楚秋听了当然非常兴奋，将刚才脸上的阴霾一扫而空：“妹妹，真如你所说的话，我当然要去比试一番。”

这时候，谢氏又进了房间里面来，怀里还抱了一只猫，她对着楚秋嚷道：“你骗我，我的小花好好的，并没有让狗叼走。”

楚秋知道绎如对谢氏有了了解，索性也就不再遮掩什么，他轻轻地叹了口气，对谢氏说：“你一会儿回趟娘家，把你爹叫来。”

“我不去，我要和小姑子说话，我喜欢她。”谢氏很执拗地说，一边说着一边又朝绎如靠拢过来。

楚秋忙挡住了她，哄着说道：“妹妹不走，今天要在这里吃饭，你去把你爹叫来一起喝酒，好不好？”

楚秋的岳父谢东家看了楚秋的父亲没有争得行领，虽然没有像山西票号那般心急火燎地找来要股银，但也是几天见不着人影了。此时，绎如说要支持楚秋去争总商，楚秋当然又想起了他。楚秋这么做自然有楚秋的用意，他要再次取得自己岳父的支持，也是要让谢东家知道，这次有了绎如在这里支持他，胜算会很大，有给谢东家增强信心的用意在里面。谢东家来了，有他在场，绎如也就不能再把她说的话当作儿戏，自然无形之中绎如也就有了办事的压力和动力，就是想反悔也会骑虎难下。

谢氏听楚秋说要喝酒，马上表现出很高兴的样子：“我也喝，喝酒好啊，可以飘起来，哈哈，飘起来……”

第一百七十章　长虺成蛇

“公行”里其他行业首领的竞选还在如火如荼地进行着。

按照预先的安排，裁撤“公行”之后，重新启用之前的“广州十三行”的名号，等着将各业行领定夺下来之后，就要选那挂名的总商了。

无论谁争得了总商的位置，都要交五万两银子做保金，这么做的目的是，一旦日后“十三行”哪里出了问题，总商首先要承担责任。但也有规定，已被选上的行领不可再去竞选总商，为的就是限制总商的权力。

绎如已答应了潘启支持他去竞选总商，稍后又怂恿楚秋去竞争，那么她到底要支持谁呢？平心而论，她当然还是希望楚秋能争得总商之位，毕竟这是家里人，与潘启还是有很大区别的。但她又担心楚秋的实力不足以抗衡潘启。潘启在她竞争行领之事上出力示好，所以投桃报李她也要支持潘启。在这件事情上，绎如知道只是需要她到时随机应变，见风使舵也就够了，两处都是人情，总归对她都没有坏处。

纯如知道楚秋要去竞选总商，心里很矛盾。同样她也先答应了潘启，自然不能食言，但是她和楚秋又怎么交代呢？她同样对高尚那里有担心，怕高尚和楚秋两人会彼此撕扯起来，到最后会闹一个两败俱伤。还有个问题，也不能不让纯如去想，绎如为什么不来问问她是否愿意去竞选总商呢？竞争行领是自己主动放弃的，可并没有说在总商这里没有想法啊！

潘启本人对继续做总商之事是胸有成竹，论资历、论实力、论关系，样样都比别人高出一截。

就关系而言，行商这里有纯如、绎如及其他几家行商支持，自然就有了扎实的基础。他和李侍尧、钟音、满春豪都算是老友了，表面上惺惺相惜君子之交，私下都用银子养着。感情有，银子上不差事儿，这样的关系自然非常牢靠。

当然像潘启这般心思缜密之人，在哪一处都不会有遗漏的，他派了儿子潘有度去了布政使陆通那里走动。这么做也是为了锻炼潘有度，培养潘有度自己日后的人脉。最重要的是，现在陆通初来广东，与其他三位大人的关系还不是十分明朗，如果他自己贸然前去，有可能顾此失彼，说不定那三位大人中哪位就会与自己生出嫌隙来。

普通百姓人与人之间的关系都很微妙，官场之上就完全可以说成是精妙了，只有眼观六路、耳听八方的玲珑之人才可将这些纷繁复杂的关系处理得天衣无缝！精妙还不够，一定要绝伦！

潘有度虽然早已显示出了经商理财上的天赋，但他对这些所谓的官场并不热衷。潘有度是一个很现实的人，按照他的想法，官府的关系要各处照顾得到，但没有必要去争那些虚名，只要将自家的生意做好也就是了。虽然那些虚名也能带来一些实际上的好处，但是担的风险也很大，深一脚浅一脚，你不知道会陷在哪个泥坑里而不能自拔。

父亲这么多年在“公行”里做总商，虽说没有出什么大事，但家人也都整天跟着提心吊胆。这边是洋商，那边是朝廷，中间还有行商、散商，这里面的利害关系极为复杂，弄不好就会惹来天大的麻烦。

纯如在竞选行领及总商事情上并不热衷的态度，确实让潘有度打心眼里佩服。他认为纯如完全有条件去争取，但一路冷眼观瞧下来，他认为无论纯如有什么样的苦衷，但能在关键时刻保持住清醒的头脑，能经受得住名利的诱惑，这对于一个女人家而言实属不易。

潘有度现在已经顺着周冰羽这里的关系，改口叫纯如嫂子了。他认为周冰羽和纯如夫妇是非常值得结交之人，周冰羽虽然想法有些简单偏激，但不可否认周冰羽是个好人，对谁都没有什么坏心眼。而纯如机敏过人，做事踏实干练，是不可多得的经商奇才。潘有度对周冰羽说，他日后不单要做周展的师父，更是要做这孩子的义父，周冰羽也是满口答应下来。

裁撤“公行”之事已经接近了尾声，虽说没有大家想象之中大刀阔斧的改革景象发生，但在细枝末节上还是有了改变。“广州十三行”的烫金大字牌匾挂了起来，上面蒙上了红绸缎，就等着选好良辰吉日让新任的总商揭幕了。

可就在这个时候，潘家却出了大事！

广州知府衙门得到举报，在潘家的后花园里查出了足足有上百斤的烟土，这让潘启百口莫辩。

潘家与洋商贸易往来密切，这些烟土可以说是唾手可得，完全具备私贩的条件，又隐匿在花园里的假山之中，可想而知是知法犯法，不用再考虑什么样的目的，总之何种解释都显得欲盖弥彰。

潘启素与广州知府衙门的张知府交情不错，但还是被拉了去讯问一番。潘启磨破嘴皮子辩解，言说他潘家从业几十年来从未沾过烟土生意，家中也没有有此嗜好的瘾君子，根本就没有私藏这些烟土的理由。

可说一千道一万，赃物是在你潘家搜出来的，你潘启就是喊破了嗓子，说什么也都是苍白无力的。但因为有私交甚好的知府大人坐在大堂之上，衙门对潘启还是格外照顾，既没有动刑，也没有拘禁，而是让潘家交了五千两银子的保金，让潘启暂时回家听候处置。

带着满腹的疑惑，潘启回到家里。

他坐在那里绞尽了脑汁也想不明白这烟土是从何而来的，难道天上还能平白往下掉烟土不成？这烟土怎么就能像长了翅膀似的飞进了自家的假山之中呢？

潘有度坐在那里一直没有说话，他也在努力地对这件事情前思后想，过了一会儿，他对父亲说："我想，这是有人在故意陷害我们潘家。"

"我也想到了这个层面上去，那是谁干的呢？又有何用意呢？你也知道，我们家并没有得罪过什么人，就是平时有些磕磕碰碰的人家，也不至于用如此龌龊的手段对付我们吧！"潘启同意儿子的说法，但他还是有太多疑问。

潘有度此时心里已经厘清了头绪，沉着地答道："父亲，您看看现在是什么节骨眼上？明天就是竞选总商的日子！我想这背后行事之人应该就是冲着这个来的。您想想，虽说百十斤的烟土治不了您什么样的大罪，但这样一惊动官府，您的威望可就没了，现在街面上已经有人在开始传扬这件事了。还有，选择这个时机也很歹毒，今天的事情刚刚发生，我们解释不清，官府没有结论，里外我们都不清白。在这种情况下，就是明天您去竞选总商，自然也是比旁人矮了三分，有这个麻烦在身，大人们也很难替您说话。”

潘启被儿子一番点拨，弄明白了其中的道理，他好似自言自语地说：“这种情况下，我是不能再去想竞争那总商什么的了，洗得潘家清白才是急迫的正事。按你的思路来说，应该这人是在行商之中，这人能是谁呢？”

“父亲，我想，既然是冲着竞选总商位置来的，完全有可能就是觊觎之人做的手脚，那么明天谁去竞争，这人有可能就在里面。再有，谁有烟土之事上的前科劣迹也是重点观察的对象，毕竟这百十斤的烟土不是临时起意就能弄得来的，或者是蓄谋已久，或者这人本身就在暗地里经营着这生意。”

潘启虽然是心事重重，但听了儿子这么透彻的分析，不禁欣慰地点头称赞：“有度，你真是有长进啊，说得都很有道理。只是我们一直对烟土唯恐避之不及，也没有留意其他行商在这方面的动作，就是按照平日里的接触，谁家也没有蛛丝马迹。还有，我们怀疑到谁的身上，也只能是怀疑，在没有真凭实据的情况下，我们绝对不能妄下结论。”

潘有度忽然像想起什么事情来了似的，慢吞吞地说：“父亲，我曾听冰羽说过，高尚和楚秋二人都有过私贩烟土的经历，是不是他们其中……”

“什么？他们私贩过烟土？你为何不与我早说？！”

潘启听了儿子的话极为震惊，他在劣丝之事上认为高尚品行不端，从而疏远冷落了他，现在又听说高尚竟然有私贩烟土的勾当，这是他绝对不能容忍的。如果此时他还在“公行”的总商任上，只要抓住一点儿证据，一定马上召集会议，将高尚和楚秋二人从“公行”之内除名，并报官府来严惩他们。要知道，他潘启从与洋商做贸易的第一天起，就立誓不沾烟土半分半毫的，这是因为不但有朝廷法度的约束，也是发自良心明白烟土是祸害，潘家不会赚取这样的不义之财。

听到有度口中说出了如此惊人之语，让潘启很后怕，又很自责。

潘启怕的是，高尚的“德庆行”和楚秋的“飞鸿行”都是之前“公行”之内的三等商行，他们私贩烟土，自己作为总商同样要担责任，至少是一个失职失察的罪过。

他的自责之处在于高尚暗室欺心、表里为奸、胡作非为，自己却未能知微知彰、以一知万。他一贯以识人而标榜，却没想到让高尚钻了空子，迷了眼睛。潘启知道了高尚用那洋药水加工劣丝之事后，他也是文过饰非，大事化小，小事化了的一个态度，虽然与之刻意保持了距离，但仍然未能做到一刀两断、浊泾清渭，至今让高尚逍遥事外。

潘有度答道：“爹，我只是听冰羽说过，未曾见到过什么证据，所以也就没有和您提及过，家里出了这么个事，我才想了起来。再有，我听说那楚秋早已与高尚分道扬镳，不再做私贩烟土的生意，但他也是要竞争总商之人，自然也脱离不了这其中的嫌疑。”

潘启听后，点了点头，他镇定了一下心神说道：“说一千道一万，我们还是要将这身上的无妄污浊洗刷干净，你明晚去将纯如和冰羽请来，我看在这件事情上，也只有他们二人能帮助我们了。”

潘有度很关切地问道：“爹，难道您真的下定决心明日不去竞选那总商了？”

“不去了。”潘启长叹一声，失落地答道。

第一百七十一章　总商高位

总商的竞选如期进行，这次只有两个人参加，一个是楚秋，另一个是高尚。

“十三行”内其他行业的行商具备竞争总商条件的也不少，只是因为李侍尧的一句“丝绸之业为‘十三行’与夷商贸易之根本”，而将那些行商排除在外，失去了竞争的资格。这也是顺了钟音、满春豪和陆通三人的意，他们自然也表示同意这么做。

楚秋这次没有在竞选总商的当场再讲与山西票号上的资本合作，虽然山西票号因为他家没有竞选上丝绸行领而急迫上门索要股银，但是听说了楚秋还有竞选总商的机会，态度也缓和了下来，再次重申之前的合作协议仍然有效，等到楚秋这边有了消息之后再议。

楚秋重点讲了自家“飞鸿行”作为闽商的出身，在闽商及在粤商之中的影响力。因为他知道，作为总商如果缺了影响力这条绝对是不够格的。当然，他说出了自己的优势之后，得到了包括绎如、“东兴行”谢东家等人的热烈响应和支持。

同样，高尚也不敢老调重弹，知道再搬出“天宝行”和“孚泰行”来，有可能还会被别有用心之人抓住口实，做起不利于他的花样文章来。再有，他感觉一味强调与他人合作作为竞选的资本，是很掉身价的事。

既然楚秋说起与闽商、粤商的渊源，头脑更灵活的高尚，便从他与潘启、梁东家、易东家等“公行”之内老资格的人的交往说起，重点说了他们对于自己的信任和支持，侧面表达了自己有着良好的人脉做基础和支撑，更说了自己浙商的出身及与东印度公司代表亨利良好的私人关系。

高尚与梁、易二人的关系暂且不说，为什么他敢说与潘启的交情有多么的深厚呢？因为今天潘启没来！高尚想说什么就是什么。就是潘启真在场，他也料定潘启不好意思在大庭广众之下起身来否定，至于他言说的与东印度公司代表亨利那里如何如何，也是同样的道理，拉大旗扯虎皮是高尚惯用的手段！

而楚秋不单是实话实说，他也确实忘了提与洋商之间的关系，这也是竞选总商很重要的一个筹码。

潘启自动退出了竞选，这让高尚长长地出了口气，因为他没了最强劲的对手。潘启要是来了，就是站在这里一句话不说，也会给他带来无形的巨大心理压力，或许就是所谓潘启自身带有强大的气场，不得不让他感到畏惧！而眼前的楚秋他根本就没有放在眼里，他认为楚秋站在这里无非就是给他高尚做陪衬来了，样子虽说傻了点儿，但也是一个很好的绿叶。

楚秋和高尚两人发自肺腑、慷慨激昂地演讲完毕，所有的行商大致都有了自己的判断。“飞鸿行”与“德庆行”都是三等商行的底子，按照二人在众人面前演说的实力上来讲，可以说是旗鼓相当、平分秋色。但论自家真正的实力来讲，楚秋是胜于高尚的，并且高尚差得还不是一星半点。

反过来从日后作为总商需要具备的影响力上来讲，高尚又比楚秋更胜一筹。因为高尚言说的那些关系都好似是用胶水粘到了一起似的，凭你想掰都掰不开，并且从他话里话外的意思来听，他还得到了洋商的支持，这不得不让人刮目相看。

可无论你说得如何冠冕堂皇、天花乱坠，这都只是给了你一个表现的机会而已。或从此称王成侯，或是跳梁小丑，你都说了不算，最后的决定权都掌握在这些大人的手里。

李侍尧和满春豪见潘启没有来，都感觉很奇怪，最具竞争力的为什么反而到最后弃权了呢？连个人影子都没有见到！

有疑问归有疑问，这也让两位大人都安了心，因为潘启不来参与竞争，李侍尧可以一心为绎如的请托去做扶植楚秋的盘算。满春豪也可以心无旁骛地给高尚说上几句好话了。他们二位平日里都与潘启有要好的交情，如果潘启参与了竞争，还真得伤上他们一番脑筋。

钟音倒是相对简单了许多，高尚事先就已经和他通了气，当然是要向着高尚说话了。而陆通先是在行领竞争之事上支持了楚秋家，再之后，他知道了高尚家里的背景靠山，又经高尚游说撺掇，不自然地就失了平衡，在心里就倾向高尚了。当着众人的面，陆通自然不能对楚秋说长道短，那样无异于自己抽自己的嘴巴，但到了他们四位大人在小黑屋里商议的时候，最终还是给高尚站了擂台。

四位大人里面，当然还是李侍尧官最大，说话最硬气，也最算数。但是，此时的情景却与那日竞争行领时大有不同。今天钟音、满春豪、陆通异口同声地支持高尚，任凭李侍尧如何为楚秋维护说话，这三位就如那成群的豺狼转圈圈一般，困住了李侍尧这头狮子，让他得不了解脱。

自古官场上决议行事都是要的“名正言顺”四字，李侍尧体量再大，终归是以一敌三，并且他面对的可不是尺板斗食的一撮官轻势微小吏，他们这几位都是拖青纡紫、珥金厚禄的品阶，也都是官运亨通可以直接与皇上说得上话的达官显宦。

众口铄金的道理李侍尧懂得，谦光自抑、趋舍有时的道理也同样知晓。他权衡利弊之后，终于同意了三人的意见，当着众位行商的面，任命高尚为“广州十三行”的总商，自宣布之日起走马上任。

想想此时高尚会是一个什么样的心情？有可能在《康熙字典》里也找不到合适的词语来形容，或许用“欣喜若狂”四字也不能描述他激动的样子。

高尚不自觉地捋了一下发生在自己身上近三年来的事情，从那次朝廷评议生丝之事起，没有一件事情是让他如意美满的。而今天争得了这“广州十三行”的总商之位，真正是他高尚光宗耀祖、扬眉吐气的时候到了！

高尚先对四位大人的信任与支持表示感谢，并表白了自己要带领众行商将“广州十三行”经营好的信心和决心，又对众行商说了许多勉励鼓舞的话，可谓锋芒毕露，出尽了风头。

送走了四位大人，众人也慢慢散去，议事厅里只剩下了高尚、梁东家与易东家三人。高尚坐在了平时潘启坐的主位上，梁、易二人分列左右两侧坐下，高尚显然还没有从刚才那兴奋劲儿里出来，有些坐立不安的样子，但他在心里一再告诉自己，此时他高尚已经是总商了，要稳得住才行。

梁、易二人先对高尚表示了祝贺，之后梁东家说：“高老弟，虽说你这总商位置得来的轻松自在，但是实权却已不可与潘启在位时同日而语……”

高尚见梁东家对自己说话还如平常称呼，心里已经很不舒服，又听梁东家有泼冷水的言语出来，更是厌烦，他打断了梁东家的话语，说道："梁东家，权力是实是虚，得看握在谁的手里。旁人我管不着，但是到了我手里，自然就有它的用处，你就不用替我操这个心了！"

梁东家见高尚刚刚争得了这总商的位置，屁股还没有坐热的光景，就和自己耍起了总商的威风，摆出了一副官架子，自然也感觉如同吃了苍蝇一般恶心。

明知是自讨无趣，但梁东家还是要把话说完："话虽这么说，但对那绎如还是不得不防，她现在是丝绸业的行领，我们的丝绸贸易以后都得经她的调度派遣，就是你这总商也是奈何不了她什么的。还有那纯如、潘启等人都不是善类，想来，我们的日子以后并不会太好过。"

"说完了吗？"高尚斜着眼睛，冷冷地问梁东家。

梁东家也报以冷漠的态度回答道："说完了。"

梁东家见高尚对自己一副满不在乎的样子，心下也很愤懑。他说这些完全是为了高尚好，让他保持一个清醒的头脑，也为了大家的长远利益打算，让高尚不要贪图眼前得来的总商的虚荣。而是要静下心及早谋划一下未来，毕竟在座的三人是坐在同一条船上的。

实际上，梁东家在想，要不是受了高尚的连哄带骗，说不定此时坐在这位置上的人就是我了，何苦我要这般与你说小话！

"呵呵，我告诉你，他们这些人都不足为虑，你们等着看好戏也就是了。好吧，时辰也不早了，散了吧。"

梁东家和易东家两人对视了几眼，这都说官升脾气长，还没见过脾气长得这般快的！现在就是想商量点事情，都要看他高尚脸色行事了，还是一副爱搭不理的样子。两人同时起了身，也都没有向高尚说什么告辞之类的话，径直走出了议事厅。

出了门，梁、易二人竟在关于支持高尚成为总商的问题上先是互相指责，后来又都是自责，他们这两个老江湖，怎么就看走了眼让这如狼似虎的高尚扮成了绵羊给诓骗了呢！但两人知道，后悔归后悔，现在是木已成舟，已经奈何不了高尚了。

这时候，潘福见议事厅已经没有了旁人，走了进来对着高尚说：“东家，我们也该回去了。”

“急什么？坐，坐。”高尚用手一指他旁边的座位，对潘福吩咐道。

潘福坐了下来。

“这回我做了总商，我们的烟土生意就会做得更顺风顺水了，那滚滚的财源就是想挡都挡不住的，你好好跟我干，大展宏图的日子到了！”高尚翘起了二郎腿，一副志得意满的样子对潘福说。

“东家，那你对生丝与丝绸本行生意作何打算？”潘福试探地问。

高尚得意地答道：“有烟土这么好的生意，何必再在乎那些蝇头小利？日后那生丝、丝绸无非就是掩盖我们做烟土生意的一块遮羞布而已，做做表面文章也就可以了。”

潘福点了点头：“我明白了。”

高尚眯起眼睛，手捋着光溜溜的大辫子，继续说道：“比利那里的货源很少，满足不了我们的胃口，他的力量也很小，很容易露出马脚来，你慢慢地把他这里的路断了，以免给我们带来什么祸患。”

“那我们的货源从何而来？”潘福有些惊讶地问。

高尚压低了声音说：“我已经和东印度公司的代表亨利谈好了，

日后我们从他那里走货。东印度公司的实力雄厚，不是比利等洋商可比的，与这样的商家合作，我们的风险也是最小的。”

潘福听了不由得对高尚竖起了大拇指：“东家的心思神鬼莫测，实在是高人一筹！”

“听着，以后改改口，人前人后称我为总商！”

“好，总商，我记住了！”

第一百七十二章　金石之言

“暮色弥漫之时，冒昧惊扰周兄和嫂夫人，还望见谅！”潘有度十分客气地说。

周冰羽马上说道：“贤弟说的哪里话？你我情同手足，不必这般客气。愚兄在你身上学了不少学问，也长了不少见识，至今连个谢字也不曾说过的。”

周冰羽对眼前的潘有度就好似有天生的缘分一般，说什么，做什么，都是发自肺腑的。他与潘有度相见恨晚，心照神交，这是周冰羽唯一认可的一个倾盖如故的知己。

“是这样，昨天广州知府衙门突然冲进我家来，没问青红皂白就到了后花园的假山处……”潘有度也就不再客气，将昨天自家发生的被查抄烟土之事原原本本地说给了二人听。

潘启为何让儿子潘有度此时请纯如和周冰羽来？

这是因为夜晚可以掩人耳目，潘家不想在烟土的麻烦事上过于声张和引起别人的注意，更不能让他人看出慌张的样子来，那样无异于不打自招，也让对手耻笑痛快。

再有，潘启也是等着总商竞选那里出了结果，要探听纯如在这件事情上的看法和日后的主张。他先派潘有度出来，也是想着年轻人在一起能畅所欲言，等着说得差不多有个眉目之时他再出来，这样两方面都有个回旋的余地。

从这样仔细的安排上来看，潘启的心机不可谓不深。

纯如和周冰羽还不知道潘家出了这样的大事，听潘有度说完，都不免大为吃惊。

谁与烟土扯上纠葛都是一个天大的麻烦事，潘家当然也不例外。纯如知道潘启一贯对烟土生意避而远之，十几年在“公行”耕耘都没有出过此类事情，为何偏偏在此时就突然间犯了事呢？

“有度，你是如何想这件事情的？”纯如问。

潘有度很为难地答道：“嫂夫人，事发突然，一时间也想不出个所以然来，这也就请你们来帮我分析。”

“这事被人栽赃陷害的迹象已经很是明显，只是你知道是谁人使的坏吗？”纯如接着问。

潘有度答道：“潘家历来与人和气，真难想到会得罪什么样的人。只是这次事发蹊跷，正好赶在竞选总商之时，父亲也往这个方向考虑得多一些。”

“这次竞选者就二人，高尚与楚秋，难道就在他们其中？”纯如皱了皱眉头，潘有度说得有道理，选在此时下手，目的性极为明确，就是冲着要拖潘启的后腿来的，而且事实也证明达到了目的。

能是楚秋吗？楚秋不能！

能是高尚吗？没有任何证据！

“嫂夫人，和你说实话，他们两个都逃脱不了其中的嫌疑，并且我也听说他们二位都有私贩烟土的过往，要说查清这件事情也很简单，只要将他们告发到衙门让他们自辩也就是了，只是顾忌到……”说到此处，潘有度似乎又有难言之隐，说话间变得吞吐了起来。

“有度，你要说顾忌到楚秋是我的哥哥，是吗？”

纯如知道，此时的潘家人已经将事情前后掐捏了个大概，只是还没有找到证据。而她是楚秋的妹妹，潘家要她来查明楚秋是否清白，楚秋这里弄清楚了，那么结论自然也就出来了。

“我可以和你打包票，楚秋是不会做这样龌龊之事的。”纯如正色地对潘有度说道。

周冰羽听见纯如说得如此肯定，心里很不是滋味，所以他激动地对纯如反驳道：“你怎么知道楚秋就不会做？谁能想到他人模狗样的还私贩过烟土呢？竞争总商红了眼，下三烂的手段他当然也是使得出的。”

纯如并没有理会周冰羽，她继续说道：“平心而论，楚秋私贩烟土之事只是一时糊涂，他也早已悬崖勒马与那龌龊之事划清了界限。再有，据我对他的了解，撅坑撅堑、鬼祟构陷他人的事，楚秋是做不出来的，也不会做的。当然，我说这些，绝非因他是我的哥哥我就在此替他说好话，事情终究会有真相大白那一天的。”

“听嫂夫人之言，那高尚的嫌疑最大，可这种事情他做得来无影去无踪，我们没有任何有力的证据证明自身的清白，这又该如何是好？”

潘有度对纯如的人品是没有任何怀疑的，他也听得出纯如说的都是肺腑之言，没有任何替楚秋欺瞒的意思。但此时就是明知道是高尚干的，也不能捕风捉影去衙门里告高尚的状。高尚不承认，不伏法，那潘家的罪名自然就无法洗清。

面对这样的问题，纯如同样感觉很棘手，无计可施。潘家人为什么来找她商议这件事情，难道只是让她撇清楚秋的嫌疑吗？应该不是这么简单。

纯如问道：“有度，你是不是想让楚秋主动去衙门将高尚揪扯出来？”

“嫂夫人真是聪明至极，我正有此意，只是让楚秋去衙门自揭伤疤，我怕他是不可能去的，只有拜托嫂夫人劝他一劝，我潘家此次的麻烦才可解，我父亲才能避免牢狱之灾。只是，我知道这么做，一定会是让嫂夫人感到为难啊！”潘有度知道他提出的这个要求有些过分和无理，但他之所以如此曲折地与纯如绕来绕去，也是认为喉长气短，眼前只有这一条道路可走。

纯如听后沉默了下来，潘有度让她游说楚秋在私贩烟土之事上去自首，这无异于自己劝说楚秋去衙门的大牢里自投罗网，将自己直接发配蛮荒之地当披甲人的奴才，她怎么能张得了这个口？楚秋毕竟是自己的哥哥，为了潘家人，真的就值得她去大义灭亲，她又忍心看楚秋落得个悲惨下场吗？再有，就是她即使狠下心来劝楚秋如此这般行事，楚秋也不可能心甘情愿去做的，有可能一口将她拒绝，并恨纯如薄情寡义。

周冰羽接过话茬儿对纯如说：“此时正是潘贤弟黄杨厄闰之时，我们不能眼看着贤弟家里为此铩羽暴鳞，毁家纾难。虽然你做起这件事情来势成骑虎，有可能如丘而止，但你还是要为贤弟去试一试。”

“周兄，此事是要看嫂夫人的意见而行之，毕竟这里面牵扯干系重大，嫂夫人能不能说得动楚秋也是个未知数。张良借箸，你们能来为我谋划我已是十分感激了，我何德何能敢再为难你们呢。”

虽然潘有度说得委婉客气，但纯如听得出来他还是一心让自己去说服楚秋发奸擿伏去检举高尚的。

“高尚刚刚得到总商的高位，此时一定是趾高气扬、长傲饰非，而楚秋却是二战二北，折戟沉沙、铩羽而归，灰心丧气不难想象，也同样会是愤懑难抑，我们刚好乘着此时光景，劝说楚秋将高尚拉下马来。楚秋虽说与烟土之事有染，毕竟如嫂夫人所言，已经伐毛洗髓、息黥补劓，如果再能检举高尚立功赎罪、绳愆纠谬，我想官府那里也不会再追究他什么了。”

潘有度稍稍清了清嗓子，继续说道：“高尚一旦落了马，我们完全可以扶植楚秋坐上总商的位置，这对楚秋是一件好事。再说，私贩烟土的经历也一定让楚秋一直耿耿于怀，高尚也是利用了他这如鲠在喉的心理，总是拿此事做他的文章，威逼钳制，掣肘于他，长痛不如短痛，莫不如乘此时机与高尚做个痛快了断，也好日后堂堂正正地做人！”

潘有度见自己前面的铺垫已到了火候，应该向纯如把利害关系说个明白，所以他几乎是一口气地将心中的盘算苦口婆心地说了出来。虽然他与周冰羽夫妇不是市道之交，但此事毕竟事关潘家的声望前途，他不得不拉下脸来说上这番应机权变的言语。

“纯如，你要是狠不下来心，我就去和楚秋说，如果他真是不识抬举，我就去衙门揭发他，看他还能躲藏多久。”周冰羽见纯如还是一副不为所动的样子，也是急了，潘有度将话说到了这个份儿上，再没有个明确诚恳的态度出来，周冰羽感觉很对不起潘家。

周冰羽也知道，如果此次帮了潘家渡过难关，解决了眼前的棘手事，以后潘家定然会对自己和纯如更加倚重。有了这样的交情，潘家必然会回报，就是单纯作为潘家的供应散商，那得来的利益也足够了。

这时候，潘启从外面走了进来，虽说是家里出了事，但看不出他有什么慌张愁苦的神色：“呵呵，你们三位年轻人在这里嘀咕什么呢？”潘启故意地问。

纯如和周冰羽忙起身施礼。潘有度也忙上前扶着父亲入了座位，将刚才所议之事三言两语说给了潘启听，他知道刚才会客厅内所有的对话，潘启在外面都已是听得清清楚楚。

潘启坐下来，端起了茶碗，喝了一口，然后说道：“这件事情我是这么看的，高尚的嫌疑虽说很大，但我们也不能平白去冤枉人家，就是楚秋去了衙门举报他，将高尚绳之以法，别人要是知道根底在我们这里，也会以为我潘启气量小，见不得高尚做了总商，因而挟私报复。再有，让楚秋自揭疮疤我也于心不忍，怎么着这也是事关个人前途名声之事，即使不去坐牢流放，日后也会在众人面前抬不起头来。我这么说，不单是心疼楚秋，也是因为楚秋是纯如的哥哥，我不得不替纯如来考虑，你们都是从小吃一个锅里的饭长大的，那份亲情我是理解的。”

“那父亲可有什么更好的办法？”潘有度问。

“我想，高尚的性情大家都心知肚明，我潘家这件事情若是他所为，其实也算不了什么。我只是怕日后他在总商的位置上，会对大家，包括我们在座的及绛如、楚秋那里没有任何的好处，甚至可能将成为整个‘十三行’的祸害。”

潘启缓缓地继续说道：“其实这件事情呢，我可以到总督李大人那里，求他想办法查清楚这件事，我想有李大人出面干预，事情很快会水落石出，还我们潘家一个公道的。只是怕拔出了萝卜带出泥，高尚到时候能不能将楚秋攀咬出来，这个就不好说了，也不是我们所能掌控得了的。”

纯如站起来，对着潘启说道：“潘叔，还是我先和楚秋那里言语一声，他那里有了什么样的主张，我再回复您，您再作打算，可好？”

潘启乐呵呵地答道：“好！”

第一百七十三章 精灵剔透

楚秋此时的处境可谓是雪上加霜，竞选行领与总商接连失败，将他打击得如槁木死灰一般，怅然所失，一副萎靡不振、失魂落魄的样子。

没有实力不行，他楚秋一直苦其心志，非常努力地去壮大生意，可谓兢兢业业、孜孜以求，从来不敢懈怠半分。

可有了实力还不行，他楚秋父子还是在竞选行领和总商之事上接连落马。光有实力不行，没有官府大人在背后扶植还不行，可这回是找到了两广总督李侍尧和布政使陆通，看似有了两座泰山可倚，可到头来证明还是不行！他楚秋哪里就比不得高尚了？到底让他楚秋怎么做才行？

楚秋想得要发了疯，可还是想不明白这个问题。自己不是不努力、不上进，也不是参不透人情世故，可为什么命运对他如此不公呢？

特别是想到他的父亲，楚秋更是感到无比的凄凉和悲哀。

楚三成出身贫苦，年轻时穷困潦倒、颠沛流离、逃荒讨饭、苟且度日。得老天眷顾，中年时终于居有定所，有了小康之家的模样，告别了内外交困、乞哀告怜的日子。继承了大笔遗产之后，又忽然间成了朱门绣户的富商大贾，过上了珠围翠绕、锦衣玉食的生活。哪承想，来到了广州刚想施展一番抱负之时，却遇到了迎头棒喝，郁郁而不得志，竟然福过灾生，病入膏肓，并且很可能这次打击过后，会让父亲的鸿鹄之志终究变成南柯一梦而抱憾终生。

楚秋这几日借酒浇愁，有事没事就找夫人谢氏发上一通邪火，更是想到了也要吸上几口烟土麻醉一下自己，但终究最后还是理智占了上风，将那烟枪用脚踩了个稀巴烂，扔进了臭水沟里。

纯如来看望楚秋。她看到楚秋如此情景也很心疼，想想从前的楚秋不温不火，对利益之事从不牵挂，总是一副漠然置之的样子，心态平和得就如一汪池水似的。而近两年来，楚秋对名利有了热衷之后，突然间就有了大悲大喜的颜色，这让纯如不得不感慨造物弄人。

见了纯如，楚秋强打起几分精神来招待。

谢氏听说又来了一位小姑子，不顾楚秋几番呵斥驱逐，围着纯如打转转儿。

纯如第一次见到这位嫂子，见楚秋没有避讳地不待见谢氏，很是怜爱她。纯如一边拉着谢氏的手，表示对她的亲热和安慰，一边不带好脸色地看着楚秋，替谢氏打抱不平。

谢氏见纯如待自己这般好，对纯如更是亲昵得不得了，又拿出自已认为的珍爱之物来塞与纯如，纯如也是好意地接过来，然后悄悄地放在自己的身后，她不想冷落了谢氏，也更加地心疼她。

谢氏不是傻，她只是天生就有一副好心肠而已。傻人，也有傻坏的。

终于忙得一番不亦乐乎之后，谢氏主动地去后灶吩咐下人做酒食，她要留下纯如吃饭。

纯如连忙乘此空闲时机，将来意说给了楚秋听，也特意将潘启原本的打算复述给楚秋听。她担心楚秋会对自己有想法，因为看着眼前的情形，潘家的事情，无论让楚秋怎么做，都无异于往他的伤口上撒盐一般。

楚秋听了也是呆愣，这让他无法选择。他再恨高尚，也不能去做杀敌一千自损八百的两败俱伤的事情。如果不去，潘启那里已经要去李侍尧那捅这个马蜂窝了，端掉了高尚，高尚自然也放不过他。潘家人明显知道这层利害关系，只不过看在纯如的面子上，提前和自己打了声招呼而已。

见楚秋在那里发怔，纯如也不好说什么，如果不是当初饥不择食与高尚做那私贩烟土的勾当，也到不了今天这个进退维谷的地步。

走错了一步，需要退回去多少步才能弥补那过失？酿成了一件孽事，不知道要用多少心血去偿还！

“纯如，还有没有别的道路可走？”楚秋恍惚地问。

纯如苦涩地一笑：“要是有，我何苦要你问才说。”

“高尚做这种事情，潘家人想几个来回就会怀疑到他的头上，虽然他得逞一时，难道他就不怕潘家人日后报复？”楚秋自言自语地说。

纯如忧虑地说道：“他坐上了总商的椅子，翅膀就硬了，他急须排除异己，树立自己的威望，那么潘家自然首当其冲就成了眼中钉。他恨不得潘家寻他的麻烦，以便从中找到潘家欺他的口实，这会给他正大光明打击潘启的机会，更是给他扬名立万于‘十三行’做了炒作宣传。将潘启制服，他人必然是不战而屈，‘十三行’之内也就无人可与他匹敌了，那时自然也就任他横行霸道了。”

“真是想不到，你这番诛心之论让我茅塞顿开，明白了高尚的歹毒心机。”楚秋虽然说话间显有愤慨的神色，但转瞬间神情变得黯淡了下来。

纯如知道，现在说这些都没有什么意义，能将潘家眼前的麻烦解决，并尽力将楚秋保全下来才是第一要务：“秋哥，要不这样，我们两个再去找绎如商量一下，有可能她有整治高尚的良策呢！”

楚秋无力地点点头。

这时候，谢氏进了来，见纯如要走，强拉住她的胳膊不放，非要她留下来吃饭才行，这个朴实的热情劲儿，让纯如很感动，忍不住流下了热泪。

纯如想，嫂子谢氏没有尔虞我诈的狡黠之心，也没有做作伪良的矫情之态。她在别人眼里是痴傻的，可别人在她眼里都是善良与仁爱的；别人认为是痛苦的，她反而都认为是幸福的；别人认为是虚假的，她恰恰又都认为是真实的。其实，大多数人未必活得如谢氏这般自在和畅快！

纯如和谢氏好说歹说，才算是脱了身，她对谢氏千叮咛万嘱咐要保护好已怀孕的身子，安心养胎，过几日她再来。

谢氏一个劲儿地点头应承下来，能看得出来，她对纯如的恋恋不舍之情比绎如那日走时更多了几分真挚与执拗。

纯如和楚秋来到了绎如的“荣盛行”。

绎如对楚秋没有争得上总商很失望，毕竟她是找李侍尧说了话的，都说官大一级压死人，没想到李侍尧作为两广总督最终也在群起而攻之的情况下没有把持住局面，让高尚堂而皇之地登上了那总商的宝座。

但绎如在心里面并不畏惧高尚什么，她也知道高尚做总商会对她不利，但她同样也可以要出手腕来，让高尚肝肠寸断、涕泗纵横！互相制衡之下，最后还要看谁的手腕更高明，谁更聪明绝顶，对付高尚，绎如很有信心。

听到了纯如和楚秋的来意，绎如自有她的想法。高尚与潘家互斗，不失为一场好戏，她作为新任“十三行”的丝绸业界的行领，隔岸观火是上策，因为潘家的势力同样会对她产生负弩前驱的压力和鼎铛有耳的顾忌。但现在把楚秋卷了进来，找上门来讨她的主意，这让她又不能置身事外，漠然置之。

“秋哥，你也知道，我想扳倒高尚，势如破竹。他的手下人潘福那日在你‘洞庭会馆’的情形你也是看到了的，可我为什么直到现在还没有对高尚下手，任他逍遥，也是忌惮于此。怕他将你牵扯出来，只想着等他无还手之力时，一击将他毙命。”绎如说。

“难道你也没什么好的办法？”楚秋很焦急地问。

“要说有，倒是也有一个，但还是需要你出面才行。”

“你快说。”

绎如慢条斯理地说道：“据说高尚已与东印度公司的代表亨利打得火热，我想很可能是亨利看中了高尚的总商身份，而高尚也要走东印度公司的渠道大肆贩卖烟土。那么，曾与高尚合作的比利就会被冷落一旁，他这样的处境正好就可以为我们所利用。我手里面有你们当初与比利签订的那份合同，你去找他，然后你们共同出面再去找高尚。”

“我为什么非要和比利一起去？”楚秋不解地问。

“只有比利去，才会对高尚有真正的触动，现在他刚刚得了总商的位置，立足未稳，一旦洋商这边有风吹草动，他仍然会感到岌岌可危，特别是比利更是他的一块心病。而你和比利去，就是起了双管齐下的作用，互为犄角，才会让高尚低下头来。”

“我和比利去了又要和高尚说什么？”此时的楚秋就如同傻子似的，随着绎如的思路亦步亦趋。

“当你和比利说了高尚目前的打算，比利或者是慌了手脚，或者是愤怒抗议，就是你不去找高尚，他都得拉着你去，因为那合同上的字是你签的。高尚见了你们，自然是不敢声张，你也就顺势提出条件来，让他把栽赃陷害潘家的那人交出来，并去知府衙门自首，以洗脱潘家的罪名。”

纯如忍不住问了一句：“高尚如果不这么做呢？”

“那就让比利作闹下去，咱父亲见识过他的那般鬼怪样子。”绎如说完，忍不住扑哧一笑。

“我还是想不明白，比利为什么要听我们的？”楚秋懵懂地问。

绎如见楚秋如木头一般呆愣，也是急了，不带好气地说道：“刚才我不是说了吗？你与他签的那份合同在我手里啊！攥着这份合同就是捏住了他的命脉，不怕他不唯命是从。要知道，这份合同有比利和你的签字，也有‘德庆行’的印鉴，比利没有这份合同就要在高尚那里吃上大亏，高尚见了这份合同自然是要俯首摆尾！高尚怕的不是你，也不是比利，而怕的是这份与他性命攸关的合同！我这么说，你应该听明白了吧？”

“比利的那份合同怎么就到了你的手上？”楚秋完全不理会绎如的急躁，还是要打破砂锅问到底。他的疑惑太多了，他不问个明白，感觉头都要炸了。

绎如看着楚秋可怜兮兮的样子，于心不忍，缓缓地说道：“想当初，你去我姐那里替比利去讨行李，你以为我会那么便宜让你将行李拿走？那是我让我姐给你的！而我对比利提出的条件就是，一旦将那行李找回，就要将你们之间签订的那份合同交到我的手上保管。”

“那他还会不会拿这个合同威胁我？”

“你是真笨吗？我为什么要让比利和你一起去？你怕，比利不怕，比利不怕，高尚就要害怕。你可懂了？”

楚秋问到最后，虽然听得还是有些糊涂，似懂非懂，但他知道再问下去无异于自取其辱，索性也就不再问了。

“你可见到咱那百般精灵的嫂子了？”绎如问纯如。

“啊，见到啦。”纯如没想到绎如会冷不丁问到这个问题。

绎如很认真地对纯如说：“这回知道了吧，不是一家人，不进一家门。”

第一百七十四章　色厉内荏

楚秋随同那洋商比利来到了“德庆行”。

这“德庆行”近几日因为高尚做了总商的缘故，门前是车水马龙，纡朱曳紫。来往的都是做各样生意的内地商人及一些外国驻大清国的贸易代表，更不乏一些广州当地鸣珂锵玉的达官显贵出没。当然，这些人等都是借着祝贺之名，与高尚攀关系，钻头觅缝找好处来的。

这样热闹的场景一直持续了好几日，既让高尚春风得意、无比兴奋，又让他感觉应接不暇、筋疲力尽。他没有想到这样一个总商的位置，竟然引来如此多的蜂趋蚁驰、鳞攀翼附，让他在志得意满之际，更多体会了世态炎凉的滋味。

高尚见他们二位一起来很是奇怪。但想想楚秋应该是见他做了总商，同样如旁人一样，又是来献殷勤讨合作的，自己不好意思单独来，强拉了比利在中间打趣说情。

高尚想，我此时今非昔比，早已不是初来广州之时那般束手束脚，动辄得俯仰由人的境地了，我现在是“广州十三行”的总商，你楚秋算得了老几？我高尚岂是任你说来就来说走就走那么好说话的人吗？

高尚打定了主意，还没有等楚秋开口说话，对楚秋就是好一番奚落挖苦。讥讽嘲笑之言尖酸刻薄，不堪入耳，这也是高尚早已在心中想好的了，他就是要在得志之时，居高临下地对楚秋有一番畅快的报复！

楚秋见惯了高尚的嘴脸，并不与他计较什么，因为今天是来办正经事的，并且说话的主角是比利。

比利见了高尚也是气不打一处来，想当初，高尚视他为高贵的客人，甚至是几番近似哀求地找他合作。可现在做了总商，就开始嫌弃他的实力比不上东印度公司，要将他弃之不顾了，就是眼前到了他的“德庆行”，连给个坐着说话的位置都没有了。

比利憋着火气得着说话的机会，上来对高尚“呜哩哇啦”地就是一顿吵嚷，这让高尚发蒙，这比利不是来替楚秋说情的吗？怎么看着他愤怒的样子，是来找自己打架的呢！

高尚也听不懂比利说什么，只能找来了潘福做翻译。

其实比利是能说汉语的，但他今天怕说不过高尚，所以他有了只说英语的主意。

潘福见了楚秋，假装很是生疏，但心里很忐忑，楚秋今天一定是来者不善，他要时刻提防楚秋为了整治高尚而在忽然间将自己抖搂出来做证人。楚秋情急之下将他的身份出卖，那么高尚岂能善罢甘休，自己的下场也就可想而知了。

那日在“洞庭会馆”，潘福见了楚秋和绎如，兄妹二人对高尚虎视眈眈，伺机报复之心已经很明显。他也按照绎如的吩咐，定期将高尚私贩烟土的证据偷偷送过去，但他总是担心哪一天会被高尚发现，一旦东窗事发，在高尚这里自己就性命堪忧。再有，他也奇怪，为什么绎如已经掌握了高尚这么多的把柄却一直隐忍不发，没有对高尚下手呢？只是吩咐他不得离开高尚，要在这里一直潜伏着，等待号令而动，这让潘福每天都如坐针毡、度日如年，盼望这人不人鬼不鬼的日子早些过去。

潘福也知道，他无非就是一个身不由己的棋子任人摆布罢了，什么时候没有了利用的价值，也就大可扔进火灶里，做煮饭的柴烧了。

比利通过潘福向高尚表达了措辞激烈的抗议，主要说的就是高尚为什么要背信弃义地与东印度公司合作烟土，而自己是与高尚的“德庆行”有合同在先等言辞。

高尚听了也很是奇怪，他还没有和东印度公司有什么实际的动作，怎么这样的消息就传到比利的耳朵里了呢？高尚看着眼前的楚秋，也就明白了个大概，想来应该是楚秋捕风捉影、瞎编故事怂恿比利来找他的！

高尚告诉比利，刚才他说的那些都是误会，没影儿的事，他根本就没有与东印度公司合作的想法。见着楚秋站在这里，高尚也表明了态度，他从此金盆洗手，已经决定不再做烟土生意了。

潘福在旁边听得是心惊肉跳，想来，高尚要与东印度公司合作之事也只有自己知道，是那日高尚在争得总商之位后得意忘形之际与他一个人言说的。潘福也是得了个机会将消息传递到了绎如的手上，此时从比利嘴里听来这件事，就如同听了炸子儿一般。好在高尚并没有追究消息来源的意思，这也让潘福稍稍地放了心，但额头上不免渗出了冷汗珠子。

比利是什么样的人？当初出面用合同诈骗“清威行”的人就是他，他伶牙俐齿，头脑灵活。在来之前，他还对楚秋说高尚要与他断了合作交往的话将信将疑，现在看来是一点儿没错，高尚确实是攀上了东印度公司的高枝，要与他分道扬镳了。

他拿出了那份与“德庆行”签订的合同，使出了耍无赖的看家本事，上蹿下跳地吵骂高尚。

高尚怕旁人听了去，连忙告诉潘福，让他好言安慰比利。

可是比利不吃他高尚这一套，非要拿着合同到衙门里讲理，说高尚单方面撕毁合同，不讲诚信。

高尚听了哭笑不得，这私贩烟土是见不得光的事，你比利去了衙门能讲出什么道理来？你那么做就是自投罗网，衙门找还找不到你呢，你倒是主动送上门去了。

比利听高尚说这些恐吓自己，立时吹胡子瞪眼，转身就要往外走。比利心里清楚，高尚刚刚做了总商，比他更害怕进衙门。临来之前，楚秋也给他交了底，即使进了衙门讨了罪过，因为他是外国人，最多也是一个驱逐出境而已，地方上出了这样的丑事，衙门在朝廷那里想遮掩还来不及，是不会为难他的。

高尚见比利不为所动，没有将他吓唬住，也是慌了手脚，他见眼前的楚秋一言不发，就好像是专程来看笑话的，高尚恼怒异常，你楚秋将比利撺掇来闹事，自己却想置身事外，没门！休想！

“我说楚秋，洋人来自荒蛮不懂道理，难道你也不懂吗？比利去告了官，你首当其冲要吃不了兜着走，就是吃牢饭你也要比我先吃一口。我告诉你，出了事，我可逢凶化吉，你呢？你有我这本事吗？我劝你赶快将比利截留下来，不要等见了棺材才掉泪。”

楚秋则是满不在乎地说：“高尚，我也和你说明白，那合同上面的字是我签的不假，可那上面也是盖了你‘德庆行’大印的，说白了，当时我只是一个给你打工做事的伙计而已。无所谓，任比利去告吧，衙门追查下来，我无非就是落得一个人吃牢饭的下场而已，而你高尚却是要赔上总商的位子和‘德庆行’全部的家当，孰轻孰重，我早替你掂量好了。”

“你到底和比利来我这里刮什么妖风？我告诉你，我高尚什么也不怕，无非就是个玉石俱焚，多大个事啊，我还真就活腻歪了呢！可你呢，你以为你一个人蹲了大牢就得逍遥了？你父亲已经是病入膏肓，恐怕到时候死了，连个扛灵幡引路上西天的人都没有！”

高尚不单是拿出一副天不怕地不怕的慷慨气概来，好似做好了最坏的打算，也尽量往楚秋的痛处捅刀子，故意激怒楚秋。高尚知道，楚秋是一个优柔寡断之人，他越是这么做，越是会让楚秋瞻前顾后，他对怎样对付楚秋还是非常有信心的，因为他自认为了解楚秋。

绎如早已料到高尚会是这样一副嘴脸，在楚秋来之前让他做好了这方面的心理准备，所以楚秋说起话来，同样十分地激昂：“高尚，我家的事用不着你闲操心。我明白告诉你，今天比利与我来，就是找你麻烦的，走，走，走，我们一起去衙门，看看到时谁嘴硬先落泪，又看看你有哪般本事，能恩深法弛、金蝉脱壳？”

高尚心下也奇怪，就他对楚秋的了解，不应该是眼前一副王八吃秤砣的模样啊，今天这是怎么了？看来，来硬的不行，只能是来软的了。

“楚秋，你说你将我整倒了能得到什么好处？我们合作不成仁义在，做人要讲道义和良心，就是我做了总商，那也是凭本事争来的。你若是不服，我们可以再比试一番，我真想不到你楚秋竟然会撺掇比利来做这种落井下石的勾当。这样，你把比利拉过来，我们坐下来谈判，你们想要达到哪般目的？我来听听。”高尚虽然言语还是很犀利霸道，但脸色、态度上明显软了下来。

“你用那烟土诬害构陷潘启，现在也得逞如意了，我没有别的要求，你屙的粪尿，你去给潘家洗刷干净。”楚秋简明扼要地提出了自己的条件。

高尚到这时才知道楚秋的真实来意，他万万没有想到，楚秋会为解决潘家的事情而找上自己的门来。

高尚心里暗暗惊讶，怎么这么快就怀疑到了自己的头上？

难道潘家人也知道了他私贩烟土的事情？

那为什么潘家不去找衙门举报自己，而是让楚秋出面来处理这件事情？

这一串串的问号闪现在高尚的脑海之后，让高尚想明白了其中的道理，楚秋是为了保全他自己才这么做的。

高尚知道，他万万不能承认那件事情是自己做的，一旦承认下来了，潘家人有可能就会反扑置自己于死地。潘家人也好，楚秋也好，怀疑归怀疑，只要把柄不落到他们手里，就奈何不了他高尚。不承认可以，但不将这件事情解决，眼前的乱子恐怕是会越闹越大，何况自己已经争得了总商的位子，达到了目的，也是到了见好就收的时候了。

高尚庆幸，如果当初没有将这楚秋拖进浑水里来，怕是自己早已经成了阶下囚了。正因为有楚秋参与了私贩烟土之事，纯如、绎如等人才会忌惮，不敢将他高尚逼上绝路。

“楚秋，我听不明白你在说什么，我屙屎屙尿怎么就能屙到他潘家的头上？说来说去，你们这些人就是看我做了总商眼红妒忌，往我的头上扣屎盆子。”

“高尚，我不想和你在这里废话，明天我看你如何处理那事的结果。如果你不做，或者做得不好，那就没有今天的这般光景了，我和比利直接去衙门告你！说来说去，咱们两个是一条绳子上的蚂蚱，谁也跑不了，你自己掂量着！”

楚秋知道说到此时高尚已是色厉内荏，只不过是在欲盖弥彰罢了，自然他的底气也就足了。

说完，楚秋和比利扬长而去。

第一百七十五章　过河拆桥

高尚正式走马上任“广州十三行”的总商，被一帮见风使舵的马屁精尊敬地高呼为一声“高总商”。

高尚是善于弄权耍术之人，上任第一天，他就别出心裁地开了一次规模盛大的会议。说盛大是因为参加会议的不单是原“公行”内的行商，他还将广州城内各行业有些实力的散商、牙商及各国的洋商代表统统都召集了过来，这样算下来简直是盛况空前。

要知道在潘启做总商的时候，除了行商，其他商人是没有资格参加“公行”之内会议的。高尚此举，为的就是在众人面前显示他去弊图新的决心和信心，让人有眼前一亮的感觉。与从前的境遇相比，散商、牙商、洋商等人在心里无形中也对潘启生了厌与恨，对高尚自然是感恩戴德，敬仰爱戴。

高尚用这样一个小小的动作就将人心笼络到了手里，将手腕耍得灵活老练。同时，他也想通过这次会议扬名立万，显耀权势，向外界传递一个信号，那就是以后的“十三行”是他高尚的天下了！

会议只能是在“十三行”内的院子里举行，一下子挤进这么多人来，人欢马嘶，显得是分外热闹。

在临时搭起的偌大台子上面，只坐了高尚一个人，鹤立鸡群般扎眼。他高高在上，下方众人的一举一动尽在他的掌握之中，这等的威风，他做梦都会笑醒了。今日，终于变成了现实。

潘启是在儿子潘有度的陪同下来的。

本来潘有度怕父亲到了这个场合会受到刺激，毕竟父亲在“公行”做了十几年的总商，现在变成了一个普通的行商身份，父亲有可能在短时间内接受不了这个现实。

潘有度力劝父亲在家，他来代表“同文行”出席也就是了，但奈何潘启对“公行”有着很深的感情，又对新成立的“十三行”首次会议很是关心，执意要来。

来到了会场之后，潘启才发现台子上面并没有给他设置位子，他和儿子潘有度费了好半天的光景，才勉强地找到了写着“潘启”大名的小板凳坐了下来。这是台下一个很靠后并且把边儿的位置，很不显眼不说，这种安排差一点儿就将他划在了牙商的行列里面去，而潘启是一贯瞧不起牙商的，他认为“牙子”就靠一副伶牙俐齿赚银子，很是没有出息。

潘启左瞧瞧右看看，身边没有一个他认识的人，当然那些人也不认识他，因为往日里根本就没有机会见到他这位总商大人。

他重新站了起来，四下望了好一阵子，才在人群之中找到了纯如，纯如也被安排在了靠近散商的那一边。他又寻了一下绎如，发现绎如虽在行商那堆儿里面，但同样是把边儿靠后的位置，再寻楚秋，连个影子都看不到。

而梁东家、易东家二人都是在前排居中的显眼位置坐着，更出奇的是两人都各坐了一把椅子，面前还有个小桌子，上面放置了茶水，杯碗等也是一应俱全。他们二人坐的椅子高，后面坐小板凳的人想看台子上面的动静，就得仰头抻起脖子观望，很费力气。

亨利、比利那些洋商被安排在台子下面一侧有遮阳棚的位置坐着，同样坐的也是高背的椅子，显得很是逍遥自在。

看到此情此景，潘启简直要气炸了肺，这哪里是来议事，这分明是来看高尚在众人面前摆谱显威风，并趁机打击报复，羞辱自己和纯如等人来了！

潘有度当然也看明白了眼前摆设的用心良苦，他拽着父亲的手安慰着。他知道，在这个场合里，你越是恼火焦躁，也就更容易上高尚的当。

见台下座无虚席，黑压压的一大片，该来的人都已经到得差不多了，高尚从台上的座位上站了起来。

高尚清了清嗓子，高声说道："各位，今天是个好日子，这是我们'十三行'自新成立以来的第一次会议。召集大家来的目的就是希望大家日后团结一心，群策群力，将我们的'十三行'开设好，要比以前的'公行'更公平公正，也更加有实力和活力。"

他故意停顿了一下，用严肃的眼神扫视了一圈台下，继续说道："大家知道，朝廷为什么要裁撤'公行'，说来说去，还不是以前的'公行'总是一副死气沉沉的样子。一些人滥竽充数、尸位素餐、领导无方，将一个好好的'公行'搞得乌烟瘴气，各位行商没有赚到银子不说，就是给朝廷贡献的税赋也是少得可怜！说白了，就是个别人为了一己私利最终将'公行'搞垮的！但好在朝廷及时发现了苗头，裁撤了'公行'，我高尚受众位大人及各位行商的抬举，从今日起正式主持'十三行'，我可以负责任地告诉大家，我们的好日子来了！"

台下掌声雷动，经久不息。

没有办法，这里面大多数都是不明真相的人，高尚将他们这些吃瓜的群众拉进来，无形中也起到了烘托热烈气氛的作用。

任凭潘启是个如何稳若泰山的深沉人，也扛不住高尚这番言语的打击和刺激！他潘启还从来没有当众受过这样的欺辱，你高尚是个什么东西呀？想当初你是如何在我面前摇尾乞怜、奴颜婢膝的？又是如何毕恭毕敬、鞍前马后侍奉我潘启的？原来那一切都是装的！

潘启在这之前就已经发现了高尚不是好东西，并渐渐疏远了他，但还没有到撕破脸皮的境地。潘启想着，他年龄大，要有个大度的姿态，不能和高尚计较太多，少些往来也就是了。

但令潘启万万没有想到的是，高尚会利用“十三行”第一次会议之机，在他潘启身上大做文章，高尚的这番讲话就像锋利的小刀子似的扎着潘启的心，每一句话分明都是冲着他潘启来的，将他潘启批得一无是处不说，还将所有的屎盆子一股脑儿地都扣在了他的头上。

明着说公事，暗里批潘启，实际是借机抬高自己的声望，这高尚真是阴损到家了！

潘启这时候才发现他还是低估了高尚拜高踩低、兴风作浪的本事，高尚的这套缩头藏尾、阳奉阴违、口蜜腹剑的把戏很难被人发现，就是那见风使舵、两面三刀、阴险狡诈的小人嘴脸也很难被戳穿，而当你看到他的尖酸刻薄、恩将仇报得以淋漓尽致之时，一切都已经晚了！

再联想到几日前，高尚用那烟土陷害自家，让他潘启白白失去了竞争总商的机会。这种下流卑鄙手段说明高尚已经无所不用其极，这分明是要将他往死胡同里逼，如果再对高尚隐忍下去，高尚定然更是会得寸进尺，还不知道要再干出什么事情来呢！

潘启越想越生气，再也不能保持镇定自若、泰然处之的心态了！他站起来对着台上的高尚大喊道："我想问你高尚，你有什么权力对'公行'说三道四、指摘挑剔？你一时得志，就这般猖狂肆虐，你的良心让狗给吃了吗？"

众人听得台下有人说了话，顺着话音把眼睛都盯向了潘启。有认识潘启的，也是对其指指点点、窃窃私语起来。那些不认识的，发现猛然间跳出个程咬金来，本着不怕事大的心态，都伸长了脖子等着看笑话。

"呵呵，原来是潘东家在说话啊，您这要是不言语，我还真没发现您呢！怎么着坐那犄角旮旯啦？发火气了？来，给潘东家换把椅子坐，毕竟是这么一大把年纪的人了，没有功劳也是有苦劳的嘛！"

趁着有人颠颠儿地去给潘启送椅子的空儿，高尚继续说道："无论从前的'公行'还是现在的'十三行'，都是众行商的，不是哪一个人的，经营的好坏，自然旁人都有权利褒贬，那结果也都是摆在那里呢。有的人假公济私，让自己富得流油，而只让旁人喝口泔水他还嫌沾了油星子。想来把那时的'公行'当作自己的囊中之物，想怎么取怎么取，想取多少就取多少。好吧，最后大家都跟着他吃了瓜落儿，大家说说，到底是谁猖狂肆虐？到底又是谁良心让狗给吃了？到底是谁横行霸道惯了，逆耳忠言，油盐不进，一句也听不进了？"

"潘启！"

"就是那个姓潘的老匹夫！"

"原来他潘家的那些钱财都是不义之财啊！"

"将他扭送到衙门去，让衙门抄了他潘家！"

一阵对潘启的讨伐声四起，大有一浪高过一浪的势头……

"高尚你……"

椅子还没送到潘启的近前，潘启已经气得背过气去了，潘有度连忙呼喊着父亲，掐他的人中。

纯如和周冰羽知道出了事，忙拨开众人跑到近前，帮着潘有度将潘启抬到一棵树下，一边扇着凉风，一边在努力地呼叫着。

“我说嘛，人不要做亏心事，你看，心里藏着鬼，现世报就来了！”高尚说话间又一指站在台下的两个打杂的伙计说，“你们两个怎么这么没有眼力见儿，快去看看，那潘东家是不是中暑了……”

未等高尚说完，那两个伙计已经是心领神会，提拉了一桶刚从井里打出来的冷水，一溜小跑到了潘启的近前，不问青红皂白就泼到了潘启的身上。

潘启经冷水这么一浇，还真醒了过来，但人已经成了落汤鸡，狼狈不堪不说，还接连打了好几个山响的喷嚏。

潘有度不待父亲说什么，在纯如和周冰羽的帮助下，将父亲背在了肩头，小跑出了这“十三行”的院子，纯如和周冰羽紧随其后。

他们的身后，响起了哄堂大笑之声。

见纯如等人已不见了踪影，高尚的脸上露出了胜利自信的笑容，他在台上用手上下挥了挥，朗声说道：“大家静一静，想必刚才的情景也是看见了，这就是老而不尊、老而为贼的下场。入了‘十三行’的行商也好，想与‘十三行’合作的散商及洋商也好，都要引以为戒，不要以为资格老就可以到我‘十三行’里装神弄鬼，我高某人从来不信邪，也绝不理会装傻充愣的那一套。刚才有人用装死的伎俩逃之夭夭，后面那两个平时与之沆瀣一气的跟屁虫也跟着夺路而逃，就是现在场子里也有牛头马面之人，我们要时刻提防着这一小撮人，他们都是跟刚才那几位是一伙的，说不定什么时候就要兴风作浪……”

绎如再也听不先去了，高尚将潘启挤对走之后，连带着骂了姐姐纯如，这眼看着话里的意思马上就要冲着自己来了。如果再是沉默下去，不但不能明哲保身，有可能还会引来更加得寸进尺、变本加厉的迫害。

“高总商，以前潘启做总商的时候，您可不是这副态度，我看你当时就像那夹着尾巴的狗随着他亦步亦趋，就是狂吠起来的时候也是在人前说尽了潘启的好话，怎么着，这您刚做了总商，就反口咬起曾经的主人了？这性子反得也太快了吧！刚才那两个跟屁虫我还真佩服，人家至少没有得鱼忘筌、忘恩负义，而您这过河拆桥、背槽抛粪之人在这里大言不惭地表白你这狼子野心，看着实在是丢人现眼，小人得志的样子更是让人感到恶心！我们是来参加会议的，不是看你挟私报复、杀鸡儆猴的。我也告诉你，你这小肚鸡肠的小人干不了什么大事，总有一天也会把秋账算到你头上的！”

绎如的一番话将高尚骂得是狗血喷头，站在台上半天回不过神来。待他再想争辩什么的时候，绎如和那人群后边的楚秋已经扬长而去。

第一百七十六章　旋得旋失

绎如和楚秋从会场里出来之后直奔潘家而去，他们要去看望潘启。

高尚做了总商之后已经面露狰狞，气势汹汹地将矛头直挺挺地对准了他们，潘启如此传奇人物尚且被高尚居高临下冲撞得狼狈不堪，如果此时再不与纯如、潘启抱团取暖，恐怕没有多长时间的光景他们将被高尚各个击破、溃不成军。

潘启突然晕倒是急火攻心所致，天气炎热中了暑气，又上了年纪，一时间自己的身体支撑不住了。但高尚差人泼上那一桶凉水是致命的，暑气硬生生地憋在了体内出不来。潘启到了家里就高烧不退，浑身打着冷战，捂了几层厚厚的被子，脸冷得煞白，见不到一点儿血色，再到后来人已经陷入了昏迷状态，胡言乱语中还在断续地骂着高尚是人中的禽兽。

高尚让人泼的那桶凉水就是冲着要潘启的命去的，但杀人不出血，任凭谁也挑不出毛病来。再说，泼冷水的是“十三行”里打杂的伙计，就是想追究什么责任，也找不到高尚的身上去，自有那两个伙计替他背上黑锅。反而那些看热闹的人都认为高尚是好心，情急之下吩咐伙计那么做，完全是为了能让潘启在短时间内醒过来，救人心切，无可厚非，甚至还称他机智。

其实，谁也不知道高尚见潘启昏倒在地那一刻起，就已经起了杀机！谁也不是郎中，谁知道用冷水解暑还能病上加病呢？就是死了，也只能算是你寿禄到了尽头，活该！

绎如和楚秋赶到时，潘家人已经请来了当地有名的郎中来给潘启诊脉探病，按照郎中开出的药方子，潘家人忙不迭地去药铺抓药。潘家上上下下一百多口人都因为潘启的突然病倒而慌乱起来，无论是家室，还是下人，都手足无措，心事重重，如临大敌。

潘有度将父亲那里安顿好，将纯如等人让到了会客厅里面落座。

潘有度第一次见到绎如和楚秋，待纯如介绍后，以礼相待，并对楚秋解了潘家那烟土之事的麻烦表示感谢。

绎如见到风度翩翩的潘有度，心中不免一动。

她已经很长时间没有这种感觉了，确切地说应该是从家里老爷死了之后，第一次对一个异性男子有了心动的感觉。

这种感觉说不清、道不明，只是一闪而过，但却如电光火石一般。

绎如目测，她也就比潘有度大上有两三岁的光景而已。

周冰羽先开了腔，他对潘有度说：“贤弟，此仇不报非君子，高尚已经猖狂至极，我们再不能坐视不管，任其肆意横行，长此以往，恐怕日后我们的日子更难过。”

潘有度点了点头，无可奈何地说：“现在我们手上没有高尚的任何把柄，就是他那洋药水与烟土之事我们也研讨过了，牵扯自家人过多，矛与盾相抵，我们派不上用场。我们只能等他得意忘形之时，露出其他马脚来再作打算。”

绎如听潘有度说到了药水的事，脸上一红说道：“潘公子，恐怕等到他露出马脚之时，高尚已成了脱缰之势，任凭我们想拦都是拦不住的。夜长梦多，养虎为患，我们还是应该早些下手才对。”

“绎如东家言之有理，我忽然间想到了你的丝绸行领身份，我想你可以在丝绸业界先钳制住高尚。”潘有度见貌美如花的绎如和自己说了话，心中也泛起异样的波澜。

“潘公子，我需要怎么做呢？请你明示。”绎如带着一丝羞涩说道。

潘有度侃侃答道：“丝绸向来是‘公行’与洋商之间最重要的贸易，如果你能将行商联合起来统一行动，那么高尚无疑就会感受到莫大的压力，他或者是迫于压力不敢再肆意妄为而做出让步，或者会再施展诡计来中伤陷害。总之，他不会像现在这般自在地倚势欺人。如果他背后再出黑手，必然会露出马脚来，到那时，我们也好将其从那台子上拉下来，痛打他这条落水狗。”

“潘公子，我按照你说的去做就是了。”绎如很佩服潘有度的头脑，这样的计划不但可行，而且确实可以捅到高尚的痛处。你高尚在那里急于树立威望，我在这边给你拆台，虽然拆不掉，但也让你首尾不能相顾，手忙脚乱。

“我替绎如东家理顺了一下丝绸行商的关系，我们在座的自不必说，那‘天宝行’和‘孚泰行’我也观察了，虽然他们现在表面上受到高尚的另眼相看，但据我今天的观察也是方底圆盖、貌合神离。梁、易两位东家从前与我潘家的关系都还不错，这里我就出面代绎如东家去活动争取。而‘东兴行’的谢东家据我所知是楚兄的岳丈，大可算作是我们的人。”

潘有度拿起茶碗，喝了一口茶润了润嗓子，接着说道：“做了这一切之后，其他人自然会看明白其中的道理，不用我们说什么，那些人也会见风使舵到我们这边来的。到那时，高尚想对丝绸业界的行商滥用淫威，就不能如他所愿了，丝绸行商这边一对他掣肘，他在‘十三行’里行动起来也就困难多了。如果其他行业的行商再有对他发难的，高尚的总商位置不保，也是有可能的。”

“好！”

绎如听了潘有度这有理有据、有根有节的一番话，一时激动喊出了声，后又不好意思地低下头，脸上带着绯红的颜色。潘有度不但成熟睿智地为众人出谋划策，而且还要身体力行替绎如抛头露面去处理难题，怎能不让她对潘有度心存感激之情呢！

纯如见绎如和潘有度二人言语间你来我往，好似头脑间碰撞出了智慧的火花，一时间感觉不便插嘴打断。再看绎如那心如撞鹿般的神色，纯如感觉有些莫名其妙，但也没有往深处想，只是认为绎如与潘有度毕竟初次见面，还较为生疏，有些羞赧也是很正常的。

纯如也认为潘有度说得有道理，眼前没有什么捷径可走，只能是先按照他的计划行事，看一看结果再说。她也知道，高尚没那么容易就范，他比大家想象之中的顽强得多！

因为潘启还在重病之中，纯如见下一步计划议得已经差不多了，也就不便久留，带领众人起身向潘有度告辞，出了潘家。

绎如提议到自家的“荣盛行”里去坐一坐，并且在言语之中也特意盛情邀请了姐夫周冰羽。周冰羽真还就没有去过这个小姨子的“荣盛行”，自然想去见识一下，绎如又对他如此破天荒地热情相邀，他满心欢喜地答应了下来。

到了行号里，几人的话题自然还是离不开“十三行”。绎如见纯如愁眉紧锁，忙问道：“姐，在潘家时，你几乎一言未发，这里没了外人，你有什么顾虑吗？”

纯如说道：“自古以来，都是和气生财，即使商人之间彼此有成见、有芥蒂、有竞争，也不能整天拿这些事情来明争暗斗，劳心伤神不说，到头来也只能是两败俱伤，谁也得不到什么好处。就拿刚才有度说的一番话来讲，如果你与高尚之间互相搞帮派、搞对立，那么‘十三行’会成了什么样子？”

“你认为会是什么样子？”绎如问道。

纯如拿捏着茶碗继续答道：“可想而知，‘十三行’之内必定是尔虞我诈之风盛行，明枪暗箭齐飞，龙争虎斗之间，一团乌烟瘴气。总商与行领离心离德，众行商隔岸观火摇摆不定，‘十三行’的发展停滞不前，这就会让各国的洋商看我们大清商人窝里斗的笑话，最后只会让他们尽得渔翁之利。我想这种情况日久，朝廷不能坐视不管，定然会再次出手干预，到那时我就不知道会出现何种结局了。”

“可现在是高尚欺人太甚，尽是他在挑起争端，难道只能任他横行，我等只能委曲求全？难道我们还要向他低头认错去不成？”绎如争辩着说。

周冰羽表示同意绎如的说法：“绎如说得对，和高尚讲道理是讲不通的，那无异于与虎谋皮，眼前只能是如有度所言，先将他钳制住再说。”

“纯如，你有没有什么好的办法？”楚秋问。

纯如答道：“眼前我只想把‘清威行’经营好，其他的事情我也无能为力。裁撤‘公行’的这一段时间里，与洋商的贸易几乎是处于停滞状态，如果再不能迎头赶上，恐怕今年就要蚀本钱。再有，我也想趁着此时的光景，找到各国的洋商推介一下我们的‘七里丝’，有没有生意不说，至少让他们都先有个了解。”

“姐，你想置身事外的心情我了解，你想趋利避害我也理解，可高尚那伙子人能让你得消停吗？我告诉你，你这些想法只能是一厢情愿而已，你还没看见高尚已经将散商、洋商都拉拢到自己的身边了吗？我怕你在‘十三行’内无名无分，就是走到他们面前也无人理会你的。”

这时候，只见芙蓉慌慌张张地推门进到厅里来，见纯如等人都在，强装镇定和纯如点头示意之后，走到绎如的面前，说道：“夫人，我有些事情要和您商量。”说完之后，连朝绎如使了几下眼色。

绎如知道芙蓉一定是有重要的事情要和她说，只是当着众人的面不方便说出口，便与芙蓉走出了客厅。

“发生了什么事？”绎如忙低声地问道。

芙蓉慌乱中带着悲戚答道：“李侍尧被巡抚钟音弹劾了！”

“被弹劾了？什么名头？”

“巡抚钟音不知道从哪里知道了我和李侍尧的关系，得知了我在‘荣盛行’做事的内情。以‘官商勾结、外养女眷、倚势弄权、营私舞弊’为理由将弹劾的奏章送到了皇上的御案之上。里面不但提到了我，而且还将你牵连进去，主要说的是李侍尧‘为色所迷、罔顾国事、为眷主争荣争利’，以权谋私帮助你争得了那行领的位置。”

绎如听完，忍不住倒吸了一口凉气：“看来这事情很难让李大人说得清楚啊？”

“是啊，皇上已经将钟音的弹劾折子转给了李侍尧，限期让李侍尧说个明白。李侍尧现在也没有了着落，他和我说，钟音为这些事情弹劾他，倒是不能将他怎样，无非就是被皇上臭骂一顿，罚俸半年一载的，可是你这行领的职位，为了避嫌，真的就难保了！”

第一百七十七章　气急败坏

绎如听了芙蓉的讲述，知道自己的行领位置不保，她的脸上瞬间出现了怅然若失的神色，再也不见了往日镇定自若的神采。

转身进了客厅之后，绎如没有再说什么，她已经无心再与纯如等人计议在“十三行”里如何抵制高尚的事情了。

纯如了解妹妹的秉性，猜想绎如是碰到了不如意的事情，她连忙上前关心探问，但绎如拉下脸来，冷眼回绝了姐姐的好意。

绎如越是这样，越是令纯如不放心，周冰羽和楚秋也很糊涂，刚才好好一个伶牙俐齿的人，怎么折返了一次这客厅内外，转眼光景就变了一个苦闷的人？

绎如心烦意乱，见这几个人在眼前晃来晃去，气急败坏地开口将纯如、周冰羽、楚秋三人撵了出来。

周冰羽见绎如这般膏唇歧舌，感到不可思议。被你盛情相邀，最后又被你扫地出门，你这是什么臭脾气？怎么翻脸就是不认人？周冰羽强拉着纯如离开了“荣盛行”，走出门口，还是不忘朝里面啐了一口，发誓再也不登绎如家的大门。

楚秋见状不妙，也逃也似的离开了，他知道弄不好又会被绎如拿来撒气，指不定会从嘴里说出他什么难听的话来。

人都走了之后，客厅内瞬间冷清了下来，这让绎如稍感平静了些。行领职位一旦被剥夺，这件事实在太丢人了，别说在旁人面前抬不起头来，就是在纯如、楚秋及周冰羽面前也很狼狈。

绎如清楚得很，李侍尧这里，她是胳膊拧不过大腿，任凭她绎如是怎样不愿意辞去这行领的职位，只要李侍尧主意已定，她是什么办法也没有的。李侍尧为了顾全他自己的颜面和仕途，必然丢卒保车给皇上一个满意的交代。

她绎如视为天大的核心利益，只要不出问题，李侍尧自然会替你支撑着，可一旦有了风吹草动，你那天大的利益，在李侍尧眼里连个蚂蚁都算不上。

可到底把柄是怎样被钟音抓住的？绎如的思路又回到了这个问题上来。

姐姐纯如与钟音交好，即使是说了，应该也是无心之语，故意使坏的可能性应该没有。再仔细想想，纯如也不是那嘴大舌长之人，就是她与钟音如何走得近，言说芙蓉与李侍尧的风月之事如此仔细也是不可能的事。

难道是高尚？可平日里并没有听说高尚与钟音有任何的私下走动，就是那日在竞选行领之时，因为高尚得罪了陆通，钟音还当众发怒，要治高尚对朝廷命官的大不敬之罪，并且命人拖出去要打他五十大板，后来被满春豪从中和了稀泥，高尚才免于吃那皮肉之苦的。从种种迹象来看，钟音瞧着高尚是不顺眼的，自然高尚也就没有机会走到他的近前添油加醋说这个事情。

绎如再也想不到旁人那里去了，她和芙蓉一贯严密遮掩与李侍尧的关系，一般人根本就摸不清底细。现在看来钟音这么做，至少是达到了三个目的，第一，羞辱了李侍尧，借弹劾之机，在皇上面前公报私仇；第二，借李侍尧之手，将她从那行领的位置拉下台来；第三，李侍尧必然在心里要对她有怨气，或怨她口风不严，或怨她行事不密，再加之有行领之事从中作梗，必然也达到了离间她与李侍尧关系的目的。

一路想下来，绎如在心中也有了一个大概的方向，钟音弹劾李侍尧，既是冲着李侍尧去的，也是冲着她绎如来的，说不定还是因为她连累了李侍尧！

既然芙蓉已经和自己言说了这件事情，绎如知道，一定是李侍尧授意芙蓉这样做的，当然自己不能装作没事人似的，怎么着也要面见李大人去讨罪过，最好能解释清白。还有那行领之事就由着李侍尧的意思，他让自己怎么做，自己就怎么做吧，别无他策。

想到这里，她走出了客厅，来寻芙蓉。

芙蓉知道绎如的性子，绎如琢磨重要事的时候别人是不能在眼前的，所以她一直忐忑不安地在外面等着绎如出来。

“咱俩去一趟总督府。”

“夫人，李侍尧特意叮嘱我近一段时间少去他那里走动，以免生出更多的闲话来，为别有用心之人所利用。”

绎如略微考虑了一下，说：“不行，有些话不当面解释清楚，恐怕李大人对我的误解会越来越深，我们小心一些也就是了。”

“我怕他因为我们未经他的同意贸然前去，会和我们发火……”芙蓉担心地说。

绎如打断了芙蓉的话，执拗地说道：“别说他发火，就是张嘴骂上我们几句也是应该的，毕竟这里面牵扯到了我们，不能出了事之后让李大人感觉我们做了缩头的乌龟。”

芙蓉知道绎如决心已下，说什么也没有用，忙唤人去备轿子。不大一会儿的光景，二人同乘一顶轿子去了总督府衙门。

芙蓉早已学了乖，再到李侍尧这里来不再是直闯直入，而是先到书房的门前侧耳倾听一下里面有没有外人在，然后再敲门，等李侍尧在里面应了声才进。

芙蓉听到李侍尧正和一个人在里面谈话，听话里的称呼，也听出了里面人的身份，高尚！绎如也很奇怪，此时高尚来找李侍尧有什么事情呢？

“大人，我也是听说了您被钟巡抚弹劾的事情，这真是谁也没有想到的事，他怎么能凭这么个芝麻绿豆大点儿的事，就将您捅到皇上那里去啊！真是有小题大做挟私报复之嫌，我堂哥听说了这个事，也是气不过，让我给您捎个口信表示对您的安慰之情。”

可以听得出来，高尚说这话时，既带着愤慨，也在和李侍尧套着近乎。

芙蓉也扒着门缝往里面观瞧。

“你也替我给高大人捎过话去，就说我李侍尧感激他在千里之外对我的鼎持和宽慰。你呢，日后也不要再往我这边常走动了，以免被人说出闲话来。钟大人弹劾我的事虽说都是空穴来风之言辞，也让我有了自省，即使再关心国库的赋税钱粮，也少掺和你们商家之事。没事了，你先下去吧。”

听李侍尧的意思，这是在撵高尚走。

“大人，没有您的主持，我们大清国的‘天子南库’何以为继呢？如果您对‘十三行’撒手不管，我这总商也做不下去了，没了盼头和依靠，还能有什么意思。不瞒您说，不知道什么原因，昨天巡抚钟大人将我找了去……”

“他找你做什么？”李侍尧听见高尚提到了钟音，自然很关心。

“他和我说，准备让我再担待一些担子，将那丝绸业的行领一职也让我兼着，我听了莫名其妙，这是哪跟哪啊，那行领位置已经是有了人的，怎么他又提出了这么个说法。我知道他弹劾了您，我怕这里面有对您不利的事，所以也不敢在他面前多说些什么，应付过后，我也是想着，还是要向您汇报一声。”

“岂有此理！他钟音真是欺人太甚！”李侍尧怒喝声中，用手掌一拍桌子，将高尚吓得身上一激灵。

但在高尚面前，李侍尧也感觉失态，他微微改变了一下态度说道：“他这么做分明是不把我李侍尧看在眼里，越俎代庖，投机取巧，他分明应该是听到了什么风声……好了，不说他了。总归你在这件事情上做得很对，特别是钟大人平时与你们接触的言行，你要记录得仔细，认为重要的你就送过来。”

高尚站起来，弓着虾米腰对李侍尧谄媚地说道：“大人，您放心，我就是您一走狗，耳目灵通着呢！只要大人用得着，我自然打起十二分的精神来盯着这些与您作对的人，抓住了他们的把柄，我就先替大人咬他们一口，替您出气。”

李侍尧满意地对高尚说：“你人很机灵，又是高大人的堂弟，说来不是外人，只要你做得好，本大人重重有赏，日后就是让你出点儿小银两捐个四品的知府也是可能的。”

高尚“扑通”一声跪倒在地，口里连声说着：“大人对我的提携恩典，真是如同再造父母，我当永世不忘！”

“好了，起来吧。”李侍尧虚抬了一下手，继续说道，“刚才你说钟大人让你再兼丝绸业的行领？”

高尚不知道李侍尧问他这话的意思，唯诺地答道：“是的，大人。但我没有答应他，只是一个模棱两可的态度给他，我得听您的。”

“你再去找他，就说你愿意身兼二职，但别说这话是我告诉你这么说的。”李侍尧不忘了叮嘱高尚一句。

“大人，难道您也是支持我兼着丝绸业的行领？”高尚努力地压抑住内心的激动和兴奋，尽量装出个为难的样子来，语气很是深沉。

“嗯，去吧，好好干，别辜负了我对你的期望。”李侍尧说完，对高尚一挥手。

高尚感觉到了见好就收的时候了，他单腿跪地，对李侍尧说了一声：“嗻！”然后，起身朝书房门退去。

绎如和芙蓉连忙闪躲到一旁，避开了高尚行走的路线。

待高尚走远，绎如径直朝衙门的大门方向快步走去。

芙蓉反应过来，气喘吁吁地赶过去，对绎如说道：“夫人，我们不进去了吗？”

绎如满脸悲愤之情，气哼哼地说：“你还没看到吗？什么事情都已经和我们没有关系了，蝇营狗苟之事都让他们做尽了！”

“李侍尧这么做是不是有他的苦衷，我们进去也好探听一下。”

“你不用替他说话，他现在与高尚狼狈为奸，他有什么苦衷也与我们没有关系了，我们何必去看他在那里给我们撂脸子。”

说话间，二人出了总督府衙门的大门。

“临来之时，你不是说要和他解释一下吗？你也是做好了心理准备，我们既然已经到这了，何不进去找他谈谈？”芙蓉见绎如如此倔强，一时忘了尊卑，当然她更是为了绎如好，所以话语间也就失了委婉，听起来很是僵硬。

绎如听了更有些恼火，对芙蓉吵嚷了起来：“芙蓉，还轮不到你教训我吧？怎么着，看我落了架子，你也不待见我了？去，去，你愿意和他李侍尧说什么，我不拦着！说明白了，没有你们，我也死不了！”

芙蓉被绎如这突然间的莫名火气燎得一愣一愣的，暗道我怎么你了？我在你绎如面前做错什么了？我一心一意地为你好，你反过来却在一腔热血上撒盐泼凉水，把我的好心好意都一股脑儿地当成了驴肝肺！

不把我当姐妹待也就算了，你是东家又怎么了？我为你做的事还少吗？怎么着，还真把我当你买来的奴才，对我吆五喝六不当人看？

你无情，也就别怪我无义，我还真就不伺候你了！

第一百七十八章　呼风唤雨

高尚出了总督府衙门，心里已经乐开了花，眼前的一切都按照自己既定的计划成了事。他巧妙地利用了钟音和李侍尧的矛盾，将两个封疆大吏玩弄于自己的股掌之中，并尽得其中的好处与双方的欢心，这八面玲珑之事哪里是平常的商人能做得出来的？想来，他高尚真是除了范蠡、吕不韦、沈万三之外，又脱颖而出的一个“旷世奇才”。

高尚知道钟音与李侍尧两人之间关系不和已久，行领之事李侍尧态度上的霸道蛮横，已经让钟音到了难以容忍的境界，到了要撕下脸皮、剑拔弩张的地步了。而这些被高尚看在眼里，就是机会，尽可以为他所利用！

那次在竞争行领失败之后，高尚去巡抚衙门见了钟音，在说尽好话之后，临走之时他故意添油加醋地将李侍尧与芙蓉、绎如之间的关系好似不经意间透露给了钟音。

说者好似无心，但听者却是有意，钟音听了自然有了整治李侍尧的主意，也就有了现在他弹劾李侍尧的这件事。

表面看来，高尚给钟音透露消息弹劾李侍尧他得不到什么好处，但其中的根底却是与绎如有关，只要李侍尧受到了处分，自然会怪罪绎如和芙蓉二人行事不密。如果李侍尧雷霆震怒，他们之间默契的关系不但就此破裂，绎如那行领位置自然也就不保，将绎如弄下台来，对绎如将是一个沉重的打击！

高尚知道，李侍尧不是糊涂人，自己在钟音这边卖好挑唆，并且利用钟音来弹劾他，一旦被李侍尧知道，他高尚也就在两广的地界混到头了！这个后果当然很严重，经过再三考量，高尚决定没等李侍尧发现什么，他先找上门去将自己洗白，并且借机献好表忠，重新获取李侍尧对他的好感与信任，这样一番好戏演下来之后，就可谓是天衣无缝、百无后患了。

就如前面所说，结果证明，一切都是按照高尚事先的计划成事，还有李侍尧答应他总商之位上再兼丝绸行领，更是意外之惊喜！这好似就是有了糖，突然之间又有人给抹了蜜，从里往外透着那叫一个甜！

现在他高尚在广州要地位有地位，要靠山有靠山，他呼风唤雨的时候到了！

高尚知道，他在这次“十三行”的大会上已经将潘启彻底得罪了。没有办法，想树立自己的权威和建立新的秩序，就要将原有的彻底击垮和打碎，这个是不能含糊的，也是不能两头兼顾的。高尚同样明白，潘启树大根深，不可能轻易低头就范，也不是那么不堪一击的，他自身还必须要时刻防备潘启对他的反扑与报复。

高尚对那日自己在争得总商之后对梁、易二人高傲冷落的态度有些后悔，至少他现在根基未稳还需要他们的支持，特别是在自己做了丝绸的行领之后，更需要这些老资格的行家在一旁给自己撑腰。

回到了家里，高尚派人去请梁、易两位东家过来吃酒，往常都是他往这二位的家里跑，现在身份变了，自然是要让他们往自己这边跑才对。拉拢归拉拢，但不能坏了规矩，有些人你给他鼻子，他就会往脸上蹬的，这个尺度必须把握好才行。

绎如回到家里面，终于憋屈不住，哇地痛哭了起来，她明确地知道行领的位置已经不属于她的了，这样的打击她根本就受不了！

李侍尧与高尚私相授受，就凭空将她绎如撵下了台，这对于绎如来讲简直就是奇耻大辱！受了弹劾，是你李侍尧得罪了人，和我绎如有什么关系？那行领位置是凭我自己真本事得来的，凭什么高尚用那三言两语的好话，你就给了他？

你李侍尧畸重畸轻、因缘为市，那我绎如就要不平而鸣。

绎如号啕大哭之后将愤懑委屈发泄出了大半，她开始坐在桌子前给和珅的妾室吴卿怜写信。她重点写了目前“荣盛行”所受的欺负和压迫，自然话里也就透露出来她给和府代持的那些资产受了重大的损失。绎如希望卿怜能够将信里的意思转达给和大人，并利用和大人的权力出面干预现在“十三行”里混乱的局面。

绎如写这封信的目的就是在打李侍尧也包括钟音等人的小报告，她想出气，也想通过和珅的力量保住自己行领的地位。绎如知道，她的利益，同时也是和珅的利益，和珅可以对她的境遇坐视不管，但不能对他损失的银子冷眼旁观。

“芙蓉，差人将信快马加鞭送到京城去。”信写好了之后，绎如习惯性地说了一句。

没有应声，绎如转过头去再叫，这时才突然间想起来，芙蓉已经离她而去了！

人在自己眼前的时候，没觉得她有多好，有时候晃来晃去的甚至觉得烦，可一旦不见了，连个影子都抓不到，整个房间都冷清了下来，芙蓉走得决绝，她应该是伤透了心，心灰意冷才离去的。

绎如此时想起了芙蓉忍辱负重，为她鞍前马后辛苦操劳的千般好来，可是已经晚了！

但绎如是明知道自己错了，也不会轻易低头的人。她对芙蓉一味帮着李侍尧说话，而不站在自己的立场而生气。

由她去吧，翅膀硬了，你对她怎么好都是会飞的，自己再待她有千般热情，人家也是和李侍尧躺在一个被窝里腻歪的人。绎如这样在心里安慰着自己，也就慢慢释然了。

纯如对绎如的反常举动不放心，回到了家里之后对周冰羽好言相劝之后，又折返了回来。见绎如哭过，又是黯然神伤的样子，她做姐姐的当然心疼，连忙再问到底是出了什么样的事。

绎如知道再隐瞒下去也没有什么意义，也就将事情的大概说给了纯如听。

纯如听了，也沉默了下来，这事情变化得也太快了！怪不得绎如受了这么大的刺激，这让谁在瞬间之内都接受不了。她知道，现在无论如何安慰绎如都无济于事。听着绎如话里的意思已经是回天乏力，大事在暗地里都已经有了安排，大家也无非就是等待一个结果而已。

见没有了芙蓉的踪影，纯如也很奇怪，问起绎如才知道她们之间又起了隔阂。纯如了解芙蓉，一定是被自己的妹妹伤透了心，一时想不开才弃绎如而去的。

纯如瞬间想起了钱春娇，自己的这个结拜姐姐现在在哪里呢？她多少次在夜深人静之时想念起钱春娇来，也是多少次在梦中姐妹二人得以相见，那种情景，也是让纯如在醒来之时泪流满面。

本想着裁撤“公行”是个天赐的良机，哪承想变成了“十三行”

之后会是现在这个样子，纯如心里也很不是滋味。

绎如坐在行领的位置上，自然对高尚胡作非为有些遏制，纯如担心的是，现在高尚身兼二职，无异于将“十三行”的权力统统揽在了怀中，自己这些人没一个有话语权，只能像案子上的肉任他宰割。

纯如又该何去何从？

她来广州代表的不是她个人，也不是周家的“广客隆”，她是代表着江浙丝绸商会众多的父老商家而来的。现在论银子没有给众人赚到，论名声、地位没有给江浙丝商争取到，怎么想都是寸功未建，自己日后见到众位会员如何交代？最要命的是，现在前途还越来越渺茫了，自己纵有天大的理想和本事，可眼前“十三行”的情形分明已被高尚一手遮天，自己注定是寸步难行。

纯如本来是想安慰绎如的，没想到听了这样的消息，情绪上也受了很大的影响，变得很低落。她拉起妹妹的手往外走。

绎如很是惊讶：“姐，你拉我做什么去？”

“吃酒去！”

“啊？你说胡话呢吧？”

“走吧。”

绎如惊愕地看着绎如，她还从没有见过姐姐有这般执拗过，何况只是为了出去吃酒！没有办法，她只能随着姐姐去了。

两人走上街头寻了一处豪华热闹的酒楼坐了下来。

店小二见两个富家的贵妇人吃酒，自然更十分地殷勤，推荐了酒楼里的招牌菜，纯如随小二的主意让他置备去了。

不一会儿的光景，酒菜端上了桌子。纯如和绎如各怀心腹惆怅事，都知道相对劝解无用，都说一醉解千愁，莫不如默默无言喝它个痛快！

姐妹二人都不胜酒力，酒到浓处，均已面罩红云飞霞。她们旁边那几桌子的男人都被美人微醺之态所吸引，忍不住都是多偷瞄了几眼。

“妹妹，是不是钟音弹劾李侍尧的那些罪状，你曾以为是我透露给钟音的？”纯如率先打破了两人之间的沉默。

酒就是这样的好东西，它让人能说大话，也能说真话。譬如现在，绎如也不再遮掩什么，随口就是“嗯”了一声。

“亏你能想得出来！我们是姐妹，我怎么能将你出卖？再说，我是那种鬼祟的人吗？”

“可你和钟音走得近，我和芙蓉的事情你也最知道根底，你让我还能怀疑到谁的头上？”绎如也直言将心中的疑惑说了出来。

“这难道就是你上午听了消息之后，将我与冰羽恶言赶走的原因？”

绎如没有回答姐姐的问话，只是拿起了盛满酒的杯子，等待着纯如说下去。

纯如也拿起杯子与之碰了一下，一饮而尽，然后说道：“绎如，我告诉你，我为什么没有去参加竞选那行领。就因为我将钟音得罪了，我知道我去了也是空走一个过场，索性也就打了退堂鼓。你的那些事，就是我想与他言说，也是连个机会都没有的。”

“你怎么将他得罪的？”绎如带着惊诧的口气问。

“一言难尽，不说也罢。只是我想告诉你的是，不要总用你的想法来伤害对你好的人，例如你姐姐我，例如离你而去的芙蓉，例如秋哥……”

纯如今天借着杯中的酒味，说出了平日里根本不可能说出的话，她没有醉，但她说出了憋在心里许久的话，感觉轻松畅快了许多。

“你如何看待‘名利’二字？”绎如问。她想知道纯如的想法，也想用这个问题岔开纯如要继续说下去的话题，这会让她少一些尴尬。

纯如缓缓说道：“有的人看似淡泊寡欲，孤云野鹤，视名利如粪土，甚至不屑口言，或许也只是沽名钓誉而已；有的人狐媚攀缘、绳营狗苟，不择手段，或许到头来也只能是一梦黄粱。‘名利’二字从来就没有错，君子取之有道，天予而得，无可厚非；小人偷媚取容、阿世盗名，终如沐猴而冠，遗簪堕珥。”

第一百七十九章　苍黄翻覆

要么主动辞职，要么被强行赶下台。绎如一夜酒醉之后，从蒙眬之中清醒而来，这样一道艰难的选择题就摆在了她的面前。

但结果都是一样的。

她只能眼睁睁看着那行领的位置被人从她的屁股下面抽走，然后挪到高尚那边去。她也只能装聋作哑似的听着那来自四面八方对她的嘲笑和讽刺声。而她对此却是无能为力，而且还要装出毫不介意的样子来。

我是主动不干的！这是一个自欺欺人，却不冠冕堂皇的牵强理由。

她是聪明人，当然是要选择主动辞职，至少这样更体面些。

绎如起了床，用冷水洗了几把脸，努力让自己振作起来。然后坐到了梳妆台前，精心地打扮起自己来。

输了，也不能把人都赔进去，那样只会更让人瞧不起。

接下来，她要如何在“十三行”行走？想想人前人后都抬不起头来。

芙蓉离她而去，想有个替她抛头露面的人也没有了。

人在面临困境的时候，总是希望有个人在身边陪伴，不需要说上一句话，也不需要去帮着做什么，只是在那里就好。

绎如的脑海中也不经意间再次浮现起了潘有度的身影。

初次见面，这人就给她留下了美好的印象，其中的缘由说不清道不明，只是在此时孤寂之中想起来，让她感觉到内心起了几分波澜。这样的波澜好像能触及她的身心，但一番激荡过后，随之瞬间化成了泡沫，变得无影无踪。

绎如孤单得太久了，她是个正常的女人，同样渴望在受到伤害时得到抚慰，在寂寞时得到爱的滋润。但她一直在努力地回避这些情感上的问题，因为她不想别人看到她的脆弱，也不想得到别人的怜悯与同情。因为她是绎如，她是坚强的！

打扮过后，绎如叫来丫鬟将轿子备好，她要去粤海关监督那里将那行领的职务辞了！

面见了满春豪之后，绎如说明了来意。

满春豪听说绎如要辞去丝绸行领，他的心里是矛盾的，这倒不是为了绎如感到惋惜。满春豪也听高尚说了，李侍尧要高尚身兼总商及行领二职，他怕越来越难以控制高尚。

满春豪将缉私来的烟土，全部通过高尚的途径贩卖了出去，这是无本的买卖，可谓获利颇丰。但他同样知道自己这么做为朝廷法度所不容，一旦被发现，作为海关监督知法犯法，缉私贩私，他的好日子也就过到头了，而这一切早已成为高尚抓持他的把柄！

而满春豪知道绎如不是盏省油的灯，这位姑奶奶就曾经去李侍尧那里去告过他的状。

但绎如素来与高尚水火不容，有绎如做行领在那里牵制高尚，高尚在他满春豪这里就会老实些。合作关系或者是同盟关系从来不像表面看来那么简单，里面许多根节是不为外人所知的。

“你这个行领是大家选出来的，也是得到李大人首肯的，寸功未建，怎么就视同儿戏般地要辞掉？听旁人说，平日里你很是稳重，但从此事看来，你可是很毛糙草率啊！”

绎如很惊讶，她没想到满春豪会在自己辞职这件事情上说出这样劝慰的话来，她以为满春豪现在与高尚打得火热，恨不得将自己一脚踢开，马上将高尚扶上那位置。但绎如心里有数，满春豪的话真假不管，他在这件事情上是做不了主的。

绎如听到满春豪这样与自己说话，心里不免对其产生了几丝好感，她站起来躬身施礼道：“满大人，感谢您对小女子的一番教诲，但此事绝非我一时意气任性为之，而是经过了深思熟虑的，小女子才疏学浅，不堪大任，万望大人成全！”

满春豪虽然坐在那里未动，但言语说起来却是越来越柔顺，他缓缓说道：“你也不要在这里和我打马虎眼，我也是刚刚知道你和三夫人卿怜的关系，她特意来信叮嘱我要扶植你。话说到这个份儿上，我也和你打开天窗说亮话，你与和府的关系不一般，我在粤海关监督的位置上也是在为和大人尽一份力气，说来我们都在一个门户的屋檐下。”

绎如听后，忍不住低声地“啊”了一声，这实在是太让她感觉吃惊了，她没想到满春豪竟然也是和珅的人！

这粤海关是金山银山聚集之地，富得流油，监督当然就是一令人垂涎欲滴的大肥缺。满春豪有和珅的后台自然是坐得稳当，当然也是在这里替和珅浑水摸鱼、敛财聚宝。

卿怜为什么此时要与满春豪表明自己与和府的关系？自己昨日

刚将给卿怜写的信派人送出去，朝夕之间，根本就不可能送到她的手上。

从这件事情看来，和府之前是有顾忌的，她绛如在这里代持着和府的生意，满春豪在粤海关这里揩油抹蜜，走的是两套线路，互相没有交集。难道是和府见自己势单力薄，近来生意没有什么起色，才将满春豪搬出来帮助自己的？

但不管怎么说，满春豪现在都算是“自己人”了，忽然之间就坐在了同一条船上，还是让绛如有些适应不过来，但这毕竟是大好事，对于她此时的境遇来讲，无异于柳暗花明峰回路转的机遇。

“满大人，我和您实话实说，总督李大人那里已经是答应了高尚，让他身兼二职，如果我不主动退下来，恐会十分难堪，所以……”绛如知道，现在必须要将实情对满春豪讲出来，接下来就要看他有没有什么出路了。

满春豪很神秘的样子，故意低沉着嗓音说：“李大人与和大人素来不睦，互相都是瞧不上眼的。前一阵子，看李大人冷落了高尚，也就没把他怎么当回事，但没有想到，李大人受了弹劾之后，反倒让高尚得了钻营的机会，李大人开始器重起他来了，想来真是让人摸不到头脑。但不管怎么说，高尚若是普通行商，他与李大人之间怎样热络都是在和大人的允许范围内的，可如果高尚在‘十三行’内身兼两个要职，又与李大人如胶似漆，和大人说了，必须要将他扼制住，因为他会坏了和大人的事，你听明白了吗？”

“大人，我听明白了，可是又如何能将高尚扼制得住呢？毕竟这里边有李大人在决断。”绛如此时心里又开始激动起来，不单是联想到高尚被扼制后会是怎样，她想不到这件事情里面竟然还有如此众多微妙曲折的利害关系，这让绛如长了见识。两虎相争必有一伤，他高尚夹在中间定然是不会有好果子吃的。

“你这样，你就在这个位置上耗着，李大人那里来硬的，我不方便出面说什么，你就联合‘同文行’潘启及你的姐姐、哥哥等行商起来反对。最后实在扛不过，还有最后一条路可走，现在暂且不方便说，日后自然见分晓。”

绎如从满府走出来，心情却与进来时大相径庭。此时，她又恢复了往日的奕奕神采。

绎如踌躇了一下，往潘家而去，她要去找潘家人合计一下这个事情。

而这时候，东印度公司的代表亨利却来到了“清威行”。

对于亨利的突然造访，纯如很是惊诧。在几件事情上可以看得出来，亨利与高尚的关系很是不错，更是成了前几日“十三行”首次会议上的座上宾。并且像亨利这样的洋商耳目灵通，更是会察言观色、见风使舵，高尚现在正是如日中天的时候，也一定知道她与高尚不睦，那么此时他来到“清威行”又有何用意呢？

“纯如夫人，我来是向你道歉的！”亨利用半生不熟的汉语直接地说出了此行的目的。

“道歉？”这让纯如更是迷惑，她用英语问道，“亨利先生，我不明白你所说的‘道歉’是什么意思。”

亨利没想到，纯如竟然会用如此流利的英语与他对话，让他很是吃惊，他也用英语回答道：“那次在‘同文行’供给我们那三千担生丝中，确实是有两千五百担有记号的，但我没有说真话，我要为那件事情向你道歉！”

“哦，”听亨利这么一说，纯如解开了答案，她微笑着说道，“亨利先生，你那么做，自然有你的苦衷，既然事情已经过去了，我们也就不必再提，我们日后的合作还长着呢！你们西方有句谚语说得很好，‘No garden without its weeds’（没有不长草的园子），在贸易中有误解、有摩擦都是不可避免的事情，希望你不要放在心上。”

“纯如夫人，你真的接受我的道歉？”亨利听纯如的话如此善解人意，又有着大度的胸怀和长远的目光，心中的敬佩之情也油然而生。

纯如看见亨利如此认真地问自己，呵呵一笑，她继续说道：“亨利先生难道忘了你们西方还有另外一句谚语了吗？‘Nothing dries sooner than a tear’（眼泪干得最快），我们大清商人最讲究的是和气生财，不会在一件事情上斤斤计较的，我接受你的道歉。”

亨利为什么要主动找纯如来道歉？而且要不断试探纯如是否是真的谅解了他？这其中当然有他的盘算。

亨利最近又接到国内的通知，要他再次采购两千担的生丝，而且指名道姓要“七里丝”，供给宫廷内用。他们上次采购的那批生丝到了英国国内已经被哄抢一空，因为谁都不傻，当他们知道大清国的皇上和后妃们身上穿的各式龙袍，还有那下发的圣旨都是用“七里丝”造的时，都认为这是难得的宝贝。英国的达官贵人们都以能拥有一件以“七里丝”制成的衣服为荣耀，当然东印度公司也从中看出了奇货可居的巨大利益，连忙再次指示亨利出手采购。

亨利知道这样的事实，上次“同文行”供给东印度公司的“七里丝”是从“清威行”拿来的，他这次就没有必要舍近求远去与“同文行”这个中间环节打交道。还有，他与潘启的关系很尴尬，闹得很僵，他也低不下头来再去与潘启谈判，潘启与高尚水火不容，更不能为此事与潘启交易而将高尚得罪了。

他知道高尚能搞到“七里丝”，但上次出了那五百担假冒“七里丝”的事情，也让他明白高尚是个善于投机取巧之人，在这么重大的问题上不可倚赖。还有，高尚那日在会场上飞扬跋扈的样子，亨利也看在了眼里，他作为东印度公司的代表是不想看到一人把持“十三行”的事情出现的，这不符合东印度公司的利益。一旦高尚在“十三行”内搞一言堂，那么日后在贸易中，东印度公司就会处于绝对被动的地位，因为他看得出来高尚的私人野心和欲望很大，是永远也满足不了的。并且东印度公司与高尚之间私下秘密达成了私贩烟土的协议，这是风险极大的生意，那就绝不能再将生丝上的“宝”押在高尚的身上。鸡蛋是不能都放在一个篮子里的，一旦出了事，那将是全盘皆输。

亨利通过观察了解到，纯如在那次劣丝事件中，虽然受了极大的委屈，却能忍辱负重，表现得相当坚强大度，她能够在赔钱的基础上坚持诚实信用的态度更是难能可贵，这符合东印度公司选择生意伙伴的基本原则和态度。再有，在竞争“十三行”的行领和总商这件事情上，纯如始终表现得十分低调，这也让亨利认为，纯如是一个很实际的商人，他要在“十三行”内找到一个能制衡高尚的人，有了这些考量作为前提，那么此次“七里丝”贸易的最佳人选也就落在了纯如头上。

第一百八十章　火中取栗

“亨利先生，我想你今天来不会只是为了和我说一声对不起的，你对我个人及‘清威行’有什么吩咐吗？”纯如问。

“纯如夫人，我不想对你恭维什么，但你的人品和见地确实令我深感佩服！我们东印度公司准备近日还要采购两千担生丝，我想这次要与贵行合作……”

亨利故意将话说得很慢，他要让纯如听清楚，自己是将生意送到她的门上来了！

亨利想，纯如听了不知道会激动兴奋成什么样子呢！因为他知道，这一阵子各家行商都生意清淡，谁都是在急躁的火候上。狼多肉少饥不择食，此时也正是他乘机谈判压价的好时机。

可令亨利没有想到的是，他期待或想象中的情形并没有出现，纯如淡淡地说：“首先感谢亨利先生这般信任我们‘清威行’，但‘清威行’属于‘十三行’之内的一员，有了生意也要大家一起来做，我得和丝绸行各位行商商量过才能定夺是否与你合作，及商谈接下来具体的合作事宜。”

“夫人，现在你们的‘十三行’正是多事之秋，风雨飘摇，人心不稳，也不团结，你为什么要分给他们呢？再说你们‘十三行’现在还没有什么具体的规则来约束你，你不需要和他们商量，尽可以放心与我们合作，这是多少行商梦寐以求的事情啊！”亨利没想到纯如是这般冷静的态度，说话有些着急了起来。

纯如还是一副泰然自若的样子说道：“‘十三行’自建立起来，到现在确实是没有新的章程出来，但从前的‘公行’是有行规的，新的规矩没出来，就得先按旧的来，这是合乎情理的。有多大的利益，我们‘清威行’也不能吃独食，如果真那样做了，就失了本分，也失了信誉，我想亨利先生也不会选择这样一个合作伙伴做生意的，你说是不是这个道理？”

“夫人，我已将前后的事情都安排好了，如果你认为这两千担的生丝过于显眼，我们可以将它化整为零，每次往我们东印度公司的货船上装上几百担，这样不显山不露水，是不会引起别人注意的。并且，我可以先将全部货款给你们‘清威行’，夫人到哪里能找到这样一笔好生意呢？”

“我们‘清威行’绝不做只为一己私利而自欺欺人的生意，做生意就是要正大光明、堂堂正正，偷偷摸摸的那怎么能叫做生意呢？再说不经过粤海关，那是走私犯法的事，我们是更不能也不敢越雷池一步的。亨利先生，这件事情我看还是我与行内汇报之后，我们一起去‘十三行’里再商量吧。”纯如听出亨利话里的意思是要避过众人的耳目行事，她对亨利说话的态度也变得越来越严肃了。

亨利当然是不死心，抛出最后的撒手锏来：“夫人，我和你说，我也知道现在的行领是你的妹妹。但过不了几日，我听说高总商就要兼任了，到那时，你还能去找他商量吗？我知道你们之间矛盾很深，你找到他，你还能有什么利益呢？我们东印度公司不是非要与‘清威行’合作不可，我们拿出这些条件来，是有很多行商争先恐后要与我们合作的，夫人，你又何必如此固执呢？如果你要是真的想这么做，那就当我今天的话没有说，我不想将事情搞得这么复杂，这会让高总商误会的。其实，如果想走正常的渠道，我尽可以直接找高总商去谈判这件事。”

纯如听亨利说完这番话，心里也不免一动，感觉亨利说得头头是道，很有道理，看来他已经将“十三行”里的关系掌握到了骨髓里。亨利找到高尚，对自己一点儿好处都没有，甚至连一丝一缕都不会分到“清威行”的头上。这两千担的生丝毕竟是近五十万两银子的大生意，无论对谁，也包括自己在内，都充满了巨大的诱惑！

“亨利先生，待我把这件事情前后仔细考虑稳妥后，再将结果通知你。”纯如想给自己留一个余地，她需要时间仔细权衡一下其中的利弊。

“好吧，我等夫人的消息。但我只能给你三天的时间，实际上这三天里是我们合作的最好机会，但却被夫人白白浪费了，真是可惜。”

亨利说完连连摇头表示不解，但最后好似颇为无奈地告辞而去。

周冰羽从外面回来与亨利走了个对头碰，但因往日里并没有交集，不方便上前去打招呼，也就任他走了。

周冰羽进了客厅里，见到纯如急忙问亨利的来意，纯如将前后的经过说给了他听。

周冰羽听罢，忍不住对纯如喊了声：“你真是好糊涂！”

坐下来之后，周冰羽开始不断埋怨纯如没有及时将这笔生意接下来，要知道这样的生意别说是送上门的，就是现在去大街上寻都是寻不来的。并且这也是和东印度公司建立合作的开端，这是关系到以后“清威行”和“广客隆”能否长足发展的重大问题，纯如怎么能这样任性视为儿戏呢？一旦这三日内亨利找到了合适的合作行商，就是纯如想后悔都来不及！行领你不争，有了生意你又不做，你这来广州入了“公行”做什么来了？

纯如听了周冰羽的一阵数落之后，无可奈何地辩解道：“自从入了‘公行’那一天，我就坚定了要守着规矩做生意的决心。洋商自有洋商自己的利益，他们总是在盯着大清商人的缝隙寻找机会，以求实现利益的最大化。亨利现在知道‘十三行’初立，人心浮动如一盘散沙，如果我们此时与他蝇营狗苟，他嘴上不说什么，心里也更瞧不起我们大清商人。再有，东印度公司一直是与潘家的‘同文行’合作的，潘叔正在病重之中，如果我们此时与东印度公司合作，怕是日后会落个乘人之危的印象，想解释都是很难。”

“不管说什么，这是一笔好生意，我们不做，亨利再不去找‘同文行’，到最后还不是便宜高尚那一伙人。这样，我去找潘有度商量。”说完之后，周冰羽拔腿就出了门。

周冰羽来到潘家后，先是探视了潘启的病情，潘启虽然上了年岁，但身子骨一贯硬朗，经过了精心调理之后已无大碍。只是心情还是抑郁，一副闷闷不乐的样子，他还是在窝火，他在众人面前的脸实在是丢得太大了。

潘启没有想到自己在“公行”之内风云叱咤十几年，到头来却落到了被高尚痛打落水狗的这般境地。这种打击是巨大的，是痛苦的，就好似刚刚莫名地挨了几木棒子，让人回不过神来。潘启即将进入花甲之年，他这一辈子挟势弄权、鱼龙漫衍的事情也是做过的，但自认为巧取豪夺、伤天害理的事情是与他沾不到边的，而恰恰他就被高尚这样的人算计了。

无论他是怎样一个沉着冷静的人，但此时的潘启再也无法忍受高尚这样骑在他头上屙屎屙尿。他慢慢地踱到了客厅，深情地望着那幅《千里江山图》，许久之后，他命人摘了下来，然后小心地卷成一个画轴。他要用这幅画将自己的面子找回来，更要为儿子潘有度的未来铺开一条路！

在潘家的后花园里，周冰羽将亨利找“清威行”合作的事情原原本本地说给了潘有度听。

潘有度听后也很矛盾，如果贸然将合同私接下来，那么一旦被高尚发现，必然会被他渲染利用，那后果将不堪设想。如果此时将东印度公司购买生丝之事拿到“十三行”里去讨论，不单违背了亨利的意愿，就此将他得罪，更是无异于给高尚锦上添花，而纯如等人有可能还是落个两手空空的下场。

绎如那日找到潘有度，也将李侍尧要安排高尚做行领的事情与他说了，并且也是表明了要联合抵触这件事。潘有度虽然是一口答应了下来，但心中也明白，与李侍尧抗衡无异于以卵击石、螳臂当车，弄不好会出更大的乱子。

潘有度经过几番衡量之后，最后告诉周冰羽一个字：拖！

周冰羽不明所以，连忙讨教其中的道理。

潘有度解释说，三天之后也不要告诉亨利一个明确的结果，观察“十三行”里的动静再说。现在“十三行”里乱花渐欲迷人眼，不知道还会有什么鬼神弄出来什么章程来，亨利他再急，也不差十天半月光景的。

周冰羽对潘有度言听计从，这总归是给自己留了机会的，要比那一口回绝了的结果好得多。

潘有度现在的内心也惶惶然，倒不是为了自家在“十三行”里的地位岌岌可危而感到急迫，也不是对高尚横行霸道产生了胆怯惧怕，而是父亲潘启昨晚找了他。

潘启的意思是要潘有度挑起潘家的大梁来，做“同文行”的东家，而他自己则急流勇退到幕后扶植儿子掌舵。

潘有度听了潘启的话后，心里很不是滋味，父亲打拼了一辈子，也风光了几十载，终究还是在高尚的一番打压之下变得心灰意冷，意志消沉了下来，他的内心一定是愤懑的，也是凄凉的。

而潘有度虽然平日里参与父亲生意上的事情，但他纯属于给父亲搭一把手，他从心里对生意之事不感兴趣，特别是对生意场上争权夺利、尔虞我诈更是嗤之以鼻。让他出谋划策、献言献策都可以，但是让他具体去实施真好比火中取栗般难受。

潘有度好言安慰潘启，几番婉言拒绝了潘启让他做东家的主意，潘启见儿子一直推三阻四，气得发了雷霆之怒。潘有度见状知道必须是要顺了潘启意的，潘启尚在抱恙未愈之中，一味地忤逆潘启，当属于不孝，如果再将潘启气个好歹，后悔都来不及。

就这样，潘有度现在的身份已经变成了“同文行”新的一代掌门人！他将带领“同文行”进入一个属于他潘有度的时代！

周冰羽回到家，发现绎如也来了，他还为那天绎如将他撵出“荣盛行”而耿耿于怀。但他也了解到了那日绎如窝火的缘由，对待这个小姨子的脾气周冰羽自忖也摸不准，最好的态度还是敬而远之为上策。

周冰羽点了一下头，算是和绎如打了招呼，连忙往书房走去。

但绎如却跟他进了书房，周冰羽很奇怪，冷冷地问：“有事吗？”

“当然。”绎如很认真地说。

“什么事？”周冰羽没有正眼看绎如。

绎如随手拿起砚台上的一支毛笔，对周冰羽比画着说道：“姐夫，你说潘有度这个人怎么样？”

周冰羽脱口而出回答道：“好啊！”

第一百八十一章　方圆规矩

李侍尧为什么在受了弹劾之后突然间对高尚改变了态度？要真是刨根问底，这还和乾隆三十七年云南发生的一件贪污案有关。

主犯是云南布政使钱度。钱度系科甲出身，乾隆元年进士，走的是正常的科举仕途路线，之后从授吏部主事开始，仕途一路顺风顺水，累迁广西道监察御史，外授安徽州知府，乾隆三十三年擢升广东巡抚，但因故未能成行，后来任广西巡抚，但不久因故降级做了云南的布政使。

到了乾隆三十四年二月，乾隆皇帝发现云南运解北京的铜不但越来越少，而且也是越来越迟缓，龙颜大怒之时指示军机处查明原因。钱度作为云南布政使上疏辩解，但理由牵强附会，很难让人信服。

乾隆三十七年初，就在朝廷要进一步调查之时，云南当地一个叫朱一深的知县到京城告了钱度的御状，理由是钱度藏金纳玉，款项来路不明。

乾隆皇帝立刻下旨着刑部侍郎袁守侗前往云南，会同云贵总督彰宝、云南巡抚李湖三人，务必查清此事。三月初，江西巡抚海明抓到了钱度的管家王寿，酷刑之后，王寿交代出钱度贪赃白银三万余两的下落，钱度最终被人赃俱获。原来这些银子都是钱度在支付铜款时，用不足额的银子当正常的银子使，私自截留下来的。

就在之前的十几天，李侍尧听说了钱度被押解到京城，待到秋七月的时候就要开刀问斩。这样的事情从来都是说者无心听者有意，李侍尧知道了这件事以后，心里不免一阵翻腾，就是查到自己头上来也是一样的结果，任凭哪个督抚能独善其身呢？！

钱度就是前车之鉴，李侍尧知道在这风头正紧的时候，首当其冲的就是要保证自己周边太平，不要出乱子。而恰恰在这个当口，巡抚钟音弹劾了自己，虽然没有什么确凿的证据证明自己收受行商的贿赂，但却将这个意思递给了皇上。

关于钟音弹劾李侍尧的那些内容，李侍尧心里很清楚，这并不是钟音第一手掌握的，一定是另有其人在后面搜集的，但具体是谁？他一时之间弄不明白。但李侍尧知道，不管这里面有没有高尚的事，是不是他在背后下了黑手，此时要笼络住高尚这个小子，不要在他身上坏了事才是重点。当然，李侍尧作为两广总督，不会只有高尚这一处的窟窿，但防患于未然，李侍尧不得不防备每一个他能想到的，与他有牵连瓜葛的人。

要说李侍尧压根就不知道高尚私贩烟土之事？那是不可能的。

因为高尚在开始做这件事情之前就已经含蓄地表露出来了，李侍尧当然不能对这样的事情做出明确的表态，但不严词喝止，对高尚而言就是默许的。李侍尧也清楚，高尚通过私贩烟土赚来的银两，没少送给自己。

李侍尧在出了那洋女子偷盗机密文件事情后，渐渐对高尚冷落下来，因为他认为人是高尚送的，这件事情说不定就是高尚指使的，并且在以后竞选行领及总商的事情上，他都没有为高尚出头说话，而且暗地里还加以反对过。

而现在，李侍尧不单要拉拢稳住高尚，还要借高尚之手搜集不利于钟音的证据，以图日后报弹劾之仇。所以他反过来借花献佛允诺高尚在“十三行”内身兼总商及丝绸行领二职。在这其中，李侍尧是不会考虑绎如是什么感受的，牺牲掉你一个小小的行领算什么？与我坐稳这总督位置的事情比较起来，简直小巫见大巫，不值得一提！

李侍尧本想着让芙蓉知会绎如一声让她主动辞职，但芙蓉这些日子闷闷不乐，问起缘由来也是闭口不言，听说是劝绎如辞职，芙蓉更是几天没有让李侍尧见到影子。李侍尧不明所以，也就懒得再有和绎如事前通气的想法，总督衙门以一纸通告传达到“十三行”，高尚兼任丝绸行领！

消息传播开来，高尚的“德庆行”门前又热闹了好几天，来往的人都是媚容谄笑，心里面都明白，高尚在“十三行”内已经成了最炙手可热的人物。高尚年纪轻轻，又是刚刚入了“公行”不久的三等商行，在短短时间内就能汇聚如此大的能量于一身，想想也能知道背后一定是有泰山可倚，而且这样的靠山应该还不止一个。

众人虽然在心里犯嘀咕，感觉高尚的来头很神秘，有些扑朔迷离，但这样的人放着不好好巴结，那不是傻吗？

有些人知道高尚还没有娶妻，借着上门祝贺的机会将自己的闺女或者妹妹、侄女、外甥女，甚至还有孙女辈儿的都领了来，为的是能在高尚面前露露脸，如果有幸能被高尚看上眼，那可是攀上了富贵的姻亲。手里边暂时没有这些关系的，也主动地当起了媒婆，争着要给高尚介绍一门亲事，以在高尚面前卖好卖乖。

高尚现在没有心思关心自己的终身大事，他现在正是如鱼得水的时候，哪里有这闲心？他身边有那两个侍奉他抽烟的丫鬟，晚上不缺女人伺候着，高尚也就更没什么可着急的了。

做了行领的第一件事，高尚想到的自然是要召集众人开会。

上一次借开会之机当众羞辱潘启，把潘启害个半死，又听说潘启经受不住打击已经让位给初出茅庐的儿子潘有度，这让高尚很是得意，也更加信心满满，几句话就能让对手败下阵来，这不是谁都能做到的。高尚在口水战中尝到了甜头，兵不血刃，还能耍尽威风，真是一举两得的美事！

令高尚没有想到的是，等他迈着四平八稳的步子进了议事厅的时候，才发现只有“天宝行”的梁东家、“孚泰行”的易东家、“东兴行”的谢东家及其他两家小行商坐在那里，人数还不足总数的三成，这让高尚大为恼火，问过之后才知道，其他行商都不承认他这个行领，都去总督府找李侍尧请愿理论去了。

这个面子是丢不起的，并且对方倚着人多势众、法不责众的道理，事情真就有可能会发生变化，想到这些，高尚也带着手下这几个人匆匆赶往总督府。

一路上他也在想一个问题，为什么自己兼起了行领的职位，这拥护他的行商反而少了呢？前几日做了总商时，在他面前溜须拍马、曲意逢迎的还大有人在，这几天的光景下来，眼看着他高尚越来越大权在握，反而跟着他屁股后面转的那些人却跑了大半！

来到了总督府的大门前，高尚远远地就看见了绎如、楚秋领着一伙人与把门的在交涉着什么。

高尚急匆匆地走到近前，对着绎如就是一声断喝：“你要作什么妖？”

与绎如同来的一些人见状，都闪在一旁，好似都是事不关己的样子。

绎如冷冷一笑："你管不着！"

"我作为总商，也作为行领，怎么就管不着你们了？"

说完这句话，高尚用手一指绎如旁边的那些人，仗势欺人地接着喊道："我告诉你们，赶快回到'十三行'内的议事厅去给我开会，少在这里瞎起哄，不然的话，我明天全部将你们撵出'十三行'！"

绎如身后的一些人被高尚的严声厉色吓得低下了头，但还是没动地方。

潘有度挺身而出，对高尚说道："挺胸叠肚，恣意无忌，也不过稷蜂社鼠尔！'十三行'不是你高某人的手中玩物，岂能任你数黑论黄、讹言谎语就算数？我们今天是来找李大人的，和你无关，退闪一边去，免得狼狈！"

"你……"

高尚被潘有度一番话骂得窘迫，他没有想到眼前这个文质彬彬的小子骂起人来竟然是一个脏字都不带，伶牙俐齿之中自带着一种威风。看来，这潘家的公子哥还真是一个见惯了大世面的人物，在他那气宇轩昂的逼迫之下，高尚感觉自己顿时矮了几分。

这时候，总督府衙门的大门被徐徐打开，李侍尧在一些人的簇拥下走了出来。

李侍尧用手对着众人比画一圈，怒喝道："你们这些人在这里大呼小叫的做什么？"

绎如走到前面，对着李侍尧躬身施礼说道："李大人，我找您来评理。"

"有什么理可评？"李侍尧知道绎如接下来要说什么，可还是故意问了一句。

这也就是绎如他给了面子，换作旁人，李侍尧早已经是张嘴就骂了。要知道，绎如这些人在总督府门前大呼小叫，已经是坏了规矩的事。李侍尧可不是单纯的手无缚鸡之力的文官，他是带过兵打过仗的大帅，张嘴骂人那算家常便饭。他平定过丰顺乱民朱阿姜的起事，也曾亲手将缅王擒拿送到了京城，可以说是一个文武全才的风云人物，他怎会将这些手无寸铁的行商看在眼里？

“大人，我是众人推举，也是经过大人批准的‘十三行’丝绸行领，凭什么几日光景之间，不问青红皂白就将我革了职？”绎如不卑不亢地问道。

“呵呵，行领内与行商、散商琐碎交集，外与洋商谈判接洽繁重，想来，女子总是不合适的。你们散了吧，这事情已经有了章程，日后与总商勠力同心将‘十三行’经营好也就是了。”李侍尧说完转身就要进衙门里边去。

高尚露出了得意的笑容，他耀武扬威地瞅着众位行商，心底那种爽快之情不言而喻。

“大人，您请留步！我有话要与您讲。”

李侍尧转过身来，一看说话的人是潘有度，他是认识潘有度的，有几次闲来无事去潘家的后花园喝茶，每每也都是潘有度在旁边侍候着。他对潘有度的学识素养还是有着很深刻印象的，同时因为是潘启的四公子，李侍尧也要高看一眼的。但在众人面前不能流露得过于明显，这样很掉官价，也容易引起别人在后面议论。

“说！”李侍尧虽然语句很短，但面上还是很和蔼的。

“大人，天下之大，没有规矩不成方圆。既然‘荣盛行’的东家已被选为行领，并得到了诸位大人的认可，就不能轻易地改弦更张、朝令夕改，这有损章程的严谨，也让众位行商彷徨。至于大人所言女子不宜做行领，我想‘十三行’是‘天子南库’，无论男女只要有为皇上尽忠之公心，就不必纠结于雌雄性别，花木兰、王昭君……”

李侍尧见潘有度侃侃而谈，知道让他再说下去，有可能真会让自己在众人面前变得尴尬起来，想到这里，他霸道地将潘有度的话语打断，说道：“‘十三行’虽为商场，但重系国事，容不得尔等轻言妄议。”

第一百八十二章　毫分缕析

无论绎如怎样带领一些人反对高尚身兼行领之职，可终究是胳膊拧不过大腿，也奈何不了李侍尧嘴大舌长，最后还是以失败告终并草草收场。

与绎如同来的这些行商都是潘有度利用潘家的影响力策动而来的。潘启在“公行”里还是有威望的，在他做总商的十几年间对中小行商多施恩惠，这些人当然也是在内心里念念不忘。他们明眼也看明白了高尚的鼻孔朝天、飞扬跋扈，那日见他将潘启在会场之中肆言詈辱也足以显示高尚心胸狭隘，是落井下石、睚眦必报之人。

他们来是来了，但一些人也是抱着观望风向的态度，作为中小行商，他们在夹缝之中求生存，举棋不定、左右摇摆都是很正常的表现，也是没有办法的事。看见大局已定，这些人也就随之四下散了。

绎如早就做好了失败的心理准备，她只是在按照粤海关监督满大人事前给出的策略而行。所以失望之余，除了有些憋屈之外，心里面也就没了什么太大的波澜。

绎如对潘有度在整个事情的前后对她的帮助，特别是在关键时刻能为她挺身而出说话心存感激之情。楚秋也来了，但在李侍尧面前却不敢如潘有度这般不卑不亢地为她据理力争，相比之下，这更让绎如对潘有度的男子气概有了十分的钦佩。

潘有度同样对绎如心存好感，一个女子不但可以独自支撑一个偌大的家业，而且锦心绣肠、秀外慧中，颖悟巧思、见微知著，行事也是通达权变、干脆利落。眼前，扳不动高尚，潘有度和绎如商量下来，一旦高尚在重大事项上有越轨之事，一定要联合行商对他抵制，不能让他肆意妄为。

高尚见绎如等人这么一闹，不但未将自己怎样，反而让自己的地位愈加稳固了下来，心里自然是畅快至极。可以看得出来，李侍尧是真心扶持他高尚啊，有了李侍尧的这般支持，他高尚在“十三行”里行起事来还能怕什么呢？

之后的几天里，高尚静下心来，拟定了几条他认为要立即着手去做的重要事情。

首先，他私下授意梁东家和易东家提议将自己的“德庆行”从三等商行升格为一等商行，而将潘家的“同文行”从特等商行降为二等商行，将绎如的“荣盛行”从二等商行降为三等商行。

虽然表面看来，只是一两个等级的变化，但这里边所包含的利益变化却是巨大的。话语权与号召力、对外的信誉保证、自身的地位形象、行内的利益分配，当然也包括东家的脸面都和行商所列的等级息息相关，可谓是关系到行商自身名利的大事。高尚当然是要最先在这上面做文章，高尚知道，他这样实施下来，将会进一步沉重地打击绎如和潘家父子的士气，甚至有可能让他们因此而一蹶不振。

其次，为了争取其他中下行商对他的支持，高尚决定对这部分人要利用他手中的职权，许诺以小恩小惠而进行拉拢示好。高尚这次看到一些行商跟在绎如和潘有度的后面与他作对，这是很危险的信号。如果有些人还是顽固不化，那就坚决出手予以打击排挤，谁还能和自己的切身利益过不去呢？将这些人瓦解掉，无异于釜底抽薪，绎如和潘有度下面没有人支持，自然是孤掌难鸣。

高尚还发现，在这几次反对他的公开场合之中都没有发现纯如的身影，也就是前几日“十三行”的首次会议上潘启气晕在地，纯如和周冰羽帮着潘有度上前料理，但在会上却是一言未发。这次到总督衙门门前请愿也没有随着绎如来，这其中到底是什么道理？这让高尚感到奇怪，摸不到头绪。

难道纯如与绎如之间发生了矛盾？如果真是如此，那就要主动去找纯如拉拉关系，不管纯如是什么态度，总之这样会让绎如和潘家父子看着不舒服，正好趁机离间他们的关系。亲人的倒戈或是冷眼旁观的态度，会让对手更加痛心疾首，高尚深谙其道。

再次，高尚计划利用总商的身份与其他行业的行领私下交通，联络好关系，在整个“十三行”内建立起自己广泛夯实的关系网，再通过运作，让与自己有铁杆关系的行领在公开场合提出来增加总商的权力。每次增加一点儿，几番下来之后，他这个总商就不会是形同虚设了，比不了潘启那时的风光，至少会得到众人的重视，这是一个很大的面子问题，同样也更有利于增强自身的威望。只要他高尚手中有大权实权，众行商及行领就会俯首帖耳，听凭调遣！

最后，就是要积极稳固好与各位大人的关系，勤跑动、勤汇报、勤送银子，这都是不能怠慢的。可是如何平衡好自己与钟音和李侍尧两人的关系让高尚很是犯难。一边是巡抚，一边是总督，你要整我，我要弄你，势同水火，他高尚夹在中间谁都得罪不起，无论他被哪一方发现其中有猫腻，都会吃不了兜着走。而恰恰李侍尧要他搜集钟音有劣迹的证据，这对高尚来讲左右为难，办好办不好都会是不间不界、跋前疐后的事情，并有可能就此捅了马蜂窝一发而不可收拾。高尚在这件事情上是无能为力的，他在心里告诫自己行事要小心谨慎，走一步算一步，不能有丝毫的麻痹大意。

这样一番考量下来，内外兼修，可以说是算无遗策，高尚自认为将这些事情做得圆满了，自然他在“十三行”内的地位是无人能再觊觎和撼动的。地位稳定了，他大发横财的机会就到了。当然在高尚心里，纯如将他赶出江浙丝绸商会，并在后来逼他背井离乡离开湖州来到广州，这些仇恨都是不能忘却的。只要寻找到合适的机会，他自然是要对纯如、楚秋、绎如等人展开疯狂报复的，只是眼前条件还不成熟，他还需要耐心地等待！

打定了这些主意之后，高尚又往梁东家那里去了。无论怎么想，梁、易二人都是他眼前最重要的同盟关系，一定要维护好，不能让他们感到受了冷落。

高尚已经是梁家的常客，和门房的人打了招呼，不用通禀什么，直接就登堂入室。

他来得也正是时候，进了会客厅发现梁东家和易东家都在，再往旁边看，发现亨利也坐在那里。三人见高尚突然闯了进来，面上都显得有些尴尬，甚是不自然。

“高总商大驾光临，有失远迎啊！恕罪，恕罪！”梁东家见了高尚，马上起身离座表示迎接，易东家和亨利也都站了起来。

高尚对着三位一抱拳：“梁东家，我这冒昧前来都没有和你客气，你又和我这般客气什么？”

让高尚坐了上位之后，梁东家呵呵一笑，说道：“今非昔比，现在你是总商，又是行领，而我等只是普通的行商，尊卑等级在这摆着呢，我怎么能坏了规矩呢！”

高尚听梁东家的言语态度，明显有一股僵硬、客套的味道在里边，心下有了几分警惕：“两位东家，当着亨利先生的面我敢说，我们三人亲如兄弟，到什么时候都是宛若肱股。规矩都是人定的，也要看着对谁，我们之间要是客套就显得生分了，哈哈。”

易东家接过话茬儿说：“高总商这话说得实在，也从心里往外让人觉得暖和。总商在众人面前高看我们一眼，我们已经是心存感激了，但规矩在人前人后无论什么时候也是万万不能坏的。就如那合起伙来做的生意，当初怎么讲的条件，到有了收成就得怎样去兑现，这就是规矩，一点儿也是马虎不得的。”

高尚也听明白了，易东家这般饶舌，明显是在挑他的毛病，说他不讲规矩，已经是很直接地在表明，我们支持了你高尚，可好处呢？

“易东家这话说得有道理，但人情归人情，生意归生意，规矩要守，也不必拘泥于一地一时，变通一些总归是好的，并且规矩往长远一点看，才更有意思，也是没有错的。”高尚将话递了过去，你们不要鼠目寸光，时间长着呢！

梁东家捻着胡须说道：“我看这个问题是这样，规矩是一定要守的，也一定要守得长远，但最好是能在眼前就开始，这样大家都好心里有数。”

“好。梁东家说得全面，我们就按照你说的规矩办。”高尚一口就答应了下来。

经过了你来我往几个回合的口舌之争，高尚和梁、易二人彼此都将要说的话说给了对方听。唯独亨利听不明白，任凭他如何聪明，也弄不明白他们为何要一直在这“规矩”二字上兜圈子。他虽然听得痴，但他后来发现，感觉眼前的三人又都是在“规矩”上达成了统一的意见，这更令他感觉很是可怕。好在这大清国的人不总是这样说话，否则，就是把他亨利卖了，有可能自己还要替他们数钱的。

高尚转过头来对亨利漫不经心地说："亨利先生，我听说你们近期就要有大批的生丝采购计划，不知何时施行？"

亨利听后一愣，但马上反问道："没有啊！不知道高总商在哪里听到的这样消息？"

"呵呵，我听人说亨利先生是不会撒谎的，怎么到了我高某人的头上，怎么撒谎就连脸都不红了呢？是我高某人好欺吗？"高尚说着就变了脸色，也不时地瞅了梁、易二人几眼。

亨利和梁、易二人听完，心里也都是一惊，高尚为何消息如此灵通？亨利也就早高尚进来一刻钟的光景，高尚进来时，亨利也只是说了要购买生丝事情的一个开头，见高尚来了，他们三人就匆忙打住。

亨利为什么要找梁、易两位东家商量？

他眼看着"清威行"的东家纯如在取舍之间犹豫不决，明显是要将那笔生丝贸易拖延下去，而亨利怕纯如久拖未决，最后泥牛入海，他耗不起这个光阴，并且他总是想趁着"十三行"此时混乱的背景下敲上一笔竹杠大赚一笔。他不想找高尚，又与潘家有隔阂，只能是来找"天宝行"的梁东家探听一下口风。

梁东家听了亨利的来意之后是如获至宝欣喜若狂，但刚刚把话起了头，还没有拿出个具体章程来就让高尚给冲撞了。此时高尚突然间提出这个问题来，让他们措手不及，没有任何的准备，何况高尚是与亨利言说的，他和易东家也不便插嘴替亨利遮掩什么。

亨利见高尚说得言之凿凿，态度上也咄咄逼人，知道隐瞒不过，也就支吾着将东印度公司要采购两千担生丝的事情说给了高尚听。临了又补充了一句，这只是计划，还没有具体的实施细节，他这样解释也是为了不想得罪高尚，以求获得高尚的理解。

高尚听了微微一笑，他对自己的聪明都感到佩服，他进门时就看着这三位在那里嘀嘀咕咕，特别是亨利那结结巴巴的汉语里也好像是在谈生意的口气，让他怀疑他们在商量贸易上的事情，再联想到近一段时间东印度公司一直没有生丝的生意，所以他也就有了诓诈亨利的主意。

高尚指着亨利说道：“你知道我仅以你‘私下与行商交接交易，以图私贩货物’这一项罪名就可以将你告到粤海关那里，你不单会被驱逐出境，甚至东印度公司日后能不能在我大清地界做贸易都很难说。你问问梁东家和易东家明不明白这其中的道理。”

亨利听完之后虽说有些害怕，但他知道高尚不能将他怎样，毕竟他们之间私下还有私贩烟土的交易。他这时也终于想明白了，高尚这是在拿他敲山震虎，与梁东家、易东家在讲“规矩”的事情。

高尚说完，并没有再理会亨利，而是又对梁、易两位东家说：“你看，说规矩，这不就来了吗？我们按照规矩办，亨利先生的这两千担生丝就由你们二位承接！但我们也不要欺负人家，价格上要给人家个实在数，我就给你们做主了。”

梁、易两人连忙唯唯诺诺地应承了下来，因为他们知道，高尚对亨利说的那些话，也是在对他们进行敲打和恐吓！

第一百八十三章　尺水丈波

与“十三行”进行贸易的洋商不止有英国的东印度公司一家，但因为这家的贸易量巨大，所以地位和影响力显得尤为重要。

亨利主动找上门来商谈采购“七里丝”的事情让纯如更加坚定了信心，她认为无论洋商如何在“十三行”内绞尽脑汁地搬弄是非，目的总归还是来大清地界做生意的，既然是做生意，他们就必然会找一个实实在在值得信任的行商做合作伙伴。

反过来，纯如那日与亨利言说的都是心里话，她觉得就应该按照规矩办事。行商们坐在一起讨论，定下了合约，大家按比例分摊供货额度，赚了银子也是大家一起来分，风险共担，利益均沾，和气生财。亨利不想将贸易拿到“十三行”里去谈，只想着乘“十三行”混乱之机浑水摸鱼，纯如明白其中的道理，她是不能让亨利得逞的。

现在“十三行”内争权夺利的人在那里拼死拼活，看笑话当看客的人在那里前仰后合，闹得是乌烟瘴气。不但没有了裁撤之前“公行”的清净秩序，众人也都好似失去了理智和根本。

纯如看在眼里干着急，但也无计可施，这种局面下，没人会听她一句劝告，也没有人能听得进去她一句建议。索性也就两耳不闻窗外事，决定自己主动与各国洋商积极接洽。她认为，眼前即使没有贸易，也要建立起密切的、彼此信任的关系，这是日后能有合作机会的前提。

纯如这几日和周冰羽去了西班牙、葡萄牙、荷兰、法国等各国的贸易代表处，她以个人的名义给各国的代表们送上了一些精美的小礼品。因为按照“公行”之前定的规矩，行商是不能私下接触洋商的，纯如知道这一点，所以她没有打出“清威行”的旗号。

为什么纯如此时出手与各国贸易的代表接洽？

之前，“公行”在潘启的领导下秩序井然，一切都是按照规程办事，不需要私下与洋商联络。而现在“十三行”内人心浮动，高尚作为总商除了在内部忙着稳固自己的地位外，洋商这里面他也主要是盯着东印度公司不放，其他各国洋商因为贸易量小，高尚根本就没有放在心上，也无暇顾及。这些洋商受了冷落，自然也就采取了作壁上观的态度，出现了消极的贸易态度，纯如看在眼里急在心上，于公于私，她认为此时都必须要维护与这些洋商的关系。

与这些洋商接触时，一直是周冰羽陪伴在纯如左右做翻译。周冰羽虽然科考屡试不第，但没想到他竟有着惊人的语言天赋，来到广州后因为总是来往洋商的聚居地，对各国的语言都有粗疏了解，虽然不会书写，但日常对话还是能轻松应付得来的。

周冰羽发现纯如在与洋商的交流中大方得体、侃侃而谈，对各国的外交礼仪也是熟稔于心、驾轻就熟，他也很惊讶：纯如这都是在哪里学来的呢？难怪近一段时间里，纯如没事的时候总是一个人关起门来在书房看书，原来她一直是在为此做着各方面积极的准备！周冰羽在内心里对夫人愈加地佩服，甚至带着一种敬重。纯如的想法大多出乎周冰羽的意料，也不是他能想象得到的。

但几天之后传来的消息却令人震惊，东印度公司与“天宝行”“孚泰行”签订了两千担生丝的贸易合同。

纯如没有想到高尚真的就没有将这笔贸易拿到“十三行”内的台面上去与大家商议，而是私相授受直接就给了梁、易两家。

这是完全不能让人接受的。

纯如终于沉不住气了，她要去找高尚理论一番。就在即将动身之时，忽听前面的伙计来报，说是一个自称“十三行”高总商的人来到了“清威行”，要见东家。

纯如听完一愣，高尚怎么主动来了？继而吩咐道：“请他进客厅里面来。”

高尚进了来，朝纯如一拱手：“纯如姐，兄弟冒昧前来，还望海涵！”

纯如见此时的高尚衣着穿戴十分鲜亮，身穿宝石蓝上等丝绸料子做的琵琶襟长袍马褂，上面有着广绣的技法用金银线镶滚的花边儿，雪白的袖子内衬也是匀整地翻露在外，脚穿一双千层底的布鞋，同样是用料考究，做工精细。

只是这高尚一进来就叫她“纯如姐”，这让纯如听起来很反胃。近一段时间里，两人之间虽然说没有发生什么正面冲突，但彼此却是形同路人，甚至比路人还缺少一份善意，这忽然之间就热热乎乎地称姐道弟起来，既突兀又肉麻，让人身上起鸡皮疙瘩。

“高总商说的哪里话，能光临寒舍，已经是蓬荜生辉了，请坐。”纯如一边说着，一边吩咐人献上茶来。

高尚端起茶碗，“滋溜”一声喝了一口，对纯如说道：“什么总商不总商的，在你面前我永远都是兄弟。前面有什么误会或者兄弟有怠慢的地方那也都是处处在公事上，私下来讲我自认为我们是没有什么矛盾的。”

高尚这样坦白地说话，竟然让纯如感觉无言以对，好像说得非常有道理，是啊，公事上有争执有意见很正常啊。高尚这是故意遮蔽了另外一个问题，因为私下老死不相往来，可不是没有矛盾嘛！

纯如早已没有了对高尚在人品做派上能有所改变的期待和信心，自然是不会承认这个反复无常的“兄弟”的：“高总商，想必今天你也是公务在身才来到我这‘清威行’的吧？有什么赐教吗？”

“呵呵，无论怎么说，我们都是乡里乡亲，在这广州地界，在这‘十三行’里，我们都是要比别人亲近的。我这做了总商和行领，虽然面上要讲究个公平公允，但有了好事自然首先还是想到我们这一窝子人。”高尚说完，又是拿起茶碗来，喝了一大口。

“看来高总商今天是来和我言说好事的，那请你说来听听？我也跟着高兴高兴。”纯如不咸不淡地应承着说。她知道，高尚不是有了什么鬼点子上她这里来卖乖讨人情来了，就是来给下套儿设陷阱来的。

“想必纯如姐你也知晓了，前几日我将东印度公司采购的那两千担生丝协议给了‘天宝行’与‘孚泰行’……”

纯如打断了高尚的话，正色地说道：“难道这就是高总商要和我言说的那好事吗？我想问一句，为什么此事不拿到‘十三行’的台面上与众行商研议，而是直接指定了梁、易两家呢？我想这是不合乎规矩的吧？”

“纯如姐这话问得好！都说好人难做啊，还真就是这么回事！想当初‘公行’之时，潘启召集行商研议事情时，哪个不是争先恐后？怕的就是迟了半步，潘启日后会对他打击报复。而临到了我的头上，出于眼红嫉妒也好，故意为了冷落我的台子也罢，那日我召集开会研议此事，除了梁、易少数几家去了之外，大部分都没有去。就是纯如姐你也不知何故未去，但我是能理解你的，你应该是事多忘记了或是临时有了他事，否则是不会如那些人一般看兄弟笑话的。”

高尚一脸无奈地说完，表情很是失落，他这番话有理有据，让纯如听起来也感觉真是那么回事。高尚说得没错啊，让你们去开会，你们不去，借机看我的笑话；好事给了别人，你们又来找我的后账，这到哪里也讲不出道理。

纯如不免安慰了高尚一句：“总商也好，行领也罢，就是要有公德之心、大度之怀，只要做到问心无愧，迟早会让别人理解的。”

“不说这些让人窝火的话了，今天我来主要是告诉纯如姐你要做好供货的准备，以防措手不及。”高尚听了纯如的话，又好似重新振作起了精神，对纯如很认真地说道。

“供货？供什么货？”纯如惊讶地问。

“东印度公司那两千担生丝的货啊！”高尚有些得意地答道。

“东印度公司不是已经和‘天宝行’和‘孚泰行’签了合同了吗？”纯如听了更是迷惑不解。

“我为什么要将这笔合同摊派到梁、易两家？其他行商不是没这个能力，而是此时没有这个心思来接，他们现在只是一门想着如何要对付我。我就是求着他们做，他们也不会理会我的，只能是看我的笑话。东印度公司这次要的是‘七里丝’，你想想他和梁、易两家签订的合同无非就是表面文章，最后梁、易两家还是要纯如姐给他们供货才行。所以，就根底来讲，这笔合同是你和东印度公司做的，只是中间过了一下梁、易两家人的手而已。我私下和他们两家说了，这批货必须要从‘清威行’或者‘广客隆’里来出，否则出现一点儿差池，我让他们吃不了兜着走！”

说到激动处，高尚已经慨然地站了起来。

“真是为难你了！我代表‘广客隆’也代表‘清威行’及咱们江浙丝绸商会感谢高总商的支持，你放心，只要价格不是太离谱，我一定配合好那二位东家将这笔贸易做得圆满。”

高尚的话确实说得令纯如感动。

在纯如得知东印度公司与梁、易两家已经签了那两千担生丝的合同后，心里一直是空落落的，那是一笔五十万两银子的大生意啊！就因为自己的犹豫不决，而白白地拱手让与了他人，怎能不让她感到后悔、惋惜呢！

自己千里迢迢来广州做什么来了？不是游山玩水，也不是沽名钓誉，是来给江浙丝绸商人赚银子、争脸面来了，更是为了“七里丝”能名扬天下做宣传来了！

此时纯如听到高尚这番话，确实让她有一种失而复得难以言表的激动心情。

“纯如姐不必客气，我说了我不是外人，有了好事，胳膊肘子自然是要往里面拐的。我也希望借此事能让你明白我的一番用心良苦。我虽在总商的位子上，但绝不是如潘启那般近水楼台为的是一己之私，我要一心为公，推己及人，为‘十三行’里的众位行商谋福祉！我们江浙丝绸商人现在终于是在‘十三行’里面站稳了脚跟，我更要在这里面努力地去给我们江浙丝绸商人争脸面！”

高尚见纯如对自己终于动了真感情，豪言壮语之间也是尺水丈波，神采飞扬起来。

第一百八十四章 项背相望

绎如、楚秋等人知道了高尚将东印度公司的合同私下给了“天宝行”与“孚泰行”，当然是要抓住这个难得反击高尚的机会，他们拿出一副要群起而攻之的态度来到了“十三行”，指着高尚鼻子，向高尚要说法，必须要给出一个合理的解释才肯罢休。

高尚早料到会有这一番场景，他不慌不忙又拿出了那日与纯如的说辞，我召集你们开会来研议，你们不来啊！不但不来，还带领别的行商去总督衙门那里聚众请愿，你们能怨得了我吗？

见绎如等人被问得哑口无言，高尚不经意间透露出来，他已经和纯如有了商议，这两千担的生丝最终是要从“清威行”和“广客隆”那里供货的。这更让绎如等人听了无计可施，最后只好灰头土脸地从“十三行”里退了出来。

临走的时候，高尚指着绎如这些人的鼻子说道：“你们有一个算一个给我听好了，我下次召集开会，一次不到，少了天大的好事也不要上我这里无理取闹，三次不来，直接从‘十三行’里除名，你们小心给我思量着。”

高尚望着绎如等人远去的背影，开怀大笑。他知道，这些人虽然眼前是跟着绎如走了，但其中一些人听了他的恐吓之后，心里已经打起了鼓，用不了几日就会围拢到他高尚屁股后面的。

高尚自言自语地说了一句：“好戏还在后面呢！”

绎如对高尚与她言说的事情半信半疑，她不好多问高尚什么，但是要亲自向纯如问个明白。

卯时，姐妹二人见了面。

绎如直接抛出了话题：“高尚真的答应那两千担的生丝从你家的‘广客隆’购买？”

“他是这么说的。”纯如爽快地回答了妹妹的问题。

绎如见纯如回答得如此直截了当，很是气恼：“他为什么要这么做？难道你们背后有什么见不得人的交易？”

“我也不知道，有可能是良心发现吧！你不要胡思乱想，我和他之间能有什么交易？其实再仔细想想，‘七里丝’只有我们湖州有，就是他这么做也没什么可奇怪的。”纯如安慰着绎如说。

纯如越是辩解，就越是加深了绎如的怀疑，她没有好气地反唇相讥道：“没有你说得这般轻巧吧？这几次讨伐高尚都是我和楚秋、有度等人冲锋陷阵，而你装着好人从来不露面不说，就是连个声援在你这里也得不到，高尚要不是允诺了你好处，那才叫怪呢！”

“好吧，我和你解释不清楚。至于你说的那冲锋陷阵也好，声援也罢，我感觉都是没有什么意义的事情。大局已定，凭你我的力量是改变不了什么的，徒劳无功，更无益……”

“什么无功无益？分明就是你心虚！”

“你真是蛮不讲理，不可理喻！”

“好，没想到你纯如是如此见利忘义之人，就是连骨肉亲情也忘了，见我受如此欺辱，你却与贼人狼狈为奸，你给我好自为之！”

说完，绎如摔门而去。

纯如摇头，但没有去追拦绎如，她这个妹妹疑心重，口上和她解释什么都没用，只能是等着她自己想明白了才能将误解消化掉。

纯如感到有些憋闷，她想趁着好天气出去走走，顺便也排解一下低落的情绪。

就在纯如将周冰羽找来要往出走的当口，梁东家和易东家主动找上门来，要和纯如商量购买“七里丝”的事情。

梁东家倒是没有那么多的客套，开门见山让纯如将“七里丝”的价格当面报出来。

纯如考虑了诸多方面的因素，特别看在都是在“十三行”里面共事的分儿上，极为诚恳地报出了一个极低的价位，里面仅含有少许的利润。这还得说从湖州到广州的运输路途上不要出现什么差错和风险，如果真是受了糟损，这个价钱就是眼瞅着赔钱。

没想到梁东家和易东家听了之后是眉头紧皱，脸色也变得非常难看，他们拿出了与东印度公司签订的合同。

“纯如东家，你看这合同，再看看那上面的价格，你给我们的价格也实在是太高了！我们忙了大半天，到最后没什么利润可赚，那还有什么意思啊？你这可是有些乘人之危喽！”

纯如接过了合同，扫了一眼上面的价格，然后又递给了周冰羽，周冰羽接过来仔细看过，然后极为诚恳地说道：“两位东家，恕我直言，我家夫人刚才报出的那价格实乃是情义之价，只是你们与东印度公司签订的这份合同价格有些低了！我刚才也大概算了一下，我们家卖给你的这些生丝连两千两银子都赚不到。”

易东家将那份合同从周冰羽手中扯了回来，沉着脸说道：“我记得上次你们供给潘家的价格可是比今天报出的这个低了很多啊，你们总不能看人下菜碟儿，厚彼薄此吧？难道潘家人当时是总商，我和梁东家此时无职无权，就要在价格上区别对待？”

纯如连忙站起来解释说：“易东家您误会了。上次的事情您也是了解的，那实属东印度公司欺潘东家不知‘七里丝’价格而来的，最后迫不得已，我和潘东家都是各赔上五万两银子接的那生意……”

“那听纯如东家如此说来，你是要将那五万两银子算在我们头上喽？”梁东家抢过纯如的话头来，然后不阴不阳地说了这么一嘴。

周冰羽听了很是生气，这都什么胡搅蛮缠的人啊！已经非常明白地告诉他们自家也就有两千两银子的赚头，怎么还硬说赚了他五万两呢？现在看来，就是自家赚的这两千两银子的辛苦钱都给他们拿出来，他们也不会满意。谁让你们签订的价格那么低，活该！

纯如眼看着周冰羽有了不耐烦的颜色，怕他性急发作出来，连忙说道：“呵呵，梁东家说的哪里话，我们同为‘十三行’行商，就是再想赚银子也赚不到你们头上。说归说笑归笑，我们谁也不能总是赔着本钱或不赚钱去做生意，多少人吃马喂的都在我们身后等着呢，您说是不是？我给出的这个价格高与低，你们尽可以差人去湖州打听一番，也就明确了。”

“既然纯如东家把话说到这个份儿上，我也听出来了，在你这里，对我们两位根本就没有什么情面可讲。我也和你说实话，要不是高总商非要找你家来，我们也有其他门路可走，总归有银子在手，还愁买不到‘七里丝’吗？”

梁东家说完，气哄哄地拉起易东家，头也不回地走了。

留下周冰羽和纯如二人面面相觑，一时间回不过神来。

前脚是绎如到这里一番蛮不讲理、胡搅蛮缠地作闹，后脚是梁、易二人到这里咄咄逼人、强词夺理。这在一天里接连发生的事情，让纯如感到无语，也是憋屈至极。

周冰羽见到纯如如此模样，也很心疼，他拉起纯如的手走出了“清威行”。

此时已是戌时，白天的暑气已经退去了大半，广州八街九陌的闹市之中已是灯火辉煌，特别是西关这一边，“十九铺”沿西濠和大观河而建，背水面街，更是十分兴隆。珠宝行、皮革行、成衣坊、酒楼、茶馆、妓院砌红堆绿、鳞次栉比，一派凤引九雏、歌舞升平的良辰美景，街路之上出来纳凉闲逛的人群也是接踵摩肩、项背相望。

纯如看到眼前的热闹景象，感觉轻松了许多，一时将烦恼放到了一边。她到街边的小摊儿上用碎银子买了几个女人用的小配饰，又买了一对广彩小娃娃准备带回家去给儿子周展玩。

周冰羽见纯如有了好心情，自然也是跟着开心，一路上和纯如说着市井杂谈、八卦趣事。纯如平时专心于生意，此时冷不丁听了这些稀奇故事感觉有趣，面上一副乐陶陶的样子。

两人逛得有些累了，挑了一处非常热闹的茶馆准备歇一歇脚，顺便喝口茶水润润嗓子，那茶馆里有说唱的艺人在台上表演，茶客都在津津有味地看着。

周冰羽和纯如拣了个靠边的桌子坐了下来。

小二是个机灵人，早已看出了这二位是贵客，说话间已把一壶上等的凤凰水仙茶献了上来。之后没等纯如吩咐什么，又自顾将一些茶点摆在桌面上。小二心里有数，就眼前二位的穿衣做派是少不了他的茶水、点心钱的，只要殷勤麻利照顾得周到，讨了高兴，就是那跑腿的赏银也是不少的。

纯如这是第一次和周冰羽这般到街面上畅快地品着香茶，听着急竹繁丝，心里感觉舒坦了许多。这当中自然有周冰羽的功劳，周冰羽来到广州后，身上曾经爱犯的毛病忽然之间去了大半，就是偶尔秕言谬说发作一下，也是朝过夕改，现在夫妻之间大有一派妇唱夫随的和谐与亲密，尽享琴瑟合鸣之乐，这让纯如很是欣慰。

就在这时，匆匆进来了一男一女，背对着他们坐了下来。因为人头攒动，烛光闪烁，也是无心特别留意，纯如和周冰羽并没有看清面容。

两人的谈话声虽小，但还是隐约能听得明白的。

“真是恭喜高东家荣登总商和行领的宝座啊！”那女人说。说话的语气之中，听不出是真心的恭喜还是假意的逢迎，让人有一种莫衷一是的感觉。

纯如和周冰羽对视了一眼，原来是高尚来了这里。

“你说吧，你想怎样？”高尚冷冰冰地问。

“今天我请高东家出来，不，高总商、高行领，除了给您喝彩道喜之外，也是想请您在这大富大贵的当口帮衬帮衬我这背井离乡之人。”

“呵呵，”高尚冷笑了一声，又提高了一些说话的音量，讥讽道，“我以为什么大不了的事呢，原来是朝我乞讨要饭来了！可你要得出吗？和我说得着吗？没什么别的事的话，我还真就没工夫陪你在这闲聊。”

那女人也是冷笑一声：“高总商真是卸磨杀驴的好手，那我就和你说说我‘要得出’的理由。我当初去周家做绣娘，引诱周冰羽，是你让我去的吧？”

“可你没成事啊！徒劳无功，你还有脸说？”

“是啊，我没脸说，害得我背井离乡来到了广州，那时我找到了你，要是我没记错的话，你说的也是今天这番话。”

“既然你早已经听明白了，我也就不和你废话了。”高尚说完，往后推了推椅子，要起身离去。

“慢着。”那女人好像命令着高尚喊了那么一嗓子，引得周围人侧目过来。

“我还有话说。”那女人又压低了嗓音说。

高尚不得已又坐了下来。

那女人见高尚又安稳了下来，换了低沉的口气说道：“你可还记得那嫣然？我也不和你绕圈子了，我当时来广州找你要银子是不假，可我也有预感你会是卸磨杀驴不认账的一副嘴脸，真要是你一毛不拔，我和我丈夫在广州无依无靠不得饿死吗？我是做了两手准备的，你这里坏了良心，我就投奔我表姐那里栖身，嫣然就是我的表姐，她是你害死的！”

“小红，你放屁，谁害死她的？我都不认识她，不要往我脑袋上扣屎盆子。”高尚低声咆哮道。

“你睡了她，玩了她，利用了她，你和她一起抽烟土，绑架那‘荣盛行’的东家绎如，你说你不认识她？你以为她死了，就不会说话了？我告诉你，你和她所做的每一件事情，她都和我说了，怕的就是哪一天你杀人灭口，我也是怕留不下证据来，让她亲笔都详细写了出来，虽然字写得歪歪扭扭，可那事实描述得却是直来直去……”

“你到底想怎样？”高尚态度虽然还是很蛮横强硬，但语气已经较刚才软了下来。

“我不黑你，一万两银子给了我，我们就当今天什么事也没发生，我和我丈夫找个山清水秀的地方享福去。如若不然，就别怪我心狠手辣，我将嫣然写的那些东西多誊写几份，送到衙门那里、绎如那里、满大人那里，还有‘十三行’那些行商的手里。”

第一百八十五章　价值连城

高尚和小红离开了那茶馆。剩下的纯如和周冰羽也失去了好心情再坐下去，特别是周冰羽懊恼到极点。他真后悔进了这茶馆，他宁肯听不到高尚背后做的这些龌龊事，也不想在这里听到小红将那旧事重提，这让周冰羽在纯如面前感觉无地自容不说，也无异于割开了他那已好的伤疤，又往上面撒了一把盐。

两人一路无语回到了家里。

周冰羽端了热水盆进了卧室，随后自己蹲在地上，挽起袖子，殷勤地给纯如洗起了脚。

纯如并没有因为又见到小红而和周冰羽生气，对心胸宽广的纯如来说那都已经过去的事了，再说是小红在拿那事要挟高尚，和周冰羽无关。

纯如直到今天才知道，原来小红的事是高尚在背后搞的鬼！

她沉默下来，不为别的，而是因为从小红口中得知高尚做了那么多的坏事！昨天自己还另眼看待了高尚，可今天发现高尚或许已经是无可救药之人了！高尚如此能迷惑人，那将来还不知道有多少人要上他的当，吃他的亏呢！

难道高尚和自己说的那两千担“七里丝”的事情也是藏了坏心眼？绎如因此误解了自己与高尚背后有交易，离间了姐妹感情。想必其他行商，包括“同文行”潘家都会有绎如一般的想法，那自然就会置“清威行”于令人眼红生厌的位置，无形中少了朋友，多了对手。高尚用那生丝生意稳定了梁、易两家关系的同时，又通过树立她纯如的牌坊堵住了众人的口。梁东家和易东家认为她纯如不讲情面，自然以后的关系更难以缓和。高尚在她纯如面前卖了乖，做了好人，到头来，她就会欠他高尚一份人情！而“清威行”却是什么也没有得到！果真如此，高尚真是蛇蝎心肠、机关算尽了！

周冰羽见纯如凤眉颦蹙一言不发，愈发紧张了起来，倒掉了洗脚水之后，又转身回了房间给纯如揉捏起肩膀来。周冰羽这般讨好纯如，生怕纯如对小红之事耿耿于怀，在纯如面前不言声地表决心：别看小红人身在广州，我是不会和她再胡搅在一起了！

“冰羽，你明天陪我去潘家，我有事要和潘家父子言说。”纯如开口说道。

“好嘞！”周冰羽爽快地答道。

听到纯如开口说了话，并且未提小红之事，周冰羽顿感轻松了下来：“你看我这手上的功夫可是了得？是不是揉捏得你骨软筋酥、四体通泰、心神俱醉？”

“恹恹欲睡。”

纯如看着周冰羽的样子，感觉可笑，忍不住“扑哧”笑出了声。

“恹恹欲睡好啊，一会儿我再施展我的擒拿大法，让你来个物我皆忘、飘飘欲仙的境界！”

“想得美！”

纯如说完，将周冰羽推到一边，脱了衣裳，自顾上床，将绸缎被盖在了自己的身上。

第二天一早，梳洗过后，纯如和周冰羽来到了潘家。

潘启出面接待了夫妻二人，并特意吩咐家人拿出他收藏多年的云南“老班章”的普洱茶来，煮好后献了上来，一时间客厅内茶香四溢。

周冰羽向潘启问安之后，好奇地问起潘有度来，潘启带着尴尬之色说道：“不瞒你们说，自从有度与绎如相识以后，有事没事他总是往‘荣盛行’那边走动，拦也拦不住。这不，一早上起来就没了人影子，我猜想他又是去了那里。”

纯如看了一眼周冰羽，对着潘启说道：“潘叔，他们年纪相仿，很投脾气，又加之近来‘十三行’内风云变幻莫测，我想他们在一起也是研讨对策，我听说他们二人一直在团结一些行商对高尚进行抵制。”

纯如是聪明人，她已经从潘启的言语口气中听出了弦外之音，那就是潘启不希望儿子与绎如多有接触，而绎如是自己的妹妹，不管潘启怎么想，纯如也是要替自己妹妹解释几句的。

潘启无奈地说：“我不是说年轻人在一起多交流不好，只是有度尚未婚配，而绎如又是、又是孀妇，这经常在一起热络，会让人说出闲话来的。潘家、有度的名声事小，绎如的名节事大，就是你们今天不来，我也是想找个机会和你们说一说这个事的。”

纯如听明白了潘启的意思，这是在暗示自己要劝说绎如和潘有度少来往，可自己的这个妹妹，哪是她这个做姐姐的能琢磨得透的，要是言说起来，绎如一定会对她恼火的。

可话说回来，难道绎如和潘有度之间情投意合，真的产生了男女之情？潘家家大业大，潘有度又是一表人才，而自己的妹妹绎如说来是一个寡妇，况且年龄上又比潘有度大，表面看来是郎才女貌的一对，可往深里想，一个天上一个地下，这当中的差距大着呢！

“我想潘叔是对他们有些误会了，作为绎如的姐姐，我会和绎如说清楚的，让她在这方面多注意一些，有则改之，无则加勉。”纯如向潘启表明了自己的态度。

“嗯，这事你就多费心了。说来，我自忖是开明之人，但奈何潘家在广州地界还算有几分名望，不得不让我多虑几分啊！这两年来，有不少媒婆子将朱门绣户的女儿介绍过来，其中不乏策名就列的簪缨世胄之家，就是京城里安富尊荣、位列公侯的人家也是有的。但我想有度未到弱冠之年，也就一一推托了。”

纯如知道潘启在这件事情上的态度极为严肃，在表意上下了真功夫，他生怕纯如听得不明白，就差一点儿直接告诉纯如，你的妹妹根本就配不上我潘家！

“请潘叔放心，我会办好这件事情的。”纯如也不知道再对潘启说些什么才好。

“唉，看我这上了些岁数，就唠叨起个没完，不知你们来……”潘启见让纯如捎话的目的已经达到，也就点到为止见好就收，他想纯如来到门上应该是有事找他，所以也就将话头引到了正题上。

“我看您这一段时间深居简出，就想着过来看看您。”纯如说。

潘启抬起手来，做出让纯如和周冰羽喝茶的动作，又自顾自地端起茶碗，用碗盖拂了拂水中的茶沫，并没有喝，而是将茶碗放到桌面上，然后笑吟吟地说道：“呵呵，谢谢你们还惦记着我。这些时日因为沉疴刚去，行里的事情都是让有度去走动，我确实是少了些露面。但待在家里，就不等于耳目闭塞了，我也听人风言风语说近些日子高尚还有梁、易两位东家与‘清威行’走动得很勤快，我想你们‘清威行’这里是不是有好事将近了啊？”

纯如答道：“潘叔说得没错，他们确实是怀揣着好事找上门来，只可惜好事，我却是眼睁睁地求不得好结果。我一时排解不开，来求得您的指教。”

潘启站了起来，走到纯如和周冰羽的近前，说道：“这些事就是你不说，我心里也大概清楚，现在‘十三行’里哪里有那么多的好事让我们爷们来做？表面上和你热乎，却暗地里挤对你，这就是使的套路。”

“潘叔洞若观火，接下来，我该怎么做，我想听听您的高见。”纯如在心里暗自佩服潘启的脑力，真是一个明白人，三言两语就已经将天机道破。

“那弄权之人，翻手为云覆手为雨，已经是在‘十三行’里遮天蔽日了，凭着绎如和有度他们那小打小闹怎能拨云见日呢？再说，越是这样闹下去，越是遂了那人的心愿，他恨不得无风起来三尺浪呢！他现在就是要利用你作闹时露出破绽，乘机整治你，又让你哑巴吃黄连有苦说不出。可惜，绎如和有度等人不了解这个道理。”潘启说完，无可奈何地摇了摇头。

周冰羽忍不住问：“那依潘叔的意思，我们该怎么办才好？”

潘启重新回到了自己的座位坐下，指着身后那面墙壁说道：“你们看。”

纯如和周冰羽顺着潘启的指向一看，十分惊讶：“那幅《千里江山图》呢？”

“让我送人了。”潘启慢悠悠地说道。

“您送谁了？”周冰羽急着追问。

潘启双手一抱拳，高高地举过头顶，郑重地答道："皇上！"

纯如和周冰羽在心里暗自惊讶，潘家的能量实在是太大了，不显山不露水，但随时能电闪雷鸣掀起巨浪来。潘启真是有通天的途径，直接接触得上九重宫阙里的皇上？

潘启捻着胡须继续说道："我家老大有为官至内阁中书，现在正在皇上身边参与编写《四库全书》，我趁着他此时的光景，代表潘家将那幅画献给了皇上。我虽然没了总商的身份，但我的身上还是有那三品'候选兵马司正指挥'虚衔的，我将'十三行'内的现状写了份折子，委托老大有为呈给了皇上。"

"潘叔，您这么做有什么用意吗？"纯如问。

"既然那人已是只手遮天，那就利用天子剑将他的那只手斩了！"

潘启说话间，变得慷慨激昂起来。继而，又说道："我不贪恋权位，也不眼红嫉妒，只是出不了心中这口被欺辱的恶气。说来，这也算是小事，我做这些，更想为你们这些小辈日后铺一条平坦直顺的路来走。"

"皇上能将这样的小事放在心上吗？"周冰羽虽然听了潘启的话很兴奋，但还是不放心地问了一嘴。

"呵呵，虽然皇上富有四海，普天之下莫非王土，但我送给他的'千里江山'，世上只有这一幅，连相似的都没有，可谓价值连城。说来，银子对皇上当然是不算什么，但你们可知道我们的皇上可是对字画极为痴迷之人。我想，这幅千年的王希孟的《千里江山图》是一定能打动得了皇上的。"潘启说得慷慨激昂，但脸色上却流露出落寞的表情来，他应该是心里还在想着那幅画，他舍不得，忍痛割爱，心疼！

潘启继续解释道：“‘十三行’的发展事关国库赋税钱粮的充盈与否，这对于皇上来讲当然也不能视作鸡毛蒜皮的小事，我想就是皇上不说什么，至少也会得到朝廷有司衙门关注的。”

周冰羽听得已经是热血沸腾了，他站起来对着潘启说道：“潘叔，您想着皇上看了您的折子，会有什么态度？”

潘启很自信地答道：“皇上贵为真龙天子，圣神文武、天威难测，但我想皇上看了我这一道折子，至少他高尚的总商和行领是做不成了！”

“太好了！”周冰羽一个拳头捶打在茶案上，将茶碗里的茶水都溅了出来。突然间，又意识到了失态，忙用手掌将那茶水胡乱地往地下擦抹。

“唉，要不是我顾忌楚秋和绎如是你的兄妹，我何苦要费如此周折和苦心，其实简单的办法是用那‘洋药水制假’和‘私贩烟土’的两个罪名也能将他治得服服帖帖了。但此时说这些，倒不是向你们讨人情，只是别忘了替我向绎如言语一声，我儿子有度的主意她不能打！”

第一百八十六章　高仆为奴

绎如这一阵子的心情无比焦躁，她真就不相信自己能被高尚欺负到如此不堪的地步，李侍尧那里的人脉路子让高尚给断了，就好像忽然在她眼前平添了一堵墙，寸步难行。有了与洋商的贸易，可高尚偏偏连一丝一缕都让你沾不上边，只能眼睁睁地看着，任你窝火发狂也是啥招没有。

眼前是如此境地，日后也就可想而知了。

京城的吴卿怜给绎如回了信，信里面说和大人对“十三行”之事也鞭长莫及，特别是有李侍尧在这里面纵横捭阖，更是异常难办。最后她告诉绎如，有事多找粤海关监督满春豪商量，先挨过眼前的困境再说。

绎如再一次来到了粤海关找满春豪，因为上次满春豪让她在那行领的位置上与高尚僵持纠缠并没有成功，满春豪当时告诉她还有一步棋可走，这次绎如就是急着来寻那一步棋的。如果再让高尚这样肆无忌惮下去，她感觉自己快要被逼疯了。

这次她是带着潘有度一起来的。潘有度因为父亲受了高尚莫大的侮辱，而决心要为父亲挽回脸面，他自己临危受命做了“同文行”的东家，更是急需要打开眼前的不利局面。

而绎如带着潘有度的目的也很明确，那就是要利用潘家的影响力对满春豪再施加一些压力。潘家自来与满春豪的关系就是不错，潘有度刚刚做了“同文行”的东家，来拜望满春豪也是正常的。

满春豪见绎如和潘有度结伴而来很是惊奇，但因为都有各自渊源在里面，因此很热情地接待了他们。

绎如将上次见面后所发生的事情一一说给了满春豪听，她相信满大人对这些情况都已经掌握了，现在说来都只是走个过场而已。

绎如说过之后，潘有度在旁边做了一些补充。

满春豪听完之后，连连摇头，一脸无奈的表情。沉吟了一会儿说道：“如此说来，高东家得了总督李大人强而有力的支持，现在你们说什么都没有意义了，眼前也只能是委曲求全，等过上一阵子再说。”

“满大人，您上次和我说还有最后一步棋可走，难道现在还没到时候吗？”绎如问道。这是她今天来的主要目的。

满春豪虽然面上还算和善，但对绎如将潘有度带来与他一起言事很生气，这让他有些话没法说，又听见绎如如此莽撞地当着潘有度的面说这么敏感的事情，满春豪心里更是十分恼火。绎如明明知道这里面牵扯着和大人，让潘有度听了去，这要是在广州城里传扬开满春豪是和珅的人，那可就是惹祸上身了，他满春豪首当其冲就会成为李侍尧打击的对象。再说，他满春豪这么做了，也会受到和珅申斥的，说他办事不长脑子，他自己也同样不希望言事时有第三者在场，这在官场是犯忌的，就像百姓家东家长西家短扯闲，这里面需要避讳的事情多了。

满春豪冷冷地答道："你有可能听错了，哪里有什么后手棋可走？我说句不好听的，自己的梦还得自己去圆，我是不好插手什么的。再有，说话也要注意分寸的，让别人听了去，生了误会就不好了，我作为粤海关的监督面对众行商都要把一碗水端平。对事不对人，公平公正，差事上不出什么差池是我的本分。"

绎如听明白了满春豪这是在和自己怄火，心下后悔考虑得不周全，见满春豪将话说到了这个份儿上，也不好再争辩什么，她下意识地瞧了一眼潘有度。

潘有度站起来，对满春豪深施一礼，然后朗朗说道："大人，今天有度冒昧来访，是想向您汇报，因家父这一阵儿身体抱恙，'同文行'暂时由我协理，以后我叨扰大人的地方一定不会少，还望大人多加提携。"

"好，好。"满春豪未置可否，用手虚抬了一下，示意潘有度坐下说话，然后继续说道，"我听说了这件事，你年轻有为，办事干练，有潘总商再在后面扶持一把，应该没什么问题的。"

潘有度站着未动，继续对满春豪说道："大人，不瞒您说，我和'荣盛行'的绎如已经义结金兰，她是姐姐，我是弟弟……"

啊？绎如听到潘有度这样说，忍不住在心里大吃一惊，这是什么时候的事啊？忽而，在心里不禁暗笑，这潘有度真能扯瞎话，并且说得还如此有模有样，容不得人有半点儿的怀疑。当然绎如明白，情急之下，潘有度在满春豪面前将彼此关系说得如此亲密，为的是打消满春豪的疑虑，也为刚才满春豪对自己的不满打圆场。

满春豪同样也是一愣，这绎如也真是厉害，什么时候就攀上潘家的四公子成了拜把子的姐弟了呢？绎如与潘家有了如此密切的关系，自然是同荣辱共进退，那也就可以解释为什么那日在竞争行领时潘启要出面为绎如说话的原因了。

“好啊，好啊！”

满春豪心不在焉地应承着，他的心里在想，潘家此时是窘迫尴尬之时，想来与绎如联手也是情理之中的事情，表面上是两家，其实不然，那纯如、楚秋呢？他们是绎如的兄姊，有了绎如与潘家的关系，自然而然早晚都会聚合到一起，这就会形成一股很大的势力，不容小觑。莫不如就放任他们与高尚斗来斗去，彼此消磨下去，自然两方面就都没有了锋芒，最后都得围着他满春豪屁股后面转圈圈。否则，哪一方面势力过大，都会难以掌控，都不是什么好事。

潘有度见满春豪只是在一味地敷衍自己，知道是到了拿出点儿真东西的火候了，他继续说道：“我是第一次登大人的大门，临来时，我也和我绎如姐商量着给您带来了一份礼物。”

满春豪不禁愕然，下意识地左右看看，说道：“哪呢？”

说完之后，也发觉自己太过失态，忙又说道：“私下来讲，我与你父亲交情不浅，你是我的子侄辈，不是外人，那么客套做什么！”

绎如一愣，这潘有度又编什么瞎话，他根本就没有和自己说过要给满春豪带什么礼物啊！

潘有度微微一笑，从怀中掏出一张纸来递给了满春豪。

“地契？！”

满春豪不禁脱口而出，嘴角不自然地搐动了两下，他慢慢移动着肥胖的身子站了起来，将那张纸又递向了潘有度，口里说道：“开什么玩笑？就是你有心情给满叔带礼物，三包果子两包糖也就是了，你是我的贤侄，我能在礼节上挑你的理吗？你拿来这么一大块的地皮，这么重的礼物，我不能收啊！”

绎如不禁在心里连连叫苦，这潘有度疯了吗？自己早上给他的地契，让他去现场勘查地界帮忙谋划建商铺的事情，怎么转手就当了见面礼给了满春豪！何况这地契也不是你的啊，没和我商量，你怎么可以随手就轻飘飘地送了人？那可是她从父亲手里花了五万两银子买过来的！但绎如此时知道不能发作什么，只能强装镇定，看事情往下怎么发展，再做定夺。

令人不可思议的事情发生了，潘有度接过了那张地契，放进了自己的怀里。只见满春豪和绎如在那里瞠目结舌，满春豪更是嘴角猛烈地抽动了几下，脸上也是极为尴尬之色。

潘有度说道：“满叔，您以这张地契入股，我在上面建商铺。”

“建了商铺何用？你要出租？”满春豪在潘有度这一惊一乍之间，也好似失去了理智，顺着潘有度的思路说了下来。

“我想这样，等我建完了商铺，您可以将‘十三行’内的所有行商都迁过去，任凭他们租也好，买也好，我们只等着收银子也就是了。”

绎如长长地出了口气，有度啊，有度，你真是神了，也只有你能想出如此绝妙高深的计谋来。表面上送了满春豪一份天大的礼物，实际上那地皮并没有到满春豪的手上，又牵扯着满春豪利用手中的职权将那商铺转手之间就折腾了出去。等于商铺未建，银子就已经被送到眼前了。

满春豪眼睛眨了眨：“这，不好吧？”

“满叔，您放心，没什么不好。”

潘有度走到满春豪的近前，继续说道：“现在‘十三行’的众行商分散在广州城内四处，很难集中管理调度，就是私下之间或与夷商之间有苟且之事也很难被发现，如若迁到一处，也好在众人的眼皮子底下互相有个监督。再有，行商林立于一街，协调统一，气势磅礴不凡，自然也彰显了我大清国的繁荣昌盛、国富民殷，那夷商见了自然会矮上三分，同样也是神功圣化、主圣臣良之美好景象，我想就是朝廷听了您给‘天子南库’建立了如此赫斯之威，不给您下表彰嘉奖勉励才怪呢！”

满春豪听得连连点头，面泛红光，潘有度的话句句说在他的心坎上了，这是名正言顺名利双收的大好事！他激动地说道：“有度贤侄，就照你说的办。事不宜迟，也不要拖泥带水，你在那里将商铺尽快建起来。我明天就拟个章程派人送到户部去，最后再上个折子呈给皇上御览，同时也放风给这些行商，让他们早做心理准备。你那块地皮我刚才也看了，是一块风水宝地，建好了商铺，租也好，卖也罢，总之价格上不要太便宜。有我在这里催赶着，他们都是不敢怠慢的，有可能还会出现趋之若鹜的场景。说来，主动权掌握在你手里，你明白吗？”

潘有度一抱拳：“满叔，高见！”

绎如此时心如撞鹿，她今天真是长了大见识！她相信世上不可能再有如潘有度这般的青年才俊了，铄古切今、才贯二酉不说，而且通达敏练人情，深谙政商世故，这是多么难得的修为啊！

“只是……”潘有度有些为难地支吾着说。

“只是什么？”满春豪此时难抑激动心情，忽然见有度有些踌躇连忙问。

“满叔，只是我怕高尚作为‘十三行’的总商从中作梗！”潘有度说出了自己的担心所在。

“呵呵，怕他做甚？说到底，他最多也就是我粤海关衙门放到‘十三行’里的一个奴才，他想在我面前兴风作浪，只能说瞎了他的狗眼！”

那么，高尚最终命运将会如何呢？绎如呢？纯如呢？其他人呢？

请看本书下册《大道致广》。

大清丝商

【第三部】·下

大道致广

城君◎著

新世界出版社
NEW WORLD PRESS

故事梗概

绛如与潘有度在接触中互生情愫，不料潘启从中作梗，终是棒打鸳鸯散；高尚在压力之下，无奈任命纯如为丝绸行的贸易代表；纯如面对飞扬跋扈的洋商，大义凛然予以整治，最终建立平等贸易关系；高尚想与潘启和解，但受潘启严辞拒绝；绛如对潘启怀恨在心，联合高尚对潘家发难，高尚指使潘家大丫鬟馥宝儿欲偷盗龙袍栽赃陷害，纯如发现馥宝儿行径，智慧解难；潘有度与馥宝儿成婚，绛如心灰意冷返回南浔老家；高尚被发现私贩烟土，但被满春豪放过一马，亡命天涯不知所踪；馥宝儿做了潘家的少奶奶，因有前嫌欲挤对纯如，被纯如识破及时化解终以合作收场；转眼间，几十年过去，纯如青丝已染白发，夕阳西下，物是人非……

第一百八十七章　琐琐碎碎

绎如与潘有度从粤海关衙门走出来的时候已近中午时分，二人皆是饥肠辘辘，寻了一个小饭馆后坐了下来。

潘有度请客，饭菜很丰盛，又因为心情畅快，两人一边慢慢品尝着广州当地的美食小吃，一边欢声笑语地聊着天。

“潘公子，你今天真让我大开眼界啊，真是服你了！”

绎如明波流转，梨涡微现，笑靥如花。

“服我哪般？”

潘有度正在吃着云吞面，听见绎如要夸奖自己，将筷子放了下来，一副要侧耳倾听的认真模样，很是滑稽。

“编瞎话。”

绎如说完，忍不住哈哈大笑起来。

“咦，你还别说，真还让你说着了，我这编瞎话的本事还真不是一般人能学来的。我是现学现卖，就如这热腾腾的云吞面，你要什么滋味，我给加什么佐料，保证客官满意！小二我伺候得那是相当到位。”

潘有度说完，也为自己拍案叫绝，他这亦庄亦谐的样子，惟妙惟肖，更让绎如捧腹大笑。

“那我问你，说话还算数不？”绎如笑完，用手捋了一下垂下的云鬓，抬头问潘有度。

潘有度又拿起了筷子夹菜，漫不经心地反问道：“什么算不算数？”

“称呼我绎如姐啊！”绎如拿起筷子指点着潘有度问，样子也好似很期待。

“不算数。我都说了，我就是这店里的小二，你在这坐着的时候管你叫爷儿，转身出了门就不是那么回事了，都是玩笑话，别当真。”

绎如听到潘有度这般说，嗔怒道：“不行，必须这般称呼，满大人已经见证了这个事，现在想反悔也来不及了。”

“拗口，不如叫绎如来得亲切。再说，人前人后，姐啊妹啊的，让我一个男人也张不开那个嘴。你要是叫我一声哥嘛，还不错，哈哈。”潘有度油滑地戏谑着绎如说。

“想得美。”

绎如红着脸，佯装生气，不再搭理潘有度，自顾自地夹了一口菜放在了嘴里。

两人吃完饭，依依不舍地散去。

绎如回到“荣盛行”，见姐姐纯如正在厅里等她。

绎如并没有表现出太多热情，她还为纯如独得那两千担生丝的生意耿耿于怀。她认为纯如一定是和高尚私下达成了某种协议或者默契，否则无法将其中的道理讲通。

纯如没有太理会妹妹的冷淡，自顾自地泡了茶，自斟自饮，显得很随意。

绎如见姐姐今天这般性子，也很奇怪，索性坐了下来。

“今天我来呢，是想和你说件事。”纯如开口说道。

绎如漫不经心地说道：“呵呵，难道你是有了心情要和我挖空心思地解释你与高尚之间的私下交易？如果是这个，我不想听。”说完，看向了窗外。

纯如给绎如倒了一碗茶，委婉地说道：“和那件事情无关。我想和你聊聊你以后的日子，你独自一人撑着这么大的家业，实在是辛苦。再有，你还如此年轻，也总不能这么一个人孤苦伶仃的。”

“你还是钻营你那生意去吧，我的事不用你闲操心。苦处在哪里，我自己知道，只要你胳膊肘子不往外拐，认清是非敌我，也就万幸了。”绎如说完，转身就要往外走。

纯如看着绎如这般不通人情，有些急了：“你以为我是爱管闲事之人？父母不在身边，我这长姊就要担起责任来……”

“你要担起什么责任来？”

“我想替你找个好人家再醮[1]！”

绎如听到姐姐说到这个来，脸上一红，嘴上执拗地掩饰道：“好意领了，可惜我不想，也不稀罕！”

“你家老爷已经去世三年，你独守空房三载也算是尽了情义。如果你现在是不惑、知天命的年龄也就算了，我做姐姐的也不会来和你说这些，可是你今年才二十几岁，往后的日子长着呢……”

“难道你已经给我看好了人家？”绎如打断了纯如的话，看似心

1 改嫁。——作者注

不在焉地问。

“没有。我这不征询你的意见来了吗？只要你同意，我想也是很快的事。”纯如见绎如态度有了缓和，很是高兴。

“那你慢慢找吧，现在说这些还不是废话！”

绎如说话间，脸上不易察觉地掠过一丝失望之情，口气之中不自觉地流露出扫兴的味道来。

纯如知道该说正题的时候了，她低沉着说：“近一段时间我看你和潘有度走得比较近，我知道都是生意上的事，但男女授受不亲，我还是得提醒你注意一些。”

“有什么好注意的？身正不怕影子斜，也就是你这么看着不顺眼，我怎么就没听别人说过？”绎如听到纯如这么说，终于按捺不住火气，朝纯如吼了起来，“我被人欺负丢了行领位置，关键时刻，你不帮我，只顾着在一旁看笑话。楚秋也是摇摆不定，三心二意。只有潘有度鞍前马后地助我一臂之力，我和他走得近，自然有近的道理！容不得你说三道四、吆五喝六的。还有，我告诉你，让你有个心理准备，我们之间已经开始筹划合作建商铺的事情，有可能以后还要形影不离呢！”

“建商铺？建什么商铺？”纯如惊讶地问。

“呵呵，我和潘有度在我的那块地皮上建商铺，然后卖给‘十三行’之内的行商。怎么着，这也碍着你的事了？”绎如不屑一顾地对纯如说。

纯如有些忧虑地说道：“你这事可要三思而后行，我刚刚从潘家出来，我听潘叔说，他已经给皇上上了一道折子，他将‘十三行’内红紫乱朱、皂丝麻线的近况都在折子里写得很清楚。我担心皇上看了之后，会对‘十三行’矫邪归正，洒心更始。如果此时贸然行事，轻举妄动，真要是哪一天朝廷突然又下来了新章程，恐怕到时候会让你措手不及。”

“你说潘家对高尚已经有了动作？可有度为什么没有和我说呢？”绎如惊讶地问。

“潘叔也就对我和冰羽说了，他现在还不想将此事传扬出去，当然也没有和他的儿子潘有度说。”纯如答道。

“潘启不只和你说了这些吧？”

“嗯。”

“还说了什么？”

“他和我说，让你不要和潘有度走得过近，以免传出闲话来。也说了有许多朱门绣户的小姐待嫁潘家。”

绎如听完，没有作声，而是义无反顾地快步走出了门。

纯如知道自己不能在这里坐下去了，绎如和潘有度是否有了男女感情，今天也只能是点到为止，多说无益，她起身离开了“荣盛行”。

回到“清威行”，她发现芙蓉坐在里面，忙上前亲热地拉起了手，嘴里急急地说了一声：“蓉姐，你什么时候来的？”

芙蓉笑着回答道：“来了有了小半个时辰，我知道妹妹应该是在外面忙着，我也没什么急事，就坐在这里等你了。”

等二人重新坐定后，芙蓉接着说道：“我今天来呢，是想将我听到的一个消息告诉妹妹，好让你及早有个心理准备。”

“我猜想蓉姐一定是听到什么不好的消息了吧？”纯如急迫地问。

芙蓉答应了一声：“嗯。我听到高尚和李侍尧之间的对话，他提议将自己的‘德庆行’从三等商行升格为一等商行，而将潘家的‘同文行’从特等商行降为二等商行。将夫人的‘荣盛行’从二等商行降为三等商行，而将你的‘清威行’和楚秋的‘飞鸿行’列为‘待勘商行’。”

纯如听到此处心里一紧，忙问道：“‘待勘商行’是什么意思？”

“‘待勘商行’就是准备将你们踢出‘十三行’去，重新丢入散商做考察对象。高尚认为你们‘清威行’和‘飞鸿行’在‘十三行’内没有任何作为，还摆出了事实，说在近期的贸易中，你倚仗江浙丝绸商会的身份垄断散商货源，囤货居奇，哄抬物价，置‘十三行’的大局利益所不顾，说你是害……”芙蓉说着，变得支吾了起来。

“他说我是害群之马？”

纯如气愤地站了起来说道：“真是岂有此理！他分明是在捏造事实颠倒黑白，他真是裹权挟势、仗势欺人！蓉姐，李大人是如何态度？”

“妹妹，你暂且不要激动，高尚现在只是在李侍尧面前叨念着鬼话，我想他是在为以后真要行动起来做铺垫。李侍尧听了他的话后，未置可否，没有说同意也没有说不同意，应该是在犹豫之中。”芙蓉安慰着纯如说。

纯如恢复了平常的样子，思索着说道：“蓉姐，李大人这样的态度同样对我们很危险，高尚是那种只要李大人不明确反对，就视为李大人默认的恣意之人，何况他做了这种铺垫。在现在的情形下，他就敢如猴子一般捋杆就爬、借梯上高，他就要来一个出奇不意，待到他宣布将我等除名之时，一切也就都来不及了！”

“那你想怎么办？”芙蓉关切地问。

纯如无可奈何地答道："眼前，我也没有什么好办法。高尚长恶靡悛，我等只能被朝攀暮折，总之是要想出个办法来，不能这样坐以待毙。"

芙蓉点了点头："妹妹，我只有能给你通个风报个信的本事了，李侍尧不让我再干涉'十三行'之事，我什么法子也没有。当然也不便在他面前替你们言说什么，感觉真是对不起你。"

"蓉姐，你能在李大人身边替我留意这些内情，已经实属不易，更是让我感激不尽，我们是姐妹，不必再说这样的话。"

"夫人那里，妹妹就替我言语一声，我就不过去了。"

芙蓉一边说着，一边从怀中掏出了手帕轻轻地拭去眼角的泪水，脸上尽显悲戚之色。

纯如见芙蓉动了感情，连忙反过来宽慰着她说："蓉姐，你和绎如之间都是一时意气用事，不必挂在心上。你跟着她有几个年头了，你应该了解她的秉性，上来火气翻脸不认人，到时候冷静下来知道错了，又拉不下脸面来认错。她就是这么个人，你千万不要怪她，等这几天我带你过去，姐妹间将话说开了，也就没事了。"

芙蓉摇摇头，说道："妹妹不必费心了，我已经踏出了那个门，就没有再进去的必要了！"

第一百八十八章　以求自保

待芙蓉走后，纯如连忙派人分头去请绎如、楚秋和潘有度，她急于将高尚背后要下黑手的情况通报给他们，以寻求自保的办法和策略。

绎如心想，这纯如刚从自己这里走，突然间派人再请自己过去，这姐姐又是要给自己摆什么擂台？她仔细地询问了纯如派来的那伙计之后，知道纯如还请了楚秋和潘有度。没办法，她只能一番梳妆打扮之后，十分不情愿地来到了“清威行”。

纯如见人已到齐，她将高尚要将“同文行”和“荣盛行”降级，要将“清威行”和“飞鸿行”赶出“十三行”的消息说给了他们听。但纯如并没有说是芙蓉告诉她的，她怕绎如下不来台面。

几人听了自然都是义愤填膺。

楚秋将几案拍得山响，气急败坏地说：“高尚这么做，无异于要将我们赶尽杀绝，必须要联手阻止他阴谋得逞。”

“火是要烧到了眉毛，可是你有什么策略吗？”绎如挑起凤眉问楚秋。

楚秋知道绎如这又是心气不顺故意在和自己作对，但也无可奈何，只是一拂袖子，又坐了下来，口中火气十足地说道："不管怎样，他硬是要将我'飞鸿行'，当然也包括'清威行'从'十三行'的行商之中除名，我是要和他拼命的。"

潘有度对楚秋一抱拳，说道："楚兄，现在看来，高尚将你'飞鸿行'除名已是板上钉钉的事情了，只是个时间的问题。你既然有与他拼命的决心，莫不如先将他扳倒再说。"

"如何扳倒？"楚秋气哼哼地问潘有度。

楚秋见到绎如近一段日子和潘有度形影相随，热络得出奇，心里不免有着复杂的情绪。不管怎么说，妹妹和另外一个男人的关系看起来比自己这个当哥哥的要好，心里面总是感觉空落落的不舒服。

潘有度倒是没有在意楚秋对自己的不善态度，他对楚秋说："楚兄，将高尚私贩烟土之事捅破足以将他扳倒，只是以往顾忌到你这一方面，在座的这些人，也包括我父亲在内都畏首畏尾、投鼠忌器，而对高尚这痛处迟迟未下手。但是此时情况与以往却是大有不同，就如绎如所说，火已要烧到眉毛了，而我们却无良策可倚，面临坐以待毙之势。楚兄你现在也有了与之玉石俱焚的决心，何不在此危难当头出面将那高尚龌龊之事大白于天下？高尚一倒，一切迎刃而解！没了他这个拦路虎，日后才可开辟出一条属于我们的阳关大道来！"

潘有度说完，端起茶碗抿了一口茶水，纯如和绎如都将目光聚到了楚秋的身上，要看楚秋如何表态。

楚秋本来心里就有一股无名火，此时潘有度这番话无异于给他火上浇油，他将茶碗猛地往茶案上一放，高声说道："有度说这话的意思，好像今日之局面都是我楚秋一人造成的，这样的罪过不能由我一人担，我也担不起。想当初，没有你们潘家的姑息养奸、养虎遗患，岂能纵容到高尚如此肆无忌惮的地步？再有，今天话已说到了这个份儿上，那我也给你们交个底，你们在这个事情想怎么着就怎么着，不要口口声声说为我如何如何，让我天天背着这个山大的人情债过活。”

楚秋说出了憋在心中已久的窝火话，痛快了许多。他下定决心再不能由着众人总是拿着他曾经私贩烟土说事，这里面的人包括高尚、绎如，也包括眼前的潘有度。

总是被人牵着鼻子走的感觉实在是太难受了！

但楚秋焦躁过后也有些许惭愧，至少眼前这几个人还都是真心为他好的。不管出于何种目的，都有为他考虑的意思在里边，他稳定了一下情绪，补充了一句：“绎如手里有潘福，让潘福出面去衙门揭发高尚最适合不过。”

见楚秋真动了肝火，绎如也觉得尴尬，她说：“我曾是当着潘福的面给他保证，等他出面举发高尚的时候，我是保他周全的。但此一时彼一时，我与李侍尧的门路已经断了，而高尚现在却是玲珑八面之时。我保全不了潘福，潘福自然不会尽力，甚至会临阵退缩。”

“潘福、潘福……”潘有度听楚秋说完，就一直在那里念叨着这个名字不停，好像在苦苦地思索着什么。

“这也没什么难办的，潘福要是退缩，那我去衙门自首，我连他与高尚一起举发，让他们之间互相攀咬！”楚秋此时是横下一条心来的样子了，说起话来十分愤慨。

这时候潘有度急急地说道：“我听家父说过，有个出了五服的叔叔也叫潘福，你们口中所说的人不能就是他吧？”

绎如跟着说：“有度，你不要着急，明日里我将他叫出来，你认一认便知了。”

看着眼前潘有度与绎如二人一唱一和的亲昵态度，又勾起了楚秋的无名火："他就是天王老子，如若不乖乖顺我们的意去办事，我也要揭发他。"

纯如这时候说话了："秋哥，此时不是意气用事的时候，去衙门检举揭发高尚私贩烟土之事，不单需要真凭实据，这里面还牵扯到不法洋商，说不定还会牵扯到东印度公司。如果真要将这件事情起个底朝天，那将会在'十三行'里掀起轩然大波，甚至会惊动朝廷和皇上。要是上面不肯罢休，想杀一儆百，一路追查下来的话，高尚和秋哥暂且不说会怎样，就是潘叔这里也是脱离不了干系的，毕竟事情发生在潘叔做总商的任上。所以还是如从前所虑，这是一把双刃剑，但凡能不使，就不要轻易去动。"

她接着说道："再有，潘叔这里也有了折子上奏给皇上，我想应该在短时间内就会有回音的，我们且等一等消息。"

绎如十分不满地说："既然你有如此想法，又为何折腾我们这般来去做什么？"

"我们现在求得自保，不是非要在一朝一夕之间将高尚扳倒。我想，此时如若我们四家捆绑在一起，任凭高尚有天大的本事，在短时间内也奈何不了我们什么的。"

"嫂夫人有何高见？"潘有度一贯对纯如很尊重，此时听纯如说得极为有道理，忙请她接着说下去。

纯如说道："选一个黄道吉日，我们要向外界大张旗鼓地宣布我们四家联合做生意的主张，并将'十三行'内的其他行商、洋商，包括高尚等人请过来，如果能将李大人、钟大人及满大人等请过来更是再好不过的事情。我们这么做的目的就是让'十三行'里里外外的人知道，我们四家共同进退，在这种情形下，高尚他不能也不敢实施他那下作的计划。并且我也估算了一下，我们四家联合起来的资本占了‘十三行’丝绸行业总资本的七成还多一些，就是那些大人有心偏私于他，想助他一臂之力，也不得不慎重考量所带来的严重后果。”

“嫂夫人真是高人高见，佩服，佩服。”潘有度听完，连连点头表示同意这个办法。

绎如听完之后也在心里对纯如很服气，她忍不住地问：“姐，那我们是真合作，还是假合作？”

纯如呵呵一笑，她对着绎如说道：“假合作，当然就是做足表面文章即可，私下里，我们之前怎么做还怎么做；真合作，牵扯到我们各自的利益，自然还有很多细节需要考虑，不是一时半会儿就能定夺得了的，秋哥和有度兄弟也是要回家征得家人的同意才行。我这里怎么着都行，这个主要还是看你们的意见。”

“嗯，纯如说得有道理，现在情况紧急，容不得我们考虑太多，我们暂且先将眼前的困境破解了再说。”楚秋现在有些心慌意乱，他的确需要回去理一理头绪。

纯如见大家没有异议，接着说：“好，那我们就按这个说法将戏演足也就可以了。有度，我也想了，‘同文行’的业界影响力巨大，无论在‘十三行’内、衙门和洋商那里都有面子，这件事就由你们‘同文行’来牵头召集，我们跟着在旁边呼应也就是了。”

听见纯如有如此提议，潘有度面露为难之色：“嫂夫人说的道理我懂，但至于由‘同文行’召集是否合适，我还是要听我父亲的意见。虽然我们做的是表面文章，但这毕竟会牵扯到方方面面的关系。这里没有外人，我当着真人不说假话，不可否认我们潘家有些影响，但这么做了，同样也会树大招风，容易成为众矢之的，我担心父亲顾虑于此，怕是不会同意。当然，我会尽力说服他的。”

纯如很有信心地说道："我想潘叔会同意的，他老人家那日在'十三行'里受了高尚欺辱，在心里窝了一股火，正好趁此机会，将火气散发出来，也将面子找回来。否则，潘叔一直找不到合适的当口重新出来抛头露面，他会一直在那里抑郁着。"

潘有度在心里暗想，纯如真乃女子之内性情中人也！她已经将人情世故看得太通透了，随便哪一句话说得都是鞭辟入里，切中要害。这不单是一种修炼，而是一种修为，只有将心比心、能近取譬、推己及人之君子，方可探赜索隐、钩深致远，融会世事本质之精妙。

看着事情有了可解的筹划，每个人心情也都随之放松了下来。

楚秋先行告辞，他急着回去在尚未痊愈的父亲床前尽孝，还有夫人谢氏有了八个多月的身孕，他也要留心照看着，再有那半死不活的生意，只要开着门，就需要有人苦苦地守着。

潘有度也起身准备离去，纯如对他说，周冰羽找他还有事商谈，请他先留步。

绎如见状，却不知是该走好，还是该留好。

想留下来，姐姐并没有留她的意思；想走，她也能感觉出来，姐姐只是在借周冰羽的托辞挽留潘有度，应该是纯如有些话要对潘有度说。

既然不想当着她的面说，绎如也能猜测到，姐姐纯如是要说她和潘有度之间感情的事。

恰巧这时候周冰羽回了来，见到潘有度很热络地打着招呼。

绎如知道她此时赖在这里实在是不知趣，也没有机会听到什么，只能怀着十分不安的心情走出了"清威行"。

第一百八十九章　昙花一现

绎如猜测得没错，纯如将潘有度留下来，的确是要探探他的口风。

纯如笑着开口问道："有度，我想与你聊些私事，不知是否方便？"

周冰羽在一旁不明所以，疑惑地看着纯如，他不明白纯如今天是哪里来了兴致，要与潘有度聊起私事了呢？

"嫂夫人不是外人，什么方便不方便，你说就是。"潘有度十分爽快地答应了下来。

"我知道有度兄弟今年已有十七岁了吧？束发而将及弱冠，也到了适婚的年龄。自古以来这样的大事都是父母之命媒妁之言，不知有度心里可有了好人家中意的女子？"纯如说完，感觉自己问得过于直白唐突，忙端起茶碗来喝了一口茶，做了掩饰。

潘有度听了倒没觉得有什么不好意思："来往家里提亲的倒是不少，父亲也常在我面前叨念于此。可虽将及弱冠之年，学业、事业均一无所成，如若仰仗祖上荫庇及父亲的功德求得人羡，实乃耻辱也。

想来，待兄弟自有一片天地时再考虑终身大事也不迟。”

纯如微微点头：“有度自有鸿鹄之志，很令人佩服！潘家隆隆日上，你又是一表人才，想来一定要娶上那朱门绣户的大家小姐才为般配。日后有了这样合适的人家，我一定替你留意着。当父亲的急于让儿子娶妻生子，当姐姐的也是忧心妹妹未来，就如绎如，虽为孀妇，却是年纪轻轻。兄弟广交朋友，你也替我多留心着点，我也总是想着给绎如寻个好人家让她再醮。”

纯如说完，好似是不经意间打量着潘有度，察言观色。

“嫂夫人之托，有度谨记在心，等碰见合适姻缘，一定从中做绎如月老之红线。”潘有度侃侃而谈，神情也并未因纯如之语而出现丝毫的变化。

纯如接着说道：“刚才我也说了，潘家根深叶茂、枝叶扶疏，好生令人艳羡。有度兄弟若真是能替绎如寻到比肩媲美你潘家的门户，那真是她天大的造化，到那时，嫂子一定要好好地感谢你！”

潘有度不慌不忙地回道：“绎如虽非小家碧玉，却是女中巾帼，秀外慧中、丰容盛鬋。虽为孀妇，仍不失君子好逑。即使为孀妇，这也不是她的错，时乖运蹇、悲欢离合都为人生常态，绎如福慧双修，甘瓜苦蒂，日后自有翠绕珠围、膏粱锦绣。嫂夫人，你就放心吧。”

“明知有度谬赞家妹，做姐姐的心里也感到高兴。可虽然这般说法，她毕竟已是燕燕于归、施衿结褵之身，文君新醮总为世人所唾鄙。就是现在我也总会提醒她那句‘寡妇门前是非多’，不要被人传出什么闲话来，女子名节事大，即使再醮，也要正大光明，总不能不清不楚从别人嘴中听到‘苟且’二字来。”

潘有度是聪明人，他听到此处，已非常明白纯如话里的意思了。纯如这般曲折委婉，是要他潘有度表上一个明确的态度。

“嫂夫人说得有道理，小人之口青蝇点壁、以紫为朱，不可不防。我在近日里与绎如生意上之事往来勤快了些，今日听嫂夫人一席话，有风有化，言提其耳，你放心，我日后会多注意分寸的。”

纯如听到潘有度如此说法，感觉自己说得有些过分，忙解释道：“有度，你多心了，之前我已言明我们只是随便聊聊，并没有你想的意思在里边……”

“周兄在这里，嫂夫人也不必这般苦心疏解，姊妹相护都是人之常情，我这么做也是为了绎如好。”潘有度十分真诚地说。

周冰羽在一旁刚开始听得糊里糊涂，现在刚刚听明白了来龙去脉，又回想起那日绎如倚着书房门问他有度为人如何，他随口说了一声“好啊”，原来的出处都是在今天纯如与有度攀谈的这些话里。

周冰羽盘算了一下说道：“我想你们也不必小题大做，绎如与贤弟本为同行，互有来往实属正常，如果畏首畏尾，反倒是会让人产生遐想。贤弟，如果你认为有避嫌的必要，以后你们大可同到我‘广客隆’或‘清威行’这里议事，任凭谁也嚼不出什么闲话来的。”

经周冰羽这么一挑明了说，潘有度显得更有些窘迫了：“周兄，还是注意些为好。”

纯如连忙岔开话头说道：“有度，我听说你和绎如要在城西关那片地皮上建商铺。但潘叔的意思，‘十三行’一旦再有变化，还不知何去何从，你们还是要小心些才好。”

潘有度十分自信地答道：“嫂夫人，这个你放心，我们已经将粤海关监督满大人拉拢到身后站擂台，任凭‘十三行’里面如何风吹草动，我想也不会有太大的闪失。”

“那就好。”

纯如知道有度与绎如二人决心已下，并且有了万全之策，也不便再多说什么。

“没有别的事，那我就先行告辞了，自家行里还有一些事情要处理。”

潘有度走出了“清威行”。

走了有一段距离，在街角的拐角处，突然间看见绎如站在那里。

潘有度不禁一愣，问：“你在这里做什么？”

“等你啊！”绎如漫不经心地答道。

潘有度更是奇怪：“等我？”

“说说，我姐留下潘公子来为了哪般事情啊？”绎如背着手，悠然地来回踱着小步，但口气好像在质问一个犯人。

“没什么事，就，就说了我与你建商铺的事，她感觉有些不放心，又特意叮嘱了我几句。”有度有些尴尬地答道。

“你们之间就谈这点儿事，没了？”绎如继续逼问道。

“啊，没了！”

潘有度双手一摊，很认真地说道，他下定决心不将纯如与他谈话的本意说给绎如听，这种事情说开了，彼此都会狼狈，就是日后在一起行事也会感觉分外别扭。

“好，不说算了，你现在再想说，我也不想听了。”绎如冷着脸说道。继而她捋了捋额头上垂落下来的头发接着说道，“刚才出门之时，我也想了一个问题。”

“什么问题？”潘有度看着绎如认真的模样，禁不住问道。

绎如走到潘有度近前，压低声音说道：“你想想啊，我们建商铺要卖给‘十三行’里的行商，虽然有满大人在背后支持，但也得有行商的积极响应才行。按照我们刚才在门里的计议，如果我们此时四家大张旗鼓地向外宣传联合之事，恐就会成为众矢之的，到我们建好商铺时，心怀不满的行商就会故意从中作梗，拆我们的台，让我们难堪。再有，满大人见我们联合起来，不管真假，都会对你我二人心生嫌隙，因为我们这么做坏了规矩，也乱了平衡，他有可能又会掉过头去重新扶植高尚。最后，真要是逼得高尚乱了方寸，有可能会引得他疯狂地反咬，到时候真就会坏了我们的大事。”

潘有度听绎如说完，沉吟了一下，说道：“你说得自然有几分道理，但我们不能坐视高尚肆意妄为而不管。再有，刚才我们也答应了你姐姐和楚秋的。”

绎如用手指点着说道：“我是这样想的，不管高尚在李侍尧面前如何撺掇将我们的行等降级，毕竟现官不如现管，他总是要和满大人那里通气打招呼的，不等他们怎样，我们现在就去满大人那里将事情说明，他一定是有办法替我们遮挡的，这样下来，我们也就没了麻烦。”

“那你姐姐和楚秋那里怎么办？”潘有度略带着迟疑的口气问道。

绎如好似十分为难地说道：“各扫门前雪吧，他们总归也有法子的，我们大可不必为之操心。再有，等过了两三日，你去回禀我姐姐，就说你父亲不同意四家联合之事，谁也挑不出什么毛病。”

“这不好吧？”潘有度没想到绎如在短短不到一个时辰的光景里，态度上竟然会有如此大的反复。

“有何不好？我们建售商铺的事大，他们即使被踢出了‘十三行’，有朝一日有机会也可再进来。何况楚秋有布政使陆通的门路可走，至于我姐纯如，应该是可以找巡抚钟音那里求解吧。”绎如说得勉强，言辞也很闪烁。

“我总感觉这么做对不起你姐姐和冰羽。”潘有度小声地嘟囔道。

绎如见潘有度有了犹豫的态度，她进一步劝说道：“哪里有那么多对得起、对不起的事情，天下熙熙攘攘，皆为利来利往。我姐姐他们眼前的事，好似锥刀之末、事轻利微，而我们所筹划的建售商铺之事乃龙骧虎步之举，致远任重。总不能因小失大、顾此失彼吧！”

潘有度摇摇头，哑然失笑。

要是将绎如换作第二个女人在潘有度面前说这番话，他一定会在心里非常鄙视并要严词痛斥一番，与之分道扬镳，老死不相往来，可偏偏潘有度对绎如做不出来。

相反，绎如的无常反复在潘有度看来似水无常形之态，自有千回万转、变幻莫测之浸润形姿，审时度势，达权通变。绎如是个特别看重利益的人，甚至看似卖李钻核、寡恩少义、有己无人。但这在潘有度看来同样也实属正常，人不为己天诛地灭，何况绎如是一个弱女子，独自一人苦撑偌大家业，做些出格的事无可厚非。

现在对潘有度来讲，绎如还好似一个谜，让他捉摸不定。

绎如可以在一时内娇嗔欢喜、盈盈秋水，也可以在转瞬间变得少言寡欢、咄咄逼人。这样一个简约干练、尤物移人的成熟女子，对潘有度来讲，确实是有一种巨大的吸引力，也是一种致命的诱惑！

潘有度与绎如单独在一起时，往往都会失了心神，只是每每在心驰神往、心旌摇荡之时，他都会努力地掩饰和控制自己，显示出一个谦谦君子的做派。

潘有度这个年龄，对男女之事早已是了然于胸。

平日在潘家大宅里，有一个颇有些姿色的大丫鬟伺候着潘有度。这个大丫鬟跟着有度时间比较长了，再加之胆子也比较大，这两年来，这个大丫鬟总是在没有旁人的时候挑逗着潘有度。或是在侍候吃酒的时候，在倒酒夹菜之时看似不经意间与潘有度耳鬓厮磨几下；或是在给潘有度洗脚的时候，顺着脚部往小腿上面一番揉捏摩挲，有几次就差点到了大腿根儿；甚至在服侍潘有度换衣服的时候，有时候也好似不小心地将那饱满挺拔的身形紧紧地贴在潘有度的背上，双手也是不老实地塞进了潘有度的怀里……

第一百九十章　德厚流光

潘有度给纯如传过话来，以父亲之名委婉地拒绝了合作抱团的提议。

绎如有了潘家不合作的借口和托辞，自然顺势告诉纯如她也不参与这事了。

纯如听后很是不解，本来对大家都有利的事，那天也都在一起计议得妥妥的，为什么潘有度和绎如双双反悔了呢？虽说潘有度要回家与父亲潘启商量，但潘启不是糊涂人，就眼前的形势而言，抱团取暖应该是他求之不得的事情，可他又为什么会不同意呢？

潘有度与绎如的突然退出，让纯如措手不及。再仔细想想，潘家和绎如面临的只是要被降级的问题，远不如自己和楚秋这里要被撵出“十三行”这般急迫，想来冷静下来不慌不忙也算正常，或是已有了自解之策，不需要与自己共事了。

不管怎样，高尚的逼迫已经是刻不容缓，现在容不得纯如想太多，她急忙又将楚秋找来商量。

楚秋听了潘有度和绎如的回应之后，也很惊诧，他在经过一番思虑之后，也做出了一个让纯如感到意外的决定。

“纯如，既然他们两家自有前程，莫不如就我们两家合起来吧，总归要比被高尚各个击破要好得多。”楚秋很认真地说。

纯如听后问道：“是真合作，还是表面做给人看的？”

“如果你不嫌弃我们‘飞鸿行’的话，我们真合作，各出一半的股份放在一个篮子里，有了利润也是各半。”楚秋说话的语气显得非常坚定。

“好，我们就这么定了。”纯如也很笃定地回答道。

两天之后，“清威行”的门口贴上了大红喜报，内容就是告诉大家“飞鸿行”与“清威行”合作的事宜。在后面的院子里也是支上了凉棚，棚子里面摆上了十大桌子酒席招待来庆祝的宾客。

纯如和周冰羽在广州这里没什么熟人朋友，自然奔着他们来的人也很稀落。纯如头一天派人给“十三行”的行商都送去了请帖，但这些行商深知其中的利害关系，也摄于商总高尚的淫威，来的寥寥无几。反而是有一些散商，冲着纯如是“广客隆”的东家和江浙丝绸商会会长的身份来给她捧场。

看着楚秋父子面子而来的宾客同样不多，仔细算下来还不如纯如请来的客人多，以至于酒席快要开席了，还剩下了四桌子的位置空空荡荡的。

面对这样的情况自然很是尴尬，热闹喜庆的事本就是人越多越好，现在如此冷清，自然让纯如和楚秋都感到很失落。在老家湖州，真要是办起这样的喜事来，别说四桌，就是再有四十桌也是不够的，都得是流水席才能跟得上宾客的胃口。

纯如想着尽量将开席的时间往后拖，或许能多来几个人，至少让那几张桌子都有人影子在上面晃动也好看些。

可左等右等不再见有人进来，这么让来客干等着也不是那么回事。没办法，纯如只能吩咐将酒菜上来。

见酒菜已上齐，纯如心情再怎样不畅快，也不能挂在脸上，她举起酒杯来，对来客表示一番感谢："各位东家、同仁，今天是我们'清威行'与'飞鸿行'合作大喜的日子，我代表两个行号感谢大家的赏光与见证，来，我们共同举杯……"

"且慢！"未等纯如说完，忽然在纯如的背后一声生硬的洋人腔调传了过来，众宾客也是一惊。

纯如转过头去，见呼呼啦啦进来了三十几个洋人，手里边还都提着礼品盒子，大呼小叫的，很是混乱。

再仔细看上去，纯如刚刚的紧张心情也随之散去，转而换作了满腔的喜悦之情，这些洋人都是之前纯如与之交往的西班牙、葡萄牙、荷兰、法国等国的商人，看来是听了消息，带了礼物给庆祝来了。

不是来砸场子的！是来捧场的！

纯如忙上前表示欢迎，并安排他们一一落座。再一看，这回桌子都已经满了，又因为洋人长得人高马大，还显得稍稍拥挤了一些。

刚才那些宾客也醒悟过来，原来刚才这空着的桌子是为洋商准备的啊！这"清威行"和纯如的面子也真是大，竟然有这么多的洋商来给捧场！

这下，纯如也不用说得太多了，总之让众人吃喝得开心也就可以了。

楚秋和周冰羽自然也是喜笑颜开，轮流给各桌敬酒。一时间，院子里觥筹交错，酒香四溢，非常热闹！

纯如面对着这些各国的洋商，用着各国的语言与他们熟练地交流并给他们敬酒。这些洋商第一次喝着纯如从老家带来的陈年“女儿红”都感觉很兴奋，他们对着纯如呜哩哇啦地说着，大概的意思都是表示祝贺和赞美之词。但坐在他们旁边的那些宾客却听不懂，都十分好奇地看着他们，有的还掩口窃笑。

绎如和潘有度也来了，他们知道不与纯如合作情有可缘，但这个场合是必须来的。但自从这拨洋商进来之后，他们的心情却是难以平静了！

他们没想到，纯如能有如此众多的各国洋商朋友来捧场，就是换作潘家来办这样的事情，应该也不会来这么多洋商的。

纯如何时结交了这么多洋商呢？她与这些洋商关系如此融洽，又是使了什么样的手段呢？再有，纯如又是何时会使用几国的语言与这些洋商顺畅地交流？绎如暂且不说，就是潘有度也是自愧不如！

洋商之中的一些人，潘有度和绎如有些也是认识的，但此刻只能装作不认识，以免互相打起招呼来喧宾夺主。

这时候，又忽然间进来一个洋人，虽然没有声张什么，在座的一些人却是认识的，来人正是东印度公司的代表亨利。

亨利进来之后快速地找了他比较熟悉的洋商一桌坐了下来，可无论他如何刻意低调，还是被众人注意到了，不是他长得有多么帅气出彩，而是他所代表的东印度公司的体量大！

纯如见了，连忙差人送上来新的杯盘碗筷，其实这些洋商还是用不惯这些餐具，还是用小匙顺手些，筷子对他们来讲几乎就是摆设。

“欢迎亨利先生的到来，谢谢！”纯如一边给亨利倒满了酒，一边举起自己的杯子来表示对他的欢迎。

“夫人，我祝贺你们！我迟到了，自罚一杯！”说完，亨利一饮而尽。

亨利为什么此时能来？

上次亨利在高尚的威逼利诱之下，与“天宝行”的梁东家和“孚泰行”的易东家签署了购买“七里丝”的贸易合同，他也付了三成的定金。但眼看着一个月的光景快过去了，却迟迟未见动静。他三番五次上门催着要货物装船，梁、易两位东家一直拖着不办。

到了最后，双方都有了火气，梁东家最后也摆出了一副死猪不怕开水烫的模样，因为他嫌此次生意赚的银子实在是太少了。他现在也明白了高尚为什么会把这么一大块看似肥肉的生意轻而易举地就给了他，这哪里是肥肉，简直是鸡肋，甚至比鸡肋还多了一些塞牙的骨头！

梁东家也曾经以为纯如一定会饥不择食地接下这笔生意，他在纯如这里将利润紧一紧榨一榨，自己和易东家的那一份利益自然就出来了。哪承想，他和纯如谈了一番之后，纯如丝毫没有让步，这时他才发现事情并非他想的那般简单。可事已至此木已成舟，他和易东家商量之后，想靠一个“拖”字逼迫亨利给他们加价，直到他们满意为止。

亨利眼见这批生丝贸易久拖未决，当然很心慌，他知道梁东家和易东家在用这种方式与他讨价还价，知道他没有过多的时间打消耗战。眼见梁东家与他玩起了缓兵之计，一个“拖”字诀让亨利很是难受，虽然合同里面也注明了交货的日子，但真要打起官司来不单是很麻烦的事情，就是来自东印度公司内部的压力亨利也承受不起，至少会给人一个办事不力的印象。再有，国内正急等着这批生丝到货，如果再拖延下去，那就是一个天大的麻烦，可是亨利有苦说不出，后悔不迭。

但亨利现在下定决心，无论拖到何时，他绝不能对“天宝行”和“孚泰行”做出让步，他签订的这合同一点儿毛病也没有，凭什么要给他们两家加价？再说，这样有理的事情最终还被牵着鼻子走，不单显得窝囊，就是传出去，以后“十三行”的行商纷纷效仿，这东印度公司日后在大清地界的生意还怎么做得下去？

亨利是个耳目灵通之人，在前几日他听说了“清威行”要与“飞鸿行”联合做生意的事情，并且知道在今日要举行个仪式。虽然不知道这两个行号有此举动的具体原因，但他知道这两个行号联合起来，实力已经在“十三行”内仅屈居在“同文行”潘家之下，一跃而成为丝绸业界的第二大行商。这样的变化对于东印度公司来讲并不是好事，因为将来与之讨价还价的机会会变得越来越少，也越来越难。

几次三番，亨利都想找纯如再来商量这批“七里丝”贸易的事情，因为他知道“七里丝”的最终货源是掌握在纯如手上的，可奈何他已与“天宝行”与“孚泰行”有了合同，现在再找纯如也没有什么意义。亨利清楚纯如与高尚的关系不睦，他怕自己往来“清威行”这里，会引来高尚的不快，自找许多麻烦。

就如这次纯如与“飞鸿行”举办的联合仪式，亨利压根儿就没想来，但当他得知西班牙、葡萄牙等国的洋商今日齐聚“清威行”这里之后就慌了神，连忙急匆匆地赶了过来，因为他不想在这个场合里被落下。

虽说东印度公司在“十三行”里，包括之前的公行都是最为受重视的贸易大公司，但要是被全体洋商孤立，这同样是东印度公司不能容忍的事情。亨利也有着和潘有度绎如同样的疑问，“清威行”何德何能将如此众多的洋商聚拢一处把酒言欢？

亨利想不明白，便想来一探究竟。

第一百九十一章　反客为主

楚秋已经傻了眼，眼见这些金发碧眼的洋商在这里把酒言欢、开怀畅饮，他感觉自己像在梦游一般。

纯如之前从来没有与楚秋说过和洋商的关系如何，就是在决定合作的那一天，也连个牙口缝都没有透露出来。可眼前的光景，却分明是纯如有众多的洋商朋友来捧场，就连东印度公司的代表亨利都来了。要知道亨利一直是与高尚交好的，并且不是任凭谁就能请得动的。

不管有多少惊异，总归这场景让楚秋在心里乐开了花，这是意外之喜。

要说他决定与纯如合作，实属于大难临头迫不得已，但现在看来，合作之事让他顿感柳暗花明、峰回路转，是求之不得的一桩大好事！

因为楚秋明白，有了洋商的信任，才会有生意，才会有银子可赚！

这时候纯如和楚秋请来的那些散商、宾客已经是酒过三巡，酒喝得多了，顾忌自然就少了。其中一些人纷纷来到洋商这里敬酒，虽然听不懂洋商在说什么，但只是碰一下酒杯，都感觉很满足和惬意，因为平时根本就没有这样的机会在一起喝酒。

绎如此时也坐不住了，眼前这般热闹的景象，深深地刺痛了她的自尊心。看到姐姐在那里左右逢源，更是让她感受到了众人的冷落，心里极为不快。

潘有度更多的是对纯如和周冰羽的愧疚，他背着父亲与他们二人说了谎，表明了不与合作的态度，明明说好的事，转过头去就改了主意，这都成了什么事啊？潘有度扪心自问，自己的作为哪里是君子坦荡所为，明显就是个背信弃义的小人做派。

但潘有度是一个大度之人，眼前“清威行”里洋商项背相望的景象他是见过的，但那只是在他潘家“同文行”里，或者是在他潘家大院的后花园里。此时这里稠人广众，人声鼎沸，而自家却是暗牖空梁、门可罗雀，想来纯如没有高人一筹的本领，哪里会有今日的光景？！

这时候绎如走到潘有度的身边，在他旁边耳语道：“你随我来，与我做翻译。”

潘有度一愣，问道：“做什么翻译？”

“去洋商那边啊，他们当中有些我是熟识的，怎么着我也得攀谈两句吧！”绎如很坦然地回答道。

潘有度听了不禁哑然失笑，摇摇头，说道：“这么做不好吧？我们今天只是来捧场的，烘云托月也就可以了，这本末倒置、反客为主的事还是别做了，让你姐姐看见多不好！”

“有何不好？你怎么那么多事？姐姐不是外人，我帮她招待一下客人有什么不对？何况，那些洋商看见我坐在这里不去招呼一下，也是很失礼的事情，你到底陪不陪我去？”

潘有度往远处望了一眼周冰羽，执拗不过绛如，起了身，随同她来到了洋商们的身边。

“呵呵，菲德尔先生、范配东先生、塔西奥先生，很幸会在这里见到你们！”

这三位分别是西班牙、荷兰、葡萄牙的贸易代表，绛如上前热情地和他们打招呼，潘有度则亦步亦趋地跟在她身后做翻译。

这三位洋商见是绛如，虽然喝得都是红头大脸，但也都努力地装出很有绅士风度的样子，那个葡萄牙的代表塔西奥问：“绛如夫人，你和‘清威行’这里很有交情吗？”

绛如嫣然一笑，侃侃说道：“呵呵，何止有交情那么简单？我们就是一家人。纯如是我的亲姐姐，我们的生意很多都是捆绑在一起做的，以后寻我姐姐寻不到，大可以找我来，都是一样的。”

绛如说这番话，不但抢了今日酒席主人纯如的风头，也有在这里与洋商拉关系抢生意的架势，这让做翻译的潘有度很是为难。他是周冰羽和纯如的朋友，这么做很不合适，暗忖绛如你不与姐姐合作，哪里来的捆绑在一起做生意之说？

见潘有度有些迟疑，绛如装作不小心碰了他一下，又使了一个眼色，催促他赶快将她的话翻译给对方听。

这时候那位西班牙的菲德尔盯着潘有度说道：“我好像是在哪里见过你，你是潘启官（洋商对潘启的尊称）的四公子吗？”

潘有度点点头。

荷兰国的范配东也恍然大悟的样子：“对，就是他，我们还在一起研究过穿越大西洋航海的地图呢！”

这三位洋商七嘴八舌地开始与潘有度攀谈起来，将绛如晾在了一边，气得她一扭头走向了英国东印度公司的代表亨利。

亨利是会说汉话的，虽然生硬了些，但交流起来没有什么大的障碍。

亨利自来到这里，只纯如与他热络地交谈几句，之后他就被其他洋商冷落了，究其原因是因为东印度公司垄断着西洋与大清国的大部分贸易，其他国家的洋商只能在夹缝中求生存。亨利平时仗势欺人，傲慢骄横，并不把他国的代表放在眼里，自然彼此私下也就没有什么交情可言。再有，亨利在“十三行”内一向都被行商们高看一眼，这也让其他国的洋商们很是眼红妒忌。

绎如故技重施，向亨利表白了自己与纯如的姐妹关系，也以宴席主人的身份向亨利表达了感谢之情及未来合作的意愿。

亨利喝了些闷酒，有些不能自持，他听了绎如对他仰望崇拜的言辞，连连点头表示同意绎如的说法。再见绎如风姿绰约、柔媚多情，更是在心里起了非分之想，反过来对绎如也是十分恭维，一个劲儿地夸赞绎如漂亮、大方、能干。

潘有度知道绎如和他生了气，又眼见着她与亨利聊得火热，连忙找了个借口离开了那三位洋商，挤过人群，向绎如这里走过来。

亨利见潘有度这样一位风流倜傥的帅公子来到绎如身边很是不爽，他也认识潘有度，之前几次去潘家，都是潘有度在潘启旁边侍奉着喝茶。亨利自从上次去潘家劝说潘启退休，潘启反唇相讥，两人在酒桌上闹得生僵以后，就再没有登潘家的大门。

“小潘，你、你父亲没来？”亨利摇摇晃晃地问潘有度，口中的酒气甚重，也很傲慢。

潘有度冷冷地回答道：“家父他有事在身，派我来此应酬。”

“哈哈，我曾经就劝过你父、父亲，让他见好就收，退休，可他太固执，偏不、不听我的，怎么样，到最后，出丑、丑了吧？我听说了你做、做了你们‘同文行’的东家，但我告诉你小、小潘，没有我、我东印度公司的支持，你什么也、也不是……”

亨利已经喝酒喝得舌头僵硬，再加上汉语说得也不是十分流利，口里面结结巴巴，手上手舞足蹈，比比画画的，样子十分滑稽。他说这番话的目的主要是在绎如面前显能，故意给潘有度难堪。

“家父之决定，是他老人家的主张，我不便评论。但至于你所说我做了‘同文行’的东家会如何如何，我只能告诉你，你多虑了！我们‘同文行’自来与各国贸易往来的商人交情都不错，并不只有你东印度公司一家。贸易之中，有些生意别人做不来，最后也只能找我潘家来做，你们英国人有句谚语，‘little boats must keep the shores’（小船不能航行远），我奉劝亨利先生把眼界放得宽一些，以免到时候追悔莫及！”

潘有度这番针锋相对的言论让亨利感觉很没有面子，心里面愈加恼火，他还想对潘有度再奚落些什么，但奈何嘴上的功夫欠了火候，只能是鼓着腮帮子在那里怒目圆睁盯着潘有度看。

绎如在一旁窃笑，连忙出来打圆场：“亨利先生，有度东家，我们商人图的是和气生财，特别是亨利先生漂洋过海来做生意更是不容易，谁知道哪日在我们大清地界里有了麻烦的时候，还需要你们‘同文行’来帮衬着。玉帛总比干戈好，让我们共同举杯，祝愿我们的生意越来越好！”

经绎如在这中间调和，亨利与潘有度剑拔弩张的气焰也就落了下来，亨利虽然喝得有些迷糊，但心里也清楚大清国“强龙难压地头蛇”的道理。潘家的势力不是谁一时之间就可以撼动的，瘦死的骆驼比马大，真要是哪天在这广州的地界里招了灾、惹了难，指不定会找到谁的头上去求帮助呢！

潘有度不得不佩服绎如的交际手腕，见亨利已经举起杯子来，也就顺势地拿起了杯子和亨利碰了一下，表示了友善的态度。

周冰羽见绎如在洋商之中往来穿梭，谈笑风生，好似如鱼得水的样子，心里当然堵得慌，但碍于潘有度陪其左右，也不好发作什么。眼见着绎如又要往其他洋商处走动，周冰羽将纯如拉扯过来，对她说：“绎如这是要做什么？”

纯如呵呵一笑，说道：“她帮着我招待一下客人，有什么不好吗？她是在给我们增光添彩，由她去吧。”

周冰羽搔了搔头皮，感觉听不懂纯如在说什么，纯如不想去阻拦妹妹出风头也在情理之中，但周冰羽不能听之任之，凭什么啊？我周家的事，由你绎如到处走动装什么大尾巴狼？大庭广众之下，我不好拦你什么，但我可以断你的喉舌。

想到这里，周冰羽快步地走到潘有度跟前：“走，有度，我们喝一杯！”

潘有度执拗不过周冰羽的盛情，只好随其移步到另外一处较为安静处。两人倒了酒，一饮而尽，周冰羽乘着酒兴与潘有度攀谈了起来。

“有度，我把你当兄弟看待，不隔心，也不藏话，我有个疑问，不知当讲不当讲？”周冰羽问有度。

“周兄，请讲！”潘有度随口答道。他本来就是不胜酒力之人，刚才与亨利又喝了一杯闷酒，现在酒劲儿也上来了，感觉有些晕晕乎乎的。

“贤弟，是不是绎如撺掇你不与纯如合作的？”周冰羽带着些许醉意问潘有度。

“没，没有，还是家父感觉彼此合作有些不妥之处，我也是没有办法。”潘有度虽说头晕，但心里清楚，他不能将绎如出卖给周冰羽。

周冰羽皱了一下眉头，说道：“那我再问你，你可被绎如迷惑了？”

潘有度听了之后，哈哈大笑，他将周冰羽拉将过来，对周冰羽耳语道：“别说，她还真蛮吸引我的。”

“哈哈。”周冰羽同样笑得十分痛快。

那边的绎如没了潘有度当翻译，在其他洋商那里寸步难行，又眼见着他和周冰羽时而把酒言欢，时而窃窃私语，将绎如气得在那里直跺脚。

第一百九十二章　劈头盖脸

纯如和楚秋两家突然间的联合让高尚措手不及。闹出了这么大的动静来，洋商们纷纷去捧场祝贺，这在高尚看来，分明是纯如和楚秋向他的权威发起了挑战，这让他感觉很丢面子，有了危机感，心下更是万分恼火。

从来只有我高尚先出招，你们疲于应付，这下换了位置，你纯如和楚秋倒是联手先逼迫我高尚来了，想来真是自不量力，如此不识时务！

高尚找到满春豪添油加醋地汇报了此事，并说出了要即刻将“清威行”和“飞鸿行”驱逐出“十三行”的想法，他的理由是这两家行商涉嫌“与“十三行”离心离德、不遵总商及行领调度，结党营私舞弊，与洋商私下勾连、企图垄断生丝与丝绸贸易”等，每一个理由，高尚都力求说得箭箭穿心。

但没想到满春豪听后未置可否，到了最后也没有表明自己的态度。

满春豪已在绎如嘴里知道高尚近期要将“清威行”和“飞鸿行”

逼迫出“十三行”的事情，这对于满春豪来讲不是好事。因为他粤海关是直接负责“十三行”的衙门，“十三行”发展的好坏直接关系到他的政绩仕途，将纯如和楚秋这两个颇具实力的行商撵出“十三行”，不单对于“十三行”会是一个很大的损失，而且也会对他个人造成很不利的影响。如果有人在皇上面前或者是在朝廷里做起他满春豪的文章来，他很难解释清楚。

那为什么满春豪不明确表示反对高尚的意见呢？

因为满春豪也早已了解到，无论是在广东巡抚钟音面前，还是在两广总督李侍尧膝下，高尚都是红人，就是那广东布政使陆通都和高尚称兄道弟了。满春豪明白，现在的高尚根本就没有把他放在眼里，到他这里来言语几句，无非就是为了走一个过场而已，权当给了他满春豪一个面子，为的就是在程序上挑不出什么毛病。

高尚现在对于满春豪来讲很是棘手，也很矛盾。

一方面，满春豪得继续倚赖高尚将他那些缉私来的烟土出手，但他的把柄也被高尚牢牢抓在手里不得解脱。另一方面，他想让高尚拥有权力，因为只有这样，高尚的烟土生意才能做大，也更加安全，但是他知道高尚是小人，一旦得志，就是脱缰的野马，会更难以控制。再有，和珅的妾室吴卿怜三番两次给他写信，让他尽快拿出办法来扼制高尚，至少是不能让高尚阻挡绎如那里的财路，而就现在高尚的样子来看，哪里是他满春豪能扼制得住的？

果然不出满春豪所料，高尚从他这里出去之后，直接奔向了巡抚钟音那里。钟音一听说是要将纯如的“清威行”撵出“十三行”，当下心里非常解气，但他做事可从来不想被抓住什么口实，默认下来也就行了。

对于钟音的意见，高尚自然是心领神会。他知道这些大人说话就是爱半吞半咽，从来都不给你个痛快话，只有聪明人才能抽丝剥茧窥得其中的真意。如果有那不机灵的，可是要受罪了，前思后想，还是自感有些糊涂，最终不得要领，只能是按照自己揣测的章程去办。办得明白了，大人不会说你聪明；揣测偏了，他骂你混账，甚至一脚踹开，从此再也得不到侍奉大人左右的机会。

至于总督李侍尧那里，因为事前已通过气了，此番他再去将说给满春豪听的那些冠冕堂皇的理由在李侍尧那里复述一遍，想来也是一准儿能得到李侍尧的同意。令高尚没有想到的是，这次来到李侍尧这里却触了霉头。

见了面之后，没等高尚多说什么，李侍尧就劈头盖脸地对他一番训斥。并警告他以后一定要在“十三行”里小心行事，不要在行内再制造各种喧嚣，并尽快恢复与洋商的正常贸易活动。

高尚丈二和尚摸不着头脑，前几日来，这李大人还好好的，对自己和颜悦色，怎么没几天的光景下来，又换了这副嘴脸？自己又哪里惹到他了啊？

李侍尧虽然见高尚在他的一番雷霆之怒下已十分窘迫，但仍然不改戟指怒目的本色，继续对高尚训斥道：“我听说了那个叫‘清威行’的与‘飞鸿行’私下联合之事，他们这么做的目的就是求自保，如果再有其他行商效仿起来，怎么得了？逼得谁急了，都容易跳墙，也容易咬你的手，这样的道理你难道不懂吗？”

高尚委屈地辩解道：“大人，说实话，我并没有逼迫他们，那日我从您这里来求主张将他们两家从‘十三行’除名，还没来得及施行，就出了他们私下勾连，然后大张旗鼓向外宣传联合之事……”

高尚心里边也憋屈，那日我已经向你说了我的计划啊，你那时不也是没有反对吗？怎么今日一股脑儿地把邪火都发在了我身上？你这个和那娼妇没什么区别，凭着嘴大，想怎么喊就怎么喊，提上了裤子，掉转了屁股，就可以什么账也不认！

李侍尧用手指着高尚的鼻子说道：“不要在我面前狡辩，你知道个屁！我告诉你，现在‘十三行’的现状，包括你任了总商之后的所作所为，皇上都知道了！现在不是那几个行商在求自保，而是你要想想你自己如何能涉险过关吧！”

“啊？大、大人，您说皇上知道了？皇上知道了我什么啊？”

高尚此时已经是吓得“扑通”一声跪在了李侍尧的面前，说话也变得有些语无伦次了。虽然内心慌乱，但高尚也明白了为什么李侍尧要对他没有缘由地发上这么大的火。

见高尚突然间跪在了自己的面前，李侍尧也吓得忙起身站到了一边，口中怒不可遏地对高尚喊道：“没用的东西，快给我起来！”

高尚这时才发觉自己有生以来第一次真的被吓破胆儿了！

什么样的高官面前，高尚都是有一份自信的，无论是面前高攀、背后诋毁、私下搞小动作，只要做得不太出格，都奈何不了他高尚什么。可唯独这李侍尧口中的“皇上”二字让他承受不起，让皇上盯上了，对谁来讲，上自达官贵人，下至黎民百姓，不是福，就是祸，没有其他选择。

现在高尚心里面已经明白，他面临的显然是后面的那个“祸”字，只是不知是大还是小而已！

高尚连滚带爬地从地上起了身，耷拉个肩膀，低着脑袋，侍立在李侍尧的身旁，虽说镇定了一些，但仍能感觉自己的腿还在那里不听使唤地颤抖。

李侍尧见高尚这个样子，将火气压了压，说道："皇上给我下了口谕，口谕之中不仅严词申斥了我，还命我限期将'十三行'的实情拟个折子上呈御览，你现在将'十三行'搞成这个样子，你叫我如何上呈？"

高尚见李侍尧的态度有所缓和，壮了壮胆子问："大人，您知道是谁在皇上面前说了'十三行'的坏话吗？"

李侍尧没好气地答道："皇上不说，做臣子的敢问吗？来，你给我说说其中的蹊跷！"

高尚见李侍尧在问自己，脑子快速地翻转起来，而后说道："大人，我倒是想起两个人来。"

"快说。"李侍尧见高尚在此时还有卖关子的闲心，十分地厌恶。

高尚定了定心神，说道："能在皇上面前说得上话的，或是通过某种渠道能将消息直达圣颜圣听的，在广州城内除了大人您之外并无几人。再联想到该人对'十三行'之事如此了解，我想一个有可能是巡抚钟大人。他与您素来还有小人之心，想必大人是清楚的，谁人都知道'十三行'之事只有您才能做得了主张，钟大人就是趁着'十三行'初立，人心未稳，规章废弛之时，在皇上那里添油加醋说了'十三行'的坏话，可是项庄舞剑意在沛公，他是冲着您来的。上次弹劾您的事，并未将大人您怎样，是不是这次又要在'十三行'上做您的文章呢？"

李侍尧点了点头："那另外一个人呢？"

"行商之中对于我得了总商和行领的位置，眼红嫉妒者大有人在，对大人您心怀不满之人也是有的。但说来这些人中大多是乌合之众，没什么真本事，别说想在皇上面前聒噪几声，就是想上那御史门前撞钟喊冤的门路也是没有的。但有一人却是可以蜿蜒曲折地找到皇上那里的门路，那就是潘启！他的大儿子潘有为官至内阁中书，现在正在皇上身边参与编写《四库全书》，而潘启身上也有三品‘候选兵马司正指挥’的虚衔，行商之中也只有他才有这样的能量！”

高尚在说这番话期间，已经完全恢复了往常的心机，恐惧也渐渐散去。高尚感觉到，李侍尧发这么大的邪火都是表面现象，说白了是怕因为“十三行”之事影响了他的仕途升迁，这才是他内心的真实想法。有了风声，李侍尧就把所有的屎尿一股脑儿地泼在他高尚的头上，这就是大人们常用的伎俩，为的就是找个垫背的或挡箭牌。

可李侍尧让你做垫背的，是瞧得起你，让你做挡箭牌，更是对你的信任，但想不想做，却由不得你决定！既然是身不由己，莫不如装作心甘情愿去做，出了事，至少这大人们会在后面替你支撑几个回合。

纵使高尚一万个看得通透，也不敢在李侍尧面前将心中所想言语半声，更不能让李侍尧看出他心中有半点儿怨气。李侍尧做到了这等封疆大吏，那是人精中的人精，你高尚眼睛里能看得到的，他心里比你更清楚。

李侍尧听了高尚的分析，觉得十分有道理，对高尚说道：“不管是他钟大人，还是那潘启，总归人家一定是拿出了你的把柄献给了皇上，才引来龙颜大怒的。就眼前的情况而言，钟大人那里你还是要努力地巴结，并要留心他的小辫子，能将他私下里做龌龊事的真凭实据抓到手里，才不辜负我对你的信任。至于潘启那里，我也听说你在

‘十三行’里对他做得实在是出奇地过分，你不要再耍你的威风和小聪明，尽快去和潘启及与你有对立情绪的商家那里缓和关系，你可明白了？这样一番亡羊补牢的事情做下来之后，最后皇上那里有什么裁决，只能是听天由命了！”

高尚知道，李侍尧把话说到这个份儿上，已经是深思熟虑过了，万难改变，也不容反驳，他只有垂头丧气地应承了下来。

第一百九十三章　改头换面

高尚从总督衙门出来之后，好心情是一落千丈，空落落地难以平复。他万万没有想到，有人会将他的所作所为捅到皇上的耳朵眼儿里！

李侍尧之前答应给他买一个四品的知府，高尚刚才在进门时打定主意要和李侍尧提这件事。但听到后来，感觉无望，自身都难保，哪敢再提什么使银子买官的事，也就硬生生地将到了嘴边的话咽了回去。

高尚面对李侍尧对他的谆谆告诫很是犹豫，如果按照李侍尧说的做，去与潘启和纯如等人低声下气拉拢关系，那他高尚会颜面尽失，被人在后面戳戳点点，讥讽耻笑。日后在“十三行”里行走，自然也会威风扫地，毫无权威可言。如果不按照李侍尧吩咐的去做，一旦被李侍尧发现，就会被认为不听话，不把大人的话放在心上，不单给李侍尧留下阳奉阴违、狂妄自大的印象，甚至会被李侍尧一脚踢开，让其自生自灭，从此头上也就会失去了保护伞。

高尚知道，此次告他御状的人一定是潘启，因为在行商之中只有潘启具备这样的条件和能力。但至于为什么能引起皇上对潘启这般重视，甚至在没有查明真相的前提下，就不问青红皂白地将一品封疆大吏李侍尧一顿臭骂，潘启何来的如此能量，高尚就百思不得其解了。

至于高尚在李侍尧面前生生地将钟音拉进来，为的就是转移李侍尧的视线。其用意不言自明，其实我高尚没做错什么，只是你和钟音之间的明争暗斗将我连带了进去，我高尚是你们争斗的牺牲品，受了你们的牵连，我还很委屈呢！

不管有什么心计，眼前的事情总是要解决的。高尚回到家一顿喷云吐雾之后，终于下定了决心，还是要照着李侍尧说的去办。只是在行事上要多给自己留面子，不要让旁人看破他高尚内心的尴尬和狼狈。

第二日早上，高尚召集众丝绸行商议事。

因为高尚之前有言在先，召集议事无故拒不参加者，将被开除出“十三行”，这样的理由冠冕堂皇，拿到台面上谁人也挑不出毛病，所以这次人基本上都到齐了。

高尚这次一反常态，对众人都很和气：“各位东家，作为总商，近一段时间里千头万绪，公务缠身终日不得解脱。但丝绸是我‘十三行’对夷商贸易之根本，高某人始终将其在心中列为重中之重，不敢怠慢。‘十三行’自初始建立已走入正轨，今日召集大家来，是想和大家研议下一步我们将如何开展业务之细节，有好生意可做，才是我们商人所追求的正业根源，其他均为空谈。时不我待，此时也到了大家该静下心来，想着如何将银子赚到自己口袋里的时候了，我们要勠力同心，将我们的丝绸贸易做大做强！”

高尚说完之后，梁东家、易东家等人带头鼓起掌来，为他的这番话叫好！

平心而论，高尚今日的这番言语说得恰到好处，一语中的，也说出了众人的心声，自然应该得到大家的积极响应。但是因为成见太深，绎如、楚秋、潘有度几人只是采取了冷眼旁观的态度，未表现出一丝热情来。

纯如问道："自'十三行'成立以来，鲜有与洋商的贸易，不知高东家作为行领，在未来可有了行之有效的对策？"

"纯如东家这个问题提得太好了！不愧是江浙丝绸商会的会长，可谓眼光独到深远，有做商业领袖的大家风范。"

高尚对纯如一番吹捧之后，让绎如等人非常惊诧，这高尚今天抽的是哪股子邪风，好像换了个人似的，竟然拍起了纯如的马屁！纯如也感到稀奇，高尚竟然在大庭广众之下夸奖起她来了，真是连想都想不到的事情，如果之前自己问他这个问题，是一定会引来高尚敌意的。

高尚见大家听得都很认真，也就继续说道："这几日我是夜不能寐，洋商这里见我们新行初立，人心浮动，所以在那里看我们的笑话，并未有实际的贸易活动，他们也想着趁火打劫，捞取不义之财。就比如前一阵子，东印度公司与'天宝行'和'孚泰行'签订的那个合同，梁、易二位东家几乎无利可图，甚至还可能蚀本，完全可以看得出他们是十分奸诈的。我们千万不要小看了这些夷商，他们比我们想象中的要狡猾得多，没有些真本事是很难让他们服气的。这让我忽然想起了前几天这些洋商齐聚'清威行'的事情来……"

纯如听到这里是明白了，高尚绕来绕去，还是要借题发挥找自己身上的毛病。楚秋也有些紧张起来，他不知道高尚还要在这上面做出什么样的花样文章来。

高尚清了清嗓子，又继续说道："我那日因为有要事在身，没来得及前去，但我听说各国的洋商都是不请自去，对‘清威行’与‘飞鸿行’的合作表示祝贺，这说明了什么？我自认为，虽然纯如东家平日里与洋商接触不多，但她对洋商还是十分有号召力的，这也让我很感到意外和佩服！言归正传，我说这些的主要宗旨就是，我想让纯如东家作为我们丝绸行的贸易代表出面与各国之洋商谈判，整齐划一，而不总是被洋商牵着我们各家的鼻子走，钻我们的空子，不知道大家可同意我的意见？”

高尚话音刚落，便引起了议事厅里众人的骚动。高尚做出的决定，出乎了在座每一个人的意料！就犹如那平静的湖面之中猛然掉进了一块巨石，激起了千层的浪花来。

楚秋率先表态道：“我同意！”

紧接着“东兴行”的谢东家和一两个小行商也都表示同意，绎如犹豫了一下，而后站起身来，对众人说道：“我支持纯如做贸易代表！”

潘有度摇摇头，并未表态。

梁东家站起来说：“既然高商总有此意见，断然没有不支持的道理，但我想说几句题外话，刚才高商总也说了东印度公司与我‘天宝行’那笔生丝合同的事，我想纯如做了代表之后，应该将此事重提，重新与他们谈判为我们争得利益！”

“梁东家，这不好吧，毕竟你们与东印度公司的合同已经签了一个多月了，买卖也都是自愿的，这时候再出尔反尔让纯如东家找他们谈判，夷商同不同意暂且不说，你这不是难为纯如东家呢吗？”高尚冷冷地说道。

易东家听高尚这么说便坐不住了：“高商总，梁东家是信得过纯如东家的能力和胆识才这么说的，不管那边洋商同不同意，试上一试总归可以吧？我想，纯如东家只要尽力，拿着当自己的事情办，就一定会有个好结果的。”

这时候，众人都把眼睛盯向了纯如，纯如从容地站起来说：“本人才疏学浅，不堪大任，我看高商总还是另选他人吧！”

高尚对着纯如一拱手，十分诚恳地说道：“纯如东家千万不要自谦推辞，这不单是我高某人一人的意见。你看，众位行商也都是认可你的，此时正是与洋商贸易迫在眉睫之时，能者就要多担待一些。你要是这般再推辞下去，我可是要想，是不是纯如东家对我高某人有想法，故意来拆大家的台喽。”

纯如听高尚的话说到了这个份儿上，自然知道是难以再推却，她也知道，高尚的决定在当前来讲确实是为大家着想，如果一直持续之前的境况，不但各位行商损失惨重，就是这“十三行”离黄摊子也是不远了。“那就勉为其难，做一做再说吧。”纯如答应了下来。

“太好了！”高尚很兴奋地高喊了一声，继续激昂地说道，“纯如东家众望所归，肩负着在短时间内重振我‘十三行’生计的重担，巾帼英雄，真是令人敬佩之至。至于刚才梁、易两位东家的言辞，纯如东家不必有太大的压力，量力而行即可，他们两位实在是应承不下来，有我们在座的各位在背后支持一下他们，也就没什么问题了！”

绎如一拍桌子，恼火地对高尚说道：“你这话说得不对吧？签合同时，我们连个消息都得不到，应承不下来了，让我们担着，哪里有这样的美事？我趁早告诉你，别打这个歪主意，我‘荣盛行’至少没这个义务。”

高尚见状，不疾不徐地说道：“绎如东家的想法都是人之常情，无可厚非，可是，我们同在‘十三行’，同为丝绸业界东家，我们怎能对洋商的伎俩熟视无睹，又怎能对在一条船上的遭难行商不闻不问，弃之不顾？想当初，潘家的‘同文行’有此情形时，就是纯如东家和我出手相助，最后得以让潘总商顺利过关的。这样吧，今天这件事我们暂且搁置在这里，至少现在还没有讨论这个的必要，等纯如东家这里谈判有了结果再说。”

这一席话，高尚往日那阴阳怪气、咄咄逼人的口气未见分毫，反而说得声情并茂、有理有据，很打动人心，这让绎如听来也无话可说。

“我还有个决定告诉大家，自今日起，‘清威行’与‘飞鸿行’从之前的三等商行升格为二等商行，‘荣盛行’从之前的二等商行升格为一等商行，其他商行，包括我自家的‘德庆行’保持原有等级不变！”

瞬间，议事厅里的空气仿佛被高尚这突如其来的决定凝固了一般，每个人的呼吸声听得都是清清楚楚的！高尚最后的这几句话，谁听来都是如同梦话、鬼话一般不可信，可偏偏就真的是从他嘴里说出来的。

高尚今天到底是怎么了？在座的每一个人都在心里问着同样一个问题。

高尚转过头来对潘有度说：“那日在会上，我对潘商总言辞之间多有得罪，想来都是我一时口不择言，伤了他老人家的心。有度，这样，你回去的时候，给潘商总捎个口信，明日我去潘家负荆请罪，企望得到他老人家的原谅！”

潘有度呵呵一笑说道：“口信我可以捎到，但负荆请罪我看就不必了，家父近日好不容易得清闲，会友品茗，很是逍遥自在，我怕你那般模样见了他，会打扰他老人家的好兴致！”

高尚听了，很尴尬地说：“那好，那好，那我就恭敬不如从命，那我改日登门拜望他老人家也就是了。”

潘有度再没有搭理高尚，而是将头转向了一边。刚好，他发现绎如也在盯着他看。

第一百九十四章　耳食之言

两天后，高尚真的就来到了潘家大院的门前，给潘启赔罪来了。

潘启听了消息，微微一笑，吩咐门房下去，就说他正在会客，没工夫接待高尚。

高尚哪里是凭三言两语就能打发得走的，他来之前就已经在心里做好了吃潘启闭门羹的准备。既然潘启没以“远游”之名拒绝，那就说明还是想见他高尚的，说没有时间接待他，无非就是想摆摆威风，将那日丢的面子找回来而已。

高尚当然不怕潘启故意将此举动传出去之后，对他作为总商的威信有什么影响，因为那日他已经当着众人的面和潘有度说了要给潘启赔礼，潘启故意避而不见他，只能说明潘启锱铢必较、气量狭小。潘启越是这么做，越是遂了高尚的心意，因为这样反而衬托出他高尚的雅量高致和大度气质。

不得不佩服高尚，大热的天他在门房里足足等了将近两个时辰。虽然潘家人给了他一把小板凳坐，免了站着等的苦楚，但等他见到潘启时，也感觉有些筋疲力尽了。

“找我有事吗？”潘启冷冷地问道，并没有让座给高尚。

“潘叔，那日在会上口不择言，事后才知道让您动了火气，追悔莫及，今天我是特地来给您赔礼道歉的。”高尚十分谦卑地答道。

潘启冷笑一声：“呵呵，算我潘启命大，你泼给我的那一桶冷水没将我送上西天，否则的话，你道歉也得到西天那里去找我了！”

“潘叔，我就知道您是误会我了，我才决定今日必须见到您，将话说个明白，否则，天长日久，潘叔对我的成见将会越来越深，我也就愈加难以解释得清楚。潘叔，那日事发突然，怪只能怪小侄救您心切，感觉您是中了暑气，才慌乱之中吩咐那两个伙计用些许凉水将您唤醒。哪承想，那两个缺心眼的呆愣家伙竟然从井里新汲了水，而后又一股脑儿地泼在了您的身上，我在台子上就是想拦都是来不及了！事后，我这个懊恼啊，这让潘叔会怎么想我啊！”

高尚一边很委屈地说着，一边偷眼观瞧潘启的态度，他继续说道：“得知潘叔为此大病了一场，我也是心急如焚，急着想来探望您，但又怕您见了我更会生气，于痊愈不利。所以也就是在心里默然盼您早日康复，也好及早到您跟前赔罪，并将事情解释清楚。”

“哈哈，我潘启见过的伶牙俐齿、颠倒黑白的人多了，可只能说，今天听你高尚一席话，才知道人外有人天外有天，你不单能将人话说尽，也可鬼话连篇。你作为肖小之辈，我奉劝你一句，谁人眼里都不揉沙子。时间长了，那些口蜜腹剑、人面兽心者，自然会被识破，小丑始终会为人所不齿和唾弃！年轻人，好自为之！”

潘启说完，一甩袖子就要走出会客厅。

高尚被潘启骂得狗血喷头，但他早已打定了主意，无论你待我如何，我今日就是赖在你这里，直到你回心转意才行。抬手不打笑脸人，我高尚登了你潘家的门，为的就是让你潘启将心中的火气都撒出来，嚷也嚷了，骂也骂了，你还能再将我怎样?

“潘叔，您且慢走，小侄还有一事相求！”

潘启听了一愣，禁不住重复了一遍高尚的话：“有事相求？”潘启心里暗想，你高尚此时还有脸来求我？真是没脸没皮，可笑至极！

但潘启还是停下了脚步，他真想听听高尚到底有哪般事情有求于他。

高尚紧走几步到了潘启的面前，对潘启拱手说道：“潘叔，之前我对总商之职确实是看着眼馋心跳，这也让我迷了心窍，但真坐了那位置之后，才有了如坐针毡之感，这哪里是我这才疏学浅之人能坐得了的啊？倍感身心交瘁不说，也是感觉寸步难行。有了这般经历，我不自觉地在心里与您做了比较，您在公行里做总商时，十几年如一日如鱼得水般地自在，相比之下，我真是羞愧难当，更是在心里愈加佩服潘叔的德行高深，非我等常人能力所及也！”

潘启很是傲慢地说道：“难道你口中所言说的‘有事相求’，就是求着我听你这些口是心非的耳食之言？如果只有这些蜚短流长之语，我看你就没有必要在这里浪费口舌了，我潘启没有这份闲工夫听！”

“我想将商总之位让贤给有度贤弟！”高尚慷慨地说道。

“啊？！”潘启忍不住一声惊呼，接着又好似没有听清楚，紧接着问了一句，“你刚才说什么？”

高尚见潘启动了颜色，心里知道已经到了最后将潘启稳妥拿下的火候，他不慌不忙地说道：“有度贤弟出身于潘家名门望族，抱玉握珠，加之为人谦逊沉稳，实为青年才俊之中的大雅君子。无论才学人品，均在我这草腹菜肠之上，所以我心甘情愿将这总商位置让贤于他，但恐有度贤弟推托，所以也是趁今日机会，求您劝说他的。”

“他怎么能做得来？”

潘启万万没有料到高尚会有让位的主意，惊诧之余，也在心里暗自提示自己，小心高尚在这里面再搞什么鬼把戏愚弄自己。但眼见着高尚言辞如此恳切，看不出高尚有什么藏头缩尾的虚伪迹象，这让潘启迷惑之中也有些不知所措。

“说来有度贤弟做总商只是少了些历练而已，但有您在背后支撑，自然碰到什么样的难题也就可迎刃而解了，您还用担心他什么呢？我也是想了，‘同文行’从公行到‘十三行’一直做总商，潘家两代人接力做总商，真是千古佳话，可为美谈流传。不瞒您说，我的确有这样成人之美的心思在这里面。”

高尚的这番言语说得情真意切，有根有蔓，容不得人对他有半点儿的怀疑。

“来，坐下谈。”潘启指着那椅子对高尚说道。

“潘叔，小侄家里面还有些事情需要回去处理，我就不在这里叨扰您老人家了。我和您说的，还烦请您与有度贤弟商量之后，派人给我捎个话，告知有度贤弟的最终决定。”

潘启继续挽留道：“喝杯茶再走不迟！”

高尚则拱手再次告辞，潘启执拗不过，也只能看着高尚走了。

潘启不知道，高尚对待说话办事时的时机和火候一直都拿捏得恰到好处的。可谓是收放自如、炉火纯青，达到了出神入化的境界。

你骂我的时候，我笑；你撵我的时候，我赖着不走；可你想和我说的时候，我只是点到即止，一个字也不多说；当你再三挽留我坐下来的时候，我是义无反顾地要往外走。

高尚这种本事使出来总是出人意料，在对方惊诧之间，已将他要达到的目的完成了大半，在很多情况下，对方只能顺着他的思路或者他留下的悬念走下去，即使走进了死胡同，对方也浑然不觉。

高尚出了潘家大院的大门，忍不住掩鼻而笑，人人都说潘启如何如何智慧，见了今日之情景，也不过如此平常矣！

高尚为什么要坚持将总商之位给潘有度？难道只是为了讨好潘启，急于求成修复与潘家的关系？

至少表面上看来是这样，李侍尧也吩咐高尚要拉拢潘家，以免潘启再生出更多的麻烦来。但高尚自有更深的心机，他知道，潘家已经将“十三行”及他个人告到了皇上那里，乾隆爷自然也是要将事情弄个明白才肯罢休，一旦真要是查出来他高尚半点儿劣迹来，那对于他来讲都是灭顶之灾，高尚深知其中的利害。

那么如何能化解得了？

高尚知道，这件事情到了皇上的眼皮子底下，一旦出了事情，谁都帮不了自己，包括李侍尧到那时都得明哲保身，拉他高尚做挡箭牌。想来想去，也只能是自己救自己！

既然这件事情你潘启是始作俑者，那好，我将你踢过来的球，再给你踢回去，总商我不做了，我让你做！到那时，皇上派人来查，“十三行”里有什么事情，都与我高尚无关。反而你潘家人做了总商之后要疲于应对此事，要努力维护“十三行”在皇上眼里的形象，甚至不惜一切代价去替我高尚遮掩一些事情，这就与之前你潘家在皇上那里告状之事相互矛盾，很难自圆其说，弄不好都得落下一个“欺君罔上”的罪名，那可是要被砍头的死罪！有可能你潘家人的屁股没把那总商的位置坐热，转眼的光景就会又回到我高尚的屁股底下，你潘家无非就是代我高尚受罪的羔羊而已！

高尚知道，潘启听了他今天这番话不可能不动心，潘家不缺银子，但怕丢脸面。更主要的是，潘启总是一门心思要下辈继续光耀潘家的门庭。自己主动让位于潘有度，潘启自然将对他高尚感激不尽，之前的仇恨也自此会一笔勾销，这是一举两得的好事。

回到家里，高尚立即窝在床上抽起了烟土，两个开脸的丫头侍奉左右，让他很是惬意。

他那日在会上将纯如任命为丝绸行的贸易代表，这不单让纯如那些人等大出意外，对他高尚刮目相看，会立即产生出莫名的好感来，也让其他行商感觉他高尚是个一心为公的大度之人。

其实高尚的心思远不止这么简单，你纯如不是与那些洋商交好吗，那我就绝对不能让你在那里悄悄地吃独食捞好处，不能容你一家做大！我任命你纯如做了代表，就是公事，你与洋商有多少的私下交情也只能算是行内的，算不到你纯如的个人头上。

再有，“天宝行”“孚泰行”梁、易两位东家一直与东印度公司扯皮耍赖不给其供货，如果真是惹恼了亨利吵嚷起来，甚至到衙门打起了是非官司，在当前的形势下无异于是对“十三行”和他高尚火上浇油。纯如手里把控着“七里丝”的大批货源，纯如做了贸易谈判的代表，那她一定是要想办法将这件事情处理通顺的。纯如如果与亨利的谈判不顺利，那么他们之间必然会产生巨大的分歧和矛盾，后果可想而知。

从纯如到潘启，如此一番精心安排下来，就是朝廷那里查下来，他高尚也会高枕无忧的。

接下来，高尚又想到了那个绣娘小红，小红朝他要那大笔的银子是小事，高尚害怕那是一个无底洞，万一哪一次不顺了她的心意，将自己与嫣然的那些丑事抖搂出来，都会给他引来无穷的麻烦。

但眼前他对小红却是什么办法也没有，因为光脚的从来就不怕穿鞋的。

第一百九十五章　大节不夺

纯如被高尚任命为了丝绸业的贸易代表，自家的商行又升了等级，这让周冰羽和楚秋欣喜若狂，他们认为这是两家联合的结果，让高尚有了敬畏之心。

但纯如头脑却很清醒，她认为事情绝非如此简单，就是当初她和楚秋决定联合之时，也是做好了高尚强行将他们开除出“十三行”的心理准备的。因为就她对高尚的了解，高尚是睚眦必报之人，他不可能眼见着你违抗他的意志而无动于衷的，一定会变本加厉地来报复你。并且高尚是善弄权术之人，纵然你考虑得千般周全，他也能想着法子找出你的缝隙和漏洞来，用千条冠冕堂皇的说辞扣在你的头上，然后再利用手中的权势将你排挤掉。

但为什么这次高尚会有如此戴盆望天、煎水作冰的态度，这让纯如一头雾水。但不管怎样，终究都是好事，先把眼前的事情做好再说。至于高尚在其中有什么样的目的，只能拭目以待，现在就是猜都找不到一个方向。

那日从议事厅出来，绎如偷偷地问潘有度，为什么他对高尚任命纯如是一个冷眼旁观的态度，至少是没有公开表明支持纯如做贸易谈判的代表。

潘有度呵呵一笑，说道：“冰冻三尺非一日之寒，你想他高尚在瞬间突然对你大热起来，这让人受不了不说，也不可思议。我想，你姐姐也是心知肚明的。”

绎如对潘有度妩媚一笑：“好吧，不管他们的事了，我们还是将商铺尽快建好，以免夜长梦多。”

“高尚有此突然举动，绝不是一时任性心血来潮而为之，背后一定是某种力量逼迫他不得不这样做，如果真是这样，我想，是不是‘十三行’的局势也会因此而发生变化？我们还是将那建商铺之事往后拖一拖为好，以免有什么闪失。”

“怎么到了这个时候，你还退缩了呢？是不是你父亲那里不同意？”绎如疑惑地问。

潘有度一丝苦笑，摇摇头，没有作声。

绎如继续说道：“不行！你都已经答应了我，必须要和我一起做。你现在已是‘同文行’的东家了，难道还要被你父亲掣肘？”

潘有度答道：“没有。我只是觉得有些事情不能操之过急。”

各国的洋商见“十三行”里委任纯如作为丝绸贸易的谈判代表出来与他们联络接洽，都将之前惶惶不安的观望心态放了下来。他们认为这是“十三行”人事已经平稳，开始正常运转的一个重大信号。

纯如十几天走动下来收获颇丰，葡萄牙、西班牙、荷兰等国的代表都与之签订了购买生丝、丝绸的意向性协议，而且无论从价格还是在给付的条款上，都令纯如和其他行商非常满意。

纯如受到众位行商的赞扬和追捧，这令高尚嫉妒得要命，但为了营造“十三行”的兴隆样给朝廷看，他也只能咬着牙下来。他知道没有纯如，任凭哪一个行商都不可能在这么短的时间内做到这个境界的。

但东印度公司与“天宝行”“孚泰行”之间的矛盾，却让纯如分外棘手，梁东家和易东家认为赚银子少了，拖着不给亨利供货，一门心思要亨利将价格提上来，而这样出尔反尔不讲信誉的做法，亨利显然是无法接受的。

纯如没有办法，最后只能将他们都请到了“清威行”，让他们当面协调这件事情。

梁东家和易东家都明知自己理亏，但他们心里也打定主意，纯如真要想出风头解决问题，亨利又叼着肉不松口的话，就要从你纯如的身上割肉给我们吃，否则的话，我们就将滚刀肉做到底！而亨利见纯如作为中间的调停人要帮他解决这件事情，心里自然是十分感激，他和梁、易二人真是耗不起了。

纯如首先开了口：“亨利先生，我也了解了这件事的来龙去脉，梁东家和易东家因为对‘七里丝’的价格不是很熟悉，贸然与贵公司签了那生丝合同，事后算下来才知道几乎无利可赚，虽说一诺千金，何况还是白纸黑字写得明白，但我希望亨利先生能从长远的合作考虑，适当地将价格提上一点儿来，也好互惠互利将这笔合同得以圆满地执行。”

“纯如夫人，你这样说话很是偏心，实在是不公平，几个月前，我们与‘同文行’签订的那笔合同价格要比这次的低得多，到最后执行得也很圆满。为什么这次的价格高出许多，反而‘天宝行’‘孚泰行’嚷着说无利可图呢？再说，即使无利可图也是要讲诚信的，也不能这样拖着我们不给供货，你们这么违反合同，是要付出沉重代价的。还有，那份合同早已经带回我们英国总部，根本不可能有改变的机会了。”

亨利一口气将自己在心中早已打好的腹稿流利地说了出来。他现在想寻梁东家和易东家实在是不易，他们躲着不见，连说上这番话的机会都没有，有了今天这个场合，亨利自然是十分珍惜。

梁东家斜着眼睛，说道：“我说亨利，你说潘家的‘同文行’最终给你供了货，可还不是在那里面掺了五百担的劣质生丝？这次的合同是你主动找到我的家门商谈的，你再回想一下当时的情景，这价格是高总商和你定的，我压根儿就没有掺和，可你也不能得着了便宜就不撒手，让我们白忙活一场吧？”

梁东家这番话说得亨利的脸上红一阵白一阵的，他争辩道：“高尚是你们的总商，既然你知道价格是他定的，你们现在就是感觉价格低了，也应该是去找他才对啊！”

“亨利，你这话算是说对了，我们感觉价格低了去找高尚，那你的那批货是不是也应该去找高尚要？要不是当时好心替你解围，谁能和你签这份合同？你真是没良心！”易东家在一旁冷冷地说道。

纯如听到这里已经很明白了，原来这里里外外的麻烦都是高尚一手炮制的，高尚为什么要这么做？他对“七里丝”很了解的啊！但纯如知道现在说这些于事无补，促成两方和解，将事情得到圆满解决才是眼前的根本。

纯如见让亨利让步几乎是不可能的，再说情理上也确实是说不通，她诚恳地说道：“梁东家、易东家，我说句公道话，虽然价格是高总商定的，但毕竟签了合同，即使不赚钱也是要认下来的，商业终究是要讲‘诚信’二字的。细水长流，要看得长远些，下次亨利先生这里再有了贸易，多考虑你们这里也就将利润找回来了。”

梁东家听纯如在为亨利说话，怒不可遏：“纯如东家，我说你怎么胳膊肘子往外拐，合计着能说出这些三长四短的话来？这当中你们家的‘广客隆’要是将价格给我们放下来，也不至于将我们为难到了今日的境界。说得明白点，是你纯如东家囤货居奇、趁火打劫，才将这个合同进行不下去的，某些人就不要在这里和我们装什么和事佬了！”

纯如听了，很坦然地说道：“梁东家这话说得让人心塞，向情向不了理，君子一言驷马难追的道理想必您是懂得的，何况白纸黑字写得明白！至于您言说我周家的‘广客隆’想在这其中趁火打劫，我真是承受不起，‘广客隆’自行号以来从来不做这等亏心事，堂堂正正、规规矩矩，一直是我们‘广客隆’的立业之本。高总商也是从我们江浙走出来的，他对‘七里丝’的行情了解得很通透，你信不过我，为什么不去问问他？”

纯如的这番话说得有理有据，让梁东家和易东家哑口无言。亨利忍不住对纯如竖起了大拇指。

纯如接着说道：“言归正传，今天将你们双方请来是解决问题的，就事论事，我不想在这其中偏袒谁。说来你们之间这样互相拖扯，对谁都是没有半点儿好处，哪一天要是都闹到衙门里面说理去，丢了颜面、伤了和气不说，结局更不好收场。”

“纯如东家，既然你的话说得如此慷慨，这笔生意就你们‘清威行’做吧，我们不做了。”易东家赌气地说。

纯如惊讶地问：“给我做和你们做这其中也没什么区别啊？”

亨利则是忙不迭地说：“我同意这么做！”

易东家斜视了一眼亨利说道：“你不要这样猴急，就你出这价钱，纯如东家想必也是不稀罕做吧？”

纯如明白，眼前的梁、易两位东家见无大利可图，已经是铁了心毁约不想要这生意来做，在这件事情上，亨利身上真没有什么过错。

梁、易两位东家现在硬要将这生意推到她纯如身上来，接不接？

接了，即使赔不上，也面临着赚不到多少银两的问题。不接，眼前的两家真是起了纠纷，他们之间谁对谁错且不说，不明就里的人一定是将罪过算到江浙丝商的头上，就如梁东家所谓的“囤货居奇、趁火打劫”，这样必然会损害江浙丝商和“七里丝”的声誉。

先前潘家赔钱与东印度公司做了“七里丝”的生意，这次轮到梁、易两位东家头上是赚不到钱的买卖，里外都是让东印度公司占尽了便宜。潘家那次是因为不了解“七里丝”的行情才做了赔钱的生意，而这次，是高尚故意使的坏。

“好吧，既然易东家话说到这个份儿上，我也就不说什么了，这个合同就算到我们‘清威行’的头上，一个月内交货。”

纯如终于做了最后的决定。

“但是，”纯如补充说道，“我需要和亨利先生强调的是，有再一、再二，没有再三、再四，如果总是想着以投机取巧的低价来购买‘七里丝’的话，以后你怕是买不到了。生意没有可着一个肩挑的，总是要两头都兼顾上，路才能走得长远！也不要总想着贩私走逃那些歪门邪道，你看我们大清商人哪一个是那样的人？！规矩，我们要讲，你们更应该讲！”

纯如的一席话说得亨利很尴尬和狼狈，连连点头称是，口里也说着：“我明白，我明白，下不为例，下不为例。”

梁东家和易东家听了感觉很挂不住脸，此时在纯如面前，他们顿觉矮了三分，这样一个大气的女子，爷们儿也自愧不如！大气之中的那种大义，更是大节不夺、仰之弥高，尽显巾帼之风流本色！

他们今天是彻底服了！

梁东家对纯如一抱拳，说道："纯如东家，既然已经这么定下来了，那没什么事，我们也就告辞了。"

纯如站起来说道："且慢，我还有一句话，要对两位东家讲。"

梁东家和易东家都是一愣，相互对视了一眼，说道："请讲。"

"合同虽然是我应承下来了，但那日也和你们二位算过了，这其中有两千两银子的利润，改日我派人给你们送过去！"

第一百九十六章　风鬟雾鬓

在潘家的后花园里，潘启与潘有度父子正在亭榭之下赏花品茗。

清风徐徐，绿舒红姿，悦目养心。

潘有度眼见父亲脸上荡漾着盎然之意，难得一副悠然自得的样子，更加在一旁殷勤侍候着。

潘启问道：“近来你肩上多了生意冗繁之事，可是忘了诗书？”

潘有度恭敬地答道：“儿子不敢。昨日我还作诗一首，爹，我念给您听听？”

潘启满意地点点头：“好啊，我看看倒是哪般雄才文章。”

潘有度随手拿起地上的一条柳枝，指点着那湖面，口中轻轻吟道：“万顷琉璃玉宇宽，镜澄千里幻中看。朦胧夜半炊烟起，可是人家住广寒？”

潘启听了，闭着眼睛，沉吟片刻说道：“你这诗意境是有了，只是入心之后，有一股哀怨之气在里面，与此情此景很是不搭调啊！”

“经爹这么一点拨，还真是感觉有了这么一层意思。”潘有度很敬佩地对父亲说。

潘启站起来，踱到湖水边，说道："年纪轻轻，不可故作老气深沉，这些让人黯然神伤的诗还是少作，很容易消磨你的意志，总是口言雨井烟垣，也会折损你的福报。"

潘有度跟上前去，答道："父亲教诲，儿子谨记在心。"

潘启回过头来，对潘有度说道："我还听说你作诗一首：'缱绻闺闱只一妻，犹知举案与齐眉。婚姻自择无媒妁，同忏天堂佛国西。'这个我没有明白，你来给我说说。"

潘有度脸一红："爹，这是闲来无事信笔涂鸦，难登大雅之堂之作，还是不要说它为好。"

"哈哈。"潘启大笑起来，继续说道，"你这诗虽写得有些模样，可只能算是雕虫小技，意境里面也尽抒儿女情长，未见大丈夫的志向胸怀。但想来你将及弱冠之年，将暮翠朝红两情相悦之事糅于诗书也属正常，没什么可扭捏不安的。"

潘启越这么说，就越让潘有度感到窘迫，他也奇怪了，父亲平时是不苟言笑之人，怎么就忽然在一首诗上调侃起自己来了呢？难不成父亲别有用意？

正在潘有度不知道如何回潘启的话时，潘启忽然非常正色地说道："有度，我听说了你和那'荣盛行'东家绎如近期走动得非常热络，虽说我知道你们都是生意上的正常往来，但俗话说'寡妇门前是非多'，你们孤男寡女总是在一起，很会让人说出闲话来，这对你和绎如都不是什么好事。"

"前些日子，她的姐姐纯如也和我说了这件事，我猜想应该是父亲和她说了什么，我现在已经很注意这方面的分寸了。"潘有度十分尴尬地说道。

潘启重新坐到了椅子上，但面上还是带着严肃的神情："你不要敷衍我，据我了解，纯如与你说完，你依然和那绎如独来独往、我行我素，并未曾有什么改变。我还听说，那日‘清威行’的酒席宴上，你还像个小跟班似的跟在她后面做起了翻译，你不感觉这是一件很丢潘家人脸面的事情吗？还有，纯如主动找我们合作，你却被那绎如三言两语说动了心思，擅自做主以我的名义给回绝了，把一桩好好的交情拒之于门外，你难不成被绎如的花言巧语给冲昏了头脑？”

潘有度没有料到父亲整日坐在家里，却对他在外面的作为了如指掌，掌握得这般确切：“爹，您听我解释，拒绝纯如是因为……”

“是因为绎如那块地皮建商铺的事？有度，就是你有千般理由也不能拒绝纯如与你合作的主张，这个要比你在那地皮上建商铺的事还重要、长远，可惜了，被你硬生生地给推出了门外……”

潘有度听父亲说到了建商铺，又是一惊，看来自己在父亲面前毫无秘密可言，都是被父亲知道得一清二楚：“爹，您怎么看那建商铺的事？”

“你小子休想给我岔开话题，我告诉你，绎如和纯如虽说是亲姐妹，但她比纯如差得不是一星半点儿，就是她那朝晖夕阴的古怪脾气，与纯如的大度淳厚比起来，就有着白白朱朱的天壤之别。另外，她是小聪明，没有同情心，而纯如是大智慧，悲天悯人。你看，你与冰羽、纯如夫妇往来，我从来没有遮挡你，可你与那绎如厮混，我都怕她将你带坏了！”

潘有度偷眼观瞧，见潘启虽然说得声严厉色，但并未真动火气，他大着胆子，嘟囔了一句：“绎如哪里有您说的那般不堪？”

“有度，你小子在我面前会装傻充愣了是不？爹问你，是不是那绎如魅惑于你，让你对她生了男女之情？我告诉你，趁早断了这念想！我不同意！”潘启低声对潘有度喊道，喊话间，脸上已经明显有了激动的颜色。

潘有度见父亲动了肝火，连忙安慰道："爹，您这都是从哪里听来的闲话？她怎么可能魅惑于我？我又怎能那么轻易就被她魅惑？"

但潘有度临了还是忍不住又补充了一句："我听您的话里对绎如的成见很深，其实她人还是不错的。"

潘启平时很心疼这个小儿子，见潘有度噤若寒蝉的样子，忍不住又换了慈爱的口气说："没有被魅惑就好，我也不管什么成不成见，她人是不是不错。总之，她是比你大几岁的寡妇，这样的人是进不来我潘家大门的。"

"好，您放心，您的话我谨记在心！"潘有度见潘启的态度缓和下来，连忙应承了下来。

潘启接着说道："前几日，高尚来给我赔礼道歉，临走时，他说要将那总商之位让贤给你坐，你怎么看待这件事？"

"爹，他这么说，您信吗？"潘有度反问道。

潘启没有作声。

潘有度接着说道："高尚谩辞哗说瞒天昧地，一身空心架子东诓西骗，他说出什么来，也是不能相信的。"

"嗯，从这件事情看来，你还是识人的！"

潘启满意地点点头，接着说道："他不是想着狗洞钻营，就是想着嫁祸于人，可他自己不知道，兔子尾巴长不了！都说一朝被蛇咬，十年怕井绳，我从前认为高尚是条蛇，可我现在只把他看成是跳梁小丑，蹦跶不了几天啦！"

"爹，可我听说，当您听见高尚要将总商让位于我，您很是礼遇他，对他很是信任、感激的样子……"潘有度试着问父亲，也将心中的疑惑说了出来。

潘启笑着说道："呵呵，他高尚戏演得真，我当然是要配合好，否则，他怎么肯再卖力演下去？"

"爹要对他怎样？"潘有度禁不住好奇地问。他从纯如嘴里听说了父亲要整治高尚的事，但他还没有问过潘启是如何行事的。

"不是我要对他怎样，是朝廷要对他怎样！"潘启略带些得意的口气说道。

"朝廷？"潘有度听糊涂了。

"这次高尚给'清威行'等几家提高商行等级，不是临时起意；任命纯如做丝绸业的贸易代表，也不是良心发现，更不是踏实地肯为'十三行'着想，他这是大难临头才知道想要抱佛脚！可惜，已经晚了！"

"父亲，我没有听明白，朝廷怎么可能在如此短的时间内知道他的作为？何况，他做了总商之后，只是有些小动作，还没有做什么太出格的事，又如何能引起朝廷的注意，整治他呢？"

"我说你被那绎如迷了心窍你还不承认，咱家那客厅少了那幅《千里江山图》多少日了，你都还没有注意到！好了，不和你说这个了，拭目以待吧，我想也就再有个把月的光景，就有结果了。这期间，还是少说这个为妙，装作若无其事就可以了。"

说完，潘启起身，往园中的一处书房走去。

潘有度知道潘启的脾气，事情没有结果之前，说话都是点到为止，不肯多说，你再想多问，都是枉然。

忽然间潘启又转过身来，像想起来什么似的，又对潘有度说了一句："还有，一会儿你去粤海关那里走一趟，和满大人说，这几日方便的时候，我请他来咱家品茶。"

潘有度忙随口答道："好嘞！"

潘有度从园子里往出走，迎头碰见了伺候自己的大丫鬟馥宝儿。

馥宝儿名字之中带了个“宝”字，“馥”又与“富”谐音，想来她的父母生下来她的时候一定是希望她将来是个大富大贵之人。

宝儿八岁进潘家大院侍候潘有度，到现在已经是整整八个年头了。在这八年里，她几乎与有度形影不离，虽为主仆，但关系却是甚为亲密。

时光飞逝，馥宝儿今年已二八年华，也早已从那个初进潘家大院怯生生的小女孩出落成一笑百媚的大姑娘了。杏脸桃腮、朱唇皓齿、靡颜腻理、肤如凝脂，身材虽不是娇小玲珑，却也风姿绰约，如章台杨柳一般窈窕多姿。如果不是身上穿的这麻布粗衣暴露了身份，任凭到哪里，宝儿都会被认为是一个官商之家体面尊荣的大小姐。

“少爷，你这是要出门吗？”

“嗯。”

“可是要换身衣裳再走？这大热的天，你这身一定是被汗水浸透了。”

“宝儿，你来，我问你件事。”潘有度很神秘地说道。

“呵呵，少爷，请问。”馥宝儿走到有度近前，依依款款地施了礼，调皮地说。

潘有度背着手，将头探过去，对宝儿好似耳语道：“你是不是近一段时间跟踪我？”

“没啊！少爷你可别吓唬我，天下哪有丫鬟跟踪主子的道理？再说，就是我想跟着你，你也不带我啊！”宝儿平时与潘有度说话就很随便，此时虽然潘有度说得认真，但她的伶牙俐齿可是不让人。

潘有度见宝儿不承认，就继续佯装生气地说道：“你不要和我打马虎眼，我父亲对我的行踪了如指掌，难道不是你对他说的？你要是不跟踪我，又哪里能言说得那么有根有蔓？”

“咦，我说少爷，说话要讲证据，你可不能这么平白冤枉好人，这潘家大院里几百号人，凭什么就说是我和老爷告的密？凭什么又说我跟踪的你？”

宝儿嗔怒过后，“咯咯”一笑，很神秘地继续问道：“少爷，我问你，你是不是在外面做了什么坏事啊，将老爷惹急了，才派人跟踪你的？嗯，我想你一定是出去拈花惹草去了，是不是？快从实招来，我也好去老爷那里请功领赏。”

潘有度见宝儿这般装模作样，也被逗笑了：“好啊，宝儿，你开始指点上我了，是不是？你知不知道你这么做是‘欺主’？小心哪天我将你卖了！”

“卖了好啊，我巴不得呢！现在不是不卖吗？不卖还得伺候你，快随我将衣裳换了去！汗渍着，湿气重，再说，一身汗臭味怎么出门见人？！”

第一百九十七章　唇齿留香

“满大人，我潘某人未上府上拜望，却是让犬子将你请来，还望见谅啊！”

“潘老弟这说的是哪里话，我也总想着过来看看你，但总是有琐事缠身不得解脱，这么一拖曳下来，也就旷日久了些。”

满春豪要比潘启大上那么十岁左右，两人之间已经有十几年的交往，彼此的关系不但熟悉，在潘启做总商的时候几乎隔上三五日就要小聚一次，过从甚密。

“这壶‘老班章’可入得满大人的口？”潘启问道。

满春豪随口答道：“很是醇厚。”

潘启拿起了茶碗，放到嘴边抿了一口：“满大人重酌妙香、再识醇韵，这番品茶的功夫，真是让逊贤（潘启的字）佩服！特别这‘老班章’的普洱茶，放上十几年，更是绵柔入口，唇齿留香，让人回味无穷。茶之香、味、形、色，谓之品，如人品一般无二，不经过忍蒸炒酵、受挤压揉，不藏上它十几年，总是犹有青涩稚嫩，让人难以下咽。”

满春豪微微一笑，说道：“潘老弟谬赞了，其实我喝茶，但更喜酒。特别是那贵州‘大和烧坊’烧的酒，久藏之后，酱香、柔润、细腻、醇厚，杯酒言欢、酣畅淋漓，让人兴致来得快、走得慢，可谓自娱之佳品。”

“不知满大人你发现没有，茶也好，酒也罢，其实都有异曲同工之妙，重在一个‘藏’字上，只有攒够了日子，才得识之优劣薄厚。”

潘启一边给满春豪重新倒满了茶，一边继续说道：“我听说总督李大人那里因为‘十三行’初建，行情有些七颠八倒，受到了皇上的训诫，不知道满大人有没有受到什么牵连？”

满春豪皱了一下眉头，又用手拍了拍自己的大肚子，长叹了一声很是沉重地说道：“说来，都是李大人代我受过。我是粤海关的监督，‘十三行’为我分内之责，听说李大人受了天威之怒，我很是过意不去，也是细思极恐，皇上在京城尚且为‘十三行’殚精竭虑，我辈岂敢忘职却责，怠于职守！好在，近日高尚一番作为，已让‘十三行’有了起色，感觉眼前一亮，我也准备给皇上再上一道折子，将‘十三行’近况奏于皇上，也好为李大人开脱，也算是尽到几分同宦情义。”

“满大人，你我十几年的老交情，就如久藏之茶酒，馥郁醇厚，我有几句话，不知当讲不当讲？”

“潘老弟请讲。”

潘启压低声音说道：“恕我直言，只怕近日‘十三行’之起色，只会是昙花一现，过不了几日就又会七零八落。此时大人上书皇上，只怕起到饮鸩止渴的作用，不留神，更会在皇上那里留下口实，日后落个‘欺君罔上’的罪名。这个实乃兄弟肺腑之言，还望大人三思而行。”

“这个……”

听完潘启的话，满春豪忍不住身子微微一动，继而镇定下来，说道：“高尚年轻，在‘十三行’内初立之时把握不住阵脚也实属正常，但经过这一段磨合，应该上了正途。我知道潘老弟因总商之事，与高尚有了嫌隙。这样，过几日我摆上一桌酒席，让他当面给你赔礼道歉也就是了。”

潘启微微一笑：“不瞒大人说，前几日，高尚已经来过我的门里道歉了，并且还说要将那总商之位让给犬子有度来做，态度很是诚恳热情。说来，我们之间已经没有大人所说的嫌隙了。”

“有这等事？”满春豪听后很是惊讶。

“满大人，我刚才与您所言俱为推心置腹之语，不掺分毫个人之间的功利恩仇。我观高尚之人，就如那未被炒酵挤揉之青叶，远闻有香，近鼻无味，更因欠了火候，而在生熟之间晦涩，实不可称之为‘品’。大人，你再仔细品味一番，你认为高尚可是有那久藏之茶酒那般醇厚之德？”

满春豪下意识地摇摇头。

潘启继续说道：“这样无品无德之人，怎能久堪大任？又怎能将好事做得持久？大人再回想一下，自他刚入了从前的公行起，直到现在做了‘十三行’的总商位置，他哪一件事情得了人心？哪一件事情上不是弄得乌烟瘴气、鸡飞狗跳？我‘同文行’做的是生意，他奈何不了我什么，我只怕将满大人你及李大人等拉进他弄的臭泥潭里难以自拔，坏了名声不说，也耽搁了仕途。”

满春豪听了沉默片刻：“那依潘老弟的意思，我那奏章先是暂且不呈给皇上？”

“正是。急于为李大人开脱也不急在这一时一刻，对高尚以观后效还是有必要的。我想李大人那里有可能是被小人一时蒙蔽，满大人得着机会还是提醒一下为好，以免日后在李大人那里落下什么埋怨，对大人就不好了。”

“嗯，有道理！姜还得是老的辣，潘老弟，实乃知心之人！”满春豪满意地说道。

这时候，一个丫鬟跑了过来，躬身对潘启说道：“老爷，酒菜已经准备好了。”

潘启问道：“摆的是什么酒？”

那丫鬟怯生生地答道：“回老爷，是贵州‘大和烧坊’的上等烧酒。”

潘启与满春豪相视而笑：“走，今日满大人一定要多喝上几盅！”

广州的七月正处于酷暑之中，人就是找个阴凉地儿坐在那里不动也会汗流浃背。风雨更是变幻无常，有可能刚才还是晴朗的天，忽而狂风大作，赶过来一片云，倾盆大雨就会倾泻下来，让人措手不及。

大雨过后，那毒辣辣的太阳再次现出来，更是让人感觉潮闷不已，坐立不安，瞧着哪里都让人不顺眼。如果走在大街上，任凭怎么烦躁，都是不敢发火，真害怕喊上那么两嗓子之后昏倒，躺在那里被生生地烙成了煎饼。

周展已经两岁了！

这个小家伙是一个天生的“探险家”，把他放在院子里任他玩耍，每一个角落和缝隙，他都不会放过。如果有引起他好奇的物件，他一定试图去摇一摇、晃一晃，甚至用舌头舔一舔、尝一尝，有时候碰见了箱子、瓦罐之类的，还会牵着大人的手，让大人帮忙打开看一看里面的究竟，总之就是想把一切都弄个明白才肯罢休。

眼见着天这么热，纯如担心周展中暑气，总是想尽办法让儿子在凉快一点儿的地方玩耍。但即使是这样，小周展的身上还是起了一层红红的痱子，奇痒难耐，被孩子的小手抓破，看着让人甚是心疼。

潘有度来了之后，对周冰羽和纯如说要将周展带到自家去解暑。原来，就在这下火的天儿，潘家竟然窖藏有冰！

原来每到北方十一月天寒地冻的时节，特别是三九、四九滴水成冰的那几天里，潘家都会从京城采购大块的冰运回广州的潘家大院，然后放入深井里面窖藏，待到次年夏令时取出，用来给潘家的子弟解暑。

虽然运冰时是用厚厚的草帘子、棉被里外三层捆扎得结结实实，但因路途遥远，实际上到了广州已经融化得也就所剩无几了，这更加使冰块显得珍贵得不得了。说是给潘家子弟解暑，实际上能得到这种待遇的，将潘家大院里老老少少的一百多口人都算上，也就只有那么几口人能见到冰块的模样。

纯如当然是不好意思这么做，毕竟周展去了，周展的奶妈张氏也要跟着去，潘家上下还要把周展当着小少爷伺候，这么想来，兴师动众很是麻烦，又有些过分。

潘有度知道纯如想得复杂，也就很认真地对纯如说出了他要将周展认作干儿子的想法，有了父子关系，再将周展带到潘家自然是名正言顺。

周冰羽不待纯如说什么，就一口答应了下来，并且马上就办了仪式。

潘有度一副正经模样端坐在太师椅上，小周展由张妈带着给潘有度磕了三个头。别说，周展对潘有度格外亲近，周冰羽让他朝潘有度叫“干爹”，他还真是张开了奶油小口甜甜地连喊了两声，这让潘有度喜不自禁。虽然不是亲生，但也是初为人父，潘有度激动得抱起了周展，在房间里面转了好几圈也舍不得放下来，直接将周展抱回了潘家。

纯如看了，真是哭笑不得，一个没有娶妻的公子哥，倒是先认了一个两岁的干儿子当着宝贝养，怕也是只有潘有度能做出这样的事情来。

也好，都说孩子从小吃百家饭穿百家衣是好事，再说潘家大院里的人多，让周展多见见大宅子里的世面也是一种学习和历练。

纯如听说嫂子谢氏几天前生了一个女孩，她找到绎如一同去楚秋家探望。

这次见面，谢氏很是安静，并没有多言多语，见纯如和绎如来了，只是打了声招呼，然后就一心用在照看孩子上。

绎如很是奇怪，不都是说“一孕傻三年”吗？怎么谢氏这生完孩子之后，好似神志也有了常人的水平，难道生孩子也能帮助母亲助长心智？

再看孩子，虽然只是十天左右的婴儿，但看着胖乎乎、粉嫩嫩，躺在那里攥着小拳头挥舞，十分可爱。

姐妹二人作为孩子的姑姑，出手极为大方，分别给谢氏放下了五百两银子作为“下奶钱”。纯如又代父亲给了一千两，毕竟对杨梓传而言，这是见到了孙辈。楚秋在一旁推托，但执拗不过，最后只得勉强收下了。

楚秋的父亲经历了九死一生，终于在精心调理之下，从鬼门关口又被拉了回来，现已痊愈。听说纯如和绎如来了，楚秋的父亲非常热情地出面与姐妹二人聊上了一阵子。

“有了这么一次经历，我也做了决定，这里全权由楚秋经营，我还是回到漳州去做那些得心应手的事，你们与楚秋是兄妹，都是一家人，他这里你们也帮忙多照应着。”

楚秋父亲说完，眼神之中流露出几许的失落与孤寂，看来他离开广州是带着无限的遗憾走的。

纯如非常认真地说道：“伯父，您请放心，虽说往常在生意上互有竞争，但我们兄妹三人从小是吃着一锅饭长大的。有着血浓于水的亲情在里边，小事上不拘一格，但在大是大非面前，我们一定会永远坚定地站在一起迎接风浪的，这是谁也改变不了的！”

“嗯，这就好，我就放心了！你也替我给你们父亲捎个话，往来时路过漳州到我那里歇歇脚，坐上一坐，我们楚家几辈人都欠他的恩情！”

第一百九十八章　目瞪口呆

为了营造“十三行”政通人和的景象，高尚启用纯如做丝绸行的贸易代表。他当时是这样想的，用纯如只是一时的权宜之计，只要将“十三行”表面弄得热火朝天也就行了，为的是，给朝廷一个交代。

但令高尚没有想到的是，纯如的精明强干远超他的预料，与洋商的谈判能力也可谓巧捷万端，在短短的时间内，洋商那边的合同纷至沓来。虽然都是一些小的订单，但行商们看到有了生意可做，自然将那犹疑散漫的心思都收了回来，开始埋头将精力用在了自家的生意上面。

纯如无论做什么，得来的金叶子都是贴在了他的脸上，高尚是明白这个道理的。当然，高尚也希望“十三行”能做出模样来，这毕竟是他作为总商和行领的政绩。但高尚同样也担心长此以往下去，纯如得到行商们的倚赖和信任，威望日隆、声名远扬，将严重威胁到他在“十三行”内的地位。

高尚暗自合计，等朝廷那边的风声一过，他就要想个理由将纯如那贸易代表的任命撤销，然后任命自己的人接手。有了现在的底子，高尚认为就是把谁放在那位置都是一样的，或者干脆取消那贸易代表的名号，那名号是他高尚随机独创出来的，就是将它再次取消，谁也挑不出什么毛病来。

高尚这些日子往衙门里走得很勤，特别是粤海关这里，几乎是三天两头就要来一趟。就“十三行”眼前的大好形势，他要在满春豪面前邀功，也是明里暗里要满春豪将这样的情况上奏给朝廷。

满春豪虽然每次都满口答应，但始终不见行动，这让高尚很是着急和恼火。因为粤海关是管理“十三行”的主要衙门，县官不如现管，满春豪这里替他高尚说上一句好话，要比其他衙门说上十句都顶用。

难道满春豪在和他要什么花招？高尚再一次来到了粤海关。

“满大人，您这一段时间走动得很是不勤快啊！”高尚大大咧咧地对满春豪说，神情也自带着随便。

满春豪面带不悦之色，很不待见地反问道：“你指的是哪里不勤快？我粤海关的事务冗杂，事无巨细都是我一人操持，高老弟，我没有想到我哪里不勤快！我作为粤海关的监督，上对朝廷、下对百商，这其中的辛劳不是你一个‘十三行’的总商可以理解的。”

满春豪言外之意，给点好颜色就蹬鼻子上脸，你高尚管得太宽了！

高尚没有理会满春豪对他的揶揄，不紧不慢地说道：“呵呵，满大人误解我了，我岂敢对大人您的公事说三道四？我说的是，已经有一段光景没有从您那小仓库里拿货了！您这缉私少了，库里无货，让兄弟们眼见着白花花的银子赚不到手，心里很是发痒啊！”

满春豪确实已经有一段时间没有提供烟土让高尚去贩卖了，他这是有意而为之，为的就是将这件事情冷淡下来，最后让攥在高尚手里的小辫子得以解脱。此时他见高尚又拿着烟土说事，阴不阴阳不阳又唠起这般鬼嗑儿，满春豪想，也好，长痛不如短痛，正好趁着此机会做个了断。

满春豪十分坦然地说道："高老弟，缉私为的不是一己之私，岂能有放进自家库房的道理？我在这里给皇上守着与洋商贸易的南天门，一心为的是朝廷的国库充盈，岂敢有私心为己牟利？就是之前那一星半点儿的烟土，也都是零零散散堆积起来的，之所以没有放在粤海关的库房里，也是因为数量太少了，那种物件又不好保存，不值得派专人经管。后来，通过你的渠道售了出去，我也将所得的银两悉数交到了国库，未进我满某人的腰包半分半毫，这都有账可查的，问心无愧。"

"满大人您……"

高尚万没料到今日满春豪会拿出这番说辞来与他应付，很明显，满春豪说得如此冠冕堂皇，已经将他那以缉私名义匿私、售私的龌龊行径洗脱得一干二净。按照满春豪的说法，完全将他自己描述成了一个为朝廷尽力、为皇上尽忠的君子良臣形象。相比之下，他高尚已经是显得极为猥琐了。在满春豪面前，他高尚简直就是一个不明是非曲直、不懂满大人良苦用心、以小人之心度君子之腹的人。

"高老弟，我之所以今日才将其中的底细说得这般明白，就是担心之前你会过于高调地处理此事，让心怀叵测的人得以利用渲染，那就得不偿失了。不管有怎样的忠心，行事还是要讲究方式方法的，不能好事办成了坏事给朝廷的脸面上抹黑。我也想了，这样的事情我们今后不做了，管他缉私多少，统统交到粤海关的大库里面去，任由户部派人处理去吧，就是臭了烂了，也讨个耳根子清净，至少别人说不出什么闲话来。"

高尚当然听得明白，满春豪已是表明了态度，他从此金盆洗手，不与你高尚掺和烟土这事了！满春豪有如此态度变化，定然是听到了什么风声，或是对他高尚有了猜忌防备之心。如果真是如此，那么想来，日后不单与满大人的烟土买卖没了，就是那彼此铁水熔成的关系上也会自降三分的热度。最主要的是，满春豪不会再有小辫子可任他高尚抓拢，自然以后再与之谈起条件来，就没了要挟和硬气的资本。

可惜，高尚怎么也没能想到，满春豪这是已经向他发出了彻底决裂的信号。

为什么？因为满春豪那日已经从潘启的口里得知一场暴风雨很快就要来临，笼罩在“十三行”及高尚的头上！只是雨点大到什么程度，又会拍打到多少人，还不得而知。

高尚纵然七窍玲珑、千嘴百口，对满春豪这番天衣无缝的说辞也挑不出任何毛病。他隐约明白了满春豪拖着他请托的事情不给办的道理：现在，满春豪故意不想给他高尚说好话！

明白归明白，高尚对于满春豪的举动无计可施，也无可奈何。最后，只能悻悻然地又说了些无关痛痒的话，然后告辞而去。

高尚现在有些后悔了！他后悔自己太过于听信李侍尧的话了，他认为李侍尧给他出了个馊主意。

虽说制造“十三行”虚荣假象，可也无形之中给了纯如与他争奇斗艳的机会，事实也证明纯如有如神助般地在“十三行”内和洋商面前出尽了风头。高尚认为，任凭将“十三行”做得如何红火，没有人在皇上面前和朝廷里面给你歌功颂德，都是白费心思！

高尚后悔为了拉拢潘家，情急之下与潘启言说要让总商之位给潘有度。现在想来，真要是那么做了，可能会弄巧成拙，最后成了两手空空的孤家寡人。因为他从满春豪这里已经嗅到了一股泔水味道，这股味道绝不是凭空而来，一定是满春豪听了什么风声之后才变了味的。

今日清汤寡水还算好的，说不定哪天就会臭不可闻。

难道满春豪是听到了皇上对李侍尧的斥责，而急于将风头转变？是不是要将满春豪这样的态度改变告诉给李侍尧？

表面上满春豪对李侍尧惟命是从、亦步亦趋，好似有着十分深厚的交情，如果他高尚去李侍尧那里言说满春豪如何会不会触霉头？

一路上，高尚想得头大。

高尚明白一个道理，他无论如何钻营，平时这些大人又如何与他称兄道弟，但在这些大人眼里，他高尚始终什么都不是。要说是，也只能是大人们眼里的一条走狗罢了，用着的时候给点甜头尝尝，用不着的时候就被呵斥到一边躲着去。真要是有了灾难，任凭你摇尾乞怜都没有用，甚至还不如大人们的一个贴身丫鬟受待见。

想到最后，高尚脚一跺、心一横，告状告到皇上那里怎么了？被天王老子注意到又能将我高尚怎么着？

我高尚刚刚做了总商和行领，没做什么惊天动地出格的事，更没有什么把柄被别人抓到手里，我怕什么？“十三行”混乱是混乱了点，但谁也不是神仙，总得给我些时日理顺吧？

天塌了，有大个子的给顶着，任凭皇上也不能拿我高尚这么个小虾米怎么样。我高尚真要是出了事，你李侍尧、满春豪、钟音，再加上那个布政使陆通谁也别想好，就是死了那天，我也得找你们几个给我做垫背的！

想到这些，高尚焦虑不安的心反而慢慢变得坦然了。

你们这些大人就在那里咋呼吧，反正我的银子不能白花在你们身上。我高尚以前怎么做，现在还怎么做，该怎么做，就怎么做，名我要，利也不能扔，一切照旧！

高尚刚才本想去总督府，可想到了这些，他又掉头回了家。

回家之后，他派人将亨利找了过来。

“那‘清威行’可将那两千担的生丝给你供上了货？”高尚问道。

亨利答道：“是的，前几日刚刚完成全部的交货，虽说是晚了些，但责任不在‘清威行’这里，是‘天宝行’和‘孚泰行’刚开始就不履行合同导致的。”

高尚漫不经心地说道：“亨利先生，既然事情已经做到了这个份儿上，是不是该将我的那一份给我了？”

亨利很是诧异地说道：“你的那一份？在哪里？我没有听明白。”

“亨利先生真是能装糊涂，要不是我，你怎么能在‘天宝行’和‘孚泰行’里签下价格那么低的‘七里丝’？我告诉你，他们是在我的逼迫之下才签订的那合同！之后，要不是我任命纯如做贸易代表，然后用这个大高帽子去压她，她又怎能将你与‘天宝行’‘孚泰行’的烂尾合同接过来，让那笔贸易得以顺利地进行下去？”

高尚咽了口唾沫，瞧着亨利那带着犹疑的神情继续说道：“这里里外外的事情，我早已都给你筹划好了。我算了一下，按两成的利算，至少替你省下了十万两银子，亨利先生，这个你不能否认吧？我也知道，这笔贸易你是最先找到的‘清威行’，纯如当时给你什么价格，不用我说，你心里最清楚。”

“你说的那一份是多少？”亨利有些忐忑地问。

高尚伸出全部手指来，对亨利认真地说道：“十万两，一个子儿都不能少！”

“啊？怎么这么多？就是你在其中帮了我，也不需要拿出这么多银子感谢你吧？你这不是赤裸裸的敲诈吗？高总商，我做不到！”亨利站起身来，对着高尚大声地喊道，面部的表情也很是愤怒狰狞。

高尚一摆手，很轻松地说道：“亨利先生，别急，你给贵公司英国总部汇报的价格是多少，你最清楚，你在与‘天宝行’和‘孚泰行’所签订合同的价格基础之上加了二十万两银子，报给了你远在英国的主子！你赚十万，我赚十万，不是很公平吗？”

亨利听完，愣了一下，又大喊道：“你血口喷人？”

“看来亨利先生是要证据喽，你在那城西关的‘雅文轩’篆刻行私下偷刻了‘天宝行’和‘孚泰行’的行商印签，盖在了你改过价格的那伪造合同上，然后寄给了你们总部。只可惜，码头上有我的人，让他们不小心瞧见了你那份合同。亨利先生，我没有将事情捅破，一直私下里帮你将这合同顺利地做下来，你说十万两多吗？”

让亨利做梦都想不到的事就这样发生了……

第一百九十九章　情不得已

高尚今年也是将近三十岁的人了，早已过了适婚的年龄，不是他不想娶，而是一直没有合适的。

至于什么叫“合适”的，高尚自有见解，那就是非高官显宦之家的女儿不娶，这也是他在三年前那次朝廷购买“七里丝”评议失败后，给自己立下的规矩。

对于高官显宦，高尚在心里定下来一个衡量标准，那就是至少是朝廷里正二品以上的官员，并且应该是年富力强，在仕途上再有上升空间的，最好是皇上眼前的红人。而女方也只是限定为必须是这个官员的女儿，这一条标准同样很是严苛，那就把那官员的侄女、外甥女、侄孙女等七大姑八大姨的女儿都排除在外了。

只有符合以上条件，才能被高尚称之为“合适”，所以这么多年下来，虽然媒人一直不少，可他仍然是单身一人。

但高尚所谓的“合适”也很宽松，只要符合了他以上两点条件，其他方面他都不在乎。无论女方是丑与俏、胖与瘦、高与矮，年龄上是比他大还是小，是黄花大闺女还是死了丈夫的小寡妇，他统统都可以接受。

前一阵子，他做了总商之后，有大波的媒人上门，还有毛遂自荐自家女儿的，但一概没有被高尚看得上眼。只因为这里面的女儿家父亲多数是做生意的，虽然家里有银子，但没有官位；有几个是做官的，又不是在朝廷里做官；有一个是在朝廷里做官的，品轶又没有做到正二品以上。

对于这次他被潘启告到皇上那里，高尚愈发觉得自己的决定是对的，潘启要没有大儿子潘有为在朝廷里，怎么着也是没有途径找到皇上跟前的。而如果他高尚要是有个老丈人在朝廷里为栋梁重臣，早已将自己的事情处理熨帖，何苦要自己去看满春豪的黑脸求他在皇上面前说几句好话？

世上很少有两全其美的事，但在婚姻这件事上，偏偏让高尚摊上了！

或许真是应了功夫不负有心人那句老话，高尚的堂哥两江总督高晋写信过来，信里面说他给高尚介绍了一门亲事。因为高尚事先和堂哥透露过他的婚配条件，所以高晋特意将女方的情况在信里介绍得很全面详细。

这个女子叫刘屏，虽然没有婚配过，但年龄实在是不小了，今年二十七岁，与高尚年龄相仿，真正属于待嫁闺中的老黄花姑娘了。两人的八字，高晋也找人算了，很合。

女方的父亲，听来就是如雷贯耳了，刘统勋！

刘统勋生于康熙三十八年，出生于陕西羌州，字延清，号尔钝，雍正二年中进士，乾隆二十九年升任翰林院掌院学士、尚书房总师傅、殿试阅卷大臣。乾隆三十年任东阁大学士、国史馆总裁。乾隆三十四年，刘统勋七十大寿，乾隆皇帝亲笔御赐“赞元介景”四字匾额。仅“东阁大学士”一职就是当朝正一品的品轶，可谓一人之下万人之上，要说他不是高官显宦，皇帝都得气死。

刘统勋头上的耀眼光环可谓是无人能及，但年龄上确实是不属于高尚“年富力强”的标准了，因为他今年七十三岁了！

并且这个刘屏是刘统勋的养女。乾隆十一年，刘统勋出任漕运总督，乾隆十三年，刘统勋与大学士高斌巡查山东赈灾情况，并勘察河道，刘屏就是在这个时候被刘统勋在河道上捡来的弃婴并被收养。

高晋虽然对堂弟高尚婚配的条件表示不解，但他还是怕高尚嫌刘统勋年龄太大，特意又提了刘统勋的儿子，即刘屏的哥哥，刘墉！

刘墉，字崇如，号石庵，生于康熙五十八年，今年五十三岁。乾隆十六年中进士，历任翰林院庶吉士、太原府知府、江宁府知府，现在是陕西按察使，这是一个正三品的官衔，深受皇上的器重和倚赖，只是“刘罗锅”这个外号不是很好听。

高尚仔仔细细地将堂哥的来信从头至尾看了三遍，他早已知晓刘统勋父子鼎鼎大名，这对父子清廉正直、刚正不阿，同为皇上的股肱之臣。高尚知道，这是堂哥高晋看到了对方如此高洁的门风家风，才会努力撮合自己与那刘屏联姻的。

刘统勋高龄，刘屏是养女，按照高尚自定的标准怎么想都是不合适的，但此一时彼一时，高尚急需要这么一门姻缘来做自己的靠山，并且这靠山在大清国里是找不到第二家的。

高尚下定决心之后，马上写信给堂哥，信中表明了自己完全接受这门亲事，并希望大哥高晋从中协调，以求尽快成婚。

高尚知道，就是再快，这婚姻大事从定下来再到准备，特别是往来京城与广州路途遥远，最后成事至少得需要小半年的时间才行。

自己最好是去京城里面走一趟，先把这亲事认领下来再说，有了姻亲之实，自然什么口都好张了，什么话也都好说了。但高尚也担心他这往来京城最少也需要三个月，一旦自己离开“十三行”这个权力中心，有可能就会出现猴攀猿爬的变化。真要是他辛苦奔波去京城寻求庇护，这边却趁他不在有人趁虚而入夺了权，到那时首尾不能相顾，后悔都来不及，徒徒给别人留一个笑柄。

皇上那里真要是一时半会儿抓住“十三行”的事情不放，李侍尧在顶不住皇上压力的情况下，真就有可能要对“十三行”再次出手整治。舍卒保车的道理，高尚是懂得的，到那时李侍尧首先就要向他先开刀，出现什么结果谁都说不准。

高尚最终决定，自己还是不能贸然离开“十三行”，身在这里，总归什么事都好办，只要耐心等上半年时间，将那刘家的养女娶过来，有了刘老泰山可倚，眼前的这些烦恼，自然就会烟消云散。那么，现在打紧要做的就是再去李侍尧、满春豪那里走一趟，当面向他们传递一个信息，我高尚现如今已是刘统勋的姑爷、刘墉的妹夫，与之前那个高尚相比，又多了十分的重量，再掂量起我来，你们得比往常更仔细些、小心些！

暗流涌动。

亨利将那十万两银子折算成烟土一次性给了高尚，一股脑儿地堆满了“德庆行”的库房，放眼望去黑压压的一片，这让潘福见着都心惊肉跳。

潘福现在整个人压抑得就如同一个即将爆发的火山，表面看似平静，其实内心里有无数条火龙在盘绕交织。他在高尚这里就是个马前卒，一旦过了河就没有回头路；他在绎如那里同样是一枚棋子，被按着不动时，彷徨不安，一旦被动用了，就有可能是万劫不复。

这样人鬼不如的日子潘福早就过够了，他清楚总归都没有好下场，还不如早早脱离这苦海。眼见着高尚现在四处奔走无暇顾及到他，又眼见着这堆得金山似的烟土，潘福心一横，决定必须抓住这千载难逢的机会，远走高飞！

打定了主意之后，潘福分别找到了平日里与他私下进行交易的几位烟土商，按照以前正常的交易，这批烟土他是要卖二十万两银子的，但他这次以少于平日里三成的价格将这批烟土卖给了他们，然后他怀揣着十四万两的银票逃之夭夭。

等到高尚发现时，潘福早已经无影无踪。

高尚心疼被潘福卷走的银子，顿足捶胸，指天骂娘，他恨自己太信任潘福了，也太小看潘福了，高尚从来就没有想到潘福会在他身上做出这么大的动静来。但事已至此，说什么都没有用，破财免灾吧，到了这个当口，高尚反而希望潘福跑得越远越好，最好是永远不在广州城里出现，因为潘福掌握他的把柄实在是太多了。

绎如这里见潘有度对建商铺之事迟迟没有了下文，派人去潘家大院请潘有度过来，但几次下来连潘有度的影子都没有抓到，潘家人听说是“荣盛行”的人，都是直接告知潘有度不在，再去“同文行”，也得到同样的答复。

潘有度这是故意避而不见啊！难道是潘启在其中阻拦？还是潘有度自己的决定？

绎如想得迷惑，心情更是非常郁闷，她扪心自问，感觉真的喜欢上潘有度了！

感情是自私的，有时候也会蒙蔽人的双眼和心智。就拿绎如来讲，她此时只是想着潘有度相貌人品、才学家境，方方面面都是堪称完美。也眼见着潘有度对她是言听计从、关爱呵护，好似情有独钟之态，绎如认为这是潘有度同样对她有好感的表示。

虽然彼此从来没有言明，但绎如认为潘有度是不好意思说，此时就是心照不宣的境界，对于这种状态，绎如很是享受，所以她沉浸其中，难以自拔。但她却也是忘记了自己另外一个重要的身份，那就是她是一个寡妇！

绎如找上潘家的大门来。

她这次同样没有见到潘有度，丫鬟馥宝儿将她带到了潘启的面前。绎如暗自惊叹，潘家的这丫鬟有着大家闺秀般的端庄与得体，长得更是窈窕娇媚，这要是放到中等人家里，哪里会能被当作个丫鬟，不被错认为是个少奶奶才怪呢！

“绎如东家，你来得正好，我正想派人将你请过来呢。”潘启笑呵呵地说。

绎如一愣，忙问道：“潘叔您可有什么吩咐吗？”

潘启忽然间又变得很深沉地说：“吩咐倒是没有的，但我听说你和我家有度要建商铺卖给‘十三行’里的行商，我劝你还是死了这条心吧，这条路行不通。”

“为什么？潘叔能说说其中的道理吗？”绎如很不服气地问。

潘启不疾不徐地答道：“不为什么。但我可以给你透露个消息，‘十三行’少则一个月，长则半年，将要有一个天翻地覆的大变动，你想，你还敢在此时建商铺吗？建了商铺卖不出去，眼瞅着银子在那上边沉淀着动弹不得，到时候想哭都是找不到调儿的！”

“潘叔，那日我和有度去了满大人那里，他明确表示支持我们。我想，‘十三行’无论怎样变化，只要有行商存在，就有建商铺的价值。有满大人在后面为我们周旋，建了就一定能租售得出去。”绎如继续向潘启解释着。

“我口干舌燥说这么多，都是看在平日里交往的分上，既然绎如东家决心已下，态度如此坚决，那我也就不好再说什么。但我在这里，替有度和你说一声，我们潘家不想掺和你建商铺的那件事了。”潘启说到此处，已经将脸子沉了下来，拧上一把就要有水淌出来一样。

“还有，这几天，有度正忙着相亲的事，你想找合作，还是另请高明吧，请你就不要再纠缠我们家有度了。”潘启补充道。

第二百章　风雨如晦

绎如在与潘启见面时还是侃侃而谈，一副无所谓的样子，但刚从潘家大门出来，就已经是一副失魂落魄的样子了。

她好似把心丢在潘家大院里面了，走出来的只是她的一副躯壳。

潘有度相亲去了……

这几个字，绎如听得分外真切。相比之下，那商铺建不建，潘家是否与她合作，对她来讲已经是置若罔闻，都不重要了！

潘启说的其他话同样也刺破了绎如那强烈的自尊心。合作不是非要找你潘家！谁说我就要纠缠你家潘有度了？你潘家真是能自作多情！我绎如不是你潘启想象的那般贱！

绎如没有受过别人这般对她说东道西指桑骂槐的羞辱，在深感窝火之时，她也后悔。为什么自己当时要隐忍下来，而没有对潘启发作？管他潘启是什么老字辈！

没走几步的光景，绎如又听见后面有人喊她，她回头一看，是领她见潘启的那个丫鬟馥宝儿。

“我们家老爷看你走得急，还有句话没有说完，他吩咐我给你捎过话来，原话是这么讲的：‘绎如东家是一个寡妇，不说自家门前是非多，就是潘家日后也是少来为妙。’好了，我的话带到了，我得回去了。”

馥宝儿将潘启的话复述完毕，转身准备回去。

“且慢，你家老爷果真是这般说辞？”绎如挺起胸脯来，直视着馥宝儿，一字一句，冷冷地问道。

馥宝儿是见过大世面的丫鬟，不紧不慢地回答道：“一字不差！”

“好。你也给你家老爷带我一句话过去：‘寡妇有情，鸾飞凤舞、狗吠不惊、千里同风、海晏河清；寡妇无义，风雨如晦、鸡鸣不已、马革裹尸、草木皆兵！’你不要和我耍滑头，同样要一字不差地给我带回去。”

绎如面无表情地将话说完，然后毅然决然地转身离去。

潘有度去了哪里？

那日潘有度将周展抱回了潘家大院，并领到潘启面前言说自己认了周冰羽的孩子为干儿子，并逗着周展朝潘启叫爷爷。

周展虽然年龄小，但是见了谁都不认生，见着潘启和蔼可亲，竟然自己小跑过去，甜甜地就叫了一声“爷爷好”。

潘启见着这个小家伙的可爱模样，也甚是喜欢，连忙搂在怀里，对周展爱不释手。

要说潘家人丁兴旺，潘启不缺孙辈孩子疼爱，自家的那些孙辈同样是教养有方，有礼有节，讨人欢喜。但潘启对周展的疼爱是有特殊原因的，潘有度认了周展为干儿子，那自然和周冰羽、纯如日后的感情百尺竿头更进一步，与那平常只是亲密朋友般的交往不可同日而语，其中有着本质的区别。

潘启认为潘有度还很年轻，而他岁数大了，不可能在背后支撑儿子一辈子。潘家家大业大，是自己一手创造出来的，想在自己离开人世那一刻能安心地闭上眼睛，他必须从现在起就要帮着潘有度谋划未来，包括潘有度未来与谁在一起是真心的朋友这样看似琐碎的问题。

潘启从来就没认为代儿子挑朋择友这个问题琐碎，而是认为很是关键和重要。潘有度日后带领“同文行”想有更大的发展，必须要有周冰羽特别是纯如这样值得信任、可靠、忠诚兼有实力的朋友患难与共才行。

潘启在“十三行”内私下观察了好一阵子，他在众人之中将纯如挑选出来，他认为纯如满足作为与潘家日后生意上长久依存发展伙伴的所有条件。

这样的一番考量下来，潘启对这个小小的周展定然是另眼看待。他吩咐下去，对待周展要如对待大房里的孩子一样加以特殊照顾，每日午时开始，要有冰块放进房间里驱暑，并由两个经验丰富的婆子伺候，还让自家的私塾先生教习周展识字。

潘有度看着父亲的安排妥帖周到，很是高兴。但他也怕父亲误会，连忙和父亲解释说，只是这一段天气热才将周展带到自家来的，等天气凉爽一些了，还得将孩子送回到父母那边去。

潘启听了不以为然，他告诉潘有度，纯如将孩子放在潘家一天，那就是对潘家的信任。潘家自然就要照料好孩子，不但不能出现什么差池，就是等孩子回去了，也要让孩子父母感觉到孩子在潘家待的这一阵子长了见识、有了进步才行。

潘有度没有想到父亲心思缜密到如此境界，他佩服得五体投地。但他没有想到，潘启安排完这些之后又联想到了另外一个问题。

潘有度是这个孩子的干爹，而那绎如是周展的姨母，两人现在走动得亲近，拦都阻拦不住，要是再加上了这么一层干亲，这不似火上浇油一般，火着得越旺越难以收拾了吗？潘启想到这些，他知道这件事情不能任由这般发展下去了，他必须当机立断采取措施将潘有度与绎如的关系拦腰截断。

之所以之前委托纯如劝说绎如远离潘有度，那是因为潘启顾忌到绎如是纯如的同胞姐妹，如果能劝退当然是再好不过的事情。但后来证明，纯如在这件事情上并没有起到作用，绎如依然是我行我素，这让潘启痛下决心要亲自上阵，将绎如从潘有度身边驱逐开。

潘启认为任凭潘有度娶谁也不能娶绎如这个寡妇。

他潘家真的就是对寡妇有如此成见吗？有。但还不至于到如此强烈的地步。

潘启一辈子阅人无数，甄奇录异、玉尺量才，也惯以真知灼见、知微知彰，能识人知人而自居。

除了绎如是一个寡妇让人不能接受之外，潘启还认为绎如脾气秉性上牛心古怪、使性谤气、烈火轰雷，他怕潘有度驾驭不了绎如。

另外，绎如现在的“荣盛行”乃是继承了那死去的丈夫而来，并非绎如一手打拼创造。她年纪轻轻嫁给了一个大她几旬的风前残烛，总是让人不理解，是不是贪图家财而不择手段偷天换日，这个也只有绎如她自己心里最清楚。

再有，绎如唾手而得万贯家财，不到三年光景，就想着改嫁。这在潘启看来也是水性杨花，不守本分，也更加让人怀疑她当时嫁人的初衷。

有了上述方方面面的考量，潘启以考察茶叶产地为名，将儿子派去福建、安徽走一圈，为的就是将潘有度与绎如暂时隔离开，他能腾挪出充分的时间来料理绎如。

潘启知道绎如的自尊心极强，当面我对你在言语上有一番点拨，之后我再让丫鬟撵上狠狠地在你的心窝补上一刀，绎如自然会是羞愧难当，夺路而逃，因为她最怕丢的是脸面。

顾此失彼，潘启或许也忘了，绎如不单是个自尊心很强的人，同样也是个报复心极强的人，她失去了什么，就会在原地，再将它重新找回来！

近来，纯如和周冰羽的压力很大。

纯如的压力来自于商会，她先是接到了父亲杨梓传的来信。信中说，在商会的会员之中已经有了对商会和纯如个人的质疑之声。这主要是因为商会已经成立一年多了，但大家并未见有任何的收获，在他们之中也是流传着纯如以权谋私，将生意都给了自家“广客隆”来做。当然，也有的人说纯如做的生意，做一笔赔一笔，拿着大家的银子在广州这里任性挥霍。总之是对纯如不利的风言风语满天飞，这让做父亲的杨梓传听了很不舒服。杨梓传本人当然也有很多的疑惑，为什么女儿纯如如此精明能干，自入了公行却好似拳脚施展不开了呢？莫不是纯如到了广州水土不服，抑或是真如他人所言，纯如改变了初心，变了主张？

几日之后，纯如又收到吕、赵、李三位东家以商会副会长的名义写的信。信的内容很简短，措辞也很客气，主要是让纯如将商会这一年来的经营情况写个书面的说明寄回老家那边，商会成立周年之际，他们也好与众位会员有个交代。

纯如一手一张信纸，左瞧瞧右看看，都好似是拿捏着烫手的山芋，父亲说得没有错，吕、赵、李三位东家的要求没有错，众位会员的猜疑同样也没有错。

都没有错，那么错在她纯如身上吗？没有办法，只能认错！银子没赚到，地位也没有争取上。虽然近期作为贸易代表与洋商签订了一些合同，但因为首先都是照顾到了他人，而实际上分到自家的并不多。会员们要的是结果，看的不是过程，就是任凭你纯如掏心掏肺，把唾沫都解释干了，也只能会被认为是强词夺理、欲盖弥彰！

纯如提起笔来，仔细斟酌再三后，分别给杨梓传和那三位副会长写了回信。她寥寥数笔简略地写了自他们离开广州之后发生的几件事情，但在大篇幅里承认了自己经营“清威行”的错误。

虽然纯如自知写自己这么多的错误大多是牵强生硬的言辞，但没办法，想要稳住当前江浙丝绸商会的大局，她必须拿出真诚来面对大家，才能将众人勉强在短时间内合拢在一起。否则，文过饰非、粉饰太平，只会惹来会员对她更多的猜疑。她在信的末尾表示，再给她半年的时间，她一定会做出成绩来回报众人对她的信任和支持。

周冰羽也接到了周玉的来信，周玉就没有那么客气了，他在信里着实发了一通大火气。当然，纯如是他的儿媳妇，他也只能将火气撒在周冰羽头上。

信中周玉说，广州分号这里赔的五万两银子一直在账上亏空着，这小半年过去了也没有见赚回银子补上。又说，商户里的一些会员也是有事没事到周家说纯如的风凉话，听着就闹心，耳根子一天到晚不得清净。又说，周冰羽和纯如在广州寸功未建，已经将家里的生意耽误了，特别是那染坊和织房这几个月来都是赔钱的买卖，而这些当时都是纯如的主张。最后说，实在是不行，让纯如和周冰羽尽快抽身而退，回到湖州老家去，不可在广州徒劳浪费光阴将自家生意也耽搁了！

周冰羽和纯如面面相觑，默默无语，不知说什么好，现在也只有他们之间能互相理解、互相安慰了。他们二人知道，此时对老家人言说什么，都好似在讲故事，也没人有兴趣、有耐心听他们讲那些自认为动人，却让听者头疼生厌的故事。

说得好听点，坚持住！

说得不好听，再熬一熬看看吧，毕竟现在手头已经有了些小生意可做。

纯如最终下定决心，在接下来的半年里，如果生意上还是没有任何大的起色，她真的就要卷起铺盖卷儿走人了！

第二百零一章　势同水火

高尚按照计划，来到了总督府衙门拜见李侍尧。

李侍尧作为两广总督，管着两省的军政民生，公务自然是繁忙。要说接见高尚也只能是闲暇的时候，那也要他有好心情才行，否则，你没事就上我这里唠唠叨叨，我哪有什么闲工夫听你在这里磨嘴皮子。哪句话他觉得你厌烦，就是要触霉头，让你心里彷徨，不知进退。

高尚自然深知其中的道理，因此每次来他都会找出一个合适的理由。这样的理由当然是专挑着李侍尧喜闻乐见的，例如巡抚钟音那里近来如何如何，粤海关那里近来又有什么小道消息了，他堂哥高晋听见朝廷有什么动静了，再有就是借着各种生日、节日等名目来给李侍尧送银子，甚至李侍尧的夫人、孩子过生日，高尚从来都没落过。李侍尧有时候静下心来也会想，很难得高尚在他身上花的一片心思。

这次，高尚同样找了一个冠冕堂皇的说辞来，他是以刘统勋未来的姑爷，代表刘统勋来看望李侍尧的。

可他现在有这个身份吗?

没有。就是有，或许也只是在道上呢。可高尚已经等不及那书信往来了，总归是早一天晚一天的事，早用早见效益。再说，李侍尧也不能求真求蔓地去查，怕什么？真想着背后去查了，那身份也就早该有了。

高尚拿了一大堆的名贵礼品见到了李侍尧，但高尚可没说是他自己送的，而是直接告诉李侍尧，这是他未来的老岳父刘统勋让他代送的。

李侍尧听见了刘统勋的名字，当然是肃然起敬，这是当今圣上认为最值钱的一个老宝贝，炙手可热，千金不换。又闻高尚已是刘统勋未来的乘龙快婿，自然比往常更高看一眼。

命人赐了座位，又端上了茶水，看见高尚坐稳了，李侍尧说道："刘大人为朝廷尽忠四十余年，恭谨持度，深得龙心，为我辈高山仰止之楷模，门生故吏遍及天下，可谓德高望重，现如今又是阿哥们的总师父，更是享尽天恩雨露，让人真是艳羡不已。你或许沾了刘大人的福禄，自上次我和你说过皇上为'十三行'的事情龙颜大怒之后，我也为你呈上了辩护的折子，直至今日皇上也就没有再继续追究此事。我想，那件事情在皇上那里应该是尘埃落定，没有什么事了，是我的折子起了作用，还是刘大人从中替你说了好话，那就是不得而知了。"

高尚听了李侍尧的话后，心里这个高兴啊！他高兴的是，皇上不再纠缠"十三行"的事不放，那么就说明他高尚此事已经是化险为夷、平安落地了。再有，李侍尧对自己未来的老丈人如此尊崇，比对堂哥高晋的评价都是要高出一大截子，更让高尚兴奋不已，他眼见着李侍尧今天对他言行态度的转变，虽说不上巨大，但那也是给他抬举上了一个新的高度，至少，这次他是坐着和李侍尧说话的！

高尚兴奋归兴奋，他深知自己此时绝不可得意忘形，忙站起来对李侍尧躬身说道：“不管高尚登哪门入哪室，总归都是大人您提携栽培的结果，有了丈人在朝廷里的关照自然是好，但没有他，我这两年来沐您风雨、得您庇护，不是照样为朝廷出力，人前人后活得好好的嘛！”

李侍尧听了高尚这般恭维的话，也很受用，高兴地说道：“好，好，你有这般心思，也就没枉我看对了人。好好在‘十三行’里做事，做得出色，少不了日后找个机会在皇上面前替你邀功请赏。刘大人那里，等你再见到他老人家时，一定是要代我向他行个大礼，以表我李侍尧对他的诚挚之心。”

“嗻！”

高尚从总督府衙门出来，心里好似吃了颗神仙给的定心丸。心不慌，脚不乱，又是一副气定神闲的样子挂在了脸上。

高尚来到了“十三行”，这一阵子他没事就要来这里坐着，这让他感觉舒服和踏实。

到了议事厅，打杂的伙计立即将茶献了上来，高尚大摇大摆地坐了下来，一边喝着茶，一边想着心事。

既然局势已经平稳，也就该让纯如的风头降一降了。具体怎么个降法，是要仔细谋划一番的，不能太过于急迫，手脚做得也不能太过明显，避免引来众人的非议。

潘福携款跑了，手下没有得力的人手来做那烟土的生意，必须重新再物色这样一个人。但高尚知道，想在短时间内找一个像潘福那样做事低调老练，又精通洋话的人是不容易的。

至于潘福为什么要跑？高尚前思后想，还是认为潘福只是一时见财起意。他现在想起来忍不住大骂潘福狼子野心，乘间抵隙地钻了他高尚的空子。高尚自认为平时待潘福不薄，他看潘福是胆小之人，但没想到，潘福还真是在他身上做出了不胆小的动静来。

这也给高尚提了个醒，以后要在这烟土生意上配上三个人，一个人负责买进卖出，另外一个人负责应收应支的款项，第三个人负责烟土进出仓库的台账。这样下来，三方互相比对制衡，就是有问题也会及时发现苗头，至少不会发生像潘福这样的事件。潘福一人前后全部经手，最后让他一人全盘端走，真要是把潘福抓到手里，一定要弄死他，给他撕成碎片才能出了这口恶气。

正当高尚在那里闭着眼睛前思后想的时候，忽然间感觉议事厅里面进来了人，而且已经悄无声息地走到了他的眼前。

他猛然间睁开眼睛，吓得不由自主地从椅子上弹跳了起来，口里恼火地喊着："绎如，你和我装什么鬼？"

"呵呵，高总商鬼话连篇、做尽鬼事，难道还怕鬼吗？"绎如鄙视地看着高尚说道。

高尚很快镇定了下来，他没好气地答道："本商总没闲工夫与你这般黑言诳语、胡诌八扯之人浪费口舌。有事说事，无事尽快在我眼前消失，不要扰我清净。"

"高尚，不要做了总商就这般得意忘形，今天我是来教训你的，顺便再给你透露点儿小道消息，想不想听？"绎如一边说着，一边扯了把椅子坐了下来。

高尚见绎如坐得离他近了些，连忙把腿蹬在地面上，将身子挺直了尽量往后靠，力气用得大了些，连人带椅晃了几晃，差一点儿栽倒在地上。

“教训我？我想你绎如还不配！至于那小道消息，免了！我高某人从来都是行得正、坐得端，从来不听那信口开河、搬弄是非的无稽之谈。”

“呵呵，你怎么把我的人给逼跑了？”绎如仰着头，看着天花板，漫不经心地说。

高尚瞪大眼睛，很是莫名其妙：“你的人？什么人？什么叫逼跑了？你少来和我故弄玄虚，叨咕这些鬼嗑。”

绎如冷冷地问：“你要是不将潘福一直当驴使，让他一直为你做盾牌挡冷箭，他能眼见着没有活路，迫不得已携款跑路吗？”

“这是我的行内之事，你管不着！只是我问你，什么时候潘福变成你的人了？”高尚牙齿咬得咯嘣嘣直响，他此时有些许明白，潘福没有自己想象的那么简单，看来私下和绎如是有联系的。

绎如站起身来，走到高尚的身边，故作神秘，低声地说道：“他是我的人已经有大半年的光景了，他一边当牛做马给你埋头做那私贩烟土的生意，一边不声不响地将那些账本子送到我的‘荣盛行’来让我帮着计算，现在都已经快把我的书房堆满了，让人看着就烦心。我想着什么时候把它们一把火烧了，可又怕以后你高商总想对账的时候找不到账目，真是让我左右为难啊。这也是我教训你的原因，以后把人员、账目都管理好了，省得我这个局外人替你操这些闲心。”

绎如说得是津津有味、意犹未尽，高尚听得是目瞪口呆、心惊肉跳。他此时知道，潘福早已做了绎如的内应，并将掌握的所有证据悉数送到了绎如那里，而他还一直蒙在鼓里。可以说，他现在在绎如面前，已经将最大的秘密暴露无遗，并且还不是一天两天的时间了！

绎如继续说道：“高尚，不是我教训你，从潘福这件事情来讲，连个走卒你都摆弄不明白，可见你根本没有你自吹自擂的那么大本事。自己感觉良好，无非就是自欺欺人罢了。再有，你竞争行领、总商时，特别是将我的行领位置疯咬过去时，我没有搬出这件事来将你打入十八层地狱，为什么？我认为你有可利用之处……”

高尚已经无暇顾及绎如的冷嘲热讽，他急切地问道：“你要利用我做什么？”

绎如斩钉截铁地答道：“让潘家破产！”

“潘家？开什么玩笑，你与潘家那公子眉来眼去谁人看不出来，你说让潘家破产谁能相信？绎如，你不要在这里惊诈我，我也没那么大的能量，你就是真的想那么做，也另请高明吧。”

高尚此时已经完全被绎如闹糊涂了，心中充满了疑惑。同时也在不断告诫自己，绎如自来古怪精灵，鬼点子极多，要处处加以小心防备，不能入了她的圈套。

绎如知道高尚虽然嘴硬，但他心里对自己的话感兴趣，更加用鄙夷的口气说道：“高尚，我告诉你，你不要在我面前假仁假义。既然我能和你说得如此明白，就说明我对你是非常有信心的，我相信你一定会听我的，因为我们有共同的利益在里面。”

“你说说看。”高尚把胳膊肘子放在了台面上，用眼睛斜视着绎如。绎如今天说的话都好似用刀砍过的骨头，露着白茬子，直来直去，一点儿矫饰也没有，让他不得不认真起来。

“远的不说，潘启现在一心想让你身败名裂以报羞辱之仇，我也听说你登门去谢罪了，潘启也好似对你回心转意。但我告诉你，潘启那无非就是缓兵之计，他要用表面的缓和态度麻痹你，暗地里早已经出手要整治你。潘启动用手段引得龙颜大怒，目的就是要借皇上的刀杀你。所以说，你对潘启不要心存侥幸和幻想，不是他活，就是你死，你们已经是势同水火，势不两立……”

第二百零二章　同音共律

“我和潘家势同水火又怎样？我现在还不是好好的吗？他奈何不了我什么，你不用这般危言耸听来挑拨。我只想知道，你这般离间我和潘家的关系，又想着报复潘家，为的是哪般？如果说得让我信服，有可能我们这般无油无盐的谈话还能进行得下去。”

高尚当然怀疑，绎如和潘有度近一阵子好似唇齿相依、同音共律。在反对他的人群中，他们二位几次彼此不离、互为依靠，完全是一副蜜里调油的模样，怎么现在就到了绎如要让潘家破产的境地了呢？就是分道扬镳也不至于引起这样的深仇大恨吧？高尚既兴奋，又迷惑，他当然要问个明白。

“我与潘家的事你管不着，总之我今天找你来，就是问你句话，想不想和我联手将潘家扳倒？”绎如蛮横地说。

高尚反问道：“我能得到什么好处？”

“没了后顾之忧，就是你天大的好处！潘家日后要想处处与你作对，你就寸步难行，如果再将什么样的把柄抓到手里，就是你那未来的老丈人，行将朽木的刘统勋也帮不了你！潘家既会挡你的财路，又时刻想着掀翻你现在坐着的总商椅子，你想置身事外，只能是痴心妄想！”

“你怎么知道刘统勋是我未来的丈人？”高尚惊愕绎如对自己的事怎么都掌握得这般清楚？他还没来得及宣扬这件事，只是对李侍尧说了，而绎如却早已得知了消息。

“我不想和你多说废话，我给你三天考虑时间，做与不做都给我回个音信，你没事也到我‘荣盛行’看看潘福给我送来的那些私贩烟土的账单子，说不定在里面你还能找出点其他的猫腻出来，要是你真对潘福耿耿于怀，大可拿着那些账单子到衙门告他去。”

说完，绎如转身要走。

“慢着。”高尚站起身来，对着绎如说道，“你需要我怎么做？”

“说来简单，你利用总商职权全面封锁潘家包括丝绸在内的所有贸易，断其财路；大肆宣扬潘家声色犬马、骄奢淫逸，从中翻他潘启做总商时以权谋私的老账，断其根基；拉拢中小行商孤立潘家，无人再替其鸣冤抱不平，自然就会断其喉舌。这样几番下来，潘启自然成为无源之流、泥沼之牛，任他潘家如何根深叶茂，最后也会落得枝枯叶黄的下场，你自然也就没有了后顾之忧。”绎如见高尚已经动了心思，连忙顺势将自己的盘算慷慨地说给了高尚听。

没想到高尚听完之后，很不以为然，他很瞧不起地看着绎如，慢悠悠地说道：“你现在说的这些，我或者是早已想到了，或者是早已实践了，无非就是老生常谈，没有什么新意和用处。任何略不世出的计谋都要的是‘稳’‘准’‘狠’三字，追求的是稳操胜券、算无遗策，不给对手留下丝毫苟延残喘的机会，你说的这些一无可取，就是实行起来也是猴年马月成不了什么大事。大热的天，我劝你还是找个阴凉的地方去歇歇吧。”

高尚这番揶揄嘲讽，自然是在进一步试探绛如，绛如不和他说明缘由，他总是怀疑绛如找他来目的不纯，给他下套子、使绊子来了。

“高尚，你不要拿这些言语激我，姑奶奶我打蛇从来打的都是七寸，你哪只眼睛看见我只是不痛不痒地与虎谋皮过？你好好给我听着，我曾听潘有度说过，潘家在做总商时经常私下截留给宫中采办的各样西洋稀奇物件，既然是宫中御用之物，他潘启敢私藏于自家私用，这就是大不敬之罪。就是定他个谋逆之罪也是不冤枉的，真要是到了那时候，潘家何止会是被抄家破产那么简单，潘启掉脑袋、株连九族也是有可能的。”

高尚听了绛如这恶狠狠的言语，身子不禁颤了一下。他感觉身上的汗毛都炸了起来，透着一股寒意。绛如的心狠手辣比自己有过之而无不及，自己平时对绛如也没少逼迫，好在没有引来她对潘家这般的仇恨，让人想着都后怕。可真如绛如轻飘飘地说的那般，只是他高尚有可利用之处而不对自己出手吗？高尚虽说表示怀疑，但现在也容不得他想得过多。

到了此时，高尚已经完全放下心来，看来绛如真是要将潘家置于死地而后快了！

“你刚才说的这个还算是靠谱，但是没有证据，何谈告他‘谋逆’？”高尚认真地说道。

绛如神情复杂地说：“潘家有个大丫鬟叫馥宝儿，深得潘启的信任，她又是潘有度的贴身侍女，你想办法找个人去接近她，不愁弄不到证据。”

“你难道让我使‘美男计’？可那丫鬟在深宅大院之中很难接近啊！”高尚为难地说，他现在已经按照绛如的思路往下想计策了。

绛如苦涩一笑，说道：“不成，她天天守着潘有度那个美男子，你这招法就不灵了。我想趁着她独自外出的时候，派上一人直接表明要高价购买潘家的奇物，以高利诱之，让她偷出来潘家可犯‘僭越’之大罪的物件。切记，一定要犯大忌的物件才行，其他物件多么稀奇对我们来讲也是无用的。”

高尚听了，兴奋之情溢于言表，他补充道：“如果真是如你这般说法，他潘家可是要倒上大霉了！可你说得如此宽泛，怕是会让那丫鬟起了疑心，最好是编出个花样理由来，指定她去偷某一样物件，才会避人耳目。你仔细想想，平日里与潘有度闲聊中，他可明确提到过什么样的物件符合‘僭越’这个条件的？”

绎如凝眉，嘴唇也被她的银牙咬着变了紫青色。她忽而抬起头来，对高尚说道：“和你说实话吧，潘有度曾和我说过，东印度公司为了讨好朝廷，曾经从英国运过来一件精美绝伦的龙袍，虽说式样与皇上穿的并没有什么两样，但制作工艺与我们的大有不同，不单用金银线贯穿，而且集中了世上各地的宝物于一身，看着就很稀罕，其价值更是不言而喻。潘启知道后，私下好说歹说出大价钱买了下来，他准备日后送给皇上邀功请赏。如果真能将这件龙袍弄到手，那潘家可是百口莫辩了。”

“龙袍？太好了！就依着你说的这么办！”高尚用拳头一杵台面，脸上露出了可怖的笑。

高尚又好似突然间想到了什么，面孔好似扭曲，厉声地问：“绎如，你从中到底要得到什么好处？”

绎如轻飘飘地说：“我有块地皮，我要独自在上面将商铺都建设起来，我这么帮你，为的就是要你利用总商的职权将所有的行商都迁到我那里去。高尚，这件事你不用和我装难办的样子，满大人那里我已经说通了，并且他已经和户部通了气，皇上那里也上了折子。说来，你这里无非就是走个过场而已。”

高尚又是一惊，这绎如的野心真是不小，她竟然打起了“十三行”所有行商的主意来了！可她前期铺垫得已经如此周全，看来还真阻挡不了什么，只能顺水推舟答应下来。

“既然是你建商铺卖行商，那赚的银子一定是不少，那么我的‘德庆行’是不是就不用买了？”高尚要敲绎如的一笔竹杠。

“呵呵，你想多了。我告诉你，你不买，就没有你‘德庆行’的地方，到时候买不到你可别后悔。因为那些有空闲的地方，我还得替你保存潘福给我送过来的那些烟土账本子呢！”

“你……”

“我什么我，我帮了你这么大忙，以后‘十三行’有什么好事如果将我‘荣盛行’落下，别怪我对你不客气！”

绎如说完，转身走出了议事厅。

广州的城西关每个月的初一、十五固定都会有规模较大的集市，商贩云集，甚是热闹。因为价格上要比平日里便宜，品类也齐全，所以无论是百姓人家，还是官商朱户，此时都要派出人手来采购日常需要的物件。

这一天，馥宝儿早早地出门奔向集市，因为潘有度不在家，活计少了很多，心情也异常地轻松了起来。

到了集市之后，馥宝儿先是急着为自己挑选几件便宜的小首饰，因为工钱不多，她现在手头上有点积蓄也都是潘有度平时见她伺候得殷勤随手赏她的几两碎银子。

爱美之心人皆有之，虽为丫鬟，馥宝儿也是爱打扮自己的。只是碍于身份，不能涂脂抹粉，也不敢挂翠坠银，就是买了这些质地、做工粗糙的小首饰，也只能是晚上没人的时候，偷偷地戴在身上美一美。到了早上，又要小心地用手帕包裹好了藏起来。

馥宝儿虽说是潘有度的贴身侍女，但因为潘有度已经是“同文行”的东家，奴从主贵，自然在潘家大院里地位与日俱升。加之在潘家有了很长的年头，又深得潘启的信任，所以虽是丫鬟的身份，但实际上在潘家大院里所有仆人之中的地位，也仅次于郑管家，很是得宠。

但馥宝儿是心有玲珑之人，她明白一个道理，无论如何得宠，都掩饰不了她是丫鬟的身份。所以她平时在潘家大院里为人做事都很低调，特别是看到潘启时候，更是勤快麻利、卖力恭谨，看着就让人满意喜欢。只有她与潘有度单独在一起时，才有稍许的放肆，但火候也是掌握得恰到好处，既柔顺体贴，又不会显得下贱轻薄，形似主仆，情为潭印。

馥宝儿从小就小心仔细地服侍潘有度，久而久之，潘有度在生活上自然也对她有了依赖。眼见着馥宝儿长成了亭亭玉立的大丫头，馥宝儿对潘有度有时也是多了些异样的目光。但潘有度乃是谦谦君子，他几次意乱之时，也提醒自己，虽然馥宝儿为丫鬟，自己也切不可挤手捏脚，让人传出去潘家少爷仗势欺人、以主欺奴，那会坏了潘家的名声。

正当馥宝儿在集市上漫无目地游走之时，忽然间对面走过来与她年纪差不多大的一个女子。

这个女子虽说穿戴得珠光宝气，浓妆艳抹，但气度上与这些打扮极为不相称，一看就是款学寡闻、短见薄举、寒腹短识、才蔽学浅之人。

那女子走到了馥宝儿的近前，拦住去路，问道：“你可是潘家的丫鬟馥宝儿？”

第二百零三章　胸中鳞甲

纯如受到了来自商会、公爹周玉、父亲杨梓传的几重压力，心情自然很沉重、压抑，虽然写了信让他们再给她半年的时间决定去留，但实际上她也没什么底气。

虽然“十三行”的局面稳定了下来，洋商也重新开始了贸易，但生丝和丝绸的贸易量一直是不温不火。纯如打听了一下，与潘启主政公行时下降了七成左右，为什么突然间会有如此断崖似的跌落，纯如搞不明白。

按理说，西洋各国对生丝与丝绸的需求量应该是与日俱增才对，因为广受青睐，供不应求也是正常。前些年，朝廷就为了控制过大的贸易量，而规定了生丝出口的限额，后经潘启的不断努力游说，这项规定才被撤销。

纯如又分别找了几位各国的洋商代表打探缘由，原来他们这几次小额贸易过后发现，现在“十三行”行商供应的生丝和丝绸质量较之以前都降了成色。特别是生丝，往往表面都是上等的，可拆开后却发现里面夹杂了低劣的生丝，很难被发现，他们现在也不敢大量进货。

纯如明白了，虽然“十三行”表面上恢复了秩序，但因为高尚的管理不到位，或者说是管理水平有限，一些行商乘机坑害洋商，赚取不义之财，失了信任，洋商自然在贸易上就要加倍小心。所以每次的贸易量都很小，目的就是能及时发现问题，避免过大的损失。但实际上，多批次小额贸易，使得双方的成本都在无形中增加了许多。

解决行商的自律问题及洋商那里出现的信任危机已是迫在眉睫，虽然纯如发现了问题的症结所在，但她对此无能为力，这件事情只能找高尚才行。

纯如先是去了“德庆行”，扑了个空，询问了伙计才知道高尚去了“十三行”。纯如之所以先来“德庆行”，是因为她有些话想私下和高尚说，她怕到了“十三行”人多嘴杂，若真是一些言语让高尚听着不顺耳，伤了高尚的面子，让其感觉尴尬狼狈，高尚不会直面问题和解决问题的。

到了“十三行”的议事厅，纯如见到了高尚。厅里还有其他几个人，纯如便知趣地退了出去。

高尚不等纯如说什么，他先是开了口：“纯如姐，你来得正好，我刚要去找你。”

“可为与洋商贸易之事？”纯如带着些惊喜之意问。

“有一点这个意思在里面，但不是全部，来，坐下说话。”高尚一边满脸堆笑地说着，一边热情地招待纯如。

等纯如坐下来之后，高尚继续说道：“我听说了老家那边对‘清威行’的经营状况很是不满意，想必你一定平添了许多烦恼。我说句不该说的话，你那会长就是费力不讨好的活计，怎么做，也不容易让人说出个‘好’来。唉，看我扯得有些远了，我知道怎么说，也改不了你的主张，不说也罢。我要找你去，是想告诉你，和洋商那里联络的活计你暂且就不要做了，先静下心来将‘清威行’经营好再说，这样你承受的压力会小些。”

“听高商总的意思，是要将我那贸易代表的名分收回去了？”纯如面无表情地问。

“我之所以要登门找你，怕的就是纯如姐误会我，说我高尚卸磨杀驴。其实，我有我的苦衷，也是设身处地为姐好，你想想，你有那贸易代表的身份，有了生意也是要先人后己，稍有一点想不到，就会传出闲话来，说白了就如你做的那商会的会长一样，是给各家行商作嫁衣裳，实际到手的利益并没有多少。这也怨我当时考虑不周，没有将事情前后想得深入。这几天我也想明白了，有兄弟在这做总商、做行领，纯如姐这里何愁没有好生意可做。有我这里主政‘十三行’，‘清威行’生意要是清淡，别人不说什么，我都会感觉脸上无光和惭愧，但话说回来，纯如姐要是有那贸易代表的身份，我还真不好做什么。”

不得不承认，高尚说出的话总是有理有据，很难从中挑出瑕疵，也很难让人辩驳，里外都透着为别人着想的一番苦心，让人心里听着就温暖和舒服，苦口婆心之中，自带推心置腹，诚恳真挚。

纯如听明白了，高尚说一千道一万就是要将自己身上那贸易代表的名分夺回去。但别说，高尚说的那些理由还真有几分道理可讲。

“我听你的安排就是了。”纯如答应了下来，“我今天找你来，也是为了与洋商的贸易之事。几次小额贸易下来，我听洋商反馈回来，我们部分行商有以次充好的现象发生。我怕长久下去，不但彼此之间没了基本的信任可言，也会纵容一些行商养成见利失信的贪婪习惯。洋商们不会将这笔账算到某个人身上，只会说我们整个大清商人不讲诚信，这样的名声随那洋船传播出去，是损了我们大清国的脸面，这不是小事，作为总商，你应该杜绝这样的事情再次发生。”

纯如说得尽量委婉，毕竟高尚是总商，出现如此情形，他身在其中脱离不了失职失察之责。但她还是怀着初衷，不要让高尚听了下不来台面，进而更加消极对待这件事。

令纯如没想到的是，高尚听了之后，很诚恳地说道：“还是纯如姐想得长远周全，我这几天也在拟订各种章程，为的就是约束行商的交易行为，这个你放心，过不了多少时日就会颁布执行，到那时再有行商有龌龊行径，一定严惩不贷。”

纯如高兴地接话道：“嗯，如果真是这样做下来，洋商见我们拿出了诚意，我想贸易量不久之后就会有所增加的。”

高尚的言语很是深沉：“我也是听说近期贸易下滑与‘同文行’从中作梗有很大关系。你知道潘启做了那么多年总商，与各国洋商交情都是有积累的。并且，他家做的贸易不单是生丝、丝绸，还包括茶叶、棉花、陶瓷等多项业务。门路很宽绰，他私下勾连洋商搞小动作，讲我们的坏话，洋商不和我们说什么，但心里自然也会听信他的。别看潘启表面上慈眉善目，实际上他是假君子、真小人，假仁假义、惺惺作态。纯如姐，我知道你们的关系很不错，但我希望你不要被他的表象所迷惑，也不得不防，以免日后吃亏上当。”

高尚与潘启之间的恩恩怨怨，纯如自然再清楚不过。她知道，高尚说的这番话听似痛心疾首，但带着强烈的个人感情色彩，不可深信。

纯如淡淡地说道：“我想这些话也都是你的猜测，没什么凭据可言。日久见人心，潘启到底是什么样的人，日后自然会见分晓，潘家与洋商广有交集倒是事实，我还是希望你与潘启能携起手来将‘十三行’做好，为众行商谋福祉，才不失为一件好事、善事、美事。”

高尚见纯如不经意间又拿出了说教自己的态度，心下自然生出厌烦之感，但他现在已经采取了新的策略对付纯如，那就是私下说话一定要态度谦和、言理论道，不再与纯如发生往常那样正面的强烈冲突。就如剥夺纯如贸易谈判代表身份这件事，他是几经筹措言辞之后才行动的，现在看来效果非常地好，纯如不但乖乖就范，还在这融洽的氛围内，平添了对他高尚的几分信任和好感，这样做事，何乐而不为？

“如果真如纯如姐说的这般景象，那真是再好不过了，我这里是不存在任何问题的，怕只怕潘启那里执拗下去不思回头。就是绎如现在也已经识破了潘家的真面目，决心与之分道扬镳、彻底决裂了！”

纯如听了心下一沉，她很是惊诧，绎如和潘有度如影相随，怎么会到了如此地步呢？看着高尚的样子，又不像是在离间说谎话的样子，这当中到底发生了什么样的事情？

纯如此时对这件事不明真相，也不好对高尚说什么，只能是应承道：“绎如与潘家的事情我不清楚，有可能是有误会发生了吧，私下之间互有成见都实属正常，说明不了什么。”

高尚见纯如对他的话有些怀疑，连忙解释道：“纯如姐，你也知道，之前绎如与那潘有度是何等的热络模样，几次三番都是他们两人联起手来对付我。而现在绎如对潘家是恨之入骨，你见了她，自然就知道我说的绝非言过其词、耸人听闻了。你和绎如是亲姐妹，这时候要分清是非立场才对，不能做亲者痛、仇者快的事情，错怪了朋党事小，寒了血脉可就是大事了！”

纯如见高尚此时三句话不离言说潘家的坏处，而似乎对研议

“十三行”如何发展并没有太多的兴趣，也就不想再多说什么了，她推辞还有事情要办，起身离开了“十三行”。

纯如急着要去见绎如问个明白，但她到了“荣盛行”，并没有见到绎如，行里的伙计说已经有几日没见到绎如了，也不知道东家去哪了。

纯如最后没办法只能回了家。

见纯如闷闷不乐，周冰羽连忙上前询问，纯如将与高尚见面的大概情形说给了周冰羽听，特别是讲到了绎如和潘家的事。

周冰羽听到高尚又将纯如那贸易代表收了回去，愤恨不已。无论高尚如何花言巧语，他最终要达到的目的都是昭然若揭的，就是看着纯如做出了一些模样他眼红嫉妒，现在急着抢夺甜果子吃了。但没有办法，身份是人家给的，现在要回去，也强留不得，何况高尚的花言巧语说得言辞恳切，再要辩驳，更是丢了身份和颜面。

绎如平白对潘家生出如此大的仇恨出来，周冰羽的态度极为鲜明，他确信潘家不可能做出对不起绎如的事情，就是有了矛盾，也一定是绎如惹是生非，因为周冰羽对潘有度的为人是非常了解的。

并且周冰羽对自己这个小姨子一直心存成见。他甚至认为绎如就是个妖精，高兴了怎么着都行，不高兴了，翻脸比翻书还快，有时还要露出一副狰狞的骷髅面目出来，看着就吓人。也不知道潘有度是怎么想的，近一段时间会和绎如如胶似漆地混到一块去，现在想来他应该也后悔不迭。

周冰羽突然间又想到，他也曾想着撮合绎如和潘有度在一起的。现在看来，还好自己没有在潘有度面前说绎如过多的好话，否则，到了这般境地，他对潘有度还真是不好交代。

周冰羽对绎如颇有微词，这让纯如很不舒服，虽说她了解妹妹的脾气秉性，但谁在她面前说妹妹不好，纯如听起来心里都是不痛快的。

“不要这般婆婆妈妈的，去，将那浴盆的水盛满。”

“好嘞。”周冰羽颠颠儿地跑出了房间。

第二百零四章　林林总总

绎如这几天哪里也没去，只是一个人窝在房间里，她懊悔、愤恨，也忧伤。

潘启从中作梗已经是确信无疑了。

他那以朱门大户居高临下的做派，以及让馥宝儿捎带的那些极尽鄙夷嘲讽的言语，如一枚枚细长的针深入绎如的骨髓上下剜刺着，让她时刻也忘不了这种痛！自己是个寡妇又怎样，难道就可以忍受潘家人这般的不待见？就可以忍气吞声受这般欺负？潘启给了她一个奇耻大辱，她要还潘启一个万劫不复，很公平！这么做对潘有度公平吗？至少还没有亲口向他问个明白。自己也只是一厢情愿而已，潘有度从来就没有对自己表示过什么，为何自己要这般犯贱呢？但不管潘有度相亲是真是假，至少这些时日是不见了他的踪影，就是出了远门，也应该到“荣盛行”与自己言语一声吧！或者，就是故意避而不见，躲着自己。不管怎么说都算是无情无义。命运对她如此不公，情路如此坎坷难行，绎如痛定思痛之后下定决心，此生永不再言一个“爱”字。

绎如也不想去找姐姐纯如说什么，因为她知道，自己要是说潘家人如何欺她，指不定纯如又会说出什么劝慰的言语，反过来消磨她报复潘家的意志和决心。

绎如听说纯如被高尚夺了那贸易代表的身份，夺就夺了吧，眼前她和高尚联手弄倒潘家才是重心所在。现在她已经和高尚挑明了潘福的事，那么高尚的脖子上也就无形之中被拴上了一条链子，任由她牵着走。所以说，有再锋利的剑，什么时候示人，什么时候出鞘，时机才是关键。

眼见着满春豪对高尚无计可施，和府那里对“十三行”也是鞭长莫及，此时高尚又攀上了朝中重臣做泰山，绎如明白再与高尚争斗下去对自己毫无益处。情无处可寄托，还是静下心来将自己的生意做好，有了银子，比什么都踏实可靠，至少比那水中望月的空叹来得实在。

几日闭门不出，让绎如想明白了很多事情，也让她养足了气力精神。她要走出门去，先在自己那片已荒芜数年的地皮上建起富丽的商铺出来，让人们知道，她绎如不只是有一处门户可以立足，既然潘启都说寡妇门前是非多，那么我就立出更多门户来，让那是非排成一条街，最好是人满为患！

世上的事，几家愁苦，几家欢喜。高尚接到了高晋的来信，信中说与刘府的婚事已定，定在冬月初十让高尚与刘屏成婚。听到这样的消息，高尚喜不自禁。

但早已被他开脸的那两个丫头听说几月之后就会迎来正牌夫人，连日来都是无精打采，闷闷不乐。因为她们知道自己的未来或是被扫地出门，或是再恢复刚进门时的那般奴婢身份，总之和现在的惬意生活无法相比。她们又听说这个即将入门的夫人是达官显贵家出来的大家小姐，心中更是多了几分忧虑和嫉妒。

高尚自然不会在意这两个没有什么见识的丫头有什么样的想法，他花上重金在广州的闹市之中选了一处宽敞宅子，找来工匠重新装修一新，为迎娶刘屏做好了充分的准备。

几番忙碌过后，高尚仰躺在逍遥椅上。

“潘府丫鬟馥宝儿那里可有了回音？”高尚闭着眼睛问。

“自从那日在集市上和她言说明白之后，又找机会见了一面，她说潘家对珍惜之物一贯严守，一时之间很难得手，需要再耐心等待时机。”

“小红，不是我说你，你这脑袋有时候灵活，有时候拙笨，在这件事情上要多动动脑子，小心被那一个小小的丫鬟给耍了！”

“我虽然没有什么学问，但我也听说过‘有钱能使鬼推磨’‘重赏之下必有勇夫’这样的话语，她馥宝儿再怎么说也只不过是潘家的一个丫鬟，都说舍命不舍财，我给她出了那么大个价钱，不愁她不卖命将那物件拿出来！我现在不担心她，倒是要时刻提防着你高商总，事情成了，你必须要将那先前答应过的一万两银子给我，到时候你再翻脸不认账，可真就别怪我对你不客气。”

高尚认真地说道：“放心吧，事情办得稳妥了，就是多赏你们夫妻千儿八百两也是无所谓的。我只是担心你这得了银子过分张扬，要知道纯如等人都在广州，千万不要让她得了你的行踪。”

小红点了点头，然后转身离去。

高尚也起了身，他想抽两口了。再说，等那刘大人的千金过了门，要和那两个丫头厮混也不会如现在这般方便了。

纯如那日没有见到绎如，一直在心里牵挂着。她又一次找绎如，这次听说绎如已经召集人马在那块地皮上热火朝天搞起了建设，她也就安下心来。

纯如对绎如到底和潘家发生了什么样的冲突有一个大概的猜测，但她知道从绎如嘴里是问不出来什么的，于是决定到潘家一问究竟。

纯如见到了潘启后也没有遮掩什么，开门见山说明了来意。

潘启同样没有支吾，将那日与绎如见面的情形复述了个大概，当然，他没有将他让馥宝儿对绎如说的那番话说给纯如听。

如果按照潘启的说法，纯如感觉并没有什么不妥之处，潘启作为一个父亲含蓄委婉地表达自己的想法，很符合常理人情。纯如也知道潘启是胸有城府之人，言辞上也不会过于刺激到绎如，那为何会引来绎如如此强烈的反应呢？

纯如心有疑惑，也怕绎如真是使起性子做出不利于潘家的事情，她对潘启说道："潘叔，我那妹妹从小被娇宠惯了，不太能听得进逆耳的话，她若是对您有什么无礼的地方，还望您多担待和包容。再有，有些话您对她不好说，您大可吩咐我转达给她。"

潘启不以为然地说道："我一直是看了你的情面没有为难她什么，这次实在是看不下去眼了，也怕夜长梦多，才是给了她一个小小的警告。绎如真若是识大体，我们还可在生意上继续往来，你放心，我想这件事也就到此为止了，不会再有什么波澜。"

"潘叔，我还是有些担心……"纯如欲言又止。

"担心什么？呵呵，是不是担心绎如去联合高尚与我作对？我听说了，前几日绎如去了'十三行'的议事厅，关起门来，她与高尚嘀咕上了好一阵子。还是那句话，绎如心里不畅快她想找谁对付我都行，可唯独找高尚我是不好原谅她的。"

纯如眼见着潘启将自己想说的话都说了出来，也不好再继续说什么。她想着儿子周展来潘家避暑也有多日了，就和潘启说要将孩子带回去。

潘启摆摆手示意纯如坐下，意味深长地说：“话虽说得轻飘，但我听说高尚要在冬月迎娶大学士刘统勋的养女，这股力量太是强大了，很让我措手不及。我现在也是急着要赶在这之前将高尚逐出‘十三行’，不出意外，近期也应该就会有消息了。”

纯如听了一惊，她知道潘启曾给皇上献上了那幅价值连城的名画《千里江山图》，又上了一道言说当时“十三行”乱状的奏折，但之后也就没了下文，纯如以为这件事情也就虎头蛇尾不了了之了。可现在听来，潘启一直在锲而不舍地谋划着扳倒高尚，这让纯如心绪很复杂。这“十三行”刚刚见似平静，原来还是这般暗流涌动。

“潘叔可否听我一言，高尚现在已经规矩了许多，加之‘十三行’此时局面来之不易，我知道高尚害您不浅，但得饶人处且饶人，还是不要和他计较了。”纯如极为诚恳地说道。

潘启皱了一下眉头，站起身来，背着双手，说道：“哪里是我要和他计较，而是他对我步步紧逼，我知道你心地善良，也从来都是为大局着想，可是你要知道，有高尚在一天，‘十三行’就将永无宁日！这件事不是我个人意气用事，也不全为私仇报复，恰恰是为了‘十三行’及全体行商好才这么做的，希望你们能理解我的一番苦心。高尚他现在四下巴结权贵，正在蓄势待发，如果此时再不及时遏制，不用数月就将成为洪水猛兽，真到了那种地步，任凭谁到那时也没有办法了。”

听潘启这么一说，纯如感觉十分有道理，她对高尚的了解难道能比潘启还少吗？纯如从来都不是左右摇摆拿不定主意的人，但此时复杂的情形，纯如之前是没有碰到过的，这里面掺杂了太多公与私的是非、利与义的矛盾、背后势力与势力之间明里暗里此消彼长的交织抗衡，纯如从来不愿意见到这样的事情发生。

潘启见纯如没有作声，也就继续说道："孩子呢，先暂时放到这边吧，你一会儿去看看他也就行了，等过了暑热，你再将他抱回去不迟。这个小家伙很是讨人喜欢，也很聪明，每天和私塾先生学习得有模有样，将来一定是个可造之材。"

这时候馥宝儿将周展领了进来，她对潘启说道："老爷，这小少爷听说母亲来了，嚷着要来见，让稍等片刻都是等不及的。没办法，只能先领来了。"

周展见到了母亲，趔趔趄趄地跑了过来，一头扑进纯如的怀里，亲昵得停不下来。纯如见到爱子爱抚有加。一时间，厅里面其乐融融，潘启见着也开心地大笑起来。

潘启吩咐道："宝儿，去派人将小少爷的父亲冰羽请过来，你也让灶上备上一点清淡可口的，有度不在家，我和他们三口人乐上一乐。"

"老爷，我这就去办。"馥宝儿说完之后，麻利地转身出去了。

"潘叔，您太客气了。"纯如不好意思地说。

潘启连忙摆手说："客气什么，从孩子这里论，我们是一家人。一家人在一起享受天伦之乐，乃是人间最大的美事，很是难得啊！"

"那我就恭敬不如从命了。"纯如也想和孩子多待上一会儿，又见潘启确实是真心实意地挽留，索性也就答应了下来。

"纯如啊，除了你们一家三口之外，一会儿还有位重要的客人要来，我现在先和你知会一声，让你有个心理准备。"

"不知是哪一位？"纯如好奇地问道。

潘启随口答道："广东巡抚钟音钟大人。"

第二百零五章　如雷贯耳

“钟大人？！”

纯如听到潘启说一会儿要和钟音坐在一个桌子上吃饭，惊诧之余，连连摇头：“潘叔，我还是回去了，我和冰羽在这个场合不合适。”

“我知道你和钟大人之间有些误会，我想着乘此机会将这个误会帮你们解开。不为别的，你想以后要在广州这里有大的作为，如果巡抚大人盯住你‘清威行’不放，恐怕路走起来就会坎坷得多。此时正是个时机，两厢无事，真要是到了你有为难的时候，想再去摆正关系就很难了。”潘启临了又加了一句，“说来，有我从中调和，你就给钟大人个台阶下也就行了，本来你们之间的误会也就是芝麻大点儿的事。”

纯如心里暗自惊讶潘启的消息灵通，她从潘启的话语中已经听得出来，潘启对她和钟音之间发生的事情了解得很清楚，只是说得特别隐晦，避免说得直白让自己感到尴尬。潘启说得非常有道理，经商做生意和平常过日子不一样，只要你开着门就是要和各色人等打交道，这当中官府衙门自然是少不了的。谁也不能保证生意上一点儿瑕疵都没有，如果官府真想找你的麻烦，任凭你如何小心仔细，也会被搬弄出是非来引为口实整治你的。何况，钟音乃是主政广东一方的巡抚大人！

想到这些，纯如感激地对潘启说道：“让您费心了！”

潘启说道：“我之所以这么做，还是因为你们夫妇二人与有度有着宛若股肱的兄弟之情。还是那句话，趁着我筋骨还能活动，就要为你们兄弟日后的路铺垫铺垫，顺畅着走和磕磕绊绊地走，结果是不一样的。”

这时馥宝儿又走了进来，后面跟着周冰羽，她对潘启说道：“老爷，周东家来了。一切都已准备妥当，巡抚钟大人一刻钟之后也就到了。”

周冰羽给潘启见了礼，又连忙将孩子从纯如那里接过来，很是疼爱地抱了抱，然后交给馥宝儿带了出去。

“好，我们到大门口去等候迎接。”说完，潘启带着纯如和周冰羽走出了厅外，直奔大门而去。

不一会儿的光景，一顶两人抬的小轿子从街口走了过来。

潘启说道：“钟大人来了。行事真是低调谨慎啊，二品大员出行只是坐了这么一顶平常富足人家都不坐的轿子，真可谓含明隐迹、不露圭角之高人！”

说话间，轿子已经到了眼前停了下来。

潘启连忙走到近前，轿帘子一挑，钟音从里面钻了出来。见到潘启，一拱手说道：“潘东家，近日可好？”

潘启连忙应承道：“托钟大人的福，好着呢，哈哈！”

钟音再往潘启后面瞧，看见了纯如站在那里，一愣，但马上恢复了神色，装作不认识没有再说什么。

潘启马上说："钟大人，快请进，这大热的天将大人热着可真就罪过了，一会儿进去再做介绍。"

潘启在侧前方引路，后面走着四平八稳的钟音，纯如和周冰羽走在最后面。

几人走进了一间宽敞明亮的房间，房间门刚一打开，一股清凉扑面而来，沁人心脾，让人顿生畅快之意。钟音好似很惊讶，四处望去，才发现放在一个角落里的大陶瓷盆子里放着很多的冰块，正往外散发着缕缕的白汽。

分宾主落了座，钟音坐在首席位置。桌子上早已经摆满了丰盛的酒食，怎么看都看不出潘启所说的"清淡"样子来。

潘启指着周冰羽和纯如说道："钟大人，这是侄子和侄媳妇，也做着和我一样的营生，还望大人日后多加提携！"

周冰羽和纯如听后连忙站起来对钟音施礼。

钟音用手虚抬了一下，示意他们二人坐下，慢条斯理地说道："我与这位纯如东家是认识的，既然还是潘东家的亲朋，不用多说什么，以后有用得着巡抚衙门的地方，自然是会关照。"

潘启装作惊讶地说道："原来大人和纯如是认识的啊？那真是凑巧了，好啊，快，冰羽、纯如，听了大人对你们的关怀，还不赶快敬大人一杯！"

周冰羽和纯如连忙端起杯子和钟音的杯子碰了一下，然后一饮而尽。

钟音只是将杯子放在嘴边沾了一下，脸上一副冷淡的样子。

"钟大人，今日请您来，一是想请您品尝一下我这放了二十年的'大和烧坊'老酒；二是有一事要相求与您。"

“什么事？”钟音不经意间看了周冰羽和纯如一眼。

潘启倒是很轻松地说：“这里没有外人，我也就不用与大人顾忌什么了。前年，夷商东印度公司从西洋运来一件龙袍准备献给皇上，我得知后，担心其管窥蠡测、孤陋寡闻而制成的龙袍不符合我朝礼制，惹恼了皇上，我和他们讲了道理之后并将其买了下来，又特意请来了苏州织造的师傅加以重新检视修裁，现在终于是有了模样，我想烦请大人代献给皇上。”

钟音听了之后，略微沉吟了一下：“说来这是好事，体现我等臣子对天子的一片赤诚之心，但此物还真是不可久留府上，一旦被外人知晓加以利用构陷，这可是会让你百口莫辩的事情。再有，我刚才也想了，贤侄有为此时就在皇上身边，还是让他代为献给皇上比较好一些，经人之手，恐不及有为的效果。”

“不瞒大人说，我不想以潘家的名义进献这件龙袍，毕竟这是夷商东印度公司对朝廷表忠献诚而来的，我想，大人还是要以东印度公司进献之名呈送给皇上。如果假以潘家私名，恐皇上日后怪罪于潘家‘欺君罔上沽名钓誉’，那就是将好事办成了坏事。刚才大人训诫得也非常有道理，我也想到了这一层面，但没有大人看得这般通透，一会儿我就将这件龙袍取出来，上交到大人手上，我也就安心了。”

纯如与周冰羽对视了一眼，心下不免都暗暗吃惊，他们今天真是开眼界了。官商之间窃窃联络、情真意切，谈笑风生之间说的却都是石破天惊的大事，不在这样的场合真是难以置信。同时感觉在潘启面前，自己的那些历练与之相比真是小巫见大巫，简直就不值得一提。

“好吧。”钟音答应了下来。

潘启很高兴地说道：“感谢钟大人，我们好久也没聚在一起了，我们干一杯！”

钟音举起酒杯来与潘启 碰了一下，两人一饮而尽。

与潘启喝完酒后，钟音转过头来对纯如说："潘东家功成身退可以让人理解，举才让贤之德行更是令人敬佩！但我看你们'清威行'在这次新立'十三行'过程之中可是未有什么建树啊！"

纯如喝了一杯酒之后脸上早已经上了颜色，现在听钟音如此明知故问、不留情面地嘲讽于她，脸色也不自觉地更加红了。她答道："回大人的话，小女子才疏学浅，不堪大任，只想苟且维持生计即可，权贵之事从来未敢奢望。"

"你乃皇上特例敕封的七品诰命夫人，又是江浙丝绸商会的会长，怎能说与权贵搭不上边呢？我看你在江浙做得风生水起，到了广州之后应该是水土不服，失了心智、方向，以后还要在潘东家面前多加历练才是。"钟音一副漠然的样子，语气之中却依然是居高临下对纯如一番教训的味道。

潘启在一旁解围道："钟大人说得没错，纯如乃是性情女子，要说耍弄权术哪里能是高尚的对手呢？"

钟音听潘启这么说，也就不再为难纯如，他对潘启说道："潘兄，高尚再如何，也比不了你的道行啊！"

潘启连忙拱手说道："大人的谬赞之语，我只能是当个笑话听喽。现在我是赋闲在家无所事事，就是自家的'同文行'也是交给了犬子有度打理，我这现在就是个废人一般。"

"呵呵，潘兄做的都是春风化雨润物无声的事情。我昨天得到户部同僚的私信，朝廷已经拟定了对'十三行'的新章程。我猜想，这新章程出来其中应该就有潘兄你的功劳。"

钟音虽说得不咸不淡，但潘启、纯如和周冰羽三人听了却如同雷声贯耳，新章程？到底是哪般的新章程？

潘启诚惶诚恐地说道："钟大人，现在'十三行'由高尚一人操持把控，舞权弄术，众人敢怒不敢言，所以表面上很平静。除了贸易上迟缓懈怠，在外人看来还真是一片形势大好，此时朝廷还能有什么新章程出来？再有，大人言说有我的'功劳'在里面，那可真是折煞我也！朝中上有皇上英明神武、垂拱而治，下有百官垂绅正笏、燮理阴阳，哪里能轮得到我潘启妄言国事啊？"

"潘兄，要我将这新章程说出来，你也就不会与我这般辩驳了。"钟音好似故意卖关子般地说道。

其实潘启听钟音说到"新章程"三字之后，就早已难掩激动和兴奋的心情了，他在努力地掩饰着。当然，他急着要听那新章程的内容，但在不知道结果之前，他还是要撇清与这件事的瓜葛，以免有什么不利于自己的口实被钟音抓在手里，所谓得意不可忘形！

潘启见钟音好似看穿了自己的内心所想，所以很不好意思地说："大人，您看我这酒喝的，话也是多了，潘某人愿闻其详。"

"解散'十三行'，各行商自行其事！"

"啊？！"

潘启和周冰羽都忍不住惊呼了起来。

纯如此时倒是十分镇定，面无表情。

"钟大人，不是我听错了吧？这'十三行'初立不久，怎么又要解散了呢？这行商自行其事岂不是会有乱子发生？"潘启急于解开自己的疑惑。

钟音将身子正了正，认真地说道："天威难测！我听说给李侍尧的圣旨已经在路上了，不出几日也就到了。潘兄也不要和我打哑谜了，要不是你给皇上递上那一道折子，怕也不会引来这般的雷霆之怒，这也就是我刚才和你说的'功劳'。我也听说，自皇上看见了你进献的那幅《千里江山图》，很是喜欢，爱不释手，想来潘兄才是最了解皇上的心啊！佩服、佩服！”

潘启见钟音对自己的行径已经掌握充分，有些尴尬地解释道：“钟大人，说来惭愧，对于‘十三行’，我当时只是一时出于意气，在折子里向皇上言说了当时的状况，臣子忠君之心，天地可鉴！至于那幅画，我也早已耳闻当今圣上喜欢这些。我是这样想的，即使有万贯家财也是蒙皇恩而得，侥幸有皇上喜欢的物件在手中，岂能心安理得地私藏？”

第二百零六章　龙袍失踪

解散“十三行”？！

这突然而来的消息让一贯老成持重的潘启一时间也迷惑彷徨，朝廷为什么要解散“十三行”？难道真是自己递的那道折子从中起了作用，皇上盛怒之下做出的决定？

说实话，解散“十三行”，这不是潘启的初衷。他从来没有想过，也不敢想象会有这样的结果发生。他的折子里只写了“十三行”初立时的混乱局面及总商高尚作为不合规矩之处，并没有建议，也不想、不敢建议朝廷解散“十三行”。要说潘启的最大目的无非就是想要将高尚从那总商位置拉下来，虽然公私之心皆有，但不可否认，报复与打击高尚才是潘启的真正本意。

潘启知道近一段时间来高尚与钟音往来非常密切，高尚在竞争总商的时候，钟音也是给说了话的。而此时钟音就坐在自己的面前，并且对这前后之事都是了如指掌。这解散“十三行”的消息也是从他嘴里说出来的，那么钟音到底对这件事情有什么看法？他对自己又有什么样的想法？

“潘兄，高尚是咎由自取也好，还是潘兄的手眼通天也罢，总归这次是如了你的意了。想来这日后没了行规行章的束缚，‘同文行’可是海阔天空的一片大好未来啊！那所有的生意岂不是要像潮水一般都涌进你这潘家大院里来？”

钟音不知是出于真心还是假意地说了这么一句话，说完之后拿起酒杯来自顾自地抿了一小口。

潘启诚惶诚恐地答道：“钟大人说笑了，这朝廷出的章程，如不如意都是只有遵循的道理，容不得我这般行商非议的。还有那生意，也从来不是哪一家能独霸垄断得了的，说一千道一万，以后我‘同文行’和‘清威行’还是多仰仗大人的扶植才能得保兴隆昌盛。”

在这个场合之下，纯如一句话也不想多说，她只是在那里认真地听着。

当纯如听到钟音说解散“十三行”时为何会那般的平静？这是因为她早有预感。只是这样的预感她不能说，因为她说出来也不会有人相信！说出来，别人只能认为她是痴人说梦，或者是眼红嫉妒得发了疯！与其说是预感，莫不如说是一种研判，纯如将这种研判放在心中，一直是抱着拭目以待的态度来对待，这也是当时在竞争行领、总商之时，除了其他各种缘由外，她没有积极去参与的一个重要原因。

纯如的研判来自于她对“十三行”组织结构的分析。她认为朝廷既然裁撤了公行，那么新设立的“十三行”必然要有翻天覆地的巨变。而事实上，经过李侍尧等人的决议，“十三行”与之前的公行相比，只是改了个称呼而已，看似鱼龙漫衍，但换汤却没有换药。在这种情况之下，纯如认为解散“十三行”是早晚的事，因为朝廷和皇上都是耳不聋眼不瞎，不能刚废一个傻太子，又立一个痴阿哥吧？如果真是如此，何苦要穷折腾呢！

其实，当时纯如也看到了“十三行”与之前的“公行”没有本质上的区别，她认为裁撤公行只是一次利益的重新分配，主要是这督、抚、粤海关这些大人的利益纠缠在里面。但纯如忘了一点，在公行或者说是“十三行”这个地方，朝廷和地方、皇上和臣子是同样有着利益冲突的，自己的利益没有实现，朝廷和皇上定然是要再次出手干预的。只是谁都没有想到，这干预来得如此之快，也干预得如此彻底，直接将“十三行”解散啦！

酒过三巡，菜过五味。

潘启从腰间取了钥匙出来，吩咐馥宝儿去取那件龙袍，供钟大人观瞻并一会儿带走。

不大一会儿的光景，馥宝儿气喘吁吁地跑了回来，并疾步走到潘启近前耳语了几句话。

“没了？！”潘启惊呼道。

钟音见状，也是惊讶不已：“什么没了？难道是那件龙袍没了？”

潘启颓然地坐在椅子上，冷汗珠子噼里啪啦地从脑门子上掉了下来，听见钟大人发问，才缓过神来，点了点头，忽而又自言自语道：“怎么可能呢？”

纯如站起身来，对着潘启说道：“潘叔别着急，我们一同去看看到底是个怎样的情形。”

“此事先不要惊动任何人，看看情况再说。”钟音补充道。

潘启听了感觉有道理，这时候也没有那么多礼节可讲了，连忙站起身来就往外走，钟音、纯如和周冰羽紧随其后。

馥宝儿则气喘吁吁地小跑着跟在后面。

潘启放龙袍的地方，是与潘家主房相连的一间东耳房，外表并不起眼，但每扇窗户上都有着拇指粗的铁条密实拦隔，两扇门之间用一把硕大的铜制横开锁封闭得严严实实，这里离主房只有几十步之遥，应该是绝对安全的所在。

不待潘启再吩咐什么，馥宝儿上前用钥匙打开了房门。

几人进了耳房里面。

潘启一指高处，懊丧地说道："钟大人，那处曾有一个皮质的硬壳箱子，里面就存放着那件龙袍，箱子上也是有锁的……"

"平时这个房门有几把钥匙？都放在谁的手上？"钟音摆出了当场断案的架势。

馥宝儿连忙从外面拽了椅子过来，摆在了钟音的屁股下面，请大人坐下说话。不一会儿，又端来一碗茶水奉到钟音的手上。

潘启答道："两把。一把在我的手上，另一把在犬子有度那里，平时都是随身携带，形影不离。"

"房门没有撬动的痕迹，窗子又进不来，看来不是江洋大盗自配钥匙打开了房门，就是你们爷俩儿身边人偷拿或私下偷配了钥匙将那宝物连箱子端走的。你再看看可有其他的物件丢失。"钟音坐下之后，更是有了平时在巡抚衙门大堂上的威风，分析得条理清楚头头是道。

有钟音在这里坐镇，也让潘启慢慢地镇定了下来，他一番环视房内之后，答道："应该是没有。"

馥宝儿爬上了小梯子，站在高处巡视，一边说着："老爷，眼前看，都在原先各自的位置，没有挪动的迹象。"

"这说明目的性很强，基本上可以断定，盗贼就是冲着这件宝物来的。"钟音肯定地说。

"这盗贼专门来我潘家偷那件龙袍？"潘启惊讶地问。

钟音点点头："嗯。或者说你潘家的内部人盯上了那件龙袍。"

潘启继续惊诧地问道："做什么？"

钟音答道："这就不好说了，感觉稀奇好玩？不知死活出去卖了换银子？这都有可能。再有，就是有些不敢往下想了！"

潘启急着说道："还请大人明示！"

"再有，那就是拿着这件宝物去衙门告你潘家'私藏龙袍图谋不轨，有忤逆谋反不臣之心'！"

潘启听了之后，吓得差一点儿没有跌坐到地上，刚刚稳定下来的情绪，因为钟音刚才这句话又慌乱了起来。他摇摆着双手不知道放在什么位置才好，连连摇头说道："大人，这，这，这该如何是好？"

馥宝儿又去取了茶壶和茶杯过来，一脚门里一脚门外，听见了钟音的话，吓得一个趔趄，将手中的物件都掉在了地上，碎得七零八落。好在没有烫到手脚，连忙蹲下来收拾这满地的狼藉。

纯如在旁边安慰着潘启说："有钟大人在这里给你作证，不用害怕别有用心之人去做文章。"

钟音斜视了纯如一眼，恼火地说道："你说得倒是轻巧。我作证？我拿什么作证？难道我说到了潘家喝顿酒，就可以证明潘家没有谋逆之心？我连那龙袍什么模样都没见过，你让我说什么？"

纯如知道，这是钟音心里面不舒服，逮着机会在向自己发泄。但没办法，巡抚大人的训斥确实挑不出什么毛病来。

"这样吧，此事不适宜声张，你在家里这边拉出一个可疑的名单来，先是暗里调查着。我先回巡抚衙门，和那广州知府张大人碰个头，让他与江湖上有头有脸的人物都打声招呼再说。"

"谢大人！您看这，这请您品酒，哪知道出了这么一档子事啊！"潘启恳切地说道。

钟音再没有答话，而是径直向大门走去，潘启等人也连忙出去恭送。

待钟音走远之后，三人才转身进了院子里。潘启带着纯如、周冰羽进了客厅，三人心情此时都很是沉重。

纯如眼见着潘启心慌意乱的样子，知道这件事确实是让老爷子乱了方寸，她说道："潘叔，此事您不要着急，先派出人手去典当行，看看能不能寻到那龙袍的踪迹。家里这边，我想在大院里知道内情的也就是为数不多的几个人，分别将他们找来询问一番，看看有没有露出马脚来的。如果真是江湖人所为，怕是官府也爱莫能助，要想解决得快，还是最好再找江湖人从中协调，只是按照刚才在耳房里的情形来看，江湖人所为的可能性较小。"

潘启点了点头："言之有理，当铺这头我现在就吩咐馥宝儿带着人手去办。至于大院里的嫌疑人员，还是我亲自过问吧。只是江湖人那里找哪方人合适？这个还得容我考虑。你们两个也都累了，回去吧。"

周冰羽说："有度不在家，碰到这么个事，我怎么能放心得下呢？您安排间房，我们今晚就在这里住下了。"

潘启欣慰地说："那就让你们跟着操心了。"

潘启随后分别找来了郑管家和平时几个得力的伙计询问，看着几人的表情态度，纯如对潘启轻轻地摇了摇头，表示有嫌疑之人不在他们之中。

思量来思量去，潘启再也想不出来还有其他有嫌疑的人来。

约莫一个时辰的光景过去了，馥宝儿进来回禀，说走遍了广州城所有的典当行，都没有探寻到那件龙袍的下落。

那么现在也只能是寄希望于江湖人帮忙查找了，虽然潘启也有这样的关系，但潘启从来不会让这些人进入潘家大院的，平时有事都是潘启到他们那里去。与之交往，潘启每次也都是小心谨慎，尽量少招惹他们。

潘启知道带着纯如和周冰羽去自然是不合适，就让他们二人暂且在家里面等着听消息，纯如明白这其中的规矩，也就没有强求，她和周冰羽留在了潘家。

第二百零七章　心驰神往

纯如与潘家其他人不是很熟悉，所以在潘启临出门时，特意要求潘启安排馥宝儿陪自己一会儿。

已是掌灯时分。

总不能就干干巴巴这样一直坐着，纯如就和馥宝儿有一搭没一搭地聊天。

“宝儿，听说你来到潘家有些年头了？”纯如问。

馥宝儿小心地答道：“回少奶奶的话，八年了。”

纯如轻声细语地问道：“光景可真是不短了。看你气韵，儿时家里也应是小康人家？”

“父亲曾是做茶叶生意的商人，后来在我八岁时，被奸佞小人所骗，将家底全部赔上还不算，又欠下了巨额外债。父母没有能力再抚养我，最后没有办法将我卖到了这里，为了能有一口保命的饭可吃。”馥宝儿被纯如勾起了伤心事，禁不住含泪欲洒，涕下沾襟。

纯如见馥宝儿说得伤情，禁不住唏嘘：“看来我猜得没错，你这属于家道中落而迫不得已来到了潘家，想来世事无常，真是让人慨叹。宝儿，我看潘家人对你很是不错？”

“这里从老爷到少爷，为人都很和善，每月还给我二两银子的月钱，这个银子数虽然在少奶奶眼里不算什么，可是和那些每月只有五百钱、一千钱的姐妹比，这已经让我很知足了。”馥宝儿很感激地答道，剪水秋瞳之中闪出了熠熠的光彩，更显现出几分的楚楚动人模样来。

“嗯，二两的月钱确实是不少了，算下来一年将近三十两，足够平时花在自己身上的用度了，如果仔细着些，还能攒下些余钱。”

纯如眼见着馥宝儿盈盈款款，明眸善睐，十足的一个美人坯子，并且说话也是对答如流，能说会道，张弛有度，不卑不亢。

这样的丫鬟，人见人爱，纯如心下也不禁为之一动。

馥宝儿见纯如和自己聊天，随和、体贴，好似姐妹，也就将刚刚还有的一些隔阂又打开了一些，接着纯如的话说道：“少奶奶，这就是我们做奴婢的命，一年辛苦下来也就这么多，哪里像你们做东家的随便一出手就是五十两、一百两的。”

“呵呵，宝儿，你也知道，虽说做东家出手阔绰，可那银子都是花着心思、担着风险赚来的，这个由你家里的遭遇也就能看明白了。手头银子多了，对谁都是好事，可花销也自然是大，不拼命再去赚银子，最后只能落个坐吃山空的下场。银子少，过得紧巴些，总觉得是捉襟见肘，可是只要守着本分，也活得踏踏实实、心安理得。”

馥宝儿听完，忍不住由衷地说道：“少奶奶真是贴心的人，说的话听来就是让人心里敞亮。”

纯如话锋一转，说道：“宝儿，你怎么看那件龙袍丢失的事？”

馥宝儿没想到纯如会突然间抛出这个问题来，有些窘迫地说道：“那钟大人、老爷和少奶奶之间的话我也听见了，只是我这做下人的见识短浅，说不好。”

纯如没有在意什么，继续用着聊家常话的态度说道：“你家老爷将几个知底细的人找来问了，就是连郑管家也在其中，我想着宝儿真是深得你家老爷的信任，他对你是一点儿怀疑都没有。”

听到纯如这样说，馥宝儿的眼神之中闪现出了一丝慌乱之色，脸也变得红了一些，她说道：“少奶奶说的这个我就不清楚了。只是我想老爷对下人们都是有了解的，该找谁，不用找谁，老爷的心里自然是有数的。我一直是少爷的贴身侍女，没事的时候也从来不到主房这边来，也就是这几日少爷不在家，我才来到主房这边侍候老爷、夫人的。”

“宝儿，你可和你家少爷通房了？”纯如问完这句话，脸上不禁一红。

馥宝儿冷不丁又听到纯如问出这个问题来，更是显得十分尴尬狼狈，深埋下绯红的脸蛋来，嘴里呢喃着：“少奶奶，没、没有。”

“宝儿，不用紧张，也不用害羞，今日没有旁人，我们当作姐妹般聊天可好？”纯如安慰着说。

“嗯。”馥宝儿抬起头来，咬着嘴唇答应了一声。

“你家少爷乃谦谦君子，我知道是不会乱来的。我忽然想到，你贴身侍候少爷这么多年，我看看等哪天有度回来，我和他说说就将你收下吧，但至于什么名分我是做不了潘家人的主张的。这几天有度不在家，虽说你是丫鬟，但我也能看得出你深得你家老爷的信赖和倚重，对于刚刚发生的那件事，勤上心跑着点儿，也多留心一下里里外外的情况，说不定你就能将那宝物找回来呢！如果真是那样，你除了你家老爷的心腹之患，解了潘家的一时危难，潘家人对你感激起来，就是让你做少爷的正牌夫人也是可能的。”

纯如说得推心置腹，娓娓动听。馥宝儿听得是聚精会神，热血沸腾。

“少奶奶，我、我一定尽心照着你说的去做。”馥宝儿说完，脸上又是禁不住一片绯红，一双手不断地碾扯着花布做的衣角。

“你家少爷是我儿子的义父，真要是你在有度身上有了名分，我们以后就是姐妹了，走动的机会自然也就多了，想想都是让人欢喜的事情。潘家家大业大，更是有你以后享不尽的荣华富贵。眼前少计较些，眼光放得长远些，比什么都强！”

纯如特意将最后一句话强调得很重，她知道就馥宝儿的聪明，应该能完全听得明白她话里的深意。

馥宝儿使劲儿地点了点头，不管纯如说了什么，算不算数，总之都说到她的心坎里去了，言说尽了她平时敢想却不敢奢望的事情。

心里咂摸着纯如的话，馥宝儿此时仿佛感觉自己就是潘家的少奶奶了，有着和纯如同样的身份，在和纯如平等地聊着家常话。她以后也可以和纯如一样，坐在高堂之上为潘家的发展献言献策，可以帮着有度料理内事外务，出则同行，卧则同榻。啧啧，那是何等的荣光和幸福！

沉浸其中，不能自拔，哪怕只是一时一刻，她馥宝儿这辈子也知足了！

纯如见馥宝儿有些忘情的样子，很是欣慰，接着说道：“宝儿，你不用在这里陪着我了，去做自己该做的事吧。晚上没事的时候，也再仔细想想我和你言说的，前程是自己选择的，一定要把握住老天赐给你的良机。”

馥宝儿忙收住心驰神往的遐思，说道：“少奶奶，您也早些休息。”

说完，馥宝儿退了出去。

不一会儿，周冰羽推开房门进来。

周冰羽不解地对纯如说道：“你和潘家一个丫鬟在这里嘀嘀咕咕做什么，小心惹出潘家人的非议来。”

纯如一笑，神秘地说道：“这可不是一个普通的丫鬟。”

周冰羽一愣：“我只听说过丫鬟分三六九等，还从来没有听过有普通和不普通之分。”

“那我问你，这个馥宝儿有姿色吗？”纯如很认真地问。

“什么意思？”周冰羽糊涂了，纯如葫芦里到底卖的是什么药？

“直面回答。”

“是有一些的。”

“仔细端详又是否有些富家大小姐的端庄气质？”

“嗯，也有些。”

“你可看得出潘叔对她的信任？”

“差不多。”

“可你问的这些，有何意义？”周冰羽反问道。

纯如呵呵一笑，答道：“我想她有做潘家少奶奶的潜质。”

周冰羽听了，有些急了：“你开什么玩笑？你可不要乱点这鸳鸯谱。此时潘家上下正在为丢失那龙袍而乱作一团，潘叔本人也是焦虑万分，你怎么还有闲心说起这么不靠谱的事情？你要知道，就，就你说的这个什么宝儿，说到底她总归是个丫鬟，这是她的命，不说有度如何，潘叔那关能过得了吗？难道任凭你几句话，就可以逆天将她的命给改了，让潘叔瞧着她是大家闺秀模样，然后明媒正娶进潘家大院来？”

“不想和你争论，我们拭目以待吧。”

纯如长长地伸了个懒腰，又对周冰羽说道："潘叔可回来了？走，我们一起去看看。"

两人出了房门，往客厅方向走去。

走到半路，正碰见潘启从外面回来。

见潘启闷闷不乐的样子，纯如知道事情应该是没有进展。

进了客厅，潘启大概说了他去天地会那里的情形。

他和天地会广州分舵的帮主是熟识的，见面之后，潘启只是说自家被盗了些值钱的物件，并没有言说那物件是龙袍。那帮主听了他的请托之后，在内部的弟子之中散发了消息，虽说时间是短暂了些，但就现在传回来的消息，天地会也不知道是什么人所为。那帮主也答应潘启，在未来三日再进行仔细摸排，是帮内弟子所为，还是另有其他江湖大盗，他一定尽早给出个答案来。

纯如安慰着潘启说道："潘叔，既然我们什么法子也都想了，您暂且就不要再牵挂了，好好休息一晚上，明天早上有可能就回来了呢！"

潘启沉重地说道："纯如就不要急着宽我的心了，这件事情现在仔细想来，绝不是临时起意而为之，是有预谋的，目的明确，是想对潘家下死手。你们两个也都累了，去休息吧，我坐在这里再想想。"

"潘叔，我是有宽您的心，但并没有诓您的意，我说的是认真的，明早儿那箱子有可能就会真的送到您的眼前呢！"

见着纯如一副认真的说话模样，潘启禁不住眼前一亮，惊喜地说道："纯如，你真的不是在说笑？"

周冰羽在旁边忍不住用手捅了捅纯如："都这般时候了，你还有心思卖关子，快说说。如果只是说笑，也快和潘叔承认，这都什么时候了，火要上房了，再说出这般玩笑话来，小心潘叔怪罪你。"

周冰羽确实是在为纯如着想，潘启现在是什么心情，如果纯如真是抱着开玩笑的态度，而潘启认了真，这结果可是令人尴尬的，潘启与纯如翻脸也是有可能的。

“潘叔现在要做的就是少安勿躁，拿出往日那沉稳样子出来，切不可撮盐入火、烈火轰雷、急于事功，让外人看见了心慌意乱，有可能因为惊恐而一意孤行下去，如果真是出了那样的结果，那我现在说的这番话可真就成玩笑话了。”

潘启对纯如是有了解的，足智多谋也不足以形容纯如，他听到纯如这番话既是将信将疑，又是感到有些惭愧，说道：“好，好，我听纯如的，睡觉去！”

第二百零八章　如梦方醒

“给你。”

“弄到手了？”

“自己看。”

“小红啊，别说，我真没看错人，你这手腕真是灵活，想不到一出手，就让那潘家的大丫鬟乖乖就范。”高尚吹捧着小红说。

“别急着捧杀我，银子呢？”小红也很得意。

“好说，好说。”高尚一边说着，一边打开了那个土黄色的包裹。

高尚小心翼翼地剥开了最外面那层，没想到还有第二层、第三层，越是这样，高尚就越是兴奋激动。

一件折叠得整整齐齐的簇新的绛紫色袍子，终于露出了真容，摆在了两人的面前。

高尚将这件袍子打开来，却傻了眼：“不对啊，这不是龙袍吧？”

“怎么不是了？”小红惊讶地问，接着，又是说了一句，“你别看着我给你拿来了，就开始想着要和我耍赖！”

“你当时可曾当面打开看了？”高尚问。

“那倒没有。”小红看着高尚严肃的模样，也有些心虚起来，嘟囔着说。

高尚继续恼火地追问道：“那银子可给了她？”

“没有。她没提，我也没给，我以为她是惊恐慌乱间忘了。”小红狼狈地答道。

高尚听银子保住了，也算长长地出了口气。

小红见高尚十分恼火，壮了壮胆子，问道：“这真的不是龙袍？这上面不也绣着龙呢吗？”

高尚听了更加恼火，他怒吼道：“绣龙的就是龙袍？猪脑袋！虽然我也没有亲眼见过龙袍是何样的真容，但我也是知道龙袍要绣有九条龙，并且一条龙是绣在里襟，且大多数是明黄为主，兼有杏黄、金黄色，你看看这样式、这颜色、这质地、这做工，哪里有龙袍的样子？就是这龙袍是潘家从东印度公司所得，英国人也不至于蠢到将龙袍制成这个样子！那潘启也是识货的，他怎么会把这么一件不伦不类的物件当宝贝？”

小红见高尚发了火，也很不服气：“那你说这件算什么？”

“这分明就是平日里唱戏的戏服！”高尚将那件袍子一把从桌子上抓了起来，又仔细地瞧看了几眼，然后撒气似的扔在了地上，“不伦不类的东西，去吧，放灶里烧了。”

小红这回是真相信高尚没有诓她了，自感办事不力，不再争辩什么，讪讪地蹲下身来将那件袍子拾了起来，转身出去了。

高尚托着下巴，前后又将这件事想了想。

或者是绎如的情报不准，有可能是潘有度对她吹了牛，而绎如信以为真。或者潘家真是有龙袍，而那丫鬟拿错了物件。

小红从中做手脚调包的可能性是没有的，因为小红是一心想在这里领赏银的，并且她也承认没有给那个丫鬟银两。

可那丫鬟真的是慌乱，而忘记朝小红要那大额的银子了吗？还是压根儿就没想要呢？高尚想不明白。

但不管有没有疑问，事情也只能是到此为止了，难不成还要到衙门去举报潘家？没有真凭实据不说，望风扑影说潘家有龙袍，万一在潘家找不到，这麻烦可就大了。

还是安心下来准备结婚的事，一旦与刘家的姻亲成形，潘家不潘家的也就不用再去劳心费神地与之计较了，不是想不想的问题，而是根本就可以不屑一顾。

高尚想到这些释然了许多，站起身来整理了一下衣角，准备到新房那里再去看看。

刚走到门口，迎面碰上了总督府的一个笔帖式，他满头大汗，见着高尚急三火四地说道："高东家，我们总督大人让你马上过去一趟。"

高尚一惊："大人说是什么事了吗？"因为之前都是他有事没事去找李侍尧，李侍尧还从来没有特意派人找他去的先例。

那个笔帖式摇了摇头，表示不知情，紧接着又催促了高尚一句。

高尚知道，李侍尧如此急急地找他去，不是天大的好事，就是天大的坏事。现在由不得他犹豫，连忙吩咐伙计拿出十两的银子来塞给了那笔帖式，做了茶水钱。

高尚和那笔帖式来到了总督府衙门。

"来了。"李侍尧头都没有抬，不咸不淡地说了一句。

"大人可有什么吩咐？"高尚急于寻找答案。

李侍尧这时抬起头来，看了高尚一眼："找你来，只是想当面告诉你一声，皇上已经给我下旨，即日起，解散'十三行'！"

"大人，您说什么？解散'十三行'？！"

高尚惊呆了！他真的不敢相信自己的耳朵！

李侍尧又将头埋了下去，自顾自地在纸上写着什么，同时低沉着声音说道："你听得没错。找你来就是先和你打声招呼，让你有个心理准备。一会儿回去，派人去各家行商那里通知他们明日早上去'十三行'里议事，我好当面将旨意之要义宣布给众行商听。"

"大人，不是……这……"高尚着急，又自感有些话说不出口，开始在那里支吾了起来。

"不是什么？这是皇上的旨意，你敢抗旨不遵？我也听说了，这里边更多的是户部和珅和大人的主张，你就不要再纠结什么了。"说完，李侍尧停下笔来，摆了摆手，示意让高尚坐下说话。

"大人，那总商和行领……"高尚说话虽然吞吞吐吐，但眼神里还有着一线希望。

李侍尧眼见着高尚此时还牵挂着他头上的那些名号，再见他猴急的猥琐样子，感到可笑："呵呵，你想多了。'十三行'都没了，还要那总商和行领的摆设做什么？我给你交个底，这次解散得很彻底，以后这二十六家行商自行其事，谁有能耐谁使了。"

这次高尚终于听明白也弄清楚了，"十三行"没了，总商和行领的身份也没了，他又被打回了原形，只是一个有资格可以与洋商进行贸易的普通三等商行的东家。之前所有的努力及那些努力带来的好处，都在此时烟消云散了。

这不单是竹篮打水一场空那么简单，而是你高尚在这个过程中，将本属于自己那口表面清澈的井，自己搅臭了，让有些人闻着就恶心。也会让有些人看笑话都能笑掉了大牙，又会有人终于得着机会，拉开架势准备往那井里面扔石头了！

这些损失，看不看得见，都是损失！

这朝廷是在折腾人玩吗？这裁撤公行设立“十三行”，满打满算还不到三个月，这总商的位子还没有坐热，突然间就被人从屁股底下抽走了，并且再想寻都寻不到了！

高尚心里极度不理解，难受，憋屈，可也只有忍着的份儿，在李侍尧面前，他是连个“娘”字都不敢随便说出口的。

看着高尚失了心神的样子，李侍尧只能好言安慰道：“事已至此，就不要想太多了，总归以后将生意经营好也就是了。听说你在冬月大婚，好好准备着，你这边是高总督，那边是刘大学士，这杯喜酒我是一定要喝的。”

高尚心里暗骂：你李侍尧说得真是轻巧，要是哪天皇上将你总督的顶戴花翎没头没脑地摘了，你可能不是哭天抹泪就是尿裤子呢！喝我的喜酒，看的是两头，唯独没看见我中间这个主角。哼，只顾着鼻孔朝天！你李侍尧做到了封疆大吏还不是没少了那趋炎附势的一副德行！

暗骂虽然也解气，可也只能算是自欺欺人！

高尚知道事情已难有改变的可能，只能是顺其自然，也就慢慢地恢复了平常的神智。再说，这三个月的总商也没有白做，至少堂哥用这身份张得了口，将刘统勋的养女给自己娶了过来。

“多谢大人您教诲，我一定谨记在心！做不做总商，与夷商的贸易做好才是本分，也在此乞求大人您日后对我多加提携！大人日理万机、废寝忘食，还牵挂着在下的婚事，真是感恩不尽，就是当日您不到场，我也一定要端着那喜酒给您送过来的。”

高尚心里想的和嘴上说的好像从来都是矛盾的、相反的。也难怪，从两个路径来的，南辕北辙很正常。虚实、真假，也只有他自己分得清楚。

“好了，我知道了，去忙吧。”李侍尧挥了挥手。

高尚退了出来。

失魂落魄地回到了家里面之后，高尚又一头窝在了那床上，抽起了那两个丫头早已经给准备好的烟土。

他回想着刚才李侍尧说的话，也回味着做总商这三个月来的酸甜滋味，百感交集，好似做了一场春秋大梦一般。

这事情一定是和潘启告御状有关，可潘启是没有能量左右皇上的决定的，那么一定是另有其人在皇上那里火上浇油。

李侍尧说是和珅，可高尚想，满春豪也是有可能的。因为他是粤海关的监督，关于解散“十三行”这般大事，朝廷不可能不听取他的意见，可满春豪并没有将这样的消息事先通知给他高尚。或者说和珅和满春豪联手在皇上面前搬弄是非，也是有可能的。

和珅与李侍尧不和，自然会想着法子让李侍尧面上不好看。满春豪见他攀着李侍尧的高枝受了冷落，也会心怀妒忌与怨恨。

高尚听风言风语说，满春豪与和珅是一派的，是和珅派来帮其敛财的篼子。

如果将种种的矛盾串联起来，那么“十三行”就是不解散，他高尚也很危险。

以后何去何从？这是高尚现在需要慎重考虑的一个问题。

自己在“十三行”里没有真正的朋友，包括梁东家、易东家在内，有面上的朋友也都是从利益上来的。如果此时听到他高尚没了总商和行领的身份，马上就和他翻脸、骂娘也是极有可能的。

他又想到了纯如、楚秋、潘启等人，这些人得到消息之后，一定会拍手称快的。特别是潘启，自己曾当众羞辱过他，并且害得他犯病差点儿死掉，这回看到自己失了势，还不知道会高兴到什么份儿上呢！至于绎如，刚刚来找自己联手对付潘家，眼见着他高尚无权无势，怕也会将自己一脚踢开，另寻其他门路了。

人最怕没有朋友，生意最怕没有伙伴。高尚好似想明白了这样一个问题。在这群雄逐鹿的“十三行”，没有真正的朋友和坚固的同盟，到最后，或是被饿死，或是被挤死，或是被打死！当然，还有另外一种可能，那就是为了保命，早一些逃之夭夭！他高尚绝不会逃之夭夭！到什么时候，他也不会将这个选项作为一种选择！

第二百零九章　达地知根

几天来，潘家大院里莺吟燕舞、穆如清风、梧凤之鸣，一派歌舞升平的景象。

那件龙袍失而复得不只是让身为一家之主的潘启为之激动和兴奋，也让大院里的一百多口男女老少长长地松了口气。

潘启真心服了纯如。

那日纯如劝说潘启少安毋躁，潘启也就依了纯如的建议去休息了。

第二天早晨，天刚蒙蒙亮，潘启刚刚醒来，就听见馥宝儿在房门外轻声地唤他。

潘启穿戴整齐后，开了房门，第一眼看见的就是馥宝儿手里捧着个皮箱子。他使劲儿地揉了揉眼睛，没错，就是那个平日里存放龙袍的皮箱子！

潘启一把抢夺过来，再次地仔细端详，发现锁也是好好的，这才将一颗悬着的心放了下来。

“宝儿，你在哪里找到的？”潘启惊喜地问道。

馥宝儿面带倦容，很是憔悴，强打精神说道："老爷，家里边发生这么大个事，我也是睡不着，到了后半夜，躺在床上，忽然想到，我们潘家高宅深院，就是歹人得了手也轻易出不了门，有可能暂时将其放在哪个僻静处，待得着机会再将这个箱子带出去。想到了此处，我也就起了身，打起一个灯笼来，专挑那些易被遮蔽的地方找。或许是灯笼的光亮还是暗了些，找了大半夜也是没有找到。这不，天亮了，我又寻了一遍，终于在西南角的那片杂树丛里找到了。"

说完，馥宝儿已经是有些气喘吁吁了，潘启能看得出，这孩子已经累坏了。想想一个丫鬟在黑夜里提着灯笼四处寻找这皮箱子，并且是足足地寻了大半个晚上，就是有度在家也做不到。馥宝儿为潘家尽了心，更是拼了命了！

"宝儿，你真是给潘家立了大功一件啊！"潘启感慨地说。

馥宝儿平静了下来，款款地说道："老爷，这都是做奴婢的该做的。"

潘启很欣慰地说："只可惜这件事情不能大肆声张，否则的话，一定此时将家里老少都集合起来，当着他们的面对你嘉奖表彰。这样吧，你回房里好好去睡一觉，回头我让郑管家支出一千两银子给你送过去，算是对你赤诚之心的勉励！去吧！"

馥宝儿一手捂着头，嘤嘤细语地说道："老爷，我今天的工好像真是做不了了，现在头有些晕，腿脚也好似不听使唤了。只是那银子，请老爷免了吧，下人们为主子着想做事，都是应该应分的。如果这银子赏了我，恐给日后就立了坏规矩，如果任凭哪个下人做了些事情就来老爷这里邀功请赏，那岂不失了本分，也坏了家风？传出去恐被人耻笑不说，也容易被宵小之人从中利用的。"

"唉，我真是没想到啊，宝儿竟然还有这般见识！识大体，懂大局，好！好！那我就依着你的意思，先暂且不对你奖励什么，等有度回来了，他自然是有份心意给你的。”

潘启从此时起，已经是另眼看待馥宝儿了。他怎么着也没有想到从一个丫鬟嘴里听到这般慷慨之辞来，也没有想到一个每月只有二两银子月钱的大丫鬟，面对一千两银子，这个她半辈子也赚不来攒不下的数目，不动心，不贪心，强塞都不要，这是何等高的气节？

馥宝儿这次听说潘有度要有份心意给她，并没有推托什么，而是给潘启道了个万福，口中说着：“那我先谢谢老爷了。”

说完后，转身袅袅娉娉地离去。

潘启望着馥宝儿的背影，很满意地点了点头，也是自言自语道：“虽说是个丫鬟，可还是小康之家出来的，有见识啊！”

潘启见周冰羽和纯如也起床了，连忙把这个好消息告诉了他们。

纯如倒很是淡然，对潘启说了些恭喜的话。

周冰羽却淡定不下来了，他激动地向潘启询问了来龙去脉，而后在潘启面前禁不住夸起自己的夫人来，说纯如真是有先见之明，未卜先知，料事如神。潘启当然也心悦诚服地在旁边附和着。

纯如被周冰羽赞得红了脸，哪有老公在旁人面前这般吹捧自己老婆的，让人听了多肉麻！连忙扯拽了几下周冰羽的衣角，然后和潘启告辞。

潘启见久留二人不得，一番感谢之后，让纯如和周冰羽回去了。

出了门外，周冰羽喋喋不休地问纯如，她的判断依据是从何而来。纯如执拗不过周冰羽，但也只是用了“瞎猜的”三字作答，这更是让周冰羽云里雾里摸不清头脑。

纯如回到家里面之后，立即派人将绎如找了过来，她怕绎如推托不来，特意叮嘱派去的伙计一定要和绎如说有要事相商。

绎如这次是风尘仆仆地来了。

纯如看着妹妹很心疼，绎如此时穿着打扮已没有了往日的尊荣体面不说，面容也很憔悴，脸上、脖子上晒得黑黢黢的。纯如料想绎如应该是连日来往那建商铺的工地去，才至于如此模样的。

见绎如落了座，纯如给妹妹倒上茶来。

“你找我来有什么急事？”绎如开口问道。

纯如答道：“昨日，我听巡抚钟大人说，朝廷要将‘十三行’解散，各行商自行其事，我担心你那商铺建成之后不好出手，所以就急着将你找来和你言语一声。”

绎如听了很惊讶：“那说来高尚的总商也做不成了？”

“按照这个字面理解，应该是的。钟大人也是说几日之内圣旨就会下到总督衙门，到时候里面的具体章程应该会说得很清楚。”

“这该如何是好？”绎如好似自言自语地说道。

纯如说道：“是啊。如果行商自行其事，那么行商自主裁量的权力就有了，到时候你的商铺怕是粤海关衙门也是强迫不得行商们去认购，只能是凭借自愿……”

绎如面露愁苦神色，急恼地打断了纯如的话，说道：“可我已经是开了地基，木料石方已经订了，工匠的工钱也是预支了大半，总不能半途而废吧？工程烂尾只能是引来众人对我的嘲笑。再说，银子扔出去了，连个声响都听不到，沉淀到那里回不来本钱，时间一长，连累着这生丝和丝绸的生意也没法做了。”

“前些日子，我提醒过你的，可是你……唉，不提那些了，我想这个商铺也不是不能建，可是你必须要有个前提条件。”纯如犹豫着说。

绎如急急地问：“什么条件？”

“你那商铺建好了，楚秋和我都不会看笑话的，都能买来一栋做行号用。可是只是我们两家起不到那个示范作用。想要吸引更多人的关注，必须是‘同文行’搬去才行。其他行商见潘家都看中了这个地方，也自然就不会观望，甚至争相抢购的火爆局面也是有可能出现的。再有，这段时间里你和已有良好关系的商家不要闹生分，保持住情面，和那些平时里没什么来往的或是曾有嫌隙的商家，你也要去主动示好，或是修复。这样下来，有个好人缘，至少谁家也不会故意和你过不去，而故意拆你的台面了。”

纯如这番话可谓是对妹妹的肺腑之言，她真的怕绛如这里出现什么闪失，因为绛如建的这商铺出的是巨资，万一建了却是无人问津门可罗雀的场景，那可真是要绛如伤筋动骨了。

没想到，绛如反唇相讥道：“呵呵，莫不是你还在拐弯抹角做着潘家的说客？你死了这条心吧，我这辈子与潘家老死不相往来，也势不两立，恨不得他家早衰早败呢！就真有商铺卖不出去的那一天，我也求不到潘家门下。反过来说，到时候他潘家想买，我卖不卖他还得看我的心情呢！”

“你和潘家这么大火气，是因为潘有度做了对不起你的事情？”纯如的态度也变得冷淡了下来。

绛如愣了一下，然后倔强地说道：“没有！”

纯如继续问道：“那可是潘启伤了你？”

绛如没有作声。

“潘启伤你，是不是因为你和有度走得过近？”

绛如还是没有作声。

她知道，就姐姐的聪明，这是在明知故问。

“潘启出口伤人，确实是不对，但他爱子心切，也算是情有可原。感情这事，父母之命、媒妁之言，得不到对方父母的同意和祝福……”

绎如再次打断了纯如的话，抢白道：“你说的这些我听不懂！什么叫感情之事？我和谁有感情了？你说潘有度？他潘家瞧得上我，我还看不上他呢！以后你少拿这个与我说事！”

说完，绎如站起身来要走。

纯如火了，她一把拉住绎如，将其按在了椅子上，大声说道：“话既然已经说到这个份儿上，那我也就不掖着藏着了。我问你，你既然和潘家无冤无仇无感情纠葛，何故要与他家作对？你前些日子还和潘有度卿卿我我，现在又为何视他为路人？好，这些是你的私事，我可以不过问，我也尽可以装聋作哑，任你自己消化，可是，你勾连他人打潘家那件龙袍的主意又是为什么？”

“什么龙袍？我不知道！”绎如显得一愣，虽说嘴上强硬，但态度已经软了下来。

“龙袍乃潘家珍贵之物，确实知之者甚少，即使潘家人也无几人知晓内情，也正因为如此，我才怀疑到你的头上来，因为潘有度会将此事说给你听。虽然这些都是我的推测，但我想没有冤枉你，也没有想着诈你，你也就不要再与我强辩什么了！我们是亲姐妹，我不想看着你因为有度而失去理智，也不想你与潘启彼此的仇恨步步加深而不得解脱。我不需要你理解我的良苦用心，但你着实要为你自己的前程打算。我的话说完了，你想走就走吧。”

纯如说完，自顾自地扭过头去，不再看绎如。

绎如这时候很是尴尬狼狈，无论如何，她也没有想到纯如能将发生在自己身上的这些事情看得这般清楚明白，仿佛就是自己的影子、肚里的蛔虫一般，行踪难逃，达地知根。

此时，绎如也在扪心自问，如果不是她的事，纯如何苦这般牵肠挂肚、思深忧远？何苦一番良苦用心要被她反复蹂躏伤害？看笑话好不好？哪里凉快上哪里待一会儿，不和自己在这里惹气怄火好不好？

“姐姐，你真生我气了啊？”绎如走到纯如身边，轻轻地推了推她的肩膀。

第二百一十章　可揉可戳

两广总督李侍尧当着众行商的面宣布解散“十三行”。

其中大致内容为：维持行商现有数量，不再增加；行商自行与各国洋商进行贸易，受粤海关的监督；按时按规缴纳税赋；严厉打击走私、贩私行为。有违禁者，视情节轻重而定，处以拘役、坐牢、流放、罚没家产等。这其中重点指出了行商若有私贩烟土行为，一定是严惩不贷，绝不姑息养奸。

刚刚得知消息的行商都是错愕不已，有人失魂落魄，有人拍手称快，几家欢喜几家愁。

高尚虽然事先知道了消息，但听到李侍尧正式宣布完，心里面还是感觉空落落的，仿佛失去了一切，又感觉一切都在。恍惚之间，高尚心里明白，从此刻起他头上那“总商”和“行领”两块金字招牌，没了！

而纯如、绎如、楚秋、潘启等人因为早有了心理准备，也没有表现出过多的情绪来。

众人从议事厅里面出来，潘启叫住纯如，让她晚上和周冰羽再到潘家，有事要商量，纯如点头答应。

绎如全程故意躲着潘启，见着潘启和纯如说话，她先行走开了。

待纯如与潘启说完话，发现没了绎如的踪影，纯如知道绎如这是刻意回避着潘启，也就没再计较什么。她和楚秋一同回到了“清威行”。

楚秋十分兴奋，“十三行”被解散，高尚的台子倒了，纯如与各国洋商的交情他是知道的。行商可以自行其事，那么纯如以后的生意一定会形势大好，纯如有好生意可做，那就代表他楚秋有银子可赚，因为他们是捆绑在一起的合作关系！

“纯如，这回真的到了你大显身手的时候了！你与各国洋商的交情都不错，想来以后这生意自然是推不开的，你有忙不开的地方，尽可以让我去办，总不能眼瞅着让你一个人忙碌。”楚秋说。

周冰羽坐在一旁，斜视了楚秋一眼，之后又看向了窗外，慢悠悠地说道：“我看还是各忙各的吧。当初‘清威行’与‘飞鸿行’联合在一起，那实属迫不得已而为之，现在‘十三行’解散了，一片乌云也散了，再捆绑在一起，就显得有些多此一举了，彼此都会感觉不舒服。你说是不是？”

“冰羽，你什么意思？”楚秋用手一指周冰羽问道。

楚秋怎么也没想到周冰羽会这么快就与他翻脸，这刚刚解散了“十三行”，就将要与他拆伙的架势拉了出来！

纯如连忙说道：“冰羽……”

周冰羽转过头来，对楚秋冷冷地说道：“呵呵，我没什么意思，天下之事，没有哪一件是永久不变的，分久必合、合久必分都是正常，何况生意！现在是海阔凭鱼跃，天高任鸟飞，谁有能耐谁使的时候，捆绑在一起，好似狗皮膏药贴在一起，谁都会感觉碍手碍脚，你‘飞鸿行’不缺胳膊不缺腿，难道离了我们‘清威行’就活不下去了？”

楚秋被周冰羽这番连讽带嘲的话彻底激怒了：“我‘飞鸿行’是和‘清威行’在一起合作，和你周家的‘广客隆’没有半点儿关系。再说，之前的合作是纯如主动找的我，这是我们之间的事，你在这里指手画脚，和我说得着吗？”

周冰羽也忽地站了起来，指着楚秋的鼻子说道：“我怎么说不着？就因为纯如是我周家的少奶奶，是我周冰羽的老婆，我就说得着，不单说得着，我还能做得了她这个主儿！”

纯如眼见着两人就要凑在一起打了起来，连忙站起身来拦在了两人的中间，分别安抚两人坐下说话。

“纯如，你给我说句痛快话，你到底是怎么想的？”楚秋对着纯如嚷道。

“我……”

面对楚秋这质问，真让纯如难以回答。

那边是自己的哥哥，虽说合作之初是冲着抱团取暖之意来的，但即使到了现在的境界，双方合作也是互利双赢的好事，利润共享，风险共担，有什么不好？再说出尔反尔的事，别说和自己的哥哥，就是和旁人，她纯如也是做不出的。可以说在这件事情上，楚秋并没有错。

可这边是自己的老公，当着楚秋的面，不向着周冰羽这个自家人说话，怎么也说不过去，弄不好又会让周冰羽无端生出误会来。纯如明白周冰羽的想法，他就是看着眼前已经再没有和楚秋合作的必要了，铁了心想将楚秋一脚踢开，由着自己单枪匹马去做。

看到纯如犹豫，楚秋好似明白了什么：“好，拆伙就拆伙，你们走你们的阳关道，我走我的独木桥，我楚秋不与你们争一时长短，日后自然就见分晓。”

说完，楚秋猛地一转身，气哼哼地走出了“清威行”。

“冰羽，你这见识也太短了吧？‘十三行’刚刚被解散还没有一个时辰的光景，你就急着和秋哥闹生分？拆伙有什么好处？有了自己做不来的贸易，你再去临时找合作的？冷手抓热馒头，怎么能来得及？”纯如对周冰羽一肚子火气，刚才只是碍于楚秋在这里无法发泄，现在她也就没什么可顾忌的了，严厉地质问周冰羽。

周冰羽见楚秋走了，立马换了一副好态度出来，他弓下背来，两只胳膊肘子压在了两个大腿上面，手心朝上摊开，一字一板地说道：“纯如，关起门来我们是一家人，我和你说实话，现在‘十三行’解散了，再没有那些令人烦恼的边边框框约束你，正是我们要有一番大作为的好时机。你说我们要银子，银子不缺，要货源，货源都被咱家里掌控着，我们何苦要和他楚秋一锅搅马勺？虽说你们是兄妹相称，可是楚秋那人你不是不了解，他和咱爹已经是没有什么关系了，就是你帮了他，他也不会嚼出什么甜味道来。”

“就你能嚼出什么甜味来？”纯如看着眼前周冰羽这般滑稽模样，气得差一点儿笑出来。

她接着说道：“不管怎么说，秋哥不是外人，你这急慌慌地一脚将人家踢出去，任谁都不能接受。你以为我们与洋商们先前有一些交情，那生意就会如何如何好啊？我告诉你，那只能是一厢情愿！未来的生意只能是越来越艰难，为什么？原有的秩序被打乱了，那么此时的竞争就没有了规矩和法则，可想而知，竞争自然会变得异常惨烈。在你争我夺的过程中，谁胜谁负，鹿死谁手，都是尚未可知的事情。但我想，单打独斗，一旦自己处于险地，必然会孤立无援，到那时呼天唤地不应不灵，即使你嚼出苦涩滋味来，也只能是强咽到肚子里去。”

“哈哈，你以为我没想到这一个层面啊？纯如你也真是小看了我！你想想楚秋的‘飞鸿行’与潘家的‘同文行’谁体量更为雄厚？不用我说你也知道，根本就不在一个层次上，没法比！我们与楚秋合作只能算是平平淡淡，而我们与潘家联合那就变成了强强联手，要你选，你选哪一个？再有，你认为楚秋是家里人，那么潘有度就是外人了？他是我的拜把子兄弟，又是儿子的干爹，要说比楚秋还要亲近几分。这里里外外分析下来，我总觉得是没错的。”

纯如听周冰羽这一番高谈阔论，仔细咂摸一下，别说，还真是有些道理在里边。但无论如何，纯如还是感觉很愧对楚秋，毕竟楚秋不是心甘情愿拆伙的，怎么着过几天也要找个机会，好好找楚秋再解释一番。

纯如怕周冰羽对潘家的期望过高，她必须要给他泼泼冷水：“潘家自然是谁也不能与之相提并论的，但要谈到合作的事情，人家也并非就会如你所愿，上次，我找有度合作，不也被拒绝了吗？还不是关键时刻，楚秋和我们抱成了一团！所以说选择与谁合作，只论彼此合不合适，而无强弱之分。你不想带着楚秋玩，那潘家就想带着你去耍？”

“好，好，我说不过你。但你与谁合作都行，就是不能和楚秋搅在一起，这人我看着就不顺眼。”周冰羽有些不耐烦，态度也很明确和坚决。

纯如不想再与周冰羽争辩什么，也就岔开话题，告诉周冰羽潘启晚上要请他们过去，周冰羽也就顺势应承了下来。

“十三行”被解散，对于每一个行商来讲都是一件天大的事情，需要他们必须在短时间内做出改变，或随机应变趁风转篷，或当机立断大刀阔斧，否则在风云开阖、宫移羽换之时，却还是墨守成规，再继续按照原有的思维行事，那只能注定是死路一条。

绎如从议事厅出来之后，并没有回“荣盛行”，而是径直来到了粤海关监督满春豪这里。

满春豪当然是心如明镜般地知道绎如来他这里的目的，未等绎如开口，他先开口问绎如：“听说你已将那地皮动了？”

绎如点了点头：“是的，大人，我约莫着有半年左右的光景就能建立起来。”

满春豪继续问：“我听说潘启不同意潘有度与你共建商铺，现在就是你一人独立操持，可做好了应对风险的准备？”

“大人，我正是为此而来。现在‘十三行’已被解散，我想问大人，您之前与我言说的计划可还算数？”绎如反问道。

满春豪面露为难尴尬之色：“咳，咳，这话你问到点子上了。计划没有变化快，怎么着也没有想到朝廷会将‘十三行’解散，事前我也没有接到和大人的知会。朝廷允许行商自行其事，这不是什么好兆头，正好在这个节骨眼上，就是你那商铺建好了，我粤海关这里也不好强推着他们购买的。”

绎如料到满春豪会有这番说辞，所以听了也没有过分紧张，而是冷静地说道：“大人，您之前也向户部提了要将行商迁到一处的主张，可是有了回复？”

满春豪长叹一声：“提倒是提了，可户部一直没有明确的回复，眼见着‘十三行’都没了，我想户部也不会再将那事当回事去办，只能算是不了了之了。”

“‘十三行’虽说是不复存在，可朝廷里的章程说得明白，各行商还是要受粤海关的监督，这‘监督’二字说来，可大可小，可深可浅，可宽可窄，可松可紧，可揉可戳，总归不用我说什么，大人您是最明白那其中奥妙的。只要您这里用得恰到好处，行商们主动购买，还用得着户部同不同意吗？满大人，我现在不建那商铺也没什么，最多先放在那里搁置几年再说，可是之前答应您那以地契入股的承诺可就变现不了了，只能算是废纸一张。这件事我也没和三夫人去说，如果她知道了，一定会与和大人吹枕边风，催促大人您照做的，到那时，您就被动了！”

第二百一十一章　鹣动鸾飞

纯如和周冰羽如约来到了潘家，潘启带着他们两个来到了后花园，边走边聊。

暗香疏影。

可以看得出今天的潘启兴致很高，背着双手，慢慢地沿着甬路踱着步子，时不时四顾看一下身边的花花草草，显得很是惬意自在。这也是自“十三行”成立以来，纯如和周冰羽难得在潘启脸上见到的模样，他们俩的心情也随之轻松了许多。

“今天又将你们请来，是想和你们商量一件事情，想听听你们的意见，我约莫着有度这几日也就应该回来了，我想趁着他回来之前拟出一个章程出来。”

“叔，是生意上的事吗？”周冰羽带着些许激动的心情问。

潘启摇了摇头：“生意上的事不急，现在‘十三行’解散了，应该仔细筹划一番，看看洋商的风向再行事也不迟。”

纯如问：“是不是潘叔要给有度订婚事？”

潘启没有表态，而是反问道：“纯如，你感觉我们家的那个丫鬟宝儿人怎么样？”

“人长得很俊俏，也很机灵麻利，听说也是出身商人之家，家道中落才来到府上的。但接触不多，这也只能算是个大概的印象。”纯如坦诚地说出了自己的想法。

“嗯，平时我也没怎么注意到她，也就是那次她将丢失的龙袍寻了回来，我才对她留心起来，人很聪敏，办事也很周全。最主要对潘家有情有义，让我很是感动。”潘启虽说语气平淡，但话语间不自觉地夸奖起馥宝儿来。

周冰羽从中听出了弦外之音，惊讶地问道：“叔，难不成你是要让有度娶了那个丫鬟？”

潘启“呵呵”一笑，对周冰羽说道：“你和有度是兄弟，你了解他的心思，你认为他会是怎样的想法？”

周冰羽很为难地答道：“这个，这个，我还真不好说。有度满腹经纶，一表人才，品貌俱佳，何况又是鼎鼎大名的潘家四公子、‘同文行’的东家，潘叔为何要将一个丫鬟许配给有度呢？这尊卑有别、门第有序，潘叔，您是个怎样的想法呢？”

纯如听周冰羽这问题是问到了点子上，也停下脚步来，倾听潘启会如何回答。

潘启压低了些声音说：“这里没有外人，我说说我的心里话。这宝儿从小伴着有度长大，虽说是主仆身份，但也算是青梅竹马、知根知底。现在潘家比上不足比下有余，没有必要非娶大富之家的小姐不可，官宦之家的女儿多是娇宠蛮横惯了，我怕有度拿捏不得。”

停顿了一下，潘启胸有成竹，继续说道：“宝儿虽是被亲生父母卖到我潘家，但根子还算是好，有些教养，知礼知节。如果真是让有度娶了，稍加调教，有个一年半载的，脱胎换骨般地出落个少奶奶的模样，我想也是有可能的。除了这些，我还看重她一点，出身虽说是卑微了些，但打小就吃过辛苦，挨过劳累，当了少奶奶，不用旁人教，自然就会知道勤俭持家，潘家里面需要这样一个人来打理操持。”

纯如听明白了，潘启能有如此长篇大论，一定是在心里早已将这件事想得非常周全了，是下定决心让有度娶了馥宝儿。可为什么又要找他们夫妻二人来商量呢？难道仅仅是想说给他们听听而已？

周冰羽听了，感觉很有道理，但他对馥宝儿是个丫鬟的出身还是不认可：“叔，您说的这些都是没错，可门不当、户不对，就是日后做了少奶奶也少了些威望，即使操持内务也会感觉吃力。再有，依我当兄长的看来，有度也属于心高气傲之人，怕是他不会认可这门婚事，您也知道，他可是曾对我那小姨子绎如……”

“咳、咳。”纯如故意弄出了些动静。

周冰羽确实是在潘启面前没有把自己当外人，口中没了遮拦。急着替潘启谋划，以免让潘启瞧不起自己。他看了纯如的脸色，知道是自己说多了，也就此打住将后面要说的话咽了下去。

潘启装作什么也没有看见，接着周冰羽的话头说道：“冰羽说得没错，有度是我的儿子，我是了解的。就怕宝儿的出身问题过不了他那个关口，他也会担心外人说出什么不好听的闲话来，就是他有意娶宝儿，心上怕也迈不过去那道坎儿，这就是我请你们来的原因，让你们帮我参谋一下。”

“叔，这世上的事情什么都好办，只是这出身不好解决吧？任凭哪个口舌爱生是非之人都是瞒不过的。”周冰羽又忍不住说道。

“纯如，你怎么看？”潘启问。

纯如淡淡地答道：“这个问题说来很好解决。”

“啊？好解决？你怎么解决？”周冰羽愕然地问道。

“潘叔尽可以找一权贵，例如总督李大人、巡抚钟大人、粤海关监督满大人，他们的年龄都合适……”

周冰羽打断了纯如的话语，急急地问道：“找他们做什么？”

“找他们其中的一个，让馥宝儿认其为干爹！”

“太好了，妙，甚妙，真是妙哉！”潘启兴奋地说道。

潘启实在是太佩服纯如了，他这几日一直苦心琢磨这个棘手的问题，却始终没有寻到解决问题的良策，而此时却被纯如一语道破。纯如给出的方法看似简单，但绝不是单凭哪个聪明人就能想到这个层次的，不参透人情世故，不经风雨历练，怎能想到如此两全其美的捷径？

这不单解决了馥宝儿出身的问题，而无形之中又拉拢了一门好亲事。想想，自己的儿媳妇是某一个大人的干闺女，这无形中就多了一层亲家关系。

纯如接着又说道：“要是潘叔不嫌弃我，我也可以认宝儿为妹妹的，以后我们姐妹相称。”

潘启冷不丁又听纯如说出了这么一句知心的话来，更是十分激动，口中连说：“宝儿认你做姐姐，那是她的福分，求之不得啊，一会儿我就将她叫来，让她当面给你行礼改口！”

周冰羽已经呆了。

潘启又征询纯如的意见：“要说我和这几个大人都是有些私交的，你认为让宝儿认哪一个更为妥帖？”

纯如好似一边思索，一边慢慢抽丝剥茧般地说着：“怎么想着，都是总督李大人合适，只是有您那一道折子解散了‘十三行’，我怕李大人会对您有想法，能不能认下来，我不敢确定。再有，如若认了李大人，满大人知道了，又会不舒服，这也要有个心理准备。至于钟大人那里就算了，他的品性差了些。”

“好，我这心里有谱了，纯如看事情看得如此通透，我是自愧不如啊！”潘启对着周冰羽说。

“潘叔，过奖了，我也是当着家里事才说，多说了些，主意最终还得是您来拿。”纯如有些不好意思地答道。

“对，对，纯如也只能是跟着合计一下，千万不要因为她弄错了方向，让叔也跟着走偏了道路。”周冰羽讪讪地说。

将一件心患事解决，潘启乐不可支。他走在前面，将纯如和周冰羽领出了后花园，来到前面的客厅里坐下。

潘启派人将馥宝儿叫了过来。

“宝儿，坐。”潘启说道。

馥宝儿一愣，随后有些手足无措地说道：“老爷，我还是站着，习惯了……”

纯如见馥宝儿窘迫，连忙安慰道：“既然老爷已经吩咐了，你还是坐下吧。”

馥宝儿勉强拣了个椅子的边沿儿坐下了，但仍然有些慌乱地看着潘启，等待着吩咐。

“宝儿，纯如少奶奶想认你做妹妹，你可愿意？”潘启问。

馥宝儿急忙起身，深施一礼，口中诚惶诚恐地说道：“老爷，宝儿求之不得！只是我、我这般贱命轻薄，哪里能配得上鹓动鸾飞、贤身贵体的少奶奶……”

“虽说得自轻自贱，但难得你能有这般明了的见地。纯如少奶奶乃是名震江浙丝业‘广客隆’的东家、江浙丝绸商会的会长、‘清威行’的东家，有着七品诰命夫人的敕封的尊贵身份，她能认你做妹妹，是你的福分，也是潘家的荣耀。有此等好事在你面前，还不赶快应承下来！”

潘启这番话看似说给馥宝儿听的，实际上也是当面在吹捧纯如，谁听了这些冠冕堂皇的慷慨之词心里不舒服呢？

馥宝儿是机灵人，该说的也说了，该拉的架势也拉了，只等着潘启这句再推她一把的话呢。当下，走到纯如面前，跪下来，柔声婉转地说道：“姐姐在上，受宝儿一拜。”

纯如连忙站起身来，将馥宝儿扶了起来：“宝儿，多礼了，以后我们就是姐妹了，再不可这般礼节客套。”

说完，纯如从自己的腕子上摘下一玉镯来，戴在馥宝儿的手上，口中说道：“这个就权当我送给妹妹的见面礼吧。”

“少奶奶，不，姐姐使不得。”馥宝儿一边说着，一边摘下镯子去还给纯如。

潘启吩咐道：“宝儿，就收下吧，难得少奶奶对你的一片心思。至于回礼，你暂且这般境地，想必少奶奶是不会怪你的，可你要记住了，但凡日后有了富贵，定要重礼回馈。”

“是，老爷，我记住了。”馥宝儿见潘启给她打了圆场，也就不再辞让，将那镯子重新戴在了自己的手上。

“因为你现在有着纯如少奶奶妹妹的身份，从此刻起，你也就不是丫鬟身份了，明日你先将郑管家的那摊子活计承接下来吧。”

馥宝儿没想到，这好事是一件接着一件地来，连忙对潘启说：“宝儿感谢老爷，我一定尽心尽力将分内的事情做好。”

周冰羽眼见着这一出出发生在馥宝儿身上的好戏上演，不得不暗自在心里慨叹，纯如啊，纯如，你真是生错了身子，如果你是个男儿身，不拜相封侯真屈你的才了。

潘启站起身来，对馥宝儿吩咐道："去叫灶上烧几个可口的菜，再拿出那陈年的好酒摆上来，我们要庆祝一番才对。"

"潘叔，天色有些晚了，就不在这里叨扰了。"纯如推辞说。

"客气什么，那日钟大人在这里，你和冰羽都拘束，今天没有外人，我们来个尽兴。"

潘启不忘又对馥宝儿强调说了一句："纯如少奶奶已经认下了你做妹妹，一会儿安排完，你也要上桌，陪少奶奶喝两盅。"

第二百一十二章　独树一帜

“十三行”被解散，贸易终于可以在买卖双方之间自由地进行了，就如同打开了横在行商与洋商之间的一道闸门，洪水猛兽瞬间被释放了出来。

在之前的公行或“十三行”里，哪一个环节都是有行规约束的。有了生意，得是大家一起做，不管你愿意不愿意、心不心疼，怎么着都要拿出一半来分给其他行商。无论进价与卖价、生意是否承接、具体如何执行，行商自己都没有自主权，都要拿到行里去讨论通过才行，以致很大一部分精力都用在了喋喋不休的争论之中。这也养成了一部分行商的懒惰心理，自己不需要努力，只要凭着行商的身份，就可以悠闲地坐在那里等生意来，这是何等的美事？！

“大锅饭”有的吃，何必要自寻柴米？而此时情景就完全不同了，再想着那饭来张口、衣来伸手的日子，已经没有了！没生意，只能是坐吃等死！滥竽充数、浑水摸鱼的想法都只能是自欺欺人的把戏了！别人家生意再好，赚的银子堆成山也和你一文钱的关系都没有！羡慕、嫉妒、恨，眼红、流口水、骂娘，有什么用？！

现在是谁有能耐，谁使！

即使大家做的是同样的生意，也会有这样的场景出现，红火的人家车水马龙，忙得不可开交；清淡的人家门可罗雀，喊破嗓子都没有人进来光顾。

这几天里，“清威行”人满为患，各国的洋商来往川流不息，有的是急于来洽谈生意的，有的是感觉和纯如的关系不错，无事闲来坐坐，讨杯茶喝的。甚至还有几个新来的洋商代表，听说“清威行”的女东家不单是年轻漂亮、精明干练，而且还是大清国里的“诰命夫人”，也想来一睹真容，看个稀奇。

还有做各式生意的一些散商，虽然他们现在还没有权力去与洋商做贸易，但他们在解散“十三行”中看到了商机。曾经像“清威行”“飞鸿行”这样后入公行里的商行，只能是做自己独门的生丝与丝绸生意，而现在没了这样的限制，这些散商尽可以找到“清威行”作为他们的代理商，向洋商推销自己的货物。

与其说这些散商是找“清威行”做生意，莫不如说他们是看中了纯如与各国洋商的交情，因为那次在“清威行”与“飞鸿行”庆祝合作的酒宴上，他们看得十分真切，当时有将近四十个洋商给纯如捧过场的。

纯如虽说对进入“清威行”的每一个客人都是以礼相待，但她并没有陶醉在眼前的热闹场景之中。

她非常冷静地知道洋商频繁往来并不代表什么，他们是在行商之间做比较和选择，能否达成长期合作还要看彼此做事的诚信和各方面能否达成一个平衡点，光有些交情是不够的，交情是交情，生意归生意，洋商个个都是翻脸不认人的主儿。还有，洋商也在通过这种表面手段，造成行商与行商之间的恶意和矛盾，以便他们日后在贸易谈判中拥有更多的主动权。

至于散商这里，纯如认为目前不适合做任何货物的代理商，一门心思将生丝和丝绸的生意做好才是第一要务。如果在经营上加项，也只是加上自家的刺绣好了。纯如这般决定有两方面的原因：

其一，对于茶叶、瓷器等传统热门对外贸易行业，“清威行”不具有任何优势，她也没有这方面的贸易经验。现在行商里面有四五家都是在这些行业里摸爬滚打超过了两代人的背景，这其中尤属“同文行”做得扎实。如果她此时贸然进入，必然会形成与潘家竞争的关系，纯如知道，与“同文行”争生疏之利，“清威行”是一点儿便宜也占不到的。

其二，“清威行”是江浙丝绸商会众位会员的，担当着几百位家乡父老生丝与丝绸商人的期望。如果经营项目过于庞杂，虽说短期内可得一些额外的利益，但时间长了，会将定位模糊，被旁人特别是被洋商误认为“清威行”是个杂货铺，那样就失了根本，属于舍本求末。纯如就是要集中自己所有的优势资源，独树一帜，在生丝与丝绸的贸易上求精求诚，进而做大做强。

对于自家的“广客隆”分号，实际上与这些散商面临的机遇是一样的，大可以去与各家行商联络生意。但纯如知道，周冰羽是低不下他那个爱面子的头四下求生意做的，半年来分号生意冷清，可以说和周冰羽这种性格有着很大的关系。再有，各家行商因为有“清威行”在这里摆着，也会心生顾忌，没有一个八面玲珑之人，很难将这种尴尬关系协调明白。

纯如再一次想到了钱春娇。

可钱春娇因为与自己生了嫌隙，到现在连个解释的机会都没有，又怎能将她再次请得来呢？

自己这里分不开身，不能亲自前往与钱春娇说个明白，寄去普普通通的一封书信，就纯如对钱春娇的了解，也断然是没有什么希望。但纯如深信一点，钱春娇对她是有姐妹之情的，只是因为萧武因绎如被绑架之事而断臂，从而让钱春娇对自己生出了怨气。

纯如从内心里想念钱春娇，每每回忆起与钱春娇在一起的那段美好日子，就忍不住掉下眼泪来。她与钱春娇是结拜姐妹，有着与他人不同的情与义，钱春娇在她的眼里，也几乎是完美的，慧心玲珑、仗义练达，钱春娇的位置在她心里无人能够替代，当然也包括那个她刚认下的妹妹馥宝儿在内。

纯如思量再三之后，决定写信将钱春娇骗来，只是不知道钱春娇来了之后，会不会对她更加生气。但除此下策，也没有别的办法了，纯如这样安慰着自己。如果钱春娇见信还没有来，那么她们之间的缘分也就真的是尽了。

纯如特意派了一个自家的机灵伙计去杭州送信，并一再叮嘱要亲手交到钱春娇的手里，如果钱春娇问起她的情况，一问三不知也就可以了。那个伙计点头，领命而去。

周冰羽这几天忙着替纯如接待一波又一波的客人，很是兴奋。到了晚上，客人都散去了，周冰羽哼着小曲回到了卧房。

纯如刚刚沐浴过，手拿一卷洋文书正在看着，见周冰羽进了来，说道："我和你商量件事儿。"

"娘子请吩咐。"周冰羽调侃着说。

纯如将书放下，揉了揉眼睛，说道："过些时日，春娇有可能来，我想还是将咱家那分号让她去经营。"

"我这经营得好好的，你打我的主意干什么？"周冰羽不服气地说。

“你经营得确实不错，但是火候上还差了点儿，春娇会经营得更好。”

“那我做什么？难道你让我给她打下手？”

纯如答道：“你来和我共同经营‘清威行’。”

周冰羽转愠为喜，但故意装作深沉地答道：“好吧。”

他忽然间又像想起来什么似的，对纯如说道：“这几日忙，我没来得及问你，你那日百般帮馥宝儿，可有什么出处？难不成是听了潘叔有让有度将她娶进门的意思，而去讨好巴结她？”

纯如答道：“有潘叔的主张在里面，宝儿做潘家的少奶奶是十有八九的事了。虽说谁做了潘家的少奶奶，都是一步登天，从此有享不尽的荣华富贵，但我还不至于去故意苟合取容、曲意逢迎她，我是真心想帮这个忙，因为我答应过她。”

“你何时答应她的？为什么要答应她？”周冰羽不解地追问道。

“潘家那日丢失龙袍的晚上，我答应她的。至于为什么我要答应她嘛……呵呵，我知、她知也就行了，你还是不知为好。”

纯如的样子很是神秘，在纱灯的灯光里，更平添了几分妩媚之色。

“咦，你和我打起马虎眼来了啊！好，不说就不说，我也懒得管你们女人间的事儿，可你总得说说，你帮她也就算了，为什么还要认下她做妹妹呢？我总想着这里面，你有讨人情的嫌疑！”

“不是讨人情，是送人情！我看宝儿的样子，不是凡人，她一旦做了潘家的少奶奶，可不会如潘叔所说管管内务那般简单，这是一个日后可以在有度背后，给潘家做主的主儿。我想，送上些人情总归是好的，以后来往自然多了几分亲近。”

纯如站起身来，随手拿起梳妆台上装有螺子黛[1]的盒子，轻轻打开，用手指蘸了一点，然后涂抹在眉毛上，慢悠悠地接着说道："但是，刚才我说的那些都不是主要原因，我认宝儿做妹妹，为的是让她安心、放心。就如这螺子黛，只要涂抹上，就感觉自己是个螓首蛾眉的美人了，无论在家里，还是出去示人，心下自然就是少了怯，多了几分自信。"

周冰羽听了纯如这些遮遮掩掩的话，感觉愈加糊涂，但他知道，纯如不想直说的话，任凭自己怎么问，也是问不出来的，索性也就不再问了。总之，他知道一条，纯如认下那馥宝儿做妹妹，只有好处没有坏处也就行了。

见周冰羽没了声响，纯如自言自语地说道："这几天我总是想着，家里那边，不知道爹一个人能否支撑得过来。眼瞅着再有几个月就到年底了，还不知道其他几个分号的收成如何。"

"父亲也给我们二人下过通牒，到年底看收成，收成不好就让我们打铺盖卷回家的。"周冰羽听了纯如的话，也不禁多了一些沉重。

纯如感觉有些累了，口中喃喃地说道："可怜天下父母心，他有多少恼火，总归都是为了这个家着想，为了我们好。我们来到这里尺功未建，把他老人家扔在那里独自支撑家业，想来都惭愧。这回也是老天给了我们机会，真应该沉下心来将本分的事情做好了。"

周冰羽听了，很感动："你的所作所为，我都已看在眼里佩服在心上，我们周家能娶了你做少奶奶，是祖上积了德的。纯如，你为别人担待得太多了，有些事情做的，想着就让人心疼。"

1　螺子黛，一种出自波斯国的昂贵青黑色矿物颜料，女人用来画眉。

纯如很少从周冰羽口中听到这些知冷知热的话，再仔细看他那深沉的样子，既感觉成熟了许多，又感觉有几分可笑，她“扑哧”一笑：“周大少爷，怎么学我开始婆婆妈妈了，来，睡觉吧。”

第二百一十三章　风流旖旎

“你这是……”

潘有度刚一踏入家的大门，就被闻讯赶来迎接他的馥宝儿惊诧得一脸茫然之色，他用手指着馥宝儿，愣在了那里。

“我怎么啦？怎么少爷离家了些时日，回来就不认识我了？”

馥宝儿娇嗔满面，却不改她与有度往日的亲密态度，一边说着，一边连忙走上前去从潘有度手里接过来包裹，并递上一条毛巾来给潘有度擦汗。

此时的馥宝儿上身着一件上等绸缎质地饰有云头的氅衣，纹样华丽，镶滚讲究，左右开叉至腋下，下身着一袭广纱做的长裙，头上也是插着一副金制的步摇，下面坠着流苏。再看她施朱傅粉、柳腰花态、风流旖旎、顾盼生姿，这穿着、这打扮已与潘有度离家时判若两人。

“你这是为了迎接我才穿成这样的？咦，不对啊，你这身行头加上首饰少说也得值三百两银子，怎么着，我这走了有一个月的光景，宝儿，你发达了？”潘有度惊讶之余，带着疑惑，也因为有些日子没见面了，不忘调侃一下馥宝儿。

馥宝儿“咯咯”笑了两声，低声耳语道：“老爷给我升官了！”

“升什么官？”潘有度已经被馥宝儿的这般做派弄得一愣一愣的。

馥宝儿佯装很严肃威风地说：“潘府大总管！”说完之后，她往四下瞧了两眼，忍俊不禁，好似怕旁人听了去，掩口笑了起来。

“咦，宝儿，我说你给老爷喝了什么迷魂汤，让老爷对你刮目相看起来了？”

“你可不要诬陷好人，我可是对老爷、少爷忠心耿耿，哪里敢灌什么迷魂汤！至于刮目相看嘛，我想一定是跟着少爷久了，耳濡目染也有了学问，你这一走，把我给显露出来了……”

潘有度佯装生气说道：“少贫嘴！就是你当了管家，打扮成这大小姐的模样也不合适吧？一会儿快去换下来，免得挨老爷骂。”

“少爷，不瞒你说，是老夫人给我打扮成这样的，我哪里有银子置办这身行头！”馥宝儿有些委屈，低声地说道。

这时候，潘启从远处走了过来。

潘有度马上小跑过去，给父亲请安。潘启上下仔细打量了一番儿子，然后扔下一句“一会儿到书房来”的话，自顾自地走了。

潘有度回到房里，在馥宝儿的服侍下，用湿毛巾简单擦了擦身子，又换了身衣服后，急匆匆地赶到书房来。

“这次出行可还顺利？”潘启问。

“爹，一切顺利。福建、安徽今年雨水丰沛，茶园里的茶树长势良好，秋茶是大丰收的年景，价钱较之去年都降了一成左右，如果交易量大，还能再便宜一些。”潘有度将大概情况说给了父亲听。

“嗯。”

潘启满意地点了点头，接着说道："这茶农也真不容易，欠收、丰收都赚不到多少银子，我们不能眼看着丰收了，就使出全身力气去压价，总得给人家留些活路才对，他们有了活路，我们才有财路。"

潘有度慷慨地说道："父亲教训得是。我也和那些贩茶的散商说了，如果发现有假借'同文行'之名，对茶农肆意压价敲诈的，一经发现马上终止交易，永不往来合作。"

潘启将老花镜摘了下来，拿在手上，用那镜框的边沿儿轻轻地敲击着桌子，口里说道："你做得对。对待这些散商就是要狠得下心，拉得下脸，腰板要挺起来！他们对于我们行商曲意阿谀，对茶农却是声严色厉，很有小人的做派，看着就让人生厌。我也想了，这'十三行'已经解散了，没了那么多的框框儿，明年开春儿，等春茶一下来，我们就撇开这些散商，自己派得力的伙计出去采购。这既保证了茶农的利益，也省去了中间环节的差价，同样也保证了茶叶的成色。"

潘有度倒了杯温茶递到了父亲手里，然后说道："如果按照您的这般想法推广开来，那是不是我们家的其他生意也可以按着这个思路去做？"

"说得没错，无论是这广纱、棉花、布匹、瓷器，还有那生丝与丝绸，统统按照经营茶叶的这个思路来。"潘启胸有成竹地说。

"爹，我很赞成您的想法。只是生丝与丝绸那里，我们是不是还可以倚靠着冰羽的'广客隆'继续做下去？毕竟纯如曾经认赔五万两银子帮过我们潘家的。"

潘启摇了摇头。

"冰羽和纯如人品上都没有问题，可是'七里丝'的价格实在是太高了，虽说其品质确实好，产量也少，还要先可着三大织造供应，但还是有些高得离谱！我也分析了其中的原因，除了江浙离广州较之其他产丝地界远了一些，运费上要花销高一些之外，纯如想着法子要最大化保证她老家当地的蚕农、丝商的利益也是一个重要原因。你要知道，‘清威行’是江浙丝绸商会的，纯如又是会长，她完全可以依靠商会的力量将原产于江浙的生丝与丝绸垄断，所以江浙的生丝与丝绸价格高，也就不难解释了。”

潘启喝了一口茶水，继续低沉着说道：“虽说纯如帮过我们家，我也念着她的好，可那事情之前毕竟是在公行里，公行的行事规矩是大家在一起做事，纯如能赔着银两做生意，自有她自己的目的在里面。当时，我也想着利用总商的身份多帮纯如拉些生意，靠众人的力量回馈一些与她，没想到公行裁撤得突然，根本就没有来得及。初立‘十三行’时，我们潘家又没有得到好处，也就无能为力了。现在‘十三行’解散了，这事情到了现在的境地也只能作罢了，毕竟，现在的情形与之前大有不同。”

潘有度听明白了潘启的心思，要顺水推舟做人情，这个人情一定是要给纯如的，但此时要合计着自家往外掏银子，想再多往外拿一两，父亲心里也是不舒服的、绝对不认可的。

见父亲主意已定，潘有度也不好再说什么，心里只是想着，潘家真有些对不住纯如和冰羽二人了，可想归想，眼前他虽是“同文行”的东家，但在父亲这里只是挂名的，眼前是做不了什么主张的。

说完生意上的事，潘启又重新坐到座位上，也招呼有度坐了下来。

“有度，你认为宝儿人怎么样？”

潘有度没有想到潘启会突然间问起这个来，含糊其辞地答道：“还行，伺候人挺细心周到的，手脚也算麻利，虽说性子调皮精灵了些，可也算是知礼的。听说父亲让她做了管家，我也跟着高兴，毕竟她跟了我这么多年，父亲能抬举她，我脸上也有光。”

“听你这言语，宝儿哪里是做管家的材料，这不分明是做少奶奶的人选吗？”潘启说完，也不禁“哈哈”大笑了两声。

“父亲，您说宝儿要做谁的少奶奶？”潘有度惊讶地问道。

潘启问：“给你做怎样？”

潘有度听了之后，连连对父亲摆手，口中急急地说道：“我？不成，不成！这传出去实在是不像话，天下哪里有主子娶个丫鬟的道理？”

潘启收起笑容，很严肃地说道：“我听说皇上身边的宫女还有最后做妃做嫔的呢，你又算得了什么？何况，宝儿现在的身份已与从前有着天壤之别了，怕你还高攀不上呢！”

潘有度听了又是一惊，连忙站起来说道：“父亲，我刚才也看见宝儿了，除了穿戴上整齐华丽了些，也没看见哪里与之前有着差距啊？何谈天壤之别？又何谈高攀不起呢？”

“她现在是两广总督李侍尧李大人的干闺女！”潘启一字一顿地说。

“父亲，这都是哪儿跟哪儿的事啊？我怎么就从来没有听说过呢？”潘有度彻底蒙了。

“你没听过的事情还多着呢！宝儿不单是李大人的干闺女，也还是纯如的干妹妹，虽然没有结拜，但纯如对她也很疼爱的。”

这次，潘有度没有再接潘启的话，而是瞠目结舌地看着潘启。父亲口中言说的这些，都是真的吗？看着父亲的样子，应该是假不了！可为什么这些好事一股脑儿地都摊在了馥宝儿的身上？馥宝儿何德何能攀到李侍尧的高枝，又怎么能得到纯如的赏识和认可？

他走了一个月的光景，到底都发生了什么？潘有度真是想迫切寻找到答案，又不知从何问起。

潘启对于潘有度的态度很满意，继续说道："怎么样，宝儿这身份可配得上你？纯如也愿意给你与宝儿之间做媒人，只等着你回来，就把这门亲事定下来。"

潘有度猛然间清醒了过来，连忙说道："爹，这事得容我考虑考虑。"

"有度，有爹在这里为你做主，有纯如给你做媒人，你还有什么可考虑的？该考虑的我都替你考虑过了，真正官家的千金，我们不想攀，因为我们是商人，门不当户不对的事情我们不做；财主家的我们不娶，因为我们潘家不缺银子。我只想你找一个知根知底，女方家里清净、无所牵挂的，肯吃苦耐劳，又操持得了家务的，综合以上条件，馥宝儿是不二人选！"

潘启将那日与纯如言说的想法，又非常细致地归纳总结了一遍说给有度听，为的就是让潘有度没有辩驳他的理由。

"爹，您说的这些我都懂，可符合您列出的这些条件的不止宝儿一个。我和宝儿从小一起长大，感情确实是不错，可说归说笑归笑，我对她从来没有产生过男女之情。"

"你对谁产生过男女之情？难道是那个绎如？有度，我劝你快死了这条心吧，不可能！那日我已当着她的面，将你们交往之事挑明白了和她说，我想她应该听得很清楚了，就是你现在再去找她，但凡她有些脸皮，也不会再牵扯你了！"

"爹……"

潘启打断了潘有度要往下面说的话："不要再说了，就这么定了。宝儿不但长得端正，人也是聪明伶俐，最主要的是她有一颗忠于潘家的心，这是最难能可贵的，这也是我最看重的一点！”

“忠于潘家的心？父亲，何以见得？”父亲的话，又不禁让潘有度为之一愣。

“你离家之后，有一日，忽然发现，我们家的那件龙袍不翼而飞……”

潘启见儿子热心要听馥宝儿的忠心，抑扬顿挫、津津有味地讲起了那天馥宝儿只身半夜寻找那件丢失的龙袍的事情来。

潘有度如同听了天书一般，听完之后，也情不自禁说了一句：“我真没想到宝儿还有这般见识！”

第二百一十四章　十曝一寒

潘有度连续几日到“荣盛行”去找绎如都吃了闭门羹，伙计每次给的答复都是说东家不在，却又说不知去了哪里，潘有度料想这是绎如特意交待他们这么说的。

他只能来到了那片在建商铺的工地碰碰运气。

工地建设开展得如火如荼，工匠们正在汗流浃背地上下忙活着，口里还不时地喊着整齐的号子，这景象让人看着就很振奋。

潘有度左右环顾，终于看到在一处凉棚之下，绎如头戴一顶纱帽，坐在一个长条的板凳上。她面前的桌子上摆了一个瓷制的大茶壶和几只杯子，对面坐着几个看似工头的男人，绎如好似在和他们聊着什么。

他慢慢踱步走到了近前，来到那张放着茶壶的、有着一层厚厚的尘土的桌子旁。

绎如见潘有度来了，先是一愣，但也没有说什么，自顾自地扭转头继续和那几个工头聊着，说的内容也都是材料、工期、装修等与建商铺有关的事。因为天气炎热，绎如不时地拿起那茶杯来喝上几口。

潘有度站立一旁静静地听着，心下禁不住佩服绎如真是个精明能干之人。短短一个月的光景，从绎如的言谈可以听得出，她现在已是一个对土建施工中的种种事项非常有见地的行家里手了，特别在和工头讨论各种工钱的时候，有理有据，对每一道工序都了然于胸。

那几个工头模样的人见在绎如这里没有讨到什么便宜，情绪显得很低落，又说了几句不痛不痒的话之后，转身干活去了。

潘有度坐了下来。又自顾自拿起杯子来，用那壶里的茶水涮了涮，再倒满，喝了一口。

“不知潘公子来此有何贵干？”绎如先开了口，但态度极为冷淡。

潘有度扭过头去看着工地，不咸不淡地说：“我来看看这商铺建好了没有，顺便也来看看……”

绎如打断了他的话，冷冷地说道：“这和你有丁点儿关系吗？”

潘有度转过头来，看着绎如，笑着回答道：“岂止是丁点儿的关系？当初不是讲好了，我们要合作建这商铺的吗？”

绎如冷笑一声之后，猛然间对潘有度劈头盖脸斥责道：“想不到你潘家自诩朱门绣户出来的也是这般泼皮无赖！我问你，你与我合作，银子呢？你可拿出一分一毫来？我再问你，我在这里辛苦筹建之时，你又在哪里逍遥？你是谁？一只缩头乌龟还能再配得上和姑奶奶我在这里张牙舞爪吗？！”

潘有度这是第一次领受到绎如对他发火，来得如疾风骤雨般突然，打在脸上火辣辣地疼！

但仔细想想，潘有度知道自己理亏，绎如质问他的哪一句话也没有错！可绎如有理是有理，但总不至于将他骂得这般狗血喷头吧？总得念着以前的交情，给他潘有度留几分面子吧？

潘有度转念又一想，绎如的脾气秉性他自诩有八分了解，既然她心中有怨气，索性就让她往外撒一撒吧。

想到这些，潘有度半开玩笑半认真地说道："姑奶奶，现在我拿了银子还来得及不？以后我天天在这工地上陪你摸爬滚打，可如你的意？"

绎如冷笑两声之后，将说话的声音低沉了下来，好似只有她和潘有度两个人才能听得见，但言语却极为刻薄和刁钻："潘有度，我可以告诉你，银子，姑奶奶从来就不缺！想陪我的人多了，可也轮不到你这般龌龊下作的人！你爹说'寡妇门前是非多'，可我这桌子前面天天也没坐着什么好人！姑奶奶是寡妇，以后少来我这凑趣打诨，你有那闲心，姑奶奶还没那闲工夫！请便吧，少扰姑奶奶我的清静，走迟了一步，小心那些匠人用斧子刀锯划了你。"

眼见着绎如油盐不进的样子，临了恐吓他，潘有度看出绎如没有和他开玩笑的意思，心下也就生了恼火："绎如，你是不是有些蛮不讲理？"

绎如恶狠狠地说道："我蛮不讲理？是你们整个潘家人都蛮不讲理！我做错了什么？惹得你爹对我前后两番羞辱？说我要高攀你潘有度？你也不回去照照镜子，姑奶奶我能不能看得上你这般鹰头雀脑、臼头深目的模样？！"

"你对我怄气，不要牵连上我的家人！"

绎如说得痛快了，可也完全失去了理智，她好似没有听到潘有度的话，自顾自继续说道："想当初是你爹看我得了那行领位置，在我面前奴颜婢膝，胁肩谄笑，我看他年龄大了，也就高看了他一眼，否则，谁会登你潘家的大门？谁又会认识你潘有度？现在反咬一口，说我魅惑于你，又嫌我是寡妇。好，你现在就可以带话给你爹潘启，就说我绎如诅咒你潘家的女儿日后都会成为寡妇！哈哈，快回去吧，家里那大丫鬟等你急了，我也怕她日后会守活寡！”

“绎如，你！”

听完绎如这番对他的辱骂之后，潘有度好似身心被灌了满满的铅水，极为沉重，他缓缓地站起了身，再看了绎如两眼，然后毅然决然地转身离去。

潘有度今天来找绎如，是有许多话想说的。

他想着与绎如解释那次去查看福建、安徽的茶园时因为走得急而不辞而别，求得绎如的谅解。

想着就父亲那次对绎如的不敬之词道个歉，告诉绎如，无论父亲言说什么都不要放在心上。

想着对绎如说，父亲要他娶馥宝儿，而他没有同意，想听听绎如的想法和主意，最希望能听到绎如对他说一声“娶我吧”！

想着让绎如去找姐姐纯如，让纯如劝劝绎如改变看法，进而改弦更张。

也想着将这次出远门时所听所见的逸闻趣事统统说给绎如听，这是他留心记下来的，为的就是回来能逗绎如开心一笑。

更想着告诉绎如，这一个多月来没见到她，有些想她了！

而这一切，在绎如骂完她的那最后一句话后，潘有度知道，再说什么，都是多余的了，也没有那个必要了。

父亲确实有些地方做得不对，但他对绎如的评价却是千真万确！

潘有度回到家里面，好似得了场病，却又说不出哪里不舒服，一直躺在床上，很抑郁的样子。

潘启知道了，却告诉馥宝儿千万不要向有度嘘寒问暖，也不要言语上宽解他什么，任他呆愣几天，只要生活起居上照料好有度也就可以了。

馥宝儿疑惑地答应了下来。

潘启明白，儿子得的是心病，这得需要他自己来医才行，想通透了，自然也就好了。这毛病，别人越是太注意他，好得越慢，还容易起副作用。

潘启料到儿子早晚有这么一天，只是感觉潘有度受到的伤害，比他先前预料的要大得多。好吧，这也是好事，伤得不深，哪里能铭心刻骨呢？又哪里能做到恩断义绝，从此一刀两断呢？

两天后，潘有度找到父亲，对父亲表态，说他同意娶馥宝儿！

潘启虽然心里乐开了花，脸上却是很平淡的样子，对潘有度言说婚姻大事还是要仔细斟酌，父母之命、媒妁之言要听，但也要自己真心实意才行，等等。但奈何潘有度已经下定了决心，说到了最后，也没见有动摇的意思。

潘启见好就收，连忙派人将纯如找来做媒人，让她找馥宝儿去言说这件事。潘启知道，纯如出场，无非就是走一个过场而已，宝儿一定是求之不得的，至于心里会乐成什么样，那也就只有她自己知道了。

纯如主动到了馥宝儿住的房间。

这间房紧挨着潘有度的卧房，但两间房是各走各的门，并不像有的丫鬟的房间和男主子卧室之间是相通的。那样的丫鬟通常就被人称为通房丫头，做了通房丫头的，虽然是很得脸，但谁都明白，那是和主子之间有着说不清道不明的关系才换来的。

房间虽小，却被收拾得纤尘不染，被褥叠得方方正正，看着就是很熨帖，一些简单的生活用具也摆放得齐齐整整，纹丝不乱。

馥宝儿猛抬眼，看见纯如进了来，忙放下手中的活计，从一个小凳子上站了起来，口里惊讶地说：“少奶奶，您怎么来了？”

“呵呵，宝儿，你以后再叫我‘少奶奶’，小心我不认你这个妹妹。”纯如笑着说。

馥宝儿脸一红，有些尴尬地说道：“我、我这叫习惯了，这嘴一时半会儿还改不过来，少奶奶，不，姐、姐姐千万别怪罪宝儿。”

“姐妹之间什么怪不怪的，只是不要显着生分就行了。姐姐今天来，是向妹妹言说一件大喜事的。”

馥宝儿心下微微一动，继而感觉自己的小心脏狂跳不止，但她的面上却极为镇定，看不出有丝毫的慌乱和激动。她苦涩地一笑，口中淡淡地说道：“姐姐说笑了，妹妹天生就是做丫鬟的命，只因为得了姐姐高看一眼，而被老爷任命为了潘府的管家，这已经是我命中最大的喜事了！哪里还敢企盼再有什么大喜事？”

“呵呵，或许真应了那句‘命里有时终须有’的话吧，妹妹马上就要成为大富大贵之人了！我也不绕圈子了，姐姐来是给你做媒的，你可想知是哪样的人家？”纯如暗自佩服宝儿能有这般镇定的心态，这心态不是练就的，而是天生的。

没想到，馥宝儿听了却是摇摇头：“姐姐，谁家又能怎样，我是潘家买来的，没有自由身不说，我也早已习惯了在潘家的生活，更习惯了伺候少爷这样的日子，这里就是我的家，任凭谁家如何富贵，我也不会嫁。除非是老爷、少爷看着我不顺眼，将我撵走、卖了，否则的话，我哪里也不去！”

纯如听了馥宝儿这番表白，心里又掠过一丝寒意，她现在甚至有些后悔了，后悔当初帮了馥宝儿。

馥宝儿的心机实在是太深了，而且深藏不露，乖嘴蜜舌、欲擒故纵，拿捏得炉火纯青，这日后做了潘家的少奶奶……

可是纯如知道，现在想这些都已经没有用了，箭在弦上，不得不发，由不得自己有什么主张。自己此时被请来，只是走走当媒人这个过场的，潘启这么做，让她在馥宝儿这里感觉有好大的一个人情，但同样，她也给馥宝儿很大的一个面子。从这件事情上看来，潘启的动机还是想将她和馥宝儿两人捏到一处去，为了日后两家来往得更热络打下一个基础。

第二百一十五章 花枝乱颤

“那么，我要说，这人就是你服侍的少爷呢？”纯如问。

“啊？”馥宝儿显出很吃惊的样子，忽而又笑呵呵地说道，“姐姐就不要取笑我了，怎么可能啊？少爷就是少爷，丫鬟就是丫鬟，这里的尊卑我是懂的。再说，姐姐也知道，潘家是何等高大的门户，哪里会娶一个养活不起自己儿女、只能卖与人为奴、破败门户家的女儿？这事情我连做梦也是做不到的，姐姐就不要再说了，免得宝儿真是梦到了，也会笑醒的。”

纯如心里生出些许的厌恶来，但也淡淡地说道：“宝儿，我说的是真的。我今天来给你和少爷做媒人。”

馥宝儿又是摇了摇头，口中喃喃地说道：“姐姐，恕宝儿难以从命，不是宝儿矫情，而是这里面的是非太多了。”

听了馥宝儿说这句话，纯如也是一愣：“可有什么样的是非？”

“姐姐，您替宝儿想想，我如此卑微渺小，真的配不上少爷。说实话，这大院里的人又有几人会把宝儿放在眼窝子里瞧呢！就是给少爷做小妾，怕也会被人在后面戳脊梁骨，说我宝儿贪图潘家的富贵，在服侍少爷的过程中，勾引魅惑了少爷，少爷才会娶了我的。果真如此被人指指点点，抬不起头来，还莫不如老老实实本分地做少爷一辈子的丫鬟好。”说话间，馥宝儿已是泪光盈盈。

纯如仔细一想，馥宝儿说得还有几分道理，她的这些顾虑，都有着很实际的考量，听到这些，又让纯如对馥宝儿生了怜悯同情之心。她对宝儿安慰说：“宝儿，你多虑了，这潘家大院里纵有千口，还不是只有老爷一人主事，别人怎么说，还不得看老爷的脸色行事？你得到了老爷、少爷的认可比什么都强。你也应该明白老爷对你的一番良苦用心，他为什么要先将你提升为潘府的管家？又为什么引你做总督李大人的干女儿？为的就是里外都将你的身价抬高起来，让人不敢再小瞧你。只要你日后行得端、走得正，不辜负老爷、少爷对你的期许，而你又有了自己的威望，就无人敢嚼出你的什么舌根来。再有，我告诉你，不是让你做妾，而是让你做少爷的正妻，潘府里名正言顺的少奶奶！”

馥宝儿认真仔细地听着纯如说的话，期间，微微地点了两下头，表示认可。

听纯如说到最后，馥宝儿脸上已现出了红晕：“姐姐，和您说句难为情的知心话，我是喜欢少爷的。可要对您表白的是，您也尽可以向这大院里的人打听，宝儿对少爷忠心耿耿，但从来都是规规矩矩，讲究尊卑有序、男女授受不亲的。有了姐姐刚才这番金玉良言，也打消了宝儿的所有心头顾虑，剩下的，就全凭姐姐给宝儿做主吧。”

纯如见馥宝儿经过一番蜿蜒曲折的表白终于将这门婚事答应了下来，也就说了声：“好。我这就和你家老爷回复一声，宝儿，你就静等着做潘家的少奶奶吧。”

馥宝儿给纯如深施一礼：“姐姐对宝儿万般成全，宝儿没齿难忘，永记在心，以图后报！”

纯如只是微笑地看着馥宝儿说完之后，没有再说什么，转身出了房间。

纯如回到客厅，将与馥宝儿言谈的大概过程说给了潘启听。

其实潘启在纯如进入宝儿的房间之后，已经派另一个丫鬟在房门外偷听了，所以早已得知了大部分消息，他对纯如和馥宝儿的表现都十分满意。

潘启听纯如说完之后，当机立断，定在冬月初十给有度与宝儿完婚。

纯如心里很是惊讶，不是听说高尚也定在这个日子举行婚礼吗？看来潘家如此故意安排，就是想要夺高尚的风头。

潘启好像看出了纯如的心思，笑着和纯如解释说，他已经找人算过了，冬月初十属于“万事大吉”的好日子，又和有度、宝儿的八字都合，很难得。

纯如见着潘家好事将近，上下一定会忙得不可开交，也就不顾潘启的阻拦，将周展带回了自家。

而此时在楚秋家的“洞庭会馆”里，一场盛宴正在热热闹闹地进行着。

桌子上的客人有西班牙国的菲德尔、荷兰国的范配东、葡萄牙的塔西奥，这三位也是那日去“清威行”，为了庆祝“清威行”与“飞鸿行”合作而去给纯如捧场的三国贸易代表。

出奇的是，除了他们三位之外，还有四位妙龄女子也坐在这张桌面上。她们穿插着坐，将包括楚秋在内的这四个男人间隔开来，个个都打扮得十分妖艳，媚态十足，穿着上也很随便和暴露。

楚秋几番敬酒之后，这几个洋人都来了兴致，不用楚秋再说什么，都已和自己身边的女子不停地热络聊起天来。

洋人嘴上说的话，那几个女人是听不懂的，但洋人那边说一句，女子这一边不是含笑点头会意，就是笑得花枝乱颤、前仰后合，再就是嘴上也是莺莺燕燕地呢喃回应着，很是心有灵犀一点通的样子。

酒桌上的氛围异常热烈和融洽。

不得不说楚秋的眼光很独到，他找来陪酒的这几个女子不但人长得如花似玉，妩媚多姿，而且酒量也是出奇地好。不但自己能喝，而且劝酒的本领也是一流，这几个红光满面的洋人很是心甘情愿地将大杯的酒灌进肚子里，喝完之后，也是一副心满意足的样子。

不得不承认，男人在喝酒的时候，桌面上要是有漂亮女人在，总是感觉比平日的酒量有了大长进，几乎是拿起杯来就干，那叫一个把酒言欢，畅快淋漓。这其中到底有什么原因，谁也说不明白，总之，感觉就是一个舒服！

菜过五味，酒已经是不知过了多少个三巡，这几个洋人的眼睛里已经有了蒙眬之意，人也都开始不老实起来。手上开始有了小动作，一边喝着酒，一边毛手毛脚地和身旁的女人摸摸索索，不是勾肩搭背，就是搂腰抱腿，放浪形骸之下，出尽了所谓的“洋相”。那几个女子不但没有厌恶之意，还非常配合，任凭着洋商龌龊下流地抚弄，想来应该是酒席宴前就已得到了楚秋的授意，当然，应该是事先给足了银子，她们才会这般顺着楚秋的意去做的。

楚秋再一次端起了酒杯给这几位洋商敬酒，也趁着他们撒开各自的手脚之机，朝那几个女子使了一下眼色，这几个女人乘机悄无声息地退了出去。

这时候又进来一位翻译模样的人，坐在了楚秋的旁边。

三位洋商正在兴头上，丑态还没有出尽，自然是不肯罢休，但奈何女子们都已经退了出去，只有先听听楚秋如何说。

楚秋和几位碰了杯子之后，饶有兴致地说道："菲德尔先生、范配东先生、塔西奥先生，今天请你们来，就是为了一个尽兴，我知道各位家眷都不在广州城，想来各位一定都很辛苦，这'洞庭会馆'是自家的，欢畅着玩，安全方便。哈哈，我先让她们出去沐浴一下，一会儿也好尽力应承好各位。乘此空隙，我也想就一件事和诸位简单聊几句。"

"楚秋，你、你说。"

"什么事？只要我们能、能做的，一定给你、你办！"

"你这人很、很仗义，这个朋友交、交定了，你就说、说吧。"

三位洋商都已醉意十足，又都早已欲火焚身、心里发痒、口上发干的一副模样，舌头生硬，说起话来也很不利索。

楚秋一边微笑颔首致意，听到最后，也一口将酒喝了进去："我听说诸位当中，菲德尔先生昨天刚刚和'清威行'签了购买生丝七百担的合同，范配东先生、塔西奥先生也准备要签，既然我们都是朋友，我想诸位能不能照顾一下我'飞鸿行'的生意？"

三位行商听了都是一愣，其中菲德尔问："楚，你们不是合、合作的关系，不是一伙的吗？"

"呵呵，那是以前的事了。'清威行'仗着有些实力，最后背信弃义地将我抛了出来，你们说说，这不是不讲诚信的行商吗？诸位或许还不知道，当初是我见着'清威行'困难，难以为继下去，出于怜悯之心才与之合作的。当然，也是看着纯如是我妹妹的情分上，只可惜，她好了伤疤忘了疼，最终要见着利益的时候，和我撇清了关系。”

楚秋说完，又自顾自倒满了一杯酒，一扬脖子，灌了下去，脸上红堂堂的，眼睛里也布满了血丝，蒙眬之中，眼神闪烁不定。

“那你的意、意思是什么？我们现在已经是朋、朋友了，尽管说出来。”荷兰国的范配东问。

“不瞒各位说，‘七里丝’的货源不但我手头上充足，而且价格要比‘清威行’给你们的便宜上近一成左右。你们或许有疑惑，为什么我的价格这么便宜？论实力上，我有我们大清国山西票号注入的大量资本做保证，‘东兴行’的谢东家是我的岳父大人，银子我不缺！再有，‘清威行’是江浙几百号丝绸商人组成的一个松散的联合体，对外号称什么‘江浙丝绸商会’，实际上只是一个花架子，这么几百号人图的是什么？还不是要纯如出头给他们赚银子！你们想想，这么多人在后面等着吃食，‘清威行’给你们的价格能低得了吗？最后，我为什么一张口就要给你们一成的让利？因为我们是真诚的朋友，我想让你们看出我的诚意，也想让诸位的腰包都鼓起来，而不是像纯如那般只顾着自己得利，而不把你们当朋友看待！”

听楚秋说完，三位洋商互相看了一眼，那位葡萄牙的塔西奥说：“楚，如果你能够兑现你的承、承诺，我那笔合同就和你签。”

西班牙国的菲德尔也急着说：“那我明天就去找、找‘清威行’，我要撕毁那合同，刚、刚签了两天，可以不算、算数的。”

楚秋满意地点了点头：“主意你们自己拿，我不强求什么。刚才我也说了，今天请你们来我这‘洞庭会馆’，是来尽兴玩乐的，不是来谈生意的。我已分头开了几处雅间，我想此时她们都已沐浴好了，正在等着各位呢，那我们酒就先喝到这里，诸位尽可以再去温柔乡里畅快一番！”

第二百一十六章　空山解景

"清威行"里，纯如如坐针毡。

荷兰国的范配东、葡萄牙的塔西奥、西班牙国的菲德尔，这三位洋商代表刚刚从她这里走，来的目的无非就是签了合同的要反悔，未签而准备签的，不想签了！

纯如问其原因，这三人都是没有明确说出什么理由来，只是一味说"清威行"的价格高，再怎么问，却什么都不肯说了。

没有办法，纯如只能和菲德尔解除了那已签订两天的合同，对范配东和塔西奥也表达了有机会再合作的愿望。

三人在这里，纯如还是谈笑风生很是轻松的样子，好像并没有把解约这件事当回事，可等他们走后，纯如心里面却敲起了鼓，很难再平静下来。

这次解除的合同，是当时对方主动找上门来签的。就是那两国的洋商当时也信誓旦旦地说近日就要落笔签合同的，一再告诉纯如要给他们留些货，千万不要等他们签合同时无货可售。

可短短的两天光景下来，一切就这么快地被改变了！

这三国的洋商为什么会突然间改变了主意？纯如百思而不得其解。

要说这生丝她给报出的价格很合理，她和这些洋商也有些交情的。按理说，按照平日里的表现，就是她这里价格稍稍高一些，洋商们应该也会与她合作的，何况与西班牙国的菲尔德已经签了合同，他现在竟然不顾任何道理和情面，毁约了！

那么他们又会在行商之中找谁去买？或者说，是谁在背后让洋商们改变了主意？这个人一定是对“七里丝”非常了解！

楚秋！纯如仔仔细细地将做生丝贸易的行商梳理了一遍得出了这个结论。

绎如现在忙着建商铺，暂时拿不出太多的精力来投入到生丝这里边来，而楚秋是完全具备这个条件的。首先他了解“七里丝”，也可以在短时间内很顺利地找到货源；其次，他与这几个洋商也有过接触；最后，楚秋还在为双方不合作的事情耿耿于怀，故意“撬行”也是有可能的。

但无论楚秋怎么想、怎么做，又都是合理的，在目前的情况下，各做各的生意，各找各的财路，无可厚非。

可长此以往怎么办？这是纯如考虑问题的重点所在。如果以后这边“清威行”有了生意，那边“飞鸿行”就想着法子来抢，这生意还怎么做？

纯如早想着就不合作的那件事找楚秋谈谈，但是这些日子忙得焦头烂额，一直没有得出空闲来，而现在，已经是到了非谈不可的时候了！

想到此处，纯如出了门，来到了“飞鸿行”。

楚秋正在行号里忙活着，猛然间一抬头看见了纯如，微微一愣过后，快步走过来招呼纯如坐下，并让伙计端上茶水来。

“听说‘清威行’近来生意有了很大的起色，妹妹怎么有空到我这里来？”楚秋问。

纯如“呵呵”一笑，说道：“有没有空，也总是想来看看的，听说秋哥这几日的生意很兴隆。”

楚秋爽朗地大笑两声：“托妹妹的福，生意还算过得去。我也不知道怎么回事，这几日洋商那里突然间就有了生意找上门来，我想应该是老天不想饿死我这个瞎鸟，故意投下点薄食儿来救济一下我。”

纯如说道：“秋哥的命真好，到饿的时候，天上就能掉下馅饼来。而我好容易弄到一块肉，入了嘴里，可又眼睁睁地看着自己的嘴巴被旁人撬开，将那肉生生地给抢走了，你说让人难不难受？”

“妹妹说被抢了生意？不可能吧！‘清威行’实力那般雄厚，就如冰羽所言‘海阔凭鱼跃，天高任鸟飞’，此时正应该是妹妹大展宏图之际，怎么这好日子刚开始，就轻易将生意弄丢了？”楚秋看似惊讶地问。

纯如轻轻地叹了一口气：“要说奇怪就奇怪在这里，今日一大早儿，荷兰国、葡萄牙国、西班牙国的三国贸易代表就都来到我的‘清威行’，毁约的毁约，爽约的爽约，就像忽然间刮了一阵风，就将那生意都吹得无影无踪了，怎能不叫人糊涂？又怎能不叫人伤神？”

“哈哈！”楚秋大笑。

纯如不解地问道：“秋哥笑什么？”

楚秋笑过之后，说道：“妹妹，真是巧了，你刚才说的那三家洋商刚刚从我这里出去，我刚刚和他们分别签了几百担的生丝合同，怎么着也没有想到，他们竟然是从你那里来的啊！也好，肥水总归是没有流到外人田，失之桑榆，收之东隅，转了一圈还是我们家里人做了，这就好，这要是让旁人抢了去，真是可惜了！”

纯如没想到楚秋如此爽快地就将这件事情认领了下来，这反倒是堵住了她的嘴，让她想说的一些话不好说出口了。

“秋哥，想来你这里应该是有吸引他们的地方吧？否则，那菲尔德也不能将签了的合同都急着毁约的，你说是不是？”纯如问。

楚秋不咸不淡地回答道：“呵呵，这个我也不太清楚。他们找我来了，我也不能将人家往外推，既然双方都满意，也就将合同签了。我想着有了这一回，以后做个长期稳定的生意，刚才听了你这么一说，才知道还有这码事。可想想，‘清威行’不是你一个人的，我想我这么做，妹妹也不会怪罪我的。”

楚秋的态度很明显，分明是告诉纯如，与这三国的生意以后就是我的了，你也不要怪我抢你生意，那“清威行”不是你自己的，就是我抢你生意做，也心安理得。

纯如暗自惊讶，楚秋的话真让人挑不出什么毛病，说得滴水不漏。

“秋哥，和你说句实话，‘清威行’虽然不是个人的，但我把它看得比个人的还重，因为在这里面，我肩负着几百号江浙丝商的重托。我也知道，这次三国贸易代表要的都是正宗的‘七里丝’，我希望秋哥能稳妥地将与他们签订的合同执行好，不要平白给自己找什么烦恼。低价格和无利润谋得生意来做都不是长久的经商之道，那么做，只能是便宜了洋商，助长了他们的贪婪之心，损害了国人蚕农、丝商的整体利益。”

面对这样的情形，纯如知道如果此时不告诫一下楚秋，那么以后楚秋会更加得寸进尺地与自己抢夺生意，长此恶性竞争的后果更是不堪设想，她终于下定决心，将所要与楚秋言明的一股脑儿地说了出来。

楚秋听着纯如掷地有声的话语，他既感有些狼狈，也十分恼火：“纯如，你这分明是教训我来了是吧？那好，我也来说说你，为了你口中所谓的‘清威行’，你竟然置兄妹情意于不顾，先是借冰羽之口了断了我们的合作，现在看我有了生意，又借江浙几百号丝绸商人来压迫我，你到底是怎么想的？难道你看着我‘飞鸿行’破产你就高兴了？我也告诉你一声，生意是人做的，你有你的道理，我有我的做法，咱们井水不犯河水。”

纯如站起身来，说道：“既然秋哥主意已定，我也不好再说什么了。我只想最后说一句话，谁想损害‘七里丝’的名声，谁想损害江浙丝商的利益，谁想损害大清丝绸商人的利益，那就不要怪我纯如六亲不认！”

说完，纯如转身走出了“飞鸿行”，身后，只留下楚秋一副目瞪口呆的样子看着她。

楚秋这是第一次看见纯如对他发火，并且说得如此狠，也如此决绝，他现在还回不过神来，也不敢相信刚才的那番话是从纯如嘴里说出来的。在楚秋的印象里，纯如是只会一味讲情义、讲道理的人，而不是会说气话、狠话的人，他楚秋无论做什么出格的事，纯如都会努力理解和包容的，可为什么此时那个人没了呢？

惊讶归惊讶，楚秋知道纯如这次是真的和他翻脸了，但他认为自己做得没有错，人为财死鸟为食亡，人不为己天诛地灭，生意上不耍些聪明手段，不使上一些诡计、奸计，还怎么能叫“做生意”？要都是像纯如那般只会讲理论法，不会变通地做生意，那满大清国的百姓都可以做生意，成为生意人了！

楚秋现在有了合同，那么他有“七里丝”的货源吗？实际上楚秋刚才在纯如的话里，也隐约地听出了纯如在这个问题上提醒和警告他。

“七里丝”货源几乎一直都被江浙丝绸商会通过人数众多的会员商家垄断着，想要有长期畅通的货源渠道，必须绕开商会，从某些会员手里面弄到“七里丝”。

楚秋听说在成立江浙丝绸商会之初，商会是允许会员在江浙地区自行其事的，这就给他有了可乘之机，也可说是钻了商会规矩的漏洞。并且他对湖州当地非常熟悉，这是其他一些行商所不具备的条件，他完全可以派人去湖州当地找一个商家自行采购，然后再运到广州来给洋商交货。可在湖州找哪一个商家呢?

要说好找也真有好找的理由，有生意谁能不愿意做呢?只要他拿出银子来，自然是可以买到“七里丝”的。

但要说不好找还真有不好找的原因，那就是他楚秋曾经有过与高尚合伙卖那药水泡过的假丝坑害商户，而后又有诬陷妹妹纯如所为的龌龊事情发生，所以至今他在湖州当地的名声还很臭，即使有银子，都未必有人卖给他货。

再有，如果有人知道他这样买丝是为了与纯如做低价竞争，有可能是不会卖给他的。因为有人会怕被戳着脊梁骨骂，纯如在前面给大家冲锋陷阵，你却在后面挖墙脚，真是这么做了，不被大家的唾沫淹死才怪。

楚秋那日与那三国的洋商吃花酒之前，就给“银鹊行”的赵东家、“宝胜行”的李东家分别写了信，信中讲明了要以市价用现银购买他们各家的生丝。

至于为什么选择这两家?因为这两家有实力，并且这两家都曾有分销那假“七里丝”的劣迹，都属于见利忘义之人。后来楚秋也了解到赵东家和李东家悔过自新，还被纯如提名做了商会的副会长，而且去年也来到广州帮着忙活了一阵子，对纯如忠心耿耿。但楚秋还是认为，现在纯如这里帮他们卖不出生丝去，他们好不容易有了生意，是不可能将白花花的银子再往外推的。有钱能使鬼推磨，何况赵、李二人只是见钱眼开的凡夫俗子？！

楚秋扳着手指头算了一下，不出什么意外，这几天他们这两家的回信也应该到了。

第二百一十七章　苦果难食

“天宝行”与“孚泰行”近来的动作也不小。

梁、易他们两家不单做丝绸、棉布、蔗糖的出口贸易，还做檀香、胡椒、锡的进口生意。为何他们两家无论是在公行里，还是在最近被解散的“十三行”里，总是步调一致，保持着共进退的关系？这是因为两家有着姻亲的关系，梁东家和易东家两人是儿女亲家。

早在五年前，梁家的儿子娶了易家的女儿，从那时起，“天宝行”和“孚泰行”的生意几乎就是捆绑在一起做的。只是这几年下来，他们的生意一直都没有做大，这其中的原因要分析起来有很多，例如他们自认为在公行时一直受到“同文行”的排挤和打压等，可仔细想想，这与梁、易二人唯利是图、爱贪便宜不肯吃亏的习惯是密不可分的。好在梁、易二人在经营上的想法都是一致的，或许在其他方面上也是彼此志趣相投。所以，生意上虽然一直不温不火，但二人却从来没有出现过什么争吵和分歧。

眼见着“十三行”被解散，梁、易二人心里乐开了花，立在他们面前指手画脚、作威作福的总商终于没有了。无论是先前的潘启，还是后来居上的高尚，这些年来都好像是一座大山似的压在他们的头顶，让他们喘不过气来，此时这样的大山终于土崩瓦解，他们扬眉吐气的日子也就到了！

这次，他们二人定下了“跨行”合作的发展计划，所谓的“跨行”，就是选择其他几家与自家“天宝行”“孚泰行”生意上不沾边、利益上没有冲突的行商进行合作，这样做的最大好处，不是获得利益上的最大化，而是共享洋商关系和信息资源。

二人几番走动下来，分别与做棉花、茶叶、陶瓷的几个行商结成了同盟关系，随之也定下了规矩，有了关系好的洋商要彼此介绍结交，在做自己的生意时，也要力推力荐同盟行商的好名声和货物。梁、易两位东家希望按照这个模式运作下来之后，力求在这个同盟圈子里包揽下所有与洋商的贸易。

滴水穿石，梁东家和易东家想，不出几年的光景，这个圈子在他们二人的带领下，必然会在行商的贸易中遍地开花。而自家的生意也一定会在行商中间一枝独秀，甚至一举超过“同文行”，独占鳌头也是有可能的。再有，这样一番作为下来，他们又建立起了一个小范围的“公行”，只是这个“公行”是由他们主导的，自己说了算，也尽可以尝一尝做“总商”带来的好处和滋味。

这个同盟圈子之外的行商，包括潘启、高尚等人，梁、易二人现在尽可以置之不理了。他们也把“清威行”列为了最强劲的竞争对手，纯如的睿智与大气他们是领教过的，心里极为佩服，纯如上次帮他们完成了与东印度公司的那笔合同，而且也将那两千两银子的利润都如数给了他们。但他们认为，生意归生意，事情一码归一码，如若日后碰到彼此的竞争，该怎么做还是要怎么做的。

“十三行”被裁撤，东印度公司的代表亨利成了香饽饽，成为大家竞相拉拢的对象。因为东印度公司与大清国的贸易几乎涵盖了所有的行业，并且在每一个行业里的交易量都是最大的，有了与东印度公司的生意做保证，那滚滚财源自然也就来了。

还有一点，在进口贸易中，外来的紫檀木、象牙、珐琅、鼻烟、钟表、玻璃器、金银器、毛织品几乎都是通过东印度公司而来，这其中大部分供给了紫禁城，少部分到了那些达官显贵的手里。行商们想要得到这些外来的洋货，大多只有从东印度公司才能得到，在这样的情况下，在贸易中的首尾两端，东印度公司都扮演了重要的角色，而亨利成为众行商眼中的香饽饽也就不足为奇了。

为什么亨利在“十三行”解散之前还要到各处行商那里拜码头，甚至有时候低声下气、低眉顺眼要和高尚、潘启、梁东家等人说小话？那是因为他有了诸如生丝、丝绸、茶叶等贸易需求后，很多事情都要拿到“十三行”的台面上去讲，其中哪一个行商想从中作梗，他的贸易都会进展得不顺利。而现在则不同了，哪里还需要出去求谁，在他东印度公司代表处的大门外面，行商们排着长队等着给他亨利报出低价求得生意呢！

梁、易二人现在肠子都悔青了！悔不该当初在那不赚钱的两千担生丝合同中，一直拖着不给东印度公司供货，而给亨利留下了不讲诚信的坏印象。并在亨利的讨要催促中，多次让其吃闭门羹、坐冷板凳、受白眼，那日在“清威行”里言语中对亨利多有不敬挖苦之词，从而将亨利彻底地得罪了！他们也听说了，亨利已经放出话来，只要他在大清国做东印度公司的贸易代表一天，“天宝行”和“孚泰行”就甭想着和他做生意。

梁、易在对待东印度公司这个问题上因为丢了西瓜拣芝麻而后悔，高尚这里同样也懊恼不已。要知道，几日前，他刚从亨利这里敲诈来十万两银子，要说银子揣进了他高尚的腰包也算不亏，偏偏亨利给他的是烟土，而烟土又让潘福卖了之后卷款跑路了，最后闹得人财两空，里外都不是人。并且他高尚现在是无职无权，两手握空拳，别说对亨利吆五喝六了，就是再对亨利赔上笑脸说好话，亨利搭不搭理他都是回事，有可能只会闹个自讨没趣的下场。

高尚和亨利虽有着私贩烟土的往来，但现在他已不能和亨利直接说得上话了，亨利派出比利与高尚接洽相关事务。比利之前就曾经和高尚做过烟土生意，但那是以私人的名义做的。后来高尚嫌他的实力弱，撇开了他，转而和亨利搭上了线，期间两人又经历了几番吵闹，最后彼此都成了陌路人。而这次比利代表东印度公司，态度上自然又有很大的不同，对高尚是召之即来，挥之即去，公报私仇，很不待见他。高尚下不来台面，几次派人去与之接洽，比利都不予理会。没办法，高尚只能冒着风险亲自出马处理烟土上的事情。因为，他现在除了烟土这个勾当，已经没什么可干的了！

高尚现在感觉自己就如失去了权势的老猴王一般，孤零零的，心里也空落落的。虽然有一股不服输的脾气在里面，但眼前终归是无可奈何花落去的情形，有心无力的那种感觉真的让人痛不欲生。

行商之中高尚连一个朋友都没有，就是想说说心里话，往外边倒倒苦水，都无处诉说。他也曾觍着脸去了各处衙门走动，查看大人们的虚实，一番下来，高尚心里暗骂着，真是一群狡猾的老狐狸精。

原来，高尚提着礼物接连走了粤海关、广东巡抚衙门、两广总督府，这三位大人的口径出奇地一致，就好像刚刚在一起商量过了一样，他们都用热情的言语表示了对高尚的宽慰和勉励，并表示以后有困难尽可以来，能帮着解决的一定是义不容辞。大人们三言两语说完这些，不等高尚再说什么，也都不约而同地选择了同一个动作，端茶送客！

高尚真有了人走茶凉的感觉。他想明白了一个道理，大人们扶植他做总商，图的是能从他身上得到好处和利益，而他现在成了一个稀松平常的三等普通行商，已经没有了什么可利用的价值，至于现在这些大人对他还算客气，或者是看了他堂哥两江总督高晋的面子，或者担心高尚见了自己的岳丈大学士刘统勋说出他们的什么坏话来。

确实，朝廷允许行商们自行其事，这些大人除了满春豪，像李侍尧和钟音以后在行商这里都不便插上什么手脚了。他们有此自知之明，以后不能在生意上帮助高尚什么，自然在高尚这里也就不会再有什么油水可得，没有了油水，那还有什么必要和你高尚浪费口舌？

有了这番经历，高尚虽然还是想着图谋东山再起，但有时候看着眼前的情形难免灰心丧气、意志消沉。在这个时候，他往往一头窝在床上抽烟土，在这喷云吐雾里暂时忘却烦恼。

往往也在这个时候，高尚就会回想起两年前，确切地说是朝廷那次评议之前的时光，那时的他是多么的逍遥自在。作为“德胜行”的东家，位列江浙丝商“四象”之一，生意做得风生水起不说，走到各处也能得到尊重和赞扬。

而现在呢？江浙已无他的立锥之地，生丝的主业也已经让他弄丢了，而他又走上了私贩烟土的不归路。要地位没地位，要权势没权势，要名声没名声，要朋友没朋友，退不可守，进又无未来！这些他从来都没有想过会发生在自己身上的事情，此时只要睁开眼睛，却都是不争的事实！

高尚现在把所有的希望都寄托在未过门的夫人刘屏身上，这是让他有盼头的最后一步棋。俗话说，一个女婿半个儿，高尚相信刘统勋绝对会尽心尽力帮他的，而不会如李侍尧等这样的外人见你有用就拉拢一把，见你无用就一脚将你踹进臭水沟里。

高尚听说潘家要娶上一个丫鬟，并且定的婚期正好和他同一天。他明白这是潘启故意与他抢风光，让他难堪。到时候自己这里区区之众寥寥可数、冷冷清清，而潘家那里宾客盈门、高朋满座、风光体面，那真比潘启当面抽他两个嘴巴还要难受。

高尚到现在也没有闹明白偷龙袍的那件事，明明小红已与那个丫鬟谈得妥妥的，可为什么临了那个丫鬟却给了小红一件戏服呢？是这个丫鬟把这件戏服当了真龙袍，还是到最后改变了主意，拿这件戏服搪塞一下？如果这个丫鬟当初不是见巨额银子动了心，她又何必要答应小红？不管是否真知道龙袍的底细，她何必又拿出个戏服来给小红？她完全可以将此事汇报给潘启来处理，然后邀功请赏的，她何苦做得如此周折？

最令高尚费解的是，潘家竟然还要娶了这个丫鬟做少奶奶！

好吧，看来他高尚还真要和这个潘家未来的少奶奶好好谈谈心才对！

第二百一十八章　款款深情

“姐姐，你终于来了！”

纯如跑过去，张开双臂和钱春娇拥抱在一起，喜悦的泪水夺眶而出。

“妹妹，你现在感觉怎么样了？”

当两人拥抱过后，钱春娇仔细地打量着纯如，关心地问。

纯如“扑哧”一笑，调皮地说道：“我很好啊！”

“那信中说，说你得了那不治……哦，原来你骗我的啊！”

钱春娇恍然大悟，之后手指着纯如，佯装生气地说道：“亏你想得出来，你就让人传个话，说一声想我了，我还能不来啊？”说完之后，也忍不住笑了起来。

“姐姐，我还真怕你不来。因为你这次来，我就没有准备放你再走，我想让姐姐重新接手‘广客隆’分号，把那边支撑起来。”

钱春娇点了点头：“这个容我考虑考虑。”

“好，我给姐姐一个月的时间考虑。”

两姐妹一年没见，自然有着说不完的亲热话，而将钱春娇身后的萧武晾在了一边。

忽然间，钱春娇好似想起来什么似的，从包裹里面拿出了一封信递到了纯如的手上：“临来时，萧武总想着去看看老东家，到了那里正好碰见了‘银鹊行’的赵东家和‘宝胜行’的李东家，他们让我给你捎来的。”

纯如这时才想起钱春娇和萧武还站着呢，连忙请他们二人坐下喝茶，之后她打开那封信看了起来。

赵、李二位东家在信中说，他们是代表商会里的各位会员写这封信的，因为他们听说“十三行”已经被解散，认为这是“清威行”发展的大好时机。并说，虽然之前给了纯如一些压力，但这次还是希望纯如能安心地在广州这里经营，他们在老家那边儿一定鼎力支持等等。信中最后提到了楚秋私下联系他们二位要购买“七里丝”的事情，赵、李也向纯如表明了态度，他们不准备将“七里丝”卖给楚秋。但最终卖不卖，还是请纯如定夺。

纯如看完这洋洋洒洒近千言的来信很是感动，这因为不单赵、李两位东家能够对她继续表示支持和信任，还因为他们能主动坦白楚秋与之私下联络购丝的事情，二位东家没有见利忘义，确实是有一些出乎纯如的意料。

但纯如猜想，二位东家心里想必也会存有疑惑，那就是楚秋的“飞鸿行”能向洋商卖得出“七里丝”，为什么“清威行”卖不出呢？是不是纯如徇了兄妹的私情，将到手的生意拱手相让给了楚秋？请她来最后定夺卖不卖生丝给楚秋，是不是也有着试探的意思在里边？

钱春娇看纯如的神情有些复杂，问道：“妹妹，信里都写了些什么？”

纯如将信递给了钱春娇，反问道：“姐姐，你说我该怎么做？”

钱春娇接过那信来，仔细地看了一遍，说道：“赵、李两位东家向你表白心迹是很讨巧的事，因为他们很清楚，无论谁向楚秋供了货，你早晚都会知道的，而此时他们是在向你要态度。”

纯如点点头，然后又叹了口气说道：“姐姐真是聪明人啊！如果我不同意供货给‘飞鸿行’，楚秋在洋商那里无货可交，我的宗旨大家也就看得很清楚了。如果我同意供货给‘飞鸿行’，那么江浙丝绸商会将面临混乱无序，甚至瓦解的境地。我了解到‘同文行’也是要自己派人去江浙采购‘七里丝’的。孰轻孰重？姐姐是最明了我心的。”

钱春娇呵呵一笑：“妹妹，这封信暂且放到我这里，明天我去‘飞鸿行’走一趟，放心吧，我会替你料理好这件事情的。”

纯如感激地说道：“姐姐刚来，妹妹就不让你得着一时的安生，但此事也只能是劳烦姐姐去为我疏通了。”

钱春娇说道：“妹妹不要说这般的客气话，我们姐妹心有灵犀，想来是得了老天眷顾而来，这样的缘分是值得珍惜，割舍不了的。”

纯如见钱春娇说得如此动情，感觉心都要化了一样：“姐姐，晚上我要给你接风洗尘，到时候一定要多喝上几盅。”

钱春娇爽快地答道：“好！”

萧武在一旁“嘿嘿”一笑：“东家，去酒楼里喝酒带上我吗？”

纯如连忙说道：“姐姐，看，武哥会挑礼了！哈哈，带上！带上！”

“妹妹有可能还不知道，你武哥现如今已是漕帮黄寺庵的庵主了，徒子徒孙有成千上万人，平时就是我想和他喝两盅都找不到人影的！”

萧武看钱春娇在纯如面前说他，很是不好意思：“看看你在东家面前说这些做什么，你这不是故意在东家面前告我的状吗！”

“嗯，姐姐这状告得对，我罚武哥三天不许出门，天天陪着姐姐。”

“哈哈……”三人都畅快地大笑了起来。

周冰羽知道钱春娇和萧武来了，感觉见面会彼此尴尬，恰好这时潘有度派人来请他过去，周冰羽也就顺水推舟地去了潘家大院，而没有与纯如他们去酒楼喝酒。

周冰羽来到潘有度的书房。

两人见面不用客气，等周冰羽坐下来，潘有度给他倒了一杯茶：“周兄，我向你打听点事，你可从嫂夫人那里听到绎如的近况？”

周冰羽反问道：“贤弟，你这要大婚的人了，心里还在惦记我那个小姨子呢？”

潘有度摇了摇头，苦涩一笑说道：“我对她什么念想也没有了。不是我薄情寡义，而是绎如做事太狠太绝！让人痛心彻骨不说，至今想起来也都有些让人不寒而栗。”

“此话怎讲？”周冰羽惊讶地问道。

“说实话，我从外地回来听父亲讲龙袍丢失的那件事情后就很吃惊，因为大院里的人知之甚少，外人更是无从知晓，这就让我想起一个人来，那就是绎如！我偶然间和她提到过，也就绎如知道这件事情的底细，再联想这期间她和我父亲发生的不愉快，还有她那平时的脾气秉性，也就让人不难理解绎如就是想置潘家人于死地的背后之人了！”

“啊？！”

周冰羽听潘有度说完，又是吃惊不小，难道绎如真是这件事情的始作俑者？如果真是她，无疑他还是小看了自己这个小姨子的能量！周冰羽仔细地回想这件事的来龙去脉，特别是纯如在处理这件事情时闪烁其词的态度，周冰羽认为潘有度猜测得有几分道理。

潘有度站起身，在书房里踱起了步子，自言自语地说道：“怎么也想不到绎如会做出对我潘家这等毒辣的事情来，父亲说得没错，她的脾气确实是朝晖夕阴，也是逼急了什么事情都能做得出来的心狠手辣之人。”

周冰羽也站起来，走到潘有度的身旁安慰着说道：“贤弟，我想你将这般话憋闷在心里应该是有些时日了，连潘叔那里你也没有和他老人家说。恕愚兄直言，我知道你对绎如已是心灰意冷，但从你言语之中感觉你还没有将她完全放下，我劝你不要这般黯然神伤，有什么话直接找绎如说个明白，有个痛快的了断最好。”

潘有度摇了摇头：“周兄，这些事情我在嘴里和你念叨念叨也就痛快了，此时再将事情说得一清二楚，对谁都没有什么好处，过去的事情就让它过去吧。只是我担心绎如对我潘家还是会耿耿于怀，不肯罢手，日后还会伺机报复，对我潘家做出什么不利的事情来。我就烦请周兄让嫂夫人给绎如带个话，我潘有度是重情义之人，我和绎如之间还能做得了朋友是再好不过，做不成朋友，我们大可不相往来也就是了，但切不可逼人太甚，玩火自焚！”

周冰羽听了连连点头：“好，贤弟，你放心，这句话我一定让你嫂子带到她妹妹的耳朵里。既然话已经说开了，走，我们也出去喝酒去，愚兄陪你一醉解千愁。”

“周兄真是知我心者，我找你来就是想让你陪我喝两盅的，走！”潘有度爽快地答应了下来。

两人走出了书房，朝大院的大门走去，迎面碰上了馥宝儿。

馥宝儿此时已是今非昔比，穿的是绫罗绸缎，戴的是金钗美玉，有两个小丫鬟在其身后亦步亦趋地侍奉着。虽然还没有与潘有度完婚，但俨然已是一副潘家少奶奶的尊贵模样了。

见了周冰羽和潘有度走过来，馥宝儿忙躬身施礼。然后对着潘有度满怀柔情与蜜意地说道："少爷，你这是要出去？"

潘有度点了点头。

馥宝儿从怀中掏出了十两银子递给了潘有度："少爷，我猜想你是要出去吃酒，而你随身总是忘记带银子，到了小二要你结账的时候，少不了你的狼狈。"

潘有度下意识地摸了摸自己的身上，哑然失笑。碍于有周冰羽和下人在旁边，他也不好说什么，将银子接了过来。

馥宝儿又款款地对周冰羽说道："姐姐也有些时日没来了，烦请周东家给姐姐捎个话，就说宝儿想姐姐了，请姐姐得空的时候过来走动走动。"

周冰羽见馥宝儿对纯如如此深情，非常高兴，忙答道："好，我一定把话带到。"

周冰羽与潘有度到了街面上，寻了一处幽静雅致的酒楼坐了下来。

两人边吃边聊，酒过三巡，不知不觉间，两人的话题又转到了馥宝儿的身上，周冰羽对宝儿赞不绝口，他对潘有度说："贤弟，不瞒你说，潘叔与纯如当初要撮合你和宝儿婚事的时候，我还很是不解，毕竟她的出身摆在那里呢。但自从那龙袍经过宝儿半夜的不懈寻找失而复得，我打心眼里表示敬佩。刚才我也见到了宝儿的得体大气，还有对你的一往情深，一眼见着就有做少奶奶的天分在，很是羡煞旁人啊！"

潘有度说道：“周兄可知道她的父亲也是茶商出身？”

周冰羽答道：“嗯，我听纯如说过的。”

潘有度已有了醉意，醉眼蒙眬地再问道：“那周兄可知道宝儿的父亲为何会破产，以至于儿女都养不起？”

“不知道。”周冰羽很疑惑地摇了摇头。

“那我告诉你，家父私下和我聊天时，曾不经意间提起过这件事情，宝儿的父亲也曾是富庶一方的大茶商，但在一次与洋商的大生意中与我潘家竞争失败而破产，最后债主逼得宝儿的父母自杀，我父亲得知消息后心怀愧疚，将宝儿收留了下来。”

第二百一十九章　春娇厉言

第二天，钱春娇来到了“飞鸿行”。

楚秋见钱春娇前来很惊诧，他早听说过纯如这个结拜姐姐因为丈夫萧武救绎如失去了一条胳膊，悲愤之余而对纯如心生不满，等救出绎如之后不久，他们夫妇二人就离开了广州。那么此时突然间登自家门又是意欲何为?

惊诧归惊诧，楚秋连忙请钱春娇落座，并命人献上茶水来。

钱春娇坐下之后，对楚秋一抱拳说道：“之前记得我们曾说过，从纯如妹妹那里论，你同样应该唤我一声‘姐姐’，今日冒昧前来打扰，还望海涵！”

对钱春娇的底细，楚秋是知道一二的。这是一个颇有侠客色彩的女子，在江湖上行走多年，说话不矫揉造作，办事更不会拖泥带水。刚到这里坐下，就让自己成了她口中的一个“兄弟”，先是占得了居高临下说话的主动，这让楚秋不敢怠慢。

楚秋很惊讶一年未见，钱春娇不但朱颜未改，反而身上更多了几许女人的楚楚风韵。在那顾盼流离之间，宛转蛾眉、双瞳剪水，尽藏着玲珑与妩媚，夺人心魄。

楚秋收了收心神，也抱拳回礼，说道："想必娇姐前来一定是对兄弟有番赐教的，我想请都请不来，哪里有打扰之说！"

钱春娇笑靥如花，轻轻地说道："好，既然兄弟如此爽快，我也就开门见山将话说明白，今日我来是劝兄弟解除与那三国洋商的生丝合同的！"

楚秋一愣，但也为了显示男子的气度，强压住内心的恼火说道："娇姐说的这个兄弟听得不明白，也恕兄弟难以从命！我们商人开门做生意，为的就是能有个流水的银子可赚，为什么我要将一份签得好好的合同去解除呢？再说，合同既然已经签了，就没有再去解除的道理，与谁打交道都是要言而有信，这里边的'诚信'二字千金不换，其分量也是重过千斤的。"

钱春娇听了又是一笑："兄弟说得有道理，我也很赞成，只是话说得漂亮，终究还是要有的放矢地落在实际的行动中。不瞒兄弟说，我临来广州之时，也见到了李、赵几位东家，他们都和我说在等着看兄弟的笑话呢！"

楚秋听了心里一惊，但故作镇定地说："看我的笑话？我有何笑话可让他们来看？娇姐想必听到的都是些无稽之谈吧！"

钱春娇慢条斯理地说道："生意就如同那流水，无论是做成了小河还是大川，终究要讲究个源头的，强调一个'活'字。就拿这个'七里丝'的生意来说吧，江浙丝绸商会的各位会员如果在前面筑起堤坝来，任凭一缕丝都不会流到广州来。也就是说，虽然有了'七里丝'的生意攥在手里，可没了那源头，那生意也是做不下去的，即使侥幸有了一次，说不定下次也就枯竭了。"

楚秋不客气地说道："娇姐来难道就是让兄弟听这些耸人听闻

之谈的？兄弟再不济也是在湖州长大的，我不单对‘七里丝’熟稔于心，而且经我手出去的‘七里丝’也是数以万计，至于娇姐所言这水不水、源不源的，我心里早都有数，就不需娇姐替我操心了，楚秋心领了！”

说完之后，楚秋举起杯子来，言外之意，端茶送客。

钱春娇见楚秋要撵自己走，也换了副正色的面孔说道：“要说你这事，还真不是该我操心的，但你是纯如的哥哥，纯如又是我的妹妹，她不好说出口的话，就该我来替她说。我这里有赵、李两位东家写给纯如的一封信，想必兄弟看后会有另外一番感悟，有些东西强求不得，你还是自己做决定吧。”

说完之后，钱春娇将那信递给了楚秋。

楚秋展了开来，看后，不禁神色有些窘迫起来，为了掩饰，口中自言自语地支吾道：“这……”

钱春娇趁势说道：“兄弟应该看明白了信里的意思，赵、李两位东家不想卖生丝给你，如果真是这样，到时候兄弟又如何在洋商那里践行你所谓的诚信呢？弄不好赔偿上巨额的损失也有可能。纯如如果答应卖丝给你，她又如何和商会里那些数以百计的会员去做解释？我想这里里外外的道理不用我多说，兄弟也是明白的吧？”

楚秋此时心乱如麻，他知道自己的后路已经被堵死了！他也没有想到赵、李两位东家真能够做出这么绝的事情来！

怎么办？与洋商那里去解除合同，那叫他楚秋以后在行商里面怎么立足？又有何脸面在洋商那里行走？不解除合同，确实又无货可供。

楚秋嚅动一下有些发干的嘴唇，有些恳求地说道：“娇姐，能不能和纯如说说，将那‘七里丝’的货物供给我，让我以‘飞鸿行’的名义将那合同履行了，我可以将其中的全部利润都交到‘清威行’去。”

钱春娇叹了一口气，用手捋了一下散落在前额的头发，说道：“这个路径刚才我也说过了，行不通！因为这让纯如无法和众人解释清楚。再听说你签的那生丝合同价格很低，这也让纯如无法接手。”

楚秋用拳头重重地捶击了一下桌面，茶杯里的水四溅出去，他非常恼火地说道：“娇姐，你说这纯如也太不尽人情了吧！想当初，她赔着五万两银子帮助过‘同文行’潘家，后来在‘十三行’里见‘天宝行’‘孚泰行’给东印度公司供不上货，到最后也是她将那合同接了手，可偏偏为什么到了我这里，这也不行，那也不行，处处刁难于我，与我作对呢？”

钱春娇知道，楚秋这话里也带着对她的深深不满。她说道：“世上的事情都是讲究个此一时、彼一时，我想这个道理你应该是懂的，哪里有一条道儿能从天明走到天黑的？那时纯如那么做是为了维护公行和‘十三行’的形象，说白了是为‘公’；而此时公行和‘十三行’相继解散，纯如再行事就是为‘私’，公私分明，纯如做得并没有错！而兄弟你呢？不单用那些烟花柳巷的女子色诱那些洋商，而且用低价撬行，将纯如原本已经签好了的合同生生地抢了来，这到底是谁在和谁作对？”

楚秋傻眼了，钱春娇不单把道理摆得头头是道，还将自己在“洞庭会馆”与洋商做的丑事弄得一清二楚！

看着楚秋面红耳赤，无言以对，钱春娇换了一副柔和的口气继续说道：“兄弟也不要疑神疑鬼，要知道我家的萧武是漕帮的帮主，虽然他离开广州已有一年的光景，这次再来到广州也只有短短的一天时间，但他想知道近来在广州大街小巷之中每一天发生的大事小情，只需要分分秒秒就可以了。他虽然手下有成千上万的徒子徒孙，但对他的东家纯如忠心耿耿，任凭谁也不能欺负纯如分毫的！”

楚秋听完钱春娇的话，整个人已经萎靡了下来：“娇姐，事已至此，那我该怎么办？”

“我知道不和洋商履行合同，怕你会拉不下那个脸面来，也对你日后的生意会有较大的影响，我想这样吧，我们想办法让那些洋商主动找你来将那合同废了，这些问题自然也就不复存在了。”

“他们怎么会主动来找我？”楚秋有些蒙。

“你以为洋商为了那几个女人就会与你签合同？还不是看着你给他们的价格低，有着大便宜可占吗？这些洋商总是想着利用你们行商之间的矛盾，造成你们之间的彼此压价，恶性竞争，从中牟利，这也是纯如不能再容忍的原因，纵容就等于是同谋！既然如此，我想就以其人之道还治其人之身，你再将他们找来，与他们言说将那合同上的价格再降下来一成……”

“啊？！”楚秋惊呆了！这是什么道理啊？

钱春娇站起身来，很是自信地说道：“如果不出意外，他们思虑之后自然会主动将你那合同退回来的。”

“娇姐，如果他们问起来缘由，我又当怎么说？”楚秋见钱春娇准备要走，连忙站起来追问。

“你就和他们说，近期‘七里丝’的货源不是很充足，没有办法，你只能在里面掺杂一些其他产地的生丝交货，但是你把丑话说在了前面，他们也就不会挑出你的什么毛病来，只会更加把你当作一个讲诚信的人来对待，因为你也把这部分的差价给他们了。”

楚秋这次终于听明白了，有些无可奈何，又有些唯唯诺诺地答道：“我就按照娇姐这般筹划行事吧。”

“兄弟，我也和你交个底，当然这也是纯如的想法，以后在‘七里丝’的生意上，只要大家不相互压价、以低价去诱引洋商，让他们尽得渔翁之利，而坐着看我们的笑话，谁都可以敞开了去做。当然，前提是大家都要按照一个统一的正常市场价格去做交易。”

说完之后，不待楚秋再说什么，钱春娇翩然离去。

楚秋恍惚之间将钱春娇送出了大门，直至不见了钱春娇的踪影，他还好似没有缓过神来。返回屋里，楚秋又颓然地坐在了椅子上，他仔细地又将事情的前前后后回想了一遍。

他楚秋真的做错什么了吗？没有！直到现在，楚秋还是坚信这一点。抢生意做，在商场上，是再也正常不过的事情！只是“七里丝”这个货源被江浙丝绸商会，或者说是被纯如牢牢地垄断与把控着，以至于他楚秋今天被逼到这个非常狼狈的境地。

楚秋现在好似明白了一点，纯如现在急切地要利用货源的垄断地位，来规范统一“七里丝”的价格，而自己恰恰在此时抢了纯如的生意来做，正好撞在了纯如的刀尖儿上。而之所以这次纯如坚决不出手来帮他，是要在这件事情上大做文章，要杀鸡儆猴做给其他行商来看！

赵、李两位东家没有被利所惑，是自己将他们看低了，还是低估了纯如在他们面前的影响力与威望？

楚秋觉得应该是后者，纯如虽然身处千里之遥的广州，并且来到广州之后也未见有大的建树，但从目前来看，她的威望仍然足可以支撑整个江浙丝绸商会的稳定，也始终可以让众多的会员心有所向。

在“七里丝”的生意上，谁家都与纯如竞争不过的！可反过来楚秋想，我为什么非要卖“七里丝”呢？在纯如未来广州之前，“七里丝”也只有周家的“广客隆”分号在这里经营，但因为价格高，始终也是不温不火。而纯如到了广州之后，经她在洋商面前的大力推销才渐渐有了起色，特别是在潘家供给西洋宫廷的那次生丝贸易中，“七里丝”才真正开始名扬海外，并开始得到各国洋商的大力追捧。现在想来，纯如也可谓是用心良苦，那是她赔上五万两银子给“七里丝”做上的一个最好的宣传。

楚秋最后打定主意，以后有了生丝上的贸易，一定要大力推销产自福建的生丝，这才是自己长久发展的根本，至于“七里丝”能不做则尽量不做，何苦要为他人作嫁衣裳呢！

最好也给自己的福建生丝起个名字便于大加渲染其光彩，起个什么名字好呢？想来想去，楚秋感觉“飞鸿”这个名字就不错！

第二百二十章　洋商论丝

第二日，楚秋将那西班牙国的菲德尔、荷兰国的范配东、葡萄牙国的塔西奥又请到了“洞庭会馆”。酒喝得差不多了，楚秋也就将钱春娇教给他的那些说辞说给了这三国的洋商代表听。

三国洋商听了之后，面面相觑之后，纷纷摇头。

“七里丝”通过东印度公司的销售带到了西洋，又因为英国宫廷的高度认可而誉满欧洲王室和贵族之间，这三国的国王因为自己国家在大清国里本来就设有贸易代表，当然不肯从东印度公司手里高价购买，所以才有了这次三国的贸易代表急着采购“七里丝”的事情。

楚秋和他们说要往里面掺杂其他的生丝，这些洋商代表不是不想，而是不敢！这要是运回到国内被查出来，麻烦可就大了！

果然不出钱春娇所料，这酒席还没有吃完，洋商们在叽里咕噜窃窃私语一般之后，对楚秋表示这么做不行，如果楚秋也没有别的办法，他们只能将那已经签了的合同撤销。

楚秋听后也表示了遗憾之意，之后他趁机又介绍起产自福建自己命名的“飞鸿丝”来，他分别拿出了“七里丝”和“飞鸿丝”的样品做对比，为的是给洋商一个直观的印象。

“各位先生，你们说这都是蚕吐出来的丝儿，就是有差别，又能有什么大的差别？说白了，这‘七里丝’也就是这一年多来被‘清威行’捧出来了些名气而已，可价格却要高上我这‘飞鸿丝’将近两成，它哪里就能值得上这个价钱？还不是就为了糊弄你们这些不懂行的洋商，多赚你们口袋里的银子吗？！”

荷兰国的范配东听了连连摆手：“不、不、不是这样的，据我们的了解，不是像你说的这样简单。‘七里丝’产自南浔的七里村，在你们大清国的万历年间，那里的人就培育出了一种优良的蚕种，被称作‘莲心种’，这样的蚕种产的蚕茧非常小，因很像莲花的果实而得名，产量少得可怜，所以非常珍贵。”

西班牙国的菲德尔接过话来说：“我听纯如介绍过，那个七里村很美，村东流淌着一条清澈透明的雪荡河，河水曲曲折折，清澈见底，那里的水好，自然养出来的蚕也好。她还告诉我缫丝过程中一定要用清水、勤换水，有了这么好的水，‘七里丝’才这么光泽可爱。至于说价格，纯如曾经给了一本书，书名叫《涌幢小品》，那上面写‘湖丝唯七里尤佳，较常价每两必多一份’，她特别告诉我，这书是一个你们明朝人写的，还是个当大官的，叫，叫什么来了，啊，想起来了，叫朱国桢，好像是一个宰相。哦，我还得纠正一下范配东先生，你说的那个‘万历’，也是上一个朝代的，不是现在这个大清国的。”

见范配东和菲德尔都在楚秋面前显摆学问，葡萄牙的塔西奥当然也不甘落后，他急着说道：“纯如也和我说过，‘七里丝’有八大特点：细、圆、匀、坚、白、净、柔、韧，不信你就试一试，‘七里丝’一定比你那‘飞鸿丝’有拉力。纯如曾经给我做过实验，同样粗细的两根丝，‘七里丝’就比别的丝能多挂上两枚铜钿而不断。她还告诉我，你们大清国的皇帝和皇后所穿的龙袍、凤衣都必须用‘七里丝’做经丝精织而成，这可是别的丝比不了的！”

楚秋听完傻眼了，心里更是烦躁不已！他本来是向这些洋商推销自家的“飞鸿丝”，哪里想到倒让这些洋商给上了一堂“七里丝”有如何优点的课！这些内容还用他们说？他楚秋从小在“兴昌隆”杨家长大，早已背得烂熟于心了。

恼火归恼火，楚秋知道以后还要和这些洋商合作的，他不能得罪他们。他尴尬地笑了两声，说道：“我真是佩服三位，能将我们大清国的生丝了解得这般细致，但别忘了我们大清国还有句老话，叫作‘王婆卖瓜，自卖自夸’，纯如向你们推销‘七里丝’，她当然要说‘七里丝’如何好，她知道就是编瞎话当故事给你们听，你们也不会找出漏洞来。唉，不说这些了，既然你们也有为难之处，那暂且就先去买那‘七里丝’，下次再有生意时，你们一定要考虑一下我这‘飞鸿丝’，先是小批量采购一些也好，运回到你们国内，让你们国人仔细看看，能不能看出与那‘七里丝’有什么差别来，我相信，他们一定会认为我这‘飞鸿丝’要比那‘七里丝’还要好的！”

范配东等人也不傻，听到楚秋这么说，连忙纷纷应承了下来，答应以后再有生丝交易一定首先想到楚秋这里。

这三位洋商从“洞庭会馆”出来，就急匆匆地赶往了“清威行”，他们要去找纯如重新签购买“七里丝”的合同。

没有几天的光景，经营生丝和丝绸的行商和各国的洋商都知道了这件事，他们似乎渐渐地明白了这样一个道理，以后想要在广州得到“七里丝”，只有纯如这一条路径可走。并且纯如对哥哥楚秋都是不讲任何情面，其他人以后想要在价格或货源上再打“七里丝”的歪主意，几乎是不可能的事情了。

禁不住纯如三番五次地恳求，钱春娇终于答应来做“广客隆”分号的掌柜，两人经过一番商量，纯如以江浙丝绸商会会长的身份写信给商会里的各位会员，与他们商议，以后与行商打交道，主要是通过“广客隆”的分号去做，“清威行”只负责与洋商的贸易，并且在进货价上与其他行商同质同价。这么做的目的就是要让人人都知道，“七里丝”对所有的行商都是公平的，“清威行”不存在倚靠货源的垄断地位进行恶性竞争的想法和行为，大家都是凭真本事去做生意。

很快纯如得到回信，商会的所有会员完全支持她的想法，有了这样的支持纯如当然十分高兴，当即又做出一个看似颇为大胆的决定，她让钱春娇去游说各家做生丝的行商，在与洋商谈贸易的价格时，大家务必要保持三成的毛利润，这么做的目的就是充分保障大家做“七里丝”的贸易能赚到银子，并且比做其他生丝赚到更多的银子。如果大家都同意，最后写下一个价格同盟的承诺书，签字画押，共同遵守。

钱春娇用了几天的时间在行商那里游走，将纯如的想法说给了经营生丝与丝绸的行商们听，大部分行商听了纯如的主张都拍手称快，也为纯如这种公平的经商之道所折服，纷纷签了那承诺书。

这其中只有楚秋的“飞鸿行”、谢东家的“东兴行”及潘家的“同文行”没有签。

原来，楚秋已经铁了心以后要大力推广产自福建的生丝，而楚秋的岳父“东兴行”的谢东家当然和楚秋一个主张，并且谢东家利用自己福建籍的身份，又联系了其他几家来自福建的行商共同抵制纯如的号召。

而“同文行”潘家则推托说暂时没有经营“七里丝”的打算，自然也就没有必要签什么承诺书了。其实，就如那日潘启对潘有度所言，他本已盘算好想自家派人去湖州收丝，但潘启听说了楚秋的事之后，知道这条路好似行不通了。

正在潘启踌躇之际，馥宝儿的一句话让他茅塞顿开。馥宝儿对他说，潘家在湖州可以自己买桑田雇用蚕农养蚕，缫丝之后再运到广州来，这样就不必为没有货源而烦恼了。潘启当下就决定按照馥宝儿的主意办，他更加佩服起这个即将过门的儿媳妇来。当然，他不忘告诫馥宝儿先不要将这个计划透露给潘有度，怕潘有度万一什么时候不小心说漏了嘴，就会打草惊蛇，弄巧成拙，让纯如提早防备起潘家来。

馥宝儿当然满口答应了下来，因为她是乐见潘启与纯如互有矛盾和成见的，只是她不能将这种想法透露给任何人而已。

纯如对于这三大家没有签那承诺书虽然很失望，但她知道每家都有各自的难处，这样的事情是强求不得的，天下的事情哪有人人都往一处想的道理。想到这些，纯如也就释怀了，她开始按部就班地实施自己的全盘计划。纯如心里知道，直到此时，“江浙丝绸商会”的作用才得以体现，“七里丝”的价值才真正得到重视和体现！

东印度公司的贸易代表亨利是个聪明人，他得知纯如这一连串的计划之后，快速地得出了一个结论，那就是纯如所做的这一切，表面上是内部的重新部署和协调整顿，但最终的目的却是针对他们这些洋商而来的！真按照纯如的这一番想法做下来，东印度公司或者他国洋商以后想做“七里丝”的贸易，已经失去了话语权，完全处于被动的境地。

在这种情况下，亨利决定找其他几国的洋商商议，暂时都停止“七里丝”的贸易，晾一下纯如他们，一旦时日久了没有生意可做，纯如定的那些规矩自然是不攻而破。

亨利很得意自己能想到这个简单易行的办法出来整治纯如，打定主意之后，亨利就分头去各国的洋商代表那里说了他的主意。

同样令亨利没有想到的是，其他各国的洋商听了他的主意之后，很不以为然，理由很简单，“七里丝”的销路好，有可观的利益，为什么不做呢？

晾晒？谁能见着银子不赚，去和纯如较那个牛劲儿？又哪里有闲工夫和你亨利去扯皮？你东印度公司平时仗着势大，赚得是盆满钵满，现在你来和我们说暂停交易，我们的损失你赔啊？

在公行时，包括在后来的“十三行”里，你东印度公司骑在众人头上屙屎屙尿，现在又拿出往日派头来颐指气使，可此时谁又能听你摆布呢？

说来说去，各国的洋商对东印度公司都怀有不满情绪，他们在贸易中受东印度公司的打压排挤多年，早已憋了一肚子的火气，现在亨利来说停止贸易，他们当然是不干。当然，这其中也掺杂了眼红嫉妒、想看笑话、和亨利没有什么私交、对他不信任等诸多复杂的因素在里边。

总之，亨利对“清威行”的“晾晒”计划因为得不到各国洋商的支持与呼应，几番四处碰壁之后只能是胎死腹中。

第二百二十一章　船到码头

“十三行”被解散以后的这一段日子里，高尚的“德庆行”在生意上毫无作为，这因为他私贩烟土已经上了瘾，那暴利而来的银子已经让他深陷其中而无法自拔，对于生丝生意已无心经营。

高尚自已心里也清楚，他此时在生丝上的实力与两年前那次朝廷评议时已无法相提并论。那时的意气风发早已成了明日黄花，只是偶尔追忆起来，还能感到一丝激动和自豪。可激动与自豪过后，他还是要面对一个现实，那就是他的“德庆行”与其他行商比起来，无论在哪一方面都已经没有任何优势可言！

要货源？没有稳定的货源供给。要客户？没有信任和支持他的洋商。要朋友？没有！要合作吧？可谁又会和一个只会耍弄心术，不用心经营生意的人去合作呢？

银子，高尚倒是有，而且还不少，可有些东西不是他用银子就可以买来的。

高尚此时纵有天大的本事，也只能是孤芳自赏，因为他在众行商里面已经被边缘化，甚至成了一个可有可无的人。他只能眼睁睁看着

“清威行”“同文行”兴隆红火，而他自己却是心有余而力不足。

现在支撑高尚的两样东西，一样是烟土，一样是女人。

在烟土上，他不但红了眼要去大肆贩卖，攫取巨额的利润，而且他自己整个人的身心也都离不了。高尚感觉那烟毒好似已经浸入了他的骨髓，一时半会儿不抽上一口，就好像有小虫子在里面爬，在啃噬着他。他已经明显感觉自己瘦了很多，时常感觉胸口憋闷，好像一口气喘不过来，就要生生地憋死一般。

而在女人上，高尚还寄希望于将刘屏娶进门来之后，倚靠老泰山刘统勋的势力能够东山再起！一门心思再想着借助外部的力量以图有大的作为，但他忽略了一个最基本的问题，那就是此时在被解散的“十三行”里，你自己不努力去经营本分生意，别说刘统勋，就是认了天王老子当爹，也是帮不了你的！

天有不测风云。

东印度公司的一艘货船缓缓地靠近黄埔港码头，抛锚之后，稳稳地停了下来。突然之间，一群手拿大刀长矛的兵勇如狼似虎地冲了上来，占领了整个船的甲板。

这些兵勇的突然出现，吓坏了那些洋船员，他们大呼小叫乱作一团，但很快他们在被大声呵斥之后，乖乖地双手抱头蹲在了甲板的一角，安静了下来。

来接货船的东印度公司代表亨利急急忙忙登上了货船，向这些兵勇中一个看似头头的人打听发生了什么事情，并将自己的身份告诉了这个头头，说有什么事情可以与他交涉。

那个人并没有理会亨利，而是用手将他扒拉在一旁，对着船下喊道：“请满大人上船！”

亨利往下一看，见粤海关监督满春豪从码头边的一顶轿子里钻了出来，迈着四方步朝船上走了过来。

待满春豪走到近前，亨利努力地挣脱了那兵勇对他的拖拽，对着满春豪喊道："监督大人，这是为什么？"

"原来是亨利啊，呵呵，不为什么，只是例行公事而已。来人啊，拿把椅子来，让他坐下说话。"满春豪吩咐道。

"例行公事？"亨利一边嘟囔着，一边坐了下来。虽然他面上还算是镇定，但眼神却是闪烁不定，一副狐疑的样子。

"亨利，我们之前是有些交情的，我现在和你说个明白，我粤海关衙门接到举报，说你这东印度公司的船上夹带了大量的烟土，准备蒙混过关，以私贩牟取暴利，不知道可真有此事啊？"满春豪慢条斯理地问道。

亨利碧绿的眼珠子转了几转，将头摇得好像个拨浪鼓似的，说道："监督大人，不可能，绝对不可能，我们英国商人是绝不会做私贩货物的事情的，我想举报的人一定是弄错了！"

满春豪冷冷地说道："亨利，真如你所说，当然是再好不过。可要是动起真格的来，怕不会如你说的私贩货物那么简单了吧？好说好商量，大家都有个颜面在，可硬要是倔强个棒槌脑袋，不见棺材不落泪，那下场可没法收拾啊！我的这些手下可都不是吃闲饭的。"

不知道为什么，亨利听了满春豪这番好似苦口婆心的话语之后，态度上反倒更加强硬起来："监督大人，你说的这些我听不懂，我们东印度公司在你们大清国界里做的都是正常贸易，来往的船只也都是按照你们的规矩进出港口和码头。监督大人这样兴师动众，全副武装恐吓和威胁我们手无寸铁的船员，这会伤害了你们天朝上国的威望和体面！还有，监督大人这里无端干涉两国的正常贸易，如果你们的朝廷知道了，也会怪罪监督大人吧？！”

“哈哈，哈哈。”

满春豪大笑了两声之后，低沉着对亨利说：“亨利先生，丑话先说在前头，一会儿不要哭着求我！再有，我告诉你，无论你在大清地界与谁有交情，可犯在我的手里，只能算你倒霉！”

说完之后，不待亨利再争辩什么，满春豪一个手势下去：“兄弟们，给我搜！特别是船底的夹层，就是给它刨出窟窿来，也要给我找出那能冒烟的东西来。”

那些兵勇得令而去，像潮水一般涌进了船舱里边。

“满大人，满大人，您听我说……”

亨利见满春豪下了命令，并且说得那般清楚，已经全然没有了之前的镇定形色，他慌忙站起来想和满春豪说些什么，但奈何满春豪已经背过脸去，一副不理不睬、充耳不闻的样子了。

亨利没有办法，只能颓然地又坐在了那里，但神情相当紧张，不能自抑。

约莫过了有两刻钟的光景，兵勇们陆陆续续地抬出了三十几个有半人高的青花瓷瓶，瓶口都用稻草塞得严严实实。

亨利见了，口里唯诺地说：“大人，这是我要退的货，这些瓷器都有些瑕疵。”

“呵呵，要退货？要退给谁家啊？”

“是退给‘德庆行’的。”亨利答道。

满春豪听了不温不火地答道：“嗯，那就差人去把‘德庆行’的东家叫来，让他来认货吧。”

不待再吩咐什么，一个兵勇已经小跑着去“德庆行”找高尚去了。

亨利听了之后面如死灰，但还是想凑近满春豪的边上去说些什么，可中间已经被两个兵勇给挡住了，透过那中间的缝隙，只能看见满大人的脸色是越来越难看，让人望而生畏。

又过了有两刻钟的光景，那个兵勇回来了，后面跟着小跑着的、气喘吁吁的高尚。

高尚到了船上，首先见到了面沉似水的满春豪，再看到了蔫头蔫脑的亨利，还有那明晃晃的三十几个青花瓷瓶，瞬间，他什么都明白了。

高尚三步并作两步走到满春豪近前："满大人，您找我？"

满春豪站了起来，用手一指那些青花瓷瓶说道："嗯。刚才我的手下在东印度公司的这艘船底找到了这些瓶瓶罐罐，亨利说这些物件是你的，是因为发现有瑕疵退还给你的，我找你来就是想核实一下是否确有其事。"

"大人，您知道我'德庆行'除了做生丝和丝绸的生意，其他的生意是一概不做的，更别说经营这些瓷瓶了，这些物件不是我的。"高尚一板一眼地说道。

满春豪逼问道："亨利，你听清楚高东家说什么了吧，这些物件不是他的。难道这其中有什么猫腻不成？好，既然说是有瑕疵，本监督倒想看看里面有何瑕疵？来人啊，给我砸碎一个再说！"

满春豪的话音刚落，只听"哐啷啷"几声闷响，一个青花瓷瓶碎得七棱八瓣。随之，瓶子里面码得整齐的用薄布包裹着的条状物件纷纷散落在地上，并散发出了一种强烈的香甜气味。

高尚忍不住舔了舔嘴巴。

"原来这里面暗藏玄机啊？剥开！"满春豪命令道。

兵勇剥开了其中的一条薄布，将里面包裹着的那光滑柔软金黄色的条状物送到了满春豪的跟前。

满春豪将高尚和亨利都叫到了眼前："你们可认识这物件？"

亨利双腿都哆嗦了，对着满春豪嚎叫道："冤枉啊，冤枉，这只是给'德庆行'返的货！我并不知道这里边有熟阿片！"

高尚也咆哮道："亨利，你放屁！不要血口喷人，何时我卖给过你这些瓷瓶？这和我一文钱的关系都没有！"

亨利也跳起来喊道："这分明就是你的，我们之间有合同的！"

"呵呵。"满春豪一声冷笑过后说道，"我看这三十几瓶子的熟阿片怎么着也要值上二十万两银子的，怎么着，平时挤破脑袋的事，怎么此时在本大人面前都开始不认账了呢？我和你说，这赃物是在你船上搜出来的，这就和你脱离不了干系。你如果为了逃避打击，再要血口喷人，嫁祸于高东家，我更要到两广总督李大人面前给你讨一个'诽谤构陷'的罪状，你说话可要给我小心仔细着！"

高尚心里已经很明白，这满春豪在这里指桑骂槐，明着教训亨利，实际上是在鼓励和刺激亨利拿出更多的证据来证明那些烟土是他高尚的。

满春豪，你真是狠毒啊！

高尚心里暗骂，但他也非常清楚地知道今日情况非常不妙。因为满春豪已经把他和那些赃物一同晾晒在了这甲板之上，这说明满春豪已经不带有任何遮掩地要拿他高尚开刀了！

难道，难道……高尚细思极恐，已经越想越害怕了！

高尚知道，越这样和亨利狡辩下去，局面对自己就会越来越不利，他垂头丧气地对满春豪小声地说："大人，能不能看在往日情分上，借一步说话？"语气中，也尽显着恳求和谦卑。

满春豪点了点头，随后对那些兵勇又命令道："将这条船给我看管好了！出现什么差错，拿你们是问！”

满春豪接着对亨利说道：“你竟敢在太岁头上动土，往我大清地界里面私贩阿片，你真是活腻歪了！来人，将此人给我严加看管，不得离开这船上半步！”

说完之后，满春豪带着高尚扬长而去。

第二百二十二章　魂飞魄散

码头上的主事见满春豪从船上下来，当然是一溜小跑了过来，将满大人领到了一处安静舒爽的所在喝茶。

满春豪屏去左右，房间里只剩下他和高尚二人。

高尚带着哭腔问道：“大人，这是怎么一回事？”

“我是接到举报才来查货船的，举报的人只是说青花瓷瓶里夹带了违禁之物，哪里能想到亨利见了那瓷瓶之后就一口将你攀咬了出来，我也不曾料到，敲碎的瓷瓶里面装了那么多的烟土！高老弟，你的胆子实在太大啦！”

高尚战战兢兢地哀求道：“事已至此，还望大人肯出手救我！”

满春豪面无表情地答道：“高老弟，你终于认领了这件事。我和你说，无论从高总督这里来讲，还是刘大学士那里去论，我都没有置身事外的道理，一定会对你施以援手的。但这次，我和你交个底，我真是无能为力。你要知道，众目睽睽之下，在东印度公司的货船上搜出这么大量的阿片尚属一口通商来的首次。我想现在半个广州城都已经轰动了，李大人、钟大人想必也早已得到了消息，我想过不了几日，朝廷也会知道的！闹出这么大的动静来，如果亨利真咬住你不放，并拿出他口中所谓的合同来，谁也救不了你！”

高尚“扑通”一声跪了下来，鼻涕一把泪一把地哭喊道：“大人，您总不能对我是见死不救吧？我们也是有过……我、我也要见总督李大人，我和李大人是有、有些交情的。大人，您在旁边再帮我开脱一番，可好？应该是没什么问题的。那几十瓶的烟土就权当我孝敬大人们了……”

“放肆！”满春豪用手掌一拍那桌面，对高尚高声骂道，“你大难临头还敢口无遮拦、胡说八道！就你这般诓言诈语的疯狗模样，谁能帮你？这要不是看在高总督的颜面上，早已将你投进那衙门大牢里了！”

高尚听满春豪猛然间来的训斥，好似清醒了一些，暗自告诉自己此时千万不可再乱了方寸：“刚才口不择言，大人莫怪，我听大人指点迷津就是了，我高尚对大人的救命之恩永不相忘，日后定以涌泉相报！”

满春豪见高尚可怜兮兮，也换了一副柔和的口气，说道：“你和李大人、钟大人那里虽然都有交情，但此时你的丑事已经大白于天下，怕是找到谁的头上，都会令人生厌，也会让人为难。你想想，你犯了这么大的罪过，这些大人见到你的影子，将不将你投进牢里？投了，看着往日的交情下不了那个狠心；不投，日后要是朝廷追究起来，那就是有了‘包庇’的嫌疑。‘贪赃枉法，私下放走罪犯’这样的大帽子扣在哪个大人的头上，这仕途也就算是走到了尽头！你这错了就错了，一个人担着也就是了，可是你要再给大人们找麻烦，将他们平白给连累了，这你可就算是错上加错了！真到了那地步，你想想谁还会帮你？高老弟，我和你说句心里话，不落井下石砸就不错了！”

高尚已经听明白了，满春豪这是告诉他谁的门路也不要去找，去找门路疏通，无疑就是给自己找麻烦！找麻烦还不要紧，怕的是将大人们给连累了！

“大人，那我该怎么办？”高尚迷离的眼睛中透露着一丝绝望，说话间，整个人也是有气无力的样子。

“三十六计走为上。”满春豪尽量压低着嗓音说。

“大人让我跑路？不行，不行！我‘德庆行’的生意都在这里，如果什么都没有了，我就是跑了还能有什么意义呢？满大人，我宁可坐在这里等死，哪里也不去！”高尚倔强地说。

满春豪用一根指头顶着高尚的脑门子，恼火地说道：“糊涂！你不跑？我告诉你，你不跑，明天你的那个‘德庆行’就得被查封，然后被充公。随后，你也会被流放到蛮荒之地，你这等罪大恶极的，还有可能去当披甲人的奴才！我为什么告诉你跑，我是真正地为你着想，你销声匿迹了就算是死无对证，就是那亨利拿出合同来，我也可以找各样的方法替你遮挡一番。等这阵风声过去了，只要我粤海关这里不继续追究，你也就没什么事了。再过个三两年，等着这事情彻底被人遗忘，到那时你再回来，‘德庆行’还不照样是你的？！留得青山在，不怕没柴烧，你可懂得这个道理？”

高尚听了满春豪这番肺腑之言后痛哭流涕，他跪在地上重重地给满大人磕了三个响头，呜咽着说道：“大人待我如重生父母，待高尚再返广州之时，定当在您面前效犬马之劳！”

“好，有这份心意也没枉我这般帮你，快回去准备吧，今晚天黑之前务必要出城，晚了，恐怕刚才这番话是要白说了。”

高尚连忙答应了下来，抹了抹脸上的泪水，转身要走，但突然间又停了下来："大人，唉，我还忽然想起件事来，这可怎么办啊？"

"你是不是要说一个月后要迎娶刘大学士之女的事情？我告诉你，就你现在这般境地还想那风花雪月之事？还是先把你自己保起来再说吧！再有，我告诉你，刘统勋、刘墉父子都是朝中刚正不阿出了名的人，他们要是听说你犯了这样的事，你的这门婚事也就告吹了！现在容不得你再多想什么，快跑吧！暂且跑得越远越好！"

高尚没有想到满春豪连这样的事情都替他想好了，感激之余，心里是一片茫然，可怜啊，可怜！可怜自己对这个未过门的夫人看都没看上一眼，此刻，他却要畏罪潜逃了！

虽说满春豪安慰他说，等过个三年两载的看着风声过去了也就没什么事了，完全可以再回来，但高尚心里清楚，那是非常不容易的事，只能是暂且当哄孩子的故事听一听。与那次从湖州来到广州不同，这次，他高尚一败涂地！也有可能余生都要在异乡隐姓埋名、苟且偷生中度过了！

高尚走了。

高尚怎么也没有想到，在短短一个时辰都不到的光景里，他从一个"德庆行"优哉游哉的体面东家，转身就成了一个逃之夭夭的亡命天涯的人！

满春豪看着高尚远去的背影，冷笑了几声，又派人去将亨利叫了过来。

对待亨利，满春豪的态度是简单明了，他提出了四点意见：这批烟土全部被罚没到粤海关的仓库；要求亨利写出认罪悔罪书并限期离境；推荐他的前任詹姆斯来做贸易代表；最后一点，满春豪要求亨利要低调处理此事，不可过于声张。满春豪对最后一点有着他自己的解释，美其名曰这是他对亨利的保护和情面，否则事情弄得复杂了，就是他有心帮助亨利，也是没有办法的。

亨利对于满春豪的要求哪里敢不答应呢？要知道，他亨利犯的可是私贩烟土的大罪，如果满春豪抓住他的这个小辫子不放，他不但会在大清地界吃官司，还可能会引来大清朝廷对英国贸易的严厉惩罚，甚至引起两国外交风波也是有可能的。真要是到了那个地步，他亨利这辈子也就完了，即使回到英国，也将无立足之地。

亨利存有满心的疑惑，高尚曾和他说过，无论是两广总督衙门、广东巡抚衙门、广州知府衙门，还有这粤海关，他都已经将关系和门路疏通好了，根本就不会有人来查他的烟土，可这又是怎么一回事呢？

容不得多想，对满春豪提出的要求，亨利连忙感恩戴德地应承了下来，并一再感谢满春豪对他的特殊照顾和法外施恩。

不到两个时辰的光景，满春豪将高尚吓得屁滚尿流、逃亡他乡，又将大名鼎鼎的东印度公司代表亨利轻轻松松地打发回了远在万里之外的西洋老家。最后，那几十青花瓷瓶的烟土也被兵勇们费了九牛二虎之力装进了马车上，送进了粤海关的缉私大库。

这一天晚上戌时时分，潘启来到了满春豪的府邸。

“满大人出马一条枪，英明神勇至极，我听说您到了那船上，就将亨利来了一个人赃俱获啊！是不是那亨利以为天兵天将下凡来了，见到了您，早已经是魂飞天外了呢？哈哈！”

满春豪微微一笑说道：“缉私乃粤海关的本分职责所在，都是仰仗我天朝之威和皇上的圣明，我满某人是不敢贪功的！当然，我还得是感谢你潘老弟提供了这么准确可靠的情报，否则的话怎么能这般顺利呢？要说那个混小子的胆子也是忒肥了点儿，竟然敢这么明目张胆地从东印度公司走私这么大量的烟土，我看着都是瞠目结舌，想来那小子也真是丧心病狂，令人发指！还有那个亨利，生来想必就是个愣头青，我三言两语也就将他打发回家了。哈哈，这两个人，一个‘混’，一个‘愣’，凑在一起做出这等蠢事来，想想也真是可笑、可悲！”

满春豪喝了口茶水，之后意味深长地对潘启继续说道：“潘老弟，一个眼中钉，一个肉中刺，老哥我这回一次性地都替你给拔了！还有，我也和那个亨利交代了，让那个与你家交好的詹姆斯再回来做东印度公司的代表。我想，这样一番布置下来之后，潘老弟大可以高枕无忧，‘同文行’的生意自然也更会如那芝麻开花般节节高了！”

“满大人辛苦了！大人替逊贤想得实在是太周到了，真可谓是仁至义尽！我平日里也时常训诫犬子有度，和他说我们‘同文行’在行商之中无论是做红花还是绿叶都离不开满大人您的提携栽培的，我也是耳提面命叮嘱他日后一定要好好孝敬满大人！”

“潘老弟客气了！我们交往已经有十几年的光景了，就如那日所言，我们就如那酒与茶，久之弥香！说到这，不由得让我又想起了那个混小子，说来他人也是个机灵鬼，为人大方慷慨，只是心神上飘了些，步子走得凌乱了些，想来真是令人痛心疾首。要不是想着给潘老弟报那羞辱之仇，我还真想过放他一马的。”

第二百二十三章　纯如醉语

高尚跑了！跑得悄无声息，也跑得无影无踪。无人相送，也无人伤怀。

甚至无人知道高尚为什么会平白失踪，这是因为满春豪将消息封锁得很严，除了码头上少数几个人知道之外，其他人无从知晓其中内情。

总督李侍尧、巡抚钟音虽然都接到了满春豪的私下通报，但是这种私贩烟土的事情，任凭谁和高尚有深似海的交情也不能替其出头说话，急着撇清关系还来不及呢！再有，自己管辖的地界里出了这般大的丑事，这两位大人心照不宣，竟然摒弃前嫌，非常默契地一门心思想着遮掩朝廷的耳目，捂着盖着不想让皇上知道。

纯如从萧武的口中得知了这件事，不禁唏嘘了良久。

高尚这个人不可谓不聪明，年轻有为，想当初在江浙能成为生丝与丝绸界的“四象”之一，更不能说其没有勤勉上进之心和远大的志向。但是，他从江浙背井离乡来到了广州，现如今又从广州遁逃，走一处败一处，最终落了个不知所踪的下场，又是因为什么？

君子爱财取之有道，得财靠勤和诚，守财靠俭与藏，高尚恰恰都没有做到这些。因利厚而贪婪，却忘了法度与根本；赚得起，赔不起，机关算尽却都是些小聪明；想拥有权势并仰仗权势谋利，却总是将事情做得太绝，忘了给自己留后路。

高尚总是想着攀附衙门大人，但他也忘了一点，官场之上没有永久的靠山，与衙门里大人们的交情顾此失彼；再加之总想着利用他们之间的利益冲突和矛盾来达到自己的小算盘，更是痴心妄想，如同玩火自焚。

财，需要藏，同样，巧、智、势也同样需要去藏，一个商人整日想着周旋于官场大人之中，自以为八面玲珑，长袖善舞，妄想将这些达官贵人玩弄于股掌之间为自己所用，把他们当傻子去耍，借用他们的势力去狐假虎威，很可能到最后弄巧成拙，搬起石头砸了自己的脚。

纯如感觉很蹊跷，高尚私贩烟土不是一天两天的事情，粤海关的满春豪为何要在此时突然出手整治他？高尚和满春豪也曾是勾肩搭背，私交好得不得了的样子，可为什么突然间满春豪就对高尚翻了脸？还有那个亨利，往大清地界里私贩烟土已经是罪大恶极，可最终和高尚的下场一样，都被放走了，并没有得到应有的惩罚。

纯如知道这些都是表面现象，真正的结果是，高尚自此之后，再想翻身已经是很难，甚至已无机会。亨利逃之夭夭之后，重新换来了詹姆斯，而詹姆斯却是“同文行”潘启的故交，这个人回来，将对“同文行”有着莫大的帮助。

还有一个细节值得回味，无论是高尚还是亨利，纯如知道，这两个人都与潘启有过节。与此同时，这两个人都被粤海关“一勺烩”了！这不能不让纯如联想到这件事情背后的始作俑者是潘启，他借用了粤海关的权力对这两个人同时进行了打击和报复！

高尚和亨利两人私贩烟土，有了今日的下场，也算是罪有应得，纯如觉得是值得拍手称快的事情。潘启此举虽说算是公报私仇，但毕竟是除了祸害。但从另一个角度来说，潘启这些背后动作也让纯如看到了其老辣阴狠的手段，按理说潘启不是心胸狭窄、睚眦必报之人，但细思极恐，潘启这人至少是不好得罪的，也是一般人得罪不起的！

再有，亨利自从与纯如打交道以来，一直有着表面上的客气，不曾发生过直接的矛盾和冲突。并且亨利也代表东印度公司刚刚在“七里丝”上开始倚重自家的“清威行”，但现在这种局面随着亨利的逃离也已经不复存在了。

纯如仔细地厘清了一下关系，她和周冰羽与潘家父子都是有交情的，但“清威行”和“同文行”在生丝与丝绸的对外贸易中同样存在竞争！特别是纯如也听到风声，潘启准备在南浔买桑养蚕，他这么做的目的是显而易见的，为的就是要拿到“七里丝”的一手货源！

纯如不怕潘家多赚银子，她是担心潘家这么做会破坏刚刚建立起来的“七里丝”价格体系。还有，如此下来，必然会从桑田之处引来面对面的商业竞争！虽说事情都有商量的余地，就是看着面子，彼此也都会做出一些让步，但纯如知道，那总归不是长久之计。再说面对核心利益时，谁也不敢相信依靠自己的面子会解决问题，利益对于商人来讲是白花花的银子，揣在谁的兜里，都感觉踏实温润。而面子呢？就当它是个鞋垫子也不足为过，踩上几下，自然也就臭不可闻了。

可问题是回避不了的。

潘有度是重情义之人，面对利益之事多有大度宏阔之心，是可长久相处倚重之人。潘启白手起家，独撑舟帆三下南洋，在商场上久历拼杀之痛，才终于有了今日富可敌国的千万之资，他能将人和事看得通透和清澈，但也将人情看得如水一般的寡淡无味，更能为了维护自己的既得利益而向对手下狠手。

潘启与潘有度虽为父子，血脉相通，但因经历不同，对待人情世故自然有着迥异的处置态度。

纯如还知道，此时潘家还有一个重要的人物不得不引起足够的重视，此人就是馥宝儿。

馥宝儿此时是潘家大院里的大管家，更是即将要跃升为潘家的少奶奶，此人三毛七孔、使心作幸绝对是超于常人，城府极深，善于矫饰，表面敦厚朴实、韬光养晦，内心却是剑戟森森、深不可测。最重要的是，她深得潘启的信任和器重。纯如也听说，此次潘启之所以决定在南浔买桑养蚕，就是因为听取了馥宝儿的意见。

馥宝儿和潘有度从小一起长大，虽为主仆，但青梅竹马，两小无猜，感情甚笃，两人又即将成为食则同席、寝则同榻的夫妻，更好似糖上抹蜜。纯如担心的是，潘有度为人再是光明磊落，也怕馥宝儿吹上那凉凉的枕边风，人常说近朱者赤，近墨者黑，更别提是长相厮守在一起的家里人的耳濡目染了。

纯如为何对馥宝儿有如此的担心和芥蒂？那是因为纯如掌握了馥宝儿的秘密，而馥宝儿也知道自己有短处在纯如的手里边，这是她的一块心病。只是两人心照不宣都没有说破，也不会去说破，而这样的心病注定馥宝儿与纯如相互之间不能彼此赤诚以待。纯如隐约地有一种不好的预感，可能就有那么一天，馥宝儿会得着机会，将长痛变成短痛，断绝她个人及潘家与她的往来。

预感归预感，未来的事情谁都说不准，也不好把握，还是要将眼前的事情做好才是根本。

纯如派人去潘家大院请馥宝儿到自家来喝酒。馥宝儿接到邀请后，第一时间禀告了潘启和潘有度，并求主意。潘启一口答应下来，并让家里一顶装饰得十分豪华四人抬的绿呢子小轿送馥宝儿。潘有度因为没有收到邀请，只能是悻悻地留在了家里，目送馥宝儿离去。

纯如和钱春娇亲自到大门口迎接。眼见着馥宝儿款款地从轿子里下来，纯如在心里感叹，人靠衣装，也靠身份抬举，此时的馥宝儿无论是衣着饰物，还是仪态气质，尽是一副阔家少奶奶的派头。

馥宝儿下得轿子来，连忙疾步走到纯如近前，蹲下身子施礼，口里甜脆地给纯如道着万福。

纯如连忙扶着馥宝儿起来，仔细地端详了一番，口里一个劲儿地夸赞着她越来越漂亮，越来越有福气。之后，将一旁的钱春娇介绍给了馥宝儿。

馥宝儿得知钱春娇是纯如的结拜姐姐，没有丝毫的怠慢，又重新给钱春娇行了礼，嘴上也是“娇姐姐”叫得十分亲热。

三人欢声笑语进了厅里。厅里早已摆好了酒席，陈年的女儿红散发着阵阵酒香，沁人心脾，让人有种酒不醉人人自醉之感。

分宾主落座之后，纯如首先举起酒杯来表示对馥宝儿的欢迎。

此时的馥宝儿早已没有了与纯如初次见面时的捉襟见肘和诚惶诚恐，虽说口上还是对纯如尽透露着十分的尊重和亲热，但在举手投足之间宛若鹓动鸾飞，落落大方，张弛有度，自然流露着一份高贵的自信和优雅。

纯如和馥宝儿一边喝着酒，一边热络地聊着天，二人谈兴都很浓，说的虽是些家长里短的女人闺房之中的闲话，但无形之中拉近了彼此的距离。钱春娇在一旁时而附和上几句，说江湖上的一些新奇传闻凑趣，但她能明显感觉出来，馥宝儿对她的态度明显与纯如有着本质的差别，想必宝儿只是把她当作了纯如的一个下属掌柜而已。

纯如再次举起杯子来，对着馥宝儿说道："妹妹，再有十几天也就是你大婚的日子了，我和娇姐都算是你的娘家人，我们商量过了，一定要让宝儿妹妹风风光光地出嫁。"

馥宝儿脸上则是现出十分感激的神色："感谢两位姐姐对妹妹的厚爱与眷顾，宝儿不知几世修来的福分能得到姐姐们这般的垂怜，想来，真是此生荣幸，也是无憾了。"

说完之后，馥宝儿眼中盈泪，举起杯子来一饮而尽。

钱春娇在一旁说道："妹妹，这里就是你永远的娘家，大婚那日就从这里出嫁吧。"

馥宝儿听后微微皱了皱眉头："从姐姐家这里风光出嫁，宝儿真是求之不得，但奈何这个主妹妹自己做不了，我听我家老爷说，那日可能是要从总督李大人那里走。"

钱春娇听后，感觉很尴尬。

纯如倒是没有在意什么，她说道："妹妹从总督府出嫁，当然是再好不过的事情了，那排场自然不是平常百姓小门小户比得了的，到时候不轰动整个广州城才怪呢！妹妹有那等风流气派，我和娇姐姐心上替你高兴，脸上也会沾你的光彩。"

馥宝儿听了纯如这番话，感觉有些不好意思，辩解道："姐姐们也知道宝儿这身世，我什么主张都没有自己的，只能是听之任之罢了。好在日后有姐姐们帮着维持，总归是有了些主心骨。"

"宝儿妹妹，刚才娇姐姐有一句话倒是没有说错，这里永远是你的娘家，以后受了什么样的委屈尽可以到这里来倒一倒苦水。我们三姐妹心心相印，互相帮衬着，谁也不敢欺负我们姐妹的。宝儿，你或许还不知道，娇姐姐游历江湖十几年，乃是快意恩仇的侠女，最是重情重义之人，看见哪个妹妹平白受了伤害，她都会出手去讨个公道的。她家里的武哥更是天下第一大帮漕帮的帮主，手下有着成千上万的徒子徒孙，这广州城里的一举一动、一言一行都是逃脱不过他们的千里眼、顺风耳的。以后妹妹贵为潘家的少奶奶，我和娇姐姐这里的生意不好，没有了吃饭的本钱，也是要找到妹妹的门上去讨一杯羹吃的。”

钱春娇和馥宝儿看着纯如说话的样子，感觉是有些醉酒了，因为平时是见不到也听不到纯如会这般说话的。但从话语里，能感觉到纯如说得很认真，也很有分量。

馥宝儿听后心中一动，她连忙站了起来，口中诚恳地说道：“没有姐姐往日的眷顾，哪里会有妹妹的今日？少不少奶奶的暂且不说，但凡日后妹妹有能做得上主的地方，哪怕是有针尖般大小的好事，宝儿绝对不会忘了那其中是有两位姐姐那一份的，更是不敢喝水时候忘了打井人的恩情，一味想着吃独食的！刚才姐姐也说了，那千里眼、顺风耳的消息灵通着呢，你们要是发现妹妹有做得不端正的地方，宝儿甘愿受罚！”

第二百二十四章　巫云楚雨

冬月初十，潘有度与馥宝儿成婚。

浩浩荡荡的迎亲队伍从两广总督李侍尧的府邸里面出来，车马龙兮，绵延数里，直奔潘家大院。广州城里的老百姓好多年都没有看见过如此的盛况了，一些人纷纷走上街头争相来看热闹，指指点点，品头论足，言语之中更多的是眼红羡慕。

虽说是李侍尧嫁干闺女，但嫁妆都是纯如这个干姐姐给准备的，这其中的珠宝首饰自不必说，其他的还有诸如痰盂、红尺、花瓶、铜盘、剪刀、龙凤被、龙凤银碗筷等。当然送这些嫁妆都是有着各自美好祝愿的，其中特别需要说明一下嫁妆里的这个痰盂，这是把痰盂当作“子孙桶”，希望新娘子开枝散叶、儿孙满堂，还有那个剪刀也是有男女情投意合、比翼齐飞的寓意在里边。

而此时的潘家大院里早已是高朋满座，一派喜气。除了家族的亲朋好友之外，更有福建、安徽、江浙、山西等地的好友故交前来祝贺，几乎广州城里所有有头有脸的人物悉数到场，这其中京城里三品以上的大员就来了十几位。

潘家是朱门大户，成婚的整个过程讲究的规矩也出奇地多，繁文缛节自然不必多说，但在拜了天地随着“寿星公”举起如意向新娘子扬了三下，口念“多福多寿多男子，大富大贵大吉祥”，又在“礼生”高喊赞礼“梁鸿配孟光，五世得其昌……”祝福的话语之后，潘有度和馥宝儿终于入了洞房。

又经过几天不间断的流水席，潘家大院里的宾客们才渐渐散去。在这之后的十几天里，潘家大院在外边搭起粥棚，赈济食不果腹的灾民，并发放各样的布匹、衣裳、米面等生活必需品，还给回不去家的人发放路费盘缠等，在这样的善心爱举之中，也有一份分享潘家大喜心情的意思在里边。

馥宝儿成为名正言顺的潘家少奶奶，同时也进入了潘家的核心决策层。潘启的目的很明显，在以儿子潘有度为栋梁的前提下，也要将馥宝儿培养成为像纯如那样可以在生意上独当一面的人，这是因为潘家的家业实在是太大了，让潘有度一个人支撑会相当吃力，有可能还会顾此失彼。

这一天晚上，潘启、潘有度在后花园里聊天，馥宝儿在一旁殷勤地煮茶。

“有度，东印度公司的詹姆斯这几日应该走马上任了，他与我们潘家有着很深的渊源，从乾隆二十五年算起，这也是将近十几年的交情了。但这次中间出了个插曲，我将东印度公司私贩烟土的事情捅了出来，怕是詹姆斯知道了内情之后，也会对我们潘家心生芥蒂，毕竟各为其主，他要为东印度公司的生意着想，我们的动作损害了东印度公司的利益，他必然会在一段时间内少了对我们的友好态度。有度，在詹姆斯身上，你可有什么主张？”

潘启的言语间虽然带着些许的忧虑，但神情还是很轻松和平静的。

潘有度听父亲在问话，连忙答道："对待洋商上，我的态度还是主张要刚柔并济，不可生疏不讲交情，也不可骄纵养成他们的坏脾气。没有交情，当然就会少了一些生意，可一味地对他示好骄纵，也就像惯坏了的孩子一般，稍稍有他不如意的地方，就会哭闹翻脸。父亲刚才说得有道理，无论是亨利还是詹姆斯，都是为自己的利益打算的，我们当然也大可不必在他们的身上劳力费神。只要我们的货物质量好，价格上又足够有吸引力，再加之我们潘家这么多年积累下来的良好声誉，不怕他东印度公司不来找我们做生意。"

潘启点了点头："你说得有一定道理，但是这个刚柔并济的'度'很难把握，我怕过刚或者过柔都对我们不利，你在这个事情上还真不可掉以轻心。你也知道，'清威行'在处理这方面的关系上很是有一套章法，纯如掌握的那些火候还真是值得你去好好推敲和学习。哦，对了，那日我也和宝儿说过了，咱家准备过了年去湖州那里买桑田养蚕，你提前要有个准备。"

潘有度听了一愣，但在瞬间明白了父亲这么做的用意："父亲，我们这么做不好吧？"

"有什么不好？自产自销，不用假手于人，心里也踏实。"潘启很不以为然地说。

这时候一旁的馥宝儿说话了："爹，这个主意那日是我向您老提出来的，但我这几天琢磨下来，的确有些欠考虑的地方。"

潘启听了馥宝儿的话，也是一愣："何处欠考虑？你且说来听听。"

馥宝儿将潘启与潘有度杯子里的茶水倒满，然后说道："爹，广州离湖州将近有三千里路途，来往下来就需要两个月。当然，吃上些鞍马劳顿的辛苦倒是无所谓的，我担心的是在湖州我们人生地不熟，人单势孤，我们置办了桑田之后，当地人就会无端来找我们的麻烦，强龙难压地头蛇，到时候我们受了欺负，怕是连个呼应的人也是没有。湖州是‘江浙丝绸商会’的大本营，虽说纯如行事光明磊落，但难免其众多的会员中会有人使坏，无论是在桑田、蚕农那里，还是在缫丝、库存以及运输上，他们真要与我们作起对来，我们很难能应付得下来。我们潘家再是势大，毕竟鞭长莫及。到时候真若是落了个进退不得、尾大不掉的窘境，别说耽误了生意，就是于我们潘家的颜面也是不好看的。”

潘启听后，不住地连连点头：“嗯，宝儿的担心不无道理啊！”

潘有度更是听得有些瞠目结舌，宝儿这番高论是何时学来的？这番话语不但说得是言之有物、头头是道，而且字字珠玑、析精剖微，衡情酌理之中，尽透露着一份巧心慧思。看来，以后还真是需要对宝儿刮目相看，不能再将她只看作会侍候人那般简单。

“你给爹出了个馊主意，又亲口将其否定了，此时可还有更好的主张？”潘有度有心想难为一下自己的这位少奶奶。

馥宝儿脸一红，说道：“倒是有的，只怕说出来会让爹笑话。”

潘启鼓励着儿媳说：“但说无妨。”

馥宝儿直了直身子：“我想未尝不可试试与‘清威行’在‘七里丝’上采取合作的态度，这样我们既可以保证货源，又可省去我们在湖州买桑取丝的诸多麻烦。”

“怎么个合作法？”潘有度追问道。

馥宝儿侃侃而谈，她说道：“说来也简单，现在纯如要求‘七里丝’面对所有的客商都是一视同仁，那也就是说价格上大家拿的都是一样的，虽说价格是高了点，但也是有着公平在里面。‘清威行’

是主做‘七里丝’，但我想纯如她也不可能有了普通的生丝交易就不做，她如果舍近求远地从江浙运来普通的生丝，那她一点儿竞争优势也没有，到那时她自然就会因为这样的生意找到我们的头上来，这样算下来之后，彼此都有可牵制的地方，也都有可利用的理由，真要是合作好了，也可谓是互利双赢。”

潘有度听了馥宝儿这番话后是心服口服，这要是父亲不在身边，他可能真就抱起馥宝儿转上两圈。

潘启对馥宝儿的回答甚是满意，但他并没有表示什么，他不想让馥宝儿出了风头之后骄傲自满起来，他沉吟了一下，说道：“宝儿，你要知道楚秋就是经营福建生丝的，有了普通生丝上的交易，纯如也大可以去找楚秋合作的，这个怎么来解释？”

馥宝儿恭谨地答道：“爹，这个我也想了，他们合作的可能性有，但并不是很大。这因为楚秋将福建的生丝起了名字，叫‘飞鸿丝’，一门心思想与‘七里丝’争个你长我短，所以在价格上不会比‘七里丝’便宜多少，价格上自然也就没了什么优势可言。再有，我也打听过了，周冰羽与楚秋向来不是十分和谐，上次合作之后，还没有做出什么名堂，可‘十三行’一解散，他们的合作在三言两语之中就土崩瓦解了！在前些日子，纯如因为楚秋撬行，两人之间更是闹得不亦乐乎！综合这些条件来看，纯如去找楚秋的可能性不是很大。还有，绎如又将重点放在她建的那商铺上，无心打理正经生意，这两个人是纯如比较亲近的人，除了他们之外，纯如也就剩下我们潘家可以依靠了。”

“好！有见识！”潘启为馥宝儿这入骨入髓的分析所折服，禁不住夸奖了这么一句。然后潘启继续说道，“这样吧，有度，我看这件事情就由宝儿和纯如来谈，她们之间是姐妹，进退好歹都有个余地。”

“我看行！”潘有度非常开心地附和着答道。潘有度高兴不单是因为馥宝儿在父亲面前表现得很出彩，还因为父亲放弃了与纯如在生丝上竞争的念头，进而准备走到合作的道路上来，这是他乐于见到的。

馥宝儿得到了父子二人的认可，显得很不好意思，口中说：“爹，那我就勉为其难，试试看吧。”将事情应承了下来。

潘启拿起杯子来，喝了一口茶，缓缓地说道：“我听说‘天宝行’‘孚泰行’那里与几家小行商跨行共享信息和资源，颇有些风生水起的势头，我们也不能掉以轻心，最好能防患于未然，以免轻视而任其坐大。”

潘有度答道：“父亲，我想这个好办。这几日我分头去找那几家行商，以利诱之，拉拢一下，我认为他们也就和梁、易两家分道扬镳了。”

潘启站起来，背着手，踱到亭子的边沿，望着那层叠的假山，口中说道：“我看未必有你说的这般轻松。我分析了这其中的道理，那几家小行商虽然在公行里没有少得到我对他们的照顾，但在心里还是感觉压抑，存有对我潘家的不满。面上隐忍不说什么，但内里还是眼红妒忌的，这也是梁、易二人能将他们轻易拉拢过去的原因。只怕你三言两语是不会有什么作为的。”

馥宝儿接话说：“爹，我认为少爷说的办法可行，可单是‘以利诱之’还是差了一点儿火候，也就只能得一时之利，想要长久，终究还要攻心为上。”

听了馥宝儿的话，潘启和潘有度都感觉十分惊讶，潘启又忙问：“你且说说如何个‘攻心’法？”

馥宝儿说道："那几家小行商虽说对我们潘家心怀不满，但也是梁、易两位东家怂恿撺掇的结果，我猜想，在这几家小行商的内心里，对我们潘家还是惧怕和尊重二者兼而有之的，想必心情也很复杂和矛盾。'十三行'解散之后，他们担心我们潘家要大鱼吃小鱼将其兼并掉，所以在那两位东家的威逼利诱之下，也就随波逐流，凑在一处沆瀣一气了，但从内心来讲还是不想与我潘家为敌的。他们只想要生存，能活得下去，梁、易二人也是利用了他们这样的心理。在这种情况下，我们首先要做的就是打消这几家小行商的顾虑，明确告诉他们，我们潘家没有一家独大的想法，更不想逼迫他们什么。《孙子兵法》云：'围者必阙'，我们主动给他们让出空间和活路来，不将他们往死路上逼，再按照少爷说的'以利诱之'，双管齐下，他们自然会感恩戴德，最终也就会作鸟兽般散了。"

潘启父子此时已经被馥宝儿的这番话语惊叹得不知道说什么好了！他们怎么也不会想到，从前的一个大丫头，经过改头换面，此时成了潘家少奶奶的馥宝儿，俨然已是脱胎换骨，变成一个具有雄才大略而又满腹经纶的小诸葛了！

潘启最后在心里得出一个结论，馥宝儿这般慧心巧舌、七窍玲珑，再经几年的历练，未来绝对会成为与纯如并肩的人物！

夜色渐渐深了下来，潘有度、馥宝儿将父亲送到了书房，他们二人也回到了自己大婚的卧房，墙上的大红"囍"字很是鲜亮喜庆。

潘有度与馥宝儿还在蜜月期，正是情浓意浓、如胶似漆的时候，二人简单沐浴过后，急急地上了床。潘有度伟岸风流，馥宝儿又是人间不可多得的天生尤物，翻云覆雨之中，身心尽得鱼水的欢愉。

第二百二十五章 似水流年

白驹过隙，似水流年。十年后，乾隆四十七年，农历壬寅年，生肖虎年。物是人非。

此时的两广总督已经换作了一个叫巴延三的人担任，而广东巡抚也变成了尚安尚大人。

李侍尧呢？乾隆四十二年，李侍尧任军机大臣并兼职云贵总督处理，达到了仕途的风光巅峰。乾隆四十五年，云南粮储道海宁向朝廷状告李侍尧贪纵营私，李侍尧被判“斩监候”，人被囚禁在刑部大牢之中，他的家产也被籍没了。乾隆四十六年，自清朝入关以来的第一大贪污案“甘肃冒赈案”东窗事发，总督勒尔谨被治罪，乾隆帝命李侍尧代理甘陕总督。

粤海关的监督满春豪呢？他已经在三年前突然害了一场大病，久治不愈，死了。

乾隆四十七年，朝廷一道圣旨下来，复立公行，对外仍沿用“广州十三行”的名号。新上任不久的粤海关监督向所有行商颁布“限制生丝出口”的禁令，规定每艘外船运出的生丝不得超过一百担。没有办法，潘启和纯如商量之后，给这位监督送了白银一万两，最终将这个禁令废除。之后，两家又联合起来将生丝价格每担提高白银五两，之所以这么做，是因为要将这五两银子作为给监督大人的好处，为的是能使生丝交易照常进行。此时，经过十年的发展，总商一职谁也没有能力再与潘家争锋，但潘有度坚决不肯就任，他找到纯如，想让纯如来出任总商，但纯如同样是坚决推辞。最后没有办法，潘有度推举了一个叫蔡世文的人担任了总商一职。

但就在十四年后，也就是嘉庆元年，总商蔡世文经营失败自杀。朝廷这次没有商量的余地，不容分说，直接将潘有度任命为“广州十三行”的总商，潘有度被逼无奈只能就任。在担任了十三年总商之后，潘有度于嘉庆十三年以十万两白银贿赂粤海关的监督，请求退商，并获得批准。但是在嘉庆二十年，朝廷勒令潘家必须复商，就此“同文行”更名为“同孚行”。嘉庆二十五年，也就是道光元年年底，潘有度病故。潘家无人愿意接管第三代行商的大旗，最后由潘有度的第四子潘正炜接任，不久“同孚行”停办，至此，潘家退出叱咤了几十年的“广州十三行”。这里还需要交代一句，潘启于乾隆五十三年在广州去世，后被葬在福建故里漳州的文圃山下。

世事难料，变化无常。咸丰六年，一场大火，将“广州十三行”付之一炬，从此百年的繁华盛景在瞬间如云烟般消散了。

“清威行”在纯如十年的苦心经营下，在“十三行”之中仅屈居潘家的“同文行”之下，成为第二大行商，这还因为潘家是经营多种货物的，如果单就生丝一项的贸易来讲，“清威行”是遥遥领先于各家行商的。江浙丝绸商会的众多会员当然是再高兴不过了，坐在江浙的家里，每年到了年底，就会有大把的分红银子送到门上来，上哪里也找不到这样的好事，有的人家甚至在家里塑了纯如的泥像给供了起来，常年香火不断，为的就是感激纯如这般撇家舍业在外面辛苦奔波给大家卖命赚银子，舍尽青春韶华时光去为江浙丝绸商人赚来好名声！

回想起十年前，也就是潘有度、馥宝儿与潘启那次在后花园里的闲谈，其实也是定下了潘家日后的发展大计。在潘家“联合”与“瓦解”的双管齐下之下，楚秋的“飞鸿行”因为没有生意可做，先破产倒闭。至于其中的原因，主要是因为福建离广州较近，潘家的势力完全渗透得进去，在那里大量购买桑田养蚕缫丝，使得“飞鸿行”的生丝价格完全失去了优势，再加之自身实力不济，楚秋在与洋商的贸易中抗衡不过“同文行”和“清威行”的联合，得不到与洋商贸易的机会，到最后只能是折戟沉沙、铩羽而归，完全退守回漳州，重新做起散商。纯如不忍心看着“飞鸿行”就此消失，在与楚秋商议之后，以高于市价的价格将“飞鸿行”买了下来，将其并入了“清威行”。楚秋对于纯如的再次出手相救，心存感激，因为他知道，纯如不买下他的“飞鸿行”，“飞鸿行”就一两银子也不值了！

而“天宝行”“孚泰行”和“东兴行”在生丝贸易的竞争中，同样是抵挡不过潘家与纯如的联手合作，最终也是溃不成军，纷纷败下阵来，退出了生丝行当。好在他们每家都还有陶瓷、茶叶等行当来做，虽然在这些行当同样受到了“同文行”的猛烈冲击，但终究还可以勉强维持生计，不至于到山穷水尽无路可走的窘境。

绎如是聪明人，她眼见着形势不好，连忙找到纯如以其“荣盛行”的部分资产作为股份入到了“清威行”里面，以避免受到冲击。这样算下来之后，绎如个人占有了三分之一的份额，实际上已经成为了“清威行”最大的股东，按理说，纯如也是为她打工的。绎如知道，她这样的盘算，就是姐姐纯如不说什么，姐夫周冰羽也会从中阻挠作梗。但绎如自有绎如的做法，她找到纯如之后，谈起了她们姊妹前几年的一个约定，那就是待到周展成年娶妻时也是要管她绎如叫“娘”的，她拿出的这部分资产就是给周展攒着的。绎如将话说到这个份儿上，纯如和周冰羽都不好再说什么了，只能按照绎如的意思应承了下来。

至于那些在建的商铺，绎如怕到了建成之后，行商这里会有把握不定的变化，她连忙找到了当时粤海关的监督满春豪，催促其利用手中的职权，要求各家先行拿出款项来购买商铺，而她也给出了很好的折扣，为的就是诱引大家尽快将银子掏出来放在她的手上。另一方面，绎如又找到纯如，让纯如做她的说客，说服潘家带头购买，为的是给各家行商起个带头示范的作用，其实这也是纯如当初给绎如出的主意。纯如当然心疼妹妹，硬着头皮找到了潘家的少奶奶馥宝儿，馥宝儿投桃报李，也没有过多计较，在和潘有度商量过后，也就将事情答应了下来。

就这样，还在看似风平浪静之时，绎如已经将未建成的商铺销售一空，赚得是盆满钵满，而当“飞鸿行”即将破产时，楚秋找到绎如想退掉那购买的商铺时，绎如一口咬定，银子都已经花光了，商铺爱要不要，无钱可退！最后，楚秋哑巴吃黄连，有苦无处诉，只能央求绎如日后等商铺建成了，一定要想办法将其给租出去，以求收取些租金，减少损失。如果一直在那里空闲着，没有半点儿用处不说，看着也闹心。

绎如终究没有对姐姐食言。七年后，在周展十九岁大婚的那一天，在周展朝她叫了一声“娘”后，将“荣盛行”所有的家底作为礼物全部送给了周展。在周展的婚礼上，她见到了潘有度，这是他们之间十七年来唯一的一次见面，也是最后的一次几面，两人四目相望，却一句话也没有说，只是分明见着彼此的眼眶里都湿润了。第二天，绎如怀揣着售商铺赚来的银子，回到了老家湖州的南浔，重新回到已经年迈的杨梓传和陈氏身边，与父母一起生活去了，并孤独终老。

纯如的儿子周展虽然性子上是极为调皮活泼，但聪明至极，是个有天赋的神童，这孩子十一岁就有了“秀才”身份。周冰羽辛苦了小半辈子，也没拿到“秀才”的身份，而周展小小年纪就已经帮父亲圆了那个梦想。周展十七岁时参加了乡试，中了举人，眼看着大好的前程就在等着他，但他却再也不想去京城参加会试，因为他对做生意更加情有独钟。周冰羽和纯如眼见着儿子有了功名却不想更进一步，也是十分着急上火，但奈何每次周展嬉皮笑脸地应承，可应承过后也没有再看见他翻弄那些四书五经。最后没有办法，纯如只能让儿子做了“广客隆”分号的一个伙计，想让他吃些苦头，期待他幡然醒悟过来再捡起那些书本来。纯如和周冰羽的期待终究还是落空了，周展在生意上同样显出惊人的天赋来，他没事的时候总是与一些山西商人在一起研究做生意的门道。在分号做了两年伙计之后，周展向母亲提出了自己的诸多想法：广州这里与西洋商人的生意已经做到了极致，不可能再有更大的发展，此时应该北上恰克图，去做丝绸、茶叶的生意；参股山西票号；家族生意改用给予“顶身股”的大掌柜经营管理，东家的全部精力只用于谋划发展等经营上的方略。纯如和周冰羽听了儿子这番高论之后，也终于放弃了让儿子走仕途功名的这条道路，他们知道周展天生就是一块做生意的料，那就不要勉强他了，随他的心愿去吧。纯如认真听取了儿子的意见，按照周展描述的大概前景轮廓又细化了一下，然后交给周展去实施了。但纯如终究还是没有放弃对“清威行”经营上的掌控，因为她对“清威行”太有感情了，十几年风风雨雨下来，行里的丝丝缕缕都已经融进了她的血脉，成了她的命根子，这份感情也与她的命运休戚与共、割舍不断。

又十八年过去了。嘉庆五年，午后，一道圣旨来到了南浔的周家大院。

纯如带领周家上下老小跪下接旨。

奉天承运，皇帝制曰：湖州商家“广客隆”东家杨纯如，为彰尔户对朝廷的赤诚忠厚之心，尔窎书光赉，淑范扬徽；象服增崇，端内持身……

里面的内容与三十年前给纯如的那道圣旨差不多，只是将纯如敕封的名号由“七品诰命夫人”改写成了“三品诰命夫人”，并享二等格格[1]的全部礼遇，以表彰她几十年来对朝廷所做出的巨大贡献！并要求纯如即日进京，带着儿子周展觐见当今圣上与太后，另有赏赐。当然，落款的时间也是从“乾隆三十六年”改成了“嘉庆五年”。

青丝已成华发。

纯如接过圣旨，哑然失笑。

她在前两年，也就是嘉庆三年，将从前绎如在广州代持的，后来又转交给她打理的和珅那些生意及田产全部造册登记后悉数上交到了朝廷的户部。不久之后，京城也传来和珅被抄家的消息。

在纯如的旁边，坚定地站着她的结拜姐姐钱春娇。再之后，是她的儿子周展及三个儿媳。

她回过头来，对其中一个儿媳说：“要不是你的母亲婚后三年在生你时难产，此时，她也会在这里的。宝儿是我的好妹妹！”

1 即“多罗格格”，汉名为“县主”。——译者注夕阳西下，暮色苍茫。薄雾如纱，万籁俱寂。一弯新月挂在天边。

背影渐渐远去，一同模糊的，还有那段激情澎湃的岁月。

只有那条长长的大运河蜿蜒迂回，静静地流淌着。远远望去，如一条未染纤尘的的绸带，千百年过去了，还是最初的模样。

（全书完）